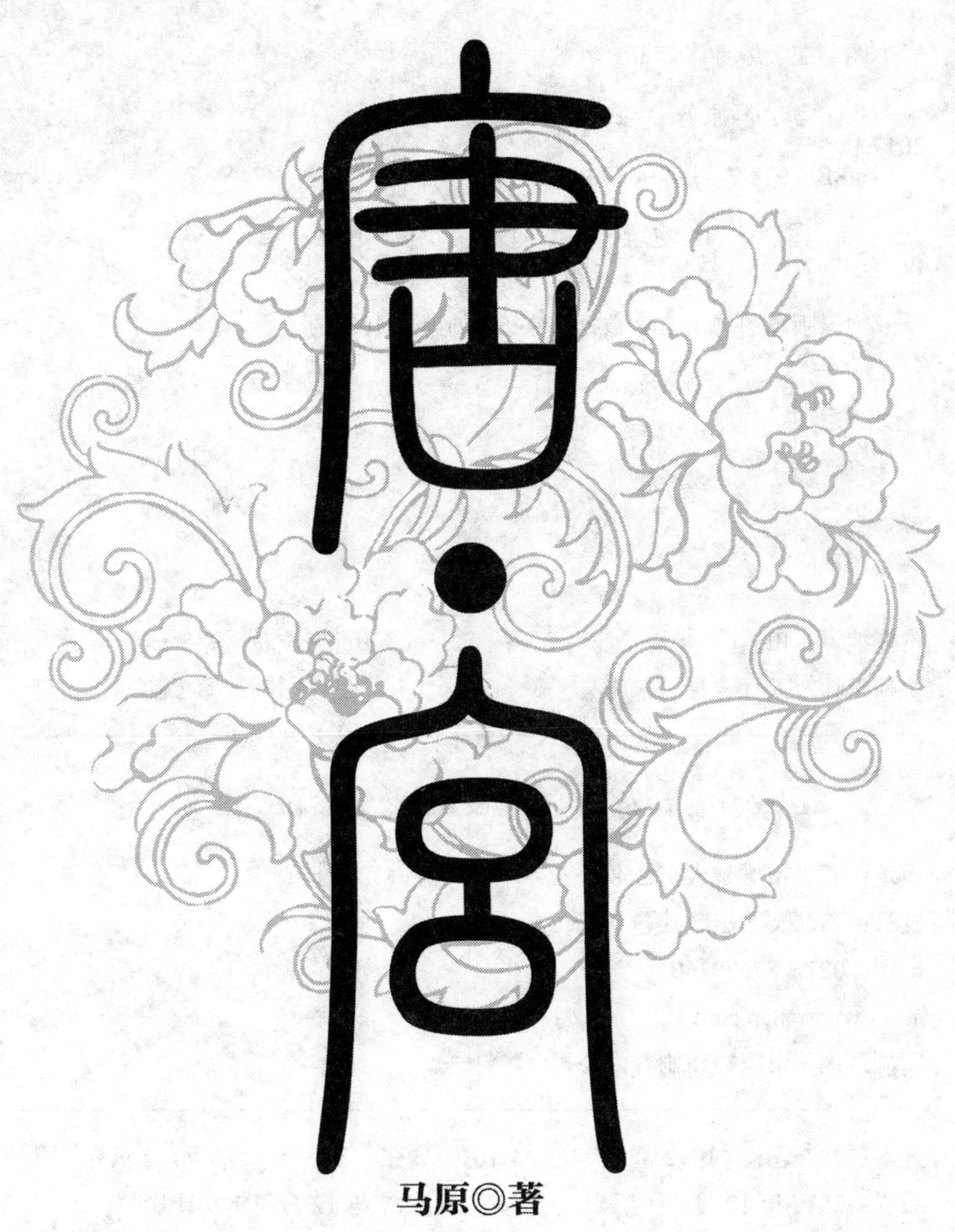

马原◎著

长江出版传媒 | 长江文艺出版社

图书在版编目（C I P）数据

唐·宫 / 马原著. -- 武汉 ：长江文艺出版社，2017.12
ISBN 978-7-5354-9864-9

Ⅰ. ①唐… Ⅱ. ①马… Ⅲ. ①长篇小说－中国－当代 Ⅳ. ①I247.5

中国版本图书馆 CIP 数据核字(2017)第 191083 号

责任编辑：田敦国　周　聪　　　　责任校对：陈　琪
装帧设计：天行云翼·宋晓亮　　　责任印制：邱　莉　胡丽平

出版：长江出版传媒　长江文艺出版社
地址：武汉市雄楚大街 268 号　　邮编：430070
发行：长江文艺出版社
电话：027—87679360
http://www.cjlap.com
印刷：荆州市翔羚印刷有限公司

开本：787 毫米×1092 毫米　1/16　印张：38.375　插页：2 页
版次：2017 年 12 月第 1 版　　2017 年 12 月第 1 次印刷
字数：1000 千字

定价：59.80 元

目 录 ◎

第一章 杜牧三月下扬州 / 001

精灵小丫 / 001
美人露形 / 018
妆娘荣氏 / 029
药师玉央 / 035

第二章 宫女玉央的新世界 / 046

后宫天下 / 046
三女构成的三角形 / 054
大明宫苑深似海 / 068
女官方汀的冤案 / 083

第三章 见识后宫的波谲云诡 / 099

太子也只是题外话 / 099
那一场后宫妃嫔的事 / 115
宫女女官的是是非非 / 132
骑白马的那个不是王子 / 149

第四章 月有阴晴圆缺 / 169

李商隐走进大和药铺 / 169
大海无一刻无浪 / 182
是非升级鸡飞狗跳 / 203
收场的方式各有不同 / 230

第五章 李商隐约会玉央 / 252

玉央玉成乐游原 / 252
约会骊山 / 265
今天是个好日子 / 269
三星辉映长安城 / 271

第六章 清蔷终于溃败 / 274

对缺席者的种种猜测 / 274
真相逐渐显露 / 278
箭在弦上 / 287
玉央用耳朵见证了历史 / 291

第七章 废妃波澜 / 297

皇弟李炎的介入 / 297
安其凤的阴森结局 / 305
杨贤妃重整后宫天下 / 313
解除蒙蔽 / 320

第八章 神秘木塔寺 / 330

废妃的新居 / 330
李永对母亲的牵挂 / 331
太子的危局 / 333
对决木塔寺 / 336

第九章 变局 / 340

各作打算 / 340
人说山西好地方 / 352
皇上践约做媒人 / 358
大明宫乱象 / 373

第十章 太子悲歌 / 381

覆巢之下焉有完卵 / 381
死都太便宜他了 / 391
李炎不依不饶 / 399
命中靶心的一瞬间 / 410

第十一章 回望扬州 / 421

李炎中了头彩 / 421
玉央前后 清蔷左右 / 428
清蔷撒开报复之网 / 439

相会瘦西湖 / 445

第十二章 温习往昔的幸福生活 / 453

莲莲有了麻烦 / 453
胡蝶遭遇爱情 / 465
围绕清蔷的是非波折 / 476
好日子不再 / 486

第十三章 后宫的轮回 / 500

玉央与历史擦肩而过 / 500
兄弟轮流坐的江山 / 511
再回来已物是人非 / 519
前尘往事的追究 / 528

第十四章 清蔷对决玉央 / 540

玉央浑然不觉 / 540
清蔷下手了 / 547
伏罪 / 554
收网 / 559

第十五章 各自的命数 / 568

绝境中的玉央 / 568
各种关系的纠结 / 574
拨云见日 / 581
各色人等各归其位 / 589

第十六章 恢复被尘封了的历史 / 595

逃出生天的努力 / 595
争相竞艳的百花 / 598
关于温庭筠的八卦 / 601
作别大明宫 / 604

◎ 第一章
杜牧三月下扬州

精灵小丫

1

玉央的故事始于杜牧。

说玉央,知道的人少之又少。因为史籍中原本记载的就凤毛麟角,又兼欢喜唐史的文人墨客大多粗心,即使读到这名字也都一掠而过,所以历代的修史官将这名字一再忽略。及至大清末年所有正史中都已经不见了玉央这个人。时经千年,历史的灰尘日久年深,早已将许许多多生灵活现的人物掩埋掉,玉央便是其中之一。

历代史家在读史修史的同时经常会将手边的正史放一放,时而一头扎进野史稗闻和各种札记之间。如同在江河中顺流而下的船家忽然来到无垠的大海,他会觉得以往如手足一般的小舟忽然派不上用场了,不如索性赤手空脚去随波逐浪倒也来得痛快。

虽则同是斗水,水和水却有大不同。正史或许有如大河,浩荡奔突尽展洪荒气象。札记和稗闻野史更像汪洋,无边无际且无所不包。

曾经活色生香的玉央依旧潜藏在其中。

深入迷茫之中将浑水澄清，忽然就看到一个精灵般的女孩凭空从历史的混沌中脱颖而出,那真是一出惊艳的喜剧。

昔日有智者米开朗琪罗为古以色列大卫王造像,他的一段话很有意思:大卫不是我的作品,他原本就藏身在无与伦比的大理石之中,我所做的不过是将他从那块大理石中找出来。

无与伦比的米开朗琪罗啊！无与伦比的大卫雕像啊!

渺小如灰尘微粒的女孩玉央,你运气不好,你不可能有天神般的米开朗琪罗为你助力,因此你不会有大卫那样的好运道横空出世。

然而你有你的贵人。其实你的贵人比米开朗琪罗比大卫一点不差。你是借了杜牧去开始你的生命之旅。你很像是瘦西湖里的一枚水滴,不经意间溅上了杜牧的衣袖。那一个瞬间不单杜牧浑然不觉,连你自己也完全没意识到那是一颗即将萌芽的非凡的种子,必定迎来一程无比绚烂的绽放。

素来喜欢云游的杜牧,在唐文宗大和七年(公元833年)的三月里,第五次来到扬州。这一年,杜牧三十岁。

扬州是如此吸引着风流才子杜牧,以至于他在最近数年里一来再来。不错,扬州在盛唐乃商业之都,比之千年之后的上海在中国的地位有过之无不及。不错,扬州山明水秀人杰地灵,一直是诸多诗人寻觅灵感的风水宝地。不,这都不是杜牧迷恋扬州的理由。

对了,美女。是扬州如云的美女让杜牧心神迷乱,去了不舍,来了又来。而且他每次来扬州,总把时间选在三月。据他自己的说法,这完全是受了大兄李白的指引,烟花三月下扬州。一定是烟花三月。说白了,杜牧来扬州就是为了皇家大和教坊的一众美艳的舞娘。

大唐大和七年时的玉央还只有十一岁。无论在她与她娘的小家之中,还是无论在她所居住的扬州皇家大和教坊,玉央都还只是一个小丫头小角色。普通到不能再普通,平凡到不能再平凡。

我猜,甚至连她自己也绝想不到,千年之后会有一部大书以她为主人公。不,不要以为杜牧接下来邂逅的女主角是她。不是她。

那个女孩叫露彤。

露彤是皇家大和教坊的头牌舞娘,美艳绝伦,风情万种,万众瞩目,活生生一个杨玉环再世。那才是风流种子杜牧所迷醉所倾慕的美人。

若把露彤比作月亮,那时的玉央只能勉强算是一颗忽明忽暗的小星。除了她的几个小伙伴,当然也除了她母亲荣氏,这个世界上就没有谁认真留意过她的存在。那时的玉央甚至还不叫玉央,她连个正式的名字也没有。她娘叫她小丫,大家也都跟着叫她小丫。

杜牧与小丫的缘分说浅不浅,说深也算不上深。说缘分不浅,是因为若将荣氏排除在外,杜牧应该是人世间唯一对小丫的身世有深入了解的人。小丫的身世是一桩巨大的秘密,在当时已经被深深埋藏了十一年之久。

如果杜牧不是一个诗人,如果杜牧无缘结识那位与之相关的前辈同行,如果杜牧不那么好奇,如果前辈大诗人的那部诗篇不那么名闻遐迩,如果……也许这个秘密将永远是秘密,永无见天日的那一刻。

小丫与杜牧还有另一层缘分——救命。不是杜牧救小丫,而是相反。十一岁的小丫在他们相识之初,居然成了大诗人杜牧的救命恩人。

说缘分不深,也是因为他与小丫之间仅此而已。男人女人若论缘分,姻缘当为之最,而后该是情缘。玉央杜牧,绝无半分情缘,姻缘更是无从谈起。漫漫人生长河,二人各行各的船,从无并肩也无碰撞。充其量在公元 833 年这一年里,二人遇之交臂也失之交臂。

然此一遇全拜露彤所赐。

杜牧这会其实并不知道,他很快将以最奇特的方式认识一个最古怪的小丫头,货真价实的不期而遇。但是这会他已经以他特有的方式打听到,扬州城皇家大和教坊最最美艳的姑娘叫露彤。他已经在打露彤的主意了。

小舟来到杜牧船前。上来两位十几岁的小姑娘向各位问好,为各位斟酒。

此时的杜牧已经让美酒淹没了喉咙,醉眼惺忪,他向两个小姑娘打听露彤。

小姑娘说露彤姐姐不随便见客人的,问他怎么称呼。骄傲的杜牧以为普天之下没有人不知道“杜牧”两个字向小姑娘报上他的大名。两个女孩的年龄还太小,还不懂得照顾大人的颜面,问他杜牧是个什么东西。两张小脸稚气互现,不经意间给了大诗人杜牧一记清脆的耳光。杜牧颇无可奈何,只好摆摆手,让她俩去据此通报。小姑娘没有再让客人难堪,回到自己的小舟。

湖面船影幢幢。各条船上烛光闪烁。

两个女孩都不以为这个杜牧像是坏人,于是商定了要成人之美。小舟并未远离杜牧他们的游船。

“你不是要把他直接带到露彤姐姐船上吧?”

“我是。”

“他好像喝多啦。”

“我最清楚露彤姐姐喜欢什么样的人。他就是这样的人。”

“可是他喝多了,不会闹出什么事吧?”

“我敢肯定他不是会闹事的人。”

另一个有一点勉强:“那好吧。”

“我们过去,然后你叫他下来。”

小舟重新回到游船近处。其中一个站上船头,双手拢在嘴边。

“杜牧!”游船内舱拥出几个人。

“叫我？”杜牧从众人身后闪出，指着自己鼻子。

“下来吧。”小姑娘点头。

“杜兄，你交桃花运啦。”

杜牧看来酒醒了大半，竟然撩起衣襟从花船轻盈地跳到小舟上。小舟摇晃了一下，吓得小姑娘一声尖叫，马上蹲下来。

杜牧说：“吓着你了？”

另一个在他身后接上：“看你人挺斯文的，居然这么莽撞。”

“对不起，不好意思。”杜牧回头。

两个小姑娘不再理他，各自摇动单桨，很快将游船留在背后的夜色中。小舟渐渐靠近了露彤的船，那也是一条不大的游船。已经可以听到露彤她们放浪的笑声了。

杜牧一心向前张望。对于此时此刻的他，一个伟大的历史时刻即将来临。可是他怎么一点也不激动呢？

小舟慢下来，最后停住了。

此时的露彤坐在前甲板桌前，品着一杯香茗。月光穿透雕花木窗钻进舱内。几个姑娘正嬉笑打闹。其中一个女孩马上发现了小舟已近在眼前。杜牧正翘首望向这边。露彤看过去。那个人影(杜牧)像是为了让她看得清楚，上前一步立到船头。

“怎么好像……有个男人呀？”

“是啊，那是谁呀？”

“谁认识这个人吗？”

几个女孩相互摇头。杜牧作了一个长揖。

“别让那人上船。我累了，谁都不想见。”露彤说完转身往舱内走，三个姑娘跟在她身后，只剩一个还在那里张望。

杜牧直起身，发现作个揖的工夫，甲板上的美女便消失了五分之四，顿时有泄气之色。

一个小姑娘对另一个说：“露彤姐姐好像生气了。都是你，非要把他带过来。”

另一个脸上露出不安。小舟靠上露彤的船。

留在甲板上的那个立在入口处，居高临下挡住杜牧，瞄了他一眼问：“他是谁？”

“这位是专程来求见露彤姐姐的客人。”

杜牧仰脸，向上拱手：“在下姓杜，单名一个牧字。杜牧。”

“姐姐歇了，您请改日再来吧。”

“请姑娘告知露彤小姐，来访的是杜牧。”

“管你是木头还是石头，姐姐说了谁都不见。”她话里的意思是如此明白，杜牧即使酒精上头也绝不可能领会错。莫非近在咫尺的情缘真的远在天涯？

也是杜牧命不该绝，此时此刻忽然传出露彤她们的尖叫声。三个女孩满脸惊惧，扭转脸回眸，一齐踮起脚朝上张望。一个姑娘扶着露彤跑出船舱，已经吓得花容失色。船舱的帘子被一把扯下，露出一张醉醺醺的黑脸。

“你，你是什么人？”露彤最大，也比较沉得住气。

“我是什么人？扬州城谁不知道我封三？谁不知道我封三喜欢你露彤！”来人一拳将窗户击碎。

“你，你到底想干什么？”

“想干什么？什么都想干！”封三抬腿跨过窗栏，伸出他的巨掌去抓露彤。

露彤仓皇躲过，但长长的衣角还是落在了封三手里。他用力一拽，露彤一个趔趄被拽倒。

露彤大叫救命，尖厉的声音刺破瘦西湖的夜空。先前那个女孩已经被吓瘫了，只能唯唯诺诺说“我害怕,姐姐,我害怕……”声音比蚊子也大不了许多。

“快去叫人哪!”

封三轻轻提起露彤笑:“叫人?叫谁?露彤妹妹,我想你想了很久了。”

“求你,求你放过我吧。”露彤浑身发抖。

那边的三个女孩已经给吓坏了,竟接二连三跳到湖里。

封三撒开露彤,她已经瘫作一团再也站不住了。

“扬州城没有人不知道封三喜欢露彤。没有一个人不知道!”

“有。”忽然一个鬼魅般的声音响起。

封三那被酒精浸泡过的脑子已经不太管用了,左边看看,右边看看,同时转过笨重的身子问是谁。他其实并未找到应声的那个人。

“我。”已经蹿上游船的杜牧话音未落便以迅雷不及掩耳之势,自下而上一头撞向封三的下巴。随着一声号叫,封三还未看清对方,已经仰面朝天重重倒地。杜牧一边揉着头顶,一边将露彤挡在身后。

“露彤姑娘,他好像疯了。这里太不安全,你赶快乘小舟离开。”

露彤惊恐地点头。

封三爬起来,大吼:“谁?哪个王八蛋阴我?”

看到杜牧似曾相识的一张脸,封三忽然瞪圆双眼,叫道:“好啊!是你个王八蛋!老子正要找你算账,你自己倒送上门来了。”

姑娘们趁机全部溜到小舟上。其中一个姑娘取下船桨,左一下右一下抡着,将小舟划离游船。

露彤她们仍然紧盯着游船,都为杜牧捏一把汗。她们看得出杜牧根本不是封三的对手,全无招架之力,且战且退。封三则越战越勇。杜牧后退时突然被绊倒,封三的机会来了……

姑娘们齐声尖叫,双手捂住眼睛。露彤却眼也不眨地盯住游船,表情里既有恐惧,也怀着希望。封三狂笑,一步一步逼向已然倒地且全无还手之力的杜牧。露彤紧张地咬住手指。

封三痛踹杜牧。一脚,又一脚,又一脚……

杜牧脸上写满了“痛不欲生”四个字;封三的狞笑在空寂的湖面上令人不寒而栗;小舟那边姑娘们的尖叫与令人恐惧的狞笑形成也和谐也不和谐的交响。这一刻,封三有点得意忘形了。

得意可以,有道是,人生得意须尽欢。然切不可忘形,否则必遭报应。但是没有人料到,这报应来得如此之快。

甲板上兀立着的落地烛柱像自己长了腿一样,突然砸向封三后脑!他摇晃了一下,重新站稳,慢吞吞转过身,伸出手,抓向前方。落地烛柱又给了他当头一棒,血滴经过额头流了下来。封三翻翻白眼,重重地倒在地上。

小舟上的姑娘们目睹着刚刚发生的这一切,都惊呆了。

导演出这一幕的那个十一岁的小丫头依然用双手抓着落地烛柱,站在如一摊烂泥的封三身前,抬手擦一把额头,紧抿的嘴放松了,长长吐出一口气。刚才还一脸严肃的小丫头这会终于露出了只有她这个年龄才有的充满稚气的笑。

她低下头看着杜牧。杜牧此刻已奄奄一息,但他还是没忘了在昏厥前向救命恩人颔首致谢。

小丫头说:“他不能再踢你了。”

2

小丫头在教坊里的正式称呼就是小丫,那时候小丫还不叫玉央。

教坊的藏药间内置三排巨大的抽屉药柜，一把又高又重的竹梯靠在墙边。墙角一张案桌，一摞簸箕。四面墙三面开窗，共六扇，室内采光很好。

小丫冒冒失失闯进来。面前是高她几倍的巨型抽屉药柜。她仔细阅读抽屉上的标签，找到了需要的草药——珍珠梅，竟然在最高的那层抽屉。她抽出下面的抽屉，当作台阶站上去，再抽出上面的，再登上……俨然把药柜抽屉变成了活动梯子。身手灵巧而且娴熟。如此几次，终于拉开了顶层抽屉，将珍珠梅攥在手里。之后灵巧地回到地面。

小丫手捧着草药一路小跑，在廊柱中间穿行。

一个小伙伴跑过来："你成了大英雄唉！"

"别烦我，忙着呢。"

"听说你救的那个人是鼎鼎大名的诗人是吗？"

"跟你说啦，这会别烦我。"

小丫绕开小伙伴继续飞跑。

这些都不是杜牧能看到的。事实上，杜牧比小丫的母亲见到小丫的机会反而要多。因为他是个闲人。小丫也是。他一个人躺在床上养伤，百无聊赖，看着墙上连成一排的那些姑娘们的画像，逐一端详。他在露彤的画像前逗留的时间最久。随着一阵轻快的脚步声由远而近，小丫到了。

小丫说："她们都去龙舫了。"

杜牧说："谁们？"

"她们所有人。"

杜牧坐起来："我们也过去看看？"

"有什么好看的？我早烦了。我来帮你敷脸。"

杜牧闭上眼，乖乖听她摆布。

杜牧说："你人不大，胆子够大的。"

小丫将浸了药水的纱布敷到杜牧脸上。

"人小胆才大。大人都是小胆。"

"你真够让你娘操心的。"

"她喜欢瞎操心。"

"你能帮我搞到笔墨纸砚吗？"

"这太容易了。没有什么事不能。"

"你除了弄药水，还会做什么？"

"都会呀。"

"说说。"

"打封三啊。"

"还有呢？"

"修指甲。"

"还有呢？"

"梳头发、编辫子。"

"还有呢？"

"弹琵琶。"

"还有呢？"

"写诗作画。"

杜牧说："天哪，有没有你不会做的事啊？"

小丫想了又想："我不会做菜。"

"惨了惨了,我只会做菜。"

"你不用骗我,谁都知道你诗写得好,画画得好。"

"你找来笔墨纸砚,我们两个写诗作画玩。"

"就这么说。"

于是乎,杜牧站在地上,卷起袖子,俯身挥毫。他写的是白居易的《琵琶行》,笔走龙蛇,一手漂亮的行草。

小丫在另一张台上专心致志画画,是一幅仕女图,显然以露彤为蓝本。笔法还略嫌稚嫩,但已显露出惊人的才气。她画完最后一笔,之后将长锋羊毫扔进笔洗里,用两个手指捏住仕女图一角,送到杜牧身旁。

小丫说:"我画完了。你还没写完啊?"

"还有几句。"

"你等会再写吧,先看我的。"

她将画放到《琵琶行》上面。

杜牧想拦她已经晚了,下面未干的墨色已经洇上了她的画。

杜牧连忙将画拿起:"看看,你的画也弄脏了。"

小丫无所谓:"脏了再画新的。"

杜牧看画。小丫给了他时间。

小丫终于还是等他不及:"如何?你可不要客气。"

"不错,很不错。"

"什么叫不错?好还是不好?"

杜牧相当被动,连连点头:"好。"

"没了?"

"相当好。"

"好了。去写你的吧。"

小丫接过画。杜牧重新蘸墨润笔,接上"凄凄不似"四个字。

…………向前声
满座重闻皆掩泣
座中泣下谁最多
江州司马青衫湿

写就,也将毛笔放进笔洗。

小丫说:"该我评价你了。"

她很在行地从第一张看起,一目十行,眨眼之间三大张纸一首长诗就被她消灭掉了。小姑娘一脸的严肃,盯住大诗人的双眼。

"如果不是少写了一个字,我也会送你一个好。"

杜牧怔住了:"少一个字?怎么会呢?"

"大弦嘈嘈如急雨,小弦切切如私语。嘈嘈切切错杂弹,大珠小珠落玉盘。对吧?"

"没错。"杜牧点头。

"你自己再读一遍,看是不是少写了一个切字?"

"天哪!你太神了。"杜牧再看自己写的诗,果然被小丫言中。他动手将切字补上,"可是我不明白,你看得那么快,我根本就不信你从头到尾看完了……"

“我当然看完了。”

“真是不可思议。我更想不到,你居然会背《琵琶行》,居然看出了我少写一个字。”

“背诗有什么奇怪?没看过的就罢了,看过一遍的我都会背下来。你会背的诗,别人少写了一个字,你怎么会看不出来呢?”

“看过一遍的都会背下来?”

“是啊。”

“听过一遍的呢?”

“那不是一回事吗?”

“相如死后无词客,延寿亡来绝画工。玉颜不是黄金少,泪滴秋山入寿宫。”

“相如死后无词客,延寿亡来绝画工。玉颜不是黄金少,泪滴秋山入寿宫。”小丫张口就来。

杜牧摇头:“不可思议,太不可思议了!”

小丫说:“我两岁就会背《琵琶行》了,那是我背的第一首诗。”

“你那么早就识字了?”

“我就是从《琵琶行》开始认字的。娘一个字一个字教我……”

小丫忽然缄口。杜牧还没明白过来,荣氏已经进门了。杜牧先前知道了这位教坊的当家妆娘是小丫的母亲。

荣氏说:“谁教你什么?”

小丫噤住了,紧抿住小嘴,怯怯的两眼紧盯住娘。

“先生又作诗了?”荣氏转向杜牧。

“我在和小丫比赛。我写一首诗,她画一幅画。”

小丫说:“我赢了。我比他先完。他还少写了一个字呢。”

荣氏说:“这孩子太调皮了,您千万不要见怪。”

杜牧说:“小丫真真聪明绝顶!”

“她就是让大人给夸坏了。”荣氏说着转向小丫,“该去睡了。”

小丫不情愿地噘起嘴,转身往外走,一边嘟嘟哝哝:“睡就睡呗,有什么了不起?”

荣氏对杜牧刚刚写就的《琵琶行》感兴趣,问是否小丫让他书写这首诗。

杜牧摇头:“她说要比赛,让我写字她画画。我想画一张画恐怕时间要久一点,就自己选一首长一点的诗。谁知道她画得那么快,我没写完她已经画完了。”

荣氏沉思着点头:“这样最好了。”

杜牧没懂:“什么最好?”

“没什么。这丫头做什么都快,毛毛躁躁的,而且又争强好胜。让您见笑了。”

“她这么小,居然琴棋书画无所不能,尤其是她过目不忘,太叫人吃惊了。”

“小丫年龄还小,就这么喜欢卖弄,我怕这日后会害了她。”

“此话怎讲?”

“首先锋芒太露会遭人嫉恨,她是女孩子,在嫉恨中生存会太过艰难。再说她依仗小聪明,一学就会一点就通,这也妨碍她深入扎实地学习和做事。”

“很有道理。人在小的时候,怎么也不会明白‘聪明反被聪明误’这句话,等到明白时已经长大,已经晚了。”

“这也是我最担忧的。”

杜牧拿起小丫的画:“尽管笔法还欠火候,她的画,”伸手指着墙上的一幅美人图,“很得那幅画的神韵。”

荣氏脸红了。

“那些画像是随手画的,哪里说得上有什么神韵?让先生见笑了。”

杜牧这才知道所有那些画像均出自她之手,大为惊诧。

“怎么,居然都是荣师傅的大作?”

“为了方便每天给她们上妆,就随手把每个人的脸型勾下来。不同脸型需要设计不同的妆式,配不同的发式。”

“师傅的笔墨功夫着实了得。随手之作也足见大家气象,在下十分佩服。”

“先生过奖了。”

“有一点我不明白,我看得出,师傅用笔十分精准。我不懂,为什么你把露彤姑娘满月之脸有意画窄呢?尽管依旧传神,却少了几分腴润。多多少少总觉得有一点缺憾。”

荣氏笑了:“看来先生也有玄宗皇帝之好了?喜欢丰满腴润,喜欢大起伏的曲线,我没说错吧?”

“大唐盛世,美人自然该有相应的风韵,健康而大气,自信而悠闲。在下以为,玄宗皇帝是个很懂得欣赏女人的男人。”

“先生大人自有大胸怀。我是个小女子,可能更在乎个人趣味。在我手里,一张骨感的脸可以有很多选择,生出更多变化。我喜欢那种感觉。也如玄宗皇帝宠杨玉环,汉代成帝宠赵飞燕。萝卜白菜各有所爱。口味不同而已。”

杜牧说:“荣师傅高论。”

“只是一个妆娘的工作心得。让您见笑了。”

“如果我没记错,荣师傅一个晚上,见笑二字说了三次。其实这话该我说才是。荣师傅你是真正的世外高人。”

“时候不早了,先生歇吧。”

荣氏告辞。留下杜牧一个人在摇曳的烛光中,内心感慨不已。这母女二人在同一个晚上各展神通,令见多识广的大诗人再三惊诧,不能不说是一段奇缘。

杜牧幼时体弱,练过几个月八段锦强健了许多。这一次受伤恢复得很快,三日后已经可以在坊内慢慢踱步了。他听说皇家大和教坊的书画很有些传统,便想着过去瞄上一眼。

书画坊是一个宽敞的大房间。墙上一溜卷轴书画,山水、花鸟,更多的还是画着各式美人的画卷,其中不乏名家落款。东西两侧靠墙壁放置着一个宽大的红木案几,文房四宝置于其上。一群小姑娘伏在案上练习作画。里面烛光幽幽。小丫也在其中。姑娘在师傅的指导下临摹周舫名作《簪花仕女图》。小丫的小脸聚精会神。烛光照在画面上,把画面人物烘托起来,渲染出一种奇妙的意境。

小丫看呆了,不由自主地感叹:“那些女子的发髻好漂亮啊,衣料也特别的好!”

书画师傅说:“那都是宫女啊。是皇宫里的女人。”

小丫也在临摹《簪花仕女图》。每个女孩的眼睛都在自己的手上和画上。书画师傅的声音在姑娘们耳畔回旋。

“皇宫里面的女人,个个美若天仙。天下所有漂亮的女子,都以能进宫侍候皇上为至上的荣耀。”

她走到画前,指着画中仕女的脸。

“鼻子的线条多么精致,脸庞如满月一般,长长的眼,丰润的小嘴。再看这衣服飘逸的线条,有微风吹拂似的灵动……周舫笔下的女人,真乃鬼斧神工,古今无一人可以望其项背。”她顿了一下,“好了,今天的课就到这里。没画完的可以继续,不要急,我把画先留下。”

师傅离开了。她并未发现不速之客杜牧。刚才还寂静无声的房间,忽然充满了女孩特有的窸窸窣窣。有的画好了,送到前面案上。有的凑到别人旁边观摩。也有的一动未动,留在原处埋头用功。

小丫的双眸一刻也没有离开画作，盯住刚才师傅说到的仕女，禁不住伸出手指随着画作中的线条凭空描摹，一边口中喃喃有声。

“鼻子的线条多么精致。”摹鼻子。

“脸庞如满月一般。”摹脸廓。

“长长的眼。”摹眼。

“丰润的小嘴。”摹嘴。

“衣服飘逸的线条，”摹衣服，“有微风吹拂似的灵动……”

她忽然意识到了什么，转过脸，一下看到了杜牧。杜牧也正在看她，目不转睛。小丫以灿烂的笑靥作为回应。他们之间有了一种不可言喻的默契。

演出结束后，露彤连同众舞娘在甲板上迎候宾客。

为首的日本客人对美女兴趣不大，只对游船金碧辉煌的彩木浮雕，对做壁饰的绣品，对艳丽华美的饮酒器皿表现出极大兴趣。而对挡在他去路上的露彤却视而不见。

露彤已经给了他一个职业性的媚笑，见他毫无反应，于是又一次主动以迷人的微笑招呼他。

露彤迎道：“欢迎来到大和教坊。”

日本客人原本痴迷的目光，在撞上露彤那一刻忽然一怔，随即板起脸从鼻子里哼了一声，居然像躲避瘟疫一样从露彤身边逃开。露彤的笑脸瞬间凝固成尴尬。以日本客人为首的那伙人来到茶酒坊，东看看西看看。

三排双层大隔架各靠一墙。第一排上摆满美酒，第二排上摆满香茶和补品，第三排是各种器皿。墙角另有酒坛和水果筐。屋子中央一张大桌案，上有榨汁器械，称量天平、过滤器械等等。众人围在案边工作。

多位酒娘忙着调配各式美酒。有人在鲜榨果汁，有人在打陈酿，有人弄着工夫茶，有人在制作药茶，有人忙于在酒中按配方以草药制作补酒。教坊里这些学徒小姑娘或进或出，忙得不亦乐乎。

那个日本客人东张西望，一个人穿堂而过，顺着长廊一路向前。这时，端酒的女孩刚好经过，迎面看见日本客人。女孩挡住他的去路。女孩告诉他这里是教坊内院，客人不可以过来的。

日本客人说日本话，大意是他迷路了，问小姑娘可否为他带路。

女孩不懂，晃晃头耸耸肩嘟囔一句：“原来是番人。”

她无可奈何，只好给他让开路。

头顶的彩绘，亭口的匾额，墙上的雕刻……日本客人不知不觉就到了书画坊。一阵笑声如银铃摇动。他把头探进去。那张日本脸充满惊喜。

此时书画坊里的临摹课已近尾声。一个着粉衫的姑娘盯着小丫看。她拉住另一个姑娘，指着小丫：“像不像？”

“像谁？”

粉衫姑娘又指着《簪花仕女图》：“像不像左起第二人？”

另一个姑娘说：“有点……还真是像唉！”

小丫抬起头：“谁像谁？”

粉衫姑娘去到《簪花仕女图》前，手指左起第二个仕女。

“说你跟她真是太像啦。”

“我哪有那么美，不过发式有点像罢了。都怪我娘，刚才她闹着玩似的给我换了这个发式。”

“小丫，帮我也做一个那样的发式，好吗？”

“我娘也是第一次给我这样做。”

粉衫姑娘说："求你了。"

"我又看不到我头顶，谁知道我娘怎么做的？"

"你一定行的。你可以照着画中的样子做呀。"

小丫终于搁下画笔。来到画前仔细揣摩。

其他姑娘七嘴八舌。

"我也要做。"

"小丫，你不可以厚此薄彼啊。"

"我要右边的那种发式。"

小丫回过头："谁答应你们了？"

姑娘们齐声："你！"

粉衫姑娘："你答应也得答应。"

大家接："不答应也得答应！"

小丫粲然一笑："真拿你们没办法。"

远处门外的日本客人两眼发亮。

书画坊里的姑娘们异常开心。小丫仿照画中仕女的造型为她们梳头。也化了淡妆。几个人模仿起《簪花仕女图》的组合排列，扮起宫女来。

"参见娘娘。"

一番玩笑。

已经闪进大门，悄悄站在暗处的日本客人，看着小姑娘们游戏，目光搜索着她们灵巧的赤脚，细嫩的脖颈，鲜粉的双颊……表现出莫大兴趣。他尤其关注小丫，目光紧随她的一举一动。他忽然一阵紧张。原来有脚步声，已经到了近处。他躲到帷幔后面。是书画师傅回来了。

刚刚还笑闹成一团的小姑娘们同时噤口，人也都僵在原处，仿佛是一幅凝固的戏剧性画面。

师傅笑了："怎么了？我就那么可怕？"

小丫打破僵局："师傅，她们也都喜欢画上的发髻，我就照猫画虎，给她们打扮成这样子。要责备您就责备我好了。"

师傅说："很好啊。小丫真是一双巧手。"

粉衫姑娘说："师傅，您进过皇宫吗？"

"我像你这么大的时候，跟我的师傅到长安大明宫后宫去临摹。"

"宫里的女人真的都像画里那么漂亮吗？"

"比画里还要美。没有美人，哪来的美人图？再好的画师如周舫，也要看着美人才画得出《簪花仕女图》。"

小丫说："师傅见过周舫吗？"

师傅摇头："我哪里会有这种幸运？"

"周舫这画又怎么会到我们这里呢？"

师傅笑了："傻丫头，周舫的珍本在大明宫啊。这一幅只是摹本，就是我和师傅当年去宫里，师傅的临摹之作。"她边说边将画卷收起，"你们也该睡了。"

书画师傅走过去时，躲在帷幔里的日本客人颇为紧张，抖个不停。幸好光线很暗，没有引起师傅的注意。她从他身边经过，出了大门。他只顾转身盯住师傅背影，不小心将烛柱碰倒。他终于被姑娘们发现了。

小丫走上前："你是谁？"

他汉语生硬："我的，日本……"

粉衫姑娘说："这里不是客人来的地方。"

小丫说："你会讲汉语吗？"

日本客人很茫然。

小丫说："你是，日本国客人？"

他迟疑地点头，自知行不通却没有任何办法，他只能用日语说话。他把刚才的话又重复了一遍，小丫当然不懂。他也看出来了，他将右手前伸示意她在前面走。小丫明白了，点头。日本客人跟在小丫身后离去。

小丫走在前，日本客人紧跟着她。长廊曲折悠长，漆红的柱子林立，依着旁边的垂柳。不远处是花园庭院，水面安静的池塘。

他用日本话夸她美。小丫回头扔给他两个字。

"不懂。"

他于是改成生硬的汉语，"我的"，用手指自己，"喜欢（日语）"，指小丫，重新改成生硬的汉语，"你的"。

"什么你的我的？"

日本客人急了，伸手抓住她左肩，再也顾不上汉语了，用日语说他喜欢她，问她愿意和他回日本吗？小丫用力将他手推开。

"抓我干吗呀？叽里咕噜的，谁知你说的什么？"

日本客人这一次两手抓住她双肩，依旧用日语坚持地说他喜欢她。小丫也生气了，让他的手拿开，不要他碰她。荣氏及时从后面跑上来，一把拽住日本客人，怒斥他，让他撒开手。他依旧固执地说不关她的事。荣氏当真火了。

"你敢动她一下？"

这时也碰巧赶到的另几个日本客人围上来，将他们拉开，说一定是有了误会。让双方不要急，有话慢慢说。

小丫对妈妈说："他让我带路，忽然抓住我，什么你的我的叫个不停。"

日本客人则对他的同胞说日本话："我告诉她，我喜欢她。我喜欢她有什么错？"

荣氏对另几个客人说："我是她娘，有什么话跟我说。"

一个会说汉语的日本客人说："山田君是日本国派往长安的遣唐使。他家是日本的名门望族。"

"那又怎么样？"

"山田说，他告诉她（指小丫）他喜欢她。"

小丫说："他有话说话呀，干吗动手拽我？"

"山田是好人。他很简单。他没别的意思。"

陪同日本客人的大唐随从说："我说是误会吧。有时候我也不太习惯日本人的方式，不要说一个小姑娘了。"

荣氏也平和下来："说明白就好了。这边不是客人该来的地方，你们请回吧。"

日本客人说："打扰打扰。"

大唐随从说："抱歉。"

那个叫山田的被日本客人拉着往回走，一边嘴里还嘟囔着日语。

"莫名其妙。我说我喜欢她，有什么错吗？"

荣氏从后边揽着小丫的双肩，看着客人消失在长廊拐角。小丫觉到了娘的手在抖，抬头看娘。

"娘，你怕了？"

荣氏蹲下，和小丫面对面："以后晚上不许你到处乱跑。"

“你不用怕,我没事的。”

清晨的阳光似乎知道大和教坊来了贵客,显得格外温煦、可人。蜜蜂嘤嘤,鸟雀啼啭,流水汩汩,一切的一切都预示着今天会是个好日子。

一处清静的院子,院门被推开,大老爷走出来。舒展手臂腿脚。整个人显得神清气爽。夫人跟在他身后,脸上还带着倦容。

大老爷说:“你再去睡会儿吧。”

“还是陪您散步更合我心意。”

二人悄悄踏上花径。

大老爷说:“昨日夜膳吃得比宫中还复杂,真是倒胃口。”

夫人说:“我已吩咐下去了,一切从简。”

“这就对了。我要享受的就是个简单清静。”

路上没有他人,只有早起的鸟儿在枝头跳上跳下。二人穿行于翠竹之间,颇有几分诗情画意。

“那个院子倒也小巧别致。”

大老爷指的是教坊中女孩子们的住处。夫人看过去,显然没看出有什么特别。二人推门进了院子。院子里整齐摆放着一排小号脸盆,牵起的绳子上挂着女孩子的衣裤。正中那间屋子的门虚掩着,上面贴着一张白纸,纸上画了一朵阿朵,写着“请入”两个大字。

大老爷轻声说:“进去看看。”

夫人犹豫间,他已经走向那扇门,她只得跟上。这是小姑娘们的房间。有两张榻,被子下鼓鼓的,像是睡着人。悄无声息,连呼吸都听不见。屋外的脚步声虽然轻巧,却清晰地传进来。

门被一点一点推开,大老爷探头。

还未等他看个究竟,雪白的面粉从天而降,将他糊了满头满脸,狼狈不堪。

两个小姑娘从各自的被窝里一跃而起,拍着手在榻上蹦,口里大呼小叫。

“上当啦上当啦!”

大老爷勉强睁开眼睛。夫人大怒,声音也没了斯文。

“混账东西!你们反了?”

两个小姑娘愣在那里。

夫人进门,朝上看。罪魁祸首是门上方一个装面粉的大布包。扎布包口的绳子已被人拉下,现在老老实实待在地上。绳子的那一头,是刚才拽开绳结的小丫。此刻她站在墙角,瞪大了眼睛。那两个小姑娘看向小丫。

小丫知道闯祸了,知道开罪了教坊的贵客,吐了吐舌头,眼巴巴地看着夫人帮大老爷掸脸上的面粉。

夫人怒喝一声:“混账,还不跪下?”

那两个小姑娘都吓呆了,瘪了嘴,几乎哭出来。

小丫却不服:“若有错道歉就是了,为什么要跪?”

夫人的声音更凶了:“跪下!”

“不跪!没人请你们来,是你自己擅闯民宅。”

夫人气得满脸通红:“擅闯?你胆敢说擅闯?你知道你在跟谁说话?”

大老爷忽然发话:“唉,夫人,怎么啦?别跟小孩子一般见识啊。”

“可是……”

大老爷抬手制止她,转向小丫。

他温和地说:“你说我们擅闯,可门上明明写着‘请入’啊。”

“门上明明写着‘阿朵请入’,不信你看。”

小丫走过去,拽下门上的白纸递到大老爷眼前。他看着上面那朵画出来的阿朵哭笑不得。

“那阿朵又是什么意思呢?”

“阿朵就是阿朵啊。我跟莲莲兰兰三个人要给她个生日惊喜。唉,全被你们破坏了。”

叫莲莲的女孩此刻胆子也大了:“就是,一晚上白忙活了。”

大老爷笑了:“这也算惊喜?”

“怎么不算?这是惊,喜在后面嘛。现在惊没有了,喜也没那么喜了。”

夫人说:“这么说,我们反倒要向你赔罪了?”

小丫豪爽地小手一挥:“算了!你们也不是故意的,我们不计较。”

大老爷哈哈大笑:“那就多谢你了。”

小丫也嘻嘻一乐:“你这个人还不错!”

“怎么不错?”

“还算通情达理啊。”

“还算?我们可以算是朋友吗?”

“你说是就是啦。我无所谓的。”

大老爷的微笑平和而又宽厚。还在榻上的莲莲兰兰也笑了。

夫人见大老爷并不生气,便也消了自己的火气,摇摇头,继续帮他掸去脸上的面粉。今天的寿星佬——那个叫阿朵的女孩在这个时候推门进来,她睡眼惺忪,满脸的不解。

“你们干吗呢?他们是谁?怎么也来了?”

小丫莲莲兰兰一起跳起来:“阿朵,生日快乐!”

夫人说:“你就是阿朵?我们也祝你生日快乐!”

大老爷问小丫:“你的喜呢?”

小丫颇有几分不屑:“又不是你过生日你急什么?”

一张桌子摆到两榻中间。小丫安排莲莲兰兰阿朵连同她自己坐一张榻,让大老爷和夫人坐另一张。这么多人挤在狭小的空间里,显得有点滑稽。这个特定时间,小丫成了这里的主宰。现在她一本正经地面对阿朵。

“给你的惊呢,已经被他(指大老爷)抢走了,至于喜嘛,”小丫变戏法似的从桌子底下拿出一个雪白的大奶糕,“就是这个啦!”

阿朵瞪大眼:“奶糕!”

奶糕上面有一幅红线勾出来的人像,酷似阿朵。

阿朵说:“这是什么东西?能吃吗?”

小丫点头:“我用乌梅汁画上去的。”

大老爷和夫人凑过去看。

大老爷问小丫:“你画的?”

“我画的。”

大老爷摇头:“不信。你能画这么好?”

兰兰说:“小丫最会画画了。”

莲莲说:“书画坊里没有一个学生比小丫画得好。”

大老爷再看那张画:“你是书画坊的?”

小丫说:“哪里的都不是。”

兰兰说:“荣师傅是她娘。”

阿朵说:“小丫比哪个坊里的女孩子都棒。”

显然大老爷和夫人他们听得云里雾里。

阿朵抢先挑了一点带乌梅汁的奶糕放到嘴里,这样,那张画上的阿朵就少了一只耳朵。大老爷一愣。

“哎呀。”

阿朵咂嘴:“真好吃。我们切奶糕吧。”

小丫莲莲兰兰拍手叫好。阿朵动手切。

夫人对大老爷耳语:“老爷,那边肯定已经备膳了。”

大老爷笑眯眯地说:“不理他们,我看这个什么奶糕味道一定不错。”转向小丫说,“你画画得这么好,什么时候给我也画一幅?”

“没问题,过两日你记得找我讨。”

大老爷点头:“好啊,咱们一言为定。”

夫人叮嘱小丫:“你可千万别忘了啊。”

奶糕已切好,一人一块。

阿朵说:“吃奶糕咯!”

四个小姑娘再不顾别的,狼吞虎咽起来。

大老爷大口吃,夫人小口吃。显然这个奶糕味道确实不错,连每日山珍海味珍馐佳肴不离口的皇帝皇妃也吃得津津有味。而几个小孩子这会已经完全顾不上他们了,两位尊贵的客人被暂时忘却了。

待四个小姑娘重新想起那两个人时,已经到了这一天的晚上。她们依次登上教坊演台,因为她们身形过于小巧,使原本廓大的演台显得更加空旷。

莲莲摆了个造型。小丫模仿。兰兰模仿。唯有阿朵对舞蹈没有丝毫兴趣。她对早上的美食念念不忘。

阿朵说:“小丫,我又馋你娘的奶糕了。”

莲莲说:“那位夫人的姿态那么优雅。”她模仿夫人的动作。

兰兰撇嘴:“她样子好凶啊。”

阿朵说:“才不呢!我看见她对大老爷那一笑,甜甜蜜蜜的,大老爷心里一定美得不行。而且她的声音好听极了。”她也模仿夫人的声音,“你就是阿朵?我们也祝你生日快乐!”

兰兰说:“臭美吧你!”

小丫说:“阿朵,你没看见那个人那副狼狈相,满头满脸的白面粉,真把人笑死了。”

兰兰说:“我还是觉得那夫人太凶了。”

小丫说:“我还答应给那个人画一张像呢。你们记得提醒我,可别忘了。”

阿朵说:“放心吧!谁忘了我都不会忘。”

其实真正不会忘的是小丫自己,她的记忆力之好令后来的杜牧钦佩不已感慨不已。这是后话。

次日一大早,荣氏就发现小丫躲在自己的小房子里将笔墨纸砚备好,睁大了眼睛发呆。小丫告诉娘,教坊里那位尊贵的客人问她讨画。她也给荣氏讲了她们几个小丫头是如何戏弄了那两个人。她说那个人很有肚量,大人不见小人怪。她因此一定要把允诺兑现,画一幅自己满意的画送给他。

荣氏说:“我听说,他们今天要走唉。”

小丫说:“那我可要抓紧了。”

这边大和教坊广场上正在举行盛大的欢送仪式。

唐文宗王昭仪坐在上首。众武士和侍女两边排开。坊主立在下方,身后是教坊众人,黑压压一片挤满了整个广场。

坊主高声:“大和教坊绣坊献《锦绣河山》绣品一幅,请老爷夫人过目。”

八个一般高矮的女孩撑着一幅大型刺绣走上前。

文宗点头,大声:“好。”转对王昭仪低声,“来的时候就不清静,临到要走了还来这么一场。”

王昭仪低声:“下人的心意,老爷若不受他们倒惶恐了。”

文宗叹了口气。刺绣被侍女收走。

坊主高声:“大和教坊书画坊献《大唐天子南巡图》一幅,请老爷夫人过目。”

上前的是一幅大画,由十六个女孩共同手持。

文宗喃喃:“书画坊?”

王昭仪低声:“老爷是否想起那几个小丫头了?”

“说好去找她讨画,却给忘了。”

“既是书画坊的学徒,这幅《大唐天子南巡图》里定然有她的笔墨,也算讨了她一张画。”

文宗微笑摇头。王昭仪看到坊主在等候回应,轻轻捅了文宗一下。

文宗说:“好。”

侍女将画收走。

坊主高声:“各坊所献礼品均已给老爷夫人过目,请老爷夫人指示。”

文宗说:“很好。都很好。”

王昭仪说:“诸位辛苦。”

坊主说:“小的们不敢称辛苦。”

文宗起身。王昭仪相随。

座下众人拜倒:“恭送老爷夫人回乡!”

武士高和:“起轿。”

文宗的队伍渐远。

坊主率众人等还鞠躬立于门前。直到那两顶红轿的轿顶隐没在远处,大家这才直起身子。坊主长长舒一口气,顿时现出疲惫之态。这时候小丫手里攥着宣纸筒,不紧不慢地过来了,但她马上明白了怎么一回事。

懊丧明明白白写在小丫脸上。

“走了?”没一个人理会她,没人懂她在说什么,“不是说好的要过来拿画吗?怎么说走就走了呢?”

3

转眼之间,杜牧来教坊有八天了。其间,他两次出去与那几个狐朋狗友小聚,烂醉一通。可他心里还是放不下露彤,喝到再晚,也还要来露彤房里报到,亲热过了才回容妆坊。

可是小丫从来不管他睡得多么晚,只要她起来了,就会冲过去拍内室的门。

“起来。快起来。太阳都照屁股了。”

杜牧这会还猫在被子里,但他没法不理睬她。

“小丫,是你吧?”

“不是我。”

“那是谁?”

“是我娘。”

“小丫她娘！”

“哎！”

“稍等一下。我马上起来。”

“这就对了。”

“你有什么事吗？”

“不是你让我早上过来吗？”

“没有啊。”

“你脑子坏掉了？”

“昨天我是让小丫今早过来。不是让你。”

“哼！你把我气死了！”

“一大早就被你吵醒，我才气死了呢。”

杜牧从里面推开窗，探出头：“你娘呢？”

小丫气呼呼：“被你气走了。”

“进来吧。”

他们两个谁拿谁都没有办法。

于是杜牧坐在案前。小丫站在桌案另一边，胳膊支在案上，下巴搁在手上。

“今天比什么？”

“你想比什么？”

小丫翻动眼珠，真就想了一下：“不能跟你比化妆，那就太欺负你了。你是诗人，就比背诗吧。”

“背谁的诗？”

“让你说。诗经、楚辞、李杜，随便你。”

“所有看过的听过的你都能背，我可没这个本事。你要拿自己的长处比我的短处啊？”

“你说得也是，我不能欺负你。”小丫想一下，说，“要不这样，咱们拿你的长处比我的短处好不好？”

杜牧说：“什么是我的长处？”

小丫说：“写诗啊。”

“跟我比写诗？”

“我知道古人把这叫班门弄斧。”

“你知道这话的意思吗？”

“是说我不自量力。娘也总说我不自量力。”

“你娘说得对吗？”

“也许她对。我不知道。”

“能说说吗？”

“那一次是说杜甫的‘两个黄鹂鸣翠柳’……”

杜牧马上有了兴趣：“哦？”

杜牧立于案前，小丫跪到椅子上。

“娘说学诗就要从杜甫开始，对仗工整，又有丰富的想象。但我就以为他在胡说八道，‘窗含西岭千秋雪，门泊东吴万里船’，什么意思吗？”

“你娘怎么说？”

“娘说你看不懂吗？我说看得懂，就是想不明白。”

“没什么不明白啊。”

“窗外是西岭雪，门口怎么能有东吴的船呢？相隔千里万里，怎么可能呢？我看他就是为了把这些句子排起来好看，根本就是乱写！”

杜牧不禁微笑。

小丫拿起笔，边画边说：“你看，两个黄鹂鸣翠柳，一行白鹭上青天。窗含西岭千秋雪，门泊东吴万里船。”

“我看他写的就是四幅画，而且还是小孩子随便乱画的那种画。这四件事没有一点关系。除了对仗工整，除了看上去好像很漂亮，我看它也没别的什么好。”

小丫随手而就，竟成了一组颇为写意的儿童简笔画。

杜牧说：“你说得很有意思。”

“可是娘就说我不自量力了。娘说学诗的时候要多读杜甫，少读李白。”

“她为什么这么说？”

“她说李白没有杜甫那么讲究，但李白是个天才。普通人不能去学天才，天才不是学的。她还说因为李白是天才，所以他不够努力，如果他努力了，他会写得更好。”

“你以为呢？”

“娘说得不对！她居然没听说过铁杵磨成针的故事。李白其实是天底下最用功的一个人。”

“何以见得呢？”

“对仗那么简单，连我都会，根本算不上什么本事。所以李白的绝句很少用到对仗。”

“你能举个例子吗？”

小丫倒背如流。

李白乘舟将欲行，忽闻岸上踏歌声
桃花潭水深千尺，不及汪伦送我情
床前明月光，疑似地上霜
举头望明月，低头思故乡
……

“打住。对仗了没有？”

小丫重复：“举头望明月，低头思故乡……这不一样啊，看到明月想起故乡，看着像对仗，其实说的是一件事。不像窗含西岭千秋雪，门泊东吴万里船，哪是哪呀，一点都挨不上。”

杜牧大笑：“杜甫要是听了你这些话，不气死才怪。那才叫班门弄斧呢。”

“我才不信。他大人有大量，一定不会和小丫头一般见识。我敢肯定，要是李白杜甫都活着，他们会是我的好朋友，就像你一样。你不是我的朋友吗？”

“我是不假。但是你要说李白杜甫，可就有点大言不惭了。我怎么能和他们相提并论呢？”

杜牧提笔蘸墨，在大张宣纸上一笔一画自右至左横着写下“大言不惭”四个字。

这边小丫抓起另一支笔，从“大”字往下写，象无形弥原初。从“言”字往下写，语无声鬼画符。从“不”字往下写，见晨光花低语。从“惭”字往下写，愧诗未及李杜。她写的时候，杜牧全不懂她什么意思，等她写完李杜二字，把纸擎在他眼前时，他才如梦方醒。

那居然是一首藏头诗，居然是个11岁的小丫头，居然是由他杜牧出题而她一蹴而就。

大象无形弥原初，言语有声鬼画符
不见晨光花低语，惭愧诗未及李杜

她太让他惊讶了。他心里还有一个声音，但那声音只是留在他心里。

"天哪！你是个精灵吗？简直太不可思议了！"

小丫说："你为什么不说话？我写得很差吗？"

杜牧略微有一点结巴："把它，送给我，好吗？"

"拿去！你如果喜欢，我每天送你一首。"

"小丫头，别吓唬我了。我不能总欠你的啊。"

"要是心里不平衡，把上次你写的《琵琶行》送我。"

"我可以写一首我自己的诗。"

"不必了，挺麻烦的。你送这个，我娘就没法骄傲了。她有她的，我也有我的。"

"她有她的什么？"

"《琵琶行》啊。"

"她写的？"

"肯定不是。若是她自己写的，干吗还要像宝贝似的藏着呢？"

"像宝贝似的藏着？"

"就是，看都不让我看，小气鬼。"

"我怎么小气了？"

"说我娘呢，你干吗自讨没趣？"

杜牧哭笑不得，从书架上翻出先前写的《琵琶行》递给小丫。

"我真是自讨没趣。"

小丫接过来："知道就好，人贵有自知之明。"

转身跑着跳着出去了。

美人露形

1

回到杜牧认识小丫之前，回到此番到扬州的次日。

那个早上，瘦西湖烟柳重重。杜牧连同一帮子狐朋狗友上了先前定好的花船，悠悠然湖面泛波，饮酒作诗不亦乐乎。

说来也巧了，刚好这一天也是大唐皇帝文宗携宠妃微服出游的日子，目的地也是扬州。

龙舫在湖面上缓缓前行。从船头到船尾，所有物件都极尽奢华。一楼甲板围栏杆内立着一圈大汉，虽衣着便装，却各个英气逼人，气度不同凡响，一望便知。

二楼却是另一番景象，侍女或倚栏远眺，或打闹嬉笑。这些女孩子既青春可人又不失端庄典雅。一位年龄略长的女子步出船舱，众侍女顿时屏气敛声，垂首而立。

"娘娘。"

被称作娘娘的正是当今皇上的宠妃昭仪，太子之生母，王姓。史称王昭仪。

"出来游玩，不必太拘礼节。若见了我大气都不敢出，岂不失了乐趣？"

"是，娘娘。"

"去吧，不必陪着我，都玩自己的去。"

"是，娘娘。"

"一旦进了扬州城，切不可再一口一个娘娘了。"

刚刚从舱口走出的男人接上话。这个自然是大唐文宗皇帝了。

众侍女跪拜："皇上。"

唐文宗笑了："不可称娘娘，更不可称皇上。这跪拜之礼也暂时免了吧。"

众侍女你看看我，我看看你，陆续站起身。

唐文宗对王昭仪说："夫人，随朕上船头看景。"

王昭仪笑对："老爷，您还自称朕呢。"

"哎呀，微服出巡，微服！夫人要随时提醒我才是。"

来到船头。湖面的风吹得二人神清气爽。

唐文宗眺望越来越近的扬州城："扬州，一别近八载了。"

脚下的湖水被船头分开，呈两道漂亮的起伏。

杜牧他们的花船内舱还算宽敞。中间一条长案，上面摆满酒菜。长案两旁的六七位书生公子哥已经喝得东倒西歪。

歌女独坐长案一端近处的团蒲上抱琴弹唱。玲珑的身形，姣好的面容，曼妙的吴侬软语，绮丽的词句，让公子哥们如醉如痴。

千里莺啼绿映红，水村山郭酒旗风
南朝四百八十寺，多少楼台烟雨中

众人叫好不迭，举杯的举杯，抱拳的抱拳，一下子将杜牧抬到了天上。

"高！实在是高！"

"不敢，不敢。"

"杜牧兄，佩服佩服，实在是佩服得很！"

杜牧应和，伸手端起斟满的酒杯。花船忽然剧烈摇晃，满杯的酒瞬时被他的长衫喝了个一干二净。其他几个人也都东倒西歪。

紧邻杜牧抱琴的歌女顺势一头扎到他怀里。

硕大的龙舫正从花船后侧追过来，很快便与花船并肩。正是龙舫带出的巨大水波，令小小的花船摇荡不已。

龙舫二层甲板上依旧有三五结伴的侍女凭栏。

杜牧跟在众朋友身后，从花船舱里拥到船头。大家几乎同时将眼睛睁到最大，目光追随着渐行渐近的龙舫。

"好美啊！"

"好大啊！"

"好香啊！"

众人吸吸鼻子，居然同时做出迷醉的表情。太夸张了吧。

醉眼迷离的杜牧以为是偌大的花船。船尾摇橹的船家告诉他不是花船，是大和龙舫，说龙舫每日泊在教坊码头上做演台用的，说平日里极少见它出游。

杜牧的酒友都是扬州本地的乡绅贵胄，说教坊的演出冠绝天下，说其中的舞娘都是绝代佳人，说得杜牧两眼放光。

杜牧说："都说天下的美女齐聚两处，一是长安大明宫，一是扬州大和教坊。久闻大和之名，听来果然不同凡响。"

大和教坊专为皇家培养音乐舞蹈刺绣妆容人才，因而广集天下佳丽。

众人推推搡搡回舱。

杜牧默默端起酒盏。歌女往里倒酒。杜牧不经意将目光移向龙舫，瞬时便惊呆了。原来他看到了着便装的唐文宗正从舫上下来，气宇轩昂，高视阔步。更令他惊奇的是，有众多黎民百姓围观,竟无一人跪拜,也没了山呼万岁的共鸣。

七个月前,唐文宗在长安芙蓉园召见杜牧。在大约三个时辰里,两个人把盏放谈,纵论天下。文宗邀诗人共进午膳。那一刻就此定格,成为杜牧内心永远的节日。而那个在诗人心中如太阳一般的巨人竟忽然从扬州的一艘大船上走下来。这太不可思议了。

杜牧不由自主脱口而出:“皇。”

戛然噤口。

一旁的歌女蒙了:“黄什么黄?还绿呢!”

大凡天子巡游,必定给所到之处处处添乱。偏大多天子喜好作低调状,搞出所谓的微服名堂。其实乃掩耳盗铃之举,骗骗自己而已。古往今来莫不如是。话又说回来,若唐文宗没有此一行,小丫与他的缘分则完全无从谈起了。

今次唐文宗携王昭仪往巡扬州,恰是一例明证。不过这一次叨扰的非扬州府而是大和教坊。最最惊恐万状的自然是坊主了,谁让她是这一方的土地爷呢。

恢宏的大门之上,庄重的牌匾上书“大和教坊”四个大字,另有“敕造”两个小字在前。大门紧闭。门前两边各有三个男人,表情严肃,立得笔直。

门内传出众人的声音。

众人的声音:“坊主。”

坊主的声音:“开门!”

厚重的木门缓缓打开,大和教坊揭开了面纱。一眼望去,满目青翠。一条花径蜿蜒其中。越过石山和翠竹可以看到花径那头连着教坊大堂。门内男左女右分列两侧。男人仅十数个,女子却不计其数,沿着花径一直排到大堂门口,姹紫嫣红,煞是好看。

坊主走到门外,翘首远眺。一会儿工夫,大道那头出现一排队伍,居中的两顶红轿分外耀眼。坊主连忙整理冠带衣饰,显得非常紧张。轿子来到门前,落轿。两名侍女上前,将文宗和王昭仪扶出。坊主及所有坊中人一齐拜倒。

“恭迎老爷大驾!”

动作整齐。声音整齐且若洪钟,鸟兽为之震惊。

文宗怔了一下,摆摆手:“起来吧。”

“谢老爷!”

一齐起身。

坊主声音颤抖,带出十足的诚惶诚恐。

“知老爷夫人前来大和教坊巡视,小的不敢有一丝懈怠。然扬州不比长安,虽竭尽所能,未必无不尽如人意之处,若委屈了老爷夫人,还请老爷夫人……”

文宗有些不耐烦:“行了。”

坊主如遭雷击,战战兢兢。

王昭仪说:“虚礼都免了,用膳吧。”

坊主说:“是。老爷夫人请。”

文宗王昭仪跨入大门,众武士侍女随行其后。

沿途,教坊中的女子依次屈膝行礼,不敢怠慢。

王昭仪观察着文宗的脸色。

文宗说:“看这排场,微服出巡的意思一点都不剩了。”

王昭仪嗫嚅:“我吩咐过,不必兴师动众……”

文宗说:“既然已知道乃天子出巡,怎么可能不如此紧张?”

王昭仪说:“老爷恕罪。”

文宗说："朕看不出你何罪之有，谁让朕是皇上呢。"

大步向前。王昭仪愣了一下，随即追上。而这一幕刚巧被一个躲在花丛后面叫阿朵的小姑娘看在眼里。

阿朵比小丫莲莲兰兰她们几个大一点，也还未满 12 岁。她头发乱蓬蓬的，像羊卷毛一样纠结在一起。她不是学徒，在教坊里只能算是一个杂役。小丫是她的主心骨，是她在人世间最可信赖的伙伴。当她把那一幕讲给小丫时，特别称道了王昭仪的妩媚。

"她给他的笑，连石头也会给融化了。可是那位大老爷全然不为所动。那一定是个冷酷无情的男人。"

可是那会小丫还根本不知道她说的谁是谁呢。

进到坊主的房间之后，轮到王昭仪不笑了。她正襟危坐。贴身宫女欢喜一旁伺候。坊主则垂首站在王昭仪对面。

王昭仪带着怒气说："真是弄巧成拙！"

坊主说："听说圣驾光临，小的确实慌了手脚，只求不惜代价处处精致。没能体会圣意，请娘娘恕罪。"

"蠢货！精致没错，排场未免过大了。若是讲求排场，普天之下，又有哪一处胜得过大明宫？"

坊主唯唯诺诺："是，小的愚钝。"

"若没猜错，你必定连日常演出都停了吧？"

坊主尴尬透顶："小的以为要专门演给皇上看……"

"马上给我恢复了！先前怎样，明日还怎样。专为皇上安排的一切立刻叫停！"

"是，是。"

"记住，大和不是皇上的行宫，是皇家教坊。训练和演出才是你的本分。"

"娘娘教训的是。"

王昭仪态度温和了一点："好了，你也辛苦了这么久，早点歇息吧。"

"娘娘辛苦了。娘娘请早点歇息。"

这就是王昭仪。这女人深通治人之道，即使行雷霆之怒也不忘有节有度。这也是她的力量之所在。一个小女子能够权倾朝野，手中必定有她自己的绝活。

人类正是因了有如露彤一般美艳的女子才发明了那许多词汇，诸如"闭月羞花""沉鱼落雁"，诸如"美轮美奂""欲仙欲死"，诸如"良辰美景""千金一刻"之类。而美女从出生那一刻起，她的命运便与其他人有大不同。

同样是做舞娘，别人都是几人住一间房，露彤则是两间。厅堂起居室二合为一在外。卧室在内，配有储衣间。厅堂内设美人榻一张，妆镜一套，座椅四只，盥洗盆架、烛柱三支。这就让她有了许多一个人独对妆镜自己描眉画眼的时间。

荣氏是教坊里当家妆容师傅。露彤等的就是她。

"荣师傅，看看我这个徒弟手艺如何？"

"幸好你那么漂亮，用不着跟我抢饭碗，不然哪里还有我的活路呢？"

露彤说："您夸人也总是那么让人受用。"将眉笔交到荣氏手上，"画龙点睛还得靠您的妙手。"

露彤闭上眼。荣氏用棉球蘸一种透明液体，将露彤已经画好的眼影轻轻拭去。

"什么客人那么尊贵，坊主也魂不守舍的？千叮万嘱，生怕出一点纰漏。"

荣氏说："坊主如此在意，一定极为要紧了。"

所谓说曹操曹操到，坊主匆忙推门而入。露彤睁开眼。坊主与荣氏年龄相仿，不同的是她那雍容的气度。

坊主说："今晚演出停了。"

露彤惊诧："停了？"

坊主肯定地重复："停了。"

回身出去。

露彤想不通："怎么说停就停？"

荣氏说："停了岂不轻快。"

露彤对今日到访的大老爷印象不错，相貌堂堂的，一看就是个人物。可是对那位夫人的印象就不那么好了，但她也看得出夫人是个一言九鼎的角色，因为所有的人都要看她的脸色行事。想来停演也是夫人的一句话。

荣氏倒是乐得歇上一晚："露彤，我就把妆给你卸干净了。"

大唐皇帝在扬州逗留这两天里，杜牧大部分时间处于昏迷状态。尽管他最早发现皇上来扬州，但这一次他与文宗仅一面之缘，而且是远远的。

杜牧的那帮子狐朋狗友在他出事的次日早上陆陆续续都清醒了。有人依稀记得，昨晚杜兄被两个小丫头接走，去了教坊头牌舞娘的游船。那以后的事情没有一个人记得清楚。问船家，船家同样不甚了了。这些浪荡小子都清楚杜牧交了桃花运，而他们也只有羡慕的份。谁让他是杜牧呢。他们个个心里都明白，羡慕可以却万万眼气不得。

早上杜牧没回来，没人觉得奇怪，毕竟春宵一刻值千金啊。可是中午依旧，有几个人心里犯嘀咕了，不至于出什么事吧？也没有谁特别认真。到了晚上还是无影无踪，于是他们沉不住气了。

"不会出什么意外吧？"

"要不干脆报官吧。"

"以杜兄的精气神，搞上两个通宵应该不是问题。"

"最迟明日晌午！若他还不露面，立马报官。"

"没那么夸张吧？至于吗，他一个大男人，能出什么大不了的事？我看你们是杞人忧天。"

杜牧就这样被他的朋友们宽延了一天。

再一天之后，杜牧苏醒了。他被包裹在柔和的烛光里，香薰扑鼻。厚重的帷幔，波斯地毯，花鸟壁画，落地铜镜，日本的软木屏风，将粉艳的闺榻簇拥其中。

杜牧慢慢睁开眼睛。陌生的环境以及那种特殊的气息，让他适应了好一会儿。他先是确认了自己躺在一间闺房中。之后又确认了守候在他跟前的那张如满月般的脸孔，正是梦寐以求的那个女人。她的脸上写满了关注和焦灼。他想开口说话，但是疼痛扯歪了他的嘴巴。

露彤没有因为他的痛楚而更显紧张，她反而松弛了。

"不要说话。我们都急死了。"

杜牧抬眼看看透进阳光的窗棂。一旁的侍女于是过去将窗子推开，支好。屋子马上亮了许多。

露彤对侍女说："你回去歇着吧。"

"姐姐你也两天没睡了哦。要不你先到我房里歇一会？我没问题的，顶得住。"

露彤执拗地说："你去歇。"

侍女出去。荣氏进来，带来草药珠兰。

荣氏说："先生不要动，我帮你敷药。"

为杜牧敷药。

露彤说："荣师傅是这里容妆坊的当家师傅，精通草药之术，有她照料，先生一定会很快痊愈。"

杜牧这会只能用眼神表达谢意，这是他与荣氏的第一面，他还不能够把她与救自己的那个小丫头联系到一起。

荣氏说:“姑娘,还是把先生移到容妆坊,也方便照料。”

露彤想了想:“也好。”

2

容妆坊内室是一间小房,内设卧榻、案桌、隔架、座椅。墙上挂有十数张女子画像。这就是杜牧新的临时居所。他静卧于榻上,身体四处裹着棉布,手不能动,口不能言,只靠一对眼珠传情达意,要多舒坦有多舒坦。他的身边只有露彤。

露彤指着墙上那些画像:“那些画都是专为我们上演台的舞娘设计妆容时用的。”手指定在她自己的那幅上,“那个和我是不是很像?”

杜牧将目光收回到露彤脸上,肯定地颌首。

露彤说:“你是我的恩人。”

杜牧的眼睛告诉她,他并不认可她的话。

露彤又说:“还有一个人是你的恩人。她救了你的命。”

杜牧的目光带着询问。

露彤说:“说来你也许不信, 她才 11 岁, 而且是个女孩子。她可是大和教坊最聪明的女孩子。”

这会荣氏进门了。

“也是最淘气的女孩子。”

“她叫小丫,就是荣师傅的女儿。”

杜牧躺在榻上。荣氏露彤在榻边相对而坐。

荣氏对露彤说:“你总夸她。这丫头总是用你的话冲撞我,露彤姐姐不是这么说的,露彤姐姐是那么说的。”

“小丫真是个难得的好孩子!又仁义又仗义,临危不乱,又有胆识。这次要不是她,杜先生真就危险了。”

“其实她还是个孩子,还什么都不懂。”

说话间,小丫捧着草药冲了进来。

荣氏说她:“怎么总冒冒失失的?”

小丫说:“救人一命胜造七级浮屠。”

露彤问:“那是什么?”

小丫答:“珍珠梅。”

“你娘已经给杜先生用过珠兰了。”

“用珠兰是止血止痛,再用珍珠梅消肿化瘀,各不相扰啊。”

露彤用目光征询荣氏。荣氏点头。

露彤说:“聪明绝顶的丫头。”

杜牧也看定小丫。

荣氏问小丫:“那药引呢?”

小丫顽皮一笑:“我再去拿。”

跑开了。

荣氏研磨珍珠梅。

露彤突然想到:“药柜那么高,她怎么取药?”

这时侍女进来："露彤姐姐，坊主有请。"

露彤说："荣师傅，那我就先过去了。杜先生，你安心静养几日，我随时会过来。"

入夜之际便到了只属于露彤的时间。可惜的是这会杜牧却无法享受到那些曼妙的乐音，以及由此而激发出的露彤独步天下的舞蹈。

那一刻，她的腰肢，她的手臂，她的双足，她的身体每一处似乎都被神仙和魔鬼附了体，她整个人像遭了雷击一样充满了动感。那动感又似乎具有莫名的传染性，令每一个观者不由自主地动起来，和着她的节拍，感染着她的激情，浸淫着她的妖娆与性感，为她所感动，进而被她深深地魅惑，不能够自拔。

岸上的看客熙熙攘攘，人头攒动。龙舫停靠在岸边，上层演台灯火通明，鼓乐声声。另有多艘游船围在龙舫近处，权做临时的活动看台。烛光闪烁，演台上的姑娘和着乐音翩翩起舞。

热血把男人们的脸烧得通红，个个显得激动也亢奋。

飘飘欲仙的大唐乐舞令人心驰神往。领舞的露彤格外惹眼，举手投足、一颦一笑无不透着妖媚，时时处处牵动着男人的目光，牵动着男人的心。杜牧的朋友们亦在其中，他们个个眼睛发直，神思恍惚。他们原本是为着寻人而来，却在大唐乐舞中迷失了。那个叫杜牧的男人早被他的朋友抛在脑后。

可悲的男人啊。

这会杜牧只能一个人静卧在容妆坊内室，但他此刻绝不寂寞。他深知自己已然博得了露彤的芳心。比之龙舫周遭的那些狂热的看客，杜牧才是唯一真正的幸运儿。尽管露彤是为所有那些人而舞，但她不属于他们中任何一个人。但她已经属于杜牧，只属于杜牧。

独自一人时，他试着开口说话，试着坐起身，试着将双脚探向地面，试着站立，试着迈步……他知道自己的身体没大问题了。而且在回忆露彤的时候，他的身体里充溢着热流，内心被渴望燃烧。他又站起来，又是一个男人了。

露彤终于来了，脚步轻轻如猫儿一般。烛光映红了她的脸，夜色恰如其分地成了她的背景。烛光勾搭夜色为露彤渲染了特别的韵致，既神秘又带着撩拨人的迷幻意味。

露彤没有出声。

正凝神作画的杜牧回头，见是露彤，忙将未完的画稿揉作一团。她在他脸上读出了三分慌乱三分尴尬。

杜牧说："露彤姑娘。"

露彤过来，嘴角带着恰如其分的神秘微笑，伸手从杜牧掌中拿过纸团，展开，原来画中人正是她露彤。

"为什么不给我看？"

杜牧显得迟疑："画得不够好，没能把我的心情抓住……"

"很好啊，"她抬头看看荣氏画她的那幅说，"比那幅画得更像我本人。"

"她画得更传神。她抓住了你的妙处，你眉宇之间的那种特别的韵味。"

"她把我画得瘦了一点。她为我画了好多幅呢。可能这一幅她比较满意吧。有时候她忽然叫我不要动，我就一动不动地坐在这。她画得很快，连半炷香的工夫也用不了。"

"荣师傅对你太熟悉了。"

"你也可以熟悉我啊。走，到我房里去。我那里笔墨纸砚都有。"

杜牧的眼睛一下亮了。他知道命运之神正在眷顾他。夜色正浓，她的兴致正好。他相信穹顶闪烁的繁星也会嫉妒他，因为露彤带着他从星空下走过，进入只属于她一个人的房子。那是一小段路，三十几步的距离，但也足以让那些星星看清楚他。她的房间他已经熟悉了。再来的感觉真好，特别是在夜里。她去换衣服。杜牧立于案前，埋头研墨。

"我换好了。"

杜牧抬头,惊呆。她从屏风后款款走出,一层薄纱之下,丰腴娇嫩的身子若隐若现。

"怎么了?"

杜牧连忙将视线转向桌上的文房四宝。

"姑娘的笔墨纸砚,无一不是极品,直叫全天下的读书人羡慕。"

"那些的确是难得的佳品,但比起我身上这件衣裳,就又都不值一提了。"她半倚在卧榻之上,姿态充满魅惑,"这样子可以吗?"

杜牧点头,操笔,同时眯起眼,细细打量他的模特。

"居然让湖笔徽墨宣纸端砚黯然失色,姑娘这件衣裳到底有多大来头?愿闻其详。"

"先生手中的笔,自然是湖州名店所制。却用的极北猞猁尾端硬毫与两条前腿之间的软毫各一撮,软中带韧,刚中有柔。因极北猞猁稀罕,此笔只做了七支,除它而外,其余都在宫中。说起来也算极尊贵了。"

杜牧不禁停下笔,端详手中的宝贝。

"但这衣裳就不同了,普天之下只此一件。"

"只此一件?"

"只此一件。先生能看出它是什么颜色吗?"

"白色。"

"先生不妨近前一步再看。"

杜牧上前一步:"粉色?"

"再前一步。"

杜牧再前:"像是绿色了。"

"再前一步。"

杜牧又前,这一次比较肯定了:"原来是金色!"

"它叫五彩丝。自远而近,便会由白变粉再变绿再变金。当年则天皇后突发奇想,命人用腊梅蕊、牡丹瓣、睡莲叶,混以金银碎屑喂养桑蚕。这样的蚕吐出的丝便有五彩,但长仅两尺之内,所以积十年时间也就得了这一件薄裳。"

杜牧边听故事,边慢慢走向她,走近,又走远,观察彩衣颜色的变化。

"奇哉!妙哉!"杜牧站定,"既名曰五彩丝,如何只有白粉绿金四种颜色呢?"

露彤笑了:"不妨再近一些。"

杜牧向前两步。

"再近。"

杜牧继续,但是已经无法向前了。站下,脸忽然红了,耳根也红了。

露彤娇媚中带羞涩:"这最后一种颜色,应该叫'无'吧?"

杜牧还在发愣。

"你以为呢?"

"啊……无?不如叫'空',也许'空'更贴切一点。"

"空,即是色?嗯,不错。杜牧到底还是杜牧。"

杜牧笑了:"要加上空才为五色,为这彩丝起名的一定是个高人。"

露彤也笑:"那你喜欢哪种颜色呢?"

杜牧抓抓脑袋:"如果它穿在你身上,自然空为最美。"

"如果讲求入画呢?"

"不消说是粉色最佳了。"

"那就请尊驾退后,找到你的粉色吧。"

杜牧遵嘱找到恰当位置。重新执笔,凝神,蘸墨,下笔。不一而足。这一次不同了,他笔下的露彤可谓风情万种。杜牧之所以能够下笔有如神助,模特露彤绝对居功至伟。她的身体连同姿态着实演绎出在恋爱中的女人的无穷之美无穷之媚,给作为画家的杜牧以无穷的灵感。有一忽他凝眸静观,足有半炷香的工夫,之后长出一口气,将画笔摔在笔洗中。

杜牧说:"你也歇一下吧。"

"画好了?"

杜牧点头。

露彤起身过来,画中的她,不知何时已经抱起了琵琶。

露彤笑道:"我可不会弹琵琶。"

杜牧看看露彤,再看看画,这才回过神:"抱歉,你的故事太过精彩,我这支笔只有跟着你的故事走了。"

露彤偏着脑袋:"我抱琴的样子还挺好看的。谢了,我的杜大诗人。"

两人看着画,身子不由自主地倚在一起。雾霭笼罩了瘦西湖,浓重的夜露濡湿了水边那些嶙峋的太湖石。此起彼伏的蛙鸣,让寂静的夜显得越发寂静了。

荣氏来到露彤的房间。专心看画的露彤甚至没发现。

荣氏说:"画得真好。"

露彤被吓了一跳:"荣师傅。"

"是那件五彩丝的衣裳吧。粉色是最入画了。"

"杜牧也是这么说的。"

"他抓住了你最迷人的部分,刻画十分到位。这是一幅难得的好画。"

"我也这么觉得。我可以一整个上午盯着它看,怎么都看不够。"

"他一定爱上你了。"

"荣师傅说笑了。"

"看他的画,一望便知。"

露彤有几分迷惘:"是吗?"

荣氏微笑了:"你自己心里都清楚的。你呀!"

3

回头再来看那个被小丫用烛柱击倒的封三。次日凌晨天还未亮,被五花大绑的封三还在亭台下的石板上昏睡。一桶冷水劈头盖脸将他从宿醉中唤醒。

"谁?!干什么?!"封三大叫着想蹿起来,却又被自己绊倒,这才发现他自己已成了绳中之囚。脸色铁青的坊主端坐在他对面,身边立着两个护院。

提着刚倒空的木桶的护院说:"该醒醒了。天都大亮了。"

坊主慢悠悠地说:"听说全扬州城没有一个人不知道你封三喜欢我们露彤,有这回事吗?"

"有怎么样?没有又怎么样?"

"封三,你最好搞清楚一件事。这里是皇家教坊,是给皇宫培养才女的地方。每天给百姓演上两场,也是皇上体恤下情,与民同乐。"

"这种话你不说也人人都知道。"

"知道就好。当我对牛弹琴就是。"

"我封三杀的是猪,还从来没人当我是牛呢。"

“你封三不过是个街头混混。想找女人？香红院翠玉楼才是你去的地方。我们大和教坊是什么地方？别说露彤，就是端茶倒水洗脚搓背的丫鬟，你想也别想。”

护院插嘴：“凭你！也想傍头牌？何不撒泡尿照照，你算个什么东西？癞蛤蟆想吃天鹅肉！”

封三显然没把护院放在眼里：“我就是想，怎么了？我就是癞蛤蟆，怎么了？我就是喜欢露彤，犯哪条王法了？”

坊主说：“你也配谈王法？三更半夜摸到姑娘们的船上，偷了什么盗了什么藏了什么毁了什么，我说你犯了哪条王法，你就犯了哪条王法。”

封三不屑：“那是，你老人家嘴大啊，你说什么就是什么。”

护院伸手给他一个耳光。

封三仍然不在意，理也不理他。

坊主说：“不用我说。你意图强暴露彤总是事实吧？”

封三摇头：“不是。”

“你又打伤皇上钦点的进士总是事实吧？”

封三挣扎着站起来：“那小子是进士？就他？哈哈哈哈！”

“你承认也罢，不承认也罢。露彤姑娘一句话，你至少要在大牢里关三年。”

露彤踩着话音进来。

坊主对露彤说：“来得正好。我已经派人去请官差了。”

露彤看看封三，对坊主说：“我说就算了，不要报官了。”

“就这么饶了他？”

露彤将坊主拉到一边，低声说：“看他把杜牧打成那样子，真够可恶的。不过想一下，他也没把我怎么样，还让小丫狠狠砸了一下，也算惩罚他了。把他绑了见官坐牢，传出去，说我们大和教坊小肚鸡肠仗势欺人，也没什么意思。您看呢？”

坊主想想，点头，转向封三说：“露彤姑娘大人大量，放你一条生路。还不快谢谢姑娘？”

“谢谢？开玩笑！你绑我，我还要谢你？”

护院又给他一耳光：“敬酒不吃吃罚酒是吧？”

露彤看也不看封三：“如果没别的事，我想回房休息了。”

坊主说：“你去吧。”

露彤施礼离开。

坊主对护院说：“把他松了，赶出去。”

封三尽管可恶，却也如露彤所言，并没把谁真的怎么样。糊里糊涂地被小丫击昏，又被护院绑上，又睡了整夜的冷石板。而且即使被绑被审，甚至在被送官府之际，依然敢作敢当，敢爱敢恨。可憎之余，多少还留着几许可爱。也难怪露彤作为受害的当事人会放他一马。

但是封三毕竟是个昏汉，所谓四六不懂之辈。所以露彤的宽宏大量他并不领情。他与她的恩怨远没有结束。

终于到了告别的时间。露彤把约会的地点选在一艘乌篷船里。船泊在教坊所在的湖岸，清幽而静谧。船内一张矮案，案上清茶两杯。杜牧露彤并排，席地坐案桌一侧。

杜牧说：“我已经彻底痊愈，再没有理由在教坊继续逗留下去了。”

“你想多了。你在这，没有人会觉得突兀。毕竟你救过我，又受了那么重的伤。”

“你的心意我都明白。我暂时还不会离开扬州，我还会过来看你。”

露彤低下头：“你说要走，我心里难过是免不了的……”

“你这么说，我心里也不好过了。”

露彤抬眼：“我不是个糊涂女人。明白知道你早晚会走，这么想的时候，早一天晚一天又有什么分别呢？你千万别为了安慰我才说会来看我。来不来都没有关系。想来就过来了，不想来也不要勉强自己。”

“我说的是心里话。”

“我信。我自想没有让你讨厌。”

“你是个让人忘不掉的姑娘。”

露彤抓住杜牧的手：“夜里到我房里来。”

杜牧反握，点头。

露彤说：“晚一点没关系。我总会等你。”

杜牧用力点头。

几天以后，一条小型运货船顺流而下。封三双手叉腰站船头，神气活现，向两岸张望。

终于有人认出他了：“封三！去哪发财了？”

他跷起右手拇指指向身后：“北边。”

“运的什么？”

“北方的毛蟹。”

“毛蟹是什么东西？”

封三对舱里的跟班吼一声：“扔一只过去，让他们见识见识！”

跟班解开网袋，抓一只毛蟹扔到岸上。

那边的人伸手接住，忽然被吓了一跳，马上又扔到地上：“什么鬼东西？”

被摔断了蟹脚的大毛蟹怔了一下，迅速蹿进稻田。

封三回头喊道：“傻瓜！那是天下少有的美味！”

回到家中，封三摆几个特大号木盆在厅堂地上。将罩在网袋里的活毛蟹浸在大半盆水里。他志得意满，站在木盆中央，双手叉在腰间。

他的跟班正在跟一个买家数毛蟹。

“二十五，二十六，二十七，二十八……”

买家说：“三十个可以了。”

封三说：“这么大的毛蟹，一个人放开肚皮，三个也吃饱了。”

买家说：“这些蟹都带着蟹黄，养上个把月，等它把籽甩掉，明年就能吃上自己养的毛蟹了。”

跟班说：“就是。把北方的毛蟹放到塘里湖里养，以后也不用那么远倒腾过来了。”

买家说：“就是不知道毛蟹会不会水土不服？”

另一个跟班匆匆进来：“三哥，听说那个书生要溜了。”

封三问：“哪个书生？”

“你忘了？大和教坊，写诗的那个。”

封三想起来了：“那小子啊！往哪溜？”

“他们说他今天要离开扬州。”

封三一跺脚：“他娘的！想溜？走，临走修理修理他。”对卖蟹的跟班说，“这里你盯着。”

“三哥放心。”

阳光强烈。空旷的码头上只有一个女子，显得孤零零的。那是露彤，露彤刚刚送走杜牧，依旧沉浸在惆怅之中，神情有些恍惚。拖拖沓沓小跑过来的封三和一个跟班，并未引起露彤的注意，直到他们到了跟前。露彤左顾右盼，才发现近处没有一个人，她觉得怕了。

“你，你不要胡来。”

封三满脸的横肉越发横了：“我就要胡来！你的那个小白脸呢？”

露彤战战兢兢：“走了，他的船已经走了。”

“谁允许他走了？他怎么可以连招呼也不打就走了呢？狗日的书生，狗日的进士，王八蛋！”他一边骂一边将她的头发扯乱，将她脸上的妆容抹得一塌糊涂，将她衣服撕破，“你是他相好，活该你代他受过！活该！活该！”

露彤一边抵抗一边嘟囔：“别碰我脸！不要碰我的脸啊！”

封三抓住她头发，用另一只又粗又脏的手，特意在她粉嫩的脸上抹来抹去。

“老子就要碰你的脸！就碰！就碰！”

跟班对远远跑过来的侍女大吼：“小丫头，站住！敢过来，连你一块修理！”

这边封三只顾着尽兴羞辱露彤，头也没回，一边嘴里骂骂咧咧。

“狗日的，谁过来怕什么？连她一块收拾。”

跟班的声音变调了：“三哥，他们出来好多人哪。”

封三这才扭过脸，教坊里拥出许多男男女女，他这下有点慌了。

“好汉不吃眼前亏，撤！”

封三将露彤一推，她人立刻摔到地上。

封三叫道：“告诉那两个护院，老子下回收拾他们！”

随即跳上小舟。跟班立马跟进，将双桨摇圆。小舟箭一样离岸，射向湖心。

在众人围上来之前，倒在地上的露彤一下用宽大的袖子挡住脸。

“怎么样？”

“怎么回事？”

“别让他们跑了！”

“露彤姑娘，你没事吧？”

大家七嘴八舌，七手八脚，无论怎样露彤都不肯把衣袖从脸上拿开。

有人想扶她起来。

她冷不防大声尖叫：“不要碰我的脸啊！”

露彤双手紧捂着脸，啜泣不已。

荣氏在露彤的房间为她轻轻梳头，等她慢慢平静。

荣氏说：“他们都走了，这里只有你和我。”

露彤终于慢慢将蒙面的宽袖打开，脏兮兮的脸，肥硕的双层下巴，连同被撕破衣领露出的巨乳和左肩，那样子太像刚褪了毛的猪脸猪头了。与先前光彩照人的绝代佳丽形成太过强烈的对比。

露彤失神的目光逐渐聚焦，她在镜中看到自己的样子，忽然撕心裂肺地尖叫，同时抡圆胳膊将铜镜扫到地上。手也被撞破了。硕大的血滴让人心悸。

侍女轻轻推开门。荣氏闻声马上过去挡住她，同时示意她回避。自己也随她出来。门又重新关上了，把露彤一个人留在房里。

她回到自己房间。小丫正一个人趴在木榻上发呆，用手肘撑住下巴。

荣氏问：“丫头想什么呢？”

“娘，露彤不化妆，我都认不出她了。”

妆娘荣氏

1

露彤说：“我几次请荣师傅为我画这件衣裳，很奇怪，她怎么都不肯。平日我找她帮忙，她从来不拒绝的。"

杜牧说:"可能她不喜欢空色吧?我看她总是把自己包裹得严严实实的,连小丫的衣服也都一样。从衣装上看,她应该是个很保守的人。"

"你这么看?"

"她对小丫非常严厉,甚至到了苛刻的地步。开始会觉得她不是个可亲的娘,后来又发现其实她很有见地。嗯,不同凡响。"

"荣师傅当然不是寻常女子。"

"这句话背后似乎有很多故事。"

"说给你也无妨。"

"洗耳恭听。"

"荣师傅现在是这里的当家妆娘,每天为别的姑娘忙忙碌碌。但你能想象吗,倒退二十年,她也是龙舫演台上的头牌?"

"和你一样?她做过舞娘?"

"是奏琵琶。荣师傅六岁就进了大和,十三岁出师就一鸣惊人。她是大和有史以来最棒的琵琶女!"

"琵琶女?难怪小丫会弹琵琶。可是后来怎么去了容妆坊呢?"

"说来话长。荣师傅当年的风光,比今天的我绝不逊色。就连长安城里的皇亲国戚也专程来看她弹琴。拜倒在她裙下的王孙贵族不计其数。"

"以荣师傅今天的余韵,可以想象她当年的风采。"

"不过女人终究是女人,就算是皇家教坊的头牌又怎么样呢?没有谁能一辈子站在演台中央。"

"精辟。"

"十七岁那年,她被扬州府尉夫人看好,进府做了夫人的贴身侍女。

"大红大紫之后却进了官家做侍女,不懂,这是其一。还有其二,做了官家侍女,可现今人又在教坊,做的却是妆娘。我彻底糊涂了。"

"你应该糊涂,因为你忘了那中间隔了足足二十二年!"

"二十二年!"

"那扬州府尉夫人出身名医世家,尤喜护肤化妆之术。她视她为知己,将独家秘学悉数传授。荣师傅在容妆方面的造诣,就是得自府尉夫人的真传。"

"还是想不出,她怎么又回来了。"

"她在府里整十年,二十七岁上夫人做主将她许配给小丫的父亲,好歹算有了归宿。比起我们这些给人取乐的,荣师傅过得也不差了。"

杜牧不懂:"既然不差,又何必回来呢?"

露彤叹息:"这就是所说的命吧。荣师傅身怀六甲之时,那男人染上猩红热,不满三日便撒手归西了。荣师傅要养活自己和小丫,除了回教坊,也没想出更好的主意。就这样兜兜转转又回来了。你说,不是命是什么?"

"好像她的命就拴在大和一样,六岁进来,一晃三十几年。今天连女儿也十一岁了。"

"荣师傅生女儿也算是够晚了,二十八岁上。"

已经由露彤开始讲述的关于荣氏的故事,令杜牧发生了浓厚的兴趣。他曾经努力回忆荣氏给他的最初印象,可是不成,完全没有结果。他第一次见到她是什么时候呢?她实在是太不惹眼了,她可能在任意什么时候进入他的视线,但他一定不会留意。

杜牧逗留在扬州的日子,不止一次作为众多观者中的一员,看教坊的演出。尽管每个夜晚都与露彤缠绵缱绻，演台上露彤的光芒依然让他充满了新奇。而且在看她演出的当口，他每每不由自主地将她在床上的万种风情加以比较。他不得不承认，演台上的她似乎比床上的她更为耀眼也更为灿烂。作为情场骁将他知道，露彤是个奇迹，真正的奇迹。

他更知道，除了她自身的禀赋和悟性，她的无法用语言描述的那种令人目眩的美，很大一部分该归功于那个为她扮美的人。他已经领教了荣氏的神奇手段。除了神奇二字，他就再也想不出别的词汇来定义她那非凡的技艺。

当然除了她的手艺，同样可以用神奇来定义的还有她的由露彤讲述的经历。那的确是一个传奇的人生，也正是它强烈吸引了杜牧。

然而，日常的荣氏又过分日常了，她只是一个话语不多默默做事的女人。杜牧在那些日子里，经常看到的她最主要的角色是教坊的妆娘。

荣氏小丫的房间灯光如豆。荣氏坐在床沿摆弄红粉，静得连呼吸都听得清清楚楚。敲门声。过来的是书画坊的孙师傅。她一屁股挨着荣氏坐下，捶着自己肩膀。她这些日子忙的都是呈送皇上的那幅大画。

荣氏说：“孙师傅？怎么这会儿过来了？”

“完了。过来透透气。”

“完了？”

“忙了大半个月，今日又在书画坊里等了一整天。突然说大老爷要早点歇息，不想见谁了。”

“那幅画也没送上去？”

孙师傅摇头：“不知道明日有没有机会。可怜我们书画坊的那些学徒，废寝忘食画了二十多日啊。”

荣氏笑：“只你们书画坊可怜？人家绣坊的姑娘们不也辛苦了好久？那幅绣品也还没送上去呢。”

孙师傅也笑：“最可怜的还是舞坊乐坊，抓紧练了个把月功不说，今日还在日头下晒了四五个时辰。据说大老爷嫌排场大了，满脸的不悦。真是吃力不讨好。”

荣氏过来帮她捏肩膀：“功都不会白练，迟早用得上。”

“说到底，你们容妆坊最轻省，给姑娘们上上妆就完了，舒舒服服待在自己屋子里养神。”

“别发牢骚了，言多必失。如今坊中有贵客，更得谨慎才是。”

“咦，小丫呢？”

“去孩子们院里了，说是明日阿朵过生日，得提前准备。”

“还是当小孩好啊，我再发最后一句牢骚，人长到一定岁数，连生日都由不得自己啦。”

“干吗说得那么丧气啊。”

这两个人年龄相仿，平日里为伴的时候比较多，包括上街采买。

扬州的街市好不热闹。各式买卖店铺琳琅满目，各色人等千姿百态。她们要去的香玉胭脂铺规模不大不小，在花街柳巷的街口处。门面朝南，屋子北墙有扇关着的小门，其后是内屋。外屋中的两排双层货架摆满各色胭脂，有纸包的，也有瓷瓶装的。四五位顾客在其中穿行挑选。靠门有“L”形柜台，台上摆有铜镜、水杯等物。掌柜立于其后。

荣氏选购胭脂。孙师傅作壁上观。

她凑近胭脂用手做扇子扇，用鼻子嗅辨。用小指蘸胭脂，点在舌尖，尝辨。对着镜子涂在唇上，舔辨。把胭脂放在细纱上，浸在水中，观察不同种胭脂的溶水情况。把胭脂放在掌心，将细纱盖在上边，吹气，观察不同种胭脂附着情况。拿出不同颜色的布头儿作为色板，对比颜色。显然她是个行家，娴熟、专业。

老板的目光一直停在荣氏这边，他知道她是大买家，是整个扬州城里最大的买家。

老板说:“荣老板果然好眼力。”

“您过奖了。”

她挑选了几种。

老板从屋内拿出一个精致木匣:“这是日本商人带来的八重樱胭脂。”

荣氏打开木匣,盖子内里为镀金雕花,一面铜镜嵌在中央,映着里面艳红的胭脂。

老板问:“小丫呢?”

荣氏无暇回答。

孙师傅接上:“小孩子最不喜欢跟大人逛街了。”

荣氏仍立于柜台外。老板走到她身后,观察她的试验。荣氏又进行了一番相同程序的试验,自说自话。

“香气十足,甘甜好味,遇水不化,风吹无尘……”

老板很是得意:“不是我吹牛,这是扬州城所能找到的最好的货色了。”

胭脂铺里围了几个人,都来看荣氏试验日本引进的号称扬州城内最好的胭脂。老板扬扬自得,等着荣氏掏钱。

荣氏想了想,笑笑:“不买。”

老板说:“大和教坊不会出不起这个价钱吧?”

“出得起。没有教坊出不起钱买的东西。他们这东西不溶水。”

“不溶水正是它的不同凡响之处。一日只一次即可,不必经常补妆。”

“表面看它耐用,也省事。但它附着力太强,长此以往,色素沉积,会形成色斑。”

老板不懂。

荣氏说:“做我们这行,不能只考虑上妆,也要想到卸妆。化妆为美,如果以伤害皮肤做代价,美人反而不美了。所以皮肤的保养是一个妆娘首先要关心的。有好的皮肤才可以锦上添花。”

“高论。佩服。”

一个围观者说:“佩服有个屁用?那你的日本胭脂谁还会买啊?”

突然教坊的一个姑娘匆匆进门。

“荣师傅,您快回吧,露彤她们的船到了。”

人群骚动,纷纷拥出。

“看美女去喽。”

荣氏拿上挑好的胭脂,付钱。与姑娘出门。

胭脂铺伙计问老板:“这是谁呀?这么厉害。”

“大和教坊的当家妆娘,都叫她荣师傅。”

作为妆娘,她每日主要的去处是舞坊。

这里偌大一个房子,地上铺满软毛毯,东墙一溜一人高的铜镜,房间四角各一根烛柱,灯火通明。东北角有数位乐师,抚琴弄瑟弹琵琶。舞娘师父在指导一班女孩子学习乐舞。荣氏经过时,舞娘师父喊住她。她将十只兰花指伸到荣氏眼前。

“指甲坏了,帮我补一下吧。”

“一个时辰以后。”

乐坊是荣氏另一个经常的去处。

这里比舞坊略小,四面墙全挂有壁毯。东墙一溜双层大隔架,上置琵琶、琴、瑟、筝、二胡等各种乐器。众学徒席地面南而坐,乐娘面北。均手捧琵琶。

一班日本女子在跟着乐娘学习演奏。荣氏穿过乐坊。姑娘们都停下来,一下把荣氏围到中间。

"荣师傅。"
"荣师傅。"
一个姑娘伸出包着染指甲纱布的手指问:"什么时候能摘下来?"
"三日后午时。"
"染指甲还要那么久啊。"
另一个姑娘说:"您答应过我的。"
"什么?"
"画蛾眉啊。"
"今天晚饭后吧。"
"谢谢荣师傅。"
第三个姑娘说:"上次您说要在腋下的香粉中加点薄荷……"
"以后再说。露彤那边等着我呢。"
抽身离开。
绣坊被三扇绣花屏风隔成四部分,每部分设绣案五张,案上针线丝绸绣绷剪刀一应俱全。案前各坐一位学徒。绣娘师傅在其中穿行巡视。荣氏在绣坊事情不多,经常这样一穿而过。这里异乎寻常的安静。姑娘们在埋头刺绣。绣娘师傅出来,拿出了给露彤准备好的衣服递给荣氏。
"这件是露彤的,劳您带过去吧。"
她另外又展示一件绣着百鸟朝凤图的新衣服。
"这是准备送给那位夫人的。"
荣氏细细端详。
绣娘师傅说:"那位夫人和她家的老爷一定大有来头,连坊主都那么诚惶诚恐。坊主要我一定拿出最好的衣裳献给那位夫人。荣师傅,你知道他们是什么来头?"
荣氏摇头:"真是精美绝伦!"
"每只鸟都是不同的人绣的。一人绣一只。"
荣氏指那只锦鸡:"它比那只凤凰更传神。"
"荣师傅果然好眼力。猜猜那是谁绣的。"
"谁?"
"小丫。"
荣氏忽然沉下脸:"以后不能让小丫动姑娘们的东西。她还什么都不懂,出了事谁也担待不起。"

2

杜牧躺着,合上眼。耳畔回旋着小丫的话。荣氏有她自己的《琵琶行》,而且舍不得给宝贝女儿看,很有意思。小丫两岁上就是从《琵琶行》开始认字的。为什么是《琵琶行》呢?他又想起露彤说的,荣氏曾经是大和教坊最好的琵琶琴师,最好的……有意思。
事前约好的,她过来为他敷脸。这种时候他可以不看着她的脸,闭上眼和她聊天。和她聊天很轻松,和与露彤完全不同,杜牧可以百无禁忌,信口开河。
"刚来的时候,真是被大和教坊的美女把眼都晃花了。这辈子也没机会一下见到这么多美女。"
荣氏笑笑:"你们男人哪,个个都是好色之徒。只要是个女人,你们就美女美女叫个不停。"
"谁让女人爱美了?女人尤其喜欢男人夸她。女人爱听男人叫她美女,男人又何乐而不为呢？”

“原来是男人的小伎俩。”

“不过平心而论，大和教坊的确是我见过美女最多也最养眼的所在。”

“那是因为借了皇家的名声，江南的女孩们但凡有一点姿色，都投到这里。有的寻梦，有的当是一条出路。”

“可是你们在这里正所谓近水楼台，但你却不许小丫加入教坊。小丫才艺色俱佳，绝不在任何女孩之下，她就没梦想吗？还是你不愿把这里当女儿的出路？”

“我没想那么多。自己糊里糊涂，在大和教坊前后有三十几年了。何必让女儿蹈我的覆辙呢？”

“我经常会觉得，你有些奇奇怪怪的想法。”

“是你的想象力太过丰富了。”

“我相信你心里有一些秘密。除了你自己连小丫你都瞒下了。我在想，那是什么样的秘密呢？”

荣氏不搭他的腔。那也没有关系，杜牧原本就没指望她会回答。他只当自己在自说自话，权当她不在跟前。他想起那个摇花船的船家，那个人似乎什么都知道一点。

3

天亮之前小丫就醒了。

小丫告诉娘说心里总想着《簪花仕女图》。娘说一幅好的画就是这样，看过了，以后你会想起它，还会反复想起它。此时杜牧意外来访。小丫问他是否来讨她的诗。杜牧说下次，说他要走了，来道别。

“下次送你一张画，”小丫比画着说，“头上有高高发髻的宫女。”

杜牧说：“好啊。”

荣氏说：“也不知道是否还有机会再到扬州了。”

“一定会再来。小丫，这次到扬州，最大的收获是认识你。”

小丫说：“认识你也不错呀。”

“真想不出，你这个玲珑剔透的小家伙，长大了会变成什么样？”

“像《簪花仕女图》上的宫女一样啊。”

“你简直就是个小精灵。”

“我娘也这么说过。”

荣氏说：“我没有。”

“你有。”

杜牧说：“你长大了，该嫁个怎样的男人呢？”

小丫终于要想一下了：“嗯……像你这样就可以了。”

杜牧笑了：“是不是真的啊？”

“我没说过假话。”

“那咱们约好了，七年之后你十八岁，已经是大姑娘了。我来扬州娶你做我的新娘，好不好？”

“我还以为你要娶露彤姐姐呢。”

“我还以为你要嫁给杜牧呢。”

“我没问题呀。”

“咱们一言为定？”

"一言为定。"

一旁的荣氏禁不住笑了。

一头栽进了大和教坊九日后的凌晨,杜牧朋友们的船来接他了。这也是前日约好的。他们来早了,教坊那边有几个闲人,杜牧还没露面。

甲说:"这个家伙这么啰唆。"

乙吟咏:"蜜蜂离开花园,当然左右盘桓。理当一一惜别,芙蓉玫瑰牡丹。"

丙说:"说彼时彼地的杜兄,真是再贴切不过。"

丁说:"百年以后,把你这诗编进大唐诗集,也当会是千古绝唱。"

戊吟咏:"小杜进园才九天,有诗有画做神仙。风花雪月留青史,灰飞烟灭变纸钱。"

己说:"怎么有人说作诗成千古绝唱,你就想插上一腿凑凑热闹?"

此时,杜牧在以露彤为首的美女的簇拥中出来了。

庚大声说:"嗨,你们谁是芙蓉?谁是玫瑰?谁是牡丹?"

船上船下,众人煞是开心。因为光天化日又兼人头众多,告别显得不够伤感也不够严肃。笑和闹成了主调,谁也不好意思搅扰了大伙的好兴致。船上船下互相摆摆手,船就动了。竟连一滴眼泪也没见到。

狐朋狗友围坐,杯盏交错,昏天黑地,不亦乐乎。

庚说:"谢杜兄把你的开心让众兄弟分享。"

甲说:"分享?你只配用用眼睛,你知道人家杜兄用什么?"

丙说:"喂,喂,斯文一点好不好?杜兄那叫风流,到了你这就下流了。"

丁说:"风流下流,都说是一念之差,其实也没有许多不同。背后透着的都是快乐。"

己说:"老天真不公平,怎么所有的好事都给杜兄了?我们只有羡慕的份。"

戊吟咏:"小杜要把野花摘,天赐良机封三来。英雄救美博露彤,抱得美人尽开怀。"

杜牧拱手:"有兄台绝妙诗句,小弟也算不虚此行了。"

乙说:"以杜兄之盛名,又恰逢如此奇遇,青史当又添一段佳话了。"

三月里的小雨淅淅沥沥,瘦西湖格外诗意。露彤眼里满含泪水,孤身一人伫立在码头。花船已经在视线中消失了。她的右手这才慢慢抬起,慢慢摇动……

杜牧从舱里出来,站到船尾,与歌女船家并排。

歌女说:"露彤真美啊。"

杜牧没有应声,面对着大和教坊方向。大和教坊已经在很远处了。

歌女的唱词弥漫在瘦西湖上,久久不去。

药师玉央

1

其实大和教坊一直以来都没有皇上。皇上远在长安,除了这两日外,他以前没来过,以后也不会再来。

而杜牧一来便盘桓了九天,看他留恋不舍的样子,想他日后也许会一来再来。当然如杜牧一般的情种,尽管每一次都仿佛情深意笃,但或多或少总有几分假戏真做的嫌疑。倘露彤对他的每一句话都信以为真,那才是愚钝到了极点。

有一句话杜牧绝非言过其实,虽然他当时只随口说说:"小丫,这次到扬州,最大的收获是认识你。"而日后的事实却刚好印证了此言不谬。

扬州一别,露彤就此走出了杜牧的生活,他们之间再没有第二回合。大和教坊也就此与杜牧各不相扰。唯有小丫是个例外,但她那时已经不叫小丫,她叫玉央。

留在大和教坊的那个小姑娘小丫,她的生活一如既往,皇上和杜牧的到访对此没有丝毫改变。可以没有皇上,可以没有杜牧,却不可以没有小狗抱抱,不可以没有莲莲兰兰阿朵她们。她们和它在历史长河中也许不那么重要,但对于小丫是水是空气,须臾不可以缺少。

小丫抱着小狗边走边对它讲话:"抱抱,今天我们讲人参。人参,又叫黄参、血参、人衔、神草。人参味甘,性微寒,无毒……"

这时候,兰兰跑过来:"小丫,快来,莲莲在等你呢。"

小丫不信:"莲莲等我?"

"今天是她生日,膳坊为她做了糯米奶糕,她说一定要你来切。"

"我才不信呢,肯定是你在捣鬼。"

兰兰急了:"骗你我是小狗。"

小丫对小狗说:"抱抱,她是吗?"

小狗愤怒地叫了两声。

兰兰对小丫说:"你才是呢。"

"抱抱都说你不是了。"

兰兰拉起她:"走吧,别摆架子啦。"

"我还要到书画坊上课呢。"

兰兰不由分说:"走啦!若请不动你,莲莲要骂我了。"

本来上课对小丫就无可无不可,她没有拜师,算不上正式学徒。只不过书画坊的师傅格外喜欢她而已。再说了,莲莲的小心眼是出了名的,如果小丫不去捧场,她一定会记恨她很久。所以这会她去也得去,不去也得去。

莲莲她们的房间一溜小床靠墙排列。屋中央设大圆桌一张,桌上的奶糕已经摆好。莲莲和其他女孩围在桌子周围。女孩们七嘴八舌,已经急不可耐了。

"快点吧,小寿星。"

"馋死了。"

"好久没吃到奶糕了。"

"谁切还不是一样?"

莲莲说:"不一样。就不一样。"

被抢白的女孩不开心地嘟起嘴。小丫抱着小狗和兰兰走进来。已经等不及的孩子们以掌声欢迎操刀手的到来。莲莲将西瓜刀双手递向小丫。小丫赶忙把小狗递给兰兰,又把两手在衣襟上擦了又擦,慌慌张张接下西瓜刀。

莲莲说:"你来切。"

小丫有一点受宠若惊,点点头。仔细比画着从正中将奶糕一切两半。女孩们一片欢腾。小丫将刀横过来,二分为四。之后左右两面出斜刀,四分为八。

众人目光集中到莲莲。莲莲拿起第一块。

之后,一瞬间另外七块马上被瓜分完毕。八个孩子手忙脚乱,八张嘴几乎同时被奶糕塞满,小鼻子小脸马上挂了花。这一刻,尽管小丫也在狼吞虎咽,可是那把长长的西瓜刀依旧握在她右手。小狗也在阿朵和小丫之间仰头狂吠。小主人的饕餮和忽略让它愤怒。

兰兰唤小狗:"抱抱,抱抱。过来。"

小狗听话地跑过来,跳到兰兰怀里。兰兰爱抚地捋着它的皮毛。小丫莲莲和阿朵也过来了。

兰兰说:"今天抱抱的毛好漂亮啊,又顺又滑。"

阿朵凑过来摸小狗："像缎子一样，手上舒服极了。"

莲莲说："小丫，你又给它施什么魔法了吧？"

小丫说："我看它的毛都脏得滚成团了，就为它配了药汤，洗一洗毛就顺了。"

阿朵说："我的头发也总是滚成团，你也帮我配药汤吧。"

兰兰说："给狗用的东西你也要用？怪不得你怎么总喜欢说'骗你我是小狗'呢。"

阿朵说："我就是信小丫嘛。"

莲莲说："我想阿朵说得不错，用小丫的药汤洗头发，一定也会又顺又滑的。"

阿朵说："小丫，你什么时候给我配洗头发的药汤啊？"

小丫说："你还当真啦？"

小丫一个人躲在幽深的藏药间，坐在巨大的排柜前摆弄草药，地上摊满好几种关于草药的书籍。

她边读边比照着草药，嘴里嘟嘟哝哝，同时在纸上记着什么。

"薰草，又名零陵香，味甘，性平，无毒。野菊，又名苦薏，味苦、辛，性温，有小毒……"

阿朵跑进来："哎，快去看哪，抱抱会作揖了。"

"没看见正忙着呢？"

"走嘛。"

"我不去，你也别走。"

"从早到晚，你光知道摆弄这些破玩意，真没劲。"

"你不是让我帮你弄脸吗？"

阿朵惊喜："把我变得像莲莲那么白？"

"试试吧。"

阿朵甘心情愿地坐下来。小丫就是她的上帝，无论她要她怎样，她都只一个服从。她就从来没有想过，也许小丫会出错，会弄伤她的脸……毕竟小丫也只有11岁，什么是完全不可能的呢？

在为阿朵敷上草药泥之后，小丫用沙漏计时。阿朵带着面膜躺在草地上闭目养神。

"小时候我娘就说我黑，还说我头发像草一样，谁都说我是个丑丫头。"

"他们瞎说，你一点不丑。"

"你不用安慰我。我知道我嘴大，鼻子又高。告诉你个小秘密，我以前的绰号就叫丑八怪。千万别让她们知道！"

"我也告诉你一个小秘密。"

阿朵惊喜，马上放低声音："什么？"

小丫也故作神秘，附耳轻声："没有一个女孩是丑八怪。"

阿朵大失所望："这也叫秘密呀？"忽然一骨碌爬起来，"糟了，早开工了！又要迟到了！露彤又要骂了！"

阿朵匆匆撩清水洗去面膜，脸也不擦就跑开了。小丫失望地合上本子。阿朵忽然又跑回来，小丫展开眉头。结果阿朵只扔下两句话。

"你一天都躲在这，你娘找不到你一定又急了。快回去吧，小心也挨骂啊！"

转身又跑开了。

到了晚上，教坊演台依旧是歌舞升平。众看客如痴如醉。莲莲兰兰和其他女孩子们照例穿梭其间，为他们添酒换茶。兰兰注意到莲莲一直盯着前方。

兰兰问："你在看什么？"

"看她呀。"

兰兰循着她示意的方向看去，阿朵也在为客人倒酒。

“阿朵有什么好看的？”

“你不觉得她今晚特别好看吗？”

兰兰再看：“看不出来。”

从阿朵收杯换盏的动作上，看得出她心情不错。今晚阿朵显得格外自信，就像换了个人似的，白皙靓丽，依然乱蓬蓬的头发快乐地甩来甩去，俨然从来就是个小美女一般。

兰兰蹲在院中摘着小野花，不经意间扭头。

兰兰大呼小叫：“看哪，山鸡变凤凰了！”

阿朵正从门内走出来，脸上粉嫩白皙，高高的鼻梁深深的眼窝格外精神，她得意非凡地摇着柔顺飘逸的长头发。平日那个满头羊卷毛一样脏兮兮的小姑娘不见了。

另一些小女孩从别的门里出来，看到焕然一新的阿朵，也都禁不住惊呼。

“哇！”

“哇！”

“哇！”

阿朵终于让姐妹们刮目相看了。得意归得意，她其实不是个小气鬼。当莲莲提出也要用她的药汤浸头发时，阿朵二话没说，马上端出铜盆到她跟前，用木勺舀了满勺药汤给她。

莲莲已经把头发浸湿：“帮我浇到头发上吧。”

阿朵帮她。莲莲把药汤均匀地揉进头发里。

兰兰也端着水出来：“阿朵，给我一勺。”

阿朵说：“你又不是小狗，不给。”

“别那么小气嘛，一句话总放在心里，你会肚子疼的。”

“我就是小气，怎么了？不给就是不给。”

兰兰也气了，一下把水泼到地上：“有什么了不起？你以为小丫只给你配不给我配？你这种小气鬼，我再不理你了。”

看着兰兰气哼哼地回房，阿朵有一点不知所措。

埋着脸洗头的莲莲说：“你何必呢？”

阿朵一跺脚：“谁让她总欺负我！”

但是阿朵深知小丫的脾气，她很清楚兰兰也一定会在小丫那里拿到药汤。她于是先跑出去，在山路上深一脚浅一脚。听到狗吠时她已经看到小丫和小狗抱抱了。

小狗闻声蹿过来。小丫跟在后面。

“你怎么来了？”

“我一猜你就来采草药了。”

“你自己上山会迷路的。”

“我有要紧事找你。”

“什么事那么急？”

“你千万不要给兰兰配药汤。”

“又怎么了？”

“莲莲要，我给她了。兰兰也想凑热闹，我偏不给她。她说要你给她配。你要是给她配了，我多没面子啊！”

“她求我帮忙，我怎么能拒绝呢？你替我想想。”

“那我怎么办呢？”

“最好这样，你主动找她，把你的药汤给她，这样她就不生你气了，还会领你的情。”

阿朵满心不情愿：“也只好这样了。”

现在兰兰莲莲围在小狗两边。小狗原本乌黑发亮的皮毛脱落了不少,色泽也呈乌暗。莲莲伸手在它身上一撸,竟带下好多毛。

莲莲大呼天哪,引来小丫和阿朵。阿朵根本没看小狗抱抱,完全沉浸在自己的欢愉当中。阿朵让大家看她变白了,说小丫的草药泥可真厉害。莲莲根本不关心阿朵是不是白了,她关心的是抱抱。的确,抱抱的毛掉得非常厉害。

小丫大吃一惊,凑到跟前,小狗无助又无辜地看着小丫。

小丫怎么也想不通会这样。兰兰想不到给小丫留情面,认定是她的药汤出了问题。听兰兰这么说,莲莲的脸都白了,下意识地摸自己的头发。同样是用了小丫药汤洗头的阿朵大不以为然,她说小丫的药从来没出过问题。可是兰兰突然伸出手撸阿朵的头发,指尖顿时缠满了发丝。

兰兰说:“你还说不会?”

阿朵嘴硬:“不会就是不会!”嘴一瘪,哭了,“我的头发……我还做了脸呢……怎么办呢?”

小丫瞪着满手的狗毛发怔,耳边阿朵的哭声中马上又加入了莲莲的哭声。哭声引来了包括荣氏在内的好几个大人。小丫仰起脸看定娘。

“娘,抱抱用了我配的药汤为什么会掉毛?”

阿朵说:“我的头发也掉了。”

莲莲说:“还有我。”

两个女孩哭声依旧。荣氏看阿朵的头发,再看看小狗。

荣氏说:“你用了苦味的紫晶盐?”

小丫点头:“书上说,紫晶盐加上何首乌,会给毛发营养,使它发亮。”

荣氏不再理会小丫,对阿朵莲莲说:“别哭了,没事的。你们信得过我吗?”

阿朵点头莲莲点头,仍然泪水不断。

“听我说,掉了的头发还会长出来。”

阿朵破涕为笑:“真的吗?”

荣氏点头。

“会跟以前一样多吗?”

“我保证。”

莲莲捋着自己的头发:“我掉得没她那么多,我也一定没事的。”

荣氏问:“用了多少?”

“是阿朵倒的。”

阿朵说:“一木勺。”

荣氏说:“你自己呢?”

“有半盆吧。”

小丫一直在发怔,此时抬头。

“娘……为什么会这样?”

荣氏对莲莲说:“你用那么少,不会有什么大碍。”

莲莲松了一口气。

小丫说:“我给抱抱用多了?”

阿朵说:“我头发那么脏,还以为要彻底洗干净越多越好呢。”

2

封三报复露彤的那一次,露彤的身心受到重创,很久都没有恢复过来。连小丫也对熟悉得不能再熟悉的露彤的那张没化妆的脸,觉到了陌生和惊讶。小丫那一次的感受很奇特,露彤不化妆,她几乎认不出她了。当然她不会对小伙伴们这么说,她只对她娘一个人说。

荣氏却以为对露彤未必是坏事,难得她自己不要化妆。其实一个女人每天一定要化了妆才肯出门,挺累的。就像戴着面具。面具戴得久了,自己都不习惯自己原来那张脸了。

小丫说娘的脸就是自己原来那张脸啊。荣氏于是说那些姑娘活得累,告诫小丫以后可再不敢给别人乱配药水了。小丫应允,看得出是当真害怕了。荣氏了解自己的女儿,她相信小丫会牢牢记住这个教训。

露彤的耳朵有没有热呢?她是否觉到了她们在谈她?

入夜之后,她和侍女在瘦西湖泛舟,雾霭朦胧,迷离的星星也显得暧昧。侍女船尾摇橹。露彤坐在船头。素面朝天的露彤的确让人认不出了。

侍女说:“姐姐七天没出门了。”

露彤长叹:“晚上的瘦西湖真美啊。”

一大早,侍女就找到荣氏,说露彤请她过去为她化妆。荣氏觉得意外。但她没有多问,提上化妆箱便跟着侍女去到露彤的房间。露彤坐在铜镜前依然素面朝天。荣氏在一边做化妆准备。

露彤说:“这些天不化妆了,忽然又要化,反而不习惯了。”

“你本来不必急着登台。坊主也让你多休息一些时日嘛。”

“伤也养好了,不好意思就这么闲着不做事。再说了,尽管每天登台又忙又累,但是人觉得有精气神。一上了台会很兴奋。”

“你这次外伤还是小事,心里面的伤害比外伤来得严重。”

“是啊,这些日子身子闲了,可是心里很疲累。所以我想还是忙一点好,可以把那些烦心的事忘了。”

“说得也是。疗心里的伤,最好的办法莫过于找事做,找自己喜欢的事,让自己不得闲,让伤心的事慢慢淡去。”

露彤回头:“荣师傅,我想,要是不以浓妆登台,大家还能不能接受我?只化一点淡妆。”

荣氏想了一下:“也许……我看,可以试一试。”

露彤有一点担心:“只怕坊主会……”

荣氏说:“可以试一试。我有个办法……”

一串急促的脚步声。门被推开,阿朵气喘吁吁。露彤马上扭过头埋下脸。

阿朵说:“有客人叫您过去。”

露彤头埋着:“谁让你进来的?”

阿朵猝不及防:“我……”

“不见。”

“不是您,是荣师傅。”

荣氏摆手示意,要阿朵出去等她。她耐心为露彤完成她要的淡妆,直到露彤满意为止。

阿朵对露彤发脾气耿耿于怀。荣氏告诉阿朵,露彤这会的心情很坏,她不希望有人看到她受伤的脸。荣氏随阿朵来到一条私家游船。它规模不大不小,排场装饰都较教舫的大船略逊一筹。荣氏推开舱门。脸上的疑问马上云开雾散,原来是她的老东家,已经退休赋闲的前扬州府府尉玉长风玉大人。

荣氏说:“玉老爷,是您啊。”

“你没想到吧?”

“当真没有。”荣氏指着老爷的便服,“您这是?”

“告老还乡喽。”

“夫人还好吧？”

“过世已经有一年多了。”

荣氏的神情黯淡下来：“您怎么也没派人捎个口信给我？”

“那时候人的脑子不管用，也顾不上了。”

荣氏点头。“您这次过来有什么事吗？”

“我这一辈子，官身不由己。现在好了，一点事都没有了。就是偶尔有点闷，也会有点烦。出来只为散散心，没有一点目的性，走到哪是哪。”

“您还记得我，真是让我开心。”

“那么多年，你还不就像家里人一样啊？”

荣氏黯然：“夫人待我如同已出，可是我……连个报答的机会都没有了。”

夜场演出，现场火爆。因为大家都知道露彤又要登台了。鼓乐声声，台上是热场的几个舞娘。台下看客比平时要多许多。阿朵端着一大盘杯盏，回到看场边上。

阿朵说：“胳膊好酸。”

兰兰说：“好多人啊。”

莲莲说：“都是冲着露彤姐姐来的。”

阿朵说：“好久没这么热闹了。”

兰兰说：“八天。露彤姐姐有整整七天没出门，那些好色的男人都憋坏了。”

莲莲说：“大和的冷与热，全系在露彤姐姐一人身上。”

阿朵说：“看你羡慕的。”

莲莲脸红了：“羡慕怎么了？就羡慕！”

阿朵满脸得意转身就走：“送盘子去喽。”

看客当中有许多人都是老客，都是听了露彤复出专门赶过来捧场的。大家七嘴八舌说长道短，有一点所有人是相通的，就是兴奋。

“七天没见露彤，我白头发都长出来了。”

“你有大把银子，当然可以天天看她。像我这种做小本生意的，赚的钱全扔在这，也不过十天半月才得一见。要我说呀，你是身在福中不知福。”

“听说露彤这次一歇七天，是出大事了。”

“什么大事？”

“说是脸花了。”

“不会吧？”

“还有更邪门的。说她一觉醒来，左颊长出碗口大一块黑斑。”

“尽胡说八道。”

“不然干吗这么久不见人？”

“是黑是白，看了不就知道了？”

“怎么还不出来啊？”冲演台方向大喊，“浸，月！”

许多人一起应和：“浸，月！”

另有不少看客重来：“浸，月！”

演台上，随着舞曲前奏渐强，众舞娘让出一条通道，露彤从阴影里缓缓飘出。随着韵律的变换，长袖舒展，裙摆摇曳，如梦如幻。她的脸隐在一袭薄纱之后。

一众看客激动且充满期待，不眨眼地盯住露彤，如醉如痴。

“干吗要戴面纱呀？”

“我说了有问题嘛。”

“未必。你看到有问题了？”

“要我说，有面纱好。有神秘感，让你猜她什么样子，盼着她揭开面纱。”

“说得好。女人就是不那么一目了然才有味道。敢不敢和我打赌，她最后一定会把面纱撩开。”

“有啥神秘感！她那张脸，老子闭了眼也知道什么样。”

“我赌她脸上有事。若没事，她又何必多此一举呢？”

玉大人的游船泊在近演台的湖畔。荣氏陪在他旁边。她告诉他台上跳舞的那个就是露彤。

玉长风翘首望去：“嗯，看上去还不错。”

“我领玉老爷近点看？”

玉长风笑着摇头：“不必麻烦了。追捧美色，已经不是我这个年纪该做的事。”

“可您不是一向喜欢歌舞吗？”

“喜欢不假。正是因为喜欢才坏了胃口。”

“坏了胃口？”

“大和三年进了一次宫，有幸陪圣上共赏歌舞。真是妙不可言，太不可思议了。看过宫里的再看外边，怎么都不入眼，索性就断了这个瘾，再不看了。”

“宫里的人，都是千挑万选，极品中的极品。大和教坊虽不同寻常……锦鸡终究不比凤凰。”

玉长风点头：“是这个理。就像这次后宫招收小女史，区区二十一个名额，竟在全国每个州府都发了告示。这样选出来的人才，有哪个教坊能望其项背？”

“小女史？”

“就是后宫里各局的学徒。长大学成以后可能留任内官，最高者为正五品。现如今，女子为官，比男人轻松多了。”

“什么样的女孩子才能参选呢？”

“出身士族，品貌端正，聪慧灵秀。”

“都学什么？”

“后宫有尚宫、尚服、尚仪、尚膳、尚药、尚寝、尚乐、尚容各局。入选尚膳局自然学的烹饪，入选尚乐局自然学的琴音乐韵。”

“尚容局也有名额？”

玉长风笑：“当然有。给皇上的妻妾们美容养生化妆，会比伺候她们吃饭还要紧。你是行家，应该比我更清楚。”

荣氏点头。一时想起先前小丫说的话：“娘，我心里怎么总想着《簪花仕女图》呢？”

演台上，露彤的独舞已接近尾声。她那张令人期待的脸，仍然是个谜。看客们依旧兴致高昂，反反复复对此进行猜测。

“刚才我放你一马，你逢赌必输，赌老婆连孩子都得搭上。”

“赌不赌吧？少废话。要赌现在还来得及。”

“谁跟我赌，我说她脸上肯定有事。”

“有事是什么意思？有什么事？有斑还是花脸？”

“闭嘴！你们成心讨人厌啊？”

露彤收式，之后，来到演台前沿，向看客们致意，同时缓缓扯下面纱。

所有人忽然静下来，睁大双眼看着她。面纱飘落。露彤微笑着面对看客，那张脸依旧如白玉，依旧如满月。所不同的是，眼是细细长长的。眉是淡淡的，眼睑是淡淡的，两腮是淡淡的。嘴唇则是浅浅的。

看客炸了锅。

露彤抬着下颌,清雅而自信。

荣氏扶着玉长风进舱。

玉长风说:“老了,不爱热闹,还是舱里面清静。”

自己捶着腰坐下。

荣氏说:“您累了,不如趴着,我给您推背解乏。”

“好啊。”玉长风倒在卧榻上,趴下,“在我府里那会,你的按摩可算是一绝了。”

“还不都是跟着夫人学的。”

荣氏将他衣服从后面撩起,将随身带着的瓷瓶往掌心倒一点液体出来。双掌合拢,旋转揉搓。

玉长风说:“这香气沁人心脾啊。”

“是我自己调制的桂花精油,既醒脑又健心脾。”

她先在他背上将精油均匀揉遍,之后双手对称着指压左右穴位。手法纯熟精准,按压起伏旋转腾挪皆充满韵律感,有如飞翔中的蜻蜓,时疾时徐,错落有致,看着也赏心悦目。玉长风很享受,不由自主地随着轻重节奏哼着,竟渐渐瞌睡了。

荣氏不声不响做着按摩,人却已经灵魂出窍了。她又想起杜牧告别时,小丫问他还想不想要她的诗,杜牧说下次。小丫就又说下次送他一张画,边说边比画:“头上有高高发髻的宫女。”杜牧还问她长大了会变成什么样。荣氏记得非常清楚,因为小丫的话令她印象深刻,“像《簪花仕女图》上的宫女一样啊”。

玉长风忽然就醒了:“我刚才睡着了?”

“打了个盹吧。”

“人真是老了,不中用了。也不怪我,你按得太舒服了。好享受啊。”

“玉老爷,让小丫做一回您的女儿吧。”

“小丫是谁?”

“我女儿。”

“女公子啊。瞧我这记性?怎么,做我女儿?”

“您不是说,进宫做女史要出身士族么。我想送小丫进宫学习,就请以您女儿的名义推荐一下,可以吗?”

“没问题,没有一点问题。右肩这里再重些。”

荣氏手下加了气力,再没说话,泪水却不由自主淌了下来。她有事相求,他的应承也没有丝毫勉强。那么她又为什么而落泪呢?如果她后悔开口了,她还来得及更正。她没有更正,可见她没有后悔。于是在不久以后小丫便进了宫,成为宫廷尚容局司容部的一个小小女史。

于是小丫便以玉央的名字,永远留在了历史之中。

谁也没有料到,玉长风的偶然到访竟就此改变了小丫的生命轨迹。虽然当时只是荣氏一时之念,她甚至来不及细想,来不及问小丫一句,但一切的一切已经水到渠成。也许这就是历史的偶然吧。一个偶然,又一个偶然,之后再一个偶然。历史当真是许多个偶然的叠加吗?

3

小丫要进宫的消息虽然没惹出很大乱子,还是引起了诸多议论。几个教坊里的小姑娘也聚在一起,窃窃私语。

“听说进宫那个女孩比我们还小呢。”

“她叫什么?”

“玉央。”

“没听过这个名字啊。”

“就是小丫！”

“给我们梳宫女发髻的那个小丫？”

“跟我们舞坊的莲莲特别要好的那个吧？”

“我们乐坊的女孩子都找她修指甲呢。”

“她那么有本事,难怪能进宫。”

“进宫可不一定看你有没有本事。”

“那看什么？”

“看爹啊。”

“看爹？”

“你们不知道吗？小丫现在的爹可是前扬州府的府尉大人。”

“那她以前的爹呢？”

“谁知道！”

“她比我们容妆坊所有的姑娘都懂得多。”

“那有什么奇怪？没看看她娘是谁。”

“怪不得她娘不让她入教坊,是预备着进宫啊。”

“我说她娘怎么给她梳宫女的那种发式,原来早就瞄着大明宫呢。”

“我还是觉得她有没有这个爹照样能进宫,沙里埋不住金子的。”

“你懂什么？没这个爹,她凭什么说自己出身士族？要说本事,我就没觉得莲莲哪点不如她。若单比本事,进宫的一定会是莲莲。”

莲莲自己未必也这么想。这会她和兰兰阿朵小丫蹲在小狗旁边,大家眼圈都红红的。小狗抱抱也似乎明白了什么,舔小丫的手,脸上一副可怜相。

兰兰说:“看看,抱抱也知道你要走了,也舍不得你。”

小丫说:“我也舍不得你们。要是可以一起进宫就好了。”

阿朵哭出来:“小丫,我们是不是再也见不到你了？是不是再也不能一起玩了？”

小丫说:“不会。我肯定还要回来的,我娘还在这呢。”

阿朵说:“那要等到什么时候啊？”

一直不说话的莲莲,此时忽然开口:“小丫不回来,我们也可以进宫去找她啊。”

兰兰说:“大白天怎么说起梦话来了？我们怎么进宫？”

莲莲说:“小丫进了尚容局,我们以后可以进尚乐局。”

小丫说:“对啊！”对莲莲说,“你的舞跳得那么好。”对兰兰说,“你的琵琶也弹得好,一定可以进尚乐局。到时候,我们就可以在宫里一起玩了。”

兰兰说:“我能行吗？”

小丫说:“一定行！”

莲莲说:“小丫,那我们说好了,宫里见。”

小丫笑了:“太好了！宫里见。”

被忽略的阿朵大哭起来:“你们都到宫里去了,我怎么办？我什么都不会！”

小丫她们为难了。

莲莲说:“傻瓜,等我们做了女官,让你进宫有什么难？”

阿朵说:“真的吗？”

小丫说:“阿朵,你要是真想进宫,现在就得努力了。不能再像以前那么贪玩。”

阿朵虽将信将疑，还是收住了眼泪，点头："那好吧。到时候我带着抱抱去找你们。"

四个女孩都红着眼眶笑，八只小手拉得紧紧地。

平心而论，荣氏不算是个爱唠叨的母亲。毕竟女儿还不满 12 岁，第一次出门就走那么远，而且根本不知道什么时候才能回来。她的心沉沉的。她将小丫所有的东西尽数往那个藤条箱里塞。之后又大做减法。可那藤条箱的容量实在有限，一减再减，最后只能由箱子自己来决定带什么不带什么。

"虽然宫里什么都有，但娘还是把你喜欢的东西收拾了一下。这是肚兜，晚上睡觉一定得穿好，不要贪凉。这是冬衣，一入秋就换上，夜里用它压住被子。你的笔和砚台在边上。平日你常翻的那几本书在最底下……"

小丫插嘴："娘，把我摹的《簪花仕女图》带上可以吗？"

荣氏想想："还是不要带了。记住，到了宫里，万不可让别人以为你早就做着进宫的打算。"

"我没有啊。"

"别人见到你临摹这画，会以为你一直想进宫，向往宫里的生活。你没那么想，别人还是会那样以为。"

小丫点头："知道了。"

荣氏坐下，拉小丫到身前："小丫，进宫之后，娘不在你身边，遇到什么事都要你自己面对了。"

"可是会遇到什么事呢？"

"你懂锋芒毕露吗？"

小丫点头："娘，你说我锋芒毕露吗？"

"娘最担心的就是这一点。你还小，不懂得世事险恶。一个人有本事不是坏事，但你的本事若让周围的人不舒服，这就不是好事了。"

"你是说，要让别人以为我没本事？"

"不要让别人因为你有本事，而使他显得无能。"

小丫点头："嗯。好像有一点不一样。"

"不一样在哪里？"

"我要有本事，又不能让别人看出我有本事。这跟没本事是两回事。"

"切不可锋芒毕露。"

"娘，这下我真的懂了。"

告别的那一刻终于来了。同行的几个小姑娘靠着官船船舷，向岸上的亲朋挥臂。虽然是背井离乡，但对于小丫来说，新奇与憧憬似乎盖过了离愁别绪。

"娘，来长安看我。"

岸上的荣氏，开始还微笑着挥手，放下手臂时，蓄在眼眶里的泪水终于还是滑落了。

可以回过头去想一下，倘若当初书画坊师傅让女孩们临摹的不是周舫的《簪花仕女图》，是韩熙载的《夜宴图》，小丫还会想着进宫吗？倘若杜牧不来扬州不问她，小丫还会想着画一幅梳高高发髻的宫女图吗？倘若她从未流露过对宫女的兴趣，荣氏还会想着送小丫进宫吗？倘若玉长风没来大和教坊，她还会想着专程去玉府求老主人帮忙吗？倘若小丫没有进宫，她还有必要改姓换名吗？倘若她没有玉央这名字，还会有一部以玉央做标题的大书传世吗？

史有大唐，大唐可以没有玉央。没有的时候的确没有。后来偶然就有了玉央，于是生出了无数故事。而史有玉央，大唐便不可以再没有玉央。

不可捉摸又奇幻无比的历史啊。

第二章 ◎ 宫女玉央的新世界

后宫天下

1

小丫阶段的历史充其量只能算是玉央的前史。而作为历史人物的玉央,其正史发端于小丫进宫之际。或者可以这么说,界限在于那艘载她去长安大明宫的官船上下,船下的那个女孩是小丫,上了船那一刻她就成了玉央。也就是从那一刻起,玉央的历史开始了。

宫女玉央,这个宫说的是大唐皇帝的大明宫,进一步说是大明宫后宫。宫女的世界只在后宫,与天下百姓心目中的那个都城皇宫很不同。都城皇宫是王朝的象征,是大历史,是如磐石一般结实的存在,而后宫相比之下什么都不是,也可以说什么都没有。所有关于后宫的故事都透着十二分的虚无。宫女便是这虚无世界中的幽灵,幽灵也便是宫女玉央的本来面目。

尽管后宫这个世界充满虚无,且满是幽灵在其间游荡,后宫仍然乃一方天下。既然是一方天下,必定有一人统领,这个一统天下的人便是王昭仪。

文宗皇帝李昂承继的是敬宗皇帝李湛之位。李昂为李湛之胞弟,李湛为长,李昂为次。李昂完婚生子在先,承继帝位在后。换一个说法,妻子王氏在李昂成为文宗皇帝之前,已经嫁他为妻。他们有一个儿子,名李永,早被册封太子。

身为皇上的发妻,又兼太子的生母,王氏为什么不是皇后呢?由于历史的灰尘太厚,千年之后已很难明了当时的真相。她甚至也不是贵妃,封妃是几年以后的事。

但有一点则非常肯定,虽然只册封昭仪,她仍然是一人之下万人之上。整个大明宫后宫,都在她掌股之中。另外两位,杨姓李姓二昭仪,都只能仰她鼻息,唯她马首是瞻。她在后宫的地位从未受到过任何意义的挑战。她是真正意义的老大。

尽管表面上风光无限,却也高处不胜寒。除了她自己,就没有一个人会知道她的难处。夜深人静,要么辗转反侧,要么噩梦连连。都是终日殚精竭虑的后果。在她,一个无梦之夜无异于一种奢侈。梦已经成了她生活中不可或缺的一个部分。

被大和书画坊师傅奉为神品的《簪花仕女图》真迹,就挂在王昭仪寝宫之内。烛光有节律地跃动,给这幅名画平添了许多神秘色彩。她从左而右,目光在画面上慢慢滑过。明暗闪烁的光影令她的脸与画上的人物斑斑驳驳,遥相呼应。她完全被迷住了。

回转身去,《簪花仕女图》从右至左慢慢滑回来……如此往复,一次,又一次,又一次……

她伫立在巨大的铜镜前,模仿画中人的姿态,欣赏镜中的自己。可是忽然,镜中的影像一下子比她本人苍老许多,皱纹满脸。她怔住了。

她隐约听到嬉笑声,过去推开窗棂。窗外豁然开朗,气势宏伟的皇家浴池里,皇上正与众多年轻貌美的妃嫔在水中嬉戏,不亦乐乎,不一而足。

甚至连她自己也知道她此刻深陷梦中,所以她并未觉得奇怪。大浴池从来不在她的窗外,甚至不在她寝宫院子里。同样的梦境不止一次了。她逐渐适应它熟悉它,或者干脆沉浸在其中。这种时候,她反而会在梦境中睡过去,睡得异乎寻常的香甜。

王昭仪宫乃一独立宫院。前有前院,侧有花园,后有后院,宫室居中。宫室分为三进:厅堂、起居室、寝房。寝房又配有一间内室。寝房在先前也曾是她迎驾的所在。后来皇上来得少了,再后来索性不来了。他们见面总约在外面,或喝茶或游玩。寝房变成了她独有的天地。偌大宫床靠墙,房中四角均有落地镏金烛柱,一扇大屏风隔在床与门之间。她的梦每每始于那张大床,也终于那张大床。

王昭仪从梦中出来时,通常大呼:“来人!”“掌灯!”

宫女应声而来,遵嘱将灯点燃后悄悄退出。

寝宫被点亮了。王昭仪起身,去到铜镜前,上下打量自己。时而抬一下头,《簪花仕女图》就挂在侧墙。

镜中的她尽管已届中年,却依然丰腴美艳,性感动人。自我检视让她重新拾回了自信。

天已经亮了,丰富多彩的一天即将开始。

先是贴身宫女欢喜来报,说司容部范娉柳过来为娘娘梳头。这边头还没梳完,专门伺候她的宦官小寇子又来禀报。

“禀娘娘,那几个水土不服的孩子已经没有大碍了。”

王昭仪说:“女孩子们都是第一次离开家,别让她们受了委屈。吩咐尚膳局,就说我说的,这些日子尽量做些有她们家乡特色的饭菜。初来乍到,如果水土不服,小孩子很容易想家。”

“娘娘真是菩萨心肠。”

王昭仪显然早已习惯了下人的溜须拍马:“听说扬州一下选上了三个女孩?”

“就是。娘娘的老家真是人才辈出。第一名叫玉央,是大和教坊的学徒……”

“大和教坊是个出人才的地方。这个孩子是何出身?”

“娘娘尽可放心,非士族出身绝进不了宫。这个叫玉央的孩子是前扬州府府尉大人的幼女。”

“嗯。另外两个呢?”

“第二名叫胡蝶,是吏部玉秋农的孙女。”

“我知道这个玉秋农。”

“那第三个叫,叫什么……”

“你们这些奴才,眼里只有那些权宦贵胄。没钱没背景的,过目就忘。”

“娘娘教训的是。”

“那三个姑娘到了吗?”

“今晚就到,卧房已经准备好了。都住在尚容局南院。”

“嗯,你退下吧。”

小寇子应声,倒退着出门。

王昭仪说:“一点不让人省心。”

范娉柳说:“其实这些琐碎的事,让下人做就是了。”

“别看今天她们是丫头片子,不消三五年,就都是后宫女官的主心骨,像你一样。”

“我有今天,还不都是娘娘您的厚爱。”

“记着,种瓜得瓜,种豆得豆。现在多花点心思在她们身上,日后她们就是你的左膀右臂。在后宫,走一步要看三步。要建立自己的势力范围,方可立于不败之地。”

“谢娘娘提点。”

“虽是对你说,其实也在提点自己。我有今天的地位,必得力求招招占先。所谓逆水行舟,事必躬亲才能节节向前。真是不敢有一刻懈怠啊。”

“娘娘,只是这样您太辛苦了。都怪我没用,至今也做不成尚容,不能为您分担。”

“你的毛病就是沉不住气。要知道整个后宫之中,你们尚容局是极重要的一块,哪个妃嫔不竭尽所能往里安插自己的人?起码眼下司容部在我们手上,你要把这个位置坐到稳上加稳。安其凤早就到年龄了,只要沉得住气,尚容那个位置迟早是你的。”

大明宫后宫花园亭台楼榭交相辉映,百花斗艳。小寇子领着玉央她们三个穿过花园。小姑娘们眼睛瞪得老大,已经被眼前美轮美奂的园林迷住了。

胡蝶说:“玉央,你看那只鸟,好鲜艳啊!”

玉央顺胡蝶手指的方向看去:“你怎么知道我名字?”

“我看过名册嘛。我叫胡蝶。”

玉央对另外一个相对安静的女孩说:“那你叫什么?”

琴儿说:“我叫琴儿。”

小寇子说:“前面再拐一道就是了。”

他带她们来到尚容局南院。这里状若四合院,略大,东西厢房多开了几个小门,隔出一个个供女史居住的小房间。尚容安其凤迎过来。

小寇子说:“尚容,这几个是扬州来的。王昭仪娘娘吩咐安排好,让她们像到了家一样。”接着又对三个女孩说,“见过尚容局的安尚容。”

“交给我。有劳寇公公了。”

琴儿规规矩矩地施礼:“多谢寇公公。”

玉央胡蝶见状也学样:“谢谢寇公公。”

小寇子一步三晃地走了。

安其凤说:“你们三个住西厢房,床铺都已经准备好了,开晚膳会通知你们。明早考试都清楚吧?”

三个孩子齐声:“清楚。”

“抓紧时间准备一下吧。”

小寇子出来,迎面碰上刚进门的小宦官和清蔷。

小宦官施礼:“寇公公,这是清蔷小姐,长安孔府大老爷的义女。上头交代要多多关照的。”

清蔷略施一礼。

小寇子说:“哦,去吧,交给安尚容就是了。”

主动逢迎的小姑娘清蔷,觉得自己未受到对方的重视,多少有一点落寞之感。

整个晚上尚容局藏药间这边格外忙碌。这是一个幽暗的大房间,几缕光线照亮微尘,映着光线可以看到一排排高大的储物柜分割着屋子的空间,几个宫女穿梭其中,每个柜子上划分出一格格藏药的小抽屉。柜前有供登高取药的梯子,靠门口处横着一个案儿,有女史在上面提笔记录。

司容部司容范娉柳、司妆部司妆谷绣春,她们分别指导几位女史为次日的考试准备药材。

谷绣春数药单:“好像缺一份。”

范娉柳说:“不缺,刚刚好。”

“不是十个人考试吗?应该是十份白术。”

“只有九个人参考。”

“九个?有谁破格录取吗?”

“长安孔府老爷的义女,一个叫清蔷的。”

“清蔷……没人跟我提过要破格录取谁啊。”

“清蔷这孩子,三岁就开始学习妆容,如今的技艺已经非比寻常,在长安城中颇有名气。内侍省总管认为此等人才不可多得,今早下令破格录取。”

“这样似乎不妥吧。开了口子免试,对其他人就不好交代了。”

“谷司妆如果有意见,大可直接去对总管或者王昭仪娘娘说。”

王昭仪刚好踩着话音进来。

众人垂首:“娘娘。”

王昭仪说:“范司容,你说谁有什么意见?”

“回娘娘,谷司妆认为,破格录取长安孔府清蔷的决定不妥。”

谷绣春低着头,显出紧张。

王昭仪说:“破格录取?”

“是。内侍省认为清蔷技艺超群,无须参加选拔考试。”

王昭仪想一想,说:“的确不妥。”

范娉柳和谷绣春都抬起眼。

王昭仪说:“既然设置了选拔考试,就要一视同仁。这个技艺超群破格录取,那个出身豪门无须考核,考试还有什么意义呢?真金不怕火炼,倘那个姑娘果真胜人一筹,在考试中坐上头把交椅,让人心服口服,未尝不是件好事。”

范娉柳说:“娘娘英明。”

“传我的话,明天十个姑娘都要到场考试,缺席当弃权处理。”

“是。”

谷绣春小有得意之色。

王昭仪说:“谷司妆,给杨昭仪请安时替我问候她。”

谷绣春一愣:“遵娘娘嘱。”

每年例行的招收女史的考试王昭仪必定到场。而且她会亲自来现场视察,做出安排和布置。范娉柳亦步亦趋紧随其后。

两排长桌上整齐摆放着十份药材。药材前是铭牌,玉央胡蝶清蔷琴儿她们几个的名字都在其中。范娉柳指挥几个女史分配余下的药材。王昭仪示意范娉柳到身边来。

范娉柳上前:“娘娘有什么吩咐?”

王昭仪说:“那个清蔷跟你有关系吗?”

“她义父孔非与我叔父有生意上的来往,因此拜托我照顾她。”

王昭仪点头:“凡事不可失了分寸。破格录取,你们胆子也太大了。”

“再不敢了。”

“既然是知根知底的,我看可以让清蔷在你手下做事。”

“谢娘娘。”

“你去张罗吧。”

王昭仪离开。

范娉柳对一个女史说:“你去一趟南院,带新来的清蔷过来。”

女史很快带清蔷过来,给范娉柳施礼。

范娉柳对女史说:“你回吧。”

女史走了。

清蔷说:“柳姑姑。”

范娉柳说:“以后不可叫我姑姑,以免遭人口舌。”

“明白了。”

“今天的考试你还是躲不掉。不过也没必要紧张,有我呢,都记住了?”

“记住了。柳,司容,您放心好了。”

2

天乍亮的时候,小姑娘们都还缠绵于梦乡。她们的房间不大,布置很简单。靠墙摆着三张单人床,对应每个床头,有一个狭窄的案儿,一个方凳。胡蝶第一个睁开眼,一骨碌爬到窗边,推窗往外看。

胡蝶拽玉央:“玉央,玉央,醒醒。”

玉央被她弄醒了,揉着惺忪睡眼:“什么事啊?”

胡蝶已经跳到琴儿身边,一样拽她:“琴儿,起来。”

琴儿坐起来:“怎么了?”

“天都亮了,我们出去看看吧。昨晚一路过来走得太快,什么都没看清楚。”

玉央说:“今天还要考试呢。”

“巳时才会有人来接我们。现在卯时都还没到,来得及。”

玉央看看天色,有点动心。

琴儿摇头:“不行不行,寇公公知道会骂的。”

胡蝶说:“干吗让他知道?”

“后宫这么大,迷路了怎么办?”

“就在周围转转。走吧。”

琴儿缩进床角,摇头:“不去,我不去。”

胡蝶说:“没劲,胆小鬼!”又对玉央说,“你去不去?”

“来得及吗?”

“我保证。”

“走!”

两个小姑娘蹑手蹑脚,推开院门。尚容局位居后宫东南角,地势偏高,借此可以俯瞰到大半个后宫。玉央胡蝶被眼前气派雄伟的皇宫惊呆了。在大明宫后宫廊柱之间,玉央和胡蝶跑跑跳跳,不亦乐乎。宫中的建筑和园林,每个细节都尽善尽美,令两个小姑娘不断咂舌。后宫的无限风光让她俩目不暇接,不知不觉便把记路忘了个干净彻底。

小寇子过来带新来的姑娘们,发现不见了玉央和胡蝶,着令琴儿快去找她们过来集中。琴儿反复找不见她们,回来禀告小寇子。小寇子马上想到两个新来的女孩肯定是迷路了。无论如何,刚进宫的小姑娘第一次露面就迟到是大忌,况且是入宫后的第一次大考。小寇子很为两个女孩担忧。

发现迷路之后,胡蝶玉央都有些慌神了。还是玉央比较镇定,在仔细回忆了先前经过的路径之后,她带胡蝶终于找对了方向。

慌慌张张的胡蝶不意撞上了清蔷,两个女孩互相动手推搡,而且口中互不相让,就此埋下了积怨。玉央劝开了胡蝶,两个人直奔尚容局修习室,那是今日的考场。这时她俩才发现她们没吃早饭,肚子早已经叽里咕噜。她俩成了考场里最早登门的考生。胡蝶这会又有了新问题,必得去如厕。玉央再三嘱咐她切莫误了开考。

尚容局尚容安其凤率司妆谷绣春司形梅英簇拥着王昭仪边走边聊。

安其凤说:“容妆形三部的三份考题都在这里了,请娘娘过目。”

“你看过就定吧。”

司容范娉柳迎上来:“考场都安排妥当了,请娘娘指示。”

与此同时,小寇子带小姑娘们也到了。

尚容局正是所谓池浅王八多的是非之地。其中最大的司容部掌门范娉柳属王系,司妆部的谷绣春属杨系,司形部的梅英属李系。三位皇妃各有所得。

谷绣春说:“杨昭仪娘娘马上就到。”

王昭仪笑着:“还是李昭仪比较省心,每年都不用操心遴选宫女的事情。”

梅英说："李昭仪娘娘最近身体欠安，她托我向您告假。"

王昭仪微笑："御医恐怕都不知道的事情，梅司形倒是一清二楚。"

梅英噤口。范娉柳和谷琇春各怀心事。接着杨昭仪也到了。尚容局一干人齐齐施礼。

杨昭仪说："姐姐比我到得早啊。"

王昭仪说："天生操心的命。非要看着什么都落实了，心里才踏实。"

"有劳姐姐了。"

安其凤说："二位娘娘请进吧。"

一众人等进考场大门。小姑娘们已经在各自的位置站好。安其凤、范娉柳、谷琇春梅英站上考官席。一切就绪。

安其凤颔首："请二位娘娘上座。"

王昭仪在前，杨昭仪紧随其后，走到专设的贵宾席坐下。

玉央眼前一亮。她认出这就是那位访问大和教坊的夫人。玉央紧盯王昭仪，嘴角透出一抹笑意。

王昭仪点头示意可以开始了。众考官坐下。一位女史逐一发放考卷。胡蝶气喘吁吁出现在门口，刹住脚，怯生生地看看考官们，看看两位昭仪，不知如何是好。

安其凤说："回到位置上。"

胡蝶急切走到自己的位置，同伴中有人窃笑。胡蝶苦着脸与身边的玉央偷偷对视，玉央瘪嘴以示同情。

安其凤说："今天的考试分为两部分，笔试和操作，时间均为一个时辰。答卷在这里完成，由我批阅。操作在尚容局制药间进行，由司容司妆司形三位考官分别监督评定。都清楚了吗？"

知女莫过娘。荣氏临行前的嘱咐，从玉央入宫伊始便显出了毋庸置疑的必要性。"你懂锋芒毕露吗？娘最担心的就是这一点。"在第一个回合里，她的担心果然应验了。

小寇子手举木锤，左手抓住沙漏木塞。"铛"一声铜钹轻响的同时，木塞拔掉。笔试计时开始了。

清蔷审题，十分专注。范娉柳用赞许的目光看她。玉央则用左臂支住脑袋，不假思索，提笔就写，似乎完全不动脑子。清蔷有板有眼不慌不忙，镇定自若下笔。王杨二昭仪都注意到了这两个与众不同的小姑娘。

其他考生都有不同程度的紧张。前面摆着"杜莺"铭牌的女孩咬着笔头苦苦思索，忽然偷偷瞟一眼邻桌胡蝶的试卷，之后将窃来的答案写上。偶尔将目光朝上的胡蝶对这一切浑然不知。这个小细节没能逃过安其凤的眼睛。她不动声色，找到名册上的"杜莺"，在"笔试"一栏写了个"下"。

那边制药间，地上散放着十个炭火炉，另一排则是十个瓦煲。隔几步的长条桌上放着三排药材。典容姜欣华指挥女史们为操作考试做准备。

姜欣华说："炉子的火不可太旺。根据考试的程序，司形部出的药材放在最前，司妆部其次，司容部最后。"

女史们依言在十个小火炉和三排药材中忙活。

姜欣华看院子中央的日晷："时辰差不多了，最后检查一遍所选药材和器皿是否正确。"

早已经无所事事的玉央手指蘸笔洗里的水，在案几上随便写写画画。清蔷虽然也完成考卷，但她认认真真复题，绝对一丝不苟。其他姑娘都还在认真伏案挥毫。

最后一缕沙流下。小寇子击铜钹。

终于等到了笔试结束的玉央，迅速将早已扔进笔洗的小楷笔取出，擦净，端正地支放在笔架上。清蔷将未洗的笔架好。胡蝶将笔搁在砚台边。杜莺扔开笔，露出如释重负的笑容。琴儿面有难色，笔杆一直握在手里。

尚容局制药间是第二考场，所有人都移师到此。

第一排是司妆部的考试，由谷绣春监督。三个姑娘在为各自面前的女史上妆。描眉画眼扑粉涂唇，大家的程序都一般无二。为琴儿做模特的女史努力压抑住咳嗽，喉咙隐隐震动。琴儿的手微微发抖。女史终于没能忍住，咳嗽一声。眉梢被描歪了。

谷绣春观察着琴儿。琴儿已经很紧张了，手忙脚乱，用棉球擦拭，重描。还是歪了，再擦，再描。反复数次。该画眼线了，此刻琴儿已完全控制不住手的颤抖，迟迟下不了笔。又急又怕，就差没哭出来了。

谷绣春皱眉，找到名册上的“琴儿”，在“司妆操作”一栏写了个“下”。

第二排是司形部的考试，由梅英监督。三个姑娘各自为一名女史做头发。梳通、分缕、编结、定型。梅英观察着她们的一举一动。一个叫俞娟的姑娘打喷嚏，随即用手捂住口鼻。之后既没擦手也没洗手，继续为女史编结发辫。

梅英摇头，找到名册上的“俞娟”，在“司形操作”一栏写了个“下”。

第三排的玉央胡蝶清蔷和安安，在进行司容部的操作考试。每人面前一只炭火炉，上面是一只瓦煲。范娉柳依次查看。先问清蔷。

“四神汤需要用到哪些药材？”

清蔷站起，清晰准确报出：“白芷、当归、薏苡仁、茯苓。”

范娉柳点头，在“清蔷”名下写个“上”。再问胡蝶。

“这些药材各自的用量。”

胡蝶站起，语流很快，但没有清蔷那样清晰流畅：“白芷 2 克，当归 2 片，薏苡仁 30 克，茯苓 15 克。”

范娉柳点头，在“胡蝶”名下写“中”。三问玉央。

“回答这些药材各自的属性和功效。”

玉央相当自信：“四神汤，南北东西有不同的配方，属性和功效也各不相同。比如江南的配方，除了白芷 2 克，当归 2 片，薏苡仁 30 克，茯苓 15 克，往往还加入白术 6 克，莲子 30 克，芡实 30 克。而黑水流域的做法，则是另外添加红枣 8 粒，鸡翅膀 6 只，山药 30 克。至于东海之滨，讲求味美，还要加入酌量姜料、半杯酒和少许盐巴……”

一旁的姜欣华满脸惊奇。连坐在贵宾席饮茶的王杨二昭仪，都放下手中的茶杯，关注着玉央。范娉柳打断她的滔滔不绝。

“问什么答什么，不要画蛇添足。”

受挫的玉央重新就前面清蔷和胡蝶的答案逐一答出：“白芷，亦名泽芬、苻蓠。味辛，性温，无毒。主治肺、胃、大肠三经的疾病。当归，亦名干归、文无。味苦，性温，无毒。主治血虚发热，失血过多，妇女百病。薏苡仁，亦名芑米、薏珠子。味甘，性微寒，无毒。主治风湿身疼，沙石热淋，消渴。茯苓，亦名茯兔、松腴。味甘，性平，无毒。主治心神不宁，恍惚健忘。”

范娉柳点头，在“玉央”名下写“中”。

最后是安安。考官还未开口，安安便忙不迭站起，足见内心紧张，却不料撞翻药罐，滚烫的药汤溅了一地。范娉柳紧锁眉头。女史拿来新药罐。安安满脸通红。范娉柳不再给她答问的机会，转身走了。安安呆立原地。

玉央拉她裙角，小声说：“动手做吧。”

安安蹲下，从头再来。

清蔷一边调整火势，一边往瓦煲里加料，动作娴熟，充满自信。玉央两次越过胡蝶瞄她。

胡蝶低声说：“东张西望，小心扣分。”

玉央摇头，把注意力重新集中到自己的作品上。

安其凤坐在原处阅卷。清蔷的和玉央的,她特别看了一会。起身巡场。大部分案几都被胡乱放置的笔墨弄脏,有的笔甚至滚落在地。她的不满显而易见,连连摇头。

胡蝶和清蔷的案几,比其他人整洁多了。看到玉央的案几时,安其凤露出微笑。她忽然发现了案几上有浅墨色的水渍。再仔细分辨,口中读出来。

“簪,花,仕,女,图。”

3

太监宫女七手八脚,在尚容局院子里摆放好两张大椅,同时撑好遮阳伞。王昭仪杨昭仪坐下,逐个查看那十个化了妆又做了头发塑形的女史。两位考官负责报出考生名字。每个被点到名字的姑娘,都有几分战战兢兢。

二位昭仪终于落座。大家也都松了一口气。十碗养颜四神汤连同每个人的名牌一道摆放在案几上。安其凤将一共四种名册集合到一起。

“现在我宣布考试结果,总成绩第一名,清蔷……”

尽管紧抿着嘴,清蔷脸上还是透出了若有若无的笑意。范娉柳颇为得意。

安其凤继续:“以下依次为:玉央、米萍、林遥、胡蝶、区燕。”

听到自己的名字在其中,胡蝶玉央相视一笑。

“其余四人,杜莺、琴儿、俞娟、安安,明日辰时会有专人送你们回原籍。”

四个小姑娘顿时花容失色。

玉央胡蝶不约而同看琴儿。琴儿抽抽搭搭的,似乎还没走出刚才的紧张。

安其凤说:“清蔷、玉央、胡蝶人司容部。林遥、区燕入司妆部。米萍入司形部。依照惯例,现在由第一名亲自将作品呈给两位娘娘。”

清蔷走上前,将自己的四神汤分作两碗,用托盘端起。玉央盯住她,眼里露出紧张。清蔷走到王杨二昭仪面前,跪下,呈上药汤。玉央的眼睛瞪大了。王杨二昭仪微笑着,各取一碗。

玉央终于忍不住了:“娘娘……”

王杨二昭仪停下,抬头,寻找声音的出处。

小寇子说:“是谁那么没规矩?”

玉央向前一步:“我。”

安其凤看定玉央。

杨昭仪和颜悦色:“你想说什么?”

“那汤出错了,不能喝的。”

清蔷扭头看她,满脸惊讶。

杨昭仪问:“为什么呢?”

“应该在汤汁煮好之后,再将当归和白芷放人,而不能刚开始就一起煮……”

清蔷呆了。王昭仪的目光落在范娉柳脸上。范娉柳急忙端了药汤舔尝,顿时面红耳赤,跪下。

“娘娘恕罪,是我疏忽了。”

“你们重新定夺。”

安其凤说:“除却清蔷,总成绩第二名便是玉央了。”

玉央成了众人目光的焦点。玉央忽然有点察觉,自己一不小心扮演了奇怪的角色,成了举报人。在她的心里,举报别人的人不是好人。她局促起来。

范娉柳的女史忽然开口:“禀娘娘,小的认为这个姑娘没资格做第一名。”

安其凤见两位昭仪都不说话:“说说你的理由。”

“今日考试之前,小的在园中见过她。当时所有的考生都应该在尚容局南院用早膳,她却四处乱闯,迷了路,差点耽搁了考试。小的认为,这样不懂规矩,不可以为人表率,没有资格做第一名。”

玉央低下头。

杨昭仪说:“没有规矩,不成方圆。”

王昭仪再看安其凤。

安其凤说:“依照名次顺序,下一位是米萍。”

王昭仪打一个哈欠:“就她吧。我也乏了,回宫。”

杨昭仪说:“我和姐姐一道走。”

众人施礼,恭送王杨二昭仪。这种每年一次的例行节目之所以受到王昭仪重视,一是找乐,二是借此昭示她在后宫的无上权威。毕竟她的世界不大,由她掌管的部分没有多少仪式。而主持一个仪式会让她觉得自己重要,让自尊心得到极大满足。至于谁的名次在前在后,那都不是做娘娘的她真正有兴趣的。

在王昭仪,许多事情都是一时的心血来潮,比如她嘱咐小寇子为三个来自扬州的小宫女专门备了一桌瘦西湖醋鱼。其中的主要食材活鲤鱼竟然当真取自扬州瘦西湖,仅旱路水路就足足走了七日。对王昭仪而言,一次大考仪式与一餐瘦西湖醋鱼其实没有本质不同,都只是她的一次心血来潮而已。

但对于参考者就不同了,是否打响第一炮,也许会对她们的人生产生至关重要的影响。尤其像清蔷这样不甘人后的姑娘,进宫大考的名次比任何事都更要紧。清蔷嫉恨的目光简直能杀死玉央。而玉央却浑然不觉,她甚至以为自己帮了清蔷的大忙。可怜她娘的嘱咐啊。

三女构成的三角形

1

仅仅一天,一个全新的格局便已经构成。同入司容部的三个新宫女,胡蝶视清蔷为仇敌,清蔷却将嫉恨的怨毒指向玉央,浑然不觉的玉央已经将胡蝶视为亲密的伙伴。民间素有三个女人一台戏之说,看来此言不谬,好戏就要开场了。更有趣的是,汉人古就有叠字癖好,三日为晶,三口为品,三石为磊。三牛为犇(笨),三羊为羴(羶),三鱼为鱻(鲜)。三子为孨(转),三女成姦(奸)。

哈哈,上面是清蔷,下左是玉央,下右自然是胡蝶了。

不过清蔷是三角形中潜在的一角,最初的格局似乎与清蔷没直接关联。因为虽然仅仅几天,玉央琴儿胡蝶已经是好朋友了。不过这个格局的寿命很短,因为琴儿马上要出局,要被遣回老家。琴儿很后悔大考的那个早上没跟胡蝶玉央一道去转后宫,因为她再也没有机会了。胡蝶嗔怪那个为琴儿做模特的女史,是她早不咳晚不咳偏要在琴儿为她上妆一刻去咳,琴儿叫她害惨了。

玉央忽然来了灵感,不管三七二十一要带琴儿去转一次后宫。可是胡蝶心虚了,因为转后宫让玉央丢了第一名。她怕转后宫不是好兆头。

司妆谷绣春带来了喜讯, 是杨昭仪专门安排她来带着四个即将打道回府的姑娘游览后宫。琴儿破涕为笑,随着司妆去了。这是一桩微不足道的小事,却也是一次后宫政治游戏的展演,是身居次席的杨昭仪对自身地位的一次昭示。后宫有王昭仪不假,但后宫并非哪一个人的天下,后宫还有一个杨昭仪。

清蔷玉央胡蝶被司容范娉柳安置在同一间寝房。胡蝶的爷爷在宫中为官,她要去爷爷家里。清蔷铺好自己的被褥,将各色什物摆了大半个案儿。她并不关心她俩,已经躺到自己榻上翻书。

房里只剩下玉央和清蔷。

玉央说："我叫玉央。"

清蔷说："我知道。"

"我十二岁。你呢？"

"比你大。"

清蔷不咸不淡的态度让玉央为难，她还是鼓起勇气。

"你生我气了吧？我不是要跟你争第一。我真是怕那碗药汤喝出问题。"

清蔷扯一扯嘴角，算是个微笑："怎么会生气呢？我应该感谢你呀。万一喝出问题，不是我的麻烦吗？"

"你没生气最好了。清蔷，很高兴认识你。"

清蔷看她一眼："把话跟你说在明处，我不在意谁和我争，我特别不在意别人在我身后搞小动作。"

玉央再懵懂，也还是听得出她话里有话。她忽然不知道说什么好了。

尽管这一整天新来的小女史们风风光光，她们的好日子仅此一天而已。在大明宫后宫，主角永远是妃嫔。

杨昭仪小憩片刻之后，去李昭仪宫送关心。

李昭仪宫是一个独立宫院，较王昭仪宫要小些，有前院也有花园，不同之处是没有后院。宫室三进：厅堂、起居室、寝房。寝房又配有一间内室。起居室布置甚为雅致，橱柜上摆放着雕花玉盘、瓷盘，金如意。一侧的贵妃榻上蒙着蓝缎子。李昭仪端坐在梳妆镜前，面前的首饰盒支开，里面是亮闪闪的各色首饰。贴身宫女余翠为她卸妆松开头发。司形梅英立于旁侧。

梅英说："浴汤准备好了，娘娘更衣吧。"

李昭仪起身。

外面有宦官报："杨昭仪到。"

梅英说："我先告退了。"

隐入帷幔。

李昭仪起身迎出："姐姐快请进来。"

杨昭仪进来："还怕妹妹睡了呢。"

"姐姐请坐。"

"听说妹妹身体欠安，心里惦记，也就顾不上先打招呼了。"杨昭仪打量一下，"我以为梅司形在你这。"

"她已经回了。我这点小毛病还劳动姐姐亲自过来，真是过意不去。"

"身体的事万万马虎不得，尚药局那边来人了吗？"

"有两位御医来问过脉。"

"怎么说？"

"刘御医先以为有喜了，也不能够确诊。又请来王御医。"

"结论呢？"

李昭仪调皮一笑："是肠胃毛病引起剧烈呕吐。您没见到，早上呕的那个厉害呀，难过死了。真像是那个啦。"

杨昭仪叹息："唉……不知你我何时才有这个幸运？"

"幸运？"

"怀上龙胎不是我们这些做妃嫔的幸运吗？"

"我最怕恶心了，呕起来恨不得不活了。都说怀孩子呕得还要厉害，我吓也吓死了。"

“妹妹年轻,心思都在自己身上,还不懂得身为人母的乐趣。王昭仪那么滋润那么开心,大半是由于儿子的缘故。”

“作为太子的生母,王昭仪自然心情不坏。”

杨昭仪起身:“不打扰妹妹了,好生歇着吧。”

这边闲极无聊,都是些不咸不淡的废话,那边的王昭仪即使在享受,也还得操心还得谋划,没有一刻得闲。范司容为她按摩。

王昭仪说:“我家乡的那个小女史怎么得罪你了?”

范娉柳说:“娘娘家乡的?”

“是叫玉央吧?”

“娘娘恕罪,您没交代过家乡有人入宫啊。”

“你不知道我是哪里人?”

“小的当然知道娘娘是扬州人。是小的疏忽了。这个玉央需要特别关照吗?”

“我看这丫头还不错。”

“很聪明,博闻强记。”

“我看你一点不喜欢她。”

“没有啊。我只是严格一点,不想让小孩子太过浮躁。”

“那个清蔷也还聪明。这两个小姑娘很不一样。”

“清蔷要扎实许多。”

“我看玉央天赋异秉,多有过人之处。她们两个都会是可造之才。”

“娘娘放心,我一定对二人多加提携。”

“我有预感,两个小姑娘也许天生是一对冤家,彼此未必会见容。”

“是啊。在考场上玉央已经开始挑清蔷的错了。”

“是谁错了呢?”

“错的是清蔷,挑错的是玉央。”

王昭仪若有所思:“有点意思。”

小姑娘们终于进入角色了。每个人一张书桌,前面一个大桌子专供授课者用。米萍、清蔷、玉央、林遥、区燕与其他若干名稍微年长的女史已在各自的位置坐定。

尚容安其凤向大家介绍了尚容局的各部门,介绍了各部门的负责人,司容、司妆、司形。同时勉励大家学习精通各门学问。特别强调课堂上没有容妆形三部之分。她安排今日上午是参观课,要大家对尚容局的工作有一个全面的了解。同时叮嘱不可损坏任何物件。

于是大小女史一干人等随安其凤进出——司妆部上妆间,司妆部化妆品作坊,司妆部化妆用具作坊,司形部发式间,司形部绣甲间,司形部浴体塑体间,司容部按摩间,司容部敷面间,司容部药理作坊。

她们在药理作坊逗留的时间最长。这里分为两部分,室内集合生产车间与试验室为一体。一处有热灶若干,热灶上烘烤煮酿着各种药物。一处是榨汁搅拌台,一个女史用铜质的器具将新鲜的水果鲜花榨汁,取液留泥,另一个女史在陶盆里搅拌着敷料。旁边是一架精巧的机器,用作蒸馏用。

室外做晾晒场切割场。一个女史用铡刀切割药材,另一个女史用脚踩搓铜滚子将凹槽里的干货碾碎。女史们停下手中的活,施礼。安其凤示意她们继续工作。玉央见到宫廷精致的药理美容器具,连同高超的工艺流程,兴致极好,比其他人更为关注。

安其凤告诉大家,从藏药间取出的原材料,经过这里的筛选和加工,制成内服、外敷、涂搽等多种成品,存库。最后根据不同需要,由专人呈送各位娘娘。娘娘们的需要各有不同。在尚容局,每个人必须对不同娘娘的不同需要了然于心。尚容局的任务就是伺候娘娘,出不得丝毫纰漏。

女史们的工作让玉央很有兴趣,观摩时她比别人都更留意。紧跟在她身后的清蔷瞥一眼她脚下。玉央的裙边略微长过脚跟,有一小截拖在地上。玉央忽然失去平衡,回头的同时看到清蔷踩了自己裙边,一边手忙脚乱去撑身边的案几,结果蒸腾着热气的瓦煲被打翻在地。众人被四溅的汤汁吓得连连后退。

范娉柳的女史上前。“啊!这,这是……”气呼呼抓住玉央的衣领,“又是你?!”

玉央说:“对不起。真对不起。”

“丧门星。”

安其凤用目光制止女史不要说了。

“这是谁的什么?”

“王昭仪午膳后的养颜汤啊,”看院中日晷,女史说,“来不及重做了。”

安其凤说:“速取人参须5钱,雪耳3钱,水晶梨3个,红枣15粒,瘦肉一块。”

女史一愣:“嗯?”

“改做人参须雪耳水晶梨汤。”

“可是,王昭仪每天这个时辰一直服用养颜汤啊。”

“按我吩咐的做,我亲自呈上去。抓紧吧。”

女史急忙去翻找药材。

安其凤对玉央说:“回到课堂去,面壁一个时辰。”

胡蝶上前:“她又不是故意的……”

“你闭嘴。记住,这里的规矩是有错必究,没有谁可以例外。”

午膳接近尾声的时候,安其凤走到胡蝶跟前。

“去吧,让玉央回来吃饭。”

旁边的清蔷说:“我去叫她。”

不等安其凤和胡蝶反应,她已经出门了。

玉央在尚容局课堂独自面壁。她其实并未闲着,手指一直在空中时而画着什么,又时而写大字。清蔷蹑手蹑脚来到她身后,一声没吭,对她的举动很有兴趣。玉央完全没有察觉。

“你在画一张女人的脸。”

玉央吓了一跳,回头。

清蔷说:“发髻梳得高高的。只有高贵的女人才梳这样的发髻。你刚才写了六个字,戴簪花的仕女。”

玉央眼睛大睁,非常惊讶。清蔷的口气却显得轻描淡写。

“你生我气了吧?我不是要成心绊倒你。我真是没看到才踩了你裙边。”

“你当然不是成心的,我没有怪你,你不要记在心里。”

清蔷轻飘飘:“我不会记在心里的。饿了吧?”

“不饿。我小时候犯了错就会自动闭关,饿自己一顿。早习惯了。”

“那你午饭就不吃了?”

玉央点头。清蔷也点头。

“你经常在空中画画写字吗?”

“有时候在水上。也有的时候用笔蘸着清水,在石板上或者木板上。”

“为什么是戴簪花的仕女呢?”

“有一幅画叫作……”

“周舫画的《簪花仕女图》吧?”

玉央意外:“你看过?”

“你看过?”

“是我师傅的摹本。周舫是我师傅的师傅的师傅。”

“那么巧?他是我父亲的母亲的父亲。”

“真有意思。”

“有什么意思?”

“也许我师傅的师傅还认识你父亲的母亲呢。”

“你摹过《簪花仕女图》吗?”

“可惜我摹的只是摹本。”

“我义父的那些画家朋友,都说左边第二个仕女和我很像。你觉得我像吗?”

“那么巧哇!我的朋友也说我像左边第二个仕女。”

清蔷一脸正色:“这就不够厚道了。我凡事都不与人争,你又何必处处事事紧逼不舍呢?”

“我说真的呀。不骗你。”

“你这么说,看来是我骗你了?”

清蔷忽然转身走开了。留下刚才还兴致勃勃的玉央,一个人站在原处莫名其妙。有时候事情就是那么巧,巧到在完全不同的时间地点上,不同的人夸赞两个并不相像的女孩,居然说两个女孩都与同一个画中人相像,这种蹊跷事并不多见,但的的确确在清蔷和玉央身上发生了。

对于无心的玉央,那只是一个巧合而已。但在有心的清蔷心中,玉央的说辞绝对不仅仅是巧合。她认定玉央故意要那么说,故意与她比肩。她根本不相信又愚钝又自作聪明的玉央的话,她深信不会有哪个傻瓜会将玉央比拟《簪花仕女图》左手起第二个美人。她配吗?绝对不配!

胡蝶被单独叫到尚容房间,心下忐忑不安。安其凤坐在石凳上,看着毕恭毕敬站在对面的胡蝶。这个孩子一点城府也没有,让她打心底里为她担忧,她千不该万不该,无论如何不该在宫女中自报家门。后宫无论哪个都有自己的背景,但那也只是在暗处,没有谁会像胡蝶一样信口开河。安其凤知道只有自己才能够保护这个小姑娘。

胡蝶已经知道自己错了,她以为尚容追究的是她连续两次的迟到。可以再一再二,却绝不可以再三再四,这个道理她懂。尚容还没开口她就主动认错。安其凤见她如此,也就不好再说什么,响鼓不用重锤。她叮嘱她凡事都要自律,因为是非往往在不经意中生出,自律是唯一能够明哲保身的法宝。

回到自己的房间时,天已经晚了。胡蝶见玉央睡下,便也很快钻到被子里,吹熄了灯。清蔷空着的铺位让尚无睡意的胡蝶有了话题。

“这么晚了,她会去哪呢?”

玉央说:“管好你自己吧。”

“这个家伙总是神秘兮兮的。我觉得她有点阴,有点瘆。让人捉摸不透。”

“清蔷很聪明的,她知道的特别多。我猜她在四神汤上疏忽了。”

“昨天她问我祖父的事,今天安尚容就嘱咐我不可随意谈自己家里。清蔷的嘴也太快了。”

“安尚容跟她们不太一样。”

“谁们?”

“司容司妆司形她们。”

“那当然不一样啦。”

胡蝶跳下榻,到门边检查门是否关严,回到榻上。压低声音。

“尚容局可复杂了。这里每个人都有靠山,不是这一帮就是那一帮的。只有一个人例外,就是安尚容。”

“你就喜欢乱猜。”

“才没呢。我的消息绝对可靠。范司容和她手下都听王昭仪的,谷司妆那帮子跟着杨昭仪,梅司形是李昭仪的人。这三伙互相顶来顶去的,都想争尚容,可又谁也不让谁。唯有安其凤没帮没派,又没靠山,最后反而是她做了尚容。”

“那你是哪伙的？我又是哪伙的？”

“谁都知道你是王昭仪那伙的呀。至于我嘛……就不能随便告诉别人啦。”

“那范司容应该对我好啊。”

“你们不是在演苦肉计吧？”

“所以你全是在胡说八道。”

“算了算了,你爱信不信。”

“睡觉。”

胡蝶静了一小会:“我怎么也没弄明白,清蔷到底是哪伙的？”

“跟你一伙。”

“范司容那么关照她,可是王昭仪又不怎么喜欢她……怪了。”

“自相矛盾了吧？”

终于安静了。玉央渐渐有了深沉的鼻息。

胡蝶忽然说:“你等着,我非搞清楚不可。”

玉央的鼻息很有节奏。

胡蝶说:“猪,你真睡了？”

胡蝶如此关心的清蔷,此刻正在范娉柳房里,听她的柳姑姑为她面授机宜。

“记住,后宫是王昭仪的天下。那个杨昭仪只会拍她马屁。李昭仪什么都不懂。”

“明白。”

“王昭仪喜欢按摩,有事无事总要喊人过去给她按摩。要想让她喜欢你,一定要练好这个手艺。”

清蔷点头。

次日一早,范娉柳来到她们房间。她要带她们三个去王昭仪宫为娘娘做指压。她叮嘱她们这是对她们前一段学习的检验,说娘娘的要求很严格,是这方面的专家。希望她们能够顺利通过这一关。

小寇子如门神一般守在王昭仪宫门口,双目圆睁,鼻翼起伏,煞是神气活现。门内传来脚步声,第一个进去的清蔷出来了。小寇子摆手示意玉央进去。

范司容和胡蝶候在不远处的古柏下。

范司容问清蔷:“娘娘怎么说？”

“娘娘一直在闭目养神。”

“怎么这么快就出来了？”

“娘娘说‘好了’。”

胡蝶说:“娘娘躺着还是趴着？”

范娉柳说:“问这个干吗？”

“我对背部的穴位更熟悉。先前学的主要是推背，对胸和腹这些部位的手法几乎是一窍不通。”

清蔷说:“娘娘岂是由你摆布的？”

胡蝶说:“我会建议娘娘为她推背。”

范娉柳说:“不可造次。听娘娘的,她让你怎么做你照做就是了。”

这会如果进去的是胡蝶而不是玉央,她将会相当为难。因为王昭仪躺在榻上闭目养神,而不是趴着。但是玉央没有胡蝶的问题。玉央主动提出为娘娘做脚。王昭仪轻点头。玉央从小指开始,捏、拉、揉、按。然后依次是无名指,中指,食指,拇指。之后专攻足底,以中指关节紧顶脚掌上的穴位。

很显然王昭仪已经完全不记得曾在大和教坊中见过的那个小丫了。

王昭仪问她:“你不是这里学的吧？你的手法跟她们不一样。”

“在家里跟我娘学的。”

“家住在瘦西湖边上吗？”

“娘娘也去过扬州,是吧？”

“已经有些日子了。”过了一会,“她们说你是大和教坊的学徒。”

“我不是教坊的人,我娘是。我和娘就住在教坊。”

“你好像懂很多东西。”

“我娘不让我这么说。”

王昭仪睁开眼:“你可以不这么说。可是现在,我想知道你还懂些什么。”

“什么都……不懂。”

王昭仪笑了:“不想说就不说吧。化妆学过吧？”玉央点头。“修指甲呢？”点头。“做头发？”点头。“皮肤保养？”点头。“做药膳？”点头。“写字？”点头。“画画？”点头。“弹琴？”点头。“作诗？”点头。“跳舞？”怔了一下,摇头。“换右脚吧。”

玉央换脚,全套程序重新来过。

王昭仪说:“我就知道你什么都不会说的。不说也罢。你几岁了？”

“十二岁。”

“你一定也会按手？”玉央点头。“一定也会按头？”又点头。“以后经常过来,好吗？”

“下次做指甲吧,指甲该修了。”

“为什么要下次？现在不可以吗？”

日已西斜,天光暗下来了。只有小寇子神态依旧。范娉柳携清蔷胡蝶已经等得花也谢了,朝大门内望了再望,再望……依然不见玉央人影。

天色已晚,安其凤匆匆来到司容部。她要找司容范娉柳,女史说去王昭仪宫一直没回来。她嘱咐女史待司容回来让她马上去杨昭仪宫,说杨昭仪出事了。

2

杨昭仪宫亦是一独立宫院。照例有前院、花园。宫室亦为三进,厅堂、起居室、寝房。相较王昭仪宫的豪华、李昭仪宫的雅致,杨昭仪宫的特色是相当的端庄正统。各式器具事物都秉承最正统的样式。装饰用色也极谨慎。

安其凤走进起居室。杨昭仪半卧在一架古色古香的贵妃榻上,谷绣春在侧。檀香木的屏风半遮半挡。她闭着眼仍然眉头深锁,满脸烦乱。

安其凤说:“已经派人去找范司容了。”

谷绣春说:“这个时间,她怎么可以不在尚容局呢？莫名其妙了。”

宫女巧儿小跑进来:“刘御医到。”

刘御医跟进。杨昭仪微睁双眼。刘御医施礼,之后打开医药箱,取出脉枕置于杨昭仪榻边。杨昭仪伸手给他把脉。

刘御医问巧儿:“可否说一下情况？”

宫女巧儿说："午膳后，小的像平时一样，伺候娘娘沐浴，又为娘娘涂擦润体霜剂。谁知到了未时，娘娘忽觉身上刺痒。小的帮娘娘用薄荷水止痒。不想申时刚过，前胸后背便生出红疹了。"

刘御医说："娘娘，可否让在下看看患处？"

在得到杨昭仪允诺之后，巧儿上前扶昭仪翻身，将她后面衣摆揭开。安其凤也上前一步，与刘御医一道观察。

刘御医说："午时沐浴用的是何配方？"

巧儿说："只是深井清水，加些芍药花瓣。"

安其凤说："娘娘每天午时沐浴都只用清水加芍药花。"

刘御医取过润体霜剂："润体霜剂？"

巧儿点头："是刚从尚容局领回来的。"

刘御医用小指蘸霜剂，舔尝，辨色，嗅味。

安其凤翻阅记录："润体霜剂配方，鸡卵白、芦荟、蜂蜜，以崂山泉水调和。制作人为范娉柳。"

刘御医凝神半晌："从症状看，娘娘应该是皮肤过敏。"

安其凤说："请先生设方。"

杨昭仪说："有劳刘御医。"

巧儿将笔墨在书案上备好。

刘御医为难："不过，皮肤过敏的诱因很多，须对症下药才是。娘娘从未有过对配方成分过敏的记录，所以……"

谷绣春说："是病因不明？"

刘御医说："也许润体霜剂之中还有未被记录的配方成分，或者制作工艺上有些特殊之处。要详细了解，确认之后方可下结论。"

谷绣春急了："这个范娉柳怎么还没来？"

杨昭仪轻声："不要急嘛。"

谷绣春说："娘娘就是太宽厚了，才有人敢如此忘乎所以玩忽职守。"

有宦官在门外报："尚容局范司容求见。"

谷绣春于是缄口。杨昭仪闭上眼。

安其凤说："请她进来。"

范娉柳低头进门，身后是三个小姑娘。见御医都来了，范娉柳惶恐万状。

"娘娘恕罪……"

谷绣春打断她："司容，你这润体霜剂到底怎么回事？"

范娉柳说："配方有详细记录啊。"

刘御医说："如何制作的呢？"

范娉柳说："严格按配方调和，并无特殊之处。"

刘御医思索："并无特殊之处……"

谷绣春说："并无特殊之处？那娘娘又怎么会过敏？"

范娉柳说："听谷司妆的口气，或许以为我存心伤害娘娘？"

谷绣春说："娘娘确实受人伤害了。"

范娉柳跪下："娘娘，同样的霜剂也同时呈给王昭仪李昭仪二位娘娘，并无任何不良反应……"

谷绣春说："范司容的意思，娘娘过敏，责任不在你，反而在娘娘自己了？"

范娉柳说："小女子有天大的胆子，也不敢将责任推到娘娘身上。请娘娘明鉴。"

杨昭仪睁开眼，以目光制止谷绣春，对范娉柳说："她只是一心向我，并非故意苛责于你，不要放在心上。"

范娉柳说:"小的不敢。这剂配方绝无异样,上呈前经由安尚容亲自察验。"

安其凤说:"我的确看过。"

杨昭仪看刘御医。

刘御医说:"从配方看,找不到原因。属下先开一剂平衡安神的方子,希望能缓解娘娘的不适。待与尚药局各位同人商讨之后,再对症下药。"

杨昭仪点头,合眼,显得疲倦。刘御医开方。清蔷打量众人,似乎在体会着什么。胡蝶偷偷瞟来瞟去。玉央则盯住杨昭仪。

"咦?"

胡蝶低声:"怎么啦?"

清蔷看玉央。玉央似乎没注意到她。清蔷不屑地回过头去。玉央陷入思索。三个姑娘的小动作完全被大人们忽略了。

是夜,尚容局各部女官及主要女史会聚一堂。安其凤、范娉柳、谷绣春、梅英匆匆进来就座。

安其凤说:"各位认真回忆一下,本月谁为杨昭仪做过什么护理,用过什么配方。从发油到护甲液,从香粉到胭脂,从养颜汤到护体霜再到洗浴药疗,任何细节都不可遗漏。"

众人说:"是。"

安其凤说:"范司容,你再将润肤霜剂的制作过程详细演示一遍。"

范娉柳说:"是。"

安其凤说:"大家抓紧吧。都到药理作坊。"

众人起身。

后宫的消息传得比什么都快,转眼之间杨昭仪生红疹的事已经尽人皆知。最为关心的当数王昭仪了。

"妹妹,你这是怎么了?"

杨昭仪欲起身。王昭仪按住她。

"别动,躺着。"

巧儿端来软凳,王昭仪靠卧榻坐下。

杨昭仪说:"我没什么的,姐姐不必费心。"

"连病因都找不到,还说没什么。妹妹太大意了,"王昭仪说着去掀被子,"让我看看。"

杨昭仪轻轻捂住:"只是几颗红疹,刘御医说两三天便会痊愈。"

"又是那个庸医啊,难怪查不到病因了。上次李妹妹肠胃不好,他居然以为有喜了。"

"刘御医是比较谨慎。"

"迟早赶他出尚药局,否则不知还会耽误多少人。妹妹,我让鲁御医过来给你看看。"

"不必麻烦了。姐姐身体也不好,还是让鲁御医专心照料姐姐吧。"

"最近忙归忙,我感觉身子还算安康。女人就是这样,好多病痛定要生过孩子才能脱身。记得生永儿之前,我也像妹妹一样,不是今天这有毛病,就是明天那有毛病。"

杨昭仪淡淡地说:"姐姐的福气,旁人是羡慕不来的。"

"我还要去一趟尚容局,要她们无论如何把责任人找出来。妹妹千万仔细,皮肤上的事说大不大说小不小。疤去无痕自然最好,若是留下印记,咱们做女人的,一辈子都会不开心。"

"谢姐姐关爱。"

王昭仪起身:"不打扰妹妹了。走了。"

杨昭仪说:"巧儿,送娘娘。"

巧儿说:"娘娘请。"

司容部药理作坊内一派忙碌。谷绣春及典妆掌妆，梅英及典形掌形，姜欣华及掌容，各占一条长案，奋笔疾书。范娉柳的女史紫衣执记录与她们所写的逐一对照。小寇子在众人面前踱步。靠墙站着一排女史，心不在焉者有之，昏昏欲睡者有之。姜欣华的女史段蓉打呵欠。

姜欣华说："段蓉，五日前呈给杨昭仪的是雪颜膏还是润颜膏？"

段蓉慌忙咽下呵欠："是……雪颜膏。"

正在梅英身后核对的紫衣听言，翻记录，点头。

安其凤监督范娉柳制作润肤霜剂。固态蜂蜜存于陶碗，被小火炙烤，点点滴滴融化。范娉柳敲开五个鸡蛋，滤出蛋清，倒入瓷碗。将芦荟捣碎，去渣，流进木碗。安其凤仔细观察，看样子没发现什么不妥。

梅英的女史冉冉提小木桶进门："水来了。"

小寇子拧紧眉头："这么久？"

冉冉说："夜深了，取崂山泉水要专门找人拿钥匙开库门，因此耽搁了。"

安其凤示意，冉冉将木桶揭开。范娉柳取金碗一只，先将面上的泉水舀出，倒掉，再从深处盛出大半碗。

这边众人的回忆录已接近尾声。

梅英说："冉冉，昨日送往杨昭仪宫的芍药花有没有花蕊？"

冉冉说："没有。巧儿说花蕊太细碎，所以我都摘尽了。"

梅英写完最后几个字"芍药无蕊"，放下笔，长吁出一口气。

因为是新人，又兼未参加药理作坊的制作过程，玉央胡蝶清蔷她们缺席了那边的察验。三个姑娘龟缩到自己房里。玉央、清蔷都躺下了，只有胡蝶在烛光下绣荷包。

清蔷从床上转身："有光我睡不着。"

胡蝶说："睡不着就不要强睡，说说话吧，要不怪闷的。"

清蔷无奈地白她背影一眼："我让你把蜡烛熄了。"

"难得今晚没人催我们睡觉。我要让蜡烛亮一个通宵。"

清蔷腾地坐起来："你成心跟我作对是不是？"

"你这么凶，我好怕呀。"

清蔷气不打一处来，重重躺下，用被子蒙住头。

胡蝶却来了兴致："你说，她们能记住所有的事吗？用的什么水、涂了什么膏……"

清蔷说："正常人都能。"

"你别以为我听不出，你在说我不正常，说我笨。告诉你，我不笨，你能记住的我也能记住。这个月我给杨昭仪推过一次背，卸过一次妆，梳过三次刘海，修过一次指甲……"

清蔷一直在忍受胡蝶的絮叨，终于忍无可忍："闭嘴吧。"

胡蝶继续："做过一次腹部护理，做过两次足部保健……"

清蔷说："我求你了，饶了我吧。"

胡蝶忽然大叫："糟了！"

清蔷一愣。

胡蝶说："要是司容她们那里找不出原因，该不会怪到我头上吧？"

清蔷拔高声音："胡！蝶！"

胡蝶说："嘘，玉央睡了，小点声。"

此时玉央虽一动不动躺着，眼睛却直勾勾盯着天花板。

清蔷一字一顿："大小姐，麻烦你搞搞清楚，是谁在妨碍别人睡觉？"

胡蝶轻飘飘地说："你在妨碍玉央啊。事实再清楚不过了。"

“你有完没完？”

“没完。”

“你简直就是个无赖。”

“你简直就是个大好人。”

玉央忽然想到什么，一骨碌翻下床。

胡蝶说：“玉央，你醒了？”

玉央冲出门。

胡蝶对清蔷说：“看，你把玉央吵醒了吧，她生气了。”

清蔷被胡蝶气得话也说不利索了：“你，你，你太莫名其妙了！”

胡蝶若有所思：“深更半夜的，她跑哪去了？”

她无论如何也猜不到，玉央会在这个时间跑去杨昭仪宫。杨昭仪的专属宦官小萝卜睡眼惺忪，满肚子怒气。

“这么晚了，你搞什么搞？”

“求你了罗公公，事关重大，尚容局那边几十号人都在忙着呢。”

“这么晚了去吵娘娘，不骂死我才怪。”

“这次我保证不会。娘娘病着，大家都是为了医娘娘的病。还有，如果你和巧儿有办法拿到娘娘那件贴身紫衫，不惊动娘娘最好。你罗公公也省得挨骂了。”

小萝卜嘟哝：“我最讨厌人家叫我罗公公。”

“那叫你什么？”

“家里都叫我小萝卜。到了宫里，娘娘和巧儿也这么叫。”

“拜托了，小萝卜。”

小萝卜开心了：“等着吧。”

小萝卜来到偏房这边，隔着窗棂轻唤：“巧儿，巧儿。”

巧儿正准备睡下：“讨厌，臭萝卜。”

将边门开一道缝。小萝卜推开，进来，掩上门。

“尚容局新来的那个玉央想请你帮个忙。”

“你那么甘心情愿为人家跑腿。”

“不是啦。她们那边所有的人都没睡，在查找娘娘起疹子的原因。玉央要你帮忙借一下娘娘身上那件紫衫。”

“臭萝卜算你运气好，本姑娘就卖你个面子。娘娘换睡衣，我刚好把紫衫带过来了，”她将已经叠好的紫衫从柜子里取出，说，“去吧，拍玉央的马屁去吧。”

“尖牙利齿，小心以后嫁不出去。本公公是为你巧儿着想，给你创造机会。告诉你，这个玉央是尚容局女史中最有本事的一个，日后前途不可限量。今天你帮她这个忙，她一定会记得你这个朋友。多个朋友多条路啊。”

巧儿把紫衫递到他手上：“这么说，我反倒该谢你了？”

“别呀。也别卖我的面子，你自己拿给她，那样她谢的人就是你啊。”

夜深了。范娉柳最终完成霜剂的全套制作工艺。

安其凤对紫衣说：“润体霜剂不会有任何问题。”

紫衣说：“与记载完全相符。”

小寇子说：“看来问题不是出在霜剂上。”

范娉柳很委屈：“我做了九年，从没出过任何纰漏。后宫上上下下都知道的。”

门被忽然推开，玉央闯进来。

安其凤说:“怎么还不睡觉?”

玉央说:“我猜是因为这件衣服。”

大家一下给搞糊涂了。

范娉柳说:“什么衣服?”

玉央给大家看:“就是娘娘身上这件。”

安其凤问:“你哪弄来的?”

玉央说:“刚去杨昭仪宫借的。我记得这个特别的紫色。”

安其凤接过紫衫:“这个紫色的确特别。”

范娉柳凑过来:“从没见过这种紫色。”

玉央说:“我也只见过一次,是我娘夹在书里的一朵干花。我娘说叫捕蜂花,是南洋海岛上的植物。”

安其凤说:“杨昭仪的这件衣裳很有可能就是南洋的贡品。”

小寇子说:“起疹子与衣服之间有什么联系?”

玉央说:“捕蜂花散发的香气非常厉害,可于三尺之内在瞬间杀死蜜蜂。我猜这件衣裳是提取了捕蜂花的花瓣做染料。”

小寇子说:“那又怎么样?”

玉央说:“我娘说,很奇怪的,黄蜂和马蜂都不怕捕蜂花。”

范娉柳说:“你就喜欢东拉西扯。”

玉央说:“您想啊,捕蜂花只杀蜜蜂,肯定是因为蜂蜜的缘故。”

安其凤点头:“完全有可能。如果捕蜂花只对蜂蜜起反应,那它就不能够伤害到黄蜂和马蜂了。”

范娉柳说:“润体霜剂里就有蜂蜜啊。”

安其凤说:“也许这就是问题所在了。”

小寇子说:“尚容能够认定吗?”

谷绣春说:“我愿为娘娘以身相试。”

安其凤说:“这样也好。玉央,你来帮谷司妆更衣,然后在背部涂润体霜剂。涂的范围小一点,可以涂得厚一点。”

谷绣春和玉央几乎同时说:“明白。”

早晨了,梅英在指导王昭仪做徒手健体操。安其凤赶过来,悄悄站在一边,没敢惊动王昭仪。待王昭仪一段操结束,她看到了安其凤。

安其凤说:“娘娘唤我来,有何吩咐?”

“杨昭仪的事怎么样了?”

“禀娘娘,已经查明原因,御医也已经赶去杨昭仪宫了。”

“是鲁御医吗?”

“是刘御医。”

王昭仪冷笑一声:“我又自讨没趣了。”

“娘娘还有什么吩咐吗?”

“你去吧。”王昭仪转向梅英,“咱们继续。”

刘御医为杨昭仪把过脉之后,显得有把握了。

“捕蜂花极为罕见,在下对它的药理也不甚明了。不过从娘娘的症状上看,已经比昨日好得多了。可以肯定捕蜂花就是过敏源。”

杨昭仪说:“巧儿,把那件紫衫烧掉吧。”

谷绣春说："那件紫衫那么贵重，娘娘又那么喜欢，留下也罢。可以让司容部换一种配方，其中没有蜂蜜便不会过敏了。"

范娉柳说："换润体霜剂没有问题。我都听娘娘的。"

杨昭仪说："刘御医，我已经没大碍了，请下方吧。"

巧儿说："笔墨纸砚都备好了。娘娘，那件紫衫怎么办？"

杨昭仪说："先放着吧。"

刘御医下方。

安其凤进来："娘娘，王昭仪娘娘很关心您这边，一大早就喊我过去询问。"

杨昭仪说："听说你们一夜没睡，真是辛苦你们了。"

安其凤说："应该的。娘娘，这次多亏了新来的那个小女史玉央。是她连夜到这边找巧儿借娘娘您的紫衫。而且只有她见过捕蜂花，知道捕蜂花的特殊功能。"

杨昭仪说："替我谢谢这个孩子。"

安其凤说："还有谷司妆。她主动以自己身体做试验，背上也起了红疹。"

杨昭仪抓住谷绣春的手："谢了。"

谷绣春激动得眼眶也湿了。一旁的范娉柳显得有些落寞。

落寞的不止范娉柳一个。这边胡蝶正在对清蔷大加赞美："幸亏你深更半夜大呼小叫，把玉央给吵醒了。"

清蔷说："还不是你的功劳？你不点灯熬油，不絮絮叨叨没完没了，我会理你？"

"想一想，你谢我也没错。要不然玉央就睡着了，也就没机会立功了。"

"算她运气好。她要是碰巧没见过捕蜂花，她想立功？哼！"

"要是你碰巧见过捕蜂花，好运气就是你的了。唉！"

"我才不靠运气呢。"

"那你靠啥？"

"实力。你记住我的话，机会总是属于有准备的人。"

"你就是那个人吗？"

"你可以不信。咱们走着瞧。"

胡蝶发现范娉柳过来，立刻打住。

范娉柳说："玉央呢？"

胡蝶说："她拉肚子，去解手了。"

范娉柳说："她好像特别喜欢解手。"

胡蝶说："司容，没人会喜欢解手吧？我猜玉央一定是不得已，非去不可才去的。"

范娉柳说："给你一句劝告，别去猜别人怎么想的。一定要猜，猜你自己好了。"

清蔷说："有的人就是喜欢找个机会立功什么的。这种人绝不肯踏踏实实做事。"

玉央回来。

范娉柳说："又去解手了？"

玉央说："拉肚子了。"

范娉柳说："好像我每次过来，你都在解手啊。"

玉央说："没有啊。"

范娉柳说："你是啄木鸟啊？"

玉央没懂："啄木鸟？"

"嘴很硬的是吧？"

"真的没有啊。我从来没在做事的时候去解手，这真的是第一次。"

范娉柳摇摇头:“死不承认?”

“我不能承认没做过的事啊。”

“你不承认,我拿你也没办法。不过你应该明白一件事,光在妃嫔面前露脸,不能够替代你的日常工作。每天该做的事必须要做,而且必须做好。总是借解手逃避做事是行不通的。别以为我们大家都是瞎子,别以为只有你一个人聪明。”

其他女史都停下手里的事,往这边看。玉央眼里一下盈满泪水。

并非所有的人都敌视玉央。刚刚从杨昭仪宫回来的谷绣春,专程来找安其凤。

“尚容,杨昭仪让我转告,建议您考虑提拔立了功的玉央。”

安其凤说:“我也正有此意。”

梅英进来:“我迟到了吗?”

安其凤说:“范司容还未到。”

范娉柳踩着她话音进门:“已经到了。”

安其凤说:“召各位过来,是传达内侍省的嘉奖令。这次杨昭仪发生的意外,由于大家齐心协力,取得一个比较圆满的结果。算是不幸中的万幸吧。内侍省嘉奖尚容局。同时着令尚容局嘉奖相关人员。根据杨昭仪的意思,我考虑将女史玉央由乙级提升为甲级。同时也宣布给谷司妆记三个小功。”

梅英说:“李昭仪让我向尚容转达她的关心。她说一定要论功行赏。”

范娉柳说:“王昭仪态度也很明确。这次内侍省行令嘉奖,完全是王昭仪的意思。只是有一点情况我要提供给大家,玉央虽是立功,平日表现却不尽如人意。如果仅仅因为她碰巧识得捕蜂花,就获得破格提升,我怕不能服众。请各位再作斟酌。”

安其凤说:“杨昭仪当众明确表示要谢玉央,我们总要对娘娘有个交代。还有,玉央自己想办法,连夜往杨宫借到衣裳,让我们连夜查找到病因,功不可没。”

范娉柳说:“这也是我要提的第二点,她想到要借衣服,应该通过尚容局去借。如果每个女史都这样自作主张,越过各部门和尚容局直接去找妃嫔,后宫岂不是乱了套了?此风万万不可长!”

安其凤转向范娉柳:“司容的话在理。循规蹈矩乃后宫第一要义。现在我宣布对谷司妆和玉央女史的嘉奖,谷司妆,记三次小功。玉央女史,口头表扬。”

李昭仪这边出了一点小故障,遣贴身宫女余翠召那个为杨昭仪解决了难题的女史,李昭仪还不知道玉央的名字。回复说已去王昭仪宫。清蔷于是自告奋勇过来,原来是指甲出了问题。

李昭仪斜靠在床头,伸出手,十指如葱。

李昭仪说:“我痛死了。”

清蔷说:“十指连心,何况娘娘的手指这么娇嫩。”

“都是死余翠,也不吭声,把玉枕放到那么近的地方。我一伸手,就把指甲撞断了。”

余翠在一旁垂首不语。李昭仪碰断的指甲在右手无名指。

清蔷说:“娘娘,我有个提议,把无名指断了的指甲修短,然后涂上红色……”

“不可!我一直涂白色,红色太俗气了。”

“都涂红色您会觉得俗气。您设想一下,如果有四只长长的乳白色指甲,有一只是短短的椭圆的红色,应该很别致,而且很有个性。”

李昭仪在想。

清蔷说:“我在想,如果您肯忍痛割爱,将左手无名指也改成短指甲,也涂上丹红,一定非常之美。”

李昭仪伸出双手端详。“一只手一个红点,”点头说,“应该很有意思。”

“娘娘要改吗?”

“你真是个聪明丫头。改吧。”

“娘娘放心,一点不会痛的。”

余翠说:“谢谢清蔷姑娘。”

“清蔷不知道姐姐谢从何来。”

“这样娘娘就不会怪我了呀。”

李昭仪说:“美得你。看我一会怎么罚你?”

余翠说:“还要罚我呀?”

“你们这一拨姑娘,个个都这么聪明。我听说另一个姑娘解开了杨昭仪的难题,立了大功?”

清蔷说:“为主子排忧,是我们分内的事。”

“刚才你说你叫什么?”

“清蔷。”

“那个姑娘呢?”

“大家都是新来的,彼此还不熟络。娘娘,没觉得痛吧?”

李昭仪这才发现左手无名指的指甲也变短了。

“真的一点也不痛唉。”

大明宫苑深似海

1

没有了小丫的大和教坊,似乎也没有了生气。

是啊,小丫对于扬州对于大和教坊,应该是微不足道的。但对于荣氏,对于阿朵,对于那些关注着玉央命运的读者而言,大唐文宗时代的扬州大和教坊,却忽然变得一点也不重要了。

大和的龙舫上下依旧歌舞升平。露彤依旧占据着演台中心。阿朵恢复了羊毛卷一样蓬乱的发式,依旧端着托盘穿梭于艺伶与看客之间。在台上演奏琵琶的依旧是兰兰。妆娘也依旧是荣氏她们。唯一不同的是莲莲有了进步,她从台下到了台上,已经加入群舞的行列。

又到了舞者上场的时间了。莲莲和其他舞娘都已经完成了化妆。这会荣氏是这里的指挥者,不时对某一个妆娘给予必要的指导。她眉宇间透出些许倦怠。装扮好的舞娘陆续出门了,候在舫下准备登场。阿朵在人丛中挤过来,到莲莲跟前。

“听说荣师傅病了。”

“没有啊。刚才还在容妆坊呢。”

“书画坊的孙师傅说她病了。说她已经跟坊主谈过,要离开教坊。”

“怪不得。我也觉得荣师傅好像有心事……想小丫了吧?”

“肯定是。我都想她了,她娘怎么会不想呢?”

莲莲亲昵地揉揉阿朵的头:“小丫不在了,你又变成卷毛羊了。”

演台上,兰兰一曲弹毕,迎来阵阵掌声。谢场,下舫。舞娘们在曼妙的乐音中登场。

兰兰说:“阿朵,荣师傅真的要走?”

“你说,我该给小丫带点什么做礼物呢?”

“她在皇宫,会稀罕你带给她的东西?宫里什么没有啊?”

“我最怕小丫问她娘,说阿朵还那么没出息吗?”

“我可没看出你怕人家问这个。怕问,你为什么自己不努力?”

阿朵出神地说:“小丫一问,她娘说莲莲登台了兰兰也登台了。再一问,她娘说只有阿朵还是老样子。我岂不糗死了。”

荣氏已经将自己的东西打成两个大包裹,一针一线将包裹接口处缝合。门被推开,是书画坊的孙师傅。

“我想了一下,还是决定陪你一起去长安。好歹我去过一次。”

“太麻烦你,我心里过意不去。”

“你我几十年了,用得着那些客套吗?我已经跟坊主请了假。”

“她答应了?”

“我在这里二十七年,从没请过一天假。她答应也得答应,不答应也得答应。”

“想想你我两个人一起走,心里踏实多了。”

毕竟长安城不比扬州,大唐都城的气象绝非秀美的扬州可以相提并论。这里的街道宽敞笔直,横是横纵是纵,房子也更大,车马行人也更多。这里聚集了从全国从整个世界来的宾客。长安是大唐的中心也是世界的中心。

初来长安的荣氏有点晕,再来长安的孙师傅也有点晕。她俩已经决定先找住处,再通知小丫。经过反复比较,她们相中的地段在永安坊。这是一处平民聚居的地方,房子都不大,街道也很狭窄。

荣氏和孙师傅从一户民居出来。

孙师傅说:“长安的房子比扬州贵得多。”

荣氏说:“算下来,租房子总归比住客栈划算多了。”

“可是这离大明宫也太远了,差不多有十里路。”

“近处的房子太贵。而且小丫官身不由己,不可能经常过来。”

房东从门里跟出来:“大妹子,你们走遍长安城,我的房子也是最便宜的。往北三里路就是西市,很方便的,卖什么的都有。”

荣氏说:“我们还要商量一下。”

房东说:“商量好了再来找我。”

房东回去。

荣氏说:“就这吧。想找更合适的以后再说。你也该往回走了,不能老这么拖着你。”

孙师傅说:“我着什么急啊?难得来一次。说是陪你,其实你在陪我。你以后日子多着呢,长安城有你逛的。我怕是这辈子只有这一次。借着你找房子,把长安逛个遍。再说老远来了,怎么着也要见小丫一面再走。”

“那就先把小丫喊出来。”

“别呀。你何不把房子租好了都安顿下来,再让小丫过来呢?这样也让孩子安下心在宫里做事。”

“我是这么打算的。主要怕太耽搁你了。”

“又说废话了不是?”

“我知道在教坊小丫和你最亲,知道你来看她,她不知道多开心呢。”

“我也一直当她是自己的孩子。”

“我相中这户的那个小院子。有个自己的院子更有家的感觉。毕竟不是住一时半会,也许住几年也说不定。”

“看了这么多房子,还只有这一户让你这么动心。”

“我一直觉得找房子就像找人,第一眼很要紧,要一见钟情才是。第一眼看不中的,思来想去很难说服自己。”

“既然这房子让你一见钟情,就它吧。荣师傅,价钱还可以再砍。长租短租价钱也不一样。”

“那我们回去?”

“别呀。我们回客栈,等着房东上门找我们。看我们急他就不急了。我们就是急了,也不让他看出来,让他急。”

“明白了。那样我们就可以往下杀他的价。”

“他急了,不用我们杀价,他自己就往下杀。”

荣氏笑了:“看不出你那么实在一个人,还有这些花花肠子。”

孙师傅说:“常言说得好,人老实被人欺,马老实被人骑。做人要实在一点,却不可太过老实。”

“老妹妹,我算服了你了。”

不知道算不算缘分,就在玉央进宫七个月之后,就在荣氏孙师傅二人来到长安之时,公元834年秋上,杜牧也到了长安。他刚被任命为吏部监察御史。大唐吏部的官衙设在大明宫内,杜牧于是也得以一瞻大明宫的恢宏壮美。一个宽大的案桌,两把客椅,一扇书架。吏部尚书正坐在案桌后宽大的官椅上批阅公文。

有衙役报:“新任监察御史杜牧前来报到领命。”

“让他进来。”

衙役很快带杜牧进来。

“杜牧拜见吏部尚书大人。”

尚书十分谦和,拱手还礼:“久闻先生诗名。”

“大人过奖。”

“先生既入吏部,还要从头做起。我打算将先生下派西南边陲,不知先生意下如何?”

“我对留长安为官并不热衷。能有机会遍游蜀地,于我之甚幸。就请大人下派遣令吧。”

虽然同在长安城,杜牧依然与玉央及荣氏失之交臂。

荣氏的新居终于选定在永安坊。这是一所不很宽敞的房子,前面一个小院,院内一方草坪,一个水缸,房子左右两间,一间厅堂,一间卧室,厨房间设在后院。两个女人将房间布置得清爽整洁。必备的生活用品一应俱全。

荣氏说:“小丫应该在路上了。”

孙师傅说:“她晓得你到长安了,不知道有多高兴呢。”

荣氏在房间踱来踱去:“长安城这么大,路又这么远,她找不找得到啊?”

“长安不比扬州,这里的路横是横纵是纵,108坊,坊坊都有路牌,没有人会迷路的。”

“倒是的。连我这个路盲,到了长安也不盲了。”

“你走来走去的,闹得我心里也忙起来了。坐会吧,安心等着。”

荣氏不好意思了,终于坐下来。两个人一时竟不知道说什么好了。忽然听到了一直期待的声音,是玉央。

“娘!”

两个人一齐站起。

“来啦。”

上前拉开门。

荣氏自己也吃了一惊。

昔日的小丫,已经完全是个大姑娘了。

说到玉央接她娘口信那一刻,胡蝶眉飞色舞。当时她们刚好在药理作坊做事。

胡蝶说:“清蔷,你没见玉央当时那个傻样,眼都直了,魂都没了。”

清蔷说:“至于吗？什么事让你一形容,就一点不靠谱了。”

“真羡慕她呀,在这长安城里终于有个家了。”

“你不是三天两头也往家跑吗？”

“我的这个家里没我娘啊,没娘的家最多只能算半个家。”

清蔷忽然不搭腔,用力捣药。

胡蝶说:“当然你不能体会啦,你爹你娘都在长安。身在福中不知福的家伙,也没见你回过几次家。”

清蔷淡淡地说:“太忙。”

“我好想我娘啊。我要是你,就天天请假回家。反正范司容对你好,肯定不会拒绝。”

也是无巧不成书吧,范娉柳进来,刚好接上她的话。

“我对你更好。如果你把每天交代的事情做好,我可以准你天天回家。”

胡蝶吓了一跳:“司容……”

范娉柳说:“花浆好了吗？”

清蔷站起身,把捣出的一满碗花浆呈上。

胡蝶看看自己的,还不到半碗。

荣氏玉央孙师傅围桌而坐。

孙师傅说:“成大姑娘了。这要是在街上碰到你,我都不敢认了。”

玉央说:“我认您就行了呀。您可是一点都没变。”

荣氏拉着玉央的手:“丫头瘦多了。很辛苦吧？”

玉央笑着摇头:“一点都不辛苦,师傅们对我可好了。”

荣氏说:“瘦点也不难看,是不,孙师傅？小丫一瘦,轮廓比以前秀气了。”

孙师傅说:“我看比小时候更俊了。”

荣氏说:“一晃快十三了吧,小丫？”

孙师傅对荣氏说:“还小丫小丫的,姐姐,人家是宫里的甲级女史。”

玉央说:“我长多大都是你们的小丫。”

荣氏说:“对了,娘给你买了幅画。”

起身去取。

孙师傅说:“甲级女史是最高的吧？”

玉央说:“女史分两级。刚进来是乙级,然后是甲级。”

孙师傅问:“你上面呢？”

玉央说:“女史上面是掌容,掌容上面是典容,典容上面是司容。”

孙师傅说:“那你在司容部就排第四了？”

玉央笑着摇头:“甲级女史有好几个呢,跟我一起进宫的现在差不多都是。”

孙师傅说:“哦。”

玉央看到孙师傅期待落空的表情,于是加上一句:“我在其中排第二。第一那个叫清蔷。”

荣氏执画卷出来,展开:“看看。”

玉央说:“这不是我摹的《簪花仕女图》吗？”

荣氏笑着点头。

玉央说:“那娘怎么又说是买的？”

荣氏说:“你孙师傅嘴快,让她说。”

玉央拉住孙师傅衣角:“师傅,我娘怎么也学会卖关子了？到底怎么回事？”

孙师傅说:“那天夜里,我跟你娘在落英渡歇脚,一个不留神,你娘带的两个包裹就被人拎走了一个。这下可好,干粮、衣服、首饰,全没了。"

玉央说:"娘,路上吃了很多苦吧?"

荣氏摸摸玉央的脑袋,笑着摇头。

孙师傅说:"可你娘格外惦记着,哎呀,我小丫画的那幅仕女图在包裹里呢。那个心疼啊。"

玉央指桌上的画卷:"就它吗?"

"就是它。"

"那怎么又在这呢?"

"什么叫无巧不成书?第二天一大早,我们路过一家字画铺子,你娘一眼就看见这幅画。居然端端正正挂在墙上。"

玉央彻底糊涂了:"啊?"

荣氏说:"估计是偷包裹的蟊贼认为它不值什么钱,就随手扔掉了。"

孙师傅说:"店主是行家,早上开门见了,觉得不错,便挂起来出售。价钱标得还不低呢。"

玉央说:"包裹都丢了,钱应该花在刀刃上。还买它做什么?"

荣氏说:"能够失而复得说明缘分未了。"

孙师傅说:"店主也是个通情达理的人,我把前前后后给他一讲,他就说什么也要把画还给你娘。后来还是你娘坚持着让他收下一点银子。"

玉央从身上掏出布袋:"娘,这些银子给你。我还存了一些在银号里。"

孙师傅说:"在宫里看见周舫的原作了?"

玉央说:"《簪花仕女图》就挂在王昭仪娘娘宫里。头一次看到那会,心跳得好厉害啊。"

孙师傅说:"我当年还不是一样。"

玉央说:"对了师傅,您的师傅认识周舫的女儿吗?"

孙师傅说:"没听她说起过。"

玉央说:"我们那个清蔷,说是周舫女儿的儿子的女儿。"

孙师傅说:"到底是长安,这么巧的事也让你碰上了。"

"是啊,不但见到《簪花仕女图》," 玉央打个呵欠说,"连画家的后人都住在同一个屋檐下。"

荣氏说:"不早了,有话明天再说吧。"

玉央说:"娘,我不能住下,明天也不知道是不是有空回来看你……"

荣氏说:"你忙你的,别耽搁正经事。"

孙师傅说:"你娘已经来了,你只要有空,随时能见到你娘。"

玉央拉住孙师傅:"师傅,你什么时候再来呀?"

孙师傅说:"谁知道呢?也许是最后一次了。"

玉央落泪了:"那我回扬州看您。"

孙师傅的眼睛也湿了:"有你这句话,我知足了。"

2

范娉柳既是良师又是益友,随时随地提点清蔷。这后宫上上下下内内外外处处都是学问。第一要审时度势,要多长个心眼,但凡给王昭仪做护理一定要拿出绝活,让娘娘对你有依赖离不开你。记住,整个后宫都是娘娘的天下。让她喜欢你,你才可能一好百好。清蔷知道范娉柳不会对别人说这样的话。审时度势是侧身后宫的金科玉律。

荣氏一个人在家里忙碌,她将带来的化妆品从瓶瓶罐罐里挖出来,集中到一起。玉央的突然出现让她意外,当然也异常开心。

“娘。”

“还以为你不会这么快回来呢。”

玉央看着她收拾的那些瓶瓶罐罐:“都扔啦?”

“这里没人需要这些东西。再说放久了也会变质。”

“孙师傅呢?”

“走了两天了。丫头,这两天我琢磨着做点什么呢。”

“想做什么呢?”

“或者再去找一家教坊。”

“还有什么?”

“或者我可以开一家小药铺。你知道我对草药很熟悉的。”

“不要考虑去教坊吧。你本来对给人化妆早就烦了,这里又人生地不熟的。”

“你不反对的话,我就筹划药铺……”

“娘,我有俸禄,过日子没问题,你也不一定非得那么辛苦。先不急,多看看,然后再做打算。”

“我也不是为了做一份工来长安的,就想着,能帮上你最好了。你在宫里,也许就有需要我的时候。碰上什么解不开的,回来两个人商量商量,也许就解开了。”

“我正有事要问你,王昭仪的足底很干,我想用去死皮的方法修理,又怕弄疼了她。”

“足底的皮肤检查过了吗?”

玉央点头:“死皮层很薄,边缘有一点点皲裂。她比你小三岁。以这个年龄,足底保养算是很好了。”

“你再仔细查一次,看死皮老化程度。我考虑用搓脚石比较好。如果程度不深,可以包一层抹布再磨。磨脚最考手上的功夫了,轻了会痒,效果也不明显,重了又怕痛,很容易受伤。”

“娘,你说得我都不敢下手了。一会教教我吧。”

“我就说,娘对你还有点用。”

“你这么想就对了。以娘的手艺,加上娘的经验,我遇到什么难题都不怕了。娘,咱们就说定了,你先不急着找事做,在家给我当后盾。”

“听你的。”

在得到娘的指点后,玉央信心十足地为王昭仪细察足底。

王昭仪笑了:“脚跟有什么好看的?”

玉央拿过手边的搓脚石给王昭仪看:“我想用这个,将娘娘的足底打磨一下,清除掉老皮,再用润肤膏保养几次。”

“脚底下再怎么保养,也不可能像手掌的皮肤那么好啊。”

“如果保养做到位,应该可以差不多的。娘娘允许我试试吗?”

“我就把自己交给你了,随便你怎么着。唉?不会很痛吧?”

玉央给王昭仪看用抹布包好的搓脚石。

“用它包一下,应该不会痛。”

慢慢地,王昭仪变得越来越依赖玉央。只要有空,她传尚容局过来人保养料理总会同时点上玉央的名字。如此一来,连她的亲信范娉柳也心存妒忌了。点人就点玉央,让她这个做司容的也没机会靠近王昭仪。因而她教导清蔷的那些话都成了空话,因为清蔷更没机会接近王昭仪了。

入夜时分,胡蝶玉央坐在湖边,沐夜风习习,看远处灯火闪烁。

胡蝶说:“听他们一说,皇宫里好复杂呀。”

玉央说:“说来也怪,虽然近在咫尺,总觉得皇宫很远,跟后宫没一点关系似的。”

“他们说,前宫是浪,后宫是涌。”

“没懂。”

“真笨。朝廷上你争我斗的都在明处,谁也不让谁。后宫这边就不一样,表面上一团和气,其实暗地里都在较劲。说的是一套,做的是另一套。”

“你哪听来这些乱七八糟的?谁跟谁较劲了?”

“你少来了,后宫谁不知道你和清蔷是死对头?清蔷死命要巴结王昭仪,可是娘娘偏不买她的账,偏偏宠爱你。你简直把清蔷气死了。”

玉央不以为然:“胡蝶,你是我的朋友,可不能乱嚼舌头!我何曾与清蔷有过一丝一毫的争斗?又不是我要巴结王昭仪,每一次都是娘娘主动要我去。”

“你呀,谁像你那么笨?在后宫有道是眼观六路耳闻八方,个个都关心谁得势了谁失宠了。告诉你吧,朝廷上最有势力的是个死人,叫牛僧孺。”

玉央眼睛大睁:“死人?这个姓牛的不会比皇上还厉害吧?”

“别问那些傻话,听着就是了。现在牛党当道,为首的叫李宗闵。后宫这里也一样。王昭仪与牛党关系最好。你靠紧王昭仪就对了。”

“我看你虽是女儿身,却是男儿心。那么关心朝廷的争争斗斗,我看你压根就不该进后宫。”

胡蝶果然消息灵通。后宫这边对宫廷之上的争斗几乎一无所知。而在这一天的早上大明宫含元殿钟鼓齐鸣,气象森严。大唐皇帝文宗上朝。在接受了百官叩拜之后,文宗皇帝发布了一项对牛党而言殊为重要的任命,钦命李宗闵出任宰相一职。这一段历史中,最为后来的史学家们喋喋不休的“牛李之争”,以牛党首领李宗闵的升迁暂告一段落。

文宗皇帝为了搞平衡,同时另拟一道圣旨,钦命李德裕出任镇海节度使。这一个回合牛党大获全胜,李党则明显呈式微之势。

胡蝶玉央对朝廷大事的兴趣远不如后宫的鸡毛蒜皮更上心,尤其发生在她们身边的那些具体而微小的事情。比如每天晚上清蔷都会消失一段时间,胡蝶因此在背地里叫清蔷为“夜鬼”。这种时候她们的小房间就只有胡蝶玉央两个。

玉央不要胡蝶给人乱起绰号,胡蝶不以为然,说事实如此,又不是编排清蔷的瞎话。清蔷踩着她的话音进门。清蔷隐约能够感觉到她俩没睡,但是她又没听到她俩说话。她独自在静谧和黑暗中摸索着躺下。那种虽不可见却可以感受到的敌意在彼此间缓慢而又结实地成长着,三个女孩都没睡又都不作声,又都不自觉地泄露出些许蛛丝马迹。玉央翻了半个身。胡蝶咽下口水。清蔷干脆连续清咳了两声。

这一次政治变局或多或少还是给后宫这潭死水带起一波涟漪。

这个早上,王昭仪在长安芙蓉园与杨李二位昭仪相携踏青。那是一个颇具皇家气象的园林,奇珍异草遍布,灌木中隐隐可以看到仙鹤和梅花鹿,水里游弋着西域进贡的黑白两种天鹅和江南特产的花鸳鸯。

王昭仪说:“新相上任,想必两位妹妹都听说了吧?”

杨昭仪说:“圣上如此垂青李宗闵大人,一定有姐姐的面子在其中。”

王昭仪说:“舅父博古通今,心怀高远。而圣上又有一双慧眼,当然一切尽在情理之中。”

李昭仪指着空中:“看那只鹞鹰!飞得好高啊。”

鹞鹰高高地翱翔在蔚蓝的天穹。

在王杨二昭仪眼里,这个李昭仪于政局可谓一窍不通。这也许正是李昭仪的高明之处,是她着意留给那两位姐姐的印象。她几乎从不与后宫之外的世界接触,几乎见不到任何外人。除非与两位昭仪小聚,她几乎不出自己的宫院。在李昭仪宫里,她日常见到的也只能是余翠,再加上某个尚容局的女史。这会李昭仪俯于卧榻,胡蝶为她做腰部护理。

“娘娘,最近气候干燥,皮肤要及时保湿。入了冬再补就来不及了。”

李昭仪说:“我皮肤很干是吗?”

“也没有啦。总归常做做护理,多洗几次香薰浴是有好处的。”

“懒得去你们那边的洗浴间。”

余翠接上话:“以前,都是方典形过来侍候娘娘洗浴。”

胡蝶说:“她教了我很多洗浴的名堂。”

李昭仪说:“名堂?还真像是方汀的徒弟,连口气都一样。”

“当然啦,名副其实,如假包换。”

李昭仪想起刚刚过去的那场风波。司形部典形方汀被内侍省除名逐出大明宫,是后宫的一桩大事件,许多人都被牵涉其中。按理说每个被牵涉的人都千方百计要证明与自己无涉才是,可是这个司容部的小女史却主动申明是方汀的徒弟。李昭仪知道她没牵连上方汀事件,也看得出她心地单纯,却也觉得她大可不必到处宣称自己与方汀的关联,毕竟防人之心不可无啊。

当然作为主子李昭仪知道那也是这个小姑娘对自己的信赖。后宫之内人人自危,能够有如此信赖殊为难得,李昭仪很看重这种来自下人的宝贵情感。再有,她也不信方汀就是真正的肇事者,因为她与方汀相知颇深。她在后宫几乎就没什么人能说体己话,除了余翠就只有方汀了。方汀事件莫名其妙透了。

李昭仪说:“以后做香薰浴不想去尚容局了。我一点都不喜欢你们那的那种目光。”

余翠说:“狗眼看人低。王昭仪去了,你们的眼神都不一样。”

胡蝶说:“死余翠,‘你们’是谁啊?”

“你们尚容局呗。”

“肯定不包括安尚容,也不包括我,也不包括玉央。娘娘若不想去司形部做香薰浴,在这里也成啊。娘娘不会信不过我吧?”

李昭仪说:“你那么想练练手,我就给你一次机会了。”

于是胡蝶有机会在李昭仪的小浴室为她做香薰浴。

门外的宦官报:“禀娘娘,李训求见。”

李昭仪对余翠说:“去叫他等着。”

余翠出门。

胡蝶拽过长巾:“我扶娘娘出浴吧。”

“不急,我想多泡一会。”

“你哥哥不会生你气吗?”

“你怎么知道是我哥哥?”

“皇上赏识李训和郑注,朝廷上下皆知啊。”

李昭仪叹一口气:“你出去传我的话,身体不佳,概不见客。”

“娘娘,可是……”

李昭仪不由分说:“去!”

胡蝶唯有从命。许多事她还不能明白。对于李昭仪,连一个新来的小女史都知道她与李训是兄妹,这绝不是可以掉以轻心的小事。原本可见可不见的来访,她突然就决定不见了。不但眼下不见,也许以后很久她都不会见他。

3

胡蝶的直觉经常很厉害,而玉央则显得木讷许多。无论如何,一个女孩子在后宫里每临日落便不见踪影,或半个时辰或一个时辰,不能不说是一桩蹊跷的事。胡蝶怎么想也想不明白。她甚至试图去跟踪清蔷，险些被发觉，只能以失败告结束。清蔷真真是个神秘的家伙。

事不关己也就罢了，玉央甚至连清蔷直接对她的那些伤害，也都全无觉察，这一点让胡蝶格外来气。她一再提醒玉央，都只落得吃力不讨好的下场。胡蝶担心的，荣氏也隐隐约约意识到了。她坐在榻上做针线，一边听玉央讲宫里的那些事。方汀事件是当下每一个宫女都不会绕过去的话题。

事关王昭仪洗浴，而身为司形部典型的方汀正是娘娘洗浴的操持人。王昭仪的侍女欢喜在为娘娘试水时，手臂被浴池中备好浴汤灼伤。经查在浴汤中发现一块南海石笋。而这石笋正是罪魁，它让整池浴汤变成可以灼伤皮肤的毒水。很明显这是一次专门针对王昭仪的阴谋，若无侍女试水，王昭仪必定有大难。

玉央对荣氏说："虽然没有证据认定是方汀所为，方汀还是被逐出宫了。"

荣氏说："你说的王昭仪的昏迷又是怎么回事？"

"昏迷倒是与洗浴扯不上关系。那个宦官寇公公说，王昭仪从来没有像这样昏迷过。听他们议论，好像说娘娘血漏什么的，我不是很懂。可是这几天，她们都在议论南海石笋，说得我心里也乱七八糟。娘，我那块搓脚石是什么来历呀？"

"你担心搓脚石？"荣氏摇头，"放心丫头，绝对没有一点问题。"

"南海石笋的事情把大家都吓坏了。她们生怕我的搓脚石也是南海石笋。"

荣氏警惕了："谁们？"

"范司容，还有我同屋的清蔷。清蔷说石笋和搓脚石太像了。"

"当着大伙的面说的？"

玉央点头："回到房间里她也这么说。"

"那范司容呢？"

她告诉荣氏，范司容坚持要她把搓脚石拿来查验，安尚容当时就说不可无事生非，说是非让御医去断。当大家都说搓脚石与那石笋不一样时，清蔷反问哪里会有一模一样的石头，安尚容马上说清蔷好像认定了搓脚石有问题。

荣氏打断她："那清蔷怎么说？"

"她说，'我只是说它和石笋太像了'。范司容马上又说，'拿到尚药局验一下就清楚了'。"

荣氏沉吟："这两个人的话太过险恶了。尚容怎么说？"

"跟你的话差不多，她说，'你们唯恐天下不乱是吗？'"

"你听不出那两个人的话暗藏杀机吗？"

玉央摇头。

荣氏盯住女儿的双眼："你认为这两个人生怕搓脚石与南海石笋有牵连，是吗？"

玉央天真未凿，点头。

"你就没想过，她们是故意要把搓脚石与石笋扯上关系？"

"怎么会呢？她们都在为王昭仪的安全着急呢。"

"那我问你，范司容喜欢你吗？"

玉央想了又想。

"说不上喜欢。"

"清蔷呢？"

"她说话总是怪怪的。除了她自己，清蔷不喜欢任何人。"

荣氏看得很清楚了："她就是那个排名第一的小女史？"

"是她。"

"你第二？"

玉央点头。
“你认为她比你更强？”
玉央又想，之后摇头。
“你有什么地方超过她吗？”
玉央相当肯定：“有。”
“你有什么地方得罪她吗？”
“那是好久以前了，是刚进宫考试那会，她做的四神汤用错了料。”
“你当着大伙的面给她指出来？”
“还有两位娘娘也在场。”
荣氏说：“我就猜到了会是这样。”
“娘猜到什么了？”
“你得罪她了。如果她记仇，她会一直咬住你不放。”
“她不会的。”
玉央告诉荣氏，她事后问过清蔷，清蔷还说该感谢她呢。
荣氏自言自语：“是我想多了？”
“她不是那种把什么话都说在明处的人。”
“她说了什么？”
“说‘把话跟你说在明处，我不在意谁和我争，我特别不在意别人在我身后搞小动作’。她经常这样说话，这种时候我就不知道怎么应对了。”
“这一直是我最担心的。你知道吗，你太聪明。但是你的聪明很容易遭人嫉恨，很容易得罪人。问题在于你经常并不知道你已经为自己树敌。”
玉央懵懂：“不知道有什么不好吗？”
“可是她会报复你会伤害你啊。”
“可是我不知道她要伤害我，她就伤不到我了呀。”
荣氏叹了一口气：“傻丫头，怎么说你才会明白呢？”
“娘，你真的以为我很傻吗？”
荣氏摇头：“你这么问，我倒真的不知道，是你傻还是我傻了。”
尽管玉央自己并不自知，清蔷和范娉柳的话还是在后宫引出诸多猜测。一时间许多人都将南海石笋与玉央为王昭仪所用的搓脚石联系到一起，又将玉央为王昭仪用搓脚石与王昭仪的间歇式昏迷相联系。俨然玉央连同她的搓脚石成了一桩宫廷阴谋的核心角色。
这里如此被人大说特说，不知玉央的耳根热了没有。
那件事以后，王昭仪的身子一直很虚弱。除了每日休养生息，对外面的事情也不像先前那样起劲了。她对玉央似乎格外欣赏，常召她过来。
王昭仪说：“看你是个聪明的女孩子，想你做什么应该都不会差。今天想给皇上一个惊喜。司妆部那些人脑子都锈了，看看你有没有好点子。”
玉央说：“进宫这几年，因为在司容部，很少做化妆的事了。”
“我信得过你。你就权当是我给你的一个新差事。”
“娘娘如此说，我就只有从命了。您是喜欢庄重华丽一点，还是轻松俏皮一点？”
“光你这么问，就让我很开心了。我就喜欢这样子想事情。”
“那就轻松俏皮点？”
“今天就整个交给你了，包括发式，全都随你摆布。”
“要想给皇上惊喜，先要娘娘自己惊喜才是。如若娘娘允许，把面前的铜镜撤掉可以吗？”

“我们索性换个位置,离铜镜远远的,”她挪到另外一把高背靠椅上,“你说得有道理,先让我惊喜了,皇上自然会惊喜。”

玉央聚精会神为王昭仪设计新妆,同时她不想让娘娘的注意力都在化妆上,所以故意把话题引开。缺血补血是王昭仪这一向最关心的,御医们也都在这个方面动脑筋。这也是这一向后宫里公开的秘密。

“我娘说,枸骨配葡萄补血效果极佳,娘娘不妨一试。”

“你好像特别信你娘。”

玉央点头:“别人也都信我娘。”

王昭仪说:“她在扬州大和教坊?”

“已经来长安了。我娘惦记我,想离我近一点。我说了娘娘贫血,我娘正在为娘娘配制枸骨葡萄补血膏。”

“难得你们娘俩一番好意,下次一定带给我。”

“是。”

“你在宫里遇到什么为难的事,不要怕,来找我就是了。”

“谢娘娘,不会有什么的。我娘还为杨昭仪专门配了祛斑膏,为李昭仪配了白肤膏呢。”

“你这个丫头,看似聪明绝顶,怎么又如此糊涂?”

“我娘也说我傻。”

“谁也没有你娘了解你。我看你真不知道自己哪里糊涂,是吧?”

“小孩子再糊涂也是小糊涂。”

王昭仪笑了:“那大人就是大糊涂啦?”

“我现在不能回答娘娘。”

“为什么?”

“我要长大了才知道答案啊。”

“可是我现在要告诉你答案,首先你不应该讨好每一个主子。”

“侍候好主子是我的工作啊。”

“你讨好了一个,就会得罪另一个。你不会连这个都不懂吧?”

玉央的确有几分茫然。

“其次,你即使谁也不想得罪,想讨好每个人,你也不必把你如何讨好别的主子都讲出来。”

“娘娘,我没有想讨好谁,只想着把该做的尽量做得好一点。”

“你真是傻得可爱……”

王昭仪的妆容焕然一新,眉形有了变化。睫毛又长又翘。眼影蓝中带绿。向来有两块酡红的面颊,今天变得粉嫩无比。最奇特的是用胭脂勾出的唇形,一改平日的樱桃小口而为柳叶状,薄薄细细长长,煞是抢眼。王昭仪起身往铜镜前,一下惊呆了。她从没想过自己的样子会如此光鲜靓丽,而且增添了许多青春气息,连自己也觉得陌生,一下子还不能适应这个全新的形象。这一次改妆的初衷有了完满的结果,的确让王昭仪煞是惊喜。她左看看右看看,长时间流连在铜镜之中。

小寇子在外面高声报:“禀娘娘,皇上驾到!”

王昭仪说:“恭请皇上。”

小寇子的声音:“娘娘恭请皇上。”

王昭仪低声:“我怎么样?”

玉央低声:“一定会给皇上个惊喜。”

此刻,大唐皇帝文宗龙步轻盈跨门而入。王昭仪显得有些紧张,但她已经再无退路,只有硬着头皮面君了。

王昭仪施礼:“臣妾恭迎圣上。”

皇上果然亦惊亦喜:“朕没看走眼吧,这是西施还是嫦娥呀?”

王昭仪当然听得出皇上的好心情。

“圣上当臣妾是哪个,臣妾就是哪个好了。”

“朕听说你身体欠佳,特地来看看,”他对身后的宦官,“海汉,把朕的礼物给娘娘。”

海汉呈上木匣:“娘娘。”

王昭仪接过来:“臣妾谢圣上关怀。”

“是真正的西湖梅家坞龙井茶。你气色这么好,朕也就不担心了。”

“圣上说好,臣妾便满足了。一点微恙不必挂在心上。”

自从当年那一次在大和教坊,文宗皇帝的相貌装束和神态都改变了许多。玉央不由得回想起她的面粉恶作剧,那个男人跟眼前的皇上判若两人。她忽然想起该回避,于是识趣地悄悄退下。

不只是玉央在关心王昭仪的身体,同是小女史的清蔷的心里也在挂念着。这会清蔷在杨昭仪宫伺候。杨昭仪半倚卧榻,下巴微扬。清蔷站在其后,为她专项颈部护理。清蔷以为杨昭仪的下巴再丰满一点点会更加完美。杨昭仪似乎对自己的形象并不关心。杨昭仪闭着眼。

“王昭仪恢复得怎么样啊?”

“范司容说关键在于每十天一次来潮。如果这个问题不解决,王昭仪的身体很难彻底康复。”

“也不知道鲁御医有什么特别的办法。”

“民间有一些治贫血的偏方,听说很灵的。但是御医们未必会信。”

若把后宫称作女儿国,尚容局这边便是百分百的国中之国。打从设立尚容局起,百年来从未在此出现过一个男人。最近三年都是范司容掌管司容部,药理作坊是她操心最多也最喜欢逗留的地方。这里也是整个尚容局人手最密集的一个部门。工作时间里会有六七个人随时在忙碌,众女史各司其职。

此时范娉柳正指导女史紫衣为王昭仪准备补气养血当归茶。红枣5颗去核。当归1钱、枸杞3钱、黄耆5钱,用凉水冲洗三遍。泡茶的水滚透。茶壶密封。焖泡一炷香工夫。

清蔷也在药理作坊,她正在制作的是祛斑菊花黄精茶。范娉柳问她祛斑茶是否专为杨昭仪准备的,清蔷说杨昭仪鼻梁有两片新斑,只用祛斑膏效果不明显,结合内调会更好些。范娉柳说清蔷糊涂,再次告诫她要想在尚容局乃至整个后宫立住脚,唯一需要放在心上的仅王昭仪一人。她还说眼看着玉央越来越得王昭仪欢心,清蔷却一点起色也没有,这半年只被王昭仪传过很少几次。看得出范娉柳当真为清蔷着急,她说现在王昭仪身子欠佳,正是她们表现的机会,责备清蔷不去琢磨怎么补血养生,却在那没心没肺地为别人做什么祛斑茶。

清蔷反劝范娉柳不要着急,说她心里有数,请范娉柳午后为王昭仪奉茶时带上她。清蔷一副很自信的样子。范娉柳自然也就将她带上了。

范娉柳发现清蔷当真对王昭仪的身子用心了,私底下用了很多功夫,专门对症配制了茶饮。清蔷很明白范司容的心情,她是范司容的人,她对王昭仪有了贡献也就等于范司容有了贡献。所以范司容全力帮她,让她在王昭仪娘娘面前加深印象。她认定范司容不会提防她,不会当她是自己的对头。她将茶盏先交到欢喜手上,然后与范司容侍立旁侧。欢喜上茶。王昭仪从欢喜手中接过茶盏。

范娉柳说:“这是清蔷专门为娘娘制的茶。”

清蔷说:“此剂当归茶不温不燥,特别适合娘娘。每临经期结束后,连饮三日,每日一剂,有补气养血的功效。但经期时不可饮用,也不宜与绿茶同饮。”

王昭仪说:“皇上刚送我一罐西湖贡茶,看来你这茶就无福消受了。”

范娉柳说:“那是皇上对娘娘的一番心意,等娘娘身子彻底好了,再细品也不迟。”

王昭仪说:“你知道的,我这些年药汤药膏就没停过,血亏补血,气虚补气,御医也换了几个,就是调理不过来。”

清蔷忽然开口:“御医都是男的,有时候,女人的事情男人未必都能解决。”

王昭仪没理她:“姓鲁的也是说得漂亮,他那几套方案也没什么明显效果。我这个毛病,原本只是个人的小秘密,现在闹得后宫尽人皆知了。”

清蔷再次贸然进言:“娘娘的来潮周期过短是关键所在。正常者以月的圆缺为一个周期,娘娘却有三次之多,当然血亏气虚。倘能化三次为一次,则其他毛病自然不复存在。”

王昭仪对范娉柳说:“你的这个徒弟,精通医理又知天象,不进尚药局真是可惜了。”

范娉柳尴尬,斥责清蔷:“多嘴!这个理谁都明白,现在需要的是解决之道。”

“清蔷也许有解决之道。”

王昭仪几乎是轻蔑地笑笑,放下茶盏:“不妨说来听听。”

清蔷从怀中掏出一张旧黄纸,呈到王昭仪案上。那是一剂药方。范娉柳侧目看到,大惊失色。

王昭仪瞄一眼,对欢喜说:“你出去。”

欢喜出去,带上门。

范娉柳说:“小的管教不严,请娘娘恕罪。”

王昭仪问清蔷:“你知罪吗?”

“清蔷知道,后宫一切药方都必须经过尚药局。私自开方是大罪。”

“你是知其罪故意为之?”

“清蔷明知故犯,全是为了娘娘的身子。只要娘娘恢复健康,怎么罚我都认了。”

“这方子哪来的?”

“祖传的。我家女眷中几代都有跟娘娘相同的问题,到老太爷那一辈得了这张方子,那以后每个女子都用它,再没有人为此症困扰。”

“行了,茶也喝过了,我也倦了,你们回吧。”

4

大明宫之大,不敢说前无古人,因有传说中的阿房宫,却真就在千余年之中后无来者。当时的长安城已经是世界上首屈一指的大都城,若把长安一分为四,则大明宫占去长安城四分天下之一分。

换一种更直观的比照,大明宫占地规模明显超过了扬州,而扬州是大唐帝国仅次于长安的第二个大城,是全国最大的商埠。

后宫在大明宫中更占据了绝大部分。男人专属的皇宫其实面积极其有限。后宫是男人的禁地,自然也是名副其实的女儿国。其间究竟有几千几万女子,从来就没有谁能说得清楚。所有人员的花名册是后宫几个核心机密之一。据说,一直深藏于某神秘宫院内的古井之中,从古到今从今往后从未有所泄露。偌大地盘之中,男人绝对是稀罕物。这里已经将宦官一族排除在外,他们是后宫第二大族群,既非男人更非女人。

说稀罕物的意思,不是说绝对没有,而是太少太少,正所谓凤毛麟角。对了,有人已经猜到了,正是皇子,皇上的儿子。加上皇子的陪伴,或者还加上皇子的老师,即太傅。到了唐文宗时,人丁不够兴旺,皇子越发少了,只太子李永一人。且李永年纪尚轻。

可是大明宫太大了,其中的女子不计其数,想避开不见也不是件容易的事。但若存心见那个唯一的男孩子，就更难了。他有专属的院子，活动区域极其固定，那些场所又多与女人无涉。能够随时出入并见到李永的，只他的生母王昭仪一人。

还有就是皇帝本人偶尔来一次，临幸某个妃嫔。除此而外再无其他。也就是说，这里众多的女人在绝大多数时间里看不到一个男人。但是她们的生活从未因此而中断。

马球是太子的早操。马球场在皇宫与后宫的中间地带，平日鲜有女子或过来或经由此处。虽无明文界定，马球该算是纯粹男人的消遣。这是一块巨大的草场，两头设有球门。离球场不远处是马厩。再远一些可以看见马球教头的房间及球场侍从的居所。两个疯疯癫癫的少年骑一白一黑两匹骏马驰骋，一边挥杆击球。骑黑马的那个人就是太子李永，脸色苍白身体羸弱，挥杆一击球歪了，径直滚出场。而且刚好落到清蔷面前。不擅运动的清蔷被马球吓了一跳，下意识躲开了。

她身后的玉央拾起球，扔向拍马赶到的李永。他反应慢了一拍，刚好被击中面门。那张本来惨白的脸上忽然挂上了红彩。李永哇哇乱叫。玉央一时不知所措。她想上前，又畏惧踏蹄嘶鸣着的长鬃烈马。

玉央连说对不起，说自己不是故意的。闻讯赶过来的另一个少年异常彪悍，连胯下的白骏马也显得小了。他是李永的马球教头杭龙。杭龙斥责她，要她叩拜谢罪。流鼻血的李永反倒不让杭龙多嘴。杭龙讨了个没趣，勒转马头走开了。清蔷的目光追随着杭龙远去。这一会清蔷似乎灵魂出窍。

玉央不认得李永，当然也不认得杭龙，所以说话口无遮拦，直截了当问他俩是什么人。李永不好说自己是太子，只是报上姓名，又说另一个叫杭龙，是他的马球教头。

玉央从来没见过后宫有男人，她想不通李永是怎么进到后宫来的。李永说应该我问你才是。玉央觉得这是个胡搅蛮缠的男人，不再理他。拉上清蔷转身离开李永。这会清蔷的目光依旧追随着远处骑在马上的杭龙。

李永的目光却被玉央深深吸引了。他在原处发了一会呆，他想起到了给母亲请安的时间，于是从发呆中走了出来。

王昭仪在自己的院子里，亦步亦趋，随着梅司彤做徒手健体操，一丝不苟。李永一身行者装束，疲惫不堪进来。李永问过安。王昭仪还他一个亲昵的表情。李永拖着脚步进宫。

小寇子也来了，对王昭仪示意有话要说。她先叫停了梅司彤，让她明日这个时辰再来。之后示意小寇子到跟前。小寇子向娘娘禀报，说皇上很赏识郑注的才华，在考虑给他一个合适的位置。又说郑注是李训的死党，若李训也得到皇上的垂青，李昭仪在皇上面前的地位便会得到明显的提升。而且有密保称李训又去李昭仪宫了，肯定是在密谋什么见不得人的事。

王昭仪以为这两个人蠢蠢欲动并非明智之举，凭她李昭仪想在圣上面前举荐自家哥哥，恐怕没那么容易得逞。皇上向来最讨厌女人参政。况且作为杨昭仪靠山的李党那些人也不会坐视郑注李训帮的崛起，他们肯定会有所动作。

王昭仪关心姓杨的那边是否有动静。小寇子认为杨昭仪掀不起大浪，因为他们李党如今正不得势。王昭仪显然也没把杨昭仪看成是对手，以为姓杨的还算识时务。她让小寇子放机灵点，所有关于杨李二昭仪的消息都要打探清楚。

王昭仪回到厅堂，和李永对坐在方桌两侧。

“儿子，跟你说多少次了，不要忘了自己是谁。”

李永不耐烦：“太子，太子，太子。”

“你不是小孩子了……”

李永像背书一样接上母亲的话。

“要关心国家大事，要熟读孔孟之书，以后大唐的天下是你的，你要从现在起做好准备。”

“这些话不是要你背的，你要把它放在心里。”

“母亲,你烦不烦哪?一见到我就是这些话,我耳朵都起茧了。”

“你这么不争气,难怪你父皇骂你没出息,看哪天生气把你给废了。”

“废了才好。我就看不出当皇上有什么意思。今天牛党明天李党,争来斗去的,我就没见他有不皱眉头的时候。”

“死东西,你什么时候才能开窍?别以为太子是个倒霉的差事没人要做。为了你当上太子,娘花了多少心思你知道吗?你以为娘要把你往火坑里推?”

“我知道母亲是为我好,可你总得问问我的心情吧。”

“你还小,有些事你还不明白。”

“永远不明白才好。”

“你成心要把我气死?”

李永站起来,走到王昭仪面前,在她脸颊轻吻了一下。

“母亲,不生气了。乖。”

王昭仪无可奈何,一脸苦笑。

往往就是这样,大人物关心大事件,小人物们则只关心眼前。胡蝶从李昭仪宫回来,首先想到的,便是把方汀教她的那几个配方记下来。看她那么专心,一笔一画,玉央觉得很好笑,她认为记在哪里也不如记到脑子里牢靠。胡蝶则说别人的脑子没玉央那么好用。

玉央向胡蝶提到方才在马球场遇上李永和杭龙的事,胡蝶根本不信。她说后宫是女儿国,不可能有男孩子,说玉央一定在说胡话。不过玉央从来不说谎,何况后宫这么大,胡蝶至今也没能转上一小半,她怎么能肯定后宫里没有马球场,又怎么能肯定马球场上不会有两个货真价实的男孩子呢?玉央把用马球砸破李永鼻子的事详细讲给胡蝶,胡蝶的胃口彻底被吊起来了,非逼着玉央立刻带她去玉央所说的那个马球场看看不可。

拗不过她,玉央带着胡蝶去到马球场,刚好碰到杭龙。玉央一下喊出杭龙的名字,杭龙认出她就是打破李永鼻子的女孩。杭龙告诉玉央,李永正是当今太子,是王昭仪的儿子。胡蝶对这些全不感兴趣,她只想骑一骑杭龙那匹漂亮的白马。不是吹牛,胡蝶当真会骑马。杭龙愿意教玉央学骑马,但玉央突然记起已到了范司容开课的时间,拉上胡蝶一溜烟跑开了。

细心的杭龙记住了玉央说到“范司容”。司容是什么他不懂,他猜也许那是后宫的一个部门。连他自己也搞不明白他为什么会主动提出教那个女孩骑马,他在一日之内两次见到那女孩,忽然发现自己竟忘不掉她了。他马上发现他有办法知道那女孩的来龙去脉。毕竟他是太子宫的人,与后宫仅一墙之隔。

李永的东内苑太子宫乃是一套独立宫院。前院颇大,中有石桌石凳。宫室一进为厅堂,二进为起居室,三进为寝房。起居室是他平日逗留较多的地方。室内靠窗摆着卧榻,书架、隔架则靠在对墙。中有桌案座椅。

李永在卧榻上读书,翻来覆去,其实心不在焉。杭龙进来,听李永唠叨他的心事。太子一直觉得自己的日子很没劲,皇上要他读书,王昭仪要他关心朝廷,杭龙要他打马球。没人真的想了解他心里怎么一回事。他说他的,杭龙不接他的话。待他的唠叨告一段落时,杭龙插进自己的问题,诸如司容是哪个部门的、司容部又归哪里。太子一边笑他无知,也同时让他知道司容是司容部的头,司容部当然归尚容局。

太子忽然警觉,问他打听司容部做什么。杭龙话锋一转忽然扯到要请假一周,说是有急事回家。他们主仆之间的关系比别处简单,没有那许多繁文缛节,全在太子一句话。太子倒也不客气,开口就将他的一周腰斩成三日,要他三日后必得来报到。毕竟杭龙开口容易,所以对太子的回复也不计较,三日就三日。他心中暗自得意,毕竟他成功绕过了太子的问话。

他的问题已经有了答案,那个女孩是尚容局司容部的。而且他还记得太子流鼻血那会问那女孩的情形，女孩叫玉央。

女官方汀的冤案

1

前面提到的方汀是后宫基层的女官，负责司形部的浴体塑体间。这里浴体和塑体两部分是分开的。一边的浴池分为三个泡池，分别是玫瑰浴汤池、海藻浴汤池和牛奶浴汤池，供娘娘昭仪们选用。另一边的塑体间是按摩室，针对不同体态肤质的娘娘，施行不同的美体按摩方案。

胡蝶受命到这边来找方汀。方汀也接到司形梅英的指示，在这边等候胡蝶。胡蝶说自己对香薰浴一点都不懂，要方典形指教。方汀哈哈大笑，说从来没觉得这算什么学问，说妃嫔们的洗浴充其量只能算是名堂，名堂当真不少。

胡蝶觉得方汀说话挺好玩的。方汀也觉得胡蝶投缘，索性信口开河。

“尚容局这里专门搞各式各样的名堂。就说洗浴，光是添加的配方就有几十种。依我看，没有配方的清水浴比什么都好，又清爽又干净。加了那些乱七八糟的东西，也没见谁的皮肤更好。”

胡蝶不以为然：“照你的说法，尚容局没有也罢。”

“没有哪行？那些娘娘贵人才人们都是要享受的，没人伺候，她们连一天也过不下去。”

“美人的脸，保养和不保养可是大不一样。”

“有什么不一样？不就是涂那些膏啊粉啊霜啊的。涂了就一定好？不涂就一定不好？”

“那些妃嫔天生就是要人伺候的命。你难道不这么认为？”

方汀撇嘴：“她们自然都是千人万人里挑出来的，天生是美人坯子。你以为她们的美是涂出来抹出来洗出来的？”

胡蝶坚持：“可是一般女人要么不美，要么美的时间太短了。像王昭仪，比我娘年长，还是那么美。我娘已经像个太婆了。”

“告诉你个秘密，别看她们有这么多人侍候，皮肤粗的照样粗，干的照样干。怎么洗也没用的。”

“倒也是。我们只做保持，什么也改变不了的。”

方汀依旧撇嘴：“说到底，所有我们这些人做的，也就是让她们觉得自己是主子，可以享受别人的侍候。”

“你说话真挺逗的！叫你这么一说，我们做的一切也就是伺候人了。”

“那你以为呢？”

胡蝶发现自己很喜欢这个方典形。是尚容安其凤安排胡蝶过来学香薰浴。安其凤已经发现胡蝶与清蔷的对立情绪很大，她不希望这两个女孩总是发生冲撞，考虑将胡蝶调整到司形部这边来。人员调整的事情需经王昭仪认定，她身为尚容也不可以擅自做主。于是她先调胡蝶跟着方汀学沐浴，如能得到妃嫔们的认可，调动过来便也顺理成章。安其凤料到方汀与胡蝶会彼此喜欢。

这一天的香薰浴是为王昭仪备的，准备工作已经基本就绪。香薰浴是一个较大的浴池，水面弥漫着雾气。王昭仪的贴身宫女欢喜进来张望。

“司形，典形，谁在这？”

见无人应，欢喜出去。迎上来的却是胡蝶。

欢喜说：“今天怎么都是司容部的人？”

“只有我啊，还有谁是司容部的？”

“我刚刚在门口碰到清蔷。你俩不都是司容部的吗？时辰快到了，她们司形部的人呢？”

“今天是我和方典形两个人为娘娘做准备。”

“典形她人呢？”

“把这边准备好，她就去李昭仪宫了。走，跟我进去试试水。你叫欢喜吧？”见欢喜点头，胡蝶说，“刚才我试过水温，应该没什么问题。”

欢喜挽起袖子，将手臂伸入池水，轻轻搅动：“娘娘的皮肤特别敏感，热一点冷一点都不可以的，还要再热一点点，不要多。”

“我马上加。”胡蝶一边说着一边往池中舀热水，“一小桶够吗？”

欢喜的手臂一直在水中轻摇：“应该可以了。”

欢喜回去复命。胡蝶根本没料到一场大祸即将临头。尚容已经告诉她，想把她调到司形部，她其实从心里并不情愿，因为她舍不得与玉央分开。但她知道尚容是为她好。而且家里也再三叮嘱她无论什么事都要听尚容的，不可违逆。胡蝶有些犹豫，不知道是否该将调动的事告知玉央。

正在胡蝶发呆的当口，忽然听到急促杂乱的脚步声。宦官小寇子带两名宦官冲进来。

“拿下！”

胡蝶被宦官抓牢，她吓坏了。

“那个呢？”

“哪个？”

小寇子斩钉截铁：“方汀！”

内侍省总管大人秦耕人随后也到了。他面色铁青。欢喜连同鲁御医也都被带过来。原来是欢喜试水之后手臂出现严重刺痛，表面又红又肿，像被强酸灼伤了一般。王昭仪认定事态严重，马上命内侍省出面处理，同时为欢喜招来鲁御医。总管大人秦耕人如临大敌，让小寇子先行一步捉拿当值的女官女史。胡蝶脸色煞白，六神无主。

秦耕人说：“姓方的带来了没有？”

小寇子说：“方汀没在现场。”

秦耕人问欢喜：“你今天没见到姓方的？”

欢喜指胡蝶：“她说方典形去李昭仪娘娘那边了。”

秦耕人还是问欢喜：“你除了试一下水温，再没碰别的？”

欢喜摇头。

小寇子忽然在浴池底部发现了异常。大家的注意力一下集中到池水。仔细看，那是一块如枕头般大小的有许多孔洞的石头，而且仍然有气泡不时从孔洞升上来。鲁御医分析有可能问题就出在那个东西上。

秦耕人问胡蝶那是什么？胡蝶相当慌张，她根本就没见过那东西。小寇子明显对水中的东西有所忌惮，最终还是想办法找来一条钩子，将水里的东西捞上来。另两个宦官推搡着方汀过来了。秦耕人看一眼方汀，方汀的视线也被他带过去了。秦耕人问方汀是什么东西，方汀同样不明白他问什么。

秦耕人十分气恼，同样的话又问了一次：“你也要告诉我，你从来没见过这东西？”

方汀斩钉截铁：“没见过。”

秦耕人指胡蝶，依旧是问方汀：“不用说，你当然没见她带着这东西进司形部吧？”

“她来的时候两手是空的，什么也没拿。”

“好，很好。一人做事一人当。方汀，你是这个意思吧？”

“我做什么了？”

“既然你为她作证，说她空着手到司形部，也就是证明这东西与她无关。如果我没猜错，浴汤的配方也与她无关了？”

“您知道，这都是我分内的事。她根本不懂，也不会让她弄配方。究竟出什么事了？”

小寇子说：“你是装糊涂还是真糊涂？”

方汀说：“我凭什么糊涂？”

小寇子话音加重了：“你睁开眼睛看一看，欢喜的手臂烧成什么样了！”

方汀这才发现欢喜受伤了。

鲁御医凑到跟前，用鼻子嗅嗅：“有股子刺鼻的臭味。”

小寇子说：“是臭味。我也闻到了。”

鲁御医说：“可以初步肯定，问题就出在它上面。”

方汀问欢喜：“欢喜，到底怎么回事？”

“还在这装糊涂？”秦耕人一甩头说，“带走！”

秦总管在前。

宦官推了方汀一下：“走。”

另一个宦官指着胡蝶问：“总管大人，这个呢？”

总管头未回，脚步未停：“都带走。”

宦官照猫画虎，也推了胡蝶一下：“走。”

这后宫本就是王昭仪的天下，但凡事关王昭仪，再小的事也是大事。这也是亏了侍女欢喜试水，如若少了这道程序后果简直不堪设想。所以内侍省如临大敌，下辖的尚容局这边更是炸了锅，安其凤、范娉柳、梅英、谷绣春围在院子里，个个脸上挂着紧张。

安其凤说：“怎么出了这么大纰漏？”

梅英说：“方汀总是三心二意的，我前天刚骂过她。一点不长记性，这下捅大娄子了。”

范娉柳说：“胡蝶也差一点给牵连进去。我问她放水的时候在不在，她说一直都在。她说没放水的时候浴池是空的，根本就没见有那个石枕。”

谷绣春说：“听尚药局的人说，那是一块硫黄石，比石灰还厉害。鲁御医说，硫黄入水便会沸腾起泡，会把皮肤灼伤。”

梅英说：“刚才内侍省把我找过去，一起审方汀。我问她石枕哪来的，她一点摸不着头脑。那石头的来源成了问题的要害。秦总管发毒誓说一定要查个水落石出。他认定有贼人起意害娘娘。”

安其凤说：“幸好欢喜做事认真，她若含糊一点没把手伸到水里，后果简直不堪设想。”

范娉柳说：“那样我们所有人都死定了。”

清蔷玉央躲在自己的房间里，清蔷靠在榻上，玉央坐在自己榻边。两人同样愁眉紧锁。

玉央说：“清蔷，你说胡蝶怎么办啊？”

清蔷说：“胡蝶不承认她见过那块搓脚石，她又是唯一在现场的人，我怕她很难从嫌疑中解脱出来。”

“没听谁说那石枕是搓脚石啊。”

“他们说，跟你用的那种搓脚石一模一样。真想不出，有谁会把搓脚石放进浴池呢？”

“胡蝶真让人担心死了。”

2

先前安尚容的一句话，将事件的致命处点破。倘若欢喜试水时走个过场，被灼伤的人就一定是王昭仪了。而且绝不会仅仅限于手臂，恐怕她全身都不能幸免。没有人知道王昭仪对此有何心得。有一个事实每个人都心知肚明:这是一桩人为事件,那块石枕绝不可能自己跑进浴室,再跳到水里。

事情往往就是这样,所有旁观者无论怎么急,当事人会显得无动于衷,似乎那是别人的事,于她全然无涉。

当王昭仪召玉央为其磨脚时,大家就是这种感觉。

王昭仪半倚卧榻,似睡非睡,好半天没说话。玉央便也埋下头,专心于手下。欢喜手臂上搭着一件丝质夜装进来。

"娘娘,换这件吗?"

王昭仪没有反应。

欢喜轻声:"睡了?"

玉央抬起头:"娘娘累了,今天到这吧?"

王昭仪依旧没有反应。

欢喜觉得不对:"娘娘?您怎么啦?"

玉央也站起来:"娘娘怎么啦?"

欢喜满脸惊恐:"快!快去喊人,娘娘出事了!"

玉央的鞋底反复翻动。她的脸万分紧张,脚步快速而有节奏,两腿频率很高,飞速向前。另外三个人的六条腿频率同样很高,他们是鲁御医,药童,刘御医,三张脸同样万分紧张。他们在最短的时间里跑进王昭仪宫。

小寇子和欢喜正守在卧榻边上。王昭仪昏迷不醒。随着一阵杂沓的脚步声,玉央连同御医们冲进来,四人大喘不已。鲁御医刘御医马上进入角色,每人执王昭仪一只手,把脉。大家屏住呼吸。

鲁御医先抬起头:"脉太弱了。"

刘御医凝神许久:"怕是血漏。"

鲁御医问欢喜:"娘娘身上来那个啦?"

欢喜点头:"昨天来的。"

鲁御医说:"上一次呢?"

欢喜掐指细算:"有十一日了。"

"上次走了有几日?"

"五日。"

鲁御医自言自语:"中间只四日间隔。"

刘御医说:"娘娘贫血很厉害。"

鲁御医点头:"娘娘一直十天一次。两次之间只有三五日不见血,怎么可能不贫血呢?"

刘御医说:"这一次估计失血过多了。"

鲁御医对欢喜说:"帮娘娘翻一下身,看看是不是流量很大。"

刘御医说:"慎动。如果是血漏,很容易引起血崩。当务之急是止血。"

鲁御医对药童说:"你马上禀报尚药大人,请他组织人马,过来为娘娘止血。"

药童说:"是。"

夜已经深了,尚容局这边谁都没有睡意。大家把玉央围在中间。她暂时充当了新闻发布人。

玉央说:"娘娘没说话,我也就一心一意为娘娘修足底。我还以为娘娘累了。"

安其凤说:"这几天怎么了?不是这个就是那个。我的心都悬到嗓子眼了。"

范娉柳说:"前些日子娘娘还说呢,今年是本命年,凡事得多加小心。看来这话还真不是乱说的。"

谷绣春说:“可不是吗?上次没被硫黄水烧到,真乃不幸中之大幸。”

梅英说:“王昭仪娘娘平时精气神不错,身体底子其实很弱。”

清蔷说:“以前有过这样吗?”

范娉柳说:“没有,第一次。真够吓人的。”

清蔷说:“怎么会突然这样?”

玉央说:“不会跟修脚有什么关系吧?”

安其凤说:“以后不许把什么不相干的事都往一起联系。”

清蔷说:“你还是用那种搓脚石给娘娘磨脚?”

玉央点头:“外面包上一层抹布。这样娘娘就不会觉得痛了。”

清蔷说:“那种石头很厉害的。”

玉央说:“跟硫黄石不一样的。搓脚石扔到水里连一个气泡也没有。”

清蔷说:“说不定就是因为用它惹出事了。”

范娉柳说:“玉央,去把你的搓脚石拿来。”

安其凤说:“尚药局的御医们自有定论,大家千万不可无事生非。”

范娉柳对玉央说:“没听见啊?”

玉央看看安尚容。

范娉柳说:“看什么看?你在等尚容说什么?你以为她会说,不听司容的,不用去了?”

玉央委屈:“我不是那个意思。”

范娉柳说:“你什么意思?去还是不去?”

玉央不再争辩,去了。她的问题在于引火烧身,本来没人把磨脚和昏迷这两件事往一起联系,但是作为当事人的她却不由自主地往一起想。而且她的问题在于想什么便都说出来,从来不会先在心里权衡一下利弊。

那以后在她娘追问下她把这段对话如实还原出来,她娘马上发现了问题。荣氏知道女儿已经在无意之中树敌,已经危机四伏。她要玉央凡事三思,三思而后行。她告诉玉央必得提防清蔷,还有那个司容范娉柳。尽管荣氏担心,但是玉央的一句话也让她稍稍释然。老天不会不长眼吧!

范司容的莫名敌意令玉央不敢有丝毫怠慢。她细细端详着玉央的搓脚石。范娉柳认定它跟那个石枕颜色有差别。清蔷话里有话地说它经常浸在水里,又经常与皮肤接触,颜色自然会深一点。安其凤在反复比照之后指出孔洞的形状大小也都不一样。清蔷干脆表示质疑,说哪里会有一模一样的石头呢?安其凤紧盯住清蔷的眼睛。

“你好像就认定了这块搓脚石有问题。”

清蔷说:“我只是说它和石枕太像了。”

范娉柳说:“拿到尚药局验一下就清楚了。”

安其凤说:“你们唯恐天下不乱是吗?”

梅英说:“玉央,你用它多久了?”

玉央说:“从家里带来的,好几年了。”

梅英说:“你见过它冒泡吗?”

玉央摇头。

谷绣春说:“你先前一直用它给昭仪娘娘修足底吗?”

玉央点头。

谷绣春对安其凤说:“可以肯定娘娘昏迷与修足底无关。”

范娉柳说:“两位御医也认定娘娘由于失血过多。问题是怎么突然会失血过多呢?”

除了清蔷以外,尚容局的各部门掌门人都在将搓脚石与王昭仪的失血昏迷扯开,让当事人玉央脱离干系。这就是尚容安其凤所说的,不要把不相关的事情往一起扯,不要无事生非。可是玉央懵懂啊,全不解上司们的美意。一根筋的思维让她一而再地往火海里跳,似乎她执意要与昏迷事件扯上关联。

玉央说:“虽然我不明白石枕是怎么回事,但是娘娘不可能无缘无故失血。一定有原因的。”

安其凤说:“有什么原因去查找什么原因,万不可以胡乱联系。”

玉央从未见过安尚容如此严厉,知道她真的动气了。缄口。

范娉柳仍盯住玉央不放:“可是你为什么不用宫里现有的搓脚石?”

“我娘说,搓脚石也像玉一样,常用便沾了人气。娘的这块搓脚石质地特别好,刚中有柔。结合足底按摩,能舒筋活血,抑制角质再生。”

清蔷的话刀刀见血:“你娘的东西听上去比宫里的还要好了。”

“也不是啦。我用得顺手,便没换宫里的。王昭仪娘娘足部有轻微浮肿,我怕新的搓脚石会伤娘娘皮肤。”

安尚容点头。

范娉柳长出一口气:“内侍省让我们自查,现在也算是完成任务了。”

安其凤说:“我再一次提醒大家,出了事必须认真对待,但是切不可无事生非。”

作为尚容,安其凤一再这样强调其实是担了很大风险。后宫出了如此大事,无论谁遮掩搪塞都将罪加一等,这道理她不是不明白。但有一点她看得清楚,即便有人作乱犯罪,那个人也一定不会是玉央,更不可能是方汀。安其凤相信自己的判断。

倒是清蔷的话让她颇为担忧,她看得出这个女孩话里有话,而且所有锋芒都指向了玉央,意欲置玉央于死地。身处后宫数十年,安其凤深知主子的肆意妄为。无论谁做主子都不会将女官女史们当一回事。后宫每临出事就会抓一个替罪羊作为惩戒了事,至于其中是否有冤情有错判,没有哪一任主子会在乎会去追究求真相。而每一次的结局总会有一个女官或女史倒霉,命运的轨迹由兴而衰被彻底改变。还未到青春期的小女孩清蔷很像一条小蛇,尽管身量细弱,还不足以对人构成心理威慑,但是已经吐出长长的毒芯显示力量。

安其凤一夜无眠。

同样没睡的自然还有内侍省总管秦耕人。他不敢有丝毫懈怠,连夜奔赴尚药局。他要迅速定案破案,将这起后宫危机尽快消弭化解。

此处像是一间藏书室。一排排的书架,摆满医药典籍和大量病例。朝南空出一块地方,摆有四五张案桌,桌上笔墨纸砚一应俱全。戚尚药在自己案前,总管立于房间中央。石枕摆在案上。

秦耕人面色沉郁:“戚尚药,区区一块石头,你尚药局竟然无人识得?”

戚尚药正在翻查典籍,回头:“总管大人,我听得出您不满意。但是尚药局上上下下没有一个人会张口乱讲。这里说话讲究有根有据。至于这块石头,请大人放心,我定会给您一个满意的答复。”

秦耕人说:“你办事,我放心。”

端起茶杯,吹吹茶叶,啜饮。

戚尚药阅读:“南海石笋,产于东南濒海岩洞之中。色为浅褐,表面布满孔洞。含有硫黄和胆矾,遇水释热,能腐物,易灼伤……”

秦耕人说:“应该就是它了。”

涉案的两个女孩子这会最惨,被锁在内侍省大牢。这里过道两边各五间牢房,均用粗大的木栅隔开。牢门为铁制,挂有大铜锁。过道头尾各一火把。方汀与胡蝶隔着木栅,躺在各自的榻上。

方汀说:“你说那个东西像搓脚石?”

胡蝶说:“都是有孔洞的那种石头。”

"搓脚石的孔洞很小啊。"

"玉央的那块很大,跟石枕的孔洞差不多大。她从扬州家里带来的。"

方汀坐起身:"她进宫带一块搓脚石干什么?"

"她娘是扬州大和教坊的妆娘。她原来一直跟她娘学养生护肤这些。"

"我不在的时候,你真的看紧了?真的没见什么人进洗浴间?"

"我老老实实守在门口,连只蚂蚁都进不去。"

"一步也没离开?"

"没有。"

方汀躺下。

胡蝶说:"解手算不算?"

方汀腾地坐起:"你解手工夫,一万只蚂蚁也爬进去了!"

"早上坏肚子了。就去了一小会,连院子也没出。"

"你怎么不早说?"

天亮时秦总管才回到内侍省,小宦官马上从房间迎出。

"大人,天不亮那个方汀就喊着要见您。我教训了她一顿。"

"她说什么了?"

"说胡蝶并非一直守在浴室。"

"胡蝶怎么说?"

"胡蝶承认她去解手。"

"撒一泡尿工夫?"

"她说,是解大手。"

秦耕人皱起眉头:"昨天出事的时候,我记得她好像也去解手了。"

"她说一大早肚子就坏了,应该不是假话。"

秦耕人带嘲笑地说:"有长进啦,连真话假话你都看得出来?"

"昨天夜里执勤的阿光说这个胡蝶麻烦透了,三次喊他开门去解大手。"

"带姑娘去解手,狗日的阿光会嫌烦?"

"他嘴说烦,我看他脸像开了花一样。"

总管大人知道事情有转机了。两个当事人,一个举报另一个,这说明当事人开始分化。最怕的是两个人众口一词,那种情形多半是私下里串好了口供,最让办案的人犯难。至于王昭仪失血昏迷啊血崩血漏啊这些事,秦耕人没一点兴趣。他是老江湖,换皇上换朝臣这些事也司空见惯,后宫女人的生老病死他根本就不会放在心上。他要做的是让后宫相安无事,让所有作奸犯科的勾当受到追究和惩罚。

也是他神通大,也是他运气好,原本云里雾里的案件忽然就峰回路转,那是宫女巧儿的意外出现。巧儿是杨昭仪宫里的,平日绝少在杨宫以外的场所出现,她忽然来到内侍省,并且带来了确凿的指证。

她指证的是那个投石到浴池中的人。她原本是来找典形方汀联系杨昭仪的洗浴事宜,却不料撞上了投石枕下水的那一幕。她只是个小宫女,本不愿搅到是非圈子当中,她知道如果她道出真情,将会掀起轩然大波,将会使那个人落入万劫不复之地,她非常非常犹豫。接连两个晚上她夜不能寐,在没想好如何处置之前,她不能对任何人说这件事,包括她的主子杨昭仪娘娘。

案情于是有了突破性进展。两个宦官执杖进了内侍省大牢,命负责看押的宦官开锁。先开了胡蝶的牢门,开了胡蝶的锁。

"出来吧。"宦官待胡蝶战战兢兢出牢门,"回去吧。"

胡蝶愣了。一墙之隔的方汀来到自己的牢门前。

“我呢？”

宦官开门将她押出。

“你？走！”

狠狠推她一把。

他们将她押入内侍省大堂。秦耕人并小寇子在上，巧儿在侧。

小寇子说：“跪下！”

小寇子将挣扎的方汀强按下跪倒。

方汀不服：“凭什么要我跪？”

“凭什么？就凭我一句话。要你跪，你就得跪。要你死，你就得死。”

方汀腾地站起来：“我不信就没王法了！”

“以身试法者也敢谈王法？跪下！”

小寇子从后面踹她腿弯处，重新将方汀强制按下。

方汀说：“我犯什么法了？”

“你意图谋害王昭仪娘娘！”

“信口雌黄！我也说你意图谋反，难道就能随随便便抓了你斩了你？”

“你不能，可是我能。”

方汀狂怒：“你个臭阉猪！我若死了，做鬼也不会放过你！”

秦耕人将拳头砸向案儿：“放肆！人证物证俱在，你还抵赖？”

方汀说：“人证？谁能证明什么？”

“让你死个明白也好。巧儿，说说你都看见了什么？”

方汀看定巧儿。

巧儿小声：“我看见……方典形趁胡蝶解手的工夫，进了洗浴间，手里拿着一块石头。”

3

巧儿的指证对于方汀来说无异于晴天霹雳，她既完全想不到也无论如何想不通巧儿为什么无中生有陷害她。

方汀说：“你我无冤无仇，为什么害我？”

秦耕人说：“是不是案上这块？”

巧儿点头：“应该是的。”

秦耕人说：“姓方的，若要人不知，除非己莫为。”

方汀对巧儿说：“你撒谎！你丧良心！你就不怕做噩梦，出门让雷劈死？”

巧儿低头。小寇子以迅雷不及掩耳之势左右开弓抽了方汀两个耳光。

“还嘴硬！还嘴硬！”

秦耕人转身走开：“明天一早送刑部定罪！”

巧儿闭上眼睛，木木地跟在总管身后出去了。

方汀说：“我做了鬼也要找你们算账！”

以方汀的性格，她原本不会做出举报胡蝶那样的事。但她心底里已经有预感这一次她将在劫难逃。当她从胡蝶口中得知有解手失职时，她想那也许是她脱罪的唯一机会，毕竟失职的是胡蝶而不是作为主管的她。在举报这一刻她想的只是自己能否脱罪，完全忽略了此举可能的后果，她脱罪了，胡蝶将要因她的举报而去顶罪。她万万想不到会横空里杀出一个巧儿，将她牢牢钉紧在罪案之上。

方汀被抓，之后又被定罪，这在后宫是很久都没有过的事了，这事自然引起了诸多猜测。尽管曾经被方汀陷害，胡蝶还是没能建立起对她的仇恨，她无论怎样都不相信方汀就是罪魁。可是别的宫女却不能苟同，因为毕竟有人亲眼所见，而且这个人是从来不介入是非短长的巧儿，她与方汀素昧平生，绝对不可能无端陷害方汀。大家都认为是胡蝶的脑子出了问题。按照大家的说法，是巧儿救了胡蝶，没有巧儿对方汀的投石指证，也许胡蝶至今还在大牢里。胡蝶知道是这么回事，但她还是在心里认定巧儿搞错了，绝不会是方汀。

当事人有当事人的立场。玉央是局外人，这件事把她完全搞糊涂了。她能够肯定的只是那南海石笋与自己无涉，她从没见过它。她仅仅是因为它与自己的搓脚石很像并当众说出来，就差一点引火烧身。从她自身的善良愿望出发，她当然不相信胡蝶对那件事负有责任。她与方汀不熟，自然想不明白方汀那样做意欲何为。

其他女官们的议论中，也有的把矛头暗指李昭仪，说司形部都是李昭仪的人，方汀自然也是。而方汀地位卑微，绝不可能与王昭仪有丝毫恩怨，她做出如此恶行，唯一让人信得过的解释便是受人指使。受谁指使呢？问这话的宫女自己没有给答案。

但是襟怀坦荡的李昭仪并未做缩头乌龟，她公开找到王昭仪为方汀说情，说方汀进宫许多年，从未有过丝毫过错，绝对不该断然定罪。毕竟方汀自己没有承认巧儿的指证。而巧儿的指证也仅仅是一面之词，不足为凭。

王昭仪其实并未把南海石笋的事件当一回事，她平日与李昭仪从无交恶，李昭仪也从未流露出任何争宠或叫板的心思，从来恭敬她谦让她。王昭仪愿意还李昭仪一个人情。她于是找到秦耕人，希望总管网开一面。

内侍省总管是一个官阶不高却人情颇重的位置。现在就是了，连娘娘也要求到他。不用说，娘娘的面子是一定要给的。秦耕人很明白，后宫里所有的往来都是一种交换，而所有的交换必定物超所值。对他而言方汀的命运全在他一句话，他说她谋害娘娘便是一个死罪。当然他也可以说她仅仅是玩忽职守，给一个逐出后宫的处罚谁也不会以为有什么不妥。

方汀就是以后面一种处罚结束了自己的宫女生涯。按道理她该庆幸，该对主子李昭仪感恩戴德，但是她这会想的不是这个。根本原因在于她是无辜的，她明确知道这件事背后有阴谋，而且巧儿是这个阴谋当中关键的一个人。

事件中还有一个重要的人被忽略了，就是欢喜，那个为王昭仪娘娘试水受了伤的宫女欢喜。说她重要是因为她首先见证了这个阴谋并被阴谋所伤。还有都被忽略的另一件事：她在现场也见到了一个人，就是清蔷。

事情表面上看已经有了结论，其实却越来越复杂，除了当事人方汀，除了另一个当事人胡蝶，现场还出现过两个人——欢喜和巧儿。巧儿明确指证了方汀，欢喜虽没出面指证但的确见到了清蔷。南海石笋究竟是这五个人当中的哪一个投下浴池的，其实并无确凿的结果。结果只是一人获罪，如此而已。

没有人猜得出王昭仪的想法或者总管秦耕人的想法，对他们而言这件事就算过去了，已成历史。而历史从来也就是这么回事，以主事人的意志被认定从而成形成书被载入史册。

不主事的那些人呢，历史对他们毫无意义，有意义的或许是真相本身，如方汀和胡蝶。或许连真相的意义也微乎其微，如安其凤和清蔷。

安其凤的经验和直觉告诉她，南海石笋的背后是一场阴谋。而清蔷则是这阴谋当中的一个环节，她也为自身被主事人忽略而暗自得意。的确，巧儿的意外出场使整个事件有了一个结果，所以欢喜的记忆被暂时阻断了。事件可能有的另一种结果被无限搁置了。

没有什么事情会不留痕迹地过去,至少相关的当事人就都过不去。首先是胡蝶,还有清蔷和玉央。胡蝶在熄灯后的卧榻上两眼圆瞪,她无论如何想不明白事情怎么会是这样。

清蔷忽然掀开被子:“方汀怎么会知道用南海石笋?”

胡蝶说:“你能知道,她就不能?”

清蔷说:“谁告诉你我知道?”

胡蝶说:“还有你清蔷不知道的事吗?”

清蔷不理会她:“内侍省觉得可能有同谋。”

胡蝶说:“哎哟,肚子又坏了。”

急急忙忙跑出门。

清蔷说:“玉央,你以为呢?”

玉央没懂:“什么?”

“方汀有同谋啊。”

玉央摇头:“不可能是胡蝶。”

“她愣头愣脑的,当然不会是她。”

“那会是谁?”

清蔷诡秘地一笑。她利落地穿上外衣,头也不回地出了门。玉央对此早已熟视无睹,独自在铺位上想心事。胡蝶终于回来了,发现清蔷的铺位又空了。

玉央说:“你说方汀当真会有同谋吗?”

“你肯定是受了清蔷的误导!莫非你也以为方汀做坏事啦?”

“没有啊。”

“既然没做坏事,又何来同谋一说呢?”

玉央恍然大悟:“当真是清蔷把我绕进去了。可是清蔷又为什么那么说呢?我娘说清蔷的话要多琢磨两遍。”

胡蝶忽然想到,说:“对了,那天欢喜过来,她说见到清蔷了!”

“什么时候?在哪儿?”

“就在浴池啊,她烫伤之前!她还说没见到司形部的人,见到的全是司容部的人。我说司容部只有我一个呀,她说刚还见过清蔷也在这里。”

一向简单的玉央这会复杂起来:“那清蔷的意思……她自己是方汀的同谋?应该不会呀。若真是她,她又何必说给我听呢?她不会那么傻。”

“是你傻呀!大傻瓜!她肯定是想把同谋的事推到别人身上,不是我就是你,有可能就是你。”

“为什么是我?为什么不会是你呢?”

“虽然她平日挺恨我的,因为我总跟她过不去,但是我发现她对你比对我还要恨,她把你当成死敌,因为你处处比她强。”

玉央不以为然:“我又没和她为敌,她一个人怎么想,我和她两个人也成不了对头。不是说一个巴掌拍不响吗?”

“拉肚子两天了,人都瘦了一圈了。”

“去尚药局吧。”

“我拉肚子从来不吃药的。我外婆说,肚子疼,不是病,就是大便没拉净。我发现没有人比我外婆的话更准了。”

玉央笑了:“恶心死了。”

建福门乃大明宫朝南三大宫门靠西的一座。余翠送方汀到门前。

方汀说:“一定替我谢李昭仪娘娘。我知道,如果不是娘娘向王昭仪求情,我这条命已经没了。”

余翠点头,捧出一包银子:“这是娘娘送你的,让你回老家做点小生意。”

方汀接过,哽咽:“我还有什么脸见我爹娘?二老指望女儿在宫里出人头地,我却被赶了出来。若是我做的,权当活该。可恶的是被人陷害,却百口莫辩。”

“娘娘说,后宫非久留之地,离开未尝不是好事。要你自己保重。”

“这一出宫门,恐怕再难见到娘娘。”方汀泪如雨下,面对李昭仪宫的方向跪下,连磕三个响头,起身,“娘娘,娘娘的恩情,也不知哪辈子才能偿还。也请娘娘千万保重自己。”

余翠也落泪了。

4

离开后宫的方汀,完全想不到会有一个司容部的女史到宫外来找她。她看着她有点眼熟,只是眼熟而已。

清蔷说:“方典彤留步。”

方汀说:“我已经不是什么典彤了。我们认识吗?”

“你不认识我,我是司容部的女史清蔷。”

“有一点面熟。你有事?”

“你蒙受不白之冤,失却宫中的地位,所有知情者都愤愤不平。”

“你知道什么?”

“不只我,司容部上下都很清楚。我无权无势,即使知情,也帮不上什么忙。唯一能让自己良心略微安稳的,就是赶来把真相告诉你。”

“真相?”

“给你定罪的关键,是巧儿的证词。”

“她信口雌黄。”

“你知道原因吗?”

“我跟她往日无冤近日无仇,我们甚至很少交谈。可是从今往后,她就是我的死对头。”

“你应该知道,她不是无缘无故加害于你。”

“有什么缘故?”

“是因为玉央。”

“你们司容部的玉央?”

清蔷点头。

方汀说:“胡蝶经常说起这个人。”

“她原本是最主要的嫌疑人。浴池里发现的那个石枕,跟她常用的搓脚石是一样的。”

“我听说了。”

“你肯定没听说,巧儿和玉央是最好的朋友。”

方汀一脸茫然:“那又怎么样?”

“你还记得先前杨昭仪皮肤过敏,最后解决问题的是司容部一个小女史吗?”

“就是这个玉央吗?”

“是她。当时连夜为她偷出杨昭仪贴身紫衫的,正是巧儿。”

“巧儿为玉央偷娘娘的衣裳?”

“现在你该明白,巧儿为什么指证你了吧?”

“我不明白。她要帮玉央,可以。但她没道理害我呀。”

“你现在要去哪？”

“没地方可去。”

“你不会就这么离开长安吧？”

“我不知道。在宫里八年，我从没想过日后去哪、做什么。不过有一点可以肯定，我不会就这么算了。”

“我是长安人，我在西市那边有一间房子。如果不嫌弃，你可以在那落脚。”

“你我素昧平生，我不可以无端受你的恩惠。”

“你我现在已经认识了呀。为什么不可以成为朋友呢？”

“你还没说呢，巧儿究竟为什么害我？”

“这不是一两句就能说得清楚的。走吧，去我那，慢慢跟你说。”

方汀再想一下：“好吧。那我就不客气了。”

她们来到清蔷在长安的屋子，这是一套带前院的二进小屋。一进为厅堂，房间相当整洁。方桌靠墙，两侧各有座椅。对面墙边置隔架，上有茶具笔墨等物。内室窄小，仅容一张睡榻和一套梳妆台。清蔷让方汀坐。方汀不肯。

清蔷说：“你就用不着再客气了。这离西市很近，生活很方便的。”

方汀坐下了：“把真相告诉我。”

“那一次，杨昭仪上身过敏，责任都在巧儿，内侍省绝不会放过她的。玉央刚好见过那种捕蜂花，这才让巧儿躲过一场大难。”

“这些我也大概听说过。”

“当时巧儿就对玉央表示，不论玉央日后发生什么事，她都会舍命相帮。”

“我明白了。这次玉央被怀疑，她不惜撒谎陷害别人，也要帮玉央脱身。”

“我亲眼见到玉央和巧儿两个说悄悄话。是玉央把巧儿找到司容部的。她们嘀嘀咕咕说了好久。”

方汀牙关紧咬：“肯定是她求巧儿帮忙。”

“应该是吧。”

“巧儿欠她救命的情分，现在轮到巧儿来救她。”

“而且巧儿真就帮上她了。”

“她出了苦海，让我下了地狱。”

“巧儿也是不得已而为之。”

“我发誓，我绝饶不了她们！”

“她们在宫中，你被赶出来了。现在你已经无论怎样也奈何不了她。”

“我不信没有机会。我反正不打算回老家，我一定要等到跟她们算总账那一天。”

清蔷起身：“我该回去了，你自己保重。”

由于清蔷的坚持，方汀住了她的房。清蔷葫芦里卖的什么药，方汀全然不知。以她的性格她也不想知道。她的兴趣集中在复仇上，至于如何复仇方汀还没有具体的想法。不过有一点，她与荣氏同住在长安城的西市。这也注定了她必然会结识荣氏。方汀的故事还远没有结束。

街市上人潮涌动，热闹非凡。荣氏走在其中，左右打量。一家波斯人的珠宝店，门口立着个波斯美女，穿金戴银，搔首弄姿，操着略显生硬的汉语招揽顾客。

“西方来的宝贝，红海珍珠、罗马头箍、脚链，很配东方人的。”

见荣氏路过，拉住她。

“进来看看？”

荣氏摇头。

波斯美女说:“很漂亮,皇帝都会喜欢的。来看看吧。”

荣氏笑了,还是摇头。

“很便宜。”

荣氏轻轻推开她的手:“我还有事。”

“哦,很可惜。祝你愉快。”

“也祝你愉快。”

荣氏继续向前。波斯美女很快把她身后的路人拉入珠宝店。荣氏在玻璃器皿商铺驻足。店中从柜台到案几,从杯盏到饰品,全都用玻璃造就,加之水波荡漾,烛光摇曳,显出跟金属和木头全然不同的剔透光泽。荣氏拿起一只大碗细看。掌柜凑过来。

“这是大食人千里迢迢从西边罗马国贩来的玻璃器皿, 您在长安城以外的商铺绝对见不到。”

“在里面搅拌水果泥,可以清楚地看到沉淀。”

“您想看什么都行。五钱银子,一点都不贵。要几只?”

“五钱?”荣氏摇头,放下,“一点都不便宜。”

“那您要几只?我可以算便宜点。”

荣氏摇头:“下次吧。”

离去。掌柜并未注意到她已经出门,视线都在他的宝贝碗上,高举着擎在眼前。

“走遍天下也难得一见的玻璃碗啊。就别下次啦。您说个价,四钱?”

方汀忽然出现在他面前:“三钱。”

掌柜根本没意识到顾客已经换了:“三钱?姑娘,你怎么一下年轻了十几岁?你这不是成心让我喝西北风吗?”

“我要四只。卖还是不卖?”

掌柜歪着头想了一会。方汀转身。

掌柜说:“好。三钱就三钱!嗨,赔本就赔本!”

方汀掏银子。这时候荣氏才真正离开。她穿过牛马市,进入毛皮市场。那些摊位上除了有狐皮熊皮虎皮牛皮出售,还摆放着各色鸟羽。荣氏走近其中一个。

“我想打听一下,长安城的教坊在哪?”

“往前走,过了胡姬酒肆就是。”

“谢了,”荣氏欲走,又停下,“鸟羽为何比牛皮还贵?”

“买的人多了,自然就贵。我这是最公道的了。”

“鸟羽不过做装饰点缀用,能有多大需求呢?”

“如今那些太太小姐们做衣服,哪个不用上大把的鸟羽?这需求还小啊?您抬头看看,长安城的鸟都快被打光了,我是去山上才抓到的。”

“用鸟羽做衣服?”

“您不知道啊?皇上送了娘娘一件鸟羽做的衣裳,娘娘喜欢得不得了。娘娘喜欢了,那些才人啊美人啊就跟风,王侯将相的妻妾们又跟大明宫的风,整个长安城再跟她们的风。我看不用多久,山上都打不到鸟了。您要买就趁早。”

荣氏摇头,继续向前。胡姬酒肆是座有西域风情的建筑。浓妆艳抹袒露小腹的侍女托着酒菜穿梭其中。有舞娘在场中和着胡乐表演。荣氏路过,直奔教坊。她在这里逗留的时间很短。想了一想,她又重新回到西市玻璃商铺。她有意做出不经意状。

面铺朝南,门口有及膝的货架,上置玻璃碗、玻璃杯、玻璃瓶等各色器皿,在阳光之下个个晶莹剔透。铺子里摆着大案桌,上面排满玻璃工艺品。案桌四角有烛灯,灯火映得玻璃闪闪发光,煞是好看。荣氏弯腰立于门口,在三只玻璃碗中挑来挑去。掌柜站她对面。

“都拿着吧,光摆在家里就特别好看。”

“这只什么价?”

“五钱。”

“三钱。”

“少了四钱免谈。”

“刚才别人也三钱,我见了。”

“三钱我亏大了。”

“你若是亏,干吗还非要人家买四只,少买一只你也不肯?岂不是你卖得越多亏得越多吗?”

“我不能把货压在手里,做生意需要银钱流动的。”

荣氏掏出银子递给掌柜:“让这三钱银子也一起流动吧。”

掌柜接下:“您再加点。”

荣氏摇头:“没有。”

将玻璃碗小心放入自己的竹篮。

掌柜说:“得!这次就算交个朋友。经常过来看看吧,我这总有新来的货品。”

“好啊。”

转身,差点撞上一个疯婆子。疯婆子一把抓住荣氏衣角。

“胡姬酒肆就在前面,快请我喝酒吃肉。”

荣氏惶恐。

掌柜对疯婆子说:“去!别在我店门口讨人嫌。”对荣氏说,“是个疯子,别理她。”

疯婆子说:“都是扬州老乡,快请我喝酒吃肉。”

荣氏说:“你怎么知道?”

“趁还有银子,多请老乡喝酒吃肉。那个姑娘一来就没机会了。”

“什么姑娘?”

“大明宫出来的姑娘,与你为敌的姑娘。”

“与我为敌?”

“你恩我爱,你死我活,你听我说。”

掌柜说:“她就喜欢胡说八道。”

疯婆子说:“会好的,都会好的。你听我说,你死我活,你恩我爱。”

荣氏说:“那姑娘到底怎么回事?”

“你是她的仇人,她是你女儿的贵人,你女儿是我的恩人,我是你的引路人。”

“引路人?恩人?贵人?仇人?您再说一遍好吗?”

掌柜说:“她疯已经够热闹了,您就别再跟着疯了。”

疯婆子忽然对掌柜怒目圆睁:“你说她什么?你可以,你不可以。可以说我,不可以说她!”

掌柜说:“莫名其妙!给我滚远点!”

疯婆子忽然抓起玻璃杯砸向货架。一排玻璃器皿稀里哗啦碎到地上。

掌柜完全没有料到她会来这一手,惊呆了:“啊?!”

疯婆子两眼圆睁,还带着笑意。

“可以,不可以。可以,不可以。”

掌柜抄起小板凳出去追她,她一溜烟跑开。他对着一地碎片痛心疾首。

“杀千刀的!”掌柜冲到门口,朝着疯婆子远去的方向,“别再让我见到你!”

荣氏还沉浸在疯婆子的话中,疯婆子提到小丫,还说什么小丫的贵人。这一定不是疯话,说疯话绝不会提到小丫,因为整个长安城就没人知道玉央叫小丫。荣氏忽然有了不祥的预感。疯婆子还提到一个人,说你是她的仇人,她是你女儿的贵人,你女儿是我的恩人,我是你的引路人。说来说去说的都是那个人,看来玄机都在疯婆子说到的这个人身上,会是谁呢?

这边清蔷在傍晚又去找方汀。方汀正将洗好晾干的衣服叠起。清蔷推门进来。方汀略感意外。

"这么晚过来,还回宫吗?"

"要回。我有重要的情况告诉你。"

方汀用新买回来的玻璃碗给她斟上茶,坐到她对面。

清蔷说:"刚入宫那会,看玉央通晓所有那些可以入口的、有药理作用的东西,我还以为她聪明伶俐,以为她勤奋好学。"

"通晓所有的?不会吧?"

清蔷将四神汤的事给方汀讲了一遍。不过她在几个关键的局部做了修改,她清蔷自然没有丝毫过错。其他任何人也都没错,可是莫名其妙的四神汤偏偏出错了,是玉央危难中挺身而出,英勇救场,那一次她出尽了风头。

清蔷方汀各坐案桌一侧。

方汀说:"幸好玉央在最后关头把疏忽指出来,不然的话,你可就惨了。"

"当时我也是心存感激,没有多想。可是后来类似的事情一多,我才知道事情没那么简单。"

"我也听说她不止一次救场。救场令她成了大英雄,当事人都会感激她。她们把她说得神乎其神。"

清蔷冷笑:"是啊。上一次她的南海石笋损了你,也把王昭仪那边闹出一场虚惊,她自己却安然无恙。"

"狗娘养的东西。"

"另外一次她更是既阴损又狡猾。"

"还有哪一次?"

"你应该知道的呀。杨昭仪过敏,弄得连尚药局也剑拔弩张。最后的结论是润体霜剂有问题。你知道那是谁的配方吗?"

方汀对过往的事情还有印象:"润体霜剂?应该是范司容吧。"

"正是。这个配方已经在后宫用了三年多,没有哪个妃嫔觉得它不好。可是玉央弄出一个捕蜂花,润体霜剂从此就被弃用了。"

"我知道那是范司容引以为傲的东西,她就是凭这个升到司容位置的。"

"所以我说玉央狡猾,用四神汤打压我,用捕蜂花挤兑范司容,用南海石笋陷你于不义。表面上她没与任何人冲突,其实每个相关的人都成了牺牲品。结果是她一个人在妃嫔面前成了宠儿。你说她是不是太过阴损歹毒?"

方汀点头:"你前面说了半句话,你说你先前以为她聪明伶俐勤奋好学,你想说什么?"

"只有这一次我才看清楚了,她精通那些东西,目的只有一个,就是做奸作恶!我几乎就被她害死。"

方汀果然有了兴趣:"她又做什么了?"

"谁也不知道她玩了个什么样的戏法。她使李昭仪得上一种怪病,又跟她娘一道给李昭仪用了一种怪药。李昭仪发烧发热,御医还是没有一点办法。"

"李昭仪到底怎么了?玉央究竟做了什么手脚?"

"问题的关键就在这里,我怀疑她用了民间的巫术。"

"真看不出她有那么大神通。以往给别人的印象她天真未凿。这个家伙太有欺骗性了。"

“所有人都被她骗过了。我发现其中有诈,将所见所闻向上禀报,引起王昭仪重视。结果连王昭仪也被她耍了。

“怎么可能呢?谁都知道她在后宫一言九鼎只手遮天。”

清蔷煞有介事:“当时的情形你肯定也听说了,王昭仪为李昭仪跑前跑后忙得不亦乐乎,结果你猜怎么着?你绝对想不到。”

方汀已经被绕迷糊了,“李昭仪到底怎么了?”

“李昭仪什么事也没有。但是尚药局尚容局一片混乱。杨昭仪王昭仪为李昭仪所做的一切都成了一场玩笑。”

“你越说我越糊涂了:李昭仪发烧发热,又得了怪病,怎么会什么事都没有呢?”

“王昭仪被耍了。你知道她的脾气,她气也气死了。王昭仪最后把火气全冲着我一个人,恨不得把我烧死,烧成灰!”

此时的清蔷眼里正朝外喷火。

“李昭仪究竟怎样了?”

“她被玉央施了魔法,说病就病,说好就好。而且和玉央串通好了,戏弄王昭仪,戏弄大家。”

“不可能吧?我太了解李昭仪了,她那么天真,又那么善良。”

“正是因为她天真善良,才这么轻易就被那个小巫婆给骗了。”

“我简直不能相信!玉央也不过是个十几岁的小姑娘啊。”

“她背后还有一个老巫婆呀。”

“你说她娘?都是她娘指使的?”

“不用任何人指使,她天生就是个魔鬼。她娘充其量也就是给她撑撑腰。”

“她娘不是扬州人吗?怎么给她撑腰?”

“这正是我要跟你说的,现下她娘就在长安城。你现下也许奈何玉央不得,但是可以找她娘算账。”

“你知道她娘住哪?”

“就在西城的永安坊。”

◎ 第三章

见识后宫的波谲云诡

太子也只是题外话

1

尽管到了大唐已经有了完备的史官体制，尤其对宫廷之上的历史记录已经相当完善，但是所有的历史典籍都只不过是官样文章而已。如果当真有需要，想在其中寻找到有价值的真相，你会发现一整部历史其实空空如也。比如关于大唐文宗皇帝子嗣，除了一个太子李永而外竟再无其他文字历史的留存。

大唐乃盛世，历代皇帝尽皆妻妾成群。子嗣只有一根独苗，这无论如何也无法对后人做一个可以信得过的交代。然而历史的结论就是如此。作为千年后的大唐子孙，我们只能猜测当年的文宗皇帝身体出了什么意外。可以肯定的是他老人家先前身体很好，所以自然而然有了儿子(太子李永)。意外显然是后来发生的。试想一下先前他不是皇上，只一个老婆就有了儿子，后来当了皇上又多了许多个老婆，怎么反而再也没有一个皇子皇女降生呢？这不能不说是一件蹊跷的事。

还有，相关的历史典籍中找不到太子宫的归属。倘太子未成年，日常都是由母亲(妃嫔)监护的话，幼太子的寝宫应该算是后宫的一个宫院。倘太子成年且能够自由出入整个大明宫苑之时，太子宫该当在后宫管辖之外。而我们故事开始的时候，刚好是太子李永未成年而又将成年那段时间，界定太子宫的归属不是一件很明确的事。我们能够知道的仅仅是太子可以自由来到后宫这里，而宫女们则不可以随意去到太子宫那边。而两者之间其实又没有明晰的界线。

尚容局的一个新纪元开始了。一个叫李永的男人进了大门，东张西望。这是从未有过的事。之前能进来的男人只有御医。后宫中的园丁都只有女人。我们在此并未给宦官这个群体判定性别，没把他们当作男人。

太子当然是男人，虽然尚未成年。

清蔷迎上来："是太子殿下吧？"

李永打量她："我好像见过你。"

"上次是小的有眼不识泰山，请殿下恕罪。"

"有道是'不知者不罪'，你用不着自责的。"

"殿下的马球教头杭龙没一起过来吗？"

"你记性不错呀。他回家了。"

"他是长安人？"

"咸阳。你们那个，是叫什么玉央吧？"

清蔷点头。

"她人呢？"

"她在忙，可能……可能在李昭仪宫里吧。太子找她有事吗？"

"也没什么大不了的。上次她把我鼻子打破了，我来找她算账的。"

"殿下要我找她回来吗？"

"不必了，忙你的吧。"

李永左右看看，之后转身，一步三晃出去了。

范司容从里面出来:“发什么呆?”

清蔷说:“太子李永来找玉央。”

范司容重视起来:“你说什么?太子到尚容局了?”

“刚才就在这里,还跟我说话来着。”

“说没说找玉央做什么?”

“上次我和玉央经过马球场,玉央扔球打到他脸上,打得满脸是血。太子说来找玉央算账。”

“多久的事?”

“有些日子了。”

“你当时回来怎么不禀报?”

“当时也不知道那是太子啊。现在要不要禀报给安尚容?”

“她算个什么东西?”范司容不屑,转向内门,“玉央!”

“来了。”玉央应声,从门里跑出来,“司容,您叫我?”

“你闯了大祸,回来也不禀报!你以为瞒就瞒得过吗?”

“没有啊。”

“还敢说没有?太子都找上门来了。”

“您是说太子流鼻血啊。他当时根本没生气呀。而且我们根本不知道他就是太子,清蔷可以作证的。”

清蔷说:“太子就是太子,我们知不知道怎么了?现在太子亲自上门来追究这件事。”

玉央说:“他人呢?”

范娉柳说:“要不是清蔷为你挡一下,今天有你好看了。回去做事!”

玉央垂下头,灰溜溜转身。

正所谓冤有头债有主,刚刚领受了范司容责骂的玉央居然在高墙下一条窄窄的通道撞上李永。玉央毫不客气。

“太子到尚容局兴师问罪了?”

李永说:“开个玩笑而已,哪个不知趣的要小题大做?”

“可是范司容当真了。尚容局是个小地方,太子开这种玩笑,我们哪里担当得起呢?”

“拿着鸡毛当令箭,那个叫清蔷的怎么这么多事。”

玉央警觉:“太子见到的不是范司容而是清蔷吗?”

迎面有上了年纪的宦官过来,正是王守澄。

王守澄施礼:“太子。”

李永点一下头。擦肩而过。

李永轻声:“认识他吗?”

玉央摇头。

“大宦官王守澄。连我母亲对他也有几分忌惮。”

“娘娘是一人之下万人之上啊。”

“这个你就不懂了。在朝廷和后宫,许多事都是奇奇怪怪的。有时候连父皇也要对宦官礼让三分。”

“你还这么小就管朝廷的事啦?”

“无奈啊,烦都烦死了。可母亲非要我关心,说是做太子的必修课。”

“当太子也挺可怜的。”

李永没搭腔。

“我又说傻话了是吗?”

“傻话？你知道吗，你是头一个这么说的人。”李永没懂，重复她的话，“当太子也挺可怜的。”

“我总是胡说八道。”

“可是说到我心里去了。我经常觉得自己可怜，”李永停了一下，“真的可怜。”

玉央听他声音也变了，扭过头好奇地看定李永。他的表情很奇特，是她所不熟悉的。不知为什么，她对他的怒气忽然灰飞烟灭。

玉央的什么事都逃不过清蔷的一双法眼。而清蔷知道的事很快便会由范娉柳说出来，成为尚容局尽人皆知的事。

范司容坐桌案后，清蔷坐她对面。

清蔷与范司容低语：“今天太子又找玉央了。”

“怎么没听谁说太子来过？”

“他人没过来，传话让玉央过去。我担心有事就跟过去了。”

“你跟玉央一起过去？”

“她不知道我跟在后面。”

“太子发火了？”

“没有。也不知道她怎么哄的太子，太子不单没发火，好像跟她还很亲热。”

“不会吧。像玉央这种不解风情的小丫头，还不至于让太子昏了头。”

“我不会搞错。太子和她一起走，头挨得很近，很亲热的。”

范司容沉思：“平时看她没心没肺的，拍起马屁倒是一拍一个准，还真不能小看这个玉央呢。”

范司容也有好消息告诉清蔷。今天王昭仪召她过去，特别说到清蔷献的那个方子，说效果相当明显，还说鲁御医将此方呈报了尚药局戚尚药。尚药认为可以试一下。清蔷关心的是王昭仪如何解释方子的来源。范司容告诉她，是王昭仪自己将责任揽过去，说从她老家寻来的。她还为清蔷再三美言，令娘娘也对她另眼相看，说她是可造之才。

范司容说：“我就势提出，将你升做掌容……”

“娘娘怎么说？”

“她说，‘你看行就行。人在你手下，要帮得上你才好。’”

清蔷抑制不住的欣喜：“这么说她恩准了。”

“哪有那么容易！她马上又问我，‘你没考虑过那个玉央？’我就又说，我正想跟您禀报呢，玉央近些日子频繁与太子接触，我已经教训过她了。”

“娘娘对此会很反感吧？”

“也不是。她说太子跟她谈起过玉央，说玉央能看透太子的心思，还说太子心里闷，能找个人说说话也不是坏事。随他们去吧。”

清蔷黯然：“后来再没说提掌容的事了？”

范司容忽然露出笑容：“她最后说，‘提拔清蔷做掌容的事，回去就公布吧。’”

清蔷激动地抓紧范娉柳的双手。

“真的呀！柳姑姑，我该怎么谢你才好啊？”

清蔷激动不已。一整天她都无法让自己平静下来。她突然给自己下了一个命令，她要做一件连她自己也会吃惊的事。她把这当作是对自己的犒赏。她在上午一个人去了马球场。

杭龙独自驯马，忽然听到有人叫他的名字。他循着声音看到刚从树后闪出的清蔷。杭龙纳罕，他显然不记得清蔷了。

“我们认识吗？”

“你不认识我，我是尚容局司容部的。我见过你。”

“司容部？”

“就是专门为妃嫔做皮肤保养的部门。认识一下吧，我叫清蔷。”

“我叫杭龙。你怎么会知道我的名字？”

“太子说的。我还知道，你是马球教头，专门骑马打球。是吧？”

“我认识两个司容部的姑娘，一个叫玉央，另一个……”

“是胡蝶吧？”

“就是胡蝶。”

“这两个人都是我手下的女史。”

“你还是个女官哪？”

“司容部的掌容。”

“幸会了。”

“认识你是我的荣幸。看你整天风吹日晒，脸上的皮肤都不像样子了。”

“男人嘛。细皮嫩肉有什么好？”

“不对，皮肤保养不只是女人的事，对男人照样要紧。”

“我从来没关心过这个。”

“从今天以后，我来替你关心。”

“算了吧，太麻烦了。”

“一点都不麻烦。我该回去了。”

“你刚才说你叫什么来着？”

“清蔷。清水的清，蔷薇的蔷。”

望着她的背影，杭龙觉得太不可思议了。他刚刚认识了一个司容部的姑娘，还没来得及去找她，居然马上有另一个司容部的姑娘来找他。他后来记住了找他的姑娘叫清蔷。而在此之前，他已经记住了他要找的姑娘叫玉央。

尽管李永是皇子皇女中唯一的一个，是当然的太子。但大唐是李姓王朝，除皇帝的嫡子是太子之外，当朝另有三位王子，一是文宗之大弟李炎，二是文宗之小弟李溶，三是文宗之侄儿先帝敬宗之子李成美。按大唐律例，皇位继承人为太子。所以李永不只是王子，还是太子。

身为太子王子，李永的坐骑泄露了天机，他喜欢的是黑马，因此他这一辈子恐怕没有做白马王子的命了。这也不算什么，他的问题远不止于此。他就从来没有让父皇省过心，这才是最要命的。文宗坐于案边，王昭仪手捧宣纸站在他身侧。

唐文宗满脸不悦：“这个没出息的东西，提到他朕的心里就发堵。”

王昭仪将厚厚一沓写满字的宣纸呈给皇上：“永儿最近不那么贪玩了。我监督他每天上午抄写一篇《史记》，不完成不许他去马球场。”

文宗翻看：“字迹如此潦草，全无章法，可见心不在焉，不过是应付你的差事而已。”

“现在他整个上午都不出门。”

“上次我提问，他的回答驴唇不对马嘴。会写会背却不理解，悲夫！”

“我也在想，现在这个太傅虽满腹经纶，却不能深入浅出。永儿经常不得要领。请圣上考虑，是否需要换个人。”

“当换则换，还考虑什么？你有适当人选吗？”

“如此大事还请圣上定夺。”

“这个不争气的东西，我看他的心思根本就不在圣贤书上。”

能做皇帝的人必定高瞻远瞩，也明察秋毫。文宗对自己儿子可以说了如指掌，他说李永，绝非信口开河。这个不争气的太子果然逗留在马球场。

李永和杭龙同乘一匹马，是杭龙的白马。李永在前。杭龙手把手教李永击球。一次，又一次。李永照猫画虎，却完全不得要领。

杭龙说："太子的球艺可是没有一点长进。"

"母亲每天布置那么多作业，抄得我腰酸背疼。球技有长进才是怪事情。"

"新太傅怎么样？你满意吗？"

"换汤不换药，都是老一套。这个给你讲《史记》，那个给你讲《汉书》，换个新的就讲《后汉书》，你说要命不要命？"

"你是身在福中不知福。有最好的老师教你，你还叫苦不迭。我们羡慕都来不及呢。"

李永口气里带一点撒娇和任性："今天就饶了我吧，不想练了。"

"随你。太子还记得那个把你鼻子打破的女孩吗？"

李永笑了："当时你还以为她是宫女。"

"我知道了，她是司容部女史。"

"她也是我的红颜知己。"

杭龙简直不相信自己的耳朵。

"太子从什么时候开始追女孩子啦？我怎么一点不知道？"

"追女孩？你说我追女孩？除非太阳从西边出来。"

"不会是玉央追太子吧？"

"你当真啦？干吗对她有这么大兴趣？"

杭龙说："今天一大早，玉央有急事回家，要我送她一程。"

"她和我特别谈得来。我最怕说蠢话的人，最怕说废话的人，可是难得见到一个人不说废话又不说蠢话。"

"太子想说，玉央就是这样一个人。"

"正是。说红颜是玩笑，知己却是当真。得了，不跟你废话了，下课。"

李永下马。

这一幕都被清蔷在远远的拐角处窥到。她眼看着李永离开了，于是特意赶到杭龙的前面去候着他。然后她忽然退后五六步，站下。待马蹄声近清蔷才迈步。她精心设计的一场巧遇，如一出好戏，马上就要开演了。杭龙的白马刚好出现在拐角。

杭龙认出了清蔷："这么巧？"

"是啊，太巧了。"

杭龙下马："清水的清，蔷薇的蔷。"

"饶你一次。"

"我说错了？"

"错了就该罚你了。大男人记错姑娘的名字可是大罪过。"

杭龙搔搔后脑："又长见识了。"

"你不会忘了我们的约定吧。"

杭龙如堕入五里雾中："约定？"

"你的皮肤交给我来打理呀。那么健忘吗？"

"哦……那怎么好意思。"

"没什么不好意思的，"清蔷从怀里掏出小瓷瓶，"既然碰上了，正好给你。"

杭龙接过："什么东西？"

"我亲手做的防晒膏。"

杭龙笑了："日晒怎么防？除非天天躲在房里不出来。"

“每次打球前,挑一点在脸上涂匀,你就不会被太阳晒得又黑又糙了。”

杭龙摸摸脸:“男人要那么细皮嫩肉做什么?”

“拿着!男人要那么扭扭捏捏做什么?记住我的指示……”

“可是……”

“可是什么?少废话,照办就是了。”

杭龙无奈:“好吧。谢了。”

“不许敷衍我,这可是我辛辛苦苦专为你做的。”

“知道啦。”

杭龙尽管从外形上已经绝对是一个男子汉了,他其实于男女情事还在懵懂之中。忽然被一个女孩所迷住,却同时落入另一个女孩编织的温柔之网,他真的一下子找不到北了。

马厩原本是他的小天地。太子不来的时候,他经常一个人藏身其中,倒也自得其乐。这里中间是宽约一丈的走道,两旁各一排马槽,都用大木栅拦住。马匹拴在其中,或闭眼打盹,或将头伸出木栅,吃着槽里的燕麦。靠门设有水井和水池,旁置木桶等物,供马匹洗澡用。杭龙与白马正在这里。他左手拿瓢,右手执刷。舀水,浇到白马背上,轻轻刷洗。

清蔷蹑手蹑脚来到他身后:“杭龙!”

杭龙猛一转身,手里的半瓢残水泼上清蔷衣摆。

清蔷急得直跳脚:“哎呀!”

杭龙慌忙扔开家什,蹲下去用袖子擦拭清蔷衣摆。

“对不起。”

清蔷撒娇:“这裙子才第一天穿!”

“好好的,你吓我干什么?”

“那么大个男人胆子这么小!我不管,你得赔我。”

“就赔你一块做裙子的布料。”

“太便宜你了。”

“那你想要什么?”

清蔷一笑:“我想想再说。来,让我看看你的脸。”

不由分说扳起杭龙的脸左看右看。他那张棱角分明的大脸被清蔷的小手摆弄得相当舒服。

看毕,清蔷拍一下他额头:“老实交代,你到底有没有照我的吩咐,每天按时涂防晒膏?”

“我哪敢不涂?”

“那怎么还这么糙?”

“你的油膏真的管用吗?”

“好啊,你敢怀疑我!”

“不敢不敢。清蔷姑娘百忙之中抽空关心我的皮肤,我谢还来不及呢。”

“怎么谢?”

杭龙一愣。

“你刚欠我一份赔礼,现在又欠了一份谢礼。怎么办?”

“你说吧,我都照办就是了。”

“教我骑马。”

“那还不容易?你定时间吧。”

“就现在。”

杭龙想一想:“走。”

偏偏就在这时太子来了。

"走？哪去啊？"

清蔷施礼："太子。"

"司容部的清蔷，对吧？把杭教头借我一下行吗？"

"太子折杀清蔷了。"

李永对杭龙说："跟我走。"

杭龙对清蔷说："下次再骑马吧。"

清蔷温顺地点头。李永杭龙出去。留下清蔷与白马对视。该死的太子早不来晚不来，就像故意要坏她的好事。清蔷气不打一处来，忽然飞起一脚将葫芦水瓢踢飞。之后将脚收起在腿边，同时五官揪到一起，显然是踢疼了。

原来李永是拉杭龙到尚容局课堂。阳光很好。玉央独身一人在写字。

李永杭龙已经到了门前。李永悄悄进来，上前，发现她写的是一首诗。过了一会玉央才觉到身后有人，便一把将纸抓到手里，攥成团。同时转身。

李永说："你在写诗！"

玉央脸红了："我写配方行不行？"

"配什么的方？"

"配什么怎么啦？"

李永摇头晃脑，得意非凡。

高秋晴好
梢尾鸣知了
落叶金黄红嘴鸟
昨夜清风蹊跷

杭龙惊讶："是玉央姑娘写的诗？"

李永说："傻瓜，明明是配方嘛。"

玉央说："你倒好记性，单做太子可是浪费了。"

李永说："为什么长短不齐啊？"

玉央说："好玩啊。五言七言太过整齐，我故意破一下，不是挺有意思吗？"

杭龙说："作什么的方子？养生还是美容？"

玉央说："太子和你开玩笑呢。"

李永说："魏晋也刮过四六风。不明白到了唐怎么或五或七，变得那么齐整了。"

玉央说："规矩都是人定的。人可以定，也就可以破。这么乱来一气，也许就会碰出一点新鲜东西。"

李永掰着手指记数："'高秋晴好'四言，'梢尾鸣知了'五言，'落叶金黄红嘴鸟'七言，'昨夜清风蹊跷'六言。好玩，四五七六，真的很好玩。"

玉央说："太子大驾光临，不是来给小女子讲课吧？"

李永说："岂敢！古有一字之师的说法，我一下学了你二十二个字，是来听你讲课才对。"

玉央说："不跟你胡扯。我该去做事了。"

匆匆站起往外去。

杭龙说："玉央，你什么时候有时间？"

"什么时间？"

"学骑马啊？"

玉央扔下一句:“好啊。”

人就不见了。

李永背诵:“高秋晴好,梢尾鸣知了。落叶金黄红嘴鸟,昨夜清风蹊跷……很有意思。”

2

傍晚的长安城热闹非凡。最多的为步行,也有坐轿的,也有骑马的,也有乘马车的。其中的一黑一白两匹骏马格外惹眼。李永与杭龙并肩前行。

李永说:“看你最近是交上桃花运了。”

杭龙说:“可我总是觉得有什么不对劲。”

“我看你是忙花了眼吧。”

“你也看到了,那个我喜欢的,对我总是不冷不热,那个喜欢我的,我又提不起热情。怎么是好呢?”

“这种事只有我问你。你问我还不是白问?”

“过去听大人说,女人要么找一个爱你的男人,要么找一个你爱的男人。说女人的选择永远是错的。”

“太深奥了吧。”

“我看男人也一样,你就永远搞不清楚,该向左还是该向右。”

“还是去掷骰子吧。”

“还是太子殿下说了算。”

“听我的就是骰子房啦。”

没有谁能说得清楚,为什么赌博的都是男人。所有聚赌的场所,几乎完全被男人占据。一忽寂静,然后是轰然的喧嚣。一群赌徒围在巨大的榉木案周围。一张张鬼魅一般阴阳互见的脸,个个眼里射出贪婪的光芒。杭龙李永也混迹其中。这一局是李永大赢。他的面前已经堆了好几个大号银锭。

赌徒甲用大手捻着两颗小小的骰子,扔到台案中央:“我就不信总是你赢。再加两颗。”

台案上已经有七颗骰子了。

赌徒乙说:“真是见了鬼了,你有神仙附体不成?”

李永说:“神仙附体不敢当,运气好而已。”

赌徒丙说:“两颗骰子是你赢,三颗骰子还是你赢,四颗骰子也是你赢,最后五颗骰子又是你赢!你妈的……”

杭龙说:“把你妈的吞回去!玩得起你玩,玩不起你滚!”

赌徒丁说:“三把就被你洗白了,还拿什么玩?”

赌徒丙说:“你吓唬我?老子是吓大的?”

杭龙说:“你不是吓大的,我是吓大的,行了吧?”

赌徒甲说:“再来!来七个的。”

司仪喊:“下注。”

众赌徒纷纷下注。有的是铜钱,有的是散碎银两,或大或小。司仪根据每个下注者自报的号数发牌。

“三十五。”

“二十九。”

“十八。”

"三十一。"

……

司仪问李永："你呢？"

李永将两大锭银子推上去："四十二。"

众人"哇"的一声。

司仪说："再说一遍规则，大家听好了，下多少赢多少，下多少输多少。姜太公钓鱼，愿者上钩。"

众人后边有一张阴森可怖的脸，那是这间骰子房的老板。司仪与老板目光撞在一起，这个瞬间也被杭龙看到了。

刚才与杭龙斗嘴的赌徒丙，江湖上人称黑子。他眼角余光则一直瞄着杭龙。他从人群中悄然退出，偷偷向杭龙身后移动。

下注的人们一起盯住司仪的手。司仪用左手将骰子一颗一颗捡起来，扔到右手掌当中，然后将右手五指慢慢收拢，慢慢握成拳头。他的动作充满了戏剧色彩，有悬念，也令人期待。

黑子已经挪到杭龙背后，手中的匕首在袖管处若隐若现。他将手臂向后摆，运足力气，刺向杭龙后心。杭龙就像背后有眼，以迅雷不及掩耳之势神奇地抓住他的手腕。此刻刀尖离杭龙的脊背已经不足一寸。

司仪的大拳头稍稍向上举一下，然后朝下一挥，五指张开，七颗骰子如七个小矮人一般四散奔逃。有六颗居然都停在"六"上，最后一颗慢慢滚到台案边上，还是"六"！大家都看得清清楚楚，可是忽然有人重重撞了一下台案，巨大的台案轻微抖了一下，第七颗骰子竟被抖落在地。

它在地上依然不紧不慢地向前翻滚。所有的眼睛都睁到最大，也包括杭龙身后并未看到这一切的黑子。骰子终于停下来，六。

众人爆发出群体号叫。所谓运气来了挡都挡不住，说的一定就是这了。李永苍白而羸弱的脸上，瞬间闪过不可一世的霸气。司仪满脸的无可奈何，一面将众人的散银碎铜扫入钱仓，一面丧气地从台下掣出两碇大银扔到李永面前。

一片混乱之中，抓牢黑子持刀右手的杭龙的右手强力将刀尖方向扭转，径直插进黑子自己的大腿。黑子尖厉的号叫在众人的整体号叫中，很像大合唱中的领唱，高亢而有激情。

李永高叫："今日收了！"

将赢来的所有银两尽皆揽入了衣服下摆。无论任何时间和地点，男人扎堆的地方，总是不乏英雄崇拜。众人自动为李永让开一条路。赌场老板的那张原本阴森的脸更加阴沉了，与司仪那张嬉皮笑脸恰成对照。李永飘然而去。杭龙紧随其后。杭龙的背后，黑子抱着伤腿在地上打滚。

恐怕谁也不会想到，威猛彪悍的杭龙会住在马厩里。当然也更不会有谁想到，那马厩比许多官绅和财主的大宅还要气派。上百匹骏马个个出身高贵，每一匹都有自己的专有厩房和专用通道。那一大片厩房同样红砖绿瓦黄屋脊，高大宽敞明亮，且通风良好。

杭龙的住所是其中的一个大房间，方方正正，简简单单，前后各一扇门。室内东西很少，一张床，一个衣橱，一张方桌，三把靠椅。杭龙的衣服散乱地堆在床上和墙角的木盆里。几杆马球棍挂在墙上。杭龙此刻坐在一把靠椅上，下巴微扬。清蔷站在他身后。清蔷为杭龙修面，一点一点，极其仔细，也极其用心。她发现小刀有一点钝，磨刀。

杭龙睁开眼："你今天好像不一样。"

清蔷像没听到他说话。

杭龙说："你不说话，我还觉得不习惯了。"

清蔷将刀刃抵住指甲，试试锋利与否。

杭龙又合上眼："听说你们那个玉央挺有本事的。"

清蔷变了脸色。仍旧埋下头磨刀。

杭龙说:“听太子说,玉央把李昭仪的怪病也治好了。听说那怪病连御医也没办法。”

清蔷将刀子掼在地上。

杭龙问:“怎么了?”

清蔷扭头看他,发现他合着眼。她弯下身子拾起刀,看看刀刃。又磨。

杭龙说:“拜托了,说句话好不好?”

“你怎么那么多话?”

“我从来不知道,别人给刮胡子这么舒服。”

“我不是别人。”

“好,好。你给刮胡子,真是舒服死了。”

清蔷过来,将他额头往后按,让脖子朝上绷起来。

“闭嘴吧。小心割破了喉咙。”

入夜的西市,商业街萧条而寂寥,一片狼藉,只有少数酒馆妓楼还有灯光和人声。白天的西市则完全不同了,熙来攘往,车马行人络绎不绝。走在人群中的玉央脚步轻盈,穿街过巷,完全没有丝毫提防。可是背后充满阴谋。两双异常警觉的眼紧紧盯住她。玉央拐进永安坊。拐进自家院子。院子里的荣氏期盼已久。

“丫头好几天没回来了。”

躲在拐角处的清蔷与方汀对视。方汀隐约记得在哪里见过这个女人,而且就在最近。娘俩相携进到屋里,并排坐于床边。玉央将荷包递给荣氏。

“这个月的俸银。”

荣氏接过,取出其中银两,一一放入床头木匣。

“比上月少了?”

“胡蝶被罚扣十日俸银,没钱买珍珠水粉,我就买了双份。”

荣氏点头,将荷包交还玉央。

“前些日子我去过长安教坊。”

“去那做什么?”

“开药铺的琐事太多,合适的门面一时间也不容易找到。不如暂时去教坊,做回我的老本行。我看看环境,还不错。跟坊主谈过,她对我也还满意。”

“娘,我不是说了吗,若是为了钱,您大可不必辛苦自己,我的俸银足够过日子了。我入宫也快满三年,还要加俸呢。您若是因为太闲,想找点事,也应该做些轻省的啊,何必非做回妆娘不可呢。”

“我再想想吧。”

玉央点头:“今天吃什么?”

“你最喜欢的醋鱼。”

玉央从后面一把抱住荣氏的脖子:“太好了,快开饭吧!”

女儿的坚决反对让荣氏暂时打消了进长安教坊的念头。她将目标重新锁定在开药铺上。她又开始寻找适合的铺面,为方便起见,着眼点集中在西市的临街小铺。一间不大的门面,门旁开有一扇大窗。此刻门窗都紧闭。铺门上贴着一张纸:出租。荣氏敲门。应门的房东是一位中年男人。

荣氏说:“想看看您这间铺子。”

房东说:“请进来看。”

荣氏随男子进屋。方汀相随来到门前。铺子不大,里外两间,都很整洁。外间两排货架靠墙而立,架子里空荡荡的。进门处有L形柜台。荣氏走进小里间,房东跟在身后。

房东说:“这里可以临时存一点货品。”

荣氏点头:“可以摆一排货架。”

“我这里地段好,人流大。从西门进来第一眼就能看到。”

“这以前是?”

“做布料生意的。”

“生意好吗?”

“那还用说?忙都忙不过来。”

“为什么要转让呢?”

“我在东市那边还有一家铺子,两头顾不上,干脆把这租出去。在东市南门斜对面,您闲了上我那边看看。想租哪边都行,我反正留一头。”

荣氏点头:“我只要西市的房。这里什么价?”

“看您长租还是短租。”

“长租多少?短租多少?”

“长租按季算,一季白银八两。短租嘛,稍微高点,一个月三两。”

荣氏重复:“八两……三两,三三得九……”

“我建议您长租,您划算我省事。对了,您做什么买卖?”

“想开个小药铺。”

“药材?那在我这最好了。整个西市现在就两家药铺,都靠东。您这一开张,走西门的全是您的客源。”

荣氏思忖:“租金还是高了。”

她无论如何想不到,这会有人专门为了她,守在西市临街小铺的路对面。正是方汀,坐在街对面的茶摊。方汀目不转睛盯着对面。一壶茉莉茶,一个茶杯摆上桌。小二为她斟上。方汀喝茶,视线没有一刻离开过小铺。

房东和荣氏在外间靠着柜台相对而立。

房东摇头:“六两太少了!我进一步,你退一步,七两。”

“五两。”

“别呀。生意要往拢里谈。”

“我怕我们很难谈得拢。我给六两绝对不少。整个西市的房子我都看过,敢说行情比你还清楚。一句话,租还是不租?”

“看你是诚心,六两就六两。”

“七日之内我就要搬进来。”

“没问题。您三日之内来一趟,咱们把租约画上押。”

“一言为定。”

荣氏出门。房东关门,进里屋。又有敲门声。房东过去开门,是方汀。

方汀问:“这铺子要转让?”

“是。进来看看吧。我这里地段好,人流大。从西门进来,第一眼就……”

方汀打断他:“你给刚才那个女人开价多少?”

“一季,白银八两整。”

方汀冷笑,“八两……她说没说想做什么生意?”

“说是开药材铺。”

“说定了吗?”

“就算是定了吧。”

“你这房打算卖吗？”

“卖房子钱大，不易脱手。”

“你打算卖多少？”

“黄金六两。”

“你也太贪心了吧？”

“价钱不合适我也不是非卖不可。”

“你诚心卖还是不诚心卖？”

“做买卖总要价钱合适。”

“先要有诚心。有诚心卖的，才有诚心买的。两头都要诚心，缺一不可。”

“你说你是那个诚心买的？”

“首先你得是那个诚心卖的。开个诚心价吧。”

“少五两免谈。”

“四两。”

话音落地，起身便走。

房东说：“四两黄金，四十两白银。”

“加白银十两。”

“三十两。”

“我没有再加的了。”

不由分说就往门外走。

“这叫什么事啊？总得把话说完再走吧。”房东略一思索，“得，你也别说不，我也别说行，就四两金，二十两银。”

“我还有个条件。”

“除了往下减银子，别的我都答应。”

“这样，房子我照你说的价买下来。还由你出面，把它租给刚才那个女人。房租当然归我。”

“你要买房，我得实话实说。刚才我给她开价八两，但她的还价是六两。”

“看看，心有多黑！开价的时候拼命抬价，现在露底了吧。”

“谁卖东西不想卖个好价钱？”

“得，我就让你。六两就六两。明天一早我真金白银送到这。你把房契地契备好，咱们干净利落。”

“就这么说，黄金四两，白银二十两。”

“黄金四两，白银一十四两。”

“好，算你狠。明早见。”

有三天期限荣氏便不是很急。她永安坊的住所是两间厢房，她已经开始在房里做草药护肤试验。案几上依次摆着薏米、当归、菊花、鱼腥草，边上是一本古药书《神农百草图说》。

荣氏翻页，读：“薏米四十九粒。”

数出四十九粒薏米，撒入石臼捣碎，倒进木碗。

荣氏翻页：“当归三钱。”

称三钱当归，放入石臼捣碎，倒进木碗。

荣氏翻页：“菊花八钱。”

称八钱菊花，放入石臼捣碎，倒进木碗。

荣氏翻页：“鱼腥草五钱。”

秤五钱鱼腥草,放入石臼捣碎,倒进木碗。

荣氏翻页。在玻璃碗中注入牛奶,将四种草药碎屑倒入,充分搅拌。

将草药泥敷满左半边脸。

拔开小沙漏的木塞开始计时。

窗外有叫卖声:“腊汁肉夹馍嘞,腊汁肉夹馍嘞。”

一个后脖颈挂着小辫子的光头男孩缠住老太婆:“奶奶,肉夹馍好吃吗?”

“不好吃。”

“怎么不好吃呢?”

叫卖声重复不已:“好吃的腊汁肉夹馍嘞。”

老太婆说:“别听他的,一点都不好吃。”

“奶奶,我想尝尝怎么不好吃。”

“不好吃就不要尝啦。”

“你让我尝尝嘛奶奶,好奶奶。”

荣氏这里,沙漏就快漏光了。

荣氏直到最后一粒细沙坠下,才用清水洗脸。之后拿起小铜镜仔细观察。她又以水为镜,用铜镜将阳光反射到脸上,反复对比自己的左右脸。

荣氏自言自语:“还不错。”

两日后,她又来到西市临街小铺。房东将租约铺到案几上。荣氏过来仔细阅读。

房东说:“要有什么意见,现在改还来得及。”

“一季之后如果再续约,租金是否能降一点。”

“这个……再说吧。您既然熟悉行情,应该知道六两真不算贵。到时候能减当然好商量。”

荣氏点头。

房东问:“没别的问题了?”

“没了。”

房东递笔:“行,那就签字画押吧。”

荣氏掏出银两放到案上。接笔,签字,按手印。

房东数清六两银子:“行了。白纸黑字,清清楚楚。从今日开始,这房子就归您使用,为期九十天。我祝您生意兴隆财源广进。”

“谢你吉言。”

外面的情形依然如故。方汀坐在街对面的茶摊,目不转睛盯着对面。一壶茉莉茶,一个茶杯摆上桌。小二为她斟上。方汀喝茶,视线没有一刻离开过小铺。

隔了一日,西市临街小铺这边动工了。荣氏从门内出来。一辆马车在铺子门前停下,上面是高低不一的货架。荣氏指挥小工卸车。

街对面的方汀喝茶。小二在临桌打扫。

方汀问:“小二,西市有几家药材铺?”

小二想了一下:“五家。北市有两家,南市四家。”

“西市有六家了。”

“我在这西市做十几年了,五家不会错。”

方汀扬扬下巴:“那不是第六家?应该马上就开张了。”

“又是一家药材铺子?那地方以前是开棺材铺子的。两年以前改做寿衣庄,两月以前关了。那房子有鬼气。”

方汀脸色有一点阴沉:“改成药材铺子正好啊,接了鬼气,药到病除。”

“也是啊。先棺材,再寿衣,然后医人,摆明了步步朝阳啊。”

方汀回到住处,不期清蔷在房里。方汀颇感意外。

方汀说:“白天也有空出宫?”

“我回来取点东西。”

“说出来你肯定不信,那个老女人已经被我抓在手心里。”

“玉央她娘?”

方汀点头:“她现在成了我的房客。”

清蔷惊讶:“你可真够神的。”

“等着看,我怎么收拾她。”

3

傍晚的芙蓉园格外美,太阳红红的,看上去软软的,悬挂在湖面上方不远处。微风习习,天蓝云白,映衬着湖岸边的亭台楼榭。龙舟在湖上慢行。王昭仪与文宗凭栏赏景。芙蓉园乃天下第一园林,在以步当车的年代这个园子是太过辽阔了,而且经过多年积养已经草木葱茏生机盎然。湖面伸向远方几乎不见尽头,成群的湖鸥从面前的水上飞起,在空中盘桓再三之后落回到身后的水面,真是美不胜收。

王昭仪说:“圣上这样就对了,经常给自己一点闲暇,吹一吹清风,嗅一嗅花香,也听一听鸟语。”

文宗说:“昭仪所言甚是。”

“回想当年,圣上还未登基那些日子,你我多么开心啊。臣妾记得那一年永儿才三岁,他过生日的时候,我们一家三口在扬州畅游瘦西湖,圣上还为永儿作诗一首。”

文宗显得动情,沉吟:“三岁永儿小寿星,瘦西湖水映月明。凌波击水渡秦汉,西湖永儿两晶莹。”

现在晶莹的是王昭仪的双眼。

“难得圣上都还记得。尽管那时候圣上在野,仍然胸怀远大,借爱子生日游水,神思却直追秦汉。臣妾会永远记住那个晚上。”

“那时候心地单纯,如赤子一般。瘦西湖也格外清澈。昭仪刚才的话真好。经常给自己一点闲暇,吹一吹清风,嗅一嗅花香,也听一听鸟语。”

“圣上没觉得少一点什么吗?”

“鸟语花香清风涟漪,一切都在啊。哦,你是说少了永儿吧?”

“也少了鸟语啊。你不觉得芙蓉园的湖光山色之间,鸟儿太少了吗?”

文宗前后左右望望:“你不说我还真没发现,果然鸟雀太少。是季节不对?不过有那些湖鸥助兴也不错呀。”

“季节没什么不对,还是人的缘故。圣上知道那些湖鸥是候鸟,该来的时候来了,该走的时候也必定会走。”

“你话里有话,不妨说出来。”

“如今长安城内外打鸟成风,鸟儿自然少了。”

“如此大肆捕杀鸟雀,的确是人的不对。可是朕不明白,打鸟所为何事?”

“臣妾前些日子听说,李昭仪妹妹得了一件鸟羽做的衣裳。”

“那是朕的礼物。”

“普天之下,莫不以皇室为偶像为楷模。知道圣上和昭仪娘娘喜欢鸟羽衣裳,那些达官贵人乃至平头百姓都竞相效仿。一时间长安鸟羽上了天价。如此一来,鸟儿还有活路吗?”

文宗有一会没说话。

“臣妾如有冒犯,请圣上恕罪。”

“当然是捕鸟人的错,更是朕的过失。海汉!”

海汉上前:“小的在。”

文宗一脸正色:“传朕口谕,立刻拟专章圣旨,禁捕禁杀一切鸟雀,违者以重罪处之,即日执行。”

“是。”

退下。

王昭仪说:“臣妾代天下鸟雀谢龙恩浩荡。”

“该朕携天下鸟雀谢你才是。朕日理万机,难免会有片刻疏忽。你是朕的结发妻子,看到朕有不对,就该这样及时提点。”

王昭仪喜滋滋:“臣妾还怕圣上不爱听呢。”

“当讲则讲,朕是明君,岂有不听之理?”

“臣妾一向心直口快,若有失了分寸之处,还请圣上体谅。”

“的确有个分寸问题。你是知道的,我最反感女人干预朝政。”

“臣妾明白,也一向谨守。”

“你只需记住,有所为有所不为。像今天这样,提醒朕心怀万物生灵,就非常之好。”

“臣妾懂了。”

“芙蓉园这里的落日最美,过去看看。”

文宗指着船尾,迈步走向船尾。落日已临近水面,湖水似乎被点燃了。王昭仪紧跟在他身后。

有杭龙的生活只是李永日常的一部分,他跟着他学骑马打球,也带着他出宫胡闹,同时受到他的荫庇。看上去他们每日都有许多时间在一起,他对杭龙似乎有很强的依赖。他的日常还有另一部分则完全与杭龙无涉,那就是他的学业,连同他作为太子所必须接受的特殊教育。这种时候,杭龙离他很远,也许有十万八千里之遥。

王子太子的老师史称太傅,课堂或在王子太子本人的寝宫之内,或在连带的花园中,全凭学生自己的心情。听课的或王子太子一人,或临时加入太傅的某个特殊的门生。若天气不错,李永总会提议在花园听课,这一次也没有例外。例外的是太傅带来一张新面孔,正是他的某个特殊的门生。

凉亭之下,一张汉白玉方桌,四边各一张汉白玉方凳。李永坐一张,另三张还空着。

太傅说:“太子,这是朝鲜国送来大唐的留学生,叫金澄,在国子监诸留学生中出类拔萃,尤其在《易经》解读上,甚至不输给一些大唐书生。”

金澄施礼:“见过太子。”

李永像自言自语似的:“真搞不懂这些朝鲜人,大老远跑这来学什么《易经》。”

金澄不解,看向太傅。

太傅显然早已习惯了李永的玩世不恭,轻轻摇头:“我们中土文明源远流长,尤以《易经》为尊。朝鲜、新罗、日本诸邻邦无不景仰,不惜千里万里来长安研习解读……”

李永说:“要说孔孟老庄也就罢了,修身养性治国安邦,花点心思也不算浪费时间。什么狗屁《易经》,句句要人去猜,字字模棱两可,我看除了猜卦算命,它就再无丝毫可取之处。”

太傅说:“太子戏言。咱们上课吧。”

李永不耐烦:“今天讲什么?《诗经》还是《春秋》?”

太傅说:“还请太子先将上课作业让老夫过目。”

李永将作业推到太傅面前。

太傅展读：

高秋晴好
梢尾鸣知了
落叶金黄红嘴鸟
昨夜轻风蹊跷
仲夏风摇
溪头蛙声噪
纷纷红紫绿丝绦
雨歇万象妖娆

我们已经知道，诗的上半阕是玉央的，是李永从玉央那借来应付差事的。对太傅而言，从来不曾存在过什么玉央。所以他无论如何也想不到太子在抄袭。

李永问："如何？"

太傅掐指，"四，五，七，六。四，五，七，六。有点意思。"

"就这么点意思啊？"

太傅继续掐指，"平平平仄，平仄平平仄，仄仄平平平仄仄，平仄平平平仄。"

"有问题吗？"

"仄仄平平，平平平平仄，平平平仄仄平平，仄平仄仄平平。"

金澄不解："太傅是在讲玄学吗？"

李永说："绝对玄学。整个世界被一分为二，或日或夜，或平或仄。"

金澄如梦方醒："或阴或阳。或是或非。"

太傅说："上阕下阕均以四五七六对仗，平仄却又大相径庭，太子是故意为之吗？"

李永说："信手拈来，不及多想。"

太傅说："可是上阕规矩方圆，应该又不是随手之作呀？"

"不敢与太傅相瞒，上阕是人家的，只有下阕姓李。"

"是太子应和他人的现成诗句？"

"正是。"

"太子是舍平仄而做工对了。"

"正是。"

"首句尚可。次句蛙与知了成斜对了。鸣和噪也未足够工整。三句落叶纷纷更有流水之美，且两句连红多有所累。尾句又行流水韵，昨夜雨歇，拼成联句似乎更妙。"

金澄说："太子到底国之栋梁，几句短诗竟得太傅许多夸奖。佩服。学生随太傅三载有余，太傅于夸奖甚至到了吝啬的地步。学生以为太傅的词典中没有称赞的词汇呢。"

李永说："你说正话还是反话？"

"学生句句是肺腑之言。"

"你真以为他是夸我呀？"见金澄点头，李永说，"傻小子，他那是骂我，把我骂得狗血喷头一无是处。"

金澄问太傅："太子说的是真的？"

太傅说："话在人说，话随人听。"

"您的意思，您在夸他，他以为您在骂他。对吗？"

“不全对。不过太子理解得八九不离十吧。”

李永问:“你懂阴阳怪气吗?”

金澄说:“阴阳我懂。”

李永说:“那四个字说的就是他老人家。”

太傅捻须,怡然自得。

那一场后宫妃嫔的事

1

大明宫御花园经常是皇上做出改变历史进程的决策之地。这一次也不例外。贴身宦官海汉凑在散步的文宗身边低语。

“这是李训给圣上的密奏。”

文宗展开奏折。

海汉说:“郑注帮王守澄把他那三个死对头驱逐到太原府,又着人给办掉了。李训担心,现在王守澄的势力过大……”

“可是这个李训自己又建议朕提升王守澄。”

“我猜,李训的意思是升他一个虚职。”

文宗沉吟:“项庄舞剑。”

海汉说:“他希望圣上借此解除王守澄的兵权。”

文宗说:“你叮嘱李训,切不可直接来找朕。牛李两党耳目众多,要他千万避免授人以柄。”

甚至连她的亲生儿子李永也不知道,大宦官王守澄与王昭仪乃远房兄妹。这是一桩绝不会与任何人共享的秘密。二人极少晤面,也从不以兄妹相称,且都是在极端保密的情形下。那是一间密室,窄小阴暗,墙上插一盏油灯,发出昏黄的光。角落摆一张小床。屋子中间是一张方桌。王守澄与王昭仪对坐。

王守澄说:“皇上摆明了要卸磨杀驴,直令我们这些老臣寒心哪。”

“公公操心一辈子,何不就此急流勇退,颐养天年呢?”

“前前后后的隐情娘娘都清楚。如果没有我等以命相帮,皇上怕今天也还在赋闲吧。现在他羽翼渐丰,便把我等一个一个换掉,他就不怕报应吗?”

“圣上一定也有他的难处。无论如何,公公该以大局为重。千万勿让那些鼠狗之辈钻了空子,被小人利用。”

王守澄摇头:“左右神策观军容使……”

“是什么名堂?”

“皇上提升我的新官职。哼!还是正三品呢,狗屁!”

“看在我这个本家妹妹分上,看在你的太子外甥分上,公公无论如何不可轻举妄动。即便一切谋划妥当非动不可,也请公公务必事前给我一个消息。拜托。”

王守澄将面罩套上:“娘娘放心,告辞。”

次日上午,司容部一干人马都在杨昭仪宫忙碌。先是巧儿从宫里出来。胡蝶随其后。这边范司容清蔷玉央在与宦官小萝卜闲聊。

巧儿说:“娘娘出浴了,要玉央进去做指压。”

玉央进门。

巧儿说:“听说了吧,昨晚出人命了?”

范娉柳说："谁死了？"

巧儿说："小萝卜，那人你认识的。"

小萝卜两眼圆瞪："我认识的谁死啦？"

巧儿说："就是那个侍寝的，瘦瘦的小柴。是我的老乡。"

小萝卜说："那个叫柴棒的呀。他怎么突然就死了？"

巧儿说："死的不是他，是他去送的鹤顶红。"

范娉柳说："怎么你越说我越糊涂呢？"

巧儿说："大宦官王守澄死了。"

范娉柳说："他刚刚升官了呀。"

清蔷说："他和我义父……"忽然意识到说走了嘴，忙掩口。

巧儿说："是皇上命小柴去的。"

巧儿绘声绘色，如她亲眼所见一般。

高墙下的宫内通道又窄又深，骨瘦如柴的小宦官双手捧着一个小小的瓷瓶，蹑手蹑脚前行，很有几分鬼气。小柴认得瓷瓶上"鹤顶红"三个字。可他不明白那是什么？他只是觉得有点怪异，心头不免紧张。小宦官将瓷瓶凑到眼前，"鹤顶红"。皇上命他将此瓶呈给王守澄王大人。

小宦官敲王守澄的门。王守澄亲自打开门。皇上让他眼见着王守澄饮下，再回去复命。小宦官鞠躬，双手将瓷瓶过顶。而王守澄分明看清了"鹤顶红"三个字，惊恐一望便知。他先向后退了两步，站下。须臾又向前补回两步。两手大抖，带着整个身子也抖起来。他终于抖着右手接下瓷瓶。

忽然，瓷瓶从他指缝间漏了下去。

王守澄的脸充满了紧张。

瓷瓶向地面坠去。那段距离似乎极其遥远。坠啊，坠啊……

就在它撞上地面前的一刹那，王守澄伸出左手一把将它横空接下。奇怪的是，那只左手一点不抖，将瓷瓶结结实实抓牢。那只右手也不再抖。整个人都不抖了，似乎从来就没抖过。

小宦官柴棒一直维持着刚才鞠躬上呈的姿势，身体前倾成90度，两臂前伸。唯一的不同是他的头偷偷扬起，眼里射出犀利的目光。

王守澄不看他，只关心那只小小的瓷瓶。瓷瓶在烛光的辉映下如眨眼般闪烁。忽然一阵莫名其妙的邪风，两支巨大的红烛竟先后熄灭了。

王守澄聚焦的双眼渐渐迷茫。先前仅三分的虚无色彩一下涨到了十二分。严峻溶化了，冷笑爬上嘴角，渐渐向整张脸蔓延。冷笑不冷了，暖成了微笑，而后如山洪决堤，冲成了大笑、狂笑。笑声极其豪迈，在屋顶下形成回旋，在院子里形成回旋，在大明宫形成回旋，在夜的穹隆下回旋不已。

现在轮到小柴发抖了，他越笑，小柴越抖，越笑，越抖……

王守澄将瓶塞轻轻拔起，扔掉。擎起小瓶送到嘴边。张开龌龊的血盆大口。瓷瓶中仅有的两三滴透明液体飘然而落。瓷瓶被弃落在地。王守澄有滋有味地咂两下嘴巴，仿佛那是最后一口琼浆玉液。

小宦官终于收起礼数，眼见着体魄巨大的王守澄王大人先歪了脸，之后如一面高墙一般轰然倒地。小宦官弯下身子，几乎脸贴脸地盯住王守澄，那张脸已经了无生息，污血罩住了七窍。

巧儿说："小柴说，简直惨不忍睹，惨不忍睹啊。王大人就那么死了。"

清蔷恐惧的脸。范司容恐惧的脸。胡蝶恐惧的脸。小萝卜恐惧的脸。四张脸组成了一幅百分百的恐怖图。

唯有巧儿不同，绘声绘色，兴致盎然。可惜这一幕被玉央错过了，她是在当天晚些时候听李永说才知道的。

李永说:“还记得上次见到的那个王守澄吗?就是那个大宦官,人高高胖胖的。”

玉央想起来了,点头:“你说的连皇上也要礼让三分的那个人?”

“他死了。”

玉央没有兴趣:“哦。”

“你不想知道他是怎么死的吗?”

玉央不是个好奇的女孩,她当然不想知道。连玉央这种对此毫无兴趣的小女史也听说了知道了,可见王守澄的死对整个大明宫苑是一桩多么重大的事。毕竟他是当朝重臣,是文宗称帝的功勋。文宗皇帝在坐稳宝座之后卸磨杀驴,无论如何不是明智之举,因为这会极大地伤害那些一直追随他的忠臣和死党。

这个事件背后还有另一重意义。王守澄与王昭仪乃远房兄妹是当朝最大的机密,别人也许不知道,文宗皇帝却是一清二楚。王昭仪作为后宫之首,又是太子的生母,其地位和势力无人可以撼动。按照常情常理,作为国舅的王守澄应该得风得势受重用,即便权倾朝野也在情理之中。可是皇上对他却先行明升暗贬,再赐鹤顶红自我了断,的确让极少数了解内情的人看不明白,其中首当其冲的便是王昭仪了。所以尽管后宫上下议论纷纷,真正居于风暴中心的王昭仪这里却悄无声息不见丝毫涟漪,仿佛王守澄之死于她不存在任何意义,仿佛王守澄根本不是她什么人。

不用哪一个自作聪明的史学家去分析或者演绎,王守澄的事情事实上极大地削弱了王昭仪的势力范围。而且王昭仪自己很清楚,除了皇上知情外杨昭仪李昭仪也都是知情人。这件事是王昭仪失宠的一个信号吗?

尽管此前那两个人都未曾展露过叫板自己的野心,但是王昭仪坚持认定野心是一定存在的。大家都是女人,没有一个女人肯久居人下,但凡有机会谁都会力图咸鱼翻身。皇上赐死胞兄或许就会被谁认为是机会,毕竟那两个人比她年轻粉嫩,有哪一个借此跳出来野心膨胀一下,王昭仪绝对不会意外。

2

议论归议论,至少从表面上看后宫一切如常。尤其对那些具体做事情的小女史们,王守澄事件很像天上的一颗流星,瞬间闪亮了一忽便消失了,她们的生活一切照旧。玉央此刻正在为李昭仪捏脚。

李昭仪说:“王昭仪夸你脚捏得特别好。”

“其实大家的手法都差不多。”

“胡蝶最佩服的就是你了。她每次来,总是玉央这个玉央那个的。”

“胡蝶与我要好,娘娘不可以把她的话太当真的。”

“她是直性子,不会拐弯抹角。而且我也知道,上次杨昭仪过敏那件事,连太医都没有办法确诊,是你找到了过敏源。”

“也是碰巧了。我刚好从我娘那见过捕蜂花,那花的颜色很特别,因而也就记住了。”

李昭仪顿了一下:“我召你来是有事相求。”

“娘娘有什么话就请吩咐,玉央当尽力而为。”

“我先了解了你的为人,斟酌再三,才决心召你过来。”

“玉央的为人娘娘尽可以放心。”

“不是我不放心你,实在事关重大,此事万不可泄露,你明白吗?”

“娘娘这么说了,玉央自然明白。”

“按照常理，我该找尚药局。可是对于我们这些宫中的女人，自古以来尚药局的口舌是非最多。”

玉央直言：“娘娘说的这些我不是很明白。”

“前朝皇帝的一位徐才人，就是被御医的流言所伤，最后悬梁自尽。”

“娘娘是身体有什么不适吧？又不想找御医诊疗，是吗？”

李昭仪点头：“我猜可能是一种恶疹。”

当天晚上，玉央匆匆请假回家。她要向她娘求援，但是碍于对李昭仪的保密承诺，她竟不知该如何开口。荣氏坐在小凳上绕毛线。玉央搬一个小桌子坐到娘面前。知女莫过娘，荣氏看出了她的心思。

荣氏说：“有心事就说出来吧，憋在心里会出毛病的。”

“我答应过保密的。”

“你娘也是外人？”

“娘，心里有什么也不要有秘密，难受死了。”

“难受就吐出来。”

“是李昭仪……”

“她怎么了？”

“她说前朝有位徐才人，因为受到御医的流言，最后自尽了。”

荣氏故意轻描淡写：“我还以为是什么秘密呢。”

“我还没说呢。李昭仪因此不敢找御医。她今天把我叫去，让我帮她守住一个秘密。”

“她得病了？”

玉央点头：“我没见过那种病，她大腿根内侧长了一片红疹，面积越来越大，每夜子时前后便奇痒难当。她很害怕。”

“她说没说有多久了？”

“说时间很短，还说那东西长得很快。我看得出她吓坏了。”

荣氏思忖，自言自语：“红疹……奇痒……这可能是一种传染性很强的皮肤病，难怪她那么紧张。”

“娘有办法吗？”

“宫里的规矩很严，所有的药方都必得经过尚药局的审查。”

“那不行，绝对不可以让御医知道的。”

“我没接触过这种病。但是民间一定有对症的偏方，去找一定可以找到。问题是，怎么才能让李昭仪用药呢？”

“她好可怜啊。她贵为娘娘，已经在求我了，求我救救她。”

“擅自给娘娘用药是大罪。”

“娘，你说我该怎么办呢？李昭仪信得过我，这么大的事只对我一个人说。我要是不吐给你，心里难受死了。”

“你别急，急也没用。容娘再想想。”

李昭仪的秘密仅限于玉央一人，玉央又将知晓这秘密的人数扩大——她和她娘。连李昭仪最知近的余翠梅英都被蒙在鼓里。是啊，一个秘密若被许多人共享了，那还是秘密吗？玉央连夜回来赶到李昭仪宫。余翠站在宫室门口。见玉央进院门，上前迎住玉央。

“娘娘已经歇了。”

“你就说是我。”

余翠入内，须臾便又出来：“进去吧。”

玉央进到李昭仪的寝房。李昭仪斜倚在床上，她示意玉央低声并指指门，是要玉央别让余翠听到她们的说话。玉央明白，随即揭开衣襟，从腰间掏出一只小陶瓶。李昭仪满怀期待。

玉央用气声说话："我娘说了，这药有毒性，让娘娘先期剂量小一点，适应了再加量。"

"真是太谢谢你们娘俩了。"

"我娘也知道这是大罪，但她还是愿意帮娘娘渡过这一关。"

"大恩不言谢，你娘俩是我永远的朋友。"

"娘娘，我就先回了。您用药千万千万当心。"

李昭仪很动情："玉央，你放心，让你娘也放心。你们冒死帮我，无论发生了什么事，我都不会让你们受到一丝一毫的牵连。你们放心。"

玉央两眼发亮，嘴唇抿紧，点点头。

"我明天一早过来。"

李昭仪叮嘱："记着，就说我脚踝崴了，要你过来做按摩。"

玉央点头。她的心怦怦地跳，那是一种前所未有的感受。她和一位娘娘共同拥有一个秘密，娘娘将她奉为知己。为了回报娘娘对她的信任，她冒死相助，就像面对一个亲人那样。玉央很享受那种前所未有的紧张感。

晨曦初露时辰，整个世界都还在沉睡中。尚容局院子中忽然有轻微且急促的脚步声。是余翠，她轻手轻脚在院内穿行，找到玉央住的地方。想敲门，又缩回手。凑到窗子前，唤玉央的名字。声音尽管很轻，仍然透出十二分的急切。

玉央睁开眼，怔一下，坐起身，披上衣服，过去开门。清蔷也醒了，但她一动没动。

余翠说："不好了。"

玉央说："走。"

二人蹑着脚往外跑。清蔷也迅速起身穿衣，下地，出门。一贯睡觉很沉的胡蝶翻身，伸了个懒腰，睁眼，目光迷离。她忽然觉得不对头，左右张望。两边的铺位居然都是空的。她撑起身子，自言自语："见了鬼了。"

玉央之所以没问余翠什么话，是因为李昭仪娘娘无意让余翠知道内情。现在这种时候余翠过来找她，说明娘娘的情形一定很严重。玉央心里紧张得要命，但她不露声色。不管娘娘是怎样对余翠说，玉央都不要有什么不当的话从自己口中说出来。她恪守着一句先贤的名言，天变道亦不变。

李昭仪在榻上辗转，喘气声很重。余翠玉央匆匆进来。

玉央问："娘娘，哪里不舒服？"

"浑身烧得厉害。"

玉央伸手摸她额头，吓了一跳："这么热！"

余翠说："娘娘烧了不止一个时辰了。我说找御医，娘娘说什么也不肯。"

李昭仪说："余翠，你到门外守着。"

玉央看到枕边的小陶瓶，拿起来，陶瓶已空了。

玉央吃惊："娘娘都用了？"

李昭仪挤出一丝很难看的笑意："我心里急，想尽快医好，一定是这个出问题了吧。"

玉央也慌了："可是怎么办呢？"

"没别的办法，抓紧回去问你娘吧。"

"这么早，怕出不去宫门啊。"

"那就等天亮了再说。我在这边等你的消息。"

门外忽然传来一声断喝："谁？"

是李宫看门小宦官的声音。

余翠问小宦官:“怎么啦?”

小宦官应声:“我发现一个人影。这么早,能是谁呢?”

“不是你没睡醒,看花眼了吧?”

小宦官很委屈:“打从你出门,后来和玉央姑娘回来,我就一直没合过眼。”

玉央出来:“没什么事吧?”

余翠说:“没事。”

“娘娘让我先回去。你帮娘娘用冷水湿巾敷额头,再帮她捏捏和谷穴。”

“可是娘娘的病再重了怎么办?”

玉央想一下:“那就只好找尚药局了。”

天刚见亮。玉央匆匆往大明宫的建福门方向走。一匹白马踏着碎步从她背后追上来。杭龙勒住马。

“玉央。我没记错吧?”

“是你呀。”玉央很意外,看到白马,灵机一动,“唉,帮个忙可以吗?”

“没问题。”

“送我一趟。”

“去哪?”

“回家。”

“你是长安人啊?”

“我事情急,边走边说。”

杭龙示意身后:“你自已能上来吗?”

“试试吧。”

杭龙将左镫腾出,让玉央将左脚踏上。之后拎住她左手,将她整个人提到半空,稳稳放在马背上。

“抓紧。”

玉央犹豫了一下。骏马踏蹄。出建福门。杭龙双腿一夹,白马扬蹄,即刻向前奔驰了。玉央只有紧紧抓住杭龙的背襟。白马穿街过巷,不时引来路人的注目与回头。每到路口处,杭龙总提前问一句。

“怎么走?”

“向西。”

“前面是朱雀门大街了。”

“往南拐。”

“前面是宣义坊。”

“再向西。”

有杭龙相助,玉央很快就到了家。荣氏披衣为她开门,玉央满脸惊慌,上气不接下气。

荣氏说:“你总是那么粗心。我当时就明白告诉你,用药会并发高烧,两三个时辰便自然退去。你听的时候心不在焉,什么时候才能改掉这毛病啊?”

“我只记住你说先期剂量小一点,也这么嘱咐李昭仪了。可是她没听。”

“危险应该不会有,只是李昭仪白白受一场惊吓。”

“娘,要是余翠沉不住气,找御医过来,事情可就闹大了。”

“历来后宫是非最多,妃嫔之间的争斗往往会把周围的人卷进来。娘担心的是你会因此被别的妃嫔记恨。”

“我会小心的,娘不要担心。我得走了,外面还有人等我。”

“是谁？”

“宫里的马球教头。他骑马送我过来的。娘，走了。”

玉央说得轻描淡写，但是荣氏心下马上打起一个结。不用说，马球教头必定是个男人。这种时间玉央匆匆出宫，又有男人骑马相送，事情绝对不简单。

与此同时，杨昭仪正坐在寝房内做晨间敷面。司妆谷绣春匆匆进来。她向杨昭仪禀报说李昭仪出事了，整夜发高烧，又不要下面的人找御医，估计一定有什么见不得人的事。让谷绣春不解的是杨昭仪毫无意外之色，因为杨昭仪娘娘从来都指令她及时汇报关于另外两位昭仪的消息，莫非娘娘先已经知道了？

杨昭仪淡淡地说：“知道了。”

谷绣春惊诧：“娘娘早就知道了？”

“你说了，我自然知道了啊。”

“看您一点也不吃惊。”

“没有什么事值得大惊小怪。”

“那我先回了，我不想碰到司容部的人。”

“你让安尚容通知玉央过来一下。”

杨昭仪宫里的这一幕几乎在同一时间在王昭仪宫重演，只不过角色换成了范娉柳禀报王昭仪。所不同的只是范娉柳携着清蔷一道来。时间这么早，连王昭仪自己也觉得惊诧了。

“不召自来，而且来这么早，你就不怕我还没起身吗？”

范娉柳说：“小的已经在门外等候多时。欢喜说您起了，我们才敢进来。”

王昭仪说：“发生了什么事吧？”

“娘娘料事如神。”

“你脸上就藏不住一点秘密。”

“事关重大，想即刻让娘娘知道。清蔷，你给娘娘禀报。”

清蔷说：“天亮之前，我们都还睡着，忽然我们住处的窗外有人喊玉央。玉央偷偷起身出门。我听出了喊她的是李昭仪的宫女余翠。余翠的声音十分惊慌，让我觉得蹊跷，我就偷偷跟在她们身后。”

王昭仪来了兴趣：“当时天还没亮？”

“天边刚见鱼肚白。我一直跟到李昭仪宫。她们进去，我只能在门口听。”

“你听到什么了？”

“李昭仪发高烧，又不让余翠找御医。不找御医找玉央，太怪了。”

“发高烧，又不让找御医。不找御医找玉央。一定有名堂，”王昭仪略作沉思状，对范娉柳说，“你怎么看？”

范娉柳说：“应该有什么见不得人的事吧。”

清蔷插嘴：“而且玉央肯定知情。”

王昭仪说：“何以见得？”

“她被余翠叫出去，余翠只说了三个字，不好了。而玉央什么都没问。这是其一。”

王昭仪说：“还有其二？”

清蔷点头：“她俩进李昭仪宫之后，玉央有一句话，我不是很懂。她说‘娘娘都用了？’李昭仪的回答是‘我心里急，想尽快医好’。”

王昭仪问：“玉央还说什么？”

“这时候李昭仪宫的宦官过来，我就只能躲了。”

王昭仪思忖：“也就是说，李昭仪偷偷用了什么药，结果导致发高烧。而且玉央知道这件事。”

清蕾说："应该就是这么回事。"

王昭仪当下决定去李昭仪宫，并责令小寇子去尚药局要鲁御医马上到李昭仪宫。她想了一下，又让欢喜先去找到玉央看住她，等候处置。范娉柳说已经晚了一步，在清蕾汇报之前玉央已经请短假出宫。

王昭仪对清蕾说："你既然明白事关重大，怎么不在第一时间汇报呢？"

清蕾有一点结巴："我，我是怕打扰司容休息。"

范娉柳急忙分辩："乱讲，我很早就起身了。"

王昭仪说："两个糊涂东西！"

王昭仪坐在李昭仪床前，满脸的关心，俨然是一对亲密的好姐妹。李昭仪则半躺着，缎被盖得严严实实。

"一点小毛病，还劳动姐姐大驾，折杀小妹我了。"

"你烧得这么厉害，还哪来的心思客套呢？"问欢喜，"小寇子怎么还没带御医过来？"

小寇子在门外应声："娘娘，我们已经到了。在等您的吩咐。"

鲁御医脚步踉跄进门，手忙脚乱开药箱拿脉枕。欢喜抬一个小凳放到李昭仪床边。鲁御医诊脉。

王昭仪见小寇子还站在门内："你还站在那干什么？"

小寇子方才意识到这里不是他该来的地方，知趣地退下。

王昭仪示意余翠过来："烧了有多久了？"

余翠想想："大概两个时辰吧。"

"用过什么药吗？"

"没有。"

"烧了这么久，怎么什么药也没用过呢？"

余翠毫不含糊："是没用过。"

王昭仪对李昭仪说："有时候，用错了药很容易导致发烧。"

李昭仪说："没有毛病，所以没用任何药。谁知道怎么就发烧了？"

鲁御医抬头："娘娘身上有炎症吧？"

李昭仪说："没有啊。"

"从娘娘的脉相上看身上有炎症。也许炎症尚未发作。总之是身体的哪一部分出了问题。"

李昭仪的脸上铁板一块："没有。"

王昭仪说："妹妹有病不可以拖延的。"

"我的身子我清楚，没有一点问题。"

王昭仪对鲁御医说："这样吧，你还是根据诊脉结果，为李昭仪娘娘处方，嘱尚药局用最好的药，煎好送过来。"

"请二位娘娘放心。"

王昭仪对李昭仪说："妹妹不要固执，你又发烧，脉相又有疾患，还是听医生的，千万不可以耽搁了。"

李昭仪只能点头应允。

王昭仪在前，鲁御医小寇子欢喜紧随其后出了李昭仪宫，刚好玉央正匆匆往里面走。玉央站住，施礼。

"娘娘。"

王昭仪出其不意："你娘怎么说？"

玉央不知所措："我娘？没有啊。"

“你不是回家了吗？”

玉央点头：“回娘娘的话，我回家是给我娘送这个月的俸银。可是我娘没在家，她出去了。”

“你回家找你娘讨主意是吧？”

“没有啊。讨什么主意？”

王昭仪盯住玉央的眼睛：“不是李昭仪让你回去找你娘讨主意吗？”

玉央的双眼清澈见底：“没有啊。”

“你不是天还没亮就跑到这来了吗？”

“没有啊。”

“你嘴好硬啊。”

“小的不敢。”

“那你现在来干什么？”

“我昨天答应李昭仪娘娘，今天过来为她捏脚。”

王昭仪有意拉长声调：“是，吗？”

“小的不敢对娘娘撒半句谎！娘娘若不信，可以去问李昭仪娘娘。她脚踝崴了一下，让我过来帮她揉脚。”

“我没问题了。你进去吧。”

王昭仪的一连串诘问是如此犀利，玉央哪怕露出丝毫的迟疑都将会一败涂地。整个回合下来，玉央连续撒了好几个谎眼也没眨一下。她面对的是在后宫一手遮天的王昭仪，不可谓不是个奇迹。王昭仪一行已经走远，玉央仍旧在原地怔了一会。她太紧张了。这是她生平第一次说谎。说谎令她精疲力竭，但她没有别的选择。

余翠帮李昭仪掖好被角。

余翠说：“王昭仪好像听到什么风声了。”

李昭仪说：“别理她。”

“一会尚药局来送药怎么办？”

“偷偷倒了。”

余翠为李昭仪试额头：“娘娘，我觉得你没那么热了。”

“是没那么热了。”

玉央进来，失魂落魄。

余翠说：“你没碰上王昭仪她们？”

玉央点头。

余翠说：“她们刚走。”

玉央说：“碰上了。”

李昭仪问：“她没问你什么？”

“问了。”

李昭仪继续问：“你怎么说？”

“没说。”

李昭仪再问：“她问什么？”

玉央绕开李昭仪的问话：“我娘说，发烧没事的，两三个时辰自然会好。”

余翠说：“娘娘这会已经不那么热了。”

李昭仪坚持：“王昭仪问你什么？”

玉央终于还是回答了：“问我一大早就过来？我说没有。问我是您让找我娘讨主意？我说没有。问我娘怎么说？我说没有。”

李昭仪说:“这就对了。一口咬住没有,谁说什么也不可改口。”

玉央手放在心口:“我吓死了。”

李昭仪伸出手,玉央将手放到她手里。

“小丫头,真难为你了。”

玉央愣在那,眼泪扑簌簌滚落下来。那是她人生的第一场战斗,非常之惨烈也非常之艰巨,但是她战胜了。而且她的对手是当朝娘娘,威震天下的王昭仪!而且她只有十五岁,十五岁啊。

3

王昭仪想得不错,没有哪一个做昭仪的会甘居人下。杨昭仪就不会。尽管平日里她将锋芒藏得很深,对王姓姐姐李姓妹妹既谦卑又恭敬,但那都是她的表面文章。李昭仪那边的事情让王昭仪格外在意,相比之下,杨昭仪的心情则要轻松许多了。她特意找来梅司形为她做头发。

杨昭仪说:“圣上很喜欢你上次为我做的那个发式。”

梅英说:“今天皇上又要过来?”

“圣上说过来喝茶。”

宦官小萝卜报:“鲁御医过来了。”

杨昭仪说:“有请。”

鲁御医进门施礼:“娘娘找在下是贵体欠安吗?”

杨昭仪说:“我很关心李昭仪的身体。”

“李昭仪娘娘发烧,在下根据脉相诊断她身体有炎症。但是李昭仪娘娘执意否认,连王昭仪娘娘也劝她不可讳疾忌医。”

“以你的判断,李昭仪的炎症应该在内还是在外?”

“在外。是皮下炎症,绝非五脏六腑。这一点在下有把握。”

“依你分析,她为什么不肯让医生诊疗呢?”

“在下不便胡乱猜测。”

“你这么说,我也就大概明白是怎么回事了。”

“娘娘还有需要在下效力之处吗?”

“我只是关心李昭仪。谢谢鲁御医。”

“娘娘客气。在下告辞了。”

鲁御医离开后梅英才插上话。

“李昭仪病了?我怎么一点没听说呢?”

“都是今天一大早的事。”

“娘娘对这个发式满意吗?”

杨昭仪在镜中端详再三。

“不错,很不错。”

“那我就告辞了。我去看望李昭仪。”

“快去吧。”

在下人眼里,杨昭仪谦和淡泊,一向与世无争。因而她们对她少有提防,梅英正是这样。她甚至丝毫没有掩饰对李昭仪的关切。连王昭仪李昭仪也都对杨昭仪完全不设防,这才是这个人真正的过人之处。不仅如此,甚至连文宗皇帝本人也对她这一点倍加赞赏。文宗皇帝过来饮茶的次数不多,通常是在心意烦乱又不便与王昭仪李昭仪诉说的情形之下。杨昭仪这边清静些,基本上与朝廷那边的是非无涉。

杨昭仪说:“圣上气色黯淡,是否最近太过忙碌了?”

“近几日有一系列人事变动,矛盾很多。那些宦官总是生出各种是非,让朕不得安宁。怎一个烦字了得!”

“圣上如果嫌朝廷烦心,不妨常来后宫走走。这边除了花草就是美人,圣上可以分一分神,换换新鲜空气。”

“昭仪所言极是。朕平日太少采阴补阳之道,惭愧。”

“圣上既知惭愧,何不将功补过,今晚就翻了李妹妹的牌呢?”

“知道朕最欣赏你什么?”

“臣妾自认为还是个心胸开阔的女人吧。”

“正是。朕特别不喜欢女人之间的小肚鸡肠,彼此钩心斗角。像这样不但不争风吃醋,反而向朕推荐别的妃嫔,你是后宫第一人。”

“圣上再夸臣妾就脸红了。”

“好,就听你的。海汉,”海汉快步上前,“朕翻李昭仪的牌。”

有时事情就是这样,在得知了李昭仪身上有疾之后,王昭仪千方百计想求真相而不得,杨昭仪只需小施计谋便可以通过皇上去发现真相。在此,王杨二昭仪的立场不谋而合地趋同。只是一个欲速则不达,另一个表面迂回却效果极佳。王昭仪的出击令自己觉到了重重的挫败感,范娉柳也看出了王昭仪脸上的怒气。

王昭仪说:“清蔷说话是不是有准?”

“她应该不会乱讲,尤其是对娘娘。”

“可是玉央一口咬定一大早没到过李昭仪那里。我觉得她不像是会说谎的孩子。”

范娉柳迟疑:“的确。这么几年了,我没发现玉央说谎。”

“我对清蔷就不那么有把握了。”

“可是她禀报李昭仪发烧也属实啊。如果她不来报,也许娘娘就不会发现这件事了。”

王昭仪点头:“嗯。玉央和清蔷同在司容部,很像两只公鸡关在同一个笼子里。不能排除她们之间有恩怨。”

“无论如何,李昭仪发高烧不找御医,总是一件蹊跷的事。”

小寇子在门外报,说海汉那边的消息,皇上刚刚翻了李昭仪的牌,海汉还说是杨昭仪给皇上举荐的。王昭仪一愣,随即笑了。

“正所谓无巧不成书。姓杨的捧姓李的。她绝想不到此举会把姓李的推上绝路。”

“杨昭仪既然已经知道李昭仪有隐衷,我猜她未必没想到结果。”

“姓杨的也知道了?”

“后宫没有人不知道。杨昭仪还把鲁御医叫去问过呢。她是在那以后,才向皇上举荐李昭仪的。”

“先不管她是何居心。看看姓李的怎么过今晚这一关吧。”

李昭仪面对的不只是皇上的关口,她首先要过的是鲁御医这一关。鲁御医是王昭仪的人,这一点她心知肚明。因为她已经听到鲁御医和药童在大门边说话。鲁御医当然是受了王昭仪的委派,他的目的一定是来查探虚实。药童端着仍有白气逸出的药罐。小宦官在门外拦住鲁御医他们。

鲁御医说:“药煎好了,想请娘娘尽快服下。”

小宦官对余翠申辩:“我都已经说了,娘娘刚睡。御医非说药不可凉了再喝。”

余翠说:“御医请稍等,我进去禀报,看娘娘是否还没睡,肯现在就喝。”

鲁御医说:“就请姑娘一定禀报娘娘。”

李昭仪仍旧躺在床上,却没有丝毫睡意。

“让他把药留下。就说我睡醒后再服。”

余翠说:“怕不行的。您知道,他们的规矩是一定要看着您服下才肯回去复命。反正是一剂退热药,也没什么大不了的,服就服吧。”

“你懂什么?所有经过姓鲁的狗东西手的,务必提防。”

“可是他口气一点不容商量。”

“这样……你让他进来。我喝就是了。”

鲁御医端着药罐,随余翠进来。余翠示意他站下。过去将大床帷幔挂起一角,扶李昭仪身子向上,头仰到床栏。之后到鲁御医手上接下药罐,送到李昭仪嘴边。李昭仪接过药罐。

“我自己来。”

余翠退到一边。李昭仪需要调整坐姿,将药罐放到内侧枕边,双手撑起身子,完全坐起来。撑在内侧的右手,此刻正偷偷将药罐倾倒,药汤瞬间便被床褥吸得一干二净。她将药罐端起,送到嘴边,做吮吸状,而且连续大口吞咽,可谓惟妙惟肖。最后一口时她居然用手背抿了一下嘴角。余翠上前接过药罐,转递给鲁御医。里面只剩药渣了。

李昭仪有气无力:“有劳鲁御医。”

鲁御医说:“请娘娘安养,在下告辞了。”

在皇上和其他人眼里,李昭仪一直是一个单纯没心机的女人,似乎天真未凿不谙世事,谁又会想得到她是一个如此高超的演员呢?一切就在鲁御医的眼皮底下,一场好戏没露出丝毫破绽。女人天生都是最好的演员,审时度势而且擅长随机应变,其后的堂奥没有哪一个男人能够窥破。

鲁御医不敢有丝毫耽搁,马上去王昭仪宫向娘娘做了具体而微的禀报。可是她闭目养神,似乎并未听到他的话。也许她正在想象李昭仪那边的情形吧。

皇上临幸,无论对哪一个妃嫔都不是一件小事情。所有细节均由专职的侍寝宦官操持。文宗进门,李昭仪迎上,满面春风。

“臣妾恭迎圣上。”

文宗拉住她的手:“谁让你下床的?”

“臣妾岂敢赖在床上迎驾?你不骂死我才怪呢。”

“看朕给你带什么了,来呀。”

门外侍寝的弯月眼宦官应声进来,胳膊上搭着一件华服。文宗将华服提到手上。弯月眼宦官自动退下。李昭仪对衣襟上绚烂的鸟羽爱不释手。

文宗说:“这件衣裳由东北雄虎、江南金丝鼬、东海蛟筋和西域彩虹鸟羽制成。想你一定喜欢。”

李昭仪将其披挂上身,赤着脚,单足旋转三百六十度。

“看在它的面上,被你骂上一顿也值了。”

文宗把李昭仪往床上拉:“朕那么凶吗?快到床上去。”

李昭仪娇嗔:“那么猴急呀,不至于吧。”

“嗨呀,别以为朕不知道你发烧。有话到床上说吧。”

“我就知道没有什么能瞒过你。我没事了。”

文宗的手放上她额头:“是不是不热了?”

文宗顺势将她横抱起来,轻轻放到床上,顺手将帷幔解开。

李昭仪说:“别又是嘴上逞能吧。”

两名侍寝宦官紧守在寝宫前。左边的弯月眼异常严肃,面颊上的肌肉不时抽动一下。右边的是个圆圆的玉面,眼角自然向下,嘴角自然朝上,天生的一副笑面。里面的声音若续若断传出来。

"让你尝尝我的厉害。"

"哦,哦。领教了……"声如游丝,在夜色中隐隐约约,"厉害,好厉害……"

离房子十数步开外是御林军卫队,每个卫士同样面朝外,背对李昭仪的寝宫,五步一个人,将其牢牢围定。对他们所有人来说,这是一个不眠之夜。

这一整天玉央的日子注定不好过。原来安排好的日程全部打乱了。除了范司容,司容部的其他人都在药理作坊,女史们分别在忙碌。胡蝶凑到玉央身边。

胡蝶低声说:"天还没亮你跑哪去了?"

玉央说:"我没有。"

"我醒的比平日还早,一睁眼,你没了,那家伙也没了。真是活见鬼了。"

"你记着我的话,我没有! 没出去过。"

胡蝶没懂:"我……好,记住。"

"回去干活。别总是鬼鬼祟祟的。"

"她们都说李昭仪那边出事了。"

"回去干活吧。"

胡蝶努起嘴:"你今天怎么回事嘛。"

胡蝶就这么憋了一整天,她看得出玉央不要她开口,不开口对于她来说实在是太难过了。就这样一直熬到熄灯上床。清蔷依然未见,自打升任掌容,她不回来睡的次数愈加频繁。她俩本来就不喜欢她,她不回来正好。有好一阵她们也都没睡,但是房间里一派寂静。各人躺在各人铺位上。胡蝶首先泄露了她没睡的秘密。

"睡不着。"

无人应声。

胡蝶又说:"你呢?"

玉央说:"睡了。"

"睡了你还说话。"

"梦话。"

"奇怪,今晚很奇怪,好像要出什么大事。"

"你最大的事情是睡觉。"

"睡就睡呗,有什么了不起。"

清蔷如鬼影一般闪进门。玉央和胡蝶不约而同进入假寐。

清蔷突然开口:"李昭仪那边戒严了。"

玉央说:"戒严? 为什么?"

清蔷说:"你何必那么紧张,我就知道你在装睡。皇上翻了李昭仪的牌。"

胡蝶说:"皇上又来和李昭仪睡觉啦?"

玉央在黑暗中两眼大睁,心神不宁。

这就是后宫的世道,皇上和谁睡觉原本是两个人的私事,却让上上下下各路人马都睡不好,闹得人心惶惶。天刚亮,弯月眼侍寝宦官便被杨昭仪召过去。

杨昭仪问:"听闻李昭仪有恙在身,昨夜又如何能侍候皇上啊?"

弯月眼侍寝宦官答:"回娘娘,在下看不出李昭仪有恙在身,应该是以讹传讹吧。"

"千真万确。鲁御医昨天不但登门问诊,还为李昭仪煎了汤药。"

"娘娘一定要小的说,小的只好如实禀报。一定是鲁御医搞错了。李昭仪身心俱佳,令龙颜大悦,乃至通宵达旦。"

"昨晚你当值到几时?"

“一直候在李昭仪宫前。今晨卯时才随皇上归。皇上像这样整夜欢愉已经很久未见了。”

“龙体如此矫健,幸甚。”

“娘娘没别的事我就回了。”

有人比杨昭仪还要关心,自然是王昭仪。王昭仪半倚卧榻,她招来的是玉面。

王昭仪说:“李昭仪白天还发热服药,晚上就侍候皇上,肯定力不从心了?”

玉面说:“娘娘要听真话还是假话?”

“难道你还用假话搪塞我不成?”

“一定是娘娘的下人胡说八道。说李昭仪有病就是砍了脑袋我也不信。

“不是下人说,是我亲眼所见。我的手就搭在李昭仪的额头上,真真烫得吓人。”

“娘娘这么说了,我只能说我眼瞎了耳聋了。”

“你认定她没病?”

“岂止没病!一个通宵,她要了皇上十一次!最后还是皇上告了饶呢。”

一心期待的好戏竟以这样的结果收场,显然是狠狠地刺痛了她那自负而又骄傲的心。“啪”的一声,王昭仪的左手食指长长的指甲断了。王昭仪从心底升出呻吟声。

玉面惊叫:“娘娘!”

欢喜闻声迅速从门外跑进来,跪到王昭仪跟前:“怎么会这样,娘娘?”

王昭仪牙关紧咬:“我不小心……啊,好疼……”

对王昭仪而言,这是王守澄事件之后她受到的最严厉打击。她听信自己死党的不实信息,亲往李昭仪宫作势慰问,又不顾身份反复诘问小女史,之后让手下都知道她王昭仪在等着看李昭仪出糗,结果却是李昭仪大得皇帝欢心。由于最终结果的逆转,到头来真正出糗的是她。她能够想象手下的那些宦官宫女会如何看待她。也许没有谁敢公然议论,但是每个人心里怎么想却是谁也没有办法干涉得到的。她现在能做的只有装作什么事都没有发生一样。

遵从范司容的旨意,清蔷主动找机会接近王昭仪。王昭仪由欢喜搀扶,赤脚走在鹅卵石铺就的小径。

清蔷过来:“给娘娘请安。”

王昭仪说:“这个主意不错,是你想到的?”

“也不是啦。小的只是想到娘娘喜欢做足底按摩,借用别人现成的方法。”

“每天走上一会,很舒服的。”对欢喜说,“你去前面候着吧。”

清蔷说:“我来扶娘娘。”

王昭仪从石径迈上草坪,坐下。

“给我捏捏足底。”

清蔷双膝落地成坐姿,为其按脚。

王昭仪说:“你好像不太喜欢玉央。”

“我不喜欢她心思过重。她,她人很聪明,属于心灵手巧的那种,特别懂得如何讨人喜欢。这一点跟我们太不一样了。我们只知道傻傻做事。”

“在后宫做事,既要实实在在,也要眼观六路耳听八方。上次你发现了李昭仪生病,及时向上禀报就做得很好啊。”

“小的只是担心玉央胡乱用药,耽搁了李昭仪娘娘的病情。”

“你还一口咬定玉央天没亮就到李昭仪宫了?”

“小的亲眼所见亲耳所闻。”

“可是李昭仪什么病也没有。”

“李昭仪的病我不清楚,不敢乱讲。但我向娘娘禀报的,句句是实,绝无丝毫编造。请娘娘明鉴。”

“我查过了,那个时间玉央一直在房里睡觉。你不在。李昭仪也没在那个时间见过玉央。”

清蔷的脸唰地白了:“清蔷不敢撒谎。”

王昭仪冷笑:“那就是李昭仪撒谎了,其他别的人也都撒谎了。还有一件事,我一直觉得蹊跷,就是你说你在李昭仪宫得知你讲的事之后,你并没有马上向司容禀报,你也没有回你的住处,那段时间你究竟去做什么了?”

清蔷的脸及双手同时伏地,冷汗如注。

“没有啊,真的没有啊!清蔷若有半句假话,全家不得好死!”

“你言重了。你们女生之间相互嫉妒,彼此不服气,尚在情理之中。若因此累及你的家人,便是罪过了。”

“小的只是向娘娘剖明心迹。”

“想表示忠心也不必无中生有。你年纪尚轻,口无遮拦,不知个中厉害。你以为你信口雌黄随便说说而已,可是因为信了你的话,给我造成多少尴尬?你知罪吗?”

清蔷叩首:“娘娘息怒,清蔷罪该万死。”

“你还没回答我,那段时间你在做什么?”

“千真万确啊,就在自己房里。”

“可是她们两个都作证说你不在。”

“她们是在做伪证,她们说谎。她们两个勾起手故意陷害我,娘娘请明察。”

“我才不管你们之间的是是非非!以后做事过过脑子,拜托了。”

她怒冲冲站起身,鞋也不穿便走开了。留下清蔷匍匐在地,长久动也不敢动一下。此刻,玉央的心情与清蔷刚好正处在两极。她回到房间的时候,胡蝶坐在案前绣荷包。

胡蝶问:“什么事那么开心?”

“没有啊。”

“我最恨你说‘没有啊’,你拿这话对付别人还行。”

“我能有什么开心的事?”

“整个下午你一直在哼曲,连瞎子也听得出你的好心情。”

“我有吗?”

“聋子也看得出你的好心情。”胡蝶边说边在脸上比画,“眼角向下,嘴角朝上,一看就知道心里在笑。”

“你把我说成玉面笑面的侍寝宦官了。”

“你以为呢!老实交代,中午你们怎么啦?”

“谁们?”

“别以为我不知道!告诉你,是我告诉太子和马球教头,说你在课堂。”

“你总喜欢瞎猜。”

“我猜错了吗?”

“心情好是因为写了一首好心情的诗。”

“鬼才信你。”

“信不信由你。”

“不是太子爱上你了,就一定是那个马球教头。错了砍我的脑袋。”

“我看你是开始怀春了吧?把什么都往那上面想。有一点时间就忙着绣你的荷包。”

胡蝶脸红了:“我这是在磨炼性情。别人总说我坐不下来,没个稳当气。都说刺绣最练耐性了。”

“你绣什么不好,非要做荷包绣鸳鸯?会说不如会听,别当我是傻瓜。”

“我差点忘了,”胡蝶腾地站起来,将绣品往铺上一摔,“找安尚容请假去。”

拔脚就跑出去了,差点与进门的清蔷撞个满怀。清蔷气哼哼地回头。又回转头,直盯盯看定玉央。玉央也觉到了她的怒气。

清蔷说:“你个两面三刀的东西,你给我听清楚,你我萍水相逢,本来可以相安无事,现在你几次三番跟我过不去,让我不得安宁,也让我忍无可忍。从今往后,我清蔷与你誓不两立。不是你死,就是我亡!”

玉央完全不明白发生了什么事。

“你一定误会了。虽然我不知道你为什么这么说,但我可以肯定告诉你,我从没有一时一事为难过你。以前没有,以后也不会有。”

“你还敢说没有?你居然睁着眼睛说瞎话。”

“我说没有。让你自己说,我玉央哪里跟你过不去了?”

“你敢说你昨天一大早没去李昭仪宫?”

玉央语塞。

清蔷追问:“你敢说?”

“我去不去,去哪里,跟你没有一点关系。”

“你到底去了还是没去?”

胡蝶忽然冲进门:“没去!没去就是没去!”

清蔷怒火万丈:“滚!有你什么事?”

胡蝶说:“该滚的是你!你整天无事生非,让人讨厌透了!”

门外已经有其他女史围观了。安尚容也站在她们背后。

“都给我住口!看看你们像什么样子?”

胡蝶说:“她看玉央好欺负,一而再再而三,我实在看不下眼了。”

清蔷说:“我不跟你胡搅蛮缠!”转向玉央,“你敢不承认?你到底去了李昭仪宫没有?”

玉央已经平静了:“没有。”

胡蝶说:“没去就是没去。我可以证明。”

清蔷说:“你做伪证!你不得好死!”

谁都没有料到,安尚容一记重重的耳光掴在清蔷脸上!清蔷被打傻了。

安尚容正色道:“我要你记住,永远都不可以这样子诅咒别人。”

清蔷突然将门迎着众人的脸摔过去。之后是撕心裂肺的恸哭。连刚才气得半死的胡蝶和玉央也不知如何是好了。回头想一下,整个事情的转变异常蹊跷,玉央原本由于粗心而陷于被动,被心思缜密的清蔷跟踪至李昭仪宫,可以说情形相当紧急。她在情不得已之时第一次说谎,顶住了王昭仪的高压。之后形势突然逆转,原本胜券在握的清蔷一下子一败涂地。

逆转来得太过突然,令玉央始料未及。当然她完全意识不到救她于水火的还有皇上宠幸李昭仪这件事。后宫里的事情当真是太过复杂了。

4

以清蔷的性格,无论发生什么她都不会真正失去理智。第二天,她似乎把被掴耳光的事完全遗忘了。范司容安排清蔷带几个人,让她集中把昨天刚送过来的岭南杨桃做分时处理。清蔷面无表情,让玉央胡蝶跟她去做事。三个人将竹篾篓包装的杨桃轻手轻脚取出,按青黄不同程度及大小不同个头分门别类。

这会安尚容进来，让玉央去李昭仪宫捏脚。说昨天捏过之后，痛感减轻了许多，让今天继续去。清蔷显出惊讶。连范司容也觉得意外。

范娉柳问："尚容，李昭仪的病好了？"

安其凤答："没听说有病啊。"

玉央说："娘娘只是脚踝崴了一下，有一点肿痛，应该没什么大碍了。"

清蔷眼睁睁看着玉央随安尚容走开。

胡蝶说："李昭仪的精气神可真好啊。"

清蔷看胡蝶。可是胡蝶不看她。欢喜进来说娘娘传胡蝶。这一切都发生在一瞬之间，不只范司容不明白，清蔷不明白，连胡蝶自己也彻底给搞糊涂了。向来天不怕地不怕的胡蝶，这次莫名地紧张起来。抬起眼，见王昭仪坐于案边。她声音虽轻，却字字清晰，任谁都听得出其中的分量。

"你听好了，此案事关重大，容不得一个谎字。如果有谎，无论你如何想象，后果都比你想的要严重十倍。你应该听明白了。"

胡蝶战战兢兢："胡蝶明白。"

"说说昨天早上。"

"娘娘让我说什么？"

"你见到听到的一切。"

"从我出门开始吗？"

"从你睁开眼。"

"我睁开眼？嗯……清蔷就不在了。我还纳闷，她哪去了呢？"

"继续。"

"我还问了玉央，她也不知道清蔷哪去了。玉央说她要去请个短假，给她娘送俸银。"

"继续。"

"后来就起床了。再后来就吃饭了。再再后来就做事去了。"

"说说清蔷和玉央。"

"玉央请假走了。清蔷什么时候也回来了。她俩都没在尚容局吃早饭。"

王昭仪换上了另外一副面孔，相当和蔼可亲。

"胡蝶，如果谁问，就说我让你为我准备香薰浴。"

"胡蝶明白。"

"你的香薰浴很受李昭仪娘娘的称道，我也很想领受一下。可以吗？"

"谢娘娘的信任，我会竭尽全力。"

"你应该知道，我的肤质与李昭仪娘娘可是有区别的啊。"

"尚容局有详细记载，娘娘尽管放心。"

王昭仪越发慈爱了："你办事，我放心。"

胡蝶被娘娘的慈爱给吓住了，她就从来没见过那么慈爱的一张脸。到了晚上，胡蝶玉央躺在各自榻上。清蔷仍然缺席。

胡蝶说："她忽然就变了一张脸，比我娘还要和蔼，还要亲切，可是她越笑我越觉得后背发冷，好恐怖啊。"

玉央睁着眼想心事，没搭腔。

胡蝶说："她的笑太吓人了！"

玉央这才回过神来："谁呀？"

"王昭仪呗！"

玉央一直沉浸在自己的白日梦当中，胡蝶的话让她从梦里醒过来。在她的梦中没有王昭仪，这一向梦里的主角一直是李昭仪。她到达李昭仪宫时,娘娘正在镜前自己梳着长发。

李昭仪微笑:“看你一脸愁容,担心了吧?”

玉央依旧心神不宁,回头张望:“娘娘请到卧榻上来,我给您捏脚。”

李昭仪依嘱。玉央为她揉捏脚踝。

玉央低声:“我吓死了。”

李昭仪同样轻声:“都过去了。放心吧。”

“娘娘的热退了?”

“昨天过了中午就退了。”

玉央依旧担心:“那……湿疣呢?”

“简直是奇迹!也都消退了。真不知道该怎么感谢你和你娘。”

玉央将右手放在心上:“谢天谢地,我一整夜都没合眼。”

李昭仪告诉她昨晚皇上在这,说皇上在便什么事都不会有。

玉央说:“我听说了。”

李昭仪说:“我知道,她们都等着看我笑话。不是笑话,是出糗。”

“我想得出。”

“我让她们失望了。”

玉央的眼里终于有了笑意,她释然了。

李昭仪说:“她们全都失望了。我好开心。”

宫女女官的是是非非

1

属于李昭仪的那场突如其来的危机算是平安地渡过了,李昭仪因祸得福,她在后宫的位置得到了加固。而王昭仪的位置有所受损,如果算上王守澄被赐死,她在后宫的势力有了明显的减弱。杨昭仪素来深藏不露,这一个回合她不赔不赚算是打了一个平手。她的软肋在于宫女巧儿,也许哪一天巧儿会为她闯一场大祸。

妃嫔们的争斗多半都在暗处,表面上谁都会努力维持一团和气。她们之间的故事有如慢浪,一波过来,之后有一个间歇,然后再下一波,如此往复。身处间歇期的妃嫔经常会又和气又慈爱,无论彼此之间还是面对下属。

玉央正快步通过又高又窄的宫内通道,脚步很有节奏。她忽然觉得异常,低头看脚,原来鞋前部绽线了。大脚趾翘一下,鞋尖居然张开小口。玉央蹲下身,用手捏一下绽口。在起身的一瞬间,忽然从两腿间倒着看到一个人影,迅速闪躲到墙角后面。她直起腰,转过整个身子,什么都没有。长长的通道空无一人。她进了李昭仪宫,直入起居室。李昭仪看得出玉央有些喘,但她并未特别留意。

李昭仪说:“今天做脸吧。按你的嘱咐,余翠已经准备好了那几样蔬果。”

余翠说:“黄瓜片、橙片、樱桃果肉。玉央姑娘,是这些吧?”

“有劳姐姐了。”玉央见余翠出门,对李昭仪低声说,“娘娘,我来这里的路上发现清蔷跟踪。”

“是吗?”李昭仪略一思忖,“我猜一会王昭仪就到。而且一定是为了我的健康。”

“我心里有点慌。”

“记着,今天除了我这张脸,我们没别的话题。”

玉央点头,帮李昭仪在卧榻躺好。余翠端来洁面的清水。玉央开始洁面,护理。李昭仪马上如睡了一般,双眼闭合,呼吸深沉匀称,再没开口说一句话。玉央对余翠附耳。余翠从里面出来,摆手示意当值小宦官过来。

余翠说:“你跑一趟,到尚膳局领三根小黄瓜,要顶花带刺的。快去快回。”

小宦官点头,小跑着去了。余翠不经意朝小宦官相反的方向瞥一眼,竟发现王昭仪正带着几个人过来。她第一反应是想回宫禀报,但她马上改了主意,因为她知道王昭仪已经看到她了。她唯有伫立原地候王昭仪到来。王昭仪示意她不要开口。一行人静静跟在王昭仪身后,进到里面。

玉央已经在李昭仪脸上敷满果蔬片。余翠引王昭仪进门。欢喜清蔷随其后。小寇子自动在门外驻足。王昭仪同样伸手示意玉央,不要她开口。玉央明白。

李昭仪闭着眼:“黄瓜拿来了?”

没人搭腔。

“余翠?”

睁开眼,却看到王昭仪自上而下俯瞰她。

王昭仪说:“以为你睡了,没敢打扰你。”

李昭仪相当意外:“姐姐来了!看我,刚才是不是真的睡了?”

“妹妹别动。看,橙片也掉了。”

李昭仪伸出两手将脸上的蔬果片拢在一起,拿下来。

“看姐姐说的。我岂可怠慢了姐姐,”对玉央说,“快帮我把脸清了。”

“千万不可。玉央,听我的,继续给李昭仪娘娘护理。”

玉央说:“请李昭仪娘娘不要动,让我给您重新把果蔬片敷上。”

王昭仪说:“妹妹上次发热,让我好生惦记。欢喜,把那颗夜明珠拿来。”

欢喜呈上一只宝盒,王昭仪打开,硕大的夜明珠透出幽暗的光泽。

王昭仪说:“这件宝贝还是太子出生那一年,先皇赠的礼物呢。说是含在舌根可祛百疾。妹妹体质柔弱,我一下想起它来,送与妹妹除病健体。”

李昭仪说:“万万使不得。如此贵重的物件,还请姐姐留着自用。”

“你这是瞧不起姐姐了?”

“姐姐不要误会。妹妹何德何能,受姐姐如此大恩惠?万万不可。”

“你若当我是你的好姐姐,务必收下。不然就是瞧不起姐姐。”

李昭仪不知说什么好了。

“这,这……那我就,就谢谢姐姐了。余翠,快接下来。”

王昭仪将宝盒交到余翠手上。

“我们姐妹就应该这样亲密无间,不分彼此才是。”

两位娘娘话来话往的过程,玉央与清蔷几次目光相遇,又几次闪躲腾挪。其中的微妙,只有她们自己才能尽知。

王昭仪说:“我得走了。圣上约了,让我陪他游芙蓉园。”

李昭仪说:“姐姐玩好。”

王昭仪说:“妹妹保重。”

小宦官在门外报:“禀娘娘,三根顶花带刺的黄瓜到了。”

玉央做脸部护理的名声让她忙得不可开交,平日很少找她的杨昭仪也破例了。杨昭仪半倚卧榻,玉央为其做脸部护理。紫衣立于旁侧。

杨昭仪说:“王昭仪用你新配制的紧肤膏,说是效果不错。”

玉央说:“脸上皮肤较为敏感,每过一段时间最好换一换配方,形成新的刺激,让皮肤保持敏感度,有利于皮肤的再生。”

"我也试一试新配方吧。"

"娘娘与王昭仪肤质不同,属偏过敏性。王昭仪用的那种,以白芷芦荟薏米加蛋清调和而成,可以适合普通肤质。其他人使用都应该没有问题。但是我专门为您做了调整,加了长白山大黄米、苍耳子和甘草三味,对抑制过敏会有明显作用。今天也给娘娘带来了。"

"你小小年纪,不但技艺出众,而且竟如此细心周到,难能可贵。"

"娘娘过奖了,我只是做事用心而已。每个人是不一样的,就需要区别对待啊。我今天给娘娘试一下。"

"紫衣跟你过来,我就知道又有新配方。"

紫衣说:"娘娘尽可放心,此方已经过尚容局多人试用,安全性绝对没问题。"

杨昭仪说:"你们知道,我不是那种疑神疑鬼的脾气。凡事听专家的肯定不会错。"

玉央说:"娘娘大度,我们做事会比较从容。但请娘娘相信,玉央绝不敢有半点疏忽。"

杨昭仪说:"巧儿,去把那块粉花蓝底的衣料拿过来。"

巧儿问:"是嵌有金线的?"

杨昭仪颔首。巧儿取来衣料。

杨昭仪说:"玉央,这是我的一点心意。"

"玉央不敢当。"

"这么点小事还要我下命令不成?"

"那我只有谢谢娘娘了。"

玉央回房间后,拿缎子站在屋中间。胡蝶站她对面,拽着缎子的一角。

"好漂亮啊!哪来的?"

"给杨昭仪试用新的紧肤膏,她一高兴,非要送一点礼物。可惜这缎子太过华美,我们这种身份,怕一辈子也穿不到身上。"

"那就压箱子底,看着也舒坦。"

玉央递给她一只小瓶。

"你的紧肤膏。"

"我也享受娘娘的待遇啦。"

"每个人的肤质不一样啊。"

"我敢肯定,杨昭仪一定以为你要拍她马屁呢。"

尚容局的几个大官聚在一起,通常这种时候不同的帮派势力会形成面对面的交锋,而无帮派的安尚容经常是作壁上观。三个昭仪之间一切冲突都在暗处涌动。到了下面则暗涌浮上水面,波澜起伏。似乎谁都不在意自己在公开代表哪一位昭仪的势力。会议自然是由尚容安其凤主持,她首先示意梅司形,梅英站起身说话。

"李昭仪娘娘希望尚容局这里,不要因了她的缘故出现误解。娘娘让我转告大家她身体非常之好。所有那些有关她健康的流言蜚语,请大家都不要听。"

安尚容示意谷司妆。谷绣春站起。

"杨昭仪娘娘也对李昭仪娘娘的健康表示了关心。娘娘一直希望我们尚容局精诚团结,尽可能地消除误会。"

安尚容示意范司容。范娉柳站起。

"王昭仪娘娘历来把大家的健康与和睦放在心上。这次李昭仪娘娘偶染微恙,王昭仪娘娘亲临探望,安排御医诊治,使李昭仪娘娘尽快恢复了健康。近日司容部闹出矛盾,是卑职教导不力,也已经受到娘娘严厉斥责。"

安其凤最后做总结:"这次事件影响极坏,为严肃尚容局纪律,我宣布,对当事人胡蝶处罚扣十日俸银,对当事人清蔷处罚扣十日俸银,对责任人范司容处罚扣十日俸银,对责任人安尚容处罚扣十日俸银。”

范娉柳马上提出异议:“怎么会没有玉央?”

安其凤不理会她的问话,立马宣布散会。她在会后先想到找胡蝶。胡蝶紧张兮兮地推开安尚容的门,进来。

嗫喏:“尚容。”

安其凤站在窗前,转过头。

“再放过你一次。记住,是最后一次。”

胡蝶嗫喏:“怎么罚我?”

安其凤说:“你和清蔷罚扣十日俸银。作为责任人,范司容和我也都各罚扣十日俸银。”

胡蝶说:“真对不起,把您也连累了。”

“银子事小。真把你逐出宫,我都不知道该怎么向你祖父交代。”

“尚容,我再也不敢了。”

胡蝶出去不久,范娉柳拉门进来,一屁股坐到安尚容对面的椅子上。

安尚容说:“这几天清蔷怎么样?”

范娉柳说:“我正要跟你谈谈她。”

“她一定得学会容人。打从进宫那一天起,她就一直把玉央看成眼中钉,事事处处找麻烦。”

“未必如此吧。清蔷也许不如玉央点子多,但她做事稳妥,技艺精湛,司容部这边敢说无出其右。她与玉央的关系也不像表面那么简单。给人的印象,似乎都是清蔷在挑玉央的错,其实有些事玉央该负主要责任。”

“比如?”

“作为掌容,发现其他女史有异常行为,她该不该汇报?”

“该。”

“清蔷做了该她做的事,她怎么能预料娘娘之间的是是非非?结果怎么样,李昭仪为玉央作证。王昭仪当然只能迁怒于清蔷。”

“这就是玉央的错吗?”

“玉央在撒谎是显而易见的,我对您的处罚极不满意。为什么不罚玉央?”

“证据呢?处罚不能凭猜测。清蔷汇报是应该的,职责所在。问题在于汇报了什么、是否属实。王昭仪生她的气,是因为不实之词。”

“谁又能真正了解事实?清蔷没那么愚蠢,不可能无中生有编出李昭仪生怪病的谎话。我有十足把握,这件事说谎的一定是玉央!”

“你对玉央成见太深,又过分偏袒清蔷。”

“显而易见的谎话是很容易被揭穿的。尚容应该知道清蔷绝顶聪明,以你的了解,清蔷至于那么没脑子吗?”

“可是李昭仪分明没得清蔷说的那种怪病。皇上当晚的宠幸也证明了这一点。要么是所有人连同皇上一起说谎,要么是清蔷的话水分太大。依我看是她聪明反被聪明误。”

“依我看是玉央太过聪明。我敢肯定,她把我们所有人都骗了。”

“除非她串通了李昭仪一道。”

“我不去猜娘娘的事,我只说玉央。这么久了,无论是你是我还是清蔷,我们谁都找不到她一点破绽。每临大事,她总会站出来救场,逢凶化吉遇难成祥。你就不觉得奇怪吗?”

安其凤指出:“可是她还不满十六岁啊。小孩子有这样的天赋殊为难得。”

范娉柳大不以为然:“也许我小人之心。一个人太过完美总不免让我起疑。年龄小就更让我觉得可怕。这么小就有这么深的城府,这么重的心机,日后又怎生了得?”

“是你措辞太重。你就从没见她有任何侵略性。无论直接间接,玉央都不曾对任何人形成伤害。”

“直接伤害也许没有,这也正是她的高明之处。要说间接伤害,太多了。”

安其凤寸土必争:“太多了?此话从何而来?”

“她这一次对清蔷的伤害也许是致命的。我担心清蔷是否经受得住。南海石笋对方汀没有伤害吗?捕蜂花事件对我就没有伤害吗?尚容局接二连三的事故对你没有伤害吗?你以为主子们会追究每个当事人?绝对不会。她们要追究的是我,然后是你。”

“你把所有的责任都归到玉央身上了。”

范娉柳针锋相对:“是你太袒护玉央了。清蔷受了那么大委屈,与胡蝶玉央吵几句,不在情理之中吗?你又何必落井下石当众打清蔷耳光呢?”

“你又何必绕这么大圈子呢?这才是你来找我的真正用意吧。”

“尚容局原本清静之地,玉央来了以后是非不断。我不能不说,你的包庇和纵容起了推波助澜的作用。”

“我要提醒你,把眼睛睁大一点,看看究竟是谁在惹是生非?”

“你想说是谁,是清蔷?还是我本人?”

“你说我说都不作数。咱们还是让事实说话。”

范娉柳气冲冲往外走:“走着瞧!”

“砰”地摔上门。安其凤与范娉柳针对玉央和清蔷各执一词,平心而论她们的话各有各的道理。所不同的是出发点。范娉柳完全当清蔷是自己人,自行担当起全面护佑的责任。在她的立场上当然很难看到清蔷的动机,而且从最初一刻她便对玉央抱有成见。安其凤的立场不偏不倚,所以有第三只眼助她看清楚两个女孩做事的动机。不偏不倚的立场其实借力于一个人的良知。

这个世界上不是每个人都有良知。良知其实是一件奢侈品。

2

接二连三的打击对胡蝶产生了最直接的影响,她到了晚上就一个人躲在屋子里绣荷包,而且是连续好几天。案上摆着一个绣好的荷包,胡蝶在绣第二个。清蔷进来,从她身后经过。胡蝶不小心刺破手指,轻叫一声,将伤指放嘴里吮吸。清蔷从自己铺下翻出一只小瓶一块纱布,递向胡蝶。

胡蝶问:“这是什么?”

“金疮药酒。”

胡蝶接过,拔开塞子,往纱布上洒几滴,涂抹伤口。

清蔷说:“扎了这么多针眼?”

胡蝶有些不好意思:“针太细,抓不牢。”

“还是包扎一下吧。”

清蔷抓过胡蝶的手,为她包扎妥帖。

胡蝶低声:“谢谢。”

清蔷看看案上的荷包:“最近绣得很快嘛。”

“是啊。空闲的时间一多,自然就快了。”

“李昭仪没有再传你过去护理吗?”

胡蝶一愣,重新拿起绣花针,心思却不在荷包上了。清蔷见她有了心事,从心里笑了。她悄悄溜出去,胡蝶竟完全没有觉察。她右手抓着包扎过的左手食指放到面前,视线已经穿过双手。

玉央进来:“手怎么啦?”

“没怎么。”

“最近也不知怎么了,今天李昭仪又送了一块缎子。都是那么贵重的东西,派不上一点用场。”

她将衣料放到案几上,可是胡蝶没像往常那样凑过来看。

玉央换衣装:“有什么不开心的事吗?”

“没什么。”

“尚容和司容吵架是怎么回事?”

“没听说呀。”

玉央终于忍不住了。

“没怎么。你什么意思?”

“没意思。”

“你不想理我,我还不想理你呢。”

她赌气将换下的衣服摔到铺位上,从隔架取下笔砚,将宣纸在案几上铺好,研磨。胡蝶瞟她一眼,自己躺到铺位上,睁着眼发呆。玉央执笔凝神,蘸墨,上纸。神情专注,大有一发不可收的架势。胡蝶仍躺在铺上,玉央也仍在运笔。

胡蝶终于耐不住了:“我问你……”

刚说了半句,又打住了。玉央权当没听见。

胡蝶说:“跟你说话呢,听见了没有?”

玉央说:“问吧。”

“你把笔搁下,转过头来行不行?”

玉央搁下笔,转过头。

胡蝶问:“你什么意思?”

轮到玉央带搭不理了:“没意思。”

“你少学我。”

“想说什么你说好了。”

“你说,平时都是谁给李昭仪做护理?”

“你呀。”

“我还以为你不知道呢。那你现在是什么意思?”

玉央故意激她:“你说我能有什么意思?”

“你知道李昭仪有多久不找我了?”

“她最近不是有特殊情况吗?”

胡蝶话里满是酸楚:“是够特殊的,忽然就不找我了。”

“我明天帮你问问她。”

“你还是问问你自己吧。”

玉央不再让她了:“你有话说在明处好不好?”

“好啊。这不是明摆着,你一讨好她,还有我什么戏吗?”

“你说我抢你的饭碗?在这后宫之中,你我是最好的朋友,你比谁都更了解我,我是那样的人吗?”

“嘴上说是朋友,可惜人心隔肚皮,谁知道你怎么想的?”

玉央质问:“听你这么说,我们连朋友都不是啦?你太莫名其妙了。”

“我承认你比我强,我承认谁都不如你。可是你争强好胜总要分个对象吧。你一个人撑死,让我们都饿死啊?”

“胡蝶,你知道你在说什么吗?”

胡蝶不知道说什么好了。玉央将笔伸进笔洗,轻轻摇动。

胡蝶嘟哝:“李昭仪不找我了,心里堵得慌。就像被人家遗弃了那种感觉。”

玉央斩钉截铁:“过了这几天她还会找你。”

“你不用安慰我,我又不是小孩子。”

“其中有一些隐情你不知道,也不需要知道。过了这阵就没事了。”

胡蝶偷偷看看玉央,但是玉央没看她。胡蝶心里藏着一份小小的不安,她很明白自己是受了清蔷的挑唆,所以故意与玉央闹别扭。胡蝶不是个糊涂孩子,她隐约知道李昭仪的事件背后有隐情,她也知道自己心直口快装不下那些隐情。既然装不下,还是不知道为好。这些道理她都明白。她只是心里受不了被冷落,尤其是被她所信赖的李昭仪冷落。她知道所有这些都不是玉央的错。带着这许多心思胡蝶走进梦乡,她在梦里还想着把这些心里话告诉给玉央。

次日一大早,胡蝶还没醒透,范司容和安尚容便将清蔷和玉央分别带走。众女史议论纷纷。她们纷纷猜测司容部出了大事情,但没人说得清究竟是怎么一回事。

范娉柳清蔷去王昭仪宫,边走边聊。

清蔷说:“您和尚容吵架的事我听说了。”

“没你什么事。”

“我知道是因为我,我和玉央。您对我受了委屈很生气,您想还我一个公道。司容,清蔷不是个糊涂的女孩。”

“她是怎么坐到尚容这个位置的,别人不清楚,我还不清楚吗?这么久了我一直忍她,从现在开始,我不再忍了。”

“您不要为了我跟尚容撕破脸,毕竟她是您的顶头上司。”

“不全是为你,也是为我自己。相信我,她在这个位置上坐不长。”

清蔷说:“我再三想过,大家还都在一个屋顶下,总这么僵持也不是办法。我主动找玉央和解。人怕见面,我有诚意,相信她也不至于拒绝。”

范娉柳说:“你能这么想我很高兴,我最怕你自己想不开。冤家宜解不宜结,互相都退一步,至少可以相安无事嘛。”

“司容放心,我会处理好的。其实我担心的是您,我怕您意气用事,跟尚容没完没了。我怕您会吃大亏的。”

“现在你我的位置调过来了,我成了那个要人担心的女孩了。把眉头舒展开,王昭仪最见不得苦脸。”

清蔷的笑容慢慢绽开,倒也相当灿烂,毕竟她是个十七岁的美丽女孩。从她的话里听得出她已经说服了自己,一个受了委屈的女孩要说服自己是难之又难的事,她能做到真是不容易。范娉柳心下释然了,清蔷对她的担心令她非常宽慰。女孩子懂得宽慰别人的时候,她自己也就长大了。偏私之人和小人理应时时纠结无法排解,这一对的例子却刚好相反。

按常情常理,公正无私的人胸襟坦荡不该有太多烦心的事,可事实经常不是这样。比如眼下安尚容和玉央的交谈则要严峻得多。

安尚容说:“知道我要跟你谈什么?”

玉央说:“与范司容和清蔷有关。”

“你好像什么都知道。”

“你是看着她们离开才过来叫我。”

“你也进宫这么久了，尚容局不是个清静之地，想必你都清楚。”

玉央显得迟疑：“听她们议论过。但我的想法也许不一样。”

“我一直以为对你很了解。现在想一下，也许了解的是你的脾气秉性，是你为人做事的风格。可说到你的想法，我几乎一无所知。”

“不要说您，其实连我自己也不知道我究竟想要什么。我知道别人的想法，谁想要什么我一下就看得清清楚楚。可是我不知道我。”

“别人的想法你都看得见？”见玉央点头，安尚容说，“那你说说我的想法。”

“您很怕丢掉尚容这个位置。”

安尚容的声音变得有点奇怪：“是吗？”

“其实您并不适合这个位置，您甚至从没期待过坐到这个位置上。可偏偏不是别人而是您，您意外做了尚容。”

“这是谁都知道的事实。”

“既然坐到这个位置上，您的心里面逐渐起了变化。您会觉得这个位置就应该是您的，别人都不如您……”

“在你眼里我是个很骄傲的人啦？”

“您不是骄傲，您只是和其他别的人一样，有一点自信，也有一点自负。”

“不说我了。范司容呢？”

“她人不坏，只是自尊心过强。她不喜欢我，我不知道原因。可能因为她与清蔷关系密切的缘故吧。”

“再说说清蔷。”

“清蔷要强，她受不了身边的人超过她。她自己各方面都很出色。”

“就这些？”

“就这些。”

“可是我知道，你们彼此都不喜欢对方。”

“她对我有误会，我又不知道该怎么跟她解释。我知道她不喜欢我。”

“那你喜欢她吗？”

“我没有不喜欢她，只是她不给我机会。我们没有互相接近，所以还没有接受对方。说心里话，我很欣赏她。”

“这么说下来，你跟我们这些人的想法究竟有什么根本不同呢？”

“你们都希望在这里一直干下去。”

安尚容诧异：“难道你不希望？”

“我不知道，我只是隐隐约约觉得这里不是我的归宿。清蔷一定希望做到典容，然后是司容，然后是尚容。范司容当然想做尚容。您也不想从尚容位置上下来。可是我不想，一点都不想。”

“可是你也一直在努力。你不想一步一步往上走，又何必那么努力呢？”

“这也正是我觉得不同的地方。我努力只是想做好，做得更好。至于以后怎么样，跟我现在努力做事也没什么关系。所以从小我娘就说我傻，王昭仪杨昭仪也都说我糊涂。”

“我今天本来打算提醒你，现在看也没这个必要了。你心里没有敌人，所以那些当你是敌人的人，对你不会构成真正意义的威胁。”

“尚容的话我不是很明白，但我知道是好话，为我好的话。”

“你的傻和糊涂对你就是最好的保护。这一点即使是最爱你最疼你的你娘，也未必看得清楚。”

玉央说：“我该去做事了，李昭仪约我的时辰到了。”

安其凤说:“你真是个奇特的孩子。”

这也是事先就约定好的,玉央准时来到李昭仪宫。李昭仪裸着后背趴在卧榻上。玉央为她推油按摩。

玉央说:“背上的皮肤平日最少运动,该经常做做按摩。尤其要经常清理毛孔,别让分泌的油脂长时间堆积。许多人都不在意背部,都觉得脸和手更重要。”

“的确。平时就想不起做背部护理,可是每次按背又都觉得特别舒服。”

“如果娘娘愿意,最好每天扩扩胸,拉拉背,给背部一点拉伸,让背上的肌肤尽量保持活力。脊背是女人最美的部位,万不可冷落它慢待它。”

“我当然愿意。既然你这么说,这也就是你日后的任务了。”

“论做背部护理,我比胡蝶差远了。不是我不想侍候娘娘,实在是娘娘这一段太忙,有些忽略胡蝶了。我们司容部有个不成文的规矩,对特定人的护理,基本上由一个相对固定的人来做。胡蝶一直侍候您,您许久不召她,她心里会难过的。您懂我的意思吗?”

“是我忽略了。我知道你们的规矩,也一直不愿意让你们为难。这样,你回去通知安尚容,以后我的日常护理还是由胡蝶来做。你也告诉胡蝶,我很久没做香薰浴了,让她尽快过来为我安排一次。”

“谢娘娘体悯下情。”

李昭仪说:“我该谢你提醒我。前段自己的事情太烦,就疏忽了。我知道,这些对我虽然是很小的事,可是对你们会是很大的事。请代我转告胡蝶,我很想她。”

“我回去马上告诉她。她一定非常开心。”

“以后你不做护理,也还可以经常过来坐坐。只当我是一个朋友,好吗?”

“娘娘这么说,我很开心。”

“不是说说而已,我真的当你是我最好的朋友。你知道我不是个虚情假意的人。”

“只要娘娘需要,我随时会过来。”

如果不停下来,玉央自己也不知道她时时处处都在思考,她会认为自己很随性,做事完全不假思索。通过和尚容的一场对话,她意外发现自己对身边的人和事都有很深的理解和精准的判断,这个发现让她对自己大吃一惊。

3

最初也并非是玉央的意愿,李昭仪将自己的秘密交付与她,然后王昭仪杨昭仪也都来插足其中。秘密成了大家共享的东西。虽然结果不是那么糟糕,但对于当事人李昭仪已是精疲力竭了。

好了疮疤忘了疼,是一句至理名言。眼下,李昭仪又一次落入它的陷阱。她忘了先前的尴尬,再将一己私密对玉央和盘托出。也许她的内心期盼着好运气,也许老天不会一而再再而三与她为难。

李昭仪说:“对了,今天还有件事要麻烦你,要你帮我送件东西。”

玉央说:“娘娘不要太客气,一点都不麻烦。”

李昭仪递给她一个包裹。

“娘娘要送到什么地方?”

“包裹里有地址。在东市附近,一个叫平康坊的地方。是我表妹。”

“娘娘尽管放心。”

“路上留心,别让人跟上。”

"好的。"

"你一个人知道就是了。"

"玉央明白。"

玉央毫不费力就寻到了平康坊朱宅。这一带乃豪门权贵聚集之地,深宅大院壁垒森严。朱宅相当大,一边的院墙几乎占了整条街。大门漆成深红,上有青铜门环。门前一对古老的石狮。她按李昭仪的包裹地址确认,就是这里了。拍门环。门仆应门。

玉央问:"是朱倩小姐府上吧。"

将信函呈上。门仆接下,未作声,将大门重新合拢。门仆重新打开大门,示意玉央跟他进去。关大门,而后跛着腿,一脚高一脚低往大宅深处去。到了第三进,带玉央入正房。这里就是朱倩的闺房。

虽是大户人家小姐的闺房,却清新雅致,不见奢华之气。床在内室,围有幔帐。床前檀木桌上摆着香炉,内焚焦兰,青烟袅袅。外间起居室也像是书房,竹架中三层放书,一层放琴谱。一把古琴挂在墙上。靠窗案几上笔墨纸砚一应俱全。另有一套桌椅迎门而设。朱倩在门内迎候。

"是玉央吧。"

玉央点头:"尚容局的女史玉央。"

"快请坐。"待玉央落座,朱倩说,"姐姐说你们是好朋友。"

"娘娘平日待我们如朋友一般。朱倩姐姐,娘娘嘱我,收到这包裹请姐姐写一张亲笔收条。"

"我马上写。"

笔墨都是现成,朱倩摊开信函纸,执小楷笔挥毫:

姐:玉央带来的包裹收到,放心。即日。妹朱倩。

一旁的玉央惊讶:"朱小姐也姓李?"

朱倩莞尔一笑:"还是叫朱倩吧。"

"朱倩姐姐。"

"给我留个你在长安的地址吧。"

"我是扬州人,"玉央提笔为朱倩留地址,"我娘也是后来才到长安的。"

门仆忽然脚步重重跑到门外。

"小姐,李训府上着人送急函。"

朱倩赶忙出去接信。回屋,展读。满脸严峻。

"玉央,我有急事要出门,就不留你多坐了。咱们后会有期。"

玉央不敢耽搁,即刻回李昭仪宫复命。李昭仪神情不安,在厅堂来回踱步。脚步声急促。余翠玉央出现在门口。余翠站下。玉央进来。

"娘娘。"

"进来说话。"

转身进内室。玉央跟进,先把纸条交给李昭仪。

李昭仪问:"这次帮我带东西给朱倩,有谁问过你吗?"

玉央非常肯定:"没有。"

"有人跟踪你吗?"

"没有啊。我几次回头都没发现有可疑的人。"

李昭仪自言自语:"会是哪出了纰漏呢?"对玉央说,"见面的时候,只有你和朱倩两个人?"

"我们在说话的时候,那个给我开大门的人……"

"是管家。"

"他过来说李训府上着人送急函。朱倩小姐看过函件,说急着出门。"

“就这些？”

玉央点头。

李昭仪也许并无不良动机，也许仅仅是因为对玉央的信赖，但她要求玉央做的事的的确确会给玉央带来不必要的麻烦。毕竟宫中规矩严格，有诸多禁忌，一不小心便会误入雷池被卷入是非旋涡之中。其实玉央心下也有紧张，但是对别人相求她说不出那个“不”字，所以李昭仪开口之初她便毫不迟疑地应允，她不想让李昭仪看出她的迟疑，这也是玉央性格上最大的弱点。

到了晚上，房间里格局依旧，熄灯后的屋子里缺清蕾。

胡蝶说：“几位娘娘中，李昭仪最懂享受。”

玉央说：“身为妃嫔，天生就是为享受来到这个世界的。”

“沐浴而后按摩，没有什么比这更享受了。这也是当年那个方汀最得李昭仪欢心的缘故。”

“得啦，李昭仪好沐浴，今后离不开的还不是你胡蝶啊。”

“我沾了方汀的光而已。你说怪不怪，方汀走了总觉得我该负点什么责任。其实你知道我在其中并无过错。”

“同在尚容局，我竟没见过方汀。若不是你常提她，我就几乎意识不到这个人的存在。唉，我想起一个人。”

胡蝶问：“谁？”

“好像你原来提起过的，叫李训。”

“李昭仪的哥哥呀，他怎么了？”

“他是李昭仪的哥哥？”

“也是皇上的近臣。怎么，你认识他？”

玉央摇头：“听人说起过。”

对于胡蝶来说，玉央有心事绝对不寻常。以前的玉央总是太过单纯，无论什么大事小情都不能搅扰到她。现在她心事重重一望便知。也许事情就是这样，一直没有城府的人一旦有了心事，心里面便很难承受，更不懂得掩饰，全部都写在脸上。

朱倩拿着玉央的纸条，找到永安坊荣氏的院子，玉央不在家。朱倩告诉荣氏她的表姐是玉央在宫里的好朋友，她眼下有急事找玉央。荣氏答应她若见到玉央会让她去找朱倩。

朱倩告辞后，荣氏觉得纳罕。表姐是小丫在宫里的好朋友，那会是谁呢？她比小丫大得多，她的表姐一定比她还年长。小丫从来没说过她在宫里有年长的朋友啊。

次日黄昏她又来了。荣氏正在案边记配方。听到急促的敲门声，她先还以为是小丫，开了门才知道又是她，朱倩。

“玉央回来了吗？”

“还没呢。”

朱倩带着紧张：“我在屋里等她可以吗？”

“请进。”

朱倩进门，关门。荣氏倒茶给她。

“喝口水吧。”

朱倩接过：“谢谢。”

却随手将杯子放上案几，显然无心饮茶。

“她有几天没回了？”

“有几天了。”

“没什么特别的消息？”

“没听说呀。”

朱倩长出一口气。敲门声。

荣氏问:“谁?”

玉央的声音:“娘,我呀……怎么变这么小心了?”

不期看到朱倩。

“朱倩小姐?你怎么来了?”

“把门关上。”

将门关好。朱倩拉玉央坐到桌边。

“我有急事要通知姐姐。”

“我给你准备纸笔。”

朱倩摆手:“不写了,你就口头传达吧。”

玉央点头:“你说,我记着。”

荣氏自觉进里屋回避。

朱倩说:“告诉我姐姐,第一,我家周围日夜都有形迹可疑的人出没,全是没胡子的男人,我觉得像宦官,第二,李训已连续十七日没有回府,我联络不到他,据管家说他那也有宦官出现。就这两条。让姐姐在宫里千万小心,若有何消息,及时与我联络。”

玉央点头:“我记住了。”

“你再复述一遍。”

“第一,你家周围日夜都有形迹可疑的人出没,全是没胡子的男人,你觉得像宦官。第二,李训已连续十七日没有回府,你联络不到他,据管家说他那也有宦官出现。”

“你真好记性。我不耽搁你,就走了。”

“我送你。”

“不必。你别出去,免得被人看见你和我在一起。”见玉央紧张,朱倩说,“放心,来的路上我已经把后面的人甩掉了。但谨慎一点总归没错。”

玉央点头。

“一定及时通知我姐姐,倘若她有回话,也请马上告诉我。切记,千万留心被人跟踪。”

“我知道了。”

“谢谢你。告辞。”

拉开门,出去,顺手将门关好。荣氏出来,看玉央的眼神带着担心。玉央回头看出她的异样。

“娘,怎么啦?”

“她说她姐姐是你宫里的朋友。”

玉央压低声音:“就是李昭仪。”

“一跟娘娘沾上边,一定不会是小事情。”

“您别担心啦,我什么都不知道,什么也没参与,就捎个口信。”

“可不敢大意,要小心再小心。”

“知道啦。娘,我吃了马上得回去。你看朱倩都急死了。”

现在玉央知道李昭仪相托的事一定不是好玩的,其间的危险已经明明确确写在朱倩的脸上,她也同时在娘的脸上看到了担忧。玉央此刻有了犹豫,她在想,也许下次李昭仪张口时她会拒绝。

余翠又一次来到司容部,刚进院子,她一眼看见了胡蝶和清蔷。

清蔷问:“余翠姐姐,娘娘有事吗?”

余翠稍有迟疑:“娘娘让胡蝶去一下。”

胡蝶迎上来:“咱们走吧。”

二人出了院子。胡蝶这才将疑问倒出来。

胡蝶说:"今天背部护理做过了呀。"

余翠低声:"娘娘要我找玉央,说她不在就不要说找她。我刚才嘴一滑,就说娘娘找你了。"

"没关系的,我正好跟你溜达一圈。回去我就说娘娘那边来客人,让我先回了。玉央到了我马上让她悄悄过去。"

"清蔷还找你们别扭吗?"

"她现在故意跟我们套近乎。哼,我怎么也不信她会和我们一条心。"

"娘娘也说,防人之心不可无。"

送走胡蝶后,余翠没料到玉央自己竟过来了。

余翠迎上玉央:"看见胡蝶了?"

"没有啊,我直接从家来。"

"我刚才让胡蝶转告你,尽快过来一下。还以为你见到胡蝶了呢。"

"娘娘找我?"见余翠点头,玉央问,"我也正有急事要找娘娘呢。"

"那快进吧。"

玉央进了起居室,李昭仪拉玉央在卧榻并排坐下。

"你可来了。"

"娘娘,什么事那么急?"

"想让你到朱倩那跑一趟。"

"我刚见过朱倩。她特别让我给您捎个口信。"

"她怎么说?"

"她说,第一,她家周围日夜都有形迹可疑的人出没,全是没胡子的男人,她觉得像宦官,第二,李训已连续十七日没有回府,她联络不到他,据管家说他那也有宦官出现。她让娘娘千万小心,若有何消息,及时与她联络。"

"她自己没事吧?"

"看来没事。不过她挺紧张的。"

"那样你就不必再跑了,先回吧。如果没碰到什么人,就不要说来过我这。不管谁问你什么,你的回答只有三个字……"

"不知道?"

李昭仪点头,她的脸上带着谢意和赞许。玉央看得很清楚。隔日晚上玉央又回家了。她与荣氏隔桌对坐,饭菜差不多被一扫而空。玉央撂下筷子,听到敲门声,起身开门。竟又是朱倩。朱倩进门。

"你在家太好了。玉央妹妹,我又要麻烦你一次。"

玉央问:"带信给娘娘?"

朱倩点头,从怀里掏出一封信函,递给玉央。

"非常紧急,一定在今晚交到我姐姐手上。"

玉央接过信函:"好的,你放心。"

朱倩抓住玉央的手:"真谢谢你。我在信里已经说了,让姐姐别再和我联系。相信这也是最后一次麻烦你。"

送走朱倩,玉央坐下,端起水杯喝一口。俄顷,站起来。

"我还是回去了。朱倩那么急,早点把信送到我心里踏实。"

"李昭仪对你好,咱应该知恩图报。但我心里总不踏实,几次三番这样偷偷带信,说不定就惹到什么麻烦。"

“娘,放心啦,我不会有事的。过两天领了俸银我再回来。”

“走夜路千万当心。”

玉央娇嗔地说:“你总是这么啰唆。”

夜里的李昭仪宫格外静谧,梅司形陪李昭仪做徒手健体操。李昭仪心不在焉,几次动作都跟不上梅司形的节奏。

梅英说:“娘娘,您心里有事吧?”

“哪里会有什么事?你把心放肚子里吧。”

玉央的声音:“娘娘。”

李昭仪回头看见气喘吁吁的玉央,便让梅英先回去。之后,携玉央进到寝宫起居室,关上门。玉央从怀里拿出信函。李昭仪迫不及待地展读,手一直在发抖。玉央站在旁侧,不发一语。李昭仪忽然流下泪来。

“娘娘,您……”

“我就这么一个妹妹,从小同吃同睡,形影不离长到16岁。现在却因为朝廷那些乱七八糟的事,逼得她和我天各一方,也许再难见面。”

“不是有话说,分别就是为了再见吗?两座山碰不到一起,两个人总会碰到一起。何况你们有姐妹之缘。”

“姐妹是缘,兄妹也是缘。现下正因为兄妹缘,硬是要生生断掉姐妹缘。”李昭仪忽然悲声大作,“我宁愿没有那份兄妹缘……我宁愿不要兄妹缘……”

玉央不知如何是好,只能静默陪伴在她身边。玉央忽然很后悔自己先前的那份私心,她意识到李昭仪也是万不得已才求到自己。眼见着娘娘与家人面临生离死别,那种内心的痛楚让玉央感同身受。她知道尽管冒了很大风险,李昭仪再有事相托,她注定还是会全力相帮,绝对不会推辞,不做缩头乌龟。

4

表面上看宫女女官的工作就是伺候妃嫔,但是如果细数下来,她们与妃嫔打交道的时间其实不多。如果要去哪个娘娘的宫里,最多也就是忙上半天。而且肯定不是每天都有召见,经常两天三天才会被召见一次。所以她们更多的时间是女官宫女彼此之间的交道。与娘娘的交道属于她们各自的特殊时间。

玉央这一段日子比较特别,经常被几个昭仪呼来唤去的。不只是范娉柳,其他女官宫女也都在私下里说长道短。在她们言下玉央就是个擅长溜须拍马的女孩,所以一人得了所有三个娘娘的欢心。由于平日做事多半不在一起,所以大家对她的印象多半是误解。令人悲哀的是建立误解很容易,一经建立起印象,要去除误解就难了。

可以说整个后宫对她了解最多的就只有胡蝶了。从胡蝶的眼睛里看她,同样会有诸多疑问。她钦佩她也信赖她,甘愿为她做任何事。她在玉央那里最想得到的,是玉央给她同样的信赖。她发现那不是一件容易的事。

玉央胡蝶躺在各自榻上,脸对着脸。玉央总有自己一套说辞。

“其实女人穿漂亮衣服,梳漂亮发式,修漂亮指甲,哪样不是享受?”

“那都是给人家看的。只有沐浴和按摩才是自己的身体在享受。”

“也不尽然。你说脚趾修得白白嫩嫩,又涂上指甲油,还不只有自己才看得见?”

胡蝶说:“还有皇上啊。女为悦己者容嘛。”

“我说女人,你以为每个女人都能做妃嫔啊?即使哪个女人有这个幸运,一年三百六十日,日日要修,日日要涂,皇上一年也许只来一次两次,也许几年不来一次,来了也未必有心情看她的脚指甲。”

“也有的一生才一次,有那一次,一生也值了!日日年年就只为那一次。”

“看你能这么理解她,倒很适合做妃嫔。”

胡蝶目光迷离:“那是每个女孩的理想啊。”

“不是吧。被人千挑万选,选中之后用一辈子等一天,也许那一天永远也不会来。我不信每个女孩都这么想。”

“嘴硬!如果有机会,不信你不想做妃嫔。”

玉央说:“不想。那不是我想要的生活。你真就那么想啊?”

胡蝶摇头:“可惜我没那个福分,想也是白想。”

“我就听不明白,你是想了还是没想。”

胡蝶忽然把话题转了:“清蔷也学乖了,主动跟我说话,又帮我包扎手指。”

“她那天也是因为被王昭仪骂了,听说骂得很凶,受了点委屈,所以才会吵架。她平日也不是这样的。”

“杀人不过头点地。她既然低头了,咱们也不好不依不饶。你说呢?”

“得饶人处且饶人。你这家伙,你能这么想我很高兴。”

胡蝶说:“我可怕你不高兴了。”

“我为什么不高兴啊?”

“我跟清蔷和解呀。”

“怎么会呢?”

听到有脚步声过来,玉央和胡蝶习惯性地自然缄口。夜行人清蔷推门进来。

清蔷问:“玉央,睡了吗?”

玉央略感意外:“没呢。”

“今天早上王昭仪让我带话给你,说那瓶紧肤膏快用完了,让你再为她专门配一瓶。”

“我知道了。”

“听说你也给杨昭仪专门配了一瓶?”

玉央很谨慎:“嗯,杨昭仪皮肤敏感,所以特别加了一些防过敏的配方。李昭仪也有一瓶,偏重补水保湿。”

清蔷说:“李昭仪的皮肤的确比较干。”

胡蝶插上话:“玉央给我也配了一瓶,也是专用的。”

“胡蝶也有啊。真让人羡慕。”

玉央说:“我不给她配她能饶过我吗?”

清蔷问:“那,有我的吗?”

这下玉央和胡蝶一起惊讶了。

玉央说:“其实……我也配了一瓶适合你的。”

“真的?那怎么不给我呢?”

“因为……看你,那几天的心情……”

“现在给我吧,我自己配的那瓶刚好用完了。”

“好啊。”

翻身下床,从隔架取出一只瓷瓶,递给清蔷。

清蔷接过:“谢谢你,玉央。”

“不用谢。胡蝶就从来不说谢。”

“改天我也给你试试我做的紧肤膏,你提点意见。”

“好的。”

胡蝶看着床下的两个人,摇着头,半天合不上嘴。三个女孩就此开始了难得一见的蜜月期。回头想一想,打从进宫那天起,转瞬间几年已矣,这三个姑娘一直居于一室,却从来没有过如此和气一团的时间。这是一个全新的开始。相信对她们每一个人都有一种特别的意义。这种情形如果能持续,那么以后的每一天都会是她们三个的节日。

在另一天,清蔷刚一进门,胡蝶便将一块衣料抖开。

“怎么样,好看吗?”

“好看。是李昭仪赏的吧?”

胡蝶将衣料罩在自己身上,反复比照。

“也不知道什么时候才能穿上这么漂亮的衣装。”

“玉央呢?”

“回家看她娘去了。”

“你可是有好久没回家了。”

“祖父外派蜀地,我在长安无家可回了。”

清蔷胡蝶坐到各自案前,面对面。

清蔷说:“下次带你去我家玩。”

“我可不敢去。你家是豪门吧?”

“你大明宫都进了,还怕什么豪门?”

“我不懂豪门的规矩。都说豪门规矩多,我从小不习惯那些礼数。”

“我还不是一样。”

“怎么能一样呢?你那么知书达礼,举手投足都是大家闺秀的范儿。”

“别羞我了。我们是好姐妹,干吗彼此分得那么清楚?”

“说真的,你和玉央都那么有教养,让我自惭形秽。”

“玉央家里也一定很讲究吧?”

胡蝶摇头:“我没去过。”

“不会吧。你们俩那么要好,她从没邀你去她家里玩?”

“就是,我也觉得玉央有点怪。她很少提到家里,她有时候会说,我娘怎样怎样,可是从来不说,我家里怎样。”

“玉央的父亲可是大官,是府尉大人啊。”

胡蝶很吃惊:“是吗?我从来不知道她也是官宦人家。这个死玉央,为什么从来连一点口风也没露过?这样做朋友也太不厚道了。”

这边的这些议论一点也没让玉央耳根发热,她还流连在自己的幻境中不能自拔。她伫立在《簪花仕女图》全图前。画面上的六个女人都各自将动作凝结在一个点上。右边第一位身披紫色纱衫的美人手持拂尘,侧身转手逗着一只摇尾吐舌的小狗。小狗忽然活动起来,那竟是大和教坊的小狗抱抱。美人手中的拂尘也动了,她居然是露彤!

小狗身后的第二位美人,肩披白纱,身着罗裙,右手挑起纱衫,左手招弄小狗。她的手指纤长柔软,身姿曼妙。她居然是李昭仪!

左边第一位美人右手捏一只蝴蝶,回首望着另一只小狗和它身后的白鹤。她伸左手拽一下裙摆,姿态极其高贵。居然是杨昭仪!

左边第二位美人身着红裙,肩挂白纱,正从远处娉婷而来。她身形轻盈,轮廓缥缈。再细看居然是莲莲!

玉央很奇怪,因为她竟然听到自己的声音:"莲莲!你也进宫了?"

白鹤身后的美人在整个画面居中,最为丰腴圆润,且雍容典雅。她凝视着手中的小红花,似在沉思。隆起的发端顶上是一朵国色天香的牡丹,这自然是王昭仪了。

紧跟在她身后的仕女手持长柄团扇,低眉顺眼,面容姣好。团扇轻摆,仕女摇一摇头,仿佛要摆脱疲惫。居然是清蔷。

清蔷并没有说话啊,可玉央肯定那是清蔷的声音。

"我义父的那些画家朋友,都说左边第二个仕女和我很像。你觉得我像吗?"

自己的声音竟也接上来:"那么巧哇!我的朋友也说我像左边第二个仕女。"

清蔷的声音继续:"这就不够厚道了。我凡事都不与人争,你又何必处处事事紧逼不舍呢?"

自己的声音:"可你明明是左边第四个呀。"

清蔷的声音:"给王昭仪打团扇的是欢喜啊。"

胡蝶走进来,对发痴的玉央视而不见,拿上什么东西又出了门。玉央觉得胡蝶似曾相识,但是她又无论如何想不起她叫什么。接着清蔷也像胡蝶一样进来又出去,清蔷同样没有感知到玉央的存在。玉央张口说话,却发不出声音,她听不到自己的话,但是她知道她在说什么。

"是啊,应该是欢喜才对啊。给王昭仪打扇子的是欢喜才对啊。"

玉央给自己的梦话惊醒了,睁着眼发呆好一会。夜色深沉,窗外的虫鸣响成一片。玉央慢慢确定了自己刚从梦中走出来。听到胡蝶吧唧嘴的声音,她转过身。胡蝶再入梦乡。可是清蔷已经不见了。玉央起身,尽量蹑手蹑脚。她从自己的储物柜里找出自己摹的那幅《簪花仕女图》。展开,从右向左一个人物一个人物地细看一遍。之后索性找出宣纸在案几铺展开,开始研墨。

清蔷每晚出去成了惯例,连胡蝶也不再大惊小怪了。由于夜夜如此,她已经练就了轻快的夜行脚步。当她与同样脚步轻快的另一个夜行人在一处拐角相遇,两人都吓了一跳。但是同时也都认出了对方。

"谷司妆?"

"清蔷?"

"您这是?"

"我刚从杨昭仪娘娘那边过来。你去哪?"

清蔷说:"我……去看一个老乡。"

"不早了,快去吧。"

"司妆慢走。"

两人擦肩而过。清蔷往谷绣春来的方向去,她的解释是去看老乡。当然她可能说谎,因为她在恋爱,她也许去找杭龙。我们和谷绣春一样,无法知道她究竟去哪。她也许不是去找杭龙,因为在认识杭龙前,她就已经开始上演每晚失踪的好戏。毫无疑问,清蔷有属于她自己的不与任何人分享的秘密。

时间过去了半个时辰,在同一地点,又有两个夜行人相遇。这次清蔷走的是回头路,从右往左。从左往右的是巧儿。

"清蔷?"

"巧儿姐姐。"

"你这是?"

"去看老乡回来。你呢?"

"刚为娘娘去送一件礼物回来。"

"姐姐慢走。"

一来一回,清蔷虽面对不同的人应答却是前后呼应的。也许真的错怪她了,真的以小人之心去度她的君子之腹了。

骑白马的那个不是王子

1

男人和女人之间有讲不完的故事，可是在这里遭遇了例外。亘古以来，男儿多情女子怀春，此乃天经地义。但总有不解风情的男女，比如李永，再比如玉央。这两个人偏偏会在大千世界里相遇。而且，居然也会惺惺相惜。

尽管玉央于男女情事很迟钝，这并不妨碍多情男儿对她行注目礼。杭龙也是情窦初开吧。玉央莫名就令他深深地着迷，让他寝食难安。他竟不知道该如何博取她的芳心。

上帝对他总归是公平的，尽管玉央木讷，杭龙还不是一无所获，也许更漂亮也更聪明的清蔷义无反顾地爱上了他。清蔷无论从哪个角度看，对杭龙都是更合适的女孩。上帝一定是个喜欢游戏的家伙，他让他们相遇，但是不让他们一对又一对，不让他们得偿所愿。他令他们每一个人都不可能轻易得到自己想要的。

李永与杭龙不同，他对玉央没有杭龙那么复杂的心思。他要找她，马上去到尚容局，没有丝毫迟疑。李永拉开门。

安其凤问："太子有何贵干？"

"请尚容代我传一下玉央。"

"是。"

出门。李永踱到靠西墙的陈列架前。护肤用品、养生配方、化妆用品、沐浴配方、发式模型，林林总总不一而足。玉央进来。

"太子找我？"

李永没有回头："女人的名堂真多，比男人好玩多了。"

"在你们男人眼里，女人太过麻烦了，是吗？"

"好玩。是谁想出这么多名堂？"

"男人打猎打仗打马球，男人的世界在外面，更热闹也更精彩。女人不出门，但总要找一点自己的事做呀。"

"琴棋书画这些，不必出门也有很多乐趣。"

"琴棋书画男女皆可为。女人还需要找一点只属于女人自己的事。"

"想一下，镜子这东西就是专为女人而生的。你们尚容局这里做的都是为女人照镜子的准备。"

玉央想想也是："你这么一说好像真的是唉。太子找我不会只为了谈镜子吧？肯定有别的话要说。"

"今天过来，是向你求援。"

"向我？求什么援？"

"上次你的那首诗呀。"

玉央不记得了："诗？"

李永吟咏：

高秋晴好
梢尾鸣知了

落叶金黄红嘴鸟
昨夜轻风蹊跷

玉央问："这诗怎么了？"

"请帮我一个忙补出下阕。"

"太子命我将半首诗补齐，为什么要说帮忙求援呢？"

李永老老实实，讲了自己借她的上半首诗到太傅那里交差的事。因为是他自己应和出下阕，结果被太傅贬得一无是处，只能来找她再帮他一次。他也对太傅承认他剽窃了别人的诗。因为太傅称道了诗的上半阕，所以他想请她补齐再让太傅见识一下，让太傅知道他朋友的厉害。

玉央对他说的剽窃根本不当一回事，但她觉得整个事情很好玩。

"你怎么和的？"

仲夏风摇
溪头蛙声噪
纷纷红紫绿丝绦
雨歇万象妖娆

玉央说："难怪太傅贬你，你如此应和原本就是欠贬。"

"你不可以见死不救啊。"

玉央略一思索，随即沉吟：

上山飞雪结晶，中山彩蝶飘零
又见下山新绿，一山四季分明

李永挠头："不对吧？怎么又变成整齐划一的六言了？"

"其实上阕也都围绕着六言作变化。我喜欢六言，因为介于五七之间，音韵温润平和，于女人心境吻合。是我上次登华山所得，诗题《华山九月》。"

李永吟咏：

高秋晴好
梢尾鸣知了
落叶金黄红嘴鸟
昨夜轻风蹊跷
上山飞雪结晶
中山彩蝶飘零
又见下山新绿
一山四季分明

玉央说："太子见笑了。"

"李永岂敢。下阕里句句见山，又有上中下三块风景，色彩层次的分明更甚于四季，好诗。连我这种门外汉也读出了味道。"

"听太子胡乱夸奖，玉央再不敢随兴作诗了。"

“有一点需要请教，既是九月，且有落叶，为什么说又见新绿呢？”

“这也许是女孩子的细致吧。偶然留心，发现草的丛心总有嫩黄草芽，哪怕外围的已经老绿甚至枯黄。若干灌木也是如此。”

“明白了。上阕已得太傅交口赞誉，若连下阕一起给他，不知老头子会作如何感想。我要吓他一跳，别以为小孩子什么都不行。”

“太子不可。玉央只是后宫的小女史，不可以班门弄斧。我娘也再三嘱我不许卖弄炫耀。”

“是我钦佩。你一定说自己卖弄炫耀，反而有自作多情之嫌了。”

玉央几乎就没有幽默细胞，别人的玩笑也会让她受不了。

“太子又何必咄咄逼人呢？我说不愿意总可以吧？我写诗只为好玩，不是让人品头论足的。”

“你当真生气啦？不至于吧。毕竟你我是朋友，你不要这么小气嘛。”

“你偷看也就看了，就止于你。是朋友也该为朋友想想，毕竟你不是我。”

“一言为定，就止于我。”

尽管同是少男少女，不解风情的两个人在一起就是这么话不投机。清蔷与杭龙的关系就不是那么单纯了。他们之间的对话永远话里有话，对彼此永远不可能如李永玉央那样襟怀坦荡，那样畅所欲言无所禁忌。首先杭龙就做不到，其次清蔷更做不到了。

清蔷脚步匆匆往马球场那边去。远远就听到杂沓的马蹄声。接着看到一白一红两匹骏马在球场上驰骋。很明显那匹红马上的骑手是个女孩。女孩一袭白装，英姿飒爽。两匹马急停，调转马头又急起。动作幅度协调，配合也默契。已经站下的清蔷脸色发白。骑白马的杭龙显然看到了清蔷，独自驱马过来。留下红马依旧急起急停，变换方向，技艺极其纯熟。

杭龙说：“嗨，这么闲啊？”

清蔷说：“你个说话不算话的家伙！”

“我怎么啦？”

“你到底什么时候教我骑马？”

“那就现在吧。”

“那不是有人在跟你学吗？”

“不用理她。来，伸手，我带你去牵一匹马出来。”

清蔷伸手相迎。杭龙将她一把提起，放到身前。清蔷的脸一下红了。白马踏着小碎步往马厩去，马儿颈下的铜铃叮咚作响。

清蔷说：“这铃声挺特别的。”

“是我专有的铃声。”

“我记住了，再听到这铃声就知道是你。”

“肯定不会是别人。”

被杭龙拥在怀里的清蔷低声说：“她不会不高兴吧？”

“说谁呢？”

“还有谁？那个人呗。”

“她高兴不高兴有什么关系？”

清蔷试探：“也是你徒弟呀？”

“算是吧。”

“是你的大徒弟？”

“大徒弟是太子。”

“我算是第几个？”

杭龙故意寻她开心：“第八。”

“我前面还有那么多人啊？”

“不止第八。也许第十八。”

清蔷故作生气状：“你就没一句正经话。”

“正经有什么好？哦，对不起，对你这么正经的姑娘，就是装也要装得正经一点才是。”

“坏蛋，你敢笑话我。”

“不敢不敢。”

来到马厩。大门洞开，白马长驱直入。

杭龙说：“得给你找一匹老实一点的。”

“当然啦，我这么老实。”

“人老实有人欺，马老实有人骑。”

“我老实吧，你敢欺负吗？”

杭龙下马，也伸手托她双腋助她下马。他牵出一匹黄骠马，一望便知已经老迈。

杭龙说：“它更老实，要欺负你就欺负它好了，我保证它不会反抗。”

扶清蔷上鞍，把缰绳递到她手上。

清蔷尖叫：“你别撒手啊。”

“你别撒缰绳。想叫它停就收缰绳，想让它走用脚跟磕一下肚子。走啦。”

拍一下黄骠马屁股。黄骠马迈着小碎步向前了。

清蔷说：“不行不行！我害怕。”

“不怕不怕，你行的。”

上马，从后面赶上去，与清蔷并驾齐驱。

“我还以为你给我拉着马呢。”

杭龙不想迁就她：“你不至于那么低能吧？那样哪辈子才学得会？这不是挺好吗？还怕吗？”

清蔷放松一点了：“不那么怕了。你不许走开。”

话音未落，杭龙双腿一夹，白马已经蹿出很远了。

“冰洁！”

红马骑手勒住缰绳。

杭龙说：“你来做临时教头。”

那个叫冰洁的女孩应声：“好嘞。”

清蔷心里恨恨地：“莫名其妙了。”

此刻杭龙已经快跑出球场，回头大叫。

“你们玩吧，我去接太子。”

一溜烟消失在拐角处。冰洁来到清蔷跟前。

“是第一次？”

清蔷的情绪还挂在脸上：“他这人怎么这样？”

“他一直就是这副德行。”

“还男子汉呢，真没风度。”

冰洁笑了：“他也就长得像个男子汉吧。”

“你倒是纵容他。”

“你又能把他怎么样？”

清蔷没放弃试探：“看你的装束应该不在宫里吧？”

“宫里有什么好？我觉得宫里好闷啊。你不觉得闷吗？”

“你怎么认识他的？”

“谁要认识他？是他先要认识我的，他最早就认识我了。”

“他说太子才是他大徒弟啊。”

冰洁显然不耐烦慢吞吞的步伐：“跑起来。用腿夹马肚子。”

边说边示范。红马跑起来。清蔷下意识地跟进，黄骠马也跑起来。

冰洁说：“现在拉缰绳，停下。”

边说边示范。红马急停。清蔷却紧张得不知如何是好。黄骠马一直向前。

清蔷大喊：“停！停！停下！”

“拉缰绳！拉住缰绳！”

清蔷终于听见了。拉缰绳，停下。红马过来。

清蔷说：“吓死我了。”

“让你拉缰绳你就是不拉。”

“心里慌，没听见哪。”

清蔷这会心里正在钻牛角尖，她无论如何听不明白这个冰洁与杭龙是怎么一回事。杭龙不说，冰洁也不说。她再怎么旁敲侧击那两个人也不接招。太子来了，清蔷便也只好借口有事，回去了。剩下冰洁，也觉得自己多余，便也走了。杭龙李永两个人玩到大汗淋漓方才作罢。杭龙随手将上身衣衫除去，一身令人炫目的肌肉群。李永露出羡慕，伸出手去摸他三角肌、胸大肌。

李永说：“这才叫男人。”

杭龙有些躲闪：“今晚有事吗？”

“好久没去骰子房了。”

杭龙脸上现出无奈，但他没有别的选择。

2

令行禁止。骰子房就是当日接下去的去处。这里今夜生意格外红火。老板的那张阴沉的脸上也绽开了笑容。吆喝声起哄声以及各种芜杂的声音，混响在一起。忽然阴森重新爬上老板的脸。原来那个无往不胜的白脸男孩来了。身后永远是那个帅呆了酷毙了的肌肉男。出于对敌手的尊重，那些老赌客自动为李永杭龙让开一条路。

有人喊了一嗓子：“收钱的来啦！”

李永朝喊话的人抱拳：“多谢抬爱。”

与杭龙站到榉木案边。司仪偷看老板。老板紧锁眉头，不与司仪对视。杭龙目光如炬，纵观全局。李永掏出大锭银子扔在案上。有人叫好。

司仪说：“五个骰子，买点数。下注啦。”

众人报数。

“十八。”

“二十一。”

“十三。”

“二十五。”

司仪分牌，问李永：“你呢？”

李永懒洋洋地说：“嗯……”

一个熟悉的声音大叫：“三十！”

李永杭龙看过去。黑子出现在案边，左腋下的木拐分外引人注意。一大锭银子被重重拍到案上。他挑衅地盯住杭龙。

众人喝彩:“哇!”

李永说:“我买五。”

众人更大声起哄:“哇!”

司仪分牌,之后还是老一套:“买多少赢多少,买多少输多少。姜太公钓鱼,愿者上钩。”

手也没闲着,五颗骰子被扔上台案。五颗骰子全是一。李永得意地笑,回头看杭龙。杭龙的目光正在寻找黑子,可是人已经不见了。原来他去了隔壁当铺。高高的柜台两侧各有一支巨烛,灯火摇曳。他的一只手捏着一张房契举上柜台。柜台里边伸出另一只如鹰爪般枯瘦的手,将房契摘下。

当铺老板给价了:“白银二十两。”

“我这房子是整整三两黄金买下的呀!”

“当掉共白银一百两整。暂借二十两。”

黑子无可奈何:“好吧。”

四锭白银上柜。他的送上房契的手将银子抓下。灵魂出窍一般回到骰子房。第二个回合竟无人下注,所有的目光都聚焦在李永一人。

李永报点:“一二三四五。”

司仪一愣:“一二三四五?”

李永说:“我赌顺子,买十五点。”

司仪说:“随便十五点不是你赢,要一二三四五才是你赢。”

“我买十五点,随便十五点当然还是我赢,那样输一赔一。我再赌顺子,咱们一赔三。”

“明白了,随便十五点,你赢一,但是你输三。你赢一,加上下底的一,你只需要再拿一出来即可。如果你是顺子,你可以赢随便十五点的一,再加上顺子的三,我庄家就要输四。如果你输,输随便十五点的一,再加上顺子的三,你还要再拿出三,总共是四。三种情形三个结果。我说的没错吧。”

一个赌客说:“干吗要三个结果?听得头也晕了。我下十五。”

其他赌客纷纷效仿。

“十五。”

“十五。”

“十五。”

……

司仪忽然发现无牌可发。

老板出面了:“我是馆主,我在牌上重写牌号,以我新写的牌号为准。”

老板执笔蘸墨。所有人手上的牌号皆为十五。唯有李永的不同,正面“十五”,背面“顺子”。拄拐的黑子重新挤到台边。

司仪最后问他:“你呢?”

黑子又搬出一锭掼到台面,眼也不抬:“三十。”

三十的牌现成。司仪甩手抛花,五颗骰子纷纷扬扬。众人双眼圆瞪。五颗骰子依次停在“六”。黑子自然得意非凡。

赌徒对李永说:“让你害惨啦。”

“早知道你也有不灵的时候,”另一个赌徒指着黑子说,“还不如跟他了。”

众人骂骂咧咧。

“这个丧门星。”

“挨千刀的。”

“成心害人的东西,生个儿子没屁眼。”

最得意的人是老板。司仪则盯住李永,用手指敲台案。李永会意,知道他在催账,就又掏出三锭银子交柜。再将第四锭作为下一把的赌资。

“诸位兄弟,”黑子抱拳致意,又转向老板,大声说,“馆主,我想借贵方一块宝地,与这二位(指李永杭龙)单打独斗一把。输赢多少概与柜上与诸位无涉。可否给我一个面子?”

老板说:“没有问题。”

众人说:“没有问题。”

黑子看定李永:“你呢?”

李永轻飘飘地说:“没有问题。”

杭龙加上一句:“愿意奉陪。”

黑子对司仪说:“还请先生费心费力。”

“没有问题。”

黑子从怀里一下掏出四锭亮闪闪的白银,漫不经心似的甩到台案上。

“别那么啰唆,就一枚骰子,如何?”

李永说:“随你。”

伸手往怀里摸,脸上却露出尴尬。

黑子很不屑:“不会没银子可输了吧。”

“怎么会呢?”

他的手拿出来了,却是小小的一锭金。

“就它了。”

现在轮到黑子尴尬了:“不好意思,我身上刚巧只带着银子。”

“没关系的。这里是黄金一两。我输了,黄金归你。你输了,二十两银子归我。有意见吗?”

围观的赌徒起哄:“哇!一两金起码兑五十两银啊。”对黑子说,“若要赢了,老兄就发了!”

老板说:“大家给捧个场,来,呱唧呱唧。”

带头鼓掌。众人应和,掌声雷动。

司仪问:“二位还有什么话说?”

李永说:“没有。”

黑子也摇头。

司仪问:“要点数还是要大小?”

李永转向黑子:“悉听尊便。”

“大小省事。”

“你先请。”

“还是你先。”

李永说:“我个子小年龄小,就小吧。”

“那我就大了。”

司仪看李永:“一二三你赢。”转向黑子,说,“四五六你赢。”

李永点头:“开吧。”

黑子说:“开!”

只一个瞬间,而结果就诞生了。二。众人一齐发出声音,有叫好的,有叹气的,有起哄的……可是忽然,一直蛰伏在榉木案旁侧的一条大汉以神力将沉重的案几一头轻轻抬起。银锭滑落了,金锭滑落了,骰子也滑落了。人群爆发出尖叫和哄闹。

另一头蛰伏的另一条大汉上前一脚,那颗由骨头刻制的骰子就被他踩个粉碎。他顺便将真金白银拾起,扔进口袋。大堂里一片混乱。黑子乜斜着眼,嘴角挂着冷笑。他忽然抓住拐杖,抡圆了砸向杭龙脑袋。杭龙擎起手臂去迎,拐杖被砸个稀烂。杭龙的眼睛明显露出痛楚,但他马上一个侧踹,黑子如布袋一般飞出去,摔到墙上,又弹落到地面。

整个房间乱成了一锅粥。人们争相逃命。那两条大汉迅速架起黑子,推搡开众人,从现场撤离。李永惊恐万状,抓住杭龙受伤手臂的肩膀。

"怎么样了？你怎么样？没事吧？"

杭龙牙关紧咬,大颗汗珠已经往下淌。

"断了。"

到底是母子,那种神秘的感应令王昭仪心神不宁,连她自己也不明白,为什么会忽然想起叫小寇子去找李永。果不其然,到处都不见太子的下落。小寇子最后问到马厩的马倌,确认之后才回来复命。他脚步沉重,神色惊慌。

王昭仪问:"怎么啦？"

小寇子答:"太子他……他出宫了。"

"马上着人出宫去找！"

可是这时候已经晚了。杭龙擎着断臂,与李永回宫了。李永坚持要他去尚药局。毕竟太子出事非同小可,上上下下顷刻乱作一团。尚容局这边,三个姑娘已经睡下。嘈杂的人声令清蔷先醒了,她侧耳倾听。外面混沌一片。清蔷索性起身,披上件衣服,开门出去。胡蝶也醒了,也到门口去听。

清蔷说:"是尚药局那边。"

胡蝶说:"这么晚,一定是出大事了。"

"我听见有人叫太子。"

"过去看看？"

"走。"

胡蝶说:"我把玉央叫起来。"回到铺前,说,"玉央,快起来。"

玉央显然正勾留在梦乡:"干吗呀？"

"尚药局那边出事了。看看去。"

玉央困顿不堪:"我不去,困死了。"

清蔷也回来穿上鞋。胡蝶穿鞋,一边嘟哝。

"真搞不懂你,哪来那么多觉啊？不理你了。"

拉着清蔷出门。关门。马上跑开。玉央翻了个身,熟睡过去。

尚药局这边灯火通明,众多宦官并小药童提着灯笼跑来跑去。也有不少围观的。清蔷胡蝶凑到前面,听大家七嘴八舌议论,知道是太子和马球教头在大明宫外被打伤。当清蔷听说受重伤的是马球教头就立刻追问细节,马上有人绘声绘色讲述杭龙的伤情,说手臂肯定已经断了,还说他脸上没一点血色。清蔷一听,拔腿就往尚药局里闯。

柄公公拦住:"干什么？"

"让我进去。"

柄公公打量她:"你是谁？"

药童甲跑过来:"公公,骨头还没接上,要不要禀报娘娘？"

"娘娘要听的不是这个。都弄妥了再说！"

"是。"

转身跑进去。

清蔷急了:"骨头都断了,进去看看怎么了？"

柄公公正色:“骨头断了关你什么事?”

清蔷央求:“好公公,麻烦您通传一声,就说尚容局的朋友来探他。他一定会见我的。”

“谁?太子殿下还是杭教头?”

清蔷连说:“杭教头,杭教头。”

胡蝶一旁帮腔:“好公公,谢谢你了。”

这会尚药局里面一派忙碌。御医在为杭龙接骨。接了几次也对不上。杭龙牙关紧咬,额头挂满冷汗。李永陪坐旁侧,紧张地注视杭龙。太子在场,显然给御医的心理增加了压力。虽然太子没直接责备御医,但他很明显对接骨的不顺利很不满意。杭龙也看出了这一层,便忍着疼反倒劝慰李永,让太子不要动气,说接骨这种事是急不来的,急也没用。

柄公公过来:“太子殿下。”

李永不能心平气和:“又怎么啦?跟母亲说,杭龙接好骨我马上过去请罪!随她怎么骂都行!”

“禀太子,门口有位姑娘,说是杭教头在尚容局的朋友,想进来探视。”

李永与杭龙对视:“尚容局?玉央?”

杭龙眼睛亮了,点头。

李永说:“快让她进来。”

可是进来的却是清蔷。不只李永扫兴,杭龙的兴致也不高。清蔷看见袒露上身接受疗伤的杭龙,显得十分激动,先和杭龙打了招呼,马上又觉得冷落了太子,随即又招呼太子。她当然最在乎的还是杭龙的伤情。

擅于察言观色的柄公公已经看出了太子的脸色不对,他用手势眼色向太子示意,问是否让姑娘出去。太子摇摇头。清蔷想开口问杭龙,被御医用手势严厉制止,接骨治疗原本需要医家专心致志全力以赴,容不得半点干扰,更容不得闲人在场旁观。太子宦官在场已经够烦了,现在又多了个姑娘,真是烦不胜烦。御医的脸上写满了不悦,治疗室的气氛凝重而压抑。

御医猛地发力,杭龙没提防,“啊”的一声叫了出来。清蔷的眼泪夺眶而出。

李永说:“你就不能轻点吗?”

御医抹一把汗:“太子,杭教头,总算接好了。”

杭龙面色苍白,如虚脱一般,轻轻点头向御医致谢。清蔷看着杭龙红肿的手臂,伸手想触又不敢。

柄公公终于又开口了:“太子殿下,娘娘在等这边的回话。”

李永颇不耐烦:“我先送杭龙回去,之后再见母亲。”

柄公公为难:“这……”

杭龙说:“太子,你赶紧去见娘娘。”

李永说:“可是你……”

杭龙说:“太子不要让我为难。我本来也应该立即去见娘娘,可是……代我向娘娘认错,说我一旦能起身,马上去请罪。”

李永犹豫。

清蔷说:“太子,我来照顾他。”

李永一咬牙:“给我小心仔细伺候好了,有一点不妥,拿你是问!”

“太子尽管放心。”

见杭龙伤得这么重,清蔷的心被扯得很疼。她一整夜守候在马厩这边杭龙的房子里,连一刻也没有合眼。天还未亮,晨雾却已悄悄降临,烛光闪烁。清蔷依偎在熟睡的杭龙身前,手握着他的手。杭龙脸色惨白,呼吸又深又沉。

清蔷看看已经发白的窗棂,小手从杭龙手中悄悄抽出来。起身,将手掌轻贴在他额头,一怱。

这才放心地出门。

临近中午的时候，接骨的御医来到杭龙房间为杭龙换药。玉央胡蝶进门。马上围到杭龙身边。杭龙的眼睛亮了。

玉央说："刚听说你受伤了。"

胡蝶说："他们不让我们过来看你。"

杭龙说："小事一桩。"

御医说："如果粉碎性骨折还是小事，什么才算大事？"

胡蝶大惊小怪："那还能治好吗？"

御医说："伤筋动骨一百天。"

杭龙安慰她俩："骨折小意思。有御医妙手，治好不成问题。"

玉央看伤口："表面皮肉都给打烂了。"

御医说："肯定要留疤。好在不是女孩子。"

杭龙说："身上连块疤也没有，算什么男子汉？"

胡蝶问御医："一百天一定会痊愈吗？"

御医说："痊愈不是问题，关键在于骨头接合的质量。再就是长骨头的时间里必须静养，不可以受到冲撞，那会影响成形和恢复。俗话说就是接歪了，长歪了。"

杭龙说："御医肯定不会接歪，我当然加十二分小心，不敢让它长歪。"

玉央说："记住大夫的话，静养。"

胡蝶苦着脸："还要包起来吊夹板吧？"

杭龙学她的苦脸，点头。

想来有趣，杭龙这边有难，竟真的能让清蔷从沉睡中惊醒。而玉央恰好相反，专门有人叫却无论如何也不肯从梦乡撤退。这也许已经在冥冥之中定位了两个女孩与杭龙之间的特殊格局。

以杭龙的身份，他在宫廷里充其量也只能是一个微不足道的角色，人们可以称他杭教头。但是说到底他也只是太子的一个跟班，太子打球他是教练，太子掷骰子他是随从，太子有难了他是保镖，如此而已。有太子的时候有他，也没有谁敢轻看他慢待他，没太子的时候没人会在意他的存在，跟班的全部意义也尽在于此。当然了，做跟班并非是杭龙唯一的角色。

比如他首先成了尚容局一个小女官心中的白马王子，而且他当真骑一匹白马，虽然跟他一道骑黑马的那个人才是真正的王子。与此同时杭龙又成了尚容局另一个小女史的仰慕者，他在后宫之内追女孩又被女孩追，仅从这个意义上说他已经不再是一个微不足道的角色了。而且这还不是全部，因为他有一个叫冰洁的妹妹，因此他在宫廷的角色还将有变，非常非常大的变化。

3

我们已经看到了王昭仪很关心李昭仪杨昭仪她们，但是她要关心的绝不仅仅是她口中的李妹妹杨妹妹，太子才是她操心最多的人。这次杭龙受伤事件，令她对太子的举动一下重视起来。她原本对儿子甚少约束，也差不多丧失了对太子的约束力。这一次她甚至不在乎儿子会烦，不厌其详地追问细节。

李永低着头坐在王昭仪对面，如同罪犯面对主审官的情状一样。

王昭仪问："就这些？"

李永答："就这些。"

"照你这么说，全是那几个街头无赖的错了？"

"儿子知道自己有错，再不敢了。"

“你真是胆大包天,三更半夜私自出宫,聚赌斗殴,哪里还像个太子?那个杭龙更是无法无天,这次就算不被那些混混打断胳膊,我也要打断他的腿,看他还敢不敢怂恿你胡闹。”

“母亲,不关杭教头的事。我自己坚持要出去的,他拦我不住,才陪着我以备不测。昨晚要不是他,母亲恐怕就见不到儿子了。”

“我莫非还得谢谢他救了你不成?”

李永低头:“他已经受了重伤,别再罚他就好。”

王昭仪一拍桌面:“你还有心顾着他人?此事如果被你父皇知道,看不揭了你的皮!”

小寇子外报:“娘娘,皇上往这边来了。”

王昭仪说:“这个时候来?”

小寇子说:“皇上似乎……怒气冲冲。”

李永慌了。

王昭仪说:“谁那么多嘴让皇上知道的?”

李永拉住王昭仪衣袖:“母亲,怎么办?”

王昭仪甩开他:“现在知道怕了?瞧你这点出息!还能怎么办?准备迎驾!”

海汉的声音:“皇上驾到。”

门被“砰”地推开,文宗气冲冲进来。

王昭仪施礼:“圣上。”

李永施礼:“父皇。”

文宗不予理睬,坐下,胸口不断起伏。母子俩诚惶诚恐。王昭仪推李永,李永畏缩。王昭仪瞪他,再推。李永上前。

“父皇请息怒,儿子知罪……”

话没说完,文宗大手一挥:“来呀!”

海汉上前:“小的在。”

文宗指着李永:“打板子,给我狠狠地打!”

李永双腿一软,跪倒在地。

“父皇饶了儿子吧,儿子知错了。”

王昭仪给文宗斟茶,文宗打翻茶盏:“都是你教出来的好儿子!”

欢喜见状欲上前收拾,王昭仪摆手阻止。然后亲自俯身拾捡碎片。文宗冷眼看她。王昭仪轻呼一声,手指被割破,血流了出来。

文宗皱起眉,语气却缓和了:“你这又何必呢?”

“永儿再不肖,毕竟是我们的骨血。儿子犯错,做母亲的应该一起受罚。”

“你的意思是,朕作为父亲,也该受罚?”

“臣妾不敢。只是永儿昨夜已受了诸多惊吓,且皆因一片孝心才惹出祸端,还请圣上暂时饶过他。若罚就罚臣妾好了。”

“如何说到一片孝心了?”

“永儿在西市看到波斯珠宝,觉得精巧别致,便想买下送给臣妾。不料钱财外露,这才引来歹人。不仅被洗劫一空,同行的杭教头还被打断手臂。”

文宗问李永:“是这样吗?”

李永点头不迭。

王昭仪说:“永儿自小生活在王府皇宫,哪里知道世界竟那么不太平?也怪我,这段时日天天逼着他读书,忘了他是个男孩子。男孩子总是贪玩的。圣上也是从小时候过来的,应该知道男孩子的情形。”

文宗冷笑："我虽顽皮，却从不敢荒废学业。他读书？读书也是逼的？你不提倒也罢了，提了反让朕气不打一处来。"

"圣上有所不知，太傅近日还夸赞永儿大有进步呢。"

"是吗……"对李永说，"最近都学哪些功课？"

李永战战兢兢："学……作诗。"

"念一首你作的诗。作得好，今日就饶过你……"

李永眼珠一转。

华山九月

高秋晴好
梢尾鸣知了
落叶金黄红嘴鸟
昨夜轻风蹊跷
上山飞雪结晶
中山彩蝶飘零
又见下山新绿
一山四季分明

文宗虎着脸不作声。他凭直觉知道太子的诗的确有了长进，这也是他日后与李商隐谈论的那一首。当然他不会知道，李永只是借了女史玉央的诗来应付差事。文宗的脸色不那么难看了。王昭仪李永对视，依旧有些紧张。文宗起身，对王昭仪说："手指伤了，传御医过来包扎。"转向李永说，"把诗写下来，送到我案头。"

皇上走了。欢喜忙着收拾起地上的瓷片。王昭仪嘴角紧抿，看来是手指的伤口很疼。这一向皇上很少过来，王昭仪心下明白自己失宠已成定局。可气的儿子又不争气，让难得来一次的皇上只发一顿脾气便拂袖而去。作为女人，她心里的那份酸楚可想而知。最难过的是，她的这些心思只能窝在肚子里，她没有一个可以倾诉心曲的人。李永长舒一口气，瘫坐在地。

小寇子到熙来茶楼执行一桩神秘的使命。他特别选择了大堂而非单间。另外，他也换了装束，即使熟人也很难认出他。他对面是一个瘦削男子，此人目光犀利冷峻，声色不露地注视着大堂的一角。

赌徒黑子一个人坐窗边，明显是在等人。骰子房闹事的那两条大汉上楼，左右四顾。黑子抬手吸引他们注意。二大汉过来坐下。

大汉甲说："干吗来这么个斯文地方？"

大汉乙说："不如去酒肆喝白干。"

黑子说："蠢猪！就知道白干。有钱要懂得享受。喝茶！"

三人装模作样品茶。小寇子和瘦削男人的目光一直没离开过他们，两个人不时说一句什么话。黑子与两个伙伴对他们全无觉察。

大汉甲说："那根金条你兑成银子啦？"

黑子说："给你的银子不会这么快就用没了吧？"

大汉乙说："哥，我讲信用吧？"

黑子说："此话何来？"

乙说："金条是我拿回来的，二话没说就交给你了，对吧？"

黑子斟酒:“没错。兄弟讲信用。”

甲说:“你答应我们,在金条上每人还有十两。这么久了,你的信用呢?”

黑子说:“喝酒。二位兄弟放心,大哥我吐唾沫成钉,绝对不会食言。”

乙说:“哥,你也别问我们手上的银子,用完没用完都是自己的事。你就把二十两银子给我们哥俩,你兑不兑金条我们不闻不问。”

黑子说:“就这么说。今晚我还有事,先走一步。两位兄弟慢慢喝,账我已经结了。”

黑子起身,出门。两条大汉互相看看。他们也说不出别的,他们是来要银子,黑子也答应给,没有任何托词,还给他们叫了酒。就只有喝酒了,碰杯,一饮而尽。再斟,再碰。

夜色深沉,僻静的街巷相当狭窄,没有灯火,月光将地面照成青白色。在茶楼盯住黑子的那个瘦削男子,此刻又尾随在黑子的身后。黑子走路有一点摇晃,显然喝得不少。过了一个拐角,瘦削男子回头张望。身后空无一人。再从墙角探头,向前张望。只有黑子的身影晃来晃去。瘦削男子悄无声息蹿到黑子身后。挥臂。黑子一声闷叫,布袋一般摔到地上。

这会黑子的两个伙伴依旧推杯换盏。

甲说:“不行,得让他给个准确日子。这小子在拖咱们。”

乙说:“什么让他给日子?现在就去找他,让他明天务必把银子拿出来。”

“黑更半夜的哪去找他?他说他有事。”

“狗屁。一听说我们要银子他就有事了,肯定在家。”

“走。他若不在,就在他家里等他。”

二人说走就走,在胡姬酒肆门前与瘦削男人擦肩而过。他俩怎么也不会想到他刚刚做过什么。瘦削男人重新回到大堂,重新坐到小寇子身边。这里永远是喧闹和拥乱,两个人藏身其中是再安全不过了。办掉了黑子的瘦削男子应邀举杯,一饮而尽。小寇子从怀里拿出一个沉甸甸的布包,放到桌上。

“收起来。”

瘦削男子马上将布包塞进自己怀中,又掏出一小条黄金。

“我在他身上找到这个。”

“你留着。”

王昭仪与李昭仪不同,她不认为个人和个性有多么要紧。对她来说,该做什么做什么,该去哪里做就去哪里做。比如她就绝不会在自己宫里做香薰浴,她要做就一定去司形部塑体浴体间。

欢喜胡蝶侍候王昭仪出浴。梅司形和玉央安排卧榻。

梅英说:“娘娘,要不要先做一套拍打塑体功?”

王昭仪对她的话置若罔闻,转向胡蝶。

“你的香薰浴技艺越发精进了。”

胡蝶说:“娘娘满意就好。”

一旁的梅英脸色惨白。

王昭仪在卧榻躺好:“你们外面候着吧。”

梅英率欢喜胡蝶回避了。

玉央说:“我的方案娘娘还有意见吗?”

王昭仪微笑:“我的意见就是要你保密。以辣椒减皱唯我一人可用。”

“方案已报安尚容,也由紫衣记录在案。”

“他们的事不要你管。你要做的就是不要说出去,也不能给别的妃嫔使用同样手段。”

“玉央明白。”

拿出一只盛满金黄椒泥的罐子。

王昭仪问:“怎么不是红辣椒?”

“这是我娘专为我寻来的琼岛黄金灯笼椒,其辣气无可与之匹敌。”

“辣气那么重,不会有什么不妥吧?”

玉央颇有信心:“我与我娘都在自己身上反复试过,娘娘尽可放心。皮肤表面也许会有些许灼痛,但绝对无大碍。”

“你说得我都有点紧张了。”

“我先给娘娘做手臂上部。如果娘娘觉得效果不错,再做大腿和腹部。”

“我整个人交给你,都听你的。”

王昭仪闭着眼享受,不再说一句话。玉央有一会以为她睡了。王昭仪仰面躺在卧榻上,衣服上撩,刚刚露出腹部。肚子盖一层薄纱。玉央在腹部做辣椒除皱护理,隔着纱轻轻按摩。

王昭仪忽然抬起左臂看看,又打量右臂。原来她没睡。

“效果真是不错。刚弄的时候,皮肤辣辣的,还怕刺激太大,会受不了。”

玉央说:“娘娘的皮肤很适合用这套方案。若换了别人,可能会出少许红疹,但马上就会退去。”

王昭仪又闭上眼睛,很享受的样子。看得出她心情不坏。

“你以这种手法按摩,感觉辣气一点一点渗透到皮肤下面,热乎乎的,很舒服。”

“做皮肤护理的手法与肌肉按摩不同,穴位按摩更是两样。皮护要由表及里、由浅至深,使药物营养充分渗透。辣气通过按摩导引进入体内,通身都会觉得舒畅,应该是一种享受。”

“皮肤表面也觉得紧绷了。”

“那是因为辣气将皮下的水分包括一些油脂,通过毛孔逼出体外。我用纱布把油脂吸附干净,皮肤自然也就有弹性了。”

“我虽然似懂非懂,可也听出了其中的道理。范娉柳那些人固然有经验,却总是说不出个一二三来。”

“这些也都是听我娘讲的。”

“关键做事要动脑子,用心。”

小寇子外报:“娘娘。”

王昭仪睁开眼。玉央将盖脚的薄被拉到她腰间。

王昭仪说:“你继续。”对欢喜说,“拉上屏风。”

玉央仍将薄被褪至她大腿处,重新开始腹部按摩。欢喜遂将原本合作一扇的大屏风拉开,将卧榻隐到屏风后面。

王昭仪说:“让小寇子进来说话。”对欢喜说,“你先去吧。”

小寇子进来。从他的位置看不到卧榻,卧榻上的王昭仪却可以看到他。

小寇子禀报:“打伤太子的那个混混已经从人间蒸发了。”

王昭仪口气严厉:“不要留什么后患。”

“是外请沧州的高手。事情办得干净利落。现在也已经离开长安了。”

一旁的玉央听得心惊胆战。

王昭仪说:“永儿此番出事,我生怕授他人以柄,借题发挥大做文章。”

小寇子说:“娘娘尽可以放心了。还有,娘娘封妃已成定局。”

王昭仪睁开眼,瞳孔发亮:“消息可靠吗?”

“是海汉亲口说的,绝对可靠。”

这个消息对王昭仪真正是非同小可。尽管是皇上的发妻,而且皇上登基也有几年了,但是朝廷内外的诸多因素使封妃仪式一再延宕,至今她仍然也只有昭仪的位阶,与杨李二人混在一道。这一直是她的心病。而且近期她在皇上那边还有失宠的迹象,她甚至以为封妃已经没戏了。真是天大的好消息。

4

塞翁失马是一个好故事,关键在于可以把坏事变成好事。比如这一次杭龙受伤就给了清蔷最好的机会,让她充分施展自己的魅力,也让杭龙乖乖就范。试想一下,如果没有这次机缘,清蔷怎么可能这么快就走进杭龙的生活呢?毕竟那是个男女授受不亲的时代,一切都要符合规矩,没有规矩不成方圆。以清蔷的心情,她当然不希望杭龙受这么重的伤,但是她又感谢受伤这件事。受伤是祸,现在清蔷是因祸得福。她可以堂而皇之去马厩杭龙房间。

杭龙站在地上,将受伤的左臂尝试着上举,又放下。上举……

清蔷进来:“你怎么起来了?”

“我不能总躺着呀。”

“御医允许你起来吗?”

“他们只是让我注意,说千万不可以受到冲撞。”

“你这样举手臂,不会拉伤吗?”

“断的部位在小臂,我只是活动一下大臂。”

“看你伤得那么重,我心里都疼。”

杭龙抬头:“太子过来了。”

清蔷马上转身,太子正往这边走。她有些慌张。

“我不想让太子看到我。”

“那怎么办?”

“我躲到房子后面。太子来了你就把门关上。”

“好。”

清蔷娇嗔地望他一眼,急忙往房后去了。李永站在窗边。杭龙吊着夹板过来。

“太子怎么又来了?我这些日子可没法陪你打球。”

“平日都是你陪我,就不许我偶尔陪你一次?”

“整天闷在房子里,出去散散心吧。”

李永诡秘地眨眼:“想把我支开?”

“太子如此聪明,我实在不知如何应对了。”

“躲我干吗?去叫她出来现身吧。”

杭龙从后门出去马上又回来。

“她已经走了。”

李永告诉杭龙,说玉央已经为他的伤专门配了特效药。他还笑杭龙忽然就撞上桃花运了,两个那么美的姑娘都围着他转,说得杭龙心里美滋滋的。说曹操曹操到,玉央果然就来了。幸好清蔷先走一步,不然又该无端误会了。

这种时候玉央显得相当懵懂。她不懂该主动回避,但她的确对作为男人的杭龙没任何兴趣。对她而言,杭龙是个朋友,如此而已。他受了伤,她理当尽朋友之道。她从她娘那里为他讨了民间偏方,也因为杭龙不是宫中的官宦,不受尚药局约束。玉央蹲在他身侧,为其伤臂再敷膏药泥,然后用新布一圈压一圈地将整个手臂包扎好。杭龙忘情注视着玉央。

玉央说:“不要把夹板拿掉,御医发现了会怪罪我的。”

“他怎么会知道是你?你以为我会出卖你吗?”

“我娘说这个秘方非常厉害,一个多月便可彻底长好。可能你会觉得痒,我娘说那就是在长骨头长肉。你用不着怕,痒了就忍一忍。”

“疼我不怕,最怕痒了。”

“那没办法,非痒不可。记住,静养是关键。”

这会的杭龙很乖,点头:“记住了。”

由于清蔷经常往杭龙这边跑,偶尔还有玉央,所以她们这个部门经常只有胡蝶一人在。胡蝶很清楚清蔷在靠近杭教头,也同样清楚玉央对杭教头没有那方面的意思。都是好朋友,她可不想因为这个杭教头让清蔷对玉央再生出误会。因为她还知道杭教头在主动接近玉央。胡蝶从大门外进来刚好碰上清蔷。

清蔷说:“又去哪了?司容刚才还问你呢。”

“她没生气吧?”

“没有。我说你去李昭仪宫了。”

“谢了。我刚遇见杭教头,他到尚容局来了。”

清蔷眼睛亮了:“我正好有事找他。”

杭龙已经先一步到了安尚容的房间,李永杭龙相对而立。

李永说:“看你这德行,哪辈子才能再上球场啊?”

“用了玉央的膏药,我觉着恢复得很快。她说用不了两个月就能长好。”

“也快一个月了吧?”

“你不是来找玉央吗?她人呢?”

“连我找谁你都了如指掌。”

“门口见到尚容,她说的。她还说你在这里。”

李永说:“我把玉央打发到尚宫局去了。”

忽然门被拉开。清蔷有些气喘,兴致勃勃。可是看到太子也在,马上显得局促起来。

“太子。”

李永说:“找我还是找他?”

“我,找安尚容,她没在呀?”

“没在。”

“那我回去了。告辞。”

像来时一样忽然将门关上。李永对杭龙露出他那招牌式的诡秘一笑。杭龙回应的,既不是腼腆更不是美滋滋,而是无奈之下的疲惫。

杭龙无精打采,回到马球场,拉出李永的黑马,空着左手,用右手拿鬃毛刷为马洗澡。抬头越过马背,看见清蔷远远往这边来了。杭龙四顾,发现无处可避。而且转眼之间清蔷就到了跟前。

“你真是胡闹!”

杭龙问:“怎么啦?”

“夹板呢?怎么取掉了?御医让你小心静养,你居然在这刷马!”

“这马都一个多月没洗澡了,换了是你难受不难受?夹板是御医取掉的。你该不会觉得我要一辈子套着那玩意吧?”

清蔷白他一眼:“没正经!”夺过他手中的鬃毛刷说,“反正伤没痊愈,不能干粗活。”

她亲自动手给黑马洗澡。杭龙退开一步。清蔷不得要领在马腹乱刷一气。

杭龙说:“给马洗澡的学问可大了,不比给女人洗头发的学问差。”

“那你教我呀。”

“起码应该顺着毛刷啊。”

清蔷照办,果然省力多了。

杭龙摸着马鼻梁:“小黑,这双手可是专门伺候娘娘的,现在屈尊来给你洗澡,特别舒服吧?”

黑马打个响鼻。

清蔷问:“它说什么?”

“它说,多谢清蔷姑娘,小黑这厢有礼了。”

黑马不失时机又一个响鼻。

“它又说什么?”

“它问你,姑娘,为何每次见到太子,你撒腿就跑啊?”

清蔷有点不好意思:“我哪有?”

“没有吗?那干吗往房子后面躲,又干吗说,”杭龙学清蔷的声音口气说,“我找安尚容,她没在吗?”

“讨厌!”

“太子欺负你了?”

“反正我不想被他撞见。”

“总要有个原因吧?”

清蔷脸红了:“想起那天在尚药局,被他看见我那么心疼你,总觉得不好意思。”

“那天看到的不止太子啊,怎么没见你躲别人?一定还有其他原因。”

清蔷犹豫:“那天晚上,他好怪呀。”

“怎么怪?”

“特别着急,说话特别凶。”

杭龙笑了:“别忘了,他可是太子殿下。平时嘻嘻哈哈惯了,偶尔显显太子的威风,你还受不了了?”

清蔷摇头:“不是这样的。你有没有觉得,他把你当成他的私有财产?”

“你开玩笑吧?再提醒你一次,他是太子,日后登基,就是皇上。普天之下都是他的私有财产,何况你我?”

“我可不是他的。”

“那你是谁的?”

清蔷哽住,脸涨得通红:“讨厌死了。”

清蔷对他好自始至终没给他带来过真正意义的欣喜。清蔷的爱,对杭龙经常是一个负担,有时他甚至会避之唯恐不及。他真正属意的女孩是玉央,但她从未让他觉得她在乎他。这是他的悲哀。可是情形因他的断臂忽然有了转机,玉央给了他许多关切,一再过来亲手为他疗伤。

清蔷在时杭龙的嘴很贫,可是到了玉央跟前他又特别嘴拙。玉央坐在他身侧。她为他敷药。药泥厚厚的一层,手臂也因此粗了一圈。

杭龙说:“我觉得已经没问题了。”

“如果不需要,你以为我会舍得浪费这些贵重药材?这是最后一次了。”

“我不明白,这些药敷在表皮上,怎么就会对骨头长合起那么大作用?”

玉央说:“中药的学问大了,岂是我能说得清楚的?这种古方也许有千年的历史,奥妙无穷。它的主人已经吃它吃了几十代。我娘去求方,主人说只有药而无方,方是主人的看家传世之宝。”

“那这药泥一定价钱不菲。”

“大男人就不要小心眼!胳膊断了废了,银钱又算得了什么?”

杭龙不敢还嘴:“好,好。从此不再提。你弄好了,带你去骑马吧。”

“你伤着,怎么骑呀?”

“就是少一条胳膊,还不是照样骑?答应教你那么久了,一直都没兑现。”

玉央为他包扎:“这次不要你拉着马,让我自己控制它。”

“没问题。我另骑一匹马跟在你旁边。你尽可以放心大胆。”

于是就有一白一黑两匹马并肩从马厩出来。玉央骑的是杭龙的白驹。李永的小黑成了杭龙的坐骑。两匹马的脾气秉性他都熟悉,相比之下白马更听他的,让玉央骑把握更大。两条缰绳都在杭龙手中。他将白马的缰绳递给玉央。

“千万别撒开。想叫它停就收缰,想让它走用脚跟磕一下肚子。”

“就这么简单?”

“你先把走和停这两条学会,我再教你别的。”

玉央用脚跟轻磕马腹,白驹迈着碎步走起来。

杭龙说:“不错,就是这样。”

玉央拉缰绳,白驹停步。

“它可真听话。”

“再来一遍。”

玉央操纵白驹走走停停。

“我想跑起来。”

“刚学会走就想跑?你不怕吗?”

“这有什么可怕的?”

“用腿夹马肚子。”

边说边示范。小黑跑起来。玉央下意识地跟进,白驹也跑起来。

杭龙说:“拉缰绳,停下。”

边说边示范。小黑急停。玉央的白驹却一直向前。

杭龙提高声音:“拉缰绳!停下!拉住缰绳!”

玉央还在一个劲往前冲。

杭龙驱马赶上:“拉住缰绳才能停下。”

玉央说:“干吗要停?跑起来才好玩呢。”

说着又夹马肚子,白驹超到小黑前面。

杭龙急了,加速赶上:“大小姐,危险。”

玉央不理他。杭龙忽然“啊呀”一声,从马背上栽下去,消失了。玉央赶紧拉缰绳,白驹急停。

“杭龙,你没事吧?”

小黑兀自迈着小碎步,杭龙还是没出现。

玉央急了:“杭龙!杭龙!”

杭龙忽然翻上马背,哈哈大笑。刚才他不过是施展骑术,将自己挂在马腹另一侧。

“你也有害怕的时候啊?”

“你刚才那是怎么做到的?”

“变戏法呀。”

“你说不说实话?”

“我挂在马肚子那边呢。”

“有意思。教我这个。”

杭龙苦笑:“这可不是一次两次就学得会的,你胃口太大了吧。”

“我还不是一次就会跑了?”

“那不一样。心急吃不得热豆腐,慢慢来吧。”

玉央无可奈何:“那就算了。”

脚跟轻磕马肚，白驹又蹿了出去。杭龙驱马跟过去。杭龙玉央的这一次骑马，既是杭龙的开心，也是玉央的一个小秘密。她没有对胡蝶说起，当然更没有对清蔷说起。所以在胡蝶与清蔷叫板赛马的当口，玉央显得很迟钝。

胡蝶说："清蔷。"

清蔷忽然从发呆中惊觉："啊？"

"明天赛马呀？"

清蔷还有些灵魂出窍："赛马？"

"玉央，你做裁判啊。"

玉央同样心不在焉："裁判？"

胡蝶说："说好啦。明天马球场上见。"

三个小姑娘已经成了马球场的常客，马夫也已经与她们相熟。即使杭龙不在，她们自己也能够借马出来。胡蝶骑红马，清蔷骑黄马，停在球场一端。玉央站在场边观战。

胡蝶问："跑几圈？"

清蔷说："随你。"

"那就速战速决吧，五圈。"

"行。"

两人看向站在一旁的玉央。

玉央说："预备，跑。"

清蔷先冲了出去，胡蝶紧随其后。玉央饶有兴致地观看，把双手拢在嘴边。

"快点！"

比赛开始不久，李永杭龙骑马往这边来了。

李永说："有人在赛马。"

"好像有清蔷。"

李永看到了玉央："旁边站着的是玉央吧？"

杭龙面露喜色："没错。"

"走，过去看看。"

策马跑了过去。杭龙忽然想到了什么，显出担忧，但还是跟上去。两匹赛马从玉央面前呼啸而过，胡蝶在前，清蔷在后。

玉央说："清蔷加油！胡蝶加油！"

李永说："胡蝶？这名字挺有趣。"

玉央回头，看见李永，愣了一下，之后才看见杭龙。

杭龙问："你怎么不跑两圈？"

玉央答："我太慢。"

杭龙说："你肯定不比清蔷更慢。"

玉央说："我要给她们做裁判。"

李永说："那姑娘是真叫胡蝶，还是绰号？"

玉央说："她就是叫胡蝶。"

两匹赛马又到跟前。落下风的清蔷似乎已无心追赶。她忽然发现杭龙就在场边，瞪大了眼睛。杭龙冲她微笑。清蔷第一次露出笑容，扭过头专心骑马。

李永下马："玉央，我正好有事找你，"对杭龙说，"你在这替她。"

杭龙玉央不约而同愣了一下。

杭龙说："好的。"

两人走开。杭龙扭头看二人背影。赛马第四次经过这,清蔷还是落后。

杭龙高喊:“清蔷,输了我可不饶你。”

做了一个扬鞭催马的姿势。清蔷依葫芦画瓢,鞭子打在马臀上,一声脆响。黄马拼命向前跑去。胡蝶见状,也催马。两匹赛马交替领先,差距都在一头左右。两个姑娘都咬紧牙,瞪大眼,额头上布满汗珠。杭龙骑马以反方向绕圈迎上她们。

“快!快!冲过去!”

在清蔷胡蝶到他身边之前,又掉头跑回终点,以便于看清楚胜负。

清蔷大喝:“驾!”

黄马猛地一蹿,超出胡蝶半个马身,先过终点。

杭龙说:“好样的。”

清蔷停住,大口喘气。胡蝶也停下,喘气。

杭龙说:“清蔷胜。”

胡蝶说:“不会吧。杭教头偏心。”

清蔷说:“算你赢可以了吧。”

胡蝶说:“谁要你算?”对杭龙说,“你是从哪钻出来的?玉央呢?裁判说我输我才服。”

杭龙说:“我是太子李永亲定的裁判,你不服也得服。”

胡蝶撇嘴:“有什么了不起?都怪这马,光有冲劲没耐力。”

清蔷说:“我们交换,再比一场?”

胡蝶说:“算了吧。有他做裁判我怎么赢得了你?不打扰你们了。”

清蔷面露羞涩:“狗嘴里吐不出象牙。”

杭龙倒是一脸无所谓。

胡蝶下马:“麻烦裁判帮我把它牵回去,可以吗?我要去找玉央玩。”

杭龙知道胡蝶是玉央的密友,他不愿意胡蝶误会他和清蔷的关系,更不希望胡蝶在玉央那说他和清蔷,所以他的反应有点让清蔷不懂。

杭龙说:“你把马借出来你自己还。”

胡蝶自说自话:“咱是真没面子啊。”

蹦蹦跳跳拉着马离开。杭龙看着她背影,有些心神不宁。

清蔷问:“怎么啦?”

“谁怎么啦?”

“看你魂都没了。”

“我有吗?”

“胡蝶很可爱吧?”

“没你可爱。”

“我怎么听着像反话呢?”

“话由人说,话由人听。”

“唉,真没劲!我好累,先回去换衣服,一会送我回家。”

杭龙弯腰拉起红马缰绳:“行啊。”

清蔷一噘嘴:“那么勉强。你不送也行。”

杭龙说:“我说不送了吗?”

杭龙这种男人,在男人面前很男子汉,见了姑娘们就总是手足无措。清蔷跟他使小性子,他总是让步。本来他可以不让步的,他甚至很怕胡蝶会说点什么,可他终于还是在清蔷的步步紧逼之下向后退。难怪清蔷说他没劲了。

◎ 第四章

月有阴晴圆缺

李商隐走进大和药铺

1

李商隐是谁？大和药铺又是谁？应该说这是一个提前泄露的秘密，因为这个地方和这个人，迄今为止尚未走入我们的视野。

猜一猜大和药铺应该不困难，我们已经知道荣氏在筹划一家药材铺，而且尚未命名。荣氏从大和教坊来，借用大和二字，当在情理之中。我们同样知道，荣氏租的是玉央的仇敌方汀的房子，其实完全可以想见，药铺开张绝不会一帆风顺。

荣氏见小丫这一段忙忙碌碌，便也很少跟她聊开药铺的事，反正女儿也帮不上什么忙，说得多了反而给她心里添乱。荣氏想的是自己忙到开张，一下给她一个惊喜。直到头一天晚上她回来，刚一进门，荣氏将窗下一块罩布揭开，那是一块新制的牌匾：大和药铺。

玉央果然惊喜："开始做药铺啦？"

荣氏说："明天开张。"

鞭炮乍响，噼里啪啦。蓝烟中火光四射。大门上方牌匾端端正正。有一些邻居以及路人围观，方汀也藏身其中。荣氏一个人，继续点燃另外几挂鞭炮。没有同伴，没有来贺喜的人，场面多多少少有些冷清。

与传统的中药铺不同，这里以成药为主。货架在靠门的西墙一侧，每一格分门别类，贴着诸如"润白""理气""补血""养颜"之类的标签。格中摆满瓶瓶罐罐，也都贴有标签，"六黄丸""四神汤""白凤油膏"等等。东墙一侧是荣氏的实验台案。计时沙漏、玻璃碗、瓷瓶瓷罐、量秤、炭火炉、药钵、药书典籍，一应俱全。最初进来的客人东看看西看看，觉得不像是药铺，又说不出像什么。一旁的荣氏也不知该作何解释，对她而言像不像药铺其实不打紧，她只是把自己擅长的那些东西集到一起，放在自家的小店里。

方汀进来了，左看右看，到货架前细看。随手拿起贴有"四神汤"标签的纸包。荣氏站到她身旁。

"这味四神汤以白芷、当归、薏苡仁、茯苓、白术、莲子、芡实、红枣、山药为材料……"

方汀问："我听说大明宫里也有个四神汤，是一样的吗？"

"略有不同。宫廷应该是经典的皇家配方北方做法，我的这个吸取了江南的经验。"

"就是说你的东西比宫里的还要好？"

"不好这么说。可能会有些不一样吧。"

方汀放下纸包，走到台案边。炭火炉上，药钵冒着白气，正咕嘟咕嘟作响。

方汀问："你的药都是自己制的？"

"有许多是书上现成的配方。"

方汀伸手翻书，明显对这些东西并不陌生。荣氏看在眼里感觉有些异样，但她并未多想。无论怎么改朝换代，顾客是上帝都是不变的真理。

傍晚天还没黑的时候，玉央便赶到大和药铺，她显得兴致勃勃。此时铺子里还有三两客人，荣氏忙着招呼。只对女儿点一下头。

女客人问:“你这里有胭脂卖吗?”

荣氏答:“很少有人在药铺问胭脂。”

“我看你的货色大都是为女人备的,就想你也许卖胭脂。”

“您下次来一定会有。”

荣氏这样的回答肯定会让客人心里很舒服。女客人给了她很好的提醒,她可以把自己的铺子改造成专为女人而设的小店。谁都知道女人的钱好赚。客人走了,她才顾得上招呼女儿。

“丫头这么早就回来啦?”

玉央说:“惦记你的生意呀。娘,刚才那个女客给你一个好主意,咱家的药铺以后就专做女人生意吧。可以不只卖药,也卖其他女人用的东西。”

“丫头跟我想到一起去了。除了化妆品,也可以从扬州那边进一些绣品和丝巾,从蜀地进发钗发簪梳子头油什么的。但凡女人想找的东西,在我们这都可以找到。”

“娘,我不能多停留。昨天刚请过假,今天就不耽搁了。”

“这里不要你惦记,也不要总是请假往回跑,把心思都放在自己的事上。”

“放心吧娘,小丫心里有数。”

玉央属于那种格外顾家的姑娘,时不时就会蹿进家门,多半也不会久留。有趣的是她一直没碰上频繁造访大和药铺的方汀,不是凑巧,是方汀有心留意。方汀肯定不想在玉央的家里与她相遇,她心有提防,每次进门之前都会在近处观察一会,确认了玉央不在才会推门进去。

方汀的频繁出现或多或少给荣氏的心里添上几分疑窦。两个顾客出门。方汀进门。荣氏自然一眼就认出她。

“来啦,”荣氏见方汀点头,说,“您前几日也来过的。”

“以后也会常来。”

“欢迎啊。记得上次您对四神汤有兴趣。”

“你这里别的事我都有兴趣。”

“您也做这一行吗?”

方汀摇摇头,吸吸鼻子。

“煎药的味真难闻。”

“良药苦口,而且是药三分毒。”

“我不喜欢药味。”

“健康的人通常对药的气味都有排斥。”

“我不喜欢这里有药味。”

荣氏已经觉到话不投机了,便不再接话。方汀的脚步停在炭火炉前。

“房子里有明火很危险。”

“烧木炭不起明火的。”

“而且有烟,房子会熏黑的。”

“炭火的烟很小。”

“日久天长还是会熏得很黑。”

又有顾客进门。

荣氏对方汀说:“您坐。”过去招呼那几位新客,“来啦。”

方汀忽然动了气,声调也高了八度。

“我说了,房子有明火很危险,烟会把房子熏黑。”

荣氏不露声色:“你不必那么大声,我听得见。”

方汀声音依旧:“既然听见了,那么我想知道你打算怎么办?”

“我不明白您的意思。”

“我说得不明白吗？房子有明火很危险，烟会把房子熏黑，我想知道你打算怎么办？”

荣氏说：“我没有打算。”

“你打算就这样下去，什么都不做？”

“我没有打算。”

“如果你先前没有，眼下你必须早做打算。”

“我看明白了，你要干预这件事。”

方汀有几分居高临下：“没错。”

“能给我一个理由吗？”

“你想要什么样的理由呢？”

荣氏说：“你干预的理由。”

“你把房子弄得满是药味。”

“我做药铺生意，自然会有药味。”

方汀显得很有耐心：“烟会把房子熏黑。”

“我说不会。即使熏黑了，我会想办法粉刷。”

“你在房子里弄火，弄火很危险。”

荣氏说：“我不是小孩子，我不会让自己处在危险当中，别人不需要操这个心。”

“我没法不操心，我很担心。”

“您为什么不去担心自己的事呢？”

方汀终于不再拐弯抹角：“我担心的就是自己的事。”

荣氏说：“这是我的事，完完全全是我个人的事。您不担心也罢。”

“没法不担心。我不相信，别人在你的房子里弄火弄得烟熏火燎，你会不担心，或者说你会听之任之？”

荣氏说：“不是别人，是我自己。我在自己的房子里，而且也没有烟熏火燎。您言过其实了。”

方汀掏出房契地契，重重拍到台板上。

“是你。你是在我的房子里。你这里有火有烟。我看到我的房子被烟熏火燎。而这一切都是你做的，可你却说我言过其实。”

荣氏过来仔细查验那些契约。

“可是，那个房东不是你啊。”

“我不知道你在说谁。这里，这幢房子的房东是我。”

荣氏结巴了：“可是，可是我从另一个人手里租过来的。”

方汀又掏出租房契约：“怎么会错呢？房子是你租的，你租我的，没错。可是你在里边烟熏火燎，还弄得满屋子药味，我有意见，你又说我言过其实。”对那几个围观的顾客说，“把房子租给这种莫名其妙的人，我真是晦气透了。”

荣氏张口结舌，说不出话了。围观的顾客仗义执言。

“无论怎样，房东的意见不可以不管不顾。”

“是啊，毕竟你在人家的房子里，怎么可以对人家这样无礼呢？”

荣氏说：“我不明白这是怎么回事。”

“这个租房契约不是你签字画押的吗？”

荣氏说：“我不明白怎么到了她手上。”

“她是房东啊。”

荣氏说：“房东不是这个人。”

“房契地契都是假的？”

荣氏说：“不像是假的。”

“租房契约呢？”

荣氏说：“是真的。”

“什么都是真的，只有房东本人是假的？”

荣氏说：“我肯定不是问这个人租的房。”

荣氏的话让旁观者很不以为然，很明显在他们眼里荣氏蛮不讲理。所谓公道自在人心，即使全无干系也要仗义执言。

“那又有什么关系呢？”

“是她的房，谁租给你的都不能改变这个事实。你就是她的房客。”

“你不知道没关系，不知不怪。现在知道了，你的态度总归该好一点。”

“刚才你们的话我们都听到了，房东没什么不对，是你的话让人家咽不下去，很难听的。”

“认个错吧。”

荣氏说：“几位，对不起，我今天生意不做了。几位请回吧。”

不明就里的顾客对店主的态度很不满。时值太平盛世，这种对顾客下逐客令的事情少有发生，尤其在都城长安。

“这个人真是莫名其妙。跟房东无理取闹不说，还要逐顾客出门。”

“这种人也要出门做生意，不赔死才怪。走！”

几人摔摔打打出了门。荣氏重重将门闩上，自己一屁股坐到凳子上。

方汀说：“你不爱听，我还是要问！你究竟打算怎么办？”

荣氏无奈，除了低头认错她没别的选择，她的低声下气至少暂时平复了方汀的怒火。方汀的敌意是如此明确，她知道她遇上真正的麻烦了。那个找麻烦的人走了。她心里却无法释然，她当然无论如何也猜不出这究竟是怎么一回事，无论如何也想不出这个人怎么就成了她的对头，看那架势还是死对头。荣氏不可能知道内里的缘由，其中有那么多曲折迂回的故事，她无论如何想不到方汀和玉央竟会有那么深的恩怨。

疯婆子脚步蹒跚，一屁股坐到药铺门口，喘着粗气。荣氏从背后打量她，之后走到她身边，看清楚。

荣氏说：“是你？”

疯婆子瞟她一眼：“是你。”

“你还记得我啊。”

疯婆子重复：“你还记得我啊。”

“我是……扬州老乡啊，你让我请你喝酒吃肉。”

疯婆子眼睛瞪圆了，一把抓住荣氏肩膀：“肉，吃肉。”

恰好有小贩挑着担子叫卖：“腊汁肉夹馍嘞！好吃的腊汁肉夹馍！”

荣氏对疯婆子说：“你等着。”招呼小贩，“给我一个。”

小贩应声：“好嘞。”

疯婆子伸出两只手指：“两个。”

“就两个。”

小贩包两个肉夹馍，递向荣氏：“您拿好了。”

疯婆子劈手夺过，狼吞虎咽。

疯婆子又说：“三个。”

荣氏笑了：“再来一个。”

荣氏付了钱。疯婆子吃得真是开心。小贩挑起担子走远。叫卖声依旧。

荣氏说:“上次你说,仇人,贵人,恩人,引路人。还记得吗?”

疯婆子点头,含含糊糊:“好吃。”

“那个与我为敌的姑娘是谁?”

疯婆子抬头傻乎乎地冲荣氏笑笑,又埋头痛吃。

“谁是我女儿的贵人?”

疯婆子点头:“真好吃!”

荣氏说:“慢点,没人和你抢。”

疯婆子又一次圆瞪双眼,抓紧手里尚未开吃的第三个肉夹馍,拔腿就跑。转眼之间疯婆子已经在拐角处隐没了。

这时候玉央又一次早早回到药铺,却发现门窗紧闭。娘这么早就收工让她有些意外。她不知道发生了什么事,只想尽快到家,只有见到了娘她心里才会踏实。似乎什么事都没有发生。娘只是将计时沙漏、玻璃碗、瓷瓶瓷罐、量秤、炭火炉、药钵、药书典籍这些重新安置在家里。玉央如果看一眼娘的脸,也许她就会发现娘这边出了问题。但如果玉央那么细心,那也就不是玉央了。

玉央问:“怎么这么早就收了?”

荣氏说:“你到过药铺了?”

玉央点头:“娘,治骨折有诀窍吧?”

“谁骨折了?”

“我记得你说过有诀窍的。”

“有古秘方,配方用料都不一般。但是可以好得像没断过一样。”

“你一定得帮我。”玉央指着药铺搬回来的东西,说,“这些都搬回来了?”

荣氏说话有些迟疑:“我想这些事情留在晚上做。药铺里想多摆放货品。我把东墙也都定了货架。铺子是门面,尽量派门面的用场。”

玉央的思路又跳开了:“上次跟您说的,去除上臂和大腿橘皮皱,我想到了一个新方法。”

“我也想到一个新方法。”

“娘先别说,看我和你是不是想到一起去了。你背过身去,把你的方法写下来。”

荣氏背过身,用手指蘸碗里的清水,写下几个字。

玉央问:“好了吗?”

荣氏回转身:“好了。”

玉央忽然把拳头伸到娘面前,张开手,是一只干红尖辣椒。

玉央问:“你写的什么?”看荣氏身后的桌面,仔细辨认,“琼岛黄金灯笼椒……”

荣氏说:“是天下最辣的辣椒。”

“到底是我娘,真棒!”

玉央抱住荣氏。荣氏回抱住女儿。

“到底是我的丫头。”

这就是那段时间里荣氏和玉央各自在忙的事情。荣氏建她的药铺,玉央为王昭仪减肥和为杭龙疗伤而忙碌。荣氏为了不让女儿操心,没有把房东出现变故和方汀登门找茬这些事告诉她。

2

另外一个重要角色是以极偶然的方式出场的,就是李商隐。说偶然是因为撞进大和药铺的门确属偶然,背后没有任何设计和预谋。当然即使没有这一次,他仍然会走进我们的故事,不过是以另外的方式而已。许多事情都是凑巧,包括他进门的那一刻方汀也在铺子里。当时方汀并未与荣氏撕破脸。

一青年男子(李商隐)匆匆进门:“老板救命!”

荣氏迎上去:“公子似乎没有性命之虞啊?”

李商隐指门外:“是救我朋友,他流血了。”

另一大胡子的青年男子(温庭筠)蹲坐门口,左手捏着出血的右手,龇牙咧嘴,一副痛不欲生的样子。

荣氏说:“流血就说止血,何来救命之说?”

流血的人叫温庭筠,进门喊救命的叫李商隐,他们是一对朋友,也都是诗人。加上杜牧,史称“李杜温”。是大唐辉煌诗剧最后一幕的主角。

荣氏从格架拿下一只瓷瓶一卷纱布递给李商隐。瓶上写着“创伤药粉”。

荣氏说:“将药粉倒满伤口,用纱布缠上。”

李商隐接过:“多少银两?”

“十二个铜钱。”

李商隐一愣。

温庭筠说:“义山,你还磨蹭什么?疼煞老夫了。”

荣氏笑了:“你这位老夫朋友看着面嫩,忍耐力也如女儿一般。先止血吧。”

李商隐点头,跑到门口为温庭筠包扎。

方汀对荣氏说:“看样子他们一下拿不出十二个铜钱。”

“没钱没关系的,救急不救穷啊。”

方汀冷笑:“您倒是慈悲为怀。”

荣氏听出了她话里的冷,抬头时她已经转身出了门。这是方汀头一次上门,但绝对不会是最后一次。接下来的日子她会一而再再而三出现在荣氏的店里,直到将小铺子的门槛踏平为止。温庭筠蹲在门口,李商隐弯腰站在他身边。

“温兄,带钱了吗?”

温庭筠摇头:“又不是出来找姑娘,谁带那玩意干吗?”

“那今天可要糗了。”

方汀边走边回头,看李商隐与温庭筠在不远处斗嘴。忽然一个趔趄扑倒在地,原来是疯婆子横卧在她的去路上。方汀脸上带了土,颇为狼狈。

方汀说:“真对不起……我光顾回头了。”

疯婆子倒是一脸的无所谓。

“光顾看那个大胡子男人啦?”

方汀爬起来:“让婆婆见笑了。”

疯婆子发出“嘎嘎”的怪笑。

“恭喜姑娘。”

方汀懵懂:“喜从何来?”

疯婆子变戏法一样从地上弹起,立到方汀眼前。

“姑娘见到自己的相公,这算不算喜呀?”

“自己的相公?”

“对呀。”疯婆子回手一指,“就是那个大胡子男人啊。”

方汀不屑:“我认都不认得这两个人。”

疯婆子伸手拨开方汀,力道很大。然后自顾自拔腿就跑。方汀愣怔着。目光随着疯婆子远去,自言自语。

“莫名其妙了。”

荣氏从门里出来,看李商隐手忙脚乱。

荣氏说:“我看只是皮外伤,应该没什么大碍的。”

李商隐硬着头皮对荣氏说:“老板,我俩是外埠来赶考的书生。刚到长安,盘缠差不多……”

“公子身上有多少?”

李商隐掏出全部家当:“十枚。”

荣氏从他手掌捻出一枚:“这就够了。”

李商隐惊讶:“可是……”

“望二位公子金榜题名,到时再过来还我余下的十一枚不迟。”

“至少您该把这些都先收下,让我们欠也少欠一点。”

“欠二与欠十一又有何分别呢?”

温庭筠拉住李商隐:“那就多谢老板的美意,我们恭敬不如从命。”

荣氏说:“还是老夫通达事理。”

李商隐说:“惭愧惭愧。二位皆我师也。”

荣氏不会想到这两位过客会与自己再有什么瓜葛,她根本没期望他们会为了十一枚铜钱再次光顾。但是这两个人还是给她留下了印象,尤其是没胡子的那个,她甚至觉得那张面孔似曾相识。他们当然没见过,但这也就是这个不可知的世界之魅力所在,李商隐注定要在荣氏日后的生活中出现,而且会是一个重要的角色。

西市的街市熙熙攘攘。一身官服装扮的杜牧东张西望,一路寻找过来。他已经蓄须,乍一看几乎认不出昔日的那个风流倜傥的诗人了。熙来茶楼,看来他找的就是这里。茶楼上下两层。下层为大通间,置十几张方桌。上层一溜雅间,各自独立,每间都挂有门帘。杜牧随小二上楼。小二为他撩起门帘。已经候在里面的是李商隐温庭筠。二人抱拳相迎。

李商隐说:“杜兄。”

温庭筠说:“杜兄。”

杜牧抱拳:“李兄温兄。”

众人落座。李商隐叫小二看茶。

杜牧问:“二位大考如何?”

温庭筠说:“我是一塌糊涂啊。李兄应该有戏。”

李商隐说:“温兄就是老不正经,凡事都当儿戏。”

杜牧对温庭筠说:“我好歹大你几岁,怎么你就混上个‘老温’呢?”

温庭筠说:“我三岁长胡子,天生的小老样。不瞒二位,这个‘老温’已经被人叫了十载有余了。”

杜牧问李商隐:“有几分把握?”

“这种大考你知道的,全凭主考官心情。谁又敢说把握二字?”

温庭筠说:“坐听名满天下的小李杜对谈功名前程,直叫天下人哑然失笑。”

杜牧说:“你接着要笑的肯定是我这身官服了?”

“算你有自知之明。阁下这副尊容,走在街上我肯定不敢贸然相认。”

李商隐说:“狗嘴里吐不出象牙,你就不会说一句人话?”

杜牧说:“要是忽然听温兄满口斯文,你不觉得别扭?”

李商隐对温庭筠说:“也难怪人家叫你臭嘴豪猪。我真是纳闷,那些温雅绮丽的诗句,居然出自你的笔下。”

杜牧说："臭嘴豪猪？起这名字的人可算是有大想象力了。"

温庭筠说："杜兄的胡子倒是对了，地道的美髯公。而且很有点长者风范了。"

杜牧说："我看你就是欠骂，刚一被骂，马屁就跟上了。我宁可你说我留了一把小官吏的胡须，不这么说就不是你温庭筠了。"

李商隐说："张榜在即，我忽然觉得荒唐。这些日子在长安逗留，虽然每日尽量寻些开心，其实经常心不在焉。看温兄都是开怀大笑，我打心里羡慕。功名前程真真莫名其妙，随随便便就被它套牢了。"

温庭筠说："用不了几日，你也该像杜御史那样，去定制几套官服了。"

杜牧说："虽说官身不由已，我自想这几年的差事还不错。借着官差之名，跑遍了峨眉山四姑娘山玉龙雪山，见识了黄龙九寨仙境，还在泸沽湖和滇池游过水。可以说天下美景尽收眼中。"

李商隐说："如此说来，官袍加身也并非一无是处。"

温庭筠说："看看，文人的劣根性又出来了不是。小利蒙蔽，大义尽失。可悲呀！"

李商隐说："天下又有几个人有你温兄的心胸呢？就请您大人不见小人怪，放我等一马。"

杜牧说："其实温兄的心胸都在嘴上，与老李一般无二。你见哪次大考他真的视若粪土？李白当年也是屡战屡败，又屡败屡战，从来不言放弃。温兄既然已经混上了老字辈，当然亦步亦趋前赴后继。"

温庭筠说："老李老杜乃当真向往功名，老温则是觉着好玩，游戏人生而已。杜兄不会分不清二者的差别吧？"

杜牧说："恭听温兄高见，不胜荣幸之至。"

李商隐抱拳凑趣："向温兄致敬，小李这厢有礼了。"

晚唐的三大才子以传世功名论，足可盖过当朝的那几代皇上。翻后半部大唐史就没有哪一代皇上可圈可点，无论是穆宗、敬宗、文宗、武宗，还是宣宗、懿宗、僖宗、昭宗，呜呼！这些创造了历史并为历史加封年号的所谓枭雄们，留给历史的仅仅是那些年号而已，他们本人早已灰飞烟灭不知去向。

而那三位曾经寒窗苦读考取朝廷功名的小人物，才真正是那段历史的主人，是他们让那段历史永远为后世所铭记。他们在当朝当世完全不值一提，连见一次皇上也会是他们一生中的大事件，会以碑铭的方式流传给子子孙孙当作荣耀。须知真正不朽的是他们，而接见他们的臭皇上早早就成了粪土。

即使在当时他们活得也比皇上开心，他们是多么开心啊。

3

方汀再来并未出乎荣氏的意料。荣氏想不好这件事该如何了结，毕竟她已经付了租银，主动毁约换铺面的损失她承受不了。眼下她能做的只有退让，所有方汀挑错的地方她都一一改过。她心里明白，她再怎么改方汀还是会无事生非。想挑错总会挑得到，人非圣贤孰能无过。

药铺内部的格局比之先前已有大变，东墙已被与西墙同样款式的货架充满。货架上的品种也增加了许多。其中包括若干女性用品，从衣饰首饰到胸褡内衣再到梳子发簪发油等等。铺子里的顾客也多了。荣氏一个人甚至有点应接不暇。

方汀果然又来了。荣氏在忙碌之余与她点头招呼。方汀显然没有购物的意思，她的目光依然挑剔，这里看看那里看看，不怀好意一望便知。尽管荣氏在与其他顾客周旋，心思却已经被方汀这边分过来了，几次往方汀这边瞟，忐忑不安。

这边的顾客络绎不绝。有走的，马上又有进来的。而且时时刻刻都有成交。

方汀似乎将所有货品关心了一遍,然后站到窗前,抬眼打量窗棂上方。荣氏觉到了紧张,不知道这位刁钻的房东在打什么主意。方汀忽然转身,似乎没看到荣氏的注视,大步从她身边经过,出门走了。荣氏长出了一口气。

一个女顾客问:"胭脂是西域来的吗?"

荣氏答:"是扬州府皇家大和教坊的,品质绝不比西域的逊色。价钱要便宜一半。"

"就怕便宜没好货。"

"这样,您拿回去用。用好了,明天过来付钱。用不好您退给我。"

"你就不怕我不来付钱?"

"看您也不是那种爱小之人。我做生意,这点眼力还是有的。"

"你敢这么说,我再不放心就无礼了。拿一只吧。"

"您用得好了,就向身边的女人提一句,算是为我捧个场。"

"你不这么嘱咐我也会说的。女人用的东西,口碑第一要紧。好东西自然会口口相传。"

"您的话真好,借您吉言。"

方汀没走,她在外面打量外墙和窗子,脑子里显然在打主意。

另一女顾客在看胸褡:"蜀绣还是湘绣?"

方汀进门。荣氏重新紧张起来,点头示意。

她转过头问顾客:"对不起,刚才您说什么?"

"是湘绣吗?"

荣氏摇头:"是苏绣。"

"真是精美。颜色也比湘绣和蜀绣清雅。"

"长安城里只我一家……"

方汀打断她:"门面太旧了,我打算重新搞一下。"

荣氏说:"没问题的。"

"我没问你有没有问题。现在房子你用,搞门面也是给你贴金,费用多少也要承担一点。"

"应该的,应该的。"

"进料归我,人工你来付。"

"就听您的。"

"我下晌就把料进来。你这里晚上要留人,免得丢失,大家脸上都不好看。"

荣氏已经觉到了她话里有话,但是自己又无可奈何,只好点头。

傍晚时分,大和药铺门前已经堆了数百块青砖。另有一辆满载的马车正在往下卸木料。方汀在旁边记数木料的数目。荣氏一脸茫然陪在旁边。

一个木匠师傅在指挥。

"把木方放到窗下。这样不行,要架起来。方子最怕变形。对,就这样。板子先放一边,方子架好了放方子上面。老板,有没有遮雨的东西?"

荣氏说:"遮雨?我看看。"

进到铺子里面。

木匠师傅看天:"估计这两天不一定有雨,看看运气怎么样吧。"

荣氏拿一件蓑衣出来:"只有这个。"

木匠师傅摇头:"用蓑衣遮起码得五件。"

方汀对荣氏说:"晚上千万得留人啊。"

荣氏连连点头:"我在这。"

荣氏夜里只能住在大和药铺。门口已经成了工地。三个瓦工正在凿墙面,乒乒乓乓,同时扬起尘烟。离开两步远是两个专用的临时木马架。两个木工各自跨在木马架上下料。锯、刨、凿、斧，一应俱全。

到了白天，有顾客指着牌匾要过来，先要绕过木马架，然后还是被尘烟逼开了。眼睛红红的荣氏显然昨晚没睡好。她隔着门，看到想进来又被迫离去的顾客，不由一声叹息。

“这生意还怎么做呀？”

她忽然隔着窗子听到方汀说话。

“这怎么行？扒了重来！我要的是质量，不是时间！”

泥瓦匠说：“我们可是按天拿钱的。多一天就多三个工。”

“笑话，还会少了你的工钱不成？做得不好，你们一点银子都拿不到。记住，活要细，急不得。三天不行五天，五天不行十天。”

荣氏的脸色异常难看。她索性从西墙隔架拿下大铜锁，推门。门也被杂物挡住了，反复几次才推开。荣氏出门，关门。她已经决定暂时把铺子关门，待门面的工程结束再开。

怨毒让方汀原本与世无争的内心里开始了恶性发酵。可以说荣氏与她往日无冤近日无仇，往上数八辈子也没与方汀的祖宗们有过任何交道。方汀甚至与她视为死敌的玉央连相熟也谈不上。但是清蔷的几句话发挥了无穷的威力，玉央莫名就成了方汀的死敌。忽然想象力在方汀贫乏的脑子里活跃起来，两个小小的主意便将玉央的生母折腾得死去活来。

而所有这一切，作为核心当事人的玉央却一无所知。她既不知道已经情如姐妹的清蔷在背后刁难她，意欲置她于死地而后快，她也不知道不久前被逐出宫的方汀对她怀着不共戴天的仇恨，正在不择手段地折腾自己的母亲，她更不知道母亲已经被人逼上绝路而且几近崩溃。

仇恨是这个世界上最强烈的发酵剂，复仇则是最强悍的内心推力。因此复仇的故事永远会吸引人，复仇者永远战无不胜。

公元838年，大唐文宗大和十二年，李商隐进士及第。次日便接圣旨，令其隔日进宫面圣。当天夜里，他与温庭筠去西市胡姬酒肆。其间热闹异常，大堂内的十几张方桌几乎座无虚席，猜拳行酒令声此起彼伏。三名酒保不停穿梭，为各桌送去酒水菜肴。二人碰杯，一饮而尽。

温庭筠说：“天天有今日就好了。”

李商隐说：“无论谁人，一生一世也仅此一次而已。”

“看看，你我已经是陌路人了。”

“你什么意思？”

“话不投机呗。我说喝酒，你说中进士。”

“酒可以天天喝呀，又何必说天天有今日呢？”

“今日不同啊。”

“有何不同？”

斟酒。碰杯，一饮而尽。

温庭筠说：“今日非你买单不可。”

“明日我也可以买单。”

“昨日你为何不买？所以呀，我说今日不同，你非买不可。所以我又说，天天有今日就好了。”

“一个字，俗。”

“喝多了不是？你买单，我喝酒，我就俗了。我买单，你喝酒，我俗不俗啊？”

“满嘴酒话。”

“看你穿那身官服，活脱脱变成另一个杜兄。刚才你要不脱下来，我就不跟你出来喝这酒。”

斟酒。碰杯，一饮而尽。

李商隐说：“你以为我喜欢那身行头？明天见皇上，穿这身衣服总不是那么回事吧？”

“毛病！穿什么不行？平时穿什么照样穿什么。皇上有什么了不起？”

“在你，谁都没什么了不起。”

“他要跟你谈什么？谈诗？他的诗还是你的诗？谈谈老李老杜也就罢了，要是谈你，你难受不难受？”

“我看喝多了最难受了。”

斟酒。李商隐将自己的杯子躲开。

“一说你买单你就不喝了？你可以不喝，我非喝不可。”

举杯向李商隐示意，一饮而尽。再斟。这次李商隐不躲了，主动将杯凑过去。碰杯，一饮而尽。

温庭筠说：“最让人受不了的是谈他自己。他拿他的诗给你看，你怎么办？夸他还是贬他？贬他你不敢，夸他你又不情愿。嗯，这么想想倒是怪好玩的。我倒要看看你怎么办。”

“可惜你温兄看不到。”

“诏书上怎么说，让你带你的诗去，对吧？你打算带哪一首？”

老温这小子根本就是杞人忧天。李商隐与皇上御花园的会面，既轻松也还算有趣。湖中的红鲤白鲤花鲤，各行其是，悠然自得。忽然有碎馍抛下，各路鲤鱼瞬间有了方向，宽阔的水面一下变得拥挤了。

唐文宗手持诗卷诵读。

北湖南埭水漫漫，一片降旗百尺竿
三百年间同晓梦，钟山何处有龙盘

文宗沉吟回味，赞许：“咏史之诗，有大气象。好诗！”

李商隐说：“皇上夸奖，让商隐汗颜。”

“从来大史家皆擅春秋笔法，读来才有回肠荡气。朕一直以为，将读史之心情和盘托出难之又难。选任一词汇，做任意描述，都不能尽然，甚至觉得既亵渎了神圣也亵渎了自己。今日你的绝句却道出了朕的心情。殊为难得。”

“说撰史难，然读史更难。商隐读史经常不得要领，偶有心得便随手记下，恐日后再寻不易。”

“朕往日先后与白居易杜牧二位饮茶，二位不约而同，皆向朕称道你，赞你为李杜之后第一人。朕就一直有意交你这个朋友。前日进士张榜，朕见到你的大名，甚是开心。便着人请你入宫，续上朋友之缘。”

“皇上如是说，让商隐惶恐。白居易老在晚生眼里如泰山北斗。杜牧先生则一直令商隐景仰。两位的夸奖是对商隐的抬爱，当然更是鞭策。”

“朕先前读过你的诗篇，的确不同凡响，知二位诗仙所言不谬。”

“商隐无地自容。”

“今天有幸见面，朕不想错过大好时机，想请你对一首小诗给予指点。”

“不可，商隐不敢犯上。愿聆听皇上教诲。”

文宗从茶案取过一页诗卷，递给李商隐。李商隐双手接过。

文宗说：“是太子的习作。朕没有胆量班门弄斧，拿自己的诗出来献丑。”

李商隐诵读：

华山九月

高秋晴好

梢尾鸣知了
落叶金黄红嘴鸟
昨夜轻风蹊跷
上山飞雪结晶
中山彩蝶飘零
又见下山新绿
一山四季分明

文宗见李商隐在品诗,便也不急着问他。

也就在这个时辰,李永来尚容局,拉开门,腋下夹着一卷书。安尚容即刻迎上,李永要她召玉央过来。玉央进门。

“太子找我有事?”

“没什么特别的。用过你的草药,杭教头的胳膊痒得厉害,他让我捎话过来,说要找你算账。”

“你回去告诉他,那是在长骨头长肉。找我算账?我还没找他算账呢。”

“你好大胆子,让太子给你跑腿。小丫头,你给我听好了,本太子命令你先为本太子跑一趟,”李永将腋下的书卷递给玉央,同时从腰间摘下令牌,说,“到尚宫局把它还掉。”

“没问题。正好想沾你的光,打你的旗号到尚宫局借诗卷。你不会不给这点薄面吧?”

“快去快回。本太子在此等你复命。”

这边的李商隐垂首而立,似有所思。文宗目不转睛地看定他。李商隐终于开口了。

“太子有极好的色彩感,颜色如此之丰富,却又清晰透彻,仅文字便令我坠入秋色之中。”

“太子一向贪玩,并无许多用功。忽然见此,令朕大惑,以为是好诗。又自想是否错爱了,故拿来请你评点。”

“此诗极见功力,皇上说太子不用功便奇了。平仄除一处可商榷外,通体严整精妙,绝非一朝一夕之功所能为。”

“先请指正平仄相异之处。”

“尾句一山四季分明,平平仄仄平平,似乎过于均衡。若改作平平仄平平平,也许更妙。”

“倘四季换成季节呢?”

“一山季节分明……平仄虽顺了,又似乎不如原诗的节律,一山四季,一山季节,”李商隐边说边思忖,“如果让我在音韵和节律之间选择,我宁舍音韵而取节律。嗯,还是原诗更佳。”

“或者一山四时?”

“一山四时……山,四,时,一个平舌音夹在两个卷舌音之间,读时会增加难度。当然也是一种选择。”

“诗之奥妙,真真深不可测。”

“我特别喜欢此诗中的跳跃,落叶金黄红嘴鸟,金黄在落叶之后,红又在鸟嘴之前。金黄红奇妙地连缀成一个整体,可谓别致了。”

“跳跃又在哪里呢?”

“先后缀的金黄,后前缀的红,虽然红于金黄之后,却又似乎跳跃于金黄之上。无论视觉听觉都有幻象,是为跳跃之妙处。”

“到底是李商隐,高论!”

“下句又是一跳,昨夜轻风蹊跷,已与前句相去很远,有如太白的名句,轻舟已过万重山,况以蹊跷说夜风者,古今未曾有过。”

“听你说得太好,你不会是为了让朕高兴,谬夸太子吧?”

“皇上如是说，商隐不敢畅言了。”

“除非你拒绝朕作为朋友。朋友者，必无忌言无诳言。”

“皇上以商隐为友，商隐当然畅所欲言坦诚相对。”

“那就继续吧。”

“最让人称奇的，是后四句‘上中下’的巧用，真真妙不可言。”

“那也是让朕莫名激动之处。听你点破，如梦方醒。”

这边皇上与李商隐谈诗甚兴，李商隐却深知适可而止的道理，见皇上再无差遣之意，便寻一个间隙起身告辞。那边玉央一直慕尚宫局书库之名而不得入，现在她有了通行无阻的太子令牌，终于可一偿所愿。

登记处为一张案桌，一名女史坐于其后。她身后墙上挂一木板，上有数十枚铁钉，用来挂借书牌。

玉央问：“这是尚宫局书库吧？”

“正是。”

女史接过她那块象征无上权力的令牌，挂到身后墙上。她指点玉央沿东侧长廊往诗文馆。

李商隐过来：“请问这是尚宫局书库吧？”

女史问：“先生有何贵干？”

“皇上特准我来此借阅宫中诗卷。”

李商隐的目光，刚好追上了玉央的背影。

女史疑惑地打量他：“皇上特准？令牌呢？”

李商隐忙解下腰间的令牌递过去。

女史翻来覆去查验，挂到墙上：“去吧。”

尚宫局书库乃天下第一的藏书馆，规模极其宏大。东侧的诗文馆为长条形房间，两侧开有十几扇大窗，室内光线很好。十几套高约六尺的大排架依次列在其中。玉央在巨大的排架间走走停停，指尖在书脊上滑过，不时抽出一本翻开看看，又放回去。李商隐查找书籍，在其间盘桓，与玉央隔着排架相向而过。玉央的面孔在书卷的缝隙中两次映入他眼帘。显然玉央吸引了李商隐的目光。

书架边挂有木牌，上面依次写着“大唐”“五代”“魏晋”“东汉”。走到“东汉”时，玉央拐入，仔细查找。李商隐从相反方向迎上。全神贯注的玉央险些撞到他，却头也没抬，擦肩而过，转到书架背面。李商隐与她隔书并行。玉央抽出一卷书，自言自语：“《胡笳十八拍》。”

仅一架书相隔的李商隐应该听得清清楚楚。玉央转身往外走。李商隐随手抽一卷书，跟上。玉央将书卷递给女史。李商隐站到玉央身边。

“蔡文姬的千古绝唱。”

玉央回头：“你读过她？”

李商隐点头：“气象万千，壮阔至极。我以为，只有楚屈原之《九歌》，堪与其比肩。”

“我以为，男人不懂欣赏女人呢。”

“诗与歌本无男女之分，只有好诗与否。至于欣赏女人，恐怕女人自己的局限远甚于男人。”

女史将令牌交还给玉央：“你的令牌，可以了。”对李商隐说，“你借什么书？”

李商隐连忙将书放在案上。却恰是一本《蔡邕诗文》。

玉央说：“蔡邕的作品，你最欣赏哪篇？”

李商隐答：“蔡邕的诗与文，固然有他独到之处。然说到最好的作品，当然是他的女儿。有蔡文姬，方有《胡笳十八拍》。诗之不朽，便也是蔡文姬的不朽。其父蔡邕自然功莫大焉。”

女史将书与令牌递还。玉央李商隐一同出了大门。两人走在后宫花园里，在一棵树下站住。满树桃花尽开，娇艳炫目。

玉央说：“你的这番说辞可谓奇诡了。若蔡邕本人听到，不知会否投你的赞成票。”

李商隐说:“试想蔡邕的心情,恐怕宁可世间少了《胡笳十八拍》,也不愿女儿一生坎坷,受尽背井离乡抛儿别女之痛。”

玉央想一想,说:“真难以想象,若世上从不曾有过《胡笳十八拍》,我等读诗之人会是怎样的心情。”

李商隐笑:“可偏巧我没借到《胡笳十八拍》,今日也就无缘再读。”

“没关系呀,我再读之后借给你好了。正好你也可以拿《蔡邕诗文》与我交换。”

李商隐眼里露出喜色:“这样最好。”

“你哪个宫的,叫什么?”

“我姓李,名商隐,并非在宫中任职……”

“你就是李商隐啊。我读过你的诗文。”

“让姑娘见笑了。”

“怎么会呢?你的诗很特别的,朦朦胧胧,且峰回路转。留给读家许多想象。我很喜欢的。”

“姑娘也写诗吗?”

“我是闹着玩的,岂敢在你面前班门弄斧?”

“刚才皇上也是这么说的。”

“皇上不会那么谦虚吧?”

“你在后宫哪里?”

“尚容局,司容部。你呢?”

“我先前居太原府,现暂住朱雀门大街路西的长乐客栈。”

“我娘在西市有一家小药铺呢。”

“药铺?不会就是大和药铺吧?”

玉央惊异:“你怎么会知道的?”

“那掌柜的就是你娘了?”见玉央点头,“跟你娘先已经认识了,看来你我真的有缘。”

玉央一如既往地直来直去:“认识我娘就有缘了?”

李商隐略带尴尬:“你有闲出宫就与我联络,我们交换诗卷。可以吗?”

“不跟你多说了,我还要回去复命呢。告辞。”

“还未请教姑娘芳名?”

“玉央。”

回转身跑开。留下李商隐独自抱着《蔡邕诗文》注视她的背影自言自语。

“玉央。”

玉央生命中的另一个重要的人终于走进了她的视野。或者也可以说是玉央走进了大诗人李商隐的视野,因为从历史意义上被大书特书的人是李商隐,玉央几乎无法与之相提并论。但是在此处的意义不一样,这是一本关于玉央的书,玉央是当之无愧的主角,其他什么人也都只能是配角。皇上也罢,名垂史册的杜牧李商隐温庭筠也罢。不要说历史不公平,最公平的就是历史,属于谁的历史谁就是主角。所以还是说李商隐走进玉央的视野比较公允。

大海无一刻无浪

1

文宗皇帝登基之前,曾偕妻子小儿往秦皇岛观海。当时他的一句感慨让妻子记了许多年——大海无一刻无浪啊。打从皇上登基,王昭仪时不时便想起夫君当年的这句感慨。掌管后宫许久,她经常将后宫与大海相提并论,这个说大不大说小不小有四墙围合的宫苑之内风起云涌,真可谓无一刻无浪。

作为后宫的当家娘娘,王昭仪终日殚精竭虑,日理万机。连她身边的宦官宫女也都心疼她。趁着她与安尚容谈事情,小寇子和欢喜守在花园拱门外闲聊。

小寇子说:“娘娘最近可是明显胖了。”

欢喜说:“这也是我担心的。”

“娘娘希望胖一点啊。”

“如果一切正常,当然胖一点好。”

“哪里不正常了?”

“女人的事你不懂。”

“我不懂,鲁御医不会不懂吧。”

“鲁御医还不知道。”

“我知道你说的什么了。是与尚容局清蔷献的那个药方有关吧?”

“记住,药方不是谁献的,是娘娘自己从老家寻来的。”

小寇子打自己一个耳光:“掌嘴。”

那边王昭仪与安尚容的对谈则没那么轻松随性。母仪天下的王昭仪绝不会与任何宫女女官和宦官聊闲天,她永远没那份闲情逸致。

王昭仪说:“你的家事一定不可以泄露。这些年我为你瞒得严严实实,如你自己大意,我也会被连累了。”

安其凤说:“娘娘大恩我一直铭记在怀。娘娘尽可放心,家事倘万中有一不再能瞒人耳目,我绝对不敢也绝对不会牵扯到娘娘丝毫。”

“你尚容局表面上一潭静水,经常涟漪也见不到。但我从来不能放下心,总预感哪一天会有暗涌爆发,腾起巨浪,甚至把整个后宫搅得天翻地覆。”

“不知娘娘的担忧从何而来?”

王昭仪摇头:“说不清楚,一种预感。”

“与我的家事有关吗?”

“也许有点关系。但也只是一点点,一点点而已。”

“除了这,还会有什么呢?”

王昭仪思忖:“我要是知道就好了。那种预感很强烈,非常强烈。由你尚容局而起,最后……结果怎样,我不清楚……”

安其凤也被王昭仪的情绪感染了。

“娘娘的预感一向准确。”

“是啊,从来没出过错。”

安其凤心怀至诚:“不知道我能做些什么。”

“连我自己也觉得无能为力。人算不如天算,不管发生什么,一定都是天意。所谓天命不可违。”

“不管发生什么,我都会站在娘娘这一边。”

王昭仪说:“这一点我从来没有怀疑过。”

她们的担心不是没有道理的,最近一段宫里的各种传言甚多,一向绝少是非的尚容安其凤成了大家经常议论的人。也难怪王昭仪心下不踏实。在诞生俗语无风不起浪的年代,汉人这个族群还不懂得海浪是受了月亮的牵扯,以为海浪仅因风所动,这样倒也简单清楚。

对安其凤而言,她以为是舅舅王守澄连累了自己,进而连累了娘娘,是王守澄之风掀起了这一波恶浪。她怎么也想不到,细论起来王昭仪还是自己的远房姨娘,而王守澄事件对王昭仪的波及远比对她安其凤要严峻得多。有人正远远瞄着王昭仪,并且可能会借着王守澄之死来做自己的文章。

后宫无论哪一扇窗子后面都有自己的秘密。杨昭仪坐在起居室的妆镜前,谷司妆为她勾眼线。

谷绣春说:"娘娘有些时日不化妆了。"

"人不出门,化了妆给谁看?"

"今天您要去哪?"

"王昭仪要我们几个去太液池。李昭仪那边没让司妆部派人吗?"

"派了。湖面风大,娘娘记得多穿些衣裳。"

小萝卜外报,说内侍省那边一个同乡传了一个关于后宫的秘密,是关于尚容安其凤的。谷绣春主动提出回避,被杨昭仪制止了。杨昭仪明确称谷绣春是自己人,没有任何事她不可以知道。尚容局的事谷绣春自然感兴趣,况且又是关于尚容本人的秘密。杨昭仪不忌讳让她知道,更令她以为自己是娘娘最信赖的人,这一点格外让谷绣春感激涕零。

小萝卜说安尚容有一个舅舅在宫里。这一点连杨昭仪也觉得诧异,对她而言这绝对是个新闻,她从来没听谁说起过。会是谁呢?小萝卜说是先前在宫里。杨昭仪不耐烦小萝卜吞吞吐吐的,叫他有话一口气说完。原来是前不久被圣上赐死的王守澄。杨昭仪很难相信这么大的事情她会一无所知。

杨昭仪沉思:"原来我也觉着奇怪,按王昭仪的脾气,她应该提拔范娉柳做尚容,为什么会同意由内侍省调进来一个安其凤呢?"

谷绣春说:"当初我也以为尚容非范娉柳莫属。"

小萝卜说:"因此范司容心里一直不平衡,一直与安尚容别别扭扭。"

杨昭仪说:"以当年王守澄在宫中的影响,安排一个尚容局是小事一桩。不过安其凤能把整个秘密守得这么严,也属不易。看来其中有大文章。小萝卜,这件事到你这就打住了。"

小萝卜说:"明白。"

杨昭仪说:"安其凤一直声色不露,也难怪呀,家家都有一本难念的经。"

小萝卜说:"还有一件事,鲁御医又被召到王昭仪宫去了。"

这就是后宫,这里的所有秘密都不是秘密。谁的蛛丝马迹,谁有风吹草动,在最短的时间里便会成为他人的话题。王昭仪躺于卧榻,身上盖着薄被,手伸出,搁在脉枕上。鲁御医坐于榻边为其号脉。王昭仪两眼微眯。

鲁御医说:"娘娘心律比先前快了。也许因为胖了的缘故。"

王昭仪说:"体重增加了七斤呢。"

"娘娘,除了保养得法,您最近食量有增加吗?"

欢喜说:"不但没有,似乎还少了一些。"

王昭仪说:"这一段食欲不是太好,我也纳闷怎么吃得少了,人反倒胖了。"

鲁御医说:"上次娘娘自己寻的偏方,服过有什么效果吗?"

欢喜说:"这也是我所担心的。用过那偏方以后,娘娘第一次竟间隔了四十九天,然后流量比平时大很多。后来的几次没有一点规律,第二次是三十一天,第三次是五十二天,第四次只有十七天。我早就想告诉您,可是娘娘不让说。娘娘说调理都有个过程,有些紊乱是正常现象。"

王昭仪说:"无论如何,以前一个周期十天太反常了,我宁可它间隔得久一点。"

鲁御医说:"这应该就是娘娘发胖的原因。是身体内的节律发生了变化。"

欢喜问:"这变化好还是不好呢?"

鲁御医说:“一时还很难判断。娘娘自己感觉如何是关键。”

王昭仪说:“间隔拉长觉得麻烦少了,人胖了又觉得容易心慌。时间不准希望只是一时的调整所致。如果周期稳定下来,长总比短好。”

欢喜说:“不是说它跟月亮的圆缺有关吗?短了不好,长了也未必好吧。”

鲁御医说:“欢喜的话有一定道理。周期短了,对身体的消耗肯定很大,长了又会影响身体内部的循环。所以我不是很赞成娘娘在短时间里体重有很大变化。”

王昭仪说:“如果因为贪嘴或者贪睡,胖一点在所难免。现在情况不是这样。”

鲁御医说:“我在考虑是否向戚尚药禀报,将娘娘自己寻来的药方暂停,观察一段再说。”

王昭仪说:“我听你们的。”

鲁御医说:“娘娘这么想就对了。您的身体不仅仅是您个人的,也是全体国人的。”

王昭仪说:“尚药局定吧。我等你们消息。”

相比之下,李昭仪的内心就会轻省许多,因为她对其他妃嫔的事不关心。对她而言,自得其乐比别人的是非更要紧。这段时间,她迷上了香薰浴,而且她从不去尚容局,只在自己宫中的小浴室。胡蝶也因此练就了好手艺。

李昭仪说:“好舒服啊。你做我的日常护理,不会有什么怨言吧?”

胡蝶说:“怎么会呢?娘娘为什么这么说?”

“我知道,比起其他昭仪娘娘,我要麻烦得多。没完没了地护理,没完没了地洗澡按摩。你肯定是尚容局里最忙的。”

“忙也比闲着好。前段时间娘娘不召我,我手脚都不知道该往哪里放了。”

“忙比闲好?”

“当然啦,没事做的人很可怜的。所以我特别同情安尚容。”

“安尚容没事可做吗?”

“您看,只要不出乱子,她就成天晃来晃去,要不就在屋里坐着,找这个谈谈心,抓那个训一顿,无聊死了。”

“按你说的,尚容局最好是乱子不断,当尚容的才会不无聊,才会有事可做,才不让你觉得可怜。是吧?”

“昭仪娘娘传哪个,哪个就得去,根本不是她安尚容说了算。她又不需要直接侍候娘娘。我看有没有这个人,对尚容局都是一样。”

李昭仪出浴。胡蝶用大浴巾将她裹起,回起居室。李昭仪在卧榻趴好,胡蝶为她推背。

李昭仪说:“我不信你对安尚容那么反感。她善待下属,做事公平,不偏不倚。你今天说她一定是听说什么了。”

“让娘娘看出来了?我还以为自己挺巧妙呢。”

“说吧,你听说什么了?还是你想问什么?”

胡蝶鼓足勇气:“原来大家都说她没背景没靠山,也不拍马屁。可是现在怎么又说王守澄是她舅舅呢?我觉得挺像一个阴谋。”

“你懂什么是阴谋?”

“有人要搞别人啊。”

“是谁在传这些乱七八糟的消息?这些跟你们又有什么关系?”

胡蝶说:“娘娘不是当真要查找谁吧?”

“跟我同样没有关系。都管好自己的事,后宫就不会出那么多乱子了。”

“肯定有人要搞安尚容。搞她的人一定是坏人。”

“听我的话,只管自己的事。你不是小孩子了,要学会自我保护。”

“知道了。娘娘,梅司形现在也很闲啊。你们几位娘娘都很少做头发,也很少去洗浴间,尤其是您。司形部都成摆设了。”

李昭仪说:“胡说。洗浴间又不是为我一个人专设的。”

“您先前去得最勤啊。杨昭仪本来就不爱洗浴。至于王昭仪,出了方汀那档子事之后也不怎么去了。”

“后宫佳丽三千,我们三个不去,自然还有别人去。”

“洗浴间那么大的排场,那些才人美人借她一个胆子,也不敢随便去用。”

“你胆子不小,不懂的也敢乱说。我做才人那会,两天一定去一次的。”

胡蝶只有对李昭仪才敢这样放肆:“此才人非彼才人。”

李昭仪用手指点她脑门:“自作聪明的小东西。”

“别说您不知道自己是谁。后宫虽佳丽三千,三千宠爱全在您一身呢。”

“哪学的这些马屁话?”

胡蝶更加信口开河:“我天生就是个阿谀之徒啊。”

“三千宠爱在一身,世上哪个女人可以如此大言不惭啊。”

余翠外报:“娘娘,侍寝公公通报,皇上今晚会过来。”

李昭仪不露声色:“知道了。”

胡蝶说:“我敢说您早就知道了。”

“再贫要掌嘴了。快去把……”

胡蝶抢话:“皇上最喜欢的百合精油拿过来。”

李昭仪爱怜地说:“你这个死东西,拿你没一点办法。”

至少从氛围上李昭仪宫会一直比较轻松,这当然与娘娘本身的单纯不无关联。已经身为娘娘,倘若有一颗平常心会很轻松。李昭仪没有很多野心,所以她过得比王昭仪杨昭仪她们更少烦心。

2

文宗皇帝这会在御花园石亭中翻阅奏折。海汉端茶过来,路过弯月眼侍寝宦官,停下。弯月眼侍寝宦官附耳。

“又是李昭仪。”

海汉点头。过去奉茶给文宗。文宗接过啜饮。

海汉说:“皇上,今夜去哪位娘娘宫里?”

“刚不是说了吗?李昭仪。”

“皇上已经连续四次翻李昭仪娘娘的牌了。”

“是吗?”文宗抬头,略一思索,“那就杨昭仪吧。”

杨昭仪对自己的好运道还一无所知。下午原本就是妃嫔们修身养性的时间,她将司形梅英召到宫中花园,手把手调整自己的形体操动作。杨昭仪的身体有很好的柔韧性,可以完成难度很大的拉伸。

梅英称赞杨昭仪的身体柔软,实属难得。这时候巧儿禀报说尚寝局的弯月眼高公公来了。高公公是来通知杨昭仪,皇上今晚翻了她的牌。杨昭仪安排小萝卜打点带来好消息的高公公,她从来不会忽略那些帮她做事的下人,在下人眼里杨昭仪娘娘是最为体贴关心的主子。借此也可以看到杨昭仪内心的一角,她绝对不是一个甘于平淡了此一生的女人,她一直在准备着,从不忽略任何细节。这也应了那句尽人皆知的箴言:机会总是属于有准备的人。

巧儿召胡蝶等三位女史过来为杨昭仪晚上的面圣做准备。

对皇上而言晚上跟谁睡觉是小到不能再小的问题，睡觉只是放松休息。日间的国事连同朝廷内部的争斗已经耗去了他九成半的精力，他根本无暇顾及哪一个妃嫔的感受。这种时候往往是身边那几个小宦官施展阴谋的大好时机。皇上到哪儿睡觉都无可无不可，但是对嫔妃而言皇上的来与不来有如天上地下，宠幸的频度决定了妃嫔的地位，而妃嫔的地位则同样会决定与之相关的宫女女官和宦官的地位。所以伺候皇上的小宦官和侍寝官就有了用武之地，他们因此得到每一位妃嫔的看重。

这一向皇上常住在李昭仪那边，王昭仪并不很在意。毕竟李昭仪年轻又解风情，能让皇上动情开心是理所当然。关键在于李昭仪不关心朝廷上的事，所以王昭仪对皇上宠幸她一点不觉得紧张。她半倚卧榻，薄被盖到腋下，肩膀手臂都裸露在外。玉央为她做手臂上部护理。

玉央说："下面这里需要做专门护理了。"

王昭仪问："有什么问题吗？"

"有脂肪堆积，要预防形成橘皮皱，保持手臂皮肤的紧绷。"

"这就是胖了带来的问题。"

小寇子外报："尚寝局元公公求见娘娘。"

王昭仪对玉央说："下次吧。帮我用心设计一套预防橘皮皱的方案。"

"是。告辞了。"

王昭仪说："替我传话，有请元公公。"

玉面侍寝宦官进门："禀娘娘，今日皇上先行翻了李昭仪的牌，后来改翻杨昭仪。"

"元公公可知原委？"

"是海汉提醒皇上已经连翻李昭仪四次。皇上于是改了主意。"

"这个海汉就喜欢搞这些名堂。李昭仪知情吗？"

玉面摇头："李昭仪在尚寝局没安排她自己的人。"

"所以她要遭别人暗算了。"

"但是李昭仪是所有妃嫔中皇上翻牌最多的。"

"所谓猫有猫道，鼠有鼠道。"

对于当事人李昭仪自己，皇上临幸也不是什么大不了的事。皇上要来，她就召玉央来推背。李昭仪俯身趴在卧榻上，玉央施展妙手。

玉央问："胡蝶没过来吗？"

李昭仪说："一直在这为我做香薰浴。是杨昭仪那边传她，我不想跟她争，就让胡蝶过去了。"

余翠报："王昭仪娘娘到。"

李昭仪说："快请。"

急忙起身，匆匆穿衣。

玉央问："我怎么办？见她还是不见她？"

"见也得见，不见也得见。你来我这，她不可能不知道。"

她二人到厅堂时，王昭仪已经坐在那里。

王昭仪对玉央说："你我是冤家路窄啊。"

"娘娘当我是冤家，玉央便无路可走了。"

李昭仪说："姐姐要把小丫头吓死啊。"

王昭仪说："她刚从我那过来，我知道妹妹正准备接驾。"

"我的脊背在做重点护理。圣上要过来，我还没梳妆打扮呢。"

"我来通知妹妹，就不用麻烦了。圣上已经被人劫到别处去了。"

“我也纳闷,到现在尚寝局还没派人过来。今早是圣上自己说晚上再来。”

“玉央,你先退下吧。”

玉央退下。

王昭仪低声说:“妹妹知道变故在哪里吗?”

李昭仪摇头:“男人的心思一日三变。”

“圣上没变,是有人从中做了手脚。我知道妹妹在尚寝局那边消息不大灵通,就过来通个气。”

“没来也好,美美睡上一觉。”

“都是你的杨姐姐搞的鬼。她不但在尚寝局有人,连圣上身边也安插了耳目。不是我说你,你就是太骄傲了,什么都不在乎。这下被人暗算了吧。”

妃嫔们这边纠缠在皇上跟谁睡觉的是是非非当中,而这边安尚容正经历着自己一生中最为困难的时间。她在自己房中来回踱步。清蔷进来。

“尚容,您找我?”

安其凤说:“把门关好。”

清蔷依言关上门,走到桌前。安其凤示意她坐。之后从案几下拿出一个小包裹,放到清蔷面前。打开,里面是二十两白银。

清蔷不懂:“您这是?”

“我想托你义父帮个忙。”

“您别那么客气。”

“我知道你义父是相国寺的大香客,在相国寺说话很有分量。”

“住持长老和义父投缘,总会给三分薄面。”

“前段时间我舅父死了,至今没立长生牌位。希望请你义父跟住持说一下,在相国寺立牌。”

清蔷试探:“您的舅父?”

安其凤点头,递给她一张纸:“姓名和生辰八字。”

正是王守澄。

清蔷说:“可是……您也许知道的,相国寺的长生牌位很贵,这二十两银子,恐怕只能安排在较差的位置。”

“没关系。不瞒你说,这银子也不是我出,我这是受人之托。”

“是您的舅父,还受谁之托啊?”

“我老母亲,她托我为死者立牌位。”

“您自己一点银子都不出?”

“不出。请你义父转告住持,应该会有人定期为这个牌位添香火钱。如果没人出钱了,只管将牌位撤掉。”

“牌位撤掉也没关系?”

“没关系。你都记清楚了吗?”

清蔷点头:“清楚了。”

安其凤说:“那多谢你和你义父了。去吧。”

清蔷收好包裹,走到门边,悄悄回头。安其凤似乎在专心致志地看书。清蔷出门。安其凤放下书,用手撑住额头,一动也不动。

次日一大早,安其凤从大门进尚容局院子。清蔷即刻迎上去。

“尚容。”

安其凤问:“有事吗?”

清蔷警觉地回头:“按您的吩咐,长生牌位已经立好。义父特别请住持把顺序往前提了。尚容如有时间,可以去相国寺看一下是否满意。”

“顺序无所谓,立上就好。谢了。”

清蔷懂事地退回到先前工作的位置。安其凤回到房间,坐于案前记日志。谷绣春拉门进来,径直凑到安其凤跟前。安其凤抬起头,目光里含着询问。

谷绣春带着神秘感:“尚容,刚才内侍省把我找去,专门问我关于您的方方面面。我觉得有必要向您禀报一下。”

安其凤说:“不方便说的不说也罢。”

“没有什么方便不方便。我做人的原则是有内有外,内外一定要分清。毕竟您是自己人。”

安其凤的口气缓和了:“都问些什么?”

“主要是关于王守澄。”

“他是我舅父。”

“他们说你过去瞒下了这段历史,说王守澄同样没有将你这个亲戚在宫中如实申报。”

“以往也没有人问过我。你知道我的脾气,别人不问,我自己不会说自己。别人问了,我也不会撒谎。”

“我当然知道你的脾气,有一说一。他们问我王守澄是否来找过你,我非常肯定地说没有。”

“你也是有一说一呀。”

“我还奇怪呢,既然您是他的外甥女,他怎么从没来尚容局看您呢?”

安其凤说:“我和他彼此不喜欢对方。”

“他们说,你们舅甥两个成心隐瞒。”

“别人怎么说,我也没有办法。”

谷绣春声音放得很低:“他们还说,正在调查你怎么就当了尚容。”

“谢谢你通报。我这忙着,以后再聊吧。”

谷绣春有一点讪:“那我就告辞了。”

谁都看得出来,安其凤当真遇到了麻烦。但是她自己的态度不卑不亢,她索性将复杂的关系简单化,让她与王守澄的关系明朗化,也省得让尚容局上上下下猜来猜去。她自己想不清楚结果会怎样,那本来也不是她的事,非她的能力所能左右。她唯有听天由命一条路。

内侍省总管秦耕人面见王昭仪。严格地说,他是后宫所有事务的责任人,他直接对王昭仪负责。王昭仪闭着眼。

“有一段日子没见了。”

秦耕人说:“最近公务繁忙,千头万绪。刚理清一些,便来请示娘娘了。”

“你们内侍省就从没断过是非。”

“都是些陈年旧事,老账重翻。不过这一翻,翻出笔大账。经多方调查证实,尚容局安其凤是罪臣王守澄的嫡亲外甥女。”

王昭仪睁开眼。

秦耕人说:“王守澄昔日结党营私,在后宫乃至朝廷四处安插他的心腹。如今他人死灯灭,余党却仍未铲除干净。皇上已接受李训李大人的建议,彻底清查王守澄余孽。”

“这个李训似乎很活跃啊。朝廷上的争斗总要向后宫转移。有些人也借机大做文章。我最讨厌这种人了。后宫是圣上的后宫,就该让圣上避开前朝的纷扰,让圣上松弛舒展,高枕无忧。把是非带入后宫,其结果就是给圣上添乱。真不知这些人是何居心。”

“娘娘跟皇上想到一处了。所以皇上下令万不可草率行事,断事办人必得有根有据,不可伤及无辜。”

王昭仪闭上眼:“到底圣上英明。”

秦耕人说:“小的们遵旨办事,已肃清一批余党。然而关于安其凤……情况比较特殊。她虽是王守澄的外甥女,二人却几乎没有来往,否则也不会到今天才暴露他们的关系。据查证,安其凤也未曾对王守澄提供过任何实质性的帮助。所以剩下的问题,是王守澄有无帮助过安其凤,安其凤是不是王守澄徇私舞弊的受益者。”

“结论如何?”

“结论还得请娘娘下。”

王昭仪再次睁眼。

秦耕人说:“小的要查证,安其凤是如何当了尚容的。若属王守澄安插,则必然去其职治其罪。若乃正常渠道上任,则皆大欢喜了。”

“倘若是王守澄托我安排的,又当如何呢?”

“尚容局是在娘娘属下,人事任免本就是娘娘一句话。”

王昭仪似笑非笑:“总管该去内侍省仔细查证,翻看当年的升迁考核记录,一切就清楚了。”

“记录为娘娘提名任用。”

“谁当尚容,凭的只能是资历和能力。尚容局五年一次的考核,并非虚设。若发现安其凤名不副实,只管秉公办理。不必考虑是谁提名。”

“小的明白了。”

“没事就退下吧。”

秦总管后宫沉浮数十载可谓老谋深算。讨到了王昭仪的口风,他便以公事公办的姿态召见安其凤。安其凤怀揣忐忑进来,立于堂下。秦耕人一脸严峻,端坐堂上。

“你应该知道为何找你吧?”

安其凤说:“请总管明示。”

“坐。尚容局我向来过问不多。不到万不得已我不找你。”

“总管的确一直很信任在下。”

秦耕人满脸正色:“今天要和你谈谈王守澄的事。”

“他是我舅舅。”

“所以我说,你应该知道找你的原因。先前没人知道你们的这层关系。”

安其凤回答:“宫中上下从没人问过在下。”

“我也没有责备你的意思。以我在宫里这几十年,什么人没见过?什么事没经过?我很清楚,你并非靠裙带关系走到今天。”

“总管明察秋毫,在下心存感激。”

秦耕人继续:“然朝廷之规矩,但凡佞臣反臣一经查实,必得找出与之连带的人脉,以便清除朋党余孽。你进后宫久矣,对此应该并不陌生。”

“在下明白,也见过许多此类情形。罪臣王守澄出事之前权重一时,在下如声称是其甥女,恐有攀附权贵之嫌,故从未与人提及。后来出事,在下几次考虑向总管申明与其的甥舅关系,但又确实不知如何开口。”

“上面没有查问,你自己没说也不为错。今日问你,你同样没有隐瞒,这样最好。你也不必自责。”

安其凤说:“谢总管宽容大度。事已至此,该当如何发落,在下也只有听之任之。但请总管放心,安其凤在位一日,任上工作不会有丝毫懈怠。”

“你的事我已请示过王昭仪。娘娘有话,你做尚容凭的是资历和能力,而并非借重他人权势。等于已经对你做了充分肯定。”

"娘娘慧眼。是在下三生有幸。"

"回去安心做事也是对娘娘的报答。"

安其凤起身:"谢总管信赖。在下告辞了。"

王昭仪并非有意袒护安其凤。这个远房侄女不是她额外关心的人,之所以留任安其凤还是由于眼下没有一个合适的人能替代她。范娉柳肯定不行,谷绣春和梅英更是想都不要想。若真的少了安其凤,尚容局还真就没了主心骨。眼下乱事太多了,属于她自己后院的尚容局不能再跟着添乱。喜讯、权势,去皱按摩、训诫太子,所有这些都不能让王昭仪出了问题的身体有些许改善。定期过来诊疗的鲁御医,终于承认他无能为力,只好请出尚药戚锵。

王昭仪在卧榻半躺,面色苍白。欢喜擦去她额头上豆大的冷汗。戚尚药为她号脉。鲁御医刘御医立在旁侧。

戚锵说:"似乎有内血郁结。"对鲁御医、刘御医说,"二位的看法呢?"

鲁御医说:"在下也这么认为。"

刘御医说:"应该是。"

欢喜说:"昨天夜里娘娘小腹隐隐作痛,先还以为是天凉受寒所致,只灌了暖壶焐着。岂料刚才突然疼得狠了,连起身都困难。"

戚锵问:"停药之后,娘娘的经期可有恢复到从前?"

欢喜摇头:"不但没有像从前那样频繁,反而越拉越长。上次隔了足足五十四日。"

戚锵沉思。

鲁御医小声说:"尚药,是否需要以药物助娘娘下血行经?"

戚锵不语。鲁御医和刘御医只能干着急。王昭仪半睁开眼,有气无力。

"尚药有话不妨直说。"

戚锵说:"娘娘,内体郁结,原因可能有很多,一时无法下断言。娘娘之前用的那剂民间偏方,在我尚药局经验之外,在下需要翻阅典籍详细查验,方可清楚病痛是否由它而起。而后才能对症下药。倘这次只因停药而导致紊乱,调理过来便有可能不治而愈。"

王昭仪有了怒气:"说偏方可用的是你尚药局,叫停的也是你尚药局。现在出了问题,便把所有的责任都推在我那张药方上。"

戚锵说:"在下不敢,也绝不是这个意思。娘娘玉体金身,不可有半点差池。为谨慎起见,容在下延宕一点时间。还请娘娘恕罪。"

"我没有要降罪于你。"

"在下先为娘娘开一剂安神顺气的方子。这几日请娘娘注意休息与保暖。"

王昭仪疲惫地将脸扭向内侧。

"欢喜,伺候尚药下方。"

欢喜说:"是。尚药请这边下方。"

尚药局无论哪一个都对王昭仪拿来的那个偏方有所保留,他们只知道偏方属于王昭仪自己。他们不可以正面质疑娘娘,也不好直面追究娘娘的偏方。然而王昭仪是聪明人,她也知道尚药局哪一个都不是等闲之辈,她听得出他们对那个偏方是有疑问的。而她自己知道偏方是怎么一回事,她隐约觉得也许问题就出在偏方上。如果那样的话后果可是非同小可。

3

读家已经知道偏方是出自清蔷之手,偏方又导致王昭仪身体状况有了很大的改变。但是读家不知道的是这背后的大阴谋,一起专门针对王昭仪的阴谋,在这场阴谋当中送偏方的清蔷只是配角。清蔷尽管颇有心机,毕竟还只是个十六岁的小姑娘,对阴谋背后的种种复杂的可能性缺乏预判能力,所以她以为自己只是完成了一桩任务,而且完成得相当出色。如此而已。成功送上偏方之后,她已经将这桩事抛到脑后。任何不带来后果的事件都不可能在一个小孩子的心中停留得很久。

经历一次低谷之后,在周围这些成人的眼里,这个小姑娘似乎接受了教训,举止行为都有了清晰可见的改变。清蔷主动与胡蝶玉央示好,三个人的关系峰回路转。现在药理作坊常可以看到她们友善的合作。玉央与清蔷联手,将混有果汁和牛奶的米浆摊到炽热的铁板上,烤成一张张膜。揭起,铺放好。

清蔷说:"知道你忙了一天,累坏了。可是这活别人干不了。"

"一点不累。"

"你为胡蝶和我配的紧肤膏,用宫里材料做的?"

玉央点头:"我给娘娘们配方,顺手就制了你们的。"

"其他女史也有吗?"

"余翠姐姐有一份,别的就没了。"

"你娘呢?"

玉央摇头:"我娘用她自己配的。"

"怎么有人说你带宫里的药材回家给你娘?"

"没有啊。"

"说你擅自使用配给娘娘的上好材料,做了很多东西送礼,还带回家。"

"那些材料隔天就得扔掉,所以我顺手用起来了。也只送了胡蝶、你,还有余翠姐姐啊。"

清蔷想了想:"你有没有送给范司容?"

玉央摇头。

清蔷说:"这就对了。"

"什么对了?"

"我一直不明白,这么点小事,司容为什么发脾气,还说一定要追究。"

"我们有为娘娘做新品试验的义务,司容又不是不知道。"

"可是连我和胡蝶,甚至一个宫女你都送了,却没她司容的份。"

"司容的事不需要我们考虑啊,我做的东西她怎么会瞧得上眼呢。"

清蔷说:"尚容局谁都知道,她这人小心眼,绝对得罪不得。谁都不可以忽视她,否则她会记你一辈子。她就是要你时时刻刻提醒自己,她可是堂堂范司容啊。"

"我也没送安尚容啊。"

"她们俩不一样。"

"对我来说一样。同样都是上司。"

"别看司容跟王昭仪走得近,可娘娘的脾气你知道,说翻脸就翻脸,没丝毫顾忌。司容随时都可能无依无靠。"

玉央说:"娘娘很倚重范司容的。"

"司容自己也是坏脾气,喜怒哀乐都在脸上。"

"司容的性格挺简单的,很容易得罪人。"

清蔷说:"安尚容就不同了,深藏不露。这么多年,居然没人看出她有那么大来头。正所谓真人不露相啊。"

"尚容是比较稳重,有长者风范。"

"你想想,大宦官王守澄的外甥女。难怪她可以稳稳地坐住这个位置。"

玉央说:“王守澄已经死了呀。”
清蔷点头:“他是安尚容的舅舅。”
“亲舅舅?不会吧。”
“嫡亲舅舅。”
玉央停下手,低头思索。清蔷等着看她的反应。
“我还见过那个王守澄呢。他们舅甥俩长得可真不像,一点都不像。”
玉央的反应出乎清蔷意料。清蔷有点蒙,她想不出玉央接下来会说什么。
“安尚容那么娇小玲珑,想不到她舅舅那么魁梧,”玉央边说边比画,“好高好胖的一个人啊。”
清蔷尴尬地笑笑:“不早了,抓紧做事。”
这一次清蔷没有言过其实,范娉柳的确发脾气了。胡蝶被她叫过去,她与胡蝶相对而立。
范娉柳问:“除了送给你还送谁了?”
胡蝶答:“清蔷也有一份。”
“胆子也太大了,居然公开盗用娘娘用的东西,简直无法无天!”
胡蝶申辩:“那些东西隔天就得扔掉啊。”
“扔掉可以,留下用到个人身上,性质就完全不一样了。”
“大家都是司容部的,我们也有义务为娘娘做新品试验啊。先用到我们身上,如果有异常,正好可以调整配方重新来过呀。”
“我警告你,你这么不遗余力为他人强词夺理,小心我办你个同案犯。”
范娉柳不是在开玩笑,她首先将事情禀报给秦总管,又受总管委派将玉央带到内侍省。秦耕人坐于高台之上,打着哈欠,喝茶。玉央站在高台下,范娉柳立在堂下一侧。
范娉柳说:“总管,人带来了。”
秦耕人慢条斯理:“知道为什么找你吗?”
玉央摇头。
秦耕人说:“有人举报你私自将宫里的材料据为私有,可有此事?”
玉央摇头:“没有啊,绝对没有。”
“听说你母亲在长安城西市开了家药材铺子。”
“是。”
“你没往铺子里带过东西?”
“绝对没有。铺子里的药材全由我娘一人经手。我娘从不让我沾手。”
“无风不起浪。你没做,难道是别人无中生有不成?”
玉央想起清蔷的那些话。事情很明显,总管说的举报人应该就是范司容了。
“我想起来了。”
秦耕人冷笑:“肯承认啦?”
“是这样的,我给娘娘们制好紧肤膏之后,还剩下些零星材料,就顺便制了几份新配方交给他人试用,这也是尚容局的规矩。况且这事清蔷掌容已经说过我了。”
范娉柳说:“我说没人冤枉你吧?娘娘用的东西岂是你可以随便盗用的?”
“我绝对没有把宫里的东西带出去,一丝一毫也没有。”
秦耕人问范娉柳:“说她夹带东西出宫,可有真凭实据?”
范娉柳说:“向我汇报的人说她娘在宫外城里开了药铺,她既然胆敢盗用,也必定会盗出去给家里。”
秦耕人说:“司容,这种只凭推测的汇报,你今后不带到内侍省也罢。”

范娉柳说："总管，她已经承认自己公开盗用属于娘娘的东西了。这件事在司容部影响极坏，绝不可姑息。"

秦耕人问玉央："你知罪吗？"

玉央说："可那些材料不利用起来也是白白扔掉啊。"

范娉柳说："扔掉与用到个人身上，性质完全不同。"

秦耕人说："唉，这么说不妥。前几日皇上号令天下，强调节俭，对宫里奢侈浪费之风甚为不满。能利用起来的材料，为何要白白扔掉呢？"

玉央说："为妃嫔试用新品，本来是我们分内之事。将剩余材料利用起来，让女史和宫女为娘娘试用，玉央不知何罪之有？"

范娉柳说："总管，这是性质问题啊。若个个学她，不打招呼，说这个是要扔的那个是用不上的，都用在自己身上，尚容局岂不乱套了？"

秦耕人问："究竟是些什么东西？"

范娉柳说："都是上好的养生美容材料。"

秦耕人对玉央说："报上你盗用材料的名称和数量。"

玉央边想边说："因是剩余，数量很小，没有称量，我只能说一个大概。"

"说。"

"薏米不足三两，云苓不足四两，墨鱼骨三两稍多，党参约一两三钱，北芪少于一两，鲜芦荟约二两，绿豆约一两半……"

秦耕人不耐烦地挥手："行了行了，什么芝麻绿豆的破事也闹到内侍省来！"

范娉柳说："总管，这可不是小事。"

秦耕人说："你司容部每天掉在地上的也不止这些！"对旁侧的宦官说，"记下备案，罚扣玉央一日俸银。"

说完拂袖而去。范娉柳偷鸡不成倒蚀一把米，脸色难看死了。她自己心里很清楚是在找茬整玉央，但她自信句句在理，这次玉央是跑不掉的。

此类事情在宫中很多，不追究的话大家相安无事，追究起来又很难说得清楚。比如御厨是否可以品尝御膳呢？又比如每日每餐御膳都有大量剩余，那些剩余又都去了哪里呢？皇上能吃掉每餐御膳的百分之一也算不错了，其余百分之九十九的去向的确可以做一篇很大的文章。自以为聪明的范娉柳就是看到了这一点，可是司容部制作间里剩余的不是美味佳肴，这就让被她举报的玉央找到了辩解的口实。范娉柳的指责当然在理。然玉央的辩解同样在理，毕竟清蔷是部门负责人，胡蝶也是部门同事，她俩都在为娘娘试药试膏霜的人群当中。玉央据此可以申辩自己无过错，但是读家都清楚她是在强词夺理。她送给两个伙伴时想的并不是试用，只是不想让那些好东西无端扔掉，那样太可惜了。

这个时候尚药局也不得闲，戚尚药率领几位御医挑灯夜战。翻查典籍古方，人人不亦乐乎。刘御医手持原方。

"这长白山梅花鹿蹄甲的药理有谁清楚？"

戚锵说："猪蹄甲素有止血之效，但无瘀凝之弊。虽未见有鹿蹄甲入药入方，以猪蹄甲药理类推，又兼王昭仪自寻偏方，想来应无大碍。"

鲁御医说："相对于猪，鹿的通身几乎全有药用价值，蹄甲药理或有大异。"

刘御医说："中药最忌稀有为贵之说。以我浅见，此方中长白山梅花鹿蹄甲根本就是画蛇添足。猪蹄甲足矣。"

戚锵说："我更有疑问的是犀角，其凉血之说恰与王昭仪今日症状吻合，且用量颇大。血凉自然凝滞，于体内郁结也顺理成章。"

刘御医说："况角甲之药理相近，未经反复验证，很难确认是否相互排斥形成意外反应。我考虑可否适量采用破血药物，如麝香田七等，破瘀去凝，令血脉通畅。"

鲁御医说："不可。王昭仪行经周期短流量大，极易引发大出血，最忌破血药物。"

戚锵说："但内血郁结不及时清除，我怕王昭仪的健康会出大问题。去瘀是当务之急。"

刘御医说："所以我说必得适量。"

御医们各执一说，听上去都颇有道理，但其实只为规避自身的责任。虽然妃嫔的健康都在御医的职责范围之内，但是这一次是王昭仪自己出的偏方，追查责任与众人没有直接关联，所以大家的心内都不是很紧张。不管最终的结果怎样，要害责任都在那偏方上，所以把偏方的责任说得重一些是尚药局诸君的共同心理，谁都认定是偏方有问题，而且问题相当严重。

尚药局这边煞有介事如临大敌，当事人自己却像没事一样。王昭仪在李昭仪宫心情很好，两位娘娘在厅堂相对隔案而坐，饮茶聊天，真的很像一对要好的姐妹。

李昭仪说："看姐姐满脸喜气，一定有什么开心的事。"

王昭仪说："你听说了吧，我前几日身体不适，尚药局来人三堂会诊。"

"说是姐姐经期或迟或早。"

"是啊。该来不来，过了许多时日，人也像患了大病，一点精神也打不起来。刘御医开了一道新方，今天一大早忽然就来了，人一下子清爽了许多。"

"怪不得看姐姐气色那么好。"

"好什么呀。妹妹专拣好听的说，就想逗我开心。"

李昭仪说："让姐姐开心又不对啦？难道还要惹姐姐生气不成？"

"我看圣上特别欣赏李训，凡有大事李训总在身边。"

"我哥哥对圣上倒也是忠心耿耿，能为圣上尽一份力该是他的荣幸。"

"年轻有为啊，日后堪当大任。妹妹，我想换一个发式，帮我参谋一下。"

"姐姐这个发式最别致了，直让妹妹羡慕。前日还让玉央也帮我设计一款相类似的呢。"

王昭仪说："这个玉央对发式很有心得。这款用了她不少心思，光脸形图就画了几十张。"

"所以我说不必换发式。依我看，以往姐姐的许多款式都不如它。"

王昭仪着意提起："这不是要册封吗？换个发式多少会给人一点新鲜感。"

李昭仪对册封二字没起任何反应："哦。那就又当别论了。"

王昭仪觉到了李昭仪的懵懂，心里不免有一点郁闷。

"册封的事妹妹还没听说吗？"

"没有啊。"

封妃对王昭仪是比天还大的事情。可是她从李昭仪的口气中听不出任何意味，甚至她觉得李昭仪根本就没听说封妃的事。当然也有另一种可能，封妃只与她王昭仪有关，而李昭仪是故意表示出不闻不问的态度，以避免别人以为她心怀妒忌。无论她李昭仪是怎么一种情形，王昭仪都觉得该将此事告诉她。

"说是下诏书就在这两天。"

"要换发式的话，姐姐还可以有两天时间。"

王昭仪叹道："其实册封不册封又有什么意思呢？老夫老妻的，儿子也那么大了。"

"听圣上说起，太子的诗大有长进呢。"

"他那个贪玩啊，真拿他没办法。"

王昭仪从李昭仪宫出来，索性又拐到杨昭仪宫。小萝卜迎上前，施礼。

"娘娘稍候，我进去禀报。"

王昭仪说不必了，径直进门，来到厅堂。巧儿见王昭仪忙施礼。王昭仪在厅堂落座，让巧儿去禀报。巧儿进去,杨昭仪即刻过来。

“姐姐,看您满面春风,一定有开心的事吧?”

王昭仪说:“其实也不是什么大不了的事。”

“说来让妹妹陪姐姐一道开心。”

“早早晚晚还不就是那么回事。你知道的,我其实根本不在乎名分。册封不册封也只是个形式。”

“姐姐是说要封妃了吧?”

“他们说诏书这两天就下。”

“妹妹恭喜姐姐。名既正,言才顺。从此天下女人以姐姐为首。”

王昭仪轻叹:“真真麻烦死了。又要置衣服又要换发式,想想心里也累。”

“但凡有用得着妹妹的,姐姐一定不要客气。”

“届时还请你多贡献些意见呢。”

“姐姐太客气了。”

封妃在王昭仪绝对是一桩大事件,不由她不认真对待。毕竟她就是后宫的天,昭仪封号无论如何是太低了一点。册封大典之前,让她心烦的主要还是身体方面的问题,连同被御医们众口一词质疑的那个偏方,其他的大事小情都被她暂时搁置到一边。范娉柳对她当下的状态了然于心,也特别嘱咐女史们务必要谨慎小心,切不可惹王昭仪娘娘心烦生气。

册封大典在即。近几日,司容部的姑娘们基本上都是围着王昭仪转,各司其职,范娉柳在其中巡视。杨昭仪宫的巧儿过来。

“司容,娘娘让派个人过去做足底。”

范娉柳环顾,清蔷玉央胡蝶等都在。

范娉柳说:“玉央,你跟巧儿过去。”

玉央说:“王昭仪娘娘让我午膳前把发式设计图呈过去。”

“图做好了吗?”

“做好了。”

“我一会带过去就行了。”

“麻烦您了。”

玉央从隔架取出一卷图纸,递给范娉柳,随巧儿离开。范娉柳示意清蔷过来。两人展开玉央的图式。清蔷看得很仔细,拿出自己设计的做对比。胡蝶偷偷瞄了她们一眼。

范娉柳问:“你觉得哪个好?”

清蔷说:“玉央的设计挺别致,也更活脱一点。不过比起我们的,似乎少了些端庄。”

“娘娘的心思很难捉摸,此一时彼一时。”

“娘娘个性强,经常希望与众不同。但册封大典不比平日,若少了端庄,恐怕不妥。”

“所以我看还是我们的胜算较大。”

这也就是范娉柳派遣玉央去杨昭仪宫的用心所在。

玉央随巧儿进杨昭仪宫起居室,向杨昭仪施礼,坐于妆镜前的杨昭仪点头。玉央取过卧榻上的布单,抖开。

杨昭仪说:“玉央,今天不做足底按摩。”

“是。”

杨昭仪拿起案几上的图式,递给玉央。

“按这个图式,给我做一套。”

“好的。”

"如果有什么灵感,你就往里面添。我相信你想到的,一定是好点子。"

玉央说:"娘娘请放心,玉央会尽力的。"

"还有一个小忙需要你帮我。"

"娘娘尽管吩咐。"

"今天来这做发式的事,请为我保密。"

玉央不懂:"保密?"

"除了你自己,不要让第二个人知道。可以吗?"

玉央点头:"玉央明白。"

"若有人问,你就说做足底按摩了。"

"知道。"

杨昭仪笑了:"不必担心,这个秘密没什么大不了的,而且只需要保守到明日中午。咱们开始吧。"

杨昭仪的话玉央不是很明白,但从杨昭仪给她的图式上,她当然知道那是参加重大活动才需要的发式。玉央想不明白做个发式又何必说起保密的话,但主子不需要她问,她也不需要知道这是为什么。今天是试妆,试到满意时杨昭仪又叫她卸妆,之后叮嘱她明日还要来照此上妆。当然还是不能说出去。

一直以来,范娉柳倚靠着揣摩王昭仪的心思在后宫站稳了脚跟。她对自己的判断信心十足。王昭仪靠在卧榻上饮茶。范娉柳携清蔷进来。

"娘娘。"

王昭仪说:"我吩咐过让玉央来。"

"禀娘娘,玉央刚被杨昭仪传去了。"

王昭仪皱眉。

范娉柳呈上图纸,说:"请娘娘过目。这是为您明日册封设计的妆容发式。"

王昭仪翻看:"你设计的?"

"是,清蔷也出了不少力。"

"不错。"

范娉柳跟清蔷对视,面露喜色。

王昭仪说:"玉央人不能来,图式来了吗?"

范娉柳说:"我将她的设计也带来了。"

清蔷呈上玉央的设计图纸。王昭仪翻看,点头。

王昭仪问:"你觉得如何?"

范娉柳说:"玉央的设计新颖别致,但她毕竟年轻,做出的东西感觉上活泼有余,端庄不足。"

"她的这套方案针对我的脸形下了不少功夫,"王昭仪指着清蔷的图式说,"这个好像更配杨昭仪,适合尖下颏的那种。"王昭仪又用手指触着玉央的图式说,"这眼角的一抹淡红,发髻上的几朵珠花,我特别喜欢。不过也许你说得对,我不是年轻姑娘了,这些细处的精致不适合我。"

范娉柳听出了弦外之音。她知道自己的如意算盘又要落空了。在看眼色方面,她绝对是个一等一的高手。

范娉柳说:"娘娘的肌肤白嫩光润,眉眼神采飞扬,就算是十七八的女孩子也无法企及。"

"你的意思是,这些东西放在我身上不会别扭?"

"不会。"

"不会显得不端庄?"

"不会。"

王昭仪满意微笑:“好,那就按这个样子试做一下。”

王昭仪将范娉柳和清蔷的图式随手放到案几边上,之后滑落在地。清蔷看着那些自己的已被轻易放弃的设计,表情复杂。

这一天,发式成了三位娘娘共同的话题。即使李昭仪也没有例外。她在起居室的妆镜前发呆。令她没有想到的是胡蝶不召自来。胡蝶一眼就看出了她满脸忧虑。

“娘娘,”胡蝶拿出一沓图式摆到李昭仪面前,说,“看看您喜欢什么样的?”

李昭仪翻看:“都很好啊。”

“您挑一个。”

“干什么?”

“我给您做啊。”

“无缘无故,设计新的妆容发式做什么?”

胡蝶满脸诚恳:“没什么,就想给您换个更漂亮的。”

“又有鬼主意。”

“真是什么都逃不过娘娘的眼睛。”

“说吧。”

“就是傻瓜也看得出您不开心。”

李昭仪觉到了兴趣:“你看出什么了?”

“我还知道您为什么不开心。”

“往下说呀。”

“您一定是看到王昭仪为了封妃,又是新妆容又是新发式,耀武扬威的,所以心里难过了。”

李昭仪笑了:“那怎么办呢?”

“不就做脸做头发吗?我做得绝不比谁差,我给您做。明日册封大典,封妃的是王昭仪,但最漂亮的肯定还是您。”

李昭仪摇摇头,推开那些图式。

胡蝶说:“您不会一个都不喜欢吧?”

“我已经想好怎么打扮了。”

“给我图式,我照着做。”

“没有图式。”

“那,您得给我讲讲啊。”

李昭仪一个一个拔下发簪,任长发垂到肩膀。

“什么都不做。”

“什么都不做?”

李昭仪点头:“我要一张素面,明日好去另一个地方。”

明日复明日,终于到了册封大典这一天。大明宫礼仪广场已经准备停当。偌大一个广场,通体由白石砌就,高出地面约七尺,周围有双层汉白玉雕栏。东西各一出口,连着长阶。四角立有凤旗。众多才人美人在宦官和宫女的陪同下,拾级而上,在广场两侧站定。各自窃窃私语,场面还算热烈。

偏殿的休息厅被临时辟作化妆间,靠椅案几妆镜等物一应俱全。王昭仪双眼闭合,一副志得意满的神态。清蔷站在王昭仪身后为她发式定型。范娉柳则为王昭仪最后定妆。

王昭仪闭着眼问:“玉央呢?”

范娉柳说:“被杨昭仪传去了。”

王昭仪微微点头:“嗯,她也要到场的。”

欢喜手持大尺寸铜镜,静候在一边。小寇子肃立大门口,脸朝外面,表情如雕像般庄重。

礼仪广场风旗猎猎。宦官高叫。

“肃静。”

刚才还交头接耳的人群顿时静了下来。大家目光集中到一个方向。

宦官高叫:“王昭仪娘娘登场。”

王昭仪一身华服,率先登场。在场的女人们都被她焕然一新的妆容发式吸引,目光再也挪不开。宦官为王昭仪摆放座椅。落座后的王昭仪环视广场。

“看见杨昭仪李昭仪了吗?”

欢喜小寇子眯起眼看了一圈。

“没有。没看见。”

王昭仪说:“若比皇上来得还迟,看她们怎么收场。”

王昭仪独坐高台上,面有得意之色。宦官高叫。

“杨昭仪娘娘登场。”

王昭仪看过去,杨昭仪同样华服加身,光彩照人,款款而来,丝毫不落王昭仪下风。王昭仪冷笑,满脸不屑。杨昭仪径直走到王昭仪身边,叫一声姐姐。王昭仪冷冷地点头。宦官摆放座椅,与王昭仪并排。杨昭仪落座。此举让王昭仪大为惊讶,瞪着双眼看杨昭仪。杨昭仪始终高昂着下巴,直视前方,不再看王昭仪。

宦官报:“皇上驾到。”

王昭仪杨昭仪起身。文宗登场,坐到正中位置。众人向文宗施大礼。内侍省总管秦耕人盯住巨大的花岗岩日晷,对文宗附耳。文宗点头。秦耕人上前两步,拉开手中圣旨开始宣读册封诏书。王昭仪的耳朵清清楚楚听到自己被册封为德妃娘娘,之后同样清清楚楚听到姓杨的被册封为贤妃娘娘。

新被册封的王德妃杨贤妃并排跪在文宗面前。

王德妃说:“臣妾德妃王氏谢圣上恩典。”

杨贤妃说:“臣妾贤妃杨氏谢圣上恩典。”

文宗微笑:“朕的后宫,日后就交给二位了。平身吧。”

王德妃杨贤妃齐声说:“谢圣上。”

二人起身,转向众人。

众人一齐施礼:“恭喜德妃娘娘。恭喜贤妃娘娘。”

杨贤妃面露笑容,双目炯炯。王德妃却怎么也笑不出来。这个结果让她始料未及,她没有丝毫心理准备,而蒙在鼓里的感觉对于一直居于后宫之首的她来讲是太难接受了。对她的自尊心,这是重重的一记闷棍。这么久以来,竟没有一个人向她通报被封妃的还有杨昭仪,这太让她难堪了!她这时才意识到她这一向因为面临封妃而表现出来的扬扬得意是多么可笑,尤其是姓杨的,她早知道这个结果却声色不露,到最后一刻才让她知晓真相。

这一个回合同样是晋妃,王德妃比之杨贤妃败得非常之惨。而缺席了封妃大典的李昭仪则优哉游哉,私下已经向皇上请好了假,微服去了皇家大安国寺。皇家大安国寺的正殿恢宏庄严。李昭仪一身素装,不施粉黛进来,余翠留在门外。李昭仪走到佛像前,跪下,双掌合十置于心口,闭上眼睛,嘴唇微微蠕动。旁侧的白须老僧敲起了木鱼。一支木签落到李昭仪膝前。李昭仪拾起,细看。签上明明白白刻着“下下”二字。李昭仪脸色惨白。她闭了一会眼,让自己镇定下来。然后起身走向那位一直在诵经的白须老僧。

李昭仪说:“大师,我想求两个护身符。”

白须老僧说:“名誉、地位、美貌、婚姻、财富、平安,施主想护住哪个?”

“平安，只求平安就好。”

白须老僧微微点头。

4

册封大典没李永什么事，所以他就去了马球场。一个多时辰的酣畅淋漓之后，李永除去一身骑马短装，又穿上杭龙递过来的长衫。

杭龙说：“既然知道今天是娘娘的册封喜日，还打什么马球？早做准备，也不至于这么慌张了。”

李永说：“给个名分的事，从早上弄到中午，难道让我一直在母亲宫里等她？”

“等着也比迟到要好。”

“那是。今天要是迟到了，母亲非扒了我的皮不可。”

李永已穿戴妥当。

杭龙说：“抓紧吧，去给娘娘贺喜。”

“你呢？”

“我就不去了。”

“你去哪？”

“天地这么大，还会没有我杭龙容身之处？”

李永说：“油嘴滑舌。”

“陪你走一段，顺便去尚容局逛逛。”

“尚容局的人全在册封大典上呢，你去找谁？”

“我不找谁，我等谁，行了吧？”

李永笑了：“时候也差不多了，你不会等很久的。走吧。”

如果他这会见到母亲王德妃，他就怎么也笑不出来了。王德妃气呼呼回宫。一路上她一直虎着脸，身后一干人战战兢兢知道大事不好。她刚一进厅堂马上就爆发了。

“怎么从来没人跟我提过这事？”

范娉柳清蔷欢喜跟在她后面，大气都不敢出。小寇子自动停在门外。欢喜为她呈上茶盏。

“娘娘，喝杯茶消消气。”

王德妃接过，送到嘴边，却又摔到地上。

“秦耕人那只忘恩负义的老狐狸，姓杨的封妃，他早就知道，居然把我从头瞒到尾。”

范娉柳说：“娘娘息怒，不可徒伤自己的身子。”

王德妃说：“小寇子！”

小寇子迅速进门：“娘娘。”

“去！把那只老狗给我叫过来，我倒要看看，他怎么跟我交代。”

小寇子犹豫。

王德妃说：“去啊！”

清蔷说：“娘娘息怒，请听小的一言。此时不宜把事情闹大。”

“你什么意思？难道我还怕谁不成？”

“娘娘原本就是后宫之首，如今贵为德妃，更是锦上添花，怎么会怕谁呢？只是现在传总管过来，他也无非拿些宫中的保密规矩来敷衍您。况且今日是娘娘册封的大喜日子，整个后宫的注意力全在您身上。倘此时闹出不愉快，未免让那些爱嚼舌根的小人看热闹。娘娘三思。”

王德妃起伏不定的胸口慢慢平静下来。

“说得也是，不能让那狐狸精幸灾乐祸。但这口气我绝不会咽下去。”

小寇子报：“太子到。”

李永已经进来了，施礼：“来晚了，母亲千万别生气。永儿恭喜母亲贺喜母亲。”

王德妃直勾勾地看着李永，不出声。李永抬起头，看看母亲，又看看别人，这才发觉气氛不对。李永凑到王德妃身边。

“母亲，怎么了？”

“我怎么说也是太子的生母，她算什么东西？也配和我平起平坐？那个姓李的更是无法无天，居然胆敢来都不来！”

清蔷说：“娘娘，皇上既立太子，作为太子的母亲，您就已经有了皇后之尊，又何必与他人计较呢？”

李永小声说：“什么乱七八糟的，荒唐。”

王德妃勃然大怒：“你个不争气的东西！根本指望不上！你给我滚！”

“好，我走。”李永蹿出门，“你以为我愿意来呢。”

里面传出茶盏摔碎的声音。李永一缩脖子，吐吐舌头，赶忙溜之大吉。

前面留下一个小小的未解之谜，就是清蔷每晚的例行失踪。有趣的是，除胡蝶外竟没有一个人对此有兴趣。而清蔷周围的其他任何一个人，都比胡蝶更应该关心这一点。比如一直以清蔷庇护人自居的范司容，比如作为尚容局掌门人的安其凤，比如被清蔷视为敌手的玉央。清蔷的失踪与这三个人的利益都存在或多或少的联系，唯独与胡蝶无关。

胡蝶提示玉央，清蔷又失踪了，这成了她每个晚上的固定节目。而玉央的反应每每很麻木。

清蔷究竟去哪了？我们可以回忆一下，有一个夜里，谷司妆从杨贤妃宫回来与她相遇。还有一个夜里，巧儿奉杨贤妃之命出宫取东西返回时与她相遇。一次是往杨宫来，一次是从杨宫回去，两次都与杨宫方向有关。清蔷是去杨宫吗？谷绣春是杨贤妃的死党，巧儿是杨贤妃的亲信，可是二人都不认为清蔷是去杨宫或是从杨宫出来。岂不怪哉？

如果把所有这些连缀到一起，唯一合理的解释便是杨贤妃在幕后导演了这一切。是她在清蔷去之前，遣走了谷司妆。也是她在巧儿回来之前，遣走了清蔷。杨贤妃将清蔷的来访对自己的身边人也做成了一个秘密，正如清蔷将自己每日去杨宫做成了秘密一样。

更为有趣的是王德妃的死党范娉柳竟然一直当清蔷是自己的死党，当然清蔷也就应该属于王德妃的死党。一个毋庸置疑的事实已经摆在面前，清蔷与杨贤妃的关系甚至比巧儿比谷绣春还要私密。没错，每天必然在后宫通道来回走一次的神秘人就是清蔷。她瞒过了所有人的眼睛，与杨贤妃每天见一面。

可是这一天，她偏偏在宫内通道上与小寇子狭路相逢。高拔的暗红色宫墙之下，小寇子与清蔷显得异常渺小。

小寇子说：“娘娘不想把问题弄到内侍省，那样的话你就没法在后宫待下去了。”

清蔷说：“寇公公，究竟又出什么事了？”

“几个月前，你献给娘娘一张偏方，是吧？”

清蔷的脸马上白了，但她不敢迟疑连连点头。

“你说那是你家家传秘方。”

“是我家家传秘方。”

“娘娘知道是你的忠心，所以至今还为你瞒着。尚药局若知道了，那可是天大的麻烦。”

“谢娘娘和寇公公为小的罩着。”

“现在要查清楚，秘方的来源和秘方拥有人的情况。你是从谁的手里拿到它的？”

清蔷战战兢兢：“我父亲。”

“长安翊善坊的富商孔非？”

清蔷摇头：“孔非是我义父。那份秘方是我生父姜连坤传给我的。”

“姜连坤人在哪里？”

“已去世多年。葬在老家邯郸。”

“姜家还有什么人。”

“我自小去到孔府，姜家的人再无往来。生母也改姓再嫁，与我彻底失去联系了。”

小寇子沉思：“找姜连坤家族容易，至少孔非应该知道。你三岁进孔府，孔非与你生父乃姨表兄弟。”

“请寇公公放过我义父。义父就是我的再生父母，今日因我连累他老人家，清蔷大逆不道。”

“你大逆小逆是你自己的事，我只关心你的那张祖传秘方。因为它，娘娘与尚药局反目成仇。你非初出茅庐，应该知晓其中的利害。不找孔非可以，但你必得提供寻找姜氏家族的途径。我这里开弓没有回头箭，不查则已，查便一查到底。”

清蔷发抖了。入宫日久，她当然知道宫廷办案的厉害，无论任何事情，不查则已，一查便必定查个水落石出。之所以把偏方推到生父头上，当然是因为生父去世多年查无对证的缘故。她万万想不到寇公公会去找义父孔非，她有一种大难临头的预感，她想不出义父会如何面对这场来自皇妃娘娘的追查。

与此同时，起居室里的杨贤妃半卧躺椅，闭目养神。她已经遣走了巧儿，一个人静静等候每日一次的神秘晤面。清蔷进来了，脸色还残留着苍白。

“娘娘。”

杨贤妃说：“坐。”

清蔷忽然跪下：“清蔷给贤妃娘娘贺喜，祝娘娘从此一帆风顺，万事如意。”

杨贤妃睁开眼，笑了：“起来吧。”

清蔷起身落座。

“今日封妃大典上，娘娘是绝对的焦点，王德妃完全被比下去了。”

“你那套妆容发式设计得很好，一定花了不少心思吧。”

清蔷毕恭毕敬：“花心思是应该的。”

“如今我和她姓王的平起平坐，到采取主动的时候了。”

“娘娘有什么想法？”

杨贤妃说：“你应该知道她凭什么目中无人。”

“她有太子李永这张底牌。”

杨贤妃点头：“她虽是皇上原配，但如果没有太子，根本不可能取得如今的地位。我这许多年一直让她三分，就只因了这层关系。”

说到此处，杨贤妃忽然冷笑起来。

清蔷说：“娘娘一定已经想好了对策。”

“此乃天助我也，让我得知了李永的一个大秘密。”

清蔷睁大双眼。

杨贤妃说：“清蔷，从现在开始你要接近李永，博取他的信任。”

“然后呢？”

“你是尚容局数一数二的高手。相信他会找机会请你为他化妆。”

清蔷相当诧异：“为太子化妆？”

“到时候听了他的要求，你不要太惊讶才好。一切照他说的做。”

“清蔷明白。”

杨贤妃露出倦容:“嗯,没别的事就回去睡吧。”

清蔷想了又想,还是决定将让她心惊胆战的事情说出来。

“娘娘,您让我呈给王德妃的药方,可能要出大麻烦了。”

“她起疑心了吗?”

清蔷点头:“是寇公公。他命我交代药方的出处,说要一查到底。”

杨贤妃微笑:“姓王的起疑心,也就说明她吃到苦头了。”

“娘娘,当初我照您的吩咐,说是祖传秘方。现在寇公公要知道姜氏家族的线索,否则就查到孔府去。我该怎么办?”

杨贤妃想想:“你不必担忧,我自会处理。”

“请娘娘一定费心。”

一直夹着尾巴小心行事的杨贤妃,当下正得意忘形,根本没把清蔷的担忧放在心上。因为她授意清蔷献方的事情已经很久了,并未掀起多大的波澜,也难怪她会麻痹大意。在她看来许多更大的事情需要优先考虑,与王德妃分庭抗礼的时机已经到来,她再不能甘居人下,她必须有所动作了。

是非升级鸡飞狗跳

1

杨贤妃对清蔷说的话是一桩真正意义的秘密,不过杨贤妃没能猜准会砸到谁的头上。清蔷在司容部的能力数一数二不假,但是说玉央数一数二也许更能服众。太子倘若有此需要,找玉央的可能性远远大于找清蔷,毕竟人和人的缘分是不同的。

玉央受召来到王德妃宫。她没见到小寇子,也没见到欢喜。只有另外一位她不熟悉的宫女在。

玉央问:“欢喜姐姐呢?”

宫女说:“你是玉央吧?”

玉央点头。

“请进去吧。”

玉央进门。没见到厅堂有人。

“娘娘,我来了。”

仍然无人应。她于是往里面走。到起居室门口,站下。

“娘娘。”

起居室的门在毫无先兆的情况下忽然开了。玉央一惊。内里仍然空无一人。玉央不知如何是好,犹豫着是进还是退。这当口,李永忽然从门后闪出。

玉央用手掩住心口:“吓死了!”

李永则轻描淡写:“至于吗?进来吧。”

玉央进门。李永马上将门关好。

玉央说:“娘娘呢?”

“母亲去李昭仪宫了。”

“可是怎么又唤我过来?”

“是我假传圣旨。”

“你让我过来?有话干吗不去尚容局说?”

李永说:“不是有话要说,是有事相求。”

“不会又让我帮你作诗吧?”

“都被你拒绝过一次了,我还会那么自讨没趣吗?”

“那你还有什么事会求到我?”

李永坐到铜镜前:“做你最在行的,化妆。”

玉央惊讶:“为你化妆?我没听错吧?”

“为我怎么啦?化妆就是化妆,为谁化妆有区别吗?”

“可是我只会为女人化妆。”

“你平日怎么给女人化妆,今日就怎么给我化。明白吗?”

玉央摇头:“不明白。给男人化妆?太荒唐了。”

“嗨,你真笨得可以。你就把我当成个女孩子,别想我是男孩子。”

玉央再三摇头:“你明明是个男孩子啊,怎么能当成女孩子呢?”

“男孩子做腻了,想做女孩子玩玩,这个理由行不行?”

“这怎么行呢?”

“不跟你啰唆了。行也得行,不行也得行。本太子命令你,马上给我化妆!”

玉央犟在那不动:“你凭什么命令我?要命令你也要通过德妃娘娘才行。”

“我说错了,先给你道歉。就算本太子求求你了。我们不是朋友吗?”

玉央松口了:“可是,娘娘知道要骂的。”

“你放心啦,她不会知道的。知道了她也是我娘。她知道我任性,也会知道一切因我而起,她一定不会为难你的。来吧。”

起身将玉央拉到铜镜前,重新坐好。

玉央无奈叹气,端详李永,片刻之后开始为他修眉。

李永说:“你刚才提到写诗,本太子得向你坦白错误。”

“你是太子,就不必对小的坦白了。若是朋友,还可以说来听听。”

“你朋友李永,在面对他威严的父亲逼问功课时,一溜嘴供出了你的诗作。不仅史无前例地顺利过关,还得到众人的一致好评。李永自知罪无可赦,也已诚心悔改。你能原谅他吗?”

“我不原谅又能怎么样?”

“别呀,其实你应该高兴。你知道吗,凡是读过那首诗的人都赞不绝口,太傅那天跟我……哎呀!好痛!”

李永捂住左眉,龇牙咧嘴。

玉央说:“想当美女只有忍一忍了。”

拨开他的手,继续。

“你当真不想知道都有谁夸你吗?太傅是什么人,天下学问最大的就属他了。太傅说连李商隐也……哎呀,”李永又一次捂眉,“你成心报复我!”

“拔眉本来就会痛。你以为美女那么容易当吗?”

李永犹豫着放开手:“我再不提这事了,你轻点啊。”

玉央继续。李永没再开口,于是也再没听到他的惨叫声。李永原本清秀,经玉央妙手,变成了百分百美女,眉似青山聚,眼若水波横,额前一点梅花印,颊边两抹胭脂红。李永对镜端详许久。指案几边的洗脸盆。

“玉央,把那盆水端过来。”

玉央依言将水端到案上。李永以水为镜顾影自怜。李永又指小铜镜。

“帮个忙,加点光在我脸上。”

玉央用铜镜反射阳光照到他脸上。水里的倒影漂亮至极。一旁的玉央也看呆了,竟忘记她已然犯了大忌。而且事有凑巧,一向极少主动出击的杨贤妃突然来王德妃宫造访。当时宫室门口只站着那位小宫女。

宫女说:“娘娘,德妃娘娘出去了。”

“嗯,娘娘不在没关系,太子在吧,我本来就是专程来找太子。”

“娘娘稍等,小的进去禀报。”

她略显慌张,快步入内。穿过厅堂,在起居室门前站下。

“禀太子,杨贤妃娘娘来访。”

李永脱口而出:“就说我不在。”

他面露慌张。玉央同样不知所措。

宫女说:“可是……”

“没什么可是!去回!”

不期听到杨贤妃慢条斯理的声音。

“太子这不是睁着眼睛说瞎话吗?”

李永对玉央张口,又不出声音:“糟啦!她已经到门口了。”

杨贤妃又开口了:“你打算让我一直在门外等着吗?”

李永无奈之下只能应声:“请等一下。”

他用力抓紧玉央的手,二人将脚步放到最轻往里面去。李永轻推开卧房门,将玉央推进去,同时将手指竖在嘴唇上示意她千万不可出声。玉央点头,将门合拢。李永回到起居室门前。

“贤妃娘娘,我不方便出来见你。”

“我看着你长大,何谈方便不方便?你就像我自己的孩子一样。”

“真的不太方便。”

杨贤妃坚持:“你不会打算就这么跟我隔着门说话,让我吃闭门羹吧?”

“不敢。但是娘娘……”

“想说什么话开了门再说也不迟。把门打开吧。”

李永无奈,轻拉开门,同时将脸死死地背过去。

杨贤妃进门:“太子,究竟怎么了?”

李永背着脸:“不方便面见娘娘。您坐。”

杨昭仪自顾自坐下。宫女端一杯热茶过来。

李永忽然发起脾气:“谁让你进来的?滚出去!”

宫女吓坏了,热茶洒到手上,慌忙退出。

杨贤妃微笑:“看你,不就是化个妆闹着玩嘛,有什么见不得人的?我小时候也经常把自己扮成个男孩子,逗得家里人开心。”

李永松弛一点了:“要不是您来,我也不会这么紧张。还不是怕您见笑。”

“你打小就是个漂亮孩子,那时候我就常说,永儿比姑娘还漂亮。转过身嘛,我看看你若是女孩子会有多漂亮。”

“娘娘,您就饶了永儿吧,实在是不好意思这样子面对娘娘。”

“好了,就不为难你了。永儿,其实没什么的。”杨贤妃站起身,往外走,“有空到我那坐坐。”

李永忙不迭点头:“好的,一定。娘娘慢走。”

依旧不敢回头,侧耳倾听脚步声去远。他这才先将起居室门关好,闩上,然后冲进卧室。玉央的脸已经青了,浑身抖得像一片树叶。她担心杨贤妃已经知道是她为太子化妆,因为听口气杨贤妃早就知道一切。不过这一次是玉央过虑了,尽管杨贤妃先已经知道李永有异妆癖,却并非专门为此追踪而来,所以她对玉央的在场一无所知。当然如果杨贤妃想知道,她只消提审一下当值的小宫女便都一清二楚。

再见到李永的时候,玉央还没从惊吓中完全走出来。

李永说:“昨天吓坏了吧?”

“还好。”

“那个杨贤妃,平时也不见她找我,偏偏这个节骨眼上突然出现。”

“幸好贤妃娘娘没责怪你。”

“其实她责怪倒也罢了,我宁愿她说点什么,哪怕是教训人的话。”

玉央说:“人就是挺奇怪的,做了错事经常宁愿被指责。听到的不是指责而是夸奖,心里反倒不自在。”

“如果是我母亲,她骂也罢夸也罢,我反正无所谓的。母亲就是那种人,喜怒形于色。可是杨贤妃不同,她从不责备谁,可是你心里并不舒服。无论她说什么,我都觉得那并不是她想说的。她说的话和她的心总隔着距离。你不觉得吗?”

“我的位置不一样,揣摩主子的心思不是下人该做的。”

李永说:“这么说话一点也不像你了。我没问你该不该,你知道我一点也不关心你该做什么不该做什么。”

“我们所处的位置不一样。你可以不关心,我却必须知道。自己该做什么就做什么,不该做什么就不做。”

“你这么说话,我一点也觉不到我们是朋友。宫里有尊有卑,但是你我之间没有。没有尊卑才有朋友。”

玉央不以为然:“朋友是没有尊卑,可是朋友之外的就不同了。你尊杨贤妃一声娘娘,杨贤妃尊你一声太子,你们之间不是朋友也没有尊卑。但我与杨贤妃娘娘只是主仆关系,你能说没有尊卑吗?”

“可是你在和我说话呀,不是和杨贤妃。”

玉央坚持:“可是我为什么要议论主子呢?我不可以这么做。”

“也许你对。那样的话,你我之间就再不能说到任何人了。”

“我的确不想在背后说到任何人。”

李永摇头:“说不赢你。”

玉央向前慢行。李永改了方向,面朝着她退行。

李永说:“昨天怪我没安排好。下次去我宫里。”

玉央摇头:“我们不可以随便去太子宫。”

“拿我的令牌啊,保证不会有人来骚扰。”

“你还要疯?不行,我可陪不起你。”

“昨天没做头发挺可惜的。我很想完完全全做一次女孩。”

玉央再三摇头。

“你当真不同意?”

“太子可以治我违抗之罪。”

李永说:“你不会真的以为我会怪罪你吧?”

“我自己会责怪自己。所以,我宁愿违抗你的旨意。”

李永有一会没说话,然后长叹一声。

“玉央啊玉央,你是我唯一愿意把心里话倒出来的朋友。可是你这么说了,我忽然不知道如何与你面对了。”

玉央想了一下:“毕竟你是太子,你可以说当我是朋友,但我永远不可以这么说。你想过没有,单从这一点,这个所谓的朋友就是不公平的。”

“谁说你不可以?”

“没有谁。事实上我不可以。你可以传我可以找我,可以让我做这做那。你试想一下,我呢?”

李永语塞了。他的确无话可说。他和李昭仪一样,有了特殊的事情想起找知近的小宫女帮个忙,以为不是什么大不了的事。但万一事情败露,后果对小宫女则是灾难性的。他们是大人物,大人物总是很难从小人物的角度看问题。在他们开口的时候,相信他们的确当小宫女是朋友。殊不知朋友二字就成了胁迫对方的武器,逼迫对方就范。这是一个谜局,太子和李昭仪都属当局者迷。玉央是在情不得已的窘境之下戳破了这一点。

这天黄昏,玉央回到家。她进门之前,荣氏正算着小钱箱中的碎银,数过来又数过去,自言自语。

“还是不够。”

玉央进门:“娘。”

荣氏合上箱盖:“丫头回来了。马上开饭。”

走进厨房。玉央坐到桌边。

“娘,您给男孩子化过妆吗?”

荣氏端着饭菜出来:“化过。”

“怎么化的?”

“从前大和教坊演出时,也曾有过男童伴舞。给他们化妆不像给女孩子化妆那么麻烦。勾勾眉毛,抹点胭脂口红就对付过去了。”

“我是指,您有没有把一个男孩子完全化妆成女孩子?”

荣氏想想:“那倒没有。”

“太子好怪啊。男孩子非要化女儿妆。”

“要你给他化?”

“我本来不同意,可你拿他没一点办法。不过太子打扮成女孩子还真的好看呢。”

“丫头,宫里不是寻常之地,有些事不能做就是不能做,无论谁说什么。”

“谁能拗得过太子啊?再说也没别人在场。”

“不怕一万,就怕万一。”

“娘,还真是万中有一。杨贤妃突然就闯进来了。”

荣氏显出了紧张:“贤妃娘娘训斥你了?”

“我躲起来了,她没看见我。”

荣氏松一口气:“所以我说,不能做的一定不做。这次侥幸了,绝不可能每次都侥幸。”

“我总觉得她不像王德妃那么凶。杨贤妃好像从来没训过人。昨天她不但没责备太子,还一个劲夸他漂亮。”

“这种事以后千万做不得,哪怕太子命令你,也一定找理由推脱。”

“不用。”

“学会跟娘顶嘴啦。”

“我是说不用找理由。该拒绝的一定拒绝。我就是这么做的。”

“宫中等级森严,有时候你也许会身不由己。”

“太子今天特别说,他和我之间没有尊卑,因为我们是朋友。他又找我化妆,被我拒绝了。”

“你不会因此得罪他吧?”

“应该不会。要不还算什么朋友?”

"他这种话你不可以当真的。"

玉央边吃边说:"我知道了。娘,最近生意好吗?我总看你早早就打烊了。"

荣氏点头:"还不错。铺子里的事不要你操心。"

2

封妃对后宫原本是喜事,可是封妃大典之后,后宫的氛围忽然很紧张,谁也说不清是什么道理。也许是因为后宫原本只一个人的天下,如今忽然变成有两个主子的格局。各个部门内部都发生了微妙的变化。尚容局尤其是这样。

司形部布置与司容部相似。所不同的是墙上挂满脸型图发式图身形图。置物架上排列着玻璃罐,其内是浸泡在清水中的花瓣。司形梅英坐在案桌后。

胡蝶急匆匆拉开门:"司形,您找我?"

梅英口气冰冷:"我不能找你吗?"

胡蝶在她对面坐下来:"什么事,您尽管吩咐。"

"谁让你坐下了?"

胡蝶猝不及防,尴尬地站起身。

"您生我气啦?"

"现在你是娘娘的红人,我怎么敢生你的气?"

"小的不知道哪里错了?还请司形指示。"

"我司形部的事,你不觉得你介入得过多了?"

"小的也只是奉命行事,如果司形见怪,以后小的尽量回避就是了。"

梅英口气愈发严厉:"不是吧。或者我就提议把你调到司形部?也免得你人在司容部,又总是做我司形部的事。"

"万万使不得。小的除了跟方典形学过一点香薰浴,对司形部其他则一窍不通。另外小的在司容部已经习惯了。"

"我一直在怀疑,方汀究竟是被谁陷害了。"

"您不会认为是我吧?"

"事实上取方汀而代之的是你。我没法不怀疑这其中有阴谋。"

"司形,我不是想顶撞您,但是也不想背这个黑锅。如果您怀疑我,就请报内侍省再做调查。我愿意把事情搞个一清二楚。"

"你以为我会善罢甘休?我就知道你们司容部没有一个好东西。以姓范的为首,个个都搞小动作,个个都是马屁精。没有一个例外。"

"司形还有别的事吗?没事我回去了,那边还都忙着贺寿的事呢。"

梅英不再说话。胡蝶见状转身走了。留下梅英一个人咬牙切齿。

尚容局课堂里是又一番景象,琴瑟合鸣,乐声幽幽。前后两个烛柱燃着。偌大的课堂仍然显得昏暗。胡蝶坐着弄瑟,玉央站着弹琴。一曲毕。

胡蝶说:"八十岁的人会是什么样?"

玉央摇头:"没见过。听说是皇上的祖母呢,一定很老很老了。"

"那就是太子的太祖母啦?太皇太后……你不觉得这么叫挺好听的吗?"

"我们进宫这么久了,怎么从来没见有谁侍候老人家呢?"

"太皇太后根本不住后宫,也不由我们这里侍候。我想伺候她的肯定另有其人。"

玉央说:"那她住哪儿?"

“我祖父说皇族的人有些在太极宫,有些根本就住外面。”

“不是都住在后宫啊?”

胡蝶说:“后宫只有妃嫔啊,连太子李永不是也在后宫之外吗?”

玉央点头:“也是。从来没见过皇上的兄弟姐妹啊这些。”

“今天不让我们睡觉,会有什么事呢?”

玉央摇头:“司容让待命就待命好了,想问你去问她,我可不想自讨没趣。”

“我就想不清楚,你说清蔷天天夜里那么晚回来,能去哪里呢?”

清蔷忽然出现在门口:“这有什么好想的,问我好了呀。”

胡蝶说:“死鬼!吓死人不偿命啊。”

清蔷兴致勃勃:“我去骑马了,晚上骑马好爽啊。我跑了二十几圈呢。夜色这么好,又不让睡,在房子里简直闷死了。”

胡蝶说:“哪天我们俩再比赛好吗?”

玉央说:“好啊。我再给你们当裁判。”

清蔷说:“现在就去?”

胡蝶打个哈欠:“改日吧。”

玉央说:“也是。既不让睡觉,当然也不让离开了。”

胡蝶拨动瑟弦。清蔷不禁合着乐声转动手腕扭起腰肢。

胡蝶说:“跳一个吧。”

清蔷也不扭捏,真就舞起来了。她身形苗条柔软,起落有一种太极武功的味道,忽起又轻落,极富韵律感。玉央也加入了配乐的行列。清蔷虽是独舞,却有如舞伴在侧,显然沉浸到另一个世界去了。她的快乐也感染了玉央胡蝶,二人相视而笑。曲毕,清蔷意犹未尽。

“再奏一曲。”

胡蝶颔首,乐声又起。玉央索性放开琴,与清蔷共舞。烛光映上三个女孩的笑脸。玉央清蔷的倩影在室内旋转不休。典容姜欣华悄无声息出现在门口。胡蝶先发现她,琴声停了。清蔷玉央也都停下来。

三个人不约而同:“典容。”

姜欣华说:“刚才寇公公着人送来珍贵的兽骨,要我们连夜做成面膜骨胶。”

清蔷说:“典容放心,交给我。”

胡蝶说:“是什么兽骨?还要寇公公亲自过问。”

姜欣华说:“长白山天池水獭。”

贺寿聚会功德圆满,大家绷紧的神经终于可以松弛下来了。然而这也是最容易出问题的时间。这不,司容部药理作坊上方忽然有青烟在飘。先是姜欣华带女史段蓉进来,猛吸吸鼻子,脸色马上变了。一只陶钵在炭火炉上,已经冒出淡淡的蓝烟。

姜欣华高喊:“清蔷!清蔷!段蓉,快去把人找来。”

段蓉跑出门。姜欣华不顾烫手,将陶钵从炉上取下。胡蝶和玉央一前一后冲进门,一边扣着衣服。

姜欣华说:“你们是怎么搞的?”

胡蝶问:“清蔷呢?”

清蔷不知从哪里跑过来:“在这。”

姜欣华说:“你自己看看。”

清蔷傻了。一旁的玉央胡蝶也傻了。陶钵里的骨胶已经变成锅巴。那些骨棒也全成了黄黑色。

清蔷结结巴巴:“我刚才撑不住,睡了。”

姜欣华说:“你说该怎么办吧。”

清蔷说:“现在说什么都晚了。玉央,拿出去扔了吧。”

玉央端过陶钵往门外走。

姜欣华厉声:“站住!”

玉央愣了,站下。

姜欣华对清蔷说:“扔掉?说得轻巧。”

清蔷说:“你不让扔就留着。听你的。”

姜欣华说:“我告诉你,这是王德妃专门托人搞来的……”

清蔷说:“我去向娘娘领罪,不会连累你。”

段蓉一直是姜欣华的死党:“你这叫什么话?出了这么大的过错,你承担得起吗?不要说你,典容司容谁也承担不起。”

胡蝶也不示弱:“典容掌容说话,轮得着你帮腔吗?”

段蓉说:“更轮不到你帮腔。”

姜欣华说:“清蔷,你给我听好了,你几次三番跟我叫板,念你年幼无知,我都忍了。但是今天我不想忍。因为你失职,造成重大损失。作为惩罚,我扣你三个月俸银。从即日开始。”

清蔷说:“娘娘要怎么罚我,我都认。至于你,你掂量掂量自己,你说话算数吗?”

姜欣华说:“好,让你看看,我说话算数不算数。”

范娉柳进来:“怎么啦?”

段蓉说:“清蔷把骨胶烧冒烟了,还强词夺理,向典容挑衅。”

姜欣华说:“寇公公送来的长白山天池水獭骨。王德妃娘娘今日中午要做骨胶面膜。”

范娉柳说:“清蔷,是你出了差池?”

清蔷说:“我已经认错了,她还想怎么样?”

范娉柳说:“此事非同小可。这水獭骨是娘娘特别嘱咐的。”

玉央说:“只有如实向娘娘禀报,求得娘娘的谅解。”

清蔷说:“我已经说了,我去领罪。她还不依不饶,说她要扣我三个月俸银。她摆明了官报私仇。”

段蓉说:“贼咬一口,入骨三分。明明是你偷懒睡觉,糟蹋了珍贵的兽骨。典容不该过问吗?要我看,扣你俸银是轻的。”

范娉柳说:“住嘴。轮得到你说长道短吗?”对姜欣华说,“先想办法怎么补救吧。怎么处罚清蔷以后再说。”

姜欣华说:“她已经太过张狂了!当罚不罚,以后我这个典容也没法做了。”

胡蝶嘀咕:“你这不是成心为难人吗?”

玉央拉她袖子。

姜欣华大怒:“你说什么?你再说一遍?”

胡蝶不敢作声了。

姜欣华说:“真是无法无天!偷懒酿下大错,还要顶嘴狡辩。连你一起罚。”

胡蝶嗫嚅:“谁偷懒了?我们轮班,我守前半夜,出错的又不是我。”

姜欣华说:“我不管你们怎么轮班。没规矩的东西,不给点颜色,你不知道自己几斤几两。”

范娉柳说:“当罚必罚。罚多少,怎么罚,谁该负什么责任,这些最终还要看娘娘的意思。”

清蔷瞥一眼姜欣华,鼻子哼出一声。

姜欣华更气了:“我正式宣布,扣罚清蔷三个月俸银,扣罚胡蝶玉央各一个月俸银。”

范娉柳说："欣华……"

姜欣华说："司容，你不要拦阻我行使我的权力。"

范娉柳说："你也别太过分了吧。怎么，这里连我说话的地方都没有了是吗？"

姜欣华说："需要向你禀报我会的，现在是我在处理事故。这么严重的事故，不但当事人要受罚，作为上司我也要负连带责任。"

范娉柳冷笑："你的意思无非是，作为你的上司我也要负责任了？"

姜欣华说："我没这么说。"

范娉柳说："可是我这么听了。我当然要负责任，用不着你来提醒我。"

玉央说："请典容司容别动气。或者我们禀明娘娘，今日先做蔬果面膜。出了大事故，我们每个人都有责任。罚吧，我认。"

胡蝶说："我不认。"

清蔷说："与其纠缠不休，不如照玉央说的去补救。"

姜欣华说："我姜欣华既然现在还是典容，处理下人的权力还是有的。你们三个给我到外面去，面壁两个时辰。"

胡蝶说："你凭什么？我就不。"

范娉柳喝住胡蝶："闭嘴！"

段蓉先发现安其凤站在门口，偷偷拽一下姜欣华。大家的目光一下聚焦到安其凤。安尚容向前几步，声音平缓。

"清蔷、玉央、胡蝶，你们三个出去面壁。"

胡蝶还想争辩，被玉央一捅，不作声了。三个女孩垂着头出去。

安其凤说："鉴于事故后果严重，当事人和责任人都将受到严肃处理。范司容、姜典容，你们到尚容局等我。"

姜欣华在前，范娉柳在后，出门。安其凤凑到烧焦的陶钵跟前，细看。

"段蓉，你把兽骨拿去扔了。这件事到此为止，再不要谈论了。"

一幕哀伤的戏剧正在司容部院子上演。三个女孩并排面朝西罚站。晨曦初照，她们的身子在西墙投下长长的影子。

胡蝶说："我脖颈都站疼了。"

清蔷说："害得你们跟着受罚了。"

胡蝶说："这下惨了，还得罚银子。"

清蔷说："罚你们的，我都还你们。"

玉央说："你说什么呀。那样我们还算是朋友吗？"

胡蝶说："玉央，你真不够意思。"

玉央说："自己惹了祸，必得认罚。就是姜典容不罚我们，司容和尚容也照样罚。"

胡蝶说："那不一样。姓姜的是泄私愤。"

玉央说："我不那么看。把那么珍贵的兽骨都糟蹋了，不罚天理不容。再说了，我们要是没过错，别人就是泄私愤也找不到理由。"

清蔷说："她那种人啊，欲加之罪何患无辞。她要找借口，你怎么着也跑不掉。"

胡蝶对玉央说："我最恨你这一点，都什么时候了，你还在那假装公正。"

玉央说："公正也可以假装？莫名其妙。"

清蔷说："我猜你俩不会罚银子，最多也就是在这站两个时辰。安尚容没那么糊涂。"

胡蝶说："也没那么混蛋。"

玉央说："真受不了你满口脏话。"

姜欣华余怒未平，一则骨胶事故她是责任人，再则肇事人清蔷的挑衅令她忍无可忍。尚容局的大员正在决定三个小姑娘的命运。安其凤坐着，范娉柳坐其对面，姜欣华立于旁侧。

安其凤说："娘娘那边我去说。谁该承担什么就承担什么。这次事故主要责任人是清蔷，必须重罚。至于胡蝶和玉央，我的意见是以批评为主。"

姜欣华说："可是清蔷的三个月俸银一分一毫都不能少。"

安其凤略一思忖："就这么定了。"

范娉柳说："可是……"

安其凤将手竖在她脸前："打住。欣华，你先去吧。"

姜欣华气哼哼扫了范娉柳一眼，出门。

范娉柳说："尚容，你话也不让我说，什么意思？"

"剩我们两个人了，想说什么你就说吧。"

"姜欣华明摆着官报私仇。现在你又一碗水端不平，她说什么就是什么。你觉得我好欺负是吧？"

"我说两句话。第一，姜欣华刚接到家里口信，说她母亲被惊马踢成重伤。第二，你回忆一下，你处理司容部的事，我几时当场干预过？"

"尚容，你这么说，我认，我给她姜欣华面子。以后她在职权内处理什么，我同样不干预。"

"娉柳，这样就对了，大家在一个屋檐下要彼此见容才是。谢谢。"

家，国，天下，这是不同的人的不同的世界。每个人都只关心与自己相关的，文宗仇士良如此，王德妃杨贤妃李昭仪李永如此，杭龙玉央胡蝶如此，安其凤姜欣华同样如此。她俩相对隔案而坐。

姜欣华说："您知道的，我父亲卧床几年了，母亲这一受伤，家里整个都塌了。"

"毕竟宫里这份俸银不薄，可以让你帮衬家里，又尽了孝道。你也清楚，出了宫，你一个女人家根本不可能再有这么好的一份收入。欣华，三思啊。"

"这几年下来，手里也攒了几两银子。再说年龄不小了，回去找个好人家嫁了，生儿育女，安享天伦之乐，也胜过这里看人眼风的日子。"

"我最怕的就是你意气用事，受了点委屈脑子一热，说走就走。再后悔可就来不及了。"

"我知道的。这个门出去容易，进来比登天还难。姐姐放心，我不是脑子一热，想走已经很久了。"

"这样就好。真想走了，我不留你。宫中这份生活，说到底也没什么值得留恋。"安其凤一刻也没有耽搁，马上去了王德妃宫。王德妃坐着翻看一本图谱。安其凤进门，呈上一纸公文。

"娘娘，这是姜欣华典容的辞呈，请您过目。"

王德妃将辞呈放在一边："姜欣华入宫几年了？"

"只六年。此次因她母亲病倒，加上其父长年卧床，故想辞去典容一职，回乡尽孝。"

王德妃点头："百善孝为先。准了。"

"按律掌容清蔷应升任典容，娘娘以为如何？"

"这些你决定就行。"

"清蔷推荐玉央接任掌容，我也赞成。"

"清蔷推荐玉央？"

"是。"

"就这么办吧。欢喜，取五十两银子。"王德妃对安其凤说，"你把银子带给姜欣华，代我谢谢她这几年的辛苦。"

欢喜过来将银子给安其凤。

安其凤说："我代姜欣华谢德妃娘娘。"

说到愁，当下最愁的人非荣氏莫属。药铺门面的整修令她焦头烂额。方汀执意不放过她，随时随地向她发难。她看得出，她把折磨她当成是乐趣。方汀在这方面极富想象力。

女儿被内侍省罚扣一日俸银的事，银子在荣氏看来不算什么，她比较关心小丫那边发生了什么事。荣氏玉央促膝而坐。

荣氏说："丫头犯什么错了吧？"

"我没有。"

"没错就罚你？"

"是范司容挑我的毛病。我用零星材料制了几份新品给胡蝶她们试用，明明没有违反规矩，她却非说我盗用娘娘的东西。"

荣氏紧张："盗用的罪名可不轻啊。"

"所以总管还把这事禀报娘娘了。"

"哪位娘娘？"

"王德妃娘娘。"

"娘娘什么反应？"

玉央回想："不知道。娘娘听完什么也没说，就让总管退下了。"

"范司容为什么又跟你过不去？"

"我也不明白。她一直不喜欢我，可能因为她喜欢清蔷。但清蔷现在跟我挺好的呀。"

荣氏很惊讶："清蔷跟你好？"

"对了，娘，铺子今天很早就关了吗？"

"也不算早啊，我刚回来。"

"那些工人说你早就走了。"

荣氏显得迟疑："哦，是这样，我，跑了一趟药材市场。"

玉央并未留意母亲的心情："我看他们把门口搞得乱七八糟，门都堵上了。"

"可能是他们看我锁大门了吧。"

荣氏满脸的忧虑。但女儿并未看到。

玉央说："娘，我吃了马上得回去。"

她留了一个心眼，没把骨胶事故告诉她娘，更没说有可能被扣罚一个月俸银。因为她心里清楚，眼下家里正用钱，告诉娘了只能给她添烦添乱。这就是母女，时刻想着对方，都把愁字藏在自己的心里。

3

表面上看是姜欣华自己萌生了去意，其实背后的原因很复杂。上边的司容范娉柳与下边的掌容清蔷令她坐在典容位置上很不爽，这个因素也许比家里的事更让她心烦。相比范司容，清蔷在她去任出宫这件事上获利更大。因此，从我们对清蔷的有限了解上，可以大胆假设，清蔷比范娉柳更希望她早日滚蛋，或者清蔷在背后做了更多手脚。

结果就是清蔷升任典容，玉央顺势升为掌容。在整个大唐历史当中，这是一桩小到不能再小的小事，甚至不曾记载到任何一本史志或纪事簿当中。但对于当事人以及相关人等，此次任命非同小可。

玉央胡蝶在司容部药理作坊相对而坐，挤榨黄瓜汁。

胡蝶说："你现在是掌容了，女史见了你都要客客气气的，必得请个安。"

“我没觉得有什么不同啊。”

“大不同。每月多领二两白银,以后比我阔绰多了。”

“住在宫里,根本花不了什么钱,有什么阔绰?你也涨了一两银子啊。”

“我什么时候才能升职啊?老做女史,都腻了。”

清蔷进门,往玉央这边来。

玉央说:“掌容跟女史差不多,都一样要做事嘛。”

清蔷说:“怎么会一样呢?”

玉央回头:“清蔷。”

胡蝶说:“典容和掌容肯定也不一样。是吧,清蔷?”

清蔷坐下,一起挤榨黄瓜汁。

“除了你们平时常做的那些工作,掌容还需要管理手下的女史,控制材料的进出,过问各位娘娘日常护理的内容。有时候还得教导新来的小女史。”

胡蝶说:“妈呀,掌容的事就那么多,典容司容还不知道要忙成什么样呢。我还是做一辈子女史好了。”

清蔷说:“那可由不得你,你这么能干,下一个就升你。”对玉央说,“你刚接任,很多事情还不太明白。范司容吩咐我向你交代清楚。这段日子会比较忙,你可能没什么时间回家。”

玉央说:“知道了。我会尽快接手的。”

如上一段对话,已经看出清蔷具备了某种掌控能力,她会巧妙地利用现下与玉央胡蝶的良好关系,在司容部建立起属于她自己的体系。须知她只有十六岁,还是个百分百的小姑娘啊。

当然她的能力远不止于此。虽然和玉央的关系有了缓和,但从她心底里依然把玉央当作潜在的敌手。所以在先前的布局中,她利用方汀被冤枉出宫的契机,将她的满腹怨怒尽皆导引到玉央身上。通过方汀逐渐如猫玩老鼠一样,将荣氏牢牢抓在掌心之中。

方汀被逐出宫的事情已经过去了许久,原因几乎已经被淡忘了,人们记住的更多是清蔷的解释。但事实就是事实,事实是,一块莫名的南海石笋被投放到王德妃的浴池中,而最终的投石者被确认为方汀。方汀被人陷害了,方汀是代人受过,投石者另有其人。那又是谁呢?

正是清蔷。王德妃的贴身宫女欢喜去司形部,首先碰上的便是清蔷。后来她在洗浴间找不到人,再后来她看到胡蝶,再再后来她被水灼伤。再再再后来杨贤妃的贴身宫女巧儿指认方汀为投石者……欢喜有限的阅历和智力局限了她的判断,她忽略了两头,于是放过了清蔷与巧儿。真相就这样被掩盖了。可是再想想,巧儿与清蔷的背后又是谁呢?

清蔷在此付出的其实极少,她除了行口舌之便搬弄是非,将方汀的复仇引向玉央,再就只是将她长安的屋子借住给方汀而已。方汀轻而易举就成了她手中的一件工具。

大和药铺那边,仍旧大门紧锁。外边的工程进展得如火如荼。

方汀过来:“进度挺快啊。”

木匠师傅说:“那是。我们干活实在,绝对不偷懒。”

“我不要你们那么快,慢工才能出细活。”

“您放心,活绝对细。工期也绝不会给您拖延。”

“工期我不管,你多干三日五日十日八日随你。”

“老板,可别忘了,我们按日算工钱。”

“知道你们是按日算工钱,”对大门扬扬下巴说,“她哪去了?”

“今天就没见荣老板过来。”

瓦工说:“昨天也早早就走了。”

方汀摸着大铜锁,冷笑,转向木匠师傅。

“她人若不在这盯着,你们想歇就歇,别太累着自己,工钱照算。”

木匠师傅瞪大了眼:“哪有这么好的事?姑娘不要拿我们寻开心。”

“听我的不会错。”

方汀走了。荣氏来了。到门口,眼前的景象令她大为光火。木工正将新装上的窗棂撬下来。瓦工则在一旁喝茶。

荣氏对木工说:“你这是干什么?”

“您没看到吗,拆窗棂啊。”

“刚装上去又拆下来,什么意思?”

“那位房东姑娘说不好看,让我们重做。”

“装回去。”

“装回去?您说了算数吗?可别我装好了又让拆。”

“装回去。”荣氏转向瓦工,“您这又算怎么回事?”

瓦工说:“我等着您验收呢。你们那么挑剔,一个不喜欢就扒了重来。还是走一步问一步,您通过了,我再接着干比较省力。”

荣氏说:“茶喝够了就干活吧。”

钉窗棂的木工像是自言自语:“真难伺候。”

荣氏气得面色惨白,不发一语,转身走了。次日凌晨她再去大和药铺,来到门口,发现了异样,她呆住了。原来堆在窗下的木料都不见了。她左右张望,没有人。打开门,进去。已经做好的两扇窗棂靠放在隔架边上。荣氏站在屋子中间,有一忽不知道该做什么。她把手里的篮子放到隔架上。又重新回到门前,将门拉开,朝外看。最后还是把门关上。到条凳前坐下。她听到了木匠师傅的声音。

“方子怎么没了?”

木匠徒弟接上话:“屋里有人。是拿到屋里去了吧。”

木匠师徒推门进来。徒弟看见房里没木材。

“没在屋里呀。”

荣氏说:“所有的木材都不见了。”

木匠师傅说:“被人偷了?”

“应该是。”

木匠徒弟问:“那怎么办?”

木匠师傅说:“荣老板没住这里吗?”

荣氏摇头:“我也是刚过来。”

木匠徒弟重问:“那怎么办?”

荣氏想了一会。木匠师傅叉腰在旁等她做决定。窗外又有了方汀的声音。

“人哪去了?”

木匠师傅应声:“在房里。”

方汀拉门进来:“怎么不干活啊?”

木匠徒弟说:“方子都被偷了。”

“被偷了?我还纳闷呢,人没在,怎么木头也没了?”

荣氏说:“我很晚了才回家,一大早过来就发现丢东西了。”

方汀突然提高声音。

“早就说过,夜里要留人盯着。是谁拍着胸脯满口答应的?”

荣氏不作声。

木匠师傅指着窗棂:“幸亏做好的这些放屋里了。”

方汀说:“现在出了事,就哑巴了?”

荣氏说:“是我没看好东西。我赔。”

“赔?说得倒轻巧。我费心费力挑选那些上好木材,又辛辛苦苦运过来,这些你拿什么赔?荣老板,你眼里到底有没有别人?”

“木材我尽快买过来,一定挑上好的。”

“我刚听说绿檀做窗棂特别吉利,你既然要买,就买绿檀吧。”

木匠师傅说:“这个时候绿檀恐怕没货。”

方汀说:“没货就等它到货。当初我买那些柚木的时候,也等了好几天才到货。”

荣氏指着窗棂:“这两扇做好的都是柚木,再换绿檀搭配会有问题。”

方汀说:“没有问题。多做两扇不就得了?”

荣氏面露难色:“可是,绿檀木要贵得多了……”

“明白了,你想省钱。你省吧,我看柚木你也不用买了,买杨木的便宜。”

“这是老房子,原来的门窗这些都是榉木,换杨木的怎么行啊?”

“你不是怕花钱吗?”

“您原来要换的是柚木,我还给您找上好的柚木。”

“我那些柚木都是百年老树,花纹大,面宽也大。”

“我一定找到让您满意的柚木。”

方汀带一点不屑:“好啊,去找吧。我再说一遍,别忘了,夜里留人盯着。再丢东西就没这么好说话了。”

荣氏点头:“我知道。”

她的脸色变得很难看。

木匠师傅问:“我们怎么办?”

方汀说:“等呗。”

“那工钱怎么算?”

荣氏不能不说:“误工都算我的。”

清蔷进门时方汀正在桌边做针线。方汀告诉她自己早上去过药铺。清蔷显得兴趣不大。因为刚刚狠狠收拾了荣氏,方汀觉得兴犹未尽,自顾自说起荣氏没守夜回家结果丢了木料的前前后后。又说起自己如何如何逼迫她,得意之情溢于言表。清蔷一直哼哼哈哈敷衍她。正在兴头上的方汀却视而不见,在她看来,这次装修给荣氏带来的损失加上生意中断,她大和药铺差不多也该关门大吉了。方汀觉得自己打了大胜仗。可是她自己忽然意识到,这样的结果也许并不是她所期待的。

因为一直在自说自话,她这会已经发现清蔷似乎没在听。她想告诉清蔷,她怕荣氏撑不下去了,要是把心一横回扬州老家去,她可拿她没一点办法。但是话到嘴边方汀缄口了。

清蔷这会的心思还停留在小寇子那边,他的话让她承受了巨大的心理压力。王德妃依旧是她心头挥不去的阴影。这会她的心思根本不在荣氏身上。方汀关于是否设法把荣氏稳住的问题,让她从白日梦中醒过来,她对方汀的想法表示赞同。倘若荣氏最终被逼离长安,以后再想在她身上实施复仇计划就难了,所谓鞭长莫及。她认为方汀无论如何该把荣氏稳住,让她留在长安城。

方汀的心思全部集中在荣氏,荣氏的心思却转向了钱庄。长安正大钱庄的屋子不够正大,仅容一张高高的柜台,两张太师椅中间是年代久远的红榉木八仙桌。通往内室的门紧闭。掌柜站在台后,正低头拨算盘。荣氏进来。

掌柜说:“这位老板早啊。有什么可以效劳?”

“我看门口写着低息借款。”

“对。我们钱庄借出去的款项最大，利息最低。”

“如果借八两白银，怎么算？”

“月利一分五，若三十日之内偿还，利息为一两二钱。”

荣氏睁大眼睛：“一个月要一两二钱？”

掌柜拨算盘：“你长安城打听一下，我的利息是最低的。”

荣氏皱眉。

掌柜问：“您要借吗？”

荣氏迟疑：“我再考虑一下吧。”

号称最低的利息对她来讲，仍然是极重的负担。荣氏脚步沉滞，回到大和药铺。方汀的想法不错，重压之下的荣氏在走投无路之际当真想过是否关了药铺离开长安。她开药铺原本是为了滞留长安又不给女儿增加负担，可是为药铺去举重债就背离了初衷，也许还会给女儿增添更大的负担和烦恼。

她无论如何想不到事情突然有了重大转机，而且是来自给她制造出所有麻烦的方汀本人。她极端颓丧地回到药铺，门口停一辆马车，方汀正指挥木匠师徒和泥瓦工帮忙卸木材。

“就放在原来的地方。”

木匠师傅说：“木方架起来。对，就这样。板子放一边，方子架好了放方子上面。”

荣氏过来，眼前的景象让她惊讶。

方汀看见她：“来了。”

荣氏点头：“这些木材……”

“上好的柚木。”

“不是说由我去买吗？”

“是你买，不过银子我先垫着。”

“这怎么好意思？”

方汀说：“我知道，这段时间你生意不好做，想必手里也没多少银子周转。等你买木材，不知要何年何月了。拖下去对谁也没好处。”

“这笔钱先向您借着，利息照算。”

“利息当然是要算的，月利一分，如何？”

“我知道全长安城没有比这更低的利息了，谢谢您。我会尽快还上。”

“不用急，日子还长着呢。”

这只猫是打定主意将老鼠把玩于掌股之中了。一切尽如方汀所料，她给了荣氏出路荣氏便也打消了一走了之的念头。事情原本不大，若不是方汀几次从中作梗，门面的改造早就完成了。现在方汀不再作梗，几日之后大和药铺门面终于修葺一新。方汀敲敲窗棂，又摸一把墙壁。荣氏和工匠们站在一旁。

木匠师傅问：“您还满意吗？”

方汀想想：“很好，你手艺不错。”

此语一出，在场所有人都松一口气，仿佛卸了个大包袱。

方汀说：“辛苦各位了。”

木匠师傅说：“您满意就好。”

方汀问：“工钱算出来了吗？”

木匠师傅掏出账单。

“木工二两一钱，瓦工一两四钱，共三两五钱。您看看。”

方汀扬扬下巴:“给荣老板吧。”

木匠师傅递过去。荣氏接过细看。方汀则冷眼看她。荣氏掏出荷包,将其中碎银悉数倒出,略一清算,拈回一小枚,其他的全交到木匠师傅手中。

荣氏说:“辛苦几位了。”

方汀冷笑。

木匠师傅数一数:“以后有事,一定还找我们。”

荣氏点头:“一定。”

木匠师傅说:“告辞。”

众工匠各自收拾工具。

方汀说:“荣老板,不耽误你生意,先走了。”

荣氏说:“您慢走。”

方汀离开。荣氏打开大铜锁,大和药铺又重新开张了。她进来,放下篮子。推窗让阳光进来。无数灰尘在空中飞舞。荣氏发现货架上结了蜘蛛网,便穿上围裙,拿起扫帚清扫。之后,用抹布擦拭货架,瓶瓶罐罐,拿起擦好放回原处。忽然吸吸鼻子,揭开一只陶罐盖子。其中的软膏已经发黑。荣氏又翻看别的陶罐和纸袋,部分药材和膏剂已经发霉变质。她找来一只布袋,将那些变质的货品扔进去,再将布袋扎口,放到门口。之后慢慢坐到椅子上,捏着那仅存的一小枚银子,面对货架发呆。她的劫难是否已经过去了呢?

经过几天努力,局面终于有了改变,大和药铺门口重新有了顾客进出。方汀又过来了。两个女顾客显然有些失望。

“还说这什么都有呢。连白肤膏都找不到。”

“前些日子真的什么都有,而且价钱也算公道。”

“肯定是刚开张,赔本赚吆喝呗。”

她俩与方汀交臂而过。方汀显然听到了她们的话。另有两三个顾客在半空的货架前挑选。荣氏站在一旁,见到方汀便点头招呼。方汀点头,自顾看另一边的货架。

一个顾客说:“老板,您这以前的祛斑茶不错,怎么没看见?”

荣氏说:“真不好意思,祛斑茶暂时缺货。”

另一个顾客问:“什么时候再有新货呢?”

荣氏有点尴尬:“现在还说不准。”

“那您还有别的祛斑护肤品可以推荐吗?”

“祛斑的……”荣氏在货架搜寻,“对不住,暂时没有合适的。”

“哪有这么做生意的,什么都没有。走吧。去王记药铺看看。”

荣氏送二人出门:“下次再来。”

方汀过去,指货架:“怎么货架都空着,你不打算做这生意了?”

荣氏说:“不瞒您说,最近手头吃紧,没去进货。先前的存货又都过期了。”

“不进货生意怎么做呀?”

“等手头宽绰一点,再去进货。”

“做生意最要紧的就是攒口碑,攒回头客。眼见着回头客来了,你没货,人家空手走了,以后还会再进来吗?”

“姑娘说得是。看他们就那么走了,我心里头别提多不是滋味了。”

“你这样光有出的钱没有进的钱,生意难做了。”

荣氏说:“姑娘放心,无论如何,我欠的银子都会尽快还上。”

“我不是催你还银子。”

“权当是重打鼓另开张了。从头做起，总会再做起来的。”

“这样吧，进货的银子我借给你。”

“那怎么好意思，木材的钱我还没还上呢。”

“一两也是借，十两也是借，你又不是不还。”

“那我就不客气了。”

方汀从怀里拽出银袋，取出一只银锭。

“五两够吗？”

“太多了。”

“我知道不多。要把你这家铺子摆满，再加十两也不一定够。先拿着吧。”

“一旦有进账，我一定先给您还上。”

“就这么说定了，利息照旧。”

荣氏说：“大恩不言谢。”

这就是这个世界的道理，方汀一手造就了荣氏的所有灾难，到头来荣氏却只有感激。而清蔷造就了方汀的灾难，方汀却心甘情愿充当清蔷加害玉央的帮凶，对完全无辜的玉央的母亲痛下狠手，令荣氏走投无路。

对荣氏的前景相信明敏的读家都会看得很清楚，她的灾难远没有结束，她已经成了恶人方汀的掌中玩偶。而方汀的毒辣读家也都已经领略，谁都不会怀疑还会有更毒更辣的招式降临到荣氏的头上。可以说荣氏往后的日子全是眼泪，再没有一天的好日子。除非……

除非？

4

李商隐注定了要认识玉央，可以在大和药铺，可以在大明宫，当然也可以在其他什么地方。一首《胡笳十八拍》也如一条红线，将两个在天涯海角的人连接起来。

不可以那么简单就断定李商隐多情，既然有了约定，自然也就有了期盼。他明明确确告诉过她，他住长乐客栈。长乐客栈分上下两层。下层大堂置方桌数张，供客官进餐用。上层是房间。柜台靠门，楼梯在柜台一侧。时辰尚早，大堂内只有两个男子在喝茶吃饭。掌柜在客栈柜台后打算盘。李商隐下楼过来。

“掌柜。”

“李公子，起得好早啊。”

“这两天有人找我吗，是一位姑娘？”

“姑娘？”摇头，“没有。”

李商隐显得失望：“如果有人找我，麻烦您尽快通知我。”

“那是自然，您尽可放心。”

“有劳掌柜了。”

“李公子，您在府衙里做事啊？”

李商隐点头：“小小的书记官，也是暂时的。”

“不是说进士都要外派的吗？”

“是我自己想在长安城逗留一段时间，临时找份差事。”

他自己心里明白，他的逗留完全是因了她的缘故。但他的这层心思并未与温庭筠说破。她不露面，他于是想起了大和药铺，就约了老温一道去，借口是还那十一文铜钱。

李商隐说：“你信不信，老板娘肯定忘了你我是谁了。”

“你放心,忘不了。生意人可以忘了面孔,绝对忘不了钱。”

“十一个铜板算什么钱?”

“一个铜板少不少?咱俩赌一把,她认出你我,你输我三顿酒。”

“认不出呢?”

“你请一顿就可以了。”

“世上只有你姓温的聪明,别人都是傻瓜蛋。”

温庭筠举手敲门,同时发现了铜锁。

“这么早就打烊了。”

“你总是磨磨蹭蹭,这下怎么样,白跑一趟吧?”

“每次你都忘不了追究责任。”

二人转头回去了。此行李商隐还带着个小秘密,那本《蔡邕诗文》被他偷偷藏在怀中。他原本打算用它去换她的《胡笳十八拍》。估计他不会想到,蔡文姬的千古绝唱此时此刻正被玉央派上用场。

玉央抱着《胡笳十八拍》走进尚容局院子。杭龙早已候在院中。路过的两个小女史,对杭龙频频回头,显然被他的帅气吸引。

杭龙迎上:“玉央。”

“是你呀。”

“忙什么呢?”

“反正没你那么闲。你胳膊怎么样了?”

“找大夫看过,大夫根本就不信这里刚刚断过。你的药太神了。”

“我娘也说它神。”

杭龙指着她手上的书册:“干吗?读书?”

“每天总要看一会书。”

“我也挺想看书,不过总像少根筋似的,读起来特别费劲。要不,你给我讲讲吧。”

“讲书是大本事,不是谁都行的。”

“不讲也行,你读,我听着,可以吗?我总觉得听比看省力。”

“可以呀。”

两人走到石凳石桌前,相对而坐。玉央展读诗卷:

胡笳本自出胡中
缘琴翻出音律同
十八拍兮曲虽终
响有余兮思无穷
是知丝竹微妙兮均造化之功
哀乐各随人心兮有变则通
胡与汉兮异域殊风
天与地隔兮子西母东
苦我怨气兮浩于长空
……

“六合虽广兮受之不容。”李永竟然横空出世,插上最后一句。

玉央扭头,起身:“太子。”

李永毫不客气,坐到玉央和杭龙中间。

李永对杭龙说:“我到跟前了,你都没看见我,这么专心学诗啊。”

“你不是给娘娘贺喜去了吗?”

“别提了,又为那些无聊的事发火。看见你太好了,”李永从背后抽出一卷册子,说,“太傅让我读一卷新诗。你看看。”

将诗卷递给玉央。玉央接过,展开,是李商隐的诗集。她眼前一亮。

李永说:“我已经大致看过了。”

玉央问:“如何?”

李永大摇其头:“不懂,完全不懂。”

玉央笑了:“至于吗?”

“反正你爱看这些东西,收着吧。要是看懂了,有空给我讲讲。”

玉央点头:“好啊。”

余翠进院:“玉央,娘娘让你过去。”

先是李永,再是李昭仪遣余翠过来。他们这些人谁都没去考虑一下杭龙的心情。悲夫!

玉央到李昭仪宫时,她正伏案写信。落款是一个“姊”字,没有姓名。

玉央过来:“娘娘。”

李昭仪抬头:“玉央,我前思后想,不能什么都不说什么都不做就让妹妹离开,那样我会难过一辈子的。你再帮我一次,好吗?”

玉央点头:“娘娘尽管吩咐。”

李昭仪将信折好,放入信封,递给玉央。

“这是最后一次,无论如何帮我交给朱倩。”

玉央接过:“好的。”

李昭仪又从怀里掏出一个护身符,用锦帕包好。

“这个护身符也交给她,让她一刻也别离身。”

“娘娘放心。”

玉央将锦帕和信放入怀中。李昭仪慢慢坐下,显得非常虚弱。

“我能做的也只有这些,希望她平平安安。”

“朱倩小姐相当谨慎,人又聪明,应该不会有事的。娘娘不要太过忧虑。”

“我这个做姐姐的,除了待在深宫忧心如焚,一点实际的忙都帮不上。千叮万嘱,送金送银,求神拜佛,也只不过给自己一份心宽。真是惭愧。”

玉央说:“娘娘,您太累了。让余翠找胡蝶给您做一次香薰浴吧。我这就出宫,一定把您的心意交到朱倩姐姐手上。”

“万事小心。”

“我会的。”

向门口走去。

李昭仪说:“玉央,谢谢你。”

玉央以微笑回应。当她来到平康坊外路口,刚出墙角,又退回一步,探头张望。朱宅门口确有形迹可疑的人,大门对面有两人对坐饮茶,时不时瞟一眼朱宅。斜对面街口有人靠在墙上,翻着眼皮看天,似乎在想心事。

玉央正不知如何接近朱宅。“吹,糖人儿!”吆喝声由远而近。那个挑担的小贩从玉央身后向这边来。玉央眼睛一亮,迎上去。

街对面那两个喝茶的男人表情严肃。

"他妈的守两天了,鬼也没见一个。"

"见人见鬼,麻烦也就来了。没人来没人去,正好乐得轻闲。"

"那是。不过总这么坐着喝茶,腿脚都麻了。"

"我这一天,光撒尿跑了十几个回合,倒是没觉着腿脚发麻。"

"你那是腰子坏了。"

一个打了个哈欠,目光被吸引,马上扬扬下巴示意同伙注意身后。卖糖人的小贩挑着担子到朱宅门口,拍门环。两个男人密切关注他。朱宅管家开门。

小贩说:"您上次订的糖人做好了。"

管家一愣,但马上恢复常态,指担子上现成的糖人。

"就是这些?"

"是。"

小贩放下担子,收拾那些小糖人。那两个男人对视。一个摇头,继续喝茶。另一个多看了两眼,也喝茶。

小贩收好银子:"还要什么,再打招呼。回见。"

"回见。"

管家关门。小贩挑上担子原路折返。喝茶的打了第二个哈欠。墙角后的玉央心急火燎,时不时探头看一眼。小贩刚过来,便被她一把拉住。

"他怎么说?"

"他说长乐客栈三楼东边第一间。"

玉央重复:"长乐客栈三楼东边第一间。"

小贩点头:"他就这么说的。"

"谢谢您。"

就这样,在李商隐苦苦期盼了六日之后,玉央来了。找到朱雀门大街长乐客栈不是件难事,有一点困难的是,想起这客栈也是李商隐的栖身之地。还好她总算想起来。玉央出现在门外,抬头看看招牌,进来。掌柜看了她一眼。玉央正要上楼,又想起什么,回身走到掌柜面前。

"请问李商隐李公子在吗?"

"李公子住二楼西边第三间。不过他一大早就出去了。"

"谢谢。"

朱倩在房间正一封一封往火盆中扔信函。这间房中仅设床铺书案座椅和一套盥洗架。朱倩一身朴素打扮。忽然的敲门声,令朱倩一下紧张起来,将手中最后一封扔进火盆。

"谁?"

玉央的声音:"是我,玉央。"

朱倩松了一口气,开门,探头看看门外。

"进来说话。你怎么又来了,我不是让姐姐别再联系我吗?"

"娘娘有东西一定要交给你。"

掏出信函和锦帕,递给朱倩。朱倩先读信。

玉央瞟见火盆里的信函,落款"兄李训"三字渐渐被火舌吞噬。朱倩眼睛红了,打开锦帕,取出护身符。看了一会,之后戴上脖子,塞进领口。

"这段日子姐姐一定憔悴了许多吧。"

玉央点头,又赶紧摇头。

"我知道她,难过起来就吃不下睡不好,打小如此。玉央,告诉姐姐,我一切都好,全安排妥当了。让她别为我挂心。"

玉央点头："娘娘的心思都在朱倩姐姐身上。姐姐请小心再小心，这才是对娘娘最大的安慰。"

朱倩将信纸放入信封，想扔进火盆，犹豫了半天，终于收入怀中。

这时候李商隐回到长乐客栈，刚进一楼厅堂，掌柜就迎上他。

"李公子，刚才有位姑娘找你。"

"她人呢？"

"上去了。"

李商隐扔下一句"谢谢"，迫不及待冲上楼。

掌柜低头拨算盘，口中念念有词："窈窕淑女，君子好逑。"

先前守在朱宅靠墙看天的男人这会匆匆进来。

"喂，掌柜的。"

掌柜有点不悦："您有什么事？"

"之前有个姑娘进来，她去哪了？"

"那我可说不准。这上下四层，大大小小有三十六间房，谁能猜到她去哪一间了？"

男人盯住楼梯。玉央刚好下来。男人伸臂截住她。

"姑娘留步。"

"我认识你吗？"

男人看看掌柜，指厅堂一角。

"借一步说话。"

"有话就在这说。"

"我想知道，你刚刚见了什么人？"

"没什么人。"

"那你来这找谁？"

"找我朋友。"

"什么朋友？"

"我为什么要告诉你？"

男人压低声音："我警告你，不要敬酒不吃吃罚酒。"

"我什么酒都不吃。"

"给我老实点！说，你来找谁？"

李商隐的出现恰到好处："玉央！"

玉央回头："李公子。"

李商隐过来："真的是你啊。我刚回来，等很久了？"

玉央点头："我们出去走走吧。"

"好啊。"

男人一直在打量他们。

李商隐问："这位是？"

"不认识的。"

玉央拉李商隐离开。

男人蹙眉。掌柜不屑地看定他，摇头。

李商隐终于有机会和玉央并肩前行。

"我们去哪？"

"你说呢？"

“游春赏景有芙蓉园,饮茶清谈有熙来茶楼,登高怀古有骊山烽火台,听风望月有乐游原。想去哪?”

“不瞒你,我今天有要紧的事,刚才要不是你来解围,也许我会有麻烦。”

李商隐略显失望:“还以为你专程来找我呢。”

玉央想了想:“过两天吧。两天以后,我专程过来。”

“哦。那我送你吧。”

玉央点头。两人走了一段。

李商隐问:“刚才那个人是跟踪你来的?”

“我不清楚。也许吧。”

“对不起,我不是要打听什么。我是想问,你不会出事吧?”

“没事的。”

“我看他满脸凶气,有点担心。”

“还好你及时出现了。”

“后天你过来,别忘了带《胡笳十八拍》。”

玉央想起来问:“那本《蔡邕诗文》还在你那?”

“当然了。我们说好了交换的。就下次吧,我们可以聊聊他们父女两个。”

“好啊。刚才你说的那么多好去处,我一个都没见识过。下次带我去玩吧。”

“随时奉陪。”

那个盯玉央的人显然是认得李商隐的,不然他不会见到李商隐就不再盘问玉央。虽然玉央平安脱身,心里却很不踏实,她在为朱倩担忧。玉央心里很明白,盯梢人的目标一定是朱倩,要不然朱倩为什么要那么谨慎东躲西藏呢?玉央于政事根本就是个糊涂虫,她不会猜想是谁在秘密寻找朱倩,当然她更不可能猜到背后的那个人是杨贤妃。

现在的杨贤妃正信心满满伺机待发,意欲取王德妃而代之。要最终达到这一步她必得将几个主要对手的个人私密抓在手上,这样她才能有效将其置于掌股之中。李昭仪是除王德妃之外的另一个最重要的目标,李昭仪的疑点很多,杨贤妃要手下人把与李昭仪相关的人脉捋清,以做到全盘掌控。

就在杨贤妃蠢蠢欲动之夜,皇上又一次驾临李昭仪宫。表面上看起来一切如旧,侍寝宦官玉面弯月眼皆守候于此。烛火已熄灭。幔帐也放下了。文宗李昭仪同床共枕。李昭仪从枕头下取出一方锦帕。昏昏欲睡的文宗半睁开眼。

“这是什么?”

李昭仪将锦帕层层打开,取出护身符,为文宗戴上。文宗捻起护身符,眯着眼看。

“大安国寺的护身符。”

李昭仪点头。

文宗问:“怎么突然想起为我求这个?”

“它会保佑圣上平安,”靠在文宗怀里,“你一定要平平安安的。”

文宗爱怜地抚摸她的头发:“你在乱想什么?”

李昭仪只是摇头。

“你不说朕也猜得到,是因为朕不许你过问朝廷上的事,对吧?你担心李训,朕说得对吗?”

李昭仪仍旧不置可否。

“朕了解你,你不会为了封妃的事生朕的气。”

李昭仪攀上文宗的身体,将脸埋进他颈窝,双手抱紧他的脖颈,许久一动不动。

大唐文宗皇帝之所以于枕榻之上如此问李昭仪,是他对朝廷当下的情形了然于心。情势已经到了千钧一发之刻,但皇帝毕竟是皇帝。御书房花园依旧被沉静所笼罩。文宗仗剑起舞,动作舒展有致,从身形步法上,观者定以为舞剑者心如止水。借此人君胸怀之博大可见一斑。海汉过来,手里是一封信函。他静静站在一边。文宗如大鹏展翅,接蛟龙探海,之后是收势,微微有一点气喘。

海汉说:“皇上,是李训的密函。”

“拆。”

海汉将密函拆开,呈上。文宗展读。

海汉说:“据李训的人讲,李府日夜都有蒙面人盯防,且人数众多。李训基本已丧失自由。这封密函由信鸽传送出来。”

文宗读毕:“李训说郑注已失踪两日,估计人在仇士良手里。他要朕早做决断。说仇士良不除,天下必定大乱。”

“皇上器重郑注李训,另外那些人当然不能容忍。”

文宗沉思:“仇士良已经把朕逼到十字路口。朕已经一忍再忍。”

“他们太过张狂,如此下去,国将不国了。”

文宗牙关紧咬,两眼射出决绝之光。

大明宫紫辰殿不及含元殿高大巍峨,却也精巧别致。次日,公元835年岁末,大唐文宗皇帝登紫辰殿召见百官。左中尉仇士良率众多宦官与文武百官一同立于殿下。文宗端坐殿上。

文宗说:“司天台向朕禀报,说连续几日,天象于子夜时分均有星云呈祥,乃是大吉之兆。今日寅时,司天台少监报说左杖院石榴树上有天降甘露,颗大如珠,五彩缤纷,日出而不化,请朕前去观赏。”

仇士良说:“皇上励精图治恩泽四海,故有此祥瑞,此乃我大唐之福。”

“爱卿此言差矣。朕以为,天降祥瑞是因国泰民安,庙堂和睦。而这一切,绝非朕一人之力所能为。在场各位,均功不可没。”

仇士良说:“国是皇上的国,民是皇上的民,臣等是皇上的臣,为皇上鞠躬尽瘁是理所应当的,何敢论功?”

“爱卿过谦了。朕不可独享殊荣,独赏甘露。望各位爱卿陪朕同游,未知可否?”

“皇上宽厚仁和,爱惜下臣。臣等不胜感激。”

说到底,唐文宗毕竟一介书生,宽厚仁和之心虽然有,权谋城府方面却显得相当稚嫩。也许这一次是他此生唯一的举兵弄权,他以为左仗院一切尽在掌握,以为万无一失。左杖院看上去一片祥和。石榴树坠满露珠,闪闪发光。然而在围墙之后,早已埋伏了大批兵甲。个个摩拳擦掌,严阵以待。两个军官模样的男人站在石壁之后。

“怎么还没到?”

“刚才探子报说皇上已经率众出了紫辰殿。想必路上走走停停,要耽搁一些时间。”

“胜败在此一举,万不可掉以轻心。”

“正所谓好事多磨。仇士良想必已经觉到大难临头,所以才如此拖拖拉拉。”

“他再怎么拖,也拖不过一个时辰吧。明年今天便是他的周年忌日。”

“此番拿下仇士良,击溃那些阉人,多年的怨气便可一吐为快。”

探子快步跑来:“报将军。”

“快说。”

“皇上一行已至右杖院,却不知因何缘故,与仇士良等中途折返。”

“回去啦?”

“是。”

“这算怎么回事？”

话音未落，一声惨叫，背后已中了一箭。探子也惨叫一声，中箭倒地。剩下的那个军官惊恐地望向前方。无数羽箭向这群打埋伏的兵甲射来。众兵甲纷纷中箭倒地，惨叫声不绝于耳。

“快！架起盾牌！准备迎击！”

身后拥出许多敌方兵甲，吼着冲杀过来。军官瞪大双眼，无比绝望。宫殿的屋檐层层叠叠，琉璃在太阳下闪光。一片阴影从上掠过。这场由唐文宗亲手导演的反宦官专权事变，以李训郑注等策划者被杀而告失败，老谋深算的仇士良和以他为首的宦官集团大获全胜，其时被滥杀的兵甲不计其数。史称“甘露之变”。

消息传到后宫时天色已晚，王德妃拍案而起：“真有此事？”

小寇子躬身立于对面：“我同乡就在仇士良仇公公手下做事，消息绝对可靠。李训已被乱刀砍成碎块。左杖院那边血流成河，简直是人间炼狱。”

“圣上人呢？”

“据说被仇公公请到左中尉衙稍事歇息。”

“歇息？这分明就是软禁。”

玉央偏偏在这个时辰不合时宜地来报到。王德妃扭头。

“外面候着。”王德妃转向小寇子，“圣上可有受伤？”

“皇上没有去到左杖院，中途就折返了。进偏殿之前，肯定毫发无伤。”

“可有人在身边伺候？”

小寇子说：“仇公公调派了大内卫队的人前去候着，海公公也带着皇上身边的宫女过去了。”

“看来圣上应该没有安全之虞。”

“娘娘请宽心。仇公公自始至终对皇上客气恭敬，想必不至于做出犯上之举。他只是下令收押李训郑注的死党连同家人。”

“李训郑注这两个自作聪明的家伙，太小看仇士良了。现在落得个死无全尸，殃及族人，可谓自作自受，”王德妃沉思半晌，忽然冷笑，“那个姓李的昭仪不就是李训的亲妹子吗？”

“小的还没听说仇公公要如何对付李昭仪。”

“李昭仪于朝廷无足轻重，想必仇士良也不至于为难她。不过此番李训一党覆灭，她李昭仪也再难翻身。小寇子，再有什么消息，马上禀报。”

小寇子出去，玉央进来。二人交臂而过。

玉央说：“娘娘。”

王德妃说：“你的手艺不错呀。”

玉央看出了王德妃有气，没敢接话。

欢喜在一旁说：“是你为杨贤妃做的妆容吧？”

玉央说：“是。”

欢喜说：“这么大的事，你无论如何应该跟这边通个气。”

玉央说：“玉央委实不知如何是好。贤妃娘娘不让说，玉央当然不敢说。”

王德妃说：“你同时设计两套方案，辛苦了。”

“只有给德妃娘娘这一套。”

欢喜质问：“杨贤妃不是你设计的？”

“不是。她自己提供的图式。我只是照图完成而已。”

王德妃不信：“她自己？她有这个本事？鬼才信你。”

“玉央不敢说谎。请娘娘明察。”

欢喜说：“娘娘，我当时就觉得杨贤妃的妆容眼熟，会不会是……”

王德妃厉声："干吗吞吞吐吐的，有话就说。"

"那很像是范司容送来的图式。"

王德妃眼睛瞪大了："马上去把那套图式找过来。"

欢喜去找图式。王德妃圆瞪的凤目转向玉央。

"她头一天也试妆了？"

玉央点头。

"她嘱你不说出去？"

玉央点头。

"她被封妃一定很得意吧？"

"我根本不知道她被封妃的事。她没对小的提起过一个字。"

王德妃点头："嗯，这倒像是她的风格。"

欢喜拿图式进来："娘娘，发式跟图上的基本一样。"

王德妃接过图，细看："妆容上有些区别，这里——腮红压淡了许多。"

欢喜说："眉形也不一样。"

王德妃点头："完全一样的只有发式。"

玉央说："我完全照图式做的，没有丝毫自作主张。"

王德妃强调："可是你仍然让她光彩照人。"

"玉央做事，从来心无旁骛。只是尽心尽力把事情做好。"

王德妃没再说她，看来气已经消了。她从来不是个糊涂人，她心里很明白玉央没做错什么。如果一定要找出令她气恼的罪魁，当然是突然杀出来的杨贤妃。多年来一直蛰伏的杨贤妃终于出山了。这种时候她首先要去的一定是左中尉衙，也就是仇士良的官衙。

仇士良右手一直不离身后的剑柄。

杨贤妃与他低语："我知道公公正在气头上，也许听不进我的话。"

仇士良的语气丝毫不带恭敬："贤妃娘娘有话就说。"

"毕竟圣上也是受小人唆使，一念之差而已。"

仇士良牙关紧咬："一念之差而已？他只一念，被差掉的却是我仇某人。"

杨贤妃说："公公已经力挽狂澜，一切既成往事。还请公公往前看。想圣上经此一劫，必得一悟。日后当愈加倚重公公。望公公以社稷为重，不计前嫌，辅佐圣上共赴前程。"

仇士良目光如炬，陷入长考之中。离他们晤面之处仅三十步之遥，是仇士良的内书房，也是文宗皇帝暂时的栖身之地。内书房除了书架书案便是两张方凳。窗户紧闭，灯也未点，光线因此昏暗。文宗独自在内书房踱步，面无表情。海汉静候在门外，眼睛随着皇上的身形。

文宗站定："海汉。"

海汉朝门内跨进一步："皇上。"

"仇士良怎么说？"

"他一直没再进来过。"

文宗问："李训那边可有什么新消息？"

"所有的消息都被封锁了。我估计仇士良说李训被乱刀砍死是确凿的，不然不可能如此平静。"

文宗长出一口气："朕这一刻心如止水。"

海汉说："皇上眼下能做的，也只有静观事态发展。"

杨贤妃忽然出现在门外："圣上。"

海汉施礼："贤妃娘娘。"

文宗说："这种时候你该留在房子里。我说过的，女人不要干预朝政。"

杨贤妃说："不知圣上是否平安，心头挂念，也就顾不得圣上的教诲了。"

文宗口气松了下来："你坐吧。"

杨贤妃见文宗站着，便也伫立一旁。

杨贤妃说："我刚见过仇士良，他让我先陪圣上回宫。他说乱党皆已平息，请圣上尽可以放心了。"

文宗问："仇士良可有提到郑注？"

杨贤妃点头："他说郑注在凤翔图谋作乱，当地监军将其就地正法。"

"仇士良及其党羽早有图谋，将权宦安插到各地做监军，悄悄地就把兵权都抓在手里。是朕大意了。"

"圣上想已经知道李训做了刀下之鬼，郑李二人尽皆株连九族。我怕李昭仪此刻人心惶惶。圣上是否过去安抚一下？"

文宗说："难得贤妃一番好意。但国难当头，李昭仪个人的心情并非那么要紧。既然仇士良放朕一条归路，你就陪朕回宫，先行安抚天下。"

文宗皇帝此刻并未细究，她杨贤妃怎么就和仇士良说得上话。在仇士良面前轮不上王德妃开口，这一点皇上很清楚。因为他了解王守澄与仇士良是宦官中势不两立的派别首领，他同样知道王守澄是王德妃的远亲，属同一派，估计仇士良也应该知道。大明宫之内权势最大的是宦官，皇上皇族只能排其次，这是尽人皆知的秘密。宦官无所不知无所不能，对他们而言就没有什么是秘密。

前山打雷，后山必定下雨。天蒙蒙黑，玉央胡蝶相向而行，不期而遇。胡蝶脚步匆匆，拍着胸口。

胡蝶说："吓死人了。"

玉央说："我不信什么事会吓到你。"

"这次不一样，真的太恐怖了。"

"我刚从王德妃那边过来，觉得像是出了大事。究竟怎么了？"

"你真的一点不知道！整个后宫都传遍了呀。"

玉央摇头："谁怎么了？"

"是李昭仪的家里出大事了。"

玉央一把抓住胡蝶："真出事啦！"

"就是李训李大人府上。说是昨夜进了窃贼，把李大人捅死了。"

"李训死了？"

胡蝶点头："说是被捅了满身的窟窿，当场就断了气。吓人吧？还有更恐怖的呢，还说不只李大人，他府上十几口，一个都没留住性命。"

玉央瞪大眼睛："全死啦?！一个活口都没有？"

"反正都这么说。长安城里，天子脚下，居然发生这种事情。还有，窃贼只为求财，偷得着就偷，偷不着就走，至于害那么多性命吗？所以我分析，很可能是李大人跟谁结怨，这次人家是专程来寻仇的，一开始就准备下死手。"

玉央有一点灵魂出窍："所有的人都死了……"

"你好像一点都不害怕。想一下也把我吓死了，太恐怖了。听他们说李昭仪有个妹妹，比我们大不了几岁。一个姑娘家面对那种情况，太惨了。"

玉央问："你确定娘娘的妹妹也在其中？"

"我猜。她应该在家呀。说是家里人无一幸免。"

"她这个妹妹是住在家里的吗？"

胡蝶摇头："不住家里她住哪？"

"又是你猜的？你就喜欢乱猜。"

"不是你问的吗？什么都怪我。"

"你别跟着瞎起哄。知道什么就说什么，不知道的不要乱说。"

胡蝶不确定了："娘娘到底有没有个妹妹，我怎么从来没听她提过？"

"你都不知道，我怎么会知道？"

"她哥哥李训倒是一直听李昭仪娘娘说起。"

玉央说："你听说了，没去娘娘那问一下？"

"我哪敢啊？娘娘现在一定难过死了。你也千万别去问。"

玉央吁出一口气："管好你自己吧。"

仇士良掌控了大局，作为资深政治家他当然懂得如何应对时局变化，懂得统一对外的口径是如何重要。所有对外发出的消息必须是一致的，不得有各执一词的版本，传闻竟如出一辙。所以李永杭龙听到关于李训的消息，与胡蝶玉央她们也差不了许多。

杭龙说："堂堂李大人府上竟被窃贼闹了个天翻地覆，真是让人心寒。"

李永说："你缺心眼啊。他们说是窃贼，你就真信了？"

"窃贼就是窃贼，不由人信或不信。"

"说你糊涂吧，你什么都明白。要说你明白呢，又总是蠢话连篇。"

杭龙作虚心状："聆听太子教诲。"

"朝廷的事，你也并非完全不懂。今日朋党倾轧，明日宦官争权，此一时彼一时，斗得你死我活。一旦出了状况，往莫须有的蟊贼身上一推了事。"

"最终还是蟊贼收场啊。"

李永当真要指点他："你个榆木脑袋，今天是成心不开窍啦？郑注李训他们当初一得势就把王守澄办了，他们的矛头指着哪一拨人，你不会看不出来吧。王守澄一死，谁成了出头鸟？"

"大宦官仇士良。"

"所以啊。仇士良可不是王守澄，也远非王守澄所能比，他不会坐以待毙。先下手为强，凤翔长安，两地同时下手，郑注李训皆死无全尸。"

杭龙故意将声调拉长："行凶者就是窃贼。"

"你成心跟我抬杠是吧？"

"我读过一句话，窃钩者诛，窃国者诸侯。说这话的人愤愤不平，一样是盗窃，却有截然不同的说辞。如今的世道不也如此吗？仇士良那批宦官，就是窃国之贼。他们做的一切，都是窃贼所为！"

李永说："看不出来嘛，你对朝廷国事还有如此见地。佩服。"

"权宦乃宫中家贼，自监自盗，君臣上下防不胜防。不除终是大患。"

"你既有这样的见地，不如我向父皇荐你入朝为官吧。"

"你又在笑我了。"

"不是笑你。你我朋友一场，该是缘分，只要能帮上你，我一定会帮。"

杭龙一脸正色："恕我无礼，这个忙太子不帮也罢。"

"朝廷乌烟瘴气，说实话我不想你也堕入其中。听我一句，离得越远越好。趁现在可以痛痛快快地打马球，就好好享受吧。"

杭龙说："这话我爱听。"

李永挥杆击球，拍马追球，回头。

“谁知道好日子还有多久？”

太子说这话的时候，他根本不知道父皇的好日子已经到了尽头。皇上的人头如今还在颈上，也仅仅是由于仇士良尚未想好日后大唐的格局该如何摆放，还在犹豫之中。李永尽管身为太子，却远离权力中心十万八千里。他对政局的了解并不比一个小宫女更多。

一时间无论是朝廷还是后宫尽皆鸡飞狗跳人人自危。有人担惊受怕，有人谋划远走高飞，有人则命丧黄泉。当然也有人自鸣得意，也有人趁乱搏上位，也有人剥下画皮露出真容。呜呼！恰逢乱世便有群魔乱舞不亦乐乎。

收场的方式各有不同

1

清蔷的不同凡响之处在于她善于审时度势，一切属于她的机会，她都不会放任其白白溜走。初入后宫，明里司容范娉柳成了她的遮阳伞，将她荫庇其下。暗里杨贤妃悄悄将她纳于帐下，那是一棵更大的大树，相形之下范娉柳只能算一株小草了。况且比之范娉柳，清蔷的心智和城府都远在其上，这也正是她深受杨贤妃赏识的缘由。而她又很好地利用了范娉柳的特别关照，使自己在王德妃那里也取得了相应的信任。她成了后宫两大势力共同的宠儿。

如果尚容局没有玉央，清蔷可谓顺风顺水了。正如前朝三国鼎立之时，倘诸葛亮不出山，周瑜该是天下最具智谋的男人。因而史有“既生瑜何生亮”之妙语。事有凑巧，清蔷进宫之日，偏偏玉央同一天进宫。也是上天的意思吗？玉央和清蔷注定是一对冤家，而且这冤家几乎体现在方方面面，从最初的才艺比拼到各自受不同妃嫔的器重，从男孩杭龙的出现到偶然误入政局的角度和立场。甚至连不相关的意外事件，都显出两个女孩属于冤家类型的特质。比如李永异妆这种极特殊的事件。

玉央出了尚容局院子，往门外走。李永从拱门后跳了出来。

“玉央！”

玉央猝不及防，退后一步：“人吓人，要吓死人的。”

李永堵住去路：“哈，你也有害怕的时候。”

“我忙着呢，没时间和你闲扯。”

“你要去哪？”

“李昭仪传我。”

李永想了想，低声：“今晚有空吗？”

“想看点书。”

“成天就知道看书，闷不闷啊？”

“那做什么才不闷呢？”

李永掏出令牌：“拿着。”

清蔷从屋里出来，看见李永玉央在院门口，赶紧闪进门内，偷偷观望。

玉央说：“我说过，不会再给你化妆了。”

“嘘，小点声。”

“既然你也知道害怕，就不应该再冒这个险。”

“求你了。”

“别为难我。”

“最后一次还不行吗？”

玉央坚决摇头:“不行。”

“你还是不是朋友?”

“太子若还拿我当朋友,就别再提这个要求。”

“我当然拿你当朋友。”

“我得去了。”

“好吧。记得给我再讲李商隐的诗。”

玉央笑了:“一定。”

李永让开路,玉央离去。李永看着她的背影,抡着手里的令牌失望透顶。清蔷的机会来了,而且她即刻抓牢。

清蔷凑过来:“太子。”

“哦,你呀。”

“太子是否心情不佳?”

“你想说什么?”

“我看太子脸上发了几颗痘痘,想必是心火所致。”

“什么心火所致,最近辣椒吃多了,所以才长这鬼东西。真烦透了。”

“前两天有位才人也发痘痘,我为她配了一套祛痘的护理品。今天早上她已经痊愈了。”

“这么神啊。”

“太子要不要试试?”

“好啊。”

“您说个时间。”

“就今晚吧,”太子把令牌递给清蔷,说,“去我宫里。”

清蔷接过令牌:“好的。”

“甘露之变”无疑对李昭仪是极沉重的打击。她躺在卧榻上,明显消瘦了,未施粉黛的脸看上去相当憔悴。但表情安详,并没有太多悲凄。玉央过来是为李昭仪做足底按摩。

李昭仪说:“好久没让你做足底了,今天突然很想做一下。”

“您需要,我会常过来。”

“今天的我不比往日了。”

“娘娘是有些憔悴。”

“我是说,别人避之唯恐不及,生怕受牵连。你也同样不方便总往我这里跑。其中的道理我不说你也明白。”

玉央用棉布包住她左脚,揉捏。

“娘娘不必过虑。宫里的这份差事原本就不是非做不可,姜典容刚刚辞了,说走也就走了。我们又何尝不是如此呢?”

李昭仪闭上眼睛:“你还小,不知宫中的利害。没事便罢,沾上是非绝不是谁说想走就走得了的。”

玉央低声:“我看娘娘心情恢复一点了。”

李昭仪睁开眼,跟玉央目光相迎。

“朱倩有消息了,我心里也好过一点。玉央,让你担惊受怕,我很过意不去,真的。”

玉央感动地扬起脸:“我们是朋友啊。”

“是朋友,永远是。”

“您的脸需要做一次补水护理了。”

李昭仪微笑:“嗯,好久没管它了,是该弥补一下。”

"等会儿我为您做。"

李昭仪点头。事变使她在后宫失势,但是由于皇上对她的偏宠,株连九族的灾难她得以幸免。有一点非常清楚,封妃对她而言是永远没戏了。王杨二妃从此都不会再把她视作敌手。这反倒令她大松了一口气。也许日后再没有人给她以额外关注了,这对她绝非坏事,也正是她一直以来所希冀的。甚至玉央胡蝶这些女史偶尔来李宫,也不再被格外注意了。她们也都轻松了许多。

清蔷在杨贤妃宫,犹如鱼儿在水里一样自在。主仆之间的距离,比之其他人已经拉近了许多。杨贤妃慢行,清蔷跟在她半步之后。

"上次娘娘吩咐我接近太子,清蔷已经有进展了。"

"说说。"

"我见太子生了痘痘,主动提出为他护理,"清蔷拿李永的令牌,说,"他给我令牌,命我今晚就过去给他做脸。"

杨贤妃露出满意的笑容。

"做得不错。晚上去最好,所有的秘密都和夜连着。"

"秘密?"

"对。就是寻找那种属于两个人的秘密。"

清蔷似懂非懂,点头。

杨贤妃问:"王德妃的小寇子又找过你吗?"

"暂时没有,不过……我怕就这两天了。"

"他找你,你就说邯郸府向脊村的姜连圳。"

清蔷努力思索:"姜连圳是……"

"姜连坤的长兄。"

"也就是我伯父。"

"记住,你清蔷是长安城富商孔非的千金,跟姜家早没任何关系了。"

"是。"

"我派人查过,三年前向脊村闹瘟疫,姜氏五兄弟只剩姜连圳一支,也已经丧失劳动能力,终日卧床。"

清蔷表情有些不自在。

杨贤妃说:"你该庆幸自己打小过继给孔府,否则今日还不是与姜家一样,只能面朝黄土背朝天,在穷乡僻壤挨苦日子。"

"娘娘大恩,清蔷一直铭记在心。"

"我就知道你是个有心的孩子。"

"谢娘娘夸奖。"

"到目前为止,还没人知道你我的这层关系吧?"

"应该没有。我猜巧儿她也许有所察觉。"

杨贤妃点头:"巧儿没问题的,你放心就是了。"

入夜时分,清蔷用李永的令牌轻而易举地进了大明宫东内苑太子宫。厅堂里灯火通明。除了有妆台妆镜,还立着一面大铜镜。李永在厅堂踱步,不时看向门外。忽然眼睛一亮,迎到门口。

"你可来了。"

"见过太子。"

李永也不啰唆,让清蔷即刻开始,自己坐到铜镜前。清蔷过去,放下篮子,拿出护肤用品。她带上的不只这些,另外还有全套的化妆用具用品。她故意将篮子里的这些东西放到太子眼皮底下。

清蔷说:“请太子先洁面。”

“已经洗过了。”

清蔷洗出热毛巾,敷在李永脸上。

“这样能使面部毛孔扩张,有利于对护肤膏剂的吸收。”

“我知道。”

“太子对护肤好像有些经验。”

清蔷揭去热毛巾,取出祛痘膏,在李永脸上抹匀。

李永问:“这玩意真有那么神吗?”

“因为时间有限,我来不及专门针对您的皮肤配置药膏。这款祛痘膏适合各类型的肤质。连续使用两天,若效果不明显,我再专门为您配一剂。”

“交给你了。过来还算方便吧?”

清蔷说:“每一道门都反复盘问,幸好有令牌在手。”

“下次就到杭教头那边,你也省得出后宫。”

清蔷满脸喜色:“好啊。”

“我一提杭教头,你的脸就像开了一朵花。”

“太子就喜欢拿我们下人开玩笑。”

她虽如此说,其实心里美滋滋的。如果说她只有一个天敌是玉央的话,那么她还有一个软肋,就是杭龙。太子似乎早就抓到了她的软肋。她接近李永有使命在身,但李永轻而易举就缴了她的械。李永已经看到她还带了化妆用具用品,就顺水推舟让她为自己做一次女儿妆,说是闹着玩。清蔷当然不会推辞,给李永化妆正是她此行的使命。

不谙世事的李永啊,轻而易举地就将自己个人的私密泄露给不止一个宫女,他根本想不到这会给他的生母王德妃带来怎样的后患。说到底他还只是一个男孩,而且他对后宫的险恶几乎一无所知,所以也就全无戒备。

直至今天,除她的主子杨贤妃之外,就再没有一个人对清蔷所扮演的角色有所了解。这个小姑娘除了充当不同妃嫔间的谍中谍,自己也有一整套涉及后宫内外的部署与铺排。她与胡蝶玉央的关系变化都在她的掌控之中,她在王德妃与杨贤妃两处各得其所。而且把控着宫外方汀的一举一动。

大和药铺在一段日子里忽然成了热门去处。先只是方汀一个人来,然后温庭筠李商隐来,接着竟连清蔷也登门了。

不少药材分门别类摊放在门口晒太阳。荣氏出来,各挑拣出少许,依次装进数个小竹筐,进去。清蔷出现在药铺门口的时候,并未引起荣氏特别注意。她以为她只是个寻常的顾客。她的顾客原本就以女子为主。荣氏又出来,用小铲子仔细翻动铺平药材。清蔷进去。

柜台上排满纸袋。货架较之上次要丰富许多。方汀在饮茶。见到清蔷,方汀与她相视会意一笑。

清蔷说:“回家看你不在,就知道来这了。”

“闲着没事就过来坐坐,这里的茶很不错的,来尝尝。”

为清蔷倒一杯。清蔷向门外荣氏的背影努嘴。方汀压低声音。

“现在这里几乎所有的东西都是我出钱,你就当在我的店里。”

清蔷说:“方老板菩萨心肠。”低声交代,“别说我是宫里的人。”

“我有那么蠢吗?”

荣氏进来。清蔷坐下。

荣氏问:“这位姑娘,您想要什么?”

方汀说:“这是我朋友,过来看我。”

荣氏说:“哦,请坐。喝茶吧,这种玫瑰香茶口味还不错的。”

清蔷说:“谢谢。您忙您的,不用招呼我。”

荣氏说:“您需要什么,我可以给您现配。”

清蔷说:“一会再说吧。”

荣氏走入柜台,把晾好的药材往各个纸袋里面加满。

方汀说:“你今天看上去好多了。”

清蔷说:“怎么,我上次看上去很不好吗?”

“脸色很难看,心事重重的。问你又不说。现在问题解决了?”

清蔷点头:“在那种地方做事,你也知道,哪天会没有问题啊?一个解决了,下一个又来了。”

“眼前有什么事?”

“府里的大少爷,你知道吧?”

“大少爷?哦,他怎么啦?”

“他皮肤一直很好,这几天大概是吃什么东西不对了,生出好几颗痘痘。”

“我跟他不熟,几个照面而已。先前没怎么特别注意他。”

“我拿为女孩子配的祛痘膏给他用,效果不很明显。”

“你们部门的事我不太懂。但也知道不同肤质必须区别对待。”

“大少爷是个爱脸面的人,他为那些痘痘很烦。不过我对男人没经验,这几天另配的祛痘膏也不太合用。”

“这不是有位现成的世外高手吗?你可以问问荣老板啊。”

荣氏说:“什么?”

清蔷说:“荣老板,您有什么办法吗?”

荣氏说:“您要问什么?”

方汀说:“我这位朋友,她府上大少爷的脸上长痘痘了。”

荣氏说:“他的皮肤是偏干燥的还是偏润泽的?”

清蔷说:“是油性皮肤。而且他喜欢运动,常常大汗淋漓。”

荣氏说:“一般多久做一次脸部护理?”

“没有定期做护理的习惯。”

“这种情形如果药用得准,一两次就会见效的。”

“请荣老板指教。”

“您稍等。”

荣氏拿起一只空纸袋,进小里间。

清蔷低声:“难怪玉央每次碰到问题都能迎刃而解。”

方汀低声:“这个女人的确很有本事。”

清蔷点头。荣氏进来,将纸袋递给清蔷。

“这是我在扬州的时候,常用的祛痘方子,大黄、连翘、黄连、黄芩、甘草、紫草、冰片、银花、丹皮、赤芍、滑石粉,高岭土共十二味药材。您拿回去试试。”

清蔷接过:“谢谢您。”掏出钱袋问,“多少银子?”

荣氏说:“既然是朋友,又第一次来,这剂方子就当作见面礼吧。”

清蔷推辞:“这怎么好意思?”

“您别客气,收下吧。”

方汀说:“都是自己人就不要客套了。荣老板一番好意让你收下,你就拿着呗。”

清蔷说："那……多谢荣老板了。"

荣氏说："以后有什么地方需要到我，尽管过来，不要见外。"

清蔷说："好啊。"

清蔷心里颇为得意，没有通过玉央就使玉央的母亲成了自己的帮手，玉央肯定做梦也想不到这种事情。这些年来玉央每每在关键时刻都压清蔷一头，盖因有母亲荣氏在背后助力。现在清蔷也得到这份助力了，不是很奇异的事吗？

太子李永骑马赶到马球场时清蔷已经等在杭龙房间有一会了。太子连道抱歉，坐下来，头微扬。清蔷将草药泥敷到李永脸上，很小心地空出眼皮和嘴唇。

杭龙坐在一边缠绕自己的马球杆手柄。

李永说："这个配方真不错，上回只敷了一次，眼见着痘痘少了许多。"

清蔷说："这是针对您的肤质专门配制的。"对杭龙说，"唉，毛巾。"

杭龙头也不抬："就在你身后。"

清蔷说："我没问你在哪。让你递过来。"

杭龙放下球杆，起身取毛巾，递到清蔷手上。坐回去接着弄他的马球杆。

清蔷又说："这就完啦？"

杭龙说："那还要怎样？"

"我手怕烫，你把毛巾浸热。"

杭龙只好又起身，接过毛巾，浸入热水。

清蔷说："推一把才肯动一下，懒猪。"

杭龙不理睬清蔷，对李永说："好几天没打球了，该不会是天天忙着弄你的这张脸吧？"

"哪有那种好事。不过这几天也没白忙，刚才还去找玉央帮我开开窍。"

清蔷惊讶："玉央给太子开窍？"

李永用中指敲敲脑壳："厉害。这个小丫头非同小可。"

清蔷恍然大悟："原来是给太子做头部按摩？"

李永沮丧透顶："是讲李商隐啊小姐。"

清蔷不懂："什么隐？"

"跟你说不清。"李永说完转向杭龙，"这一招肯定奏效。明日父皇检查我学业，我到时候只需鹦鹉学舌，肯定会让父皇夸赞我大有长进。"

杭龙说："我说呢，原来是临时抱佛脚。"

清蔷对杭龙说："你也坐那。"

杭龙说："干吗？"

"叫你坐你就坐。"

杭龙坐下。清蔷用毛巾为他擦脸。

"让你沾沾太子的光，也给你做做脸。"

"那我是该谢太子还是该谢你？"

李永忽然想到："对了，母亲通知我，明日有一场球赛。母亲说非常要紧，嘱我务必露一下脸。到时候我可全靠你了。"

杭龙说："你就放一百个心。说一句狂话，能赢杭龙的人还没生出来呢。"

清蔷在太子跟前很从容，她当着太子的面毫不避讳与杭龙的亲密，或者可以说她希望太子认定她与杭龙的关系是既成事实。毕竟杭龙在太子麾下，她与杭龙关系的前景是否乐观，首先取决于太子的态度。

2

大唐李氏王朝到了这一脉,已是强弩之末。逐个点数,竟无一人可以为李姓再添光彩。如果一定要拔一个出来,大概也只有文宗皇帝的胞弟李炎还值得一提,不过他已经久不在长安了。这一天,大明宫建福门忽然有两列兵甲立于正前通道两侧。原来是李炎骑着高大矫健的黄骠马缓缓步入。他眼里闪烁着重归故里的激动。

宦官小跑过来:"禀王爷,可以进去了。"

李炎翻身下马,宦官接过马缰绳。李炎目光炯炯。

文宗皇帝已经候在御书房。两排书架靠墙而立,上面书籍整整齐齐。书案在房间尽头。案后是端坐的文宗。案前两侧各置一张座椅。文宗满怀期待地盯住门口。海汉在门外禀报。

"李炎王爷到。"

文宗说:"快请。"

李炎大步跨入,扑身便拜。

"臣弟李炎叩见皇上。吾皇万岁万万岁!"

"快平身。"

"谢皇上。"

"这里没外人,朕准你坐下说话。你这一去有两三年吧。"

李炎想想:"快三年半了。"

"朕与你许久未见,如今看你仍是英姿勃发,令朕十分宽慰。"

"托皇上洪福。臣弟这几年游历西域,考察各民族风土人情。时刻谨记皇上教诲,未敢有一丝懈怠。自觉小有进步,只望不负皇上重托。"

文宗说:"这些话留待日后慢慢说。此次回长安,便安下心来,留在朕的左右,辅佐朕共理朝政。"

"仇士良的兵变臣弟略有耳闻。想皇上一定几经磨难,更需要有自己的左膀右臂在身边。"

"难啊。现在仇士良疑心很重,朝廷所有掌实权的人都被他换过了。"

李炎有一股不服输的劲头:"他总不至于连臣弟也换掉吧。"

文宗一板一眼:"你刚回来,行事一定低调,不能让他再动疑心。若有事,你可以随时直接找朕,一定不要通过任何人。"

"臣弟明白。皇上尽可以放心。"

若论李炎回来谁最开心,当然非太子莫属。这叔侄二人从来就亲密无间。但李永对皇叔的归来尚不知晓,他还在为父皇要见他而紧张。在李永心里,令皇上殚精竭虑的只有他李永的学业,所以他匆匆忙忙去到司容部找玉央。

"玉央,我刚去找过尚容,要把你借出去半天。"

玉央犹豫:"可是……"

"你放心,是请你帮忙讲李商隐的诗。你不必那么紧张。"

"干吗那么急啊?"

"今早皇上传下话,要检查我功课。走吧。"

玉央只能跟李永走。在大明宫东内苑太子宫花园讲诗的确是个好地方,学生又是太子,临时作为先生的玉央心情不错。更重要的是,李商隐刚刚走进她的心,她读他的诗格外有感觉,讲诗的时候自然有超水平发挥,让她的学生心悦诚服。

李永说:"开窍。有道是听君一席话,胜读十年书。"

“他的诗很有一点魏晋之风，总有一种诡异，给读诗的人以猜测的空间。与初唐以来的诗风大不一样。”

“就是。诗到白居易，明白晓畅到了极点。可是李商隐又晦涩到极点。”

玉央字斟句酌：“也不能说是晦涩。他的诗起点落点皆飘忽游移，又少叙事之术，因而较难把握。这也正是他的不同凡响之处。”

“都说人嘴两层皮，一样的结果可以有两样的说法。说晦涩难懂，显然是在批评，说飘忽游移则又成了夸赞了。”

“试想一下，如果你学李白杜甫，再怎么努力你又如何？仰首也难望其项背。虽然大路通天，却少有后来者立锥之地。唯有另辟蹊径者才有机会脱颖而出。所以李商隐的意义非同小可。”

李永再三思忖：“我也在想，杜牧年长且诗名远播，何以排在年少的李商隐之后。听你如此说才恍然大悟，原来杜牧只是承继了前辈遗风而已。”

玉央惊讶：“太子也认识杜牧吗？”

“还不都是父皇的安排。但凡这些大文豪进宫，父皇总是叫我到场。我懂什么？还不就是听父皇称道几句，之后要我下功夫苦读。每次都是如此，直令我烦不胜烦。”

玉央心下感慨，这个世界太小了，名满天下的两位大诗人，她和太子居然会都认识，岂不是太巧了？她没说她与杜牧相识，那段话说起来就太长了，于太子也没什么意义。

玉央说：“耽搁太久，我该回去了。”

“玉央，知道有个人喜欢你吗？”

“我更在意我喜欢的人。”

“知道我说的是谁啦？”

玉央摇头：“太子不说也罢。”

“这个世界的事情就是怪，喜欢你的你不要，喜欢他的他不要。”

玉央飘然而去。

李永摇头：“就是怪。”

前面王德妃提到的那场球赛其实是一场国事活动，唐文宗携文武百官并罗马国使节团一行作为观众。难怪王德妃格外重视。马球赛是如此激烈，令观战的罗马使节们用包括汉语在内的好几种语言连声赞叹。

海汉拿起锤子击鼓开球。场上原本屹立不动的人马，一下子跑起来，喝马声此起彼伏。参赛的人都带了防护头盔面罩。

左攻右一方中有一黑一白两匹快马，二人传接球极为娴熟，配合默契。一个撞墙式二过一便突破右方防线。击球，得分。场上场下齐声叫好。二人齐勒缰绳，各自的坐骑同时前蹄高扬，引吭嘶鸣。二人又同时掀起面罩，骑黑马的是李永，骑白马的是杭龙。二人相视一笑，互相磕一下球杆以示庆祝。

王德妃用力鼓掌，满脸笑容。

“皇上，永儿的球术精进不少。”

文宗点头：“不错，像模像样的。”

杨贤妃冷眼旁观，不温不火地拍两下手，喝茶。

球场上左攻右一方似乎占了明显优势。忽然一匹毛色枣红的骏马由身形玲珑的骑手驱使入场，加入到右攻左一方。红马骑手与同伴中的黄骠马骑手呼应，一传一切，很轻易就突破了左方防线，如利剑般沿左边路推进。

左攻右一方的一白一黑两匹快马急忙回撤防守。

红马突如其来一个变线，借着本方的黄骠马挡住了黑马的后撤，成功带球突破……但是意外发生了,黄骠马猝不及防,一个前蹄急刹同时双后蹄高高举向空中,骑手被自己的坐骑瞬时抛下马背。被摔的骑手一声惨叫,护面具也跌落了。

黑马上的李永一回头,大惊失色:“皇叔!”

李炎满脸痛楚。已经突破的枣红马骑手急勒缰绳,飞身跳下,去搀扶倒地的李炎。枣红马骑手撩起面罩,一张俏丽的女孩脸孔,是冰洁。

李炎甩手:“这算什么?”

李炎的拒绝激怒了她。

冰洁说:“不识抬举!”

撂下面罩,一跃飞上马身。挥杆追球。李炎将面罩抓在手上,站在原地发呆。白马骑手杭龙也拍马回头,在李炎身边站下,掀开面罩。

杭龙问:“王爷没事吧?”

李炎摇头,上马,双腿一夹,冲了出去。比赛之后,李炎单枪匹马回到球场,对着空门挥杆击球。连续三下,球都应声落网。

杭龙在身后喊他:“王爷。”

李炎转身。脸上已经没有了火气。杭龙与冰洁在他跟前停住马。冰洁满脸不情愿,看那架势是杭龙强拉她过来给王爷道歉。

李炎说:“杭教头。”

看向冰洁,却不知如何称呼。

杭龙说:“这是我妹妹冰洁。”对冰洁说道,“还不向王爷道歉?”

冰洁别过脸:“至于吗?”

李炎没事一样:“出了什么事?”

“我刚刚知道,方才比赛时,冰洁对王爷多有不敬。我这个妹妹从小娇生惯养,被家里宠坏了,在外面一向没轻没重,还请王爷别往心里去。”杭龙拉冰洁袖子,说,“不许任性了,快道歉。”

李炎笑着抬手制止:“千万别。我是那么小心眼的人吗?”

冰洁甩开杭龙的手:“打球总难免碰倒撞伤,要是在赛场上分长幼尊卑,你让我我让你的,那还打什么球?”

李炎说:“冰洁姑娘说得很对。杭龙,这回是你小气了。”

冰洁说:“就是。王爷自己挺通情达理的,你瞎紧张什么呀?”

杭龙说:“怎么成我不对了?得,是我自找没趣。”

冰洁笑了。

李炎对冰洁说:“在球场失利,就要在球场扳回。什么时候我们再较量一场?”

冰洁说:“一言为定。”

不打不相识的法则,在这里又一次得到验证。这是一次非同小可的相识,是被永久载入史册的。但是当下最要紧的并非是冰洁,而是太子李永。他将球杆扔到地上,一纵身双脚跳上马背,又脚尖轻点如飞翔一般从后面跃上李炎的宽厚的脊背。太子将皇叔紧紧抱定。

叔侄两个有三年多没见面了。

说起来杭龙也是李炎王爷的马球教头。他们是旧交重逢,自然开心不已。妹妹冰洁不小心开罪了王爷,他敦促她认个错,也就没什么问题了。他了解李炎王爷的脾气。只是冰洁并不情愿认错,多多少少留下了一个心结。

古往今来,皇帝总是人类中最为奇特的一个族群,也一定是人数最少的族群。皇帝的日常生活对于常人几乎是无法想象的,虽然我们都知道皇帝也是人,也喜欢珍馐美味,也属好色之徒。但是你能想象吗,皇帝是否也会便秘,是否也会撒尿,是否也会长鸡眼,是否也有口臭,是否也有你所有的快乐所有的烦恼?

皇帝的日常生活注定秘不示人，而能够窥探一二的只有妃子臣子皇子和他身边的那些宦官,而他们中任何一个所窥探到的都只是皇帝的一个侧面,小小的侧面,如此而已。有如几个瞎子摸一头大象,没有一个人可以完整地把握住全貌。试想一下,有谁能够在全部十二个时辰里看到皇帝的一举一动呢?这真是个无比神秘的家伙啊!倘若对他的日常生活好奇,我们也只有借助宦官和皇子臣子妃子,借助他们的眼。

首先是李昭仪的机会来了,文宗又翻了她的牌。

也许没人能想到,玉央若不能过来,最郁闷的人是李昭仪。她一直以来诸事无心,除玉央外其他女史宫女都不能让她释怀。身边的人也都开动脑筋,想方设法逗她开心。梅司形带两位女史伴李昭仪做形体训练。李昭仪两手抓着梅司形的两手,身体前倾。两位女史各持白蜡杆一头。李昭仪的右脚背压在白蜡杆上。

梅英说:"两腿绷直,一定绷住。"对女史说,"你们把杆子慢慢往高抬,慢慢抬。再抬。"对李昭仪问道,"娘娘吃得住吗?"

"没问题。再抬。"

"再抬,慢慢抬。"梅英看出李昭仪比较吃力了,说,"停下,不要动。坚持住。娘娘,您尽量挺胸,抬头。"

李昭仪遵嘱。

梅英说:"难得娘娘还这么柔软。"

"不够软了,老喽。"

梅英吩咐女史将李昭仪的右腿慢慢放下。李昭仪揉搓自己大腿前面。

"这里紧绷绷的,拉一拉好舒服。"

梅英说:"柔软是年轻的标志。娘娘应该每天坚持拉一拉身体,压一压腿脚。"

李昭仪点头:"每天坚持,像吃饭一样当成必修课。"

"娘娘还应该恢复每天化妆。"

"你知道我最讨厌化妆了。"

"女人每天在镜子前面打量自己,打扮自己,会很好地改善心情。娘娘不觉得好心情对女人很重要吗?"

"你的话不无道理。我这段时间好像忘了让自己开心了。"

"女人在开心的时候最美。"

余翠外报:"娘娘,侍寝公公通知,皇上翻了娘娘的牌。"

梅英说:"恭喜娘娘。"

余翠说:"娘娘,胡蝶也过来了。在为您准备香薰浴。"

李昭仪没说话,眼里逐渐盈满泪水。很难说李昭仪的泪水是因何而流,而且并不是每个妃子都有被宠幸的好运道。比如王德妃。她的日子经常要她一个人打发,在卧榻上闭目养神,让玉央为她做头发护理。欢喜托着一尊玉佛过来。

"娘娘,张美人送来一尊蓝田玉佛。"

王德妃闭着眼:"收着吧。"

欢喜将玉佛送入娘娘的寝房。玉央发现王德妃头顶有一根白发,拔去。

王德妃说:"又有白头发了?"

玉央说:"已经拔了。"

"这段日子越来越多,拔了又长。"

"靠拔肯定不是长久之计。"

王德妃睁开眼:“我听说过能将白发染黑的膏剂配方。以前用不到,觉得跟自己没关系,也许以后非用不可啦。”

“我娘常喝一种自己配的药茶,说是能保持头发乌黑,而且不会分叉,我娘的年龄还要大些,可是至今没有一根白发。”

“把方子问你娘借来行吗?”

“娘娘用的方子一定要经过尚药局。”

“这些不要你操心。”

欢喜从内室出来。

王德妃问:“欢喜,最近都有哪些人来请安送礼?”

“各位才人美人,宋昭容韩昭容洪昭容胡昭容,还有内侍省总管及三位少监都来过了。”

王德妃重新合上眼:“杨贤妃和李昭仪呢?”

欢喜仔细回想:“没有。”

王德妃的声音里充满怒气:“一个贤妃我忍就忍了,她姓李的不过是个昭仪,胆敢如此不把我放在眼里!以往是仗着圣上宠爱,又有兄弟在朝廷做官,现在她还凭什么?”

小寇子外报:“娘娘,海汉公公求见。”

王德妃压下火气:“传海汉进来说话。”

海汉进来施礼:“德妃娘娘,皇上惦记太子的功课,嘱您督促太子将得意之作整理出来,以备近日与您共赏。”

王德妃说:“知道了。请海公公转告圣上尽可放心。”

就是这一次,因为与王德妃谈到了头发,安尚容也就有放玉央回家的借口,玉央也就有了幸福的三天假日,李商隐也就有了接近玉央的机会。一条多么美妙的逻辑链啊。

至于臣子,他们的机会又不一样了。经常会是一对一地面圣,偶尔会是皇帝上朝召见百官,最难得的会是含元殿广场的仪式,天之骄子,君临天下。

含元殿气势恢宏,雁字夹道立有盛装兵甲,均手持长戟或旌旗。前广场布置一新,龙旗猎猎。正中通道两侧各排一列骑兵,昂首挺胸,胯下一律黑色骏马。宫门慢慢打开。东罗马帝国使节团一行数十人步行进来,向含元殿走去。后面是华丽的马车,拖着献给大唐皇帝的礼物。

含元殿的气派和广场的阵势,让使节们咂舌惊叹。行至长阶之前,大部分使节连同马车停下。为首的大使带领五名副使拾级而上。文宗端坐龙椅,居高临下。文武百官列于两侧,垂首屏息。

宦官拖长声音报:“罗马国使节到。”

六名使节进殿,施礼,用生硬的汉语齐颂:“罗马帝国皇帝,祝大唐皇帝万岁万岁万万岁。”

文宗说:“谢罗马皇帝。免礼。”

众使节说:“谢大唐皇帝。”

大使说:“这次我们一行三十人,为大唐皇帝带来罗马帝国皇帝的祝福和礼物。我帝国皇帝久仰贵国历史文化博大精深,派我等前来学习,还望大唐帝国不吝赐教。”

文宗说:“罗马乃西域大国,虽与我中土至今并无直接文化贸易往来,然借助波斯、大食等族的活动,也有不少间接交流。此次尔等既然亲临大唐,朕必定尽到地主之谊,让你们满意而归。”

大使说:“谢大唐皇帝。”对副使点头,副使往外走,大使接着说,“这次带来的礼物中,有一尊雕塑,是我国最出色的宫廷雕塑家专门为大唐皇帝创作的,希望您喜欢。”

文宗微笑颔首。副使端着雕塑进来,向文宗走去。两边的文武百官皆侧目而视,然后大睁双眼,无一例外。海汉从副使手中接过雕塑,呈到文宗面前。文宗显得有点惊讶。那是一对男女裸体雕塑。

文宗说："造型美观，心思奇巧，替朕谢谢罗马皇帝。"

众官员掩嘴偷笑。接下来的节目就是马球赛了。

在公元九世纪末，马球运动是我大唐的独门功夫。大明宫的马球场绝对天下第一。也是天公作美，次日的球场被艳阳所簇拥。唐文宗驾临马球赛场，在看台坐定。王德妃杨贤妃随后在文宗左侧坐下。罗马大使及五位副使坐于文宗右侧。

文宗说："马球是我们大唐皇室最热衷的运动，你们罗马人也打吗？"

大使摇头："我们没有这种游戏。"

文宗笑说："那今日可要见识见识了。"

罗马使团的到来让皇上龙颜大悦。他已经知道马球是大唐的独门绝活，所以专门安排了这场观摩比赛。大唐值得夸耀的不止马球，他还会安排一次太液池的专场。

这就是皇帝，大唐文宗皇帝李昂。他可以让哪个妃子开心，也可以让哪个妃子不开心。他笑颜一展便令天下艳阳高照。一切都看他的心情，依他的心情而定。李昭仪开心了，她那边立刻朝霞满天。女孩子们银铃般的笑声格外悦耳。她和余翠和那两个一直伴她压腿的女史一道，在梅司形的率领下做健体操。鸟儿在枝头鸣叫，鱼儿在池水里嬉戏。

王德妃开心了，她仰面躺在卧榻上，薄被盖到腋下，肩膀和手臂裸露在外。玉央已经为其敷好面膜膏。王德妃闭着眼，十分享受。玉央在用一种浅黄晶亮的油脂为王德妃做上臂和肩膀的按摩。

王德妃说："像玉米一样的香味。"

"是大理来的山茶籽油。有很好的滋润作用，又能让皮肤收紧。"

"对了，上次不是让你关心一下我的头发吗？"

"我和尚容一起，为娘娘的头发设计了全套方案，分三个步骤，一是乌发，一是生发，一是接发。"

王德妃笑了："头发也能接？"

"可以的。今天下晌尚容会过来给您汇报，我就不先给尚容泄密了。"

唯独杨贤妃似乎并不开心，她独自踱步。一个来回，又一个来回。她的额发有些乱，眼圈乌黑，嘴唇也没什么血色。巧儿静静侍立旁侧。

巧儿轻声问："娘娘，帮您洗漱吗？"

"滚！谁让你来烦我？"

巧儿没敢走开，也不敢再吭声了。

小萝卜从门外闪出："禀娘娘，海汉公公传话，皇上今日晌午与罗马使节游太液池，请娘娘过去共赏美景。"

"知道了。"

小萝卜转身。

杨贤妃说："等等。是只召我一个，还是大家都去？"

"据他们说，所有的妃嫔都会过去。"

杨贤妃点头，摆手示意小萝卜走开。

太液池是皇帝洗澡的地方。可以毫不夸张地说，那是古往今来全天下最为恢宏气派的浴池了，可谓空前绝后。文宗在前，从一条林荫道上过来。身边是罗马大使。五位副使以及众宫女宦官则跟在其后。流水之声越来越近。众人转过一片怪石，视野豁然开朗。

文宗说："这太液池又名蓬莱池，素有人间仙境的美誉。朕操劳国事之余，偶尔过来走走，闻闻花香，听听鸟语，泡一泡温泉，能轻松不少。"

大使说："想不到在宫廷之中，还能有如此绝妙的去处。"

几位妃嫔身着薄纱在池中洗浴,池边更有宫女不断抛出花瓣,落在妃嫔头上身上,也落入碧波荡漾的池中。加之太液池旁建有精雕细琢的环湖长廊,绿树葱茏之间又立起百尺高的望月台。这一切让几位使节惊诧得合不拢嘴。

"我的天哪,说这是人间仙境,一点都不为过。"

文宗大笑:"哈哈!我中土以天为神圣,大使阁下也学会喊天了。"

"入乡随俗嘛。"

王德妃杨贤妃李昭仪均盛装打扮,候在亭中。见文宗驾到,一齐走了过来。

"恭迎圣上。"

其他池中和岸边的妃嫔宫女们也纷纷施礼:"恭迎皇上。"

文宗说:"免礼。今日既来游园,只图一乐,所有虚套规矩都暂且免了,大家务必尽兴。"

文宗一行步入太液池听风亭中,落座。

文宗对王杨李三妃说:"你们去玩吧,不用在这里陪朕。"

李昭仪率余翠先行离开。

文宗问王杨:"你们怎么不去?"

王德妃说:"臣妾许久未见圣上,想多陪您一会。"对杨贤妃说,"妹妹跟她们去玩吧,免得闷坏了你。"

杨贤妃说:"圣上既然来了,为何不泡一泡温泉呢?"

文宗想一想:"也好。海汉。"

杨贤妃说:"您需要的东西,臣妾已经吩咐人准备好了。也备了给客人们用的。"

文宗说:"还是你体贴周到。更衣。"对罗马使节们说道,"你们也随朕下去泡一泡。"

大使说:"谢皇上。"

文宗步入内间更衣。罗马使节随宦官进旁边的更衣间。王德妃按住自己的小腹,微微皱眉。

杨贤妃冷眼一瞥:"巧儿,更衣。"

巧儿上前为杨贤妃褪下外衣。

王德妃说:"欢喜。"

欢喜上前,低声:"娘娘,您还是别下水了,身子要紧。"

王德妃低声:"多嘴。"提高声音说,"更衣。"

太液池温泉有许多小池,可以让大家各随各意。在很边缘的一个小池中,李昭仪泡在里面玩花瓣,余翠坐在池边侍候着。王德妃杨贤妃也都过来,慢慢下水,王德妃显得尤为小心。

李昭仪说:"二位姐姐没陪着圣上吗?"

杨贤妃说:"圣上和大使那边泡大池呢。"

文宗和大使两个人泡在偌大的池中,五位副使在离他们稍近的一个小池。

大使说:"我们罗马人最喜欢泡澡,罗马城里建有很多很大的澡堂,也有露天浴场。不过跟太液池比起来要逊色多了。"

文宗说:"罗马帝国在诸多方面领风气之先,大使阁下太过谦虚了。"

"可惜此次未带随行的画师,无法将此情此景留下,甚是遗憾。"

"这有何难?海汉,传宫廷画师,务必将今日的盛况留在纸上。"文宗转向大使说道,"你将我大唐画师的作品带回去送与罗马皇帝,算是朕的一片心意。"

小池这边的王德妃杨贤妃李昭仪还浸在池水中。各自的宫女归坐其后池边。王德妃脸色潮红。

欢喜附耳:"娘娘,没事吧?"

王德妃摇头:"圣上要走了吗?"

“看上去兴致正高，恐怕一时半会走不了。”

王德妃闭上眼。杨贤妃也怀着自己的心事，合目不语。

李昭仪左右看看，对余翠说：“没劲，我们换个池。”

文宗等换好干衣，回到听风亭。画师正专心致志挥毫作画，没有察觉。文宗等饶有兴致地观看。画师画完最后几笔，收笔。

文宗称赞：“不错。”

画师这才发现文宗，忙施礼：“皇上。”

文宗问：“你没有将太液池全景入画，却只强调这一个小角落，是何缘故？”

“回皇上，太液池的亭台楼阁固然美不胜收，可臣以为，在池中洗浴嬉戏的女子娇憨可爱，纯净无瑕，更是妙不可言。”

文宗点头：“嗯，也别有一番情趣。大使阁下觉得如何？”

“我相信，罗马皇帝会非常喜欢这幅画作。”

文宗从画师手中拿过画笔，在上方右首挥毫题赠。

大使说：“皇帝的书法真是漂亮！”

悲夫！除了这些隔靴搔痒的断片，关于大唐皇帝的日常生活，我们又能知道多少呢？但是无论多么无聊无趣，关于罗马使团到访大唐大明宫的事迹终究还是被载入史册，被后世所永久铭记。

3

当初献偏方的时候，范娉柳在场。不过清蔷事前并未跟她打过招呼，是突如其来之举，范娉柳吃惊不小。她是尚容局元老级人物，当然知道其中的利害，清蔷明显犯了大忌。倒是王德妃的宽容化解了当时的尴尬，令清蔷涉险过关，也令范娉柳松了一口气。那时范娉柳还当清蔷是自己人。

但后来的情势急转向下。先是王德妃经期大幅度延长。接着尚药局插手，认定偏方有问题。后来宦官小寇子受命调查，清蔷的反应也令人生疑。如此等等，作为王德妃死党的范娉柳自知难辞其咎，心下不免紧张，也再三向小寇子求教。她已经意识到清蔷并非自己人。

前段前宫后宫乱作一团，王德妃顾全大局没有就此小题大做，让直接当事人清蔷有了喘息的机会，也有了些许错觉，以为可以逃过这一劫。侥幸是人在年轻时候绕不过去的一个心结，典型的幼稚病。只有到了一定年龄，人才会不再心存侥幸，因为他知道侥幸是不存在的。以后不存在侥幸，以前也不存在。可惜清蔷还没到这个年龄，她还不知道。

就说偏方这件事，即使别人可能忽略，王德妃却不能，因为身体出问题的是她。即使她想忽略，一而再再而三的痛楚和难过也不容她忽略。而且她的病会让她身边的人如临大敌，她是娘娘。她的小事也是天大的事，况且这已经不是小事，已经是天大的事了。太液池的温泉让她的病灶明显加强。

欢喜相当担心：“娘娘，要不还是去请御医吧。”

王德妃摇头：“他们啰唆让我心烦。”

“我看还是戚尚药最有板眼。您悄悄传他一个人，不许他声张。我害怕这样拖下去，病会越来越重。”

“戚尚药乃几朝元老，医术精深是没有疑问的。我只担心他与那些权宦的关系太过复杂。”

“当初不用清蔷的偏方就好了。虽然经期频密，至少有规律可循。现在全都乱了，我觉得娘娘食欲欠佳，身子疲弱这些，都与紊乱有关。”

“你不提我倒忘了。去喊小寇子进来。”

欢喜将屏风拉过来,挡在床前。小寇子立在屏风后面。

王德妃扭过脸:“小寇子,那个偏方的出处查清楚了吗?”

“回娘娘,是清蔷的生父姜连坤给她的。姜家在邯郸府乡下,我已经着人去了,有了消息即刻向您禀报。”

“再帮我查一件事。”

“您说。”

“戚尚药是谁的人,当年是怎么进的尚药局。”

“小的尽快给您回话。”

后宫之中娘娘的话无异于圣旨,小寇子即刻行动。清蔷就如攥在手心的蚂蚱,随时都可以任意拿捏。

清蔷说:“寇公公。”

小寇子满脸阴沉:“说吧。”

“我生父姜连坤一共兄弟五个,现下只有伯父姜连圳一人尚在……”

“都死了?”

“几年前一场瘟疫,当地的人死了十之八九。”

“姜连圳今在何处?”

“还在老家,邯郸府的向脊村。”

“邯郸府,向脊村。你确定吗?”

“清蔷不敢诳言。”

“倘有不实之词,后果我不说你也该清楚。”

清蔷的脸泛红了:“我清楚。”

清蔷的话只是她的一面之词。寇公公乃资深宦官,绝不会就此止步。他需要应对德妃娘娘的所有问题。他原本就是个手眼通天的高人。三日后的晚上,他身着有帽的斗篷只身去到西市胡姬酒肆。大堂一如既往的吵闹拥乱。一个貌似敦厚的胖子身体前倾,左手还攥着酒盏。

胖子低声说:“知道您着急,我星夜兼程跑了来回。”

隐藏在衣帽后面的小寇子说:“有劳。”

“邯郸府的这个向脊村煞是阴森。原来几百户人家,现下满打满算就剩下二十几口。整个一个鬼村。”

“少啰唆!说姜连圳。”

“说来蹊跷。据邻居说,姜连圳逃过那场劫难之后,大病了一场,连着几天发烧,脑子烧坏了,糊里糊涂,话也说不清楚,已经是个废人。”

“姜连圳还记得家传秘方吗?”

“他人我见了,但不是活人。说蹊跷,就在我到的前一天,他居然被人杀了。邻居都不明白,谁会跟这样一个废人过不去。”

“你确定那个尸首就是姜连圳?”

“绝对是。他当时被卷在一个席筒里,我特意着村里人打开。活要见人死要见尸,几个村里人众口一词,都认定那就是姜连圳。”

小寇子从怀中掣出一锭银:“辛苦。”

这段日子,身体成了王德妃最关心的事。她把多数时间放在花园,她希望通过其他方式能调节身体。司形梅英过来指导她做形体操。一个段落下来,她有些微喘。

梅英说:“娘娘要不要歇歇?”

王德妃摇头:“多活动活动,出点汗,身子会觉得轻松。我这些日子吃东西没胃口,可能就是活动太少了。”

“可是您做操已经快两个时辰了。”

王德妃笑了:“所以啊,我都觉得饿了。很久都没有饿的感觉了。”

小寇子急匆匆进大门。看到王德妃这边在做操,停下脚步。

王德妃对梅英说:“好啦,歇歇。你先回吧。”

梅英说:“我那边已经给娘娘安排好香薰浴了。”

“就在那边等我。”

梅英退下。小寇子上前。

“回娘娘,那张偏方肯定已经查不到出处了。”

“哦?”

“村子里闹瘟疫,人都死绝了。我派的人连最后一个人的尸首也见到了。”

“那么巧?像编出来的故事一样。我最不耐烦听那种巧故事。说说最后一个人的故事吧。”

“是清蔷生父的哥哥,叫姜连圳。他是这个家族唯一的幸存者。”

“唯一的幸存者,早不死晚不死,单等你的人去之前死了。好像专门要给你的人看尸首。”

“他是前一天被人捅死的。死前一贫如洗,而且脑子也坏掉了。连他的邻居也都不懂谁会杀他。”

“我也对这个谜团感兴趣。”

“我会尽全力找到谜底,再向娘娘禀报。还有,戚尚药乃是宪宗皇帝十一年经前朝御医葛德民举荐入宫。于穆宗皇帝三年起任尚药,深得穆宗皇帝信任,为穆宗皇帝及皇后的专属御医。此人从无任何不良记录,应该可以信任。”

王德妃说:“你去传他过来。不要声张。别忘了你答应的谜底。”

小寇子深知娘娘不满意,这样的结果让他先前的努力既无功劳也无苦劳,有的只是疲劳加上徒劳。做事不利乃做下人之大忌,这个回合令他真真丢尽了面子。他当然不认为是自己无能,他只能也必须怪罪于清蔷,他绝饶不了这个一肚子坏主意的小宫女。高拔的宫墙之下,小寇子靠墙抱臂而立,脸色十分难看。清蔷站他身侧,垂首弯腰。

清蔷说:“清蔷有天大的胆子也不敢有丝毫隐瞒。”

“既然你不认识姜连圳,他的消息你又是怎么得到的?”

“他毕竟是我生父的亲哥哥呀。”

“我没问这个。我问你怎么得到关于这个人的消息。”

“我,听一位同乡……”

小寇子步步紧逼:“告诉我这个同乡姓甚名谁,人在哪里。”

“不久以前他到长安来办事,顺便……”

“不要跟我玩这种小伎俩。我的问话你清楚不清楚?”

清蔷嗫嚅:“清楚。”

“这个同乡姓什么叫什么?”

“我叫不出他名字,他是村里一个长辈。”

“好。我马上带你去邯郸府向脊村。”

“可是我从来没回过邯郸府啊。我根本不认识那里任何一个人。”

小寇子绝对不含糊:“你刚刚说,这个同乡带给你姜连圳的消息,又马上说你不认识这个人。”

清蔷的眼泪出来了:“我真的不认识。”

“你怎么找到他的？”

“不是我找他，是他来看我。”

小寇子说：“他怎么找到你的？”

“我也不知道。他找到我，说是我的同乡，又说姜连坤一共兄弟五个，说闹瘟疫只剩下姜连圳一个。”

“他在哪里找到你？你要想清楚再回答。是你义父家里还是宫里？”

清蔷的回答不再那么流利了：“是，宫里。”

“到宫里找人都有记录，是哪一天，在哪一个门？我马上去查。”

“公公，我真的记不清楚了。”

“你慢慢想。反正我有的是时间。我去给尚容局打招呼，你也不必回去做事了。什么时候想起来，什么时候再回去。”

清蔷终于哭出声了：“公公，你放过我吧。你把我吓坏了，我脑子一点都不管用了。放过我吧。”

小寇子这会语重心长：“如果你先前只是顺嘴胡说，我现在放过你也不是不可以。但你不是。你说的邯郸府向脊村和姜连圳，一点没错。你不是胡说八道。可是有人知道我们要去查姜连圳，抢先一步杀姜连圳灭口。这个灭掉姜连圳的人，一定与你有关，一定与你的偏方有关。现在你句句是谎，目的只有一个，就是保住这个人的秘密。”

清蔷绝望了：“我没有。”

“可惜你还嫩，还不具备骗人的本事，这也是你的悲哀。”

“我真的没有！”

“你应该清楚，不说出那个人的名字，你绝对逃不过这个劫。我给你两天时间。听好了，只有两天。明天这个时候在这等我，后天也一样。”

寇公公突然转身走了。留下清蔷一个人失魂落魄。她已经完全无力去应对目前的困境。所谓解铃还须系铃人，无奈之下她唯有将矛盾上交，那个让她献偏方的人也许才是她的救星。

虽然清蔷这边已经濒临崩溃，可是这会的杨贤妃看来心情不错，正赤脚踩在卵石路上。清蔷立于对面，双手紧握，已经全没了主张。

“娘娘救我。”

杨贤妃的脸上显出少见的严峻。

“这个小寇子怎么像王八一样，咬住了就死也不肯松口？”

“眼下小的该怎么办啊？”

“对付咬人的王八只有一个办法，就是把它的头切下来。”

清蔷惊恐：“娘娘不是真的要连他也，也那个了吧？”

“那要看事态如何发展了。倘若这个不知趣的阉人得寸进尺，那便也是他自寻死路。”

清蔷回忆：“他先是不要我回尚容局做事了，说等我供出实话之后再回去。可是他很快又说给我两天时间……我猜他并不想声张。”

“内侍省和尚药局都没找过你，这说明小寇子没有把追查偏方的事捅出来，也说明王德妃不想把事情搞得沸沸扬扬。所以你也不必太过害怕。”

“我能觉到他在吓唬我。我在他眼里只是个毛孩子，就像猫眼里的小老鼠一样。”

杨贤妃思忖：“不过这只猫的鼻子很厉害，非常厉害。”

“他一定不会放过我的。”

“这样，你一口咬住记不得了。他要怎么查就随他去查。”

“可是我……”

“你放心,你会没事的。一切有我,我不会坐视不管。”

清蔷担忧:“他要停我的职怎么办?”

“你服从他就是了。”

“他也许会带我去邯郸府认人。”

杨贤妃说:“就随他去。反正你又不认识什么人。你既然已经装糊涂了,就糊涂到底。这个人不是,那个人也不是,谁都不是。”

“若是再问我没这个人怎么办?”

“就给他一问三不知啊。你本来就不知道,连撒谎都免了。”

“清蔷明白。”

“丫头,所谓经一事长一智。凡事不用怕,一是怕也没用,二是怕了你就会破绽百出,你自己先就乱了阵脚。”

清蔷点头:“知道了。”

“也许事情不至于那么糟。如果王德妃不想把事情搞大,小寇子也不会停你的职,不会带你去邯郸府。”

“王德妃才不会在乎我这样的小人物呢。”

“不是在乎你,是在乎她自己。毕竟她对尚药局撒了谎,说那偏方是她自己搞来的。她不一定会自己打自己耳光,反过来又说是你的偏方。”

“娘娘这么一说,我心里踏实多了。是啊,除了王德妃和寇公公,再没有人知道偏方是我献的。”

杨贤妃阴森地说:“除了你,再没有人知道偏方是我的。”

清蔷明显觉到了寒意,抖了一下。

请尚药戚锵,王德妃也是不得已而为之。她静卧在榻,手腕搁在脉枕之上。戚锵为她切脉。王德妃闭着眼。戚锵也将眼眯了。欢喜伫立旁侧,一直专注地盯着戚锵。他终于睁开眼,将搭在王德妃腕上的手抬起。王德妃似乎睡着了。戚锵起身,轻手轻脚,过去将药箱拎在手上。欢喜想开口。他用手势止住她,同时示意她出来说话,不要惊动王德妃。欢喜随他出来,到厅堂。

戚锵说:“我每过两个时辰过来切一次脉,一日六次,连续三日。”

欢喜说:“连睡觉的时候也要切脉?”

戚锵点头:“三日之后,再行确诊。而后方能对症下药。”

“可是,您还切着脉,娘娘怎么就睡了呢?”

“我为了让脉象平和,为娘娘施了催眠之术。她可以连睡六个时辰。娘娘的病根基很深,只有在脉象平和的时候才能记录下精微的异脉,确定异在何处,将深藏的病因找准,抓住。”

欢喜有些惊慌:“有大碍吗?”

“还不能确认。也许……会有。”

欢喜的眼睛瞪大了,惊慌渐变成恐惧。而恐惧是一种传染病,处在同一空间中的每一个人都很难幸免。小寇子当然也不例外,他的责任感突然紧迫了。且一天转瞬即逝,二人如约而至。小寇子与清蔷相向,越走越近。

“寇公公。”

小寇子不搭腔,只盯住她的眼睛。清蔷原本还算坦然,被他盯得不自在起来,只能将目光躲开,垂下。两人都不作声,良久。清蔷终于撑不住了。

“公公,我回去想了又想,一夜都没合眼。可是,可是怎么都想不起来。”

小寇子的声音很奇怪:“是吗?”

清蔷的目光闪闪烁烁。

“小的不敢撒谎。公公若不信,小的愿随公公往邯郸府向脊村,一切请公公定夺。”

“听明白了。行啊,打算硬扛啊?”

清蔷用力摇头。

“不是。小的怎么敢呢。”

小寇子冷笑:“有了主心骨了。”

清蔷又慌了。

“没有啊。”

“昨天你去哪讨主意了?”

“没有啊。”

“明明白白告诉你,你的一举一动都在我眼皮底下。老鼠能玩过猫吗?”

“真的没有啊。公公……”

“别以为谁会给你撑腰!你自己动动脑子,德妃娘娘查你办你,哪个人会为你与德妃娘娘反目?笑话。”

清蔷重新被击垮了,浑身抖个不停。

“寇公公,求你放过我吧。求你了。”

“鉴于你对偏方来源隐匿不报,且再二再三撒谎,本公公认定你当初献偏方居心叵测,意在加害德妃娘娘。既然你心存侥幸,以为不会将你送官,我就跟你较较劲,把你直接交给内侍省公事公办。”

“不要啊,千万不要。”

“你还有一天时间。”

小寇子说完转身走开。清蔷完全不知所措了。

戚锵再过来号脉时王德妃醒着,她决定单刀直入。

“尚药知道我是过来人,没有什么事情不能够面对。”

戚锵说:“娘娘似乎心有疑窦。”

“尚药乃天下第一名医,如果是寻常疾患,一搭脉便知八九。我因此认定或许有大难降临。”

“德妃娘娘金玉之躯,在下自然慎重再三。如有误导娘娘,还请恕罪。”

“我只一个要求,给我实情。”

“但有结论,我一定实话实说。”

尚药局的尚药既如此说,即便是德妃娘娘也仍然不能够进一步勉强。戚锵前脚走,杨贤妃后脚就到了。欢喜小寇子站在门口。欢喜进去禀报。杨贤妃正面打量小寇子,目光中充满寒意。小寇子唯有将目光避开,不与她对视。

杨贤妃说:“寇公公最近都忙些什么呀?”

“回贤妃娘娘,我还是老样子,每日伺候德妃娘娘,没什么特别的。”

“想必过分操心了吧?”

“娘娘的话,小寇子不明白。”

杨贤妃忽然伸出手拽下他一根头发,小寇子猝不及防。她把头发举到他眼前给他看。

“年纪轻轻,怎么就长白头发了?”

小寇子不敢伸手接:“小的天生的。”

杨贤妃弹掉头发:“小寇子,听我一句劝。凡事悠着点,多留些气力保重自己。”

“谢娘娘关心,小的记住了。”

欢喜出来:“娘娘,德妃娘娘请您进去。”

杨贤妃进去。她的话在小寇子心头留下了重量。他一直低着头,若有所思。他曾经对清蔷说过的话现在需要他自己面对了，杨贤妃的话已经说得那么清楚，面对面地警告他。他能指望王德妃为了他与杨贤妃反目成仇吗？答案是现成的，既然杨贤妃不会为了清蔷与王德妃反目成仇，那么王德妃也一定不会。现在是杨贤妃为了清蔷直面警告他，这种时候王德妃又能做什么呢？

杨贤妃进来："姐姐别起身。"

将王德妃按回卧榻。

王德妃说："你来了，我怎么能躺着说话呢？"

"姐姐别嫌我多事。那天在太液池，我看姐姐脸色不佳，就知道一定是哪又不舒服了。"

"妹妹费心。"

"御医来过吗？"

王德妃摇头："还是老毛病，没什么大碍。御医来了也不过说那几句套话，我嫌他们啰唆。"

"姐姐这毛病由来已久。不过我记得上半年说用了一张民间偏方，把周期拉长了不少。如今怎么又不顺了呢？"

"偏方毕竟只是偏方，也不是什么病都治得了的。我这病啊，用的方子多了，最终没有哪一个彻底解决问题。对所有这些方子，我都不存幻想。"

杨贤妃显得很关心："那方子有副作用？"

"倒也不至于，只是我的体质不适合长期服用。已经停了很久了。"

"正所谓兼听则明偏听则暗。宫外的那些野方大多性子烈，姐姐乃金枝玉叶，哪里经得起胡乱折腾。今后如有问题，还是信赖尚药局吧。"

"妹妹的关心总是与众不同。"

杨贤妃寸步不让："若都说一样的话，就一定是虚套了。"

她边说边往外走，王德妃也起身相送。

"姐姐太客气了。本来身子不舒服，何必非爬起来不可？我又不是外人。"

"贤妃来访，我要是一直赖在榻上，于情于理就都不通了。妹妹慢走。"

"请姐姐留步。"

杨贤妃与候在外面的小萝卜巧儿他们出了大门。王德妃哼了一声。

小寇子过来："刚才贤妃用话敲打我。她对我查偏方耿耿于怀。"

王德妃说："今日你找过清蔷了？"

"找过。"

"她又去找杨贤妃讨主意？"

"今天没有。估计这个丫头快撑不住了。"

"姓杨的明摆着来向我挑衅。她有意提起那份偏方，以为我不敢把背后的隐情挑明了。哼！这个妄自尊大的蠢货！"

王德妃坐于案边，小寇子在对面。王德妃将写好的信函交给小寇子。

"到了这一步，你把它交给秦总管。我已经把前后交代清楚了。"

"明白。"

王德妃咬牙："我让她姓杨的自鸣得意！"

"明天清蔷的态度是个关键。若她供出实情，主动权就都在娘娘手里。"

"也许那个小丫头横下心，死猪不怕开水烫，那份方子也就成了悬案了。那可不是我愿意看到的结果。"

"小寇子明白娘娘的意思。"

杨贤妃那些威胁的话一度让他胆怯，但是他也明白，他既然已经被杨贤妃视作对头，就已经没了退路。到如今他唯一的出路便是紧靠德妃娘娘，与德妃娘娘共进退。他只能寄希望于德妃娘娘念在他多年忠心耿耿的分上死保他,至于别的他眼下也无法多想。

说到底小寇子只是主子跟前的一条狗,他对大势的判断经常是对的,但是偶尔也会出错。面对其他宫女其他宦官时,他经常游刃有余。但从他的角度去揣测另外一位皇妃娘娘,原本非他能力所及,其结果只能是或者自取其辱或者自讨没趣,甚或自取灭亡。没能审时度势是兵家大忌,也是小寇子的死结。

小寇子以为杨贤妃不会为了宫女清蔷与王德妃反目成仇,可是杨贤妃会。她进宫已经超过十年,等的就是这一天。她可以只身来到王德妃宫当面警告贴身宦官,她可以与王德妃当面鼓对面锣,说明她已经横下一条心,准备硬碰硬了。她有一个习惯,就是在有心事的时候独自对镜梳头。

谷绣春奉召过来,以为有什么事,却想不到杨贤妃娘娘只是让巧儿送她个人一盒罗马帝国的贡品胭脂,之后就说没什么事了。谷绣春有些受宠若惊,也有些不解,因为毕竟已经入夜,娘娘要送她小礼物完全可以等到明日。临走时娘娘顺便让她看一下清蔷是否从太子那里回来,传清蔷过来帮她按摩头。娘娘有些头疼。这种小小的不解谷绣春是永远都解不开的,因为那背后含着娘娘很深的心机。

试想一下,若杨贤妃通过巧儿直接夜传清蔷,必定会引起尚容局上上下下的关注,进而引起某一个有心人的警觉。而传谷绣春就不同了,司妆原本就是贤妃娘娘的人,又有自己独立的房间,别人基本上不会关注这桩小事。而通过谷绣春找清蔷就顺理成章了许多,也给了清蔷夜往杨昭仪宫以理由充足的口实。清蔷原本忌惮小寇子,不敢再往杨贤妃宫跑。既然谷绣春传话,她去杨宫按摩就显得理直气壮了。

杨贤妃说:"李永肯定还会找你。下次你一定要主动,给他提建议,帮他设计完全不同的妆容和发式。最好让他到王德妃宫,就说不出后宫你方便些。"

"这应该不是问题。太子人挺随和的,从来不为难我们下人。"

"下次最好能事先通知我。或者这样,你不方便来,可以委托别人,就说转告贤妃娘娘,要去哪里,不能过来为娘娘做眼部护理。我就明白了。"

清蔷点头:"娘娘,寇公公随时随地会过来找我,我该怎么应对呢?"

"这小寇子我已经警告过他,他不敢把你怎么样。你就一口咬住记不得了,死不改口。"

"可是……"

"没有什么可是,按我说的做。"

杨贤妃的打气没能够对清蔷有太多帮助,她既没有本钱,也没有能力与小寇子抗衡。她能做的只有在约好的时辰去那高拔的宫墙之下,她别无选择。清蔷一个人先到了。走过去,又走过来,显得魂不守舍。终于有脚步声了。清蔷往前迎过去。从拐角过来的宦官却不是小寇子。清蔷焦灼不堪,几乎已经绝望了。可是小寇子忽然就出现了。

清蔷有气无力:"我还以为您不来了。"

"我还没急,你急什么?"

"我,我已经等了很久了。"

"你等一会有什么关系吗?"

"没关系。"

"说吧,你打算怎么办?"

"我……"

小寇子打断她:"别告诉我你还是想不起来。你最好是想起来了,明白我的意思吗?"

此刻的小寇子就像一只鹰,目光锐利且凶狠。而此刻的清蔷比鸡还要可怜。

小寇子说:"尚容局女官清蔷的面前有两条路,或者实话实说,德妃娘娘说可以从轻发落,或者咬住牙关,硬扛到底,那样我也懒得跟你啰唆,即刻带你见官。你一张嘴事情就定了,或此或彼。”

清蔷的眼睛似乎穿透了面前的小寇子。杨贤妃的话重新响在她耳鼓。

“这小寇子我已经警告过他,他不敢把你怎么样。你就一口咬住记不得了,死不改口。”

小寇子说:“发什么呆?想了两天,就这么点事,就想不明白了?”

清蔷张张嘴,却什么也没说出来。

“你既然已经装糊涂了,就糊涂到底。这个人不是,那个人也不是,谁都不是。”杨贤妃的话在继续。

小寇子说:“我说你什么毛病?说话呀。”

“我真的糊涂了。”

“其实你不说,德妃娘娘也一清二楚。”

清蔷盯住小寇子。

“除了你,再没有人知道偏方是我的。”杨贤妃的话越发阴森。

清蔷说:“真的想不起了。”

“我已经仁至义尽。走吧。”

“去哪?”

“内侍省。”

说完转身径直走了。清蔷延迟了半拍,最终还是跟在小寇子身后,且脚步越来越快。清蔷料不到事情会如此突然地急转直下,她甚至都没有机会通知杨贤妃,就已经成了内侍省的囚徒。她完全想象不出她会面临怎样的拷问。

这些天范娉柳的右眼皮一直在跳,令她惶惶不可终日。她深知自己的预感不会错,一场大祸就在眼前了。所以当王德妃召她,她心里已经有了准备。她尽管内心忐忑,表面上还是显得很镇定。但是王德妃的一句话就让她的镇定顷刻瓦解。王德妃告诉她清蔷已经被内侍省抓了。

范娉柳脸都白了:“她怎么了?”

“清蔷牵涉到一场阴谋。”

“阴谋?怎么会呢?”

“你呀!就在你眼皮底下,你却像瞎子一样。我养兵千日,用兵一时,你真是让我失望透顶。”

范娉柳一下跪倒:“娘娘,小的全不知情。究竟出了什么事?”

“你也用不着怕成这样。起来。这个清蔷是你推荐的,我一直深信不疑。原来她却是那个姓杨的笑面虎的眼线。”

范娉柳抬起头:“她是……眼线?”

王德妃说:“不只是眼线,也是帮凶。”

第五章 ◎
李商隐约会玉央

玉央玉成乐游原

1

前次玉央去长乐客栈是奉了李昭仪之托找朱倩，李商隐以为她是为自己而来大喜过望，而玉央的实话实说让他无比沮丧。为了弥补，玉央答应一定专为找他再来。五日后玉央果然如约而至，她进来刚要张口，掌柜的先说话了。

“姑娘是叫玉央吧？”

玉央大为惊讶：“是啊。可是……”

“你来过一次。我这个人过目不忘。是李公子嘱咐，说有个叫玉央的姑娘会来，说来了请她稍等，让我立马派人去通知他。李公子说这话已经有三天了。那以后他每天又都问过。我估计连他自己也不好意思再问了。”

“我前几日没法过来，真不好意思。”

“姑娘错矣。如果姑娘要道歉，一定不该是对老朽。我给你打开李公子的房间，你稍等。我让人马上通知李公子。”

玉央颔首：“谢谢掌柜。”

掌柜着人去长安府衙找到李商隐。

来人说：“长乐客栈钱掌柜让我来接公子。说有位玉央姑娘在等公子。”

李商隐两眼绽放出亮光：“走。”

来人上马。搭手拉李商隐上马。

“公子坐稳。”

双蹬一磕。李商隐双手抓紧骑手的肩膀。青冈马箭一样蹿出去。

玉央进了长乐客栈李商隐客房，左右环顾。方桌上一杯新茶冒着热气，两侧的椅子空着。床铺整洁，两件衣服搭在被褥上。案几上一边是笔架砚台笔洗这些，另一边是一摞已经写就的宣纸。玉央坐下来，掀读。

锦瑟无端五十弦，一弦一柱思华年
庄生晓梦迷蝴蝶，望帝春心托杜鹃
沧海月明珠有泪，蓝田日暖玉生烟
此情可待成追忆，只是当时已惘然

玉央抬起头，有一点灵魂出窍。

“锦瑟，无端，五十弦……”

脚步咚咚。咚咚咚咚。门被忽然拉开。李商隐站在门口。

“你可算来了。”

“我们去哪？”

李商隐记起上次出游的约定，见已届申时，于是提议去不远处的乐游原。玉央当然没意见，对她而言哪里都一样。首先因为有李商隐同往,其次反正都是她没去过的地方。

这里是整个长安城的制高点。近处的大雁塔雄奇壮美,矗立于四周规矩成方的一坊一坊之上。

玉央指着它近处一座小塔:“那个小一点的就是小雁塔吧?”

“就是。叫小雁塔真真是个绝好的主意。”

玉央扭过脸:“听听你的高见。”

“你想啊,长安城这么多塔,偌大国家这么多塔,除了少数佛门弟子,谁又能分得清塔与塔的不同呢?”

“我就只知道一个大雁塔。”

“可是你现在又知道了小雁塔。”

“你是说,因为有大雁塔,它借了大雁塔的盛名,人们也会记住小雁塔。”

李商隐点头:“更因为大雁塔是一座不朽之塔。千年之后它仍将屹立。”

玉央显得迷茫:“千年之后的事谁又说得清呢?”

“这就是男人女人之间的不同了。男人的个子高了那么一点点,因而目光也会远一点点。比如李白杜甫,比如白居易,再如《胡笳十八拍》,千年之后他们一定还会被传诵。”李商隐说。

玉央笑了:“比如李商隐呢?”

“怕还要再过二十年才看得清。”

“你信不信,我昨日还给人讲李商隐的诗呢?”

李商隐不信:“不会吧,你几时读过李商隐?”

“不要故作惊讶好不好?现下,读过一点李商隐有什么大惊小怪?”

“可是,你怎么会去讲诗呢?”

“是一个叫李永的男孩求我。”

“李永?太子李永?”

玉央颔首:“我知道你也认识他。”

“我读过他一首诗,非常之好。”

“不会吧,李商隐夸李永诗好?或者日头从西边出来了?”

就在前一天太子找到她,要她无论如何讲一讲李商隐的诗。她选了一首七言绝句《霜月》。

初闻征雁已无蝉,百尺楼高水接天
青女素娥俱耐冷,月中霜里斗婵娟

李商隐好奇,想知道玉央是怎么讲它。玉央一口回绝。她也因此忘了问他,太子的什么诗,会得到他的赞赏。倘若她问了,他也告诉她了,真想不出她会做何感想。

多亏了玉央超凡的记忆力,汉诗史上的一首杰作得以定格,且将流传千古。当时李商隐即一时之兴,随口吟出,并未留诸纸上。此种情形平常而又平常。天很快暗下来,二人在原上也就没逗留很久。

入夜时分,因为事前女儿说回来,荣氏左等右等不见人,遂站在小街口,满脸的心神不宁。小街上行人寥寥。荣氏叹一口气,转身往家里去。她到自己的工作区,揭开一只陶罐盖子,用窄小的竹勺舀出一点膏剂,凑到灯烛前仔细察看。厅堂方桌上,几个盘子上都扣着盘子,里面的菜肴明显已经冷了。

外面有什么声音。荣氏马上凝神,接下来的唯有寂静。她发现自己根本无法集中精神,索性将竹勺里的膏剂放回罐子,重又盖好。荣氏把几盘菜肴都端回厨房。玉央就在此时推门进来了。

厨房里的荣氏并未停下手里的事,甚至没有回头。玉央进了厨房。

“娘,我都饿了。”

“我给你热菜。”

“做的什么?”

“烧的湟水鱼、苜蓿炒黄花、酸辣白菜。还煲了黄豆猪脚汤。”

“到长安没两年,你也学会吃辣了。我小时候就没见你吃过辣椒。”

“去吧。厨房里一股油烟,还有菜味。”

玉央回到方桌前,坐下。又站起来,去柜子上取一张宣纸下来,铺开。然后拿起小茶壶,往嘴里倒一点水,含住。砚台在荣氏的工作台上,她过去,将含在嘴里的水吐一点到砚台里,用墨块研。又吐出一点水,再研。之后将余下的茶水吞咽,从笔架拿下一支狼毫中楷,有板有眼地在砚中蘸墨润笔。最后将砚台也端到方桌上,执笔写下“乐游原”三个字。

荣氏将热好的菜肴一一出锅装盘。然后分两次重新上桌。

荣氏问:“又作新诗了?”

玉央不答,运足一口气,将诗写完。荣氏撂下盘碗,又过去为女儿盛饭。玉央将笔伸进笔洗轻涮,甩干,上架。这才坐到桌前。

“娘,这诗怎么样?”

荣氏将宣纸擎在面前。

向晚意不适,驱车登古原
夕阳无限好,只是近黄昏

玉央满怀期待:“好不好?”

“怪不得你这么晚才到家,去乐游原了?”

“到长安许多年了,早就听说乐游原的落日美,今日才第一次见识。”

“小丫,你的眼里现在还有火烧云呢。”

“娘把烛光当成落日了。”

“烛光永远不会有那种燃烧的感觉。心里热,眼里才会有火烧云。”

“娘也在作诗。”

“娘不懂诗,可也看得出这诗不是你的。你的诗像你,这个不像你。”

玉央吟咏:“夕阳无限好/只是近黄昏,我永远也写不出那么壮美的句子。那么简单,又如此气象万千。”

“谁的呢?”

玉央真是饿了,连着几大口饭菜。然后是几口猪脚豆汤。

她抬起头:“李商隐。”

“就是与杜牧并称‘小李杜’的李商隐?”

“是他。娘,他还说要介绍杜牧给我认识呢。你说逗不逗?”

“杜牧也在长安城吗?”

“他说有时候会来。”

“你没告诉他你认识杜牧吧?”

玉央摇头:“当然没有。谁知道杜牧还认识不认识我们。再说了,如果要告诉他,就让杜牧告诉他好了。”

“丫头永远那么骄傲。”

“为什么不？真好吃，娘，再盛一碗。”

对李商隐来说大和药铺的荣老板只是荣老板，而玉央也只是玉央。对于荣氏来说，诗人李商隐是大名鼎鼎的诗人，也是女儿小丫称道的一个人。而曾经上门借钱的赶考书生只是一个萍水相逢的过客，与诗人李商隐根本扯不上一点关系。李商隐和荣氏尽管已经打过交道，却也只停留在那一次交道本身。他完全不知道荣氏就是玉央的母亲。荣氏也是同样。

李商隐又一次约上温庭筠来大和药铺还铜钱。

李商隐说：“从来没想到还钱还这么难。”

“而且只十一枚铜板而已。”

“今日再没人，这钱就不还了。”

“不能算不还。为几个铜板跑了三趟，跑腿钱也不止这些。”

刚好荣氏端簸箕出来，晾晒药材。

温庭筠说：“看看，事不过三。这十一个铜板你是非还不可了。”

李商隐与荣氏打招呼：“这位老板。”

荣氏抬头。

温庭筠问：“您还认识我们吗？”

荣氏笑了：“进京赶考的书生。”

温庭筠也笑了：“猜猜我们做什么来了？”

荣氏说：“你让我猜，就一定是来还那几个铜钱。”

“几个？”

荣氏说：“二十一个。”

李商隐说：“老板，我真以为你记性好得分毫不差呢。”

“差了？”

“差了整整十个。”

温庭筠说：“这个书生蠢到家了，愣是不懂借钱该付利息。老板菩萨心肠，三个多月了，收十枚铜板做利息绝对不算多。”

荣氏说：“亏你们两个大男人，为几个铜板专程跑一趟，值吗？”

温庭筠说：“一趟？两趟也不止了。”

李商隐说：“钱不在多少。男子汉大丈夫，何时何地也不可丢掉一个信字。”

温庭筠说：“既讲到信，你就不可以赖账了。”

李商隐说：“笑话。阎王什么时候会欠小鬼的账？”

“上次我们可是打了赌的，老板只要认出你我，你输我三顿酒。”

“老板作证，”转向温庭筠，说，“老板要是认不出呢？”

“你就输我一顿。”

李商隐对荣氏说：“您都听明白了？”

荣氏笑着点头。他二人如此斗嘴令她乐不可支。

李商隐说：“这种打赌作数不作数？”

荣氏说：“二位进来坐吧。”

2

清蔷被关入内侍省。内侍省传令任何人不得议论此事。清蔷不在，她的许多事情自然落到玉央肩上。玉央几乎整日忙忙碌碌，让相对较闲的胡蝶颇多感慨，毕竟她的工作一如既往，不像玉央那么忙。玉央捶着肩膀进门，坐下，揉腰。胡蝶坐在案前嗑瓜子。

胡蝶说："我替你把俸银领了。"

玉央点头，没有挪动自己，也没说话。

胡蝶问："怎么累成这样？"

"刚学习核算材料进出，速度比较慢。"玉央看见自己案上的一包银子，拎起，放入小钱箱中，说，"有段日子没回家了，连上个月的俸银也没给我娘带回去。"

"你娘若缺银子，会跟你说吧。"

"嗯，上回倒是说够用。可这一晃又半个月过去了。"

"你的事太多了，我找尚容说说，放你一天假出宫看看你娘。"

玉央摇头："你就喜欢没事找事。"

"我为谁呀？狗咬吕洞宾。"

她打心眼里心疼玉央，也知道她有很久没回家见她娘了，但她同样明白，若她真去找安尚容，玉央当真会不高兴。而且玉央当真忙，忙得不可开交。女史紫衣在一旁记录。玉央将几份药材分开，指导几位女史。

"美体山楂凉冻午膳后呈给德妃娘娘，少加冰。"

"理气玫瑰茉莉绿茶午膳后呈给贤妃娘娘，要趁热饮用。"

"参芪玉米汤呈给李昭仪娘娘，与午膳同时食用。"

玉央走到案几边，执笔写配方，一边念出："美体山楂凉冻，山楂二两六钱，洋菜五钱，冰糖少许。理气玫瑰茉莉绿茶，玫瑰茉莉各六钱，西湖龙井茶一钱，蜂蜜少许。参芪玉米汤，党参黄芪各三钱，玉米两穗，小排骨六两，盐巴少许。"

玉央收笔，起身，吩咐女史。

"去藏药间领大黄三两，女贞子四两，丹参一两五钱，红花一两，金银花二两。"

女史重复："大黄三两，女贞子四两，丹参一两五钱，红花一两，金银花二两。"

玉央点头："对，去吧。"回到胡蝶身边说，"好了，我来吧。"

从胡蝶手上接过榨汁器械，用力挤压草药泥。胡蝶又抢回来。

"行了，你忙得过来吗？"

"你也有自己的事要忙啊。"

"李昭仪娘娘让我下午再过去。"

安其凤进来："玉央。"

玉央过去："尚容。"

"德妃娘娘传。"

"知道了。"

玉央略一整理仪容，出门。

尚容巡视作坊。

胡蝶想了又想："尚容。"

安其凤停下。胡蝶手里活没停，嘴也不闲着。

"清蔷刚当掌容的时候，也没见她像玉央这样忙得不可开交。"

"现在是特殊时期，玉央的担子会比较重。"

"她恨不得一天有十三个时辰。"

"你说她连睡觉的工夫都没有了？你太夸张了吧，至于吗？"

"我就纳闷，清蔷做掌容那会，怎么一天到晚无事可做？"

安其凤说："一般而言，卸任的掌容会协助新任交接，刚上任确实需要一个熟悉的过程。"

“我只见到玉央一个人忙，没见谁协助她。”

“此次情况特殊，姜典容走得急，交接程序也只能一步跳过。清蔷刚升任典容就出事了，当然也就没人顾及玉央了。”

“可是玉央好久没回家了。每天夜里她都特别惦记她娘。”

“我知道了。”

尽管荣氏把眼前的困窘瞒着女儿，玉央依然惦记着已经很久没有回家，没把俸银交到娘手上了。她心上很是不安，决定破一次例，再次开口请假。她性格里有一些很固执的东西，比如她不会为了某件事，一而再再而三地开口。

玉央正垂首记配方。

范娉柳进来问胡蝶：“李昭仪什么事让你过去？”

胡蝶说：“说午膳后做香薰浴。”

范娉柳颇不耐烦：“这些事以后让她找司形部。”

“那今天我还过去吗？”

“今天就去吧，下不为例。”

胡蝶追问：“我要告诉李昭仪，让她以后找司形部吗？”

范娉柳十分气恼：“你没长脑子吗？问这种蠢话！”

胡蝶对玉央偷偷扮一个鬼脸。

玉央说：“司容，我想请假回家一趟，今晚就回来。”

范娉柳问：“你上次出宫是什么时候？”

“有二十一日了。”

范娉柳想想：“这段日子事务繁杂，经常有珍稀材料进出，一个不小心就可能出大错。加上西域罗马国的使节还在宫中逗留，皇上随时会召哪位娘娘作陪。届时势必又有一番忙乱。坚持几天吧，等忙过这段，我给你时间与你娘聚聚。”

玉央只能点头：“好吧。”

范娉柳前脚刚走，胡蝶马上发作了。

“我去找安尚容说。”

玉央回头：“不说也罢。”

“明摆着成心欺负人嘛。我就不信这个邪。”

她直接跑去找安尚容，咚咚敲门。

安其凤抬头：“进来。”

胡蝶进门：“尚容，没打扰你吧？”

“你有什么事？”

“玉央有二十一天没回家了。”

“你想说什么就都说出来。”

“我要说的话上次都跟您说了，可是您这边一直没有下文。刚才玉央找司容请假，她又以事情多搪塞，我看是成心刁难人。哼！”

“这样，你去告诉玉央，晚上来找我。”

既然胡蝶已经出马，玉央知道自己没理由再回避。她于是应约晚饭后去了安尚容房间。两声敲门，玉央推门进来。

“尚容找我？”

安其凤抬头：“给你一项任务。”

“请尚容吩咐。”

“一，乌发配方。二，生发配方。三，接发之术。是为德妃娘娘所用。回去与你娘讨教。记住，特别注意民间草医的秘方，若找不到方子有线索也行。三种配方三天时间。”

玉央眼里含着笑意：“玉央明白。”

玉央回到房间时，胡蝶已经躺下。她腾地坐起来。

“让你回家了吧？”

玉央依旧眼里带笑：“给了我三个任务。”

“给你派活？”

玉央点头：“为王德妃找三种配方。”

胡蝶失望：“不让你走了？”

玉央动手收拾包裹。同时将俸银口袋入怀。

“让我请教我娘。给我三天时间，让我娘和我两个人一起找。”

“尚容这人真没劲，回家也要折腾你，让你不得安生。”

“说你笨吧，有时候比谁都聪明，说你聪明呢，有时候比谁都笨。安尚容让你冤枉死了。”

胡蝶恍然大悟：“她是用王德妃来堵她们的嘴呀。而且一下子给了你三天假！”

“进宫快五年了，我还从来没有过属于自己的三天呢。太奢侈了！”

“看你都乐疯了，就没见你这么开心过！快走吧，快滚吧。滚回你老娘身边去吧。”

夜里的建福门显得格外高拔森严。玉央给守卫验过身份牌，出宫。她疾步向前。忽然一匹马从横向里驶出，挡住她去路。玉央着实被吓了一跳。原来那是杭龙。

玉央问：“你怎么在这？”

“专门在此候你。”

“你知道我要回家？”

杭龙点头。

“可是你怎么会知道？”

杭龙伸出手：“啰嗦什么？上马吧。”

玉央只有从命。手攥住手，脚伸进马镫。杭龙又一次轻松地将她提到半空，放在自己身前。双脚一磕。白马跑起来了。

玉央带回的俸银让荣氏大大松了一口气，她根本不知道自己救了娘的急，她想的是明日一早就陪娘去药铺。凌晨母女俩出了永安坊的院子，玉央挽着荣氏左手，荣氏右胳膊上挎着提箱。

玉央指着提箱：“拿的什么？”

“每天都得有新的货品上架。你何必一大早跟我过去？”

“谁让我没福气睡懒觉呢。再说我有很久没去铺子里了。”

荣氏关院门。

“女孩家，生意场上的事少沾。”

“过去陪你说说话嘛。”

“说了一晚上又说了一早上，还没说够啊？”

“娘烦我啦？”

“烦你了，烦死你了。”

“就是让你烦死。”

两个人就这么斗着嘴到了大和药铺。玉央帮衬着荣氏打开门板窗板，马上就有顾客进门。真是个好兆头，看来今日的生意应该不错。

隔架上已经重新被各类货品充满。荣氏招呼两位女客。

“你回去用。用得不好，尽管回来包退包换。我一分钱不会少你的。”

“头发黑了，以后会不会褪色呀？”

“只要褪色，你尽管退货。”

“有没有生发的呀？”

荣氏拿过另外一罐膏剂。

“生发的有两种。这种针对后天脱发。另一种比较贵，专门治天生的斑秃。”

“这种也不便宜吧？”

“比治斑秃的便宜多了。这种一两五钱银子。”

“这么贵？我先买一副乌发的。若效果确实好，再来买生发的不迟。”

玉央觉到了娘在做生意的时候根本无暇顾及她，她最好的选择便是不要妨碍娘做生意。

“娘，我有事去长乐客栈。”

荣氏问：“晌午要回来吃饭吗？”

“不了。也不一定，到时候再说吧。”

第一拨顾客打发走了，荣氏有了片刻的闲暇，她想起了女儿托付的事，在窗前明亮处开始摆弄头发，面前的案几上是一本翻开的《发典》，她依照书上的方式，细心将两根长长的发丝拼对在一起。

放玉央出宫的消息很快起了波澜。一大早，安其风伏案记日志。范娉柳气鼓鼓地进来。

“你一下准了玉央三天假，是吧？”

安其风说：“我给她三天时间为德妃娘娘找几个方子。”

“什么方子宫里不能配，一定得出去找？现在司容部正忙，人手那么紧张，你怎么能让玉央回家休息呢？”

“不是休息，她要在三天时间里解决三个问题，都是关于头发。这是德妃娘娘亲口交代的。”

范娉柳话里有话：“这个我自会去问娘娘。我想请教你，玉央在尚容局处处比别人特殊，究竟原因何在？莫不是她朝中有人做靠山，什么叔叔舅舅之类，非特别照顾不可吧？”

“范娉柳，以你小人之心看别人个个心怀鬼胎。真让我瞧你不起。”

“你瞧不起又怎样？你以为我在乎你？”

安其风看也不看她，转身就出去了。留下范娉柳一个人发怔，反倒不知该如何了。范娉柳近来火气特别的大，无论何时何地，无论面对什么人，她都看着不顺眼，听着不顺耳。她气冲冲拉开司容部的门，见屋子是空的，又来火了。

“人都哪去了？”

段蓉闻声过来：“司容。”

“我没找你。胡蝶呢？”

“皇上翻了李昭仪的牌，胡蝶去伺候了。”

“玉央呢？”

“不是出宫了吗？”

范娉柳气不打一处来，用足气力将门摔上。以她的智力，可能永远也想不清楚，为什么一个她并不喜欢的玉央走了，整个司容部忽然什么都不对了。她范娉柳在啊，所有其他的女史都在啊，究竟是怎么回事呢？

3

玉央和李商隐已经在熙来茶楼的雅间里坐了一个多时辰，也享受了这里的名点小吃。听说温庭筠要过来，玉央心下犹豫，尽管她很享受这里的时光。窗外阳光灿烂，有鸟雀在飞。李商隐为玉央斟茶。玉央显得拘谨。

“我,我想回了。”

“那么紧张干吗?他是我最好的朋友。”

“我又不认识他。”

“这家伙最好玩了,我保证你一点都不会紧张。”

“你刚还说我紧张呢。”

“那是因为你没见到人。”

“其实我也不是紧张,我只是不习惯以这种方式面对生人。”

“第二次就不是生人了。”

说温庭筠温庭筠到。到的先是声音。

“李兄,你在哪一间?”

李商隐说:“这就是他了。”

“李兄!”

李商隐站起身,头从窗子探出去:“温兄,”重又坐下,对玉央说,“他好像也带了诗过来。”

玉央说:“你们谈你们的诗,不要扯上我。”

李商隐说:“随你。”

温庭筠一拉门,现身了。见到玉央,眼前一亮。

“有美女啊。”

李商隐给他们做介绍:“玉央。温庭筠。”

玉央说:“久闻大名。”

温庭筠叫起真来:“久闻?不会吧?我实话实说,姑娘的芳名是第一次耳闻。”

玉央说:“你声明实话实说,听来我就有马屁之嫌了。”

“照此说下去,我老温成心要陷玉央姑娘于不义了?”

李商隐从温庭筠手里拿过诗卷,翻看。

“几天不见,又写了这么多。”

“哪里呀,没有一首是新的,都是整理的旧稿子,重新誊了一遍。”

李商隐将诗递给玉央。

玉央读:

金虎台

碧草连金虎,青苔蔽石麟

皓齿芳尘起,纤腰玉树春

倚瑟红铅湿,分香翠黛嚬

谁言奉陵寝,相顾复沾巾

李商隐说:“碧,皓,纤,香。温兄看似粗鄙,却每每出入花间月下,一个十足的情种。”

玉央说:“分香翠黛嚬。你用嚬字可谓一绝了。”

温庭筠说:“二位是夸我还是骂我?我耳拙,还请二位明示。”

玉央说:“鲜见有人以‘嚬’字入诗,你却一用再用,当然勇气可嘉。”

“一用再用?不会吧。”

“你不会如此健忘吧。”

李商隐说:“连我都记得,你《惜春词》中就有‘嚬’字。”

玉央吟咏："秦女含噘向明月 / 愁红带露空迢迢"。

温庭筠说："此乃一用，何来再用啊？"

"温公子不会忘了自己的《照影曲》吧，黄印额山轻为尘/翠鳞红稚俱含噘"。

"天哪。"

"我记忆有误吗？"

温庭筠站起身，给玉央行九十度大礼。

"姑娘受老温三拜。"

玉央掩嘴："受了受了。"

李商隐摇头："一拜也就罢了，何来三拜？一个要三拜，另一个竟还受了。不懂，不懂。"

玉央说："谈诗我不敢乱说，谈礼还多少有些一知半解。"

温庭筠说："我送三拜姑娘也敢接招，老温今日算是遇到奇人了。"

玉央说："第一拜自然是个'噘'字，我报出了再一再二再三。"

李商隐说："这个我懂。"

"第二拜是为我的见面语致歉。我说久闻大名，其实不谬，绝非客套甚或马屁。是吧，温公子？"

"姑娘果然聪明绝顶。这第三呢？"

"第三拜乃温庭筠自骂，玉央却说不出口了。"

李商隐不懂："自骂？"

温庭筠说："老温真真五体投地了！说到底，还是玉央姑娘点明温庭筠词汇贫乏，拣来一个字便无度滥用，惭愧呵惭愧。"

"就从没见过温兄有如此心悦诚服的一刻。"

"你开心啦？"对玉央说，"你是他专门请来对付我的？"

玉央说："满怀景仰，背了人家许多诗，却专门为了对付人家，哪里有这种对手？"

"想想也是。姑娘虽然将老温一举击溃，老温心里却也有几分得意。"

李商隐说："早不知道你还是个受虐狂。"

"是受宠狂啊。玉央姑娘说到我的诗如数家珍，足见对温诗之喜爱，我就不该得意一下吗？"

"你要是知道另一个事实，可能得意就会打一点折扣。"

"不妨说来听听。"

"玉央异秉，但凡过目便不忘，也并非对温诗格外垂青。"

温庭筠说："李兄错矣。老温的诗并非举目可见，必得专门找来才能读到。如果不够喜爱，岂会专门去找？"

玉央说："岂止喜爱，玉央对温大诗人佩服之至。实话实说，绝非客套甚或马屁。"

温庭筠两眼朝上，下巴乱摇，可谓得意非凡。

李商隐作委屈状："让李兄嫉妒死啦。"

真正开心的是玉央。她万没想到一个生人竟会比熟人还熟，比老朋友还开心。假日，好诗，有才华又有趣的朋友，还有比这更令人惬意的事吗？开心的时间总是过得比平时快，温庭筠玉央李商隐围桌而坐，高谈阔论，不亦乐乎。

温庭筠说："我说李兄，也有两个多时辰了吧。就拿这么一杯茉莉花茶对付我，你好意思吗？"

李商隐说："饿了就说话，咱们去换个吃饭的地方。"

玉央说："我有个主意，二位就到我家里坐坐，让我娘做一餐道地的扬州菜。如何？"

李商隐看温庭筠："这怎么好意思呢？"

温庭筠说："我看这主意不错。长安菜馆虽不少，却没有一家打扬州牌。再说了，玉央姑娘盛情,我们推三推四反倒见外了。”

“那就换杯新茶,再坐一会。等我娘打烊了,咱们再过去。”

温庭筠问:“你娘开铺子?”

“一家小药铺,专卖女人用的。”

温庭筠说:“无巧不成书。我猜是大和药铺,对吧?”

李商隐诧异:“不会那么巧吧?当真是大和药铺?”

玉央奇了怪了:“你俩再有神通也不可能这么神吧?”

温庭筠眼睛差点从眼眶中跳出来。

“当真是大和药铺?”

玉央说:“这也太神了!太不可思议了!”

关键是温庭筠只有这一面之缘,玉央怎么也想不到他竟然会报出母亲药铺的招牌,而且居然连李商隐也知道大和药铺,她心中暗暗称奇。他俩让她先走一步,他们随后就到。在那个年代,两男一女在大街上同行会让人另眼相看。于是玉央先行出门。

温庭筠一挤眼:“你小子艳福不浅啊。老实交代怎么勾搭上的?”

“你狗嘴里吐不出象牙。”

“这个小丫头绝对一流。”

李商隐脸红了:“你又往歪处想。”

温庭筠说:“你若敢说你没兴趣,老温可就往上冲了。”

“你敢!”

“李兄呀,当上则上。你的毛病就在心口不一。兄弟,伪君子很误事的,小心被别人捷足先登。”

李商隐说:“这种事强求不得的,看缘分吧。”

“看个屁。再看黄花菜都凉了。”

“你的路数不一定适合我。脾气秉性这东西,就是一个人的命,什么人就是什么命。”

“那倒也是。大路通天,各走一边。所说的猫有猫道,鼠有鼠道。”

这会已经走到坊间的大门之内。他们的话被前面两步的玉央接上。

“什么猫啊鼠啊的?”

温庭筠说:“让我猜猜,你见李兄是第四面对吗?”

玉央说:“让你猜中了。”

李商隐说:“温兄太无聊了吧,见几面怎么了?”

温庭筠对玉央说:“我说四面,他非说三面。四面就四面呗,一定要少说一面什么意思?幸亏你实话实说,不然老温这个回合又输了。”

玉央含笑点头:“温兄乃常胜将军,输是暂时的,赢是永远的。”

李商隐说:“信口雌黄的家伙!亏你编得出这么离奇的说辞!怪不得你那么有女人缘。无论女孩子想什么,你总会想到她前面去。”

“送温兄一句忠告,你尽可以精明过人,却不可以让女人看出来。女人个个敏感,对精明的男人或多或少总会提防,你会因此丧失许多机会的。”

温庭筠抱拳:“谢姑娘提点。”

他们进永安坊荣氏住所已是傍晚时分。玉央在前,拉开门。

“娘,来客人了。是你的两位熟人。”

荣氏声音:“快请进来。”

温庭筠先进门:“荣老板好。”

玉央在门边:“你叫我娘什么?”

荣氏说:“他们都叫我荣老板。”

跟在温庭筠后面的李商隐说:“荣老板好。”

玉央说:“娘,这两个人你都认识了,可能你还不知道他们姓甚名谁。”

荣氏说:“不知道。二位没说也就没好意思打探。”

“这个姓温,那个姓李。我说请他俩来家里吃娘做的扬州菜。”

荣氏沏茶:“长安这里根本买不到江南的那些食材,佐料的品种也不对,两位只能将就了。”

温庭筠说:“我们都没客气,说来就来了。荣老板也就不要再客气。”

李商隐说:“真是很冒昧。”

玉央说:“我诚心邀请你们,你们若拒绝我才不高兴呢。”

荣氏说:“不怕你们见笑,我很少进厨房的。平日小丫在宫里,我一个人也没心情做饭做菜,能将就就将就了。”

温庭筠说:“玉央可是夸下海口了,说您的菜最好吃。”

荣氏说:“闺女说娘的话是不作数的。”

李商隐说:“玉央说不上十句话就一定有一句‘我娘如何’。”

玉央说:“怎么你们都拿我说事?我招谁惹谁了?”

温庭筠说:“谁让你是荣老板女儿,又是我们朋友啦?”

玉央说:“你们不是先就认识了吗?”

荣氏说:“温公子最逗了,伤了一点点就大呼小叫的,比姑娘家还娇气。”

温庭筠说:“您不给我留面子,这不是成心让玉央姑娘轻看温某人吗?”

荣氏说:“李公子也够小气的,为几个铜板几次三番跑过来,还一口一个男子汉大丈夫。”

玉央笑了:“他怎么说的?”

温庭筠模仿李商隐:“钱不在多少。男子汉大丈夫,何时何地也不可丢掉一个信字。”

李商隐满脸通红:“惨了惨了,以后就再也抬不起头了。”

玉央说:“那就一直低着头吧。”

荣氏说:“小丫,我去厨房了,你们聊。”

玉央说:“走,我给你帮厨去。”

前面两次去药铺,让两个大男人自觉是出了糗。李商隐尤其惭愧,当然是由于他与玉央已经建立起了那种微妙关系。可怜的男人自尊心。温庭筠倒不在意,看着李商隐那份紧张和拘谨老温觉得相当开心。朋友之间的时间不难打发,他们有的是话要说。终于,玉央端两只菜盆过来。

“来啦,红烧狮子头、清蒸大闸蟹。”

荣氏随即端来另两盆菜。

“大闸蟹要阳澄湖的才叫正宗。这蟹是本地的。”

李商隐问:“您的这两个菜有什么名堂?”

荣氏说:“上汤芦笋、金钩冬瓜片。”

温庭筠瞥见了隔架上有字的宣纸,过去展开,默读。

温庭筠问:“玉央,你的诗?”

玉央脸红了:“他的。”

“他的字我太熟了。”

“我当时记下了,回来自己写的。”

温庭筠下巴抬得很高:“看来老温不可太得意,却原来玉央不只是喜欢温诗,李兄的诗才是姑娘的最爱。”

荣氏说:“趁热吃吧。”

温庭筠说:“恭敬不如从命。吃。”

一餐江南美味令两位诗人大饱口福。客人津津有味是令主人最开心的,温庭筠用筷子将盘中最后一段芦笋夹起,送进口中。咂一下嘴。

“扬州美食,果真名不虚传。”

荣氏歉意地说:“不好意思,家里备的菜少。”

温庭筠说:“不好意思,胃口太大,忘了起码的礼仪。”

李商隐说:“难得温兄也有不好意思的时候。”

温庭筠说:“你吃得比我少吗?不过是你比我心眼多,从来不夹最后一口。”

玉央说:“娘,开心吧?看客人把你的菜吃个精光,心里别提多得意了。”

荣氏说:“喜欢吃,以后常来。”

李商隐说:“会的。”

温庭筠说:“李兄,你索性把俸银交到荣师傅这里做伙食钱。以后就在这入伙吃饭好了。”

玉央说:“为什么单叫他来?他来你不来啊?”

“我不行啊。我在长安待不久的。为人夫为人父,岂能有家不归?”

荣氏说:“你都有自己的孩子啦?”

“老大给我生了个儿子,老二给我生了一儿一女,拖家带口有几年了。”

玉央说:“你真好福气啊。”

荣氏问李商隐:“李公子呢?”

李商隐摇头:“利手利脚,还是一个人。”

玉央问温庭筠:“你这样云游四海,妻儿如何生计啊?”

“家里尚有百亩薄田,生计当无问题。”

李商隐说:“怎么忽然就柴米油盐了?”

温庭筠慨叹:“‘夕阳无限好,只是近黄昏’哪。”

玉央说:“温大诗人何必借别人的句子?”

“自己若写得出如此漂亮的句子,哪里还会借别人的。信不信我的话,百年千年之后,依然会有人传诵这两句诗?”

玉央看看母亲。荣氏与女儿对视。她知道那两句诗就是玉央抄录李商隐的新作,温庭筠竟给予如此之高评价,着实出乎她意料。而在此之前,她认识的他们只是两个活宝,两个偶然撞到门上的过路人而已。

而两个男人的心境又各自不同。从荣氏家出来,头上月光朗朗,路面泛着青光。李商隐温庭筠并肩。

温庭筠说:“找个酒馆坐坐?”

“桌上没酒,憋坏了吧?”

“死要面子活受罪,怎么也没好意思张口要酒喝。”

李商隐笑他:“也难为你,喝了一下午茶,晚上又滴酒没沾。不过今晚不陪你了。坐了一整天,腰有点不舒服,想早点歇了。”

“糟糕,那卷诗稿也忘了拿。”

“我还以为你故意留给玉央看。”

温庭筠一脸正色:“冤枉我!这一次我看得出你来真格的,老温绝不跟你捣乱,全力以赴配合你将这个玉央拿下。”

“怎么好话到你嘴里也不好听呢?”

“狗嘴嘛。”

“你又信口开河了。”

“什么？”

李商隐说：“老大给我生了个儿子，老二给我生了一儿一女呀。老婆还没混上一个，怎么儿女倒有三个了？”

“我先亮白旗呀。让玉央她们娘俩目标专一。蠢货，老温一番苦心被你随随便便付之东流啊。”

“苦心我自然领情，也不必要胡说八道啊。”

“老温这么有魅力的人，倘被告知还是单身汉，我怕你李兄就没戏了。”

“你真以为你魅力挡不住啊？”

温庭筠说：“警告你，不要跟我叫板，不然我就是你最强有力的对手。”

“我怎么敢啊？吓都被你吓死了。”李商隐作揖，“大兄手下留情。大兄饶命。”

“这还差不多。算你小子识趣。”

约会骊山

1

这边的玉央比平时要乖巧，主动帮着娘收拾盘盏。她满脸喜色，眼里都是笑意。这一切被荣氏看在眼里。

“小丫，明晚就要回宫了吧？”

玉央一愣，点头：“嗯。我都差点忘了”。

“不会连尚容交代的任务也忘了吧？”

“乌发生发的方子娘都有现成的呀。”

荣氏从案儿取过一张单子，递给玉央。

“这接发之法，我还是从一个吐蕃祭祀手里讨来的方子。这两天试了试，还真管用。步骤我都给你详细记在上面了。”

玉央接过看：“到底是我娘，什么都难不倒。”

“学会拍马屁了。收着吧。”

玉央将方子折好放入小提箱。

“我都是实话实说，怎么总有人以为我拍马屁？”

“还有谁这么说你？”

“温庭筠啊。我说久仰，他不信。后来发现他的诗我都读过，才知道冤枉我了。为这个还给我行大礼道歉呢。”

“温公子是性情中人，直来直往不加掩饰。”

“嗯，他特别逗，李商隐跟他一比，人就闷多了。”

“我还以为你更欣赏李公子呢？”

“您以为我欣赏温庭筠啊？”

“反正你总是和温公子斗嘴，经常把李公子晾在一边。”

“跟温庭筠吵吵闹闹心里挺放松，跟李商隐就不一样了，总有点拘谨。”

荣氏含笑：“娘不是傻瓜，看得出你其实更在意李公子。因为在意，所以你反倒拘谨了。”

玉央脸红了：“我喜欢他诗的大气。”

“不止于此吧？论大气，杜牧远在李商隐之上。李兄的盛名不在其大气，而在其特有的隐晦和迂回。”

“至少他的诗比温庭筠大气吧。”

“强词夺理的丫头。我看呢，李公子风度翩翩，人也厚道，这才是关键。”

“娘，你说什么呀？”玉央撒娇，看见案几上的诗稿，说，“温庭筠忘拿他的诗稿了。”

“相信明日来取的会是李公子。”

“为什么不是温庭筠自己来取呢？”

荣氏笑：“这个你留着明日问李公子吧。”

“娘，我发现无论问你讨什么方子，你都能想到。怎么从没见你翻过容妆方面的书呢？”

“傻丫头，哪有什么容妆方面的书？配方都记在脑子里了。”

“仔细想想，我在宫里见到的，也无非是给各位娘娘美容化妆的记录，各种方子掺杂在里面，不成体系。专门的容妆典籍，还真没见过。”

“这是我们这个行当的传统。各位师傅可能都有自己的笔记，收了弟子便手把手地教他们，就这么一代一代传下去。”

“若没传下去呢？岂不可惜？”

“这就是为什么会有那么多失传的奇方，只把遗憾留给后人。”

“我不明白。学文的有《诗》《书》《礼》《易》《春秋》，行医的有《黄帝内经》《神农百草图》，习琴的有琴谱，画画的有图册，为什么做妆容的人却没有典籍可供参考呢？”

“妆容跟那些可不一样。对女人来说，妆容是大事。可这个世界毕竟是男人的。在男人的世界里难得有专门为女人写的经典留下来。”

“不管事大事小，反正我喜欢做。”

“喜欢做就做呗。”

玉央挽住荣氏胳膊：“娘，我自己写一本集子好不好？”

“你？”

玉央点头：“把所有能找到的方子分门别类地编起来。”

荣氏想想：“听起来不错。”

“那你支持我咯？”

荣氏笑：“丫头，别以为娘不知道你的鬼主意，想翻娘的家底是不是？”

玉央撒娇：“什么都瞒不过娘。”

“没问题。娘抽时间写本笔记送你。”

玉央兴奋地抱住荣氏亲了一口。

“谢谢娘！”

在家的玉央利用这最后一天，坐在窗前，按照娘给她的指示学习接发之术。

荣氏准备出门：“丫头，没别的事了吧？”

玉央忙着手里的活，没有抬头：“嗯。”

“那我就去药铺了。你晚饭回来吃吗？”

“我不知道。”

“那就说好了，回来吃。”

“也行……”

敲门声。

李商隐的声音：“玉央。”

玉央看了荣氏一眼。荣氏还她一个调皮的眼神。过去拉开门。

玉央问:“你一个人啊？温兄呢？”

李商隐说:“他没说今天过来呀。”

“他的诗卷忘在这了。”

“没关系,那是他送给我的。”

“那就是你把它忘在这了。”

李商隐说:“荣老板,您这是去药铺吗？”

荣氏点头:“你坐吧。”

李商隐告诉荣氏:“我们约好了去骊山。”

荣氏对玉央说:“要去骊山啊？那晚饭还赶得回来吗？”

“尽量呗。不论早晚,反正回来吃。”

李商隐问:“你今晚还要回宫里吗？”

玉央答:“当然了。”

荣氏说:“我先去了。”

挎着药箱出门。玉央放下手里的头发,取一卷药案将头发细心压好。

李商隐说:“你没对你娘说去骊山啊？”

玉央瞥他一眼:“都那么大人了,你在家里会事事都跟你娘禀报吗？”

“你不一样啊。”

“有什么不一样？”

“你是女孩子。在我们家乡,女孩子几乎就不准出门。”

“走吧。”

李商隐在前,玉央殿后。

玉央说:“女孩子出门乱跑,是不是就不够贤淑了？”

“没有啊。规矩不同而已。”

2

他俩的第一站是骊山老君殿。山路两侧尽是百年老松,路之尽头,老君殿的黄墙红门若隐若现。李商隐玉央爬山爬得热了,脸红红的。李商隐伸出手。玉央犹豫了一下,随即抓住他。

玉央说:“都说骊山如骏马,我怎么一点没看出来？”

李商隐说:“山中看山,有山也无山。所谓山中不见山。”

“寻常之事到你口中便玄了。”

“这就叫玄啊？”李商隐指前面的道观,“他才是弄玄的老祖宗。”

玉央仰头读匾:“老君殿。里面供的是哪一位神仙？”

“老子李耳啊。”

玉央笑了:“的确,他比你还要玄。他的书是给那些喜欢费脑子的人写的,缠来绕去,让人觉得莫测高深。”

李商隐说:“都说老庄一家,其实他们是很不同的两个人。”

“庄子很好读的,清浅晓畅,又大有深意。”

“庄子那些篇什可称得上是最好的诗了。”李商隐指大门,“进去看看？”

“好啊。”

两人进到老君殿院内。

玉央又说:“庄子不写诗真真可惜了。”

李商隐摇头:“不一定不写,只不过没有传世罢了。我一直以为他的文都可以当作诗来读。”

“打住吧。在老子家里谈庄子,你不怕忤逆冒犯?”

“就是了,该掌嘴。”

玉央环顾左右:“这老君殿好像不是很久的建筑。”

“应该是玄宗时重修过。玄宗最拜老子了。”

“都说玄宗皇帝在骊山留下许多佳话。”

李商隐说:“据说他就在这里,两次见老子显灵,与老子真身面晤。因此大兴土木,重修老君殿。”

“我更喜欢他和杨贵妃的传说。那些故事本身就诗意盎然。”

“老子对男人更具影响力。《道德经》有一种魔咒似的力量,读过的人会有一种受了控制的感觉。”

玉央并不赞同:“那也只是对男人吧。女孩子会觉得它无趣。”

李商隐制止她:“嘘!此地岂可大放厥词。”

玉央吐一下舌头:“我背一段吧,权当是弥补了。上善若水,水善利万物而不争,处众人之所恶.故几于道, 居善地,心善渊,与善仁.言善信,政善治,事善能,动善时,夫唯不争,故无尤。小女子口无遮拦,老子大人大量,还请宽宥。”

李商隐笑了:“见你如此虔诚,李老君倘真的有气,必定也消了。”

玉央拽住他胳膊:“我是不是个很莽撞的女孩子啊?”

“也很可爱啊。”

“这话是你说的还是替老君说的?”

“老君天上有灵,必定也会这么说的。”

玉央不依不饶:“那就是你说的啦?”

“这话是不是也有马屁之嫌啊?”

玉央把脸扭向一边:“反正我爱听。”

李商隐揽过她肩膀:“已经进来了,就过去参拜一下吧。”

前面是一处制高点,从此可鸟瞰华清池,临潼连同渭水尽收眼底。这会天清气朗云开雾散,整个骊山如一匹青色的骏马。正午的阳光给河谷青山披上了一层迷人的金色。玉央李商隐登上来,兴致正好。

李商隐说:“这里一定就是看骊山晚照的所在了。”

玉央说:“可惜这次不行,无福饱览晚照的美景,我今夜必得回宫复命。”

“那就下次。”

玉央首肯:“一言为定。”

“前面就是华清池了。”

华清池美景尽收眼底。

玉央惊诧:“这么多亭台楼榭!”

李商隐咏叹:“高高骊山上有宫,朱楼紫殿三四重。此情此景,唯白居易的诗句堪与之匹配。”

玉央重复:“高高骊山上有宫,朱楼紫殿三四重……”

“自秦汉起,华清池就是王公贵族的专属,隋唐更亦步亦趋,自然琼楼玉宇奢靡至极。”

玉央说:“对于寻常百姓,与其说是杨玉环让华清宫家喻户晓,或者不如说是杜牧。他的《过华清宫》该是千古绝唱。”

玉央吟咏:

长安回望绣成堆，山顶千门次第开
一骑红尘妃子笑，无人知是荔枝来

李商隐说："今早听说杜牧回长安了，找个时间见一下吧。"

玉央的回应并不积极："只能下次了。"

"那，再什么时候能见到你？"

"你知道的，我官身不由己。"

"可是我又怎么能知道你什么时候出宫呢？"

玉央说："只有我想办法通知你了。"

李商隐黯然。玉央也觉到了，推他一把。

"别不开心。来日方长嘛。"

今天是个好日子

这一天的一切都似乎不一样，事事处处都透着吉兆，大和药铺这边更是如此。荣氏将药箱里的货品一一上架。先前买乌发膏的两个女客又来了。

"老板，你的乌发膏很管用啊。我头发洗过几次了，一点没褪色。"

"你的生发膏可以便宜一点吗？我诚心要买。"

荣氏说："药材珍贵，店小利薄，便宜不了许多。"

"看在老顾客分上，一两二钱。"

荣氏说："最低一两四钱。"

"一两二钱我买两罐。"

荣氏说："我这里没有多，你只能先买一罐。如想再买，可以预订。"

"一两二钱？"

荣氏说："一两四钱。预订要交一半。"

"那……那就先要一罐？"

"你反正还要买，就再预订一罐吧。"

"那还要再交七钱银子呢。"

荣氏说："你也不要交预订银子了。这罐你买去，我反正还要再备新货，下次你想要，过来交银子拿现货好了。"

"这样最好了。"

"一两四钱着实太贵了些。"

荣氏说："一分钱一分货，用了你就知道是物有所值了。"

女客掏银子付账。方汀进门。

荣氏说："您来啦。"

"一大早就有生意啊荣老板。"

"您自己坐。"

收账，将生发膏交给女客。

"用好了再来。"

连荣氏自己也觉得奇怪。以往方汀进门总会让她心里紧张，可是今天不一样，今天她一点不紧张，她怎么会不紧张呢？虽然来不及多想，但她认定是玉央带回来的俸银让自己心里踏实。荣氏是那种借了人家钱就睡不好觉的老实人，能够还钱在她是最开心的事。她豁然开朗，怪不得今天开门就开张,生意无论大小,开张总是生意人的吉兆。原来今天是个好日子,是她可以还债的日子,她把玉央带给她的俸银都带到店里来,她就等着方汀上门呢!

将顾客送出门,荣氏这才来照应方汀,取出两锭银子。

"您来得正好,家里有了点进项,先把您的银子还上。"

"何必那么急啊,我又没催过你。"

"我是小门小户出身,欠了钱睡觉也不踏实。"

"看你的生意挺赚钱的嘛。"

"靠生意哪有那么快?是家里人送了银子过来。"

"荣老板家里还有什么人?"

"只有一个女儿,在宫里做事。"

方汀点点头,若有所思。

荣氏说:"您把银子收了吧。"

方汀收起银子:"再有周转不开的时候,不要客气,开口就是。走了。"

"慢走。"

又有顾客进来。方汀让过,之后出门。

荣氏迎上顾客:"您想看点什么?"

方汀没找任何麻烦,反倒让荣氏心下起疑。回想往日,她每次来几乎总有几分阴阳怪气,不是这样就是那样。所以每临她进门荣氏都会有些紧张。

这一次是荣氏多虑了,方汀没有任何异常,她只是无聊才习惯性地转了来。最近一段日子清蔷没过来给方汀注射毒液,方汀也就没有很强的动力去伤及荣氏。方汀原本是个与世无争的姑娘,心境平和完全没有攻击性。是清蔷在她心中注入怨毒让她变得疯狂,成为一个可怕的女人,对无辜的荣氏施以无休止的加害。荣氏的逆来顺受逐渐消磨了方汀的斗志,她的怨怒渐渐失去了方向。

荣氏在不经意中提到女儿。方汀知道她的女儿就是死敌玉央,但是很奇怪,想到玉央的时候她发现自己并没有该有的那种仇恨和怒火。她其实连见也没见过这个死敌,方汀对玉央的所有印象皆源于胡蝶的聊天。胡蝶但凡说话总会说到玉央,曾经让从未与其谋面的方汀既觉得有趣又有些厌烦。

对方汀而言,玉央自始至终只是一个名字,可是她与她之间居然发生了那么复杂的恩怨情仇,甚至牵连上玉央的母亲。有一件事倘若方汀知道,她会无比沮丧,对于玉央而言,她方汀几乎就不存在。玉央也仅仅是在不经意中听过她的名字而已。

今天是玉央许久以来最开心的日子,所以她根本不会想到她娘和她许久以前听说过名字的方汀之间发生的那些事,她同样不会想到她的将永久贮存在记忆中的骊山之行竟然耽搁了晚唐历史一次辉煌盛景的再现。

什么也不知道的人从来都是那个最幸福的人,幸福的玉央啊。

回到城里已经是傍晚了。玉央先回了家,她还要连夜赶回后宫。玉央到家可就没有那么从容了,慌慌张张将自己的衣服塞进提箱,她不允许自己耽搁了回宫的时辰。玉央拉门出来,挎着小提箱。

荣氏跟出来:"喝口茶再走。"

"来不及了。"

"饭菜都白做了。"

玉央心有歉疚:"娘,您一个人慢慢吃吧。"

"人也没带过来。"

“他那边还有个聚会。”

荣氏叮嘱:“那些回复娘娘的东西都带好了?”

“都带好了。您放心就是了。”

“路上小心。”

玉央关拢院门:“知道了娘,您进屋吧。”

傍晚的永安坊街口显得恬淡而又静谧,道路两侧的屋子透出灯光,将玉央脚下石板路染成橘红色。路上没有其他行人,只有玉央的脚步声。日间骊山的一切依然历历在目,玉央忽然想起一个词:情窦初开。那是在说她吗?她知道答案是肯定的。一个男人充满了她整个视野,她的心就不能再想别的,那一定就是情窦初开了。

玉央走过拐角时不期被一匹白马拦住去路。骑白马的一定是杭龙。

玉央诧异:“你怎么在这?”

“不是约好接你回宫吗?”

玉央吐一下舌头:“对不起,我给忘得一干二净。等很久了吧?”

“不到两个时辰。刚才我看着你进家门的。”

玉央看定白马:“来那么久了?马腿抖得那么厉害,它一定快站不住了。真对不起。”

“别再啰唆了,上来吧。”

伸手拉玉央上马,双腿一夹,白马蹿出去。杭龙拥着玉央,整张脸被笑意充满,与玉央的笑脸奇妙地匹配在一起。

杭龙低语:“一下在家好几天,很开心吧?”

“谁回家会不开心呢?”

“我看你脸色特别好,眼里都是笑,就知道你这几天非常开心。”

玉央没应声,反倒陷入了沉思。杭龙待她的心意她很明白,她觉得自己在滥用他对她的情感,这么想的时候心里很不是滋味。杭龙是那种令所有姑娘心旌摇荡的男人,唯独在她这激不起一丝涟漪。玉央在心里无声地对自己说:以后再不坐他的马,再不找他帮忙,不能让他有丝毫误解。

杭龙的心思更单纯一点,能够将玉央拥在怀中一路驰骋他已经很满足了。

三星辉映长安城

李杜温是整个晚唐历史中最耀眼的三颗星,几可与盛唐的李杜白比肩。在李商隐玉央登骊山的这个早上,温庭筠约了刚刚回到长安的杜牧。街上路人熙熙攘攘,杜牧温庭筠并肩走在路人当中。

温庭筠说:“你又走了很久了。”

杜牧说:“也不知道你们两个还在不在长安,就过来碰一下运气。”

“估计李兄一时半会走不了。我该打道回府了。”

“走,把李兄也喊上。”

“今天不行,这小子忙得很呢。”

“我听说他进府衙做书记官。”

“我怕他这个书记官做不长久了。他已经三天没去官衙。”

杜牧疑窦:“那他在忙什么?”

“认识了宫里的一个姑娘,每天腻在一起。今天说是去骊山。”

“宫里的姑娘?怎么有空出来玩?”

“说是进宫五年,头一次放了三天假。”

“李兄认真啦？”

温庭筠咬牙切齿:“太认真了。心思一时一刻都在玉央身上。”

“这姑娘叫玉央？”

“就是。昨天还把我们请到家里。她娘做了道地的扬州菜款待李兄。”

“扬州可是个出美女的地方。”

“而且这姑娘才艺俱佳。”

“哪天见识一下,”杜牧抬头看到胡姬酒肆牌匾,说,“这家的酒最好了,就这吧。”

“好啊。”

李杜温在一起时很像一只铜鼎。正如李杜白一样。不过李杜白是一只大鼎,以三足并立之势撑起中国诗歌历史的一方天空。相比之下李杜温这只鼎会小一点轻一点,却也同样光芒四射彪炳史册。

可是缺了一只脚的铜鼎还算得上铜鼎吗？

夜色笼盖下的长安城因了连绵的店铺灯光而显得神秘莫测。路上行人不多。李商隐一路往西市过来,他记得胡姬酒肆的位置,所以一路并未东张西望。西市这边有一连串的酒肆,一路都可以听到划拳行令之声。胡姬酒肆是其中规模最大的一家。李商隐进门,直接奔楼上,险些与一名酒保相撞。另两名酒保在柜台旁打瞌睡。他看到杜牧温庭筠坐在靠窗的一桌对饮,两人面色微红,显然已酒到酣处。

温庭筠说:“两个大男人,就这么对着喝闷酒,真没劲。想他小李正有佳人陪伴,共赏骊山晚照,直叫人嫉妒。”

“还不是照顾你馋酒？不然我俩直奔骊山,也许就与他们碰个正着。”

“人家甜情蜜意,你要去凑什么热闹？”

李商隐已经到了近处:“杜兄,他说谁要凑什么热闹？”

“说与我饮酒无趣,不如去骊山凑你和玉央姑娘的热闹。”

温庭筠往李商隐身后看。

“人呢？”

李商隐说:“回宫复命去了。”

“这么早就撤啦？还以为你们怎么也要看了骊山晚照呢。”

杜牧说:“怎么就知道我们在这？”

李商隐坐下:“除了这胡姬酒肆,温兄好像就没别的地方可去了。抱歉,你回来还没给你接风呢。”

杜牧大度:“重色轻友,人之常情,罢了罢了。”

“还是杜兄体贴。小二,添一副碗筷。”李商隐对温庭筠说,“玉央今日还问到你。”

温庭筠说:“我已退避三舍了,玉央姑娘还惦记我啊？”

“你魅力挡不住啊。不过比起杜兄,还是逊色了一点点。”

温庭筠说:“你什么意思嘛。”

“玉央与杜兄从未谋面,今日在山上却对杜兄的《过华清宫》赞不绝口。”

杜牧说:“也是沾了杨玉环的光而已。”

李商隐说:“温兄,让你自己说,你与杜兄的魅力孰高孰低？”

温庭筠说:“坏就坏在她没见过杜兄本人。”

杜牧质问老温:“你的意思,她若见我,必定大失所望了？”

“玉央在宫里做事,满眼都是你这种身着官服留山羊须的小官吏。相信她做梦也想不到,声名远播的杜牧杜大诗人,也是这等尊容……唉。”

杜牧笑着捻自己的山羊须。

“如此说来,诗人都该如你这般落拓邋遢,才算不负盛名?”

“至少不该是阁下这副模样。李兄,你实话实说,玉央在背后对老温如何评价?至于说我邋遢吗?”

李商隐摇头:“玉央不是那种背后说长道短的女孩子。而且她对温兄崇敬有加,绝对没有一个不字。”

杜牧说:“看来这个叫玉央的姑娘,的确非同小可。李兄尚泡在甜蜜之中,夸赞可以不作数。连温兄也如此在乎这个小丫头,可见其魅力了。”

温庭筠说:“李兄,别那么藏着掖着的,哪天带出来让杜兄见识见识。”

“我今天还跟她说呢,认识一下杜兄。下次吧,大家一起去骊山看晚照。”

杜牧说:“乐意奉陪。”

温庭筠说:“李兄,是不是该请我们喝两壶?”

“请杜兄义不容辞,说说为什么要请你吧?”

“你情场得意啊。”

李商隐伸出一根手指:“理由充足,一壶。”

“加上给杜兄接风呢?”

“两壶。”

“认真计较下来,两壶肯定不够。我托你帮我取诗卷呢?”

“你托我,怎么反倒要我请你?”

“我那是诚心给你创造机会呀。你登门取诗,连托词都不用找了。”

“再加一壶。”

“孺子可教!”温庭筠转身向小二,“小二,三壶上好女儿红!”

别对三个空有其名的诗人抱太多期待,他们个个都是酒鬼,凑到一起便昏话连篇,不会有什么真知灼见的。美酒和女人就是他们的全部话题。屈原宋玉如此,卢骆王杨如此,李白杜甫亦如此。小李杜加上温庭筠又怎么会例外呢?

第六章 ◎ 清蔷终于溃败

对缺席者的种种猜测

1

后宫水深,就没有一个人能够全面窥破其堂奥。内侍省总管也不能,因为妃嫔的权力势力连同影响力,都不是总管大人能与之相比或可以左右的。妃嫔之间又各自都竖起一道铁幕,将自身置于铁幕之内,使彼此之间相互忌惮。因此后宫里无论是哪一部分出了状况,其他不相关的部分都很难知晓状况的程度进展和最终结果。而且后宫向来讳莫如深,对任何突发事变的议论都被严格禁止。这一条禁令也使诸多事件都变得扑朔迷离,罩上阴森的氛围。

清蔷被拘就是这样的情形。虽然她的身份不高,但是位置却相当重要,她是那种每日都会和妃嫔直接有交道的宫女,因此许多人都认识她或知道她。虽然不让议论,但是疑窦既在,猜测总是免不了的,有的人不说,也有的人会在知近的小范围里悄声细语。虽然仅仅两天时间,清蔷在自己位置上的缺席已经成了后宫最受瞩目的事变。而且这一事变由于贤妃娘娘出面关注而愈加敏感。

事关王德妃娘娘的身体伤害,而且有杨贤妃娘娘史无前例的干预,一场后宫大戏就此拉开序幕。

皇弟李炎刚刚在华清池看到一只乌鸦落到花船的龙头之上。他莫名有了不祥的预感。不能够确切地知道那只乌鸦的象征意义。至少眼下有事的不是皇上,而是王德妃。也许是太液池温泉让她消耗了太多体力,那以后她一直没有彻底恢复。

王德妃盖着厚厚的缎被,仅一只手伸出来,搁在脉枕上。戚锵坐在床前,为她号脉。他微偏着脑袋,似乎在用耳朵倾听王德妃的脉搏。眉头紧锁。她疲惫不堪,双眼微闭,脸色很难看,嘴唇毫无血色。

戚锵说:"娘娘太过意气用事了。"

王德妃有气无力:"我以为温泉有益无害,应该问题不大的。"

"温泉很耗体力,娘娘有恙在身,皇上应该也不至于会强求娘娘下水。"

欢喜说:"皇上根本没有,皇上从来不强求娘娘。是娘娘自己太要强了,什么事也不肯落他人之后。"

"我给娘娘的治疗方案,忌寒最忌水。我不是再三给你强调过了?"

"我拦也拦不住啊。您也知道娘娘的脾气。"

戚锵说:"娘娘,恕在下多嘴,您的病日久年深,治疗绝非一日之功,同时更需您的全力配合。倘娘娘一再违反医嘱,在下便无能为力了。"

"我听你的就是了。再不敢违反医嘱。"

欢喜说:"娘娘真的再不可任性了。"

王德妃郑重承诺:"我答应你们。"

她让欢喜回避,之后私下里询问戚锵那偏方究竟如何。戚锵非常肯定她后来的身体变故皆由偏方所致,这是尚药局全体的结论。王德妃脸色铁青。

后宫通道是尚药局往来的必经之路,戚锵往回来,药童背药箱紧随其后。阳光将二人的身影映在红色的宫墙上。前方拐角闪出小萝卜。

“尚药留步。”

戚锵站下,药童随之站下。小萝卜并未开口。戚尚药吩咐药童先回。果然,药童走了之后,小萝卜开口了。

“贤妃娘娘请尚药说话。”

“现在吗?”

他随小萝卜进了杨贤妃宫厅堂。杨贤妃坐着,双手交叠着放于膝上,腰杆笔直,下巴微含,看上去既端庄又亲切。戚锵坐在一侧,面无表情。小萝卜躬身站在门口。案几上两杯香茗冒着淡淡的热气。

杨贤妃笑容可掬:“小萝卜,去把大门关了,无论谁来我一律不见。”

“明白。”

出去,关了大门。戚锵冷眼旁观。

杨贤妃说:“尚药请茶。”

“谢娘娘。”

“请大人过来,是知道大人刚从德妃娘娘那里回来。我很关心她的身子。”

“只是例行检查而已。”

“大人何必瞒我?前日中午在太液池,王德妃就已经撑不住了。我知道她回宫就去请尚药往诊。尚药此次已经是第三趟了对吧?”

“看来娘娘什么事都知道。”

“不必知道的,不知道最好。应该知道的则必须知道。我身为贤妃,自然应该了解德妃姐姐的病情。我以为尚药大人也不必瞒我。”

“回贤妃娘娘,在下的确是为德妃娘娘做例行检查,对贤妃娘娘并无任何隐瞒,请娘娘明鉴。”

“我也没有责备大人的意思。我只是想知道德妃姐姐的病究竟要紧不要紧。大人又何必如此紧张呢?”

“贤妃娘娘一言九鼎,您的一个瞒字,在下怎担当得起?”

“是我用词不慎,向大人致歉。还请大人介绍一下德妃娘娘的病况。”

“按尚药局的规矩,也按宫里的规矩,我们行医的人不可泄露患者的病情。贤妃娘娘让在下为难了。”

“如此说来,是杨某人太不知深浅了,居然胆敢去为难尚药大人。”

“贤妃娘娘如此说,那就是在下不慎冒犯了。还请娘娘恕罪。”

杨贤妃说:“我问一句闲话,关于德妃姐姐自己的那个偏方,你尚药局是个什么态度?”

“回娘娘,德妃娘娘的事情在下无论如何不可以在背后说长道短。再请娘娘恕在下不答之罪。”

杨贤妃轻飘飘地说:“尚药大人,不送。”

拂袖进了里间。戚锵怔了一下,也只有往门外去。情势已经很明显,既然杨贤妃能直接警告王德妃的跟班小寇子,能直接询问尚药戚锵关于王德妃的私隐,她就已经没想要瞒住王德妃。她非常清楚自己在触犯后宫大忌,她这样做无异于向王德妃直接宣战!

这就是女人了。自古有圣贤曰“唯小人与女子难养也”。每逢此种情形总会让人想起这句话。女人的女字名堂颇多:一女一子是为好,究竟指女儿和儿子呢,还是指男人和女人?可是三个女竟成姦字,不能不疑惑先人的用意了。疑惑之余,也不得不佩服先人的远见卓识。上看皇妃王杨李,下看女史清玉胡,普天之下莫不如是。

2

下午是司容部最为忙碌的时辰，玉央胡蝶及众女史正在工作。段蓉环顾一周，与女史窃窃私语。

“有两天没见她人影了。”

“不是真的被内侍省抓了吧？”

“无风不起浪。”

“关了这么久还不放人，我猜不是小事。会是因为什么呢？”

“看她平日耀武扬威的，不知得罪多少人。这次肯定被人揪住小辫子了。”

“真可怕。”

胡蝶碰碰玉央：“唉。”

玉央说：“你也要跟着起哄啊。”

“你说，她能发生什么事呢？”

“瞎猜没用的，水落方能石出。”

“你这人没长心啊？虽然平时老跟她起刺，可现在还挺为她担心的。你说，她不会回不来了吧？”

“别看她嘴挺冷的，其实心思缜密，做事极讲分寸，不会出什么大事的。”

“她这样的性格，要么不出事，出了事必定是大事。”

“你凡事总往坏处想。”

“我担心嘛。”

玉央放下手中的活，叹气：“你以为我不担心？可我们又能做什么呢？在这里胡言乱语，只会乱上添乱。”

“也不能怪大家议论啊，这么明显的事，一个大活人不见了，尚容司容她们居然提也不提，谁心里不悬着啊？”

范娉柳进来：“大家先放下手里的事，听我说两句。”

众人纷纷把注意力集中到范娉柳身上。

“我传达上边的话，第一，关于典容清蔷的一切，任何人不许再有任何议论任何问题，违者重罚。”

女史里面传来交头接耳的嗡嗡声。

胡蝶问：“司容，清蔷到底什么时候能回来？”

范娉柳说：“胡蝶，你把我的话当耳旁风是吧？今日你不必吃晚饭了。”

“司容，你……”

玉央拽她，低声：“闭嘴。”

范娉柳说：“安静！”

大家静下来。

“第二，德妃娘娘有令，清蔷不在期间，由玉央暂代典容一职。”

这下女史们炸了锅，一齐看向玉央。玉央有点不知所措。

范娉柳说：“你们继续吧。”

转身往外走。

胡蝶对玉央说：“你成典容啦？”

玉央瞪她一眼，站起身：“司容留步。”

范娉柳站下:“怎么?”
“玉央不想代典容一职。”
“这只是暂时的。司容部人这么多,事又繁杂,总得有个人管管。”
“我愿意多做些工作,可典容这个职位,我不想担任。”
“这是德妃娘娘的意思,由不得你想还是不想。若还有话,自己去找德妃娘娘说。”
说完转身出去。玉央慢慢坐下,身边怪异的眼神,令她浑身不自在。到了收工的时辰,女史们便都回了,只有玉央胡蝶在收拾器具,做扫尾工作。
玉央说:“你先回吧,我自己来。”
“我去哪?人家都在吃饭,我又不能吃,去了干瞪眼啊?”
“饿不饿?”
“快饿死啦。”
“知道饿就长点记性,以后嘴别那么快。祸从口出。少说一句,什么麻烦都不会有。”
“我在这帮你,你还教训我。我走啦。”
转身往外走。
“唉,我跟你说,”玉央附耳,“你回房里拉我的抽屉,里面有我娘做的奶果子。”
“死东西,早不说!”
“美得你。我自己还没舍得吃呢。”
胡蝶兴高采烈:“真该谢谢范司容。”
转身跑了。
玉央笑着摇头:“不谢我谢她。”
玉央没料到会有杭龙的声音突然出现。
杭龙进来:“跟谁说话呢?”
玉央说:“怎么是你呀,吓了我一跳。”
杭龙指身后:“她怎么那么开心?”
“你怎么那么有闲心?”
“想你了,来看看你不行啊?”
“贫嘴。”
杭龙见她端着半大的陶缸要踩上隔架前的矮凳,伸手拦住。
“我来吧。”
玉央将陶缸递给他。
“放到最上面那层,小心点。”
“放心吧。”
杭龙举重若轻,放到玉央指定的位置。又在她的指示下,将所有器具归位,然后拍拍手。
“大功告成。”
“谢啦。个子高就是好。”
“也有不好的地方。”
“什么?”
“个子高,饭量大呀。”
“能吃是福,有什么不好?我该回去了,再晚就没福气吃饭了。”
“要不去我那吃饭吧,太子也在,他们给做了不少菜呢。”
玉央摇头:“没空,吃上一口马上还得来做事。想请我,换个时间。”
“你什么时候不忙?”

“闲了我去找你吧。”

“你就从没主动找过我。”

“我一定主动一次。”

杭龙点头:“好吧。对了,你知道清蔷在哪吗?”

玉央一愣,摇头:“不知道。”

杭龙搔搔后脑勺:“太子传她,我问谁谁都说不知道,而且表情都很古怪。你说她会上哪去呢?”

“别找了。也别问。回吧。”

“你这样子也够怪的。”

玉央笑了:“我有吗?”

真相逐渐显露

1

胡蝶再嘴上怎么说,也还是个不甘人后的姑娘。同一天进宫,清蔷已经位居典容,玉央也升了掌容,唯独她还只是女史。她不可能完全没有想法,但她同样自知比不了玉央。胡蝶绝不是个糊涂女孩。但是升清蔷升玉央不升她,这也是命运的安排。掌管命运的神祇做如此安排必定有其自己的道理。

藏药间,两排高大的药橱之间,三个女史各自端着从橱上抽出的屉子。每个屉子里药材各不相同,而且有记载数量的卡片。胡蝶借烛光伏案记录。

女史说:“茯苓三斤。”

胡蝶说:“下一个。”

女史将屉子塞回药橱,抽出正下方的一个。

“三叶草一斤六两。”

“下一个。”

“党参两斤四两。”

“下一个。”

“冬虫夏草一斤一两。”

“下一个。”

“没有了。”

胡蝶抬头:“全弄完啦?”

“总共一百零八味药材,全都查过一遍了。”

胡蝶撂下笔,伸懒腰:“累死我了。”对众女史说,“你们先回吧。告诉司容,我核对一遍,马上就过去。”

三人出门后,胡蝶翻开手边一本账簿,与刚记录的对照,自言自语。

“怎么少了三两?”

到药橱间寻找,却看不清标签。回案几边取来油灯,拉开最上面一个抽屉,将油灯放到抽屉角上。灯光刚好可以照下来。找到“冬虫夏草”,先抽出卡片查验,又抽开屉子,翻动里面的药材,自言自语。

“这个家伙,这么粗心。”

将卡片插回去。一抬头,不小心撞到上面拉开的屉子,油灯一下翻到屉子里,呼的一下火苗就蹿起来。胡蝶慌了,赶忙跳起脚将着火的抽屉一下拽出来。抽屉连同燃烧的药材摔到地上,火光四溅。胡蝶跳上去,又踩又跺。这时她发现上面连带的抽屉也被烧着了,知道大事不好,拼命叫起来:"来人啊!失火啦!"

几个女史听到喊声冲过来,有的还端了水盆,也有的抓着扫把。冲进来的女史们一道跳脚踩踏,用扫把拍打。端水的索性将水泼到冒烟的药材上。众人一片忙乱。胡蝶连续将上面几个有火情的抽屉都拽出来,噼里啪啦摔到地上。范娉柳也到了,见状气急败坏。

"谁闯的祸?"

刚刚还英勇无比的胡蝶这会蔫了:"我。"

她心里已经有了准备,范司容会鼻子不是鼻子脸不是脸地将她痛骂一顿。可是没有,范司容竟一句责备的话也没有,这反倒让胡蝶不知所措了。她跟着她去了尚容局,门被拉开,范娉柳闪到一边,身后是胡蝶。

范娉柳说:"进去。"

胡蝶畏畏缩缩进门。范娉柳推她一把,将门关上。安尚容不明白发生了什么。

范娉柳对胡蝶说:"自己说吧。"

胡蝶嗫嚅:"我不小心,把藏药间烧了。"

安其凤睁大眼睛:"藏药间着火了?"

胡蝶说:"已经,弄灭了。"

安其凤对范娉柳说:"很严重吗?"

范娉柳说:"有三个药匣子起火,损失不是很严重。"

"知道的人多吗?"

"还有司容部的三个女史,我已经嘱咐她们不要声张。"

"如果损失不大,我们想办法给补上。防火在宫中是头等大事,弄不好不但你我位置不保,连秦总管也负不起这个责任。"

范娉柳用手指重重地点胡蝶脑袋。

"这个死丫头,没心没肺的,还大喊大叫,生怕别人不知道。"

胡蝶说:"我吓坏了啊。"

安其凤说:"这件事到此为止,不许再议论。胡蝶要承担损失责任。"

胡蝶声音很低:"那,我要赔很多钱吧。"

范娉柳轻轻拍她的背:"别怕,还有我们呢。"

胡蝶这会觉得司容也不是她以为的那么坏。平心而论范娉柳从来不是个坏人,只是性子直了一点急了一点。打从她们那一批进宫那一天起,因为与清蔷有一点渊源,所以范娉柳就把对玉央和胡蝶的成见一直延续下来,让胡蝶的心里对她也一直有敌意。现在胡蝶有了难,才忽然意识到以往对司容的敌意纯粹是自己的成见。一次意外事变让胡蝶与范娉柳冰释前嫌,不能不说是一件好事。女人真是麻烦,莫名就成了对手,又莫名就化敌为友,也如胡蝶与清蔷。

烧藏药间的事发生在玉央出宫的三天里。玉央终于回来了。月光洒在院子里,石桌石凳泛着白光。房间里黑着。她匆匆过来,推门进去。胡蝶从床上腾地坐起来。

"玉央?"

"是我。干吗大惊小怪的?"

胡蝶翻身下床:"你怎么这么晚才回来?"

"范司容说我了吗?"

"是我想你了,一走那么久,一点音信都没有。"

"满打满算才三天唉。"

“看你满脸喜气,这三天一定开心死了。”

“你有什么不开心的吗?”

“至少三个月俸银,眨眼就没了。也许还不止。你让我怎么开心?”

“你又犯错了?”

“说出来得吓你一跳,我一个不小心,把藏药间给烧了。”

玉央瞪大眼:“什么?”

“嘘!”

玉央低声:“你闯了这么大的祸,怎么一点也没听杭龙说起呢?”

“杭龙?为什么要听杭龙说?”

玉央掩饰:“哦,我刚才碰到他了。”

“我又不是故意的。不过损失不大,尚容说她给我们压着,以后谁也不提。”

“那你怎么还跟我说?”

“你又不是外人,也不会出去乱说。只可惜白花花的银子都要充公了。”

“总这么毛手毛脚的!这样下去,俸银还不够你罚的。”

虽然偶尔会关心清蔷的不在,但事件的严重程度是她们两个无论怎样也想象不到的,所以玉央和胡蝶对被扣罚的俸银的关心要远远高于对清蔷的关心。试想一下,若她们已经知道清蔷的详情,她们还会如此心疼那些俸银吗?

与她们的住处一墙之隔的是尚容的院子,大门在相反方向。月光透过窗纸映在墙壁一角。屋内悄无声息。安其凤已经睡下。忽然有敲门声。她睁开眼,辨别了一下。敲门声又响。安其凤爬起身,披上衣服,从铺上下来,走到门前。

“是谁?”稍过片刻,“说话呀。”

巧儿的声音:“尚容,开门。”

安其凤开门。巧儿进来,关上门。

安其凤问:“这么晚了,有急事?”

“清蔷呢?”

“她不在自己房里吗?”

“劳烦您过去看看。如果在,什么都不要说,回来就是了。”

“你等着。”

巧儿未提杨贤妃一个字,但安其凤同样一个字也没问。她这离那边不远。石桌石凳仍旧闪着白光,一两声蛐蛐叫更显出夜里的清寂。玉央和胡蝶的声音隐约传出,听不清内容。安其凤过来,敲门。

胡蝶问:“谁呀?”

“是我。”

“尚容,进来吧,门没有闩上。”

安其凤拉开门:“你们还没睡呀?”

玉央说:“说话呢。尚容,我回来了。想明早跟您报到。您吩咐的事情都办妥了。”

“明天再说,早点睡吧。”

安其凤关上门,想了一下,转身回自己房间。巧儿避开月光,站在房间阴影处,双手紧握,显得焦灼。安其凤拉开门。

巧儿问:“在吗?”

安其凤摇头:“她们说,她晚上经常出去。也许回家了吧。”

“尚容能确定吗?”

安其凤仍然摇头:“她没和别人打招呼。”

“谢谢尚容。对任何人都不要提我来过。”

“放心。”

安其凤的突然到来,令两个姑娘颇多猜测。玉央胡蝶躺在各自床上,胡蝶面朝玉央,玉央仰面朝上。

胡蝶说:“我敢说尚容是为清蔷而来。”

“也许是来检查我是否回宫了。”

“绝对不会。你觉不到吗,她对你回宫复命根本没有兴趣?她有心事。”

“我也觉得她有心事。这么多年,尚容从没在这个时间来我们房间。”

“我认为她什么都知道。”

“知道什么?”

“许多事。包括清蔷。”

“你呀,自己闯了那么大的祸,还有心思东猜西猜的!你自己不愁,我都替你愁死了。”

胡蝶立刻黯然:“怎么不愁?要罚那么多银子啊。”

玉央也是这时才听胡蝶告诉她,说清蔷已经被内侍省拘了几天了。玉央开始还不太信,后来几方面的消息都证实了胡蝶的话。范司容、安尚容,最后是王德妃。虽然上面明令不许议论,可是每一个一对一的场合,几乎每个人都在说这件事。这就是古往今来汉人这个族群的状况,之前如此,之后亦如此。

清蔷一下成了所有人目光的焦点,而且胡蝶玉央又有了惊人的重大发现。因为手头工作的延宕,她俩入夜才回到住处,拉门进来胡蝶先怔了一下。

玉央问:“怎么啦?”

胡蝶抬抬下巴。

“你看。”

玉央看过去,清蔷铺上的被子,还像她离开时那样摊开着。

胡蝶说:“看她这被子摊着,总觉得她马上会回来似的,心里堵得慌。”

玉央说:“给她叠好吧。”

两人过去,动手帮她叠好被子,抱起来放到床头。有什么东西从被子里落到床上。胡蝶眼尖。

“这是什么?”

抓起细看。是一小块透着红色的石头。玉央瞥一眼,没认真理会,动手将床单抻平。胡蝶把石头往鼻子前凑了凑。

“好像还有点奇怪的味道。你看看呀。”

玉央凑过去看,忽然皱起眉头。胡蝶将小石头翻来覆去。玉央若有所思。胡蝶打个哈欠,下意识用手去捂嘴。玉央突然伸手打掉她的手。

“别碰嘴!”

胡蝶愣了:“你干吗呀?”

“快去洗手!”

“你打我干什么?”

“你知道这是什么?”

“是什么有什么了不起?”

“这个叫红信石。”

胡蝶摇头:“红信石?没听过,有什么名堂吗?”

“名堂大了。没听过红信石,总听过砒霜吧?”

“你别吓唬我。”

“吓唬你？砒霜就是这东西做的。”

胡蝶瞪大眼睛：“砒霜是它做的？”

红信石像是马上变得发烫了，胡蝶忙不迭撒开手。石头掉在地上。玉央过去关上门，又从木桶舀两瓢水到铜盆里。回头。胡蝶还直勾勾地盯着地上的红信石。

玉央说：“过来洗手。”

胡蝶愣愣地走过来，将手泡在水里，用力搓洗，眼神还是直勾勾地。玉央也盯着胡蝶的手出神。胡蝶忍不住了。

“玉央……”

“嗯？”

“你说，她怎么会有这种东西呢？”

玉央缓缓摇头：“我不知道。”

“她把这东西藏在枕头底下，想用来干什么呢？”

玉央仍是摇头：“我不知道。”

胡蝶忽然提高声音。

“你不知道！你什么都不知道！其实你心里明明什么都知道！事情再清楚不过了，她想自杀！”

玉央拿毛巾，为胡蝶擦手。

胡蝶说：“这太莫名其妙了！她好好的干吗弄毒药？玉央，你说话呀！清蔷肯定出大事了。”

“我真的一无所知。”

想想清蔷在枕边藏着毒药，两个小姑娘心惊胆战。毒药是取人性命的，清蔷要取谁的性命呢？真的只是想自杀还好，自杀只是取自己的性命。倘若不是想自杀，那又该如何解释呢？她想取谁的性命？事实摆在这里，胡蝶不寒而栗才歇斯底里。玉央虽然不如胡蝶那么惊慌，心里同样被恐惧所充满。剧毒的红信石像一个幽灵，将她们这个小房间完全毒化了。两个小姑娘注定一夜无眠。

2

有如此之多的人在谈她，清蔷的耳根一定热到发烫。已经走到这一步，她已再无回旋之地。清蔷终于尝到受审的滋味，笔直伫立堂下，举首仰望高高在上的秦总管。

秦耕人读王德妃密函。小寇子站在他身后。自上而下，清蔷的满脸惊惧一目了然。

秦耕人说：“德妃娘娘仁慈，当初念你做事勤勉且年幼，将你私献偏方一事瞒过。但事后发现，此偏方背后藏有险恶居心，因此将前情公开。责令内侍省查明真相，惩治罪恶。”

清蔷扑通一声跪倒。

“总管大人，寇公公，我真的不知情啊。我也是不得已啊……”

秦耕人说：“慢！到底是不知情，还是不得已？”

清蔷慌乱到了极点，脑袋乱摇。

“不知情……不得已……”

秦耕人说：“不知什么情？”

小寇子说：“什么不得已？”

清蔷话也不敢说了，只有脑袋依旧乱摇。

秦耕人觉到了事态严重，站起身，走到大门口。

“无论是谁，无论有什么事，都不许进来打扰我。”

大门口的卫兵齐声:“是,总管大人。”

秦耕人自己动手将大门关严,上门闩。回到清蔷跟前。

他一字一顿:“你,谋,害,德,妃,娘,娘,已经构成死罪。”

清蔷匍匐在地:“总管饶命……寇公公饶命……”

小寇子说:“现在只有一个人能救你,就是德妃娘娘。你应该明白,你怎么做娘娘才可能饶你不死。”

秦耕人与小寇子附耳低语:“小寇子,你看是否将她带回德妃娘娘宫里,由娘娘亲自审问?这样可以把知情人的范围缩到最小。你心里明白,此案事关重大,到头来不是我内侍省能结案的。所以也许我回避更好。我多一句嘴,德妃娘娘审案,你最好也回避。我的话你不会不明白吧?”

小寇子说:“总管想得周全,此事当然范围越小越好。不过我已经无可回避了。我就把她带回去,听凭娘娘处理。”

秦耕人对清蔷说:“你听清楚,你谋害德妃娘娘,已经在内侍省备案。现内侍省将你交由德妃娘娘处置。奉劝你一句,你的命运都在自己手上。如何面对德妃娘娘,是你的最后机会。”

清蔷已经完全麻木了。如何走出内侍省,如何走进王德妃宫,她一概懵然不知。小寇子将她带进厅堂,之后又将大门紧闭,窗户紧闭,通往起居室的门也紧闭。厅堂里只有清蔷一个人。她站在灯柱旁侧,脸上身上一半是明一半是暗。灯火跳动,她脸上亮的部分也随之颤抖。

整个空间被那种怕人的寂静笼罩了。门轴转动的声音显得格外刺耳。是通往起居室的门开了。王德妃雍容高贵,缓缓飘出。之后在雕凤大椅上落座。

清蔷几乎用气声说:“德妃娘娘。”

王德妃声音平和:“过来。”

清蔷往前两步。

王德妃声调依旧:“到跟前来。”

清蔷无奈,只好去到王德妃跟前二尺。

王德妃突然怒喝:“跪下!”

清蔷浑身一抖,跪倒在地:“娘娘饶命。”

须臾,王德妃才开口。

“不是没给你机会吧?”

“给了。”

“回忆一下,打从你进宫那一天开始,我待你如何?”

“娘娘一直对清蔷器重有加。”

“这么说,恩将仇报是你的天性了?”

“清蔷也是身不由己。刚进宫时年幼懵懂,因此铸下大错。一失足成千古恨,再回头已百年身。”

“你害我,总该有一个理由,就算不是给我,也得给你自己呀。”

“德妃娘娘,您待我恩重如山,我根本没想到那方子会伤害到您。”

王德妃冷笑:“不会伤害我,干吗还要费那么多心思撒那么多谎,把我引入圈套?”

“我那么小,我懂什么?别人满口都是甜言蜜语,又是主子。我除了听话,除了被人利用,还有别的可能吗?”

“这也是我之所以没有马上办你的考虑。念你年幼无知,仅仅是受人唆使利用而已,我已经一而再再而三给你机会了。”

“娘娘若从我的角度想一下,清蔷又能如何呢,状告另一位娘娘?就凭我一个小小的宫女?”

“可是你不会以为谋害皇妃,谋害太子的母亲,你会逃脱罪责和惩罚吧?”

“清蔷死罪。”

“而且单以年幼为由,你有没有可能被饶恕被赦免呢?”

“清蔷不敢作此妄想。”

“你要活命,唯一的选择就是让我觉得你从心底里后悔了,愿意为弥补自己的罪孽付任何代价。”

“娘娘,我愿意,做什么我都愿意。”

“我现在不听你怎么说,只看你怎么做。”

“我全都听娘娘的。”

清蔷的临时居所是一间密室,这里空间很局促,只有一张实木大床,床头有一只木桶。墙壁上方约两人高处有一只小气窗。门又高又厚,看上去非常之重。大木床上的清蔷蜷缩着,不仔细看几乎辨认不出那是一个人。

清蔷的眼大睁着,盯住气窗,神情呆滞。窗外传来一声凄厉的乌鸦的叫声。清蔷浑身抖了一下。她慢慢爬起身,去到门边,推门。大门纹丝不动。拍门。几乎就拍不出什么声音来。她住手了,耳朵贴在门上。她终于放弃了,转身,看着木桶。走过去,褪下裤子解手。

如此之境遇,即使没有一个旁观者也仍然让她觉到了深深的屈辱。清蔷是个聪明透彻的姑娘,她不会不明白自己的处境。然此情此景,就是借给她三个脑袋她也绝想不出一条解脱之路。

她的罪行已报官立案,无论是谁,如何周旋,此案都已成铁案。最最乐观的结局,也只能奢望王德妃开恩,大赦她不死之罪。有着无限美好前景的清蔷的人生已告终结。

一束日光从气窗穿进来,映在对面墙角。日光中的浮尘似乎都是静止的。

清蔷仍旧蜷缩在大床上,一动不动,犹如一团破布。但她的眼睁着,睁得很大,却大而无当。门在响。听得出外面有人开锁。清蔷却不想动。一动不动。门被打开。王德妃进来。她忽然皱起眉,掩住鼻子。

“小寇子,把木桶提出去。”

小寇子快步进来,将清蔷的便桶提了出去。看得出,他一直屏住呼吸。清蔷坐起身。大门在身后关严。

王德妃问:“你想好了吗?”

“德妃娘娘怎么说,我就怎么做。我全听娘娘的。”

“我对你只有一个要求,将事实毫无隐瞒地说出来。我生平最恨阴谋,绝不要任何阴谋。我只要你一是一,二是二。”

“现在说吗?”

“现在说有什么用?”

“您要我什么时候说呢?”

“我要你当着皇上的面!”

清蔷一怔:“当皇上的面?”

王德妃咬牙切齿:“我让那个见不得阳光的家伙到太阳底下来。看她到时候还有什么话说。”

清蔷的目光里终于有了生气:“我听娘娘的安排。”

到处寻清蔷而不得,令杨贤妃如坐针毡。尽管她自信可以镇住她,但她同样深知利害,万不敢掉以轻心。杨贤妃饮茶时也站在窗前,足见其心绪之不宁。巧儿侍立旁侧,随时都战战兢兢。小萝卜气喘吁吁到门前。

“娘娘。”

杨贤妃对巧儿说:“你出去,关上门。”

小萝卜进来。巧儿出去,关门。

杨贤妃问："内侍省那边怎么说？"

"回娘娘话，我没有惊动其他人，只找了我一个同乡，请他帮忙打听。他问过两个人，都没有听说抓了尚容局的女官。估计人应该不在内侍省。"

杨贤妃沉默许久，脸色铁青。

小萝卜说："娘娘……"

杨贤妃说："小萝卜，你再去想方设法打听，务必找到清蔷下落。"

"是。"

"而且一切要悄悄进行。"

"小萝卜明白。"

小萝卜出去。巧儿重新进来。

杨贤妃踱步，自言自语："难道她会人间蒸发了不成？"

巧儿的目光一直跟着她。

杨贤妃忽然转向巧儿。

"这样，你马上出宫找长安孔府，问孔非清蔷人在何处。"

而与此同时，杨贤妃要找的孔非已经来到清蔷在长安城的住所。他也在找她。刚好方汀从外面进来，开门锁。

孔非诧异："你是谁？"

方汀很意外，身子微抖了一下，回头。这是一个健硕蓄须的中年男人，目光如炬，声音低沉。

方汀问："你又是谁？"

"姓孔。孔非。"

方汀释然了："是清蔷的父亲啊。我是清蔷的朋友，叫方汀。平时我住这里为她看房。进来坐吧。"

"清蔷人呢？"

"她不经常回来。"

"她最近两天回来过吗？"

方汀摇头："有些日子没来了。"

"除了这里，她还能去哪？"

"应该没有吧。她不是那种喜欢到处乱窜的姑娘。您坐呀。"

"不了，我还有事。如果她回来，让她来找我。"

"好的。伯伯慢走。"

被恐怖所控制的不只是她们的房间，远远不止。她们房间的恐怖源于那块红信石，而她们房间之外的整个后宫的恐怖，却是毫无来由。这个夜里，若有一只巨眼从天上俯瞰后宫，会看到雾霭朦胧。宫殿与宫殿之间偶尔有人影交错，从此到彼，再到彼，再到彼……一些混浊的声音互相交叠在一起，若续若断，像是耳语，也像是咒语，

男声："听说了吗……"

女声："听说了吗……"

混声："听说了吗……听说了吗……听说了吗……"

女声："王德妃……"

男声："王德妃……"

混声："王德妃……王德妃……王德妃……"

男声："……怪病。"

女声："……怪病。"

混声:"……怪病……怪病……怪病。"

女声:"……噩梦。"

男声:"……噩梦。"

混声:"……噩梦……噩梦……噩梦。"

整个后宫似乎充满鬼魅,完全笼罩在梦魇的氛围之下。若干未睡的和若干从梦中醒来的,尽皆体验了莫名的恐惧。这些人于是口耳衔接,恐惧于是被放大,氤氲在人们周围。几乎所有人都被裹挟其中,很少有谁能幸免。

李昭仪该算是幸免者之一。天一亮,她就已经起身,穿着轻便利落,对着镜子拢一下头发,脚步轻盈地往外去。李昭仪出了寝宫门,发现余翠和两个准备陪她晨练的女史正窃窃私语,表情古怪而神秘。夜里的恐怖幽灵骚扰了她们每一个人。她们甚至没发现主子已经到了。

李昭仪问:"梅司形呢?"

"来了,"梅英声到人到,从大门外小跑着过来,"娘娘。"

"懒鬼,比我起得还晚。"

梅英气喘吁吁:"娘娘,您没听说?"

"听说什么?"

"昨天夜里,整个后宫都在闹鬼,人心惶惶的。"

余翠过来说:"娘娘,都说是德妃娘娘被恶鬼缠身,已经奄奄一息了。"

李昭仪怒喝:"住嘴!胆大妄为,什么流言你都敢传!"

一个女史说:"娘娘,每个人都这么说。"

另一个说:"是真的,娘娘。余翠没有乱讲。"

李昭仪问梅英:"到底怎么回事?"

梅英说:"天亮以前许多人就都醒了,谁也说不清是怎么醒的。大家都在说德妃娘娘,宫女说听宦官说的,宦官又说听宫女说的。"

李昭仪厉声:"从现在起,你们几个不许再议论,一个字都不许!"

众人说:"明白。"

李昭仪说:"我马上去王德妃宫,你们就守在这里,谁都不许动。"

议论最多的人群在尚容局课堂,众女史都聚在里面。有的眼里是恐惧,更多的人眼里是疑窦。

安其风在训话:"大家听清楚,今天一大早,后宫里谣言四起。我可以肯定地说,制造谣言的人用心歹毒,意欲造成混乱。我要求大家镇定,让谣言从自己这里打住。不信谣,不传谣。还可以告诉大家,我刚从德妃娘娘那回来,娘娘神清气爽,正在花园里做晨练。那些谣言根本就是无中生有。我在这里强调,传播谣言一定会受到追查,而且会一查到底。对传播谣言者,绝不姑息,严惩不贷。"

夜里发生的怪事对大多数人来说就是闹鬼。许多人都有过撞鬼的经历,也许每个人的具体细节都不一样,但是闹鬼并非不可理喻。但是鬼魅似乎都比较怕羞,经常只是在极小的范围内逞一下威风,所以撞鬼的时候通常是一个人。很少碰到有两三个人同时撞鬼的事情。这一次不同,几百上千的人同时从梦中惊醒,同时冲到夜幕下,许多人一起感受到鬼魅的威力。

说来有趣,就在大家对王德妃议论纷纷之际,王德妃与李昭仪在自己厅堂饮茶。她似乎已经知晓了外面的蜚短流长。更有意思的是,谁也不能够解释得清楚,怎么大鬼魅就那么势利,只骚扰平民和下层这些人,对属于皇族的妃嫔却丝毫不敢冒犯呢?

王德妃觉得很好笑:"妹妹不会也信那些流言吧?"

李昭仪说:"三人成虎啊。我就是不信,才急忙跑过来看姐姐。心里这块石头也就落地了。"

“分明是那个笑面虎在私下里捣鬼，不过这个人马上就捣到头了。她见不得阳光的！我这次非要把她拽到阳光下，让她现出原形。”

“我听得出姐姐的话里带着气，说说气话也就罢了。姐姐万不可意气用事，万一事与愿违，后果不可想象。”

王德妃怒火中烧：“妹妹的好意我心领了。但是有些内情我现在不便说与妹妹。太令人发指了！我决心已定，这次不是鱼死就是网破。”

“上次的大劫，知道是姐姐暗中关照，我才得以幸免。大恩不言谢。一直想告诉姐姐，一切都在妹妹心里。”

“过去的事，不提也罢。”

“虽然妹妹不知情，但是眼下发生的事猜也猜得出几分。姐姐性情中人，喜怒哀乐都在脸上。恕妹妹直言，姐姐人在明处，目标也大，太容易受到伤害了。自我保护对姐姐格外重要。”

王德妃点头：“妹妹的话当真中肯。”

“姐姐若引而不发，以姐姐的实力，别人也难有所伤害。但姐姐容易冲动，冲动势必会露出破绽，反而会给他人以可乘之机。望姐姐慎之又慎。”

“这一次是箭在弦上。妹妹尽可放心，我有十成把握。”

李昭仪站起身：“该说的妹妹都说了。姐姐，告辞。”

箭在弦上

1

这一次王德妃果然胸有成竹，她责令小寇子去皇上书房，无论如何要请到皇上。李昭仪对她的提醒其实相当中肯，虽然听上去很像套话，却着实是她的肺腑之言，集她后宫许多年的经验和智慧。倘若王德妃能听进去几分，在接下来的对峙过程中能在脑子里过一下，整个历史进程都将重新改写。小寇子过去的时候，文宗正于案前低头批阅奏折。

海汉入禀：“皇上，德妃娘娘有请。”

“就说我没空。”

“娘娘言辞恳切，请皇上无论如何过去一趟，说有要事亲自向皇上说。”

“莫名其妙。”

海汉问：“小的怎么让小寇子回话？”

文宗颇不耐烦：“就明日上午吧。”

想想即将开场的大戏，再回头看看戏中的几个角色会觉得很有意思。清蔷已经完全在王德妃的掌控之中，人已经彻底崩溃。她背后的杨贤妃四下打探她的下落而不得，很有一点惶惶不可终日的情状。皇上尽管被蒙在鼓里，对即将发生的事情一无所知，但他已经答应出场。作为主角的王德妃则气定神闲，从从容容坐在窗下喝茶，一切尽在掌握的自信心满满。

安其凤携玉央进来，玉央挎着小提箱。二人给王德妃鞠躬请安。

王德妃说：“我不记得传过你们啊？”

安其凤提醒她：“回娘娘，上次太液池一游，将做头发的事耽搁了，您吩咐我们今日再来的。”

王德妃想起来了：“哦，我是说过。不过今日恐怕又要你们白跑一趟了。”

小寇子在门外报：“娘娘。”

王德妃问：“圣上人呢？”

“皇上说今日政务繁忙，明日上午再来。”

王德妃点头,自言自语:“明日上午……就多给那个笑面虎一天时间吧。”

安其凤问:“娘娘,我们何时再来?”

“不必改期了,就现在吧。”

王德妃到卧榻半躺。安其凤和玉央从小提箱取出木梳、发刷、生发膏、乌发膏、镊子等物。

安其凤说:“第一步是乌发,将已长出的白发染黑。这个方子尚容局已经测试过,多洗几次头发也不会褪色。”

王德妃点头。玉央动手拆开她的发髻,用木梳梳通。

安其凤说:“乌发膏涂上之后,需要浸染约半个时辰。之后进行第二步,生发。”

王德妃问玉央:“这些都是你去寻来的方子?”

玉央说:“是尚容安排的。这种生发膏专治后天脱发。它不仅能使新头发长出来,还会给原来的头发补充营养。”

边说边用发刷将乌发膏均匀地抹在王德妃发根处。

安其凤说:“第三步是接发。”

王德妃说:“我对这个最感兴趣。”

“接发之术本已失传,玉央的娘是从一位吐蕃祭祀手里寻来的方子。我考虑将娘娘的额发与鬓角接长,这样便可以做出更丰富的造型。”

“你是要剪我其他的头发来接额发鬓角,还是备了现成的头发呢?”

“我带了现成的过来,与娘娘原有的头发几乎没有差别。”

王德妃点头,闭上眼睛。

玉央对安其凤说:“尚容,乌发膏涂好了。”

安其凤洗出一条热毛巾,拧干,裹住王德妃的头,再用发簪固定。整个过程将近一个时辰。王德妃已经昏昏欲睡。

安其凤轻声:“娘娘,半个时辰之后才可取下毛巾。您趁这段时间歇歇吧。”

王德妃再闭上眼:“也好。到时候叫我。”

她微微侧身,似乎一下子就睡着了。安其凤将欢喜拉到门外,详细嘱咐了头发的料理方法,待欢喜准确重复后,方才离开。她和玉央回尚容局。玉央提着给王德妃做头发的工具。

安其凤说:“想不到早已失传的接发之术也能被你娘找到,真让我又佩服又羡慕。”

玉央说:“听我娘说,这本是我们中土的古方,吐蕃人也是找我们学的。如今却反过来,要向他们讨。”

安其凤点头:“好多上古的奇方都失传了,只把遗憾留给后人。”

“您跟我娘说的话一模一样。”

安其凤微笑:“是吗?”

玉央鼓起勇气:“所以我想写一本集子,是专门关于妆容的。”

“妆容方面的集子……还真没听说过。”

“您想啊,若把所有前人的经验和今人的硕果统统总结到一起,后人学起来就方便多了。也不会再有好方子失传了。”

“可是妆容这种事不可以教条吧,各人肤质气质不尽相同,为他们扮美的人也需要随机应变啊。”

“这跟行医很像啊。每个求诊的人体质都不同,大夫不也得随机应变?我想,只要这本集子够详尽够有条理,一定能派上用场的。”

安其凤想想,点头:“这个想法不错。”

得到表扬的玉央笑得很灿烂。对她而言,有兴趣又有乐趣,何乐而不为啊?傍晚她独自钻进了尚容局课堂。一盏烛光如豆,玉央在灯下伏案写字。

胡蝶进来:“吃完饭就发现你不见了。”

“好久都没坐下来写写字了。”

“写的什么?”

“眷几首自己的小诗。”

“我都憋坏了。你们一个个嘴像贴了封条似的,谁什么都不说。”

“你要谁说什么呢?”

“少跟我装糊涂!你今天不是去了王德妃宫吗?而且去了那么久。”

“去了。做全套的头发护理,还帮她接了头发呢。”

“那你为什么不跟我说说?”

“有什么好说的?还不就是那么回事。”

“你真气死我了。你明明知道大家都在议论王德妃,明明知道我是个最好奇的倒霉蛋,可你就是一点内情都不给我透露,让我郁闷死了。”

“早晨尚容都说了呀,德妃娘娘挺好的,不要听信那些流言。”

“你的话怎么和尚容的话一模一样啊?听上去就像打官腔。”

“事实如此,谁说也没什么不同。”

“不对。你说就是不一样。第一因为你是我最好的朋友,第二因为你不会说谎,第三因为我只相信你一个人。”

玉央说:“第三和第一是一回事啊。”

“和第二也是一回事。这也就是我非要听你说说的缘故。”

“对不起,让你失望了。”

胡蝶说:“我一点听不出你有歉意。你就知道寻我开心。”

“我又没做错事,干吗要有歉意?”

“说正经的,谁会这么大胆子,敢造王德妃的谣?”

“我也预感要出大事。”

“我断定要出的事情一定与清蔷有关。不信你就等着瞧。”

“你知道吗,你的直觉一直很厉害,非常厉害。”

胡蝶瞪大眼睛:“你很少这样夸我唉。往后继续努力吧。”

玉央收拾纸笔:“回吧,今晚要早睡,明天一大早还要过去做全套妆容。”

“给谁?”

“还有谁?王德妃呀。”

“一大早就做全套?干吗呀?”

“说是皇上要来。”

对玉央而言,明天的妆容工作只是一次任务,她完全想不到那是一次非同寻常的人生之旅,她将见识到前世和后世所有历史学家都不可能见识到的真正意义的历史本身。她想不到最好,若她想到了,借给她十个胆子她也不敢去完成这个任务。对于她这个年龄的小姑娘,明天的那一幕是太过恐怖了。

2

恐怕这种时候,杨贤妃无论如何也没有打扮的心情了。她已经设法知道了皇上要到王德妃宫,而且知道是王德妃坚持要皇上过去见面,清蔷应该被她攥在手里,她必定是要拿清蔷给皇上说事。杨贤妃当然知道事情的严峻。起居室的窗户开着。杨贤妃坐于窗下,手支下巴,目光进入到深重的夜色之中。

巧儿进来:“回娘娘,孔非称清蔷已多日没回家了。”

杨贤妃自言自语:“在我意料之中。排除掉其他可能性,她只能是在那个人手里了。看来一场血战在所难免。”

小萝卜外报:“娘娘,我回来了。”

“进。”

小萝卜入内。

“禀娘娘,有一点小小的进展。”

“说。”

“清蔷失踪的那天中午,有人见小寇子带清蔷从内侍省出来。秦总管还送出门。娘娘只需将秦总管招来问一下,就都清楚了。”

“猪脑子。为什么要让宫廷内外都知道我要寻找一个失踪的女史呢?”

小萝卜搔搔后脑:“小萝卜愚钝。对了娘娘,还有一件事我差点就忘了。侍寝的高公公私下里告诉我,王德妃今日再三要皇上过去,说有极要紧的事。皇上推诿不过,就约了明日上午。”

“再三要圣上过去,说有极要紧的事?”

“高公公就是这么说的。”

这就是杨贤妃,尽管她已经知道的事被手下人重复报告,她也不会打断他们,让他们继续说。她不能够打击自己人效忠她的热情,她要让他们知道她欣赏他们的积极性,永远都会欣赏,她鼓励他们做进一步的努力。

倘若事情如她所预计的那样,清蔷真的在王德妃手上,而且已经有好几天时间,那么会发生什么样的事情呢?清蔷能够咬住牙吗?杨贤妃摇摇头。如果咬不住牙,她会和盘托出吗?什么事都可能发生的,她若想立功保命,她也许会的。她若担心自己的罪行太过严重,也许会继续说谎搪塞,这个小丫头有睁着眼说谎的本事,而且在她杨贤妃教唆和高压之下清蔷也许不敢和盘托出。但是王德妃已经强约皇上来,想必是当着皇上的面摊牌,想必已经胜券在握。

关于清蔷,杨贤妃这会已经完全失去了控制,她对她已经无能为力。想明白这一点,杨贤妃反而彻底冷静了。往最坏处想,她所面对的也就是清蔷可能对她的指证。她冷笑了一下,清蔷说什么都只是一面之词,没人为她佐证。

她王德妃仅靠清蔷的一面之词就能胜出吗?她强约皇上过来,皇上就那么容易受她摆布吗?杨贤妃自信这些都是可以与之抗衡的筹码。

另一个曾经非常关键的人物是秦耕人。毕竟清蔷名义上是被内侍省所拘,而且也被内侍省关押了两天两夜。秦耕人在后宫为官几十年,早就练就了应付各种复杂局面的本事。他有两个原则雷打不动,第一是找准主子,第二是保持中立。

在正常情况下,后宫的主子就是皇后,后宫乃是皇后之宫。有时情况不一定正常,皇上没有封后,这时后宫的主子必定是当家的娘娘。娘娘中谁排在头位,谁就是内侍省的主子,这是一条不变的法则。当下正是这种情形。

既然有了主子,有时保持中立就很难。主子有主子的立场,而主子的立场经常会与其他妃嫔相冲突,这种时候秦耕人就会很为难。秦耕人深知妃嫔的能量不可小觑,特别是受到皇上宠爱的妃嫔,有时她们一句话足可以置任何一个官吏于死地。而且皇上有时也并不以后宫主子的意愿行事,皇上才是最后拍板的那个人。这种时候作为内侍省总管,他就要审时度势了,他不能一味迁就主子的任性,他可以选择或说服主子改变主意,或将决断的机会推给主子,自己选择回避。清蔷的事情他就是这么做的,他当然知道清蔷的背后是谁。

这也就是他的保持中立之道。这样做王德妃没有责备他的理由，日后杨贤妃也不会因此与他计较。毕竟清蔷的事是王德妃跟前的小寇子向内侍省举报，内侍省拘清蔷都在情理之中，而且处置也完全交由王德妃决断，内侍省在这方面不承担任何责任。

秦耕人作为内侍省的总管，他坚定恪守为妃嫔服务的原则，既要得到主子的满意，又不伤害其他妃嫔的利益和感情。应该说这是一个尽职尽责的人，深通处世之道，非常好地平衡了后宫之中如此纷繁复杂的各种关系。掌管后宫内侍省需要的正是秦耕人。

玉央用耳朵见证了历史

1

对玉央来说，这一次去侍候王德妃与以往并无不同。她根本不会料到历史会在这一个瞬间重写。她甚至完全不懂历史为何物，更不知道自己在其中会扮演怎样一个角色。但她想在今天做惊人之举，她有信心自己会成功，所以她比平日提前了大半个时辰就到了王德妃宫。

动手之前，她请王德妃一道观摩她起居室中的《簪花仕女图》。玉央立于旁侧，手指着画面居中的那位雍容典雅的贵妇。

“娘娘，就是她，手里拿着小红花的那位。我想按她的发式给您做。”

“好啊。这幅画是我的最爱，这个女子又是整幅画作的中心，可谓美中之极美。玉央，你把我的喜好琢磨得非常之透，让我心里很受用。”

“昨天为您接发，我的考虑就是参照了这个发式。”

玉央展开了自己当年的临摹之作。

王德妃很是吃惊：“这是你画的？”

玉央点头。

“没见你过来临摹啊。画得还真是很像。”

“是我儿时跟师傅学画的习作。师傅手里有一幅摹本，”玉央扬手指《簪花仕女图》，“应该就是直接从它摹下来的。”

王德妃越发开心了：“看来你我确有缘分。居然在许多年以前，你就已经开始了准备，我是说为今天给我做这个造型准备了。”

玉央也笑了：“不瞒娘娘，还在几年以前，我刚入宫那会，在您这里第一次看到这幅画，我还做了个梦。在梦里，她就是您，您就是她。我当时还觉得奇怪呢。”

“今天就是她了。无论发式，无论妆容，无论服饰，都与她一般无二。”

“玉央会尽力而为。”

王德妃闭上眼，听凭玉央为她做头发。

王德妃说：“关于清蔷，你听说什么了？”

“已经有好几天没见她人。她和胡蝶和我住同一间房，我俩都很担心她。”

“大家有什么议论吗？”

“玉央不喜欢传话，请娘娘恕罪。”

“我恕你无罪，我要你告诉我，别人是怎么议论清蔷的。”

玉央迟疑着：“他们说她，可能，被抓了。”

“被谁抓了？”

“当然是内侍省了。”

“我要是告诉你，她在我这，你会相信吗？”

玉央摇头:“绝对没有可能的。”

“为什么没有可能?”

“她若在娘娘这里,每天就会回去了,怎么可能失踪呢?”

“我告诉你,她就在这。”

“在这?”玉央手里的事也停下了,“我怎么没见她?”

“你继续弄你的头发。听我告诉你,清蔷已经被抓,被关起来了。”

“她犯了什么过错?”

“谋害皇妃。罪在不赦。”

“她谋害贤妃娘娘?”

“为什么你先就以为她会谋害杨贤妃呢?”

“清蔷一直受到您的赞赏,我以为,也许,贤妃娘娘,不如您那样喜欢她。”

“你也认为我赞赏清蔷?”

“这是大家都知道的呀。清蔷手艺好,又懂得讨主子的欢心。”

“所以你就没想过,她会谋害另一位皇妃?”

玉央大惊:“她谋害您?”

“不错,清蔷谋害的正是我。”

玉央一下结巴了:“这,这,怎么可能呢?”

“怎么不可能?她本人已经供认不讳。此刻她就关押在我的一处密室。”

“就在这?”

“没错。也许我不该现在对你说这个,我看你的手在抖,你不会连今天的发式和妆容都做不好了吧?”

“娘娘恕罪。玉央乍一听说,委实吃惊不小。我不会耽搁娘娘的发式和妆容。娘娘尽可放心。”

“因为放心你,才叫你来做。同样是因为放心你,才把这些告诉你。除了我身边的人,你是唯一的知情者。之所以告诉你,也是因为这件事马上将大白于天下。现在做这个妆,就是为了迎请圣上。圣上一来,立即提清蔷到审。”

欢喜进来:“娘娘,内侍省传话,皇上已经准备起驾了。半个时辰之内就到。”

王德妃对玉央说:“看来你只有半个时辰,要抓紧了。”

“是,娘娘。”

玉央最大的优点就是从来不误事,她会在最短的时间里完成事前的构想。以她的性格,相对于不紧不慢的推背和按脚,玉央更喜欢做自己先行设计好的妆容。那样会让她觉得有成就感,让她浑身的气力能得到充分施展。

王德妃对镜端坐,玉央在她身前。王德妃果然已被玉央打扮成《簪花仕女图》上那位贵妇的模样。高高隆起的头发前部,嵌着一朵活色生香的牡丹。玉央正在为她最后勾眼线。欢喜则忙着将她身上的衣装细致地整理妥当。

小寇子外报:“禀娘娘,皇上驾到。”

王德妃说:“好了,你们去吧。”

欢喜玉央忙收拾东西,往外走。

王德妃略一思索:“玉央,你若出去就撞上了。先躲到里面去吧。”

玉央也有些手忙脚乱,慌慌张张进了德妃娘娘的寝房。这已经是她第二次进娘娘的寝房了。这一次的进入事先全无设定,这是一次历史的旋涡,进去容易出来难,玉央已经身不由己。

历史性的时刻终于来临。王德妃厅堂恭候文宗进门。

“臣妾恭迎圣上。”

文宗见到王德妃的装扮，一愣。

“怎么弄成这个怪样子？”

“圣上觉得不好看？”

文宗打量：“还不错。嗯，不错。很不错。很有意思。将大朵牡丹来装饰头发，应该是个创举。”

“圣上不过是没留心而已。这朵牡丹早在先帝玄宗时代就有了。”

“不会吧，这不是朵鲜花吗？”

“圣上请随我来。”

二人进起居室。

王德妃扬手：“您看那。”

“这是周舫的《簪花仕女图》啊。”

“看中间的那个女人，看她的头上。”

“果然是朕疏忽。的确，这两朵花一模一样。只不过你的这一朵更鲜艳，也更灵动。上面的那一朵，差不多也有一百年了吧？这里太闷，还是厅堂里坐。”

“还请圣上在此委屈一下。臣妾有惊天的秘密要禀报。”

“你们女人总喜欢大惊小怪。昨天朕实在忙不过来。说吧，你能有什么惊天的秘密？”

“圣上稍等片刻。”

转身出去。文宗抬头看画，一边自言自语。

“秘密？哼，还是惊天的？”

王德妃马上回来，满脸严峻。

文宗说：“怎么一下像换了个人似的。有什么快说，我时间不多。”

王德妃清了一下喉咙，终于开口了。

“圣上，现已查实，有人利用民间偏方对臣妾暗下毒手，眼下已造成严重后果。”

她从梳妆台抽屉取出一张纸，呈给文宗。

“这是尚药戚锵对臣妾检查诊断的结果，请圣上过目。”

“你读给朕听。”

王德妃读：“德妃娘娘因先前误用民间之偏方，导致经脉大乱，气血大亏，且病根深及脊梁之内，几近无药可医。吾辈从医三十余载，从未见此怪症，故束手无策。还望娘娘另请高明，以免延误治疗。尚药局戚锵顿首。”

文宗思忖：“罪魁就是那民间偏方啦？”

“正是。”

“偏方来自何处？没有经过尚药局吗？”

“是臣妾交给尚药局的。经尚药局认定可用，之后才用了的。”

“你哪来的偏方？”

“这正是臣妾要向圣上揭露的秘密。”王德妃朝门口方向喊道，“小寇子，人带进来。”

小寇子应声押清蔷进门，他按清蔷脖颈。

“跪下。”

清蔷跪下。王德妃使个眼色。小寇子出去。

王德妃说：“这个人是尚容局女官，叫清蔷。偏方就是她以关心臣妾为名，呈给臣妾的。”

文宗问：“你把她带到这做什么？”

“如果我自己说，圣上也许以为是女人之间争风吃醋。所以我想让当事人将原委禀报圣上。”

“这些乱七八糟的事交内侍省不就得了？干吗拿来烦我？”

“圣上，您听我说。有人蓄意谋害德妃，蓄意谋害太子之母。现在人赃俱在，而且涉及幕后人，他内侍省根本无力处置。臣妾除了直接向圣上禀报,再无任何选择。"

"你说有人谋害你?人赃俱在?"

"让她亲口告诉圣上。清蔷,你说吧。"

小寇子外报:"贤妃娘娘来访。"

王德妃厉声:"挡在门外!"

话音未落,自己已出了起居室,同时将门关严。王德妃如此警惕不是没有道理,当她回到厅堂,小寇子显然已无力拦住杨贤妃,因为她也已经迈进厅堂。小寇子紧随其后。

"贤妃娘娘,您这不是让奴才为难吗?"

杨贤妃说:"没你什么事。谁有话让她冲我说。"

"娘娘……"

王德妃迎上去:"怎么啦?"

"没有啊。我过来看看姐姐。听说圣上也在这,怎么这么巧啊?"

"今天我与圣上有事要谈,你换个时间过来。"

"哎呀,姐姐今天真乃国色天香!是谁帮姐姐做的?不会是范娉柳吧?"

"谁做的头发没什么相干。我说了,你换个时间再来。"

"我正好也有事要找圣上呢,我过去跟圣上打个招呼。"

她不由分说绕过王德妃就往里面去。这一下连王德妃也不知如何是好了。她拦她不是,只能眼睁睁看她进起居室。对王德妃而言这是一个意外,对杨贤妃自己却不是。她心里已经做了被清蔷指证的准备,可以说她是有备而来。她的目标很明确,在现场在第一时间当着皇上的面给清蔷的指证以回应。她不能被动地让王德妃挟清蔷在皇上面前对自己发难,不能被动窝在自己宫里等候皇上的传唤,她一定要主动回应王德妃的攻击。这就是她一定过来的理由。

杨贤妃说:"臣妾给圣上请安……"杨贤妃装作意外看到清蔷,用极为夸张的口气说,"哟,这不是尚容局的清蔷吗?"

王德妃两眼圆瞪,拔脚就往里面走。一个不小心,竟绊在自己曳地的衣襟上,重重摔倒在地。同时是一声尖叫。

外面发生的所有这一切,让躲在王德妃寝房里的玉央听得心惊肉跳,她闭着眼,整个身子靠在门内右侧。她既熟悉王德妃的声音,也熟悉杨贤妃的声音,当然更熟悉的是清蔷。虽然不熟悉皇上,但那唯一的男声不难辨认。那一刻,她用耳朵欣赏了大唐最为阴暗也最为精彩的一幕。

王德妃声音很大:"不用扶我!我没事。"

欢喜说:"我还是去找御医吧。"

"我说不要就不要!你先出去。还有小寇子,你也出去。"关门声,"贤妃,你来了正好,也省得我专门去请你了。清蔷,你不要怕,一是一!二是二!"

清蔷跪着,头低得接近地面。王德妃杨贤妃一左一右站在她两侧。文宗则端坐清蔷对面。

王德妃说:"有什么说什么。有圣上在,自会替你主持公道。"

杨贤妃说:"清蔷,我没听明白。德妃娘娘让你说什么?"

王德妃说:"贤妃,请你不要插嘴。"

杨贤妃说:"姐姐不会吧,怎么在你这里我连说话的资格都没啦?"

王德妃说:"你再胡搅蛮缠我就请你出去了!"

文宗厉声:"朕请你们两个自爱一点!"

德妃贤妃不约而同:"臣妾领命。"

王德妃说:"清蔷,你说吧。"

杨贤妃说:"说吧。这里有圣上做主呢。"

一直垂着头的清蔷这会抬起头,脸上脏污不堪,嘴角竟还留着血迹。且目光呆滞,牙关紧咬。她的眼里逐渐盈满泪水,双眼一合,硕大的泪珠坠下来。

"恭请皇上为小的做主。"

文宗此刻也温和了:"你有话尽管说,朕自会主持公道,辨明是非曲直。"

清蔷抽泣不已:"千言万语,小的不知从何说起。"

"就说偏方吧。"

"大家都在说偏方,我就不明白说的是什么。我从来就不知道什么偏方。"

王德妃说:"胆大妄为的奴才,你竟敢矢口否认!我有不止一个人可以证明你私献偏方。"

杨贤妃说:"姐姐为何不让她把话说完呢?"

文宗怒喝:"不许你们插嘴!你们两个谁再说一句话,别怪朕不客气。清蔷,你继续说。"

清蔷说:"先是德妃娘娘这里的寇公公找到我,让我承认我给娘娘献了偏方。我说我没献,我知道私献偏方罪不可赦。寇公公就说要把我送官查办。我怕极了。"

清蔷又一次泣不成声。

文宗耐心等她一阵:"后来呢?"

"我压根就不知道,那到底是什么偏方。但我没做过的事,我不能承认。寇公公前后找了我三次,见我死也不从,便将我送去内侍省。"

"你的事情已经在内侍省备案了?"

王德妃说:"是我……"

文宗举手止住她:"清蔷,你继续。"

"到了内侍省,寇公公交给总管一封信,说是德妃娘娘写的。总管当时把信读出来。"

"你还记得信的内容吗?"

"信里的话让我吃惊,说我献了偏方,当时念我做事勤勉且年幼,将私献偏方一事瞒过。又说发现偏方背后藏有险恶居心,责令内侍省处理。"

"既是内侍省处理,怎么又关押在此处?"

"总管大人与寇公公商量过后,让寇公公带我回这里来。"

"以后呢?"

清蔷忽然又恸哭起来。

"我怎么也没有想到,怎么也没有想到,德妃娘娘,娘娘她,她居然会,居然会……"

呜咽哽噎着再也说不出话了。

文宗说:"德妃到底怎么你了?"

清蔷姿势未变。王德妃身子微微前倾,死死盯住她。杨贤妃则挺直了腰板,脸侧向文宗,只偶然拿眼角余晖瞥清蔷一眼。文宗仍坐着,此时身子也绷紧了,微微前倾。

清蔷尽力压住抽泣:"德妃娘娘,她居然让我说谎,让我指证贤妃娘娘,说是贤妃娘娘给了我偏方,又让我献给德妃娘娘……"

王德妃吼破了嗓子:"大胆奴才!你敢诬陷!"

文宗大怒:"闭嘴!你再敢说一个字,我马上废了你。清蔷,你接着说!"

"我当然不敢,我怎么能做这种伤天害理的事?我不从,寇公公就打我,就打我……"清蔷再一次泣不成声。

王德妃终于无法控制自己了:"好!好!你诬陷我!我让你死无葬身之地!"

文宗说:"来人!"

海汉由外而内:"皇上。"

"传我的旨意,从即日起,德妃封号废黜,王氏就此打入冷宫!起驾!"

王氏疯了一般冲上来:"圣上。"

海汉挡住王氏。文宗看也不看她一眼,径直出去。

王氏盯住杨贤妃:"姓杨的,我跟你拼了!"

一举扑向杨贤妃。海汉一把抓住她手腕,令她动弹不得。

"她疯了。"杨贤妃转身对闻讯赶过来的两个御前侍卫,说,"押清蔷回内侍省。押宦官小寇子回内侍省。让内侍省将这里查封。"

侍卫说:"是,贤妃娘娘。"

2

欢喜躲在墙角后,目送杨贤妃连同小萝卜巧儿扬长而去,同时目送一名侍卫押解小寇子离开。她这才从墙角走出来,往宫里去。欢喜进大门。看到一名侍卫守候在起居室门前。

侍卫问:"你是谁?"

欢喜说:"这里的宫女。"

进起居室。关门。忽然又将门拉开。

欢喜说:"请您到大门外守着,这里都是女眷,不方便的。"

侍卫想想:"好吧。"

去站到了大门外。

玉央一直将耳朵贴在门上。这会忽然将门拉开冲出来,轻声。

"娘娘!"

王氏已经被欢喜扶起身,尽管睁着眼,却了无生气。玉央从另一侧搀扶她。她们将她扶入寝房,上床。

欢喜对玉央说:"你先回吧,这里有我。"

"我怎么出去呢?"

"你大大方方往外走就是,侍卫若问,你就说是这里的宫女。"

"娘娘这里就靠你一个人了。"

"放心吧。"

玉央点头,脚步沉着,从里面出来。守候在门口的侍卫看着她,并未有任何问题。玉央从他身边经过,显得若无其事,径直走出院子。大约一袋烟的工夫,欢喜端着水盆从里往外走。

侍卫拦住她:"你是谁?"

欢喜说:"我是我呀,刚才进去的宫女。这么快就忘了?"

"你刚才不是出去了吗?"

"不是又进来了吗?"

"我怎么没见你进来?"

"怎么没见?我还和你打招呼来着。你怎么一点记不住了?"

侍卫搔搔后脑:"是吗?我真的记不住了唉。"

欢喜嫣然一笑,端着水盆出门。王德妃有欢喜做她的宫女,谁也没有想到这却是玉央的福分。几年以来玉央与欢喜的接触上百次或几百次,两个女孩之间从无许多交谈,每次都只是相视一笑。但就在那一次十次百次的一笑之中,两个女孩之间建立起对彼此的欣赏和信赖,形成一种心与心的连接。没有任何预谋,甚至没有请求和允诺,欢喜如此从容又如此智慧地将玉央推出旋涡,一切自然而然。

也许这两个女孩今后一生再无交集的缘分。欢喜当真是玉央的救命恩人。

◎ 第七章
废妃波澜

皇弟李炎的介入

1

李炎出场的时候是一个小角色,但是李炎在大唐历史中绝不是小角色。他是唐文宗胞弟。那也没什么要紧,哪个皇上都会有许许多多的兄弟姐妹。但是李炎这个胞弟不同,对于熟悉大唐历史的人们来说,他的赫赫声名并不亚于李杜温,他们都是那个时代的天之骄子。不过请这些朋友三缄其口,把李炎日后的故事当作一个小小的悬念。

既然李炎是如此之重要,那么另外一个人就不能不提。她叫冰洁。读家已经知道冰洁是马球教头杭龙的胞妹。冰洁还有一重身份,一重非凡的历史身份。不过这一刻她的这重身份尚未开始。她这一刻的身份还只是李炎的马球教头的胞妹,如此而已。读家还知道冰洁也是个马球高手,也是皇家马球场的常客。

阳光从马厩敞开的大门铺进来。门口是洗马池,未干的水迹闪闪发光。不时有马匹打一个响鼻。杭龙冰洁说说笑笑进来。

冰洁说:“这次我无论如何都要骑你的白马。”

“不是我小气,可我的马挑人,不好看的女孩一靠近,它就尥蹶子。”

“那就没问题了,它肯定喜欢我。”

“你试试吧。话可说在前头,到时候摔疼了别怪我。”

“试就试,谁怕谁啊。”

这时她意外发现李炎正笑眯眯地看着他们。

李炎说:“你们俩总这么拌嘴吗?”

杭龙说:“王爷。”

“谁跟他拌嘴了?是他跟我顶嘴。”冰洁冲到白马跟前,一把抓住缰绳,说,“今天你归我了。”

白马晃晃脑袋,显得很温顺。

冰洁说:“看,我说它喜欢我吧。”

杭龙说:“这里太暗,说不定一出去了就看清你原来是个丑姑娘。”

“胡说八道!”冰洁转向李炎,说,“你给评评理,我是个丑姑娘吗?”

李炎的目光一直就没离开过冰洁。

“你若是丑姑娘,世上就不会有美女这个词了。”

冰洁对杭龙说:“王爷也在夸我漂亮,是不是?”

杭龙对李炎说:“王爷在挑马?”

李炎点头:“原本想借你的白马跑几圈,现在看来得问别人了。”

“这个忙恕在下帮不了,王爷请自行交涉吧。我还有事,先走一步了。”

李炎点头。杭龙出去。李炎扭过脸,发现冰洁正偏着头看他。

冰洁说:“你真的想骑这匹白马?”

李炎继续点头。

“要我让给你也可以。不过,你拿什么交换呢?”

李炎想想:“你去过华清宫吗?”

冰洁摇头:“那是皇家别苑,我哪里进得去?”

“想去吗?”

冰洁点头:“想啊。”

“我带你进去玩个够,这个作为交换行不行?”

“真的?”

“一言九鼎。”

冰洁把缰绳交到李炎手中:“成交!”

阳光好,马球场的青草因此显得尤其绿。有微风吹过,草弯了腰,身上的光从头流到根。李炎骑白马,冰洁骑自己的枣红马,隔着约两丈的距离练传球。两个回合之后,冰洁照常将球传向李炎。李炎忽然策马跑起来,带球突破冰洁,漂亮的射门,球进了。

冰洁说:“你这算什么?把同伙当对手。我对你一点提防都没有。”

“出其不意方能攻其不备。我这是警告你,球场如战场,一刻也不能放松警惕。”

“做男人好辛苦,游戏的时候也忘不了作战。生命如果一直在警惕当中,还有什么意思呢?如果一直紧紧张张,人会折寿的。”

两人从马上下来,牵着各自的坐骑慢慢往回走。

李炎说:“男人的确比女人要累,这是没法子的事。不管以前以后如何,当下总归是男人的世界。”

“男人的世界不假,但是男人也有不同的活法。可以去争,也可以不争。”

李炎马上对位:“我现在取的就是不争之路啊。”

“我觉得你并非心平气和。比如上次,输一场球算什么?但你不能不在意,一定要再约再战。”

“傻丫头,那是因为你呀。不约再战,怎么会有今日?我又如何找借口接近你啊?”

“不会吧。王爷干吗寻我开心?”

“你觉得我在寻你开心吗?难道我就不可以认真喜欢你吗?”

“你应该知道,你这样说话,会把女孩子的心弄得很乱的。”

“女孩子一定心如止水就好吗?

“别忘了你的承诺。”

“承诺?”

“看看,这么快就忘了。”

李炎一拍脑袋:“你是说去华清宫啊。”

“是你说的。”

“是我说的。你什么时候有空?”

“什么时候都有空啊。”

“那就明天。”

“就明天。”

“一言为定。”

冰洁绷紧下巴,一张小脸顿时娇媚起来,点点头。

有时候明天只是一眨眼的事,由大明宫去华清宫也只是一眨眼的事。华清宫位于骊山脚下。其中的亭台楼阁各抱地势。檐牙高啄钩心斗角。泉水涓涓自宫墙流入。绿树葱茏充满鸟语花香。李炎骑着黄骠马,冰洁骑枣红马,二人并肩在环池小道漫步。一对巡逻的兵甲相向而来。

众兵甲向王爷施礼。李炎微微点头,与冰洁过去。冰洁回头看看。

“平时你没什么架子,我都快忘了你是堂堂王爷。忽然看到别人对你毕恭毕敬,还有一点不习惯呢。”

李炎笑了:“若在自己喜欢的姑娘面前还摆架子,这男人就愚蠢到家了。”

“别老把喜欢挂嘴上,说多了可就不值什么了。”

“我说过很多次吗?”

李炎冰洁骑马并肩慢行。冰洁四顾。

“这里的感觉怪怪的。”

“怎么怪了?”

“我也说不清。其实亭台楼阁跟宫里一样精致,树木池水也很漂亮,但就是觉得不如大明宫舒服。”

“因为是缺少人气的缘故吧。”

“这里不应该缺少人气呀。当年玄宗皇帝与杨贵妃的许多故事都发生在这里。这里不是皇家的风水宝地吗?”

“也许正因为当年它太过繁盛,以至于后来的几位皇帝很少过来。那么多宫殿就那么空着,一空就是许多年。”

冰洁感叹:“这么美的地方,就这么空着实在太可惜了。”

“大明宫就不一样了,住在里面的人何止成百上千?他们在其中呼吸吐纳,与日光流水树木共存,让整个宫廷生机勃勃。而这华清宫,若皇上来了,则六宫俱从百司齐备,热闹非凡,若皇上不来,就这般安安静静冷冷清清,难得听到人声。”

冰洁点头:“原来是这样。难怪我觉得有种莫名的寂寥。”

“而皇上这几年政务繁忙,加之他体恤民情,力主节俭,因此已好几年不曾来此小住了。先前的繁盛与喧闹不复存在,这里也就死气沉沉。”李炎叹一口气,“所有的行宫别苑都逃不开这种命运。”

“你在说华清宫,我却想到了皇上的妻妾。她们的命运跟行宫别苑多像啊,一年到头就盼着皇上来,来也只是一个晚上。皇上若来了,就欢天喜地。若不来,就愁眉不展。若一直不来,就白白老去了。”

冰洁的表情有一点黯然。

李炎说:“既是来玩的,就痛痛快快地玩,别总想着不开心的事。到了华清池,无论如何不能不去泡个澡。”

“泡澡好闷啊,不如我们游水吧。”

“你是说你会游水?”

“当然了,你以为呢?”

“那就借你的光了。”

冰洁歪着头问他:“借我什么光?”

“不是陪你,我不知何年何月才会来这里游水。”

“应该是我借你的光才是啊。”

“我借你的,你借我的,你还有什么话说?”

“越说越像车轱辘话了。”冰洁拽他一把,“走吧。”

华清池水波光粼粼,黄骠马与枣红马在水边悠闲地吃草。偌大的华清池碧波荡漾,只听得到虫鸣和鸟鸣。湖中仅李炎冰洁二人在游水。李炎光着上半身,下面穿一条及膝短裤。冰洁则身着薄纱。看得出李炎水性不错,一会自由式,一会仰泳,动作流畅潇洒。不过冰洁的水性显然更好,像条小鱼似的从这边扎进水,又从那边忽然冒出来。

李炎说:“你好像很喜欢大明宫。”

“喜欢怎么啦?”

“我在想,只有皇兄的妻妾,才可以名正言顺地住进去。”

冰洁说:“你干吗要这么说?什么意思嘛!”

李炎说:“我的府邸根本无法与大明宫相比。”

“你傻啦?大明宫再美,也是别人的,跟我有什么关系?”

“你不想住在里面?”

“就像你说的,如果住进去的条件是要做皇上的女人,打死我也不想。”

李炎说:“我以为全天下的女人都想嫁给皇上。”

冰洁不屑:“皇上多没劲啊,做皇上的女人就更没劲了。虽然你也是李唐皇室的子孙,不过还好你没当皇上。否则,你看我会不会睬你。”

吸一口气,扎进水。李炎等了一会,不见冰洁人影,有点着急。

“冰洁,冰洁……”

第三个“冰洁”还未出口,就被猛地扯入水中。水花四溅,过了一会,两人冒出来。李炎抹着满头满脸的水,咳嗽起来。

“你,你暗算我!”

冰洁笑呵呵地说:“不是你警告我的吗,一刻也不能放松警惕?”

“是我疏忽了。”

李炎盯着冰洁。

冰洁问:“你想干什么?”

“你说呢?”

向她靠近。冰洁笑着往后躲。

“你别乱来啊。”

李炎飞身扑过去,一下子跟她一起沉入水下。这一次时间比较长,再冒出来的时候,冰洁满脸通红,被李炎横抱在怀里。

李炎说:“今晚就不走了吧。”

“我都饿了,这里有什么好吃的?”

“看你想吃什么了。只要你想得出来,吃什么应该都不是问题。”

“我说出来你该笑我了。现在我最想吃的是一碗热气腾腾的羊肉泡馍。”

“你还没答应我呢。”

“我还没想好呢。”

“你要想到什么时候?”

冰洁忽然一甩头:“不想了。不为这个伤脑筋。我干吗要给自己添烦啊?”

李炎有些沮丧:“那你是不同意了?”

冰洁叹一口气:“没办法,只好听你的了。”

李炎大喜过望:“你这个死丫头,成心要我呀?”

手一撒,将冰洁一下扔开。

冰洁尖叫:“妈呀。”

喊声随即被湖水湮没了。她沉入水底。

那一定是个无比美妙的夜晚,想象它有多美就有多美。因为到了凌晨,华清宫更显得美轮美奂。远处骊山山腰薄雾环绕。眼前湖水荡漾,烟气蔓延。一黄一红两匹骏马踏着碎步,沿华清池环湖路兜风。

李炎笑着："若不是你拉我耳朵，我说什么也不会起这么早的。"

"早睡早起才是一种健康的生活。早晨的阳光那么好，赖在床上拒绝它，真是傻透了。"

"可是床上有你就不同了。朝霞虽好，怎比冰洁？"

"你最会哄人了。"

"只是哄你一个人啊。"

"我喜欢这里的早晨，空气里满是草的香气。而且有一种让人心醉的静谧。"

"只要你愿意，我们以后就住在这。"

"那样可是太奢侈了。"

"每天早早起来，骑马、游水、散步，做你想做的任何事。在这里，你可以像鸟一样自由自在。"

"怎么只有我？没有你吗？"

李炎又笑了："我在睡懒觉啊。除非你每天都像今天一样，提着耳朵把我提起来。"

"你以为呢？哼，我会放过你吗？饶不了你的。"

阳光穿过湖边高树的缝隙，一条一条照到湖面上，空气明暗交叠，错落有致。华清池水波荡漾。一只龙头花船忽快忽慢，忽左忽右。原来划船的是冰洁。她明显是个生手，身上脸上已经溅得满是水珠。

李炎说："我说你不行吧，偏要逞能。"

"我就不信还有我不行的事。"

"昨晚的华清池醋鱼，我看你吃得挺开胃，今天还让他们做一条？"

"我划得这么辛苦，你就不会换个花样犒劳我呀。"

忽然一只硕大的乌鸦落到龙头之上。冰洁怕惊了它，手里的桨也停下了。李炎回头。乌鸦像专门等着他回头一样，与他对视。

冰洁轻声说："它就像认识你。"

李炎问乌鸦："你认识我吗？"

乌鸦像回应一样："呀，呀呀，"

李炎又问："你在说什么呀？"

乌鸦下蹲助力，双翅一耸同时展开，飞离了龙头，径直拔高往长安城方向去了。

李炎回过头："你不觉得奇怪吗？"

"这乌鸦一定认识你。"

"我有种预感，有什么事情发生了。"李炎指着乌鸦飞去的方向说，"就在那边。而且一定不是小事情。"

"那边是长安城啊。"

"就是。"李炎皱起眉头，"你没见吗？它刚才就落在龙头上。"

"难道会是皇上有什么事？"

李炎从冰洁手里拿过桨划船，船立刻笔直地朝向码头。

"我们马上回去。"

田野上大块黄绿相间，犹如巨型棋盘。有三两零散的小雀扑腾其上，也有成群结队的飞鸟从高空经过，一路往南马蹄踏踏，李炎与冰洁往长安方向赶路。枣红马显得更加游刃有余，要快则快，要慢则慢。黄骠马则中规中矩，始终一个速度。

李炎说："你的马真棒！"

"那当然了。唉，你好像话里有话呀，是不是说我的骑术不佳，仗着马好欺负你？"

"说外行话了不是？骑术差的人，骑得了好马吗？"

"这话我爱听。"

“我觉得纳闷，为什么你姓王，你哥哥姓赵呢？”

冰洁笑了：“哥哥当然也姓王。王杭龙。”

“一个很奇怪的名字。”

“有什么怪？我母亲家姓赵啊。哥哥自小被人喊作杭龙，也习惯了。后来索性把姓王也省略了。”

“你父亲应该不会同意啊。”

“没有啊。父亲自己就是上门女婿，他对母亲一百个好。就是今天，人们说到我家，说的也总是赵家。”

李炎说：“你原来是咸阳赵府的千金。”

“你知道我们家？”

“赵府大名鼎鼎，当然有所耳闻。”

冰洁说：“我们家的规矩都是女儿当家，女婿是要上门的。”

“上门就上门。谁怕谁呀？”

“听你这口气就知道你害怕了。”

“害怕了？走着瞧吧。”

李炎这么说绝不是虚张声势，不然他又怎么能担起历史之重任呢？或许可以说这是一个有担当的男人，所以他注定会有一番作为，不只是人世间的匆匆过客。受了神秘乌鸦的导引，李炎冰洁驱马进宫。李炎直接去见皇上，让冰洁在杭龙那边等他。两匹马分道扬镳。冰洁直接去了马厩。杭龙在为李永的黑马洗澡。冰洁也动手给自己的枣红马洗澡。

杭龙说：“我跟他接触不是很多，他又一走就是两三年。不过我知道他和太子关系最好。李永张口闭口就会炎叔叔长炎叔叔短。”

“跟他在一起很开心，就忘了他是皇上的弟弟。虽然只见过皇上两面，我觉得他跟皇上一点都不像。皇上冷冰冰的。而他在跟前我会觉得很温暖。”

“他是王爷，与普通人到底不一样。”

冰洁说：“李永还不是一样？他日后也会是皇上，你不是照样每天跟他一起玩闹？”

“想不清楚。昨天他还是王爷，今天忽然听说自己妹妹要嫁给他。”杭龙摇了摇头，“真的想不清楚。”

“要你想那么清楚干吗？又不是你嫁。哎，告诉你，我对他讲我们家里都是女儿当家，女婿都是要上门的。”

“你个死丫头，连这个都敢说呀？”

“说这个怎么啦？谁还能把我吃了不成？”

“那他不是要被吓跑了？”

冰洁相当自信：“如果这就把他吓跑了，那我还干吗要嫁给他啊？”

“王爷毕竟不是普通人啊。”

“如果他要娶我，他首先必须是我中意的男人。我真是一星半点也没觉到他有王爷架子。”

杭龙问：“这件事板上钉钉了吗？”

“八九不离十吧。”

2

因了和皇上那层特殊的情分，李炎见文宗比任何人都更来得随意。这一点皇上身边的人都已经习惯了。他可以不必通报，直达皇上寝宫。神秘乌鸦果然灵验，皇上的跟班海汉告诉李炎后宫出了大事,皇上在震怒之下废了德妃娘娘名号。海汉还说贤妃娘娘有令,后宫上上下下从此不得提德妃娘娘。这个消息让李炎大为惊诧。

“废妃?快去传,说我求见。”

“王爷稍等。”

海汉小跑着进去,即刻小跑着出来。

“王爷快请。”

李炎进去时,文宗正坐在案桌后,手撑额头,双目微合,满脸烦躁之色。

李炎施礼:“皇兄。”

文宗摆手:“免礼。坐吧。气死朕了。”

李炎落座:“究竟出什么事了?”

“废妃了,德妃废了。废了。”

“这可是天大的事。”

“当然是天大的事。这个女人真是莫名其妙透了。她居然抓住一个女官,逼人家举报贤妃。说贤妃指使那女官偷献偏方,谋害德妃。”

李炎不解:“皇兄,废妃事关重大。皇嫂乃是您结发之妻,她的为人您最清楚。她怎么会做出这种事呢?”

“所以我说莫名其妙啊。平日里争风吃醋也就罢了,居然愚蠢到这般地步,毒打威吓女官,陷害别的妃嫔。我不废她,天理不容。”

“事情您都调查清楚了吗?”

“是她自己做调查,找证人,然后强逼着我听证词。结果证人鼓起勇气,开口说了真话。这个蠢女人,自己搬石头砸了自己的脚。”

“您这么说,我听着更不像是皇嫂的行事风格了。其中一定有诈。”

文宗说:“有什么诈?她的证人,反过来指证她。当时也巧了,贤妃过来看望她。她死也不让贤妃在场。”

“皇嫂说贤妃娘娘指使女官?”

“就是她。”

“夫妻十几年了,皇兄以往有发现皇嫂说谎话吗?”

“我从来不去猜女人的话是真是谎。”

李炎言之凿凿:“给我的印象,皇嫂不是说谎话的人。我不相信她会为了争风吃醋,去做这么大一个骗局。”

“更可气的是两个女人当着这个小女官恶吵,哪里还有一点皇妃的颜面?朕喝止再三,她居然完全无视朕的存在,完全成了一个疯子!”

“明白了,皇兄是一怒之下。皇嫂让皇兄如此动气,自然罪在不赦。但皇兄也知道,震怒之下切勿做决定,因为冲动时难免偏颇。”

文宗说起来依然怒气冲天:“如果你在当场,你也会气死。一是弄权诬陷,一是当众犯上。这两条中任何一条,都足以让朕废她了。”

“皇嫂不但贵为德妃,同时也是太子之母,废妃绝不是一桩小事。弄不好也许会引起连锁反应。皇兄三思。”

“朕一言九鼎,岂可出尔反尔?”

“我不是让皇兄自否自话,只是提醒一句,事关重大,慎之又慎。”

他看得出皇兄正在气头上,再说多了也是枉然,于是起身告辞。听说王德妃被废黜,李炎首先想到的就是李永。他叔侄二人一向亲密,他猜这件事对李永的影响会相当直接。李炎希望能对李永有所帮助,虽然他还不知道他能帮上什么忙。的确,太子宫这边的情势也不容乐观。李永从房子里出来,径直往院外走。隐身在暗处的卫兵忽然拦住他去路。

“太子要去哪里?”

李永说:“要去哪里怎么了?”

“近日宫中是非不断,皇上担心太子的安全,让小的们守护左右,谨防太子发生不测。”

“也就是说,我去哪里都要经过你们批准?”

“不好那么说,但意思也差不多。”

李永想想:“这样吧,你们代我去喊一个人过来。”

“好的。请太子吩咐去哪里喊谁。”

“马球场,杭龙。”

“杭教头,我们认识的。太子请回房里等吧。”

李永调头往回去,他什么都明白了。

李炎住在大明宫外的十六王爷府。他的府邸乃一处七进的大院子。第一进为门房和车马等候厅。第二进为客人稍事歇息等候处。第三进为待客厅堂。第四进为饭厅。第五进为李炎起居室卧房书房,配有仆从小间。第六进为厨房花房等地。第七进又设门房与车马间。院中还有偌大的花园,高树矮丛无数。中有荷塘,景色颇佳。

此为第三进厅堂。李炎正从内里出来,意外见到杭龙和冰洁,一愣。

李炎说:“杭龙,你过来我心里有预感,是不是李永出什么事了?”

“正是。太子被软禁了。”

李炎震惊:“什么?谁这么大胆子?”

“太子说是皇上。”

冰洁说:“你快去看看吧。”

李炎说:“皇上不可能发这个话吧。可是贤妃的手伸得再长,也管不到太子这边啊。奇怪了。走,到太子宫看看去。”

杭龙说:“我夜里刚去过,再去似乎不妥。外边有卫兵日夜把守。”

“那你们就在这等我。”

冰洁说:“你也不要那么急,事关皇上皇妃,你再怎么急也没用的。你也知道欲速不达的道理,先听听太子自己怎么说吧。”

冰洁这个女孩非常奇特,看上去她是那种快言快语的性格,其实极有分寸,当说则说,当缄口则缄口,哪怕是对胞兄杭龙。好的分寸感是一个人能否成大事的决定性素质,这种素质多半拜上天所赐,绝不是哪一个人想做到就做得到的。这是一种境界,一种与生俱来的境界,非常人所能及。冰洁绝非常人。

李炎驱马行色匆匆。天色尚早,路上行人寥寥。建福门的内外,两排卫兵迎风守立。李炎一路上未耽搁,直接到了东内苑太子宫。此处说是太子寝房,更像是女儿的闺房。案上香炉蒸腾,散发淡淡清香。几幅仕女图高挂于墙。宫床巨大,绕有淡色帷幕。

李炎大步跨入:“永儿。”

“炎叔叔。”李永还在床上未起,他撑起身子接着说,“夜里没睡好,天亮了才合眼。”

“你躺着吧。躺着说话。外面那些卫兵都是些新面孔,什么时候来的?”

“昨天。”

“我刚才问他们奉谁的令,他们说是海汉传皇上的旨意。”

“我想知道母亲在哪,可不知道该去问谁。”

李炎说:“皇嫂在木塔寺。都是贤妃在搞鬼。”

“炎叔叔,我现在该怎么办?”

“解铃还须系铃人。我直接去找皇兄。”

显然文宗皇帝早已料到李炎会过来。

文宗说:“我正要找你,你自己就到了。坐。”

李炎坐下:“皇兄请下指示。”

“回鹘老可汗病故,新可汗继位,朝廷需派大员往回鹘授印,就由你辛苦一趟了。”

“臣弟义不容辞。”李炎顿了一下说,“今日上门,想过问一下永儿被禁足的事。不知皇兄是出于何种考虑。”

文宗想了一下:“他母亲被禁,朕担心他年少冲动,肆意妄为,因此着人加以看管,以免再生是非。”

“臣弟担忧,这样一来怕外面谣言四起,说宫廷内乱。况且永儿年少,禁足可能会令他心绪烦乱,性情发生逆变,造成不良后果。”

“你的话不无道理。或者这样,”文宗大声喊道,“海汉。”

海汉进来:“皇上。”

“传我的话,撤掉看管太子的卫兵。你去找太子,嘱他不要出宫,不可找人询问关于他母亲的事。”

海汉领命退出。

李炎说:“永儿很想见皇嫂一面。”

“眼下还是不要了。回鹘那边的事情紧急,你两日内便要动身。”

“臣弟遵旨。”

国事让文宗皇帝在非常时期将最信任的李炎遣出长安。在文宗心中国事天下事永远大于家事,他不以为废妃事关国家,所以令李炎去忙国事天下事,不需要李炎纠缠在他的家事上。皇上此举是出于公心,但却未必是明智之举。

后院失火是人生之大劫,而皇上的后院失火则是国之大劫。能解此劫的,凡天下只李炎一人。李炎的使命看来很重大,其实遣另外什么人去结果不会有很大不同。但是皇上的话乃圣旨,即使作为皇弟李炎仍然不可违逆,其结果便是曾经的王德妃被彻彻底底地废黜,再没有回旋的余地。千多年来诸多有心的读家往回翻动史册,都会为唐文宗这一次对李炎的派遣扼腕叹息。倘若皇上另有所派,整个晚唐的历史都将会重新改写。呜呼!

安其风的阴森结局

1

整个事情的奇特之处在于,里面已经翻天覆地,外面却依然波澜不惊。玉央是唯一从里面走出来的外人,她的神经在一个时辰里经受了前所未有的侵袭,她已经到了崩溃的边缘,脑袋里一片空白。安其风从自己房间出来时,玉央刚好进院子。

安其风问:“你刚从德妃娘娘那边回来?”

玉央快步走到她身前,低声:“尚容,请您进来一下。”

玉央直接进了安其风房间。安其风随其后,她看出了她的异样,马上将屋门紧闭。玉央终于忍不住一下哭出来了。

安其风问:“你究竟怎么啦?”

“尚容,我吓死了。”玉央抽抽搭搭,浑身发抖,断断续续终于还是把整个事情说出来。

安其凤说:“丫头,你在场的事,除了欢喜还有谁知道?”

玉央摇头:“应该没有别人。我不知道那个寇公公是不是知道。”

“肯定没有别人吗?”

“没有。可是杨贤妃刚进门那会,曾经夸王德妃国色天香,还问‘不会是范娉柳做的吧’。王德妃没提我的名字。当时还看不出会发生后来那些事。”

安其凤显然没想到会出现如此严重的变故。

“这才是我最担心的。平时你就看不出妃嫔之间的矛盾,见了面都是姐姐妹妹的一团和气,但是到了关键时刻真刀对真枪,谁都不含糊。而且总会有下人被牵连进去。这次是清蔷被抓了倒霉。我不知道你会不会也被卷进去。”

玉央辩解:“可是我只不过去化妆啊。”

“去化妆不是问题。问题是如果有谁知道你在现场,你听到了全部内情,你就很危险了。”

“清蔷怎么会被王德妃……”

安其凤打断她:“记住,以后再不可以叫王德妃了。祸从口出。”

二人并排坐在床边,身子微微侧向对方。

玉央问:“清蔷怎么会被王抓住让她诬陷杨贤妃呢?”

“你听到的只是清蔷的一面之词,也许事实刚好相反。”

“就像王,王说的那样,是杨,让清蔷给王献了偏方?”

“清蔷献偏方的事我一清二楚。但是日后谁再问我,我也只能说不知道。知道这事的不只我一个,还有范娉柳。当时王很相信清蔷,就对尚药局谎称偏方是她自己寻来的。结果那偏方把她身体弄垮了,又把她害到如此地步。”

玉央睁大眼睛:“您是说,这整个就是一个专门针对王的大阴谋?”

“我什么也没说。”

“尚容,我进宫五年了,您对我了解得比自己的孩子也不差吧。我是那种以德报怨心思歹毒的女孩子吗?您不用提防我。我就是死也不会做对不起良心的事。”

“我不是提防你。你应该知道,不该说的话,无论对谁我都不会说。”

“王,明摆着是被冤枉的,被人诬陷。难道就没有……”

安其凤斩钉截铁:“没有。”

“可是,若您、范司容、欢喜、寇公公,你们这些知情者一起向皇上禀报真情,难道就不能还她一个清白吗?”

“你太天真了。如果王没有一个死对头,她仅仅是被皇上误会了,你说的也许有一线希望。但也非常之难。皇上是谁?话从皇上之口说出来,就像太阳从西边落山一样,是谁也改变不了的。况且不是什么人都能直接面见皇上。”

“可是皇上自己可以改呀,如果皇上意识到是自己错了。”

安其凤果然不再对玉央设防:“事实上不是皇上偶然误会。你说的不错,这一切都是一场阴谋,而且蓄谋已久。王的对头原本就过分强大,除了王,任何人都不是她的对手。现在她已经把王扳倒了。以我和你加上范娉柳欢喜这几个人的力量,想去和她抗衡,无异于以卵击石。你说到小寇子,他不但没有任何说话的机会,以我的经验,他根本活不过今日。”

玉央脸色惨白:“您是说,他们会杀了他?”

“我什么也没说。”

“对不起尚容,我又忘了。”

“整个后宫马上会天翻地覆,所有的人,所有的位置,所有的一切都会变。我猜我在这里的日子屈指可数了。”

“怎么，您会走吗？”

“这也不是我自己说了算的，一切只有听凭命运了。玉央，记住我现在对你说的话，无论对谁也不要说今天你在现场，即使对你娘也不要说。”

玉央点头，想想：“如果欢喜说了呢？”

安其凤眼睛抬向屋顶：“只有求上天保佑你了。”

罢黜德妃事件，波及的不仅仅是李永，其深远的影响将在很长一段时间里逐渐显现。

不消说心情最好的人非杨贤妃莫属，她的眼前一片光明，她以后的日子彻底不同了。杨贤妃宫洋溢着节日般的喜庆。秦耕人在指挥人为杨贤妃换床。原来的床抬出，新床要奢华许多。杨贤妃在花园这边石桌石凳饮茶。安其凤从外面进来。小萝卜指引她往杨贤妃这边来。

安其凤说：“贤妃娘娘。”

杨贤妃和蔼可掬：“坐下说话吧。”

安其凤没坐，也许她觉得这一次站着说话更方便。

“我在后宫太久，加之身体欠佳，早就萌生去意。还请娘娘体谅。”

杨贤妃说：“正因为你是后宫元老，就更不必拘礼，坐呀。”

“我提辞呈，这已经是第三次了。并非因贤妃娘娘主理后宫才生出此意。请娘娘不要误会。”

“我有说过这样的话吗？”

“娘娘没有，是在下多心了。”

“我既然没有，你又何必多心呢？如果你对薪俸不满足，提出来就是了。没有什么事不可以商量。”

安其凤说：“不是的。我俸银不少，而且所需无多，经年下来已小有积蓄。过一份小日子也足够了。想出宫是由于一段姻缘，还请娘娘成全。”

“姻缘？说来听听。”

“是舅舅家里一位表哥。自小他便喜欢我，因我入宫便也没了后话。三年前表嫂病故，五个侄儿侄女需要人照料，表哥托舅舅找我说亲。娘娘知道我也年近四十，如还想婚嫁，也许这是最后的机会。”

“其实是一段青梅竹马的故事。”

安其凤脸有些红了：“就算是吧。”

“应该是很动人的故事……”

杨贤妃如上的话，句句都显出作为主子的体贴，安其凤却怎么听着都觉得刺耳。人类话语的微妙之处在此展露无遗。然而老虎毕竟是老虎，在它心情好的时候可以笑不露齿，但绝不可能永远将牙齿藏在嘴巴里面。

杨贤妃说：“唉，王守澄在宫外还有儿子吗？”

“不是他，是另一个舅舅，小舅舅的儿子。不瞒娘娘说，做女人一世，但凡有机会，我还是打算做一次母亲，生一个孩子。”

一直和颜悦色的杨贤妃，脸色忽然变得很难看。安其凤马上觉到了，扑通跪倒。

“对不起娘娘，我失言了。我，我只顾说自己的心情，忘了，我忘了！”

杨贤妃又轻又淡：“忘了什么？”

“娘娘恕罪。”

“你怎么了？何罪之有？我累了，你回吧。”

“娘娘，娘娘，看在我鞠躬尽瘁三十年的分上，宽恕我吧。”

“你让我宽恕你什么？起来吧。也一大把年纪了，让人看了多丢人啊。”

轻飘飘的一句话在别人听来似乎不算什么，但是那两个刺耳的字眼还是让安其凤心惊肉跳。丢人,千万别以为那是贤妃娘娘随口一说,是口误或者用词不当,安其凤心里非常明白,杨贤妃故意这么说。杨贤妃和她的过节只有她们两个人心知肚明。安其凤忽然很后悔自己跪下,但世上原本就没有后悔药可卖,杨贤妃让她起来她也只能起来了。秦耕人颠着圆圆的肚子,小跑着过来。

"贤妃娘娘,新床已摆放停当,请您过去看看还满意吗?"

"好啊,去看看。"

杨贤妃起身便随秦总管走了。

安其凤机械地说:"贤妃娘娘慢走。"

也许是她去意已定,才会有如此疏忽。后宫里没人不知道杨贤妃最忌提生养,膝下无子是她的死穴。毕竟她进宫也十年有余,在李昭仪来之前,曾深受皇上恩宠,不能说皇上没有给她生养的机会。

安其凤一不小心竟然撞上了杨贤妃的死穴,她心里清楚自己闯下了天大的祸患。恐慌之后,她的心绪反而放平了,即使没有眼下的闯祸,她仍然不可能放过她。这才是关键。以她对她的了解,这个女人绝对不放过任何一个她眼中的对手,而自己又是属于她的死对头的人。单凭这一点,自己已经被她视作死对头,没有任何得到赦免的可能。

安其凤走出杨贤妃宫的时候心静如水。

对于已经权倾后宫的杨贤妃来说,安其凤只是一笔待算的旧账。有账不怕重算是一句老话,杨贤妃今次只是给安其凤提个醒。她很像是一只吃饱了肚子的猫,并不急于一口吃掉已经在她利爪下打抖的小老鼠安其凤,她量她就是长出八只脚也逃不出她的手心。

杨贤妃看过秦总管刚为她换过的大床,觉得相当满意。又回到起居室,对镜自我端详,脸微微扬起。谷司妆为她修眉。

"娘娘的眉形天生就整齐,基本不需要做什么改变。"

"我总嫌它太浓。"

"只要稍微修得细一点,就不会觉得浓了。"

杨贤妃说:"你看着办吧。绣春,给你透露个消息,安其凤已经给我递了辞呈。"

谷绣春眼睛亮了:"娘娘,您准了吗?"

"哪有那么容易?"

"让她走还不是您一句话?"

"现在我还不想让她走。"

谷绣春的情绪显然受到影响:"那么您是挽留她了?"

"别那么没出息。我挽留她怎么了?还得看你的脸色不成?"

谷绣春嘟哝:"我不是那个意思。"

"告诉你,我跟安其凤还有账要算,这么让她走就太便宜她了。"

谷绣春眼里重新放光:"娘娘,您是要收拾她了?"

所有的话都是谷绣春一个人在说,杨贤妃只闭上眼享受。

当日晚些时候,黄昏橙色的光线斜射入厅堂,隔架上新填的景泰蓝壶、黄玉雕凤、镏金木楱……诸般器物在晚照里显得华贵柔和、富丽堂皇。杨贤妃在靠背椅中静坐吃茶。

玉央进门:"娘娘。"

"见到你娘了?"见玉央点头,杨贤妃问,"她怎么说?"

"我娘说,那个部位很危险的,不可随意用药。"

"危险?"

"还说那里不该是长痘痘的地方。我没告诉她是您。她担心是体内有疮毒。说最好尽快找御医,一定不要耽搁了。”

杨贤妃想想:“那好吧,我马上传御医。本来还想跟你说说别的事,就改日吧。”

玉央脱口而出:“谢娘娘。”

杨贤妃没懂:“谢我干吗?”

玉央脸红了:“是这样,今日,我娘她,她身子不舒服,我想回去陪陪她。”

杨贤妃笑了:“去告诉安尚容,我准你的假。回吧。”

“谢娘娘恩典。”

玉央马不停蹄径直去尚容局安其凤房间,刚好安其凤出门来。

玉央打招呼:“尚容。”

安其凤问:“有事吗?”

“今晚我想出宫,贤妃娘娘已经准了,让我来跟您打声招呼。”

“知道了,去吧。”

玉央转身。

安其凤想想:“玉央。”

玉央回转身。

“你等等。”

安其凤回身开门锁,进门。须臾又出门来,将一本厚重的册子递给玉央。

“我的工作笔记。”

“您的笔记?”

“我记得你说过想编一本有关妆容的集子。”

“哦,是的。可至今还没怎么动笔呢。”

“这本册子里记载了我二十几年全部的方子,可能对你的集子会有帮助。”

玉央惊讶:“您把它给我?”

安其凤点头:“送给你了。”

“可是,您为什么现在把它送给我?”

“难道非得过世了,才能把笔记传给徒弟吗?”

玉央局促:“我不是这个意思……”

安尚容笑了,笑得很温和,却也有点悲凉。

“不用想那么多,拿着吧。”

玉央接过书册:“谢谢尚容。等我誊写完,马上还给您。”

安尚容点头:“不早了,去吧。”

“是。”

玉央走向院门,又回头看看仍立在门口的安其凤。

“玉央告辞。”

安其凤点点头,目送玉央出院门,面色渐渐凝重起来。她没有时间沉浸在伤感中,她还有要紧事,她知道已经没有多少时间让她耽搁了。

2

李昭仪宫的花园小巧精致。李昭仪穿了一身素色衣装,带着余翠在花园里散步。许多日间盛开的花这会已经半拢花瓣,有一簇黄色的阿朵还开得很好,娇嫩可爱,她停下来观赏。安其凤进来。

李昭仪说:“尚容,你可是稀客啊。”

“娘娘吃过了吧?”

“刚刚吃过,出来散散步。尚容不请自来,一定有什么事吧?”

“不知是否有打扰娘娘。”

“我没事的。余翠,你不用跟着,忙你的事去吧。”

李昭仪和安其凤并肩走入花坛甬道。

安其凤说:“娘娘,这些年你我交道不多,但是彼此应该心照不宣。”

“我知道你人还正派,做事也勤勉用心。你想说什么尽管说就是了。”

“后宫原本乃是非之地,上上下下皆污浊不堪。说谁正派也只是相比较而言。安其凤自知难当这两个字,娘娘用了一个还,在下已经有愧了。”

李昭仪面色凝重:“你能自知,殊为难得。我猜,你来是想告诉我一些隐情,关于我的,或者关于杨贤妃的。是吗?”

“都让娘娘说中了。”

“我再猜,你或者要辞官回乡,或者知道自己时日无多,于是想将前情往事做一个了断。”

安其凤忽然觉得轻松了:“辞官回乡是我的愿望,但也深知我只是一厢情愿而已。杨贤妃不会放过我。正如娘娘所言,我很清楚自己时日无多,该了断的必须有一个交代。这也是我来找娘娘的缘由。”

天色稍暗,李昭仪和安其凤对面而立。

李昭仪说:“刚进宫那会,我那么小,什么都还不明白,我把你当作唯一的依靠。可是你呢,你又对我做了什么?”

安其凤垂下头:“的确,我有负于您父亲的重托。我不是推脱责任,我想在这最后的时间里,给您解释一下当时的情形。”

“为什么你要说这是最后的时间?”

“我已经觉到了,杨贤妃绝不会放过我。”

“是啊。王氏对她造成的伤害,可谓刻骨铭心。也难怪杨贤妃今日对她下此毒手。你虽然只是帮衬,但是后果严重。以她的为人,的确很难放过你。”

安其凤语流十分畅快:“她不会留给我太多的时间,这一点我比任何人都清楚。也许就在这一天半天之内。我唯一的愧疚是对娘娘您。如果不能当您的面赎罪,求得您的宽恕,安其凤死也合不上眼。”

“与杨贤妃相比,王氏对我的伤害简直就不算什么了。但是伤在我身上,真正痛彻肺腑的是我。即使过去许久,我依然不能够释怀。”

安其凤又一次垂下头:“我心里都明白。而且当时我本来可以提醒您,或者我根本就可以阻止她对您的伤害。”

“可是你没有。你非但没有提醒我,对我告之危险,反而在我身后推了一把……”

安其凤打断她:“那是因为王氏在身后推我。我仅仅是由于惯性……”

她的声音低下去了。

李昭仪说:“你知道吗,对身体的伤害还在其次,因为它慢慢痊愈了。伤害最重的在心里,你让我很绝望,非常绝望。因为你是我的依靠。可是这依靠忽然就没了。我对后宫生活充满了恐惧。我那时刚刚十六岁啊。”

李昭仪泪流满面。

安其凤声调喑哑:“我那会天眼也闭了,只一味唯王氏马首是瞻,完全丢了良知,令娘娘坠入无边的恐惧。而这也正是王氏想要达到的目的。”

李昭仪转过脸:"不说这个了。都说出来,事情就过去了。"

"其实这许多年里,我很少来娘娘这,盖因内心愧疚,无颜面对娘娘。也许不是到了生命尽头的话,我还是没勇气对娘娘说出上面那些。可是我终于说了,也终于可以就此解脱了。"

"我知道你不是个坏人,即使做了坏事也只因为你软弱。"

"娘娘这么说,也就是宽恕我了。安其凤从心里谢娘娘。告辞了。"

轻轻站下,对着李昭仪背后深深鞠躬。转身轻轻离开了。李昭仪始终没有回过身来。

安其凤究竟怎样伤害过李昭仪已不可考,从她们对话里我们似乎听出了一些端倪。应该是王德妃假安其凤之手,对当年只有十六岁的李昭仪下过毒手。这成了安其凤的一个心结。她心知肚明,她的时间已经所剩无几,她不想将这个心结带走,她想面对面地对着李昭仪打开这个结。

她做到了吗?

都说到了那时候,每个人自己都知道。那时候,即所谓的最后一刻,是每个人最最神秘的一个瞬间。就是知道了谁也无可奈何,因为你知道的时刻便也是你生命结束的时刻。古往今来没有一个人能够躲过这一刻。这一刻就在尚容局安其凤房间,就在深夜。已经睡下的安其凤,忽然被门声惊醒。

"是谁?"

是杨贤妃的低声:"我。"

安其凤惊诧:"贤妃娘娘?"

马上从铺上爬起来,打开门。杨贤妃着一袭黑色带帽子的斗篷装,幽灵一样闪入。门开合之间看得见外面还有人守着。安其凤点灯的时候,手抖得很厉害。杨贤妃自己坐到灯下,脸藏在斗篷帽子的暗影之中。安其凤站在她对面。

杨贤妃轻飘飘地说:"你怎么发抖了?"

安其凤双手放到自己脸上,一会,双手放下。

"现在不抖了。"

杨贤妃问:"知道我找你是为什么吧。"

"知道。"

"是你说呢,还是我说呢?"

"你说好了。"

"我认识你也有不止十年了吧?"

"十几年了。"

"看来你什么都清楚。"

"清楚。"

"包括自己的下场?"

"包括。"

杨贤妃说:"刚才我特别注意到,你对我说话用了一个'你'。你一定是第一次这样对我说话吧?"

"第一次。"

"为什么呢?豁出去了?"

"也许你说的不错。事到如今,我想不出还有什么理由怕你。你能给我一个理由吗?"

"好,很好。你能这么想,我们就可以平等对话了。我倒是一直期待,有一个跟你平等对话的机会。可是你太恭顺太谦卑了,反倒让我不知如何是好。我总不能以皇妃的强势,去欺负如此柔弱的安尚容啊。现在你终于把胆子撑起来,把脊梁挺直,来跟我以'你'相称,我们终于可以平等对话了。"

"想说什么你就说吧。"安其凤出奇的冷静。

谁都听得出来,她们即将开始的是一场艰难的对话。后宫的天空阴云密布,那种压抑的氛围影响到每一个人。胡蝶心神不宁地拉开门出来。门被重新拉开,是清蔷。

"那么晚了,你去哪?"

胡蝶说:"我想出去走走。"

"你有毛病啊?"

伸手关上门。胡蝶黑着脸,鼻子里哼了一声,一个人往外面走。忽然有两个黑衣人闪出,挡住她去路。其中高个子的那个左边太阳穴上有一块紫痧胎记,煞是醒目。

带紫痧胎记的黑衣人低声喝道:"回去。"

胡蝶惊慌:"谁呀?"

黑衣人声音低沉:"不许喊。让你回去你就回去。"

胡蝶给吓住了,战战兢兢往回走。

另一个黑衣人说:"老大,那边等着你呢,这里交给我。"

带紫痧胎记的黑衣人走了。留下的黑衣人对胡蝶低喝。

"你磨蹭什么?"

胡蝶加快脚步,到门前又犹豫着站下了。清蔷又一次拉开门。

"哎呀,快进来睡吧,你折腾什么呀?"

胡蝶哭了:"我睡不着嘛。"

"那怎么又回来了?"

"我,我,我不想出去了。"

清蔷拉她:"那就进来。"

"我不进。你去睡吧。"

"莫名其妙了。"

又一次关上门。胡蝶进也不是,退也不是,一时僵在门前,连自己也不知道该如何是好。

安其凤房间里的空气紧张得马上要爆炸了。杨贤妃和安其凤相视而立。从气势上杨贤妃明显占了上风。

杨贤妃说:"你这条走狗,为非作歹的时候,你想过会有今日吗?"

"我不想为自己辩解。"

"你还想一走了之,安享天伦之乐是吗?你怎么说的,但凡有机会,我还是打算做一次母亲,生一个孩子?"

安其凤声音平和:"我不是有意刺激你。那一刻我说的是我心里的话。我的确把你不能生孩子这件事忘得干干净净。"

"你造的孽你可以忘,我却无论如何也不可以忘。不是有意刺激我?那你是无意的了?"

"你我都是女人,我还不至于像你以为的那么没人味。"

杨贤妃把每一个字都咬得异常清楚。

"你还敢说你有人味?你和姓王的两个对我做的事,就是畜生也干不出来!你们杀了我的孩子!也是你们令我再也不能怀上孩子!这就是你的人味?"

许多年里一直以微笑示人的杨贤妃,原来内心却藏着如此惨痛的记忆。谁都知道她是一个柔美的女人,柔软和美貌同时意味着性感,也昭示着情欲并洋溢着繁衍生殖的奥妙。原来她并非没有生儿育女的能力,这种能力丧失的背后藏着天大的秘密。很显然安其凤便是这秘密的知情人和参与者。

"那碗药茶是我端给你的不假。对你怀胎六月又失去孩子,我也负有无法推卸的责任。虽然当时我不知内情,但确是由我经手对你造成永久的伤害。现在你怎么处置我,我都无话可说。”

“我听得出,你只说了半句话。”

安其凤点头:“对。还有就是,我还想提醒你,造成你失去孩子以至于再不能怀上孩子的悲剧,你自己的责任甚至更大。”

“你们谋害我和我的孩子,我的责任更大?”

“很不幸的是我过后才知道,那是对你的报复,是针对你的一场阴谋。而起因正是你先对李永下毒手!”

杨贤妃冷笑:“看来你什么都知道了!”

“可惜知道得晚了点。如果早知道,也许就不会被王氏利用,去做了帮凶。我们是下人,求的只是温饱,我们有什么必要卷到你们妃嫔的争斗中去?”

“现在说什么都晚了,你已经卷进来了,而且做了帮凶。”

安其凤说:“你想要李永的命,王氏自然针锋相对,要你和你孩子的命。因此我说,你的悲剧是你咎由自取。”

“这话可以同样放到姓王的身上,同样放到你身上。”

安其凤点头:“是啊。我们同样咎由自取。”

“不是同样。你们,首先是你,然后是她,你们的死期到了。最终的结果是不一样的。”

“你不会不知道老天有眼这句话吧?你可以杀我,可以杀那个人,还可以杀更多的人。但是你以为你坏事做尽之后,还可以安享天年吗?你不会那么幼稚吧?”

杨贤妃又一次冷笑:“至少我可以亲眼看到你的下场,看到姓王的下场。”

安其凤同样冷笑:“我看不到你的下场,莫非你自己也看不到吗?”

这应该就是安其凤在这个世界上留下的最后一句话。这两个人可以再说,再说很多个回合,其实结果都一样。两个人都清楚这一点,不说也罢。那个夜连同接下来的那个早晨,后宫被凄云惨雾所笼罩,来来去去的宦官和宫女个个面容呆滞,显得无所适从。

杨贤妃重整后宫天下

1

对于杨贤妃,刚刚过去的时间真可谓千钧一发。

试想一下:她若晚到王德妃宫一炷香工夫,则清蔷已经将全部隐情和盘托出,因为清蔷再无其他选择。她杨贤妃纵然浑身是口,也绝无可能辩翻此案,那样的话废妃的圣旨不会变,但被废黜者一定姓杨,而不是姓王。所有的历史都将重写。

或者还有其他可能,比如姓王的不那么冲动,不在当场激怒皇上。比如姓王的在那一刻不在乎身份和尊严,死命拦住她进起居室面圣。比如小萝卜将侍寝高公公的话忘了禀报她。比如皇上没有如姓王的一样冲动,没有当场废妃,而是放到调查以后再做决定……任何一个比如,任何一种可能性,都将会是完全不同的历史。

没有什么可能。废黜王德妃就是历史。而此后的历史将由杨贤妃续写。

那么杨贤妃作为胜利者,作为硕果仅存的皇妃娘娘,她当仁不让地开始了自己的权力生涯。杨贤妃命小萝卜传内侍省总管、尚容、尚药、尚宫、尚膳、尚服、尚寝晚饭后过来见她。天色暗下来,杨贤妃宫的厅堂灯火通明,杨贤妃端坐上首,一张慈爱的笑脸迎接人们。

安其凤第一个进来:“娘娘,尚容局安其凤到。”

杨贤妃颔首。安其凤站在一旁。

戚尚药正走进门:“娘娘,尚药局戚锵到。”

杨贤妃颔首。戚锵自动走到安其凤身边。

一位中年宦官进门:“娘娘,尚寝局余海到。”

杨贤妃颔首。余海走到戚锵身边。

一位中年女官进门:“娘娘,尚服局吕黄芳到。”

杨贤妃颔首。吕黄芳走到余海身边。

另一位中年宦官进门:“娘娘,尚膳局葛叔华到。”

杨贤妃颔首。葛叔华走到吕黄芳身边。

另一位中年女官进门:“娘娘,尚宫局孟思语到。”

杨贤妃颔首。孟思语走到葛叔华身边。

秦总管进门:“娘娘,内侍省秦耕人到。”

杨贤妃颔首。秦耕人走到孟思语身边。小萝卜关大门。杨贤妃站起身,和颜悦色。

“内侍省并各局掌门人都在,我这里跟大家说一个事,圣上刚刚宣布,废黜德妃。从今往后,我要多关心一点后宫的日常事务。召大家来,一是想和诸位见个面打一声招呼。二是要告诉诸位一切照常。我很念旧的,不一定非换新人不可。”

秦耕人说:“听娘娘吩咐。”

众人齐声:“听娘娘吩咐。”

杨贤妃说:“人事变故必然会带来一些混乱,当务之急是安定。后宫事务繁杂,且人员众多。我缺少经验,还请诸位鼎力相助。”

秦耕人说:“我等必将全力以赴。请娘娘放心。”

众人齐声:“请娘娘放心。”

召见结束后,其他人都离开了,只有秦耕人还在,老老实实躬身站在杨贤妃对面。杨贤妃则靠坐在窗下。

杨贤妃说:“老总管,知道我要跟你说什么?”

秦耕人诚惶诚恐:“在下自知有错,还望娘娘大人不计小人过。”

“你心里明白就好。响鼓不用重锤。人各为其主,先前你为王氏卖命,我不怪你。”

“娘娘大人大量。在下日后定当为娘娘全心全意,以为弥补。”

“日后该做什么,该怎么做,这些你自己心里应该清楚。”

“清楚。在下清楚。娘娘但有指示,在下万死不辞。”

上行下效是普天下通行的规矩,后宫当然不会例外。各局掌门人必定回各局宣示布置。

于是就有了安其凤尚容生涯的最后一幕。

尚容局全体齐聚于尚容局课堂。尚容安其凤居上首。司容范娉柳司妆谷绣春司形梅英依次坐在安其凤左侧。下面第一排是典容典妆典形掌容掌妆掌形的位置。清蔷缺席。众女史坐在其后。

安其凤说:“想必大家都已经知道,从即日起,由贤妃娘娘接管后宫一切事务,我尚容局自然也在娘娘直接管辖之下。今日找大家来,是要将娘娘的吩咐传达下去。第一,尚容局暂时没有人事变动,各人各司其职,一切照旧。第二,各项基本事务也照常进行。第三,以往关于王氏的各项事宜,如配给、日常护理等,即日取消。听明白了吗?”

众人齐声:“明白了。”

“还有什么问题吗?”

范娉柳说:“尚容,今年进宫的七名小女史如何分配?”

“往年如何分配,此次照旧便是。”

“好的。”

谷绣春对范娉柳说：“等等，往年又是如何分配的呢？”

范娉柳说：“司容部三人，司妆部司形部各两人啊。”

“今时不同往日，分配上也应该做出调整。”

“十几年都是如此，我看不出有什么需要调整的必要。”

“我不是说了吗，今时不同往日？正因为十几年都这么分配，造成三部门人数比例严重失调，我认为到了该正视这个问题的时候。”

范娉柳说：“尚容局之中，本就属我司容部事务最繁杂，多分些人手是理所应当的，有什么问题？”

谷绣春针锋相对：“你这么说，似乎司妆部司形部每天都闲着没事干？”

“你心里清楚，我根本没有这个意思。”

“那你什么意思？同一个级别的部门，你的事就需要十七八个人做，我们的事就只用两三个人手？”

安其凤说：“谷司妆，你言过其实了。”

胡蝶偷偷拉前面玉央的袖子，轻声：“干上啦。”

玉央略微侧脸，低声：“不想死就闭嘴！”

范娉柳说：“事实上我们的确需要更多的人手，这是有目共睹的。我相信梅司形也不会反对我的意见。”

梅英低下头，不接话。

谷绣春说：“从前你可能真的忙不过来，但今后绝不会是这个情形。”

“今后如何，你又怎么会知道？”

谷绣春在鼻子里哼了一声：“谁不知道你范司容整日里忙前忙后，都是围着王氏打转。如今王氏的项目已被取消，我看你司容部起码能因此轻省一大半。所以我就不明白了，你还抓那么多人在手中有什么用？因此我要说，分配上应该适时做出调整。”

安其凤说：“既然在说分配问题，我们就事论事，不要扯到别的人和事上面去。”

谷绣春说：“我说的都是相关事实啊。”

“事实就是，”范娉柳指清蔷的空位说，“司容部的典容名存实亡，一大摊子事情全压在掌容玉央和其他女史头上，根本忙不过来。倘若你司妆部也突然没了典妆，想多补充一名女史进来帮手，有什么不能理解吗？”

“具体问题可以具体对待。我现在要说的，是必须革除你司容部仗势欺人的弊端，这个大局扭转过来了，才有讨论其他问题的可能。”

“我不跟你废话。”范娉柳对安其凤说，“我请求解除清蔷的典容职位，将掌容玉央顺升典容，女史胡蝶顺升掌容。也请求多分配人手到司容部。”

谷绣春说：“你是谁？你说解除就解除？清蔷有什么过错，你总要给个名目吧。”

“她有什么过错，有多大过错，该怎么处罚，还轮不到你来多嘴。”

“清蔷有什么事，的确不该我管。可你以此为借口，要多配人手，我就得管。”

范娉柳对安其凤说：“尚容，无论因为什么缘故，清蔷长时间不来司容部做事，造成整个部门的混乱，是为严重失职。仅此一条，就足以解除她的职位。请您批准我的请求。”

安其凤没有马上做出反应。女史们忽然对着门的方向瞪大眼睛。范娉柳察觉到异样，看向门口。不知何时清蔷已站到门口。

“尚容，对不起，我来晚了。”

安其凤点头：“进来吧。”

清蔷高昂着下巴进门，路过范娉柳时，看也没看她一眼，径直到自己座位坐下。女史们交头接耳，都在打量清蔷，场面有一点乱。玉央也看着清蔷。清蔷侧脸对她笑一笑，回头面对安其凤。

"尚容，贤妃娘娘让我带话给您，前一段时间差我出宫去搜寻美容秘方，贻误了司容部的日常工作，请多包涵。日后我会尽力弥补。"

安其凤说："既是娘娘差你出宫，便是正常工作，也就不存在贻误的问题。"

清蔷对范娉柳说："司容有什么意见吗？"

范娉柳脸色发白，什么话也说不出来。发现清蔷之前，她刚刚说了那许多关于清蔷的话，她不能够断定清蔷是否听到了。但她心里非常清楚，清蔷与她已经势同水火，再没有丝毫转圜的余地。清蔷的突然出现背后必定会有人撑腰，而且那个人应该就是在后宫只手遮天的贤妃娘娘。范娉柳不寒而栗。

2

先前关于清蔷的诸多猜测，由于清蔷的露面而彻底终止。这段时间清蔷不在，她俩已经习惯了没有清蔷的夜晚。玉央先吹了灯，钻到被子下。她不说话，胡蝶又郁闷了。她见玉央翻了个身，马上开口了。

"睡不着是吧？"

玉央没搭腔。

"究竟怎么了？一直不理我，我又什么地方得罪你了？我知道你没睡。"

玉央轻轻拉出被头，遮住脸，面对面看定胡蝶。胡蝶继续发牢骚。

"你不理我我要憋死了。刚才我碰到安尚容，跟她打招呼，她也不理我。在这里，你们两个是我最亲的人，你们都不理我！"

玉央终于开口了："我不信，少说几句你就会死。"

"你一开口我就死不了啦。玉央，清蔷也太神了，说没就没了，说来又来了，像从天上掉下来一样。"

"这些不咸不淡的话，你不说也罢。你为这个吃的亏还少吗？就不会长点记性？"

"不让我说话，还不如让我死了。你信不信，昨天夜里我愣是憋住了，没和清蔷讲一句话。"

玉央重新用被子蒙住头。

"哎呀，又生气，你成了气包了。好，我不说就是了。"胡蝶只停了片刻又说，"我就纳闷，每天这么晚，清蔷能去哪呢？"

清蔷又一次接上她的话，推开门："我去骑马了。要不要明天再赛一场？"

"人吓人要吓死人的。以后别这么接话，求你了。"

"怪你自己呀，你干吗总在我背后问我。"

"人家是关心你啊。"

清蔷将油灯点亮："玉央，把你吵醒了？"

玉央转过身来："还没睡呢。"

清蔷显然兴致很好："给你们发布一个小道消息，王氏，也就是太子李永的母亲……"

胡蝶说："这也算小道消息啊？普天之下尽人皆知。"

"你让我说完好不好？"

"你大喘气呀，一口气把话说完好不好？"

清蔷眉飞色舞："王氏现下被禁在和平坊中的木塔寺内，一日之内曾两次自杀，都被卫兵救下。"

胡蝶问："和平坊在哪里？"

"长安城的西南角，离大明宫最远的地方。"

"那李永岂不是很难见他娘一面了？"

这种时候胡蝶还在杞人忧天，真是个没心没肺的家伙。玉央心内气恼，又不便当着清蔷的面开口说胡蝶。尽管这一段清蔷与她俩相处得还算融洽，但是玉央总觉得之间隔了一些东西，这种感觉横亘在她们和清蔷中间，令玉央毫无缘由就心存芥蒂，跟清蔷怎么也做不到畅所欲言。

当然玉央心里还有阴影，毕竟她已经被裹挟到那场大的事变当中，她完全没有把握自己是否已经脱离了危局。她很希望躲起来，躲到别人不会注意到她的地方，她不想见任何人，甚至包括胡蝶，或者可以说，如果可能，玉央最不想见的人是杨贤妃。然而官身不由己，一大早她就被杨贤妃宫传唤。她没有选择。巧儿进去禀报的时候，杨贤妃刚刚遣走谷绣春。玉央背着小提箱进来，与谷绣春擦肩而过。玉央打了声招呼。谷绣春瞥她一眼，心下不免疑窦丛生，她凑到巧儿身边说悄悄话。

"巧儿，娘娘找玉央干吗？"

"不知道啊。"

"怎么娘娘一下把我们都支出来了？"

"是不是问她关于王氏的什么事？"

谷绣春点头："也许。王氏最后那一次，就是玉央化的妆。连发式和服装都是玉央帮她弄的。"

"我也在场。那一次王氏打扮得很怪，就像画上的人一样。就好像她知道那是她最后的时间，专门打扮成那样。"

谷绣春思忖："玉央深得王氏信赖，一定知道许多关于王氏的秘密。"

"娘娘也很信赖玉央啊。"

"是吗？"

"谁跟玉央打交道，都会觉得她有办法，人也可靠。"

谷绣春是那种头脑比较简单的女人，她当然想不明白为什么玉央会深得主子的器重。她知道玉央的话不多，也知道玉央手艺不错，更复杂的事情就超出她的理解范围了。谷绣春没有范娉柳那么大的野心，她只知道贤妃娘娘信任她，她自然也便甘心情愿站在贤妃娘娘一边，做一个自觉的捍卫者。她相信娘娘不会看不到她的忠心，也相信娘娘不会亏待她。

玉央直接进了寝房。贤妃娘娘仰卧在榻，已除去上衣，只在双乳上搭了一条长巾。玉央检视她双乳下方。

"发了两颗痘痘，一左一右，而且是对称的。"

杨贤妃说："这两天总觉得又痛又痒，估计就是皮肤又出问题了。"

玉央伸手轻触。

"比常见的要大一些，根似乎也深一些。"

"你有办法吗？"

玉央想想："一般的痘痘可以用祛痘膏剂。但是对这种很大的痘不知是否奏效。娘娘若不放心，最好请御医过来用药。"

杨贤妃说："你若有办法，就不必找御医了。生在那个地方，怪麻烦的。"

"那我将消痘夏枯草茶和祛痘膏剂配合起来用，娘娘看行吗？"

"这样，你马上回家一趟，听听你娘的主意。快去快回。不要对别人提这件事。"

"玉央明白。"

她出来的时候，谷绣春巧儿依旧立于门边聊天。

巧儿说："司妆不必心急。"

谷绣春说:“我急什么?”

巧儿笑了:“安尚容坐不久的。现如今既由娘娘掌管后宫,您大可以高枕无忧,还有什么可急的呢?”

谷绣春也笑:“这倒也是。”见玉央出来,转向玉央,“玉央。”

玉央站下:“司妆。”

“娘娘刚才跟你说什么了?”

“没有啊。”

“不会什么也没说吧?”

“真的没有。”

“那娘娘找你干吗?”

“讨论一个妆容方案。”

谷绣春不信:“就为这个?”

玉央点头。

谷绣春不高兴了,冷笑一声:“算了,不想说就不说。”

玉央不知如何应答,头垂得更低了。

尚容局课堂又有宣示了,内侍省秦耕人表情严肃站在前台,手持一纸文告。

“尚容局安其凤系乱党王守澄之嫡亲女外甥,仰仗其靠山一贯在后宫为非作恶,并参与了多起谋害妃嫔的事件。安其凤于昨夜畏罪自缢。”

下面一片哗然,众说纷纭。

“又是一个冤魂。”

“怎么是上吊啊,不是说浑身是血吗?”

“谋害谁了?是被谁谋害了吧。”

“七百年谷子八百年糠,专门翻旧账。欲加之罪何患无辞啊。”

“夜里到处都是黑衣人。”

秦耕人视而不见听而不闻。其他各位司容司妆司形也都装聋作哑。事不关己少说为上。

秦耕人咳了一下:“我下面有重要事情宣布,”众人重新安静下来,秦耕人说,“在征求了各方意见,并经由贤妃娘娘恩准后,我宣布,尚容局尚容一职,由谷绣春出任。”

人声又起,不过这一次要轻多了。嗡嗡声是许多耳语的集合。新任尚容谷绣春掩饰不住内心的得意,先瞥了范娉柳一眼,之后站到台上。

“大家都不是外人,我就长话短说。尚容局的事不是哪一个人就能做好的,我谷绣春也没有三头六臂,做事还靠大家。我这里给大家行两个大礼,”谷绣春两次深鞠躬,“一是请大家一如既往,全力以赴做好本职。二是谢谢大家。我最后公布一下人员变动。”

刚才还仔细听她说话的人群,忽然失去了平衡。大家左顾右盼,用眼睛交流彼此内心的想法,使气氛显得有点紧张。

谷绣春说:“司妆部典妆卢根娣补缺升任司妆一职,从即日起上任。”

众人似乎松了一口气。

有人轻声问:“谁是卢根娣啊?”

谷绣春说:“卢司妆,跟大家认识一下。”

卢根娣站出来,向众人施礼。气氛一下变得轻松起来。

谷绣春接着说:“司容部典容孔清蔷升任司容一职,从即日起上任。”

人群重新乱了。

“范娉柳怎么了?”

“谁是孔清蔷？”

“范司容做什么去呀？”

“清蔷凭什么？”

这一次胡蝶一反常态，竟然不吭一声，只是冷眼旁观。身边的玉央似乎早就知道结果，脸上没有丝毫表情。

谷绣春说：“孔司容，跟大家认识一下。”

清蔷向众人施礼。秦耕人与谷绣春耳语两句。众人的声音越来越大。秦耕人显然想说点什么，可是只见他嘴巴在动，他的声音则完全被湮没了。

相比之下，司容部的事就简单了许多。清蔷在院子里召集大家。

“我这有几句话。掌容玉央补缺升任典容，甲级女史胡蝶补缺升任掌容，范娉柳保留甲级女史。大家各就各位，做事吧。”

平日闲言碎语最多的司容部这一次出奇的平静。几近二十个女孩子居然没有一个人说哪怕一个字。范娉柳从容而镇定，丝毫看不出刚刚经历了人生最大的溃败。

大家静悄悄地散了。

已经入夜了，尚容局课堂的门开着，惨白的月光泻在门前。房子里没有点灯，玉央的身廓匍匐在书案前。

胡蝶从门外进来：“我到处找你，怎么猫到这来了？”

在桌前执笔的玉央抬起头。她神色恍惚，呆呆地盯住胡蝶。

“写什么呢？”胡蝶凑过来，眼睛忽然睁大了，“是安尚容啊。”

玉央正在为安其凤画一幅肖像，用线极其传神，特别勾画出安其凤眉宇间那种淡淡的愁思。肖像的旁边，摆着安其凤在最后那次见面时送给玉央的工作笔记。这也是神祇的意志吗？玉央木讷的脸上坠下大滴泪珠。身子开始重重地抽动。这是从没有过的事。盯住玉央的胡蝶露出了惊惧。

胡蝶说：“你哭了……你怎么哭了？玉央，玉央……”

胡蝶说着，忽然失声恸哭。

安其凤的画像似乎有了生命，笔墨线条在那个瞬间忽然就显得格外灵动。这幅画真就像极了我们所熟悉的那个安其凤。

胡蝶的哭多多少少带上了几分喜剧色彩，有一点夸张，更多的是孩子气。

胡蝶边哭边说：“还没见过你哭呢……还以为你没有眼泪呢……”

玉央抽搐得更厉害了，泪如泉涌。但她的五官没有一丝扭曲，且不发出任何声音。能够哭出来对玉央无疑是快事。两个人都明白，深夜在此嘀嘀咕咕是为不妥，便将烛火熄灭，掩上门回自己房间。她们摸黑钻进被窝。

胡蝶说：“谢天谢地，清蔷终于走了。”

玉央应声：“走了。都走了。”

“尚容走得太突然了。”

“头一天晚上我见了她最后一面。”玉央将手里的笔记擎起说，“她把她这一辈子记录的东西都留给我。好像她知道自己就要走了。她知道……可是我不知道……一点都不知道……”

胡蝶劝她：“你也不要太难过了。人死如灯灭，好人总是不长寿。”

“话虽这样说，难过也是免不了的。这几天我的右眼皮总是跳，我就觉得不是好兆头。”

“其实我早有预感了。尚容最近心思特别重，跟她说话她总是听不见。我前天夜里还梦到她。其实我梦到的是观音菩萨，可那张脸分明就是尚容。”

“说走就走了，真像梦一样。”

"昨晚你不在,我吓也吓死了。你想啊,就我跟清蔷两个人。白天刚刚听你和方汀讲她的那些勾当,我怎么睡得着啊?我一个人跑出去,想索性就不睡了,熬个通宵,天亮就不害怕了,谁知道刚一出院子,就被两个黑衣人拦住,你说要不要被吓死?"

玉央惊诧:"你在说胡话吧,什么黑衣人?"

"不骗你的。而且不止两个,远处还有。我觉得尚容局院子里到处都是黑影子。"

"你肯定被梦魇住了。"

"你别冤枉我好不好?"

"那你说,黑衣人怎么你了?"

"怎么倒没怎么,就是让我回去。我只好回去了。可是走到门口,一想到里面是清蔷,又不敢进去了。"

"你真的一夜没进去?"

胡蝶点头:"又不能出去,就那么在房间外面站着,好不容易熬到天亮。"

"怪不得早上一见你,两眼红红的,困坏了吧?"

"困倒不要紧,真的是吓坏了。幸好清蔷当了司容,搬出去了。不然我怕每个晚上都不敢合眼了。"

"糊涂死了。你怕什么?"

"都怪你。"

玉央不懂:"怪我?"

"你说我得罪清蔷啊。"

"我只是告诉你不要得罪她,哪里说你已经得罪她了?"

"玉央,我是不是脑子都糊涂了?"

"别胡思乱想了,马上睡。明早不能睡懒觉,天亮就得起来。"

"干吗呀?"

"你忘啦?你已经是掌容了。"

"你还是典容了呢。真像梦一样。好,马上睡。"

两人分别把头调开,结果是背对着背。玉央大睁着眼发呆。那边的胡蝶马上起了轻微的鼾声。

解除蒙蔽

1

人怕见面,这是人类最古老的箴言之一。

这个世界有太多的误会,太多的仇怨,太多的自以为是,皆由于违背了上面的箴言。一经见面,那些自以为是的仇怨和误会,忽然就变得极其脆弱,甚至不堪一击。这是一句经历过反复检验的平民真理,是可以颠扑不破的。现在有三个女孩去实践这古老的箴言了,她们是方汀、胡蝶和玉央。

先是方汀例行到大和药铺发难。她坐在桌案边,双腿交叠,一手放膝盖上,一手搁在案边,姿势舒展,活像前来视察的领导。荣氏为方汀沏上玫瑰香茶。

方汀说:"我最喜欢你这玫瑰香茶了。看你生意挺红火的,怎么这会儿没顾客上门啊?"

"每日的这个时候,都会清淡一点。也没问过您自己还做点什么?"

"自小学了刺绣,平日里做些手工,都是绣坊定制的,也算是一份进项。"

“刺绣在哪里学的？”

方汀脱口而出：“宫里……”

发现失言，忽然缄口。

荣氏问：“宫里？您在……”

“是太原府的共里，共里镇。”

“能为绣坊供货，足见姑娘的手艺不错。如姑娘不嫌弃，也可以将绣品放这里代卖。”

“那当然好了。药铺里卖女人的东西，我见过的你是头一家。很有想法，生意也够红火。”

刚好又有两位女客上门。

荣氏迎上：“二位想看点什么？”

“老板不记得我了，上次买过你的苏绣胸褡？”

荣氏说：“记起来了。用得还好吧？”

“我这妹妹也想买一个那样的胸褡。老板还有货吗？”

“我给你记下，过几日再来。”

“老板一定进货啊。”

“一定。姑娘放心。”

“那就过几日再来了。”

二人离开。

荣氏说：“上好的绣品走得很快。”

方汀说：“你只要有样子，无论什么我都能做的。”

这个时辰街上人群熙攘，一辆载人马车在街上，车上是胡蝶和玉央。

胡蝶说：“其实我一直很想见见你娘，都听你说了这么多年了。”

“都怪我粗心。不忙的时候，回家把你带上就是了。”

“你不请我，我自己不好意思要你请我。自打祖父外派，我在长安城就没处可去了。”

“你刚才是怎么请假的？”

“我就说二祖母生病，让清蔷为我挡一下。”

“二祖母？”

“祖父的小妾啊。”

玉央问：“她真的病了？”

“哪里啊。早跟祖父去蜀地了。”

“你撒谎不眨眼啊。”

“不然怎么跑得开呢？”

荣氏方汀隔案而坐，一人一杯花茶。

荣氏惊讶：“你的师傅那么厉害！”

方汀说：“她是湘绣出身，兼修的苏绣和蜀绣。”

门忽然被推开，玉央胡蝶进来。

玉央说：“娘。这个就是胡蝶。”

胡蝶说：“婶婶。”

荣氏说：“快进来。”

此时与胡蝶相熟的方汀正背对着她们，她脸上的表情凝固了。虽然没有回头，她已经知道她必得与胡蝶见面了。她当然不愿意在这里见到胡蝶，在其他任何地方见面都不是问题，但一定不该是在这里。

但方汀更在乎的还是玉央，她的死对头玉央。许久以来她甚至忘记了她总会有一天与玉央面对面，她知道这一天终归要到来，但是她不急，她要在完成她的复仇大业之时再与她面对。那应该是她们算总账的时候，她和她，方汀和玉央，她们要在那个时刻来一个最终了结。可是那个时刻提前了，突然而至。

方汀所有的念头其实只在一瞬之间，在玉央胡蝶往里面去的这一瞬。

荣氏说："小丫张嘴就会提到你。"

胡蝶说："我也一样。人家都说我张嘴就是玉央。"

荣氏说："我给你们介绍一下，这是房东方姑娘……"

胡蝶双眼大睁："方汀！"

方汀说："是你啊胡蝶。"

荣氏问："你们认识？"

"你是婶婶的房东？这也太巧了。"胡蝶忽然转向玉央说，"唉，你们不认识吗？"

"没见过的。"玉央摇头，对方汀说，"你好。"

胡蝶说："怎么会呢？方汀是司形部的呀。"

玉央说："早就听说你了，可是无论如何想不到，你会是我娘的房东。"

胡蝶当真开心："是啊，太巧了太巧了！"

荣氏说："方姑娘，你原来也在宫里啊。"

方汀略显尴尬："是啊。"

"那你说的宫里学的刺绣，不是太原府的共里镇了？"

"不好意思提宫里。"

胡蝶说："方汀原来在尚服局的。当年她的刺绣最有名了。"

荣氏说："原来是这样啊。"

铺内，一张供客人休息的漆木圆桌，四个圆凳，桌上一个紫砂茶壶。蝴蝶方汀玉央三人团坐到桌边，玉央执壶为其他几人加水。荣氏站在靠近柜台的地方，面朝她们。另外三个人都心无芥蒂，但是方汀有。

胡蝶说："我还以为你回老家了呢。"

方汀说："不想回去。"

玉央说："娘，我回来有差事的。"

"什么？"

"女人胸的下部长了痘痘，可以用祛痘膏吗？"

"那要看具体情况。"

胡蝶问："这房子是你的？"

方汀点头："买的。"

"你那么有钱啊。"

"出宫的时候李昭仪赏了一些，加上这些年也积攒下一些。"

玉央说："是那种很怪的痘痘，一边一个，很大。就在那个的下面一寸的位置，而且是对称的。"

荣氏问："是谁？"

"你就别问了。"

"那个部位可能不太好。"

方汀说："你还好吧？"

胡蝶说："烦都烦死了。"

"看你的样子，不像有什么烦心事啊。"

“你不知道宫里出大乱子了？”

方汀说：“什么大乱子？”

玉央说：“就从没见过痘痘会长到那个部位。”

荣氏说：“该不会是疮毒吧？”

“疮毒是什么？”

胡蝶说：“王德妃被皇上废了。”

方汀问：“王德妃？”

“就是王昭仪。她后来封了德妃。你不就是因为她才出宫了吗？”

“那个狗东西，也是她恶贯满盈，遭了报应了。”

荣氏说：“身体里有毛病，有时候会长恶疮，又红又肿，会流很多脓出来。”

玉央说：“我见过的。”

“一般那个部位不会长痘痘，要长也应该是上边，多是在中间这里。”

“她的那两颗痘痘还没有出头，但是根很大，摸上去硬硬的。”

荣氏说：“那种部位不能乱动，弄不好会有危险。”

胡蝶摇头：“好像有人陷害她。”

方汀说：“她那么霸道，谁能陷害她？”

“可能与清蔷有关。”

“清蔷？怎么会呢？”

“她在这之前很反常，那几天又神秘失踪。据说让王德妃抓起来了。”

荣氏说：“你不可乱来，还是找御医吧。”

玉央说：“可是为什么会有危险啊？”

“离奶头太近了呀。”

玉央问胡蝶：“你们说谁呢？”

胡蝶说：“清蔷啊。”

玉央声色俱厉：“我警告你，千万别惹到她，不然有你好看的。”

“我就知道你了解内情。哼，嘴那么严，一点口风都不露。”

玉央先前从来不会以这种口吻说别人，她也从未对胡蝶如此说话。她的口气首先让荣氏觉到了异常。她对女儿再熟悉不过了，女儿不是这样激烈的性格，女儿一定出什么事了。

玉央显然对胡蝶说到清蔷这件事很生气，她甚至不在乎当着他人的面责备胡蝶。

“谁让你自己没脑子！你也不想一想，先是她失踪了，然后传说她被抓了，然后王德妃被废了，然后她突然又回来了，又有贤妃娘娘保驾。”

“我怎么没想？所以我才说，陷害王德妃与她有关啊。”

方汀相当惊诧：“王德妃被清蔷陷害了？怎么可能。”

玉央继续说胡蝶：“所以我说你不知道厉害。祸从口出这个道理，要说多少遍你才能明白啊？”

胡蝶说：“你们都是自己人啊。在宫里你见我和谁说了？”

玉央说：“娘，我们马上得回去。”

荣氏说：“吃了饭再走。”

“你在忙着，就不要管我们了。我们几个出去吃。”

“也好。身上带着银子吗？”

方汀说：“我请二位。”

玉央说：“还是我请。”

“我比你们大,都听我的。”

胡蝶说:“哎呀,这有什么争的?婶婶,我们走了。我以后要过来吃你的菜。我知道你的菜最好吃了。”

荣氏说:“欢迎啊。一定再来。”

2

三个姑娘在西市饭庄要了单间。这是一个中档饭馆,几尺见方的单间,一张方桌,几把椅子,桌上六盘菜肴,有荤有素,三个茶杯,拱形圆门上挂着土布门帘。玉央蝴蝶方汀围桌而坐。她们点了五六个菜,吃得不亦乐乎。尤其是胡蝶,左一筷子右一筷子,嘴里塞得满满的。

方汀说:“你在宫里没饭吃吗?怎么馋成这样?”

胡蝶说:“你又不是不知道,宫里一天到晚就用那几样菜对付我们,早就吃腻了。而且还要懂规矩,注意仪态,不许说话,吃顿饭能憋死人。哪能像现在这样无拘无束,吃得这么开心?”

说完又是一筷子菜。

玉央说:“我还不是一样?每次回家吃我娘的菜那才叫开心呢。娘总是说我狼吞虎咽,以为我在宫里受了多少委屈。”

胡蝶说:“早知道你在外面活得这么滋润,我们就犯不着替你可惜了。”

方汀问:“可惜什么?”

“你出宫啊。”

方汀笑笑:“还有人替我可惜?”

“当然啦。李昭仪娘娘啊,余翠啊,梅司形啊。大家都不信南海石笋那件事是你干的。是吧玉央?”

玉央点头:“这件事娘娘和余翠跟我提过几次呢。”

有时候事情就是这样,你一直期待的某一个时机会突然不期而至,这正是方汀此刻的感受。玉央在家里提出出去吃饭,她本来想拒绝,但是马上又改变了主意,既然已经见了面,为什么让这样一个机会擦肩而过呢?她要近距离见识一下这个让她蒙受了不白之冤的死对头,她要和她面对面。她并不知道正面交锋的时机会如此突然就降临到她面前。

方汀问玉央:“你呢?你相不相信是我干的?”

“以前听她们讲你,就觉得你不像是会干出那种事的人。如今见了面,就更加觉得不像了。”

“那像是谁干的呢?”

玉央一愣:“我对那件事不是很清楚。”

“你真不清楚吗?”

“你这是怎么说话呢?”

胡蝶说:“是啊方汀,你怎么变成这样了?”

方汀说:“我可以打开天窗说亮话,有朋友告诉我,当时司容部有个女史是重点怀疑对象。最后因为她有死党站出来做伪证,她才侥幸逃脱。”

胡蝶问:“司容部的?你说的谁呀?”

“是谁她自己心里清楚。”

胡蝶说:“你不会在说我吧?”

“怎么会是你呢?若是你,我早就找你算账了,还会等到今天?”

玉央说:“我听明白了,你是在说我。”

方汀直面玉央:“听明白最好。既然话已经挑明了,我让你自己说,那石笋是不是你的?”

“当时她们也这么问过我,说我的搓脚石就是南海石笋。”

胡蝶说:“尚药局不是已经鉴定过了?”

方汀问:“尚药局怎么说?”

胡蝶说:“只是像而已,根本就是不同的东西。”

玉央说:“我当时还觉得纳闷,为什么会对搓脚石那么感兴趣。原来是有人在背后做文章。”

方汀问:“南海石笋真不是你的?”

玉央斩钉截铁:“当然不是。”

“你敢发誓?”

“如果是,让我全家不得好死。”

玉央的反应在方汀意料之外,她皱了一下眉。

“你没做,杨昭仪的那个巧儿,为什么挺身而出帮你脱罪?”

“那件事我从头到尾也不是嫌疑人。上上下下没有一个人怀疑过我。至于巧儿做了什么,我全不知情。”

“巧儿不是你死党?”

胡蝶大为惊诧:“巧儿什么时候成玉央死党了?她俩几乎不认识呀!”

方汀当真糊涂了:“怎么会是这样,哪哪都错了?”

胡蝶说:“我跟玉央这么多年,同吃同睡,她跟谁话多跟谁话少,没有我不知道的。一定要说玉央在宫里有死党,那就只能是胡蝶。”

方汀说:“可是我听说你救过巧儿一命,这不会错吧?”

胡蝶说:“你说的不就是捕蜂花那件事吗?那次要不是玉央,巧儿真就说不清楚了。”

玉央说:“但那要说是救巧儿一命,也太夸张了吧。”

方汀说:“但是巧儿知恩图报,舍身救你,这总归是事实啊。”

玉央说:“根本不关我什么事,我干吗需要别人来救啊?”

胡蝶说:“巧儿举报你,和玉央根本扯不上一点关系。这都哪是哪呀?”

三个姑娘都沉默了。

玉央想了又想:“你之前说,有朋友告诉你这些话。我猜得出你说的那个朋友究竟是谁。”

胡蝶说:“谁这么信口开河胡说八道?”

方汀有几秒没说话,似乎在回忆。

胡蝶说:“我就够喜欢乱说话了,没想到还有比我更胡言乱语的人。这也太离谱了,简直是栽赃陷害!”

方汀终于说出来:“我说的是清蔷。”

玉央说:“我就猜到是她。因为当时也是她,硬把搓脚石与南海石笋扯到一起。”

方汀回忆:“她跟我说很多人都这么怀疑,是巧儿指证我才把你从怀疑中解放出来。巧儿为了报恩救你,结果把我害到那么惨!”

胡蝶说:“她的用心太狠毒了!而且她根本不是为了害你,她是为了害玉央,她一直把玉央当成死对头。我相信巧儿害你一定有她的份!她和巧儿都是一伙的。她连王德妃都敢陷害,还有什么谎话是说不出口的?方汀,你怎么没脑子,她的话也信?”

玉央说:“清蔷当着皇上的面诬陷王德妃,王德妃是因为恶骂清蔷才被皇上废黜的。她们利用了王德妃的脾气,王德妃中了她们的圈套。”

方汀疑惑:“她们?清蔷和谁?”

玉央说:“她背后那个人。”

胡蝶说:“我就知道你了解内情。”

玉央说:“清蔷受那个人指使,将一个有毒的偏方献给王德妃。结果王德妃中毒很深,已经无药可救。”

胡蝶说:“偏方的事我也听说了,都是真的呀?我还以为是宫女宦官那些家伙搬弄是非呢。”

方汀说:“你别打岔,让玉央把话说完。”

玉央说:“这事最终被王德妃查清了。她将清蔷抓住,关在密室。又把皇上请过来,让清蔷当皇上的面供认是那个人的阴谋。可是非常奇怪,那个人偏偏在那个时间闯进王德妃宫里。王德妃拦也没拦住,还摔了大跟头。”

她俩盯住玉央的脸。玉央喝一口茶。

“有那个人在场,本来已经答应王德妃的清蔷忽然倒戈,把所有的坏事都推到王德妃身上。王德妃气疯了,也把皇上气坏了,皇上当场就宣布废黜王德妃。”

胡蝶满脸紧张:“这些都是你亲眼所见?你就在现场?”

玉央说:“我在,但也只是亲耳所听。当时皇上来得仓促,王德妃将我一把推到她卧室。发生的所有一切,都在起居室内。我和他们只隔着一扇门。”

胡蝶说:“天哪,换成是我,吓也吓死了。”

玉央说:“当时跟着王德妃的寇公公被带走,之后就再也没有人见到他。”

胡蝶说:“有传言说小寇子上吊了。”

方汀说:“后宫里的冤魂多了,要么上吊,要么投井。说穿了,还不都是灭口。”

玉央对胡蝶说:“所以我最恨你乱讲话,尤其是讲清蔷。”

方汀自言自语:“看来我是被人骗了,被人利用了。”

玉央说:“所以,你成为我娘的房东,也一定不是偶然了。”

方汀点头:“要不我早就离开长安了。我一心要找你寻仇,发誓报复你。我至今还住在清蔷的房子里,一切都是她在背后搞的鬼。”

胡蝶看看玉央,又看看方汀。

“这么复杂!若你们两个早一点见面,也许早就真相大白了。”

玉央说:“还亏了你在。不然我们见了面,她还在恨我,我还是蒙在鼓里,见了也是白见。”

方汀说:“玉央,我给你道歉了。”

“快别这么说。”

“也许你娘没对你讲,你不知道我对你娘做了多少坏事。”

玉央睁大眼睛:“对我娘?你做什么了?”

方汀懊悔不迭:“一言难尽啊。”

对于方汀,那已经是个太长太长的故事。让她们慢慢说,读家就不必陪着她们了。不论恩怨情仇如何搅扰着人们的生活,生活仍然在继续,明天仍然在前面等着我们。

三个姑娘见面之后,蒙在鼓里的便只有清蔷一个人了。自以为得计是她的一贯风格。她着人叫玉央来司容部。

玉央进来:“司容找我?”

“以后杨贤妃那边的事,我亲自抓。你着重负责李昭仪。”

“玉央明白。”

“玉央,我们是好姐妹,两个人的时候你就别司容司容的了。”

“明白了司容。”

清蔷笑了:“你看你!你娘还好吧?她铺子的生意怎么样?”

“还好。司容没别的事,我去做事了。”

“真拿你没办法。”

玉央转身。清蕾以为玉央还依旧蒙在鼓里。

3

西市真正的明星是疯婆子。正值晌午,市上人群熙来攘往,叫买声叫卖声此起彼伏。疯婆子紧紧抱着一只黑翎大公鸡,一路高叫。

“让开！让开！”

冲进人群中央。这是个斗鸡场地。刚刚有过一场血腥的厮杀,一只斗败的公鸡已经奄奄一息。鸡的主人肆泪滂沱。

胜者则趾高气扬:“谁敢再来？”

疯婆子说:“不敢是你儿子！押呀押呀！押我的准赢。”

司仪说:“押黑押黄,悉听尊便。”

先前的胜利者是一只纯种的九斤黄大公鸡,异常强壮凶悍,几乎所有赌客都将钱押给九斤黄。只有一个人,一个女人,将铜钱押到黑公鸡这一边。转身,是方汀。众人哄笑。

司仪宣布:“开始。”

鸡主各自撒开自己的斗士。天昏地暗的一场恶斗。围观者的各色表情,喝彩、鼓劲,夹杂着赌徒们疯狂的号叫。疯婆子居然为两只斗鸡伴舞。结果以黑鸡的胜出告终。失意的赌徒们一片哀鸣。司仪将大堆铜钱一分为二,让疯婆子选。疯婆子拿走离自己近的一份,又将自己的铜钱一分为二,将其一递给方汀。

方汀说:“要不了那么多,我闹着玩的。”

疯婆子说:“拿着吧。走。”

抱着黑公鸡,拉方汀从人群中脱身。

方汀眨眨眼:“我就认定你会赢。”

疯婆子同样神秘地眨眨眼:“化干戈为玉帛啦？”

方汀没懂,指着公鸡:“你是说它吗？”

“说你。你,你你你。”

“我？化干戈为玉帛？”方汀忽然领悟,“对呀,可是你怎么知道的？”

疯婆子把公鸡递到她手上:“送你啦。”

方汀还没明白过来,疯婆子已经跑掉了。

方汀对黑公鸡说:“我拿你怎么办啊？”

她当然没有别的办法,去大和药铺是她唯一的选择。刚好这会儿顾客盈门,荣氏忙得不亦乐乎。方汀抱着公鸡进来,见状,忙将鸡腿上的麻绳收短,让公鸡迈不开步。把它放到里间,带上门。然后过来招呼顾客。

方汀问顾客:“您要看点什么？”

荣氏转过脸,对方汀浅浅一笑。一整个下午都是两个人同时应酬顾客,她们几乎就没有时间闲聊。天暗下来,最后一个顾客离开了。方汀这才协助荣氏,一道上好窗板。

荣氏说:“进来坐会吧。喝杯茶再走。”

二人安安静静坐下来喝茶。

方汀说:“荣师傅,你坐。我有话要对你说。”

“方姑娘,你今天这是怎么了？”

“您知道我们的缘分是怎么一回事吗？”

“我碰巧租了你的房子。”

方汀摇头:“您租的不是我的房。是我把您租的房买下来。”

“你这么说,我倒觉得奇怪了。当初租房的时候的确不是你。”

“不是碰巧,是我故意找上您。本来我们之间不可能有任何关系的。”

“你说故意,我倒真是被你说糊涂了。”

“这一切都是因为清蔷。”

荣氏意外:“那个司容部的典容?”

“就是她。内里的细情就不跟您啰唆了。总之我故意找到您,之后想尽法子对您发难。我知道前段日子您被我搞得很惨。”

荣氏颔首:“我也觉得奇怪,看你面相不是那种刁蛮之人,可事事处处都像成心和我过不去。”

“就是成心和您过不去。”

“小丫不说宫里的事,我也不问。不过我听明白了,那个清蔷,小丫一定是得罪她了。她认识你,就想方设法通过你来报复小丫。”

方汀点头:“荣师傅到底通透,大概就是那么回事。我方汀对您不起,这里向您道歉,诚心诚意地向您道歉。”

“快别这么说。我最难的时候,银钱周转不开,还不是你救了我的急?我几十岁的人,谁人怎么样还是看得明白。虽然不懂你为何与我为难,但也不觉得你就是个坏人。”

“都说人怕见面。我和玉央只一面,所有的误解和恩怨便都打开了。”

“也是命运在捉弄人,小丫和你同在尚容局几年,竟面也没见过一次。”

“我见过她,只是没有交道而已。所以才让那个清蔷钻了空子。想想我被那么一个小东西利用了,而且那么久,对您造成那么大伤害,真恨死她了。”

“关于我的话就不要再提。”

“其实我更恨的是自己,谁让我昏了头,谁让我有眼无珠了?”

“你是被人陷害才出宫的?”

方汀点头:“是啊。十之八九也是那个杨贤妃和清蔷她们搞的鬼,那也是一个针对王德妃的阴谋。”

“幸好你和小丫见面了,相逢一笑恩仇俱泯。从今往后我们就是朋友了。”

“先前是我方汀愧对朋友。荣师傅,咱们来日方长。”

面对方汀的直言相告,荣氏许久以来的心结一下被打开了。她一直不是一个心思很重的女人,方汀的每次发难都给她带来麻烦,或者可以说方汀本人就是无尽无休的麻烦。但是她却一直没当方汀是一个坏人,她没有从一个坏人的角度看方汀。原来她自己也不明白为什么会这样,现在她明白了,方汀当真不是个坏人,只是受了坏人的利用而已。心结一旦打开,一直以来所受的磨难便都一下子化解了,荣氏的心里甚至在可怜这个被人利用的女人,她才是受害者。

拍门声伴随着玉央的来临。

“娘,是我。方汀,你也在啊。”

方汀说:“在跟你娘忏悔,以前做了那么多对不住她的事。”

荣氏说:“已经说了不再提,不许再提。现在我们是朋友了啊。”

“我马上就得回去,只说几句话。方汀,你在这正好。”玉央又转向荣氏说,“今日清蔷忽然问起你,闹得我心惊胆战。”

“她还到这来找过我呢。”方汀接话,又对荣氏说,“就是那个问您祛痘配方的姑娘。”

荣氏点头:“那个就是清蔷啊,我记得她。”

玉央说:“她连这个地方都知道,那就更危险了。她是什么事都做得出来的。”

“你若担心,我就关了铺子,先回扬州老家。你也不是非在宫里不可。”

方汀说:“没用的,宫里所有这些人的家庭情况,都掌握在内侍省。”

玉央说:“其实我也没真正得罪过她,只不过做事还算努力,让她嫉恨罢了。”

“荣师傅早就在清蔷的视线之内,”方汀对荣氏说,“就是她把您指给我,包括您在永安坊的家,包括这里。清蔷对您的一切了如指掌。”

玉央说:“简直太可怕了。我们必须从她的视野里消失。娘,首先是你。你先躲出去,日后我再想办法。”

荣氏说:“我去哪里都不是问题。关键还是你,包括日后怎么和你联系。”

方汀想想:“这样吧,去太原府,那里我熟悉,也有些关系可以帮上忙。”

玉央说:“不能再连累你。”

荣氏说:“是啊,牵连的人越少越好。”

方汀说:“你们这么说,就是不把我当朋友了。”

荣氏说:“快别这么说。”

方汀抓住玉央的手:“玉央,就让我带你娘一起走。给我一个机会,让我弥补心里的歉疚。相信我,我们是一生一世的朋友。”

说着,她眼里也湿润了。

玉央说:“那好,我们是一生一世的朋友。”

荣氏说:“事不宜迟,争取明晚就动身。”

玉央点头:“我回去了。不能让清蔷有所察觉。明晚我来送你们。”

方汀说:“玉央,家里的事你就放心吧,有我呢。”

玉央感动,抓住方汀的手,另一只手抓住荣氏。化干戈为玉帛是一句箴言,但也只是一句听听而已的箴言。在现实生活当中,很少见到有谁去认真践行,因为那实在不是一件容易做到的事。干戈自有干戈的理由,也一定是有十二分充足的理由。况且每个人都有自己的尊严,谁也不必为自己做的每桩事去欣喜或去忏悔,因为不是每个人都有良知。很偶然的,方汀碰巧有良知,所以才会有这一场化干戈为玉帛的喜剧。太偶然了!

第八章 ◎ 神秘木塔寺

废妃的新居

这和平坊木塔寺离大明宫非常之远，距离应该在二十里以上。不用说，把王氏关在这是杨贤妃的授意。她最主要的考虑应该是提防皇上往探，其次是太子与其母的联系。毕竟王氏非寻常之人，即使被囚也仍然不可小视。寺院不大，院中仅有四棵老树和一套石桌石凳。夜深了，几间僧房中还有隐约的灯光，寺院之外则一片死黑。王氏坐在石凳上发呆。欢喜侍立她身后。

欢喜说："娘娘，夜深了，进屋歇着吧。"

"还叫娘娘，不怕授人以话柄吗？"

"叫了那么多年，叫惯了，想改也改不过来。"

"我想再坐会，你先去睡吧。"

"我也没那么多觉可睡。现在每日除了吃饭就是睡觉。您若不觉得我烦，我就在这陪您。"

王氏今日的状况正应了那句俗语，落配的凤凰不如鸡。她如今素衣素面，早没了往日的骄狂和矜持。从她往日的地位上看她今日，恐怕十个人中要有十个人会说生不如死。正如读家所知道的，她觅死也已经不止一次，难怪欢喜不放心她一个人，执意要陪守在她身边。

王氏说："你还在担心我？傻丫头，不会了，我再也不会了。"

"您真把我吓死了。我怕我一眼没照顾到，您又想不开了。"

"有你在身边，也许是我命不该绝。上天在冥冥之中派你来护佑我。"

"打从今早起，您就平和多了。"

"是啊。很奇怪的，现下终日无所事事，忽然享受了先前没有的悠闲。真的是很享受。也就不明白自己之前是为了什么那么劳心劳力要死要活的，你说我究竟为了什么？"

一个左腮上有一撮毛的卫兵过来。

"都什么时辰了，怎么还不进屋？"

王氏充耳不闻，不予理睬。

欢喜说："若累了我们自然会进去。"

"你们不睡，我们也不能安生。进屋去。"

"大胆奴才，娘娘想待在哪就待在哪，轮得着你说三道四吗？"

"谁是娘娘？别再自讨没趣！我把丑话说在头里，事不过三，再要寻死觅活悉听尊便。我还不管了。"

欢喜怒斥他："你算个什么东西？你也配？"

王氏说："欢喜，进屋。"

起身往屋里走。

欢喜对一撮毛说："狗眼看人低！"

跟上王氏，进屋。一撮毛没有一刻耽搁，掏出大铜锁将门锁死。她们的屋子分里外两间，各有一张床，上面铺着粗布褥子。外间还有一套桌椅，上有缺了角的茶壶茶杯。欢喜听见锁门声，推门，又用力砸门。

"狗奴才，你敢锁门！"

"嘴巴放干净点,别一口一个奴才,还以为自己是主子?我告诉你,这是内侍省的命令,门是非锁不可的,谨防你等出逃。"

一撮毛转身离去。

"内侍省?秦总管?"欢喜自言自语,对门外大喊,"不可能!你叫秦总管过来见我们。"

王氏制止她:"什么还不都是姓杨的意思。"

"可是秦总管这样恩将仇报,对得起良心吗?"

王氏冷笑:"良心?你跟这帮墙头草讲良心?有朝一日我重返大明宫,他们谁也跑不了。"

"我们,真的还能回去吗?"

"跟圣上做二十年夫妻了,我知道他的脾气。他不会对我这么决绝。等气消了,一定会让我回宫。"

"娘娘这么说,我就放心了。"

"在圣上消气之前,我们必须委曲求全,保住自己,这样才能有出头之日。你明白吗?"

"欢喜明白。"

"睡吧。"

欢喜侍候王氏在土炕上躺下,自己也除去外衣,躺在她身边。

李永对母亲的牵挂

禁足被解除,李永第一站便去了马球场。丽日晴朗,远处,马厩里拴着几匹高头大马,有人伺候它们加料,马的毛色很亮。有仆人牵出他们的两匹马给李永和杭龙,他们接过翻身骑上,两匹马温顺地缓步前行,李永和杭龙在马上并肩说着话,阳光下他们的马鞍闪亮刺目。

李永说:"卫兵说什么也不让我出东内苑,我好说歹说他才放行。"

"他就不怕皇上追究他失职?"

"禁足也解除了,他们对我还是比较客气,嘱咐我千万不可出乱子,不出乱子什么事也没有。万一出点什么事,怕追究到他们身上。"

杭龙说:"那你就一定别出事。也省得连累了人家。我们这是去哪?"

李永左右张望一下,低声说:"木塔寺。"

"干吗神秘兮兮的?"

"我母亲关在那。"

"德妃娘娘?"

"没记性。让人听到你这么叫,不把你抓去才怪。快点吧,木塔寺很远的。"

杭龙问:"你出建福门会不会有问题?"

"应该不会吧。"

杭龙磕一下马肚子:"走。"

两匹马显然加快了步伐。他们一路打听,待找到和平坊木塔寺已近中午。天气也还不错,偏僻的和平坊木塔寺周围并没有什么人,显得十分荒凉冷清。一撮毛卫兵躲在门楼阴影里。两匹快马嘀嘀嗒嗒,由远而近。

一撮毛卫兵迎上来。

"喂!走开。这里是禁地。"

李永将令牌掣出给他看。他显然没看明白。

"不行。任何人未经特许,不准入内。"

杭龙说:"把你的狗眼睁大一点,看看这是谁!"

"你骂谁？你骂谁？"

"你敢骂人？"

李永拉住杭龙："别跟他一般见识。"

杭龙说："站在你面前的是太子！"

"真是太子啊？太子殿下，我有眼不识泰山，您别跟我一般见识。"

李永说："把门打开。"

一撮毛犹豫："可是……"

杭龙说："可是什么？再啰唆我不客气了。"

李永说："打开。谁问你的罪，让他找我。"

杭龙说："太子饶你，我可饶不了你。"

挥手一鞭，一旁老榆树上一条拇指粗的枝干便齐刷刷断了。一撮毛目瞪口呆，赶忙将硕大的铜锁打开。黑马在前，白马在后，鱼贯而入。李永忙不迭扔了缰绳，跳下黑马。

"母亲。"

王氏说："永儿，你可来了。"

王氏和李永并肩把话，王氏穿着一身平民的衣服，发式也很普通，气色尚可，李永在母亲身边，一脸关切。杭龙一个人在大门近处喂马，饮马。

李永说："才几日不见，您变多了。"

"欢喜也这么说。我吃亏就吃在心气太盛，又太容易发脾气，所以就……"

"母亲自己这么说，太难得了。不要说外人，连孩儿也受不了您的脾气。现下您心放平了，火气也没了，这样最好。母亲放心，孩儿会去找父皇，代母亲辨明是非，让母亲早日回宫。"

"不可。你去找你父皇，必定引火上身。那个女人太过歹毒了，你绝对不是她对手。你父皇已经被她蒙住眼睛，根本就看不清是非曲直。永儿，你必须听母亲的，千万保护好自己。"

李永的口气相当恭顺："母亲放心。"

"这些日子我都想清楚了，那个女人害我是第一步，第二步一定是害你。你才真正是她的心腹大患。"

"我不是小孩子了，她怎么不了我。母亲不必替我担忧。"

王氏面带忧虑："先前我还认为她怎么不了我呢。结果怎么样？我说了，你根本不是她的对手。现下我最担心的是你。"

"我一定注意保护自己。"

"我已经到如此地步了，她还能把我怎样？等你父皇火气消了，自然会让我回去。你也不必过于担忧。"

"这会炎叔叔在就好了。我能有自由身，还是炎叔叔找父皇说的情呢。"

王氏问："李炎去哪了？"

"父皇派他去回鹘授印。"

王氏沉思："一定也是那个女人的主意，故意让圣上把李炎支开。"

"她怕炎叔叔？"

"邪不压正。李炎正气凛然，搞歪门邪道的人都会对他有所忌惮。永儿，你在此不宜久留，快回吧。也不要再来。放心吧，我不会有事的。"

"母亲自己保重，孩儿告辞。"

"记住母亲的话了？"

"记住了。保护好自己。"

他们彼此的嘱托听上去都是些套话，其实不然。对他们各自而言，眼下是非常时期，人在非常时期说的每一句话都是有针对性的,都是肺腑之言。这种时候谁都更关心对方,都会把对方对自己的关心忽略。这就是教训,是代价极为昂贵的沉痛教训。如果谁都把对方的嘱托记在心里,也许事情的结局会有不同,那是黑与白的不同,生与死的不同啊!

长安城里,和平坊是距大明宫最远的街区了。在一个资讯传递只能靠行人车马的时代,这段路程足以等同于一千二百年后地球到月亮的距离。这也正是杨贤妃将王德妃囚于木塔寺的用心所在。无论这边发生了什么,大明宫都绝难知晓。即使传达过去,也会顺着传达者的心情任意篡改,将真相涂抹到面目全非。杨贤妃可谓机关算尽心思用尽了。

和平坊木塔寺的院子极为僻静,刚好适合忏悔者。阴云低垂,寺内一切都在黯淡的日光下显得冷清低沉,一片不堪风吹的叶子落下来,孤零零横亘在石桌中央,一阵风过,就翻个身子。最后在石桌边缘落定。

寺庙里的和尚送来斋饭。欢喜接过。

"谢谢师父。"

和尚声音很低:"后宫有人死了。"

欢喜低声:"知道是什么人吗?"

"是位女施主,姓安。"

"谢谢师父。"

"不谢。"

转身走了。欢喜端陶钵去王氏房间。王氏在练徒手塑体操,专心致志,一丝不苟,两个回合之后进入收势。额上已经浸出微微的细汗。

"刚觉得有点饿,你就端饭过来。"

欢喜说:"娘娘,安尚容死了。"

王氏怔住,泪水慢慢充满眼眶。

"安其凤,她是代我受过啊。"

也许连自己也说不清楚,她从什么时候成了一个忏悔者。这些独居的日子,十几年来的一幕又一幕,如大戏一般在她面前重演。回望往事,她与别人一样诧异,她发现许多事若重新来过,自己的选择会完全不同。为什么会这样呢?她在当初行事之际,从未觉到自己的做法有任何不妥。她还是她,虽然有人视她为敌,将她拉下马,但她自想并无任何改变。她还是她。尽管如此,她却已经在否定先前的自己了。究竟是怎么一回事呢?这不是她自己可以想明白的,这会儿的她只是一个盘桓在庐山中的旅人,绝不可能识得庐山之真面目。

然而她变得透彻了,她看到了神。这也就是神祇的意志,一个毋庸置疑的意志,一种无可违抗的意志。

太子的危局

神祇显灵的时刻必定也是鬼魅猖獗的时刻。大明宫东内苑太子宫这边,夜色与人影模糊成一片。来人见宫院门紧闭,拍门。无人应。再拍。

里边的卫兵问:"是谁?有何贵干?"

"贤妃宫里的小萝卜。"

宫院门开启。

小萝卜说:"我来传贤妃娘娘给太子的话。"

卫兵点头。小萝卜穿过院子,里边的宫门仍然紧闭。拍门。无人应。再拍。

里面的侍从说:"报上姓名。"

“贤妃宫里的小萝卜，传娘娘给太子的话。”

宫门开启。小萝卜入内。宫门马上关闭。小萝卜立于起居室门口轻唤太子，三声之后音调升高再唤三声。

太子的声音炸雷般突如其来。

“滚！滚出去！！”

天亮以后，阴霾尽扫。大明宫东内苑太子宫意外来了不速之客，那是杨贤妃一行。依旧是小萝卜拍宫院门。

里边的卫兵问：“是谁？有何贵干？”

“贤妃娘娘到访。”

卫兵开门：“贤妃娘娘，我马上去禀报太子。”

杨贤妃说：“不必了。”

长驱直入。依旧是小萝卜拍宫门。

里面的侍从说：“报上姓名。”

“贤妃娘娘到访。”

宫门开启。

李永在写字。书童旁侧研墨。杨贤妃进来。

“永儿，我来看你。”

李永似乎既未听到也未看到，手下的笔一如既往地向下运行。

杨贤妃令书童出去。她站到李永身后，看他写字。

“你这里戒备森严啊。”

李永写罢，将笔扔进笔洗，同时也闪开身后的杨贤妃。

杨贤妃读：

庆云未时兴，云龙潜作鱼
神鸾失其俦，还从燕雀居

李永冷冷地问：“娘娘有事吗？”

“永儿，你的诗越来越有大气象了。”

“娘娘抬举我了，我哪里写得出那么好的诗。”

“不是你的又是谁的？”

“曹植。而且我也不觉得它有什么大的气象，一点点郁闷罢了。”

杨贤妃说：“当然是大气象，龙作鱼，鸾从雀，非心胸廓大而不能为。”

“李永眼拙，竟只看到了郁闷。让娘娘见笑了。”

“不是吧，说永儿心智愚钝恐没人会信。”

李永说：“娘娘过来一定不是为了谈诗。”

“我听说你去木塔寺了。”

“儿子看娘不是天经地义吗？”

“我记得你以往都只叫母亲，从未听你叫娘。”

“那是做儿子的混账，全不知世上还有个‘孝’字。”

杨贤妃说：“好啊，永儿长大了，懂事了。但凡成人，先从认孝开始。”

“谢娘娘指点。”

“你娘还好吧？”

李永说："终日吃斋念佛，很好啊。身子康健，心情平和，先前我从来未见她这么好过。"

"好就好。我还是很挂念她。"

"我代我娘谢谢娘娘挂念。"

"你娘不在后宫，我只好多操一点心，经常过来看看你。"

"娘娘日理万机，还是不必了。李永会照料好自己，还请娘娘放心。"

杨贤妃说："我怎么放得下心呢。看你这里里外外，一个宫女都没有。那些男孩子手笨心粗，怎么能把你照料妥当？我差点忘了，你不喜欢女孩子的。"

"我不要人照顾的。连我娘也从不过这里来。娘娘就不要费心了。"

"你娘不管，我不能不管。从今往后，你这里的宫女宦官都由我来操心。"

"娘娘……"

杨贤妃转身："写你的字吧，我告辞了。"

根本不给李永说话的机会，已经离开，留下李永待在原地。他越想越气，一脚踹向巨大的笔洗。笔洗撞破了。带墨色的污水流向四面八方。

杨贤妃一行脚步很快，可以想见她的心绪。

"小萝卜。"

"娘娘。"

"安排几个可靠的人，将李永那几个下人换掉。他见什么人、做什么事，及时向我禀报。还有，严令木塔寺守卫，没有我的手谕，任何人不得见王氏。违者斩立决。"

"是。"

杨贤妃自言自语："李永这小子，早晚是块心病。"

"是。"

"是什么？你个蠢货。我在跟自己说话呢。"

"是。"

杭龙再来太子宫，首先映入眼帘的竟是两个宫女。过来招呼他的小宦官也是个陌生面孔。

小宦官问："你有事吗？"

杭龙说："没有啊。过来看看。"

"报上姓名。"

"笑话，我到这来还要报姓名？"

"你报上姓名我才能进去通报。"

"我要你通报什么？"

杭龙拔脚就往里面走。小宦官一个箭步挡到他身前。

"留步。这是什么地方，允许你来撒野？"

杭龙大声："太子，太子。"

李永闻声从里面出来："你可来了。"

"这是怎么回事？这小东西哪来的？"

"新来的。"

小宦官说："你嘴巴放干净点。"

杭龙问："什么意思？你想教训我？"

小宦官一个迅雷不及掩耳的动作，将杭龙放倒。躺在地上的杭龙并未马上起身，借势一个剪腿将小宦官撂倒，并压在膝下。杭龙的膝头顶住小宦官的脖子，居高临下伸手抓住他的小下巴。

"可不敢再偷袭了。不然我把你脑袋揪下来。"

李永过来，拉杭龙起身。

“饶他一次。小家伙是贤妃娘娘派来的,怕我照顾不了自己。那几个女孩子也是。”

杭龙抖抖后面衣襟,尘土弥漫,将小宦官笼罩了。

李永对小宦官说:“有眼无珠的东西,什么人你都敢动手?记住了,这是杭教头。”

小宦官倒在地上咬牙切齿:“杭教头。”

李永杭龙坐到书房里。宫女奉茶。

李永对宫女说:“出去吧。门带上。”

宫女出门,关门。杭龙端起茶啜了一口,又将茶杯放下。忽然腾身箭一般蹿向屋门,一个双脚凌空侧踹,门板飞出去,门后偷听的宫女一声惨叫,和门板一道跌跌撞撞摔出好远。另一个宫女忙跑过来搀扶。

杭龙站在门内:“胆大包天的家伙,连太子说话也敢偷听!”

偷听的宫女显然伤得很重,想必是骨折了。搀她的那个一碰,她便“哎哟哎哟”叫个不停。杭龙回到座位上。

李永轻声:“算了。这么一来,你也成了那个人的眼中钉了。”

“也欺人太甚了吧。事已至此,她想怎么着就怎么着吧。”

受伤的那个终于在另一个的搀扶下,走出了他们的视线。

李永说:“母亲的话是对的,她下一个目标就是我。”

“要不我就搬过来。好歹你这边也有个照应。”

“怕没那么简单。现在连你自己也得加倍小心了。”

杭龙点头:“我会的。放心,十个八个人轻易到不了我跟前。”

“老虎也有打盹的时候。你要不要吃饭啊?要不要睡觉啊?要不要解手啊?千万不敢大意啊。”

“听你这么说话,真像个大人了。”

李永感慨:“面对眼前这些事,我怎么可能还像个长不大的孩子呢?”

“说得好!”

杭龙擎起右手。李永会意,挥臂将右手迎上。两只手紧紧握成一个拳头,一个同仇敌忾的大拳头。

对决木塔寺

杨贤妃既然选择了和平坊,选择了木塔寺,她就一定不会白白让这个地方荒废。那是她选择的对决场所。她与王德妃之间的恩恩怨怨,总要有个说法,总要有个了断。深夜的木塔寺对她而言,是再合适不过的时间和地点。

王氏与欢喜已经睡下。忽然有杂沓的脚步声。几乎同时响起敲门声。两个人都惊醒了,互相对视。

欢喜用气声:“来者不善。”

王氏说:“用不着怕,去开门。”

“是谁?”欢喜披上衣服,来到门前。

杨贤妃在门外:“欢喜,开门吧。”

欢喜回头看王氏。王氏点一下头,重新躺好。欢喜开门。杨贤妃依旧夜行装束,一身黑。

杨贤妃说:“姐姐睡了呀。”

王氏身子未动,眼也未睁:“睡了。”

杨贤妃回头:“欢喜,我和姐姐说会话,你回避一下。”

欢喜说:“我把衣服……”

忽然一个蒙面黑衣人飘进门,他太阳穴上的紫痧胎记一目了然。他一把将欢喜嘴捂住,同时将她横抱起夹在腋下带出去了。门同时被带上。杨贤妃自己将烛灯点燃,之后坐到欢喜的铺位上,盯住王氏横卧的背影。

“听永儿说,你在这吃斋念佛,好生惬意。”

王氏说:“托你的福了。”

“你在这享清福,把自己儿子抛下不管,就不觉得有悖人伦吗?”

“我就知道你会打永儿的主意。”

杨贤妃说:“你多虑了。我一向视永儿为己出,你信不信,我对他的关心也许比你还多些?”

“我是不是该说声谢谢啊?”

“那就不必了。不过我可以向你通报一下,永儿目前衣食无忧,我为他换了最好的宫女和侍从,他正在我的亲自关怀下幸福地成长。”

王氏腾地坐起来:“你若敢对永儿怎么样,我就是做鬼也饶不了你。”

“哟,还会激动啊!我以为你大彻大悟心如止水了呢。”

“谢谢你提醒。”

王氏重新躺下。

杨贤妃说:“看看,我们就是如此不同。你谋杀了我的孩子,可是我以德报怨,丝毫不与你计较。”

“那是应该向你学习啦?”

“境界这东西是学不来的,你就不必再费心了。”

王氏说:“也是。王氏本乃俗物,平生素无大志,嫁夫生子过一份小日子。谁知道夫君竟有帝王之运,王氏也就鸡犬升天忘乎所以了。可悲啊。”

“你自己造的孽,账都算到圣上头上了。”

“他若不做这个皇上,还会有这些是非恩怨吗?”

杨贤妃说:“你真是无药可救。圣上日夜为天下操劳,你不懂得为君分忧,反倒将自身罪孽都推给圣上。摊上你这样的结发之妻,圣上当真不幸之至。”

“可是圣上有你啦!是否圣上又幸运之至了呢?”

“至少对先前的不幸是一种补偿。”

两个人有十几年的恩怨,她们要算的账才刚刚开始。

这个晚上,木塔寺寒风彻骨,因为穿得很少加上害怕,欢喜瑟瑟发抖。身后的黑衣人闲来无事,顺手将她裹着的那件外衣一把扯下来。受了惊吓的欢喜突然一声尖叫,同时冲上去抢夺外衣。黑衣人身手矫捷,不但躲开了她的抢夺,还将她的贴身内衣也扯烂了。

欢喜惊慌掩住胸前:“畜生!”

黑衣人嬉皮笑脸:“骂人不好。”

一手抓过欢喜的裸肩,一手扳住她脑袋,只轻轻一扭,咔嚓一声,细细的脖颈便被扭断。她像只布口袋一样被丢在地上。

烛光一跳一跳,映得满室诡异的光线,夜风敲打着窗户,平添恐怖气氛。

王氏说:“说心里话,当初真没把你放在眼里。想你不过会撒娇献媚,一个擅察言观色的宠姬而已。”

“尽管你的话不中听,却也道出了实情。虽然你高高在上,一直像骄傲的凤凰,但也正因为你骄傲,你没把别人放在眼里,所以你会落到这步田地。”

王氏笑了:“落配的凤凰不如鸡,真乃至理名言。”

杨贤妃开始了讨伐:“看来这段日子没有白过,你当真反省了。你自己心里明白,你的那个蠢儿子根本就是扶不起的阿斗。所以看我怀了龙胎,你知道大唐的江山从此与你无关,你便起了恶念。”

“你的优点就是过于自信了。”

“彼此彼此。可惜呀,尽管你身为圣上之发妻,居然连‘多行不义必自毙’这么浅显的道理都不懂。但有一点你非常明白,若我生的是儿子,你的儿子必定与太子无缘。”

王氏说:“不是我笑话你,就凭你也生得出儿子吗?让我告诉你一个小秘密,你小产产下的那个,根本就是个怪胎。一直瞒住你,是怕你太过伤心。”

“现在你说什么都只能由你说。”

“你若不信,问安其凤就会清楚。哦,我听说她已经被你弄死了。”

杨贤妃说:“你消息很快呀。”

“我听说之后就在等你。我知道下一个必定是我。”

“你还算有自知之明。”

王氏说:“不过是知你之明罢了。这许多年我一直等你再度出山。你真好耐性,居然这么多年按兵不动。”

“你要风有风要雨有雨,我又何必以卵击石?我要么不动你,动你必定置你于死地。”

“所以我说我小看你了。看你刚入宫没几日便蠢蠢欲动,将黑手伸向永儿,也就把你当成了乳臭未干的小野心家。没想到你真还沉得住气,一忍九年直至今日。我现在很想说两个字,”

杨贤妃等她的下文。王氏却引而不发。杨贤妃于是问了。

“两个什么字?”

王氏笑了:“佩服啊。”

杨贤妃也笑了。

“我该猜到是这两个字。我也够蠢了。”

这会儿这两个女人同时在笑,该是一幕好看的喜剧了。王氏先收起笑意,她不会忘记姓杨的这个时辰到这里意欲何为。到了木塔寺后的日子,她的脑子格外清明。

王氏说:“你这身打扮,一看就知道是做什么勾当来了。”

“自然是来看你的下场啊。”

“带了多少人手啊?”

杨贤妃毫不避讳:“不多,十几个吧。”

“先前对我下手,你会利用清蔷,先是投南海石笋下水,之后又献偏方。还以为你不会用兵士呢。”

“用清蔷是跟你逗着玩,用兵士是跟你算总账。”

王氏说:“欢喜这会应该被你的人做掉了是吧?”

“听刚才那声尖叫,应该是吧。你肯定也听到了。她是你的人,你最熟悉她的声音。”

“你刚才说我造孽,真是造孽啊。先是小寇子,然后是安其凤,刚才又加上欢喜。三个人都是因我而丧命。王氏当真罪孽深重。”

她的忏悔并非斗嘴时的即兴之语。她很清楚自己已经到了最后的时间,那些曾经帮过她的人这会一定正在她眼前缓缓掠过。恩怨是她和杨氏两个人的,是她将他们拖进了死亡的旋涡。即使他们中哪个人也有过错,那过错也是因她而起,责任全部在她。王氏从心里觉到了愧疚,她愧待了他们。

杨贤妃说:“还有一个你忘了……不止一个,也许两个,也许还多。”

“我肯定你记忆出了问题。”

“是你的记忆出了问题,需要我提醒你吗?”

王氏说："太客气了。到了这种时候，你还需要那么斯文吗？"

"你这个心狠手辣的婆娘，因为儿子豪赌吃了一点亏，便着人将那个叫黑子的赌徒杀了灭口。你不会连这个也不敢承认吧？"

"你刚才说不止一个。除了那个烂污货还有谁？你一定是把你那个怪胎也算上了吧。那是你的算法，因为那怪胎根本就算不得是一个人。"

杨贤妃咬牙切齿。

"那才是你这一生孽债的源头！说我的孩子不是人，你以为你的孽种李永是什么？血债血偿，没有哪一双沾血的手最终不被砍下来，亘古至今概莫例外。你不但自己造孽，还为你的孽子也添上一笔血债。你们母子在冥间相会的时候，别忘了告诉他是你把他拖下去的。对儿子你该诚实一回。"

王氏摇头："明白你的意思，你要对永儿下手。不过那是我身后的事了，我管不了那么多。而且即使我要管，想来你也不会给我机会。"

"不是我不给，是你不配。你说你配吗？"

"有一点我觉得好奇，对小寇子，对安其凤，包括对欢喜，你都可以对外宣称他们自杀。对我，你会怎么办呢？也说自杀？"

杨贤妃说："如果你不反对，我看可以。"

"我要是反对呢？"

"反对无效。对外宣布的决定权在我手里。这对你可能是个小小的遗憾。"

王氏说："我可不想留什么遗憾。我有办法让你不能说我是自杀。"

杨贤妃冷笑："我倒想看看你有什么办法？"

"你会看到的。不过不要急，我还有话要说。"

"要说就得快说了，你的时辰已经到了。"

王氏说："话不多，只一句。而且还是重复先前的话。"

"什么？"

"我就是做鬼也饶不了你。"

杨贤妃厉声："死到临头，你还嘴硬！来人！"

王氏大笑："我看你怎么对皇上说我是自杀的。"

忽然将双手拇指插入自己眼窝。一忽前还明亮晶莹的双眸，瞬间便成鲜血淋漓的两个肉洞，真真惨不忍睹。她胸腔里发出巨大的呻吟，直让人撕心裂肺。

杨贤妃看也看傻了。三个黑衣人冲进房子的同时都愣住了。那个夜晚，和平坊的木塔寺火光冲天。王氏住的那幢房子被大火吞噬。火焰中不时响起噼噼啪啪的爆裂声。王氏自剜双目，她相信皇上不会不最后看她一眼。但是杨贤妃做得更绝，她直接把她变成焦炭。

第九章 ◎ 变局

各作打算

1

每每人在的时候一切都不是问题,似乎世界都围绕着这个人而展开,这个人就是这个世界的动力。因此就有了错觉,以为没这个人世界便不行不行的,所有人同样不行不行的。人不在的那一刻似乎天也塌了,似乎世间万物也停止了,似乎所有人都失去方向了。幸好,那一刻仅仅是一刻而已。

人不在了之后,每每一切又都不是问题了。似乎世界从未围绕过这个人,似乎这个人与世界毫无关系。天空湛蓝,万物生机勃勃,所有人都情绪饱满、高视阔步,一切都好。

大唐文宗的结发妻子姓王。文宗尚未登基时,她为他生下一个儿子。她没能熬到当皇后的那一天就死了,殒命于长安城的一座废庙中。她很幸运,曾被封为德妃,居后宫妃嫔之首。她很幸运,她的儿子被文宗皇帝立为太子。她又很不幸,她没能善终,她死于一场莫名的大火。她又很不幸,在去世之前她已经失去德妃封号,以一个普通女人的身份结束了她并不很长的一生。

死之前,她寄希望夫君最终能为她伸张正义。为此她宁可死无全尸,在还活着的时候便自剜双眼。她很自信夫君会明察她的冤情,去惩治凶手。她想不到的是,凶手比她更狠,索性将她藏身的废庙连同她一起烧掉,让她最终没机会以尸身再见皇上并夫君一面。

皇上被蒙在鼓里,很难过,非常非常难过。这一点她预料到了。

她自已看不到,但是她的葬礼异常隆重,这也是皇上的意思。皇上不是糊涂的男人,只不过皇上像别的男人一样很粗心,大而化之,永远以为家事是小事,不值得太过于用心而已。作为结发妻子,她对皇上没太多抱怨,有那样隆重的一个葬礼代皇上表达歉意和思念,她觉得就可以了。

唯一的遗憾是,那个凶手也在葬礼上,在夫君的身旁。她看上去比皇上还要哀伤,凶手的哀悼让死者重重地被侮辱了。

这是一次后宫前所未有的全员集合,无一人缺席。说前所未有是因为人数比后宫全员总数还多出两个,那便是皇上和太子。曾经的王德妃闭着眼检阅她的子民,她曾是后宫的女皇,在生前她还从未有过这样的全员检阅。而且这一次还包括她的夫君和她唯一的儿子,她真是个幸福的女人。可惜这幸福来得晚了一点,她本来可以在生前就来上这么一两次预演。

倘若她的魂魄在葬礼进行过程中可以升空,那一定像一只盘旋俯瞰的鸟。那只鸟一定看得出每一个参加葬礼的人是真伤心还是假落泪。

绿树葱茏,松柏参天,一排石雕夹道。几只硕大黑喜鹊在枝头跳跃,哀哀鸣叫。阳光炽烈,葬礼场面肃穆而宏大。白色的挽幛,连同送葬人群白色的孝服,形成一曲哀恸的交响。文宗在前,之后是杨贤妃和李永,再后面是以李昭仪为首的昭容、才人、美人,后宫的其他人也都在场。

文宗似乎一下子就垮掉了,他先行起驾退场。

杨贤妃手扶巨棺,作痛不欲生状,恸哭涕零,足令观者动容。

相比之下李永的伤恸反倒显得有节制,眼也不眨一下,泪水悄悄往下滑落。

真正伤心的是范娉柳。

也有落泪的，如李昭仪、梅英、玉央、胡蝶。

许多人声色不露，如秦耕人、谷琇春、卢根娣、段蓉。

只有一个人眼中暗含着欣悦，那就是清蔷。

那只鸟在哪里呢？它是什么颜色？它的叫声又是怎样的？有谁亲眼看到那只鸟吗？那是一只不死鸟，它从冥界来，和大地是一样的颜色，它的叫声没人能听见，没人。

人与人不同，各人所面对的家事国事也自然不同。

进宫数年，与玉央交往的主子唯李昭仪可算有私谊，这令她莫名卷入了著名的“甘露之变”。其实那与她全无干系，她只是帮了李昭仪一个忙，李昭仪、李训与朱倩的一奶同胞并非是玉央所关心的，介入国事也绝非她心之所愿。而这一次，她几乎就陷入两位贵妃的死战之中。危险迫在眉睫，国事之重压，令她透不过气来。

对她来说，与国事相比，家事要重上十倍百倍。家是她的避风港，只有回到家、回到娘的身边，她的心才稳稳当当地落地。尽管如此，安尚容的嘱咐她仍然铭记在心，她决定，宫里发生的事变一句也不对娘讲。

玉央、荣氏对桌而坐，桌上摆了三菜一汤，饭钵放在桌角。

“小丫，打从进门你就没说什么话，有什么事吧？”女儿无言的咀嚼令荣氏心神不宁。

玉央抬起眼睛道：“没有啊。”

荣氏将她的碗拿过去盛饭。玉央端着碗只顾往嘴里扒米饭，桌上的几盘菜几乎动也没动。

玉央忽然发现荣氏在看她，便问：“娘，你怎么不吃？”

“菜不可口吗？”荣氏这才端起自己的碗，吃一口饭，又吃一口菜。

“可口啊！好吃，很好吃的。”玉央夹了一筷子塞进嘴里，连续几次夹的都是菜，嘴里塞得满满的。

荣氏告诉她李商隐来过了。玉央应了一声，继续狼吞虎咽。

荣氏盯住她说：“我还以为你会很在意呢。”

“在意什么？”

“李商隐啊。”

“李商隐怎么了？”

“我说他来过了。”

“到这？”

“到铺子里。他说他路过，顺便给你带一本诗卷过来。我觉得他是专程过来的，他手里除了那本诗卷，就再没有别的了。”

“诗卷呢？”

“吃了饭再看。”

玉央点头。

荣氏说：“他还问，你什么时候有空。”

“我一会去找他。”

“你今晚不用回宫吗？”

“说好了明早回去。”

荣氏撂下碗筷去搁架取过诗卷，递到玉央桌前。玉央边吃边翻。荣氏重新坐下，又端起碗筷，慢慢吃。玉央看诗，明显心不在焉。

荣氏说：“丫头，不管发生了什么，说出来心里总会舒服些。在这个世界上，你只有你娘，娘也只有你一个。”

"娘,我知道,我都知道。"玉央放下碗筷站起身,随手将诗卷合拢,"我去看看李商隐。"

荣氏说:"早去早回,别让娘惦记。"

"娘,知道了。"玉央拉了她的袖子一下。

他俩一道去了东市放生池。已经入夜,李商隐玉央泛舟湖上。皓月当空,湖中的倒影被小舟激出的水波搅乱。玉央将一沓诗稿递给李商隐。

李商隐问:"是什么?"

玉央说:"羞涩。"

"羞涩是什么?"

"天黑着,你看不到我脸红啊。"

"是诗啊。"李商隐翻看了一下笑道。

"我平日写着玩的。本来没勇气给你看,可又不想错过让高人指点的机会,就趁着天黑给你。不是羞涩又是什么?"

"这么暗,我也没法看啊。再说了,你我之间怎么会说'机会'二字呢?"

"朋友或长或短,全看缘分。倘若你我今生只几面之缘,能见一面当然就是机会了。今日同舟共济,也许明日便天各一方。"

"我怎么隐隐听出了凄凉之意呢?难不成你已不想要我这朋友了?"

"也许是我心境的缘故吧。今日宫里出了大事,令我的心情相当晦暗。"

"不开心的事就不去提它,读读你的诗吧。我知道你过目不忘的,自己的诗应该更不在话下。"

"记忆与心情关系很大,刚才我娘还说我走神。不知道记不记得了,我试试吧。"玉央说着,就开始回忆起来——

高秋晴好
梢尾鸣知了
落叶金黄红嘴鸟
昨夜轻风蹊跷
上山飞雪结晶
中山彩蝶飘零
又见下山新绿
一山四季分明

李商隐叫道:"天呐,原来是你的。我还奇怪呢,太子李永怎么写得出这么好的诗?"

"你知道这诗啊?"

"不但我,温兄也大加赞赏,杜兄还说他不信太子有如此长进。"

玉央坐于船头,李商隐立于船尾。

玉央解释道:"李永喜欢这诗,刚好皇上检查他功课,他便急中生智用它交差了。"

"皇上又交到我手上,希望听听我的看法。"

"我也想听。"

"当然只有赞叹了。"

"你不许敷衍我。"

李商隐说:"温兄特别说到诗的格式。说上阕四五七六大有新意,以为是破了唐以来的整齐之风。他一直提出要突围,从整五整七的樊篱下解放出来,说这首诗开了一个好头。"

“开这个头的哪里是我呀？李太白就不止一次用这个词牌。”玉央笑了。

“它是词牌？”

“就是《清平乐》啊，取自汉乐府的清乐和平乐两个乐调。最早将它定名的是扬州的大和教坊，也有许多年历史了。”

“《清平乐》？非常精到。我等真是孤陋寡闻，险些闹出笑话。你说太白用过它？”

于是，玉央又吟咏道：

禁庭春昼
莺羽披新绣
百草巧求花下斗
只博珠玑满斗
日晚却理残妆
御前闲舞霓裳
谁道腰肢窈窕
折旋笑得君王

李商隐说：“这应该是写玄宗皇帝，太白的君王禁庭不会是别人。”

“应该是写杨玉环吧。说心里话，读这首诗心里不是滋味。”

“不是滋味？此话怎讲？”

“我因此想象得出李白也有为斗米折腰的尴尬。李白乃垂看千古之大家，却围着杨贵妃阿谀谄媚，令我心酸。”

“当时他在宫里，也是不得已而为之。”

玉央说：“你们男人很容易找到彼此原谅的理由。”

李商隐话锋一转：“后来的杜兄，不是也在《过华清宫》写过杨玉环吗？”

“那不一样啊。杜诗反观历史，又嬉笑怒骂，与李诗陷入历史之泥淖不可同日而语。”

“先前说你为太子讲诗，我还惊诧，真乃有眼不识泰山。有幸亲耳听你的高论，我是打心底里佩服。”李商隐笑了。

玉央微嗔道：“你敢取笑我，该死啦。”

“岂敢岂敢。”

他们这边诗情诗意，时间过得很快，可那边做母亲的却一而再，再而三出门张望。荣氏心里记挂着，小丫的心事重重令她担忧。

二人在舟上相对而坐，小舟无人掌控，随意地在水面漂荡着。

玉央又问：“温兄说要走，走了吗？”

“前日已动身回家乡了。”须臾之后，李商隐接着说道，“玉央，有一句话一直想跟你讲，又不知如何开口。”

“想说便说，不便说不说也罢。”

“我，我老母亲在我儿时便已……便已为我定下亲事。”

“为什么跟我说这个？”过了一会，玉央才开口。

“我觉得该和你说，你应该明白我的心思。”

“我不明白。”

“这样说话就不像你了。你向来直截了当，从没闪闪烁烁。”

“我能觉到你不讨厌我。”

“岂止不讨厌？我就从来没这么喜欢过一个女孩子。”

“这是你第一次这么说。”

“打从第一面起，我就没有一刻不想你。说心里话，我对留在长安没一点兴趣，之所以在府衙谋差事，完全是为你，为了能留在长安再见到你……”

“别说出来。有许多话，不说出来也许更好。”玉央伸手捂住他的嘴。

李商隐说：“原来我也这么想。可是我想不清楚我该如何，更想不清楚你如何看我。于是我把该说的不该说的都说出来，是不是很蠢？”

“蠢，蠢透了。”

“那怎么办？说了蠢话同样覆水难收。你要打要罚，我都认了。”

“就罚你划船吧。”

“那不是便宜我了？”

“便宜你？我要你一直划，一直划，划到天亮。”

湖水晶莹，满月如轮，波光粼粼。小船如箭一般，在湖面划出一条金光大道。

玉央的家世原本单纯，母女相依为命，其实并无许多牵挂。现在忽然不同了，她心里多了一个人，一种未曾有过的感情由心底缓缓上升。她有几分茫然，有几分不知所措，但感受更多的是喜悦和莫名的激动。

守候了大半夜的荣氏依旧天刚亮便起床，为女儿备好早点，之后去了大和药铺，开始一天的忙碌。忽然传来连续不停的锣声，荣氏跟在两个顾客身后从门里出来。疯婆子倒提着一支拐杖，另一只手上是一面旧铜锣。她的拐杖连续敲击在锣上，表情专注，一副煞有介事的样子。

已经有几个人围上来了，荣氏认出了疯婆子。一直目光迷茫的疯婆子忽然眯起眼，她也在人缝中发现了荣氏。她的拐杖忽然停靠在锣上，急促的锣音连同共鸣戛然而止。疯婆子满脸堆笑，转着圈对众人施礼：“谢谢，谢谢……”

人群闲言碎语：

“谢谁呢？”

“疯子。”

“傻子。”

“有毛病。”

“说得对呀，我若没毛病你有毛病啊？”疯婆子揪住了这句话。

说话的人忙退到人群后面。

“还看哪？再看要收银子啦。”疯婆子突然扬起拐杖，“镗”的一声锣响，围观在前排的人吓了一跳，“好戏散场喽！”她将铜锣夹在腋下，将拐杖拄到地上，再也不说一句话。

陆续有人散开了，仍然有人不走，等着看还有什么新花样。

“在你那坐会吧。”疯婆子忽然转向荣氏。

荣氏点头，疯婆子进门，荣氏回头说：“都别围了，散了吧。”

围观的人见没热闹可看，也就散了。荣氏与疯婆子相对而立。疯婆子腰微弯着，手里还拎着她的家什。荣氏问她是不是饿了，疯婆子摇摇头。荣氏为她斟了菊花茶，干菊花在热水中伸展，煞是好看。疯婆子对野菊花很感兴趣，她认得野菊花。

荣氏告诉她自己家乡那边家家都种这种野菊花，专门用来泡茶。疯婆子嘴急，被烫着了。

荣氏说：“泡一会再喝。我还记着婆婆第一次说的话，婆婆还记得吗？”

“谁第一次都说一样的话。”

“什么一样的话？”

疯婆子笑了：“吗吗、吧吧。”

荣氏也笑了："婆婆是说生下来说的第一句话啊。"

"第一次说的话。"疯婆子点头。

"我问婆婆你第一次对我说的话，婆婆也许不记得了吧？"

"你是她的仇人，她是你女儿的贵人，你女儿是我的恩人，我是你的引路人。你说的是这个吗？"

"婆婆都还记得啊，那个人是谁？"

"你的仇人啊，你没有仇人吗？"

荣氏想了想说："我也说不准那算不算仇人，就算是吧。可是，女儿的贵人呢？"

"救你女儿的命算不算是贵人啊？"

"我女儿怎么啦？有危险吗？"

"你放心吧，有贵人相助，没事的。放心吧，她还是我的恩人呢！"疯婆子试了一下水温，将菊花茶整个倒进嘴里，将菊花嚼碎后吞咽下去。

荣氏说："我再给您沏一杯。"

"好吃。走啦。"疯婆子起身，拿起拐杖，拉开门就出去了。

荣氏提醒她铜锣没拿，疯婆子说铜锣给你啦，扬长而去。

疯婆子的每一次出现都会在荣氏心里荡起涟漪。她应该算是一个自信的女人，于世事人情也算得上透彻，什么稀奇古怪的遭际都很难令她迷惑，只有遇上疯婆子是个例外。

而这个早上荣氏一直心神不宁，那是小丫第一次夜不归宿，而且荣氏知道女儿是去找李商隐，女儿一定是跟他在一起。十七岁的女儿告诉母亲去会一个男人，然后一夜没归，这是否在告诉母亲自己已经私订终身了呢？疯婆子的话又是什么意思呢？

玉央回来吃了早点，荣氏显然没在她的脸上看出什么。女儿不想说，母亲也不便问。玉央仿佛没发生任何事一般，她回宫了。

既然已经把话对玉央说出来了，李商隐自知勾留在长安的理由已告终结。尽管有百般不舍，他也必须回太原府。当然他不会不辞而别，他知道这几天玉央不会出宫，已经到了打烊的时辰，荣氏应该还在药铺。大和药铺最后的客人刚走，荣氏一个人在店内清点货品，擦拭器物。李商隐脚步匆匆过来，在门口站下。

"李公子。"荣氏开门。

李商隐说："荣师傅，我是来道别的，要离开长安城了，恐怕走之前见不到玉央了。家母生病，我已经辞了官差，要回太原府。请您代为转告。"

李商隐以为自己很必要再见荣氏一面，结果见到了却不知该说什么。离开大和药铺之后他很沮丧，与其这样还不如不来，他觉得自己在荣氏面前就像个傻瓜。他明日一早的驿车，他是因为临别前内心的空落落无法排遣，才起意到药铺告别。其实他心里很明白，要走就一个人悄悄走，这是最好的结局。与所有人的任何形式的告别都是愚蠢的，而与荣氏告别是最最愚蠢的。

那是李商隐在那一刻的感受。恋爱中的男人的感受经常是错的，李商隐不会例外。因为他去告别，所以这个晚上偶然回家的玉央就赶上了送别的机会。晚些时候，玉央去客栈找到了他。

掌柜的已经认识她，打开门让她在房里等他。书桌上散放着一些文稿，砚台敞开着，笔筒里散放着几支用过的毛笔，床上、凳上各放着两堆衣物，叠得很含糊，一看就是出自男人之手。她将桌上的文稿一张张理顺，又将砚台盖好，仔细擦掉上面的灰尘。最后将散放在床头凳角的衣物折好，叠放整齐。

"玉央？"李商隐拉门进来，十分意外。

"我娘说你找我。"

“明日一大早,我就要动身回太原府。”李商隐点头道。

“娘跟我说了。”玉央低下头将剩下的几件衣物叠好。

李商隐说:“也许,等我母亲身体好了,我会接她一起来长安。”

“代我问你母亲好,希望她早点康复。”玉央将衣物打入包裹。

“我会的。”忽然,李商隐握住玉央的手说,“玉央,这一去不知什么时候才能再回长安……”

“不管什么时候,你总要回来的,对不对?”

“是的。”李商隐点头。

“那就行了。”

人生往往有某个奇妙的瞬间,谁也不能够预知它降临的时刻。忽然之间它就来了,事前没有任何预兆,甚至当事人自己也懵然不懂。

那个瞬间,神降临了,幸福降临了,玉央、李商隐不由自主地相拥在一起。李商隐的下巴在玉央额头摩挲,玉央慢慢扬起脸,嘴唇迎上李商隐。同时手臂向上勾住他的脖颈,也将自己的身子向上提升。

幸福总是短暂的,人生不如意十之八九。客栈伙计在门外吆喝道:“李公子,抓紧去打热水吧,炉子要封上了。”

李商隐撤开玉央,谁知道他心里做何感想呢?玉央顺势与他拉开距离,同时别过身去。

“就去了。”李商隐应道,转身去拿铜盆。

玉央说:“那我,就回去了。”

“你的那沓诗稿,我就带走了。”

“那就是给你的。刚才帮你收拾,也想问你要几页你的诗。”

“都留给你。”

“全都给我?”玉央眼里露出喜悦。

“跟你比起来,这些诗又算得了什么呢?”李商隐点头。

“你该下去了。”

“等我,我一定会再来。”

“走。顺便送我出去。”玉央挽住他胳膊,满是深情地望着他点头。

寂静和夜色一同降临,朱雀门大街鲜有行人走动,客栈门前的灯笼随夜风轻轻摇摆,灯光碎了一地,玉央和李商隐一前一后走下楼梯。

“这么晚了,我送你回去。”李商隐送玉央出来,回转身将铜盆放在门口。

“不要。那么远,你回来热水该变成冷水了。”

“哎呀,你啰嗦什么呀?走!”

两个人大步走进夜色之中。

2

方汀的性格到底爽快,一旦认定该远离清蔷,她马上要做的事情便是将房子卖掉。她原本就没有买房子的必要,买房子只是为了将荣氏牢牢抓住。现在荣氏成了朋友,这房子的意义便不复存在。平心而论,打从认识清蔷,她一直以朋友的面目出现,甚至将房子借给自己住,从未有过任何冒犯或伤害,方汀没理由恨她。但方汀恨她,恨她到骨髓里。因为是她让方汀变成一个十足的恶人,无端对素昧平生的荣氏施行伤害,而且历时两年之久,几度将荣氏逼入绝境。方汀每每想到这一层,都深感恶贯满盈罪不可赦。而这一切都是拜清蔷所赐,方汀今生今世也不会原谅她。

铺子里已面目全非,货架上所有的东西都撤掉了,荣氏在做善后事宜。

方汀与原来的房东一道进来，房东打量了一番问道："铺子生意红红火火的，怎么说不做就不做了？"

荣氏说："想回老家了。"

方汀说："你说痛快话，想不想要？"

房东说："要当然是想要的。可你们用了这么久，价钱上得让一步了。"

方汀说："整个门面我们都换过了，二三十两银子也不止。就算全让给你，你照付四两金二十两银，咱们一拍两清。"

"姑娘也太贪心了。这两年这房子给你们赚了多少银子，你想一分不少给我，我岂不成了傻瓜了？"

"当初买你房子是看你人厚道，我价钱也没怎么讲，你不要得了便宜又说风凉话。再说两年里长安的房价也涨了不少，我一分钱没问你多要。"

"三两金四十两银，我就出这么多。"房东语调平和。

方汀说："你过分了。若不是急着要走，你以为我会卖它？这里这么好的地段，人气也被我们做起来了。你或租或卖，价钱一定比当初高出许多。"

"我本来也无意买它回来，纯粹是救你的急，你反说我过分了？"

"你当然过分了。长安房价看涨，你以为谁不清楚？我一分钱不赚你，你反而一杀价就是几十两银子……"

房东说："得得，你不肯让，咱们买卖不成仁义在，不必说三道四伤了和气。我给你两天时间再考虑考虑，告辞。"

方汀恨不得呸他一口。她知道已经让房东看出了自己的急切心情，房东因此取得了主动。他要走就让他走好了，方汀认定他肯定还会再来，他再来的话主动权就不在他手上了。事有凑巧，因为看到门上的卖房告示，又有一个四十多岁的乡绅上门看房子，已经准备离开的前房东也站住了。

乡绅问："我几番路过，见你生意红火，怎么忽然不做了？"

方汀说："不想做了，您找房子打算做什么？"

"不一定非做什么。好地段的门面拿在手里，比银子在手里还要踏实。这房子什么价钱？"

"不还价，五两金。"

乡绅打量了一下问道："房契没什么麻烦吧？"

"没有。自己一个人的房，连需要商量的家人都没有。"

"五两金价钱公道，房子我要了。今日把手续办了？"

"可以，看您的方便。"

"那就现下带上房契，到我府上？"

"行啊！荣师傅，我们一块过去。"方汀也非常爽快。

这时房东急了，插话道："可是……"

"怎么了？"乡绅有些疑惑。

房东转向方汀说："总得有个先来后到啊，咱们再商量商量？"

方汀问："有什么好商量的？你想加银子？"

"我……你让我考虑考虑啊。"

乡绅皱起眉头说："你这个人怎么中间插一杠子？你们谈不拢，那是你们缘分不到。老兄，听我一句话，命中没有，不可强求。"

"怎么是我插一杠子？明明是你过来搅局。我这正谈着，有你什么事啊？"

"我也不小看你，让银子说话。"

房东一咬牙道:“我出五两金五两银。”

“我加十五两。”乡绅轻飘飘丢出一句。

“我,你,哼!”房东恼了。

乡绅问:“你还要加吗?”

房东看得出这是个实在买家,而且比他的腰粗得多,只能一跺脚出去了。

乡绅对方汀笑道:“是你找的托儿吧?害得我多出二十两。”

“这房就是我两年前从他手里买下的。他见我急着脱手,便费尽心思压价,没承想反倒帮了我多挣了二十两银子。”方汀也笑了。

“房子不错,也不在乎那么一星半点,我们现在过去?”

方汀以为最麻烦的事想不到解决得这么顺利,她心里还记着自己让荣氏在房子上赔了很多银两,她不可能就这么算了,一定要对荣氏加倍补偿。先前她不放荣氏离开长安,为的是能长久折磨她以报玉央的一箭之仇。现在荣氏要走,她也决定跟着,为的是更长久的偿还心债并赎罪,她也认定荣氏是那种可以终生相伴的朋友。说来也巧,她们动身的日子刚好是王氏出殡的当天。

长安城门,两边青砖大石的城墙到此处开了个豁口,一边一个高大的木柱阔出城门,左右各一兵士依门而立,检查巡视进出城门的人。几个布衣百姓挑菜担柴出城,亦有市民进城。玉央、荣氏、方汀走在前面,马车跟在后头,车上放着木箱和包袱。

荣氏说:“今日宫里出大丧,还以为你来不了了。”

玉央说:“我们尚容局无须守灵,场子一散我就偷偷溜出来了。”

方汀说:“她真是遭了报应啊。”

玉央说:“只怕是遭人毒手。”

方汀说:“你是说,姓王的是被人谋杀的?”

荣氏说:“小丫,千万不可乱讲话。”

玉央说:“娘,我心里有数,在宫里肯定只字不提。”

方汀说:“不是说木塔寺年久失修,房子着火塌了才把她烧死吗?难道有人纵火?”

玉央说:“是不是有人纵火我不清楚。我只知道自从杨贤妃接管后宫后,便有接二连三的命案发生。先是寇公公畏罪自缢,然后是安尚容畏罪自缢,昨夜那一把火,王氏和欢喜的命也没了。”

方汀问:“如果这也是他们所为,为什么不也搞成畏罪自缢呢?”

“想不清楚。但只要一想到杨贤妃,或者一想到清蔷,心里就会发抖。”玉央当然不知道王氏的尸身是见不得人的,摇了摇头。

荣氏叹息道:“清蔷人还那么小,却已跟那么多条人命扯上关系了,以后怎么得了啊。”

方汀说:“小寇子和欢喜是王氏的人,被杀在意料之中。可安尚容怎么得罪杨贤妃了?”

玉央接着摇头:“后宫的人和事瞬息万变,越看越不明白了。”

荣氏说:“娘以后不在这,凡事你都要靠自己了。宫里那些事能避则避,离得越远越好。”

“我知道的,别惦记我。您也一切多加小心。”玉央顿了一下又说,“如果有机会,我去太原府找你们。”

荣氏说:“能请那么久的假吗?”

玉央说:“请假应该不能。现在一切都在风头上,等平息下去后若方便走,我也不妨出宫来。”

方汀问:“你是说辞官?”

玉央点头:“这几天老有这种想法,可能因为一下子发生太多事了吧。”

方汀说:“我被赶出宫的时候,简直连死的心都有了。可现在回头一想,未必不是一件好事。待在宫里,你不找麻烦,麻烦也迟早找上你。你或许真的该趁麻烦还没真正找上门时全身而退,彻底离开。”

荣氏说："你有什么决定，娘都会支持。不过，自己千万把握好分寸。"

玉央说："我懂。对了，李商隐现下也在太原，可以联络他，多个朋友多条路啊。"

荣氏问："你有什么话带给他吗？"

玉央没有给李商隐带信的想法，他的离开让她的心空了一下，但也仅仅只是一下而已，没有那种心被撕裂的感觉。提到李商隐她的心很暖，这也就是她现在的心境吧。

"丫头，这是娘答应给你写的笔记，才写了一半，你先拿着吧。"出城门后，荣氏从贴身包裹里掏出一本册子递给玉央。

"谢谢娘。"玉央接过后眼圈有点红。

"别送了，抓紧回宫吧。"

玉央转脸对方汀说："我娘就拜托你了。"

"放心。"

车夫扬鞭催马，马车向前驶去，烟尘和泪水让玉央的眼睛模糊了。

心腹之患已经死了，杨贤妃心上的大石头已然落地。从实力上讲太子李永还不能构成威胁，可以不必急着对付他。然而女人就是女人，但凡有机会女人都会充分加以利用，不会与机会擦身而过。杨贤妃非常清楚，皇上就是她的机会。她求见皇上的时候，文宗背手立于窗前，背影沉重消瘦。

"圣上。"杨贤妃轻声叫道。

"坐下说话。"

"给圣上禀报一下，姐姐的丧事都顺利，她在九泉之下也该瞑目了。后宫这边由于姐姐的离去，大事小情也出了不少，包括一些人员的变动和补充，臣妾也都妥善安顿了。圣上请节哀，不必为琐事劳神。"杨贤妃两眼红肿，似乎还沉浸在哀恸中。

文宗颔首道："多亏有你啊，朕也就不说谢谢了。凡事你掂量着办，有什么需要朕出面的你尽管说就是了，朕自会为你撑腰。"

"臣妾要做的，就是不给圣上添烦添乱。圣上这么说，也是对臣妾最好的奖赏。"

"你也够辛苦了，如果没有别的事就先回吧，好生歇息。"

杨贤妃说："有一桩小事，臣妾不知当讲不当讲。"

"有什么话尽管说。"

"姐姐不在了，臣妾对永儿颇不放心。以往都是姐姐教导他，现在臣妾自知责无旁贷。"

"你当说则说，当管则管，不必有任何顾忌。"

"臣妾会的。但臣妾听说永儿他，好像有些……"

文宗说："不要那么吞吞吐吐，他亲娘不在了，你自有管束教育之责。"

"那臣妾就直言了。永儿就快十七岁，应该长成男人了。可他似乎有怪癖，喜欢把自己打扮成姑娘，而且一直近男厌女，这让臣妾异常担忧。"

"消息确实吗？"文宗果然惊异。

"君前无戏言，臣妾就亲眼见过他化女儿妆，着女儿服饰。而且尚容局的女史也说，永儿经常要她们为他化妆。"

"竟有此事？这成何体统！"文宗怒气上升。

"永儿身边没有一个宫女，对任何姑娘都没兴趣，整天被一个马球教头纠缠着……"

"那个叫杭龙的？朕还以为永儿只是跟他学打球呢！"

杨贤妃很知道皇上的想法，皇上不能够接受任何离经叛道的东西。好男色在皇上的眼中乃大逆不道，绝对不能容忍。杨贤妃对杭龙其实并无恶意，也无意陷杭龙于不义，仅仅是随手把他当一根棍子去抽打李永而已。但对杭龙而言，杨贤妃的这样一次随手是致命的，足以将他置于死地。

“原来圣上知道这个人。他们除了打球,其他时间也都搅在一起,也正是这一点才更令臣妾不安。”

文宗咆哮道:“永儿身为太子，自当为天下人表率。他竟然如此不堪，岂不是给朕抹黑？”

“臣妾不好强求太子,圣上最好亲自发话把那个男人从永儿身边遣开。也免得永儿被坏人教唆,误入歧途。”

“朕亲自来办这件事。”文宗非常重视。

“那样臣妾也就不必为难了。”

杭龙在宫内是一个小到不能再小的角色,却忽然被杨贤妃在皇上面前点名,直接引起皇上的注意,这不能不说是一个奇迹。对他,皇上用了“朕亲自”三个字,已经不亚于一道圣旨了。

清蔷接到内侍省总管秦耕人带来让她面圣的口信,已身为尚容局女官的清蔷想不出皇上见她会有什么事。上一次见皇上,她是夹在两个皇妃之间的一个可怜的小宫女,她没有把握皇上会记得她是那一幕宫廷大戏的主角,她猜皇上找她也许与那一次的事变有关。

皇上当然不记得她,皇上传她是因为杨贤妃关于太子的佞报。皇上的召见在御书房,海汉在她进去之前专门提醒,皇上问什么必须答什么,有半句谎话便是欺君之罪。

文宗说:“朕找你过来问一件事,朕听说太子为化妆之事专门找过你。”

“太子嘱臣不可说出去。”

“在朕面前,你没有不可说的事。”

清蔷说:“臣明白。回皇上的话,臣先后五次被秘密召到太子宫。太子每次都拿出他自己定下的图式,让臣按照图式为他化女儿妆。”

“他的图式又是哪来的？”

“臣不知,臣只是奉命行事。太子的皮肤很好,而且对护肤颇有研究,每每可以给臣很专业的指导。”

“你的意思,他已相当精通此道？”

“正是。太子于女容妆形之精通已非臣所能比,这令臣异常钦佩。而且太子做过女儿妆,再换上女儿服饰,简直美若天仙。”

“你,你退下吧。”文宗听得心惊肉跳。

“皇上息怒,臣绝无半句诳言。”

“朕累了。退下。”文宗的口气加重了。

“是,臣告辞。”清蔷有些惶恐地回道。

在皇上心里,凡事都有一条底线,在杨贤妃的口中李永已大大越过了那条底线。杨贤妃的话在文宗心中还算不上事实,因为李永不是她嫡出,她说的话可听却并不一定可信。其他人的话便不同了,谁会冒欺君之罪编瞎话呢？这就是皇上的思维,他没必要去揣测每一个进谏者的心思去判定谏言的真伪,他用人人都畏惧杀头的心理来认定每个人对他说的都是真话。他的这个方法经常是不错的,而且擅长说谎的清蔷这次也是实话。这里也不要委屈杨贤妃,她对皇上同样是实话实说,只不过用心险恶而已。

皇上答应的事自会主动践行,他传过清蔷之后又传杭龙。湖边柳条婆娑,湖水清浅,成百上千珍奇金鱼在湖中游弋嬉戏。鱼群游到哪里湖面的水纹就皱到哪里,水里宛若漂着大朵红云。文宗在湖边喂鱼,杭龙在他身边。

文宗说:“太子的骑术大有长进,是你教导有方啊！”

“太子天赋异秉,无论什么一学就会。”

“朕听说你们俩经常一起出宫，都去些什么地方啊？”

“太子已经很久不出去了。”

“你们在宫里平日都做些什么呢？”

“太子学业很忙，三五天才抽空过来骑骑马打打球。”

文宗说：“朕听太傅说他学业拖拉，贪恋骑马打球，这怎么行啊？该学习的时候不用功，日后怎堪当国之大任？他是太子啊。”

“皇上不希望他骑马打球也是为他日后着想。太子非寻常百姓，当然不可以太多玩乐。”

“从今日起，朕让他戒掉马球，安心读经读史。你也不要再去找他，以免他心意浮动。”

“遵旨。”杭龙拱手唱喏。

文宗忽然转过脸，相当和蔼可亲地问道：“你堂堂七尺男儿，一定有众多姑娘倾心于你吧？”

“回皇上，臣尚未婚配。”杭龙脸色泛红。

“有中意的姑娘吗？”

“算是有吧。”杭龙的脸更红了。

“一定是个好人家的女儿了？”

“她也在宫里。”

“哦？”

“是尚容局的女史。”

文宗问：“叫什么？也许朕认识呢！”

“是司容部的，叫玉央。”

“玉央？很好听的名字。这姑娘的意思呢？”

“臣，臣还没敢向她提亲。”杭龙实话实说。

“那好啊，朕岂不是有机会为你做媒了？你给朕这个机会吗？”

“当然。皇上为臣做媒，臣三生有幸。臣先在这里谢过皇上。”杭龙大喜，连忙施大礼。

“咱们一言为定啦。朕还有事，你先回吧。”

这就是皇上了。除非在朝廷之上，皇上总是一个和蔼可亲的人，无论是对皇族还是对宦官宫女，在他们眼中除了是皇上也是圣贤。所以对任何平民百姓来说，见皇上都不是一件可怕的事情。心地坦白的杭龙很放松，心思缜密的清蔷也一点不紧张。

王氏的葬礼之后，表面上后宫风平浪静。没人会在这种时候无事生非或兴风作浪，即使谁有想法也都会放在心里，或者私下里悄悄交头接耳，远离是非中心的李昭仪宫里就是这种情形。云垂地表，清风和煦，一簇簇绿叶植物在风里轻轻点着头，一双并蒂芍药开得很娇艳，玉央和李昭仪二人喁喁私语。

玉央说：“清蔷让我以您这边为主，这样正合我的心思。”

李昭仪说：“她是怕你过分接近杨贤妃，反倒成全了你我。”

“娘娘，近些日子我忽然萌生去意。如果时机成熟，也许我会辞去差事。”

“你太天真了，后宫是什么地方？岂能容你想进则进想出则出？”

玉央说：“不是也有人被逐出宫吗？比如方汀。”

“能出去的都是些小角色，无关紧要。但是你和清蔷不同，你们终日在娘娘左右，知道许多宫闱秘闻，掌握许多宫中机密。若将这些带出宫廷，必定会生出诸多意想不到的事端。”

“让您说的，我一点希望都没有了？”

“当然，你可以尝试一下。”

“我知道当下时机不好，等过了这一段再考虑。”

李昭仪说：“你这个想法到我这里打住，千万不可对其他人透露。”

“我明白。”

“但愿你真的明白。”

玉央说：“进宫五年了，可以说一直无忧无虑。就这么几日一下子发生了这么多事，身边死了这么多人，突然就觉得真可怕，自己身处如此险恶，居然全无察觉，像一场噩梦突然醒了。”

“那是因为你太过稚拙了。”

“是啊，我从来不会从坏处去揣测一个人，上至皇妃下至清蔷。只有当我耳闻目睹，才知道自己一直像个傻瓜。”

李昭仪说：“醒了就好了，清醒之后再看什么就都不一样了。”

“清醒的结果是知道害怕了，因为原来身边时时刻刻充满了危险。”

李昭仪笑了：“这会儿一点都不像你了，原来那个玉央从来不知道害怕。”

“这样的日子好难挨啊。”玉央叹气。

很奇怪，王德妃在的时候尽管人人也都有难念的经，却不至于如此人心浮动各怀心事，几乎每个人都惶惶不可终日。到了这时候人们才开始怀念属于王德妃的时代，尽管大家都觉得德妃娘娘有点凶或者有点霸道，但是心里却比现在平和得多。

现在是杨贤妃时代，贤妃娘娘说话慢声细语面带微笑，却不知为什么笑的总是她一个人，别人怎么也笑不出来，大家的心里总是充满了紧张。

人说山西好地方

1

清蔷的威慑力真是不可低估。荣氏和方汀离开长安转投太原府，完全是因为对她忌惮，因为她们想不出清蔷可能对她们做出什么。既然清蔷做得出翻天覆地的举动，她就什么别的坏事也都做得出来。方汀暗自庆幸她当初没把所有底细都告诉清蔷，细细回想，也是清蔷当初没把方汀太当一回事，所以没有细问。倘若她问，方汀对她毫不设防，估计会把什么都说出来。方汀回忆，她明白告诉清蔷说不想离开长安，清蔷应该不会想到她可能去哪里。

那都是方汀的一厢情愿，倘若清蔷执意找她，那也是易如反掌。方汀的来历早在内侍省存档，包括她的七大姑八大姨这些，大唐宫廷之伟力远不是平头百姓所能想象的。以清蔷通天的背景，找什么人都绝对不是问题。况且方汀走得并不远，太原府是唐朝大城中离长安最近的一个，来去都很方便。初来乍到，街市喧闹，人们熙来攘往，沿街的店铺时有顾客进进出出，很是热闹红火。

荣氏、方汀一路张望。以荣氏的心思，有个小小的铺面就行了，方汀却坚持弄个大一点的。她的理由是反正一样操心费力，再小的店也得把全部心思扑上去。但荣氏认为这里总归不是长久之地，摊子弄得大了要收的时候损失也大。

方汀明白荣氏手里不宽绰，便直截了当表示自己手里有些银两，开铺子的钱由她来出，荣氏只需出人出手艺。

“那怎么好意思？已经给你添了那么多麻烦。”荣氏以为不妥。

“荣师傅，如您不嫌弃，就收我做干女儿，当我是一家人好吗？”

“用你的钱，这会再与你认亲，我心里无论如何都不自在。”

方汀说：“那就先不谈认亲，眼下以这种方式与您合作总可以吧。您知道我除了刺绣什么手艺也没有，我想借您的手艺一起把生意做起来，您不会怕我沾您的光吧？”

话已至此，荣氏再说不出什么。她明白方汀的想法，知道她一片至诚，因此无法违逆她的美意。于是，太原府闹市上就多了一家小店。噼里啪啦一阵爆竹声，烟雾弥漫，爆竹声吸引来的一些路人跟在荣氏、方汀后面走进小店。里面的格局与大和药铺相似，只是面积要小些，但搁架上的货品却相当丰富。小店开张，第一拨顾客上门了。

方汀和荣氏成了小店里最初的两个伙计。

山西是个好地方，太原府是个好地方，杏花村自然也是个好地方。新绿旧绿交相辉映，细雨如牛毛，将阡陌纵横的田间渲染得湿漉漉的。近处的杏花林一片粲然的粉红色，落英缤纷，时而还有几声鸟啼从林子深处传出来。

李商隐来了太原府不久，在长安混得无聊透顶的温庭筠也过来了。两人走在春天的毛毛细雨之中，此情此景若被杨贤妃看到，恐怕也会以为这两个男人或许会有不伦之情愫吧。

“这不是到了乡下了吗，什么鬼地方？”温庭筠左顾右盼一番。

李商隐笑他：“整日勾留在花街柳巷，你就不腻烦？到乡下来换换空气，听听鸟语闻闻花香，岂不美哉？”

“我老远跑太原府看你，你就用这一文不值的鸟语花香、新鲜空气来招待我，好意思吗你？”

“你急什么？我说了，今日出门包你满意。”

“狗屁！就你这鸟语花香？这就让我满意啦？”

“急什么急？好戏在后头呢。”

“好你个李兄，此处原来是美酒之所在！”温庭筠忽然猛吸鼻子，抓住李商隐说。

“岂止是寻常美酒？”李商隐指着前面的村庄道，“这杏花村的佳酿，可上溯千年之久，敢称天下第一。”

“哈哈，知我者李兄也。有美酒，老温无佳人相伴也没有遗憾了。”温庭筠开怀大笑。

“美酒佳人自古长相随，温兄没有佳人怎么可以呢？”

“这穷乡僻壤会有佳人？你成心寻老温开心吧？”温庭筠两眼放光。

“山明水秀到你这里成了穷乡僻壤，真是狗嘴里吐不出象牙。”

“我忘了问，你的那位扬州佳人现在如何呀？”

“打从离开长安，便断了音信。”

“你李兄有情有义，不会一别竟成永诀吧？”

李商隐说：“上天赐我玉央，乃三生有幸。温兄见证。”

“你要我见证什么？花痴。”

“不瞒你，此次回家，老娘要我择时婚娶，说要见了孙子方可瞑目。”

温庭筠问：“老人家身子好些了吗？”

“眼见着一日不如一日。”李商隐摇头。

“你这个大孝子可是遇到大难题了。”

“是啊。我试探着跟老娘提到退婚，她一听就怒了，说若退婚她便不认我这个儿子。”

“母命难违，况尔孝子乎！”温庭筠一番之乎者也。

“当年的亲事由她而提，亲家又是老娘的娘舅表姐，于情于理老娘都过不了这一关。”

“听来听去，你是孝与情不能两全啦。”

李商隐说：“狗嘴温兄，你又笑我。”

“笑你与否先放在一边，玉央那边你是怎么打算的？”

“离开长安之前，我已将订婚一事告诉玉央。”

温庭筠说：“你这种男人啊没劲透了，自己优柔寡断，把难题甩给姑娘，没劲。我若是玉央，再也不会睬你。”

“幸好你不是。我已经难之又难，你还能要我怎样？”

“要我说,你是个玩不起的男人。玩不起就不要玩,免得引火烧身。唉,你可是说除了美酒,还有佳人啊。”

李商隐说:“男子汉大丈夫,一言九鼎。”

一个几进的大院子,院角层层叠叠堆了许多酒坛子。厅堂宽敞幽暗,内里冷冷清清,只有一个书生(背影)站在方桌前一边独酌,一边执笔写字。他俩进门时李商隐示意温庭筠不要出声,温庭筠随他悄悄来到书生身后,书生正在书写一首诗题《清明》的七言绝句。

温庭筠盛赞好诗的当口,并未注意书生是何许人。他一回头,竟是杜牧。温庭筠大惊失色,这才发现上了李商隐的当。

“这就是你的‘佳人’啦?”

“我说过今日此行包你满意的,如何?”李商隐开怀大笑。

杜牧说:“杏花村的酒果然是好。来,温兄,为兄陪你三杯。”

小二斟酒,温庭筠连下三城。

李商隐擎起杜牧的诗念道——

清 明

清明时节雨纷纷,路上行人欲断魂
借问酒家何处有,牧童遥指杏花村

酒坊里已经有了人气,几张桌上都有了酒客,而且看得出多是远方的旅人。

温庭筠说:“杜兄,这天下也太小了,让我从今往后夜夜有梦,我也梦不到会在这么个小村子里遇上你。”

杜牧说:“温兄此言差矣!你以为此处是个寻常的小村子?出如许美酒的杏花村,天下只此一家。”

温庭筠说:“怕是这杏花村的美酒,还要靠你杜兄方可名扬天下吧?”

李商隐说:“温兄此言不谬。以杜兄刚才出炉的绝句,小小杏花村便该当四海皆知,也必定千古留名。”

杜牧说:“二位过奖。诗如何任由后人评说,酒好才是第一要义。倘无好酒,何来好诗?所谓皮之不存,毛将焉附。”

“谢几位夸赞。”这时,酒坊掌柜过来抱拳拱手,然后指着杜牧说,“先前这位先生问笔墨纸砚,老朽便认定此翁非寻常之人。刚又闻众位称其杜兄,十分惊奇。敢问先生尊姓大名,莫非真是杜牧光临敝店?”

杜牧也抱拳道:“不才杜牧,让掌柜见笑了。”

“先生请受老朽一拜。杜牧大名,高山仰止。”掌柜忙行大礼。

杜牧说:“掌柜抬爱,不胜惶恐。”

掌柜说:“老朽出身书香人家,少时也曾屡屡乡试不中,但喜好诗文至今日而不辍,于小杜之喜爱远在老杜之上。今日得见,乃三生之幸也。”

温庭筠说:“以掌柜高见,那小李与老李又如何呢?”

掌柜问:“莫非先生就是李商隐了?”

“非也非也。”温庭筠摇摇手,指着李商隐说,“这才是你要找的李商隐。”

“幸会幸会。”掌柜向李商隐施了大礼又转向温庭筠,“如此说来,先生一定是温庭筠了?”

“幸会。”温庭筠忙学他行大礼。

掌柜还礼:“幸会幸会。今日小店蓬荜生辉啊!上天有眼,对老朽如此眷顾。”

杜牧说:“要谢就谢李兄,是他夸你酒好,约我等于这里相聚,共品佳酿。”

“老朽知道先生现居太原府,久闻大名奈何无缘得见。真是万分感谢。”掌柜果然又谢李商隐。

温庭筠说:“杜兄好事做到底,为这杏花村美酒再赋美名。如何?”

掌柜说:“请赐。”

杜牧说:“这杏花村既在汾水之畔,必须汾水之润泽,何不就称汾酒呢?”

李商隐说:“汾,酒,音韵字形字意皆美,恰切至极。作酒名真乃天造地设。”

掌柜感叹道:“千载佳酿从此以汾酒命名了。”

温庭筠说:“美酒有名,应该是我老温的功劳吧。掌柜,你怎么谢我?”

掌柜说:“大恩不言谢。无论何时何地,只要报温庭筠三个字,我汾酒店家必奉陈酿三坛以为敬。”

温庭筠说:“美哉,老温足矣。”

掌柜又对杜牧说:“老朽有一事相求。”

杜牧说:“说来无妨。”

“刚才先生所书绝句,请赐予我汾酒酒坊,一点润笔薄资不成敬意。”掌柜回柜台摸出一锭金,双手奉上。

杜牧说:“诗您留下,金锭却不可收。”

“先生另有赐名大恩,老朽已经感铭于心,万望先生笑纳。”掌柜折腰道。

温庭筠说:“掌柜年高,以鞠躬相要挟,不怕你杜兄不就范。”

“先生不接金,老朽礼不毕。”掌柜折腰依然。

“小杜只好恭敬不如从命了。”杜牧接金锭。

李商隐拍掌笑道:“诗之历史与酒之历史从此各添一段佳话了。”

酒坊中所有围观的人应和,掌声连连。

杜牧将《清明》诗赠给汾酒坊主。

2

这是一个专门卖药材的自由市场,有的架着摊子,有的堆在推车上,也有些在地上铺了层毡布,药材就随意摊在上面。顾客很少随意闲逛,大都驻足在某个固定的摊子前挑拣。方汀仔细观察,荣氏挑选药材,与卖家讨价还价。

“那种大的何首乌什么价?”

“三钱一两。”

“小的呢?”

“小的二钱。”

“多买有少吗?”

“一两银子六两。”

“七两。”

“六两半。”

“七两。”

“就让你一步,开个张。”

卖家称量何首乌,荣氏掏银子付账。

“一两银子,七两何首乌。”一旁的方汀复述(自言自语),二人往外走。

荣氏问:“刚才你嘟哝什么?”

方汀说:“以后我可以自己来,您写个单子就行,也省得关了店门耽搁生意。”

“有件事你可以抽空跑一趟。”

“您说吧,去哪?”

“西大街的令狐府。”

“令狐家是太原府大户,很容易找的。找什么人啊?”

荣氏说:“小丫的朋友,一个叫李商隐的。”

“就是临走时玉央提的那个人?”

“是的。小丫让和他联系,你就代我请他来家里做客。”

“就请他晚上过来吧。”

太原府街区比长安城略小略窄,人也相对少些,没那么繁华。李、杜、温三人同行。

温庭筠说:“玉央的母亲怎么会到太原府来呢?”

李商隐说:“的确令人费解。按照常理,她不可能丢下女儿不管。再说了,若女儿不需她照看,她也该回扬州老家,没有道理来非亲非故的太原府落脚。”

杜牧说:“也许只是来走个亲戚吧。”

“玉央说过,她在太原府没有任何亲戚朋友。”李商隐看着手里的字条说,“应该就是这里了。”

杜牧说:“见了面就什么都清楚了。”

“哪位是李商隐?”应门的是方汀,见是三个人,她略显意外。

李商隐说:“正是在下,请问荣师傅是住这里吗?”

“是啊。快请进来。”

这个住处比荣氏在长安的住处宽敞体面些,光线明亮,有两间卧室,一间厅堂,一间偏亭,屋里布置得十分整洁干净。

“李公子,温公子。”荣氏从里间迎出来打招呼,她认出了杜牧,“杜牧!”

不只荣氏惊讶,杜牧也同样惊讶,另外几个人都惊呆了。

温庭筠说:“奇了怪了,他们两个居然还认识!”

方汀问:“荣师傅,这是谁呀?”

李商隐说:“这究竟是怎么回事啊?”

杜牧说:“老朋友啦,很多年的老朋友啦。”

“你们怎么会……我倒忘了,你们三位都是当今鼎鼎大名的文豪,你们当然认识,看我这糊涂。”荣氏转向方汀说,“方姑娘,认识一下吧。杜牧、温庭筠、李商隐,都是诗人。方姑娘是我的好朋友,也是小丫的好朋友。”

“小丫,她怎么样?已经长成大姑娘了吧?”闻言,杜牧眼睛一亮。

温庭筠说:“杜兄真是个糊涂蛋,小丫就是玉央啊。”

“天哪,不会有这么巧的事吧。”杜牧转向李商隐,“就是你的那个玉央啊?”

“就是我说的玉央。”李商隐满脸通红。

“方姑娘是太原府人吗?”温庭筠发现方汀的目光有异。

“我早就见过你和李先生。”方汀点头。

温庭筠诧异道:“见过我们?在哪里?”

“长安大和药铺。”

温庭筠大摇其头:“我老温敢说过目不忘,怎么居然一点印象也没有?”

温庭筠当然不可能有记忆,因为当时他在和李商隐斗嘴,根本没关注从药铺出来的方汀。而方汀只顾着看他俩斗嘴，不想被横卧在地的疯婆子绊了一个趔趄，脸上带了土，颇为狼狈。

方汀说："只是我见过二位，二位并未见过我。"

温庭筠说："我说老温的记性不会那么差嘛。"

"今天我早早就打烊，回来做了一桌扬州菜，万没想到竟会有三位贵客一起过来，太高兴了。来，上桌。"荣氏入内，将众人引到方桌边围坐。

温庭筠说："荣师傅，你说打烊，我没听错吧？"

荣氏说："没呀。"

温庭筠说："你把药铺开到太原府来了？"

"是一家小店，刚刚开张，"荣氏指指方汀，"我们两个合伙开的。"

李商隐说："那玉央呢？"

方汀说："还在宫里啊。"

李商隐说："可是你们……"

荣氏说："宫里是非太多，小丫让我们来太原府暂避一段时间。来，大家边吃边聊。"

温庭筠说："又吃到正宗的扬州菜啦！哈哈哈……"

杜牧说："应该把好酒带一坛过来。"

方汀说："我马上出去买酒。三位稍候。"

温庭筠说："好也好也。"

方汀出门。

李商隐说："杜兄，你与荣师傅早就相熟了？"

杜牧说："岂止荣师傅。小丫……哦，就是玉央，我们早就是好朋友啦。"

荣氏说："光阴似箭，一晃许多年了。"

杜牧说："是啊，那时候小丫还是个小丫头呢。"

这一场见面似乎是巧遇，其实不然。李商隐在分手时给了玉央在太原府的地址，也就是说李商隐期待着再见到玉央，而玉央同样没有让写着地址的字条随风而去。还有杜牧已经错过在长安和玉央相遇，在太原府见到荣氏就没有什么奇怪了。

老温，小李他们是无论如何也不会想到，杜牧与荣氏、玉央之间会有那么多有趣的往事，那是他们三个人日后的谈资，不知道杜牧会不会将关于玉央身世的推理讲给他们，毕竟玉央是李商隐心仪的姑娘，而且这也牵涉到荣氏的隐私，杜牧没道理将朋友的信任置之不顾。

稍感遗憾的当然是李商隐，因为玉央不在。玉央在这个时候不可能来太原府，他也没有想过在此时此地会见到玉央，能见到荣氏已经令他很开心了。

再见到温庭筠让方汀回想起了第一次的情形，她清楚记得疯婆子的话，疯婆子说那个大胡子是她的男人，那人就是温庭筠啊。她当时说自己根本不认识那两个男人，她的确也不认识他们，她以为疯婆子说的是疯话。

现在她知道那不是疯话，疯婆子说的话是预言，她不认识他(大胡子)并不意味着以后也不会认识他。她是荣氏的朋友，他也是。不对，那时候她还不是荣氏的朋友，她只是她的对头。她们从做对头开始，之后才成了朋友，所以也没什么不对。现在她已经认识他了。

不认识他的时候，说他是她的男人当然是疯话。如果认识了呢？这么想的时候方汀的脸红了，她知道自己记住了那个男人，那个叫温庭筠的男人。她一眼就认出了他，她根本就不记得他旁边的那个人(李商隐)，也许这就是所谓的缘分了。那个男人应该也不差，他和玉央之间似乎有点什么。而玉央是后宫之中各方面都最为出众的姑娘，普通的男人绝不会入玉央的法眼。即便如此，方汀还是没能记住他。

方汀觉得，被他们称作老温的大胡子似乎很留意自己，也为他没能记得方汀这件事很在意，这一点让她心里很舒服。她忽然在心里骂自己自作多情,她嗔怪疯婆子的胡言乱语让她心旌摇荡。她马上二十岁了,正是怀春的年龄。

无论她心里在想什么,这些话她对谁也都说不出口,即使是荣氏。胡思乱想归胡思乱想,她们的日子还要继续。小店每天都要开门揖客,方汀正招呼女客看胸褡。

女客说:“绣工真漂亮,精致得没话说。”

方汀说:“自己的手工,很高兴你喜欢。”

“就是贵了点。”

“价钱可以商量。”

“我再考虑考虑。”女客还是犹豫,将胸褡递还。

“考虑好了再过来。”

女客走时流露出依依不舍,荣氏叹道:“太原府这里生意蛮好做的。”

方汀说:“富庶又有历史。”

“这几天连着梦见小丫。”

“想闺女了。”

“她还小,就是让人惦记。”

方汀笑了:“当娘的,孩子再大也会惦记。唉,那个人叫温什么来着?”

“温庭筠。”

“他应该到长安了吧?”

“该到了吧。”

“那也该把包裹给玉央送到了。”

大胡子的名字她一直没能听清记准,又不好意思专门问荣氏,借着荣氏带给玉央的包裹她终于知道他叫温庭筠,这下她再不会忘记这名字了。

皇上践约做媒人

1

皇权时代最突出的特征便是这个皇字,所有的人所有的事都环绕着皇字展开。皇帝等同于天,皇帝的意思被做成圣旨,皇帝的女人也变成了全天下最尊贵的女人。但凡沾上这个皇字,任何人任何东西即刻身价百倍。现在皇帝要亲自为杭龙和玉央做大媒,是不是这两个人的幸运呢?

一个皇字让一个人变身为神,正如唐文宗李昂。借此我们可以看到文宗也是肉身凡胎,没有唐文宗三个字加身,李昂就是一个普通男人。这个事实让我们看到另外一些东西,比如圣旨当真神圣不可违逆吗?比如皇帝做媒玉央就必须嫁给杭龙吗?

我们已经知道皇帝关心的并非杭龙,更非玉央,他关心的只有李永,他要把杭龙从李永身边拉开。他顺便过问了一下杭龙的性取向连同婚配状况,也是为了对贤妃有一个交代,才一时兴起说要做一个媒。完完全全是随口一说,既没走脑子更没从心里过一下。但因为李昂不只是李昂,同时还是皇帝,即便随口一说仍然一言九鼎。

但那是一句非正式场合的非正式圣旨,它要传到当事人的耳朵里还不知道要走多久。至少玉央对此一无所知,她还在司容部药理作坊中忙着那些日常的、具体而微的事情,其他小女史们也都在各自的岗位上忙碌着。有人用筛子筛药材,有人分拣,两个女史在院中彼此协助着斩草药。玉央用小刀修剪人参的参须,也许是由于心不在焉,刀刃忽然戳到手指上,很快有血珠渗出来。她将手指伸到嘴边,将血珠吮进嘴里,然后吐到脚下的水盆中。

玉央埋头工作，满脸喜气的杭龙走到院门前，向里张望，玉央的全部注意力都在手里的工作上。杭龙站了一会，终于还是没能鼓起勇气与她打个招呼。杭龙的出现引起其他女史的注意，很多女孩忍不住看他，还窃窃私语。一个女史凑过去问："你找谁？"

"哦，没事。"杭龙又看了玉央一眼，转身走了，玉央对这一切毫无察觉。

对她来说杭龙是个朋友，而这个朋友绝对不比她手上的任何工作更要紧，而且玉央不是那种先知先觉的姑娘，她不能预见皇上会关心她的婚嫁。每天的日常工作是她真正关心的，她在自己的岗位上从无丝毫的懈怠和马虎，这一阵她的主要岗位是李昭仪宫。

李昭仪俯在榻上，衣着简单随便，脸上清水芙蓉地化了淡妆，玉央在为她推背。

李昭仪问："你看我是不是胖了？"

"没有啊，还觉得皮肤较之先前显得更腴润呢。"

"这段时间身边没什么是非，日子太过闲适。人说心宽体胖，我真怕自己变成大胖子。"

玉央说："胖瘦与体质有关，这么多年日子松松紧紧，您始终苗条，看来不是易胖体质，可能想变成胖子都难。"

"那样就最好了。"

"皇上驾到。"海汉的声音传来。

李昭仪撑起身子疑惑道："怎么这会过来？"

玉央忙拽过衣服帮李昭仪穿上，再将她从卧榻上扶起。

文宗大步入内，李昭仪上前，玉央也在一旁陪着施礼："圣上。"

"免礼。"文宗扶起李昭仪，"怎么你一点没吃惊啊？本来朕想给你一个措手不及。"

李昭仪说："怎么不事先通传一声，让臣妾也好有个准备啊。"

"刚批完折子，忽然心血来潮，想看看你平日都做些什么，就过来了。不欢迎啊？"

"臣妾岂敢？只是刚刚正在做推背按摩，圣上突然出现，臣妾这么衣冠不整的也实在太狼狈了。"

文宗瞄了玉央一眼，对李昭仪说："你我之间没必要那么拘束吧，也许你冠冕堂皇的，朕还不喜欢呢。"

"全凭圣上乐意。"李昭仪嫣然一笑，对玉央说，"玉央，你先回吧。"

"是。"玉央应诺。

"且慢，你就是玉央？"文宗好像忽然想起了什么。

"是。"

"司容部的？"

"是。"

"刚才朕着人去找你，说你来这边了。"文宗上下打量，玉央显得不自在。

李昭仪问："怎么啦圣上？"

"难怪。"文宗微笑颔首。

李昭仪说："难怪什么？您吓到这孩子了。"

"难怪那个杭龙钟情于她。"文宗对李昭仪说，这话让玉央颇感意外。

李昭仪说："哦，圣上要做月老啊。"

"正是。"文宗转头对玉央说，"朕已答应杭教头，代他向你提亲，为你们做红媒。你肯给朕这个机会吗？"

玉央愣了一下，口气坚决回道："回皇上，玉央恐难从命。"

文宗说："朕看那杭龙相貌堂堂一表人才，人也忠厚可靠，又对你情有独钟。小姑娘，好男人并不多见啊。"

玉央说:“玉央自小便由家母订下婚约,所以要辜负皇上和杭教头的一番美意了,还请皇上恕罪。”

文宗说:“婚姻大事,自当从父母之命。你既有婚约在身,朕当然不可强你所难。百善孝为先,君臣概无例外。你信孝守诚,又何罪之有?”

玉央说:“谢皇上体谅。”

文宗说:“你先回吧。”

“娘娘吓一跳吧?”玉央从里面出来,余翠马上迎过去说。

“可不,皇上以前经常搞这种突然袭击吗?”

“从来没有啊。娘娘胆小,禁不起吓的。不过皇上倒是喜欢跟娘娘开玩笑,经常逗得娘娘特别开心。”

玉央也奇怪自己哪来的勇气,张口就回绝了皇上,而且她还撒了谎,杜撰出一个奉父母之命的婚约。一切都发生在一瞬间,她甚至来不及想后果。可有一点她非常明确,无论怎样,她都不会答应皇上嫁给杭龙。这个突如其来的谎言是她生平头一次,或许也是最后一次,她自己也不能确定。已经有了第一次,谁又说得准以后的事呢?

一直以来玉央对杭龙的好意都没有主动拒绝,她首先是怕伤了他的自尊心,她知道男人的自尊心有时候比他们的命还要紧。另外她也当他是好朋友,她凭直觉知道他是个可以信赖的人。她原本没把这件事看得很严重,所以也就等于默许了他对她的好。

皇上的意外介入让玉央猛醒。皇上知道杭龙喜欢她,那一定是杭龙亲口对皇上说的。杭龙能亲口对皇上说,一是说明他当真喜欢她,二也说明他对她的态度有相当的把握。她当真让他觉得她会答应他吗?如果她给了他这样的错觉,她就不能原谅自己了。玉央心里很明白,杭龙能开口请皇上做媒,一定抱了很大的期待,那么遭到她的拒绝对他来说一定是极大的打击。她觉得自己犯了大错,她态度上的暧昧让他误解,也一定会造成伤害。她决定终止自己的错误,面对面把事情说清楚,她认为这是最妥当的方式。

杭龙对玉央的意外来访很惊诧,他有几分慌乱。玉央想不到杭龙的房间会如此干净整洁,她对男人所知不多,仅凭想象就认定他们的状况会比较差。杭龙差一点脱口而出那是清蔷的功劳,话到嘴边才急忙打住。

玉央其实知道清蔷喜欢杭龙,因为无论清蔷有什么事胡蝶都会在第一时间讲给她听。而且清蔷也从不避讳与杭教头的来往,她甚至带有一点炫耀的意味。倘若杭龙更坦白一点,直截了当告诉她清蔷常过来的话,玉央的心里也许会更轻松一点,因为她怕自己会伤杭龙的心。既然杭龙在和别的姑娘交往,她的担心也就是多余了。

两个人的关系一直在不言之中,因而彼此的心态与恋爱中的状态很不一样,一点不暧昧,还多少有几分唇枪舌剑的味道。玉央说想不到他房间这么整洁,杭龙自夸那就是他的本事。

玉央说:“你倒是一点不谦虚。”

杭龙说:“你觉得我很骄傲吗?”

“你就是这么待客呀,连一杯水也不倒?”玉央坐下来调侃。

“不瞒你说,我有一点紧张。虽然你上次答应了,可我没想到你真会来。”

“我答应什么了?”玉央没懂。

“说一定主动找我一次啊,你不是来兑现的?”

“我……就是。”

“是不是又要回家?”杭龙边倒水边问。

“看我留给你的印象,好像除了求你送我就不会来看你似的。”玉央笑了。

“那又有什么关系呢?我喜欢送你接你的那种感觉。”

“我也喜欢,可是以后再不用了。”

“再不用了?”杭龙有些懵懂。

“我娘离开长安了,我在长安城没有家了。”

“吓我一跳,还以为你再也不要坐我的马了呢。”杭龙吐了一口气。

玉央盯住他的眼睛说:“再不要坐了。”

“为什么呢?”杭龙又紧张了。

“杭龙,我知道你对我好。我是女孩子,我没那么笨,该知道的我都知道,而且我刚刚见过皇上。”

“皇上真的对你说了?”杭龙眼睛发亮。

“而且是当着李昭仪的面。”玉央点头。

“那你怎么回复皇上的?”

“杭龙,我怕要辜负你和皇上的美意了。但我还是要谢谢你,谢谢你一直关心我,一直对我那么好,我过来就是为了跟你说这个。”

“可是,可是……如果是我冒昧,你千万,千万别往心里去,就当我什么都没说。我们以前怎样,以后还怎样,好吗玉央?”杭龙一下竟不知所措了。

“杭龙,你听我说……”玉央抓住他手臂。

杭龙摇头:“你千万不要说我们以后不再见了,答应我好吗?”

“我答应你,但我还是想当面告诉你,我有婚约在身。”

杭龙怔住了,好一会才说:“知道了。但我们还是好朋友,是吗?”

“只要你还认我是朋友,我们永远都是。”

“永远都是。”

玉央最后关头还是没能坚持到底。谁也听得明白,杭龙那么说并非只是想做一个好朋友而已。所有在痴恋中被拒绝的那个人,总是不肯接受现实,以为退一步缓一缓就还有希望。这是一种自欺欺人的把戏,旁观者一看便知。但是拒绝的那个人不是旁观者,更做不到心明眼亮,所以每每总会被对方那个绝望的小小要求所感动。于是坚冰又有所融化,决心又有所动摇,于是懵懵懂懂答应了还做朋友。

被拒绝的那个人真是悲哀,是那种不见棺材不落泪的悲哀,那种死不悔改的悲哀,他宁死也要把自己的那颗心泡在只能蒙蔽一时的药汤里。而拒绝的那个人将再一次把自己投入麻烦之中,因为她要重新面对那颗不死的真心,运气不好的话还会被他的泪水小小淹一下。

玉央从来不在胡蝶面前提杭龙,她给胡蝶的印象是杭龙与她完全无关,有关的那个人是清蔷。胡蝶给清蔷的印象远不如玉央那么恶劣。

清蔷叫胡蝶过来。

“哎,司容有什么指示?”

“晚饭后加个班,把这批敷面霜赶制出来。”

“又要加班啊?加不加薪啊?”胡蝶噘嘴。

“加你个头,完不成任务还要罚你的薪。”

此时,尚容谷绣春喊清蔷过去问道:“玉央还没回来吗?”

清蔷答道:“李昭仪那边的事总是拖拖拉拉的,估计还要一会吧。”

“也不知道皇上找她有什么事。”

“皇上找她能有什么事?”

“海公公专门跑一趟,可是我说派人去找,他又说不用。哦,你忙吧,我只是顺便问问。”

谷绣春搞不明白,这个玉央有什么神通,会让每一位娘娘都轮番不停地召她过去,而且现在皇上也要召见？依她所见，玉央应该不属于哪个娘娘的死党，而且她也没觉得玉央多么聪明伶俐会讨人喜欢。谷绣春就是搞不懂，她做梦也想不到皇上会为玉央做媒，而且居然是让后宫每个女孩眼睛发光的杭教头，竟然还被玉央一口回绝。因为，皇上的召见已经让她瞠目结舌了。

玉央从李昭仪宫出来时，刚好清蔷从外面进来。清蔷告诉她尚容找过她，说是皇上召见。清蔷说自已也说不清楚，让她去问尚容。

“好的。谢司容。”玉央应声道。

清蔷嗔怪道：“死鬼，你又来了，又司容司容的，没记性啊？”

晚上休息的时候，谷绣春还是没能抑制住好奇心，主动来到玉央的房间。玉央在灯下看书，谷绣春的到来令她很意外，这是从来没有过的事。

玉央说：“尚容您来了。”

谷绣春说：“下晌皇上差人来找你，我说你去李昭仪宫了。问要不要派人去找你，他们说不急。”

“谢尚容，我见到皇上了。”

谷绣春惊讶道：“皇上亲自去李昭仪宫找你啊？”

“也不是吧，皇上是去看李昭仪。”

“皇上今日没揭李昭仪的牌，肯定是专程找你的。”

玉央说：“应该不是，也没有特别的事啊。”

“没特别的事，那都说些什么？”

“真没说什么。”玉央脸红了。

“不想说就算了，就当我没问。”谷绣春脸色变了，转身出去，门被不轻不重地摔上。

玉央无可奈何地叹一口气，将叠好的衣服放到搁架上。

“刚忙完，累死了。当这个狗屁掌容真没劲。”胡蝶风风火火拉开门就说。

玉央说：“一个月多二两银子，你以为白给你的？”

“唉？她们都说皇上找你了？”

“没事找事。”玉央点头叹气。

胡蝶诧异道：“你说皇上没事找事？”

“本来什么事都没有，可是谷尚容偏以为我有什么事瞒她。”

“皇上没事会找你？别说她不信，连我都不信。”

玉央说：“其实真的没我什么事。皇上不知道怎么想的，忽然找我提亲。”

“让你嫁给太子？”

“你想哪去了？是杭龙。”玉央笑了。

“皇上要你嫁给杭龙？”胡蝶仍然诧异。

“他说要做媒。”玉央点头。

“哈哈哈，你要做新娘啦！”

“胡说八道。”

“你不会告诉我你没同意吧？”胡蝶圆瞪双眼。

玉央说：“当然没同意，我怎么会同意呢？”

“天哪，你敢抗旨！”

“皇上可不是这么说的。”

“你怎么说的？皇上又是怎么说的？快，一五一十招来。”

“哎呀，你烦不烦啊？”

胡蝶说：“烦什么烦？快说！”

“我说家母早为我订亲了。”

“撒谎！先办你欺君之罪。继续坦白,你说你娘给你定亲了,那皇上又怎么说呢？”

玉央也学皇上说道:“婚姻大事,自当从父母之命。你既有婚约在身,朕当然不可强你所难。百善孝为先,君臣概无例外。你信孝守诚,又何罪之有？”

“怎么何罪之有啊？”

“我前面说请皇上恕罪啊。”

胡蝶说:“皇上不错,通情达理,又不强人所难,今天我表扬他啦。”

“可是我把谷尚容得罪了。”

胡蝶一翻眼珠道:“得罪她怎么啦？有皇上撑腰,她能把你怎么样？”

玉央笑着捶她:“你这个臭嘴,皇上认识我是谁呀？”

“哎,说真的,你真的一点都不喜欢杭教头啊？”

“不是那种喜欢。”

“清蔷可是追他追得很紧呀。”

玉央说:“所以呀,我也别给人家添乱。”

“我觉得杭教头很帅的,你信不信,这家伙一定是个抢手货？”

“那你也去抢好了。”

胡蝶一噘嘴道:“我怎么抢得过清蔷呢？唉,这个世界的事情就是这么莫名其妙。你看,杭龙喜欢你,你却不喜欢他。清蔷喜欢他,他又不喜欢清蔷。我说玉央,从来没听你说过,有没有你喜欢的男人啊？”

“有也不告诉你。”

胡蝶拽住她耍赖:“求你啦,别不告诉我。除非你没有,有了一定告诉我,好不好嘛？”

“好嘛,不好嘛。好不好都让你说了。”玉央学她的腔调。

“你到底有没有啊？”

“有没有都让你说了。”

“你跟我躲猫猫,哼！”

2

杨贤妃宫的寝房甚是华贵,亦十分整洁。她仰卧在床上,宫女巧儿为她分上下两段盖好身子,只留出中段。巧儿去到屏风后,请刘御医过来为杨贤妃看诊。这边巧儿去水盆那边洗了手过来,刘御医退回屏风后。巧儿到里面为杨贤妃重新盖好被子。

刘御医说:“娘娘,您身子有恙,该早早诊治才是,岂可一再拖延？”

杨贤妃说:“这也就是女人的麻烦,是不是有些耽搁了？”

“此乃重症,恶性疮毒最忌近身体开口部位,而娘娘此次又在双乳,若毒热上攻累及血脉,也许会有生命之虞。”

“两颗痘痘而已,你们总喜欢小题大做。”

“在下绝非耸人听闻。毒疮成双,且刚好对称于双乳,定是善者不来。此乃极罕见之怪症,娘娘切不可掉以轻心,望务必认真对待。”

杨贤妃说:“要我认真,还不就是靠你。听你的口气,该我有一场劫难了。”

“在下自当尽心竭力。”

“就全靠你了,带我渡过这一劫,定当厚报。”

经过两轮用药之后,刘御医再检查杨贤妃乳下的恶疮时,疮口已收缩结痂。刘御医说:“恭喜娘娘。疮脓已见收缩，娘娘的病必定会日见好转。”

玉央是刘御医离开之后进来觐见的，杨贤妃也在关心皇上做媒的事，玉央如实禀报。在杨贤妃眼里，玉央聪明也简单，没什么城府，是个尽心尽责的女官。有件事情很奇怪，尽管多年来清蔷一直在背地里整玉央，却从未将她对玉央的恶念透露给杨贤妃。

清蔷在王氏葬礼之后的表现相当优异，她要重新建立个人威信，对下和蔼可亲，对上严谨负责。虽然尚容局里没人知道她在被拘之后的种种，更没人看到她生不如死的丑态，但她心里很明白，她在尚容局里的评价和口碑都已降到了最低。而且内侍省里总有几个人知情，谁也难保他们将此事传出，清蔷知道她必须很努力才能恢复先前的形象。

所以这一段时间她的心思都在司容部，她几乎不出宫，她已经很久没见过方汀了。司容部的秩序正在重新建立，她心情不错，忽然想到该出宫去转一转了。她回到长安城的住所，开门时居然带下些许尘土，一望便知有些日子没人住了。桌上是一张蒙灰的字条，清蔷看了看字条，上面写着——

清蔷：

谢你多方关照，使我在出宫后有栖身之所。然长安并无适合我的事情可做，耽搁日久不免烦闷，遂决定云游四方找寻开心之所在。行色匆匆，无法候你见上一面，甚憾。再一次诚挚地谢你。

方汀

清蔷颇费思量，她没想到已经置下门市房的方汀会说走就走，她于是赶到大和药铺，见有人在打扫铺面，正将里面的搁架抬出。

“这药铺……不做了？”清蔷拉住一个主事的人问。

主人问：“什么药铺？”

“这不是药铺吗？”

“这里要开的是骰子房。”

“原来开药铺的呢？”

“哪有什么开药铺的？”

清蔷问：“房东呢？”

“房子已经租给我了。”

“她是怎么租给你的？”

主人说：“我出银子，他自然要租给我。”

“房东人在哪里？”

“要干什么？告诉你，房子我已经租下来了，租契在我手上，你就是想多出钱也没用。现在这房子房东说了不算，我说了算。”主人相当警惕。

“你误会了，我不是那个意思。”

“你什么意思？”

清蔷说：“我是房东非常要好的朋友，我想打听哪儿能找到她。”

“朋友？这家伙艳福不浅啊。”主人上下打量清蔷。

清蔷正色道：“你说话放尊重些。”

“你自己说的呀，非常要好。”

“要好就是要好，怎么啦？”

“像你这样的小美人，你自己说跟他要好，而且还非常要好，所以我说他有艳福啊。”

清蔷凤眼圆瞪道:“你放屁!我们是好姐妹,怎么叫有艳福?”

“好男不跟女斗,你骂人我就不抽你了。四个孩子的父亲,你愣说是你的好姐妹,我听了怎么那么想吐啊?”

“你说什么?四个孩子的父亲?”

主人冷笑:“你总不能管一个大老爷们叫母亲吧?”

“你胡说八道,房东明明是个姑娘。”

“你跟我滚远点,你比我还知道房东是谁啊?在这捣什么乱?滚!”

“你!”清蔷气死了。

主人逼上来问:“我怎么?你再不滚,我真抽你了。”

清蔷这会就像一只斗败的公鸡,但有一点她已心知肚明,方汀不再是这房子的房东,她把房子卖掉了。

以清蔷的聪明,如果她想追究真相,肯定猜得出这变故背后的蹊跷。事情没有那么复杂,方汀突然走了,而且把房子卖了,还没说去哪了。与她一起失踪的还有荣氏,就此推断这两个人是一起走的。两个死对头不顾经济上的重大损失一起离开,只有一种可能,就是冤家解开了成了朋友。那么深的积怨能够解开也只有一种可能,就是方汀和玉央见了面,将前情往事一一对照之后发现是受了他人的挑唆。如果那样的话,清蔷的所有谎话都已经被揭穿。不,清蔷这会没想到要追究,方汀的一张字条已在清蔷的心里为这件事做了了结。她这会的心思不在方汀身上,甚至不在荣氏和玉央身上,后宫的是是非非把清蔷的心占得满满的。

清蔷不追究,等于是暂且放过了方汀、荣氏,给她俩以喘息之机。方汀、荣氏对此危机并不自知,她们以为自己已经逃离了清蔷的魔掌,以各自不同的角度惦记着给玉央带包裹的温庭筠,荣氏惦记着女儿,而方汀惦记的,则是那个叫温庭筠的大胡子男人。

长安城西市街上人来人往,玉央匆匆赶到熙来茶楼,温庭筠已候在楼上斟茶独饮。玉央当然知道老温从太原府过来,必定见过李商隐,但她无论如何没料到她娘会与杜牧重见。这许多年杜牧早已在她记忆中淡忘,想当年她还是一个小姑娘啊。

温庭筠说:“你们居然是老朋友,我和李兄怎么也想不到。”

玉央也感慨道:“是啊,很久很久的朋友了。”

“他说那时候你真正是个小丫头,只有一点点大,可居然救了他的性命。”

“我小时候真是天不怕地不怕的。其实杜牧才是英雄,英雄救美,只不过他不是人家的对手。”

温庭筠说:“杜兄说他当时恋上一位头牌女伶,于是上天给了他英雄救美的机会。”

“露彤姐姐是我们大和教坊的仙女。”

“再有机会,一定要去见识一下。”

“你们这些家伙,都是好色之徒。”玉央笑了。

“好美色乃男人天性也。”

“你们怎么都到太原府去了?”

温庭筠说:“太原府有李兄啊。”

“真是太巧了。连我娘,方汀她们也都去了那。”

“我这次在李兄那看到你许多用词牌格式作的诗,极富韵致。”

闻言,玉央脸红了:“我是闹着玩的,给你们看就是班门弄斧了。”

“你用不着这么客气,好就是好,当真是好!很受启发呀。”

“你这么说要折杀我了。”

温庭筠说:“正儿八经的。”

“你还是别正儿八经的好。”玉央笑了。

“我在琢磨,以词牌格式作诗是否可以推而广之?如果许多诗人都这样做,形成潮流,大唐诗歌会有一个全新的气象也说不定哪。”

“也不一定强求一致,若你们几位带头做个尝试,必定跟从者众。”

温庭筠说:“这样,我们几个跟你,自然还会有别人跟我们,你就做我们的旗手好了。”

“还做旗手呢,我连跟从的资格也不具备,温兄别再寻我的开心。”

“坏了坏了,我说真话也成了假话是吧?以后没法子说话了。”

玉央说:“谁让你真话假话都一个腔调?我说温兄,除了这包裹,就没有别人给我带别的啦?”

“我就憋着你,看你问不问。你若不肯开口,我就说什么也不把信给你,看谁拗得过谁。你终于憋不住了吧?”

“你以为我不知道你在憋我?”

温庭筠说:“既然知道我早晚要给你,你何不反过来憋我呢?”

“你千里迢迢,辛苦不言而喻。我当然要让你一马,给你一点小小的满足啦。”

“看看,事情整个反过来了。该承情的不是你,反倒是我了。”温庭筠将信递给玉央说,“双手接。”

“谢温兄。”玉央恭顺地伸出双手。

玉央过来就是取包裹连同取信,因而没多耽搁就出来了,温庭筠紧随其后。悄悄候在近处的杭龙骑在马上,从房子转角处看着他俩。

玉央说:“谢谢你对我的诗说了那么多好听的话。”

温庭筠问:“你头发上是什么?”

“什么?”

“我帮你拿下来。”温庭筠伸手从玉央的头发上摘下一个蜘蛛,“是喜蛛。”

“蜘蛛就蜘蛛呗,还那么斯文。”玉央笑了。

“我们那里是叫喜蛛。”

“走啦。”

“后会有期。”

玉央喜滋滋地转过街角,意外发现杭龙候在这里。玉央十分惊讶,杭龙支吾着说刚好路过。这都是玉央上次心一软答应做朋友惹的祸,杭龙又一次借着好朋友的名义给心上的伤口撒了一把盐。

“走走吧。”这一次玉央有所警惕,杭龙以手势示意上马时她摇了摇头。

杭龙无奈,也只能从马上下来与玉央并肩。

杭龙问:“刚才那个人是谁?”

“你看见了?”

“我,我也是刚过来。见你和那个人在说话,就等了你一会。”

玉央说:“他就是温庭筠啊。”

“没听说过这名字。”杭龙摇头。

“诗人。”

“哦。那你是专门出来见他的?”杭龙还是一头雾水。

“是啊。”

“你出来的时候走得那么急。”

“我出来的时候你见了?”

杭龙点头。

玉央说:“那怎么不送我一趟?”

“你没找我啊,我怕你也许用不到我送,怕你不方便。”

“你怎么说话阴阳怪气的?我能有什么不方便呢?刚才搭车过来,还花了我十二个铜板呢。”玉央笑了。

玉央这么说让杭龙后悔不迭,他当然很想送她过来,但又怕她拒绝,所以只能跟着她到西市。幸好玉央没耽搁很久,不然他又要在外面空等许久了。说到底还是玉央的心太软,她就不该答应他再做好朋友之类的瞎话。

李商隐的信里是一首诗,这首诗足以让玉央灵魂出窍——

来是空言去绝踪,月斜楼上五更钟
梦为远别啼难唤,书被催成墨未浓
蜡照半笼金翡翠,麝熏微度绣芙蓉
刘郎已恨蓬山远,更隔蓬山一万重

3

作诗不能够排解李商隐的思念之苦。大诗人的诗也许可以流传千古,但在传达情意上并不比山歌情歌更有效果。山歌有呼有应有唱有和,彼此的心意在当场就完成了传递,郎情妾意都得到最直接也最充分的表达。相比之下李商隐的情诗就太过迂回和隐晦了,所有的情感藏得深之又深,都需要去猜去比附再去联想。因此就少了酣畅淋漓的快感,少了浓情蜜意的瞬时感动。

抒发情怀的李商隐在经受了煎熬之后,终于还是选择了重返长安。这一次的重返让他平添了几分勇气,他直接进了尚容局大门,拦住一位女史问:“这里是尚容局吧?”

“那位是我们的尚容。”女史指着刚从房子里出来的谷尚容。

“尚容,我是秘书省的,姓李。我想打听个人。”李商隐直接奔向尚容谷绣春,谷绣春停下脚步。

“请讲。”

“是尚容局司容部的女史,叫玉央。”

“有事吗?”谷绣春上下打量李商隐。

“是许久不见的老朋友。”

“请问怎么称呼?”

“李商隐。”

“李商隐。这样,请到房子里稍等。”谷绣春伸手示意尚容室。

李商隐进了房间,谷绣春从身后继续打量他,又一个找玉央的人。谷绣春不是很清楚秘书省属于哪一类官衙,但从来人的面相上看得出此人绝非寻常之辈。玉央当真是深不可测,这是谷绣春的感慨。

门被拉开,玉央有一点微喘,李商隐早候立窗前。

“怎么是你?”玉央完全没料到。

李商隐说:“怎么就不能是我?”

“你怎么来了?”

“是杜兄向吏部举荐,我被秘书省任用做校书郎。”

玉央的惊讶依旧不减:“真是一点也想不到你会来长安。”

“你在长安,我就一定会来。”

“可是，你怎么敢到这里来找我？后宫是不可以随便出入的呀。”

李商隐解释说：“我来报到，刚好手上有进宫的令牌。”

“那也不可以进后宫啊。”

“守门的侍卫还是放我进来了，不然我岂能擅闯后宫？”

玉央说：“以后再不可以到这里找我了，哪怕你有出入后宫的令牌。”

“为什么？”

“这是什么地方？一个男人进来，所有人的眼睛都会盯着你看。”

“我还以为见了面会给你个惊喜呢。”李商隐有些沮丧。

“还从来没有人到这里来找我，包括我娘。你忽然来，让我很紧张。”

“你娘让我给你带了包裹。今日不方便带，放在我住处。”

于是，玉央问他：“你住哪里？”

“还是暂住在长乐客栈。”

“你先回吧，晚上我去看你。”

“好吧。”李商隐显得无精打采，他以为她会像自己一样激动，可情形刚好相反，他只是给她带来了意外的紧张。他忽然觉得自己很无趣，身后又有了玉央的声音。

“我娘怎么样？”

“挺好的，就是惦记你。”李商隐回头说。

“晚上再聊。”

李商隐的出现使他成为后宫中的话题。事关玉央，玉央又是胡蝶最铁的朋友，所以最关心李商隐的自然是胡蝶，而她在陪李昭仪花园踱步时来了灵感：“娘娘不是要做推背吗？”

李昭仪说：“我那只是借口而已。你过来做了什么没做什么，她们又怎么知道？”

“娘娘是想让我过来说说话呀？”

“怎么，你不满意？”

“我巴不得娘娘天天传我过来，只是说话，什么也不要做。”

“懒丫头，心里想什么都敢说出来。”李昭仪笑了。

“我实话实说呀。娘娘，这些日子我郁闷死了。”

“有话说出来就不郁闷了，我找你过来不是有话对你说，而是想听你说话。我就知道你不会无话可说的。”

“在您的眼里我是个很饶舌的家伙吧？”

“你以为呢？”

胡蝶说：“我知道我是。玉央就总嫌我话多。其实我更气她，她什么话都闷在肚子里，我真怕她会憋出毛病来。”

“我怎么从来没觉得玉央像你说的那么有城府呢？”

“她不是有城府，她是有话不说。”

李昭仪说：“有话不说不就是有城府吗？”

“那就叫有城府啊？那她就是有城府了。”

“你以为她有什么话不说？”

胡蝶说：“她总是会知道别人的秘密……”

“别人是谁？”

“被废黜的王德妃呀，被废黜的太子李永啊，还有杨贤妃啊……”

“大胆！”李昭仪笑了。

“还有娘娘您啊，这些人的秘密她都知道。我真纳闷，怎么回事呢？为什么这些大人物都愿意把自己的秘密让她知道呢？”

“的确很奇怪，玉央似乎从来不关心别人的秘密，可那些秘密总会找上她。”

胡蝶说：“其实奇怪的不只我一个人，连谷尚容也觉得奇怪，她不明白为什么皇上和皇妃娘娘每个人都要找玉央。发生在别人身上您觉得奇怪，可是您自己呢，娘娘不承认您有秘密在玉央那里吗？”

“先前有过。”李昭仪承认。

“那娘娘又是怎么想的？”

“可能是因为觉得玉央可靠吧。还有就是偶然，刚好发生事情的时候玉央在旁边，又觉得她可靠，于是她就成了知情者。”

胡蝶说：“娘娘应该知道，玉央是我最好的朋友，我也是玉央最好的朋友。我所有的事情都对她说，无论开心的还是不开心的。对玉央而言，我没有任何秘密，整个人都是透明的。可是……她有那么多秘密，我却一无所知。而且好像她也不想对我说，我心里好郁闷啊。”

“但那些不是她的秘密，都是别人的，你又何必为这个郁闷呢？”

“也有她自己的呀。”

“她自己的？什么秘密？”

胡蝶压低声音说：“有一个她喜欢的男人，她今天晚上就去见那个人。我知道她跟那个人交往很久了，可是她从来没对我透露过一个字。”

“你这么一说，我忽然也觉得玉央的确城府极深。她还那么小，心里怎么盛得下那么多人的那么大的秘密？”

“我说的那个人会写诗。”

“你怎么知道？”

“我偷偷看过他写给玉央的诗，还背下来了呢。”

“能借你的光欣赏一下吗？”

胡蝶清清嗓子念道——

锦瑟无端五十弦，一弦一柱思华年
庄生晓梦迷蝴蝶，望帝春心托杜鹃
沧海月明珠有泪，蓝田日暖玉生烟
此情可待成追忆，只是当时已惘然

李昭仪说：“我知道那个人是谁了。”

“我也知道，他叫李商隐。不过我从来没见过这个人。”

“他是当今最最了不起的诗人，连皇上也对他的诗赞不绝口。”

“是吗？那么厉害呀？”胡蝶大呼小叫。

如此厉害的李商隐这会正心神不宁，晚上了，客栈门口的红灯笼被小二用竹篙叉下点上蜡烛，又挂上。李商隐从里面出来，朝北面张望。他重又回转身，显出几分沮丧。

掌柜从里面出来问：“李公子，看你这么三番两次出来，是等什么人啊？”

“一个朋友说过来，我出来看看到了没有。”

“我猜还是那个叫玉央的姑娘吧？”

“掌柜真是好记性。”李商隐笑了。

“像我们行走江湖，好歹眼力是练出来了，认不错人的。看，那不是来了？”掌柜有几分得意。

“玉央。”李商隐回头，喜上眉梢。

玉央问:“你这是要出去吗?”

掌柜说:“李公子这是专程在外面等你。”

李商隐说:“哪里,我是吃过饭在门口踱步。”

掌柜说:“那是。饭后百步走,活过九十九。”

“活那么久,不会变成老妖精吧。你现在还要接着踱步?”玉央笑了。

李商隐说:“都听你的。”

“我可累了,走了那么远的路。”

“那就上去坐,我带了上好的明前茶。”

掌柜说:“我让人给你们送一壶热水。”

李商隐、玉央相对隔案而坐,李商隐的脸上透出几分尴尬。见面的情形他预想过很多次,每一次都有不同,但实际情况与他预想的又都不一样。伙计送热水进来,李商隐起身为玉央泡茶。伙计出去时带上门,他转过身与她四目相对,在经历了短暂的迟疑之后,两人紧紧相拥在一起。原先以为会有千言万语,却原来只有四个字,而且其中还有一个字只是语气词而已:“好想你啊。”

“我也是。”玉央应和。

两个人就这样相拥着许久,后来还是玉央捋了一下头发建议出去走走。相拥在一起的时候一切话语都成了多余的东西,两个人谁也没有说话的愿望。走出来情形就不同了,在那个时代两个人不可能在街道上相拥,他们能做的只是并肩漫步。街道宽阔,笔直向北。来往行人不多,车马寥寥。

玉央说:“后宫接二连三出事,闹得人心惶惶,我忽然就对这种日子倦了。”

李商隐说:“既然倦了,就出来吧,过正常人的日子。”

“现在还不行,我要走就尤其不行。”玉央摇头。

“早听说宫中阴暗,说后宫黑幕重重,莫非真的如此?”

“一言难尽。”

李商隐说:“你不想说也罢。”

“也并非有什么刻意要瞒你,只是千头万绪,想开口也不知从何处说起。”

“就说说你为什么不能走吧。”

玉央说:“后宫里有太多太多的秘密,有时候你即使没兴趣,秘密也会找上你,想躲也躲不掉。等那些秘密沾上你,你才会发现自己已没了自由。比如我们先前的尚容,她在宫里几近三十年,已经打算出宫嫁人,而且给皇妃娘娘递了辞呈,可是忽然就被吊死在自己房间。内侍省的结论是自缢,但根本没人相信,所以我现在动也不敢动离开的念头。”

“我似乎明白几分,别人的秘密永远会是杀人的毒药,永远不沾才好。”

“连我自己都奇怪,为什么别人的秘密总会找上我。说心里话,我对这个没一点兴趣,避之唯恐不及。可事与愿违,我没有一次能避开。其实我最怕的还不是自己,我怕我出事我娘会受不了,更怕会殃及我娘。”

“所以你即使对后宫厌倦,还是不敢贸然离开,只能留在其中是吗?”

玉央点头:“我相信不会一直是非不断,一旦有了恰当的时机,我即刻离开,不给日后留丝毫麻烦。”

“想不到你这小小的人儿心里装了那么多东西,真够你受了。”

“平日不说这些也很少想,所以就没觉得有多么难过。眼下说起这些,再往深里想想,这才发现自己的日子其实很糟糕,心里真不是滋味。”

“也不知道怎么才能帮上你。”李商隐揽住她肩头。

“回想一下，真正开心的时候实在太少了。当着我娘的面，多半是强颜欢笑做给她看的。我小时候不是这样，喜怒哀乐都在脸上……你说这过的是什么日子啊。”玉央发现自己变得连自己也认不出了。她过去从来不会对他人的事说长道短，可不久前与方汀的和解，她一下子说了那么多话。这一次再见到李商隐她就完全失控了，以至于涕泪滂沱。打从记事以来玉央不记得自己曾哭过，没有什么事能让她这样伤心。她第一次体会到泪水会是如此畅快，内心的干涸一下得到了润泽。

一场泪雨加上一次酣畅淋漓的倾诉，让玉央体会到前所未有的轻松。她忽然觉得有一扇心门被打开了，觉得以往那么严实地将内心封闭起来真的很傻。正是那种内心封闭的状态让玉央与众不同，但那样苦的是自己，而她又完全不能够觉察完全蒙在鼓里。现在好了，心门既开，她再不会让它关闭了。她可以像所有别的女孩子那样，从此可以自由地喜怒哀乐了。

因此在胡蝶又找她论理的时候，玉央主动将心扉打开。

胡蝶低声：“你还是不是我朋友？”

玉央说：“你有毛病啊？”

“那你告诉我，这两天晚上都去哪儿了？”

“告诉你怎么样？不告诉你又怎么样？”

“你不说我也知道。”

“知道了你还问。”

胡蝶说：“我不想你有事瞒着我。”

“你呀，一天到晚疑神疑鬼，我能有什么事？”

“是见一个人吧？一个男人？”

玉央说：“你说得没错。一个叫李商隐的男人，我喜欢这个人。”

“他也喜欢你是吗？”

“他是这么说的，你还想知道什么？”

“他……你，你们……”玉央如此主动出击，连她自己也没料到，更令胡蝶措手不及。

“什么呀，乱七八糟的？”

胡蝶说：“你们怎么说？”

“什么叫你们怎么说？”

“我是想问，你怎么打算的？”

玉央说：“还没到该做打算的那一步吧。”

“那他呢？他又是怎么打算的？”

“他说他娘在家里给他定亲了。”玉央彻底坦白。

胡蝶瞪大眼睛道：“那他什么意思嘛？”

“他是个孝子，他娘只有他一个儿子。”

“我问的不是他娘，我问的是他。”

玉央说：“你生怕别人听不见啊？”

“我又大嗓门了？”胡蝶不好意思了。

“我耳朵都被你震聋了。”

“唉，说真的，他自己怎么说？”

“他什么都说了，就没说这个。”

胡蝶有些气恼：“这算什么？说喜欢你，又说家里定了亲，又说他是孝子，他什么意思嘛！他怎么会是这种莫名其妙的男人？他究竟要不要娶你？”

“我连要不要嫁人都还没想好呢。”

“我可听说了,这家伙是个顶顶了不起的大诗人,连皇上都夸他。”

玉央说:“这些日子我心里很乱。”

“乱管什么用?我最恨男人黏黏糊糊的,我最不能容忍一个大男人脚踩两只船,把所有的难题都推给姑娘家。听我的,你让他说痛快话。”

“怎么你什么都知道啊?痛快话是那么容易说的吗?”

胡蝶说:“人家关心你嘛。别人的事啊,想说给我听还要看我有没有心情呢。容易不容易是他的事,他不容易你还不容易呢。”

“你知道我的脾气,我不会让别人为难,勉强别人的话我一句也说不出。”

“你真气死我了!玉央,你千万别对他客气,明明确确告诉他,不许他脚踩两只船。要么,他去做他的孝子。要么……”

玉央说:“你呀,又信口开河了,那样说话还是我吗?”

胡蝶说:“你要是不好意思,我去找他。我要他明白,遇上天下无双的玉央,那是他小子的福分。”

“要死啊你!”玉央笑了。

“你一点口风都不透给我,我郁闷死了,还以为你不把我当朋友了呢。”

“李商隐也在秘书省,他听说你祖父要调回长安啦。”

“真的呀?哈,我又有家可以回啦!”胡蝶大叫。

能够和另外一个人这样畅畅快快地说李商隐,玉央的心里真是从未有过的清爽,胡蝶真是个好伙伴。玉央知道她因为在长安无家可归很郁闷,就故意把好消息留到最后才告诉她,这样她才会享受到更大的惊喜。

谷绣春怎么也想不明白关于玉央的问题,就忽然想到了胡蝶。她知道胡蝶是玉央的好伙伴,同样知道胡蝶口无遮拦。

胡蝶进门就问:“尚容,您找我?”

“问你个人。”

“谁呀?”

“先嘱咐你一句,话到你我这里就打住,不可以传给第三个人。”

“您就放心吧尚容。”

“秘书省叫李商隐的?”

“他呀,您想问他什么?”

“这个人什么背景?”

“大诗人啊。李白是老李,李商隐是小李,可以与李白相提并论的。”

谷绣春惊讶道:“那么厉害啊,不就是个校书郎吗?”

“连皇上都对他另眼相看哪。”

“那他跟玉央又是什么关系?”

“当然是朋友啊。”

“玉央是怎么攀上他的?”

“尚容此言差矣,不是玉央攀他,是他在攀玉央。”

“他攀玉央?玉央有什么好攀的?”

“尚容还有别的事吗?”

“没了。”

“那我回了。”

胡蝶原路返回,留下谷绣春一个人自言自语:“攀玉央?莫名其妙。”

大明宫乱象

1

表面上看，后宫与朝廷是完全隔离的两个世界，其实不然。大唐少有女人搅和政局的先例，一个则天皇帝已经让之后的其他皇帝对女人心怀忌惮。不许女人干政成了一种定式，哪个皇帝上位都会强调这一点。

即便如此，某一个女人的沉浮起落仍然会对王朝的进程产生影响，王德妃即是一例。她生前于政局毫无瓜葛，死后却有许多波澜泛起，究其原因还在于她后宫之首的地位太过显赫，进而还保障了太子地位的稳固。

没有了王德妃保驾的太子，其地位便岌岌可危。尤其王德妃还有一个死对头，王德妃死了并不算完，她的儿子还要继续代她受过，这就是女人的逻辑。而事关太子的林林总总，就已经远远超出了后宫的范围。太子地位的不稳，必将导致各种对峙力量的抬头，让大明宫上上下下忽然充满了血腥气息，可谓危机四伏是也。

太子李永意外殒命于太子宫后花园，一时石破天惊。

首先有所动作的是另一位皇弟安王李溶。李溶显然很清楚杨贤妃的实力，他的拜访自然不会是礼节性的闲来无事，连杨贤妃也觉得意外。

杨贤妃说："很久未见安王了。"

李溶说："小弟不常入宫，今日刚去见过皇兄，就顺便过来给贤妃娘娘问个安。"

"圣上的心情还好吧？"

"皇兄心力交瘁，让小弟分外担忧。但想到有皇嫂为皇兄分担，小弟心中也算有些许安慰。"

"我自当尽力而为。安王不来，我也正想着找个时间过去拜访呢。"

"不敢劳皇嫂大驾，但凡有需要小弟之处，皇嫂只需着人通报一声，小弟自会尽心竭力。"

"安王太客气了。"

"皇嫂母仪天下，恩泽四海，小弟理应如此。"

"我择日登门拜访，还有重要的事情与安王商讨。"

"娘娘歇息吧，小弟告辞。"李溶起身告退。

对杨贤妃来说，李溶的不期而至令她颇费琢磨。有王德妃的日子，这李溶从来未曾登杨宫的大门，他现在过来让杨贤妃心生疑窦。再想一下，他私人登门造访必定意为示好。毕竟李溶身为王爷，多这样一个同盟者总归不错。思路捋清楚了，杨贤妃的心思也就放下了。

李溶登门造访的并非只有杨贤妃一人，他既然有了某种心思，就必须为此劳动双脚多迈几个门槛。之后，他又去了李炎府上。由于太子意外殒命，李炎马不停蹄赶回长安。李溶已经知道他已回来，他第一个登门问候。

当时李炎、冰洁正在花园里舞剑。冰洁在前，李炎在三步开外侧后。冰洁一招一式都极具美感，大开大合，大起大落。李炎则亦步亦趋，显然套路生疏。

"王爷，安王爷求见。"侍从出现在拱门之外。

李炎说："快请。"

"炎哥哥，小弟不请自来，没有打扰你吧？"李溶闪入。

"溶弟，我给你介绍，这是冰洁。"

李溶、冰洁互相点头致意。冰洁推托有事先走一步，与李溶告辞。

"溶弟有什么事吧。"李炎开门见山。

“想找炎哥哥讨教一下,太子这边的变故不知炎哥哥做何感想?”

“这应该是皇兄考虑的事,我对朝中的事一向不闻不问。况且事出突然,许多事情都还没有弄清,我以为弄清了再打算不迟。”

“我听说炎哥哥打算就此事彻底调查。”

“我一定要见到水落石出。不管那个人是谁,我绝不饶她!”李炎牙关紧咬。

“照大唐惯例,嗣位不该久空。既然太子已走有时,皇兄必当对此做出相应安排,或立太子,或立太弟。我也知道,皇兄正有丧子之痛,恐无暇旁顾。然皇兄历来器重炎哥哥,炎哥哥的意见皇兄不会不当回事,可否给皇兄一个提醒?”李溶这一次没有拐弯抹角,直接切入主题。

“若只是家事,溶弟所托我一定会尽力。然嗣位乃国家社稷之大计,我贸然开口明显不妥。请溶弟从为兄的角度考虑一下,便会理解我的心情。”

“炎哥哥所言极是。倘皇兄定夺之时征询炎哥哥的意见,届时还望炎哥哥能高瞻远瞩,助皇兄做出最恰当的判断。”

李炎说:“溶弟的心情为兄了然于心。倘皇兄愿闻我的看法,我自当用心斟酌,溶弟尽可相信为兄。”

“有炎哥哥这句话,小弟当然放心了。”

李炎表面上是附和意会,其实态度并不明晰。这也是由于李溶的话冠冕堂皇,未将自己的意图说破,于是李炎的回答也留了变通的余地。他说自当用心斟酌,说的只是他的立场,而他的立场并非李溶的立场,这才是李炎回答的玄机所在。

大唐文宗一段的历史中,仇士良这个人举足轻重。尽管他只是个阉人,却对那一时期的历史走向起到了至为关键的作用。“甘露之变”是他导演的一出喜剧,一切似乎都没有改变,可是历史已经重新写过。

长乐坊仇士良府乃一处五进的大院子,第一进为门房和车马等候厅;第二进为待客厅堂;第三进为饭厅;第四进为仇士良起居室、卧房、书房,配有仆从小间;第五进为厨房、花房等地。院中还有偌大的花园,高树矮丛无数,景色颇佳。

第二进待客厅堂,一顶轿子直接塞在大门口,轿夫卫兵皆退出。轿帘从里面撩起,一袭斗篷罩帽外加蒙面的神秘来客下轿,与迎出的仇士良一同进入内室。

客厅内室面积不大,大椅靠北墙,西墙两只客椅,中间设茶几,东墙挂有避邪铁剑。神秘来客除去斗篷,又除去罩帽面罩,原来是杨贤妃。

“娘娘是无事不登三宝殿。”仇士良邀她落座。

杨贤妃说:“毕竟是后宫之人,进出多有不便,仇公公应该能够谅解。”

“让老臣猜一下,娘娘不惜隐身出宫相见,十之八九是为了嗣位吧?”

“仇公公果然心明眼亮,废太子李永已赴黄泉路,嗣位当然不可能一直虚位以待。”

仇士良说:“老臣愿闻娘娘高见。”

“圣上再无其他皇子,嗣位恐要在几位皇弟之间产生。”

“老臣的见解与娘娘不谋而合,但皇上却不是这么想的。”

“圣上已经另有打算了?”

“刚好昨日老臣面圣,皇上与老臣谈起嗣位一事,说正在考虑李成美。”

“恕我孤陋寡闻,这李成美是哪一位?”杨贤妃有些诧异。

“先帝敬宗之子。曾是皇子,现为皇侄,立太子当在情理之中。”

“当今圣上即是由太弟继位。现下既无皇子,何不索性弃太子而立太弟呢?毕竟皇侄与圣上又远了一层。”

仇士良说:“娘娘虽女流之辈,却立足高远见识不凡,老臣甚是佩服。”

“嗣位乃国之大计,还请仇公公以大局为重,再向圣上进言。”

“娘娘乃后宫之尊,皇上面前自然一言九鼎。你我一内一外敦请皇上改变初衷,并非完全不可能。”

“仇公公,来日方长,我也就不赘言了。”

“难得娘娘与老臣有此共识,老臣幸甚。娘娘保重,慢行。”

“告辞。”

杨贤妃已重新将自己包裹得严严实实,转身出门进入大堂入轿,落轿帘。仇士良一直站在原地,目送轿子从视线中消失,那张脸上的表情深不可测。杨贤妃隐身来访,似乎胸有成竹,说到底也只是在迂回活动而已,连一分的胜算也没有。但她不能够接受一个亲近李永的人接替太子的席位,那将会是她的灾难。

太子之位非同小可,那是江山社稷的继承人之位,或者可以说谁掌握了太子,也便掌握了明日的大唐王朝。这也就难怪李溶多方奔走,以至于置王爷的自尊于不顾。以至于杨贤妃屈尊到仇府来求助,协商共建同盟。无论最终花落谁家,仇士良都是谁也绕不开的人物。表面上与此直接相关的人有两个,有心一博的皇弟李溶,和先皇敬宗的儿子李成美。但这两个人都没有决定权,甚至没有任何发言权,都只能听凭命运的安排。

真正有发言权的是文宗,但决定权握在另一个人手里,这人就是仇士良。仇士良与文宗的会面是决定性的。

“皇上万岁万万岁。”仇士良叩拜道。

文宗说:“仇公公平身。”

“老臣有一事想问皇上。”仇士良起身问道。

“贤卿有话便说,不必客气。”

“皇上废太子有些时日了,不知对嗣位有否再做考虑?”

“朕前些日子不是已经征求过仇公公的意见了吗?”

“老臣还是以为立皇侄为太子不妥,请皇上慎重。”

文宗说:“如果先帝敬宗当初立李成美为太子,今日坐在皇位上的便不是朕。现李成美业已长成,且学养无可挑剔,立为太子当可服天下人心。”

“历史不可以假设,所以便没有如果二字。以皇子为太子天经地义,当下情势特殊,既然无皇子可为太子人选,按顺次理应考虑皇上之兄弟,皇侄应该在下一个顺次上再行考虑,这是大唐王朝一直以来的秩序。所以老臣斗胆再次面圣,恭请皇上以太弟为先。”

“仇公公说当下情势特殊,既然特殊就该有特殊之策。毕竟李成美乃先帝之子,本有承皇位之资,与其他王爷、皇侄都大不同。”

文宗平日对仇士良鲜有不敬,仇士良于是以为他是个软柿子,要怎样捏就可以怎样捏。阉人毕竟是阉人,皇帝也毕竟是皇帝。以阉人之心度皇帝之腹,显然会出现很大的偏差。而且作为宦官,他的口气也实在是过分了,所谓物极必反。

仇士良说:“老臣斗胆,皇上欲立李成美,一定是对先帝存了感恩报恩之心。然大唐乃千秋万代基业,以老臣几十年的宫廷经验,以为一己恩怨可以忽略不计。”

“仇公公此言差矣,恩怨情仇皆小人所为,朕还不至于如此不堪吧。”

“皇上饱读诗书,如何会将老臣之忠言如此曲解?”

“刚才不是仇公公说朕为一己恩怨,才欲立李成美为太子吗?”

“皇上岂可如此将老臣的话这样联系到一起说呢?”

文宗说:“仇公公的话,朕连复述一下也不可以吗?”

“皇上没有不可以做的事。”

“仇公公知道就好。”

仇士良说:“看来今日老臣是不识时务了。”

“朕知道自己该做什么,不该做什么,仇公公应该相信这一点。”

“皇上想做什么就做什么,是可以一意孤行的。告辞。”

事有凑巧,这一次仇士良与杨贤妃一行擦肩而过。杨贤妃尊他一声仇公公,仇士良居然理也没理,气哼哼走向自己的轿子。杨贤妃满脸尴尬。

“娘娘,请吧。”海汉忙过来打圆场。

“见过圣上。”杨贤妃一甩袖子,挺直脖颈进了御花园。

“你怎么来了?”文宗已经平复了心气,坐到几案前饮茶。

“是先前和圣上约好的呀。”

“你不说朕倒忘了。这茶味道不错,还是西方的使节送的,说是产自不列颠群岛。”

杨贤妃啜了一口茶说:“味道真是好。圣上,臣妾进来时看到了仇公公。”

“呃。”

“仇公公有事啊?”

“公事。”

杨贤妃说:“圣上这一段太过劳顿,人也消瘦多了。”

“在其位必须谋其政,这大概也就是朕的命吧。”

“安王李溶前日过来请安,他也说皇兄略显疲惫,很是担忧。”

文宗说:“朕一直当他是个孩子,好像忽然就懂事起来了。”

“在圣上眼里,几个弟弟总像孩子似的。其实他们个个文韬武略,皆乃国之栋梁。”

“是啊,都长大了。”

“李溶尤其聪明灵秀,人又好学上进,日后当不可限量。”

“你有什么话尽管说。”文宗终于开始关注她的话。

“嗣位虚空日久,圣上有没有考虑立哪个为太弟呢?”

“为什么一定是太弟而不是太子呢?”

“按照顺次,皇侄应在后面予以考虑,圣上自然会先考虑立太弟吧?”

“看来你考虑得相当细密了。”

杨贤妃辩解道:“臣妾只是想为圣上分忧而已。”

“你为什么不去考虑你该考虑的事情呢?”

“圣上……”

“朕说过多少次了,女人不可干预朝政,你怎么就一点也不长记性?”

“圣上恕罪。”杨贤妃忽然跪地求饶。

“你倒说说,如果立太弟,朕该立哪一个?”

“臣妾不敢胡言乱语。”

文宗问道:“你是想为李溶说情?还是李溶找你为他说情?”

“臣妾罪该万死。”

“你连嗣位的顺次也清楚了。是你自己的学问,还是有高人指点?”

“臣妾知罪了,请圣上责罚。”杨贤妃全身匍匐不敢抬头。

“朕生平最恨女人如此。你听清楚,倘再有一次,不要怪朕不给你留情面。”文宗起身拂袖而去,杨贤妃再没敢抬起头。

女人到底是女人啊,女人犯的错误只有女人会犯,因为女人容易得意,而得意者经常忘形。她明明看到了仇士良的那张苦瓜脸,她应该猜得到她和仇士良的如意算盘已经打错。此情此景还不能让她给自己提个醒,岂不是愚蠢到家了?杨贤妃许久以来在皇上面前树立的形象,顷刻之间就崩塌了。

2

相对于兵权在握的仇士良,杨贤妃的受挫完全可以忽略不计,皇上再怎样震怒杨贤妃都只能诚惶诚恐,不敢有丝毫抵触的表示。仇士良则不然,在他眼里,一向温和甚至软弱的文宗这一次如此不卖面子,对他狂傲的自尊心是很严重的打击,他不会就这么忍气吞声,他必须有所动作。他对皇上周围的格局看得极透彻,他有他的谋略。

仇士良看得很清楚,皇上最亲近的那个人是颖王李炎。但这个李炎对朝廷和政局一向敬而远之,显然对江山社稷并无野心,这样一个人很好打交道。仇士良决定造访李炎,侍从带他来到李炎府第三进待客厅。正中一幅水墨写意山水画,横案置于其下,上设镏金宝剑,横案两头各一张雕花大椅。厅堂两侧各三张客椅,也是梨木雕花,每两张客椅之间一张茶几,上设茶盏。

"仇公公可是稀客。"李炎迎上刚进门的仇士良。

仇士良施礼道:"王爷,老臣不期而至,不会扰了王爷的清兴吧?"

"仇公公请上座。"

仇士良落座后接着说:"王爷应该听说,老臣为嗣位一事去找过皇上。"

"小王对宫中之事所知无多,这一向都在忙着调查皇子溺水事件。"李炎摇头。

"关于嗣位,王爷可有想法?"

"皇上年富力强,嗣位之事并不紧迫。况且有如仇公公您这些老臣为朝廷操心,我等年少之辈又何必多虑?"

"话虽如此,人心却是个深不可测的东西。古往今来既定了嗣位一职,这便成了一种必须,如同江山日月,已不可或缺。除非大唐再立新法,不然总会因长久空缺导致多方觊觎,因而生出许多变故。"

李炎说:"仇公公所言极是。朝廷之内没有比稳定更要紧的,无端生出的变数无异于不利稳定。从这个角度上说,嗣位越早确定,变数也就越小。"

"在王爷心里,谁是最恰当的人选呢?"

"李永不殒,当然非他莫属。尽管皇上动一时之怒宣废,日后重立也在情理之中。现李永被恶人所害,才造成储位虚悬,其他问题皆由此而生。小王之所以全力调查此案,正是要揪出背后的元凶,从根本上铲除造成这一切的根源。"

仇士良说:"老臣知道王爷与皇子情深意笃。然皇子已殒,王爷自然明白人死不能复生的道理。老臣以为,王爷没必要在此处太过用强。刚过则断,柔方自存,还望王爷审时度势。老臣宫中四十余载,所见所闻不可谓不多,以老臣之见,皇子一案极难清明,即使曙光乍露,结果也一定是不了了之。"

"仇公公的好意小王心领了,但小王心有不甘,还不想就此罢手。"

"那就请王爷就事论事,将范围控制在最小限度,切莫因小失大。"

李炎说:"小王无论如何咽不下这口气。"

"王爷毕竟青春年少。看来,关于肚量的学问您还有待深入。话已至此,老臣就再送您四个字——慎之又慎,王爷明白老臣的意思吗?"

李炎不能说不明白,但他其实相当懵懂。慎之又慎,是谁有那么大的威慑,连查太子的命案都要小心再小心?李炎知道仇士良的分量,长安城并大明宫的兵权尽在他的手中,普天之下只有他有挟天子以令诸侯的实力。他对李炎如是说,此话万万当不得儿戏。

一口回绝仇士良,即使是皇上也冒着极大的风险,文宗不是不明白其中的道理,但他必须拒绝。他要让仇士良明白他李昂是皇上,只要他还在位一天,仇士良就一天做不成太上皇。以文宗的判断,眼下仇士良还不至于为了立太子之事对他下狠手。

王氏的被废加上日后木塔寺的惨案极大地打击了文宗的心气,他发现自己真成了孤家寡人。他从来没真正信任过杨氏,他当然了解她当面是人背后是鬼的秉性。李永活着与他就不亲,皇上不可能是个称职的父亲,现在儿子死了,连个弥补的机会也没留给他。李炎尽管可以信赖,却毕竟只是胞弟,不可能很贴心。孤家寡人,孤家寡人啊,也许只有李氏还可以说几句心里话。

相比王宫和杨宫,皇上来李宫的次数要频繁许多。这里相对比较轻松,床帷幕挂在帐钩上,窗边墙上的插壁烛灯还亮着。李昭仪从床上起身,到烛柱前吹灭蜡烛。

“还是点起来吧。”文宗在闭目养神。

“明日有早朝,不快点歇息吗?”

“想跟你说说话。”

李昭仪将蜡烛重新点燃,躺回文宗身边。文宗摸着她的头发,有一会没开口。和她在一起他并非心无芥蒂,他知道有负于她。甘露之变以李训的毙命为结束,而李训是因他的委派而死,李氏的内心一定伤到极点。李氏从未在他面前提过李训,但那不表明这件事在她心里已经过去,过不去的。

李昭仪说:“不是有话想说吗,怎么又不开口?”

“心里堵着一大堆话,这会又千头万绪,反而不知如何开口了。”

李昭仪摸他的头安慰:“跟臣妾说话用不着想太多,让这个日理万机的脑子歇会。这段日子您瘦了一大圈,自己知道吗?”

“登上这个皇位,就注定不得安宁。藩镇割据,朋党倾轧,宦官专权,外族争斗,种种天灾人祸,足够我从早忙到晚。这个脑子终日在动终日不得闲,习惯成了自然,想让它停下来还真不容易。”

“国家大事臣妾不懂,臣妾只知道您的身子最要紧。若是没了圣上的健康,国家繁荣昌盛与否与臣妾又有何干呢?”

“傻丫头,这只是你的想法。皇帝不过是个位置,谁坐上去又有什么不同呢?大唐可以是我的,也可以是李成美的,或者是李溶的,甚至可以是你的,就看谁坐上了龙椅。”文宗笑了。

“这臣妾不管,反正坐上龙椅的是圣上您。”

“当初若非皇兄早逝,龙椅绝轮不到我坐,这种殚精竭虑的日子也就不会落到我头上。今日一想,真弄不清楚该感激他还是该怨恨他。现下我要将皇位还给他儿子,也不知对李成美是福是祸。刚才我突然有个念头,永儿去了未尝不是一件幸事。早些脱身,投胎到普通人家过一份寻常日子,远好过这般无滋无味的生活。”

“这些话听起来让人害怕。”李昭仪满眼担忧地看着文宗。

“这是怎么了,想跟你说说话,想把脑子放空,轻轻松松一个晚上,却鬼使神差,讲出这些个令人不快的东西来。”

“您原本想和臣妾说什么呢?”

文宗扶住额头说:“原本也没有什么特别要说的事。”

“要不这样,圣上就先不说,臣妾来说吧。”

“你说也好,但不知你想说点什么,不会也是让人烦心的话吧?”

“当然不会。其实臣妾早就想问了,为什么每次您总要大老远跑过来,从不传臣妾去您的寝宫呢?”

文宗说:“我以为你心里知道原因呢。”

“您的心又大又深，臣妾若能全都猜透，皇帝这个位置臣妾也可以坐了。”

“你要坐吗？我让给你。”文宗笑了。

“臣妾才不要呢，话又绕回去了。我们不说龙椅，龙椅只属于您，跟臣妾没一点关系。臣妾想说龙床，您为何不让臣妾去睡龙床？”

“那张床说是我的，也是别人的。皇兄、父皇、父皇的父皇，龙床也曾属于他们。我在位的这么些年，它也留宿过不少女人。而这张床不同，”文宗伸手抚摸床柱，“它只属于我和你两个人。”

“既然进宫做了皇帝的女人，也就早有准备去接受这样的命运。臣妾知道自己是最幸运的，有您这份心，臣妾真的很满足。”

文宗说：“也不只为你，更是为我自己。有了你这间屋子这张床，偌大的宫里总算有一席喘息之地，可以想说什么就说什么，想做什么就做什么，更可以什么都不想，什么都不做。”

“臣妾从进宫那天就住在这，原来是你舍不得换啊。那以后我一直住下去好了，让你随时都能过来做个傻子。”

“做个傻子？”

“什么都不想，什么都不做，不是傻子吗？”

“那就做个傻子吧。”文宗笑了。

李昭仪说：“臣妾注意到你刚才一直没说朕，一直说我。皇上很少说这个我字，说我的时候你是不是忘了自己是皇上了？”

“应该是吧，皇上忘了自己是皇上是好事还是坏事呢？”两人并排卧于床上，李昭仪枕着文宗的肩膀。

“其实，我之前的确有事想跟你说。”

“那怎么一直不开口？”

“怕你会想起不开心的事。”

“堂堂天子也有吞吞吐吐的时候啊。说吧，本昭仪准了。”

“我想近日将你封妃。”文宗说。

“怎么突然想起这个？”

“之前没有封你，是不想你被卷进那些乱七八糟的事情里去。王、杨二人从开始斗到最后，手段无所不用其极，你根本不是对手。若她俩将矛头对准你，后果不堪设想。那次封妃大典，等于将你从她们的视线里抽出来，以保你太平。”

“臣妾怎么会不懂您这份心呢？何况臣妾对封妃本就毫无兴趣。”

“你没有兴趣我也必须将你册封。要知道妃和嫔毕竟不同，无论是身份地位还是眼前待遇。更重要的是，一旦皇帝驾崩，妃和嫔的命运将有天壤之别。你又没有一儿半女，若我忽然有事，你一个人在宫里……”

李昭仪说：“瞎说什么呢？”

“生老病死，人之常情，也没有什么好避讳的。”

“您活着，臣妾是妃是嫔有什么不同？若您真的不在了，臣妾是什么就更无意义了。”

“话虽如此，我还是希望为你安排妥当，也好叫自己放心。”

李昭仪说：“真的不必为这个费脑筋。”

“我一直在琢磨这个。封妃大典之后不久，出了你哥哥李训那件事，所有的矛头都隐隐对着你。那种时候，无论如何不可能册封你，甚至来这看看都会给你惹麻烦，于是就一直耽搁到现在。”

“现在所有的麻烦不是同样都在吗？”

文宗说：“永远不会完全没有麻烦，只是现下于你个人无碍。”

“臣妾听您的。”

“会安排好的。”文宗点头。

文宗即位是在公元826年，十三年后的公元839年，也就是大唐开成四年，由皇帝下诏，册封先帝敬宗之子、皇侄李成美为太子。对普天下而言，这是对国家政局一次调整的宣示，也可以认定是皇上关于继承人的决策。但一个名字的背后却是各种政治势力角逐的结果。至少从表面上看是皇帝占了上风，皇帝成功贯彻了自己的意图。

这样的结果肯定有人很恼火。一声脆响，一只茶杯被摔烂，仇士良两眼喷出怒焰。侍从忙过来收拾残片及四溅的茶叶，猝不及防被仇士良一脚踹倒。

仇士良臭骂：“滚！滚出去！”

侍从屁滚尿流退出。

宫廷斗争的残酷往往决定了不同势力的分配和重组，它的严峻远非后宫的鸡鸣狗盗所能比，这也是仇士良比杨贤妃的反应更为激烈的缘由。同样的结果，杨贤妃接受起来比仇士良就容易得多了。在听秦耕人汇报的时候，杨贤妃还是没忘了享受，有玉央埋着头为她做脚部护理，杨贤妃闭目仰躺卧榻。

隔着屏风，秦总管战战兢兢。

“册立太子之前，皇上身边的人就没有一个听到丝毫风声。娘娘，在下也实在是没有办法。”

杨贤妃说：“这么大的事，事到临头你才来禀报，你自己说，你这个内侍省总管称不称职？”

“在下该当是娘娘的耳目手足，该当为娘娘分忧。在下愧对娘娘的恩宠。”

“我真是不明白，要你何用？”

“万望娘娘看在秦耕人一贯忠心耿耿的分上，给在下一个将功赎罪的机会。”

“我也算是给足你面子了，是你自己不识抬举。”

秦耕人“扑通”跪倒：“娘娘高抬贵手！”

“我这会心烦，懒得理你。滚吧。”

秦耕人想开口，又想磕头，但他终于什么也没做，悄没声息地退出去了。

玉央低声劝道：“娘娘身上有恙，不宜大动肝火。”

杨贤妃说：“闭嘴！有你说话的份吗？你以为你是个什么东西？”

玉央的脸一下白了，紧抿住嘴，重新垂下头。杨贤妃的这张面孔玉央还是第一次见到。成为后宫之首之后，杨贤妃已经逐渐露出她的本来面目。原来的那张永远带笑的面具，现在只留给皇上一个人，所有的下人都再也见不到了。对玉央而言，这时候的贤妃娘娘是一张全新的面孔，一个她完全不熟悉也令她紧张和恐惧的面孔。而且玉央心里还有一个死结，就是她在皇上废王德妃那一幕的现场这件事，倘若这个杨贤妃得知真相，玉央必定面临灭顶之灾，正是这个死结让玉央内心充满了惶恐。

◎ 第十章
太子悲歌

覆巢之下焉有完卵

1

李永的事情已经说得太多，其中的内情远不如结果那般简单明确。结果可以一言以蔽之，太子只是惹怒了皇上，随即遭废黜，之后被发现意外死于太子宫后花园。

从生母德妃娘娘被废到被烧死，到后来被废太子，这过程有诸多值得关注的关键之处。太子是钦定皇位继承人，他已经被废，按常情常理，他已没有什么威胁，显然是有什么人容不了他，这就是症结所在。

回过头去看看李永最后的那段日子吧。

由于杨贤妃在背后搬弄是非，文宗已知晓李永的怪癖。在文宗眼里，此乃不伦之癖，绝对不可以姑息放任，文宗要亲自解决这件事。文宗来到太子宫这边时，李永正双手背在身后，面朝墙上的《簪花仕女图》。他的脸上毫无表情，眼睛里也没有一点生气。两名宫女候在旁侧，地上散乱着写满诗句的宣纸。按说皇上来了，素来畏惧父皇威严的李永该紧张才是，但他一动不动，对父皇的突然而至视而不见。文宗将两个宫女逐出，他不想当着下人的面让太子难堪。文宗看一眼《簪花仕女图》，又打量满地狼藉。关门声使李永惊觉，回头才见到文宗已站在自己身后。

“父皇。”李永显得有些呆滞。

文宗盯住李永，气不打一处来，胸口起伏不定。

“您坐。”李永指着椅子，又对门外提高声音叫，“茶，给父皇奉茶。”

“不必了！没朕的话谁都不准进来！”文宗口气严厉。

“父皇息怒。”李永浑身一个激灵，似乎醒了一点。

“你做如此大逆不道之举，叫朕怎么息怒？”

“大逆不道？儿臣不懂。”

文宗说：“若非经人提醒，朕还一直被蒙在鼓里。堂堂七尺男儿、当朝太子，却毫不知羞耻，把自己装扮成女人。你对得起朕，对得起李唐的列祖列宗吗？”

“儿臣不孝，请父皇息怒。”

“你还知道世上有个孝字？”

李永愣了一下，转身四处寻找。

文宗问：“你找什么？”

“请父皇稍等。”

李永在纸堆里扒出毛笔，到桌边蘸墨伏案奋笔疾书，文宗眼里满是疑惑。李永写完，扔开笔，还沾满墨汁的毛笔被摔到文宗脚前，差点溅上龙袍。文宗忙后退一步，怒道：“你！”

“儿臣知道‘孝’字，儿臣会写，请父皇息怒。”李永将写好的宣纸拎起向文宗展示，正是个端端正正的“孝”字。

文宗一把抓过纸甩到地上说：“混账东西，还不知错！”

“儿臣知错，儿臣真的知错了。”李永垂首。

“堂堂七尺须眉，执掌天下，何等英雄气概！你却不男不女，究竟哪根筋出了毛病？”

“从……儿时，母亲为儿臣扎小辫，有个宫女过来往辫子上坠了一串珠子，很漂亮的，儿臣很喜欢很开心……这事母亲也记得，她不止一次讲给别人听。”李永歪着头思索着。

“闭嘴！你这些话，让人听着都替你脸红。朕问你，你还知不知道你是太子？知不知道太子意味着什么？”

“知道啊，当然知道了。即使儿臣有一时半刻的糊涂，母亲也会随时提点。”李永指《簪花仕女图》，“母亲时刻代父皇操心儿臣的成长，父皇若见到母亲不妨问她，她会证明儿臣说的句句属实。”

“畜生！”文宗勃然大怒。

“父皇息怒，儿臣不懂父皇为何而怒。”李永双膝一软，跪倒在地。

“你母亲在九泉之下，怎容你如此胡言乱语？又说让朕见到你母亲，你居然胆敢诅咒朕？”

“父皇为什么要说，母亲人在九泉之下？”

“你脑子坏掉了？混账东西！什么乱七八糟的？”

“父皇刚刚见过母亲了？”

李永的话让文宗觉到了异常。现在文宗听得很明白了，李永以为他母亲还活着。王氏的葬礼极其宏大，震动了整个朝野，而且李永参与了葬礼的全过程，他不可能不知道母亲已经入土为安。

“永儿，告诉父皇，你知道你母亲已过世了吗？”文宗盯住李永双眼，放低声音问。

“母亲在木塔寺，儿臣去看过她。”

“来人！”文宗倒吸一口冷气。

“皇上。”海汉推门进来。

“把太子扶进卧房！”

海汉示意两名宫女过去，将跪在地上的李永架起扶进卧室。

文宗说：“他受刺激了。传朕的话，马上令尚药局为太子诊疗，不得出丝毫差池！”

李永被杨贤妃安排的宫女宦官包围之后，人已经不对劲了。杭龙也不能随意进出太子宫，对李永的状况自然一无所知。加上李永平常就有几分疯疯癫癫，所以他的异常没有引起宫女宦官的留意，反倒是皇上的到访使太子的病情被发现。

杭龙一直在牵挂李永，但见不到面，他的牵挂也只是隔靴搔痒。清蔷对杭龙的状况很担忧，现在她每天都会找时间跟杭龙在一起。

清蔷劝道：“听我的，再不要跟太子搅和到一起了。”

“你这是什么话，怎么叫搅和呢？”

“有些内情你不了解。”

杭龙有些固执：“我才不要了解。”

“你今天说话真难听，我有什么地方得罪你了吗？”

“你的话就好听吗？你怎么会得罪我，都是我在得罪你。”

清蔷的声调变柔和了：“就算我说错了还不行么？”

“什么叫就算？李永他是太子，但也是我的朋友。朋友你懂吗？”

“我知道你重义气，但是宫里的事情太复杂了，一不小心也许就……”

“就什么？我倒要看看，谁能把我怎么样？”杭龙步步紧逼说。

“胳膊能拧过大腿吗？”清蔷很无奈。

杭龙长出了一口气说：“真是奇了怪了，皇上突然就不让太子打球了，连骑马也不让。”

“我怎么说的，这里什么都比外面复杂，你又那么单纯，很容易糊里糊涂做了别人的牺牲品。”

"你好像知道什么内情。想说就说,不想说就不要说半句话。"

清蔷说:"跟你明说了吧,贤妃娘娘不喜欢太子。"

"这还用你说吗?宫廷内外哪个不知道。她不喜欢他,跟我有什么关系?"

"关系大了。皇上说不让你找太子了吧?那就是贤妃娘娘的意思。"

杭龙说:"我可以不找他,他要是过来找我,别人也说不到我呀,又不是我的责任。"

"我只是想提醒你,贤妃娘娘可不是好惹的。"

"我又不惹她,你以为我就是好惹的吗?"

"这跟你们男人打架可不一样,不是要比胳膊粗力气大。你呀,就听我的吧,不会错的。"清蔷笑了。

杭龙也笑了:"怎么像我们俩较上劲了呢,男不跟女斗,我可不跟你一般见识。"

清蔷一撇嘴道:"到底是谁不跟谁一般见识啊?哼!"

已进入谵妄状态的李永这会就想不起他的好伙伴杭龙,杭龙的所有挂念也只是他的一厢情愿而已,李永既无感应也不关心,他的心智已经到了一个特别的阶段。烛台上燃着几支蜡烛,铺上一床绫罗绸缎的被子,床帏悬挂红罗细纱,甚是奢靡。两个宫女为李永打开铺盖。其中一个过来为他更衣。李永原本心不在焉,忽然意识到宫女在为他脱衣,一下警醒了,一把将其推开:"你干什么?你想干什么?"

宫女异常委屈:"帮您的忙啊。"

"谁让你帮忙?你滚!你也滚!"

两个宫女交换目光,紧张兮兮地冲出门去,同时将门关上。李永鞋也不脱,就那么和衣往床上一躺。平心而论,宫女也是奉命行事,但李永异乎寻常的敏感、过敏式的警觉让宫女觉得受了侮辱。

2

真正可以救太子于水火的那个人是李炎,他刚好在出使回鹘后回朝复命。回鹘形势严峻,李炎在落座后,第一时间向皇上做了禀报:"皇兄,以臣弟浅见,回鹘那边的形势不容乐观。新可汗对我大唐并无敬畏,出言倨傲。臣弟带去的印玺,他竟随手丢弃一旁。"

文宗说:"先前老可汗便有反意,以为朝廷鞭长莫及,拿他没有办法。朕派你去,礼仪为辅,更主要是为辨明情势,制定相应对策。"

"臣弟也猜到了这一层。"

"你将此行所见及心得做一份奏折呈上,朕批复后交由兵部做出部署。"

"遵旨。"

"公事打住。皇弟去看过永儿吗?"

李炎说:"正打算过去。"

"永儿情况不好。"

"他怎么啦?"

"他母亲过世,他受刺激过度。"

李炎惊诧道:"皇嫂过世了?臣弟怎么一点没听说?"

"她寄身的庙宇失火,不幸殒命。"

"废妃没多久便意外殒命,这也太蹊跷了吧。皇兄就没有想过,其中是否有什么阴谋?"

文宗说:"你过虑了。现在要紧的是永儿,他的脑子像是出了问题。"

"臣弟马上去看他。"李炎站起身。

“还有一件事。”

“什么？”

“刚刚发现永儿有怪癖，经常扮作女人模样，而且厌女喜男。”

李炎说：“怎么可能呢？他还是个孩子，还没到懂得女人的年龄吧。”

“你真是昏了头了。他都什么年纪了，还会不懂女人？”

李炎想想也是，永儿已经快满十七岁了，不会还不懂得女人是怎么回事。他没把李永的事情很放在心上，倒是觉得王氏丧命非同寻常，认定其中有诈。然而事实上王氏的那场隆重的葬礼已经为这个人画上了句号，真正需要他关心的还是李永。任李炎怎么想，他也想不出李永现在的悲惨情景。

太子宫院子里一片狼藉，东西丢得四处都是，地上有些瓷器的碎片，一些撕碎的纸张书稿。两个宫女站在那面面相觑。

小宦官过来问道：“你们两个发什么呆？”

宫女们一带视线，他才看见李永正身子倚在墙上做手倒立，本来还想说点什么的小宦官忽然不知说什么好了。这时，李炎从外面走了进来。

“王爷。”小宦官迎上去叫道。

李炎点头，往里走。

“王爷……”小宦官追上一步。

“干什么？”

“太子在那。”小宦官指了指李永所在的位置。

“永儿。”李炎这才看见倒立的李永，走过去叫道。

“干吗？”李永闭着眼。

“正过来说话。”

“我不。”

李炎皱皱眉，拎起李永双脚将他翻转过来。

“你干什么？”李永圆瞪双眼，这才发现站在眼前的是李炎，“炎叔叔！”

“我刚回长安城，马上就过来了。”

“你可回来了。”

“永儿，你父皇很担心你。”

李永垂下眼睛：“父皇对我很不满意，很生气。父皇说我不孝，说我给祖宗丢脸。”

“到底怎么回事，你父皇为什么这么说你？”

“现在好了，你一回来，我就什么都不用怕了。”

“怕？怕什么？我不在的时候，你究竟出了什么事？”

李永左右看看，附在李炎耳畔低声说：“我刚去木塔寺看我娘了。我娘说邪不压正，李炎正气凛然，搞歪门邪道的人都会对他有所忌惮。你明白吗？”

李炎难以置信地看着李永。

李永再次附耳低声说：“我娘的意思是杨贤妃怕你，现在明白了？”

“永儿，你用不着怕她。”

“有你在我就不怕了。她再那么阴阳怪气跟我说话，我就不客气了。”

李炎问：“御医来看过你吧。”

“他们一下来了好几个。”

“你凡事要听御医的，他们怎么说你就怎么做。”

李永说：“可是那个姓张的说我脑子有病。”

“你父皇就担心这个。”

“我不喜欢刘御医。”

李炎说:“那就换个人。”

“他是杨贤妃指派的,专门负责看我的病。”

“我去找戚尚药,让他换人。”

李炎准备走了,李永忽然拉住他问:“炎叔叔,你要走?”

“你好好歇息。”

李永说:“我好害怕。”

“别怕,有我呢。”

“不怕就不怕,有什么好怕的?你走吧。”李永撒开他。

很明显,李永一会明白一会糊涂。皇上的担忧不是没有道理,李永的确是出了毛病。李炎忧心忡忡,见过李永之后他意识到事情的严重。他马上去了尚药局,直接找到戚锵房间。当时戚锵正伏案翻医典,书桌案头叠着几本很厚的医书,其中几本根据查找需要被翻开了。

李炎说:“有件事想和尚药商量一下。”

“王爷请示下。”

“现在是刘御医在为太子看病?”

戚锵说:“以刘御医为主,其他也有几位。”

“能否换一个人?太子说不太喜欢那个刘御医。”

“这件事是皇上的口谕,杨贤妃亲自过问,人也是她安排的。若王爷执意要换,看看是您找杨贤妃,还是下官去找?”

李炎沉吟一会说:“我不会让你为难,还是我找她吧。”

“炎王爷过虑了。刘御医乃尚药局中技艺最为精湛者,一直专门为我诊疗。我之所以推荐他,完全是出于对永儿的关爱。”显然李炎的过问令杨贤妃不快,但她也知道皇上与李炎关系最近,所以她也没有执意坚持,算是给李炎面子。

李炎坚持道:“小孩子嘛,总会有点任性,喜欢这个不喜欢那个,就由他去吧,换个谁都行。皇嫂你说呢?”

“换人的事就劳烦你找戚尚药,我也有点疲惫,想歇了。”

李炎站起身拱手:“皇嫂歇息,李炎告辞。”

从这件小事上可以看出李炎的性格。虽然他当时有颍王的名号,其实是徒有虚名,他的性格怎样似乎没有很大意义。但也正是由于这样的性格,他才得到皇上的赏识和器重,这时他性格的意义就不一样了。所以李炎注定会在文宗时代有所作为,他崭露头角也就顺理成章,没人会觉得奇怪。

李炎又从杭龙那知道皇上不许李永再打马球,也不让杭龙再去太子宫。他开始没想到皇上是何用意,更想不到是杨贤妃搬弄是非。后来还是冰洁帮他捋清了这场是非的线索,怪不得皇上说李永厌女近男,原来是怕他的性取向出现问题。冰洁还告诉他,皇上亲自帮杭龙拉媒牵线,居然被后宫的一个小姑娘拒绝了。

这边给李永换御医的事情还是让杨贤妃心事重重,她让小萝卜专门去尚药局打探,小萝卜没敢耽搁,快去快回。

杨贤妃问:“戚尚药换了谁?”

“刘御医说有可能是姓鲁的。”

杨贤妃冷笑道:“这个姓鲁的,还没逐出尚药局吗?”

“小的马上找秦总管询问此事。”

杨贤妃哼了一声，她这一向操心的事情太多，居然把尚药局这边给忽略了。姓鲁的是王氏的人，打从王氏被废的那一天就该把姓鲁的拿掉，就不该让他再混这么久的俸禄。

杨贤妃决定纠正自己的疏忽，她不想让姓鲁的再混御医俸禄，在命人打探姓鲁的确实在太子宫诊疗之后，她立马赶去东内苑太子宫，要当场废了姓鲁的。

李永仰面卧床，手腕搭在脉枕上，戚尚药站在旁侧看鲁御医为他切脉。

“永儿。我来看你了。”杨贤妃人未进来声音已到。

“贤妃娘娘。”戚锵施礼。

“贤妃娘娘。”鲁御医也赶忙撒开李永的手腕，他已经有几分战战兢兢。也许直觉已告诉他杨贤妃此行来者不善，不然他又何必如此紧张呢。

杨贤妃十分大度地摆手说：“你切你的脉。”

鲁御医重新坐下执脉，却又显出几分心神不宁。

戚锵在旁侧犹豫着是否向娘娘禀报颖王让换刘御医的事，她想找个合适的时机，在为太子切脉的时候说这个似乎有些不妥。李永自始至终没把目光往杨贤妃这边转一下。

“永儿，感觉怎么样啊？”杨贤妃的语音透着慈爱。

李永听而不闻。

杨贤妃转而问鲁御医：“他的情况不太好吗？是不是脑子出什么问题了？”

“你脑子才有问题！”李永忽然转过脸说。

杨贤妃猝不及防，脸色陡变：“大胆！你知道你在跟谁说话？”

“你以为你是谁？姓杨的，别以为谁都怕你！”李永一下甩开鲁御医的手，忽然从床上赤脚跳到地上。

戚锵制止他：“太子……”

“你住嘴！有你说话的份吗？滚！”李永喝断她的话，又指着鲁御医说，“还有你，都给我滚出去！”

杨贤妃怒吼：“谁也不许动，我看他能怎么样？”

“谁能把你怎么样啊？你在后宫一手遮天，好话说尽，坏事做绝！”李永转向两位御医，“得了，你们也不必滚了，就在这陪她，看她怎样颜面扫地。”

“你个混账东西，连长幼尊卑伦理纲常也没有了。”

“亏你还说得出伦理纲常，这四个字你配得上哪一个？”

“来人！”杨贤妃大叫，小萝卜与太子宫的小宦官一齐冲进来。

杨贤妃说：“即刻将这里的情形禀报圣上，请圣上无论如何都要过来。”

“是。”小萝卜应声跑了出去。

杨贤妃继续道：“看住这个孽障，以防他狗急跳墙。”

“是。”小宦官马上站到李永身边。

李永对小宦官轻声细语问道：“你过来干吗？”

小宦官抿住嘴，不置一词。

“你想对我动手吗？”突然一个清脆的耳光，李永出手可谓迅雷不及掩耳。

小宦官的左脸瞬时涨红了，他的两手已经下意识攥成拳头，但还是没敢挥起来。

李永、杨贤妃相对而立，小宦官立于杨贤妃身后。戚锵和鲁御医弯腰垂首站在一旁，大气不敢出一口。

杨贤妃对戚锵说：“你们都耳闻目睹，他完全疯了，脑子彻底坏掉了。”

“是吗？是吗？”李永向她进逼一步。

杨贤妃说：“你还敢打我不成？”

“我怎么敢呢？我哪有这个胆量？”

任何人都想不到李永会如法炮制,突然一个清脆的耳光砸在杨贤妃脸上,真是迅雷不及掩耳。

“把他给我抓起来！”杨贤妃被击倒在地的同时尖叫道。

小宦官终于有了出气的机会,劈手将李永双臂反扭。李永呻吟着跪倒,脸几乎触到地上。

鲁御医搀杨贤妃起身,她边起来边说:“反了你了！”

“颜面扫地了吧。你这个烂人,想给你留一点颜面你偏偏不识抬举。”李永强撑着抬起头,咬着牙笑了。

杨贤妃这会忽然意识到皇上随时随地都可能出现,她知道她的机会就在眼前,她不能与这机会失之交臂。太子毕竟是太子,正常情况下,在皇上面前与太子争斗,她的胜算不会超过一半。但现在情形不同,太子已经发疯发狂,这是一个天赐良机,她必须抓住这个机会。

“你张狂不了多久,等着瞧吧。”杨贤妃咬牙切齿转向小宦官说,“把他放了,我让他再打。他既然疯了,就让他疯个够。”

小宦官撒开李永。李永站起身,刚才被扭的胳膊显然很痛。

“姓杨的,教训你,一次就够了,足以让你颜面扫地。可是他就不同了,他是什么人,敢对太子动手？”李永又一次痛下狠手,突然转身一脚踹到小宦官裆部,那声惨叫在十里之外听到也令人胆寒。小宦官脸色泛青蜷缩在地,身子重重地抽搐,恐这一世再无扬眉吐气之时了。

戚锵自知责任重大,挺身挡到李永面前,以防他再次攻击杨贤妃。

“我给娘娘热敷一下吧。”鲁御医借此机会查看杨贤妃肿胀的左脸。

杨贤妃说:“你个蠢货,给我一边歇着去。”

李永说:“热敷哪行啊？那是我的罪证,要留着给皇上看的。”

“算你聪明。你以为你这个耳光会白打？我到死都饶不了你。”

“你我到这步田地,只有你死我活一条路了。”

“说得好,你死我活。”

车轮声近了,小萝卜的声音响起:“皇上驾到！”

她一直等的就是这一刻,哪怕有这么多人围观,哪怕每个人都知道她在演戏,杨贤妃还是执意把这一场戏演好。她心里非常明白,那些下人不是观众,只有皇上一个人才是观众。她忽然痛哭失声,一下子进入了角色:“天理不容啊！这么多年了,我待你像亲生的一样,你竟然动手打我！太过分了！连皇上也从来没动过我一指头,我做梦也想不到,你会打我耳光。天理不容啊！你简直就是个疯子！”

“他动手打你？”文宗已经进门,闻言也愣住了。

观众的反应果然如她预料的一样,已经完全被蒙蔽了。

“这个疯子,他忽然就是一个耳光,一下就把我打倒了。他真的疯了。”

文宗问李永:“你动手打了贤妃？”

李永说:“她不该打吗？她死有余辜！”

文宗走到杨贤妃近前,仔细查看她的脸。左脸明显肿胀,手印清晰可辨。

文宗两眼喷出怒火,牙关紧咬,转身直视李永:“你长本事了,居然会打人了,而且打的是皇妃。”转向戚锵和鲁御医,“你们都亲眼所见？”

“亲眼所见。”戚锵、鲁御医点头。

“你还有什么要说的吗？”文宗又看李永。

“儿臣任由父皇处置。”

“废黜太子。”文宗一转身,大步流星出了太子宫。他是皇上,他无法忍受有许多下人如此围观太子与妃嫔的争斗。家门不幸让皇上自觉丢尽了颜面。

“混账,你我的恩怨不算完,这才刚刚开始。”留下来的杨贤妃马上将哀声收住,换成另外一副嘴脸,面对李永双目圆瞪。

废太子对李永而言根本算不得一回事,让他难过的是牵连了戚锵、鲁御医他们。他重新跳到床上,抓起被子蒙住自己。

鲁御医说:“尚药,我们……怎么办?”

忽然一队卫兵跑步冲进门,领头的让大家都出去。鲁御医忙拉着戚锵走了,倒在地上的小宦官还在呻吟,被两个士兵提出了屋子。

领头的又让大家就位。两名士兵站到床前,另有两名士兵站到门边,其他士兵跑步出门。门边的两个士兵将门拉上,接着是大门上锁的声音。守在床边的两名士兵一动不动,如雕塑一般。

3

哪怕是皇上亲口讲述,李炎仍不能相信李永疯到如此地步。当然,皇上看到的只是杨贤妃演的一场戏,但她以假乱真的表演已蒙蔽了皇上,皇上以为自己眼见为实。

“打皇妃耳光,是否皇妃的一面之词啊?”因为皇上背对着真相,所以李炎的不信自有他的道理。

文宗不悦,回转身说:“你是说朕偏听偏信?朕还不至于那么糊涂。”

“臣弟不敢指责皇兄。但依臣弟对永儿的了解,他还不至于如此糊涂啊。”

“不至于?朕赶到的时候,贤妃脸上的掌印还清晰可辨,在场的御医也说亲眼看见他打人。”

李炎问:“那永儿怎么说?”

“你无法想象他当时的那种恶劣。朕问他动手打了贤妃没有,他非但一点悔意都没有,还说贤妃该打,死有余辜!”

“若非皇兄如是说,绝难想象。”

文宗说:“这是当着朕的面啊,还有那么多下人!”

“永儿一向温和宽厚,就连对下人也少有重话。此次一反常态,其中必有隐情,也许真的是脑子出问题了。”

“确凿无疑。什么隐情也不能成为他侮蔑长辈殴打皇妃的理由。”

李炎说:“或许是母亲去世,对他打击太大。永儿还是个孩子,面对这种变故,情绪失控也在所难免吧。”

“毕竟他是太子,怎么能失控到如此地步?他母亲生前放任他胡闹,不加约束。如今贤妃管管他,他便心生怨气,恶意报复,真是太不成体统了。”

“闹到这般地步,永儿的确太过分了。贤妃也一定气坏了。”

“不废他不足以平朕之气,也难对贤妃有个交代,更无法面对天下人。”

李炎说:“这段时间是非不断。先是废黜德妃,之后皇嫂又被烧死在木塔寺,现在又要废太子。皇兄,臣弟恐怕宫内这样一乱再乱,会导致人心惶惶朝野动荡。”

“太子如此不堪,又岂能对他姑息纵容?让一个无德无孝的疯子继续占着太子之位,无异于养虎遗患,对江山社稷也不负责任。”

“皇兄如是说,臣弟无言以对。”

文宗说:“当时你若在场,也不会有任何疑问,他脑子彻底坏掉了,已经完全不是从前那个李永了。”

李炎垂首想了一会说:“对永儿,皇兄当下如何打算?”

文宗叹了口气道："废归废，朕眼下还将他留在太子宫，令人看管，以免再生事端。同时也让御医抓紧诊疗。"

"臣弟有一事相求。"

"若还是劝朕收回成命，就不必开口了。"文宗抬手制止。

"臣弟是怕永儿一直足不出户，这样下去身子会垮掉，脑子越闷也越容易出问题。请皇兄准臣弟带他出去骑马打球，散散心对他的康复应该有好处。"

文宗想了想道："也好。不过他出去的时候，你务必在场。"

"一定。请皇兄放心。"

李炎能做的也只有这一步，他不知道在这种情形下他又能帮李永做点什么。李永打杨贤妃的确出乎他的意料，而且他已经知道李永同时几乎将那个帮凶小宦官踹死，李永的确变了一个人。

能够再约一起打马球，让杭龙非常开心。两个骑马的身影正慢慢往这边来，杭龙迫不及待拍马迎上。李炎仍是骑黄骠马，身边骑黑马的李永居然神采奕奕。

杭龙高叫道："太子！"

李永说："还是改叫皇子吧。"

杭龙问："真的废太子啦？"

李永痛痛快快地说："废了岂不是更好。"

李炎说："不提这些。既然出来了，就陪炎叔叔痛痛快快地打一场球。"

三匹马与冰洁的红马在场中会合，冰洁用眼神询问李炎，李炎悄悄摇头。

杭龙说："皇上不让我去打扰你，让你安心功课。你还好吧？"

李永说："我能有什么不好？有没有人为难你？"

"没有，你放心。"

冰洁拿出马球叫道："开球啦！"

除了球技有些生疏外，李永看上去与先前没有明显的不同，四匹马在球场上奔突辗转、不亦乐乎。李炎在间隙中悄悄对冰洁说让球，冰洁会意点头。这是一场李永的复出之战，要让他重拾信心才是。球场上的李永生龙活虎，与杭龙配合得相当默契，一会儿就连下三城。

冰洁带球，晃过杭龙，传向李炎，大声叫道："接好了。"

"没问题！"李炎拍马赶到，不料半路李永杀出，将球劫走，接着奋力挥杆射门。四比零。

"好球！"杭龙边叫边与李永互击球杆以示庆祝。

冰洁急了，对李炎叫道："喂，你怎么那么笨！"

"你叫我炎叔叔什么？"李永忽然凑过来问。

"没叫他什么啊！"

"我听得一清二楚，你叫他喂。"

"喂怎么啦？"

"杭龙，你行啊。"李永笑了，转向杭龙。

"我行？"杭龙不懂。

"这才几天不见，你就混成我的长辈了。"

"你开什么玩笑？"

冰洁听懂了，满脸通红道："胡说什么呀。"

李永问："炎叔叔，我都快有婶子了，你怎么从来没告诉过我？"

"现在告诉你也不晚吧。"李炎笑了。

"什么时候喝你喜酒？我都好久没去你府上玩了。"

“王爷,你们的事已经定下了吗?”杭龙这才恍然大悟。

李炎调侃道:“还要上门和你父母商量,看能否不做上门女婿。你王家有规矩,皇室也有规矩啊。”

“讨厌!不和你们说了。”冰洁的脸已红到脖子根,自己骑马到场子的一边去了。

李永说:“我母亲若知道你要娶亲了,一定会非常高兴。”

李炎抿一下嘴,没有接话。

“她肯定会送一份大礼给你们,你猜她会送什么呢?”李永仍兴致勃勃。

李炎说:“这……我猜不出。”

杭龙忽然想明白了,兴奋地对李永说:“可不是吗?”

“不是什么?”

“长辈啊。冰洁嫁了王爷,我就是你叔叔的大舅哥,可不是你长辈吗?”

李永摇头晃脑道:“命运无常,世事难料啊。从前我对你呼来喝去,现在你翻了身,看来今后要吃你的苦头了。”

“你小心着吧,我很记仇的。”杭龙说完,三人一齐笑了。

李炎拍着李永的肩膀说:“本来还担心你会一蹶不振。现在看看,到底是我的侄儿,没什么扛不住的。”

“让叔叔担心,永儿真是过意不去。可是,”李永指着独自在场上徘徊的冰洁说,“再让婶子生气,我就更过意不去了。”

“她不会有事的,我过去看看。”

李炎拍马奔冰洁而去,杭龙还在傻乐。

李永低声自言自语:“我不会受不了,我不会扛不住。”

“你说什么?”杭龙没听清。

“现在炎叔叔已在我身边,只等母亲一回来我立刻跟姓杨的算总账。”

闻言,杭龙愣住了。

李永问:“杭龙,到时候你帮不帮我?”

“我怎么都会帮你。”杭龙勉强点头。

“这才是好朋友!”李永笑了。

那边李炎挥杆大声叫道:“打球啦!”

“走!”李永拍马蹿了出去,杭龙没动。

李永回头叫道:“你还愣着干吗?再进他几个球。”

“来啦!”杭龙一咬牙拍马跟上。

场上又是几个回合,杭龙总显得心不在焉,被李炎、冰洁抓住机会进了三球。

又开球了,李永对杭龙高声道:“再输,我就对你不客气啦。”

冰洁说:“输赢可不是他说了算。”

李永、冰洁疾驰抢球,杭龙凑到李炎身边说:“王爷。”

“你怎么啦,心神不宁的?”

“他好像,”杭龙指着自己脑袋说,“真的出大问题了。”

李炎说:“你看出什么了?”

“他刚才说要等他母亲回来。”

“他一直觉得他母亲还在。”李炎点头。

“看来他脑子真的坏了。”

“我们也不必非点破他不可。”

李炎凭直觉认为李永有幻觉也没什么坏处,如果一味让他清楚他母亲已死,也许会让他重新陷入丧母之恸,心情也许会大坏。所以当他提到母亲时,李炎不去纠正他,任由他去说,任由他沉浸在母亲活着的幻觉里。

李永已从冰洁杆下抢到球,晃过迎面截击而来的李炎,射门得分。自己喝彩道:“漂亮!”

“好球!”李炎也附和。

冰洁向李炎抱怨道:“都怪你,现在才过来拦截!”

李炎无暇理她,对李永说:“永儿,我肯定猜得到。”

李永说:“猜到你们一共要输几个球?”

“是猜你母亲的礼物。我这么喜欢打马球,她应该会送我一套球具吧?”

“这……恐怕她想不到。”李永搔搔脑袋。

李炎试探道:“那,你就去提醒她一下?”

冰洁诧异地看着李炎,不明白他是怎么了,跟着李永一道发疯。

李永笑着说:“好啊!有机会我一定跟她说,你就等着收礼吧。”

冰洁忽然明白过来,忧心忡忡地看李永,又看李炎。稍远处的杭龙同样忧心忡忡。

李炎不希望让李永看出破绽,对杭龙使了一个眼色,同时对冰洁说:“冰洁,我们得把输的几个球赢回来。不能让他们太得意。”

冰洁会意道:“输赢还不一定呢,谁怕谁呀?来,再战几个回合!”

“赢回来?做梦吧。杭龙,开球!”他们一唱一和,果然激起了李永的斗志。

三个人都确认了李永的病,它像一块大石头重重压在了大伙儿的心上。

李永的行踪备受杨贤妃的关注,她已经布置下去,所有与李永有关的消息必须在最短时间里报告给她。先前被她责骂的秦耕人,在得知了李永又去打马球之后,马上赶过来。

杨贤妃说:“你一来准有事。说吧。”

秦耕人说:“禀娘娘,颖王奉皇上谕旨带李永去打马球了。”

杨贤妃抬起头问:“王爷还说什么了?”

“他说有谁不善待李永,他绝饶不了谁。”

“李炎这是把矛头直接对着我了?”

“在下以为王爷在说我们,要我们好生伺候李永。李永这一阵茶饭无心,人很憔悴。”

杨贤妃说:“那是他自找的。”

“李永前脚出门,卫兵马上过来禀报,我就马上过来了。”

“总管尽职尽责,辛苦了。”杨贤妃统治后宫用的正是这种恩威并施之法,通常是先骂后赞,让下人诚惶诚恐自认有罪之后再行将功补过,此法对秦耕人这样的人非常奏效。

将王氏打入十八层地狱后,杨贤妃将矛头全部指向了李永。李永给了她今生最大的羞辱,仅仅废黜太子远远解不了她心头之恨,她会把李永作为终生的死敌,她要让他生不如死。

死都太便宜他了

1

正如玉央曾跟李昭仪说过的一样,好像无论谁有秘密都要找上玉央,而且谁也不管玉央是否感兴趣,更没人顾忌这会给玉央带来大麻烦。以往几次都是皇妃娘娘,这一次轮到太子了,而且事情远比化女儿妆要严峻得多。

先是太子宫宫女到尚容局向谷绣春禀报,说皇子李永传司容部的玉央去太子宫,谷绣春不假思索便答应了。杨贤妃对李永的兴趣谷绣春并不知晓,因为杨贤妃对她是否能守口如瓶缺乏信心。没有杨贤妃耳提面命,谷绣春果然对李永缺乏警惕,她也习惯了哪一个主子召玉央过去这种事。

“尚容,藏药间的库存核对好了。”刚好,清蔷也拿着几本账簿进来禀报。

“放那吧。你来得正好,让玉央去一趟东内苑,皇子李永传她。”

清蔷往司容部方向走,看见玉央正在她前方。清蔷准备叫玉央,但她忽然停下。清蔷可不是谷绣春,她一转身出了尚容局院门。

太子宫的宫女已经先她一步去向杨贤妃禀报了。

杨贤妃说:“李永要见玉央?”

“是。刚从外面回来,就命小的去尚容局叫玉央过去。”

杨贤妃思忖道:“看他还能玩什么花样?把耳朵竖起来,他们说了些什么,回头一五一十禀报。”

清蔷过来了,杨贤妃将其他人遣出。

清蔷说:“您可能已经知道了,李永差刚才那个宫女去传玉央。在下觉得应该先禀报您。”

“李永经常见玉央吗?”

“他们关系似乎特别好,从前每隔几日总要见一次的。”

“让她去吧。”杨贤妃点头。为对付李永,她可谓处心积虑了,动员了一切可以动员的力量,将李永牢牢掌握在手中。关于李永的任何信息,她都会接到不止一个方向的汇报,绝对不允许有丝毫遗漏。

宫女回到东内苑时,李永正对着铜镜发呆。宫女进来报说话带到了,说人稍后就过来。李永说人来了让她进寝房,让其他人都留在寝房门外。

当玉央被宫女直接请进寝房时,她觉得怪怪的,甚至听到了宫女在门后的窃窃私语:“李永让这女孩进卧房,还明令我们留在大门这儿,不许进去。”

接着是两个姑娘暧昧的笑声。

李永还在妆镜前发呆,听到敲门声才发现玉央已经进了寝房。李永一跃而起,一把将玉央拽进来,马上又关上门,将玉央按在椅子上说:“我们很久没见了。”

“很久了。”玉央边说边打量着李永的卧房。

“不是故意要在卧房里接待你,实在是厅堂太不安全。”李永看出了玉央的不自在。

玉央说:“我无所谓的。”

“外面那几个走狗,从来不肯放过我说的每一个字,扭头就说给姓杨的听。”李永十分恼怒。

“你看起来有点累。”

“打了差不多一整天马球,好久没这么痛快了,真带劲!”

玉央问:“怎么突然想到找我呢?”

“我头顶的太子被废了,这事你知道吗?”

“知道。”玉央点头。

“不瞒你,之前我在床上一躺好几天,什么事都不想干,什么人都不想见。今日早上一觉醒来忽然想开了,我干吗要糟践自己?干吗要让亲者痛仇者快?干吗不让自己开心一点?”

“我听杭龙说过,他和颖王爷都特别担心你。”

李永说:“所以今早炎叔叔叫我去打球,我兴高采烈地去了。这不还是跟以前一样吗,能痛痛快快地打马球,比什么都重要。”

“他们见到你这样,应该能放心了。”

“嗯,我看大家都玩得很尽兴。”

玉央说："尽兴之余，又想起还有个司容部的玉央了。"

"骑马打球，我自然去找杭龙和炎叔叔。若是说话聊天，你是我唯一想找的人。"

"我们聊天，似乎不是围绕化妆就是围绕着诗。"玉央笑了。

"这就是缘分，无论聊什么，都很投机很开心，也很安心。"

他们这边说着话，门外的宫女则端着一杯茶，耳朵紧贴在门上。看宫女满脸紧张的样子就知道里面的声音听不真切，毕竟宫门都是那种厚重的原木门板，有很好的隔音效果。

李永说："就拿化妆来说，我一有那个念头，就毫不犹豫地找你了，完全没有担心你会出卖我。"

"我当然不会。"

"我就是莫名其妙地信任你，之后你不肯帮我了，我找过几次清蔷。"

玉央问："你让清蔷给你化妆？"

"你放心。清蔷对杭龙迷得不得了，就凭这一层关系，她也应该不会出卖我。出卖了我，杭龙还会理她吗？"

"你拿到这来了。"玉央看到了墙壁上的《簪花仕女图》。

"这是我母亲最喜欢的画，我得帮她好好保管。"

"我小时候在扬州，看过一幅《簪花仕女图》摹本，这几个仕女便留在我脑子里再也赶不走。后来入宫，在你母亲那见到这幅真迹。再后来，我做了个梦，梦里面你母亲成了中间这位仕女。最后的那次，我为你母亲化妆，那天她还换上了一模一样的衣服，看上去跟画上的分毫不差……"玉央盯着画，有些灵魂出窍。

李永忽然高声道："杨贤妃嚣张不了多久了！"

玉央吓了一跳，盯住李永。

李永不看她，两眼直瞪着寝房大门道："她做了那么多伤天害理的事，以为谁也不能把她怎么着，以为天衣无缝。没人出来指证她，只不过是怕她罢了。别人怕她，难道我会怕她？她算个什么东西！"

玉央压低声音道："嗨，你怎么啦？脑子灌水了？你就不怕隔墙有耳？"

"当然有证据。我有把握，以我掌握的事实，只等时机成熟，绝对可以一举击溃姓杨的恶人。"

玉央无奈道："嗨，你成心跟她找麻烦，何必拖上我呀？"

"你问也是白问，我一个字也不告诉你。这是个天大的秘密，除了母亲，我不会对任何人说。"李永不再说话，像在等着什么事发生。玉央不知所措，不再作声了。

李永明显是故意生是非，她也不懂李永想干什么。须臾，叩门声响起，传来宫女的声音："皇子，茶来了。"

李永说："拿进来。"

宫女拉门进来，放下茶，出去。李永忽然笑了。

玉央依旧小声问："你故意的？"

李永小声回道："她们喜欢偷听，就让她们听个够分量的。"

玉央拍着胸口说："你吓死我了。还以为你脑子出问题了呢。"

"姓杨的和御医都这么说，但我知道，那是想害我。我脑子有没有问题，只有自己最清楚。"

"你刚才那么说，不怕……"

"放心，有炎叔叔在，没人敢把我怎么样的。"

"这样就好。"玉央点头。

"对了，你方便出宫吗？"

"你有什么事？"

“你不会不帮我吧？”

“当然不会。”

李永说：“是这样的，炎叔叔就要娶亲了，未来的婶子是杭龙的小妹。我想告诉母亲，若要送礼，就送一套上好的球具。你知道的，我现在不能出宫。这事既不能拜托炎叔叔，也不好拜托杭龙，所以想麻烦你跑一趟木塔寺。”

“木塔寺……”玉央懵了。

李永自导自演的这一幕戏，开始还让玉央以为他有什么周密的计划，原来仅仅是虚张声势，想通过宫女的告密来吓唬杨贤妃。而李永之所以作不顾一切之势，竟然仅仅是由于李炎的归来。他以为李炎可以保他无虞，于是他便可为所欲为。殊不知他所挑衅的那个人是所有人中最阴险歹毒的一个，那个人完全可以置他于死地，而他的炎叔叔不可能时刻都守在身边。李永的自以为是还把玉央也搅进他的浑水之中，他的这场表演肯定会被汇报给杨贤妃，玉央肯定会被汇报者当作是李永的同党。

小小的玉央能扮演这样难度的角色吗？不是明摆着他在害她吗？玉央只是被动地被他称作朋友，只是无力拒绝他那些强人所难的要求，玉央这一次是跳进黄河也洗不清了。

2

对玉央来说，李永的作势无疑是一场灾难，但事情也并非如表面所呈现的那么叫人绝望。李永的作势是给杨贤妃看的，如果没有前面的那一次耳光事件，杨贤妃也许会动雷霆之怒。而有了耳光事件之后，杨贤妃反倒见怪不怪了。

“他说到一个叫清蔷的，说找过那个清蔷几次。”太子宫的那个宫女是个尽职尽责的姑娘，汇报相当清晰。

杨贤妃问：“说没说为什么要找清蔷？”

“好像是说玉央不帮他，他才找的清蔷。”

“玉央不帮他……找清蔷……你往下说。”杨贤妃沉思。

“他说您，说您，”宫女有些犹豫，“嚣张不了多久了。”

杨贤妃笑道：“没关系的。狗嘴里吐不出象牙，我就没指望他会说我的好话。他说了什么你就如实讲，不要顾虑我会不高兴。”

“他说您做了那么多伤天害理的事，以为谁也不能把您怎么着，以为天衣无缝。没人出来指证您，只不过是因为怕您罢了。”

“他说了指证二字？”

宫女点头，接着继续说：“他这时候很生气，忽然大声叫起来，别人怕她，难道我会怕她？她算个什么东西！”

杨贤妃冷冷地说道：“我什么都不算。他不怕我，是我怕他。”

“接着是玉央说了什么，她声音很小，我们根本就听不清。”

“不管她。说李永。”

“皇子就又说，当然有证据。我有把握，以我掌握的事实，只等时机成熟，绝对可以一举击溃姓杨的恶人。”

“当然有证据？”

“他就这么说的。”宫女十分肯定。

“你把这段话一字不差地再说一遍。”

“当然有证据。我有把握，以我掌握的事实，只等时机成熟，绝对可以一举击溃姓杨的恶人。”

杨贤妃问："你是说，这之前是玉央在说话？"

"她声音小，我听不清。"

"然后李永说，当然有证据？"

"就是。"

杨贤妃将牙关咬紧，眯起眼。

宫女说："皇子最后还说，你问也是白问。我一个字也不告诉你。这是个天大的秘密，除了母亲，我不会对任何人说。"

李永的想当然还真奏效，杨贤妃即使想表示达观也仍然不能释怀。杨贤妃独自在宫中花园踱步，湖水映着数点灯火，晃晃荡荡。风吹湖边树叶，发出"沙沙"的轻响。她站在湖边，似乎又听到了李永的声音——"这是个天大的秘密，除了母亲，我不会对任何人说。"

天大的秘密……天大的秘密……那会是什么呢？她的脸逐渐被火光映红，那是熊熊燃烧的木塔寺的火光。天大的秘密……对她而言比天还大的秘密就只有木塔寺里的那一幕了，王氏疯狂的大笑，在古寺的回廊间回响。

"我看你怎么对皇上说我是自杀的？"忽然，她将双手拇指插入自己眼窝，胸腔里发出巨大的呻吟，让人撕心裂肺。

杨贤妃像从梦里走出一般，晃晃脑袋赶走幻觉，让自己清醒一点。她在湖畔石板上站定，波光粼粼的水面令她晕眩，李永的声音继续冲击她的耳鼓——"我有把握，以我掌握的事实，只等时机成熟，绝对可以一举击溃姓杨的恶人。只等时机成熟……只等……"

"娘娘，夜深了，外面凉，回房歇息吧。"杨贤妃回头，巧儿的话把她从梦魇中带出来。

杨贤妃说："你去把清蔷给我找来。"

"这么晚了……"巧儿有些惊讶。

杨贤妃厉色道："你啰唆什么？"

"小的这就去。"

"不要让人认出你。"

巧儿走后，杨贤妃一个人继续踱步，一边自言自语："你问也是白问……你问……当然有证据……"

被李永带入梦魇的不只是杨贤妃，玉央也没能够幸免。早就过了午夜，玉央翻来覆去睡不着，两眼大睁，先前太子宫的一幕重新浮现。她又一次体会了充满现场感的那种怦怦心跳，这让她慌得不行，某种她不熟悉的恐惧悄悄爬上来，逐渐在心房中弥漫，很快就充满了，心中有了挤压的痛感。那痛感每时每刻都在增长，没有丝毫的缓解且愈加强烈。于是玉央的眼里现出惊恐，不祥的预感降临了。

两个女人的梦魇虽然来自不同的方向，却预示了同一个结果。

晨曦初露，一个小宦官提灯笼快步沿东内苑花园湖畔穿行。他忽然驻足，眼睛大睁。然后蹑手蹑脚向前，站住将灯笼前探。他将灯笼扔下，转身撒腿就跑，在花园中狂奔，穿过灌木丛假山廊道和径庭，之后穿过拱门，直到撞上一个中年宦官才刹住脚步。

中年宦官说："瞎啦！"

小宦官结结巴巴回道："皇，皇皇皇子……"

"什么乱七八糟的？"

"皇子死了。"

中年宦官大叫："你说什么！"

"淹，淹，淹死了。"

一时间内侍省院子里乱哄哄的。秦耕人站在门口，眉头紧锁，连连摇头。这一向宫里接二连三发生的命案已让他焦头烂额,而这一次居然是废太子!他很清楚自己的日子不好过了,他眼下能做的就只有向几个必须禀报的方面派人禀报。他不敢直接报死讯,就说发现皇子李永湖边被淹。

李炎冲进门喊道:“秦总管。”

秦耕人说:“王爷,在下第一时间就派人去向您报告。”

“人呢?”

“已经被送到尚药局……怕,怕是已经来不及了。”

“死啦?”李炎圆瞪双眼。

“身子都硬了。”秦耕人点头。

“查!查不出我要你的狗命!”

“在下已经下了死命令,把所有人手都派出去了,一定查个水落石出。”

“马上把第一个发现的人给我找来。”

秦耕人领命,转身往门口去。

李炎又问:“刑部的人来了吗?”

秦耕人回头答道:“已经派人过去通报了,估计很快就会来人。”

“快去快回。”

“王爷稍候。”

李炎的脸被怒火烧得通红,浑身有如即将爆炸一般。他忽然挥拳砸向案几上的大瓷瓶,稀里哗啦之后,便是一地碎片。

“王爷……”一个小宦官闻声探头。

李炎怒喝:“滚!”

这一次行凶者没有机会焚尸灭迹,所以注定皇上会亲临现场,皇上不可能对亲生儿子的尸身再行回避。李永的尸身停放在厅堂中央,被一块白布从头遮到脚。李炎伫立一旁,低着头默不作声。秦耕人及戚锵率众御医候在李永另一侧,太子宫众宫女宦官立在其后,谁都没有出声。

李炎低声问:“皇上什么时候到?”

戚锵说:“已经叫人去请了。”

李炎再次陷入沉默。

“皇上驾到!”海汉在外大声报道。

文宗由杨贤妃陪同跨入门内,众人跪下垂首。

文宗眼里布满了血丝,怔怔地看了白布一会,终于举步向前。他走得很慢,似乎还有一点踉跄。杨贤妃搀住他左臂,陪他向前。

李炎起身迎上,扶住文宗的右臂,哑着嗓子说:“皇兄。”

三人走到李永身前,文宗将手伸向白布,却没有勇气揭开。李炎示意戚锵过来将白布揭开一角,文宗看着李永那毫无生气的脸,痛苦地闭上眼睛。一旁的杨贤妃开始抽泣,李炎的眼睛也红了,文宗的身子晃了一下。

杨贤妃说:“圣上请节哀。”

戚锵说:“皇上,节哀。”

“皇上,节哀。”众人齐声道。

李炎示意小宦官搬来座椅,扶文宗坐下。文宗用手撑住额头,双眼始终紧闭。杨贤妃看着李永,不住地淌泪,不住地抽泣。李炎看着她,眼神里带着冷酷。

文宗轻声说:“都退下吧。”

众人面面相觑,之后齐声道:“皇上,节哀。”

文宗说:“都去吧。”

众人起身往外走,只有李炎和杨贤妃没动。

“你们也去吧。”文宗仍闭着眼。

李炎说:“皇兄……”

杨贤妃说:“王爷,让皇上静一静。”

李炎看也不看她,往外走,杨贤妃随其后。

李昭仪过来了,杨贤妃说:“皇上想自己待一会,妹妹还是在外面等吧。”

李昭仪旁若无人,自顾地走向文宗。李炎、杨贤妃在门口驻足观望,却见李昭仪在文宗身边站了一会,之后蹲下握住他的手,将自己的脸埋在他手中。杨贤妃哼了一声,愤愤转身出门。李炎冷眼目送她,又看了看里面的文宗,之后将门关上。

消息一时间传得沸沸扬扬。毕竟李永曾经是太子,又是唯一的皇子,他的死远非尚容安其凤或者宦官寇公公所能比。下人的死通常的结论是自杀,然后会有能自圆其说的理由从什么地方传到大家的耳里,最后大家在反复窃窃私语之后逐渐淡忘。可李永不是下人,他的死也很难用自杀来搪塞。李永还有一位叫李炎的皇叔,他不能容忍以任何不实之结论来混淆视听。

3

议论是挡不住的,这一次内侍省也没有试图阻止大家的议论。而女人是比男人更热衷议论的群体,所以从古时便有老婆舌一说。后宫之中女人居绝对多数,尚容局更是只有女人,诸多女史聚在一堆窃窃私语。段蓉从院门进来,还不时往身后张望。

“怎么样?”

“刑部的人都进来了,正在往内侍省去。”

“这么都说是真的了?”

“那还能有假?很多人亲眼看着皇子被打捞上来的。”

“不是说还有救吗?”

“谁说的?早就断气了。”

“那还送尚药局做什么?”

“例行的,验伤,鉴定什么吧。”

“不是淹死的吗?还验什么?”

“湖里捞出来就一定是淹死的?就算是淹死的,还得分是自己踩进去还是被人推进去的呢。”

“你是说……太可怕了。”

“在后宫多待几年,你就见怪不怪了。”

“他可是皇子啊,皇上的亲生儿子。谁有那么大胆子,敢……”

“我可什么都没说啊,我劝你也别乱说。”

清蔷、玉央、胡蝶一起进院门。

“司容、典容、掌容。”众女史一齐叫道。

清蔷、玉央、胡蝶点头。清蔷走到搁架边挑选容器,玉央、胡蝶则到另一边检查晒着的草药。众女史因为女官没制止她们的议论而惊讶,因为以往女官总是在第一时间制止大家议论。所以她们不会停下嘴巴,她们中没有一个人认为嘴巴只是用来吃饭的。

“发现没,没说不让大家议论。”

“没说不让,当然就是让啦。”

“让说就说,不说白不说。”

“每次上头出了事,总会殃及我们。”

“这回是皇子,应该跟我们尚容局没什么关系吧?要查也应该查他们太子宫的人。”

“你还敢说太子宫,太子都废了那么久了。”

“难说。刑部的人都介入了,只怕要将整个后宫查个天翻地覆。”

“据说颖王爷和皇子感情特别好,只怕他这次不会善罢甘休。”

听到身后的议论,清蔷没有任何反应,挑出两个陶罐进作坊里去了,玉央则心不在焉。

胡蝶问:“喂,怎么啦?”

玉央说:“别乱说话。”

“我说什么啦?你真是莫名其妙。”

“对不起,我听错了。”

“真奇怪,你从昨晚开始就不对劲了。”

“我没有。”

胡蝶低声说:“是不是李永昨天跟你说什么了?”

“你又乱说。”

“没说他要自杀啊,或者谁要对付他之类的。”

“他什么也没说,你也别再问,也别再提昨天我见他的事了。”

“好吧。”少顷,胡蝶又说,“我知道你的心情。忽然失去一个朋友,谁都不会好过。”

玉央没接话。这种时候,胡蝶反而格外多话,她控制不了自己的嘴巴:“杭教头肯定难过死了。”她附玉央耳,“这下清蔷又有献殷勤的机会了。”

玉央没有加入到大家的议论当中,她原本一直等着杨贤妃传她,她不相信太子宫的宫女会忘记给杨贤妃汇报,而听到汇报的杨贤妃一定会传她过去询问究竟。杨贤妃没传她反而让她意外,这是一桩她想不清楚的事。那个梦魇带来的恐惧曾经反复袭击她,令她紧张,李永的意外死亡也未能解开她的心结。

有时候不能和最好的朋友说的话,却可以和不是那么贴心的人说,这是玉央能体会到的最不可思议的事,和李昭仪在一起就是这样的情形。所有关于杨贤妃与李永之间的恩怨,她是不能对胡蝶透露一丝一毫的,那会吓着胡蝶。因为任胡蝶怎么聪明也想不到皇室的阴谋和龌龊,胡蝶太单纯了,她的心承受不了那么大负荷。面对李昭仪就不一样了,李昭仪可以把自己的秘密都交给玉央,玉央当然可以把自己的秘密对李昭仪倾诉。这是一种内心的互换,既不等价也无道理可言。还有就是李昭仪对玉央这个秘密原本就是知情者,玉央对她说就没有那种出卖他人的愧疚。心里装着别人的大秘密是一个极大的负累,如果不能找个渠道释放出来玉央会受不了,也许会崩溃。

余翠为李昭仪洗脸。

李昭仪身着一身素色便装,双眼闭合着问:“你怎么说的?”

“我说娘娘您足踝有些酸软,让玉央过去拿捏一下。”

“她又怎么说?”

“清蔷说马上安排。我看她不像先前那么盛气凌人,说话的时候低着眼。”

李昭仪不作声了。余翠用清水将她的脸涤净,用湿帕擦干。

“一会你把大门关了,万一有人过来,就说我身上不舒服歇了。”李昭仪起身。

余翠点头,帮李昭仪整理衣裳。玉央进来,余翠对她点头之后出门。玉央随李昭仪进了寝房,李昭仪拉她到桌案边,自己先坐下后说:“坐吧。听说除了太子宫的下人,你是最后一个见过李永的。”

“应该是的。他传我过去的时候已经吃过晚饭,天擦黑我就从太子宫出来了。”

“你当时觉得会出事吗？”

玉央摇头：“李永当时很兴奋，还故意大声骂杨贤妃给那些偷听的下人听。看他兴致那么好，怎么也想不到会突然就死了……”

李昭仪沉默许久，玉央也不知道说什么好。

“她也太狠了。死了一个还不肯罢手，连儿子也不放过。”李昭仪抬头。

玉央说：“我敢肯定，李永不会是自杀，也不可能是意外。先前他说过，他儿时便擅长游泳，连杭龙也不是他对手。”

“所以只有一种可能。”

“可是皇上怎么可能容忍呢？她就不怕皇上会追查到底吗？”

“人已经死了，不容忍又能怎么样？即使查个水落石出，死去的人还是死了。即使元凶被抓住被惩处，死人还是不能复生。”李昭仪的眼红红的。

“后宫这一次很奇怪，没有像以往那样封嘴，没有严令不许议论不许传流言。大家都觉得很意外，议论也格外多，为什么会这样呢？”

“我相信这一次不会不了了之。德妃死了，没人出来为她张目，也是因为她生前太过骄横，得罪了太多的人。李永就不一样了，首先李炎绝不会坐视不问，我听说他已经开始行动了。”

玉央低声问：“娘娘，还有一件事我心里一直不安。不知为什么，李永传我之后贤妃娘娘一直没传我。李永当着我的面大骂贤妃，那些宫女不可能不向贤妃禀报的。按贤妃的脾气，她又怎么能不闻不问呢？”

李昭仪想了想说：“只有一种解释，就是她不需要再找你问个究竟了。”

玉央没能想到那一步，所以她对不需要三个字没能够马上意会。她们只是两人之间的对话，所以李昭仪的话外音没有给扩散出去。不需要，这三个字在有心人听来一定大有深意。杨贤妃怎么会不需要问个究竟呢？她对李永的一举一动是那么关心。

不过以杨贤妃的性格，李永就这么死了应该不是她的初衷，她不会这么便宜他。她性格里的阴狠歹毒一定更倾向要他活着，要他生不如死。

换一个角度想，事情就简单多了，既然李永已死，他说了什么自然也就没任何意义了，所以她当然不需要再去深入追究了。

李炎不依不饶

1

玉央的疑虑不是没有道理，杨贤妃没传她并非不关心，只是她对李永究竟还说了些什么已经不感兴趣。况且如果她传了玉央，消息一定会传播出去，别人会对她这个时候传玉央产生疑问。杨贤妃没必要给自己找麻烦，她有自己的耳目，这些人自然会把她感兴趣的信息禀报给她，比如谷绣春。

谷绣春禀报：“娘娘，我已经调查清楚。玉央昨晚天黑前离开皇子李永回到尚容局，那以后再没出过门。有好几个人都可以作证。”

“我要你们各部门做好自查，全力配合刑部并内侍省的调查，不得有任何疏忽或遗漏。把尚容局的人心拢住。非常时期，最重要的是维护稳定，工作一定不可以出任何纰漏。你先回吧。”杨贤妃表示她并非只关心玉央一个人。

“明白。请娘娘放心。”

再比如清蔷。她还是老规矩，一个人悄悄地来、悄悄地去。

杨贤妃说:“没有人注意到你吧?”

“没有。没碰到任何人。”

“不用我嘱咐,你应该清楚利害。记住,任何人问起,你也是一样的口径,昨晚一直在房里,没有出过尚容局一步。”

清蔷说:“娘娘,您是不是叮嘱玉央一声……”

“所有的事都放一下。你任何话也不要说,任何事也不要做。这次李炎火气很大,拉刑部与内侍省一起调查,看样子来者不善。近日你也不要往这边跑了,以免被关注。”

“清蔷明白。”

杨贤妃看得非常明白,此次不同以往。以往发生什么事,她强压也压得住,没有谁敢向她叫板。而此次最让她心神不宁的是皇上的态度,很明显,皇上不想听她说一个字,不给她说话的机会,也不对她说一句关于李永暴毙的话,这不是个好兆头。皇上痛心之时,将她摒除在说体已话之外,唯一的解释就是对她失去了信任。因为这时候处在伤痛中的人急需找一个贴心的人倾诉以缓解内心的痛楚,可那个人不是她。

内侍省,李炎正在审发现李永尸体的小宦官。李炎端坐堂上,小宦官躬身立于堂下,依旧结结巴巴。

“是……是卯时吧。我提,提着灯笼穿过花园。当时天,天还没亮透。我一眼就发现湖边的假,假山那底下有一个人。我,我就赶过去一看是,是皇子。”

李炎问:“你认得皇子?”

“当……当然认得。我在东内苑这边有两年多了,差不多每天都能见……见到皇子。他跟我很熟的,每次见面还要点头打招呼。我吓……吓坏了,拔腿就跑,一直撞上宋公公。”

中年宦官宋公公接话说:“卯时刚过,我做例常巡查。忽然一路脚步声,这小子蛮牛一样冲过来,一下把我撞了个趔趄。我抓住他,他哆哆嗦嗦已吓得半死,说皇子死了,淹死了。我先还以为他梦游,又不能不闻不问,就拽着他过去,一看,连我也给吓住了。皇子脸朝下,就在水边漂着。”

李炎说:“脸朝下?可是他说一眼就认出是皇子啊。”

“是我把皇子拉上来的。我把他翻过来,让他脸朝上。”

“皇子脸朝下的时候,他是怎么认出皇子的?”李炎坚持他的问题。

“王爷只有去问他本人了。”

太子宫宫女说:“回王爷的话,皇子很早就把寝房门关了。他从来不让我们为他更衣,他睡了我们便也睡了,之后的事便也都不知道了。皇子每天都睡得很早,我们也就都睡得很早。”

李炎问:“皇子出门不是必须经过你们的睡房吗?”

“回王爷的话,我们睡房的门是关着的呀。”

“夜里太子宫的大门不上锁吗?”

“回王爷的话,我们要锁,皇子不让,还把我们骂了一顿。”

李炎问:“皇子夜里经常出去吗?”

“回王爷的话,我们不知道,皇子从来不允许我们过问。我们睡了,皇子出不出去我们都不知道。”

“除了不知道的,你知道什么?”

“回王爷的话,除了不知道的,您就尽管问好了。”

李炎问:“我还有一个问题,你为什么一口一个我们?你不会说我吗?”

“回王爷的话,我们习惯了。因为还有一个宫女叫小娥,她是个哑巴,她不能说,所以我要代她说,所以我就习惯了说我们。”

“你到太子宫之前在哪里做事?”

“回王爷的话，我们先前在贤妃娘娘宫里做事。”

“果然如此。”李炎自言自语。

“回王爷的话，您刚才问什么，我们没听清。您再问一次好吗？”

李炎大声道：“我问你一天吃几顿饭。”

“回王爷的话，我们一日三餐。”

“关于皇子每天说过什么做过什么，你要向贤妃娘娘禀报吗？”

“回王爷的话，要禀报的，要一字不差地禀报，每天都要禀报。”

戚锵说：“如果不是泡在水里，死亡时间还比较容易判断。泡在水里的情形很特别，我没有这方面的经验。王爷可以找刑部的验尸官询问，他们对此比较在行。”

李炎问：“有没有这种可能，人先死了，然后被抛下水？”

“应该是溺水。首先人肯定不是中毒，其次身体也无任何创伤，再有就是腹中大量积水说明是喝进去的。人先死了便无法再吞下许多水。”

“也就是说，倘若皇子被他人所害，也是被强按到水中溺死的？”

“基本可以认定是溺水身亡。”

李炎说：“我见过你，你应该在宫里很久了吧？”

验尸官说：“我在刑部超过三十二年了。宫中许多人都说看着我脸熟，王爷当然应该见过我。”

“皇子你验过了？”

“验过。报告都在刑部。”

“我想知道死亡时间。”

“接近丑时。”

李炎说：“你好像很有把握。”

“有把握。上下绝不差半个时辰。”

李炎问：“你们东内苑一共多少卫兵？”

卫兵队长说：“回王爷，总共一百六十二个。”

“有多少人值夜？”

“四十个。子时前二十，子时后二十。”

李炎说：“你把子时后带队的给我找来。”

“我就是。副队长子时前带队，我带子时后。”

“皇子丑时出事，那以后有两个时辰，为什么发现的不是你们？”

“我们巡查的重点是住人的院子，东内苑的几个花园都不在我们夜间巡查的范围。”

“皇子从太子宫到出事的花园，有七八百步之遥，要穿过好几重院子，你们巡查的卫兵就没有一个人见过他？”

“回王爷，太子宫到出事的花园尽管也有一段距离，但其间多为廊道径庭，与住人的院子都隔着高墙。我们夜间巡查人手少，就基本上不来这些没人的地方。在下已经盘问过每个卫兵，没人在夜里见过皇子，还请王爷见谅。”

李炎说：“我没有责备你的意思。皇子遇害，我绝不让凶手逍遥法外，任何线索我都要一查到底。”

“王爷的意思我明白。我会尽全力查找线索，随时向您禀报。”

“你叫什么？”

“米小孩。”

“米小孩？我记住你了。”

2

李炎跟冰洁约好了在马厩碰面,冰洁提前过来在马厩门口为黄骠马洗澡,杭龙则从里面牵出李永的黑骏马。

杭龙说:“这几日它特别蔫,像是知道李永出事了,畜生都通人性的。”

冰洁说:“太子出事,他就像变了个人。都好几天了,我就没见他有过一个笑模样。”

“我这说马,你怎么扯到王爷身上去了?李永跟他最亲了,比他父皇和母后都要亲。那时候王爷还在外游历,但每天都挂在李永的嘴上,永远是炎叔叔长炎叔叔短。”

“他们两个不大像叔侄,更像是兄弟。我就没觉得他对任何人像对李永那么关心过。”

杭龙说:“李永摆明了是被人下了毒手。不要说王爷是他叔叔,我这个当朋友的也一定饶不了那个凶手。”

冰洁放低声音:“他跟我说,结婚的日子肯定要推迟了。”

“你要理解他的心情。”

“我知道,我是那种不明事理的女孩子吗?”冰洁这么说当然不是在担心婚期,她深信婚姻是命,一个人命里有什么就会有什么,命里没什么怎么担心期盼也没有用的。

“冰洁,等很久了吧?”李炎突然来了。

冰洁问:“事情有进展吗?”

李炎说:“杭龙,这段时间你就跟我一起调查。冰洁是女孩子,做这些事不如你方便。”

杭龙说:“我也正想为李永做点什么。王爷,不抓住害李永的凶手,我誓不为人,您就吩咐吧!”

李炎低声道:“着重搞清楚杨贤妃在出事前一天的行踪,见过什么人,她见过的人之后又都去过哪里。”

“我明白。”

“做事要动动脑子。我会给你出一个公示,让大家知道你在协助我做调查。你呢,就可以名正言顺地找人询问,但一定要注意,询问不要把矛头指向杨贤妃。要巧妙,要迂回,要为自己提的问题找足理由,明白吗?”

“我试试问您,您看我的理解有什么问题。”杭龙不是很有把握,毕竟李炎是突然要他加入的,他没有任何心理准备,而调查又是一项很专业的职能,一个外行一下子很难把握其中的技巧。李炎的几句话似乎简单明了,要真正领会和有效实行绝不是一件简单的事。

“问我吧。”冰洁转向李炎,“你旁观者清,帮他把把关。”

“来吧。”李炎点头。

杭龙翻一下眼珠说:“比如你是那个小萝卜,就是杨贤妃身边那个宦官。”

冰洁抗议:“我不要做宦官。”

“那就做宫女。”

“这还差不多。”

“巧儿,我奉命调查皇子李永溺水一案,有些事情还请你给予协助。”

冰洁问:“你是在怀疑我吗?”

李炎说:“杨贤妃的宫女不会这样说话的。”

“杭教头,有什么问题你就问吧,我会全力配合。”冰洁换了一种口气。

“我知道贤妃娘娘一直很关心皇子李永,你还记得娘娘最后一次见李永是什么时间吗?”

“杭教头,你这不是摆明了在怀疑娘娘吗?”

李炎说:“宫女可能这么想,但绝不敢这么说。她是什么身份,敢如此骄横?”

“你到底是在给他把关,还是在给我把关?”冰洁不让了。

“杭龙,你的调查不能从杨贤妃身边的人入手,尤其不能先找巧儿和小萝卜这些亲信。这些人警惕性都很高,你不容易找到突破口。”

“那我就先从各个宫门的守卫入手, 第一步搜集到所有进出人员的名单, 再按名单逐个突破。我的理由是,弄清后宫以及东西两个内苑所有人的行踪,概无例外。”

冰洁提出异议:“所有的宫门恐怕不行,大大小小几十个呢,你要查到猴年马月啊?”

“说各个宫门都要查只是个借口,我当然会把重点放在杨贤妃宫和周围的几个宫门。特别是往东内苑太子宫这边的几道门,还有太子宫到发现李永的花园这一路。你以为我真的那么傻,会跑去西内苑问三问四?”

李炎叮嘱道:“记住,不要大张旗鼓,无论问过谁都嘱咐一声,要他保密,警告他讲出去要承担责任的。”

“可是王爷,那些与此案有关联的凶手,彼此之间一定会通气的呀。”

“他们当然会通气。那些没有关联的人也会在私下里议论,而且会很起劲,会再三猜测,会把任何蛛丝马迹都串联起来。人的天性就是这样,你越不让他议论他就越有兴趣,也越多想象。”

冰洁说:“明白了。故意搞得神秘兮兮的,让那些发现蛛丝马迹的人自己起劲,他们自然会把所有疑点集中起来。”

“就是这个意思。”李炎点头,又转向杭龙,“她是明白了,你明白了吗?”

杭龙说:“如果大家都在私下里议论,也会让凶手紧张。人在紧张的时候很容易出错,也很容易露出破绽。”

“你想得更深一步了。你不是外人,我可以把话挑明了说,除了杨贤妃,我不怀疑另有凶手。杀人是要偿命的,尤其杀的是皇子。所以杀人者必定要给自己一个绝对充分的理由。再没有其他人会有这个理由,只有她!”

“杭龙明白。而且她一定有帮凶。她不会自己动手,也没有溺死李永的能力。既然帮凶另有其人,就一定不可能做得天衣无缝。”

“响鼓不用重锤,看来你上道了。一个人可以把一个秘密带进棺材,两个人就太难了,而且也许不止两个人。加油吧。”李炎很兴奋。

“王爷放心。”

李炎的调查在继续,范围也在逐渐扩大,尚容局是他的下一站。李炎立于房间中央,谷绣春躬身站在他对面。

李炎说:“尚容,皇上责令我全权负责调查皇子溺水一案。我会派人过来,需要单独找人谈话,还请尚容给予配合。”

“下官一定全力配合,请王爷放心。”

“此事不宜闹得人心惶惶,也就不必当众谈及。需要找谁,你私下安排一下即可。”

谷绣春说:“下官明白。请问王爷,尚容局有谁需要格外留意吗?”

“没有,尚容不必多虑。一切听我的差官指示,他叫杭龙。”

“杭龙。下官记住了。”

杭龙进司容部,被正在院中伸懒腰的清蔷看见。其他经过的女史见到杭龙都露出羞涩,清蔷则满脸惊喜:“你怎么来了?”

杭龙说:“我就不能过来吗?”

“你来看我就不怕别人议论?”

“我有公事在身,谁会议论我什么。”

清蔷说："公事？"

"颖王爷命我调查李永的事。"

"司容部有人被怀疑吗？"

杭龙说："所有部门都需要排查，司容部当然不能例外。例行公事而已，你不必担心。"

"皇子在这里只认识我和玉央，其他人恐怕见都没见过他。"

"我听说玉央在他溺水之前去过太子宫。"

清蔷说："我也听说了，要我去找她过来吗？"

"不必兴师动众，我自己去找她好了。"

"你去找她才真正是兴师动众呢。这里是女儿国，忽然来一个大男人，无论找谁都会弄得沸沸扬扬。"

"也是，你不说我倒没想过这一层。"杭龙笑了。

"你呀，人那么憨，怎么做得了查案子这种事。等着，我叫她过来。"

"一定不要声张。"

清蔷娇嗔一笑道："还用你嘱咐？"

玉央进来后杭龙把门关了。

玉央说："你把门关得那么严，不怕有人不高兴啊？"

杭龙说："你我都是李永的朋友，现在他人不在了，我们做朋友的应该为他尽一份朋友之道。"

"我不知道能做点什么。"

"其实你心里很清楚是谁害了他。"

玉央说："但我不清楚这一切是怎么发生的。"

"这也正是我要搞清楚的。"

"你为什么会到司容部来查？你怀疑司容部的人与此有关联？"

杭龙说："我隐隐约约觉得，他的死也许与这里有某种联系。"

"是因为那之前我见过他？"

"还因为他母亲的死也牵涉到你。"杭龙点头。

玉央脸色陡变："为什么说牵涉到我？"

"你是最后一次给她化妆的人。而且你就在现场，耳闻目睹了那个人如何将德妃搞垮，最终导致皇上废黜德妃。"

"我没有目睹。"

"可对你来说一切历历在目。"

玉央说："你又是怎么知道的？"

"你应该知道，李永曾去木塔寺见他母亲。那次见面之后，她就被烧死了。她人虽死了，却没有把所有的秘密都带走。"

"明白了。李永成了知情者，但他也死了，也没有把那秘密带走。"

杭龙说："有些事情真是怪，他母亲出事的时候你在现场。现在李永出事，你又是他最后一个见到的人。就像冥冥之中有什么在指引一样，他母亲和他都在最后时刻选择了你。"

"你这么说，让我从心底里害怕了。我原先以为是我运气不好，总会撞上不该让我撞上的事，以为一切纯属偶然。"

"不久以前，他们一个是太子，一个是德妃。他们在最特殊的时刻，为什么没有选择另外一个人呢？"

玉央说："按你刚才的说法，根本就不是什么偶然。的确，给德妃最后一次化妆是她主动找我，而且化的妆非常特别，她就是带着那个妆被废黜的。这次又是李永主动找上我，几个时辰之后他便出事了。把这一切连起来想，真是太可怕了。”

“李永听他母亲说，当时有一个尚容局的人在场，就是她帮了那个人的忙。你知道她是谁吗？”

玉央当然知道是谁，但那是一桩已经盖棺论定的陈年往事。即使该把那个人的名字交给官衙，也轮不到她来交。现在涉及的是另一场官司，作案的也一定另有其人，但一定不会是杭龙问的那个人，那个人肯定做不了这桩案子。

玉央问：“李永没说那个人的名字？”

杭龙说：“是他母亲没说。他母亲只说了你躲在里面卧室，外面发生的一切里面都一清二楚。李永还说有机会一定找你问个明白，可惜他永远没有这个机会了。”

“我当时吓坏了，脑袋整个是昏的，根本不明白外面发生了什么。”

“这个尚容局的人是那个人的帮凶。许多坏事那个人自己不方便做，她需要帮凶。这个帮凶既然帮她害李永的母亲，也完全可能帮她害李永。我来找你，就是希望你能给我帮助，查出这个帮凶，然后通过她把背后那个恶人揪出来。”

玉央说：“杭龙，请原谅我帮不上你。当时的情形太过混乱，我脑子里一片空白，根本理不出一点头绪。”

“玉央，这一点都不像你。你知道李永是被人害死的吗？如果凶手不受到惩罚，他的冤魂永远都不能安息。他已经死了，除了你我还有谁会为他昭雪？作为朋友，你不觉得自己有义务为他尽一份力吗？”

“我有点累，我们以后再谈好吗？”

杭龙盯住她说：“好吧。”

其实杭龙已经无限地接近了真相，但他看不到玉央心里藏着的东西。玉央想的也不会错，那个人（清蔷）肯定做不了这桩案子。将一个成年男人活活溺死绝非易事，即使一个极强壮的男人也难做到。杭龙提到的那个人既然是尚容局的，肯定不会是男人。杭龙的思路出了差错，错在哪里呢？

那个晚上有两匹骏马并肩驰骋。跑到球场尽头时，马儿收住脚步，是清蔷和杭龙。二人下马，牵着缰绳踱步。清蔷把自己的缰绳递给杭龙，从杭龙手里取下白马的缰绳，另一只手拨弄它颈下的铜铃。

“我特别喜欢它的铃声。”清蔷说着，把脸转向杭龙，“这次王爷委你重任，以后你也可以在朝廷做事了。”

“我对做官没一点兴趣，还是骑马打球来得开心。”

“你是个大男人，不可能一辈子都骑马打球吧。若你不愿做官，也可以让王爷举荐你戴盔披甲做个将军，也不枉你一身的好武艺。”

杭龙说：“你的主意跟我自己的想法相去太远，可见你并不是真的了解我。”

“哪个女孩子不希望自己的男人出人头地呀？”

“且慢。还没怎么着，我就成了你‘自己的男人’了？”

清蔷说：“你就是我要找的那个男人。”

“你那么肯定？”

“当然肯定。”

杭龙说：“但我不能肯定你是我要找的女人啊。”

“你坏死了。”

“你我相知不深，你根本没有把握就说得那么肯定。”

清蔷说:“人生在世,有什么事敢说完全有把握呢?能入眼,之后又能入心,对我来说没有比这更要紧的。”

“对你可能不是问题……”

“你有什么问题?那我问你,我不入你的眼吗?”

“我没有这么说呀。”

清蔷说:“那你不要躲闪,正面回答我,入,还是不入?”

杭龙迟疑:“就算是,入吧。”

“什么叫就算?”

“入。”这一次杭龙不敢含混了。

清蔷说:“也许我还没入你的心,但我相信会的,总有一天会。”

表面上看杭龙没什么心机,说话处事都直来直去,其实不然。比如他在司容部的第一次调查,他对待玉央与清蔷就采取了两种截然相反的方式,尤其对清蔷。清蔷本来就是主要的调查目标,但杭龙没让清蔷感觉到丝毫压力,似乎她与案情毫无关联。清蔷总会若有若无地提醒他,他们的关系非比寻常,杭龙则很好地利用了这一点,以至于让清蔷以为她根本不在李炎的关注之内。

二人牵马并肩,俨然是一对情侣。

清蔷问:“你怎么了?”

“你还没回答我的问题。”

“你什么问题?”

杭龙说:“皇子李永出事的那天夜里,你是否去过太子宫?”

“别开玩笑了,你不会真的怀疑起我来了吧?我一直在司容部自己的房里,根本没踏出半步。”

“可是东内苑守门的侍卫说他见到你了。”

清蔷说:“绝对不可能的,他一定是认错人了。我门都没出,怎么会去太子宫?再说我去太子宫干什么呢?去害皇子?去把皇子骗出来,然后把他打晕,然后再把他背到花园里,最后把他按到湖里?”

“我这么说过吗?你又何必那么激动呢?我只说有人见到你。如果你出过门,有人见到也是正常的。如果你真的没出过门,也许他认错人了。”

“他当然认错人了,我受不了你说话的方式。”

“我什么方式?”杭龙眼里带笑。

清蔷委屈得泪水满眶:“你说,如果你真的没出过门。这叫什么话?什么叫‘如果你真的’?难道连我的话你也不信吗?”

“我哪里不信你了?我只是假设。而且是有人说见过你,我才这样假设。”

“你还这么说!我以后再也不理你了。”清蔷将缰绳一摔,一跺脚,大踏步走进暮霭。站在原地的杭龙愣了好一阵,终于还是翻身上马,一磕马镫,马儿一溜小跑。

杭龙追上清蔷,一搭手将她拉上马背坐到身后。清蔷先还有点赌气,后又忽然伸手抱住杭龙后腰,将脸紧紧贴到他背上。

3

杭龙的谈话让玉央失眠了,她不想在榻上辗转反侧,就在园内的廊道上一个人坐了许久。夜已经深了,胡蝶的鼻息微弱然而深长。玉央进来问:“睡了?”

“没有,没睡啊。”胡蝶忽然被惊醒。

“还说没睡,我都听你打呼噜了。”

“没那么夸张吧,你几时回来的?”

玉央故意说:“早就回来了。”

“那干吗不睡?哎,我倒忘了问你了,清蔷找你干吗?”

“是杭龙找我。”

“杭龙跑到这来找你啊!是不是他还盯着你不放啊?”胡蝶来了精神,两眼圆瞪。

“谁说他盯着我不放了?你想哪去了?”

“他仍然对你一往情深,别以为我不知道。”

玉央说:“我跟他只能是普通朋友,绝对不可能有别的。”

“那他还跑到司容部来找你?而且又是清蔷替他跑腿。”

“他有官差在身。”

胡蝶说:“李永人都死了,杭龙还能跟上面扯上什么关系?”

“他就是在查李永的事情,而且是奉了王爷李炎之命。”

“胡蝶,我心里很乱,我不知道该不该把所有的事说出去。”玉央仰躺着,脸侧向胡蝶。胡蝶则侧身面朝玉央躺在自己榻上。这是两个姑娘最习惯的夜聊姿势。玉央没睡意,也不想把一肚子的话闷在肚子里。

“你指的是什么?”

“李永的母亲在临死前把我在废妃现场的事告诉了李永,李永又把这告诉了杭龙。现在杭龙要我说出是谁帮杨贤妃的忙搞倒了李永的母亲。”

胡蝶说:“那不是清蔷吗?而且清蔷不是一直在追杭龙吗?”

“杭龙是奉王爷之命,王爷又是奉皇上之命。如果我对杭龙说了清蔷的名字,等于是向皇上举报她。我实在做不出这样的事。”

“可是你不照样对我和方汀说了?”

玉央说:“那不一样。你们是我的朋友,作为朋友我只是提醒你们当心,这其中没有一丝一毫加害清蔷的心思。”

“现在你也没有主动去害谁呀,是杭龙在问你。若你说了,也只是实话实说而已。若你不说,又被李炎王爷知道,你不也成了帮凶了?”

“但结果就不同了,我绝不想做一个举报别人的人。”

胡蝶说:“那你是没有告诉他了?”

“没有。”

“那你怎么回答他?你又是个一点也不会撒谎的人。”

“我可以不说的,不一定非撒谎不可。胡蝶,听他一分析,很吓人的。”

胡蝶问:“他怎么说?”

“他说杨贤妃不方便自己出面害人,说清蔷是她的帮凶。说既然能帮她害李永的母亲,也一定能帮她害李永。”

“杭龙就是这么指名道姓?”

“他把杨贤妃叫‘那个人’‘那个恶人’。他不知道清蔷的名字,提到她的时候就说‘这个帮凶’。”玉央摇头。

“我觉得他的分析有道理诶。干这种伤天害理的事,‘那个恶人’真的不方便自己出面,一定会有帮凶。而且帮凶一定不会多,最多一两个人,不可能换来换去的。因为‘那个恶人’也要考虑守住秘密。”

“所以我说可怕。李永的母亲被烧死,李永被溺死。而在这之前,他们一个是德妃娘娘,一个是太子,很明显他们都是被人所害。你想想,若‘这个帮凶’参与其中……”

“你别往下说了,真的太恐怖了。我们居然和这个人在这间房子里同住了好几年!”胡蝶打断她。

“看杭龙态度那么坚决,也许这件事真的不会像从前那样不了了之。”

“真想不出,杭龙要是知道了‘这个帮凶’是清蔷,他会做何感想。”

玉央说:“听杭龙话里的意思,李炎王爷已认定元凶就是杨贤妃,大有不弄个水落石出绝不罢休的架势。”

“若最后抓清蔷的那个人就是杭龙,可就太有意思了。我就从没见过清蔷对一个人会那么好!那才真是个天大的讽刺。”

“想想清蔷也怪可怜的,她跟我们一样不过是个小女官,身不由己就卷进来了,无论怎么折腾,最终也只是后宫争斗的一个牺牲品而已。”

胡蝶教训她道:“玉央小姐,麻烦你不要以己度人好不好?她跟我们一样?天真死了你呀!她怎么能和我们一样呢?”

玉央说:“我有预感,杭龙找我只是个开始,接下来指不定会发生什么事呢。胡蝶,我心里特别特别慌,这会我娘在长安就好了。”

玉央的预感很准,因为马上李炎就找她了。她不能想别的,只有实话实说。

“当时皇子和我在卧室说话,他说是为了避开门口那两位宫女。”

李炎说:“那两个宫女是从杨贤妃宫调派过去的。”

“说到一半的时候,皇子蹑手蹑脚到门边,忽然拉开门,其中一个宫女果然就站在门口。”

“这些个奴才也太放肆了,她怎么解释?”李炎握紧拳头。

“皇子没等她解释,就让她再去端杯茶过来。”

李炎若有所思:“不管什么时候,永儿也忘不了调皮。如果我没有猜错,他接下去一定是故意说了些耸人听闻的话。”

“王爷猜得没错,不过玉央不想复述皇子当时说话的内容。”

“你不说,我也能猜个八九不离十。之前我听说永儿对容妆之术很感兴趣,你们平日里聊天谈这个吗?”

玉央说:“谈过,而且皇子还让我为他化过女儿妆。我只化过一次,后来他几次又让我帮他,我都拒绝了。”

“我也听说了,皇上还为这个事情骂过永儿。”

“我也不懂他为什么喜欢这样。”

李炎说:“他没和你聊过这个吗?”

“他说他自己也不明白。他说他打小就没喜欢过女孩子,他说她们都很傻,还说自己若是女儿身一定不会像她们那么傻。”

“你也是女孩子啊,他不是很喜欢找你吗?”

玉央说:“不是那种喜欢,可能他觉得我不像别的女孩那么傻吧?”

“你们两个都聊些什么?”

“其实皇子找我多半是闲聊,或者谈谈诗歌。”

李炎说:“你对诗很精通吗?”

“不敢说精通,略知一二而已。”

李炎微笑道:“永儿自小厌学,想不到竟会有兴趣与人谈诗。”

“其实皇子于诗歌很有天分,只是他喜动不喜静,受不了学堂里的沉闷。若是改变一下方式,肯定大不一样。”

李炎低下头说：“这些是我没能了解到的，不过现在说什么都晚了。”

闻言，玉央不知说什么好。

“多谢你给我讲了这么多永儿的事。”李炎重新抬起头。

“王爷言重了。”

“你去吧，替我传司容部的清蔷进来。”

杭龙让清蔷放松了警惕，她以为自己已经过关了。所以和尚容谷绣春聊天的时候，她心里非常放松，两个女人靠得很近。

“尚容，颖王爷亲审玉央？”

“就在尚容局，任何人不得靠近。”谷绣春点头。

“王爷身边那个杭教头也跟着吗？”

“没见他，有两个侍卫在门口守着。你说怎么无论大事小情，总能扯上玉央？”

清蔷说：“皇子生前与她交好，现在审她也在情理之中吧。”

谷绣春摇头：“不止这一桩。这丫头跟所有人都不同，与上面的人总有些神神秘秘。人家都说她厚道，我看肯定没那么简单。”

“颖王爷来了有多久了？”

“过一个时辰了吧。”

“那么久啊。”

谷绣春说：“我也纳闷呢，莫非玉央真的跟皇子的死有牵连？”

清蔷显然走神了，她没接谷绣春的话，中间间隔了好一会才又问：“尚容，玉央那天什么时辰回来的？”

“天黑前就到了，应该在酉时左右。她回来正赶上开晚饭。”

“酉时回来不应该有牵连啊。”

“尚容，司容，你们都在啊。”像是专为了回答她的问话，玉央踩着她的话音进院子。

“玉央，你没什么牵连吧？”谷绣春人急嘴快。

“没有啊，颖王爷还说让司容也过去一下。”

清蔷说：“他都问些什么呀，问了那么久？”

“什么都问，大事小情都不放过，只要是关于李永的。”

清蔷说：“王爷是不是很凶啊？”

“挺和气的呀。快去吧，王爷还等着呢。”

提审玉央之后，紧接着提审清蔷，不知这是不是李炎的一个策略。

“你是怎么认识皇子的？”

“在马球场看皇子打球。当时我和玉央在一起，玉央一定已经讲过了。”

李炎问：“后来跟皇子还有来往吗？”

“皇子脸上长痘痘，请我帮忙。从那以后我们就熟悉了。”

“除了这，还有别的来往吗？”

清蔷说：“我不知当说不当说。”

“皇子被害了，我在调查，没有任何话是不当说的，但必须是实话。”

“皇子有些怪癖，我很难开口的。”

“是化妆的事吧。”李炎替她说了出来。

“王爷都知道了。那就请王爷恕我直言。”

“你尽管说。”

清蔷说:“皇子要化的是女儿妆……”

“除了这个还有什么?”

“除了……王爷,您还想问什么?”

李炎问:“出事那天夜里,你在哪儿?”

“在司容部我房里啊,我已经跟杭教头讲过的。”

“一直没有出去过?”李炎点头。

“我发誓,绝对没有。”

“可是有东内苑卫兵说看见你。”

清蔷说:“他们一定是认错人了。”

“不排除这种可能。你有黑衣服吗?”

“我从来没有过黑颜色衣服。”

“黑色斗篷呢?”

“没有。”

“黑色头罩呢?”

“没有。”

“黑色鞋罩呢?”

“没有。”

李炎问:“你敢为自己的话负责吗?”

“当然敢。清蔷若有半句不实之词,甘愿受到最严厉的惩罚。”

“我的问题完了。你去吧。”

“这就完了?”清蔷似乎不信。

“听你的口气,似乎还有话要说?”

“我不是那个意思。我是想说,王爷审玉央不是问了很久吗?”

李炎说:“你们的问题不一样。”

“问题不一样?”

“你可以回去了。”

清蔷说:“王爷,因为我负责司容部,所以想多问一句,玉央与皇子溺水一案有牵连吗?”

“调查正在进行中,现在还不能说谁有牵连谁没有牵连。”

命中靶心的一瞬间

1

能够随时为杨贤妃报信的还有为皇上侍寝的高公公,那个弯月眼的宦官。他这一向很少过来,过来必定有事禀报。

“我来通报一声,皇上今晚又翻了李昭仪的牌子。”

小萝卜说:“娘娘在屋里,您进去说吧。”

弯月眼宦官摆手:“不进去了,你把话带到就是。”

小萝卜露出苦脸:“您又把这苦差事丢给我。这几日娘娘就没有不板脸的时候,脾气特别大,谁往她跟前撞谁那是自找倒霉。”

“皇上很有些日子没来了,也难怪贤妃娘娘不开心。可别是娘娘把皇上得罪了吧?”

“这些事娘娘不说,我们这些做下人的哪能知道?”

弯月眼宦官说："不知道最好，上面的事太过清楚了无异于惹祸上身。那些擅长察言观色的奴才，主子一个脸色，就能猜到主子的心思。自以为聪明乖巧胜人一筹，到最后倒霉的肯定是这种人。"

"从前的小寇子不就是这样？"

"对了，颖王爷查案子查到你们这了吗？"

小萝卜说："没有啊。"

"没派人找你和巧儿问话？"

"一点动静都没有。"

弯月眼宦官说："看来这年轻人还懂人情世故，轻易不去招惹贤妃娘娘。"

"怎么，查得很凶吗？"

"整个大明宫就快被他翻遍了。东内苑所有的守卫，每一道宫门，尚膳局，尚容局，尚寝局，太子宫。连事发当晚守建福门的卫兵，也被叫去问过话。"

小萝卜说："这位王爷看来还是嫩了一点，有他这么查案子的吗？"

"还有更离谱的，据说连李昭仪宫里的人也审了一遍。"弯月眼宦官点头。

"这么说他对贤妃娘娘还是有所忌惮。"

"把事情搞这么大，想收场也难了。我看呐，找你和巧儿也就是这一早一晚的事。"

小萝卜笑了："谢高公公提醒。脚正不怕鞋歪，随他怎么查吧。"

清蔷借给杨贤妃送养颜四神汤的名义过来禀报。她来的显然不是时候，杨贤妃已传令不见任何人，所以她的口气中透着不悦："我不是说过，你没事不要过来吗？"

"有事要给您禀报我才过来了。"

杨贤妃说："有事就说。"

"是这样，颖王爷亲自到尚容局，提审玉央一个人差不多两个时辰。之后又提审我，只几句话就了结了，我猜不出他跟玉央都聊些什么会聊那么久。在此之前他的人也找过我，说东内苑守门侍卫在那天晚上见过我……"

"你怎么说？"

清蔷说："我一口咬定他们认错人了，说我根本没迈出过尚容局半步。"

"无论如何不可以改口。"

"是。今日颖王爷又问到这个，又说有侍卫见过我。我没有改口，跟上次说的一字不差。娘娘，我担心那个侍卫会不会也一口咬定是我。"

杨贤妃说："那又怎么样？"

"那样我再怎么不承认，他们也会怀疑我。"

"那你的意思呢？"

清蔷说："能不能堵住那个侍卫的嘴啊？或者想办法让他改口，让他说认错人了？"

"就这么办，关键是你不能松口。"

"娘娘放心，我一定不松口。"

尽管杨贤妃每次都不忘叮嘱，至少直到今天清蔷还从未出过大错。刚才清蔷的提醒很要紧，杨贤妃马上起身写了一句话的短信，让巧儿包了一锭金子命小萝卜送去东内苑宫门。她深知一定不能在这些小事上出纰漏，所谓蝼蚁之穴能溃千里之堤就是这个道理。

虽然告诉杨贤妃了，清蔷还是对李炎与玉央长谈这件事耿耿于怀。杨贤妃显然没把这当一回事，但清蔷心里放不下，她总觉得其中有问题。她还有一个办法，她认定杭龙是抓在自己手心里的，她决定直截了当问他："上次你审玉央那么久，我就想不出都说些什么呀？"

杭龙回想道："没说什么啊。"

“没说什么还说那么久啊？差不多有两个时辰了吧。”

“问案子嘛，还不就是那些话。”

清蔷坚持她的问题：“你也问我了呀，不过三言两语，你们在里面那么久，问十遍都够了。”

“你们俩的问题不一样啊。”

“有什么不一样？”

杭龙说：“她是李永的好朋友。”

“那怎么了，跟你又有什么关系呢？”

“我和她聊的大部分都是李永的事，你知道李永和我的关系，所以聊得比较久一点。”

清蔷问：“李永的什么事呢？你好像很不情愿说这些。”

“什么事都有啊。有跟案子没有直接关系的，当然也有的跟案子有关。”

“她和案子有牵连？”

杭龙说：“牵连总归是有一点的吧，毕竟她是最后见过李永的人。”

“她有嫌疑？”

“怎么可能？”

“怎么就不可能。”清蔷有些不悦。

“玉央怎么可能做出这种坏事？”

“你很了解她吗？”

杭龙说：“那，倒也没有。”

清蔷有一会没说话，杭龙显出一丝不耐烦。

清蔷说：“杭龙，你在瞒我。”

“我有什么可瞒你的？”

“你审过玉央之后，颖王爷又审过她一次，时间比你还长。”

杭龙说：“那怎么了？”

“你说你和她都在聊李永，有的跟案子有关，有的没关，那就是聊闲天了。可是你说，我能相信王爷也在跟她聊闲天而且聊那么久吗？”

“可是我怎么瞒你了？”

清蔷说：“王爷不可能跟她闲聊，也就说明玉央一定有什么事。你明明知道，可是你却说只是闲聊，明显在敷衍我。”

“他们聊了多久，聊些什么，我不清楚。我反正说的都是实话，没有任何事瞒你，信不信由你。”杭龙有些恼了。

“没有瞒就没有瞒嘛，我不过是随便说说，你倒认起真来了。”

杭龙不说话。

清蔷说：“生气了？”

杭龙还是不说话。

清蔷说：“你是个大男人，别那么小气嘛。干吗跟姑娘家一般见识？”

杭龙鼻子哼了一声。

“那我走了？”清蔷走到门边，杭龙不理她。

清蔷说：“喂，你不是要给我件衣服披吗？外面那么冷。”

杭龙到衣橱里翻出一件披风递给清蔷说：“天晚了，我送你回去。”

清蔷披好，娇嗔道：“这还差不多。”

这就是清蔷了，兼擅软硬两手，在很僵的时候会适时地见风使舵，瞬间化僵持于无形。杭龙明知清蔷的路数，却拿她毫无办法。

清蔷在杨贤妃那里讨不到能让她安心的主意，这一点令她心神不宁。她的心思完全无法放在司容部，恨不得每天晚上都守在杭龙身边。对杭龙而言这肯定不是坏事，清蔷是重要嫌疑人，越多接触她露破绽的可能性就越大，这是其一。其二是两个人越来越亲密，倘若清蔷最终能摘除嫌疑，她与杭龙之间也并非没有前景。每日的相会都是在晚上，也都是在马背上。

清蔷说："这段日子看你忙进忙出的，案子有眉目了吗？"

"进展不大。"

"说实话，你的运气真不算好。"

杭龙问："为什么这么说？"

"头一次做正经事，就摊上这么个无头公案，很难有建树。"

杭龙明显不悦："第一，我不认为我以前做的事就不正经。第二，我参与这个案子不为有所建树，只想为李永尽一份力。"

清蔷拽拽他的胳膊说："好了好了，我又说错了。你堂堂男子汉，别那么小心眼，不跟我计较不行么？"

"行。怎么不行？"杭龙拍拍她的手以示安慰。

"我还不是为了你好，全被你当成驴肝肺。"清蔷嫣然一笑，将手放回到缰绳上。

"你有那个闲心，就多关心点自己。案子跟你没关系。"

清蔷嗔怪他："你以为我闲得慌，非找个人操心不可？我怎么不管别人呢？不识抬举。"

"我知道你对我好，"杭龙拱手作揖，"在下在此谢过了。"

"少油嘴滑舌。"清蔷顿了一下又说，"其实你说得对，我的确应该多想想自己的事。"

杭龙说："你有什么事？"

"很多啊。又不是只有你需要侍候主子，我这么多年干的不也是同样的事？所不同的，你那位好应付，甚至能以朋友相称，我的主子就太难伺候了。"

"你是说杨贤妃？"

清蔷说："不止贤妃娘娘，以前的德妃也一样。我们尚容局要面对的是女人，而且是全天下最精明的女人。你总说我不懂男人，你懂女人吗？你知道伺候女人有多恐怖吗？"

"很少见你像这样发牢骚啊。"

"偶尔一次嘛，不然真得憋坏。这些话我从来没说过，以后也不会对别人讲。我只在你面前放松一下自己，不可以吗？"

杭龙说："当然可以，想说什么都行。"

"你真好。"清蔷深深地吸了一口气，又长长地呼出来，好像要把所有的怨气和疲倦都吐出去。杭龙看她的眼神里忽然有了一点怜爱。

清蔷问："你干吗？"

"我一直以为你很坚强呢。"

"我不坚强吗？"

杭龙说："可是这会显出软弱了。"

"在后宫里，不坚强怎么活下去呢？可是要每时每刻都那么坚强，也是不行的啊。"

"你在宫里这几年，有过性命攸关的时候？"

"你开始对我的事感兴趣啦？"清蔷笑了。

"我只是问问。"杭龙有些窘。

"那就是可怜我？告诉你吧，我才不需要你可怜。"

"听你那么说，在后宫一点也不开心，可是为什么不走呢？"

清蔷说："你带我走？"

“你,可以自己走啊。”

“我一个人,走哪里去?回养父家?我才不要呢!”

杭龙不接话了。

清蔷又说:“其实在宫里并非一点也不开心,还是有一点开心的。”

“什么?”

“你就是那一点开心啊。”

杭龙说:“只是一点?”

“不是一点,”清蔷忽然把脸埋在杭龙胸前,“是我在这里全部的快乐。”

杭龙发怔,清蔷双手慢慢上抬将他抱紧。最后,杭龙也紧紧地抱住了她。

杭龙这边恋爱查案两不误,李炎找他了解进度,杭龙对答如流。李炎决定放任大家对案情的议论果然收到相当的效果,他决定将袋口收紧。

“王爷的意思是提审杨贤妃的人?”杭龙来了精神。

李炎点头:“就在这三两日之内吧。你多注意些宫里的闲言碎语,有用的线索千万不可遗漏。杨贤妃不比其他人,我们机会不多,胜败也许就在此一举了。那个说看到尚容局女史的卫兵你多留心,虽然他改口了,仅仅靠他还不能指证谁,但起码证明了当晚有女人从后宫去过东内苑,而且是在案发时间。”

2

杨贤妃宫里最先被李炎传唤的是宦官小萝卜。由于有了杨贤妃口头保证,他的心里还算踏实。他到内侍省时,总管秦耕人站在院中,小萝卜施礼:“总管大人。”

秦耕人说:“王爷已经在里面。”

“总管大人您看……有什么要吩咐的吗?”

“王爷问话你就有一说一。”

小萝卜低声道:“贤妃娘娘不知道王爷要问些什么,还请总管指点一二。”

“依我看,不过是例行公事。各宫各局各色人等,都在审查之中。你也不要太多猜测,问什么答什么就是了。”

秦耕人的回答等于什么也没说,也等于小萝卜心里没增加不安也没增加信心。审案的是一间比厅堂稍小的房间,仅有一张案桌。李炎坐案后,小萝卜立于案桌前面。

李炎问:“罗公公,你认识皇子李永吧?”

“王爷,主子都叫我小萝卜,您也这么叫我好了。皇子我见过的。”

“你最后一次在哪里见他?”

小萝卜说:“太子宫。也就是皇上震怒,废太子的那次。”

“皇上宣废太子,你也在场?”

“皇上和贤妃娘娘他们在里面,小的当时在门外候着。”

李炎说:“你就说说当时的情形。”

“那天人太多,事情太乱,小的不知从何谈起,还是王爷问吧。王爷问什么,小的就答什么。”

“我就问当时的情形。”

小萝卜说:“这样小的就为难了。王爷您想,当时皇上在场,贤妃娘娘也在场,他们的话小的不能复述。”

“你为什么不能复述?”

“皇上和娘娘都是金口玉言、一言九鼎,小的要是有一个字的疏忽,就有欺君犯上之嫌。王爷还是放过小的，别让小的复述皇上和娘娘的话。”

李炎顿了一下道：“那你就说说李永。”

“皇子当时情绪很激动，完全失去了控制。”

“什么叫失去了控制？”

“他以往对贤妃娘娘尊重有加，从无任何不敬。可那次他言词十分激烈，对娘娘的冲撞到了无以复加的地步。”

“我完全想不出，他会如何冲撞贤妃娘娘？”

“还请王爷原谅，小的不能重复那些对娘娘不敬的话。”

李炎说：“贤妃娘娘大人大量，一定不会和皇子这种小孩子一般见识。”

“那些话实在太难听了，贤妃娘娘一忍再忍，还是忍无可忍发火了。”

“我不相信贤妃娘娘会发火。以贤妃娘娘的德行，岂会对小孩子的胡言乱语认真呢？”

“王爷在上，小的不敢打半个字的诳语。贤妃娘娘真的发火了。贤妃娘娘问皇子感觉怎么样，皇子就像没听见一样。贤妃娘娘又问鲁御医是不是皇子的脑子出什么问题了。皇子忽然把矛头对准娘娘，说‘你脑子才出问题’！贤妃娘娘显然没一点心理准备，当场呵斥他’大胆，你知道你在跟谁说话’？皇子一下甩开鲁御医的手，忽然从床上赤脚跳到地上。

“皇子居然指着娘娘的脸大喊大叫，‘你以为你是谁？！姓杨的，别以为谁都怕你’。这时候戚尚药过来制止他，皇子就连戚尚药也一道骂了，‘你住嘴！有你说话的份吗？滚’！皇子又指着鲁御医，叫他们一块滚出去！

“贤妃娘娘气坏了，说‘谁也不许动，我看他能怎么样’？皇子就顶着娘娘的话说，‘谁能把你怎么样啊？你在后宫一手遮天，好话说尽，坏事做绝’！还对两位御医说‘你们也不必滚了，就在这陪她。看她怎样颜面扫地’。娘娘忍无可忍，骂他是个混账东西，连长幼尊卑伦理纲常也没有了。”

这时，李炎插进话：“贤妃平日如此斯文，真想不出她骂人的样子，后来呢？”

“皇子顶着娘娘的话，说‘亏你还说得出伦理纲常，这四个字你配得上哪一个’？这时候他们几个怕皇子动粗，就都冲了进来。小的看事情不好，马上去找皇上。皇子如此疯狂，怕是除了皇上谁也奈何不了他。情势紧急，小的来去都是一路小跑。但小的无论如何想不到，小的这边刚走，皇子竟会打贤妃娘娘耳光。小的在宫中许多年，这种事真是闻所未闻。

“小的随皇上回来，皇子的那个耳光已经打过了。皇上问娘娘说‘他动手打你’？娘娘说‘这个疯子，他忽然就是一个耳光，一下就把我打倒了，他真的疯了’。皇上又问皇子，皇子竟然反问‘她不该打吗？她死有余辜’！当时皇上怒不可遏，骂皇子说‘你长本事了，居然会打人了，而且打的是皇妃’！皇上问他‘你还有什么要说的吗’？皇子说‘任由父皇处置’。于是皇上说了声‘废太子’就走了。”

李炎问：“皇上走了，贤妃娘娘又如何说？”

“贤妃娘娘只说了一句话，‘你我的恩怨不算完，这才刚刚开始’。”

“还有呢？”

“没有了。”

“罗公公，事关谋杀皇子重罪，若有隐瞒便是欺君之罪。你在宫中多年，不会不晓得利害，是吧？”

小萝卜说：“小的没有任何隐瞒，还请王爷明察。”

“罗公公，你人不大胆子不小，竟然把贤妃娘娘说得如此不堪。我怕娘娘绝饶不了你。”李炎冷笑道。在小萝卜讲述过程里他故意少插话，让小萝卜讲得兴奋，以便从中找出破绽。小萝卜果然中了他的圈套，随口便将皇上离开后杨贤妃说的话一股脑倒出来，将她的人前人后两张面孔暴露无遗。

“王爷,小的先就说过,请您别让我复述皇上和娘娘的话。可是您问,我又不能不说。说着说着就走了嘴。请王爷千万高抬贵手,饶了小的。”

“我就是饶你,恐怕贤妃娘娘也不会饶你。”

“小的只有求王爷为小的保密,千万别将小的说的转告给贤妃娘娘。”

“我为什么要为你保密呢?”

小萝卜说:“王爷大恩大德,小的没齿难忘。王爷若将这些话告知贤妃娘娘,小的后果将不堪设想。”

“看来你是知道娘娘的厉害了?”

“小的太知道了。王爷一定放小的一条生路。”

李炎说:“既要我帮你,就要让我看到你的报答之心。”

“小的愿为王爷肝脑涂地。”

“我不想听这些空话。事已至此,我不妨把话挑明了说,别以为我对你做的事一无所知。皇子出事的当晚,你两次进出东内苑,一次是去太子宫,一次是去太子殒命的花园,所有这些都有目击证人。”

“我,我……王爷饶命。王爷,小的是不得已而为之。请王爷明察,王爷开恩……”小萝卜脸色惨白。

“开恩与否,全看你的表现了。”

“小的深知,说得越多小的便越少退路。”

李炎说:“你还企望退路?你唯一的出路就是弃暗投明。从即刻起你已经是我的人犯了,我这样做也是保你不死,让别人无法将黑手伸进来。但有一个前提,就是你必须全力配合我。我的话你明白了吗?”

小萝卜发抖了:“王爷的意思,我从现在起就被抓起来了?”

“这也是保你性命的一步棋。”

“也许我知道的不如王爷期待的那么多,我怕我会让您失望。”

“你要做的,就是把你所知道的关于皇子李永的所有事情讲出来。只要你毫无保留,有什么说什么就足够了。”

“只要王爷能留我一条性命,小的一定有一说一,不做丝毫隐瞒。”

“那你还等什么?说吧。”李炎乘胜追击。

“昨天夜里,我还跑去东内苑送一封信,同时附上一锭金子……”

人在得意的时候难有居安思危的警惕。杨贤妃在两个回合里略施小计,便将王德妃和太子剪除,其间居然未露出任何破绽,不能不说是一个阴谋天才。因此,她自信心膨胀到了爆棚的地步。她以为自己无所不能,一切都不在话下,而且她自信万无一失。但是她忘了自己的软肋,也就是小萝卜和巧儿。她以什么来保证这两个人不被攻破呢?她能给他俩的只有金钱和许诺。可是李炎手里有更强的利器:自由和生杀予夺。

小萝卜的一去不返令杨贤妃始料未及,她怒喝道:“你说什么?”

巧儿嗫嚅道:“我已经找秦总管查实,小萝卜确实已经被颍王爷抓了。”

“他怎么敢?”

巧儿不敢搭腔。杨贤妃努力平抑怒气,陷入沉思。看着杨贤妃坐到妆镜前自我端详,巧儿知道娘娘的火气已经被按下去了,于是来到她身后为她拔下发簪。浓密的长发瀑布一样披散下来,半掩住她的脸。

巧儿说:“娘娘,给您洗脸吧。”

“给我泡一壶西湖龙井茶。”

“这么晚了,您不怕睡不着?”

杨贤妃微笑道:“我这会心情不错,还不想睡。”

巧儿出去后,杨贤妃用双手将遮住脸的头发撩向两边,顺势将手抚在脸颊上。她眼神闪烁,令人捉摸不定。

巧儿端着茶壶茶杯进来为她斟茶,顺便问:“娘娘,要我陪您吗?”

“不必了,你去睡吧。”

巧儿走了。杨贤妃伸手端起杯,头发顺下来,重新半掩住面颊。茶杯送到嘴边,轻啜一口。杨贤妃对着镜子里的自己做了个鬼脸。一个小动作透出了她的心境,小萝卜被李炎所控制似乎并未对她的心理造成很大压力,她就不怕小萝卜那边撑不住吗?或者她已经有了相应的对策?

夜色浓重,一匹白马从大明宫驰出,进入十六王爷府。坊中街路平展,寂无一人,马蹄踏踏,显得格外清晰。白马停在颖王府邸门前,骑手利落跳下马背,伸手拉动大门一侧垂下的丝质吊绳,门内几声清亮的铃声。起居室宽敞方正,墙上挂有字画,墙边设有落地铜镜,卧榻置于窗下。圆桌置于中央,围着四只方凳,李炎半倚卧榻读书。

侍从外报:“王爷,杭龙到访。”

李炎过去推开门说:“快进来。”

杭龙气喘吁吁地说道:“王爷,出事了。”

“坐下慢慢说。”

“杨贤妃的那个宦官小萝卜死了。”

“死啦?怎么可能呢?”李炎一怔。

“秦总管着人喊我,我到内侍省时,人已经硬了。尚药局的人说是中毒身亡,秦总管说一定是畏罪自杀。”

“不可能!我已经跟他讲好,留他一条性命。”

杭龙说:“秦总管当然要这么说,人在他手里押着,若是有人谋杀,他显然脱不了干系。”

“问题是小萝卜哪弄的毒药?”

“我们都没搜过他的身,所以不能确定砒霜是否他先就带在身上。”

李炎问:“是砒霜?”

“王爷,有人走在我们前面。是我大意了,今天把他押到刑部就不会出这种意外了。”杭龙点头。

“我先还在想,秦耕人应该不敢擅自将小萝卜放还给杨贤妃,除非他吃了豹子胆。没想到他们下手更快更狠,连一个晚上也没让小萝卜过去。”

“那个巧儿怎么办?我们明早还去带她过来吗?”

李炎说:“出了这个意外怕会打草惊蛇。杨贤妃必定会借题发挥,眼下还很难预料她会作何反应。”

“那您看……”

“天已经很晚了,无论什么对策也只能明日再说。你先回吧。”

杭龙说:“也好。那我就告辞了。”

“杭龙,情势险恶,你自己也要当心。”

“知道了,王爷放心。”杭龙出门。

李炎的脸色异常严峻。他知道事情的严重性,这不是死一个小宦官的问题,而是小萝卜死了便死无对证,前面所有的努力全都成了泡影。这桩意外事件有两种可能,一是小萝卜自知生还无望便自我了结,一是内侍省有人下毒。本来已经曙光乍现,可是一招不慎,濒临绝境的杨贤妃一下子有了转机,接下来的事情难了。

杨贤妃最厉害的地方便是抓准时机加以利用。早晨的阳光清澈如水，花草树木上来不及干的露珠闪闪发光。雀鸟穿梭其中，叽叽喳喳。文宗正在晨练太极，杨贤妃便已经到了。

“圣上！”

被打扰了的文宗回头，明显露出不悦。

“圣上，请原谅臣妾打扰。”

“既然知道打扰，又为何故意而为之？”文宗语中带着怒气。

“非万不得已，臣妾不会如此冒昧，还请圣上恕罪。”

“万不得已？”

杨贤妃说：“的确是万不得已。李炎昨日忽然就抓了臣妾的侍从，认定他参与谋杀李永，招呼也没打一个。”

“李炎查案是朕委派的，抓一个小宦官还要特别请示你不成？”

“臣妾不是那个意思。”

文宗说：“那你是什么意思？”

“明摆着他是项庄舞剑，矛头直接冲着臣妾来的。”

“你不要此地无银三百两。女人就喜欢这套把戏，杯弓蛇影、无事生非。”

杨贤妃说：“圣上息怒。臣妾是那种无事生非的女人吗？圣上应该比任何人都清楚。臣妾甚至知道李炎对小萝卜威逼利诱。”

“什么小萝卜？”

“就是那个臣妾的侍从。”

文宗说：“你说李炎威逼利诱？”

“臣妾在内侍省还有一二知己，知道李炎千方百计逼小萝卜把脏水泼到臣妾身上。圣上很清楚，李炎与永儿情深意笃。永儿意外殒命令李炎难过，但他没道理迁怒于我啊。”

“虽还没问过李炎，朕可以认定是你女人见识，疑心生暗鬼。”

“请圣上明鉴。”杨贤妃眼眶涌出泪水。

“你和李炎都是朕身边的人，如果你们都给朕添乱，就真是莫名其妙透了。国家内忧外患，你们觉得还不够吗？”

“圣上明鉴。小萝卜被逼不过，已经服毒自杀了。”杨贤妃立即叩拜，涕泪滂沱。

“人已经死啦？”

“小萝卜老实厚道，对臣妾一向忠心耿耿，如何能忍受他人诬陷臣妾？然逼他者乃王爷，他一个小小的宦官，走投无路又能做何选择？也只有一死了之啊……”这一刻的杨贤妃可谓痛切肺腑。

文宗说：“贤妃不要太过伤心，朕即刻召李炎过问此事。”

这就是杨贤妃的本事，总有办法最终达到目的。所以说这个女人是普天之下最懂文宗的那个人，她深知皇上的弱点在哪里，深谙四两拨千斤之道，只要把准皇上的心脉，每一次都是一击制胜。有本事把皇上当枪使的女人，一定是无往而不胜的女人。

李炎禀报：“皇兄，案情已经非常清楚。这个小萝卜肯定参与了谋害永儿，他已经服罪，同时供认一切均受姓杨的指派。是臣弟疏忽，没料到姓杨的会痛下杀手，而且如此之快。”

“炎弟，永儿意外过世，对朕的打击比你们的想象要大许多。仇士良又如虎豹般相逼，朕这些日子可谓焦头烂额。”

“臣弟略知一二，所以臣弟一直没过来打扰皇兄。”

文宗说：“人死不能复生，永儿已经走了。无论背后有多少隐情，眼下都只能放一放。即使要纠缠，也要找一个合适的时机。你懂朕的意思吗？”

“不是很懂，请皇兄明示。”

“社稷正处于危难关头，这一切都是因永儿过世而起。朕当时怒废太子，因永儿尚在，也就无人敢对嗣位一事说长道短。”

“臣弟多少明白些许，但永儿不在了，嗣位一下成为许多人关注的焦点。仇士良为此找过臣弟，还有就是李溶。”李炎点头。

“从父皇到皇兄，再到朕自己，这许多年皇位虽还在我李氏名下，其实大权尽在那些权宦手中。”

“臣弟尽管对朝中之事不闻不问，心里也还大概清楚。”

文宗说：“朕此次册立李成美你也明白吗？”

“将皇位还给先皇兄敬宗的子嗣啊。”

“非也，那只是朕故意给天下人的一个错觉。”

李炎说：“错觉？臣弟懵懂了。”

“炎弟，你该清楚，当下仇士良权重一时，无论朕将嗣位确定是谁，他都会有所抵触，那都不是他所希望的，朕索性就让他抵触好了。立李成美已经让他震怒，他一定不会善罢甘休。朕十分清楚，仇士良必将有所动作，朕就等着看他如何动作了。”

“臣弟还是不明白皇兄意欲何为。”

文宗露出一丝微笑：“你以为朕心中的最佳人选是哪个？”

李炎摇头。

“当然是你。”

“皇兄应该明了，臣弟对此不感兴趣。”

文宗说：“这里不说你，只说朕自己。正因为你是朕的最佳人选，所以朕偏不提立太弟，偏要立太子，所谓声东击西、欲擒故纵也。”

“太复杂，也太深奥了。”

“对仇士良而言，只要不是朕钦点的人选，他都可以接受。依朕的推断，你刚好是他眼里最能接受的人选。”

李炎说：“不会吧。皇兄知道臣弟从来不关心朝廷内外的事。”

“这也正是仇士良欣赏你的地方。如果你是个权谋心机都过重的人，他绝不可能容忍，比如溶弟。”

“溶弟的确雄心大过我们这几个兄长。”

文宗说：“溶弟虽年纪尚幼，野心已经展露无遗。朕很清楚，溶弟曾四下活动，希望坐上嗣位，这也是他的幼稚之处，还不懂欲速不达的道理。他越如此，便也越没有机会。”

“其实李成美不错的，依臣弟之见，他坐上嗣位该是个恰当的选择。”

“你记着我这句话，仇士良不会接受李成美，嗣位还将有变数。”

李炎说：“难道他会造反不成？”

“造反作乱对江山社稷将是一场灾难，我不会允许这样的事发生。我会给仇士良机会，让他如愿以偿。”文宗摇摇头。

“让他如愿以偿？”

“他要立太弟，就让他如愿以偿。”

李炎说：“臣弟还是不明白。”

文宗笑了：“朕很快将大病卧床不理朝政，这样仇士良就有机会找各种借口宣废太子改立太弟，而你就是他的候选人。所以朕要你暂时放下对永儿一案的追查，足不出户，静观事态变化。现在，你明白了吗？”

“皇兄用心如此迂回缜密,着实让臣弟惊诧。”

“你坐嗣位,这便是为兄的一番苦心。唯其如此,朕才以为最妥。”

李炎说:“皇兄全为臣弟考虑,也便是把国之重任信托在臣弟身上。对臣弟而言,这全然是一桩意外。臣弟一时还不能捋清思路,不知如何是好。”

“朕寄希望于你的,只是静候。”

“这一点臣弟明白。”

文宗说:“听你的话,还有什么不明白的?”

“皇兄不会是真的病了吧?”

“身染大恙也是真的。朕久有疝气上攻,现今已深入脊梁,日后会如何发展尚无定论。”

李炎说:“疝气上攻竟无药可医吗?”

“病患是一回事,抱病作托词又是一回事。无论如何,总得给仇士良这个机会。一场大病卧床不起是一定的,也是必需的,哪怕仅仅是做戏。”

“皇兄如是说,让臣弟不寒而栗。朝政当真如此险恶么?”

“只有坐到这个位置上,你才可能知道答案。想想这些日子,朕因嗣位而伤神,自己也成了十足的阴谋家,真是可悲到了极点。”文宗长长吐出一口气。

李炎在这一刻也显得深沉了许多,文宗的一席话他不得不听,不仅是对皇兄的忠诚,也是李氏一门对江山社稷的忠诚。李炎自然而然承担了自己的历史使命。

背后的这一切与杨贤妃无关,但结果却是杨贤妃连做梦都期待着的。她再用不着提心吊胆了,皇上已经下令撤销了对李永一案的调查。她在第一时间召清蔷过来,把好消息告诉她。

清蔷惊喜道:“那颖王爷也同意不查了?”

“任谁也不能够违背皇上的旨意,你尽管把心放回肚子里。巧儿,你去把小卓子喊进来,他是来接替小萝卜的,我介绍你们认识一下。”

清蔷说:“卓公公刚才门口见过了。”

“日后你们要经常见面的。小卓子,孔司容你们见过了?”

小卓子说:“刚刚见过。”

清蔷说:“日后还请卓公公多关照。”

“应该请司容多关照才是。”

杨贤妃说:“都是自己人,以后那些虚套就都免了吧。”

杨贤妃这边意气风发,李炎、杭龙就不那么开心了。

“不查了?为什么?”杭龙瞪大眼睛。

“这是皇上的旨意。我是皇上之弟,贤妃是皇上之妃,对于朝廷都只属于皇上的后院。皇上不许后院起火,你明白了?”

“可是皇子就白白被坏人给害了?”

李炎说:“血债必须血偿,但不是现下,需要找一个恰当的时机。”

杭龙依然怒气不减:“哼!马上就可以拨云见日,忽然又不让查了,岂不是太便宜杀人凶手了?”

“这是死命令,没得商量。”

“一定是姓杨的在背后搞鬼。皇上也真是的,怎么就经不起枕边风呢?”

李炎说:“你胡说什么?”

“王爷,我不信你就不生气。”

“别气了,你把先前调查的那些文案保管好。相信我,总有一天会水落石出,而且这一天不会太远。”

◎ 第十一章
回望扬州

李炎中了头彩

1

文宗对李炎的一席话,是他头一次将心事对一个人说出来,做皇上当真不易啊。因为心里被天下塞得满满的,所以对家事的判断就有几分随意,这就让工于心计的杨贤妃钻了空子。所谓老虎也有打盹的时候,其实皇上没那么糊涂,但凡他用心,便会洞穿历史之迷雾,让前路变得清晰而明确。

仇士良一直是文宗的心病,是他无可奈何的心病。因为文宗在成为皇上之前,仇士良已经在自己的位置上许久了。文宗深知自己根基浅,想撼动仇士良的地位难之又难,但是当傀儡皇帝又是他万难接受的。文宗在登位之初就处在两难境地之中,而且这种状况已经持续了十几年。把这些压抑了许久的话说出来太不容易了,皇上不想让别人窥见他的内心。这一切不能再继续了,他甚至预见了自己身后的事。历史已到了一个特殊的关口。

对仇士良来说,大唐的历史掌控在他手中已经太久了,一切都如铁板钉钉一样。他不盲目自信,也没有疏忽大意,朝廷上下没有谁可以违背他的意志,皇上也不可以。有些事情在他看来无关痛痒,皇上或者其他人任性一下,他可以不去计较或追究。比如册封太子这种表面文章谁想怎么做就怎么做好了,可做了文章就能当真吗?仇士良不相信谁会那么愚蠢。

他尽管已年届花甲,一柄长剑依旧龙蛇飞舞凡天下鲜有敌手,每日的晨练依旧是自创的两套独门剑法,辗转腾挪下来要大半个时辰,仍然不喘不颤如虬龙爪一般屹立。

侍从报告说内侍省总管秦耕人携尚药局尚药戚锵有事禀报。仇士良收势让他们进来,秦耕人是他的老相识了。

秦耕人说:"仇公公,在练剑啊。"

"老秦,你怎么有空过来看我?"

"出大事了!"

仇士良说:"你就天生的啰唆。有话就讲,不要煞有介事。"

"皇上倒啦!"

"倒了?什么叫倒了?"

"让戚尚药给你细说。"

戚锵说:"皇上昨夜忽然瘫在床上,连翻身也不能了。经在下诊断,乃疝气上攻直入脊梁所致,小解、大便皆不能自理。"

秦耕人说:"然皇上脑子依然清楚,吩咐我将其送李昭仪宫,让李昭仪近身伺候。现在皇上连同侍卫侍从都已迁往李昭仪处,我忙出一点头绪便马上过来向仇公公禀报。"

仇士良陷入沉思,抬起头问:"不是皇上叫你来向我通报的吧?"

秦耕人说:"正是皇上。皇上说请仇公公为朝政费心。"

"皇上的病先前没有征兆吗?"仇士良转向戚锵。

"皇上一直身体强健,素无任何病兆。此次病倒让在下觉得突然。"

"尚药乃一世名医,以你所见,皇上的疾患有痊愈的可能吗?"

“脊梁受损非比寻常,暂时虽无生命之虞,要彻底痊愈则难之又难。”

仇士良说:“也就是说,也许皇上日后只能瘫在床上?”

“我等将不遗余力,但有一分希望便尽十二分努力。”

这是个突如其来的情况,仇士良自然不会等闲视之。无论从哪个意义上说,这也都是他的机会。皇上卧床带来的连锁问题都是他要思考的,他首先要做的是见到皇上,他要对大局做到心中有数才是。

一贯清静的李昭仪宫忽然不再清静,有多顶轿子停在大门内外,抬轿的侍从聚在稍远处墙角自动排成一列。仇士良来访,竟被挡驾。侍卫说有位王爷正在里面看望皇上。这会的仇士良心平气和,说等等没关系。有两个宫女(玉央、胡蝶)也过来了,同样被侍卫挡住。候在门内的李昭仪出来摆一摆手,胡蝶、玉央随李昭仪进去。仇士良问侍卫那两个姑娘怎么回事,侍卫回报是昭仪娘娘传她们来伺候皇上,这也让仇士良无话可说。

他的侍卫一眼看到又有轿子过来,认出是杨贤妃一行。仇士良忽然没了耐性,让自己的侍卫起轿回去,他的轿子与杨贤妃的轿子交臂而过。

杨贤妃也没有受到优待,同样被挡在外面。

文宗的卧床首先惊动的是皇室成员,有五位王爷一起过来探望,李炎、李溶都在其中。

李炎说:“今日臣弟得知,咸阳有位郎中对疝气病颇为拿手,已命人去请,希望能助皇兄早日康复。”

文宗底气很弱:“尚药局个个都是名医,戚锵更是高人中的高人。他们都束手无策,炎弟也无须为朕费这份心了。”

“尚药局众人常年待在宫中,视野难免受限。民间素有奇人奇方,皇兄不妨一试。”

“不必了。朕的病,自己心里有数。”

李溶说:“此处地方窄小,住着多有不便。皇兄若不嫌弃,可移驾小弟家中。小弟事必躬亲从旁伺候,也可让自己安心。”

“溶弟放心,这里还不错。倘出了大明宫,那许多侍卫定会扰民,吃住也都不方便,还有也不方便御医们来来去去。”

“皇兄此次抱恙,朝廷上下皆不知如何是好,那些大臣全都没了主张。”

文宗说:“朝廷的事,朕眼下肯定顾及不上了。你们多听老臣们的意见,尽力辅佐太子李成美,朕也就能安下心来养病了。”

李溶问:“怎么不见太子过来?皇上身体有恙他不知道吗?”

“已经来过了。”

李炎问:“皇兄累了?”

文宗说:“你们都回吧,朕想歇息了。”

李溶说:“皇兄若有事,尽管着人喊臣弟,或许能帮得上忙。”

其他几位皇弟也都表达了关切之情,皇室兄弟之间可谓一团和气。

五位王爷的轿都起来了,依次往门外去。杨贤妃的轿子兀自停在院中,轿帘紧闭。李炎掀开轿帘,看了杨贤妃轿一眼,放下帘子,其他四个王爷也都如法炮制。五顶轿子都出院之后,杨贤妃掀开轿帘,出轿。回头看一眼五顶王爷的轿子。杨贤妃进门,却见玉央、胡蝶站在里面。

玉央、胡蝶一齐施礼:“娘娘。”

杨贤妃点头,李昭仪的声音从寝房传出:“玉央,你们俩进来。”

玉央、胡蝶进去。

须臾,李昭仪出来道:“姐姐来了,妹妹一点都没听见。”

“妹妹这个时候还有心情护肤养颜,真叫人羡慕。”

"怎么会呢？姐姐想到哪去了？"

"那不是司容部的玉央吗？"杨贤妃抬抬下巴指寝房。

"这两个姑娘擅长推背捏脚。圣上现在无法活动，我让她们常过来给圣上按摩。就算不能治病，也可舒筋活血，让圣上身子好受一些。"

"这倒是个好法子。"杨贤妃点头。

"不进去看看圣上么？"

"我以为圣上累了。"

李昭仪说："那也不可让姐姐白跑一趟啊。"

杨贤妃表情有些不自在，随李昭仪进去。玉央在为文宗捏脚，胡蝶则为其按头。文宗双眼微合，显得很享受。

杨贤妃说："圣上。"

"你也来了。"

"臣妾早候在门外，因五位王爷在此不方便进来。圣上，怎么会突然这样？"

文宗说："连戚尚药也无法解释，你让朕如何回答你？"

"您现在感觉怎么样？"

"除了不能起床，别的都还好。"

文宗清清嗓子，李昭仪端起茶助他喝下。

杨贤妃说："圣上就是太过操劳了，才会忽然病倒。这次好了之后，千万不可再像从前那样。多重要的国事都可以放一放，什么也不比龙体要紧啊。"

"那得等好了再说。现下朕就是想操劳国事，也力不从心。"

"臣妾院中的蜡梅昨夜怒放，还想着请圣上共赏，怎么也想不到……"杨贤妃的眼圈红了。

胡蝶偷偷看她一眼，向对面的玉央使眼色。玉央放下文宗左脚，抬起他右脚揉捏。

文宗对李昭仪说："这两个小丫头的手法不错，朕感觉舒服多了。"

"圣上乏了，臣妾就改日再来看您。"杨贤妃显得尴尬。

文宗说："你离这也不算近，不必来回奔波。朕如果有事，自然会传你。"

"臣妾知道了。圣上好生休养，臣妾告辞。"杨贤妃发现自己在这里竟不如两个宫女受待见，自然尴尬至极。三十六计——走为上计，她意识到在这个时候过来是下下策。皇上选择李昭仪宫已经摆明了态度，危难时刻皇上选择留在身边的是李昭仪，甚至连通知也没通知她一声。

杨贤妃走得相当狼狈，胡蝶、玉央对视，胡蝶做鬼脸，玉央也忍不住笑了。

杨贤妃先前也看到了仇士良的轿子，后悔没学他趁早打道回宫。

2

杨贤妃想错了，仇士良绝不像她想的那样过来巴结，他有自己的话要说。上一次没能面圣正好，这一次他邀来另外几个权宦一道具名奉上奏折。文宗已看过奏折，看来心情不错："众爱卿的意思朕已经明了，不知可有更明确的想法？"

仇士良说："现下皇上有微恙卧床，以御医之说痊愈尚需时日。新太子一未能服众，二又太过稚嫩。然朝廷不可一日无君，臣等依大唐成规，建议皇上从江山社稷着想，宜废太子改立太弟。皇上养病期间暂由太弟料理国事，不知皇上意下如何？"

"大病突袭，朕始料未及。众爱卿所言极有道理，国不可一日无君，而朕的痊愈似乎遥遥无期，也许改太子另立太弟势在必行。"

"皇上如此深明大义乃国之大幸。臣等奉皇命另拟一道奏折，提出太弟人选供皇上斟酌。"仇士良上前奉上第二道奏折。

文宗展开奏折，一切正如他对李炎所预言的一样。这就是政治智慧，是他身为皇帝所必需的素质。想先皇立文宗为太弟那会，一定是已经看好了他所具有的这种素质。

“李炎？”文宗作略显意外状。

“正是。诸位适选王爷中，唯李炎学盖群伦视野辽阔，深得臣等敬重。且一表人才德行高尚，必为天下所钦服，是太弟的不二之选。”

“众爱卿想朕之未能想，急朕之未能急，朕感铭于心。既然尔等以为李炎乃不二之选，朕当然以众爱卿的意见为先。毕竟江山社稷为重，有尔等耿耿忠心，大唐幸甚。”文宗沉思良久，颔首。

众宦官施礼：“谢皇上夸奖。”

“就请皇上拟旨吧。皇上安心养好身子，这些事由臣等为皇上分担就是了。”

这就是仇士良，骄横而又缜密，行事老谋深算不留丝毫破绽。或者也可以说这就是文宗看到的仇士良，自以为得计的老家伙，只要摸透了他的脾性因势利导，完全可以让仇士良按照自己的谋略亦步亦趋且全无知觉。

“改道，去十六王爷府。”仇士良自以为得意，微眯着眼，随着轿子的节奏晃动着身子。他忽然睁开眼，目光炯炯，一手撩开轿帘，头朝外微探说道。

十六王爷府有一处水面蜿蜒的人工湖，李炎与冰洁湖中泛舟。

李炎摇橹，遇到杂乱枯黄的荷叶便顺手摘下，花匠过来说：“王爷，这些活让小的来干。”

李炎叫他去歇着。

花匠说：“这怎么使得？”

冰洁说：“后院的灌木有点乱了，你去那修剪一下。”

花匠离开后，李炎问：“后院乱吗？我怎么没觉得？”

冰洁笑着说：“你堂堂王爷在这整理乱叶，却让花匠回去歇着，他哪敢啊？不如另外交代点事情，也让他安心。”

“这我可想不到，还是你细心。”李炎也笑了。

突然，冰洁惊喜地手指着湖中远处，李炎顺她手指方向看过去，几片莲叶之中，有株并蒂莲含苞待放。

李炎说：“这可奇了，怎么两枚花苞长在一株花茎上？”

“你不认识它？”冰洁斜眼看他。

“没见过。”

“傻瓜，还走南闯北视野辽阔呢，连并蒂莲都不知道。”

李炎故作不知：“有什么名堂？”

“名堂大了去了，”冰洁轻抚花苞，“再过不到十天，应该就能开花了。”

“到底有什么名堂啊？”

“万物有心，花自然也有花心，每朵花都有它特殊的意思。并蒂莲既然双花并蒂，当然代表百年好合、永结同心啦。”冰洁说着忽然脸红了。

“我在这里许多年，府中奇花异草无数，却从未有过这并蒂莲。”

“并蒂莲可遇不可求，你特地去栽，还不一定能得到呢。”

李炎说：“既然它现在自己冒出来了，想必是有话要告诉我。”

“什么话？”冰洁入了他的圈套。

“你已经说了呀，百年好合，永结同心嘛。”

“这些话你倒记得快。”

李炎说：“我想，连花都等不及了，我们的亲事不该再拖了。”

冰洁低头不语,满脸娇羞。

李炎继续道:“这是个好兆头。我在外游历时,凡见双莲并蒂而开,必有美满姻缘。如今自家池中出了并蒂莲,怎么可以辜负它呢?”

“你不是没见过并蒂莲吗?”

“你个傻丫头,我走南闯北,怎么可能没见过并蒂莲呢?”

“好啊,你骗我!”冰洁急了。

“不是骗你,是让你骗我。”

“你现在就这么不厚道,日后嫁给你还不被你欺负?”

“你答应嫁给我啦?”李炎大喜。

冰洁脸红着说:“你自己看着办吧。”

“我保证,我要是欺负你,你随时可以休了我。”

“你坏死了。”冰洁拾起船中的荷叶扔向李炎,李炎就势放下船橹伸手去抱她。

可好事总是在关键时候被打断,一个侍从小跑着到岸边叫道:“王爷。”

“什么事?”

“仇士良公公来访。”

仇士良上门就像专门过来印证文宗的预言一样,其实这会李炎的心里尚未做好准备。在李炎看来,皇兄的预言也只是他的一厢情愿,即使有一天能够兑现,也还有许多路要走。改太子重立太弟在历朝都不是一蹴而就的事情,李炎对此根本没抱期待。可是仇士良突然来了,这是他又一次登颍王府大门。

仇士良笑道:“王爷能否猜到老臣的来意?”

“仇公公心思多半在朝政上,小王于朝政一向懵懂,所以无从猜度。”李炎摇头。

“老臣自然是无事不登三宝殿。和几位老臣刚刚面圣就马不停蹄赶过来,算是给王爷的一点提示吧。”

“皇兄的病况有所好转?”

仇士良说:“非也。皇上自己也说,痊愈恐遥遥无期。”

“可小王分明见到仇公公满脸喜色。”

“老臣就是给王爷报喜来了。”

李炎问:“喜从何来?”

“我等两封奏折,天下格局即刻改观。”仇士良自鸣得意。

李炎仍没想到会是皇帝预言的那件事,他满脸疑惑。

“两封奏折呈上,皇上立马以两道圣旨回应。圣旨一,宣废皇太子李成美。圣旨二,改立皇太弟李炎。”

“事关重大,怎会如此突然?”李炎当真吃惊不小。

“王爷可能觉得突然,老臣却一直成竹在胸。而今皇上卧床,两道圣旨均由老臣操持执行。”

“小王不明白,就算改立太弟,小王也并非最恰当的人选。安王一直有志于此,仇公公应该了然。”

仇士良说:“正所谓欲速不达。安王用心太过明显,且志大才疏心气浮躁,难堪国之重任。我们这班老臣更看重颍王的才学志向,故鼎力举荐并得皇上恩准。”

“小王才疏学浅,承蒙仇公公错爱,或许同样难堪此重任。还请仇公公奏明皇兄三思。”

“王爷不必过谦。臣等积数十载宫廷阅历,沧桑尽在胸中,相信不会错下判断。此事木已成舟,如日月江河一般,任谁的意志再也不能改变。王爷,老臣已着人择吉日举行册封大典,届时会提前告知,还请王爷有所准备。”

李炎说:“事出突然,完全在小王意料之外,一时竟不知如何是好。仇公公请容一两日,让小王清静一下再作计议。”

“已经箭在弦上,王爷再无回旋余地。且此皇太弟不比先前的皇太子,封立之后便要料理朝政过问国事。王爷退路已断,唯有抖擞精神驱马上阵了。”

“的确太过突然,小王一时尚不能适应。给小王半日时辰,一切放到明日再说,仇公公,您看如何?”

“明日老臣过来,不是来再说再议,而是前来领命。王爷,告辞。”仇士良微笑说完话就走了,他没有李炎的闲情逸致,李炎送他出门。

“冰洁,你听见了吗?”冰洁从门内缓缓移出,李炎并未回头。

“听见什么?”

李炎回头说道:“明日便是我们的大婚吉日。”

“不可能那么急呀。”冰洁瞪大双眼。

“刻不容缓。”

“我爹我娘那边怎么说得通呢?”

李炎说:“若不成婚,三日之内你我的婚嫁便成了国家的大事。”

“你把我完全弄糊涂了。”

“圣旨已下,废太子李成美,立太弟李炎。择日册封已迫在眉睫。”

冰洁说:“太弟?我还是没懂。”

“太弟便是皇位继承人。太弟娶妻也就是皇位继承人娶妻,称太弟妃。所以我说婚期万不可拖延,若拖延至太弟册封大典后,便不再是你我二人所能决定得了的,明白了?”

“也就是说,册封前你我自己便可决定,册封之后便由不得你我了?”冰洁着力思忖。

“正是如此。”

“也就是说,你日后要继承皇位?”

李炎说:“是这个意思。”

“也就是说,你也许会做皇上?”

“不排除这种可能。”

冰洁自言自语:“这怎么可能呢?”

“这已经不是可能了,事实就是这样。”

冰洁摇头:“这怎么可能呢?”

“冰洁,你不会因为这个不想嫁我了吧?”

“当然不会,可这并不是我所希望的。我要嫁的是你这个人,不是皇位。”

“我当然知道。可这也是我的命,就如当初皇兄曾经也只是个王爷,先皇兄驾崩,皇位忽然就落到皇兄头上。你知道我是怎样一个人,我对皇位没有丝毫觊觎,但我终于躲不开命数。冰洁,你不会因为这个而改变主意不嫁我吧?”李炎把她揽进怀里。

“你刚已经问过了呀。”

“可我心里依然不踏实。在你和皇位之间,若我只能选择一个,你应该知道那答案是什么。”

冰洁说:“不会是我吧?我毕竟只是个普通到不能再普通的女子,你若登上皇位,天下所有的女子任你挑选……”

“但结果只有一个,那还是你。既然事先知道结果,我怎么会弃你而选择皇位呢?你真是个傻丫头。”

“我尽管知道你这么说是真心的,也知道你同样是为了让我开心,我还是非常开心,非常非常开心。”

李炎说:“那你明天就是我的妻子了。”

“是你永远的妻子。生是你的人,死是你的鬼。”冰洁点头。

“大喜在即,不许说那个不吉利的字。”李炎轻轻揪住她娇小秀美的鼻子。

冰洁将脸埋进他怀里,柔情万种道:“知道啦。”

3

废太子改立太弟的消息让杨贤妃极为震惊,因为此前她已在皇上面前与李炎正式宣战。她知道好日子已到了尽头,从今往后她得提心吊胆。李溶来访在她意料之中,她决定装作什么也没听说。

李溶说:“千真万确!而且皇兄当场便拟了圣旨,交由仇士良带走。”

杨贤妃思量道:“这种做法不太符合圣上的习惯啊。”

“皇兄卧床不起,仇士良这些人明摆着在逼宫嘛,也许皇兄迫于无奈吧。”

“是否你的消息有误?以讹传讹也不是没有可能。”

李溶说:“皇嫂不必怀疑,消息来源绝对可靠。小弟不明白,仇士良为什么会选择炎哥哥?”

“我以为仇士良已圈定你,没想到……”

“炎哥哥平日可装得像呢。”

杨贤妃说:“像什么?”

“像是对朝政完全没兴趣的一介武夫啊,谁会想到他居然早有预谋,与仇士良勾起手来?”

“事已至此,不知溶弟作何打算?”

李溶说:“小弟还能怎么样?认栽了呗。”

“素闻溶弟志存高远,想不到眼前一个小小的挫折竟会一蹶不振,这可不像是你的风格。”

“看来皇嫂对小弟还略知一二。”

杨贤妃说:“岂止一二?溶弟自小到大都在我眼中。虽不能说尽知,总归八九不离十吧。以溶弟的学识气度和胆略,若立太弟非你莫属。此次旁落,让我做皇嫂的也颇感意外。”

“皇嫂既然把话挑开了,小弟也就不再顾忌。听说皇兄曾为立太弟一事征求过李炎的看法,他情知自身无望,便力推李成美,使皇兄全不把皇嫂的意见放在眼里。话说至此,小弟还要再谢皇嫂举荐之恩,也为皇嫂举荐小弟时受皇兄斥责一事向您表示由衷的歉意。”

“无论在公在私,我敢说问心无愧。圣上斥责,我全不在意。只恨那些小人背后蝇营狗苟,引领圣上误入歧途。”

李溶说:“如此下去,国将不国了。”

“我虽是妇人之见,却仍然以为坐以待毙乃下下策。”

“皇嫂的意思……”

杨贤妃说:“但凡有一线希望就绝不放弃。”

李溶听出了她话中的深意,颔首。以杨贤妃的一贯风格,她不会用挑唆的话暴露出内心。但现在形势突变,李炎上位一定没她的好果子吃,她必须与所有不喜欢李炎的人联手,无论如何也要博一下。尽管希望渺茫,她仍然心怀侥幸,女人到底是女人。

有仇士良去执行圣旨,李炎去见文宗也就顺理成章,不必小心闪躲了。

李炎说:“皇兄,这么晚了,还没歇息?”

“今日仇士良又来,说册封大典定在明日午时。”

“他也着人通报于臣弟。”

文宗说:“事情进展得如此顺利,倒是朕始料未及。让你过来,朕想看你是否有足够的准备。”

“事情太过突然,臣弟完全不知道该作何打算。”

“册封本身不需要你做任何事,一切按既定程序。问题的关键在你马上需要临政。”

李炎说:“上朝临政?这臣弟又能如何应对呀?”

“也没什么大不了的。总归有人禀报,你表一个态度就是了,这些事仇士良会给你必要的指点。若有大事一时委决不下,你可以当场按下给自己留出余地,事后再作决断。”

“臣弟可将问题带回给皇兄,请皇兄定夺。”

文宗说:“以你的才学,加之头脑过人,没有什么问题你不可以自行处理。并非有必要唯朕马首是瞻。”

“可是……”

文宗打断他道:“不要让仇士良轻看了你,这才是最要紧的。还有,如果你常往这边跑,闲言碎语在所难免,无论对你还是对朕都无丝毫益处。”

“毕竟臣弟年轻,且缺少临政经验。没有皇兄指点,心头恐慌不已。”

“炎弟,若说年轻,历史上许多皇帝登基之日都比你要小,他们的才学见地胆识也都未必如你,你缺的只是临政经验而已。不在其位,不谋其政。反之亦然,在其位必谋其政。你以太弟之名摄政,名正言顺,应该充满信心。朕同样对你有信心。”

李炎说:“可是皇兄,臣弟临时顶一下尚可,总不能长此以往。还请皇兄早日回朝,放臣弟过安生日子。”

“炎弟放心,朕自会选择合适时机让戚尚药宣布朕康复。届时你自会解脱,不再受此煎熬。”

“皇兄如是说,臣弟也就放心了。”

文宗说:“除你我二人,只有戚锵对朕的病况了然……”

“连昭仪娘娘也蒙在鼓里?”

“这也是为了她好,宫中的是是非非她知道得越少越好,免得日后事发受牵连。”

李炎说:“臣弟明白。”

“你的大喜朕未去道贺,你不会怪朕吧?”

“怎么会呢?皇兄的心思臣弟清楚。况且为抢时间匆匆婚娶,宾客限定在最小范围之内,还请皇兄见谅。”

文宗说:“非常时期,该当一切从简。有闲了,带弟媳一起过来见见吧。”

无论李炎怎样忐忑,都得面对历史的差遣。他这个太弟比之前的太子李永有本质不同。李永当年还是孩子,太子身份对他而言只是个约定,很像挂在远天的月亮。李炎今日册封便要临政,行使皇帝的权力。这个变化对他太过突然了,用民间的说法正所谓赶鸭子上架。

公元839年岁末,文宗开成四年,奉大唐皇帝圣旨,宣布废黜皇太子李成美,册封李炎为皇太弟。册封大典极为隆重,司仪为仇士良。大典另有一项宣布,李炎在文宗休养期间为摄政王,主理朝政。

摄政王李炎神情凝重,仇士良抑制不住内心的得意,脸上笑开了一朵花。

玉央前后 清蔷左右

1

皇上那边发生了什么事,或者朝廷上的风云变幻,这些都离玉央太远,她充其量也只能听李昭仪说上一二,既无兴趣又避之唯恐不及。现在好了,连皇上自己也病倒了,妃嫔们还有什么好争斗的呢?玉央相信以后很长一段日子,司容部这边都会风平浪静。她喜欢原来的那种安静日子，现下的情形与原来也差不了许多。

尚容局众人都已经候在尚容局课堂，谷绣春最后进来。环顾左右之后，她发现唯有司容的座位空着。谷绣春追究，没有人知道清蔷去了哪里。段蓉说已经通知了清蔷。谷尚容"啧"了一声，坐到自己的位置。

"今天召集大家，是做一下岁末总结。按照惯例本应从司容部开始，但孔司容无故缺席，那就只能请梅司形先说吧。"

很明显，由于清蔷的缺席，谷绣春的心思似乎也不在会议议程上。在司形和司妆草草汇报之后，谷绣春看看门口，便差胡蝶回司容房间看清蔷是否回来。谁都看得出来尚容在生气，尚容跟司容较上劲了。那是很奇怪的情形，许多人聚在一道开会，却没有任何会议内容。因为尚容面对大家表情严肃，所以姑娘们连平日的窃窃私语也戒了，就这么大眼瞪小眼地坐在各自的位置上。

谷绣春说："没办法，大家等一等孔司容吧，晚饭只能往后推一点了。"

尚容这样说，大家反倒松弛了，不再像先前那样拘谨，开始交头接耳。玉央心神不宁，后面的女史有不少显出不耐烦：

"谁知道司容怎么回事？"

"迟到这么久，有点离谱吧。"

"太不把别人放在眼里了。"

胡蝶进来回禀："尚容，司容不在她房间。"

谷绣春没说话，脸色很难看。她很明白大家都会把怨气指向迟到的清蔷，她要的就是这个效果，许久以来清蔷已经让她忍无可忍了。胡蝶轻手轻脚回自己座位坐下，跟玉央对一下眼色。

胡蝶小声道："看来要出事了。"

玉央回道："到时候你可千万别多嘴。"

"放心吧，我不想找死。"

谷绣春说："段蓉，你确定孔司容知道今天要开会？"

"我昨日傍晚去司容房间告诉她，今日申时在课堂开岁末总结大会。"

"她怎么说？"

段蓉说："司容说她知道了。"

"你跑一趟贤妃娘娘宫，清蔷也许会在那。快去快回。"

这边尚容局课堂里剑拔弩张，那边清蔷却在享受着青春和恋情。清风吹过，所有的草向一个方向微微倾斜，清蔷和杭龙并肩骑马漫步，杭龙显得无精打采。

清蔷说："好了，你自己说过的，查这个案子，就是想为朋友尽一份力。眼前皇上不让你尽这份力，你也是白难过。"

"我就是想不通，马上就水落石出了，为什么要突然打住。"

"我都陪你快一个时辰了，怎么你心情一点没好转？"

杭龙说："其实找你来说说话，心里好过多了。"

"是真话吗？"

杭龙点头。

清蔷说："这还差不多。"

"不会耽误你做正事吧？"

"不会。对我来说，还有什么事能比你要紧啊？"

杭龙说："别拿我寻开心了。"

"糟糕！"清蔷这才想起尚容局的岁末总结会。

"怎么了？"

尚容局课堂里众人依然各就各位,清蔷气喘吁吁出现在门口,全场的目光一下集中到她身上。清蔷全不在意,没事人一样径直走到自己位置,端起茶杯喝茶,谷绣春的脸色难看到极点。

"对不起,我迟到了。"清蔷缓过气,放下茶杯。

谷绣春说:"你能解释一下吗,为什么迟到,而且这么久?"

"我,忘了。一想起来,就马上赶过来了。真是对不起。"清蔷发现气氛不对,所以她的口气还算平和。

"你若在忙工作而忘了开会,没有人会责怪你。不过……"

"您想说什么?"清蔷态度忽然变了。

谷绣春说:"我想知道在我们工作的时候,你在干什么?"

"莫非您认为我一天到晚闲着?"

"就拿开这场会的一个时辰来说,你既不在司容部,又不在自己房间,应该也没在贤妃娘娘那。那么你究竟去了什么地方?"

清蔷针锋相对:"我想我没必要将自己的行踪向您汇报,这里并非内侍省,您也不是总管。"

"我是想让你明白,这里没有人是傻瓜。工作场所不见你人,只能说明你没在工作。"

"尚容,你未免太过信口开河,我请您说话之前,先在脑子里想想清楚。"

台下哗然,众人都瞪大了眼睛。

谷绣春说:"孔清蔷,谁给你的胆子,竟敢如此无礼?"

"我不过就事论事。刚才那一个多时辰,我不在贤妃娘娘那,难道就不能去李昭仪宫,或者随便哪位美人、才人那?就算我确实没在侍候主子,也可能是找配方去了。您仅凭这个就断定我没在工作,真是可笑至极。"

谷绣春一拍案几道:"你不要太放肆了!你说你在工作,好,你就给大家讲讲,你刚才都干了些什么?"

"我不怕实话告诉你,刚才我就是闲着,就是在玩。一日有十二个时辰,该做的事我都做了,放松一两个时辰有什么问题?您敢说您一天十二个时辰都没闲着?"

谷绣春冷笑道:"该做的事都做了?你们司容部的材料进出单子呢?新配方目录呢?你现在拿给我看!"

"目录没上交给我,我怎么给您看?"

"胡蝶说根本找不到你人。"

清蔷说:"这成我的错了?她找不到可以再找,我总有在房间的时候。胡蝶一贯健忘,只怕我在的时候,她却忘了去找。"

胡蝶腾地站起身道:"清蔷,你们说你们的事,干吗咬上我?"

"坐下!"玉央拉她。

清蔷对胡蝶说:"怎么,我说错了吗?你敢说你每时每刻都在我房间等我?"

胡蝶气得牙关紧咬,玉央一直攥紧她的手,她才没跳起来。

谷绣春说:"你少转移话题。到了岁末,新配方目录还没上来,你身为司容,为何不主动催一催?"

"如果这也是错的话,您就没资格说我。您催我了吗?"

"孔清蔷,你太不像话了。不要以为有贤妃娘娘护着,你就可以为所欲为。"谷绣春脸都白了。

清蔷冷笑道:"我看您才在转移话题。姓谷的,说到贤妃娘娘,您得到的关照还少了吗?却敢在这里说娘娘对我包庇纵容。"

"我说娘娘包庇纵容了吗?好,就事论事。材料进出单子该是早就给你了吧,你看了吗?批了吗?"

“时间仓促,我根本来不及看完。”

谷绣春说:“时间仓促?”

“尚容,司容她……”段蓉进来忽然看到清蔷在,急忙打住。

谷绣春问段蓉:“你回来得正好。我问你,单子是什么时候交给她的?”

“回尚容,是上月末。”

谷绣春盯住清蔷问:“快一个月时间,我看不出哪里会仓促。”

清蔷问段蓉:“你抄写那张单子,用了多久?”

“十一日整。”

清蔷对谷绣春说:“您听清楚了?光抄写就用了十一日整,仔细看下来至少需要七日。何况我还有其他公事。您在司容部干过吗?您以为和司妆部一个样?我们的工作是你们的三倍不止。‘看不出哪里会仓促’?您真是站着说话不腰疼!”

司妆部的女史们议论纷纷:

“怎么这么说话?”

“真是难听。”

卢根娣说:“孔司容,你这样说,不怕犯了我司妆部的众怒吗?”

清蔷“哼”了一声,翻个白眼。

“孔清蔷,你就嚣张吧。我倒要看看,贤妃娘娘会不会允许你这种没大没小的混账东西横行霸道!”谷绣春怒气冲天。

“您尽管去试试,不陪了。”清蔷扬长而去。

谷绣春大口喘着粗气,胸口剧烈起伏,一把抓起茶杯,用力摔到地上。尚容局是她的地盘,她当然可以摔杯子。但转到杨贤妃宫,再摔杯子的就不是她了,这一次是杨贤妃。她怒不可遏,谷绣春和清蔷战战兢兢站在她面前。

杨贤妃说:“混账东西!唯恐天下不乱是不是?当着那么多人,你们两个又吵又骂,把我的脸丢尽了!”

谷绣春说:“娘娘息怒,小的知错了。”

“后宫之内,哪个不知道你们是我的人?多少双眼睛在盯着你们!你们这么闹,明摆着是往我脸上泼脏水。尤其是你清蔷,没大没小,尚容也是你可以当众顶撞的?”

清蔷嘟哝道:“她当着大家训我,一点脸面也不给我留。”

谷绣春说:“几十号人等你一个多时辰,你不觉得自己很过分吗?”

杨贤妃说:“说你几句怎么了?你以为你是谁?不要说你,就是我,就是皇上,也不可以让许多人赔上工夫等你一个人。这么浅显的道理你不明白?”

“清蔷明白。”清蔷低声应道。

杨贤妃略一思忖道:“要不这样吧,尚服局的吕黄芳刚好抱病回乡。清蔷,你就先去尚服局代理尚服吧。”

“谢娘娘提拔。”清蔷眼里闪烁光亮。

“一山容不得二虎,把你们俩分开,看你们俩还怎么斗来斗去的。”

谷绣春这会来了幽默感:“孔尚服,以后请多关照。”

“还是请谷尚容多关照啦。”

瞬间,大家一团和气。

杨贤妃再一次显示了她超凡的能力,很少有人能在眨眼之间做到化干戈为玉帛,她总是会创造奇迹。

杨贤妃说:“再见到你们俩反目,别怪我不客气。”

谷尚容和清蕾几乎同时应道:“小的再不敢了。”

2

回想当时刚听到皇上病倒的消息,玉央以为是胡蝶在胡说八道。胡蝶的性格经常会一惊一乍,任何鸡毛蒜皮的小事都会被她渲染得风生水起。当时玉央独自在灯下抄写诗章,胡蝶忽然拉开门,显得风尘仆仆:“出大事了!”

玉央说:“你又咋呼,李昭仪那边能有什么大事?”

“天大的事。皇上瘫痪了,而且已搬到李昭仪宫长住。”

“又胡说八道了。”玉央根本不信。

“你不信算了。”胡蝶一反常态。

玉央不依不饶地问:“我当然不信。第一,皇上好好的,怎么会瘫痪呢?第二,皇上即使病了,怎么可能搬到李昭仪宫去呢?他不理朝政了吗?第三,那里那么小,皇上身边的人那么多,怎么安排得开呢?”

“这你就不懂了。第一,皇上脊梁出了毛病。第二,皇上不能自理,他最希望由李昭仪伺候。他既已经瘫了,又如何上朝理政呢?第三,皇上身边只留两名侍卫外加一名宫女,其余的人都被打发走了。”

“你不是在开玩笑吧?”

胡蝶说:“我像是在开玩笑吗?”

“皇上忽然不管事了,国家岂不是要乱套了?”

“这话也正是我想要说的。可是由你说出来,我忽然觉得很可笑,国家跟我们有什么关系啊?”

“也是。一说到皇上,马上就联想到国家。其实这些东西对我们来说很虚,也很远。还有就是江山社稷什么的,都是些很莫名其妙的东西。”玉央也笑了。

“玉央,我以后要常跑李昭仪宫了。娘娘说皇上来了,让我经常给皇上做做护肤保养。”

“那你可以经常见到皇上了。”

胡蝶说:“那你是批准了?”

“我有什么资格批准你?”

“明摆着的嘛,你很快就是司容部的掌门人了呀。”

玉央说:“劳驾了小姐,你能不能别这么胡说八道?人家听了还以为是我一门心思往上爬呢。”

“大家心明眼亮的,司容非你莫属,你又何必怕这怕那呢?”

“什么叫怕呀?还说是我朋友呢,一点都不体谅我的心思。若真的提升司容,我还出得了宫吗?”

胡蝶说:“哟,我忘了你要嫁人了。”

“再乱讲小心我撕了你的嘴。”

这两个姑娘的缘分一定是上辈子就定好的,在一起就永远有说不完的话,而且两个人之间可以无话不谈,彼此都会觉到一种特殊的放松。两个人都够聪明,人也都通透,凡事点到为止即可。如果说玉央偶尔会有所保留,都是因不同主子把各自的秘密放到她头上的缘故,她有保守秘密的责任。胡蝶有时会因此而气恼,心平气和的时候还是能够理解玉央,因为那并非玉央的责任。

同样是女孩,加上清蕾之后情形就会大不一样。正在心无芥蒂的玩笑当中,如果清蕾忽然回来，胡蝶和玉央会在瞬间不由自主地缄口。清蔷与她俩有过很长的对峙期，也有过一团和气的蜜月。打从后宫格局大变后，她们之间的关系不即不离，既无冲突又保持距离。

关键还是清蔷的性格。她喜欢秘密，她的生活也同样充满秘密。她的秘密她要一个人独享，她不能容忍胡蝶那种所有秘密都要共享的性格。而且她又太过强势，不能接受任何要她忍辱负重的局面，独往独来成了她的习惯。

清蔷脚步很急，脸红扑扑的，额头渗出细汗。她走进马厩大门，站下张望，并叫道："杭龙，杭龙。"无人应答。

清蔷拉开门，屋内空无一人，她拦住养马的侍从问："杭教头呢？"

"一早就出去了。"

"说去哪了吗？"

侍从摇头。

清蔷先前的好兴致已经荡然无存，有一点沮丧，脚步也不如来时那么急促有力。她忽然发现了什么，步子慢下来。远处隐约传来她熟悉的马铃声，那铃声越来越近。她于是闪身躲进一道窄巷，将自己细薄的身子紧紧贴在墙上。

杭龙骑马送玉央出宫。白马经过巷口，玉央坐在杭龙身前。玉央回头与杭龙说话，两人的脸离得很近，身子则密贴在一起，两人都没注意到巷内的清蔷。清蔷脸色发青，呼吸急促。白马已经过去了，她依旧僵直着身体，倚靠在墙上，显然已经气坏了。

是李商隐捎口信让玉央抽空见一下。玉央每次出宫总会碰巧遇上杭龙，碰巧是杭龙的说法。

杭龙说："事情真是蹊跷，皇上忽然就不让往下查了。然后皇上又忽然瘫痪，住到了李昭仪宫里，搞不懂。"

"你好像很失落啊。"

"没有啊。"

玉央说："正查得起劲，忽然又不让你查了，当然会很失落。"

"心里不舒服是肯定的，宫里的事情太复杂了，你永远也搞不清什么该做什么不该做。"

"杭龙，你和清蔷进展得还顺利吗？"

"平心而论，清蔷待我不错，只是我还没有想好。"杭龙顿了一下，"她跟你太不一样了。"

"也许清蔷更适合你。"

"我不知道你那个人是谁，但是我相信，更适合你的人是我。"

玉央说："我们不是早说好了，不再谈这个？"

"我没法把你忘掉。"

"为什么非忘掉不可？做朋友不是更好吗？"

杭龙说："不好。我觉得一点也不好。"

清蔷若隐若现，远远跟在后面。

白马驮着玉央和杭龙经过建福门，二人各自掣出令牌。清蔷目送白马远远地消失在宫门之外，她原本俏丽的小脸被妒火烧得扭曲了，显出几分狰狞之相。

玉央来到秘书省，门后接着一条长廊，通往内里的办公通间。

"姑娘有事吗？"一名衙役守在长廊口，迎上玉央问。

"我找新来的校书郎李商隐。"

"往里拐左手正对着那扇门便是。"

玉央进门后问："我接到口信就赶过来了，什么事那么急？"

李商隐说："我娘突然病倒，说是很严重，让我务必赶回去见上一面。"

日已西斜，长安城街路行人寥寥，身影都长长地拖在石板路面上。玉央、李商隐脚步匆匆，杭龙骑马远远地跟在后面。玉央、李商隐两人边走边聊，杭龙却紧抿着嘴，满脸的不悦。驿站设一处凉亭，一间瓦房。人群熙攘，大多背着包袱，夕阳将每个人染上金色。李商隐和玉央稍稍离开人堆，相对而立。

李商隐说：“玉央，我心里七上八下的。”

玉央说：“吉人自有天相，你也不必过分担忧。”

“我担忧的是别的，我怕母亲会逼我即刻成亲。”

玉央一下不知道说什么好，垂首不语。

李商隐说：“她老人家一直催我娶妻生子。母亲会说她身子一日不如一日，还会说看不到孙儿她死也不会瞑目。”

玉央低声：“你跟我说这个做什么？”

“我怕此次过不了这一关，母命难违。”

“那你自己又是怎么想的？”

李商隐说：“我自然希望，我娶进门来的那个人是你。”

“可是你刚刚说了母命难违。”

“母亲是个好面子的女人，又倔强。我知道没法子让她改变主意。”

“那就只有你改变主意了。”玉央泪水忽然涌出。

“玉央，你别，别……”李商隐猝不及防，不知如何是好。

玉央扭过身将眼泪拭去。杭龙忽然出现在李商隐面前，一把揪住他前襟道：“你敢欺负她！你是个什么东西？”

“杭龙，你干什么？你怎么会在这？”玉央大惊。

“我就想看看那个人是谁，这个混蛋怎么敢欺负你？”

“你放手！真是胡闹！他哪里欺负我了？”

杭龙说：“他不欺负你，你会哭吗？我就从来没见你哭过。”

李商隐说：“玉央，这是什么人，这么无礼？”

杭龙扭过脸吼道：“你给我闭嘴！小心我……”

玉央厉声叫道：“你敢碰他！”

“他欺负你你还护着他？”

“没人会欺负我，我的事不要你管。你回去吧。”

李商隐问：“玉央，他到底是谁？”

“哎呀，都别说了。”玉央对杭龙说，“你走啊！听见没有？我让你走呢。”

“那我在那边等你。”杭龙无可奈何，指着远处那棵拴着白马的树。

玉央说：“好吧。”

杭龙走向白马。

李商隐问：“这到底是怎么回事？”

“你别问了，我只想告诉你，我跟他没什么的。”

“那他干吗要管你的事？”

“他以为你欺负我了呢。”玉央破涕为笑。

“莫名其妙了。”

“你才莫名其妙。”

李商隐说：“我怎么莫名其妙了？”

“你是男人，自己的事自己面对，你又何必把你的难题交给我呢？”

李商隐分辩道：“我不是那个意思……”

"我信缘分。你我日后究竟怎样,全看缘分了。你也先不要想得太多,回去照顾好你母亲,其他的事到时候再考虑。上车吧。"

"玉央,谢谢你。"李商隐转身上马车,玉央伫立原处,看着他的身影隐入车厢之中。

杭龙拉开门,无精打采。但他马上来了精神,因为清蔷已经等在房里。

杭龙说:"你怎么会在这?"

"看你的房间这么乱,衣服脏了也不知道洗,就想过来帮你打理一下。"

"外面那些,那些衣服都是我的呀?"杭龙环顾左右,房间异常整洁,他有些结巴。

"不是你的是谁的?连自己衣服也认不出了?"

"不是,我,还以为……嗨,你把它们都洗出来了?"

清蔷说:"还有别人帮你洗衣服吗?"

"没有。绝对没有。"

因为刚刚从玉央那边受挫,杭龙这会从清蔷的爱意中感受到格外的温暖。他生怕自己拂了她对他的情感,所以特别强调再没有别的姑娘对他那么好。他甚至用绝对二字来强调,他这样说会让清蔷觉得她对他非常之重要。

清蔷又说:"我过来很久了。他们说你和一个姑娘出去了,说你很快会回来,让我进来等你。"

"啊,有点事耽搁了。我若知道你过来,也许能早点回来。"杭龙有些支吾。

"也许?"

"我是说,你来之前最好事先通知我一下。"

清蔷说:"我还以为会给你一个惊喜呢,没想到你一点也不高兴。"

"没有啊。挺高兴的呀。"

"我知道你在安慰我,但你这么说了,我还是挺开心的。"

杭龙说:"你开心最好了。"

"那姑娘是谁?"

"什么姑娘?"

清蔷说:"你跟她一起出去的那个。"

杭龙不再支吾:"没有啊。我,到颖王府去谈个事情。"

"那他们就是胡说八道了。他们说你和一个姑娘出去的。"

"我一个人。你干吗这么看我?"

清蔷说:"我跟平时不一样吗?"

"我真的是一个人出去的。"

"谁说你假的了?你干吗那么紧张啊?"

杭龙说:"我没有啊,我哪里紧张了?"

清蔷微笑:"看你,脸都红了。"

"谁让你说我紧张了?"

"没紧张就算了呗。"

杭龙说:"你说话怪怪的,让我觉得说真话也像是假的,没紧张也紧张了。"

"不至于吧。男子汉大丈夫,脚正不怕鞋歪。"

"你越这么说,越让我觉得有压力,好像我真有什么问题似的。"

清蔷说:"没人说你有问题啊,是你自己疑心生暗鬼。"

"让你说的,我简直无地自容了。"杭龙颓丧地坐到床边。

"你是有点问题。"

"什么问题?"

清蔷说："我在这等你这么久，帮你做了这么多事，你连问候一下也没有。你平时可从来不是这样的。"

"我有点累，别挑我吧。"

"做什么那么累？"

杭龙说："没什么。"

"你不想说？"

"说什么？"

清蔷说："那就算了，我不会勉强你。"

杭龙还想说点什么，可终于什么也没说。

"那我就先回去吧？"清蔷起身。

"也好。"

"你不想送送我吗？"

杭龙说："送。我送你。"

"不要送，我走了。"清蔷出门。

杭龙怔了一下，还是把自己平放到床上。马球场黑漆漆的，后面杭龙房间的灯还亮着。清蔷一个人往回走，脸上满是泪水和愤懑，牙关紧咬怒目圆瞪。她似乎又看到白马经过巷口，玉央坐在杭龙身前。玉央回头与杭龙说话，两人的脸离得很近，身子则密贴在一起。

清蔷狠狠地跺一下脚，许久以来她已不再把玉央视为对头了，但她怎么也想不到玉央会挖她的墙脚。清蔷认定玉央知道她和杭龙的关系，因为尚容局之内她和杭龙的事情已经成了公开的秘密。既然玉央知道，还在私下里去勾搭杭龙，这比骑到她脖颈上更令她不堪忍受。她不想在杭龙面前失了风度，一忍再忍之下才没跟他撕破脸皮。可是对玉央她就没有那么好的耐性了，她虽然不想让尚容局其他人看热闹，但绝对不会对玉央客气。

清蔷到了司容部，一眼便看到了胡蝶。

胡蝶戏谑她："尚服大人。"

清蔷微笑着回应："调皮鬼。"

"这么早，有事吗？"

"玉央在吧？"

"屋里忙着呢。"胡蝶指司容部。

司容部只有玉央一个人，清蔷进来随手将门拉严。

"清……尚服。"玉央抬头问候。

清蔷眼里带笑道："我们姐妹，干吗那么拘礼？忙什么呢？"

"尚容吩咐我的一些小事情。"

"玉央，你昨天去哪了？"

玉央说："你来找过我？"

"说你出去了。"清蔷点头。

"去看一个朋友。"

"朋友？我认识吗？"

玉央说："应该不认识。"

"你一个人去的？"

"嗯。"

到目前为止，玉央每一句话都是确实的，她心中没有鬼，所以对清蔷即将到来的逼问没有丝毫心理准备。她原本没有打算撒谎，任凭哪一个人在毫无压力的情况下都不会想到撒谎，但是突然有了压力就难说了。

“怎么去的？”清蔷接下来的问话便让玉央有了压力。

“我，哦，是……”

“坐人力车？”

“反正也不远，走着就过去了。”玉央有些尴尬。

“是吗？”

“怎么了？”

清蔷说：“没关系的。”

“什么没关系？”

“走着去也没关系啊。”

清蔷话里有话是任谁都听得出来的，玉央当然不例外。但她的心里是坦荡的，所谓不做亏心事不怕鬼叫门，她完全料不到事情会急转直下。

玉央说：“我没懂你的意思。”

“真没懂吗？”

“清蔷你是怎么了？”

清蔷说：“我们朋友一场，你又何必吞吞吐吐呢？”

“你到底怎么了？”

清蔷忽然变脸：“我也正想问你这句话，你到底怎么了？”

“我怎么了？没怎么呀。”

清蔷压低声音道：“看来你是成心跟我过不去了。”

“没有啊，你为什么这么说？”

“走着瞧吧。”清蔷转身出去，同时将门摔上。

玉央完全给闹愣了，她能想象出清蔷已经知道杭龙送自己，可那又怎么了？她跟杭龙没一点见不得人的想法，更没做过任何不该做的，她完全想不到清蔷会为这个大动肝火。清蔷的口气充满威胁，这让她想起了王德妃被皇上废黜时清蔷的表现，她第一次觉到了清蔷的可怕。走着瞧吧，这四个字让清蔷的可怕再一次展现。

玉央告诉胡蝶这两天她右眼总是在跳，胡蝶说：“左眼跳财右眼跳灾，当心啊。”

“我原本不信这个的，可是这次心里一点都不踏实。你说清蔷让我走着瞧，她究竟能把我怎么样呢？”

“她让你走着瞧？你怎么得罪她了？”

玉央说：“你知道我的，我不可能得罪她。我想来想去唯有一种可能，就是杭龙送我被她看到了。”

“那又怎么样？”

“前几天清蔷找我，专门问这个。我当时一犹豫，就没说是杭龙送我出宫的。当时清蔷脸色难看极了，临出门扔给我一句话，说走着瞧吧。”

胡蝶说：“怎么早没听你说？”

“我最恨人家威胁我了，我怕她什么？”

“你还嘴硬。既说不怕，那你眼皮跳什么？”

玉央说：“它要跳我也没有办法呀。”

“可是你知道，清蔷是什么事都做得出来的。”

“幸好我娘和方汀她们离开长安了。”

胡蝶说：“你信不信，无论她们到哪，只要清蔷想找，总会找到她们的？”

“我怎么着都不是问题,随便她想怎样。我只是担心我娘。”

“你怕什么肯定瞒不过清蔷,你不怕她她自然心里清楚。你担心你娘她也必定一目了然。”

玉央说:“也正因为这个闹得我心神不宁。”

“你也是的,招惹谁不行,非往清蔷的刀刃上撞不可?你明明知道清蔷对杭龙那份心思,干吗还要找杭龙?”

“我根本没多想。你知道杭龙对我一直很好,而且不是我找他,是他非要送我。”

胡蝶说:“你呀!不该想的你什么都想到了,真正该你想的又不多想了。现在得罪了清蔷,你必须十二分小心才是。”

“我真是昏了头了,干吗要去捅她这个马蜂窝呀?”玉央拍自己脑袋。

李炎结婚的那天杭龙很开心,破例喝了很多酒。由于事先说了要保密,杭龙就没把事情说给清蔷,结果让清蔷在那个晚上等他等到很晚。

杭龙拉开门,显然已经喝多了。

清蔷说:“怎么喝成这样?”

“你,你呀?你怎么没去喝酒?”

清蔷扶住他说:“满嘴都是酒臭。”

“喝,喝就要一醉,呃,方休……”

“干吗喝那么多酒?”

杭龙说:“高兴啊!冰洁嫁人啦,我不喝,谁,谁喝?”

“冰洁嫁人?嫁谁?”

“还能有谁?李炎啊……”

“颖王爷?”清蔷大为惊讶。

“是他,就是……”

“冰洁嫁给王爷了?”

杭龙说:“那又,又怎么样?”

清蔷扶杭龙上床,帮他脱掉鞋子。

杭龙说:“渴了,帮我,弄点水……”

“我有话问你。”

“弄点水,再说……”

清蔷说:“说了再弄。”

杭龙打个嗝:“呃,你,问什么?”

在清蔷看来,皇室与平民百姓根本就是两个世界里的人,可以一起打打球或者有一点其他交道,但这两个世界是截然分开的,彼此互不相通。在她眼里冰洁也不过是个喜欢打马球的姑娘,与自己也没有许多不同。可冰洁忽然嫁了王爷,成了皇室中的一员,清蔷一时怎么也转不过这个弯。但眼下她更关心的是自己,是和杭龙相关的一切。

“你说,你跟玉央怎么回事?”

“什么,怎么回事……”

清蔷说:“你跟我说,说玉央。”

“你跟我,吵什么吵?你烦不烦?玉央,怎么啦?”

“怎么啦!有了她你就烦我了?”

杭龙说:“我,就是喜欢她……你能拿我,怎么样?就是喜欢……”

“拿你怎么样?你喜欢她!你喜欢的人是她?”

“是啊。喜欢,随你的便……”

清蔷说："随我的便？你可别后悔！"

"有什么后悔？你能把我怎么样？哼……"清蔷两眼放光，浑身发抖，仿佛瞬间就会爆炸一般。

杭龙原本是借着酒力脱口而出的，并没有真的要向清蔷摊牌。所谓酒壮怂人胆，说的就是这个。但是这对清蔷的意义就不一样了，玉央瞬间被清蔷确认为死敌，不共戴天。

玉央没有任何与清蔷失和的举动，但她的不作为仍然惹大祸上身，或者说是被动地受了杭龙的牵连。杭龙对她的痴情最终招致清蔷对她的仇视，两人再无缓和的余地了。

清蔷撒开报复之网

1

历史已经见证了清蔷的能量。一个小宫女以一己之力竟然促使皇上废黜头牌皇妃，而且是在皇上不认得她的前提下，这在历史中也该当是绝无仅有的一例。据此可以猜想，由于清蔷仍然留在后宫且地位有很大上升，她的能量必定会继续释放。

前次因她已经不再把玉央当作对头，所以对方汀和荣氏的失踪没表示出追究到底的意愿。现下情形有了变化，玉央是她的死敌，所有关于玉央的大事小情都成了她关注的目标。她先就怀疑过玉央的姓氏，玉央既然出身大户人家，怎么母亲会是一个手艺人呢？要搞清这一点对清蔷是易如反掌，她给自己下了死命令，今生今世绝不再放过玉央，于是就有了下面一幕。

前扬州府府尉玉长风宅邸有前后两院，大屋在中间，内有三四间套房，此为前院。玉长风已经半瘫，由仆人伺候，坐在院中摇椅上晒太阳。另一个仆人阿福带着两位差人进门禀道："老爷，这二位是长安城来的差人，专程到访。"

"差人有什么事吗？"玉长风已经老迈不堪，脑子不甚清楚。

差人甲说："给玉老大人请安。"

"请安就不必了。"

差人乙说："也给老夫人请安。"

"不必不必。"

两位差人交换眼神，差人甲说："老大人和老夫人身体可好？"

"好着呢。"

差人乙问："老夫人呢？"

"在镇子后边。"

差人甲说："您的女儿让我们带口信问您的好呢。"

"都好。"玉长风嘟哝，"没事问什么好？吃饱了撑的。莫名其妙。"

差人乙说："老大人，女儿那么远，您不想她？"

"有什么好想的？你们还有事吗？"

差人甲说："我们还想面见老夫人。"

"她有什么好见的？"

差人乙说："您女儿给她捎来几句话。"

"啰唆。"玉长风对阿福说，"阿福，去，带他们过去。"

"向老大人告辞。"两位差人鞠躬退出。

巷道狭窄，两侧都是青砖高墙。道上无其他行人，阿福在前，两个差人在后。

"看来老爷子对这个玉央没什么感情，连问也不问一句。"

"老糊涂了。不是说玉央是他最小的女儿吗？"

“说玉央才十七八岁,我看这位老爹有八十岁了吧?”

“八十也不止了。看看,还是为官有福啊,六十以后仍然可以生女儿。”

“说玉央的娘也只有四十来岁,跟老爷子必定像祖孙一样。”

“所以说为官有福啊。可以妻妾成群,可以找孙女一样大的老婆。”

“羡慕可以,眼气不得。”

“谁眼气了?”

“这么一会‘为官有福’你都说了两遍了,有福没福怎么了?”

“羡慕呗。你也说了,羡慕可以,我又没有眼气。”

三人已经出了镇,差人甲左右看看道:“怪不得玉央她娘住到长安去,看这架势,就是人在扬州,也不住在家里。”

“没准就是个小妾吧。”

差人甲喊住前面的阿福:“喂,前面没人家了呀。”

“还在前面。”阿福回头,指前面的林子。

差人乙说:“肯定是在附近的村里另住,这些大户人家名堂多着呢。”

一片及膝的竹根,这里曾经有大片的竹林。阿福指着一座大墓说:“就这,有什么话就说吧。”两个差人面面相觑,差人甲有些结巴说:“这,这老夫人死啦?”

“早死了。我到玉府九年,就没见过老夫人的面。”

“死了九年啦?”

阿福摇头道:“不止。”

“那你见过玉央吗?”

“玉央?”

“就是玉大人最小的女儿,进了宫的那个。”

阿福说:“没听老爷说起过。”

“这可蹊跷了。”差人甲挠挠后脑说,“回去怎么交差啊?”

差人乙说:“只有实话实说咯。”

长安城西市的街市十分热闹,人群熙攘,街边店铺叫卖之声不绝于耳。清蔷着一身男装穿行于人流之中,脚步如飞。胡姬酒肆一如既往,三个酒保一手一个大托盘穿梭于各酒桌之间。两位往扬州的差人坐在角落,一壶清酒,一盘酱牛肉,另一盘是烹炒豆。清蔷从楼梯上来,绕过别的酒桌来到他俩跟前坐下。店堂里客家的吆喝声,酒保的应答,加上猜拳行令,人声鼎沸此起彼伏。

清蔷口气恶狠狠地说:“酒囊饭袋!你们就没长脑子?明摆着的,那个埋在地下的玉夫人与先前住在长安的玉央她娘根本不是同一个人。”

“姑娘这么一说,小的也明白了。这玉央的娘,跟玉夫人根本不是同一个人。可她不是玉夫人又是谁呢?”

“应该我问你,怎么你反过来问我呢?”

差人乙说:“姑娘说得是!拿人钱财与人消灾。可是姑娘要我们找玉夫人,我们给姑娘找到了。现在姑娘又要我们去查玉央的娘究竟是谁,那姑娘是不是等于又给我们派新差事了?”

“你不就是想问银子吗?银子算什么。”清蔷从怀里又掣出两锭白银,“这次你们去,务必想法子找到她人。”

“一定一定。姑娘还有什么吩咐?”差人甲忙将银子接下,入怀。

“查清她在什么地方?在做什么?和谁在一起?她和玉大人究竟是什么关系?所有这些一经查明,马上禀报。事成之后,还有两锭银子等你们来拿。”

“姑娘放心,看在银子的分上,小的也一定全力以赴。”

无论如何,玉央留在后宫都是清蔷的心头大患。对清蔷来说,以往那种利用职务去刁难或者到主子那诬告,这些手段都不够给力了。仅让玉央有哪一点不舒服远不能令清蔷满意,今天的形势已经到了一山不容二虎、有你没我的状态。清蔷知道要将玉央驱出宫非自身能力所及,她只能借重杨贤妃的力量。但她又不能让娘娘反感,娘娘极可能会嫌她多事。

清蔷进杨贤妃宫时,玉央刚好从里面出来,她见到清蔷不禁愣了一下,清蔷只当没看见她。

巧儿正帮杨贤妃穿衣服,清蔷说:“娘娘,我送新制的冬衣来了。”

“进来吧。”

“正好您在更衣,要不要试试?”清蔷进来,将托盘放到案几上。

“试吧。”

清蔷为她更衣。

杨贤妃问:“这衣服有什么名堂,要你亲自送过来?”

“材质并无特殊之处,不过是清蔷一针一线缝制的,希望娘娘不嫌弃。”

“不错,你很懂我的心思。”杨贤妃在铜镜前顾影自赏。

“另外,清蔷也有些日子没来侍候娘娘了。最近宫里格局有变,恐娘娘不快,所以过来看看才能放心。”

“我为何不快?”

“娘娘难道不记得了?”清蔷故作诧异。

“什么?”

“都怪清蔷多嘴,娘娘若不记得便不要想起来为好,何苦让自己心焦呢?”

杨贤妃说:“你是说李炎当上太弟吧。”

“清蔷的确在想这件事。”

“你怕他旧事重提与我为难?”

清蔷说:“事关李永,我恐怕王爷不会善罢甘休。”

“虽然他如今贵为太弟,但万事还得听圣上的主意。圣上一日不说再查,我谅他也没胆子重提。再者,他这个太弟坐不坐得稳,现在下定论为时尚早。”

“原来娘娘早有打算。”

“我还不至于那么糊涂,你只管把心放在肚子里。”杨贤妃从鼻子里“哼”了一声。

“清蔷当然不敢以为是娘娘糊涂,只是刚刚……”

“有话就说。”

清蔷说:“刚刚为娘娘按摩的是玉央吧。”

“怎么了?”

“看来有些小事,娘娘可能真的忘记了。”

杨贤妃陷入回想。清蔷一路以提醒的方式为杨贤妃点步,她有自己的关注点,希望能将贤妃娘娘的注意力引过来。而杨贤妃所关注的肯定与清蔷不一样,也不可能全部领会她的暗示。

清蔷发现了这一点,只好直截了当把想法说出来:“虽然依娘娘的分析,太弟暂时不会动翻案的念头。可留着玉央,总归后患无穷。谁也不知道李永到底跟她说过多少事,更不知道她对太弟交代了些什么……”

“的确是个麻烦。当时为避风头,暂时将她放一放,不料一放至今。现下想彻底收拾她,也还是不易。”杨贤妃点头。

“娘娘若是嫌这些事琐碎,不妨让清蔷为您分忧。”

杨贤妃冷笑道:“以你一贯的手段只会坏了事。要知道,圣上如今在姓李的那,玉央又一直是她的近人。你若动了玉央,难保姓李的不会利用圣上大做文章。非常时期,我不得不有所忌惮。”

“还是娘娘想得周全。”清蔷显得有些失望。

“不过,毕竟我乃后宫之主,只要有合理的说辞,处理一个小小的女官还不在话下。你替我想个差事,远远地打发她出宫,此事便容易了。”

闻言,清蔷来了精神:“她本是扬州府皇家大和教坊的学徒,如今将她派遣回去做师傅,为皇室培养更多的妆容人才,这个说辞应该没问题。”

杨贤妃想了想说:“行,就这么办。你去通知谷绣春,让她处理一下。”

“是。”清蔷喜上眉梢,随后转而一想又说,“娘娘,这事还是您单独对谷绣春讲比较好,她原本就不喜欢玉央。另外,让她觉得这是她自己的主意,她心里也会舒坦些。”

“也是。平日你太抢她的风头了,把一些机会故意留给她,不失是一个好主意。你能想到这一层,很不简单啊。”

“还不都是娘娘您教导有方啊。”

杨贤妃说:“近期我会让内侍省下令,将你的代理二字去掉,这样你就是正五品了。以你的年龄,坐到正五品,后宫恐无第二人。你知道吧,那些千挑万选入宫做了才人的,已经贵为妃嫔,也只四品而已。”

“娘娘大恩大德,清蔷没齿难忘。今生今世,但凡娘娘有用得着的地方,清蔷万死不辞。”

“我就知道你是个有良心的。”

老话说人以群分、物以类聚,这两个人尽管分属两个完全不同的世界,倒是应了这个法则。不只是由于清蔷进宫之初与杨氏的特殊关联,更是由于这许多年以来在许多事情上两个人的一拍即合,这才让清蔷自始至终都是杨氏的死党。

在玉央的事情上,清蔷排斥她的理由与杨贤妃毫不相干,但对处理玉央的想法上她们不谋而合,又想到一起去了。

2

说来有趣,这个世界的事情就是奇妙,面对同一件事,不同的人总有不同的立场和结论。比如这种时候谷绣春要找玉央谈话,对于尚容要谈什么,胡蝶和玉央的想法就很不一样。胡蝶认为要提拔玉央当司容。玉央第一不信,第二想的是死命推辞。玉央的话胡蝶同样不信,玉央说倘果真如你所说的话我就全力推荐你。胡蝶认为只要姓谷的当尚容,就是提典容也绝对轮不上她,说要是安尚容还在,也许多少有点机会吧。玉央有预感,尚容谈的一定不是提拔司容的话题。

谷绣春站在窗边,哼着小曲,满脸得意之色。玉央拉门进去,问道:“尚容,您找我?”

“进来,把门关上说话。”谷绣春马上换了副严肃面孔。

玉央关门,走到案几边。

谷绣春说:“坐。”

“不用了,尚容。”

“让你坐你就坐,话长着呢。”

玉央坐下。

谷绣春喝了一口茶说:“刚才贤妃娘娘找我,问起这几年新女史进宫的情况,你猜怎么着?”

“玉央猜不到。”

“你老家扬州这几年没什么人被选进来啊。你司容部有几个?”

玉央说:“我入宫之后的六年中,一共又进来两个。”

谷绣春点头:“嗯,看来我记得没错。娘娘就问了,扬州不是一直人才辈出吗?我们皇家的大和教坊不是一直在收学徒吗?怎么没人进宫呢?你知道原因吗?”

“玉央不知。”玉央摇头。

“据我的分析，以往从扬州来的女史，多半是大和教坊培养的。如今扬州无人，必定是大和教坊教授不力。朝廷花那么多银子支持它，它却不出成绩，这是娘娘很不想看到的。”

玉央有些怔，点头。

谷绣春继续说：“所以，娘娘和我觉得应该派人去大和教坊，把那里的学徒带好，为皇室培养更多人才。你说是不是？”

“嗯。”玉央点头。

“那到底让谁去呢？”谷绣春顿了一下，“我忽然想到，你不就是大和教坊出来的吗？我没记错吧？”

玉央点头：“没错。”

“既是你的家乡，你的出处，你去最合适了。你觉得呢？”

“嗯。”玉央点头。

“所以，经过反复斟酌，我敲定让你回扬州大和教坊。”

“明白。”

“我的话说完了，你有什么要说的吗？”

“您看我什么时候走比较合适？”玉央出奇地平静。

谷绣春愣了一下，问：“你就没什么别的要说了？”

“没有啊。”

“我以为……通常女官出宫，总会觉得不那么情愿，总要说三道四……”

玉央说：“既然您和贤妃娘娘都觉得需要，我也没什么好说的。”

“你手艺好，做事深得娘娘赏识。这次派你出去，只是因为大和教坊那边着实需要高手。没有贬你出宫的意思……”

“尚容不必多虑，玉央也没那么想。需要我去，我去就是了。”

谷绣春说：“嗯，你能这么想很好。把手里工作交代一下，这几日就动身。”

玉央的平静不是做出来的，她早就厌倦了后宫的日子，一直期待着有机会能离开。现在机会忽然来了，但是有些突然，她一时真不知道说什么才好，尤其是面对尚容。她在想是否可以从太原往扬州去，她已经有一段时间没有娘的讯息了。

司容部这边出了一点小摩擦，是掌容胡蝶在训斥资历最老的女史段蓉。段蓉不服，极力分辩：“我这么做，典容已经同意了的，你凭什么说我擅自改配方？”

胡蝶说：“你少拿典容压我！我告诉你，这里由我负责。不要说你找典容，就是找司容、尚容也没用。”

“我忍你不是一天两天了。”

“谁让你忍了？你可以不忍啊。别以为你是司容部的元老就可以为所欲为，想都别想。”胡蝶扬起下巴，“只要我在一天，这里就是我说了算。”

段蓉气鼓鼓的，却又无可奈何，只能继续手里的工作。

“这就对了，把自己的工作做好。”胡蝶一眼瞥到住室的门有一道缝隙，马上赶过来，原来是玉央在房里收拾东西。

胡蝶从玉央的表情上看不出什么，便问：“怎么去见了一趟尚容，连司容部也不去了？干吗呢？”

“你没见在收拾细软吗？”

“你收拾它们做什么？尚容找你什么事呀？”

玉央说：“她差我回扬州，这两天就要动身，所以我回来收拾收拾。”

“回扬州？是准你探亲吗？”

“是差我,有任务的。”

胡蝶说:“什么任务？找配方？”

“去大和教坊带徒弟。”玉央摇摇头。

胡蝶瞪大眼睛道:“带徒弟？那你肯定要去很久了？”

“尚容没说去多长时间,估计不会很快回来。”

“你也没问问？”

玉央说:“没问。估计她不遣人召我,我就一直待在扬州吧。”

“什么？那不就等于赶你出宫？”

“还是不一样吧,”玉央想了想说,“其实也无所谓一样不一样。”

胡蝶说:“你不觉得这事有鬼吗？”

“有什么鬼？”

“好好的不提拔你,反而让你出宫去带什么徒弟。你得罪她了？”

“得罪谁？”玉央没懂。

“谷绣春啊。”

“我怎么会去得罪她呢？”

都说隔墙有耳,这话是一点都不错的,因为她俩马上听到了谷绣春的声音:“胡蝶。”

“哎。”胡蝶吐一下舌头,应声道。

谷绣春叫胡蝶出来,问:“玉央在干吗？”

胡蝶说:“在收拾衣物。”

谷绣春又问:“玉央跟你说了回扬州没有,她是不是有情绪。玉央走后,你将代行典容一职。”

胡蝶问她:“可是,为什么要她走呢？”

“这不是你该关心的事,刚才你又和段蓉斗嘴了是吧？”

“她那个人……”

谷绣春说:“我已经训了她一顿,你就别再火上浇油了。进去吧,玉央若是难过,跟她说点开心的话,安慰安慰她。”

玉央东西收拾得也差不多了,胡蝶推门进来。

玉央说:“是不是让你安慰安慰我？”

“你真是神了。”

“要不是说这个,她肯定就会进来当着我的面说话了。”

胡蝶说:“我琢磨着,肯定还是清蔷在背后搞的鬼。”

“尚容倒是未提清蔷,只说这是自己和贤妃娘娘的主意。况且她和清蔷之间很有隔阂的。”

“没那么简单。什么坏事离得了清蔷？谷绣春又有什么脑子,能想出这么古怪的主意？”

“谁想的也不重要啊。”玉央无可无不可。

“怎么不重要？如果是清蔷的主意,那她就是故意在害你！明摆着的。”

“可我没觉得被伤害了呀。我觉得这样挺好的,我巴不得这样。”

“你没觉得！可是我觉得！你就不想想,你要是走了,我一个人在这还有什么劲？不行！”胡蝶说着就要往外冲。

“又来劲了！你去哪？”玉央一把拽住她。

“找尚容。若跟她说不通,就直接找贤妃娘娘。”

“找她们做什么？”

胡蝶说:“我去问她们干吗要打发你走？这不公平。现下正在提司容的节骨眼上,什么意思嘛！”

“你别胡闹了。”

“谁胡闹了？我这叫据理力争。贤妃那说不通，我就去找李昭仪，找皇上。我就不信没个说理的地方。”

“回来，你给我坐下。”玉央拽紧胡蝶，将她按在椅子上，“我知道你有能耐，如今常常见到皇上，芝麻绿豆的事都可以面圣。”

胡蝶气鼓鼓地说：“我自己的事从来没跟皇上提过一个字。”

玉央笑道：“我知道你全是为了我。”

“那当然了。”

“可是你得先了解我的想法呀。”

胡蝶说：“你什么想法？我不信你甘心情愿被清蔷这么挤对。”

“可是你应该知道，我一直想出宫去的啊。”

胡蝶眨巴眼道：“是啊，我知道。”

玉央说：“可就是苦于没有合适的机会。如今是机会自己找上我，无论什么缘故，无论是谁在背后搞了什么鬼，我反正终于可以出宫了呀。”

胡蝶挠挠后脑勺说：“话虽这么说，可我还是觉得哪里不对劲。”

“管它对劲不对劲的。重要的是我能得偿所愿，可以离开这个是非之地了。你这个坏蛋，应该为我高兴才是。”

“你说的好像挺有道理，可是……我怎么一点也高兴不起来呢？”

“别多想了，给我帮把手吧。”玉央见胡蝶有些呆，推了她一把。

“我想明白了！”

“又明白什么了？”

胡蝶说：“我知道我为什么不高兴了。”

“为什么？”

“以前说到你出宫，我想的都是咱俩一起出去。现在你当真要走了，却把我一个人留在这，我当然不开心了。”

玉央说：“我要是尚容，就安排你跟我一起走。反正去一个也是去，去两个也是去。大和教坊不是需要人吗？”

“真的耶！我去请求她们，让她们把我也派去扬州，你说行么？”

玉央想了想说：“真的不是没有可能。”

“你说一下走了我们两个，司容部的事会不会受影响？”

“管它呢。不过尚容也许会同意你和我一道离开，她好像也不喜欢你。”

“谁要她喜欢。”胡蝶一撇嘴，忽然又一笑，“你还别说，也许她舍不得放我，刚才她还说，你走了，让我代行典容呢。”

“看看，让我回扬州真的未尝不是件好事呢。”

相会瘦西湖

1

世界上的事情就是这么奇异，当玉央被差遣回扬州的时候，荣氏竟也动了再回扬州的念头。荣氏站在太原府女子小店门口发呆，方汀叫她也没有反应：“外头冷，回屋里吧。”

荣氏摇头:“我站一会。老坐在里面,都烦了。”

“我看您是又想玉央了吧?”

“这些天不知为什么,我没怎么想小丫,倒是忽然想起我之前在玉府侍候过的夫人。”

方汀问:“就是对您有恩的那位?”

“我能有今天的手艺和境遇,不能不感激夫人。这一晃二十余年,我再没见过她。上次玉老爷说她已经过世了,之后我也没去拜祭过。”

“您上次见到玉老爷也有七年了吧?”

荣氏说:“我忽然想起下月中就是夫人的生祭,若阳寿未尽,该七十整了。”

“玉老夫人葬在扬州?”

“应该在扬州近郊的林子里。夫人生前就最喜欢那片竹林,说死后定要葬在那里。”

方汀说:“正好还有一个月光景,我们来得及去拜祭她。”

“可是,千里迢迢的,这店铺怎么办?”

“有什么怎么办?关了呗。”

荣氏说:“怎么好为了我……”

“您还拿我当外人啊!”

“当然不是。我都这把年纪了,还这么想一出是一出的,心里过意不去。”

方汀说:“幸亏当初听您的话,没开个大铺子。如今就算关了也不心疼。”

荣氏思忖道:“这大半年倒是赚了不少。”

“不用思前想后的,就这么定了。这两日咱们就动身。”

荣氏再想到的便是着人给女儿捎个口信。时机刚刚好,玉央不必拐到太原府了,她可以直接在扬州与母亲重逢。

另外两个长安客已先她们一步到了扬州府,是拿了清蔷银子的两个差人。城中酒馆客人不多,十几张方桌才坐了不到一半。

“小哥请上坐。”二位差人将玉府看门仆人阿福奉为上宾。

阿福说:“二位大哥不必客气。”

“小哥一定好酒量。”

阿福说:“马马虎虎。”

差人转向小二说:“两壶好酒,下酒菜随便端四个上来。”

“二位太客气了,有什么话尽管说。”阿福咂咂嘴。

差人甲说:“自然还是玉老爷家的事。”

“小弟知无不言。”

差人乙说:“小哥,那玉央是老夫人嫡出吗?”

“谁是玉央?”

“就是玉老爷最小的女儿,进宫的那个呀。”

阿福说:“玉老夫人生有三女,却没有一个进了宫的。”

“不会吧。小哥,你还是尽量想一下,三个女儿现下都在何处?”

阿福回忆道:“大小姐家离扬州府三十里,夫家姓侯,是当地首屈一指的大户,开春时节刚做了奶奶。”

“二小姐呢?”

“她可远了。在南边松江,有一百几十里路……”

“三小姐。”

阿福说:“就在这扬州府城里啊。三小姐的日子最舒坦了,连着生了三胎,你猜怎么着,都是龙凤胎！竟是三儿三女。”

“这玉老爷妻妾一共几个？”

“老爷不是花痴，一生只有夫人一个女人。我在玉府也有些年了，说老爷拈花惹草的事从未曾听说过。”

差人乙说：“不可能啊，那玉央岂不是从石头里蹦出来的？”

“你说的这个玉央究竟是谁？”

“玉老爷有没有儿子？儿子有没有女儿？”

阿福摇头：“老爷最大的遗憾就是没有儿子。听说老夫人在世的时候，几次提出为他纳妾生子，都被老爷叱骂。”

“我想起来了，这个玉央是从大和教坊进宫的！”差人乙一拍脑袋。

阿福问：“是哪一年的事？”

“七年之前。”

“七年之前……应该是荣师傅的那个女儿小丫啊。”

差人乙问：“谁？谁的女儿？”

“荣师傅啊。她先前在大和教坊做琴师，名声很大。不知为什么后来进了玉府，一待就是很多年，一直跟着老夫人。后来嫁夫生女，再后来又回了大和教坊。”

“她女儿进宫了？”

阿福说：“就是，听说还是老爷帮忙的。”

“你说的这个小丫当时几岁？”

“十，十一二吧。”

“就是她了。”差人甲以自拳击自掌。

差人乙问：“这个荣师傅人在哪？”

“走了有些年了，听说也去了长安城。”

“没错。那现在呢？”

阿福摇头说：“没听说过，要么你们到大和教坊去打听一下？”

这会荣氏和方汀她们也到了扬州玉府。玉长风依旧坐在摇椅上，手中虽有一卷书，两眼却已经合拢。正值昏昏欲睡之时，拍门声将老先生惊醒，另一位仆人过去应门。荣氏和方汀进来，径直来到老人跟前。

“你们是……”玉长风老眼昏花。

荣氏说：“老爷，是我呀。”

玉长风认出荣氏，说道：“是你呀！可是稀客。这位姑娘是小丫吗？这么大了？”

“是小丫的朋友，也是我的朋友，叫方汀。”

“给老爷请安。”方汀施礼。

“太客气了。”

荣氏说：“老爷身子还好吧？”

“凑合着吧。人老咯，怎么好也好不到哪去了。”

“我们这次从太原府过来，是专程来给夫人上坟。夫人待我如亲娘一般，她老人家过世这么久，我竟没来拜祭一下，心里很是愧疚。”

玉长风说：“人死都死啦，能想起来，念叨一下，也就够了。又何必大老远跑回来呢？”

“一份心情吧。”

“这老太婆死了这么多年，连我都不大去看她，忽然你来了。更叫人惊奇的，先前还有两个人也来看她，话说得糊里糊涂，我听得莫名其妙。”

荣氏问:“来看老夫人?”

“我让看门的阿福带他们去的。阿福呢?”

仆人说:“有事出去了。”

“老爷找我?”阿福刚好推开大门进来。

玉长风说:“还认识这是谁吧?”

阿福惊诧道:“是……荣师傅?”

荣氏说:“阿福还认得我?”

阿福点头:“怎么会不认得?真是奇了,刚刚还说到你呢。”

“刚刚说到我?谁呀?”轮到荣氏惊讶了。

阿福说:“老爷,就是上次我带他们到老夫人坟地的那两个人。他们又来了,请我吃酒,还打听荣师傅。”

荣氏诧异道:“他们打听我?”

“打听你和小丫。”

方汀对荣氏说:“坏了,一定是清蔷派的人。”

玉长风问:“你们说谁呢?”

荣氏答:“是我们的一个熟人。老爷,夫人是埋在那片竹林么?”

阿福说:“竹子早砍光了。荣师傅,要不要我带你们过去?”

“不必了,谢谢阿福。老爷,我们就过去了,给夫人上三炷香。过几日我再来看您。”

玉长风说:“太费心啦,你走好啊。”

方汀的警惕不是空穴来风,她对清蔷的提防之心源于她对清蔷的认识,她已经领教了清蔷的手段,也因此吃尽了苦头。她不能够再掉以轻心,毕竟荣氏离开玉府几近二十年,忽然有人到玉府来打探玉央和荣氏,太不寻常了。

另有一个人对扬州府情有独钟,他就是大诗人杜牧。正所谓故地重游,如沐春风,满脸喜气。街头车马熙攘,好不热闹。忽然远处有尖叫声,原来是一匹惊马拖拽着厢车冲过来,一路车马行人纷纷躲避,同时呼喝再三。厢车颠荡起伏,东歪西斜。忽然一条大汉从斜刺 里蹿出来牢牢抱住马颈,两腿如楔般前伸,将狂奔的烈马强行拉停。众人一片叫好声,杜牧定睛一看,好汉却是封三。

不过现在的封三与昔日判若两人,猛张飞一般的大胡子不见了,原来那身游手好闲的行头也换成寻常汉子的素衫,看上去勇武且敦厚。谁也没料到轿帘后竟钻出两个面色如土的男子,正是清蔷遣派的差人。那两个差人灰头土脸从厢车里出来,对封三抱拳再三:“谢壮士搭救之恩,谢谢……”然后隐入人丛。

一个大约三四岁的男童一路呼着“爹爹”冲向封三,双手抱定他的大腿。杜牧往男童跑出的位置一看,竟然发现了露彤!素面朝天却依然美若天仙的露彤满脸都是笑意,是那种充满母爱满足的微笑。让人无法想象的,她竟是农妇装扮,朴素到了极致。一时,杜牧惊呆了。

封三、露彤各拉着孩子的一只手,迎着夕阳往前走,孩子的铃儿般的笑声在耳鼓震荡。一长一短一长三条身影投在他们身后的街上,一抻一拉此起彼伏,好一幅和美的天伦之乐图。杜牧远远地跟在他们身后,内心有着无穷无尽的感慨,当年的一幕又在眼前浮现。

七年前的扬州之行留下了太多的感慨。那时候露彤是他的情侣,他俩有过一生最难忘怀的美妙时光。在离开扬州后的两年里,他几次想过回扬州将露彤带走,正式迎娶进杜家大门。之后还是时间和距离将他拉开,使露彤变为他永远的记忆。夕阳将露彤一家三口染成一派金黄,后面的杜牧若隐若现。

时间是这个世界最奇怪的东西,它会改变一切。尤其是对那些离去又回来的人们,这种改变的印记越发明显。而那些留下来的从未离开过的人却很少变化,似乎她们的时间静止了,大和教坊的情形正是如此。

容妆坊十几个妆镜前都空着，唯有最大那套妆镜前有人，妆娘丹青正为一位美艳的女子化妆。丹青当年就是荣氏的徒弟，跟了荣氏几年，如今已经做了头牌妆娘。她动作娴熟，举手投足之间颇有荣氏风范。美艳的女子正是小丫当年的玩伴莲莲，是当下教坊的头牌舞娘。丹青喊阿朵去帮她换水，阿朵答应着从门外进来。她除了人长大了，表情和动作依然是原来的样子。她冒冒失失地端水过来，衣角将案几上几支眉笔带到地上。

丹青呵斥她说："总这么笨手笨脚的，难怪什么也学不到家。"

阿朵显然已经习惯了被人呵斥，对丹青的话完全不以为意。时间俨然一位严厉的妆容师，给每个人画像定位，为每个人最终设定了角色。

莲莲说："丹青，帮我把眉画淡一些，上次太浓了。"

"好的。我知道你喜欢淡妆，其实你化浓妆效果更强烈些。"

"还有，嘴唇也不要总那么红，你知道我喜欢素雅一点的。"

阿朵端水放到莲莲旁侧，莲莲将手指浸入其中。阿朵为其洗手，用干毛巾擦干。

丹青瞟了一眼说："阿朵，你把那左手无名指的指甲油修补一下。"

"好，这个我行！"阿朵动手去拿工具。

莲莲说："不用你了，我自己来。"

阿朵有点失望，将工具递给莲莲，看着她利索地为自己补好指甲油，再接过工具放回案几。一个小姑娘拿件熨好的红色长裙进来，本来很简单的事，因为阿朵碰翻了水盆又惹出一连串的麻烦，莲莲和丹青也不得不加入进来——

"姐姐，这是今晚上台的衣服。"

"真好看啊。"

"哎呀阿朵，看你把衣服弄湿了！"

"这，没事吧？"

"看你干的好事！马上就要演出了，湿衣服让我怎么穿？"

"那，我给你烤干？"

"让你烤，准能把它整个烧了。"

"怎么可能。"

"还愣着？快去找师傅熨一下。"

"是。"

"阿朵，你还是出去吧，别在这添乱了。"

"我怎么添乱了？这地上有水我把它擦干净，有错吗？"

"让你出去你就出去，每次关键时刻就闯祸，还没够啊？"

"真让人头疼。"

"莲莲，好了没有？"

"坊主，还要稍等一下。"

"抓点紧啊。"

"知道了。"

简直就是一场乱战。

小丫的另一个玩伴正在阔大的演台上独自施展身手，兰兰的一只素手在琵琶弦上翻飞。她虽坐在演台一侧，此时却是所有目光的焦点。台下众看客大多静静倾听，也有一些摇头晃脑，用手指敲桌面打着拍子。琵琶声戛然而止，演奏者身边的光暗下去。演台中央被点亮，莲莲登场，台下顿时沸腾了。音乐再起，莲莲翩翩起舞。看客们不停叫好鼓掌，或者叫莲莲的名字。坐在后面的人纷纷站起，甚至有站到桌子上的。只见莲莲月颜腴肤，长颈细腰，纤指亮甲，丰乳肥臀，再辅以柔媚撩人的舞姿，真可谓国色天香，直叫人垂涎欲滴。

荣氏和方汀出现在众看客之间，方汀问："这就是您说过的露彤姑娘？"

"应该不是。露彤想必年龄已经大了，不会再登台了。"荣氏摇头，环顾四周后又说，"不过，这位姑娘丝毫不比当年的露彤逊色。"

"跳得真好啊，大和教坊果然名不虚传。"

荣氏笑了："别人夸赞大和教坊也就罢了，你是在大明宫里待过的人，见过皇上的舞娘，怎么会稀罕这些？"

"我可不是乱说的，这位姑娘的舞技就算是在皇上面前表演，也一定能得到掌声。"

"太远了看不清，也不知是哪位姑娘。这琵琶也弹得精彩。"荣氏眯眼仔细打量台上。

"走了这么多年，只怕您看得清也认不出了。"

"是啊，我离开的时候，这些姑娘肯定都还是小孩子。女大十八变，如今怕是面对面也叫不出名了。"

方汀说："不过她们应该能认出您吧。"

荣氏笑道："我也老咯。"

"荣师傅？"荣氏、方汀看过去，端着盘子的阿朵惊喜不已，"真的是你呀，荣师傅！"

"阿朵？"

"您还认得我啊！"

荣氏笑着说："你跟小时候一个样，怎么认不出？"

"人家说女大十八变，越变越漂亮，看来就我没往好看了长。"阿朵看见方汀，犹疑地问道，"这是……这不是小丫。"

"这是小丫和我的朋友，方汀。"

方汀微笑致意。

"我叫阿朵，是小丫最好的朋友。"阿朵笑得很傻。

荣氏问："兰兰、莲莲呢？怎么没跟你一块？"

阿朵不好意思地说道："她们现在哪能干这个呀？莲莲已经是头牌啦！"

荣氏惊讶，指着台上问："那个就是莲莲？"

阿朵点头："是啊。"

"都长这么大了，这孩子从小就有这个劲。"荣氏看向莲莲，眼里都是笑意。

阿朵说："兰兰也很厉害啊，上面弹琵琶的就是她。"

荣氏更惊讶了："兰兰的琵琶弹得这么棒。"

"每次演出都少不了她，一点不比莲莲差。"阿朵点头。

荣氏再次眯起眼看演台，台上的兰兰专注于琵琶，一张素脸显得尤为动人。

2

与此同时，一辆马车在教坊大门外停下，玉央和胡蝶也到了。有宫里配发的专项银两，她们可以一路包轿厢马车过来，路上不至于耽搁太久。但是毕竟车马颠荡一路，她们的骨节都要被颠散了。尽管先前就已经疲惫不堪，车一停下胡蝶还是来了精神，撩起轿帘钻出去。大和教坊的舞乐声从大门飘出，玉央拿银子打发车夫。胡蝶抬头看门楼牌匾说："挺像那么回事的。"

玉央长叹一声说："一晃就是七年了。"

"走啦。"胡蝶拉着她，两人进了大门，又问，"这里当家的怎么称呼？"

"坊主。"

"我们先去找坊主报到。"

玉央说:"这会有表演,人都在演台那边,先过去看看演出吧。"

教坊演台短暂的静场之后,兰兰的琵琶乐音又起,有如高山流水,令人回肠荡气。莲莲独舞出场,双脚迅速交叠,如在水上漂浮。身段轻盈,柔弱无骨一般,拖曳着如云的霓裳宛若仙女降临。所有观众都屏住了呼吸,玉央的小脸也藏在其中,激动与兴奋一望便知,显然她认出了莲莲与兰兰。台上,专注的舞者莲莲举手投足都与乐音恰到好处的融为一体,极富韵致。忽然,她走神了,她的注意力被演台下的玉央吸过去了。转瞬之间,莲莲灵魂出窍,竟突然站下,与此同时,兰兰手中的琵琶也戛然而止!

莲莲惊呼:"小丫!"

"小丫!"兰兰也腾地站起来。

所有的目光一下聚焦在玉央身上,胡蝶目瞪口呆。

演台下莲莲、兰兰围住玉央,众看客都把视线集中到这边来。

兰兰说:"真没想到!做梦也想不到啊!"

莲莲说:"那么多年没见,可我还是一眼就把你认出来。"

"你们好棒啊!莲莲的舞蹈,还有兰兰的琵琶,真是棒极了……"玉央眼前又一亮,"方汀!"

方汀说:"玉央!"

"你怎么会在这?我娘呢?"

"也在啊,她说去见孙师傅。"

"我娘也在这!"玉央大喜过望。

"你想死我啦……哇!"阿朵突然从人丛中挤过来一把抱住玉央,号啕大哭。

玉央也抱住她说:"阿朵,阿朵……"

对玉央来说,这一场欢聚太让人激动了!此前她不止一次想象过和小伙伴们重逢的一刻,她能够想象她们都是大姑娘了,她想得出每个人的样子甚至神态。但是那种想象缺少了现场情绪,她心里觉不到那种突如其来的激动,觉不到压抑了七年的友情的释放。是阿朵的突然拥抱和号啕大哭一下将玉央内心情感的阀门冲开,玉央生平第一次体会到那种一泻千里的激动,她的泪水比阿朵还要汹涌,她甚至没有哽咽也没有抽泣,只有泪水如喷泉般奔涌而出。

那边,荣氏一个人绕到了她所熟悉的书画坊。众多学徒俯身各自书案,一如七年之前那样,似乎她们的描画从未间断,孙师傅也如七年前一样背手巡视其中。荣氏如玉央一样内心充满了激动,孙师傅明显老了。

荣氏叫道:"孙师傅。"

"荣师傅!"孙师傅显然更加惊喜。

两个老朋友互相拉住对方上下打量,开心写在她们的脸上,还有激动。

孙师傅说:"你一回来,这里就缺小丫了。"

"我从太原府过来,也有许久没见她人了。小丫在宫里,身不由己啊。"

那边玉央、胡蝶已经向坊主报到了。坊主的房间端庄雅致,床在内室,床单被褥都是素色的。床前檀木桌上摆着香炉,内焚焦兰,青烟袅袅。外间既是起居室也是书房,竹架中两层放书,一层放着各种工艺品。一张侍女画卷挂在墙上,靠窗案几上笔墨纸砚一应俱全。另有一套桌椅迎门而设,坊主、玉央、胡蝶围桌而坐,坊主说:"一下子不知道叫你什么好了。"

玉央说:"我是您看着长大的,当然还叫小丫。"

"可眼下你是正七品,在我之上了。按照规矩,我也该听你的调遣才是。"

"坊主,万万使不得。那个几品几品的只是听着好玩而已,当不得真的。"

胡蝶说："是啊，说起来我也算个八品，出了宫可以去当个县官了。其实手下也不过三五个小女史，简直就像儿戏一样。"

坊主说："二位既如此说，老身就恭敬不如从命了。小丫，你们是怎么想的，是回来管事呢，还是出了宫来散散心？"

"一切都听坊主的安排……"

胡蝶说："当然要散散心啦，宫里闷死了。"

坊主说："你们出宫也仅仅是暂时的，早晚还得回去。所以想玩就玩，想做什么就做什么，老身自会为你们安排。"

胡蝶说："我巴不得永远不回宫呢。"

玉央说："既然出来了，自然尽量放松，开开心心的。内侍省叮嘱的，也顺便用一点心思，日后也好有个交代。"

坊主问："内侍省叮嘱些什么？"

胡蝶说："还不就是那些啰里吧嗦的东西嘛，什么建立选拔新人的机制呀，什么改变原来的教授方法呀，什么管理……什么制度来着？"

玉央说："管理制度化。"

"都是些听了叫人头疼的话。"

坊主说："看来内侍省对这里很不满意。"

胡蝶点头："那倒是真的。那个叫秦耕人的总管说起大和教坊，没有一句好听的话……"

玉央偷偷拽她衣襟，坊主的脸色很难看。

玉央说："坊主也不必太放在心上。后宫的事听风就是雨，今日气不顺了，什么什么都不好。明日气顺了，又一好百好，不值得太认真的。"

坊主说："这几年从大和教坊被选入宫的人很少，这也是不争的事实，上面不满意当在情理之中。也许我在这个位置上坐不久了。"

胡蝶说："在宫里待了这么多年，有些事我看得很清楚。下面怎样，宫里其实并不关心，宫里只关心是不是有人才进宫。依我看，坊主该广开思路，不一定只盯着尚容局，其他各局也都有机会，想方设法送各种人才出去。比如莲莲、兰兰她们，进了尚乐局也一定出类拔萃，不一定比那些人逊色。"

坊主说："谢掌容指点。"

"坊主千万别这么说。"

玉央说："坊主，我快有一年没见我娘了，我过去见见娘。"

坊主惊讶道："荣师傅也来了？我怎么一点不知道？"

"听说也是天黑了才到。"

"真可谓无巧不成书啊，我刚已经吩咐人为你们二位准备房间了。既然荣师傅也在，我再让人给你们娘儿俩换一个宽敞的房子。"

玉央说："不必了，我和我娘还住回原来的房子就可以了。"

"这可万万使不得。"

"您就听我一次，求您了坊主。"

"那就……"坊主无可奈何。

胡蝶插嘴，嘻嘻一笑："恭敬不如从命咯。"

坊主房间外是一小块花园，再过去是夜幕下美不胜收的瘦西湖。玉央、胡蝶连同坊主拉开门，不期荣氏连同方汀、莲莲、兰兰、阿朵、孙师傅一干人尽数候在门外。玉央叫了一声"娘"，便扑进荣氏怀里。荣氏紧抱住女儿，脸上满是幸福。

◎ 第十二章 温习往昔的幸福生活

莲莲有了麻烦

1

回到教坊的日子对玉央来说无疑是一种甜蜜。回想入宫的小八年,她就没有一天的彻底放松,每日都有相似的紧张,都有如海浪一般一拨又一拨的压力,她早就忘了那种没有压力也无紧张的轻松生活了。现在她终于回来了,回到扬州,回到属于小丫的无拘无束的日子。

住回当年的房间也就等于找回了往昔的幸福。先前的房间一切如旧,两张床,一条案桌靠窗。另有搁架一套,圆桌圆凳一套。大家一拥而入,莲莲、兰兰、阿朵她们都拿来自己的各类用品帮玉央布置房间。众人退去了,只留下荣氏和玉央。

母女二人相视良久,荣氏这才问她:"小丫,你怎么突然就离开后宫了?"

玉央浅浅一笑道:"我离开了,您会觉得不开心吗?"

"我当然开心。可是我不明白,你怎么会那么容易就离开了?"

"我也不是很明白,也许背后有什么我不知道的原因。但既然现下也已经离开了,又何必一定要明白其中的缘故呢?"

荣氏思忖道:"你说得也有道理……"

"娘,你还记得吗,我说过想写一本集子?"

"专门收录妆容方子的?"

玉央说:"对啊。老早就琢磨这事,安尚容和你给我的笔记一直没离过身。可宫里太忙,是非也多,总静不下心动笔。现在好了,可以在教坊里安安生生写集子。"

"那好,那是好事……"

"娘,你好像有心事。"

荣氏说:"有人从长安到扬州专门打听你和我的行踪,我不知道是否与你出宫这件事有关。"

"我们又没做什么亏心事,不必太在乎。"

"没事最好。多留一份心思,提防意外发生,也是必要的。"

玉央感慨于命运的巧合,似乎上天注定了她们母女要回到扬州相会。按照荣氏、方汀原来的计划,她们在扬州逗留的时间不会太长,因为太原府那边的住处已经预交了租金,而且关了张的铺子里的不少存货要处理。但现在事情有了变化,看来玉央她们会在扬州很长一段时间。她们有两个选择,一是舍弃太原府那边,算是彻底损失了。一是如果损失太大就回去做一下处理,把损失尽可能降低。荣氏要把方汀安置到绣坊做事,方汀说不急,想一个人回一趟太原府,把事情处理妥当再说。荣氏觉得也有道理,毕竟那边铺子主要的投资是方汀出的,她打算回去做处理也是妥当的主意。

坊主专门为玉央、胡蝶安排了一条游船。但凡上面有人下来,游览瘦西湖是大和教坊的固定节目,而且教坊这一段的湖面是瘦西湖最美的。这是一条中等大小的游船,栏杆均有雕花。船舱仅一层,窗扇也都精雕细琢。胡蝶、莲莲、兰兰、方汀倚在栏杆赏景,玉央、荣氏、孙师傅、阿朵则在另一侧。

"我小时候虽在扬州长大,像今日这样好多姐妹一起坐船游瘦西湖,这辈子还是头一次呢。"

胡蝶兴致很高。

兰兰说:“你家里没有兄弟姐妹吗?”

“我家人大多在长安城和太原府,扬州仅留着一座大宅,就我和我爹娘住。如今爹娘也不在扬州,家里怕是一个人也没有了。”

“你家是西街的胡府?”

胡蝶说:“是啊。你去过?”

“一看就是官宦人家,永远是大门紧闭,外人怎么可能进去呢?”

“没那么夸张吧。人丁稀少,不需要进进出出,所以才关着门。什么官宦人家呀,听着怪别扭的。”

三个女人一台戏,她们可远不止三个,说着说着就乱套了。大家七嘴八舌搅成一团,旁人就根本分不出个数。

莲莲说:“进宫女史的候选人一定得出身士族,自然是官宦人家。”

“尚容局是这么要求的。”胡蝶转向方汀问,“其他各局倒不一定吧?”

方汀说:“尚宫局也规定必须士族出身。尚乐局,尚辇局,尚服局好像没这么严格的要求。”

莲莲问:“普通人家的女子也可以吗?”

方汀点头:“应该是的。”

兰兰说:“在大和教坊也是弹琴跳舞,进了宫一样是做这些事,有什么区别啊?”

方汀说:“看的人不一样啊。在这,谁花得起银子谁就能进来看。在宫里,不是皇亲国戚达官贵人,想都别想。”

胡蝶说:“还有,宫中设有学署,专门教授异域番邦的学生。什么黄头发的啊,蓝眼睛的啊,鹰钩鼻子的啊,一开口全会说汉话,不过怪声怪调的,可有意思啦。”

方汀说:“你们若进宫,不去尚乐局,也可以去学署。”

兰兰说:“我可教不了书。”

胡蝶说:“谁让你教书了?你去教琵琶呀。宫里的学署就是专门教这些技艺的。”

莲莲问:“也教舞蹈吗?”

方汀说:“也有。”

兰兰说:“我的琵琶还不行。”

胡蝶说:“你都那么厉害了,还假谦虚呢。”

“真正厉害的人在那呢。”兰兰指了指荣氏。

“荣师傅?”胡蝶不信。

兰兰点头,莲莲也点头。很明显在荣氏等人去了长安的时间里,她们的经历已在这一辈的姑娘中广为流传,她已成了孩子们心中的英雄。尤其是兰兰,她是新一代琵琶女,对荣氏格外景仰。

胡蝶说:“我怎么没听玉央说过。既然你知道高人就在身边,怎么还不去拜师?”

兰兰说:“我怕荣师傅没兴趣教我。”

方汀说:“那你试试看呗。”

莲莲若有所思,还想发问,被胡蝶打断。胡蝶抓住栏杆晃动身子,高声叫道:“好开心啊!太开心啦!”

方汀说:“你去过芙蓉园吗?”

胡蝶说:“没有,你去过?”

方汀说:“跟几位娘娘去过一次。”

“比起这里如何?”

“若说景致,倒不相上下。可说起心情,那真是天壤之别。”

莲莲说："陪着皇上皇妃一同游园，心情自然不一般。"

胡蝶说："我能想象，肯定不好玩。"

莲莲说："不好玩？"

方汀说："那当然，心里战战兢兢的，惦记这个娘娘的发髻，那个娘娘的刘海。哪里是去玩，简直是遭罪。"

兰兰说："这么恐怖？还不如划艘小船自己在湖面晃荡来得自在。"

莲莲说："有得有失，你只想自在，就永远不能进宫。"

胡蝶说："进宫干吗？我和方汀都是在后宫待过的人，如今能出宫，快乐得不得了。你知道宫里有多闷吗？"

方汀说："还不只是闷。"

兰兰问："还有什么？"

方汀说："这可一言难尽了。"

胡蝶说："三天三夜也说不完。"

莲莲说："有机会拿它三天三夜出来，你们慢慢说给我们听。"

胡蝶说："我反正是放假，时间多的是。"

玉央、阿朵也加入到她们中间。

玉央逗她说："谁说你放假了？别把任务全扔在脑后。"

阿朵对胡蝶说："小丫说了，你妆容手艺一流，让我认你做师傅。"

胡蝶说："哎呀，人家难得休息一下，你还布置任务啊。"

玉央笑道："不可推辞。我是你上司，我说了算。"

"什么？在宫里从来不压人，怎么出了宫反倒要起官威啦？"

"就压着你，就不让你贪玩，就逼着你完成任务。"

胡蝶问："那你干吗？"

"我放假啊。"

"啊，你这不是欺负人吗？我让你娘教训你。荣师傅……"胡蝶到荣氏、孙师傅那边去了。

莲莲、玉央、兰兰、阿朵、方汀在这边栏杆说话，荣氏、孙师父、胡蝶在另一侧。

莲莲说："兰兰，你问问小丫，看荣师傅会不会收你做徒弟。"

玉央问："什么？"

兰兰说："我想让你娘指点指点琵琶，你说能行吗？"

"这有什么不行的。我娘昨晚还夸你琵琶弹得好，特别有天赋呢。"

"真的？"兰兰十分开心。

"那还有假。正好，大家各找各的师傅，各学各的手艺。"玉央指着方汀对阿朵说，"方汀也是高人。你要不犯懒，多认一个师傅也行。"

"谁说我懒啦？"阿朵一边反驳一边对方汀说，"你收我吗？"

方汀说："师傅不敢当，有些经验和心得倒是可以分享。"

阿朵兴奋道："这下丹青再不敢瞧不起我啦。"

莲莲说："别怨人家瞧不起你，谁让你总冒冒失失的？"

阿朵拉着玉央的手说："小丫，你不在的时候，莲莲老欺负我！你得站在我这边。"

莲莲也拉着玉央的手说："别听她胡说，她老闯祸，老惹麻烦。你得帮我教训她。"

阿朵说："兰兰，你评理，是不是莲莲欺负我？"

兰兰笑着摆手道："我不知道，我什么都不知道，你们蹚浑水别拉上我。我拜师去。"

阿朵说："小丫，你帮不帮我？"

莲莲说:“小丫,你帮我!”

玉央说:“饶了我吧。”

几个姑娘闹成一团。

见兰兰过来,荣氏问她:“兰兰还像小时候一样,不比那些孩子爱热闹。”

孙师傅说:“这孩子内秀,有心劲。平日话不多,可是做什么也不落人后。”

兰兰说:“嘴笨呗。”

荣氏说:“昨晚刚到那会,正好赶上你在弹琵琶。一下把我给迷住了。”

闻言,兰兰脸红了:“还差得远呢。荣师傅,您猜得出我过来做什么吗?”

荣氏想了一下笑道:“应该猜得出。”

兰兰问:“那您会答应我吗?”

孙师傅说:“你们在打哑谜啊?”

荣氏说:“什么也瞒不过孙师傅的眼睛。”

“是你们俩谁也没想瞒我。要我说呀,荣师傅,你就答应了吧。”

“谢谢孙师傅。”兰兰给孙师傅鞠躬。

“谢我没用的。”孙师傅转向荣氏,“你不想表个态度吗?”

荣氏神情有些恍惚:“弄琵琶好像是上辈子的事了。”

兰兰说:“您和小丫离开的时候,我们都还小,不懂事,也不知道您才是真正的琵琶高手。要是那时候就跟着您,我的琵琶一定大不一样了。”

孙师傅说:“隔行如隔山,琵琶我不懂。兰兰要是现在拜师,年龄是不是有点大了?”

荣氏摇头道:“又不是初学乍练,没问题的。况且兰兰那么有灵性,基本功也够扎实。关键是我对琵琶已经太生疏了,已经离开快二十年了,岂有再为人师的道理?”

“请师傅一定收了我。”兰兰忽然双膝落地,此举将女孩们吸引了过来。

阿朵说:“哈,兰兰拜师啦。还没见兰兰给谁跪过呢。”

玉央说:“娘,既然你背后都夸兰兰,干吗不痛痛快快收下这个徒弟?”

孙师傅说:“荣师傅……”

“我收了。”荣氏弯身扶起兰兰。

“师傅,弟子一定努力,决不会辱没您的声名,决不会辜负您的期待。”兰兰起身,三鞠躬。

姑娘们一片喝彩和拍掌。

荣氏说:“你们都这么大了,还都疯疯癫癫的。小心掉进湖里。”

孙师傅说:“她们几个凑到一起和从前一样,好像这七八年根本没过。”

荣氏说:“很久没见小丫这么开心了。一点心事也没有,跟个孩子似的。”

“本来就是孩子嘛。”

“在宫里久了,心里虽然是孩子,表面却像个小大人。有时候看她那么紧绷绷的,我这做娘的真是……”荣氏说不下去了。

孙师傅说:“嗨,别提这些扫兴的了,现在不是好好的吗?大家伙全在一起聚着,开开心心的,什么烦心事也不会有。你还得了个徒弟,一手好琵琶终于可以传下去了。”

“这样的日子真叫人舒心啊。”荣氏点头,其实她的感慨还源于在扬州意外得知玉央的外派。

玉央一贯要强,凡事不甘人后,而且她已听胡蝶说过这一次该当提玉央升任司容,外派无疑意味着丧失了升迁的机会,意味着遭贬。自尊心那么强的玉央该不会想不开吧?她跟这些儿时的玩伴在一起,就像回到了七八年之前的时光,心里完全放空了。肆无忌惮地斗嘴,没有一点矜持地开怀大笑,玉央已经变回了小丫。

荣氏说:“丫头,看你突然被贬出宫,怕你心里头有结。现在看你这么开心,我也就把心彻底放下了。”

“娘，你忘了，当初让你们去太原府的时候，我就一门心思想着离开了，但又怕没那么容易。我真是打心底里想出宫，现在是天遂人愿啊。”

到了傍晚，玉央趴在床上专注于手里的小小手绣荷包。

“疯玩了一整天，累了吧？”荣氏边收碗碟边问。

“不累。玩怎么会累呢？”

“玩两天也该收收心。”

玉央说：“娘，您感觉到没有，她们中间有个人有心思。”

荣氏想了想说：“你说的是莲莲，对吧？”

“什么也逃不过娘的法眼，我就觉得莲莲和她们几个不一样。”

“那个孩子从小就比你们几个有心计，有心计的孩子才会有出息，她不会一辈子窝在教坊里。”

玉央思忖道：“她也的确很出众。娘，您说小孩子是不是一定要有野心才会有大出息？没野心的孩子再怎么优秀也只能是把才能留给自己，是吗？”

“与其把才能展示出来让大家喝彩，还不如留给自己，让自己一个人享受呢。别人的喝彩只是让你在当场开心一下，之后心里会空落落的。但才能留给自己会不一样，会让你一直保持自信同时也保持谦虚。”

“娘的意思是说才能是你的本事，有本事又不外露的人不需要炫耀，所以你就会谦虚，是这个意思吗？”

“差不多吧。但你说的野心我没想过，娘不懂野心究竟是怎样的东西。”

“我说野心的时候心里想的是清蔷。她算是那种有大出息的，刚十九岁就升到了五品，比府尉的位置还高呢。”

“可是娘并不想看到你也有那种大出息，那不是娘对你期待的东西。”

说曹操曹操到，这话能广为流传当真有它的道理。莲莲来了，荣氏将她让到屋里坐，给她泡茶。不用说也猜得到，莲莲是来看玉央的。

“荣师傅不用麻烦了，”莲莲边说边过去挨着玉央坐下，“做什么呢？”

“闲着没事，绣个荷包玩。”玉央坐起身。

莲莲接过玉央手中的荷包细看后说：“这是宫里的图式吧，外面很少见的。”

“嗯，李昭仪娘娘教我的。”

“听你和胡蝶还有方汀把李昭仪娘娘常挂在嘴边，她一定很和气吧。”

玉央说：“对啊，一点娘娘的架子都没有。”

“原本我以为宫里的娘娘们肯定成天板着脸，没一点笑容。听你们一说，其实也很好相处似的。”

“不全一样吧，也有难伺候的。”

“喝口茶吧。”荣氏端茶出来说。

“谢谢荣师傅。”莲莲取过杯子。

荣氏问：“兰兰她们呢？”

“出去逛街了。”

“几个丫头凑一起，就是闲不住。”

玉央说：“你怎么没去呢？”

莲莲说：“想和你说说话。你回来好几天了，身边总热热闹闹的，也没机会跟你好好聊聊。”

“你有心事啊？”

“没有啊。”

荣氏看出莲莲想单独跟玉央说话,便说:“丫头,我出去转转。”

“好,要不你和孙师傅也去逛逛街吧。”

荣氏出门后,玉央又说:“我娘回来这里开心多了。在长安城的时候,虽然也有事做,但总像放不下什么似的,一点也不轻松。”

莲莲说:“长安城不比扬州这样的小地方,总归有不同凡响之处。一开始去肯定不适应,日子久了才能体会出它的好。”

“我虽在那待了七年多,不过在宫外的时间加起来也没多少日子,所以长安城到底是什么样的,我至今也没体会出来多少。”

“你们尚容局主要还是和娘娘们打交道吧?”

玉央说:“是啊。其实那些昭容、才人、美人什么的,交道都不算多,主要围着几个昭仪和皇妃转。”

“那能经常见到皇上吗?”

玉央摇头:“我只见过很少几次。不过,胡蝶倒是见得比较多。”

“皇上什么样的?”

“什么样?怎么说呢……”玉央盘腿坐在床上,莲莲坐床边。

莲莲说:“其实我很羡慕你娘。”

“我娘?”

“人生在世,说长也长,说短也短,只在一个小地方生活,过着一成不变日子,未免太不值。你娘风光过,沉寂过。当过头牌,进过官府,嫁过人,做过妆娘。去过长安城,待过太原府,如今又回到扬州。什么样的世面也见了,什么样的经历也有了。而我呢,从记事起就在这大和教坊里,每天每天跳舞。先是在舞坊里,后是在演台上,里里外外出不了扬州,前前后后不过那些个看客。有时候我想,若到闭眼那一刻,回头看到我这一生就这么糊里糊涂地活过了,真的会非常遗憾。”

玉央说:“你想了这么多啊?一生……闭眼……我从来没想过这些。”

“你还记得露彤么?”

“露彤姐姐我当然记得。”

莲莲说:“我觉得自己特别像她,不是指教坊头牌,而是整个人生。”

“她怎么了?”

“那么多年在教坊演台上风光,但其实什么也不知道,什么也不明白。到最后,随便找个村夫嫁了,以后的日子也全能见得着,没什么特别的希冀,我真怕我会重蹈她的覆辙。”

玉央说:“她嫁人啦。”

莲莲点头:“小丫,我也羡慕你。”

“我有什么好羡慕的?照你的说法,我也没去过什么地方,这么多年就窝在后宫里,每天起早摸黑做着一样的事,来来去去不过伺候那几个人。”

“可你是在皇宫里啊,那个地方跟哪都不一样,是最特别的。进过宫,其他地方就都不值一提了。所以我觉得,你比你娘更幸运。”

“是这样的吗?”玉央被莲莲弄得有点蒙。

“当然是。你想啊,最辉煌的建筑,最有权势的男人,最有姿色的女人,最棒的舞娘和琵琶手。普天之下,还有什么地方能达到这样的高度?”

“哎呀,我想不明白。我只知道,宫里看上去很好,但是太复杂了。我在宫里待得不开心,但我在这很开心。”

莲莲说:“也许宫里不像外面看得那么好,但总要亲身试一试才知道。就算有些复杂的情况,不同的人会有不同的应对方式。”

“你不会就是专门来跟我聊宫里的事吧？”

“当然不是，聊起这些，胡蝶比你起劲多了。”

玉央说：“我就知道你还有别的事。”

“你要保证不跟别人说。”

“没问题，我是那种嚼舌头的人吗？”

莲莲深吸了一口气后说：“小丫，我病了。”

玉央惊讶道：“病了？”

2

荣氏、丹青站在一棵树下说话，丹青要说的也正是莲莲马上对玉央说的。

荣氏问：“已经这么严重了吗？”

丹青点头：“我也试过几种配方，但全不见效。如今您回来真是太好了，肯定能想出好办法。”

“办法未必没有，不过总得亲自看看才能下判断。”

“这事只有我知道，她不想对别人提及。”

荣氏明白，姑娘大了都懂得爱惜自己，生怕一点小秘密会损害自身的形象。她们以为发生在自己身上的事情是最可怕也是最严重的，殊不知那些事只不过是一生中小小的起伏，回头再看时，根本算不得一回事。

但是莲莲委实给吓坏了，以至于到了绝望的边缘。她坐在床边，拔下发簪，长发披散下来。她低下头，玉央在床上跪起身以便查看。

“的确挺严重的，头皮都看得清清楚楚。”

“快两年了。每天起床，枕头上都一大把头发。再这么掉下去……”

“你别着急，会有解决的方法的。”

“小丫，你一定帮帮我。不然我就毁了。”莲莲拉着玉央的手央求。

她的情形比起玉央先前遇到的各种难题根本算不上有多严重，但玉央没有轻描淡写，表现出足够的重视。她看得出莲莲已经被脱发吓坏了，已经联想到最坏的可能。

“莲莲，有我和我娘两个人，我们一定会想办法治好你的脱发。”玉央知道要给她信心，要把她从绝望中捞上来。

“这事我不敢告诉任何人，只丹青知道，她也束手无策。”

敲门声令莲莲紧张，玉央抓着她的手试图让她放松。

荣氏和丹青进来，莲莲明白荣氏一定已经知道了她的秘密。在莲莲心里，小丫早就是宫中高手，没有她解决不了的问题。她已经把全部希望托付给小丫，现下她能做的便是任由小丫和荣师傅处置了。

莲莲半躺于卧榻，荣氏指导玉央从小提箱取出木梳，发刷，生发膏，乌发膏，镊子等物。丹青在一边观看。

荣氏说：“第一步是乌发，就是将你泛黄的头发染黑。这个方子从前小丫在宫里用过，多洗几次头发也不会褪色。”

莲莲说：“宫里用过的方子一定灵验，麻烦您了。”

“都是自己人，你客气什么啊。”玉央动手拆开她的发髻，用木梳梳通。

荣氏说：“乌发膏还有固发的作用，涂上之后，需要浸染约半个时辰。之后进行第二步，生发。”

“这种生发膏专治后天脱发。它不仅能使新头发长出来，还会给原来的头发补充营养。”玉央边补充边用发刷将乌发膏均匀地抹在莲莲发根处。

丹青问：“师傅，这些是您寻来的方子？”

荣氏点头：“在长安城的时候，从一位吐蕃祭司手里得的。当时小丫在宫里急着要，我还颇费了一番周折呢。”

玉央说：“对啊，今天的情形像极了当时给德妃娘娘做头发。所不同的，当年在旁指点我的是安尚容，如今是我娘。那时躺在卧榻上的是德妃娘娘，眼前是莲莲。”

莲莲喟叹道：“天啊，我岂不是在享受皇妃的待遇？”

丹青也笑：“可不是嘛。”

荣氏说：“第三步是接发。”

丹青疑惑道：“接发？我从未听说过。”

荣氏说：“接发之术本已失传，我用十六种润发配方才从那个吐蕃祭司手中换得。”

莲莲说：“十六种？那不是我们中原的配方悉数落入他囊中？”

荣氏说：“傻丫头，我大唐地广物博，汉人的配方又是无所不用，只十六种，离‘悉数落入囊中’还远着呢。”

丹青说：“不过您的配方都属上乘，那吐蕃祭司的交换还是相当划算的。”

荣氏笑道：“各取所需呗。我考虑将莲莲的额发与鬓角接长，这样便可以做出更丰富的造型。”

莲莲说：“您用什么头发来接呢？”

荣氏说：“额发鬓角所需不多，就借小丫几缕头发吧。”

莲莲说：“小丫，我不怕你烦我，我忍不住又要说谢谢你。”

“你又来了，我们是好朋友啊，几缕头发算什么？”玉央转头对荣氏说，“娘，乌发膏涂好了。”

“半个时辰之后才可取下毛巾。”荣氏洗出一条热毛巾，拧干，裹住莲莲的头，再用发簪固定，之后走向另一侧的卧榻躺下。

莲莲半倚卧榻，玉央坐她旁边。但凡莲莲开口就一定离不开大明宫，她的心思已经深陷在宫中不能自拔：“小丫，你刚才提到的德妃娘娘在后宫排第几呀？”

“当然是第一了。她是皇上的原配夫人，她的独生儿子曾经是太子，也就是继承皇位的人。”

“那她怎么不是皇后呢？皇后还另有其人吗？”

“这个我就不懂了，后宫就没有一个人是皇后。”

“你刚才说她的独生儿子曾经是太子，后来不是了么？”

“惹皇上生气，被皇上给废了。后来的皇位继承人是皇上的弟弟，叫太弟。”玉央在回答时尽量有所选择。

“你越说我越糊涂了。”

“我自己也糊里糊涂的。”

莲莲说：“这个德妃娘娘和你说的那个安尚容，是不是都挺照顾你的？”

“她们都已经不在了。”

“不在了是什么意思？都死了？”

玉央点头：“连太子也不在了。”

莲莲脸色暗了下来：“那么恐怖啊。”

“一想起这些，心里就发冷。”

玉央告诉莲莲养头发需要时间，这期间恐怕不能使用发油做发型，而莲莲每日都有演出，不做发型根本无法上场。这一点让莲莲意外，但开弓没有回头箭，她也无法可想。细问之下至少需要二十日,莲莲没了主意,这才报知给坊主。

坊主面色严峻地说道:“这么大的事,为什么不和我打招呼就擅作主张?”

莲莲、丹青低着头,不知如何应对是好。坊主最为气恼的是她们一直瞒着,被蒙在鼓里令她大光其火:“而且都快两年了,我居然毫不知情,你们到底有没有把我放在眼里?”

丹青说:“坊主息怒。”

莲莲说:“是我不准丹青说出去的,您千万不要怪罪她。”

丹青说:“莲莲自己生了病够难受了,但她还是更怕您着急,怕耽搁那么重的演出任务,就那么苦撑着。荣师傅回来之前,我们确实束手无策。”

坊主说:“现在不是追究责任的时候。你们也知道,前日我派舞团去了苏杭,少说也要三十日,凡略能上得了台面的此刻都不在教坊。想着有你莲莲在,撑起演台应该也没什么问题。如今你给我来这一出,你叫我怎么办?”

莲莲说:“就再没有人可以暂时顶一顶了吗?”

“这个你比我更清楚,”坊主捶着胸口说,“真气死我了。”

莲莲、丹青垂首立在那,都不敢出气。

“你们想想看,停演二十日!出这样的纰漏,若上面知道了,谁能担得起这个责任?你看这事该如何处理。”坊主一直以来奉行的策略都是不求有功但求无过。坊中大事小情千头万绪,要做到不出差错已属不易,她哪里还有心情去企望别的?为莲莲治脱发是玉央所为,她能想到便是将问题交由玉央去解决。

玉央也意识到自己好心做了坏事。原意只是为了帮莲莲,哪承想却因此给教坊的例行演出造成了障碍。事情由自己而起,她必须去面对。道理虽是如此,面对却谈何容易。坊主也是巧妇难为无米之炊才破例来找她。

一旁的阿朵忽然发话道:“小丫,你顶上去得了。”

“我?怎么可能?”

“有什么不可能的。你从前不也常到舞坊跳舞吗?那时候舞坊师傅还说,你跳得比莲莲好呢。”

一旁的莲莲脸微微红了,阿朵总是不合时宜地扮演这种冒失鬼角色。

玉央有些尴尬道:“我哪比得上莲莲?那都是小时候闹着玩的,认真不得。上台演出是大事,怎么能当儿戏。”

坊主打量一下玉央问:“你的身形倒像是跳舞的好料子,在宫里这几年跳过吗?”

“只是偶尔闹着玩。”

丹青也在一旁打量道:“小丫的身材和莲莲也接近,登台的衣裙也不必现做了,可以先借一下。”

“使不得,我一点经验也没有,肯定会把事情搞砸。”玉央双手乱摇。

丹青说:“我琢磨着,小丫应该可以。”

莲莲说:“小丫,你就当帮帮教坊,帮帮我吧。”

玉央说:“我不是不想帮,只怕没这个能力啊。”

坊主说:“现在就去舞坊,试试就知道了。”

“我想跟我娘商量一下。”

“荣师傅人呢?”

阿朵说:“跟孙师傅出去了。”

坊主对玉央说:“你先过去试试。要商量,等你娘回来也不迟。”

玉央不能够再推辞了,她也认为自己责无旁贷。坊主让兰兰也过来,用琵琶为玉央伴奏。玉央尝试着起舞,尽量凭想象去还原演台上莲莲的表演,显然有些拘谨。这时莲莲也看出了玉央需要鼓励,她哼着舞曲,轻轻击掌打出节拍引导玉央的动作。玉央的身姿逐渐舒展些了,显得自如了许多。

坊主点点头,用目光征询莲莲的意见。这毕竟是莲莲的节目,莲莲比她更有发言权。她也看到莲莲一直非常专注,盯着玉央的举手投足一举一动。

莲莲极为赞许:"相当好。虽然有些细节还需要推敲,但非常有天赋。小丫,你没选择跳舞,真是可惜了。"

坊主问:"登台有没有问题?"

"不是后天才有演出吗?"

"后天酉时。"

"以小丫的天资,两天足够了。"莲莲又转头对玉央说,"这两天你就安心做我的徒弟,委屈你一下。"

玉央说:"我一点信心都没有。"

坊主说:"救场如救火,眼下最要紧就是把信心找到。小丫,你不是说了凡事都听我的吗?"

玉央无言以对,唯有点头。这也是她的命,注定要在大和教坊里做一次舞者,虽然她从小到大对此一窍不通。应许下来的不足两日里,她都处在充满压力的焦灼之中,她无法让自己放松下来。就要登台了,荣氏亲自为她化妆,丹青、莲莲、阿朵、坊主一干人等陪在旁侧。

玉央抓紧莲莲的手说:"我好紧张。"

莲莲说:"我说你一定行。你不信自己,还不信我吗?"

坊主说:"赶快放松下来。只要不出岔子,今晚就算能过去了。"

荣氏对玉央说:"闭上眼,什么也别想。"

玉央听娘的话闭上眼,调整自己的呼吸。其实她应该想得到,她的最难过的时间必将止于登场的一刻,只要上了场就一切都解脱了。

阿朵在她耳畔低语道:"小丫,待会我给你鼓掌。"

荣氏对坊主说:"您带阿朵去演台盯着吧。"

"我们先过去。"坊主点头。

莲莲对玉央说:"到了台上,你只管跳自己的,只想动作,把动作做出来,把每一个动作做到位,一定要充分展开。兰兰会配合你的动作来调整乐音。"

玉央点头,荣氏下令更衣,丹青将一直搭在胳膊上的衣裙抖开。

周围的十八支烛柱已经被点燃,演台已经被一团明亮的暖色所笼盖。兰兰坐在乐师席位的一角,琵琶已开始暖场,坊主、方汀出现在众看客后面。许多看客明显是奔着莲莲来的,一如当年奔着露彤来的那些看客同样。舞者登场之前的那一刻,也是他们议论纷纷的时间,他们因为期待而激动。而置身其中的坊主比看客们更紧张,两只手不停搓着,将内心的焦灼表露无遗。

方汀握住她的手说:"您别紧张,玉央一定能撑起来。"

"但愿如此。"坊主点头。

燃着的烛柱被灭掉十二支,演台暗了下去。一阵急促的琵琶乐音之后,玉央的身影出现在演台中央。看客们都直勾勾盯住她,人群中端茶的阿朵也停下来专注于演台。因为多数灯火并未点燃,大家只能看到舞者的造型和肢体的舞动,身影婀娜随乐音闪转腾挪,生出无穷变幻,节奏起伏很大的韵律为舞蹈者的举手投足赋予了更多的想象,引观者以无尽遐思。

十八支烛柱忽然被一齐点亮,台下的铜镜将光线反射到台上,演台霎时灯火通明,照亮演台中央的舞者。玉央那张向来不施粉黛的素脸,此刻在荣氏的妙手之下,变得明艳无比娇媚动人。舞动的低胸露背长裙令舞蹈者曲线毕露,她的舞姿柔美而流畅,以一种舒展收缩再舒展的起伏很大的动作编排，将乐舞之美演绎得淋漓尽致，而且显得性感撩人。台上演奏琵琶的兰兰瞪大了眼睛，阿朵看呆了，看客们呆了，方汀呆了。

看客当中已经有人发现了这不是莲莲，而且更胜莲莲一筹。大家的七嘴八舌，让坊主心上的石头终于落了地。兰兰的琵琶曲转入高潮，玉央的舞蹈也随之越发激越。下面的人群像被冻结了，静得没有一点声音，似乎都屏住了呼吸。玉央越来越自信，也越来越舒展。荣氏、莲莲也都围在坊主、方汀她们身边，观众的痴迷显然出乎她们的预料。

方汀对荣氏耳语道："玉央太棒了。"

坊主说："一上演台，完全变了一个人，真是天生该做明星的料子。"

一个看客不满地"嘘"坊主，示意她不要出声。

胡蝶原本没打算看演出，她来得比别人晚许多。她目不转睛地盯住演台，显然是被吸引了。阿朵在近处，被胡蝶一把抓住问道："阿朵，台上是谁？跳这么好，以前怎么没见过？"

阿朵低声道："你没认出来？那是小丫啊。"

"小丫？玉央！"胡蝶睁大眼睛。

玉央的确让人完全认不出了。乐曲进入尾声，舞蹈踩着最后的乐音定格，台下完全沸腾了。掌声混合着狂热的尖叫，其间夹杂着高低不一的呼哨，欢呼和叫好声此起彼伏。荣氏和坊主宽慰地笑了。

看着台上谢幕的玉央，台下疯狂的看客，莲莲的微笑渐渐僵住、渐渐消失，落寞随之爬到脸上，一扭头离开了人群。莲莲的异常并未引起谁的关注，所以在坊主为玉央专设的救场庆功会上，大家暂时忽略了被玉央替代的原来的主角莲莲，莲莲的缺席也未引起注意。

教坊餐厅结构方正，布局简洁。中央一张大圆桌，周围一溜圆凳。墙上挂有横幅书法，下方置有长案，供搁放碗碟杯盏用，七只小酒盅碰到一起：

"干杯！"

"干杯！"

坊主、荣氏、玉央、方汀、胡蝶、兰兰、阿朵皆一饮而尽，她们面前的大圆桌上已摆满了各色酒菜，卸了妆的玉央又恢复她素面朝天的样子。

阿朵说："好香的酒。"

兰兰说："坊主今天是真高兴了，五十年的陈酿都舍得开。"

"五十年？岁数比我大了差不多两倍。"胡蝶瞪大眼睛。

方汀说："可惜了，被我们这帮不懂酒的家伙囫囵下肚，品都没来得及品。"

坊主说："小丫今晚立这么大功，一坛酒算得了什么？"

玉央说："莲莲和丹青师傅怎么还没过来啊？"

"嗨，看我高兴的，忘乎所以了。"坊主转头对门外叫道，"小红。"

"坊主有什么吩咐？"小红应声进门。

"快去催莲莲和丹青过来。"坊主边说边为玉央斟酒，"小丫，这杯我敬你。"

玉央说："不敢当，坊主我敬您。"

坊主执杯道："一是感谢你给大和教坊救场，二要庆祝你演出成功。"

"您这么夸奖，我脸都红了。"

坊主一饮而尽。玉央浅抿一口。

兰兰说："一点不夸张地说，我在旁边看得琵琶差点忘了弹了。"

阿朵说："就从没见过那些看客那么静，全直勾勾地盯着你，大气也不出一下。"

莲莲住在当年露彤的房间，布置如旧，只是幔帐少了些，颜色也更淡雅素净。她坐在妆镜前，丹青站她身后，拨着莲莲发根查看道："效果相当明显，已经有新发长出来了。"

莲莲说:“我知道你在安慰我。”

“是真的。我何曾骗过你?”

“我明白你的心意,其实我心里一点也不急。原来我怕的是耽搁演出,现在也不用担心了。”

丹青用梳子蘸一点润发膏,将莲莲的长发从头至尾梳通。

“梳好之后盘起来就行了。”

小红推门进来说:“丹青师傅,莲莲,坊主让你们过去吃酒。”

莲莲说:“你去回坊主,丹青师傅在为我护养头发,至少还需要一个时辰,怕是赶不过来了。祝大家开心,请大家替我多敬小丫几杯酒。”

“可是大家都等着呢。”

“去吧。就按我说的回坊主的话。”

莲莲话说到这个地步,小红也不能再坚持了,只能回去复命。

莲莲坐在妆镜前,丹青站她身后说:“若想去热闹一下,还来得及。”

“你自己去吧。我有点累,想早点歇着。”

“莲莲,你看上去很没精神,有心事?”丹青梳着她的头发,借铜镜观察莲莲的脸色。

“不是说了吗,没别的,累了。”

“她们喝酒,我又不行,不想跟着凑热闹了。在这陪陪你吧。”

莲莲盯着铜镜里的自己发呆。

小红回去将莲莲的话一字不落复述了一遍,坊主显然没有多想,其他人也都没有留意。陈年老酒让酒桌上的气氛格外热烈,但细心的玉央却记住了莲莲的话,她很清楚那不是莲莲养护头发的时间,她不过来肯定另有原因。

再做舞蹈练习的时候玉央打算试一下自己的猜测。兰兰在舞坊中以琵琶伴奏,莲莲指导玉央的动作,并且为她做示范。玉央全神贯注,跟着莲莲的动作亦步亦趋。

一个回合下来,玉央说:“我看得出你有心事。”

莲莲挤出一丝笑意道:“没事的。”

“不会是头发出了问题吧?”

“头发挺好的。”

玉央说:“丹青师傅说你的头发恢复得很好。”

“她特别用心,真该好好谢谢她。”

“莲莲,我们是好姐妹,从小一起长大。不管有什么都不可以误会,你懂我的意思吗?”

莲莲说:“不是很懂。”

“我很怕你有误会。大家吃酒的时候你没来,我不知道你是怎么想的。你知道我,我原本对跳舞没一点兴趣,要不是你和坊主再三请我救场,我是不会上演台的。”

“你跳得真的很好,天生就是跳舞的坯子。”

玉央说:“人各有志,你应该知道我志不在此。能临时帮帮教坊的忙,而且能帮上你,也不至于给你丢脸,我觉得很高兴。”

“你舞蹈的感觉那么好,不跳舞真是太可惜了。”

“所谓术业有专攻吧。有人天生为跳舞而生,像你和露彤姐姐。有人天生为他人扮美,像我和我娘。有人天生为弹琵琶,像兰兰。其实这些都是命。我娘年轻时也弄过琵琶,现在还不是做回妆娘?”

“玉央,我知道自己有点小心眼。别人给你的喝彩,让我心里有点酸,这么点心思也让你看出来了。你怕我心里过不去,想着法子逗我开心。姐妹一场,我真是说不出的感激。”莲莲感动了。

“看你说些什么呀。我们自小就在一起,不是像亲姐妹一样吗?我这次回来,你把自己最好的东西都拿来给我用,我就没说过一个谢字,是不是?”

莲莲点头,泪水已经盈满眼眶。

“我们永远是好姐妹。”兰兰撂下琵琶,过来双手揽住她俩的肩膀。

莲莲和玉央同时揽住对方,三人勾成一个结实的三角形。

莲莲说:“永远是。”

玉央说:“永远。”

胡蝶遭遇爱情

1

兰兰和阿朵自觉把方汀和胡蝶当成了自己的客人,带她俩去转街,主动做她俩的向导,可是走着走着胡蝶就丢了。扬州街市虽然规模不算很大,倒也熙熙攘攘,胡蝶同样着急了,踮起脚四下里张望。

“方汀、兰兰、阿朵,没良心的,就知道自己玩,根本不管我。哼!我也自己玩,不管你们啦,我就不信我找不回大和教坊。”胡蝶自言自语着,突然被一条漂亮的围脖吸引,凑过去问价钱,居然要一两五钱银子。

胡蝶以为老板欺生,便自称是地道的扬州人。老板不理她这一套,说无论姑娘是哪里人氏这条围脖都是一两五钱银子,并告诉她这是貉绒的,一两五钱根本不贵。胡蝶当真喜欢这围脖,踌躇再三。

这时有一对年轻男女过来,女孩一把抓起围脖赞它漂亮。她的男人问过价钱,掏出银子就把围脖买了。

老板说:“您识货,整条街,这样的围脖是最后一条了。”

胡蝶一听,急了:“喂!我先来的。”

老板说:“姑娘您没说要买啊。”

女孩已经将围脖绕上脖子,对男人说:“好看吗?”

男人说:“不错。”

“你们讲不讲理?我先买的。”胡蝶一把抓住围脖。

女孩问老板:“她先买的?”

老板为难道:“她没说要买啊。”

胡蝶说:“我也没说不买啊。”

女孩说:“你没说买,这东西就还是老板的。他乐意卖给我,我乐意买,没什么问题啊。”

“我都在掏银子了,谁说我不买?”

“可是,你明明没把银子掏出来啊。”

胡蝶说:“我动作慢了点,你们就来抢,这不欺负人吗?”

女孩说:“就没见过你这么不讲道理的姑娘!”

男人拉着女孩说:“算了,就让给人家吧。”

“为什么要我让,我喜欢这条围脖。”女孩快哭了。

“这样的围脖东街那边肯定有,大不了我上长安城的时候给你带回来。”

“那,好吧。”女孩不情不愿摘下围脖,递向胡蝶,“让给你了。”

胡蝶得意扬扬接过围脖,摸钱袋的时候却尴尬了,她这才想起出门时忘了拿钱袋。这才惨了,女孩已经退了货,老板也将银子退给了男人,胡蝶这会说不买了等于是故意搅黄人家已经成交的生意。可是她没带银子,想买也是空话,便满脸通红道:“我……我下次给您行吗?”

“这可不成,我做小本买卖的,概不赊账。”

“我人现在住大和教坊,肯定不会赖您的账。”

老板摇头道:“不成不成,您别为难我了。”

“您怎么不相信人啊?”

老板说:“你这个姑娘这么说话就没道理了。我生意都做成了你却给我搅了,你没银子买东西反倒责怪我不相信你,岂有此理?”

先前已经收回银子的男人并未走开,他一直笑眯眯看着这一幕,忽然开口说:“老板,银子你收下,围脖我要了。”

老板收下银子:“好嘞。还是您爽快,没跟小姑娘一般见识。”

“便宜你了。”胡蝶嘴角紧抿,将围脖递回。

男人笑道:“你这么喜欢,送给你吧。”

“什么?我没听错吧?”胡蝶瞪大眼睛。

“没错,送给你了。”

胡蝶看了看围脖,又看了看男人说:“我收下,不过我肯定会还你钱。说吧,你家住哪,叫什么名字,我改天去找你。”

“不必了。既说送了,怎么还会要你的钱。”

“那怎么行,我凭什么收你东西?”

男人说:“那我去找你吧。大和教坊,姓胡的姑娘,对不对?”

“你记性倒好,就这么定了。”

“一言为定。”

胡蝶欢天喜地地给自己套围脖,却缠住了头发,男人身旁的女孩忍不住偷笑。男人动手帮胡蝶理好头发,绕好围脖。说实话,那条漂亮的围脖绕在胡蝶脖子上,显得不那么适合她,女孩又偷笑了。胡蝶却全然不知,她终于得到了称心的物件,只顾得上开心了。她反正已经与伙伴们走散了,索性一个人穿梭在大小店铺之间。当她听到肚子咕咕叫的时候才意识到天色已晚,路人已见稀少,她忽然发现自己迷路了。

一个小混混路过,被胡蝶拦下,问他大和教坊往哪边走。小混混不答她的问题,却上下打量她,还说晌午时候见过她。胡蝶说你怎么会见过我。小混混说他见到她的时候,她还没这条围脖。胡蝶小有得意,说是新买的。小混混顿时起了歹念,眼珠一转,给胡蝶指了条小巷,骗她说顺着小巷笔直往前遇路口左拐再走一会儿就到教坊的码头了。胡蝶谢过他,拐上右侧的小巷。小混混盯着她背影看了一会,快步离开。

胡蝶独自往前走,见到路口向左,继续向前。天越来越黑,路越来越窄,小巷里只有胡蝶一个人。她前后看看,加快了步子。忽然,前面跳出两个蒙面男人,胡蝶吓得惊呼一声。蒙面人恶狠狠地令她把钱掏出来!胡蝶懂得破财消灾的道理,但没有带钱袋,实话实说自己身上没带钱。蒙面人根本不信,说买这么漂亮的围脖,说没钱你骗谁?他上前一把抓住胡蝶头发,威胁说要搜身。另一个蒙面人则呵斥她,再咋呼脑袋给你拧下来!他一把扯下胡蝶的围脖,说好像是狐狸皮的。胡蝶骂他瞎了你的狗眼,那叫貉绒!蒙面人大喜,说这东西应该值点银子。胡蝶却忽然伸手抢夺围脖,大叫这个不能给你!

蒙面人怕胡蝶的叫声惊动了街坊,说再叫他真不客气了。胡蝶大叫救命。蒙面人果然加了力。胡蝶嗓子哑了,手却仍然抓住围脖。

“救……命。方汀,玉央,救命。”

“你不会真的活腻味了吧?”蒙面人眼里透出凶光,手里又加了几分力。

“什么人？”巷子里的一扇小门忽然被拉开，传来男人的声音。

蒙面人一把捂住胡蝶的嘴。男人走过来看。蒙面人俯身捡起一块砖。胡蝶瞪圆了眼干着急，又出不了声。男人靠过来的一瞬间，蒙面人举起砖砸过去。不料男人身手了得，一弯腰一踢腿，蒙面人便躺倒在墙边不能动弹。另一个见势不好，拔腿就跑。男人追出几步，抓住他后襟。蒙面人高叫饶命，话音未落，已经跟他的同伴躺到了一起。

“两头烂蒜，连小姑娘家也欺负。”男人拍拍手捡起围脖，“咦”了一声，再过来看靠在墙边喘气的胡蝶，笑了，“你呀。”

“你怎么会在这？”胡蝶定睛一看，正是送她围脖的男人。

“这是我家后巷啊，你没事吧。”

“没事。”胡蝶冲到两个蒙面人跟前，一人一脚骂道，“混蛋，抢我东西！混蛋，掐我脖子！”

男人说：“你这么晚还不回教坊，在这么僻静的地方转悠什么？”

“我迷路啦。这个混蛋故意给我指错路，守在这里抢我东西。”

“你们俩快滚！”

两个蒙面人连滚带爬。胡蝶接过男人手里的围脖，重新为自己绕上。

男人说：“太晚了，外面不太平，我送你回去吧。”

“也好，我顺便还你钱。”

男人笑了：“不急不急。”

“还没问你叫什么。”

“汤立夏。”

胡蝶说：“汤立夏？这名字挺好玩的。”

胡蝶的房间是一间上等客房。卧房在内，高床软枕，床角香炉冒着青烟。起居室在外，设有一套圆桌圆凳。靠墙置有书架，上面摆了几本大书，一套笔墨。门被推开，兰兰、阿朵、方汀拥了进来。

方汀说：“胡蝶，你在吗？”

兰兰说：“还没回来。”

阿朵说：“糟了，真把胡蝶弄丢了，怎么办？”

兰兰说：“一定是迷路了。她虽是扬州人，毕竟这么多年没回来过。”

阿朵说：“怎么办呀？”

方汀说：“再出去找找吧。”

三个姑娘急匆匆往外走，方汀忽然刹住，伸手拦阿朵、兰兰。

兰兰问：“怎么了？”

方汀说：“你们看，那是不是胡蝶？”

三人看过去，只见胡蝶在一个男人的护送下向教坊走来。

阿朵说：“是她是她。”

三人闪回门内。

方汀说：“这家伙这么有本事，头一回上街居然就勾搭上男人了。”

兰兰说：“害我们这么着急。”

方汀说：“一会跟她算账，饶不了她。”

“啊！你们啊，吓死我了。”胡蝶哼着小曲进门，被忽然跳出来的三人吓住。

方汀说：“做什么亏心事啦，干吗这么胆小？”

“什么啊，我刚才遇上强盗了。”

显然没人相信她。

方汀说:“强盗?那肯定还有英雄来救美吧?”

“有怎么啦?”胡蝶脸红了。

“刚才还见是两个人,怎么忽然剩你一个了?”

“我放他回去了,”胡蝶忽然想起,叫道,“哎呀,糟了,忘还钱了。”

阿朵说:“谁的钱?什么钱?”

“跟你们说不明白,不跟你们说了。我累死啦!哼!你们把我弄丢这笔账,以后再跟你们算。”胡蝶说完,自顾自往里去了。

阿朵说:“你们说,我师傅脑子是不是出问题啦?”

兰兰问:“你师傅?”

“已经说好了,胡蝶要做我师傅的呀。”

方汀笑了:“还有我呢。”

阿朵认真了:“一言既出,驷马难追,可不许反悔哦。”

胡蝶离开她们是为了把自己的收获与玉央分享。她去敲门,无人应。她在心里骂她,死玉央,这么晚还不回房。她独自在院里徘徊,不时抚摸着围脖,一会“扑哧”笑出声,一会儿又偏着脑袋紧锁眉头,仿佛灵魂已经出窍。荣氏、玉央回来,胡蝶却没看见她们,仍沉浸在自己的世界里。

玉央过去拍胡蝶肩膀叫道:“胡蝶。”

胡蝶如梦方醒,回头说:“你回来啦。”

“你在等我?”

“废话,来你院子里不等你等谁?我来了很久啦。”

玉央说:“我干活去了,有什么事?”

“荣师傅……”胡蝶这才发现荣氏。

荣氏说:“要不要进屋说话?”

“不……用了。”

“那我先进去了,你俩别冻着。”

“我不冷,您看,今天新买的围脖。”胡蝶凑过去,仰着头让荣氏看。

“貉绒的,不错,挺漂亮。”荣氏伸手摸了一把。

胡蝶得意道:“漂亮吧。”

“娘,你进去吧,我跟胡蝶院子里说话去。”

玉央就知道胡蝶有话要说,她每次都是这样,见不到玉央便一定要等她回来,一股脑把话说出来才会作罢。胡蝶面对着她,一路倒退着前行,将围脖在手中甩着圈。

“汤立夏,立夏,你说这名字有意思不?”

玉央微笑着看她说:“不是这名字有意思,是这个人有意思吧。就算他叫阿猫阿狗,你也一样会觉得好玩的。”

“阿猫阿狗,的确挺好玩啊,不过还是叫立夏最好玩。你说他若有兄弟,不会叫汤立春,汤立秋吧?”

“那你得去问他了。”

胡蝶点头:“嗯,下次见面的时候我得问问。”

“已经约了?”

“约了。”胡蝶有些不好意思。

“进展够快的。”

胡蝶忽然有些黯然道:“也不知道算不算进展。”

“怎么这么说?”

“他,好像已经有……”

“有什么？”玉央不懂。

“有……哎呀,就是有人了啊。”

“有妻室？”

胡蝶说:“应该……不是,不过看他们那么亲密,起码是相好的吧。”

“那他还约你？”

“那怎么啦？”

玉央说:“莫名其妙,他已经有人了,约你算怎么回事？”

胡蝶反驳道:“什么怎么回事！你的李商隐都定亲了呢,还不是照样约你？这又怎么说？”

“那不一样。”

“有什么不一样？”

玉央说:“他,他的亲是母亲定的,母命难违。”

“你又怎么知道汤立夏的这个就不是母亲定的？”

“那也一定是他情愿的了,不然怎么会看上去很亲密呢？”

胡蝶说:“你又何曾见过李商隐跟他未婚妻不亲密？”

玉央被噎住了,低头不语。胡蝶意识到自己话说得过分了,也沉默,两人默默并肩往前走。玉央似乎想着自己的心事,胡蝶不时看她一眼,先开口说:“好啦,都怪我不会说话,我知道你是为我着想,怕我吃亏。”

“不识好人心。”

胡蝶拉她的手说:“别这么小气嘛。放心吧,他那边是怎么回事还说不准呢。下次我一定问问清楚,行了吧？”

“这样最好,”玉央点头,顿了一下又说,“有些情形我深知其中的难过,不想你步我后尘。”

“我知道啦。他若有人,我睬都不睬他。”

“现在嘴硬,只怕到时候陷进去了欲罢不能。”

胡蝶说:“我若到了欲罢不能的地步,就逼他只和我在一起。我可不像你那么好欺负。”

玉央笑着刮胡蝶的脸:“今日才相识就说起这些话了,你羞不羞？”

“羞怎么啦？不羞怎么啦？”胡蝶不好意思地躲避。

玉央呛到冷风,打个喷嚏。

胡蝶说:“哎呀,没注意你脖子空荡荡的,一定很冷。回去吧。”

“怎么不把你的漂亮围脖借我暖和暖和？”

胡蝶嘿嘿一笑道:“你就知道我舍不得。”

“你才真是个小气鬼,回吧。”

胡蝶提李商隐触动了玉央的心事,已经许久没有他的消息了,她的心里空落落的。她进门的时候母亲在整理书桌上的一沓宣纸,其中一张是李商隐的《锦瑟》诗。荣氏看了她一眼,知道她有心事便自己躺下了。玉央也不点灯,一个人坐到案边借着月光发呆。

“丫头,还不睡？”荣氏注视她良久后问。

“就睡。”

“睡吧,夜里不睡容易胡思乱想。”

玉央说:“娘,原来不开心的事,无论走到哪里,想起来还是不开心啊。”

“会过去的,早晚会过去的。”

玉央继续发呆,眼里隐隐约约闪着泪光,忽然重重叹了一口气:“睡了。”

玉央的性格里有些东西很顽固,这让她看似单纯的性格有了诸多自相矛盾的地方,比如面对男欢女爱。相比之下胡蝶就不同了,没有人或者时机不到,她的那根弦似乎从来不曾奏响。时机到了,一切就都自然而然地发生了。先是意外邂逅,接下来便是约会,再以后……

汤立夏从人群中走出来,左顾右盼,胡蝶大叫:“汤,立,夏!你迟到啦!”

汤立夏过来问:“迟到了吗?”

胡蝶指着街中的日晷说:“你自己看。”

指针的影子的确超出了刻度一点点,汤立夏无奈道:“对不起,东街那边人太多,实在走不快。”

“说吧,怎么补偿我?”

“请你吃饭?”

胡蝶说:“吃饭有什么意思?太没趣了吧。”

“要不,带你去东街转转?”

“孺子不可教也,除了吃饭,就只能想到逛街。”胡蝶摇头。

“谁说逛街了?东街好玩的事情多着呢。”

东街小广场上正举行毽球比赛。二人一组,分在拦网两侧,你来我往,引得围观人群一片叫好或者嘘声。胡蝶兴高采烈挤过来,她之所以对逛街表示失望,是因为生平第一次恋爱约会,如果只是转这些铺子就太乏味了。她觉得约会至少该有意外之喜,她对约会有着不明确的期待,那种会带来心动感觉的期待。可是忽然看到了自己儿时就执迷不悟的毽球,她忽然忘了先前的期待,有些忘乎所以了:“好球!”

“怎样?这个热闹吧?”

胡蝶咋咋呼呼:“好玩好玩!哎呀,臭脚!加油啊!”

一声铜锣,司仪走了出来宣布:“蓝队九比七胜出!”

扎蓝腰带的二人击掌庆祝。

司仪说:“蓝队已经连胜五场了,还有敢挑战的吗?”

胡蝶举手:“我!”

汤立夏惊讶道:“你会踢毽球。”

“开玩笑,小菜一碟。”

司仪说:“好,有位这么漂亮的姑娘上来挑战,蓝队的两个小伙子更能打起精神。话说在前头,万不可故意相让。请问姑娘,你的搭档是……”

“他。”胡蝶指了指汤立夏。

“我?”

“不敢啊?没事,我一人就能搞定,你站在那,把眼睛睁大就是。”

司仪说:“请二位上场吧。”

胡蝶、汤立夏缠上红色腰带,上场。

司仪一声开始,蓝队发球。胡蝶果然技艺高超,独自应付对方两人居然不显慌乱,且动作优美,姿态动人。汤立夏这个家伙倒是听话,让他睁大眼睛就只站在原地睁大眼睛,居然真把自己当成了看客。

比赛如火如荼,众人一片喝彩。胡蝶输了一球,但仍然领先。

司仪说:“五比四。蓝队还差一分。”

胡蝶擦汗,对汤立夏说:“你还真站在那看热闹啊?”

“不是你吩咐的吗,我一人就能搞定,你站在那,把眼睛睁大就是?”

“没良心的,你就眼睁睁看我累死啊。”

汤立夏说:“你又没向我求援。”

"想都别想……"

"看球！"

对方球已发到，胡蝶忙接，却偏离了轨道。汤立夏一个箭步向前，漂亮地救起球。在双脚间周旋了几个回合，扣杀过去，得分！众人喝彩。

司仪说："好球！六比四！"

胡蝶说："你这么厉害啊。"

汤立夏说："我没说过我不厉害吧。"

"一肚子鬼心眼。"

"是你太笨，踢球吧。"

赢球让胡蝶开心，汤立夏也踢得一手好毽球让她格外开心，两人一下找到了共同点。这才是最要紧的，就像颖王爷和冰洁一样。冰洁嫁给李炎，在尚容局的姑娘们心中那是真正的童话，胡蝶尤其艳羡不已。

2

"你最后那个扣杀实在太帅了！一勾一挑，一个回旋踢，太精彩了！"

"你饿不饿？"

"我不能和你吃晚饭，说好回去看教坊排练的。"

"这样啊，什么时候一起吃饭啊？"汤立夏有些失望。

"再约吧。"

"又嫌我没趣了？"

胡蝶说："才没呢。要不，明晚吧。"

"一言为定。"

"对了，我有事问你。"

汤立夏说："你问。"

"你有人了吗？"

"有什么人？"

胡蝶说："就是问你娶亲了没有，或者定亲了没有？"

"这种话你也好意思问啊？"

"有什么不好意思的，有没有啊？"

汤立夏摇头："没有。"

"上次那个姑娘不是吗？"

"那是我妹妹。"

"表妹还是堂妹？"

"同一个爹娘生的，你说是堂妹还是表妹？"

"那是你亲妹妹了？"

"当然是亲妹妹。"

"哦，我还有个问题。"

"你问。"

"你有兄弟吗？"

"没有。"

"没有啊……"胡蝶相当失望。

“怎么了？我是不是也要问你有没有其他姐妹啊？”

“我在想，你若有兄弟，会不会叫汤立春、汤立秋，你说会不会？”

汤立夏转一下眼珠反问：“你真想知道答案？”

“是我问的，当然要答案。”

“你亲自去问问我父母吧。”汤立夏转身就走。

“吓唬谁呀，你以为我不敢啊？我还怕你不敢让我面见你父母呢。”胡蝶怔了一下，马上跟进。

相比玉央，胡蝶的确太过简单了。而且说来有趣，往往这种性格简单的女孩会受到多数男人的喜欢，会很容易找到属于自己的那份感情。而喜欢这种简单性格的男人，大多都是那种没有城府也很少心机的类型。这种男人通常有大聪明，因为他们不用圣贤教导就已经知道简单即是快乐，拥有了简单也就等同于投入快乐之中，所以他们在选择之际就已经确定了正确的方向。而且这种性格的男人大多不那么花心，属于专一的一族。

胡蝶已经有了进汤家的心理准备，那么邀汤立夏来自己家也就顺理成章。胡府不在闹市，因而门前人迹稀少。一左一右两只大石狮长了一些青苔，显得落寞寂寥。朱漆大门洞开，胡蝶、汤立夏越门而入，两位门仆将大门关闭。

汤立夏摇头说道：“院子太过空廓了。”

“只有几个家仆，所以显得没人气。我平日就很少回来。”

二人穿过前排大屋通堂，来到第二进院子。

汤立夏说：“你父母不在扬州，我请人提亲也只能去太原府了？”

“还有个办法，我可以着人去太原府，让我爹我娘回扬州来。”

“其实这样最好，如果长辈们需要会面，在扬州彼此都还方便。”

胡蝶忽然“扑哧”一声笑了。

汤立夏问：“你笑什么？又有什么鬼点子了？”

“不是。我忽然想到，要是玉央知道我要嫁了，她会是什么表情？”

“这个玉央对你就那么重要？”

胡蝶说：“当然了！”

“比我还重要？”

“当然了！”

汤立夏说：“她若不同意你嫁呢？”

“当然就不嫁了呀。”

“我若是不娶了呢？”

胡蝶说：“你敢！你非娶不可。”

“我还要说你非嫁不可呢。”

胡蝶揽住他胳膊撒娇：“不要担心啦，玉央不会的，她最疼我了。她若知道我要嫁了，一定开心得要命。”

“汤家的房子可没这里气派，你会过得惯吗？”

“我自小就最怕大房子了，我巴不得汤府再小一点，小房子更温馨。”

汤立夏说：“你知道你这会多么可人么？”

“我只知道跟你在一起我是多么快乐。”胡蝶摇头。

汤立夏揽住她说：“只这一点，就足够了。”

胡蝶的好梦正酣，不期被突然而来的清蔷和杭龙所惊扰。这两个人有如天兵下凡一般忽然就到了大和教坊，令所有人猝不及防，尤其是胡蝶，她不顾天色已晚径直就去拍清蔷客房的窗：“清蔷，是我。”

“胡蝶？你等着。”清蔷下床，披上外衣。点燃油灯，开门。

“我刚回来，听坊主说你和杭龙都来啦。”胡蝶气喘吁吁地说。

“杭龙睡了。”清蔷指着对面的房门说。

“你们接玉央回宫？”

“是啊。带了圣旨来的。”

胡蝶问：“那我呢？我怎么办？”

清蔷打量着她说：“我看你红光满面的，在这里很滋润吧？”

“你别管滋润不滋润，接玉央就得把我也一道接上。”

“你以为进宫是很容易的事吗？你若想进宫，必须另有一道圣旨才行。”

胡蝶两行泪唰地流下来，一跺脚道：“我不干！反正我不干！想把我一个人扔在这，没门！”

“胡蝶，我们是多年的好朋友。你想回宫，我可以设法为你疏通。但是你该明白，你这么使性子是没用的。”

“谁想回宫了？玉央也不想，都是你们这些人在背后搞的鬼。”

清蔷正色道：“你胡说什么？别以为你出了宫就可以为所欲为，就可以胡说八道！你们想或不想又能怎么样？这是你们想怎么就怎么的事情吗？”

“那你们为什么又让她回宫？”

“我说得清清楚楚，不是我们，是圣旨。你不会连圣旨都不懂吧？”

“我不跟你说了！”胡蝶又一跺脚，她的确被这个突发事件打蒙了，以她现在的心境绝不会期待回后宫，但她同样不能想象玉央回了后宫而把她一个人留在扬州的情景。

胡蝶跑到荣氏房间，荣氏将灯重新点燃，两人都披了衣服起身。

胡蝶说：“不行，你也不许走。”

玉央说：“你逼着我抗旨啊？”

“抗旨就抗旨！反正我不跟你分开。”

“你不是已经准备嫁人了？”

胡蝶说：“本来打算今晚回来就跟你说这事呐。谁知道那个坏东西会突然追到这里来！”

荣氏问：“你们商量婚嫁的事了？”

“汤立夏说，他的父母打算请人到我们家提亲了。”

“你是怎么回复他的？”

胡蝶说：“我当然很开心啦。不过我也告诉他，要玉央同意了才作数。”

玉央说：“我同意算怎么回事？你父母同意才行啊。”

“父母肯定听我的，从小家里的大人就都听我的。”

“这么大的事，你说听我的，汤立夏不气死才怪。”

胡蝶说：“可是我告诉他，你不会反对的。”

“你很想嫁给他，是吗？”

胡蝶点头：“我觉得他就是那个能一辈子对我好的男人。”

“现在简单了。既然是你看准的人，你结婚就是了，我没意见。我呢，皇命难违，只好回宫了。”

“那怎么行？那样你我岂不是分开了？”胡蝶双眼大睁。

“天下没有不散的筵席，分开是迟早的事。现在你有了满意的归宿，也许是分开最好的时机。”

胡蝶的泪水扑簌簌往下坠：“我知道迟早要分开，可无论如何不是现在啊。我可以让汤立夏等我，等我从心里觉得你我该分开的那时候，再嫁给他。”

荣氏说：“小丫，胡蝶的话也有道理。我不觉得她这么急急忙忙地嫁了是一桩稳妥的事。让那个汤立夏等上一段,也许对胡蝶这一生的归宿,是更负责任的选择。”

“可是现下,胡蝶回宫并不是一桩轻而易举的事……”

胡蝶说:“既然有圣旨召你回去,必定有谁在背后帮你。无论是李昭仪还是杭龙,他们也必定会再帮你一次,只要你坚决要求带我回去。”

“也是。要我回去,我的条件就是你也一道回去,不然我就不回去。”

玉央猜不出突然圣旨宣她回宫的理由,但她隐隐约约知道一定与清蔷有关,因为除了清蔷再没有人与她有任何利害关系。而且她觉得这件事也一定与来扬州玉府的那两个差人有关,从长安城来的差人专门打听她娘和她,这件事本身绝不寻常,不可能是找她娘的,一定是找她。玉央的这一层心思没有对她娘讲,她怕娘担心,怕娘又跟着她再去长安城。

玉央凭直觉认定清蔷就可以决定胡蝶的去留,所以她以自己的方式去和清蔷摊牌。

清蔷说:“接圣旨还要提条件,真是闻所未闻。”

杭龙对清蔷说:“听玉央把话说完。”

玉央说:“胡蝶是跟我出宫的,如今要我扔下她一个人回去,于情于理都说不通。”

清蔷说:“可是出宫的文告上,有你和胡蝶两个人的名字。然这道圣旨乃独召你一人回宫,并未提到胡蝶。眼下你们定要同行,岂不是让大家为难?”

杭龙说:“这有何难?胡蝶原本就是后宫高手,并非被例行淘汰之人。此行扬州不过是一次外派,头上的公职并未撤销,调回宫里也只是迟早的事。既然她坚持要提前回宫,不妨捎上她。到了长安,自然会有解决之道。”

玉央说:“我也是这么想的。”

清蔷说:“你们不可一时冲动犯下大错。”

杭龙说:“我们能犯什么大错?”

清蔷说:“忤逆皇命啊。”

玉央说:“倘若胡蝶可以同行,我又痛痛快快地接旨回宫,何来忤逆皇命之说?”

清蔷说:“倘若她一定不可以同行呢?”

玉央说:“圣旨并未禁止的事怎么会不可以呢?胡蝶回后宫复职与否并不是皇上关心的事啊。你是内侍省大员,你一句话就可以了呀。”

“倘若我说不可以呢?”

“那就请尚服恕玉央无法从命了。”

清蔷说:“玉央,你还没搞清楚吗,这是圣旨,是皇上的意思,你若不从命,便是抗旨,便是忤逆皇命,除了皇上本人,谁都恕不了你的大罪。”

杭龙对清蔷说:“既然你明白这个道理,为何还要阻挠我捎胡蝶回去,而非要逼玉央抗旨呢?”

玉央说:“杭龙,清蔷并没有逼我抗旨的意思。”

清蔷对杭龙说:“你想想。皇上让玉央回去,她不回去,便是抗旨。皇上没让胡蝶回去,她却回去了,这也是忤逆皇命啊。”

“皇上没让,你可以让啊!你让了,她回去就不忤逆皇命了。”玉央坚持。

清蔷说:“我不可以擅自做主。我们没得选择,只能带玉央一个人回去。至于胡蝶,让她安心留些日子,我们之后再想办法召她回宫也不迟。”

“让胡蝶一个人留在这,她肯定不答应,我也不能同意。”

“玉央,你别这么拗行不行?”

杭龙说:“不对,你把我绕糊涂了。皇上没说让胡蝶回去,同样也没说不让胡蝶回去啊。胡蝶眼下的去留只是个尚容局内部的小问题,绝非你说的那么严重。”

“而且胡蝶此次来扬州,原本就是自己主动申请的,尚容二话没说就答应她了。相信她提出回宫的要求,尚容也一样不会为难她。”

清蔷说:“你们俩一唱一和,什么意思嘛?”

杭龙说:“就这么定了。带上胡蝶,就算回去后遇到什么麻烦,相信尚容局那边应该还是能够疏通的。实在不行,我可以找冰洁,让她出面。”

清蔷用奇怪的眼光看着杭龙。

玉央说:“谢谢你们。”

“杭龙,玉央,你们都在宫里多年,后宫的规矩不需要我对你们重复。你们执意这样做,后果很严重的。我不懂玉央何以为了他人宁可抗旨,”清蔷说着转向杭龙,“更不懂你何以置规矩于不顾,如此迁就玉央?”

“我或者迁就玉央,或者迁就你。我为什么必须迁就你呢?”

清蔷说:“你错了。你不迁就玉央,只是在遵循规矩行事。我的意见反正你不会听,我也无所谓了。”

玉央说:“你们两个别为我吵来吵去。要带胡蝶回去是我的主意,所有后果由我一人承担,不干你们的事。”

“当然不干我的事,你这么说只是不想让杭龙承担责任罢了。”

杭龙说:“你说这些话就莫名其妙了,你口口声声大家是老朋友,我怎么觉不到丝毫的朋友之谊?这些漂亮话,我以为你不说也罢。”

“你们都知道我的性格,有话就要说在当场。玉央说得对,是她自己任性,要带胡蝶回去是她自己的事,与你杭龙全无瓜葛。可是你,一定要把责任担在自己肩上,这才是真正的莫名其妙。现在玉央一人做事一人当,不想牵连你。你心里又不舒服了,反过来拿我撒气。你只会欺负我,我就从没见你对玉央说一个‘不’字。”

清蔷一直以来事事处处都迁就杭龙,现在她再也不忍他了。杭龙已经摆明了站在玉央一边,清蔷宁可玉碎绝不瓦全,干脆把心结挑明了。

这当然不是玉央希望看到的,他两人之间的关系根本不关玉央的事,她被夹到中间很不舒服,便说:“你们两个有什么话自己单独说,不要把我扯在中间。我的态度我已经说了,你们是钦差,该当如何你们商量好了再找我说话。”

次日一大早,汤立夏便划着船来接胡蝶。胡蝶愁眉紧锁,汤立夏却没有留意,他急于告诉胡蝶已经跟父母谈过了。

“你这么快就说啦?”胡蝶吓了一跳。

汤立夏说:“我告诉他们,我想娶你,你也愿意嫁给我。”

“你父母又怎么说?”

“他们还会说什么?自然是满心欢喜,准备请人提亲呗。”

胡蝶说:“这么顺利?”

“顺利不好吗?我把你的打算告诉我父母,他们还一个劲夸你懂事。”

“我的什么打算?”

汤立夏说:“你不是说可以着人请你爹你娘回扬州吗,让我父母在扬州跟他们提亲,不会说过就忘了吧?”

“哦,我是说过,没忘。”

“你怎么支支吾吾的?是不是为难?若不方便,让提亲的人去太原府也可以的。”

“不是这个问题。”胡蝶摇头。

“还有别的问题吗?”

“立夏,我想……可能,可能我们的婚期要往后推一推了。”

汤立夏一怔:“出了什么事?”

胡蝶说:“也不算出事啦。”

“不会是那个玉央真的不同意你嫁给我吧?”

“傻瓜,怎么会呢?玉央听说我要嫁了,还劝我留下来呢。”

汤立夏说:“留下来?什么意思?莫非你要走吗?”

“立夏,你别急呀。”

“我怎么能不急?到底出什么事了?昨日还好好的,今日怎么突然就变卦了呢?”

胡蝶说:“谁说变卦?我只是想往后推一推,又没说不嫁了。”

“就是问你为何要往后推啊?”

“因为……因为宫里召我和玉央回去。特使已经带着圣旨到扬州了,我昨晚刚知道的。”

汤立夏有一会没说话,胡蝶小心翼翼地看他脸色。小舟在湖面漂移,两人相对而坐,汤立夏终于开口了:“什么时候动身?”

“就这几天吧。”

“不能不走吗?你可以跟他们说你要结婚了。”

胡蝶说:“立夏,这次离开你我也很难过,但你知道,当差的人身不由己。”

“我知道。只是……这也太突然了……”

“是太突然了。我昨晚都睡不着,心里乱得要命。我真怕离开你,怕许久都看不到你……”

汤立夏说:“要不这样,我也去长安城,在你身边陪着你?”

胡蝶摇头道:“别。我不要你无事可做,整日候在宫外,那种日子很难过的。回去之后我会尽快想办法出宫,我不会让你等很久的,我会尽快回来,嫁给你,做你的女人。”

“你不让我去长安,我就在扬州等你,一直等到你回来。”

“真的?”

汤立夏说:“大丈夫一言九鼎。”

胡蝶靠进他怀里说:“我知道你会的。一想到要和你分开,哪怕只短短数日,我也觉得受不了。”

“那你就不走了,不和我分开。”

“你是男子汉大丈夫,不许拖我后腿哦。”胡蝶用手指轻点汤立夏的脑门,伸手搂住他的腰。汤立夏将她抱紧,两人腻在一起。

小舟忽然倾斜了,他俩急忙伸出四条手臂去维系平衡,可是已经晚了。船翻了,两个人同时落水。先是二人和声的惊呼,在一阵噼里啪啦的扑腾之后,却原来两人都是好水性,并肩朝着湖岸游去,身后的水波纹划出两道悦人眼目的曲线。翻成底朝上的小舟,倒扣在夕阳染红的湖面之上,远远看去更像一片树叶了。

围绕清蔷的是非波折

1

有一点是玉央想多了,圣旨宣她回长安这件事与那两个打听她和她娘的差人无关。两个差人与清蔷有某种关联不假,却至今还没有回长安向清蔷复命,所以没能影响到清蔷这一次的钦差之旅。

先荣氏、方汀一步到扬州的那两个差人倒也还算尽职尽责,他们既已拿了清蔷的钱财,也就抱定了替她解难消灾的信念。使命非常明确:玉央的娘究竟是谁?她在什么地方?在做什么?和谁在一起?她和玉大人究竟是什么关系?我们知道那个人就是荣氏,我们同样知道围绕着荣氏有诸多谜题。清蔷的指令看似简单,却绝不容易拿到答案,两个差人的四枚大银锭要最终落袋,还有很长的路要走。以清蔷这种吃人不吐骨头的个性,想赚到她的银子绝不是一件轻而易举的事。

他们跑了两次玉府,终于弄清了一件事,玉央不是玉家的女儿,玉央的母亲当然也就不是府尉玉大人的夫人。他们下一步的任务目标是大和教坊。教坊在他们眼里是高墙深院、门禁森严,自以为聪明的差人知道外地口音很容易让人提防,便报称是太原府人找教坊的门房打探荣师傅。不巧的门房竟也是太原府人氏,马上揭穿了他的谎话,让差人在第一个回合便落了下风,只能改口承认是从长安城途经太原府过来的。门房觉得这个人真是啰唆,根本没人问他是哪里人、从哪里来又到哪里去,另一个门房因此断定这家伙不地道。

差人的同伙来了火气,骂门房是看门狗。门房马上恶语相向,揪住骂人的差人不依不饶。先开口的差人便又骂自己的伙伴,又向两个门房赔罪。这个家伙有本事拿到清蔷的银子,自然有本事平息了门房的怒气而安然脱身。

年龄较大的门房人称老三,到教坊看门也超过十年了。他觉得惊讶,荣师傅离开七八年了,刚一回来就有人老远从长安跑过来找她。年轻的门房这才知道荣师傅原来是这里的人,在教坊先后待了几十年,上上下下没人不认识她,而且还是头牌妆娘。老三觉得那两个打听荣师傅的人似乎有些鬼名堂,就在当值之后专门找到荣师傅说:“今日下午,有两个人到这来打听您。”

荣氏警觉地问道:“打听我?什么样的人。”

“两个男人,外地口音,说话颠三倒四的。先说是太原府来的,而后又说是长安人。”

荣氏思忖道:“两个男人,长安……后来呢?”

“我看他们话说得不清楚,就多问了几句。结果那两人出言不逊,我兄弟一时没压住火,吵了起来。最后把他俩赶走了。您看,不会误事吧?”老三有点不好意思,搔搔后脑勺。

“应该没事的,不用放在心上。”

“没事就最好了。我们吃这碗饭,想把事情弄仔细了,别是什么别有用心的人来捣乱。又怕误了您的事,就专门过来通报一下。”

“谢了老三,我知道了。”

荣氏一生与世无争,忽然被人盯上并且问长问短,对她来说太过蹊跷了。她断定来者不善,而且他们还在玉府问过小丫,无论怎么说都不是好兆头。上一个回合方汀就认定是清蔷派的人,而且这一次找到大和教坊来了。她不知是否该对小丫讲这件事让她提高警惕,她知道告诉小丫的同时也等于给她的心上压了一块石头。最后,她还是决定先不说。

那两位差人碰了钉子,自然不会善罢甘休,他们躲在一条窄巷里窃窃私语——

“你这个蠢货,跟银子有仇吗?怎么张口就坏事?你给我长点记性好不好,再不要信口开河坏事。”

“我不是心里急吗?”

“心急吃得下热豆腐吗?这样,你索性就把嘴闭上,一句话都不要说。”

“听你的就是了。”

他们再一次出击时碰上的是胡蝶。当时胡蝶正往教坊方向赶路,两个差人忽然从巷口闪出请她留步。由于不久前遭遇过歹人,胡蝶还惊魂未定,两个差人尚未张口她就高声尖叫起救命,反倒令他们猝不及防。

“姑娘误会了。我们只是,只是想打听一个人……”

“你们真不是强盗?”胡蝶将信将疑。

“不是强盗,是江洋大盗,又劫财又劫色。”那个被训斥为“信口开河”的差人觉得胡蝶有趣,顿时将同伴的教诲抛在脑后,张嘴就又犯了老毛病。

“有强盗啊!救命!方汀,玉央,救命!”胡蝶毫不含糊,再次高叫起来。

差人忙说只是开个玩笑。胡蝶说谁要和你开玩笑?问他们到底是什么人。那位会说话的差人又施展他巧舌如簧的本事,不但绕过了胡蝶的提问,还安抚住她的火气。待胡蝶心平气和下来,两个差人便又捡起他们要打听的事:

“姑娘,刚才你喊谁救你?”

胡蝶说:“喊谁怎么啦?”

“玉央是吧?”

“是又怎么样?不是又怎么样?”

“教坊那么远,玉央怎么过来救你?”

胡蝶说:“我喊她过来!”

“就是玉央要来,她娘也不会让她出来。”

“你把荣师傅看成什么人啦?”

“荣师傅在大和教坊待不久的。”

“你的话作数吗?你以为你是谁?”胡蝶满脸的不屑一顾,继续大踏步走向教坊,两个差人住脚了。

“大哥果然厉害。”

“奇怪了,玉央怎么会也在扬州呢?”

按理说两个差人该当回长安城向清蔷复命了,但为首的那个觉得胡蝶傻头傻脑,说话不一定靠得住。他想来想去,决定再找个人打听打听,确认一下才比较稳妥。

这次被他们盯上的是教坊里的侍女小红。起先他们问玉央在不在教坊。小红说不认识玉央。差人说玉央是个十七八岁的姑娘,听说就在大和教坊。小红白他一眼,说大和教坊里十七八的姑娘多着呢,我知道谁是玉央?差人换个思路,改打听荣师傅。这下小红认识了,说荣师傅正在教坊,荣师傅的女儿小丫也在教坊。她还告诉两个差人,荣师傅的女儿小丫是从宫里回来的。

事情终于清楚了,玉央就是小丫,小丫就是玉央,玉央的娘是荣氏,现在人在大和教坊,玉央同她在一起。

“这没完没了的倒霉差事总算可以了了。”两个差人一声长叹。

将玉央外派扬州这件事清蔷自以为得计,说到底也只是掩耳盗铃的把戏。至少另外一个与之相关的人一眼便看穿了其中的路数,那就是杭龙。现在杭龙的身份已经非同小可,是摄政王的贴身助手。杭龙很忙,所以极少有机会见到玉央,当他知道玉央被派大和皇家教坊的时候,玉央已经走了两个月有余。他看出事情背后的端倪,第一时间去尚服局找了清蔷。

尚服局房间十分宽敞,几件衣裳像壁饰一样钉在墙上,一张大木案上层层叠叠摆放着几匹上好绸缎。墙角立一高约六尺的红木衣橱,窗下摆有卧榻,正中是案桌。清蔷正伏案写字,门被忽然拉开,杭龙出现在门口。清蔷颇感意外,惊喜同时爬上她的脸庞,但她马上发现杭龙的脸色不对。她伸手去拉杭龙,却被他不轻不重地甩开。清蔷一愣,问道:“这么大的气,有事吗?”

“我问你,玉央走了,你知道不知道?”

“走了?”清蔷开始还相当镇定。

杭龙说:“别跟我讲你此刻才听说。”

“哦,你是说她被派出宫的事吧。”

“这是怎么回事?”

清蔷说:“什么怎么回事?”

“玉央好好的,为什么会出宫?”

"杭龙,你要搞清楚,玉央不是被逐出宫,是暂时出去办事。"

杭龙说:"这不正常,我在宫里这么多年,从没听说后宫里的女官被派到那么远去办事的。"

"这件事正常不正常,我不知道。若真有什么隐情,你也不该来问我。"

"我就是专程来问你。"

清蔷说:"我明白了,你是来兴师问罪的。"

"明白了就好,咱们打开天窗说亮话。"

"我不明白的是,你怎么会想到找我这个毫无关联的人来打听这件事。玉央出宫,完全是尚容局辖内的事,从头到尾也不可能跟我这个尚服有关系,你连这个也想不通吗?"

杭龙说:"我就是想不通,除了你,还会有谁看玉央不顺眼,非把她弄出宫去不可。"

"你为什么会觉得我看玉央不顺眼呢?"

杭龙怔了一下,没吱声。

清蔷死死盯住他的眼睛,杭龙结结巴巴道:"其实,我跟玉央没什么,真的一点什么都没有。"

"我说过你们有什么吗?"

杭龙双目圆瞪。他忘不了清蔷为了玉央跟他恶吵的那一幕,他记得那天他喝了很多酒,他借着酒劲对清蔷直言说他喜欢玉央。清蔷反应之强烈大出他的意料,当时他的酒一下醒了大半,因为她的骇人的全身发抖,因为她的熠熠发光的眼睛,他甚至以为她发疯了。他清楚记得她的警告,他说我喜欢她了,随你的便。她随即恶语相向,随我的便?你可别后悔!她癫狂了,仿佛瞬间就会爆炸一般。杭龙算了一下时间,这以后七日之内玉央就被派遣出宫了。

杭龙说:"你一定要我把什么话都说破吗?别以为那天我醉得什么都不记得了,你的那张脸我记得一清二楚。"

"我的脸怎么了?"

"包括你的话!"

清蔷说:"我说什么了?"

"我说一句随你的便,你就说,随我的便?你可别后悔!"

"我不可能那么说。"清蔷满脸无辜。

"而且我就从没见你的脸色那么难看过,满脸的歹毒,像要爆炸一样。"

"你看你,自己喝多了,什么最坏最难听的话都扣到我头上。"

杭龙说:"酒这东西,醉人不醉心,其实我心里什么都明白。"

"如果你真的明白,就该想得到,这事跟我不可能有关系。"

"你一口咬定我也没办法,但我再告诉你一次,我跟玉央真的没什么,也不可能有什么。如果你是因为我的那句话而容不得玉央,耍手段迫使她出宫,我绝对不会原谅你的。"

清蔷冷笑了一声:"我在后宫算得了什么?即使我想得出一百种一千种手段,又有什么能力使出来?如果你对玉央的事有疑问,想要弄清楚也不难。"

"你什么意思?"

"很简单啊。据我所知,提此建议的是尚容局尚容谷绣春,点头同意的是贤妃娘娘,下达公文的是内侍省总管秦耕人。若你说得没错,玉央是遭人排挤才出宫的,那么以上三人都有可能是不容她的那个,你大可以一个个去兴师问罪,远好过在这跟我胡搅蛮缠。"

杭龙气不打一处来,胸膛大起大伏。

清蔷又软了下来,拽着他胳膊说:"好啦,不要生气了。真的跟我没关系,你不能乱冤枉人啊。"

"我肯定会去问,不管是秦耕人还是谷绣春,我非要弄个水落石出不可。"

清蔷说:"这事对你就那么重要?"

“我关心这事绝非因为我跟玉央有什么瓜葛,只是我不想自己的朋友受到莫名其妙的排挤,这不公平。”

清蔷阴阴地问:“朋友?”

“换了别的朋友,我一样会这么做。”

“你会吗?”

杭龙说:“我会!”

“如果换了是我呢?”

“你不会碰到这样的情形,你总会一帆风顺,没有谁能奈何你。”

“我就把你这句一帆风顺当作是给我的祝福吧。”清蔷笑得有点凄凉。

水可穿石、柔能克刚的道理再一次被清蔷所印证,杭龙不是她的对手。官再升脾气再长也只是空穴来风,奈何不了清蔷分毫,但杭龙的直接发难还是让她的心里不踏实。如今李炎在宫中的话语权日盛,倘若杭龙通过他去干预这件事,或许一下子就会把成命推翻,清蔷可不希望看到这样的情形。这时候她想到了一个人,也许她可以间接地发挥某种作用,这人就是谷绣春。官场之上没有永远的是非好憎,有的只是永远的利益。她有把握自己不会受谷绣春的冷遇,事实也是如此,谷绣春满面春风迎向门口。

“尚服,少见啊,哪阵风把你给吹来了?”

“尚容这么说可是见外了,这里是我的老家呀。您不会不欢迎吧?”

“这是哪里话,请都请不来呢。”

清蔷说:“尚容,我是无事不登三宝殿。”

“有什么吩咐尽管说好了。”

“哪里敢有什么吩咐?我想过来问一下,关于玉央,您听说什么了?”

谷绣春说:“没有啊。尚服如此说,一定是听到什么了。”

“太弟那边的人来找我,像在追查什么,打听玉央为什么出宫。”

“你怎么说?你没说是我的主意吧?”

清蔷说:“怎么会呢?我说内情我不是很清楚。”

“这个玉央真是手眼通天了,居然找到太弟头上!”

“所以啊!别看她平日装得天真懵懂,其实心机城府深着呢。我们这些直来直去的性格,哪里会是她的对手?”

谷绣春问:“太弟的人怎么说?”

“好像在追查是谁的责任。我怕尚容您还蒙在鼓里,就忙着跑过来给您通个口信,心里也好有个准备。”

“太谢谢了。尚服,说到底咱们还是一条船上的人。”

“您既然这么说,就不要那么客气了。总归是自己人嘛。”

清蔷以这种方式轻而易举就达到了两个目的,一是拉到了坚定的同盟者,毕竟尚服的身份是个相当有分量的筹码。一是让谷绣春把遣出玉央的责任全盘揽过去,以防被杭龙再一次责问。

2

清蔷怎么也没想到玉央出宫的事竟会越搞越大,最终惊动了皇上。当然皇上不会去关注玉央,是皇上身边的人让玉央入了皇上的法眼。现下离皇上最近的人当然是李昭仪,她没有想到皇上会不打招呼就藏到她的寝房里。李昭仪进门,两眼立刻瞪大了,已经站起来的文宗将左手食指竖在嘴前示意她关门:“嘘……”

李昭仪将门关好,上闩,之后忙跑到文宗身边问道:“圣上,你好了?”

“切不可泄漏出去。”

李昭仪懂事地点头:“可是……”

“什么都不要问。”

李昭仪缄口了。她在后宫中一直是个小女人形象,深得皇上怜爱,却又体悯下人,单从做女人的意义上她算得上一个十全十美了。虽然她在皇上眼中全没有心机,但一点点小谋略她还是有的,而且可以用得炉火纯青。她有意让皇上看出她有心事。

“你怎么了?”文宗自然会关心。

李昭仪眉头微蹙:“没怎么呀。”

“蹙着个眉头,你平日可不是这样的呀。”

“有一点烦心的事。”

“说来听听。”

“不是什么大事,不想让圣上也跟着烦。”

“你这么说,朕还非听不可了。”

李昭仪问:“圣上还记得尚容局司容部的玉央吗?”

“玉央?”文宗不甚了了。

“圣上不一定记得。这个玉央平日与臣妾相处得很融洽,前一阵子她被贬出宫,臣妾心里不免有几分烦恼。后宫之内,能与臣妾说说心里话的也只有这个玉央了。”

“这有何难?让他们把这个玉央调回来就是了。”

李昭仪说:“怕没有那么简单。虽然是一件小事,却牵扯到许多地方。若圣上发话,上上下下一定会互相推诿,生怕哪个地方会担上责任。”

“你呀,到底还是个小女人。后宫虽复杂,令行禁止总还不至于打半点折扣吧。朕若不去追查,哪里还有什么责任可言?你不必什么都在意。”

“圣上在臣妾这里,臣妾不希望别人以为臣妾借了圣上的威仪徇私情。因为后宫谁都知道,玉央与臣妾交情甚笃。”

“明白了。”文宗略一思索后道,“这样吧,让炎弟帮这个忙,吩咐内侍省办一下。”

“臣妾代玉央谢圣上隆恩。”

“你去着人让李炎过来议事。”

李昭仪点头,出门。

文宗又交代:“嗨,切不可忘了,朕依旧卧床不起。”

李昭仪嫣然一笑:“放心,臣妾没那么傻。”

大明宫之内的事情经常就是这么奇特,下面许许多多人蜿蜒曲折弄出许许多多的事,只消皇上一句话便一切都化作乌有。

回想一下,是杭龙锲而不舍的喜欢玉央导致窥视的清蔷心怀嫉妒,清蔷又辗转暗示杨贤妃不可把玉央长留后宫。杨贤妃被李永误导,以为玉央了解什么内情,遂生出让玉央出宫的念头。清蔷出主意通过杨贤妃去暗示谷绣春,让谷绣春自以为遣玉央回扬州是她的念头。最终由谷绣春提议,经内侍省派遣玉央赴扬州大和教坊任职。转了如此之大的一个圈子,经过诸多后宫大小官员促成的一桩公差,背后还藏有各怀心事的诸多大小阴谋,最终的成命让皇上随口一句话便消解了。接下来要做的便是与颁布圣旨相关的一揽子事务。

皇上找过李炎之后,李炎又找杭龙。杭龙将马缰递给侍从,与李炎并肩。

花园里鸟声啾啾,李炎说:“我昨天刚去见过皇上。”

“皇上龙体好些吗?”

"很好,你放心吧。皇上跟我提起件事,说尚容局的玉央被贬出宫,回了扬州老家。"

"皇上也问起玉央?"杭龙吃惊不小。

"听口气,你知道这事?"

"这事把我气坏了。本来想跟您提一下,又知道您国事太忙,不想给您添乱,也就没好意思张口。"

李炎说:"皇上似乎不认识玉央,不过我对她还有印象。"

"她是我的朋友,就是当年皇上帮我提亲的那个姑娘。"

李炎笑了:"是她呀,我隐约记得她好像拒绝你了。"

"她家里已经给她定了亲,虽然没有姻缘我们仍然还是好朋友。"

"她在后宫得罪什么人了?"

杭龙说:"后宫的事乱七八糟,上到贤妃下至女史,没人说得清其中的恩怨。玉央人太过简单,根本不懂其中的奥妙,谁知道怎么就得罪人了?"

"皇上这次与先前大不一样,特别嘱咐我不要追查责任,只把玉央调回宫便是。我想差遣你跑一趟扬州,你现在走得开吗?"

"没问题。"杭龙大喜过望。

"你脑子又热了。问题肯定是有的,办这件事必须通过内侍省。我这里可以给内侍省指令,但是后宫的事还要通报杨贤妃,要得到她的首肯。"

"您发话了,杨贤妃应该不至于否决吧。"

李炎思忖道:"应该不至于。但是她心里不会痛快,毕竟后宫本由她一人说了算。我也不能把事情办得太过生硬,还是通过内侍省比较好。"

在其位谋其政,这是李炎进入角色之初的感受。他已经体会到权谋是一门很大的学问,必须用大心思方能把握好做事的分寸。

"太弟将在下召去,问起尚容局玉央。在下如实禀报。太弟说想让玉央为太弟妃设计妆容,令在下将玉央调回后宫。在下第一时间来向娘娘禀报,请娘娘定夺。"秦耕人登杨贤妃宫门禀报的时候,清蔷正在为杨贤妃试衣装。她听到玉央的名字,显得异常专注。

杨贤妃说:"刚坐上太弟交椅就鸡犬升天了,还不知道日后要怎么折腾呢。"

秦耕人说:"娘娘的意思……"

杨贤妃踱步,秦耕人的眼睛随着移动。杨贤妃站住说:"你回传太弟,说我马上专程着人接玉央回宫。"

"可是……"

"别支支吾吾的,有话直说。"

秦耕人说:"太弟已经指派太弟妃的哥哥去扬州,不日即将动身。"

清蔷眼睛一亮,立即请命道:"娘娘,我做您的专使,与太弟派的人同行。这样也显出您对太弟的诚意和对太弟妃的关怀。"

"你想得很周到。"杨贤妃思忖并点头。她有自己的想法,深通迂回之道,她毕竟只是一个女人,知道非万不得已绝不与任何权势树敌。今日的李炎已不同以往,她非常清楚一旦与李炎交恶皇上绝不会站在她这一边。清蔷出了个好主意,既维护了自己的颜面,又配合了太弟的指令,也算是一举两得了。

内侍省的一艘官船载着两位钦差行驶在运河之上,风帆高扬。官船在甲板之上有两层舱位,甲板以下的底舱是左右共八名桨手的舱位。杭龙站在船头迎风远眺,清蔷从船舱出来,凑到杭龙身边。

杭龙说:"两岸青山,一江流水,鸟兽为之伴唱。目之所及、耳之所闻皆美景啊。"

“看得出你心情不错。”

“你不是说难得悠闲,要美美地睡上两日吗？出来干吗？”

清蔷说:“来陪你啊,不欢迎吗？”

“哪敢劳你大驾。”

“那是我自讨没趣了？哼,若不是贤妃娘娘吩咐我好生照料你,协助你完成任务,我才懒得理你。”

杭龙说:“娘娘会如此关心我？我敢肯定她连认也认不得我。”

“臭嘴。你如今是太弟的舅兄,贤妃娘娘怎么可能不认得你呢？”

“如此说来,贤妃娘娘一定是有意安排你与我同行了？”

清蔷说:“那是自然了。你怎么连一点感恩的表示也没有呢？”

“我不明白何恩之有。”杭龙转向侍从问,“到扬州还要多久？”

侍从说:“若不耽搁,再有一日便到了。”

杭龙点头:“嗯。吩咐下去,一路不要耽搁,日夜兼程。”

清蔷说:“扬州又不会被这流水冲走,你那么着急做什么？”

“总窝在船上,无聊啊。”

“既无聊,就走走停停,况且两岸又有那么好的风景,不必赶路的呀。”

杭龙说:“女孩子,干吗总要显出你的那份聪明呢？”

“我很傻的呀。”

“别以为我听不出你话里有话。”

清蔷说:“若我真的话里有话,你听得出岂不是正中我下怀？若是你自己疑心生暗鬼,便是你故意冤枉我了。”

“谁心里有鬼,谁自己知道。”

“我知道,无论我怎么澄清,你还是对我心存疑惑。这次见了玉央,正好可以问个清楚,到时候有你后悔的。”

杭龙说:“我后悔什么？”

“后悔你一直冤枉我啊。”

“是你自己耿耿于怀。”

清蔷说:“话如此说就没意思了。”

“没意思的话,不说也罢。”

冷场片刻,清蔷又问:“到了扬州,你准备带我上哪玩？”

“你想玩什么？”

“总听人说扬州街市繁华,瘦西湖比画还美,是江南第一温柔乡,我还从未见识过呢。”

杭龙说:“那就划船,逛街。”

“哼！我才不稀罕呢。”清蔷一撇嘴。

杭龙忽然狡黠一笑道:“我还听说扬州有一绝,此乃天下无双。”

“什么？”清蔷来了兴致。

“烟花柳巷啊,要不要带你见识一下？”

“烟花柳巷……”清蔷忽然明白过来,满脸飞红,“讨厌,没正经。带你的玉央去见识吧。”

“我再说一次,我跟玉央没什么。你这一路上旁敲侧击的,我忍你很久了。”杭龙满脸严肃。

“你一个大男人,开不起玩笑啊？没劲。”

“还说我呢,看你自己那张脸。姑娘家,生气的样子很难看的。”

清蔷说:“反正你怎么看我都不顺眼。”

“好了,别使性子了。我这次去扬州也仅仅是受王爷差遣,并无他意。”杭龙也觉出自己过分了。

“可是王爷怎么会突然想起找玉央回来呢?”

“冰洁想让玉央帮她设计妆容。”

清蔷说:“太弟妃认识玉央吗?”

“知道她吧。”

“尚容局有那么多高手,为何非玉央不可?”

杭龙说:“玉央的手艺好是出了名的。”

“我手艺也不差呀。谷尚容,梅司彤她们难道都比不过玉央?这么千里迢迢大动干戈将玉央召回,连我这个局内人都搞不懂是为什么。”

“你若一定要知道答案,自己去问冰洁好了。”

清蔷撇嘴道:“你明知我问不着她,所以才会问你。还是她亲哥哥呢,一问三不知。”

“你们女孩子的心思,除了自己,还有谁能弄清楚呢?”

“我的心思就很简单,你早该清楚。”

杭龙说:“清楚什么?”

“所有的话我以前都对你说过,你若还装糊涂,我真会生气的。”

这时,侍从过来禀道:“大人,午膳备好了,请到舱内用膳。”

杭龙对清蔷说:“姑娘,美景不对你的胃口,看看美食如何。”

“你呀,什么时候也变得这么贫了?”清蔷用手指戳他脑门。

尽管清蔷管不住自己的嘴巴,总是忍不住以玉央来旁敲侧击,惹得杭龙一再生出怨怒。但她仍旧很享受这一次长途旅行,毕竟这是头一次与杭龙结伴出行,即使斗嘴也是甜蜜的。

3

官船在扬州码头还未靠稳,杭龙已飞身跳上岸。他的视线忽然被吸引,那是玉央的背影,正在往回走。杭龙试着叫她一声,玉央也许压根就没听到。杭龙飞奔过去,一把抓住玉央的肩头叫道:“玉央。”

玉央转身,瞪大眼睛道:“杭龙!还有清蔷!你们怎么会在这?”

三人并肩慢行,清蔷走在中间。这是一个很奇怪的场面,相信在此之前三个人中没有谁会想象到此刻的这种情形,因为谁都不希望经历三个人在一起的尴尬。

玉央说:“我做梦也想不到你们两个会来。”

清蔷说:“有什么想不到?我不信你没想过回宫。若你回去,来接你的当然一定是我了。”

玉央平静地说:“我没打算回去。”

杭龙说:“你也没打算抗旨吧?”

玉央说:“你们来,完全在我意料之外。我一点也不明白,为什么非要我回去,而且是带了圣旨过来?”

清蔷说:“这你要感谢杭龙和他妹妹了。”

杭龙说:“跟我没一点关系,是冰洁想请你帮她的忙。”

玉央说:“帮冰洁的忙?可是怎么又跟圣旨扯在一起了?”

清蔷说:“冰洁不是做了太弟妃吗?”

玉央点头。

清蔷说:“现下太弟摄政,太弟之命当然也是圣旨了。”

“是太弟下旨命我回宫？”玉央似乎明白了。

杭龙说:“圣旨的署名还是皇上。所以你若不从命,便是抗旨了。”

清蔷对杭龙说:“你呀,那么懵懂！哪个女孩子会放弃进宫的机会？玉央不过是那么说说罢了,你倒当真了。”

他们已经来到大和教坊门前。

“回头再说吧。”玉央说完便对护院道,“你去禀报坊主,说有二位皇宫特使到。”

护院马上跑步往里面去。

玉央微笑着问:“杭龙,你是几品？”

“什么几品？”

“我不知道你这个教头是几品官。”

杭龙说:“七品吧。”

“那要尊清蔷为大了。堂堂宫廷五品驾临,小小的大和教坊蓬荜生辉了。”

清蔷说:“你个死丫头,不许寻我的开心。”

“一会等着坊主恭敬你吧。我是这里长大的,刚回来那会还被她好生恭敬了一回呢。”

玉央的话马上得到了印证。内侍省尚服局的大员在坊主眼里当然是大人物,必须给予最高的礼遇。坊中最高规格的那套客房刚好位于荣氏所在院落的旁侧,坊主领杭龙、清蔷进来,将他们引至东厢房。这是三间一排,中间一个通间,左手右手各有一间卧房。

“二位特使就请在此委屈一下吧。”坊主毕恭毕敬。

清蔷四顾一下后说:“环境还不错。”

杭龙说:“西厢房似乎已经有人住了。”

坊主说:“玉央典容和荣师傅住在里面。”

清蔷说:“这可有意思了。”

杭龙说:“有什么意思？”

“先前我和玉央在一间屋子里住过好几年。后来我升任司容,搬了房间。再后来又调升尚服,彻底出了尚容局的院子,想不到现在又住到一起了。”

坊主说:“那尚服和典容一定是多年挚友。”

“就是。这也是贤妃娘娘派我来接玉央的缘由吧。”

“尚服,二位先歇息吧。”

清蔷说:“坊主不必尚服尚服地叫,听着见外,叫我清蔷就行了。”

“这怎么行……”

“怎么不行？听人叫我尚服,觉得自己都被叫老了。”

杭龙对坊主说:“就请您帮忙准备一下,我们要尽快接玉央回宫。”

“二位特使准备几时动身？”

清蔷说:“就明日吧。”

坊主说:“既然都是第一次来扬州,何不多住几日,就此将扬州巡视一番？”

杭龙说:“还是先听听玉央的意思。”

清蔷没再说话,脸上却摆明了并不赞同杭龙的话。她不想当着坊主的面去讨论,便让坊主给他们三个人叙旧的机会,坊主自然恭敬不如从命。

玉央说:“我压根就没打算回去,我娘也不赞成我再去长安。”

清蔷说:“那我们只有按照你的话去复命了。”

杭龙说:“玉央,我必须提醒你,抗旨是重罪。若无特殊原因,万不可意气用事。”

“你二人千里迢迢过来接我,我感铭于心。可回宫对我绝不是一桩小事,怎么也得给我一点时间，让我把事情想清楚。”

杭龙说：“我们是多年的朋友了，我们都希望你能回宫。以你的天资和能力，在宫中必定大有可为。我不是说大和教坊不好，但你窝在这里，充其量也只能坐回你娘当年头牌妆娘的位置。你的绝世手艺只能为那些舞娘们添一点光彩，如此而已。玉央，三思而后行啊。”

“我娘凭手艺吃饭，在这备受尊重，我没觉得她的位置有什么不好。若能与我娘比肩，那是我的荣幸。”

清蔷说：“能够青出于蓝而胜于蓝，不是更灿烂的人生吗？”

“而且我也没有任何野心，不想在宫中有什么作为。人生一世、草木一秋，怎么着都是一辈子。光鲜耀眼不是我所希冀的人生，我们的想法不一样。”

杭龙说：“你误解我了。我没有轻看你娘，我只是希望你眼光放远一点。”

清蔷对杭龙说：“我们也别逼她。给她一点时间，让她自己权衡吧。”

玉央带着一点愧疚说：“也许我的话太激烈了，希望你们看在多年友情的分上不要跟我计较。我会认真考虑的。”

玉央看不到事情背后的那些龌龊，至少从表面上看杭龙和清蔷都还是在为她着想。如果她执意拂逆他们的好意，就有些不近人情了。但她的确不想再回到后宫的种种纠葛当中，相比之下扬州的日子是太过惬意了。

好日子不再

1

这边的诸多纠结对原来一直在教坊的人是不存在的，比如小丫的几个小伙伴。对她们而言，小丫的归来带回了全新的气息，生活有了变化，感触最深的便是那个相貌平平又没有一技之长的阿朵。自从认了方汀和胡蝶做师傅，阿朵便成了另一个人，一个求知好学孜孜不倦的好学生。她很享受这段日子，每天但凡有空余时间总会缠着两个师傅中的一个问这问那。

“妆容这个东西，各个环节都是有关联的，切不能只考虑其一，必须面面俱到。”阿朵坐妆镜前，方汀站她身后，边为她做头发边讲解。

“二师傅，你说什么呢？我怎么听不懂？”

“比如做发式，若眼里只看得见头发，哪怕做出最美的造型，也不过是二流水平。”

阿朵说：“最美还只二流啊，那一流岂不是要比最美还美？”

“所谓一流的发式，必须能合上人的脸型、五官、服饰、甚至性格。也就是我刚才说的面面俱到。”

“这么麻烦啊，太恐怖了吧。”

方汀说：“怕麻烦就学不到手艺。”

“若学护肤化妆什么的，也这么麻烦吗？”

“学什么都一样，不肯下功夫，凭什么出成绩呢？”

阿朵说：“二师傅，我不是不肯下功夫，只是脑子笨而已。”

“你干吗总在‘师傅’前面加个‘二’？”

“你是我后认的师傅啊，我第一个认的胡蝶呀。”

方汀说：“那她是你一师傅？”

阿朵笑道：“真笨，大师傅呗。”

“好了，你看明白没有？”方汀最后拢一拢阿朵的头发说。

“应该明白了。”

“你照样子给我做一个。”

二人换位置，阿朵动手打理起方汀的头发说：“我本来想先学做脸的，因为我皮肤不太好。可大师傅成天早出晚归，连个人影都见不着。”

方汀笑了：“她遇到心上人了，哪还顾得上你我啊？”

“二师傅，你笑起来真好看。”

“我不笑就不好看吗？”

阿朵说：“也不是不好看，就是显得很严厉，比小丫和大师傅严厉多了，你以前在宫里肯定是做大官的吧？”

“严厉跟做官怎么扯到一起了？”

“官越大，人越严厉啊，你以前到底做多大官啊？”

“我在尚容局司形部做过典形。”方汀又笑了。

“典形？小丫是典容。你们俩谁大？”

“差不多一样大吧。”

阿朵说：“哇！那就是很大咯。那你为什么不干了？”

方汀淡淡地说：“干不下去了。”

“二师傅，我还有一个问题。我听小丫说，她不想回宫。又听大师傅说，她巴不得一直留在扬州。宫里那么不好吗，为什么她们都不想回去？”阿朵尽管脑子不是很灵光，却不妨碍她总是能问到根本上。她的问题一下戳到了生活中最难解开的疑窦，所谓围城的困惑。外边的人为什么总想进去，而里边的人又为什么都要出来？

“宫里太闷了，没扬州这么好玩。”面对这么深奥的问题，方汀的回答又简单又直接。

“那为什么还有那么多人千方百计要进宫？比如莲莲她们。”

“你说还有一个问题，怎么接二连三的问个没完没了？”方汀怔了一下，她回答不了阿朵，只能用反问来做一下抵挡。想当初她也是一门心思要进宫并且得偿所愿，可是现在她又说宫里太闷了，没扬州这么好玩，很明显已陷进了悖论。还有更大的悖论已经来到她身后，就是清蔷。两个人同样惊讶，的确谁都没料到会在这样一个地方再见面。

清蔷说：“我们有好几年没见了吧？你跑哪去了？”

“没去哪，四处瞎转悠。”

“怎么也不给我捎个信？若非今日听人提到你，真不知何时才会再见。”

方汀说：“有缘自会再见。”

“我这次是受贤妃娘娘差遣，专程来接玉央回宫的。”

“我已经听说了。”

方汀知道清蔷过来接玉央的事，但她不想再和清蔷面对面。偌大教坊想回避不见很容易，她想不到清蔷会从别人口中得知她在这里，并会主动过来找她。

清蔷说：“那你为何不去找我？”

“忙，走不开。”

“你如今在大和教坊做师傅？”

方汀说：“是的，这是我徒弟。”

阿朵说：“我叫阿朵。”

清蔷说：“能跟着方汀师傅学手艺，你真是好福气。”

“我二师傅可厉害了，以前在宫里做过大官呢。”

方汀说：“别多嘴！”

阿朵的多嘴让方汀很不自在，她的话很容易让别人以为是方汀在背后吹嘘自己的过往,而且方汀特别不希望这个别人是清蔷。

清蔷笑了笑道:“我就是你师傅宫里的朋友。”

“那你也是官啦?”阿朵又来了精神。

“算是吧。”

“你的官大吗?”

“怎么才算大呢?”

“跟小丫和二师傅一样,应该就算够大了吧。”

“我是做尚服的。”

“尚服是什么东西?”

“恭喜你。以你的年龄能坐上这个位置,真是不可思议。”方汀觉得再不说话就太失礼了。

“运气不错而已。好了,不打扰你们做事了。有空去找我说说话,我就住玉央东面的那个院子。”清蔷的离去像她的到来一样突然。方汀几乎还没转过向来,清蔷就已经出现过一个回合了,她就像经历了南柯一梦。

“二师傅,她说的尚服到底是个什么东西?”

“是很大的官。”

“比小丫还大吗?”

“大很多。”

“那么大的官啊,真看不出来。她样子很和气的呀。”

“你这样的速度,天黑也做不完这个发式。”

“我知道了,少说话,多做事。”

阿朵所有这些愚蠢的问题让方汀很恼火,她又不能跟阿朵一般见识。她知道她气的是自己面对突如其来的清蔷无所措手足,就像打了败仗一样。她不止一次设想过与清蔷重新面对的情形,每一次她都想不出自己将如何应对。对她而言清蔷是个太难对付的角色,清蔷在以往的日子里把她变成一个傻瓜,一个做尽了蠢事的傻瓜。

方汀盯着铜镜,眼里隐约闪着怒火。

莲莲的情形与阿朵不同,却也有很相似的方面,比如她也同样关心官阶。在她们的心目当中坊主肯定是天下最大的官,所以坊主说玉央的官阶还要高过她,她们就觉得很惊奇了。又听说清蔷还要高得多,就更觉得不可思议了。

尽管清蔷说要立马动身,玉央却不觉得有那么急迫,她甚至没有中断每日例行的舞蹈学习。有莲莲教她,让她很享受跳舞带来的内心感受。现在她已经知道让她回宫是颖王爷和冰洁的意思,所以知道事情不如通常的圣旨所呈现的那种紧迫。她在宫中已经太久,当然知道无论怎样想她都必须回去。也正是因为必须回去,所以她很眷恋在教坊的有限时间,她想尽可能地延长它。

莲莲哼着乐曲,一边示意性地轻舞。玉央刻意模仿她,两个回合下来,她跟着莲莲停下来。

莲莲说:“那两个人来接你回宫啊?”

“他们是带了皇上的圣旨来的,我若不跟他们回去,便是抗旨了。”

莲莲睁大眼睛问道:“为什么不回去?”

玉央摇摇头说:“还是这里更开心。”

“当初是你自己要回来的?”

“不是。但是我早就想回来。”

莲莲说:“小丫,说心里话,你能进宫让我一直特别羡慕。”

“以你的才情和禀赋,进了宫也一定不比任何人逊色。”

"可是你、胡蝶、方汀,你们都不喜欢宫里,莫非是我想错了?"

玉央说:"我们几个都是那种贪玩的女孩子,胸无大志。而宫里规矩太多,人也太过复杂,所以总觉得宫里的日子一点都不爽。并不是每个人都像我们这样,比如来接我的那个清蔷。她和我同一天进宫,也只比我大一点点,如今已经身居高位,在宫里便如鱼得水。人和人是不一样的。"

"比你的官还大?"

"大得多了。怎么跟你说呢,在正常情况下,我若熬到她那个位置,起码要再过十年。"

莲莲吃惊道:"她是那么大的官啊?真是人不可貌相,我就没觉得她特别。"

"所以我说,有的人天生适合在宫里。我和胡蝶、方汀属于天生不适合的。"

"依你看,我属于哪一种呢?"

玉央思忖道:"你和我们有一点不一样,有心劲,又能吃苦努力,不是那种总想着玩的女孩子。"

"那个清蔷也是这种类型吗?"

"清蔷更多的是心机,这是你和她最大的不同。"

"心劲?心机?"莲莲自言自语。

"你若进宫,肯定比我走得快,但是无论如何比不上清蔷。"

"你觉得我会有进宫的机会吗?"

玉央说:"清蔷能量很大的,她也许有办法帮你。"

"可是我跟她素昧平生,怎么好意思张口?"

"莲莲,这件事我帮不上你。据我所知,清蔷不怎么喜欢我,若我代你张口,可能反而适得其反。"

"我明白你的意思。小丫,我再想一下。"莲莲犹豫着说,"倘若我去找清蔷帮忙,你不会因为这个看不起我吧?"

"你知道我当然不会啦,如果可能,我也会尽量帮你实现愿望。"

莲莲脸红了:"我真的很想到宫里走一遭。也许最终和你一样,发现自己并不喜欢里面,那时再出来也不迟。"

玉央抓住莲莲的手说:"我们一起努力。"

"我们永远是最好的朋友。"莲莲也紧握玉央的手。

2

兰兰的意外来得相当突然,正应了所说的人有旦夕福祸这句话。

兰兰的房间分为两间,内间合卧房、起居室、书房为一,简洁雅致,不见丝毫奢华之气。床靠墙角,床脚摆着香炉,内焚焦兰青烟袅袅。书案靠窗,其上笔墨纸砚一应俱全。竹架靠墙,摆满琵琶谱,一把上好琵琶挂在旁侧墙上。外间仅一套木桌椅迎门而设。

兰兰已经睡下了,房间窗户没有关紧,月光从缝隙中照进屋子,一条细长的花蜈蚣顺着月光爬了进来。兰兰仍然在酣睡,呼吸均匀,面色平静。蜈蚣爬到床上,爬上枕头。

天蒙蒙亮的时候,莲莲和阿朵被兰兰的一声尖叫惊醒,她俩慌忙从各自房间冲出来拍打兰兰的房门。里面有动静,门却一直没有打开。阿朵急了,一把抬起窗户。二人将头探了进去,见兰兰正一边跳脚,一边拿着乐谱在地上拍打,嘴里还说着打死你,打死你。莲莲和阿朵问她在干吗?兰兰却似乎没听见她们的声音,自顾自拍打着地面。之后她停下来,盯着地面看了一会,从妆台找来一支发簪,挑起地面上一条死去的蜈蚣。当她转身看见莲莲和阿朵时,吓得又是一声惊叫,手里的发簪也掉到地上:"你们干什么?吓死人了!"

阿朵说:“你才吓死人!”

“刚起床就在枕头边发现这东西,真吓死我了。你们又不声不响地站在这,存心看笑话啊?”兰兰却不搭话,俯身捡起发簪,给阿朵、莲莲看蜈蚣。

阿朵说:“谁看你笑话了,我们是担心……”

莲莲脸色煞白,一把拽住阿朵。她让兰兰把房间门打开,兰兰愣在那里。莲莲再同她说话,她还是没反应。最后莲莲放开嗓门问兰兰能不能听见她说话,兰兰直勾勾看定莲莲的嘴,眼里渐渐充满绝望,发簪再次掉到地上。

阿朵第一时间去找玉央,玉央正巧没在房间,房里只有荣氏。阿朵急出一头大汗,边哭边说兰兰耳朵聋了,什么也听不见了。荣氏过去细看后意识到问题严重,立刻禀报给坊主,坊主随即请来大夫。

兰兰躺在床上,大夫为她把脉。莲莲阿朵荣氏坊主站在旁侧,紧张地注视着他们。大夫将兰兰的手放回被子,轻轻摇头,然后示意大家去外边细说。众人随大夫轻轻退出房间,兰兰双眼紧闭,看似已经睡着。

大夫说他对兰兰的听力恐怕无能为力。莲莲说您试都没试过,怎么就说无能为力?坊主说您是扬州首屈一指的神医,您这么说岂不是让我等心凉?荣氏请大夫直言,兰兰的耳疾到底因何而起,又为什么无法治愈。

大夫叹气道:“老朽在这扬州顶着神医的虚名已三十余载,药到病除妙手回春的牌匾收了无数。事实上,有一位病患,老朽医治了近十年,费尽心血,至今仍无丝毫进展。”

荣氏问:“莫非那位病患也是耳朵出了问题?”

“跟兰兰姑娘如出一辙,他同样在枕头边发现一条毒蜈蚣。”

“那条蜈蚣是造成兰兰失聪的原因?”

大夫点头:“我适才看过,兰兰姑娘的耳朵并未遭到破坏。因此可以排除蜈蚣爬入耳孔钻破鼓膜的可能性。”

“兰兰全无听力,可见双耳都已坏掉。若是蜈蚣钻入鼓膜,必须左右各行一次,可能性很小。且当时必定引起剧痛,兰兰不会不被惊醒。”

“那到底哪里出了问题?既然兰兰的耳朵没坏,怎么就听不见了呢?”阿朵插嘴问。

大夫说:“十年已矣,老朽百思不得其解。或许问题出在脑子里?倘若蜈蚣的毒液顺耳孔进了脑子,里面的事情老朽便无从知晓了。”

坊主问:“您全无对策?”

大夫连声说着惭愧。

众人沉默,阿朵开始抽泣。

“娘。我听说兰兰出事了,她怎么样?”玉央气喘吁吁跑过来问道。

荣氏说:“耳朵出毛病了。”

阿朵带着哭腔道:“聋了,一点听不见了,大夫说治不好了!”

兰兰仍躺在床上,双目紧闭。她忽然抬起手,用手指抠自己的耳朵。她翻身,将脸对着墙壁,泪水滑落眼角。玉央推门进来,走到兰兰身边去碰她肩膀。兰兰颤抖了一下,将头埋进被子。

玉央轻轻拍着兰兰说:“会好的,一定会好起来的。这个大夫不行,我们换一个。扬州不行,我们上长安城。那里什么都是全天下最好的,一定有办法。兰兰,我向你保证。”

兰兰完全没有反应,显然玉央的话她一个字也没听见。蜷缩的身体渐渐舒展开,兰兰将头探出被子,回头,伸手握住玉央的手。玉央紧紧回握。

兰兰说:“我听不见了。”

“你要挺住,一定不可以放弃。”

"我听不见你的话。我什么都做不了了,不可能再弹琵琶。"

玉央摇头:"不会的。你一样可以弹琵琶,耳朵也一定会好的。"

"小丫,你说什么我全都听不见。"兰兰的眼泪一个劲往下淌。

玉央眼圈也红了,兰兰把头埋在玉央胳膊上,痛哭起来。玉央不再说话,只是拍着她的肩膀。

曼妙的乐音在乐坊流淌,演奏者是荣氏。兰兰坐在对面,她脸色虽还有些憔悴,目光却专注有神。荣氏揉弦的左手,时重时轻,时疾时徐。移动间似乎飘忽不定,落指时却又干脆利落,韵律十足,仿佛点在弦上的舞蹈。兰兰的目光极为专注。荣氏的右手,轻拢慢捻时柔若无骨,挑拨划扫时又似铁骨铮铮。姿态多变,指法和谐,令人眼花缭乱。荣氏双眼微合,似乎已沉浸在自己奏出的妙音里。

曲终收拨当心画,四弦一声如裂帛,兰兰已经看呆了。

荣氏将手放到膝盖上,长长地出一口气,兰兰忍不住鼓掌。另有掌声传来,荣氏扭头去看,兰兰便也看过去,玉央不知何时已在门口,鼓掌的正是她。

"娘,我不知道用什么词才能形容出刚才的感受!"

兰兰说:"玉央,师傅她真了不起。虽然我听不见,但只凭眼睛,也能看出奏得有多好。"

荣氏将琵琶递向兰兰,示意她来弹,兰兰犹豫。

"弹吧,你肯定行。"玉央过来接过琵琶,塞到兰兰怀里,又拉她的手放到弦上。

兰兰深吸一口气,试了试指法,开始演奏。荣氏看她的眼神充满鼓励。忽然有一个音感觉不对,荣氏轻拍兰兰膝盖,说弹得太轻了。兰兰不懂,想将琵琶归还荣氏。荣氏摇头,仍将兰兰的左手按在弦上,自己伸出右手去拨弦。先轻拨一下,对兰兰摇头。再重拨,对兰兰点头。

兰兰虽听不见,却分明通过指尖的触感懂得了荣氏的意思,用力点点头:"我懂了,太轻,要重一点。"

荣氏点头笑了,玉央也笑了。兰兰继续演奏,乐音美妙流畅。玉央开心地跑到场中,随着音乐起舞。兰兰边看她跳舞边奏琵琶,如同在演台上合作一般。曲毕,玉央稍事停顿,却又在无伴奏的情形下重新起舞。凭着她过人的乐感,她的舞步有如神助,充满韵律和节奏。忽而轻盈舒缓,忽而大开大合,变幻出无穷的妙处。在不知不觉中,兰兰的指尖又开始了弦上的舞蹈。揉弦的左手和拨弦的右手形成妙不可言的呼应,乐音也如天籁之声,弥漫在三个人之间。那是一幅曼妙无比的图画,有声、有色、有动、有静,美轮美奂。

转眼间莲莲接受头皮治疗已超过十五日,她坐在凳子上挺直腰板,丹青站在后面查看她的头发。莲莲恢复得很好,基本看不见头皮了,头发也变结实,莲莲请丹青做个发式,丹青说不可操之过急,最早也要再等三日才能做发式。莲莲担心教坊后日的演出。丹青说反正小丫还会再顶一场,让莲莲眼下安心养着。莲莲说小丫要回宫,不知荣师傅会不会一起走,如今的演台全靠她母女俩撑着,若一下子都走了,真不知会变成什么样。

莲莲知道兰兰这些天在苦练琵琶,她也听荣氏说兰兰的琵琶比先前一点也不逊色。但她怀疑兰兰的耳朵坏了,真的对弹琵琶完全没有影响吗?仿佛是为了告诉她答案,荣氏带着兰兰过来,说要让莲莲听听兰兰的琵琶,感觉一下。

"荣师傅,兰兰现在能登台了吗?"莲莲一边拉住兰兰的手,一边问荣氏。

"先让兰兰奏一曲。"荣氏转向兰兰,用手势向她示意,"兰兰,你可以开始了,弹一小节。"

兰兰明白坐下,抚弄琵琶。这是一节激越的舞曲,令人回肠荡气。不消说,指法难度也相当大。曲毕,莲莲、丹青连同荣氏不由自主地为兰兰鼓掌。

莲莲说:"非常好!看来弹曲子绝无问题。只是不晓得在伴奏配合上能否合拍?"

荣氏说:"你跳你的,让兰兰根据你的舞蹈为你伴奏。"

"从没这样试过,能行吗?"莲莲有疑问。

荣氏点头，伸出双手，给她一个准备的暗示，然后以左手手势示意她开始。莲莲起舞，也许是多日没有正式演出的原因，一开始舞得有些随性，有些粗糙。兰兰注视着莲莲，荣氏以右手给兰兰一个手势。兰兰开始弹奏，果然一下子就抓住了莲莲脚下的节拍。乐音和舞步结合得天衣无缝，就完全分辨不出是琵琶应和着舞蹈，还是舞蹈自动演绎着乐音的美妙。随着乐音的逐步强化，莲莲越跳越有感觉，整个身心沁浸于舞蹈之中。披散的长发与肢体的灵动完美地融为一体，有如随风飘拂的垂柳一般，洋溢着轻柔的自然之美。

丹青对荣氏低语道："兰兰这孩子，真是了不起。"

荣氏说："这孩子天生有灵性，又有一股不服输的劲，即使日后耳疾不能够治愈，也一样会大有作为。"

兰兰的情形很有几分塞翁失马的意味。失聪对她来说肯定是一桩不幸，除了给生活带来的诸多不便外，对一个弄乐人让她与乐音终身分离无异于大灾大难。不过时间之箭只有向前而从无回头，所以兰兰的前景展望决不让人兴奋，渺茫的同时或有悲凉。

不想见面是一回事，见了面如何相对是另一回事。方汀的内心其实比她想象的更有力量，她也是在面对之后才清楚这一点的，她发现自己根本不怯清蔷。一张茶桌，两张小凳。方汀、清蔷隔桌而坐，小二为她俩斟茶。

清蔷说："还以为你再不想跟我打交道了。"

"是不想。把你这人看透了，只想躲你远一点。"

"怪不得！长安一别招呼也不打一个，原来是故意要躲我。"

方汀说："打开天窗说亮话吧，就是不想再看到你这个人。惹你不起，躲开你就是了。惹不起还躲不起吗？"

"亏你说得出口，你危难之时是谁伸手帮你？是谁把自己的房子给你住？你说溜就溜了，不但没一个谢字，还说出这么多难听的话来。"

"你让我谢你什么？谢你捣那些鬼把戏？谢你造那么多关于我和玉央的谣言？依我的脾气，绝对不会善饶了你。要不是玉央拦着，你以为我会跟你善罢甘休？别人怕你，你以为我也怕你？"

清蔷说："谁会怕我？我一个手无缚鸡之力的小女子！我就奇怪了，既然成心躲我，你又何必约我出来？"

"我要当面警告你，若再把你的黑手伸向我或伸向玉央，我对你绝不再客气。"

"哦，是找我叫板啊。你一口一个造谣，一口一个捣鬼，一口一个黑手，一口一个不客气，我倒想领教一下，我究竟怎么你了？怎么玉央了？你不客气又能把我怎么样？"

方汀说："别自以为聪明，当别人都是傻瓜。你的那些丑事，还用我一桩一件复述一遍吗？"

"你最好复述一遍，不然我还蒙在鼓里，还不知道清蔷做过什么丑事。"

"你把自己做的坏事安到玉央头上，挑拨我对玉央她娘报复。这些你我之间心明眼亮的事，你也想抵赖？"

清蔷说："你要报复，又把责任往我身上推，我充其量只是路见不平拔刀相助。现在你和她们娘俩勾搭在一起，反咬我一口！你以为这样就能推卸掉自己的责任了？真是可笑。"

"我就知道你会不认账。谁都知道你的舌头厉害，死人也能被你说活了。"

"我没做的我凭什么认？"

方汀说："你做了你就会认吗？我问你，你当着皇上的面做伪证陷害王德妃，你又作何解释？"

"你怎么开始无中生有了？以前你不是这样的人啊。说我造谣捣鬼，我看这些词放到你身上再合适不过了。"

方汀冷笑道："无中生有？我提醒你，当时在场的不是你一个人！若想人不知，除非己莫为。"

清蔷以冷笑回应："不会连你也在场吧？想诈我，门都没有！"

“想让我告诉你在场的还有什么人吗？”

“好啊，你告诉我啊。”

方汀说：“你被王德妃那边的小寇子押着见皇上，王德妃让你把那些指证杨贤妃的话对皇上复述。你其实心里很怕，你知道即使你帮了王德妃，王德妃还是不会放过你，她的为人你太清楚了。这时候杨贤妃忽然到了，对吧？”

“你接着说。”

“此刻你忽然发现机会来了，你发现可以利用皇上对王德妃的怒气反咬她一口，诬陷她逼你做伪证。这样既可以救自己，又可以让杨贤妃感激你。于是你铤而走险，结果导致王德妃被废，杨贤妃在后宫一手遮天，你也就此爬上了尚服的位置。”

“怎么这一切就像你亲眼所见呢？”清蔷这会微笑了。

“我再说一遍，别自作聪明，别以为在场的只有你一个人。”

“可惜呀，这一切都是你的胡思乱想，尽管精彩，却一点不着边际。”清蔷站起身说，“听你讲一个云里雾里的故事，我也算不虚此行啦，咱们后会有期。”

“我明白告诉你，当时玉央就在王德妃的寝房！你抵赖是没用的。”

“哦，造谣的不是你，是玉央啊。”清蔷怔了一下，话音未落，人已经出去了。

“无赖。”方汀从牙缝蹦出两个字。

方汀过了嘴瘾，殊不知却给玉央惹下弥天大祸。清蔷是何许人，她背后的杨贤妃又是何许人，这两个人中哪一个会对玉央的这个秘密置若罔闻？玉央马上就要回后宫，就要重新落到两个恶女人的掌心，方汀真是太没脑子了！

入夜以后房里黑了灯，玉央这才有充裕的时间和荣氏说话。

“丫头，你打算怎么办？”

“他们两个带圣旨来，我恐怕不接旨是不可能的。”

“你不是说，调你回去很可能是昭仪娘娘的一番苦心吗？”

玉央说：“也许不只昭仪娘娘一人，我猜还有杭龙，我能觉到他和清蔷说辞很不同。我先前没跟您提过，杭龙一直喜欢我，也面对面告诉过我，我拒绝了，而清蔷一直喜欢杭龙。我这次出宫，估计就是清蔷在背后搞的鬼。”

“你的意思是杭龙发现了清蔷搞鬼，所以执意要把你调回后宫？”

“有这种可能。杭龙的妹妹是太弟妃，太弟如今代皇上摄政，杭龙能够借到妹妹的身份行事。”

“可是他不知道你的心思，他以为你出宫是受他人计谋之害，受了委屈。”

“如果真是这样，他的好意反而帮了倒忙。现在我若抗旨，反而不妥了。”

荣氏说：“可你一个人走了，胡蝶怎么办？”

“这家伙整天在外面，连她人影都见不到，我都把她给忘了。”

“她是跟了你才出来的，现在把她一个人扔下来……”

玉央说：“那是绝对不可以的。要回去一起回去，要留下就都留下。”

“你怎么拗得过圣旨啊？”

先前的吵架令方汀睡也睡不着，她索性过来敲门找荣氏说话。于是，娘儿俩的聊天变成了三个人。

方汀说：“我都听您的。您若决定再去长安，我们两个都去，彼此也好有个照应。”

荣氏说：“让小丫一个人走，我心里七上八下的。”

玉央说：“可是你们去了，我心里也不安生啊。万一生出什么是非，我除了要去面对，还得挂念着你们。娘，这么久了，我在后宫经历了那么多是是非非，还不都应对下来了？您就放心我吧，别再给我心里增加负担了。”

方汀说:“你娘还不是为了你?你怎么可以说她成了你的负担呢?”

荣氏说:“小丫的心思我清楚,她说的也有道理。有件事我一直没说,我几次为她求签,结果居然都一样,都说她命大福大造化大,逢凶化吉遇难呈祥。她从小到大一直让我担心,但事实却都印证了签上的话,证明我的担心是多余的。”

方汀说:“您的意思,与其跟到长安,不如不去,别让您自己反而成为她的负担?”

“正是。”荣氏对玉央说,“丫头,就让你自己去。娘和方汀就留在扬州。”

玉央说:“扬州已经待不得了,我猜清蔷一直在暗地里找你们两个,在这被她撞上已经让我提心吊胆了。你俩悄悄回太原府,别让这里任何人知道。”

方汀说:“你还担心什么?”

“我能觉到,清蔷更恨我了。”

荣氏说:“你又得罪她了?”

玉央摇摇头:“没有,是杭龙。他当着清蔷的面帮我说话,同时狠狠地伤了清蔷,她会把所有的账都算到我头上来。”

方汀说:“我们用不着再怕她,就跟她明着斗,跟她撕破脸,我不信她能把我们怎么着!”

“虽然你与她相熟,对她的了解还只在表面上。她要么与你笑脸相向,你再撕破脸她也不会反目。要么与你反目,一朝置你于死地,让你绝无还手的余地。不要说你我,连王德妃都败在她手下。虽然时过境迁,当年的一切仍然历历在目,至今让我不寒而栗。”

方汀说:“听你这么说,我今天岂不做了天大的蠢事!”

“你做了蠢事?为什么这么说?”

“今日跟清蔷面对面,我已经横下一条心跟她死磕,一怒之下便将她陷害王德妃的那一幕当她的面揭出来,我还把你在现场也说出来了。是不是我给你闯了大祸?”

玉央脸色惨白道:“说就说了,覆水难收。这样的话我回也得回,不回也得回了。我不想让她们以为我是因为怕追究才不回的。出事了,躲不是办法,只有面对才有可能找到出路。我相信能够渡过这一劫。”

方汀这才意识到祸从口出的危险,意识到已把玉央推到了刀尖上。情急之下,她甚至想到了用极端行为去对付清蔷:“玉央,清蔷为非作歹这么久了,老天也难容。与其让她继续作恶,不如有人替天行道,让她永远从人间蒸发。你们不用担心,我一人做事一人当。”

玉央说:“你的心思我懂,但我绝不会让你做不该做的事,事情还远没到那一步。你想想,我们能确认的,清蔷做的坏事只是搬弄口舌。我们不能确认她是否做过谋杀害命的事,所以她即便有罪也不至于该以命相抵。还有,即使别人当真杀了人该偿命,那也不是我能够赞同的。在我心里有一条底线,就是我在任何情形之下都不能取一个人的命,不管那个人做了多大的恶,该死百次千次。我既然已经那么熟悉清蔷,我相信一定能够对付她,能够保护自己。”

荣氏说:“小丫,我就很少听你一次说这么多话。你如此说,也让我放心了,至少我知道你心里有数。”

方汀说:“荣师傅,记得你说过,不怕生病,就怕不知道为什么生的病。知道了为什么,也就自然有了治病的办法。”

“是这个理,知道了危险在哪里,也就自然有了应对的办法。”

玉央说:“到底是我娘。我先前还着实担心说服不了您呐。”

“就按你说的做。你走了,我们也马上去太原,不跟这里任何人打招呼。”

方汀说:“这个清蔷真是一颗灾星,我们又拿她无可奈何,如果我们像她一样狠就好了。”

荣氏说:“小丫遇上清蔷,也许正是她这一生的劫数。清蔷时时威胁着她,她却藏不过躲不过，除了承受再无他法。”

玉央说：“我还不到二十岁，你们干吗说得那么悲观？既然每个人都有自己的命数，我相信她清蔷也不会例外。我相信我的命不会那么惨，不会一直被她纠缠。不是说，多行不义必自毙吗？”

把所有的危险都摊开来，反倒让荣氏的担心减少了许多。现在主意已定，有一个人她是必须要直言相告的，就是徒弟丹青。

丹青说：“您这次不跟小丫去长安，对我来说绝对是个好消息。”

“你又动什么鬼点子了？”

“从前跟着您学手艺的时候，心里就忍不住崇拜您。后来您离开了，这么多年我自己摸索着，也觉得有些长进。但这次您回来我才发现，还有太多的东西要向您学。”

荣氏说：“我可能会让你失望了。”

“您不肯再教我了？”

“当然不是。可我在扬州待不久的，小丫一走，我马上也走。”

丹青说：“为什么？您不是不去长安了吗？”

“我跟方汀去太原。”

“您在那有什么亲戚朋友？”

荣氏说：“只有一间铺子。”

“师傅，您不会是怕留下来会妨碍我的发展，所以才要离开的吧？”

荣氏笑了：“你想哪去了。我这次回来不也是不再做妆娘，只做乐器师傅吗？和方汀在太原确实还有生意要做，之前已经做过大半年了。”

“可是说到做生意，在扬州不是更好吗？”

“我们的情况有点复杂，总之扬州不能再待下去，也不可以回长安。丹青，我将去太原的事，万不可对他人提及。”

丹青点头。

荣氏说：“切记切记。”

3

在教坊百多号人里阿朵该是心事最少的一个。对许多人来说，此刻正值山雨欲来之际，个个人心惶惶，唯有阿朵永远灿烂。哪怕面临悲剧，她也永远带着喜感。她完全不顾方汀脸上的凝重，上去一把拉住她说：“二师傅，我右眼皮怎么总在跳呢？跳得我心里发慌。”

方汀笑了：“你呀，回答不出来就承认好了，何必找那么多理由？”

“真在跳呢，我不会骗你的。不是说左眼跳财，右眼跳灾吗？二师傅，我是不是要倒霉啊？”

“呸呸呸，乌鸦嘴。”方汀的三声呸并没能呸掉阿朵的霉气，她的霉运正在走进教坊的大门。

那是一对衣衫褴褛的老夫妻，正怯生生地推开大门，护院老三呵斥：“去，去。这里是你们要饭的地方吗？”

老婆婆扭头看看老头子，老头子畏缩着开口了：“我，我们不是。我们要找一个人。”

“找什么人？姓甚名谁？”

“她叫阿朵，他们说阿朵在这里。”

“你说的这个阿朵多大了？”

“差不多，二十岁吧。”老夫妻似乎不能确定，互相用目光询问对方。

老三显然知道阿朵：“你们是她什么人？”

“我是她娘，是她亲娘。”

“阿朵的亲爹亲娘？”老三有些意外，看到她的亲爹亲娘，再回忆阿朵一直以来的憨态就一点也不奇怪了。阿朵在有这样爹娘的家里长大，当然无论如何也不可能像莲莲、兰兰那样优雅，那样知书达理有气质。

阿朵正专心致志为方汀化妆，老夫妻战战兢兢走进大门，老婆婆轻唤道：“阿朵，是阿朵吗？”

“你们找到这来了？”阿朵回头，手里的画笔掉到地上。方汀睁开眼，不知发生了什么事，只见阿朵满脸惊恐。

老头老婆又尴尬又胆怯，竟说不出话来。

方汀问：“阿朵，他们是谁？”

“我不认识他们！”忽然，阿朵号啕着快步走在前面，与身后的父母保持三步开外的距离。老婆婆用胳膊肘捅了下老头，老头子叫住阿朵，吞吞吐吐说他们一整天没吃东西了。阿朵带他们出了大门走进饭馆。饭馆虽小，却还干净，五张方桌只剩两桌还有客人。店小二在柜台手扶额头打盹。老头子、老婆婆狼吞虎咽，桌上已空了三个盘子，最后一个也被老婆婆清扫干净。

阿朵叫他们今晚就在对面客栈住下，二人点头不迭。阿朵又让他们明日一大早上驿站去坐回江西的马车，还给了他们三锭银子做盘缠。老婆婆急忙收起，塞入怀中。老头子说他们来不是为钱，而是想接女儿回江西老家。

“女儿？当初丢开我的时候，怎么就没想着我是女儿呢？”

“阿朵，你错怪娘了。”

阿朵说：“我哪错了？”

“那时你小，街上人又多，我和你爹一下没照顾到，你就走丢了。”

“我自己走丢的？”

老婆婆点头。

阿朵说：“那你们找我了吗？”

老头子说：“我们找你找了很久，天都黑透了……”

老婆婆说：“第二天又在扬州转了一整天。你爹不停地骂我，说我没看好你。”

老头子说：“你娘一路找一路哭……”

阿朵冷冷地说：“那天我若睡着了，你们今日这番花言巧语，或许真的能骗过我。万幸的是那天夜里我醒着，你们在屋外说的话，我一字不落听得清清楚楚。”

老头子、老婆婆脸色煞白，女儿将他们的弥天大谎当面揭穿，让他们难堪到极点。虽然事情已经过去十几年，阿朵内心的怨恨仍然无以复加。

阿朵说：“你们讨论时间，讨论地点，讨论路线，面面俱到。甚至连抛弃我之后，晚饭吃面还是吃馒头都商量好了。”

“我们……”

“你闭嘴！”阿朵对老婆婆一声大叫，指着老头子说，“他说在我身上留两个铜板。你说什么？你还记得吗？你说，若命大，自然有人给她饭吃。若命薄，给她留锭金子也还是饿死。”

老婆婆嗫嚅道：“实在是……太穷了。”

“把一个七岁的小孩子扔到街头，完全不顾她的死活，你们还有人性吗？还有一点父母之情吗？你们信不信，当时我听见你们那些无情无义的话，连一滴眼泪都没掉。我告诉自己，既然你们如此绝情，我也不再认你们是亲爹亲娘，以后各安天命，互不相干。”

老头子说：“阿朵，事到如今，我也不瞒你。当年家里穷成那样，你跟着我们，就是死路一条啊。”

“我不是还有一个哥哥一个弟弟吗？”

“男孩子要传宗接代的。”

阿朵说："既然女儿这么不中用，你们还来找我干什么？"

老婆婆说："你也就快二十了，在教坊那种地方待着，白白误了光景。应该早点嫁人才是。"

阿朵瞪大眼睛道："你想跟我说亲？"

"村里蔡老四你还记得吗？"

"你们那的人我一个都不认识。"

老婆婆说："他有一儿一女，女儿刚刚已经说给你哥，我想……"

"把我说给他儿子？"阿朵气得满脸通红。

"一人家出一个女儿，再得一个媳妇，不是双方都两全其美？"

"想都别想！看我没用的时候，眼也不眨就把我扔下。如今竟想拿我给你儿子换媳妇，你们真是禽兽不如！"阿朵气死了，话也说不下去了。

老头子说："你别急，再说你也不小了，女大当嫁，我们还不是替你着想？"

"放屁！别以为我不知道，你们定是穷得出不起聘礼，才琢磨着拿我去换。我这个女儿，你们扔了一次，现在还想捡回去卖一次。门都没有！"

"你哥的亲事你就不该管管？"

阿朵说："我刚才说过了，我跟你们早就没有任何关系！你儿子的狗屁婚事我干吗要管？"

"阿朵……"

"什么都别说了。"阿朵又掏出最后两锭银子，"这个拿去，就当是偿还你们那七年的养育之恩。我已经倾囊而出，再没有半钱银子了。"

老头子说："我们不是这个意思。"

"既然你们不肯拿，那就算了。"阿朵作势要取回银子。

"我收，我收。"老婆婆一手一个抓住银锭，塞入怀中。

"你们吃好就去睡，睡醒就回江西，别再找我了。"阿朵起身离去，两行泪水不断线地直往下淌。

"给我。"老头子这会伸出手，老婆婆将五锭银子一并递给他，他用手掂量着说，"人不回去，有这些银子也差不了许多了。"

阿朵将多年积攒下的银两一股脑扔给她爹她娘，不但没有心疼，反倒觉得很开心。往回走的路上她竟破涕为笑，因为她想到了把这一幕告诉给二师傅的时候，二师傅一定骂她傻到家了。她就是喜欢二师傅骂她的时候那副嘴脸，她真是个永远的喜剧角色。

正如清蔷永远是一个悲剧角色一样，她终于忍无可忍了。

龙舫上乐舞声声，周围依旧围满看客的小舟，灯笼烛火将湖水都映红了。台上热场的是几位舞坊的小姑娘，杭龙、清蔷靠在船舷看向龙舫，坊主站在旁侧，介绍道："我大和教坊每三日演出一场，轮流在演台和龙舫上进行。数十年如一日，从不敢有所懈怠。"

杭龙说："演台还无缘得见，不知是否精彩。但这龙舫灯火辉煌，气派华丽，加上瘦西湖夜色迷人，确实令人兴致高涨。"

清蔷说："连那些看客们的小船和灯火，也成了绝佳的点缀。人说瘦西湖乃扬州第一美景，我看有龙舫演出的瘦西湖才是美景之最。"

坊主说："您过奖了。"

"场面这么漂亮，上头的舞者却似乎欠些火候，坊主不会是犯了本末倒置的毛病吧？"

"这几位小丫头是教坊的学徒，先上来暖场而已。待众看客坐定之后，真正的主角才会上场，请二位静心稍候。"

杭龙指着龙舫说："已经出场了。"

舞者出场，独舞。半裸的身形伴以绕臂长长丝绦，飘飘欲仙，舞姿异常舒展。另有整队的舞者出场,以快节奏的碎步舞为她伴和。独舞者在跌宕的琵琶曲中,充分展示了她柔若无骨的性感和韵律感,自己也陶醉于其中而不能自拔。

“直叫人叹为观止。”清蔷也被感动了。

杭龙说:“依我看,即使宫中的舞娘也难以比拟。”

坊主得意道:“过奖过奖。”

清蔷说:“大和教坊调教出如此形神俱佳的舞者,您功不可没呀。”

“尚服的夸赞让老身不胜惶恐。”

杭龙说:“坊主何来惶恐之说?”

“小丫的舞蹈虽是在教坊打的底子,眼下也由专人点拨。但能如此出神入化,其实全凭她个人的天赋和灵性,老身岂敢贪功。”

杭龙说:“您说的小丫是玉央吗?”

坊主颔首。

杭龙说:“可这台上的舞娘跟玉央有什么关系啊?”

“二位没看出来吗?”

“且慢,你不是要告诉我,舞者就是玉央吧?”清蔷听出了端倪。

“正是玉央典容。”

杭龙大惊道:“玉央?”

清蔷盯住坊主问:“你说她真的是玉央?”

坊主点头道:“我的头牌舞娘偶染微恙,无奈之下拉小丫顶替。小丫先前还不肯,然救场如救火,小丫义不容辞。”

“完全认不出来了。没想到,绝对想不到……”杭龙竟有些语无伦次。

坊主说:“说句不谦虚的话,老身一辈子阅人无数,有如此天赋的姑娘,还从没见过第二个。小丫习舞不过十几日工夫,演出不过三四场,全扬州的看客已为之疯狂,用如醉如痴形容也不过分。”

清蔷对杭龙说:“你现在信了吧?”

“信什么?”

坊主适时告辞:“二位特使请自便,我还要过那边照料一下,失陪了。”

杭龙说:“坊主请慢走。”

清蔷说:“事实摆在眼前,玉央很享受在扬州的生活,根本不喜欢后宫。她在这里要风得风,要雨得雨,想做什么就可以做什么,不用伺候别人,也不用看人脸色,她是这里真正的主角。”

“那又怎么样?”

“所以当初她回扬州,很可能完全出于自愿,甚至是主动要求的。”

杭龙说:“你如此拐弯抹角,原来是想撇清自己呀。”

“是又如何?谁让你冤枉我?”

“这些没意思的话不说也罢。”

清蔷说:“我忽然想到一个问题,玉央在扬州过得这么开心,我们却再三拉她回宫,这是否为明智之举?又是否违朋友之道呢?”

“我只知道皇命难违。”

“看来你是不管玉央自己的心意如何,执意要把她拉回长安了?”

杭龙顿了一下说:“无论如何,任谁都不可以抗旨不遵。”

“我反正看清楚了,你是执意要把玉央弄回到你身边。我没说错吧?”

“没错。”

清蔷说:“我现在要你一句话。”

“你说。”

“一句痛快话！你到底要她还是要我？”

杭龙说:“我说过我要你吗？”

“那你为什么接受我对你好？”

“我要你对我好了吗？”

清蔷说:“你没有。都是我贱,是我自讨没趣,是我拿自己的热脸贴你的冷屁股。”

“难得你如此有自知之明。”

“是我瞎了眼,瞎了狗眼！”

杭龙说:“这是你自己说的,我没这么说你。”

“说这种话,你还算男人吗？”

“我究竟算不算男人,恐怕由不得你说吧。”

清蔷说:“由谁说？玉央？就你那副没出息的嘴脸,你以为玉央会当你是个男子汉？别做梦了！我告诉你,想让一个女孩子当你是个男子汉,一定要学会说‘不’字,懂吗？”

“你的话那么深奥,我怎么能懂啊？你太抬举我了。”

“说得不错,我先前的确太过抬举你。把你当成一个男人,事事处处迁就你,所以让你以为你可以对我为所欲为。”

杭龙冷笑道:“现在梦醒了？从今往后,请不要再抬举这个不识抬举的人了。”

“这是我听你说过的唯一有自知之明的一句话。”

“你的话说完了吧？”

清蔷说:“还有最后一句。”

“我洗耳恭听。”

“你可以转告玉央,从今日起,清蔷与她势不两立。”

杭龙说:“一定转告,我这个人一向喜欢跟人作对。我也可以告诉你,你敢动玉央一根汗毛,我绝饶不了你。”

杭龙的狠话只是男人的狠,男人的狠对男人也许有效,但对女人则未必了,尤其是对清蔷这样的女人,所以杭龙只能收获清蔷的冷笑:“看你如此恶狠狠的,我还以为你要对我动手呢。你有你的君子之道,也就意味着把先发制人的权利交给我了。杭龙,咱们走着瞧了。”

扔下这轻飘飘的一句话,清蔷转身往回走了,留下杭龙一个人怔在原地。

第十三章 ◎
后宫的轮回

玉央与历史擦肩而过

1

像所有的爱情故事一样，开始的时候两颗年轻的心纯洁如荷花，激动如脱兔，之后便是诗意的林中漫步，最后回到实际，回到共同面对各种各样的难题，回到周而复始的结束和再一次同样心动的开始。还有另一种习见的定式，不同的只是结局，只是最后之后的皆大欢喜。这另一种定式标示着圆满，而前一种则更多诗意更多遗憾，也更多被传颂。

在诗人的眼里，圆满差不多等同于庸俗。所以伟大的李商隐不会选择皆大欢喜的结局，他宁可遗憾。李商隐尽管有许多常人的毛病，但他仍然不失为一个君子，他会以君子的方式解决自己的一段恋情。君子的方式不外乎标准的三段论：不会不声不响一走了之，把自身的困境交给对方，让对方在分手之际仍旧当自己是君子。李商隐走上三段论征程的时间，刚好也是玉央重回大和教坊的那段日子，所以李商隐要去的不是长安城而是扬州。

李商隐来到大和教坊，看到护院，便迎上前向他打听玉央。护院却说从来没听过大和教坊有叫玉央的人。李商隐只得离开教坊，没入夜色之中。夜色中的扬州府很美，白墙黛瓦的房子连同蜿蜒曲折水系构成的街市灯火闪烁。但是李商隐的心情与扬州府的夜色相去甚远，这种时候他感兴趣的只有酒馆。所谓诗人自恃酒中仙，说的就是李商隐他们。

说他们，也不是乱讲。诗人不只李商隐一个，所有的诗人都是一个德行。所以在某一年的某一天，在夜色笼盖的扬州府的小酒馆里，李商隐遇到某一个诗人绝不是一件不可能的事。两个人互相惊讶，惊讶之余又开怀痛饮。没错，某一个诗人正是杜某，是那个将玉央的故事引入历史的杜牧。杜牧再来扬州，没有哪个人会惊讶，扬州府乃杜牧的福地，杜牧不来才奇怪了。反倒是在扬州偶遇李商隐，才真正地意外。可是不该意外的人先倒意外上了：“杜兄！你怎么会在这？”

“我为何不能来此。倒是你，从未听说你对扬州有兴趣啊。”

李商隐坐下后说：“我哪里是对扬州感兴趣，来这是为找人。”

“让我猜猜，一定跟小丫有关。难道她现在人在扬州？”

“到底是杜兄，一猜便中。”

杜牧说：“可她不是应该在宫里吗？”

“我也这么以为，所以从太原府赶到长安城。去了一打听，居然说她被贬出宫，回扬州大和教坊了，于是又马不停蹄赶过来。”

“被贬出宫？小丫犯了什么错，或者得罪什么人了？”

李商隐说：“我在长安也没问出个所以然来，还打算见面再问清楚。”

“宫里的事乱七八糟，尤其是后宫。就算问小丫本人，也不见得就能说清楚。”

“还没找到她人呢。”

杜牧说：“没去大和教坊打听？”

“我今日傍晚时分到扬州，一下船就去大和教坊了。左打听右打听，都说没玉央这个人。我在想，是不是消息有误？”

“笨蛋！你问玉央，当然没人知道。”

李商隐说:“什么意思?”

“你得问小丫啊。”

“对呀,玉央入宫前是叫小丫的。难怪难怪。”李商隐如梦方醒,敲着自己脑壳说,“真是笨到家了。”

“你大老远从太原跑去长安,又赶来扬州府,就是为了找玉央。这不像你的风格啊。”

“我什么风格?”

杜牧说:“温吞,含糊,不急不躁呗。若你在长安老老实实等她回去,我反倒不会惊讶。”

“实不相瞒。此次回太原府,老娘不依不饶,亲事再躲不过了。”

“日子定了?”

李商隐点头:“所以,我想成亲之前,再见上玉央一面。”

“原来如此。你要成亲了,我是不是该恭喜你?”

“别拿我打趣了。”

杜牧说:“去大和教坊,不会没看演出吧。”

“看了一支舞。”

“如今的头牌是谁?”

李商隐说:“我哪里知道。不过开场前,身边的客人把‘莲莲’二字挂在嘴边,可能是那位姑娘的芳名吧。”

“莲莲,那个小丫头?”杜牧拍了一下桌面。

当年杜牧正是坐莲莲和兰兰摇的小船去见露彤的,杜牧当然记得她。但是李商隐却不知道演台上的舞者不是莲莲,而是莲莲的替身玉央。舞台上的艳妆掩去了一直以素面示人的玉央真貌,而且节奏狂放、性感妖娆的舞蹈也与李商隐心中那个端庄贤淑的玉央相去太远,他无论怎样也不可能想到舞者是玉央。

李商隐说:“杜兄对露彤姑娘一直念念不忘,如今既来到扬州,为何不去大和教坊找她?”

杜牧喝了一口酒说:“她呀,嫁人了。”

“嫁人了……你与她相识,已是好几年前。韶华易逝,白驹过隙,她如今嫁作人妇也在情理之中。”

“嫁人不奇怪,奇怪的是嫁了什么人。”

李商隐说:“什么人?”

“封三!”

“封三?不就是……”

杜牧点头:“就那个封三!”

李商隐摇摇头说:“世事难料,想不到,无论如何也想不到。”

“我一开始也想不通,露彤怎么会嫁给封三呢?后来我看明白了,女人啊,再怎么风光,最后要的还是一个归宿。只要那个男人对她好,把所有的心思都倾注在她身上,就是莫大的幸福了。哪怕苦一点,累一点,都没关系。像现在这样,封三每天赶早杀猪卖肉,露彤待在家里种菜做饭,照顾儿子。晚上封三回来了,一家人和和美美吃顿饭,比什么都好。”

“听起来,你对他们怎么过日子,已经了如指掌了。”

杜牧说:“惭愧惭愧。这几日也不知怎么了,总不知不觉就逛到她家附近,看她洗衣做饭,或者跟到集市上看封三卖肉。有时一看就是一整天,心里什么滋味都有,却又说不清道不明。”

“露彤知道你来了吗?”

杜牧摇头:“没让她知道。跟她的那一段,真是前尘往事了。”

“心里可有遗憾?”

杜牧想了想说："应该……没有吧。"

"若有，也只能怪自己当初流水无心。"

"你和小丫倒是一个有意一个有心。"

李商隐黯然道："此次见面，势必会伤了她的心。"

"明知会伤心又能如何？还是要见，还是得说。"

李商隐点头，转向柜台说："小二，再来一壶。"

一大早，李商隐就去了大和教坊。打听小丫一问便有，李商隐马上自报家门，请那个姑娘帮忙。姑娘一定要知道他找小丫有什么事，李商隐竟不知如何应对。这时另一个姑娘过来，先前的姑娘叫她大师傅，说这个人自称李商隐，要找小丫又不说有什么事。被称作大师傅的姑娘瞪大眼睛问道："你就是李商隐啊。"

李商隐说："正是在下。"

"来，来了！"大师傅转身撒腿就跑，一溜烟跑到玉央住处已经气喘吁吁。

玉央说："什么来了？谁来了？"

"李……李……李商隐！"

"李商隐来了？"玉央吃惊不小。

胡蝶指着门外点头："来了。"

玉央一下站起来，走到门边，李商隐已经立在院子里。实在是太意外了，玉央意外，荣氏更意外，两个人一时不知说什么才好。

"玉央。"还是李商隐先开口。

"你，你怎么会……"

"李公子。"荣氏回过神来。

李商隐说："荣师傅，好久不见。"

无论如何这一刻都有几分尴尬。李商隐当然是有备而来，但他准备好的话却不那么容易脱口而出。而玉央显然也措手不及，她根本想不出李商隐此行的用意，但她能意识到李商隐是专程来的。既然专程而来，必定有要紧的话，他有话说她只消出耳朵便是了。

胡蝶懵懂，不懂得该适当回避，她被荣氏拉出去才意识到自己唐突了。

"你来扬州公干？"玉央开口了。

李商隐说："我是专程来找你的。"

"你怎么知道我在扬州？"

"我先到长安，自然听说了。"

玉央说："赶这么远的路，很累吧。"

李商隐摇头，忽然握住玉央的手："玉央，分开的这段日子，我每一天都很挂念你。"

"我又何尝不是呢。"玉央脸红了。

李商隐将玉央搂进怀里说："又见到你，真是太好了。"

恋人之间的拥抱很像是迷魂汤，被动的那个通常会魂魄迷乱，但这一刻的玉央以强大的理智战胜了自己："你千里迢迢，一定不会仅仅因为思念吧？"

李商隐垂首道："你都猜到了。"

"那么，这是你我的最后一面了？"

"我是专程来道别的。"

玉央将头扭开，不再对他说话。此时的无言对来道别的一方是巨大的压迫，李商隐知道自己必须说点什么，但玉央马上止住他，不许他开口。巨大的痛楚在玉央的心中弥漫，已经再三压抑的抽泣声忽然涌了出来，一发而不可收。李商隐唯有看定远处发呆，然后他听到了自己的诗章——

来是空言去绝踪，月斜楼上五更钟
梦为远别啼难唤，书被催成墨未浓
蜡照半笼金翡翠，麝熏微度绣芙蓉
刘郎已恨蓬山远，更隔蓬山一万重

2

杜牧还是决定了去露彤和封三的家登门拜望。先前他已经来过几回，都是在旁侧观望，他没想好再见面是否妥当。但是和李商隐重聚之后，他的想法明晰了，他肯定不会再来，即使来扬州也不会再来探望她。既然如此，再见也便是最后一面。他已经见过她了，但她却没有。她没有最后一次，而他认为她该有，这就是他登门拜望的理由。

露彤家是典型的平民家居。饭桌置于窗下，三张条凳围在旁侧，往里一点是织布机。墙上挂着蓑衣毛巾这些，碗柜杂物架都靠墙而立，左手向有一扇通往卧房的小门。露彤在家织布，虽一身村妇装束，又无任何粉饰，然而精致的五官，纤细的脖颈，柔软的腰肢，修长的手指，尤其是牵引飞梭时优美的动作，仍可以依稀看到当年的风采。

“你是谁？”小儿子的声音从院子里传来。

“你又是谁？”

露彤侧耳倾听。

小儿子说：“我是乖乖。”

“乖乖，我是嘟嘟。”

“乖乖，跟谁说话呢？”露彤停下手里的活计，起身出门。

乖乖指着杜牧说：“跟嘟嘟。”

露彤眯起眼打量杜牧，俄顷，瞪大了眼，显然是认出了杜牧。

“露彤，好久不见。”杜牧微笑作揖。

“杜先生。”露彤还礼。

“倒退七年，我无论如何也不可能想到，七年后的你会过上这样的日子。”

“人不可能永远那么风光，尤其是女人。该服老时就得服老，该认命时必须认命。”

杜牧说：“你心里可不是这么想的。”

“你以为我怎么想的？”

“看你如此安恬，全无一丝一毫的无奈，我就知道，你心中早就不把往日的那种风光放在眼里了。你绝对不是服老认命，这样日出而作日落而息的生活，让你觉到真正的满足，也离幸福更近，更让人羡慕。”

露彤微笑道：“杜牧到底是杜牧。回想当年，年轻时难免气盛，总想追赶些什么抓住些什么。那么用力地生活，幸福却仍然遥不可及。”

“那时的你确实太过辛苦。”

“嫁给封三，每日打理这个家，围着我们的儿子打转，再无任何杂念，也再无特别的企盼。日复一日，某一刻忽然就发现，年轻时拼了命去搏去求的安定和快乐，不知不觉中已经陪着我很久了。”

杜牧说：“封三和从前也完全不同了，人变得那么踏实，也那么厚道。唯有对你的迷恋似乎有增无减，真是难得。”

“老夫老妻,谈什么迷恋。不过这许多年里,彼此呵护相互扶持着,倒是积了一份很深的感情,我真的很满足。”

“你让我羡慕。想我十几年来东游西荡漂泊不定,虽有一些感情发生,却又都转瞬即逝。你说的那种多年积累的深情,不知我何时才有福消受。”

露彤说:“缘分到了,自然就有福了。”

“此话不假。只是缘分这东西,真让人看不清摸不透。想当年,缘分看似在你我之间,岂料一别八年,如今再见,已物是人非。”

“我与先生便只有那数日之缘。”

杜牧说:“而封三兄弟又何曾想到,当年游船上的那一出喜剧,却是你与他漫漫姻缘的开场?”

“所以缘分这东西才耐人寻味。”

“今日一面,应该就是你我最后的缘分了。”

露彤说:“看到你风采依旧,我心里很是高兴。”

“你虽与当年不同,却更有神采。看到你今日的样子,我也很开心。”杜牧举杯将茶饮尽,“告辞了。”

“送送你。”

两人出来,杜牧说:“留步吧,终须一别。”

乖乖喊爹爹,封三急匆匆拉开院门进来,抱起扑过来的儿子,转了个圈。

“乖儿子!”封三转向露彤说,“我早上忘拿……这位是?”

乖乖说:“他是嘟嘟。”

“封三兄弟。”杜牧抱拳。

“嘟嘟兄弟。”封三点头,对露彤说,“忘拿磨刀石了。”

露彤进屋后,杜牧向封三抱拳告辞。露彤拿着磨刀石出来,递给封三。

封三说:“那个叫嘟嘟的走了。”

“嗯。他是我一个旧友,叫杜牧。”

露彤看得出,封三对这名字没任何印象。又何止封三没印象呢,露彤也早将这名字抛在脑后。许多年里她从未想过这个人,用她的话说,他与她只有数日之缘,他在她的生命中当真一点都不重要,充其量也只是几波涟漪。她收拾好茶杯,坐到织布机前,静了一下,嘴角露出微微的笑意,继续摇动织机的纺轮。织机、儿子、封三,这才是她的幸福生活。

两个朋友已经约好了同时离开扬州,他们在码头上会合。李商隐说玉央要来送行,这就给了杜牧再见小丫的机会。

小丫远远过来了,杜牧说:“若非你说是她,我完全认不出了。上次分手,她还是个十足的小姑娘。”

李商隐迎上去问:“玉央。还认得出这是谁吧?”

玉央眼含笑意:“杜牧。你一定认不出我了吧?”

“小丫,真是不敢相认了。”

“你写的《琵琶行》我一直收着呢。当年我还太小,不懂事,又那么张狂,一定让你见笑了。”

杜牧说:“我在太原府见过你娘,听说她也回到扬州了?”

玉央点头:“娘说过的。真有意思,一晃已经许多年过去了。”

“是啊。你在长安许多年,你我居然失之交臂,竟从无机会谋面。今日反而又在扬州府见面了。”

玉央瞟了李商隐一眼问道:“他说你已经见过露彤了。”

"见过。命运真会捉弄人……哦,船来了,你们聊吧。"杜牧迎着船走过去,留下李商隐和玉央。

李商隐说:"想不到唯一一次的扬州之行会如此短暂。"

"你在路上辗转耽搁了许多时日,眼下你母亲想必已心急如焚。"

"那倒未必,我离开太原时便留足了日子。玉央,其实……我若再留三两日,也无大碍。"

玉央摇头道:"你来扬州是为道别。如今见也见了,道别的话也说过了,再无继续留在扬州的理由。"

"你就是我足够充分的理由。"

"别这么说。早晚要走的,多留三两日又有什么意思?"

李商隐一下子不知说什么好,客船缓缓靠岸,玉央说:"该上船了。"

"太原的事情一了,我还会去长安城上任。你不久也会回去的吧?"

玉央摇头:"不。我想我会一直留在这。"

"看来若想再见你,非得来扬州不可了。"李商隐有些黯然。

"既已道别,又何必再见呢?"

"你的意思是永不再见面?"李商隐的声音有些发抖。

玉央沉默片刻后说:"见了一次,又有下一次,如此下去……我不喜欢这样子。"

杜牧过来道:"船要开了。"

玉央说:"上船吧。"

李商隐点头。

杜牧对玉央说:"小丫,后会有期。"

"你们路上保重。"

杜牧、李商隐上船,客船逆水而上,玉央站在码头目送。

水面烟波浩渺,一点孤帆已在天际。玉央眺望着远去的客船,泪如雨下,她伸手扶住身边的垂柳,慢慢往下蹲,最后坐到地上。她纤细的背影,靠在柳边。

杜牧、李商隐靠在船舷。

杜牧说:"咦?是艘官船。"

李商隐顺着他的视线看过去,杭龙的船过来,与客船擦肩而过。杭龙正站在船头,李商隐认出了杭龙。

杜牧问:"这种时候,怎么会有官船到扬州来?"

"一定跟玉央有关。"李商隐直勾勾地盯住官船。

杜牧诧异道:"跟玉央?"

"那个人是宫里的,他曾经为了玉央找过我。"

"找你做什么?"

李商隐说:"他以为我欺负玉央,差一点对我动手。"

"他喜欢玉央?"

"应该是吧。"李商隐思忖着说,"杜兄,你想想,一艘官船在这种时候到扬州来,船上的人跟玉央相熟,刚好玉央这会又在扬州……"

杜牧说:"你的意思,这船是专门来接玉央回长安的?"

"还有别的可能吗?"

李商隐非凡的想象力在这一刻派上了用场,他想的都对,他会为此留下一首千古传诵的诗篇吗?

这是一次为了告别的聚会,谁也明白今后再不可能有同样六个姑娘一道去古刹天宁寺了。

这是六枝鲜花唯一一次的集体绽放,青春已经在向她们挥手作道别之势,青春的确是太短暂了。

天色尚早,街上行人不多。天宁寺门口一个小和尚在扫地,几个香客陆续步入寺门,一派安宁祥和之气。玉央、胡蝶、方汀、莲莲、兰兰、阿朵这群妙龄少女从街角蹦蹦跳跳而出,一下子使整条街鲜活起来。

“到了到了。”

“这么早把我拽起来,好困呐。”

“听说这儿的签,越是赶早越是灵验。是真的吗?”

“都这么说。”

“再灵验也比不上一个懒觉香甜。”

“我就不信你不想求支灵验的好签。”

“对啊,不想问问你和你未来的夫君到底缘深缘浅吗?”

“切,这个我心里早就有数,用不着谁告诉我。”

“快把你的哈欠收起来,小心开罪了佛祖,罚你一辈子嫁……”

“不许说,不许咒我!”

大家说笑间已到寺门口,兰兰一直笑吟吟地看着大家,此时将左手食指竖到嘴前。众人收声敛气,整理衣衫,随后进门。

天宁寺院很大,院中植有高树,碎石铺路,墙根一溜种着鲜花。

方汀四顾道:“这座寺院跟我以前见过的都不太一样。”

阿朵说:“因为它大嘛。”

“若说大,怎么也大不过长安城的安国寺。”方汀摇头。

“那就是因为年代久,我听说这东晋就有了。”

玉央问阿朵:“你怎么会知道这个?”

“我跟兰兰来过,兰兰跟我说的。”

莲莲问:“她怎么说的?”

“她说这东晋就有了啊。”

玉央问:“还有呢?”

“还有……”阿朵拽着兰兰,“你说吧,我说不清楚。”

兰兰显得茫然。

玉央指指寺院,在兰兰掌中画一个“史”。

兰兰会意,说道:“哦,这寺院的历史啊。这里本是东晋名士谢安的私宅,后因风水极佳,被改建成天宁寺。这个谢安曾官居吴兴太守,吏部尚书,晚年还曾出任过太傅之职。”

方汀说:“太傅,那是皇上的老师啊。”

众人点头,唯有胡蝶一直心不在焉。

方汀拉住她问:“唉,你听明白没?”

“什么?”

“这里原是东晋谢安的私宅。”

胡蝶说:“东晋谢安?早八辈子的人了,跟我有什么关系?”

玉央说:“也许有点关系。你有没有听说过‘东山再起’这个词?”

“听说过啊,怎么啦?”

“东山再起这个典故就出自谢安。”

莲莲说:“我知道。谢安曾经辞官隐居于太湖东山,后又重新出来做官。史称‘东山再起’。”

方汀对胡蝶说:“我看你呀,一想着等会要求姻缘签,魂都没了。”

"胡说,我才用不着求姻缘呢。"

寺中的正殿廓大庄严,金碧辉煌。佛像高高在上,脚前一溜团蒲,旁侧的一尊大香炉不停往空中输送着烟雾。六个女孩进来,规规矩矩给佛祖行了礼。之后各取一个摇签筒,哗啦啦摇起来。阿朵偷偷掀起眼皮看其他五人,每个人都双眼紧闭,显得极为虔诚,阿朵便也专注于摇签。五支竹签纷纷落地,各人看各自的签,各有心思。唯胡蝶一人还在摇个不停,且表情极其严肃认真,众人看了都忍不住掩嘴轻笑。

胡蝶终于摇出了一支签,还未落定就被她一把抓住说:"解签去。"

六个姑娘各自走向一位解签的僧人。依照惯例,解签僧在看签之后询问施主想解什么。胡蝶略带羞涩,压低声音说问姻缘。她生怕被她们听见,她不知道玉央、方汀、莲莲、阿朵要问的统统是姻缘。当然她们也都羞红了脸,并将声音压得不能再低。只有兰兰例外,她现下关心自己的耳疾胜过未来夫君,因此问的是健康。

求神,拜佛,览胜,解签。晃眼大半天就过去了,姑娘们叽叽喳喳踏上回程,还是胡蝶最沉不住气,问道:"刚才谁问什么啦?都必须说实话,不许留小心眼。玉央,你先说。"

"姻缘。"玉央老老实实。

"和尚怎么说?"

"一条漫漫路,三年无尽头。"

胡蝶幸灾乐祸道:"哈,三年之内你是嫁不出去啦。方汀,你。"

"也是姻缘。"

"继续。"

方汀笑道:"不说行不行?"

"不行。我们六个你是大姐,要带个好头才是,怎么可以耍赖呢?"

"签上说,晚春繁花似锦。和尚说,三十方有佳期。"

胡蝶说:"那你就更惨了,还有七年独守空房了。"

玉央说:"该你自己了。"

胡蝶颇为得意道:"本小姐自然是上上签了,曰'有花直须折,无花空折枝。'"

方汀说:"这是让你当嫁则嫁,不敢耽搁呀。"

胡蝶说:"和尚另有说辞。"

莲莲问:"和尚还能怎么说?"

"说如花姻缘转瞬即逝,其实不折也罢。唯如枝如干之日,姻缘方才结实。"

玉央思忖道:"这位和尚师傅倒也别出心裁。无花空折枝,无与空对,是为有。妙。"

莲莲问:"我的这个又怎么说?"

胡蝶拖着长腔道:"不妨说来听听。"

"鸿鹄向高远,燕雀见稻谷。"

阿朵问:"和尚是怎么说的?"

"我不听和尚。小丫,我听你的。"

阿朵说:"和尚肯定说了不中听的话。"

玉央说:"我懂什么。莲莲,说说师父如何解签,我来帮你解他的话。"

"他说,鸿鹄若气,燕雀是我。"

"那你为何不开心?"

莲莲说:"气为虚,我为实啊。"

"依我看,你这才真的是支上上签。气为虚不假,虚乃缥缈之境,正是所谓理想之地。试问有谁能有进入理想之地的幸运?当然只有莲莲了。我为实,以我燕雀之躯,却可向往鸿鹄之志,莲莲日后当不可限量。”

“我还以为和尚要我弃虚求实呢。让你作如此解,我心里舒服多了。”

胡蝶说:“阿朵,该你了。”

“落英铺流溪,潭深水也碧。”

玉央说:“你问的什么?”

“当然也是姻缘了。”

“师父如何解?”

“说春华秋实。”

玉央点头:“落英是为春。碧水流溪深潭,乃自然秋相。看来阿朵的婚期就在年内了。”

阿朵圆目大睁道:“不会吧?谁会娶一个又丑又笨的女孩子呀。”

“阿朵。”胡蝶叫她。

“大师傅。”阿朵应声。

“无论如何我不许任何人以为我的徒弟丑。回到教坊,我马上让你焕然一新。让莲莲这样的靓女也会打心眼里羡慕你的美艳。”

“大师傅说话要算话哦。”

玉央从兰兰手里拿过她的签词与解词,顿时愣住了。玉央和兰兰将脚步放慢,拖在其他四个姑娘身后。莲莲猜兰兰的那支签一定出了毛病,方汀说玉央应该知道怎样与兰兰交流。回到教坊后六个姑娘作鸟兽散,唯独玉央拉兰兰进自己房间。她将砚台加一点水研墨,兰兰把签词和解词放到书案上。

签词:春草摆春风 周遭寂无声
和尚解词:风动草长 无声胜似有声

兰兰问:“小丫,是否无声要伴我永远了?”

玉央思忖再三,提笔写下两行字——

有声之日,从未见草之生长
若欲得见,非无声之时不可为

“就是如此。打从听不见开始,我看到许多以前视而不见的东西。那些东西明明就在眼前,你却从来不曾注意到。”兰兰读着,想着,点头。

玉央点头,又写——

上天给了你第三只眼

兰兰点头,表情里带着由衷的满足。一直盯着兰兰的玉央终于释然了,她继续写——

我明日要走了,去长安

兰兰点头:“我已经知道了。”

玉央惊诧道:“你怎么会……”

“我有第三只眼。”兰兰从玉央的表情里读懂了她的意思,笑了。

玉央忽然很冲动地抱住兰兰，兰兰马上回抱住玉央，两个女孩子眼里同样盈满泪水。

兰兰说："你多保重。"

"你也是。"玉央此刻忘了兰兰听不见。

虽然都还是少女，但每个人都已有了面对各自生活的态度。命虽各自不同，热情和憧憬却是一样的，而且更要紧的是每个人的心里都企盼着别人会更好。那就是生命中最要紧的东西，是爱，是大爱。

3

对于玉央，命运经常以玩笑的方式找上她，让她莫名其妙陷入刀光剑影之中。但命运对她也还算公道，令她几度有惊而无险，最终转危为安。所以，玉央注定了要在大唐历史中留下印记。

但这一次她要错过了。虽然有两位特使加上一艘官船还带了圣旨，一切都是为她而来，并且已经将她带上了往大明宫的征程。命运真是不可思议。

胡蝶最终还是在玉央的坚持下上了官船。她靠在船舷看风景，清蔷的手拍着她的肩膀问："就要回长安了，很开心吧？"

"只要跟玉央在一起，哪里我都很开心。"

"放心，玉央回宫之后，我会想办法也让你回到宫里。"

胡蝶说："能不能回到后宫我无所谓的。"

"我不信你真的不想进宫了。我听说你为了回来，连婚期都推迟了。"

"告诉你实话吧，我就没觉得宫里有什么好。这些日子在扬州，让我觉得开心死了。"

清蔷说："那你还吵着闹着要回来？"

"要不是你们非要玉央回去不可，你以为我愿意离开扬州？"

"既然你只是为了陪玉央，根本对回尚容局没兴趣，我也就不用操心费力帮你疏通了。"

胡蝶说："清蔷，别那么酸溜溜的好不好？我回宫的事，你想帮就帮，不想帮也没关系。我反正无所谓的。"

"一间房住了几年，我怎么可能不帮你？你的话让人心寒，好心也被你当成驴肝肺。只怕帮了你得偿所愿，结果你非但不领情，反而恶语相向。"

"你不要以己度人啊。"

清蔷说："看看，你自己体会体会。臭嘴，张口就伤人。"

"你老挑我干吗？你知道我不会说话。那就，麻烦你一次，请你在贤妃娘娘那替我美言几句。"

"这还像句人话，毕竟我们是多年的朋友，岂有不帮的道理？"

胡蝶说："咱们不一定急着赶路吧？几个人中你的官最大，应该由你说了算。我提个建议，咱们边走边玩，难得有这么好的机会。可以吗？"

"你呀，脑子里就想着玩。如果杭龙没意见，我这当然没问题。"

"这就对了。你觉得我的脑子有问题，我还觉得你有问题呢。咱们都是一样的年纪，你就从来没一点玩的心思，你觉得你很正常吗？"

清蔷说："就听你的好了，边走边玩。"

胡蝶学她道："这还像句人话。毕竟我们是多年的朋友嘛。"

由于心里已经放下了杭龙，清蔷这会洒脱多了，她已经不在乎杭龙是不是黏在玉央身边。所以她有心情与胡蝶相互调侃，任由杭龙躲在舱里与玉央没话找话。

"玉央，你不会怪我吧？"

"怪你什么？"

“我一意孤行要你回宫。”

玉央摇头道:“这并非你能决定的,不是有圣旨吗?”

“我得向你坦白,虽然皇上下这道圣旨跟我没什么关系,但我刚得知你出宫时,也千方百计想将你接回来。我认为你被人欺负了,以为你在扬州受委屈。”

“我知道你为我着想,只是你不明白我的心思。”

“在扬州住了这么几天,我想我现在明白一点了。可是,为时已晚……”

玉央笑了:“别这么说,跟你有什么关系啊?”

“我还想说,即使没有这道圣旨,我也会执意接你回长安。”

“舱里好闷,我出去吹吹风。”玉央不想说这个,留下杭龙一人发呆。

“玉央,清蔷说如果我们想玩,可以沿途停靠几次。”见玉央出舱,胡蝶放开船舷栏杆迎过去,清蔷靠在船舷上一动没动。

“你在扬州还没玩够啊?”

“玩怎么会够呢?”

清蔷说:“胡蝶说得也是。我们三个难得凑到一起,回了宫再想出来玩一次,可就难之又难了。”

玉央说:“听清蔷的吧,我没意见。”

“好,我们三人都通过了,杭龙即使反对也得少数服从多数。他人呢?在舱里干吗?”胡蝶冲到舱门前喊道,“杭龙,出来一下。”

清蔷对玉央说:“我们好久没有三个人轻轻松松一起玩了。”

“越长大越忙,哪有时间玩啊?你又调升到尚服局,自然难得在一起了。”

“想想小时候,朝夕相处,口无遮拦心无芥蒂,那才真叫开心呢。”

玉央说:“小时候的日子一去不复返了。”

“是啊,都过去了。现在回头想,要么是小时候傻,要么是现在心思太重。反正时过境迁,什么什么都不一样了。”

“清蔷,你好像与先前也不太一样了。”

清蔷说:“你指的什么?”

“你同意胡蝶的建议呀。”

“边走边玩?”

玉央点头:“以前你会认为胡蝶说疯话,绝对不可能同意的。”

清蔷微笑道:“我一点也不知道,我是一个那么刻板的人。”

胡蝶拉着杭龙过来说:“他也没意见,全票通过。”

清蔷对杭龙说:“我们是无所谓的,你不怕耽误王爷那边的事?”

与几个姑娘一道,杭龙的态度自然是无可无不可。很明显玉央不领他的情,他也看到了玉央当真享受在大和教坊的生活,他明白自己做了蠢事。玉央的态度让他一直期待的一路同行变得毫无意趣,清蔷也不再像从前那样围在他身边,甚至连正眼看他的次数也少之又少。杭龙已意识到这是一次无趣之旅,与来时大相径庭。

玉央的心里同样不轻松,当然最主要的原因是方汀的那次失言。那件事一直以来是她的心结,因为她早已洞悉杨贤妃的手段,也对清蔷性格中可怕部分十分清楚。那件事是那两人的死穴,她们绝不会善罢甘休,不会放过她。所以她的心思根本不在杭龙、胡蝶他们的闲言碎语上,她做什么都心不在焉。

只有胡蝶比谁都轻松,别人的心事一概与她无关,她有如意郎君等她,她有好签和好心情。

历史在这一刻忽然发生了剧变。所以说此次与往次不同,玉央不再如先前那样一而再再而三地与历史相遇，这个回合她错过了。她甚至完全可以抗旨，可以不回大明宫而不受到任何追究，因为宣她回宫的那道圣旨失去了意义，因为文宗忽然就死了。

兄弟轮流坐的江山

1

文宗李昂登基之前，坐江山的是敬宗李湛。李湛为先皇穆宗的长子，登上皇位仅两年即被权宦谋杀，李昂以皇弟身份继位登基。所以，文宗的上位本身就充满了偶然性。由于穆宗在位也仅四年，所以文宗登基之时并未被各界看好。父亲做了四年皇上，哥哥做了两年皇上，轮到他却一做已经十四年之久。

或许可以说文宗之所以有如此之长的命数，全赖兵权在握的大宦官仇士良的庇佑。那是一个宦官专权的时代，官居左中尉的仇士良一只手便可随意转动历史的轮盘。

文宗在位日久便有了错觉，以为自己这个皇帝已经货真价实了，以为自己可以甩开别人的束缚自行其是了。在仇士良眼里，文宗不过是一个自以为是的小大人而已，偶尔放任他一下，让他满足一下颐指气使。如果文宗当真妄自尊大，那就是另一回事了。仇士良可以容忍他再一再二，绝不会给他再三的机会。

仇士良只身进了文宗寝宫。海汉恭迎上前，以为仇士良来找皇上。仇士良找的就是他海汉，而且张口就告诉他有几笔账算一算。

“仇公公饶命。”海汉面如死灰，扑通跪倒。

仇士良冷笑道：“饶你不难，就看你识相不识相了。”

“仇公公一言既出，海汉万死不辞。”

“起来说话吧。”仇士良转身。

“谢仇公公大慈大悲。公公赐不死之恩，海汉必当肝脑涂地以为报。”海汉长跪不起。

对仇士良而言，不开口则已，一旦开口便是吐唾沫成钉。他既来找海汉，就不怕海汉禀报皇上。而且，他在接下来的时间里直接去了李昭仪宫寝房。

“臣仇士良给皇上请安。”仇士良上来就是一个跪叩。

此举给倚靠在卧榻上的唐文宗一个大大的意外，因为十四年来但凡与仇士良单独面对，他从未有过如此谦卑的大礼。

“爱卿平身。”

“谢皇上。臣闻皇上龙体康复，欢欣鼓舞，特来向皇上祝贺。”

“康复一说何来？”文宗闻言微微变色。

仇士良窃笑道：“尚药局戚锵一直为圣上诊疗，戚锵的话臣不得不信。”

“戚尚药说朕康复啦？真是不可思议，来人。”

“皇上。”门外侍卫闻声进来。

“传朕的话，召尚药局戚锵面圣。”

“皇上不必了。”仇士良屏退侍卫，“你先退下。”

文宗就此已嗅到了不祥的气息。

仇士良说：“戚锵不慎，将双膝摔成粉碎性骨折，恐怕再也无法为人问诊开药方了。”

文宗闻言怔了一下说：“听你话里的意思，戚尚药是在你手上了？”

“现正在老臣府上养伤。臣知道皇上正在寝房踱步，听说臣求见便急忙回卧榻躺好，做样子给臣看，臣说得对吗？”

“既然你已经什么都知道了,又何必再问?”

仇士良说:“皇上康复本是件大喜事,又何必瞒老臣?莫非皇上有什么不可让老臣知道的心思?”

“你想怎样不妨直言。”

“臣想看皇上康复得怎样了,皇上不妨下来走几步。”

文宗说:“不必了吧。”

“皇上不必客气,请。”仇士良的口气异常坚决。

文宗略一犹豫,终于还是从卧榻上起身。

“除了戚锵,还有谁知道皇上已经康复了?”仇士良脸上闪过诡异的笑。

“只戚锵一人。”

“昭仪娘娘呢?”

文宗说:“她一无所知。你知道,朕从来不许女人过问朝廷的事。”

仇士良颔首道:“不知道最好,臣希望太弟最好也不知道。”

“朕当然不会让这个人面兽心的小人知道朕的任何事。”

“据臣所知,太弟对皇上还是给了足够的尊崇吧。”

文宗说:“所以,朕才说他人面兽心。”

“皇上既然已经康复了,就容臣斗胆问一句,不知皇上是否有回朝理政的打算?”

“依朕的判断,仇公公并不希望朕东山再起。是吧?”

“臣哪里有资格对皇上说长道短?一切还要看皇上的意思。”仇士良依旧不卑不亢。

“朕既要守住康复之秘,就是想借此退隐山林,过一份平常日子。”

“这有何难?皇上的愿望臣一定成全,告辞。”

尽管已经古稀高龄,仇士良依然腿脚利落,来去足下生风,转眼就消失在门口。文宗目光迷茫,他当然知道仇士良已对自己彻底失望。文宗在第一时间里想到的是保住李炎,而保住他的唯一方法便是将他推出去,推到仇士良怀里。时间仓促,他来不及多想,他拿不准自己是否做得过分唐突。过犹不及的道理他非常清楚,他以那样的方式当着仇士良骂李炎是不是做得过了呢?

现在他不必抱病在床了,于是便大张旗鼓地回到寝宫。皇上的意外归来让海汉格外紧张,一再为没有接到消息做迎驾的准备而再三请罪。文宗对他的反常也有觉察,但他现在关心的不是这个。他要海汉笔墨伺候,并要玉玺。又让他马上派人分别通知宰相,尚书令及六部尚书:“记住不见到本人,切不可传话,速去速回。”

“是。皇上,通知什么?”

“告诉他们朕已经痊愈,要他们明日务必上早朝,不得有误。朕要与众爱卿共商要事。”文宗见海汉迟疑又问,“你还有什么问题?”

海汉说:“小的不敢。小的只是认为皇上龙体刚刚康复,不妨多休养些日子,再操劳国事不迟。”

“朕再休养下去,就一切都迟了。仇士良那个老贼已完全不把朕放在眼里,今日居然气势汹汹逼到李昭仪宫,傲慢无礼到了极点。”

海汉惊讶道:“姓仇的居然敢如此造次?”

“朕知道,前段日子的局面正中他下怀,朕不理国事,李炎又还不懂如何面对国事,朝廷大权尽在他手里。”

“他也曾找小的打探皇上的病情。”

文宗说:“他当然会关心!他是生怕朕康复之后重掌朝政。”

“姓仇的狼子野心,就连小的也能看出一二,这个老贼过分骄横了。”

“仇士良有恃无恐，自以为天下尽在掌握，把任何人都不放在眼里。这一点也正是他的软肋，骄兵必败，况且他已人心尽失。”

海汉说：“皇上的意思，是要联合众大臣杀他个措手不及？”

“你哪来那么多问题？别啰唆了，去吧。”

利用这一段充裕的时间，文宗笔走龙蛇，完成了他在位以来最长的一篇手书圣旨，长达百数十字。在扫读一遍之后，文宗取出玉玺压一下印泥，在皇纸左下角结结实实盖上玺印。长出了一口气后，他显得疲惫却斗志昂扬。

文宗再喊海汉时却无人应。天色已晚，蜡烛也未被点亮。偌大的寝宫书房空无他人，显得黑沉沉阴森森。门忽然被推开了，一个魁梧的黑影挡在门口。

“是谁？”文宗眯起眼细看。

“今早方才见过，皇上转眼就认不出老臣了？”

“仇士良？”

“正是老臣。”仇士良进门，回身将门关紧。

“仇爱卿这么晚还不回府歇着，却来到朕的寝宫，如此勤于政事，真是令人敬佩。”

“若说勤政，老臣远不及皇上。今日龙体才刚刚康复，并说想借此退隐山林，可明早却又要重掌朝纲！皇上才真的令老臣由衷敬佩。”

文宗说：“看来你是无所不知了？”

“区区六部尚书都可得知的事情，老臣知道了有何稀奇？”

文宗轻轻一笑道：“海汉也被你掌握了。”

“皇上不必迁怒于海公公，他也是身不由己。这年头全凭实力说话，所以海公公追随老臣也属在情在理。”

“海汉的双膝不会也碰巧摔碎了吧？”

“皇上到底年轻，少了几分大家气度。自己败了又不肯认输，竟把责任推到侍从身上。”仇士良摇头说道，“皇上让老臣轻看了。”

“能不被仇士良轻看的人，怕还没生出来吧？”

“老臣很欣赏皇上这会的幽默。”

文宗说：“朕同样欣赏你的自信。你想说朕已经败在你手上了，是吗？”

“皇上连这一点都还没有确定，真让老臣为皇上悲哀。皇上自小饱读诗书经史，不会连审时度势这个词都不明白吧？”

“仇士良同样满腹经纶，也应该明白另外两个词。”

仇士良说：“还请皇上明示。”

“欺君犯上，弑君谋权。”

“二词中都有一个君字。若论君，背后必定还有一个臣字。无臣何来君？”

文宗说：“你也想论一论君臣之道？”

“说君臣之道，乃君行君道，臣行臣道。若臣不行臣道，君必当诛之。若君不行君道，臣又该如何？还请皇上作解。”

“你既已有解，又何必问朕？”

仇士良说：“君臣父子，上行下效，古今无有不同。”

“明白了。你欺君犯上，企图弑君谋权，乃上行下效之结果。是学朕啦？”

“正是。皇上怕是忘了，当年甘露之变，若非老臣明察秋毫，挽狂澜于既倒，恐怕早成了刀下之鬼。然老臣并未冤冤相报，放了皇上一条生路，给皇上幡然悔悟的机会。皇上却依旧执迷不悟，费尽心机，欲置老臣于死地。如此一而再再而三，臣一忍再忍，确已忍无可忍。”

文宗说:“在你的辞典中,应该没有这个‘忍’字啊。”

“皇上行事太绝,让老臣除上行下效外再无其他选择。”

“冠冕堂皇!如此说来,仇士良夜闯朕的寝宫,是来替天行道了?”

仇士良说:“老臣见皇上一向懵懂,只想帮皇上点破而已。”

“朕还该对你道一声感激不成?”

“皇上确实应该心存感激。这些年,皇上舒舒服服稳坐在龙椅之上,全赖老夫心宽,懒得与皇上计较。皇上不感激老夫还该当做何感想?”

文宗正色斥道:“仇士良!这江山是我李唐的江山,龙椅是我李唐的龙椅。你一个阉人,居然口出如此狂言……”

“老夫今日就让你李唐的祖宗们看看,这个阉人如何处置你这废物的!”

“你终于不再口口声声皇上,终于称朕为‘你’,而且是‘你这废物’。”

仇士良说:“听着不习惯,是吧?”

“历史终于走到了需要改写的这一刻。可悲呀,改写历史的那个人不是我李昂。”文宗此刻双目炯炯有神,似乎穿透了眼前的仇士良,声音低下去,“不是我……”

仇士良阴沉地拍两下手掌,厚重的掌声在屋子里回荡。大门被推开,海汉垂首捧剑入内。

文宗瞥了他一眼,重又转向仇士良说:“仇士良,你还在等什么?”

“等你发过感慨呀。”

“你不会把我的眼睛蒙上吧?就让我眼看着这段历史是怎么结束的吧。”

仇士良说:“无论你有什么愿望,我都会成全你。”

海汉站到仇士良身侧,弯腰将长剑举过头顶。他全身都在发抖,手里的宝剑也因此发出金属震颤的声响。仇士良哈哈一笑,取过宝剑。文宗下意识后退两步。仇士良逼近。文宗再退。仇士良突然转身出招,将剑脱手,长剑飞入头也不敢抬的海汉心口。一声惨叫,海汉中剑倒地,嘴里涌出鲜血,眼珠直勾勾瞪着仇士良,用他生命中最后一丝气力举起左手,指着他。

“你……你……”海汉气绝身亡。

仇士良看也不看他,对文宗说:“你知道我为何要杀他?”

“你还有心情卖弄你的聪明。”

“你自小聪慧过人,老夫的这点小把戏一定逃不过您的法眼。不错,我之所以杀他,是因为他杀了你!”话音未落,仇士良猛地抽出插在海汉心口的长剑,劈向文宗。

文宗倒在血泊里,仇士良的那张老脸不可一世。

“老臣给太弟请安。”仇士良在第一时间来到十六王爷府,他来向摄政王报丧。

李炎急不可待地问道:“仇公公,我听说皇兄他……”

“老臣正是来向太弟通报皇上的噩耗。皇上昨夜被逆贼海汉屠戮于寝宫,刚好老臣赶到,海汉正欲逃之夭夭,被老臣一剑毙命。”

“皇兄一直在李昭仪宫卧床,怎么会突然移驾寝宫呢?”

仇士良说:“这也正是老臣不解之处,太弟节哀顺变。然国不可一日无君,哀恸之余还请太弟以国家社稷为重,做好登基准备,择日举行登基大典。”

李炎呆立在原处,一动未动。

这就是仇士良的风格,既不解释又不迂回,开门见山就把两件大事一口气搞定。报丧,登基。李炎没得选择,因此他的前路更显得扑朔迷离。他在各方都不看好的情形下,突然被选中做太弟,又突然摄政,又突然登基。一个接一个的突然成了即将登基的新皇帝的风格,这绝不是一个好兆头,而更像是一个个传承有序的系列阴谋的最后一幕。没有人会看好一个以阴谋上位的皇帝,当然也没有人会看好以这样的皇帝为标志的时代。

公元 840 年,大唐开成五年,唐朝第十八世皇帝武宗李炎,在长安大明宫含元殿登基,一个新的时代就此开始。

曾经一手遮天的贤妃娘娘杨氏是这场事变的最大输家,突如其来的变故一下将她击溃。昨天还是一人之下万人之上的尊贵之身,一夜之间彻底垮塌。不消说,与杨氏相关联的整个后宫必将天翻地覆。杨氏已经完全失控,变得歇斯底里,下人被骂过两个回合之后再也不敢往她跟前凑了。

昭仪李氏的情形则相当平缓,她一个人无声地落泪。毕竟在过往的十数年间两个人情深意笃,有太多可资回溯的美好记忆。李氏没有许多遗憾,因为她知道自己一直是皇上真正钟爱的女人。

古就有一朝天子一朝臣之说,莫不如一朝天子一朝妃更为恰切。前朝未必没有旧臣可用,却没有哪一个皇帝肯接前朝的皇妃。呸呸,这么说无异于睁着眼睛说瞎话,正是大唐的高宗接手了太宗的武才人,才造就了普天之下独一无二的则天女皇。但是武宗不想步老前辈的后尘,于是就到了后宫的旧主人谢幕的一刻。

杨氏坐在案边,秦耕人站在她对面,腰杆笔直。

杨氏问:“移居令早就下来了?”

“皇上登基次日,便下达内侍省了。”

“我怎么至今全不知情,你是如何办事的?”

秦耕人说:“新帝登基,整个后宫翻天覆地,在下忙得不可开交……”

“不必啰唆了,移居令上怎么说?”杨氏挥手打断他。

“上面说,先帝昭仪李氏,由太皇太后钦点,搬往太皇太后宫偏殿同住。其他所有才人、美人,均移居太极宫。”

“完了?”

秦耕人说:“完了。”

“没提到我?”

“只字未提。”

杨氏说:“这算什么意思?”

“应该是让您先在这住着,等候消息。”

杨氏思忖道:“这样,你再去打听打听,务必弄清楚他们的意图。”

“在下认为上面的意图已经再明显不过了。”

“什么?”

秦耕人说:“就是在下刚刚说过的,让您先在这住着,等候消息。”

杨氏盯着他看了一会儿又说:“我命你再去探听,务必弄清楚他们背后的真正意图,明白了?”

“恐怕在下最近一段日子抽不出时间。”

“秦耕人,你造反了是不是?”杨氏胸口起伏不定。

“这话可不能乱讲。在下鞠躬尽瘁、忠心无二,何来造反之说?”

杨氏冷笑道:“真是人未走,茶先凉。”

“一场主仆,在下想提醒您,您人虽未走,权势却早已消失于一夜之间。从今往后,必须好自为之才是。”

“还轮不到你这个奴才来教训我。千万别忘了,你我一天是一条船上的人,就一辈子都是。我的船翻了,你也必定不能自保,除非我愿意放过你。”

秦耕人说:“您太抬举我了。从前,您是后宫之主,高高在上,无所不能。我秦耕人不过一个奴才,听命于您,为您跑腿,哪里配谈和您同坐一条船?"

"你如此急于撇清也是无益,所有的人都跑不了,包括你秦耕人。"

"您的船上有无他人我不知道,但我秦耕人绝对不在其上。"

杨氏说:"不在其上?你可记得当初,你是如何恬不知耻地向我发誓,掏心挖肺地对我表忠心?"

"不瞒您,我对您发过的誓、表过的忠心,与从前对德妃娘娘说的一般无二。做奴才的就是有这种无奈,旧主子走了,便要抛到脑后。新主子来了,便得誓死效忠。"

"你的效忠可不仅仅是挂在嘴上。要知道,我对你的表现一向非常满意。很多事情,若少了你,我是无论如何也做不了的。"

秦耕人说:"您又在无端抬举我了。以您从前的权力,在后宫没有任何做不了的事,少了谁都无所谓。在下不过是奉命行事,做好本分而已。"

"将李永的一举一动第一时间向我报告,这也是你的本分?"

"您当时这样吩咐下来了,在下不得不执行。"

杨氏说:"好你个秦耕人,刀枪不入是吧。"

"您若没别的事,在下就告辞了。王才人新宫尚在整饬,在下必须在现场盯着,不能出任何差池。"

"我还得最后占用你一点时间。"

秦耕人说:"请讲。"

"我从前的贴身宦官,小萝卜。"

秦耕人脸色微变。

杨氏说:"小萝卜受审当夜,暴毙于内侍省,结论是自杀,这使当时的调查再无法向前推进一步。这件事,当今皇上想必记忆犹新。而秦总管你,也应该知道难辞其咎。"

"眼下这番情势,您还是多想着如何自保的好。要知道,您那条船上,其实自始至终只您一个人而已。告辞!"说完,秦耕人头也不回地出去了。

"猪狗不如的混账东西!"杨氏气得一屁股坐下,顺手将案几上的杯盏尽数扫落地面。

巧儿冲进来大叫:"啊,主子,您没事吧?"

"去打探一下,那个王才人现在住在何处。"

秦耕人能在内侍省屹立不倒数十载,必定有安身立命之道。杨氏这种类型的妃嫔他见得多了,不是第一个,肯定也不会是最后一个。她们若是聪明,该知道他给她们的规劝才是至理名言。他跟杨氏说的是实话,新帝已经入主皇宫,安排寝宫才是他的当务之急。

原先的壁挂饰物已尽数取下,家具有的搬走换新,也有的留用,工匠们正在整饬内室。

武宗一直陪在才人王氏旁侧,王才人低声说:"我一点不喜欢这个地方,不如还让我住在十六王爷府那边。"

"你住那边,朕又如何?"

"随便你呀。"

武宗说:"当了皇上就没那么随便了。"

"就这么说定了啊。"

"我可没有答应你,若你执意住在王爷府,后宫这边麻烦就大了。要专门派卫兵过去,后宫各局各路人马都要往返于两边,你以为这样妥当吗?"

王才人说:"可我真的不喜欢这房子。听说这里以前是那个王德妃住过的,再以前还住过好几个皇后,想一想好恶心啊。"

"嫁给我后悔了?"

“是后悔你当了皇上。”

武宗叹了一口气说：“真似一场梦啊。皇兄暴卒，我忽然就成了皇上……”

“我忽然也成了妃嫔，好奇怪啊。命运怎么会如此捉弄人呢？”

武宗伸出双手抓紧她双肩说：“冰洁，看你总是叹命运，我心里很不是滋味。我不知道会不会是一个好皇帝，但我向你保证我会是一个好男人。”

“什么才叫好男人？”

“我要破一破父兄的规矩，任何妃嫔都不要，只要你一个。”

王才人说：“你不用这样哄我，我不是那种不懂事的女人。”

“你没有要求我，是我给自己定下规矩。你知道我说到一定做到。”

“你能这么说，我已经很满足了。”王才人靠在他胸前。

冰洁说的是心里话，她成了他的女人的时候，他离皇位十万八千里。但她嫁他的时候，他马上成了太弟，现在又莫名其妙的成了皇上，成了可以拥有无数女人的全天下最特殊的男人。这样一个男人却说只要你一个，虽然明知道这只是一句入耳的话，冰洁也还是很满足。

2

杭龙一行人到达大明宫建福门时，发觉卫兵比平日多了许多，而且个个精神抖擞，格外森严。杭龙预感到宫内出了大事，便拉住一个卫兵细问。卫兵说打从先帝驾崩那天起，建福门每天都是这些卫兵。先帝驾崩四个字不止震惊了杭龙，清蔷、胡蝶、玉央也都目瞪口呆。卫兵接着说先帝驾崩已有十三日，原先的太弟五日前刚刚登基做了皇上。胡蝶张嘴就说是李炎啊，玉央连忙拽她，警告她不要祸从口出。胡蝶吐了吐舌头，李炎已成当今的皇上，他的名号再也不能够随口就提了。

杭龙还在一边发蒙，有卫兵过来传话，说皇上传他去王才人宫面圣。王才人？杭龙着实动了番脑筋才想到那是指冰洁，他的亲妹妹。脑子虽转过来了，嘴未必能跟上，见到冰洁时杭龙差点脱口直呼她名字。当时武宗不在场，否则杭龙一定会称他作王爷。冰洁说皇上要封杭龙做官，而且是大官，正二品辅国大将军。杭龙说他不干。冰洁半开玩笑说他怎么敢抗旨不遵？杭龙说他对为官没有一点兴趣。这时候武宗从石山后闪出，问道：“你对惩治害死李永的恶人也没有一点兴趣吗？”

“皇上。”杭龙施礼。

“你不记得当初我们的调查因何而中断？”

“请皇上明示。”

武宗说：“尽管有先帝指令，尽管朕当时身为王爷，奈何因没有职权之便，出马便显得师出无名。”

“所以那些狗东西便百般刁难，处处掣肘，令调查最终不了了之。”

“现在朕封你个二品大员，即使刑部尚书见了你也必须礼让几分，不怕哪个鼠辈不乖乖从命。”

杭龙说：“皇上的心思臣明白了。”

“先和你打个招呼，明日早朝便颁令册封，你回吧。”

“皇上，娘娘，臣杭龙告退。”

杭龙回身，冰洁调皮地一笑道：“辅国大将军慢走。”

尚容局第一个知道玉央回宫的人是段蓉，她马上去给尚容谷绣春报信。她没留意谷绣春对玉央归来感到的紧张，只管发表着自己的见解。她说玉典容一回来，司容部的工作就好办多了。

谷绣春问她工作是不是有什么问题。段蓉说名不正言不顺,自己只是个女史,没有资格管别人。谷绣春听出了她的意思,说升她做掌容的事已经在办了,还说心急吃不了热豆腐,让她安心等着。

谷绣春的承诺给段蓉吃了颗定心丸。在她心里玉央是典容,或许未来会当上司容,这些同她段蓉没关系,因为她还不曾奢望越级坐上典容、司容的位置。她要的不过是掌容之职,玉央不会是她的竞争对手。段蓉没有想到的是现任掌容胡蝶也回来了,所以当胡蝶跳出来同她打招呼时,她的眼珠差点没掉出来:"胡蝶?"

"我回来啦,很惊喜吧?这么久没见,还真有点想你们呢!你们肯定也想死我了吧?"

"可是,你怎么回来的?"

胡蝶说:"跟玉央一起啊,杭龙和清蔷去接的我。"

"我怎么没听谁说过你要回来?"

"段蓉,你好像不太欢迎啊?"

段蓉说:"没有没有,怎么会呢?"

"怪里怪气的。怎么这么久不见,你还是没一点长进?"胡蝶拍着她的肩膀说,"不过没关系啦,现在我回来了,我一定会好好教你的。"

段蓉气得满脸通红,却一个字都说不出来。胡蝶的出现打乱了她的如意算盘,让她升任掌容的希望重新变得渺茫。

玉央进谷绣春房间的时候,确实被她突如其来的热情弄得不知所措。谷绣春不但主动起身迎上来,还用两只手紧紧抓住玉央的一只手说:"是玉央啊,快进来坐。路上辛苦了吧?"

玉央不会想到,谷绣春对她态度上的大转弯竟会与新皇登基有关,她差一点以为几个月不见,谷绣春当真惦记她了。

谷绣春问:"回来没有不习惯吧?"

玉央不懂地问:"怎么会不习惯呢?"

"呵呵,说得夸张点,你不在的这段时间,扬州过一日,宫里似千年呐。如今已是改头换面一派新气象了。"

"我知道,在建福门听卫兵说过了。先帝驾崩,太弟继位做了皇上。"

谷绣春说:"这么一来,你可就大不同了。"

"我有什么不同?"

"这还用说?你这次回宫,是当今皇上亲自主持的。专程去扬州接你的特使,是堂堂国舅爷。"

"杭龙?国舅爷?还真是呢。"玉央偏头一想,不禁笑起来。

玉央一乐,谷绣春也乐了:"玉央,你这种殊荣,据我所知尚容局还从来没有过。如今,我尚容局人人脸上都添了光彩。"

"尚容千万别这么说,跟我有什么关系啊。我向您汇报一下扬州大和教坊的情况吧。"

谷绣春说:"哎呀,你办事我一向最放心。否则尚容局那么多人,我也不会偏偏把这么艰巨的任务交给你呀。你回来之前我已经想过了,为表彰你这么多年为尚容局做的贡献,及此次整顿扬州大和教坊的功绩,提升你为司容。"

玉央一怔道:"尚容,我可能不是合适的人选。"

"你就不要谦虚啦,无论手艺还是资历,你都是最有资格做司容的。提案我已上交内侍省,只等着批复下来了。"

闻言,玉央不知说什么好。

谷绣春又说:"看我,光顾着跟你聊天,都忘记你一定很累了。房间我早吩咐人打扫过了,从今日起,你住司容的单间。"

“我还住以前的房间就可以了。”

“那怎么行？你马上就是司容了，住司容的单间是理所应当的。”

玉央说：“可是，尚容，我还是想跟胡蝶住在一起。”

“胡蝶？”

“尚容，我未经您允许，擅自将胡蝶也带回宫了。请您责罚我。”

谷绣春说：“傻丫头，责罚你做什么？你不这么做，我也要将她调回来的呀。如此一来，你倒为我省事了。”

“真的？”

“你俩不在，司容部的工作一塌糊涂。我如今算是明白了，司容部少了谁都可以，就是不能少你们。以后有再大的任务，我也舍不得派你们俩出宫了。”

玉央说：“我先替胡蝶谢谢您了。”

“正好，我本来还想让你推荐一下顶替典容的人选，现在既然胡蝶回来了，自然非她莫属，你替我转达她吧。”

“好的。那，房间的事……”

谷绣春说：“随你喜欢。你若觉得跟胡蝶同住比较开心，就这么办吧。”

“谢谢尚容，那我就回房了。”

“对了，你还要去皇上那里报到吧？当初让你回来，可是皇上钦点的，让你为王才人设计妆容。”

玉央说：“可那时候他还不是皇上。”

“可现在是了呀。”

玉央摇头道：“那是不一样的。太弟要我做什么是一回事，皇上就另是一回事了，怎么可以随便见呢？”

谷绣春想一下说：“这样吧，我设法请示一下，如果需要你面圣你便去，不需要也就算了。”

“我听您的消息。”

想想也真是有趣，当年是二弟李昂接替敬宗做了皇帝，如今又是五弟李炎接替文宗做了皇帝，加上之前的老爹穆宗，这一家子可是过足了当皇帝的瘾。当然最爽的是穆宗，他除了自己堂而皇之地登基之外，居然有三个儿子轮流在那把天下第一黄金交椅上坐来坐去再也不下来，真是普天之下最令人羡慕的一家人了。

再回来已物是人非

1

在得知先帝驾崩前，玉央一直处在紧张的状态，因为她面临着杨贤妃和清蔷的双重追究。到了长安整个情形发生了逆转，紧张的不是玉央而是杨贤妃和清蔷了。有一点可以肯定，眼下杨氏包括清蔷都已经顾不上玉央，她们有更紧迫的事需要面对。杨氏甚至顾不上面子，自己跑到尚服局来找清蔷。

“娘娘？您怎么亲自上这来了？我正准备去见您。”清蔷抬头有些吃惊。

“别叫娘娘了，听着刺耳。”杨氏居然显出从未见过的狼狈，摆手。

清蔷不安道：“确实不大妥当。可是……那我称呼您什么才好呢？”

“你若心里还有我，叫一声姐姐吧。”

“这如何使得，清蔷哪配与您姐妹相称？”

杨氏说："你也不用再安慰我。眼前的情形，不落井下石就算良心未泯了，谁还会对我心存半点敬意？"

"这话让清蔷不安。清蔷自小受您恩惠，对此从不敢有半点忘怀。"

"你不必紧张，我并非说你。你我相知多年，情同姐妹，我怎会信不过你？"

清蔷说："娘娘明鉴。"

杨氏不悦道："还叫娘娘？"

"姐姐。"清蔷迟疑片刻。

"这就对了。"

"姐姐来此一定有急事吧？"

"我听说当今皇上继位之后的头一件事，就是重新翻查李永一案。"

清蔷一怔道："时隔这么久，还不肯罢手？"

"李炎跟李永什么关系？当初若非我们机关算尽，又占天时地利人和，你以为他会歇手？如今他当了皇上，一切还不都是他说了算？"

"当时查遍了所有人，闹得沸沸扬扬，一样没什么结果。现在不少关键人物都早已不能再开口说话，应该更难有所作为啊。"

杨氏说："你到底年轻，想不周全。要知道，很多当时不方便说话的人，如今都敢开口了。"

"有什么人？"

"我来就是想找你确认一下，还有哪些人是有可能乱说话的。"

"小萝卜，那个东内苑的卫兵，李永本人……秦总管应该靠得住吧？"清蔷掰着手指数。

杨氏咬牙切齿道："那个忘恩负义的东西，情势稍有不对，脑后的反骨就立刻露出来了。"

"他反了？"

"还好当初并未托他办什么具体的事，否则后果不堪设想。不过我把话放在这，有朝一日，我若翻船了，定死咬住他不放，定叫他下场比我还要惨上十倍！"

清蔷劝道："吉人自有天相，姐姐何必想那种不可能的坏结果呢？"

杨氏一想起秦耕人便气得咬牙切齿，虽然他并非是能够坏她事的关键人物，但从他的态度她已经预感到灾祸的降临，他的证言将会令她极为被动。

"不说他了，还有什么疑点吗？"

"再有就是玉央。李永死前见过她，这件事始终是我的心病。"

杨氏说："现在看来，以她和李炎那边的关系，若有切实的证据，早就应该说出来了，不必等到今日。"

"姐姐有所不知，玉央此人城府极深，凡事若无十分把握，是绝不肯出头的。也许此刻才真正到了她认为有把握的时候，也就是她会将所知所想全部说出来的时候。"

"玉央是这种人吗？"

清蔷说："这次去扬州，我知道了一个惊人消息。在此之前，我也不能肯定她果真就是这种可怕的人。"

"别卖关子，快说。"

"原来当日，您与王德妃在先帝面前对质的时候，玉央就在现场。"

杨氏说："废妃那次？"

"就是那次。"

"怎么可能？我根本没看见她。你也在啊，你看见她了吗？"

清蔷说："说她城府极深，就在于此，凡事都藏着掖着，不露一点痕迹。当时她就躲在王德妃的寝房里，王德妃那个怪怪的发式，就是那天早上玉央为她做的。由始至终，我们在外面说的每一个字,她都听得清清楚楚,记得明明白白。”

“居然有这样的事!”杨氏一屁股坐到凳子上。

“现在看来,那么大的事她一直憋着,从未对宫里任何人提起。只对她娘和方汀说过。”

“方汀是谁?”

清蔷说:“姐姐可能不记得了。方汀是原来尚容局司形部的典形,后来被巧儿指证她投放南海石笋,最后被逐出宫的那个。”

“好像有点印象。”

“后来我设法把责任推到玉央身上,让方汀提起玉央就咬牙切齿。可不知玉央给她下了什么迷药,如今她们居然成了好朋友。玉央偷听您与王德妃对质的事,就是方汀说漏嘴的。”

杨氏说:“真没看出来,这个玉央是如此厉害的角色。怪不得李永要找她密谈,原来这两个人之间早就有串通了。现在看来那一次不是李永跟她说了什么,而是她对李永把这件事兜出来,所以李永才有那么大的反应!”

“想一想后怕啊,若皇子没死后果真是不堪设想。”

“还不是托你的福?没你怎么也不可能那么容易就做掉他。”

清蔷颇有抵触:“姐姐不可把责任都推到我头上,该谁的责任就是谁的。”

“妹妹多心了,我没那个意思。想不到这个玉央的城府这么深。”

“如今她得了势,她肚子里的秘密也许就是最大的隐患。”

杨氏眼里透出凶光:“最棘手的人竟是这个臭丫头!”

“姐姐准备怎么办?”

“你的意思呢?”

清蔷说:“这个人绝对是心腹大患……”

“留着她……后果不堪设想!”

“这一路上我不露声色,她一定以为我是她的朋友,在尽力帮她。”

杨氏说:“我看可以不必了!应该让她知道,我们不是好惹的。若她敢多嘴,一定让她死得很难看!”

“您的意思……我跟她翻脸?”

杨氏点头:“跟她当面鼓对面锣。”

杨氏有杨氏的角度,她曾是绝对的权势人物,所以她认定直面威胁经常是最具效果的利器。但是对从未做过权势人物的清蔷而言,那不一定是恰当的手段,因为那样就完全暴露了,再无回旋的余地。清蔷一直把自我保护当成是安身立命的根本,所以她对任何人也不会把什么话都说尽。

病急乱投医是人的普遍心理,也说明病者已乱了方寸。杨氏因为以往见李炎时都能感受到一份尊重,所以也就抱了幻想,以为新帝定会给她一分面子,不至于把她当作嫌犯而穷追不舍。她用金子买通先前熟识的一个小宦官为她通风报信,在御花园中候到了武宗。杨氏迎上施礼道:“皇上。”

武宗怔了一下,身后的侍从自动站下。武宗向前两步问道:“皇嫂何故在此?”

“皇上公务繁忙,臣妇不便多扰,只一句话要说。国舅今日找到臣妇,询问永儿的事。臣妇不明白,莫非国舅对臣妇也有所怀疑?”

武宗脸上铁石一般:“国舅负责翻查此案,所有与永儿关联者都需要询问,皇嫂也不必过虑。”

“皇上如此说,臣妇也就不多想了。”

“朕不会放过害死李永的那个人。”武宗依旧语气平和地说完,便大步向前,与杨氏交臂而过，侍从们随即跟上。杨氏独自站在原地，面如死灰。

武宗自然不是说说而已，尽管国家百废待兴，他不可能专注于皇子被害一事，但他非常明确指示辅国大将军全权追查，直到找出元凶。

这是杭龙在任内的第一桩公务，他将全力证明自己会胜任职务。他改变了先前自下而上的策略，直接拿职务最高的秦耕人开刀："皇上的意思就是这样了，皇子李永被害一案，务必查个水落石出。不找出凶手，绝不罢休。"

"在下对皇上忠心耿耿，定全力配合辅国大将军查案。"

"忠和义并非挂在嘴上的。"

秦耕人说："在下明白。在下知无不言，言无不尽。"

"很好。那你看是我发问，还是你自己说呢？"

"不敢劳国舅爷费心，在下自己交代便是。"

杭龙说："这样最好。"

"说之前，在下想先请国舅爷谅解。"

"谅解什么？"

秦耕人说："在下只能说出亲眼所见亲耳所闻的事实，至于其他涉案者尤其是主子背后的所为所想，恕在下不能妄自揣测。"

"这没有错。原本我也只需要你讲出事实，并非让你猜测和下判断。"

秦耕人垂首片刻，清清嗓子后说："一切要从王氏被废妃开始。从那天起，王氏在木塔寺的一举一动，以及皇子李永的一切行踪，在下都必须第一时间向杨氏汇报。"

"必须？"

"当时杨氏下了死命令。在下不过一个奴才，肩膀上只有一个脑袋，岂敢不从命？只有每日战战兢兢奉命行事，不出半点差池，方能保住这条贱命。"

杭龙说："你对杨氏都说过些什么？"

"若无事，差不多三两天汇报一次。比如王氏在寺内吃斋念佛了，比如皇子今日读书了明日打马球了。若有事，便立即上报，比如皇子偷偷出宫，去木塔寺探视王氏。"

杭龙点头："嗯，那次是我陪他去的。那也是他最后一次见他母亲。"

"没过多久，王氏便殒命了。那之后，杨氏更是严令在下密切监视皇子，还借在下之手调派新的宫女宦官去太子宫伺候。"

"没错，当时太子宫里一下子全换了新面孔。"

秦耕人说："再之后，便出了皇子毙命的事。一开始，在下跟所有其他相关者一样，只是参与例行调查，直到小萝卜被当今皇上提审。"

"审小萝卜给查案带来重大突破，我们几乎已经看到了幕后的真情。"

"小萝卜对皇上说了些什么，在下并不知情。在下奉命收押小萝卜之后，便将此事上报给杨氏。若说从始至终，在下亲手做过什么伤天害理的事，小萝卜的惨死便是一例，也是唯一的一例。"

"继续说。"杭龙神情极其专注。

"当时杨氏交给在下一小包东西。"

"那包东西就是你们口中'小萝卜畏罪自尽'所服的砒霜。"

秦耕人点头说："正是。杨氏并未明说那是毒药，只命在下务必于当夜让小萝卜服下。"

"你想说，你并不知道那是毒药？"

"在下无意推卸责任。以在下多年身处后宫之经验，自然猜得出此乃杀人灭口的利器。"

杭龙说："但你还是让小萝卜死了。"

秦耕人垂首道："所以在下刚刚说，小萝卜之死是在下唯一亲手犯下的大罪。"

“能这么说，表明你还有点良知。”

“在下与小萝卜相识已久，颇有些交情，平日里彼此也经常关照。也许正因为如此，他愿意体谅在下身为奴才的无奈，死前并未责怪在下，还说出一个秘密。”

“他说什么？”杭龙身子前倾。

“他说，木塔寺着火的那天夜里，杨氏不在宫中。”

“不在宫中？！”

秦耕人说：“他说那天夜里闹肚子，跑了好几趟茅房。黑灯瞎火的没留神，将院子里的一排盆栽摔了个稀烂，睡在里屋的巧儿都被惊起来了。当时二人都吓个半死，生怕杨氏发脾气，结果里面没一点声响。二人偷偷借窗户缝一看，里面根本没人。”

杭龙问：“那她何时回宫的？”

“据小萝卜说，他们一夜没敢睡。天蒙蒙亮的时候，才听见有人悄悄进了寝房。再之后，杨氏就在里面叫人伺候起床了。”

“也就是说，这件事巧儿也知道。”

秦耕人点头：“小萝卜是这么说的。”

杭龙陷入沉思。

秦耕人忽然跪地说道：“在下已将所知尽数讲出，自知罪不可恕，请国舅爷降罪。”

“你的罪不至于不可恕。念你今日表现尚佳，我会考虑让你将功赎罪。”

秦耕人叩首道：“国舅爷的恩典，在下没齿难忘。日后若有任何需要，在下定肝脑涂地……”

“马屁话就不必讲了，起来吧。”

秦耕人再叩首，起身。

宦官在外边禀道：“总管大人，尚容局谷绣春求见。”

秦耕人在征得杭龙同意之后让谷绣春进来。

“总管大人，”谷绣春施礼，看到杭龙后，也是一揖，“给国舅爷请安。”

秦耕人问：“你有什么事吗？”

“司容部的司容一职空缺已久，现任典容玉央技艺精湛做事认真，且立下诸多功绩。在下想提升她为司容，这是在下所拟的请示。”随后，谷绣春将案卷呈给秦耕人。

秦耕人阅卷，说内侍省准，盖内侍省印章及个人名章。杭龙脸上闪过喜色。

谷绣春说：“玉央向在下推荐现任掌容胡蝶升任典容一职。”

秦耕人说：“玉央推荐的人，肯定最合适不过。这一级别的官员，不是由你尚容局自行批复定夺吗？”

“按照惯例，在下该当向您禀报，那在下就回去宣布升调令了。”

谷绣春坐在尚容位置上还不够久，因而也就少了许多圆滑和周到。本来她和玉央之间商量的关于胡蝶的安排，完全不必上呈内侍省，因为玉央的升迁令尚未签发，按道理她无权推荐别人接替自己的位置。而且这是尚容局内部的人员安排，不说给内侍省总管也罢。但也正是因为她没有心机，所以无论是内侍省还是娘娘都不会很计较她的疏漏。

谷绣春还是个知恩图报的忠厚之人，她没有因为杨氏不再是皇妃而慢待她，她一如过去那样有了事情便过去禀报。杨氏在石桌边呆坐，桌上那杯清茶早已凉透了。

“娘娘。”谷绣春匆匆赶过来禀报。

“看，又忘了不是。”

谷绣春不好意思道：“主子。叫了您那么多年，一下子改口真的很难。”

“还忙吧？”

“也没什么事。王才人只来看过一次，从来就没召人过去伺候。”

“我听说玉央回来了？”

谷绣春说：“内侍省那边今日下令，把玉央提升为司容了。”

“她回后宫情绪怎么样？”

“看上去还好吧。”

杨氏说：“我听说她与国舅关系非比寻常，是吗？”

“好像很熟络吧。”

“国舅到尚容局来找过她吗？”

“这次玉央回来以后还没有。”谷绣春摇头。

“若国舅来找她，你方便的话就转告我一下，可以吗？”

“谷绣春有今日，全赖您提拔。您有任何事尽管吩咐，在下绝无二话。”

杨氏在去掉贤妃头衔之后已经灰头土脸。谷绣春是唯一让她觉得尊严依旧的下人，杨氏心里很为当初提拔了她而感到宽慰。

2

重回后宫，扬州的日子一下被推到了远处，那是两个完全不同世界的生活。房间因许久不打扫蒙了厚厚一层灰，开门引起空气流动，灰尘四处弥漫。胡蝶用袖子掩住口鼻，放下包袱动手收拾：“怎么脏成这样？早知道我才不回来，真是活受罪。”

玉央跟着进来笑道：“现在后悔也晚了。”

“晚什么？大不了我再出宫。”

“恐怕你再出不了宫了。”玉央过来一起收拾。

“谁说的？我还没决定正式回来呢。”

“我请示过，谷尚容当场就同意了，还让我转告你，她正在考虑把你升任典容，而且以后再也舍不得派你出宫。”

胡蝶说：“舍不得？她这么喜欢我啊？”

“说没有你，司容部一塌糊涂。”

“我就知道，我还是很重要的。”胡蝶转念一想又说，“我做典容，你做什么？”

玉央说：“说要升司容。”

“真的？恭喜恭喜。”

“你明知我不想这样，还拿我取乐。”

胡蝶说：“事已至此，还有什么办法，你只能上任了。她怎么突然对我们这么好？不会真的因为缺了我俩，司容部不转了吧？”

“你以为你是谁？我看呐，全是因为杭龙。”

“关杭龙什么事？”

玉央说：“你想啊，杭龙现在成了国舅爷，也就是当今皇上的红人。我们跟他走得近，尚容自然要对我们好。”

“那我们岂不是很牛？干脆让杭龙将她罢官，你做尚容得了。如此一来，尚容局就是你我的天下啦。”

“怎么一进宫门，你又开始口没遮拦胡言乱语了？”

胡蝶吐吐舌头道：“江山易改，禀性难移嘛，你就别挑我啦。躺到这，我才真感觉到，我已经回宫了。”

玉央说：“嗯，这些天我还一直有些恍惚，像做梦似的。”

“真是一场噩梦,怎么就回来了呢?”

“不是你自己吵着闹着要回来的吗?”

胡蝶说:“我是为谁呀?没良心。你说杭龙和清蔷回到宫里,是开心还是不开心?”

“杭龙我就不知道了,清蔷应该很开心吧,她那么喜欢后宫。”

“这回你傻了吧。杭龙肯定是最开心的,清蔷肯定是最不开心的。”

玉央说:“为什么说杭龙最开心?”

“哼,明知故问。”

“我怎么明知故问了?”

胡蝶说:“他日后每天可以看到你啦,还会不开心?”

“再胡说八道我不理你了。”

“再说了,他一下当了什么大将军,听说秦总管见了他像耗子见了猫,当大官肯定是件开心的事啦。”

玉央说:“他已经是当今国舅,再当什么大官还不都是那么回事?”

“你呀,怎么说才能让你开窍呢?”

“那清蔷为什么最不开心?”

胡蝶说:“你想呀,她走的时候,杨贤妃还是杨贤妃,回来的时候,杨贤妃就变成杨氏了。”

“你是说,清蔷的靠山倒了她就不开心了?”

“我就不信现在的皇上会给杨氏什么好果子吃,整个后宫都等着看姓杨的笑话呢。”

玉央说:“你呀,一说起这些乱七八糟的事,就兴致勃勃。”

“杨氏以前坏事做尽,对王德妃,对安尚容,对李永……现在她倒了,你不高兴?而且从今往后,清蔷再不能那么嚣张了,也不能再找你的麻烦了,我就不信你不高兴。”

“你对清蔷那么有把握?我看你还是没能真正了解她的为人。”

“管她呢。清蔷就是想跟你为难,她还有什么本钱啊?”

玉央说:“清蔷的本事你应该清楚。王德妃一手遮天的时候,她靠王德妃。杨贤妃得势,她又可以靠杨贤妃。即使杨贤妃失势了,她照样可以靠上什么人。以她的心机城府,绝不会对我善罢甘休。”

“你呀,是一朝被蛇咬,十年怕井绳。我看回来那一路上,清蔷对你一直很亲热,有时候让我觉得太肉麻了。”

“我可不敢有一刻麻痹。不瞒你,我每时每刻都觉得危险就在身边。在船上那几天,我从来都避免让清蔷在我身后。无论是走路,还是在甲板上玩。我可不想意外落水,成一个冤死鬼。”

胡蝶说:“你别吓我呀。再说了,你真的意外落水,也用不到怕,有我呢。”

“我告诉你两件事。第一,在扬州的时候,方汀不慎说漏嘴,清蔷已经知道我在王德妃被废的现场了。”

胡蝶大惊:“方汀怎么这么不小心?”

“她本就是个心无城府的人,那次被清蔷逼得过于生气,为逞一时之快就说出来了。”

“眼下不是正在翻查李永一案吗?我估计清蔷和杨氏一定如惊弓之鸟。”

玉央说:“这也正是我心里不踏实的地方。这两个人既然已经知道我了解王德妃被废黜的真相,又知道我在李永死前见过他,必定会把我当成眼中钉。”

“让你这么一说,好恐怖啊。幸好杨氏已经成了落魄的凤凰,不然你真的是很危险啊。”

“你应该也看出来了,回宫的那一路上,杭龙对清蔷不理不睬,冷漠到了极点。”

胡蝶说:“我敢肯定他们撕破脸了。”

“这是我担心的另一个理由。”

“没懂你的意思。哦,你是说清蔷是因为你才与杭龙反目成仇的?”

玉央说:“事实如此。”

“也就是说,清蔷已经把你视为死敌,她完全可能狗急跳墙放手一搏。”

“正是。”

胡蝶说:“以我们对她的了解,你已经处于极大的危险之中,怎么办呢?”

“只有处处小心,时刻提防,不敢有半点疏忽。”

“让你说得我汗毛都竖起来了。”

玉央说:“尽快找机会吧。”

“干吗?”

“早点彻底离开啊。”

这些都是玉央的心里话。她当真对留在宫里不存半点侥幸,她深知后宫会永远是清蔷这种人的领地。后宫有清蔷一天,她就不会有一天的安生日子,不要说做司容,即使真是她做到尚容,这种情形也不会有丝毫改变。

玉央、胡蝶完全不知道为什么太皇太后宫会传她们过去,原来是前昭仪李氏已经住到那边,是她向太皇太后推荐了她俩。

胡蝶说:“这个太皇太后,她是皇上的什么人啊?”

玉央说:“应该是奶奶吧,如果是妈妈就是皇太后了。”

“原来我还以为皇位一定是儿子接爸爸的,原来弟弟也可以接哥哥的!我听说先帝前面那个皇上,叫什么来着?”

“是敬宗吧。”

胡蝶说:“听说他也是他们的哥哥。也就是说,他们三个皇上都是太皇太后的孙子了?”

“应该是吧,我也搞不清楚。”

她俩跟在宫女身后进来,给太皇太后施礼请安。

太皇太后说:“李丫头说你们俩精通穴位按摩。”

胡蝶说:“玉央擅长足底,小的擅长推背。”

李氏说:“胡蝶就来为太皇太后捏肩膀,玉央你来捏脚。”

胡蝶跪在蒲垫上从身后捏老太太双肩,玉央上前将太皇太后的腿放平,为其先捏左脚。

“这丫头长得倒俊俏。”太皇太后端详着玉央说。

“玉央不单模样好,手艺也是尚容局里的这个,”李氏竖起拇指,“今天她过来还有个任务,就是给皇奶奶全面查一查。”

太皇太后说:“我夸李丫头皮肤水嫩,她就说找你们过来,说让我也变得水嫩,我就知道她想哄我高兴。你俩手艺再好,能把我变得像她那么水嫩吗?”

胡蝶抿着嘴说:“如果方法得当,肯定会比现在好一些的。”

太皇太后说:“你这个丫头也长得喜气。”

“太皇太后过奖啦。”

人上了年纪,只要嘴里一停止讲话,眼皮就会不由自主地往一起碰。见太皇太后瞌睡了,李氏便示意胡蝶不要再捏,示意她跟自己出去。

花团锦簇,鸟雀啾鸣。微风吹过,老树岿然不动,新栽的小树随风摇摆枝干。

胡蝶说:“既然您让我叫您姐姐,我也就无所顾忌,有什么说什么了。”

“胡蝶,你在我这一向口没遮拦,我何曾怪过你?怎么出一趟宫,反而学会拐弯抹角了?”

“因为……姐姐,您对我可不够意思。”

李氏说:“这话怎么说?”

“我知道,这次玉央能被调回来,您肯定帮了不少忙。”

“谈不上帮忙,不过在先帝面前提过一次而已。”

胡蝶说:“可是,您就光惦记玉央,一点都想不起我。这次若不是我死乞白赖地跟回来,眼下还一个人孤苦伶仃的在扬州呢。”

李氏看了看她笑道:“我看你这次回来红光满面的,不像是在扬州受苦啊。”

“不说我受苦还是享福,反正您是准备把我扔在宫外了。”

“傻丫头,你以为我是谁呀?且不说现在作为先帝遗孀寄居在大内,就是当日,我也不过是个昭仪。后宫的事全由杨贤妃一人说了算,我向来插不上嘴,也从来不插嘴。”

胡蝶说:“可这次不是您向先帝提出要玉央回来吗?”

“是先帝主动问的,我说玉央被人挤对出宫,让我好生郁闷。”

胡蝶噘着嘴道:“既然先帝都问了,您说完玉央就顺便提一下我嘛。”

“你的情况不一样啊。没人挤对你,是你自己申请出去的,我不能乱说呀。而且让玉央回来也不是我提的,是先帝坚持。连先帝也尽量避嫌,最后还是辗转通过太弟才做到的。”

“您就没有想过,玉央回来了,我怎么办呐?”

李氏说:“当时的确没想到那一步。”

“可玉央就想到了。她对接她的那两个人说,要么带胡蝶一起回去,要么只有抗旨了。”

“是我的疏忽。但你心里应该清楚,你和玉央同样是我的好姐妹,我不会厚此薄彼的。偌大后宫,能说说知心话的,除你二人外,我再无知已。我怎么会丢下你们中的任何一个呢?”

胡蝶说:“您这么说,我心里的疙瘩就解开了。您知道我,有一点小心思不吐出来心里就会憋得慌。若惹您不开心了,姐姐千万别怪。”

李氏一笑道:“怪你,怪死你了。对了,方汀想过回宫吗?”

“不但她不想,我和玉央也都不想。说心里话,宫里一点都不开心。”

“她就留在教坊做师傅了?”

“她已经收了个徒弟,叫阿朵。是玉央小时候的朋友。”胡蝶点头。

“方汀的手艺那么好,不收几个徒弟,的确太可惜了。”

“她跟我还一直念着您的好呢。”

李氏说:“难得她还把我放在心上。”

她俩为太皇太后做完之后,不顾辛苦坚持为李氏做了护理和按摩,之后李氏还留她们吃过晚饭又坐了许久。李氏舍不得她们走,先帝走了之后两个小姑娘成了她在宫中仅有的知已,她和她们很少有机会见面了。

太皇太后宫离尚容局很远,黑夜让她们紧张,胡蝶、玉央紧挨在一起往前走。

胡蝶说:“真怪呀,太皇太后在宫里几十年了,居然第一次洗香薰浴。”

“上年纪的人通常不喜欢新玩意。听方汀说,香薰浴是从西域宫廷传过来的,也不过才十几年……”

“嘘。”

玉央低声问:“怎么了?”

“有脚步声。”

玉央也听到了,两人胳膊紧紧挽在一起,脚步不由自主慢下来。

“好像是清蔷。”胡蝶目光炯炯,附玉央耳说。

“不会吧,是男人装束。”

“清蔷走路那样子我再熟不过了。”

“别出声。”

两人沿着左边墙根往前,迎面的人则自动靠向了另一边。越走越近,双方都自觉地低了头。

“清蔷!”就在交臂而过的那个瞬间,胡蝶忽然开口了。

“胡蝶?是你们俩呀。”黑影无奈之中停下。

“我们刚从太皇太后宫回来。你呢?怎么穿了这么怪的衣服?”

“我去骑马呀。”

胡蝶说:“你把我们吓得够呛。”

“累了吧?抓紧回去歇息吧。”

随即,三人各自离去。

胡蝶低声道:“我发现你招呼也没打一个。”

玉央思忖道:“她那身衣服真怪,我不信她去骑马。”

“这么晚了,她还能去哪?”

“她跟杭龙话都不说,哪里还会有闲情逸致骑马呢?”

胡蝶说:“对呀!她以前晚上不是也常出去吗?她可是一直拿骑马当借口啊。你说,她会不会是去找杨氏?”

前尘往事的追究

1

是武宗提议给太皇太后庆祝八十大寿的。太皇太后十足寿数七十九,所谓过九不过十。当今皇上曾是老太太最宠爱的孙儿,连她老人家也未承想到,这个排行第五的乖孙儿日后竟会登上皇帝宝座。

岸边灯火与湖面倒影交相辉映,露天亭阁已布置一新,摆满酒菜果品。下首设有十来个座席,此刻都还空着。众多宫女宦官立于旁侧,中央平台放置着钟鼓琴瑟。乐师轻抹慢挑,乐音时停时续,在湖面上飘飘荡荡。

先来的是李溶夫妇及他们的一双儿女,数名侍从和保姆随其后,另有两名小宦官抬着贺礼。李溶妻四下看一眼,抱怨道:“来早了,居然头一个到,冷冷清清的坐在这等别人。”

李溶说:“你以为我愿意?若非皇兄再三叮嘱必须早到,我根本不会来。”

李溶妻说:“皇兄皇兄,你倒一口一个叫得亲切。”

李溶呵斥她道:“住嘴!这里是大内,不比家里随便乱讲。”

李溶妻缄口,满脸的不悦。

其他三位王爷也到了,侍从各随其后,同样都有小宦官抬着贺礼,依次坐到李溶夫妇下手。

李溶说:“怎么各位都孤身赴宴?倒显得我们一家人聒噪了。”

“我等的家眷早些日子同去华清宫了,实在赶不回来,还望溶哥哥不要见怪。”

“我见什么怪?你等还是留着话对皇兄说吧。”

宦官报太皇太后驾到,皇上驾到,王才人到。众人起身相迎。太皇太后徐步而来,武宗扶她左手,王才人跟在武宗身侧,扶右手的是李氏。众人施礼,齐声请安。

“怎么席位空了大半?都没来啊?”太皇太后眯起眼看了下问道。

李溶说:“回皇祖母,孙儿的家人都来了。”

“来了好,来了热闹。”太皇太后点头,对其他三位王爷说,“你们的妻小呢?”

“回皇祖母,孙儿们的家眷前些日子一起去了华清宫,实在赶不过来。”

“孩子也都去了?”太皇太后显得有些失望。

"回皇祖母,都去了。"

"回皇祖母,孙儿还未曾有一儿半女。"

太皇太后点头:"哦,还没有儿女。没有好,生儿育女一场辛苦,等他们长大了,谁还记得你这个老家伙?"

下手众人皆低头不语,李氏忙夹起一块果脯递过去哄她开心。太皇太后咬下一口,细细嚼着,不再惦记刚刚的脾气。

武宗说:"溶弟,让孩子坐到皇祖母身边来。"

"快给太奶奶祝寿。祝皇祖母福寿绵延,永享不尽。"李溶将儿女牵去太皇太后身边,一手一个按到地上,自己也跪下。

"给太奶奶祝寿。"李溶儿女磕头。

"起来吧。来,让孩子过来。"太皇太后这才笑起来,将两个孩子一左一右搂入怀里,对武宗说,"你呀,什么时候给我再添几个重孙?"

武宗说:"孙儿知道了。"

太皇太后又转向王才人问:"你知道了没有啊?"

"孙媳也知道了。"王才人满脸通红。

太皇太后对武宗说:"我说一切从简,你偏要给我祝这个寿。今日这样,直叫我睹物伤情。"

"有什么不称皇奶奶心的,孙儿马上吩咐下面改善。"

太皇太后摇头,脸上竟显出凄凉。

李氏说:"皇奶奶,您是想起上次在这过寿诞的时候了吧?"

太皇太后点了点头。

武宗说:"那次孙儿远在西域,未能回来为皇奶奶祝寿,心中着实不安。"

"那次是你皇兄主持的,热热闹闹,人口也多。如今你皇兄已不在人世,就连永儿也早就走了,只剩这满眼的空席。想到这些,你叫我如何不伤心。"说到这里,太皇太后不禁老泪纵横,一旁的李氏也神情黯然。

武宗说:"是孙儿考虑不周,没安排好,害您伤心了。"

李氏说:"皇奶奶,今日是您的寿辰,应该开开心心的,怎么掉起眼泪了呢?您这样,皇上心里该过意不去了。"

太皇太后对武宗说:"你不必自责,我心里明白得很。你是一片孝心,记挂着你这个皇奶奶,我开心还来不及呢。"

"奶奶不怪孙儿就好。"

李氏说:"一会说伤心,一会又说开心还来不及。皇奶奶,您把皇上都弄糊涂了。"

太皇太后终于破涕为笑,指着李氏对武宗说:"李丫头对我总有办法,什么时候都能把我逗笑。"

武宗对李氏拱手道:"谢皇嫂帮忙。日后还请皇嫂多指教,让兄弟也能哄皇奶奶开心。"

李氏说:"皇上折杀臣妇了。"

"皇奶奶,孙儿向您保证,日后一定给您添好多重孙,让你身边天天热热闹闹。"武宗说完,转头对王才人说,"你不表个态度吗?"

王才人说:"皇奶奶,您若爱热闹,我以后常带着儿女去陪您玩,好不好?"

李溶的一对儿女此刻也懂事起来,都喊着太奶奶,说要经常陪太奶奶玩。太皇太后紧搂住两个重孙,此刻算是真的开心了。

这会杨氏对镜独坐梳头,心思显然不在头发上。鼓乐声从远处传进来,杨氏侧耳听了片刻,分辨着乐音的来处。她喊巧儿进来,说御花园那边那么热闹,让巧儿过去看看是谁在忙什么。

巧儿说:“那边,好像是太皇太后的寿筵。”

“你早就知道?”

“晌午才知道的。”

杨氏厉声问:“为什么不告诉我?”

“小的怕……”

“怕什么?”

巧儿说:“怕您生气。”

“我为什么要生气?”杨氏咄咄逼人。

“因为,因为内侍省的宾客名单上,没有您。小的就怕,怕您……”巧儿的声音越来越小。

杨氏说:“你什么意思?当我傻瓜是吧?”

“小的不敢。”

“那就是可怜我?”

“小的绝对不敢,请主子息怒。”巧儿扑通跪下。

“我告诉你,我还用不着你这个奴才来可怜。”杨氏抓起一个杯子砸过去,杯子在巧儿膝盖边开了花。

“主子息怒,主子饶命。”巧儿吓得缩成一团,带着哭腔。

“我警告你,以后少自作聪明,该让我知道的,一个字也不许少!”

“小的知道了,小的遵命。”

杨氏的滚字刚出口,巧儿便仓皇逃出。杨氏仍不解气,鼓乐声还不断传来,她将另一只杯子也砸向了铜镜。

太皇太后宫宫女禀报:“太皇太后,杨氏求见。”

太皇太后睡眼惺忪地问:“哪个杨氏?”

“是先帝的贤妃。”

太皇太后说:“她来做什么?不见。”

宫女正欲转身,太皇太后又说:“让她进来吧。”

杨氏施礼道:“孙媳给皇奶奶请安。昨日皇奶奶寿辰摆筵御花园,无人相告,故孙媳无福为皇奶奶祝寿,准备多时的贺礼也未能于吉时献上。今日特来请罪,望皇奶奶宽恕。”

太皇太后冷冷地说:“你不必紧张。寿筵名单乃皇上所定,请的都是自家人。来与不来,没什么关系。”

“孙媳还以为是皇奶奶不想见到孙媳,为此惶恐整夜不能入眠。”

“皇上既做如此安排,定有深意。我做祖母的,自然会支持他。”

杨氏脸色煞白,不敢开口。

太皇太后说:“还跪着做什么?起来吧。”

杨氏起身抬头,看见玉央正在给太皇太后捏脚,脸色微变。

太皇太后说:“自己找地方坐。”

“我带了贺礼过来,皇奶奶要不要看看?”

“今时不同往日,你的日子想必也不及从前那般如意了,有点好东西自己留着吧,不必为我破费。”

“谢皇奶奶体恤孙媳。”杨氏脸上彻底挂不住了,紧咬住嘴唇,满脸通红。

太皇太后问:“李丫头呢?”

“回来了。”李氏应声进门,她与杨氏对视,都是一怔。

太皇太后说有些饿了,李氏吩咐宫女准备茶点。

“你一起吃吧。”太皇太后对玉央说完，转向杨氏，“我要和李丫头她们吃茶点了，你也回去用膳吧。”

“是。孙媳下次再来给皇奶奶请安。”杨氏缓缓起身。

太皇太后伸手对李氏说：“我们去里间。”

李氏和玉央一左一右扶老太太进里间，杨氏站在原地，气得双手发抖。清蔷再过来看她的时候，她的火气还没有消下去。清蔷推开起居室的门，杨氏让她进去说话。清蔷回头关起居室的门，发现巧儿正在外间将门关拢。清蔷进到寝房里，同时将门关好。

杨氏问：“怎么喘得那么厉害？”

“晦气透了！刚才碰上玉央和胡蝶，像鬼魂似的在外面荡来荡去。”

“玉央这个马屁精已经拍到太皇太后那去了。”

清蔷说：“还是真的呀？刚才胡蝶说从太皇太后那回来，我以为是她们顺嘴编的瞎话呢。咱们说话，巧儿听不见吧？”

“隔了两道门呢，肯定听不见。”

清蔷把声音压得很低：“内侍省的朋友给我传口信，说杭龙下午找过巧儿，两个人关在房子里谈了很久。巧儿跟你说了吗？”

“她倒是说了找她，说随便问了几句，也没什么大不了的。”

“我看事情没那么简单。在上一个回合，杭龙始终没找巧儿，这说明他们不想招惹您。现在既然找到巧儿，也说明他们对您下手了，不再有任何顾忌。而且他们手里一定有什么把柄，不然不会如此肆无忌惮。”

杨氏说：“巧儿知道的内情其实不多，所有机密的事我都没让她在身边。”

“姐姐，别怪我多疑，毕竟她在您身边许多年了，您对她也不是处处提防。许多事她或多或少都有接触，总会有耳闻有目睹，我就不信她什么事都一无所知。还有，当年南海石笋的案子不是让她去指证方汀吗？她至少知道一些不该知道的事情，我们不得不防她一手。”

“你说的也是。明日我详细问她，看杭龙究竟掌握了些什么。对巧儿我倒不担心，我还是觉得玉央会是个大的危险。我有预感，如果命里注定要栽，最有可能栽到这个玉央手上。”

清蔷说：“姐姐的预感与我不谋而合，玉央应该就是姐姐的灾星。如何应对，姐姐必须早做打算。”

杨氏咬牙切齿道：“最好的办法就是让她永远张不了口！”

“姐姐想好如何下手了吗？”

“如果把她弄到皇宫之外，处置她是轻而易举的事。现如今我在后宫既无人手，也无自由。若在宫中动手，妹妹比我有更多便利。你看这样好不好，我们两条腿走路？”

清蔷问：“怎么两条腿走路？”

“一方面想办法把她弄出宫，宫外的事情由我负责。一方面考虑宫中动手，这就需要妹妹你多动脑筋了。我们的目的只有一个，就是封住她的嘴。”

“让她永远闭嘴！”清蔷同样牙关紧咬。

玉央的担忧不是没来由的，她对这两个恶人太了解了，她们什么坏事都做得出来。她唯一的护身法宝便是处处留心四个字。

2

清蔷到底是敏感，她已经预见到了巧儿可能带来的风险。这个晚上巧儿彻夜未眠，她深知主子的毒辣，而且又看到了清蔷的夜访，格外记住了她充满怀疑的目光。白天的一幕在她的脑海中重现,令她久久不能释怀。

巧儿坐到事先摆好的受审椅上时已经瑟瑟发抖了。

杭龙说:“有几件事需要问你。”

巧儿抬起眼回道:“国舅爷,我什么都不知道。”

“你不知道什么?”

“我真的什么都不知道啊。”

杭龙说:“我还没问你,你知道我要问你什么?你又怎么晓得我的问题你知道还是不知道?”

“我们做下人的,一切都是围着主子转。主子去哪,我们就跟到哪。主子让做什么,我们就做什么。”

“你也不必吓成这个样子。问你什么,你如实回答就是了。”

巧儿说:“国舅爷要问什么啊?”

“关于以前的太子李永,关于以前的王德妃,所有与这两个人相关的事,我都要知道。”

“他们的死跟我没一点关系,真的一点关系都没有。”巧儿紧张起来。

“我听说了,王氏烧死的那天夜里,你没跟杨氏去木塔寺。”

“是啊,小萝卜可以作证的。”

杭龙说:“也就是说,你同样可以给小萝卜作证了?”

“可是他已经死了。”巧儿垂下头。

“那他怎么给你作证?”

“我对天发誓!”

杭龙说:“我不明白,你是杨氏的左右手,那天夜里她出去一个通宵,怎么会不带上你呢?”

“我也不明白,这是从来没有过的事。娘娘是天快亮才回来的……”

“娘娘?”

巧儿说:“是,是杨氏。”

“你知道她夜里去哪吗?”

“当时不知道。后来她说走了嘴,我就明白她是去木塔寺了。”

杭龙说:“说说当时的情况。”

“是她侄子杨简第二天晚上来看她。她问杨简怎么一瘸一拐的,杨简说昨夜在木塔寺扭了一下。她说,怎么昨夜没见你疼得这么厉害。杨简说,昨夜没那么疼,一觉醒来反而疼起来了。”

“杨简说的在木塔寺?”

巧儿说:“是。白天我们已听说王氏烧死在木塔寺,所以杨简说木塔寺的时候,我特别留心。”

“杨氏自己说,怎么昨夜没见你疼得这么厉害?”

“是这么说的。”

杭龙说:“所以你知道,她没带你出去的那个晚上,是去了木塔寺?”

“也就是那个晚上,木塔寺失火,王氏连同欢喜都烧死在里面。”

“看来你心里什么都明白。”

“我跟欢喜平日里挺熟的,碰到时总会相互问候一下,有时还有空说会话。她忽然就烧死了,我心里很不是滋味,想一想真是后怕。假如那天夜里杨氏带上我,岂不就……”巧儿忽然哽咽了。

杭龙说:“你还不想糊里糊涂就成了帮凶,是吧?”

巧儿抹着眼泪说:“那样的话,我这一辈子都要做噩梦了!”

“巧儿,冤有头债有主,谁犯的罪孽,谁必定受到惩罚。你心里明白,与其不明不白地被牵连进去,不如站出来澄清自己。”

巧儿努力止住抽泣,点头。

“如果那个杨简站在你面前,你能认出他吗?”

“能,我见过他好几次呢。”

杭龙叮嘱她该如何应对杨氏的盘问,又让她当场演练了两个回合,让她无论如何不要被杨氏的花言巧语蒙住,一口咬定绝不改口。巧儿心里很清楚,她的主子再也没有翻盘的机会了,所以她在杨氏盘问时相当镇定,没露出任何破绽。相比于杨氏,巧儿对清蔷更有所忌惮,她也说不清那是因为什么。

与清蔷和杨氏的想法不谋而合,杭龙也认为要解开李永之死的谜底,玉央是一个至为关键的人。他约玉央出来,拉着两匹马,将其中一匹马的缰绳递给玉央。

玉央说:“你不是说有事要谈吗?”

“骑在马上谈不行吗?”

“你是国舅爷,我不想让别人在背后嚼舌头。”

“好吧,随你。”杭龙将马缰分别拴到它们各自的前腿上,这样两匹马只能低着头慢走。

玉央说:“有话你就说吧。”

“皇上要我翻查李永和他母亲被害的案子,责令我一查到底。”

“我帮不上你什么忙。”

杭龙说:“你帮得上。我问你,李永为什么被害?他母亲又为什么被害?”

“这些宫廷里的争斗,与我们这些小人物又有何干?”

“你说得对,就是宫廷争斗。是谁在争在斗?不会是李昭仪吧?”

“当然不是。”玉央脱口而出。

“那就只能是杨氏了。这个姓杨的坏事做尽,你不觉得她该受惩罚吗?”

玉央说:“坏人都该受惩罚,但那是那些有力量去惩罚的人所关心的。”

“我不信你一点都不关心,毕竟你也是受害者。”

“我能做的只有保护自己。”

杭龙说:“你保护得了吗?又有哪个人不想保护自己,王德妃不想?李永不想?安尚容不想?小萝卜不想?最终结果你都看到了。”

玉央缄口了。

杭龙继续道:“还不止他们四个!还有那个叫欢喜的宫女,还有那个叫小寇子的宦官,还有东内苑冤死的那个侍卫。所有这些冤魂,都是因为那个恶人!”

“你跟我说这些,我又能够做什么呢?”

“你可以指证她呀,我知道你在王德妃被罢黜的现场。”

玉央说:“关键在于那张偏方!关键在于清蔷的口供。如果她一口咬定没有偏方,你就必须找到那张偏方。如果找到偏方,她还是一口咬定与杨氏无关,你仍然不能确认就是杨氏陷害王氏。你应该明白,关键的关键,在清蔷的口供!”

杭龙冲动地抓住玉央的手说:“玉央,你知道吗?你给了我最关键的提醒,我知道该怎么做了。”

他们过来的时候,清蔷刚刚从杨氏那里出来,听到声音就隐身在灌木丛中。杭龙与玉央所站的位置离她不远,刚才他俩的话清蔷听得一清二楚。她旁侧刚好有一只翻倒的蜂巢,许多硕大的细腰马蜂显然对家园的倾覆异常愤怒,正在对入侵者反击。清蔷被蜂群团团围住,她不敢有明显动作,只能将衣衫撩起缠住头和手,但是仍然有马蜂对她复了仇。显然她正在经历二十岁人生中最为痛楚的瞬间,她牙关紧咬,脸色发青。他俩走远了她才急切地返回杨氏那边。杨氏从床上站起身,迎上刚进门的清蔷。清蔷额头和面颊有好几个肿块,脸已经有些变形。

杨氏大惊道:“你的脸怎么了?”

“马蜂蜇的。”

“马蜂很毒的,听说很危险。你怎么那么不小心?”

清蔷说:“都是让玉央害的!路上正巧碰上她和杭龙,她告诉杭龙说关键在于那张偏方,她还说关键在于我的口供。”

杨氏思忖道:“你的口供?也就是说让你来指证我!”

“正是。偏方是害姓王的最关键的证据,而只有我才能够证明您是罪魁,玉央说的就是这个。她的矛头已经直接指向你和我。”

“已经火烧眉毛了,再不除掉玉央恐怕什么都晚了。”

清蔷说:“事不宜迟,要动手务必快。姐姐,下决心吧。”

“你在最短的时间里把她约出宫,我让她有去无回。”

“杨简那边不会有问题吧?”

杨氏说:“绝对不会。”

“姐姐等我消息。”清蔷站起身告辞。

巧儿在次日趁杨氏午睡之际偷偷出去找到杭龙,将昨夜清蔷两次造访的事讲了。

杭龙能够觉到事情的紧迫,便问:“你跟清蔷很熟吧?”

巧儿点头:“每隔两三天她总会过来一次。有时我去找她,多半是她自己过来。这么多年了一直如此。”

“你回忆一下,清蔷和杨氏提到过一张偏方吗?”

巧儿对偏方的事情略有耳闻,但也不明究竟。杭龙能够理解她不肯胡乱猜测的心情。巧儿忽然想起了一件事,她认为也许对杭龙的调查有帮助,就是在最关键的那个晚上,主子曾让她找清蔷过来。杭龙眼前一亮。

巧儿说:“肯定没错,就是李永溺水的那个夜里。”

“日子你不会记错吗?”

“绝对不会。那天是我生日,清蔷在我每个生日都会送一份礼物给我,这一次是香袋。”巧儿撩开衣襟,将腰间的香袋取下,“我一直带在身上。”

杭龙说:“你找她过来已经是半夜了?”

“差不多吧。她还说,你要是不过来,我打算明天给你送过来呢。”

“后来呢?”

巧儿说:“主子和她说了一会儿话,之后就出门了。”

“临走时她说了什么没有?”

“她对主子说,若明早我不过来,娘娘一定会听到您要的结果。”

杭龙问:“杨氏怎么说?”

“主子说,如果明天一大早我又见到你,就说明你失败了。清蔷说,所以娘娘明早看不到我最好。主子最后说,祝你马到成功。”

“那天夜里,杨氏肯定没出去?”

巧儿说:“肯定没出去。我很喜欢那个香袋,一直在摆弄,一个晚上也没睡,她若出门我不会不知道的。”

3

玉央沿宫墙向前走,在前面不远处刚好是一小段坡道,一个女仆模样的人正费力地推着板车,车上的货品堆得冒了尖。玉央上前几步,帮她一起推,女仆向她道谢时并未把头抬起来。到了坡顶玉央撒开手,自顾自继续向前。女仆忽然问:“是玉央吧?”

“范司容?”玉央回头,惊诧不已。

女仆果然是范娉柳,不过已经与先前的她判若两人,皮肤粗糙,完全是仆人装扮。

范娉柳说:“你居然还能认出我。”

“怎么会认不出呢?我以为,您早就出宫了。”

“我倒是想出宫。姓谷的却舍不得放我走,到内侍省去捣鬼,打发我过来守库房。”范娉柳重新开始推车。

“您一直没离开过后宫?”

“这两年都窝在这。”

玉央说:“范司容……”

“如今的司容是您,叫小的范娉柳便是。我有点好奇,那个清蔷怎么会把司容一职让给你呢?她自己做什么去了?”

“清蔷调往尚服局当尚服。”

范娉柳冷笑道:“她自小便诡计多端,也难怪这么年轻就能飞黄腾达。人都说姜是老的辣,可谁想得到,有多少老姜都败在这个小丫头手里。我范娉柳就不说了,连德妃娘娘……”

“您一定知道当年清蔷献给王德妃的那张偏方吧?”玉央忽然想起这件事,便问道。

范娉柳想了一下说:“当初清蔷献它的时候,我就在旁边。因为私献偏方是不合规矩的,我还战战兢兢替她向德妃娘娘求情。谁知道娘娘不仅没有责罚她,反而将偏方收下了。”

“也就是说,关于献这张偏方的前前后后,你都一清二楚?”

“再清楚不过。德妃娘娘死了那么久,谁还会关心这件事?”

玉央说:“当今皇上正命人重新彻查王氏和李永的案子,可能会涉及那张偏方。”

“当今皇上要翻这个案子?谁都知道李永和他的关系最好,皇上要是发话查办,姓杨的末日怕是真的不远了。”范娉柳眼里闪着光。

“皇上决心很大,说绝不会放过害死李永的人,不管是谁。”

“谁在负责调查?”

玉央说:“从前李永的马球教头,如今的国舅爷,叫杭龙。”

范娉柳思忖道:“杭龙……好像有点印象。玉央,你能不能帮我一个忙?”

“您要我帮什么?”

“让我见杭龙!我要把我知道的真相都说出来。就算不为吐出胸口这团恶气,也为替德妃娘娘和皇子讨回一个公道。你能帮我吗?”

“我,试着帮你联络一下吧。”玉央有些迟疑。

范娉柳如今住在库房,大半人高的砖墙圈出的一块院子。地上堆满大小不一的陶罐陶缸,枯叶和尘土一起落在上面,厚厚一层。院中大小两间房紧紧挨着,大的是库房,门紧闭着,小房为范娉柳的住所。房门洞开,显得疲惫不堪的范娉柳从里面出来,阳光让她微眯了眼。

“是范娉柳大姐吧?”一个高大的身影已经到了面前。

“你是哪个?”

“我叫杭龙,玉央说您想见我。”

范娉柳说:“是国舅爷呀,让您屈尊来这个犄角旮旯,怎么好意思呢?您打发个人叫我一声就得了。”

“大姐乃后宫高人,受奸佞陷害才落到如此境地。杭龙岂可造次?”

“国舅爷言重了,小的担待不起。”范娉柳眼睛忽然湿润了。

“大姐请相信我,是非不可以一直颠倒下去,我一定还您一个公道。”

范娉柳说不出话了,哽咽着点头,将杭龙迎进自己的小屋。房间窄小,布置相当简陋。仅有一张小床,挨着一个矮柜。一张案桌靠窗,两张条凳相对置于案桌两侧。范娉柳坐一边,杭龙坐另一边。

“也许国舅爷早有耳闻,德妃娘娘经期多年不调,导致身子一向气血虚亏,这已是后宫尽人皆知的秘密。”

“李永曾经对我提过。”杭龙点头。

“我司容部在为娘娘润体护肤之余,也尽力协助尚药局给娘娘调理身子。那天我去送当归茶,清蔷主动要求我带上她。”

“您知道她有什么打算吗?”

范娉柳说:“我一无所知,以为她不过想在娘娘面前尽尽心意,讨一点欢心。当时她还是我的下手,也是我心里的接班人,我也愿意让她多接触接触上面,所以就带她去了。”

“然后她就献上那张偏方?”

“之前她一反常态,肆无忌惮地抢着接话,我心里还埋怨她不懂规矩,娘娘脸色也不太好看。忽然她就呈上那张偏方,说是祖传的,对娘娘的病情一定会有所帮助。”

“据我所知,私开药方是大罪。她如何敢冒这个险,就不怕王氏降罪吗?”

“我也是这么想的,因此马上跪下替她求情,希望娘娘看在她年幼无知的分上饶过她。”

“看来您待清蔷确实不薄。”

范娉柳咬牙切齿道:“我一向拿她当自己人,不曾有半点亏待。谁能料到她其实早就是姓杨的走狗,受姓杨的指使,专门巴结骗得德妃娘娘的信任。一切都是有预谋的,连德妃娘娘也被她骗过了。”

“大姐,公道自在人心,此次翻案必定还你这个公道。”

“其实事后想一下,那天我就应该看清楚,那个丫头绝不像我想的那么简单。当时情势已经火烧眉毛,娘娘下一句就可能降她的罪,连我这个自想见过世面的人都手足无措,她清蔷却镇定自若侃侃而谈。最后居然将娘娘说服,不但没降罪于她,还收下了她那张害人的偏方。时过境迁,我如今想明白也为时已晚,悔不当初太轻信于她,坑了自己不说,也害了娘娘。”

杭龙说:“王氏泉下有知,定能体悯您的一片忠心。您还记得那张偏方的模样吗?”

“是写在一张黄纸上,全铺开也不过两个巴掌大。边角有些磨损,乍一看确有几分像古方。”

“上面的字呢?”

范娉柳说:“那些我无缘得见。当时娘娘并没碰那张偏方,只是打发我们走了,之后也从未将偏方给我看。”

“您知不知道,还有谁看过那张偏方的内容?”

范娉柳想了想说:“国舅爷不妨去问尚药局的戚尚药和鲁御医。”

“他们了解内情?”

“娘娘收下那张偏方之后,经期似乎规律了。然日子稍长,便有忽肥忽瘦,下腹隐痛等现象。于是,娘娘向尚药局询问缘由。”

杭龙说:“我记得王氏常招的是鲁御医。”

范娉柳点头:“开始鲁御医来得比较多,可他一直下不了定论,所以娘娘转而找戚尚药。”

杭龙思忖道:“戚尚药告病休假久未进宫,鲁御医倒是一直在……”

“再之后清蔷便失踪了。”

“失踪?”

范娉柳点头应道:“我也是后来才想明白的,那之前好几天她都心神不宁,什么事都做不好。忽然一日内侍省传她,之后她便没回尚容局,一连好些日子都销声匿迹。”

“你认为她去哪里了？”

“这个我没有把握。当时有传言说她被内侍省扣下了，也有说她被逐出宫的，甚至有人猜她已经毙命，将整个尚容局闹得人心惶惶。”

杭龙说：“那时有人出来澄清吗？”

“当时没有，只下令严禁议论。之后她再出现时，杨贤妃解释说派她出宫执行任务去了。但数夜之间，后宫翻天覆地情势剧变，谁都能明白那不过是个借口而已。”

“我可以明确告诉您，她被王氏囚禁了。”

范娉柳说：“我也猜到了几分。但我不明白的是，既然德妃娘娘抓了清蔷，手里又握着那份偏方，又有尚药局佐证，可以说胜券在握，如何到头来还是输给了姓杨的？”

“关键在于清蔷的证词。”

“清蔷是怎么说的？”

杭龙摇摇头道：“当事人有王氏、宫女欢喜、先帝，还有杨氏和清蔷。前面三个人都不在了，能够证明清蔷说过什么的只有杨氏。我们都知道结果，在这个回合里，杨氏大败王氏，所以不能够指望杨氏为清蔷公平地作证。”

“她们本就是一丘之貉！但是我猜，既然德妃娘娘约皇上听清蔷的证言，娘娘就一定对清蔷的证言有十足把握。也就是说，清蔷一定答应了娘娘说出真相。”

“这个真相一定不利于杨氏，也就是说偏方必定与杨氏有关。是杨氏的突然到场，使清蔷临时变了主意，帮助杨氏狠狠咬了王氏一口，反诬王氏逼她陷害杨氏。”

“当着先帝的面，她居然如此睁眼说瞎话！”范娉柳有些瞠目结舌。

“若要您当着清蔷和杨氏的面，指证清蔷私献偏方，您做得到吗？”

“当然做得到，难道我范娉柳如今还会忌惮谁吗？”

杭龙说：“依您看，谁能证明那张偏方跟杨氏有关？”

“事情是明摆着的。就是那张偏方帮了姓杨的大忙，害苦了德妃娘娘。瞎子也能看出是姓杨的在搞鬼。”

“我们需要直接的证据。”

“我没有。”范娉柳垂下头又抬起头，“若想人不知，除非己莫为。”

“有时候事情就是这么棘手，你明明知道是怎么回事，但是没有证据。”

“有一个人可以让清蔷说出实话……”

杭龙问：“谁？”

“当然是清蔷自己了。”

“您既然是王氏最信任的人，想必对李永的事也知道一些吧？”

范娉柳回想着说道：“李永……没什么特别的，娘娘无非就是念叨他不用功不上进。”

“没别的？”

“我想起来了，娘娘倒是提过一件事，说担心皇子的怪癖。”

杭龙说：“李永的怪癖？”

范娉柳点头：“好像说皇子过于喜欢姑娘的玩意，而且不大愿意跟女子接触，但也没多说。毕竟我是下人，不方便让我知道更多吧。”

“若真有这种事，李永势必会避开母亲，王氏是如何知道的？”

“知子莫若母，皇子毕竟是娘娘的亲生儿子啊。”

杭龙说：“除了王氏，李永的怪癖还有什么人知道？”

“这是皇子的软肋，也就是德妃娘娘的痛处。抓她的痛处原本就是姓杨的最起劲的。”

“您说杨氏也知道？”

范娉柳点头:“德妃娘娘对我透露过,说姓杨的想拿这件事做文章。”

“这件事直接导致先帝废太子,这笔账要跟她一并清算。”

对杭龙来说,李永生前的许许多多往事他都历历在目。李永的倒运始于王氏的罹难,但关键的一步还在于太子被废。现在杭龙已看得非常清楚,李永母子二人相继倒运然后又都惨死,每一步都有杨氏的黑手,也或隐或现的有清蔷的身影出没,而清蔷不久之前竟然与自己走得如此之近,看到这一步时杭龙也不寒而栗。

杭龙的国舅爷身份连同他面相上的凛然正气,让他在查案过程里总能让人对他充满信心,以至于几个被调查的关联人都曾主动找到他,对案情的细节加以补充。秦耕人就补充过关于清蔷被拘之后的供述,清蔷已经承认了有人指使她为王氏送偏方,但当时秦耕人不想将自己牵连其中,遂将清蔷秘密押解到王氏宫中,交王氏处置。秦耕人对后来的结果大为惊诧,他没想到清蔷指控的居然是王氏!

还有一例就是巧儿,她主动向杭龙禀报隐情的事。现在轮到范娉柳了,她一大早就候在辅国大将军府门外。

“大姐,这么早?”杭龙大步从里面出来。

“我思前想后,一个通宵都没睡。忽然记起一件事,想着也许对你有用。”

杭龙说:“关于清蔷?”

“关于姓杨的,就是安其凤丧命的那个夜里。”

“谁是安其凤?”

范娉柳说:“先前的尚容啊。”

“就是那个自缢身亡的尚容?”

“自缢身亡?这种鬼话只有骗三岁小孩子。那天夜里,尚容局院子里外都是黑衣人。国舅爷可以随便问,大家一定记得很清楚,那些黑衣人不许任何人进出。”

杭龙说:“是皇家侍卫?”

范娉柳摇头道:“皇家侍卫有何必要化装?都是杨贤妃由外面带进来的。”

“大队人马进出后宫,就算是杨氏贵为贤妃,也应该不是一件容易的事。”

“进出只是一块令牌而已。那边不比妃嫔住的内苑,没有人巡逻盘查。令牌的发放权,原本就在姓杨的手上。”

杭龙说:“您也只是猜测吧?”

“亲眼所见。”

“亲眼所见什么?”

范娉柳说:“那些黑衣人就是姓杨的带来的,姓杨的专门来找安其凤算账。”

“也就是说,您看到杨氏在其中,并且听到杨氏对安其凤说话?”

“没错。安其凤跟我住同一幢房子,我们只隔了一道墙,刚好那墙上有一道裂缝。平日若那边有人大声说话,这边听得一清二楚,那道裂缝也可以看过去。”

杭龙说:“我懂了。夜深人静,你听到杨氏对安尚容说话,也透过墙缝看到杨氏。”

“正是。我原本已经睡下,被墙那边的声音惊醒。这边黑那边亮,我就从墙缝看到杨贤妃在那边走来走去。”

“她都说些什么?”

范娉柳说:“一直在叱骂,翻出许多陈年往事,我没想到会有那么多积怨。”

“后来呢?”

“进来两个黑衣人,接着灯就熄了。噼里啪啦一阵,安其凤叫了一声,那以后就是关门声。到了早上,内侍省出面宣布,说安其凤畏罪自缢身亡。”

杭龙说:“您看到的不是杀人,但是您在现场看到杨氏,也听到杨氏说话。”
“事情不是明摆着的吗?”
这时,杭龙意外听到胡蝶喊他的名字。
“我要跟你说件事,”胡蝶转脸又看到范娉柳,异常惊讶,“范司容?”
范娉柳说:“小胡蝶,还那么放肆,对国舅爷竟敢直呼其名。”
“对不起,国舅爷。”胡蝶又转向范娉柳,“我们是老朋友,叫习惯了。大姐,您还好吧?”
杭龙说:“大姐很快就回司容部了。”
胡蝶说:“是吗?那太好了!”
杭龙忽然觉得马上就水落石出了,心里一下子轻快了许多。

第十四章 ◎
清蔷对决玉央

玉央浑然不觉

1

由于耳闻了杭龙和玉央的对话,清蔷对玉央的策略有了质的改变。她先前更像一只吃饱了的猫,将几无还手之力的玉央当作利爪下的老鼠。她不急,优哉游哉地将她把玩,玉央从未对她的人身安全有任何意义的威胁。现下形势有了突变,杭龙办案已经将她和杨氏列为直接嫌疑人,玉央成了能直接指证她和杨氏的核心人物。清蔷再无把玩的心情,刚好这会那两个差人回长安城复命,她同时捋清了下一步该如何对付荣氏、方汀的思路。

他们依旧约好在胡姬酒肆碰头。清蔷依旧一身男子装束,二差人先已候在桌边,见到清蔷,忙起身。

清蔷点头:"都坐吧,我听说你们早就回来了?"

"过来找过姑娘两次,都说姑娘出门公干,没回来。"

"说说吧,事办得怎么样?"

"姑娘,我哥俩这趟不虚此行,该查的不该查的,全查了个底朝天。"

清蔷说:"先说说,该查的都查了些什么?"

"您让找玉央她娘,我们可是费了九牛二虎之力,终于还是找到了。"

"她人在何处?"

"现下就在扬州大和教坊。"

"嗯。再说说查到了什么不该查的。"清蔷显然早已知情。

"玉央本人您没让我们查,我们也顺便查到了。"

清蔷点头:"我知道她也在大和教坊。"

"玉央她娘人称荣氏,教坊里称她为荣师傅,到长安城之前她是大和教坊的头牌妆娘。经我们多方查证,将荣氏娘儿俩的底细摸得一清二楚,我觉得您应该会感兴趣。"

"我很有兴趣。"

"姑娘不会让我们白辛苦吧?"

清蔷说:"不会。"

"原来那个玉央,根本不是扬州前府尉玉大人的女儿,她娘荣氏也不是玉大人的妻妾。"差人做神秘状。

"接着说。"

"这话还得从荣氏的出身说起……"

客人渐渐多了,已坐满七八桌。

清蔷说:"二位辛苦了。"

"辛苦无所谓,就是不知这些内情对您有没有用。"

"肯定派得上用场。"清蔷从怀里掏出三锭白银说,"这两锭是你们应得的,这一锭是我的一份谢意。"

二差人的眼都被晃花了,让他们更没想到的是清蔷又掏出一小锭黄金说:"不知这锭金子,二位有没有兴趣一并拿去？”

二差人瞪大双眼回道：“有！有钱岂有不想赚的道理？姑娘有何差遣只管说。”

“二位再跑一趟扬州大和教坊，看看荣氏还在不在？”

“不会就这些吧？”

清蔷说：“如果我没猜错，她应该已经离开扬州了。你们去确认一下。”

“好的。然后呢？”

“若果真已经离去，便要辛苦二位跑一趟太原府了，她应该和一个叫方汀的姑娘在一起。找到她们之后，你们留下一人在那盯着，另外一个马上回来复命，我自有安排。”

“行，没问题。姑娘尽管等着听我们哥俩的消息。”

“那就拜托了。事成之后，另有重金感谢二位。”

一切正如清蔷预言的那样，他俩赶回扬州府的时候，荣氏已经不见了。询了几个人都一问三不知，二人不禁对清蔷的神算钦佩不已。下一站就是太原府了，她既然说在太原府就一定不会错。长时间的旅途劳顿让年轻的那个差人一肚子怨气，一路上说长道短，年长的那个差人烦不胜烦。两个人在太原府几条街市上转来转去好几天，无头苍蝇似的逢人便问荣师傅和方姑娘，到了后来他们都觉得自己跟傻瓜没有两样。先发火的自然还是年轻的那个差人，年长的那个差人更气：“你急我不急？发火顶个屁用。这活要是轻省，人家犯得着出一锭金子找你？牵条狗顺着味闻，一根肉骨头就能搞定。”

“你骂谁呢？你他妈才是条闻味的狗！”

年长的差人用食指对准年轻的差人鼻子说：“你说什么？我警告你，趁早把你那屁话收回去，否则我对你不客气！”

“你不客气能把我怎么样？”

“怎么样？”年长的差人一把揪住他衣领说，“信不信我揍你？”

“怎么着？要动手啊？”

二人撕撕掳掳，却不知不觉来到荣氏小店门口。

这会荣氏正招呼店里的三两女顾客，方汀碰了碰荣氏，提示她看门口。荣氏看见了在门口撕掳的二个人，她当然不知道就是这两个人为了找她，已经从长安城到扬州府整整跑过两个回合。不但她不知道，两个找人的人也同样不知道。按说荣氏不开口也罢，门口毕竟是街上，街上的闲事不管最好。但荣氏实在看不过眼，这两个大男人又正堵在小店门口没完没了。

“听口音，是长安城来的吧？”荣氏无可奈何之下开口了。

年轻的差人说：“关你屁事？”

荣氏又问年长的差人：“这位也来自长安？”

“是又如何？”

荣氏说：“二位想必是结伴来的吧。”

“您想说什么？”

“长安城到太原府千里迢迢，能一路同行而至，实乃不易。”

两个差人松开对方，年长的差人说：“确实不容易。”

荣氏说：“我看二位面貌衣着，甚至言行举止都有几分相似，不是亲兄弟也应该是老朋友。既然这么长的一路上都能结伴同行、相安无事，可见二位志同道合、情义甚笃。”

年轻的差人说：“那是，我们哥俩不是亲兄弟胜似亲兄弟。”

“既如此，二位刚刚何必恶语相向呢？”方汀在一旁插上嘴。

年轻的差人挠着后脑勺道：“一点小摩擦，没压住火。”

年长的差人说：“两位老板教训得是。”

荣氏说:“哪里是什么教训。只是年轻人出门在外不容易,难得有人相伴,若一时冲动伤了和气,岂不可惜?”

“在下惭愧,谢谢老板。”年长的差人对荣氏抱拳,又转头对年轻的差人说,“还不谢过?”

“谢老板。”年轻的差人也抱拳。

“不必客气。”方汀微笑着还礼。

准确地说这是一场冤家之间的邂逅,正是冤家相见不相识。但荣氏不能够预见到,今日的一场擦肩而过却会为日后带出麻烦。他们记住了她这张脸,同时也记住了她身边的方汀。

“一家店就够你我从早忙到黑了,再多一家,应付得了吗?”荣氏是那种典型的小富即安,一直没有经商发财的念头,所以对方汀要多家店同时开的想法不是很提劲。

“照我那个想法,哪怕再多开几家也不会增加什么负担。我们只管提供配方和‘女子小店’的招牌,他们如何管理如何经营都不关我们的事,只需按月交一笔银子过来就行。”提到开新店,方汀来了精神。

“你确定我们的配方和招牌有这么大的号召力?”

“我之前已经调查过了,以前太原府卖保养品护肤品和其他女子用品的店,有十六家之多。现下除了我们‘女子小店’,整个太原府类似的店只剩下仅仅五家,而且都快撑不下去了。您心里不会没数吧,几乎小半个太原府的女子都在用我们的东西。”

“这次回来,确实觉得忙不过来了。”

“所以啊,开一家分店,我们能轻松一半,银子却不会少赚。”

荣氏说:“你心里想的恐怕不止一家分店吧?”

“什么都瞒不了您。”

“这一家定了何时开张吗?”

方汀说:“正要跟您商量。我看了皇历,下月初一是好日子。”

月初一确是好日子。这一天,喇叭唢呐齐响,锣鼓喧天,一支娶亲队伍从东往西行进。新郎高头大马在前,新娘八人花轿在后。另有乐队仪仗队轿夫媒婆挑担者数十人,一看便知是一场大户人家的奢侈婚礼。

太原府望族王大人家的小姐出嫁,姑爷是名流令狐楚大人的得意门生,中过进士,还是个诗人。不错,新郎正是李商隐。此刻虽是他的吉日,他却无精打采心不在焉,甚至面带倦容。迎亲的仪仗队撒出漫天红纸,路人竞相凑着热闹。队伍经过女子小店,店铺的招牌换了,比原来多了两个字——东街女子小店,李商隐的目光被打开的店门吸引。走过去很久,他还一直扭头盯着店门,不过荣氏和方汀一直没出现。娶亲队伍热热闹闹穿行过来了,人群闹腾完各自散去。

远处主路对面又响起鞭炮声,刚散开的人群重又围拢过去看热闹,两个差人也在其中。这次是一家新店铺开张,鞭炮炸完,店主一拉吊绳,招牌露了出来,西街女子小店。年长的差人觉得女子小店这名号眼熟,年轻的差人提醒他就是上次他俩差点动手的地方。

西街女子小店的店主姓叶,这会他站出来对围观者抱拳道:“本店今日开张,乃太原府第二家‘女子小店’。店中所有货品,均由女子小店的荣老板和方老板亲手制作,保证一般无二。今日方老板还特地于百忙中抽空,前来助我店开张,各位进来捧捧场吧。”

年轻的差人说:“大哥,你听见他说什么了吗?”

“荣老板……方老板……走,进去问问。”年长的差人思忖着,他俩凑到柜台后的方汀跟前。“方姑娘,荣师傅怎么没来?”

方汀说:“她看着那家店呢,走不开。”

“怎么前段日子一直没见你们在?”

方汀说:“出了趟远门。”

"我们哥俩祝方老板生意兴隆,财源广进,不打扰了。"

二差人走到门口,又回头看了方汀几眼。年轻的差人觉得找对人了,年长的差人说光猜还不行,必须落实。年轻的差人便建议直接去东街找姓荣的。

荣氏一眼就认出他俩,客客气气同他们打招呼,问他们打算何时回长安。年长的差人听她先提了长安,便顺势问她是否在长安住过。

荣氏迟疑了一下说:"哦,去过的。"

"听荣师傅的口音,是扬州府人吧?"

"先生果然见多识广。"荣氏笑了。

年轻的差人插嘴道:"我们也是刚从扬州过来,荣师傅一定熟悉大和教坊了?"

"大和教坊?"荣氏终于警惕了。

年长的差人说:"我这个兄弟就喜欢乱打听,荣师傅不要介意啊。"

荣氏说:"早就听说扬州是好地方,有了空闲一定去见识一下,二位不进来看看小店的货品?"

"不了,我们对女人的东西没兴趣。谢荣师傅,告辞。"

两个差人走后,荣氏越想越感到不对劲,便提前打烊赶去西街那边看看。而方汀首先关心的是东街本店的生意有没有受到影响。

荣氏说:"生意不错,只是有两个人让我心头疑惑。"

"两个什么人?是顾客?"

"两个男人,东打听西打听。"

"是不是长安口音?听口气跟您很熟,一口一个荣师傅。"方汀也想起来了。

"我根本不认识他们,不过这是他们第二次露面了。他们还提到扬州,问我是不是熟悉大和教坊。"

"也许就是那两个到玉府打听你的人,他们到底打什么鬼主意?"

荣氏思忖:"说来也怪,如果是坏人,跟了我们这么久,应该早就露出狐狸尾巴了。为什么一直没有任何事发生?"

有道是不怕贼偷就怕贼惦记,两个差人几度跟踪打探凡数千里之遥,无论如何都极不寻常,这件事已如一块大石头压到了荣氏心头。单就这一点,清蔷花的银子也值了。

2

其实杭龙的谈话给了玉央很大压力,但她仍旧不能去举证杨氏和清蔷,她有她的原则,不能出卖别人。她的不幸在于她已成了清蔷、杨氏的靶子,原则帮不了她,她时刻处在危险之中。但她也有她的幸运,她一直对危险浑然不觉,危险并未形成该有的压迫。再有就是她有极好的直觉,内心也一直保持着警惕。从表面上看她一点不紧张,轻松裕如地面对日常生活,甚至会给人以没心没肺的错觉。

许久没见的温庭筠又露面了,约见到熙来茶楼。门口一顶轿子过来停下,玉央从中走出,四下张望,显然在找人。忽然有手从后面拍上她左肩,玉央扭头去看,来人却从她右边钻到她眼前,玉央一怔:"你怎么这副装扮?"

此人正是温庭筠,然而他一改从前不修边幅的风格,竟头束儒巾,身着吏服,还留了一小撮山羊胡。乍一看,活脱脱是当年刚入仕途的杜牧。

温庭筠转了个圈说:"听口气似乎很不入你的法眼。"

玉央抿着嘴笑道:"怎么这身官服穿在你身上,怪模怪样的?"

“听出你的意思了,你在讽刺我披上龙袍也不像天子。”

“我只是没想到,一向清高的温庭筠,也有入仕为官的一日。”

温庭筠说:“谁告诉你我当官了?”

“官服都上身了,不是当官是什么?”玉央指指他的衣服。

“没想象力了不是?这身衣服是我借的。”温庭筠附玉央耳。

“问谁借的?”

温庭筠说:“杜兄啊,这不是他以前的官服吗?”

“你借它来做什么?”

“走,进去你就知道了。”

温庭筠拉玉央进茶楼。

小二迎上,问:“二位饮茶还是吃饭?”

温庭筠说:“饮茶。”

小二又问:“想上雅间还是在大厅?”

温庭筠说:“当然是雅间。”

小二说:“您请上楼吧,左手第二间空着,楼上自有人招呼。”

温庭筠和玉央上楼走进雅间说:“怪了。”

“什么怪了?”

“你不是问我借这身衣服做什么吗?”

玉央说:“你说进来就知道,可我还没看到答案。”

“我这次从蜀地回长安,一直这副打扮。沿途上谁见了我都客气三分,若是住店偶尔还有折扣。”

“难怪你要借它了,原来有便宜可占。”

“怎么今日这店小二对我毫不殷勤呢?”温庭筠指着自己说,“你看我是不是哪穿戴错了?”

“你离开长安已久,都快忘记这是什么地方了。”

“什么地方?”

玉央说:“天子脚下啊。”

“那又如何……”温庭筠想了想,一拍脑袋说,“糊涂糊涂。这长安城里满大街都是官,什么宰相、尚书、太傅、太保全在眼前溜达,谁还会把这身衣服放在眼里?”

“不怪店小二不殷勤。”

温庭筠说:“只怪杜兄这官当得太小,回头我得说说他。”

“杜牧还好吗?”

“他能有什么不好。”

玉央说:“这次在扬州我还见过他。”

“玉央,你有点怪。”

“怎么了?”

温庭筠说:“你光问杜兄,怎么偏偏不问李兄呢?”

“没有啊,我接着就要问了。”

“那我告诉你好了,你不问也罢,因为我有很久没见他了。”

玉央说:“上次见他是在扬州,他和杜牧一起走的。”

“我知道他去扬州见你最后一面,之后回太原完婚。他说没说什么时候再来长安?”

“不清楚,说是娶了亲之后吧。”

“你娘和方汀姑娘也到长安了?”温庭筠转了话题。

"没有。难得温兄还记得方汀。"

"好姑娘不用记,她自己就会留在该留的地方。"

玉央说:"听你话里有话啊,什么才是该留的地方,温兄的心里吗?"

"狗日的小二怎么还不上茶,我去找人过来。"温庭筠明显在回避玉央的问话,起身出了雅间。

玉央一个人对着窗外发呆,温庭筠悄无声息地进门时,她似乎未觉到他回来了。

温庭筠说:"玉央,发什么呆?"

"没有啊。"玉央仿佛刚从梦中走出来。

"你是个叫人捉摸不透的姑娘。"

"我的一个好朋友胡蝶也这么说,平日自己倒是一点也不觉得。"

温庭筠指着杯中之物说:"就跟酿酒一样,心事都放在肚子里,迟早要醉的。"

"我虽不胜酒力,却也还不曾真正醉过一场。"

"老温乃酒色之徒。对酒,要么不碰,碰则醉哉。"

"这也正是让我羡慕的地方。我打小入宫,于情色几乎一窍不通。忽然一日喜欢起一个人,竟完全不知如何去面对。"玉央说着,有几分灵魂出窍。

"嗅到了酒香,口舌间也有了涎水,却又下不了决心去痛饮一场。"

玉央不看他,像是自言自语:"也未必是犹豫。大概是天性使然吧,我莫名就不能驱使自己跟着心走,又不能去要求他这样或那样。两个人心对着心的好了一场,又似乎从来不曾真的走近过,就像隔岸观火。"

"第一次读到你的心事,希望不是最后一次。"

玉央转向他问:"都说旁观者清,温兄,你看呢?"

"看着你们两个,我都觉得累。当喜则喜,当痛则痛,这才是真性情。真受不了你们温温吞吞、黏黏糊糊的。"

"虽然是女儿身,我又何尝不想大醉一场?可是……"玉央的目光躲开他,垂向地面。

温庭筠说:"俗话说,人犟不过命。谁走到哪一步,也都是命该如此吧。玉央,有道是芳草天涯,唯极目远眺不能尽得其美是也,路总是向前的。"

"路总是向前的。"玉央机械地重复,忽又抬起头说,"温兄,你说得真好。"

玉央在宫里的情形一如既往,她和胡蝶已经不止一次来太皇太后这边了。浴室的窗户都用大块的重纱遮住,室内四角的烛柱都燃着,两个火盆在墙边往空气里输送着热量。硕大的铜箍木浴桶置于房中央,宫女正在往里倒热水。

"姐姐,您也搞一个木桶吧。"胡蝶边往桶中投配方边说。

李氏摇头:"人要懂得自重自爱才是,我如今是什么身份?"

"我不同意您的话,毕竟您曾经贵为昭仪。再说了,今日您也仍然是皇嫂啊。而且当今皇上与先帝情义甚笃,皇上根本不会说什么,别人谁还敢乱嚼舌根啊?"

"你的曾经二字用得再贴切不过。正因为曾经,我才不可以有丝毫的攀比之态。"

胡蝶说:"您那么喜欢香薰浴,在住处弄一个浴桶怎么就是攀比了?和谁攀比?如果您觉得找内侍省不方便说,自己出银子就是了。"

"不是银子的问题。这宫廷之内除了太皇太后,只有王才人用木桶做香薰浴。我若争着抢着去做第三个人,不是攀比又是什么?"

宫女将又一桶热水倒入木桶,胡蝶手伸进水中试温度后对宫女说:"可以了,请太皇太后更衣入浴吧。"又转头对李氏道,"姐姐,宫里的事好麻烦啊,处处都要加十二分小心。"

李氏一笑道:"习惯了就不觉得有多麻烦,其实我早就麻木了。"

这边的太皇太后半倚卧榻,脸微扬,玉央在为她仔细检查皮肤。李氏过来陪坐旁侧。

太皇太后说:“我年轻时,也常召尚容局的人来伺候。那时还是皇后,这一晃都几十年了。如今尚容局里全换了新面孔,架势也跟从前大不一样。什么香薰浴啊,面膜啊,去脂啊,都是新鲜玩意,看来我是老了。”

李氏说:“这十来年变化确实不小。之前的安尚容,如今的谷尚容,梅司形,加上玉央、胡蝶这些聪明伶俐的姑娘们都是能人,一时出一个新花样。别说您,就是我也目不暇接的。”

太皇太后说:“安尚容……是安其凤吗?”

“皇奶奶记得她?”

“当年她还是个小丫头,少言寡语的,比其他孩子都显得老成。但做事认真,人又聪明乖巧,我特别喜欢她。本还想带她在身边,因前朝素无将女史收为贴身宫女的先例,只得作罢,后来也就淡忘了。听你刚刚提到才又想起,她现下过得如何?”

李氏说:“安其凤已经过世了。”

“过世了?她也没多大呀。”

“前两年走的。”

太皇太后问:“怎么走的?”

“据说是在屋里自缢。”

太皇太后唏嘘道:“有什么想不开的?这孩子就是心思重,可惜了。”

李氏低头不语。玉央停下手,李氏问她是不是好了。

玉央点头:“太皇太后的皮肤一直以来护养得当,底子很好。”

“底子再好也上年纪了,满脸皱纹,瞧,这儿还出了几块斑。”太皇太后指着自己耳朵前的老人斑。

李氏问玉央:“有办法吗?”

玉央想一想,对太皇太后说:“上回略查了查,我回去便拟了护理方案。今日仔细查过,觉得那些配方对您应该合适。”

“已经出方子了?”

李氏说:“玉央满肚子都是护肤养颜的配方。”

“说来听听。”

玉央说:“方案分三部分。其一是去皱,用当归,川芎各三钱,以蛋清调和敷脸,每三日一次。其二是除斑,白芷二钱,白附子二钱,以蜂蜜水调和敷脸,每三日一次,与去皱敷脸错开进行。其三为内调,用紫荆花,紫荆皮各一钱,紫竹二钱,以水煎服,同样每三日一次,与前两个配方错开进行。”

太皇太后点头道:“内外兼顾,听起来很像那么回事呀。”

李氏说:“那我就带玉央去吩咐下面了。”

玉央随李氏出门,李氏邀她去自己住的偏殿小坐。

玉央说:“姐姐住的那间屋子很特别。”

“特别在哪里?”

“从位置上看,它在太皇太后宫院子里,应该是这儿的一部分。但它又离主殿稍远,而且配有专门的仆从房间,像一个独立的宫院。”

李氏说:“因为它是专为太和公主建造的房子。”

“太和公主?”

“称作公主,只是个习惯的说法,其实论起辈分,她是当今皇上的姑妈。”

玉央说:“皇上的姑妈?也就是穆宗的姐妹,宪宗的女儿?”

李氏点头:“宪宗即位之初,便将太和公主远嫁给回鹘可汗崇德。”

“回鹘?这些年不是一直与我大唐关系紧张吗?”

“你还知道国事?”

玉央说:“哪里知道什么国事,不过一时时总有人在议论,所以能听进去一二。”

“我听先帝说过,那是长庆元年……”

“二十年前?”

李氏点头:“当时回鹘的崇德可汗派都督、都渠等两千人来大唐迎婚,献骆驼一千匹、马两万匹作为聘礼。”

玉央瞪大眼睛道:“天呐,足足两千人,还有两万匹马和一千匹骆驼,这么大排场!”

“当时的盛况可谓空前。一个女人,出嫁的那天能那么风光,也不枉此生了。”

二人已来到屋子门前。屋子分三间,中间为厅堂,设有一套檀木桌椅。左手向为卧室,内设高床,小圆桌椅,妆镜台。右手向为书房,墙上挂满字画,书案靠窗,卧榻置于旁侧,一排大书架分外引人注目。

李氏、玉央走进书房。李氏说:“这屋子原是太和公主出阁前的闺房。她自小便最得太皇太后喜欢,一直放在身边住着。长到十来岁,再与母亲同住一室未免不妥,宪宗便特别嘱人在此建了这座偏殿。如此一来,公主既可以有自己的生活,又方便与母亲见面。”

“难怪这屋子特别,原来是它的主人与众不同啊。”

“你只说了屋子,没觉得这里面的摆设也不一般?”

玉央说:“此处与姐姐以前的房间风格迥异,想必是太和公主从前的布置吧。”

“算你聪明。公主远嫁后,太皇太后日夜思念,常来这小坐。因而此处一直闲置,房中摆设丝毫未变,全是公主当年的布置。”

玉央被整面墙高的大书架吸引,边浏览其中的书目边说:“太皇太后儿女众多,还那么想这个女儿。公主她一人身在异域,必定更思念母亲和家人吧。”

“远嫁的女子,能有几个幸福?”

玉央笑了:“姐姐方才还说,一个女人,出嫁的那天能那么风光,也不枉此生了。”

李氏也笑了:“是我想错了。”

玉央说:“不知太和公主有没有回娘家看看的幸运。”

“傻丫头,那是不可能的。”

这就是玉央,她永远不会纠结在心情当中。那些跟她相处的人会以为她和她们一样,只关心她们眼下在关心的那些,因为玉央的确在那个时刻把自己的心事放到一边了。所以无论是胡蝶还是李氏,她们谁都不可能从玉央的言谈话语中感知到她正处于极端的危险之中。

清蔷下手了

1

两个差人惦记着小金锭,正在回长安复命的途中,但这会清蔷已经顾不上他们了。他们要汇报的只是她下一步才关注的,先是玉央,然后才是荣氏,这是清蔷已经非常明确的路线图。这一向她极少来尚容局,所以玉央忽然见到清蔷感觉相当意外。清蔷说有事相求,要玉央去看几样非常贵重的药材,让她帮忙掌眼。玉央当然不好推辞,约定的是次日晚饭后在建福门外的轿厢见。

烛光跳跃,映在发呆的玉央脸上,胡蝶风风火火推门进来大叫道:“你猜谁找我?”

玉央没理她。

“问你话呢。”

“这会心里烦着呢。”

“我知道你为什么烦。”

玉央瞥了她一眼说：“还有你不知道的事？”

“你看着我，眼睛不许躲来躲去。”

玉央无可奈何，只能看定胡蝶。

胡蝶说：“如果我说错了，你再说我胡说八道。如果我说得不错，你也不必承认，什么也不说就是了。”

“自作聪明的家伙。”

“杭龙要你指证清蔷，你不知道该如何应对。我说错了吗？”

玉央说：“说对了。”

“那你打算怎么办？”

“我就是不知道怎么办才烦。”

胡蝶说：“我知道，你做不来落井下石这种事。”

“比落井下石还要坏，那是告密！”

“当事人又不止你一个，那根本就算不上秘密。”

玉央说：“清蔷是帮杨氏，从立场上杨氏和清蔷根本就是一个人。另外几个在场的当事人都死了，所以我就是唯一了解内情的人。如果我出来指证她们，结果必定是置她们于死地，这样做与清蔷对王氏所做的，又有什么两样？”

“你脑子出毛病了？清蔷是诬陷，而你是说出真相，根本就是两样啊！”

“结果是一样啊。清蔷当初要么告杨氏的密，要么告王氏的密。只要她张口，就会置一个人于死地。结果这个人是王氏，就这么简单。”

胡蝶说：“你想求的是自己心里的一个安慰，你不想因为你而导致清蔷受惩罚。”

“善恶有报，此为天理。但施行报复的那个人一定不是我。”

“但你这样做，无异于纵容奸恶肆虐。恶之不惩，善将何扬？”

玉央说：“你知道吗，清蔷今日找到我，要我帮她一个忙。”

“要你三缄其口？”

“你想哪去了？她要我明晚帮她看几件贵重药材，她怕自己看走了眼。”

胡蝶警惕道：“去尚服局？”

“是在宫外的什么地方，她说在建福门外的轿厢等我。”

“不行。这种特殊时候她要约你出宫，我信不过她。”

玉央说：“若不放心，你也一起去呗。”

“你呀，怎么一点不动脑子？她认识你多久了？”

“认识你有多久，认识我就有多久。七年多啦。”

胡蝶说：“七年多，她从未找过你帮忙，为什么单单这会找你？”

“你说为什么？”

“因为只有这会你对她形成威胁。”

玉央说：“我没有威胁她。”

“但你威胁到她了。而且杭龙与她反目，她也把账算到你的头上。这种时候她忽然约你出去，我无论如何不能同意。防人之心不可无啊！”

“我已经答应了，我不能不去。”

胡蝶说：“跟你明说了吧，刚才就是杭龙找我，我也把你在先帝废妃现场的前前后后都讲给他了。杭龙说猜也猜得出当时的情形,但是必须用证据说话。无论怎样,杨氏总还是先帝贤妃,没有证据不可以定她的罪,所以你的证词就是击溃杨氏的关键。”

“我不可以胡编乱造,我知道的也只与清蔷有关。”

“若清蔷被定罪,她绝不会自己把所有罪名扛下来,一定会供出幕后指使,这一点你应该同样清楚。”

玉央说:“我说过了,对清蔷施行报复的那个人一定不是我。”

胡蝶凭直觉就认定玉央不该应清蔷之约出去,她的话可谓一针见血。这边杨氏也同样担忧。清蔷对玉央相知够深,她觉得把握很大。杨氏嘱咐她进出尽量避人耳目,以免授人以柄。她的任务只是将玉央带到指定的地方,其余的事由杨氏去安排。

对于杨氏而言此举的风险不大,最坏的结果也不过是玉央变卦没去。躲得过初一躲不过十五,找她算账也不在乎这一日半晌。

但清蔷的想法不一样。正如胡蝶所分析的,许多年里清蔷从未开口请玉央帮忙,忽然有请的确让人生疑。倘若一次被以托词婉拒,马上再有第二次就非常奇怪了,清蔷不喜欢这种一而再地异常举动。对付李永的那一次她已经领教了杨氏的人做事是如何干净利落,她知道关键在此一举,所以她不能忍受一次不行再来一次的愚蠢。她祈祷老天保佑,千万别让玉央变卦。

一直以来能够为杨氏所用的那个黑衣人杨简是她的侄儿,是杨氏手中的最后一张王牌。知道这个秘密的人不多,仅小萝卜、巧儿和清蔷。清蔷介入的时间最短,还不足三年,却介入得最深,她已经搞定了杨简手下一个叫小六的亲信。清蔷已经领教了杨氏的毒辣,搞定小六就是为了在关键时刻有不时之需,拿下小六她付出了两锭金的代价。

午饭时分,清蔷抽空回到她在长安城的屋子,小六已经应约等在那里。

“回姑娘,杨简刚才召集弟兄们,布置今晚的行动。”

清蔷说:“地点在宣义坊十三号。”

小六诧异道:“姑娘也知道了?”

“十三号是一栋孤零零的房子。”

“杨简说,那周围的人家因为闹鬼都搬空了。”

清蔷说:“你们一共过去几个人?”

“七个。”

“要那么多人干吗?”

小六说:“杨简说以防不测。姑娘请记住,听到三声拍门,你出来便是。”

“记住了。再有特殊情况,随时向我报告。”

到了约定的时间,玉央并没有找清蔷改主意,她心里一块石头落了地。清蔷原先估计的不错,以玉央的性格,既然答应了就不会反悔。而且即使改了主意,她也会事先去通知清蔷。一旦到了时间还没有她的消息,就说明她必定会践约而来。这一段时间清蔷心里备受煎熬,她只能熬到玉央最终露面的那一刻。当然她不会早早等在约定的地点,那样会让人起疑。她只比约定早到了半炷香的时间,她的轿厢停在建福门外三十步远的树下。

胡蝶拗不过玉央,但她坚持把事情禀报给杭龙。在杭龙再三向她担保玉央不会有事后,胡蝶才最终同意玉央一个人去赴约。她悄悄告诉玉央放心,说有杭龙给她护驾。又说杭龙今晚换了李永的黑马,斗篷也是黑色的。玉央浅浅一笑,她来到轿厢前,放慢脚步。

“玉央,上车吧。”轿帘从里面撩起,露出清蔷的脸。她伸出手,拉玉央进了轿厢。车夫“驾”了一声,听到口令的马儿迈开整齐的步伐。背后远处,黑马拐出城门,不紧不慢跟进,完全是一种散步的姿态。

清蔷问:“你出来胡蝶知道吧?”

“知道。”

“她没吵着要跟你过来？”

玉央说：“没有。”

“你说是跟我在一起吗？”

“说了。”

清蔷说：“你一说跟我在一起，胡蝶就不肯来了。”

“不是，她有别的事要忙。”

“你不说我倒忘了，她如今也是典容，也要负责一大摊事。”

玉央说：“胡蝶挺尽责的。”

“请你帮忙，你就没觉得意外？”

“有点，你从没对我开过口。”

清蔷说：“你不也是一样？你是这些姐妹中，唯一没找过我办事的人。”

“我没有非办不可的事情。”

“可所有人都有，包括你在扬州的那个姐妹莲莲。”

玉央说：“莲莲请你帮忙？”

清蔷点头：“她想进宫。要说女孩子，有哪个不想呢？就说胡蝶吧。整日说宫里这也不好那也不好，可还是缠住你帮她回到宫里来。”

“胡蝶就喜欢跟我凑个热闹，宫里宫外反倒无所谓了。”

“你也是一样啊。”

清蔷这会忽然没了先前的心情，她已没必要再和玉央兜圈子了，再给玉央装模作样的机会，她已经到了忍无可忍的地步。

玉央说：“说心里话，宫里没有什么吸引我的地方。若没有圣旨，我宁愿不回来。”

“这不是你的心里话吧？你的毛病就是言不由衷，还喜欢做这种天真未凿的表情。”

“没明白你的意思。”

清蔷说：“何必这么装模作样？你当初入宫还不是趋炎附势，冒顶着府尉大人女儿的名义？这个玉姓是你自己的吗？”

“尚服，如果你找我就是为了说这些话，你说也说了，我听也听了，我想我该回去了。”

“我说了不假，但这仅仅是一个开始。你想听也罢，不想听也罢，既然开始了，你必须听下去，听我说完。”

玉央顿了一下后说：“虽然我没有义务非听不可，既然你非要说，又一定要我听，我就让你一步，听你把话说完。”

“有道是识时务者为俊杰。你说了一个让字，是不是自以为很大度？”

“自想在这一点上不会比你差。”

“或者可以说，这许多年里是你一直在让着我啦？倘若你不让，那么第一个做掌容的、第一个做典容的、第一个做司容的、第一个做尚服的，都应该是你玉央！是不是这个意思？”

“人各有志。你犯了一个小小的错误，就是以己度人。”

“明白，你是说我清蔷以小人之心度你君子之腹。”

玉央微笑道：“你就是永远改不掉以己度人的毛病。”

“明白。清蔷只是个俗人而已，眼前只有名利，又自以为是、以己度人，可悲呀！”清蔷忽然朝前吆喝一声，“小六，马儿能跑得再快一点吗？”

小六应声道：“好嘞。”

马蹄踏踏，车轮已经快飞起来了，轿厢在夜色中越见朦胧。杭龙双脚跟轻磕马的肚子，黑马差不多可以用驰骋来形容了。

由于车速很快,轿厢里颠荡得很厉害。清蔷口气轻飘飘地说:“你的脸色不大好看,是担心还是害怕?”

玉央说:“我以为你会比较了解我。”

“我又说错了?”

“你应该知道我不会怕你。若是担心或者害怕,我完全可以不答应你。”

清蔷说:“若是换成我,我也许会害怕,至少担心是万万免不掉的。”

“也许这就是你我之间的不同吧。”

“这些话题太有压力了,我们为什么不换一点轻松的?”

玉央说:“随你。”

“有道是人往高处走,我听说你攀上了大诗人李商隐,有这回事吗?”

“普通朋友而已。”

清蔷说:“我还听说,这个李商隐也不过跟你玩一玩,他最终还是娶了太原府豪门王茂元大人的女儿。”

“还是多关心一点你自己吧。”

“你以为我关心你?我关心的只是你怎么自作自受,你就是为了李商隐才离开杭龙的吧?”

玉央说:“最后这句才是你真正要说的。”

“不错。你其实早就什么都清楚,你只是装得天真未凿。我甚至以为,你根本不喜欢杭龙,你勾搭他只是为了跟我作对!”

“刚才我说你以己度人,你是怎么说的,以小人之心度君子之腹?还是你对自己更了解一点。”

清蔷说:“我得承认,你的装模作样做得非常到位,不但骗过了那些妃嫔,骗过了杭龙,连我有一阵也真以为你胸无城府。你的确太有欺骗性了,真叫我好生佩服……”

“姑娘,到了。”轿厢骤然停下。

清蔷说:“你我的体己话才刚刚开了个头,里面接着说。请吧。”

2

这是一幢两间的青砖老房,一室一厅的格局。门扇高大厚实,窗子上了整扇的窗板。马车直接停在门前,玉央在前下车,清蔷随其后。房子并未上锁。清蔷伸手一推,门就开了。厅堂里居然有灯,那是支落地烛柱,烛光摇曳。

清蔷说:“你若还说没有担心害怕,进去如何?”

“这算什么,激将法吗?”

“你说是就是啦,进还是不进?”

玉央说:“你说要看的贵重药材在这?”

“我说药材在房里。你可以信,也可以不信。”

“进去不就知道了?”玉央迈进门槛。

“我打心里说一句,你的胆识的确让我钦佩。”

小六驾着马车离去。

清蔷跟在玉央身后进去,随即关了大门。厅堂空空如也,屋顶很高,显出了几分阴森。

“请吧。”清蔷推开右手向的内室门,内室比厅亮堂许多。

玉央站在原地未动,清蔷先进了内室。玉央略有迟疑,终于也进去了。内室同样空旷,四根烛柱立于房间四个角落。一张方桌放在中央,南北各有一张条凳。清蔷到北边条凳坐下,一抬下巴,示意玉央坐到对面。

玉央也坐下了。

方桌上有三样东西,各个形状古怪,清蔷说:“就是这三样东西。”

玉央表情迷惑。

清蔷继续道:“都是西域吐蕃的贡品。”

“这些东西都很陌生。”

“你不但见未曾见,我肯定你闻也未曾有所闻。让你长一点见识,”清蔷拿起其中一件说,“这个是脆蛇。它活着的时候,如果从桌子这么高跌到地上,马上就会断成几截。你用不着紧张,它已经是蛇干了。”她又拿起另一件,“这个是喜马拉雅雪熊胆。即使在喜马拉雅雪山之中,雪熊也是百里难得一见。”然后她指着第三件说,“这个是羌塘香麝之脐。乃香中之香,是香之极品。”

玉央盯住清蔷问道:“你究竟想说什么?”

“让你长长见识啊。世界之大无奇不有,万不可以为自己无所不知,甚或无所不能。你在尚容局,素以见多识广闻名,并以此来讨主子欢心。我想告诉你,你那一点点小聪明狗屁都不是!”

“的确又长了见识。我觉得你的圈子越兜越大了,有什么就直说吧。”

清蔷说:“一直没机会和你推心置腹,今天有了这个机会,当然不肯轻易错过,这是你我可以这样说话的唯一机会。”

“我还只有十九岁,对我而言,唯一这个词,我自想还没有资格使用它。”

“我可以帮你使用它。我明确告诉你,今日就是你的唯一。”

玉央说:“我似乎在你的话里听出了威胁的意味。”

“哦,是吗?”

牵马的杭龙静静站在一处不显眼的街角里。马车声自远而近,小六驾马车从入口出来,拐上与来时相反的方向,渐行渐远。杭龙凝神想了一下,给马的四蹄套上牛皮蹄套。杭龙没有跟随轿厢,而是直接进了宣义坊入口。马儿踏着几近无声的碎步,杭龙一路向两边张望。过了两个十字交叉的小巷口之后,第三个是十字街。他犹豫了一下,继续向前。又过了两个小的巷口,这条由西而东的坊内街路到了尽头,一堵高墙迎面挡住去路。杭龙拍马回头,这一次他直接到了十字街口,左拐朝南。坊内一片死寂,杭龙也不由得紧张了。他下了马,牵着它继续朝南。右手向(西侧)的一片空地引起了他的注意,坊内路牌上标示出十三。他撒开缰绳,马儿自由踱开,他则轻手轻脚来到那幢孤零零的两间独栋前。门扇紧闭,窗板紧闭,但他还是从门扇缝隙发现了光亮。他从缝隙里看清了房间只有清蔷、玉央两个人,也就放心了。

清蔷说:“你明明知道我和杭龙的关系……”

玉央摇头:“我不知道你们是什么关系。”

“我们的关系是公开的,后宫里谁人不知谁人不晓?”

“我只听说你常去找他。”

清蔷说:“你在中间插一杠,是何居心?”

“整个事情让我很无奈,你的问话更让我觉得无聊。”

清蔷冷笑道:“你一向敢作敢为,不会连承认的勇气都没有吧?”

“你要我承认什么?”

“勾搭杭龙,插足于我们之间。”

轮到玉央冷笑了:“真是可笑透顶。清蔷,你可谓聪明一世。我觉得奇怪,怎么你看自己的时候,竟会糊涂到如此地步。”

“说到聪明,我怎么比得了你?若有,我有的也只是小聪明而已。与你相比,真可谓小巫见大巫。你可以四处卖好，让所有人以为你单纯，还把杭龙迷得晕头转向……”

“一个人迷失了，一定是自己的问题，绝不是令他着迷的那个人有什么本事。不是我自谦，杭龙对我的确是有几分盲目，其实你比我更适合他。”

清蔷说：“你终于面对这个话题了。”

“因为这从来就不是我的话题。”

“你可以不承认，但我还是想听到你的看法。”

玉央说：“你出身豪门，杭龙也是，尤其他现在贵为国舅。我只是一个平民家的女儿，胸无大志，而且心里对官宦贵胄素有抵触。”

“你是因为门第不相符，不想高攀才拒绝杭龙？这倒像你的一贯风格。”

“我的什么风格？”

清蔷说：“清高啊。”

“清高也未必。你说我清高，其实你是想说我故作清高状罢了。”

“清高与故作清高状，这二者对你也许重要，在外人看来其实全无差别。”

玉央说：“在你眼里杭龙也许是不二之选，换了别人看法也会不同。自古以来，物以类聚的法则就从未被挑战过。也许杭龙自己不明了，他与你其实如出一辙，同样的前程远大，同样的光鲜照人，也同样活得辛苦。”

“除了出身不同，你与我也没有许多差别啊，同样用得上物以类聚来说。”

玉央摇头：“无论我与你还是与杭龙，都是大不一样。首先我对为官没丝毫兴趣，其次我也不想活得像你们那么累。更重要的，杭龙不是我喜欢的类型。我对他没有哪怕一时一刻的倾慕，这才是关键。”

“这些话你应该早说才是，而且你说的这些，最需要听的不是我，而是杭龙。我相信这都是你的肺腑之言，但现在才说似乎已经太晚了。”

“如果我没弄错的话，你是在告诉我我的路已经走到了尽头。是这个意思吧？”

清蔷说：“到了最后时刻，你的脑子也还是清醒的。玉央到底还是玉央。”

“放在谁的头上，也都会明白你的意思。你说今日是我的唯一，又说现在似乎太晚了。所有这些话只有一个显而易见的指向，我一点都不糊涂。”

“事已至此，我也无意推卸责任。但我要明确告诉你，你走到这一步，我的因素只在一半之下，另一大半是你走错了地方……”

玉央不懂：“走错了什么地方？”

“错进了后宫，也错进了王德妃的寝房，更错进了杨贤妃的秘密，是你自己走上了一条不归路。”

“明白了，杨氏要你把我约到这里……”

清蔷说：“聪明。”

“过奖。”

“也是聪明误吧，或许你太过自信，你本可以不来。即使来了，不进这个门也还来得及。”

玉央说：“现在来不及了？”

“恐怕来不及了。木已成舟，箭在弦上，说的都是这个情境。”

“你把话说得很绝。我的意思是说，你把我的处境说得绝望。清蔷，不瞒你，我长到这么大，从没有过绝望的感觉，也包括这一刻。”

清蔷说：“我刚刚说过，你太过自信了！任何人都没有理由太过自信，任何人。”

“你还在等什么？是你？应该不是你。你一定在等什么人，也许是等什么信号？”

“可悲啊，你什么都知道……”

杭龙已经隐身在前面一排房子的阴影里,马在他身后。忽然有一条黑影疾步窜向十三号门前,连续不间断拍门:“姑娘,姑娘,快逃!他们要把你俩都烧死在房里。”

黑影倏忽又消失了。片刻之间,清蔷、玉央从房里窜出,清蔷没忘了将门关严。杭龙这时已经窜到她们跟前,一手拽着玉央一手拽着清蔷迅速躲进最近的小巷。清蔷见是杭龙,眼珠差一点掉到地上。杭龙示意她们不要作声,两个姑娘忙点头。几条黑影鬼魅般窜过来,围定十三号做手脚。稀里哗啦的声音,显然是将门从外面锁了。房子的门窗屋檐忽然同时起火。火势蔓延很快,一下将整个房子吞噬了。黑影相继闪出空地,消失在夜色之中。

杭龙之所以没带人,还是考虑到不要暴露目标,他自信一个人足以应对任何复杂情况。早在巧儿供词中提到杨简那会,他便被纳入严密的监控之下。杭龙不担心抓不到这伙歹徒,现下他只消保证两人的安全足矣。黑马迈着有节奏的步点走近建福门,三个人都在马背上。玉央在前,之后是清蔷,最后是杭龙。验过令牌之后,他们进了建福门。杭龙先把玉央送回尚容局,之后将清蔷带到辅国大将军府收监。

这边胡蝶坐在案边,心神不宁。玉央拉开门那一刻,胡蝶长长出了一口气:“终于回来啦!”

“回来了。”玉央显得有些木讷。

“没出什么事吗?”

“呃。”

“我岂不是白白担心了?”

玉央说:“是啊。”

“清蔷呢,她这会在哪?”

“跟杭龙一起。”

胡蝶说:“怎么回事?他们俩和好了?”

“我累了。”

“不会连一句话也说不出了吧?”

“有话明天说吧。”玉央长吁了一口气,她当真是累了。遭遇这样一场生死劫难,谁又会不累呢?

伏罪

1

仇士良为了强化对朝廷的控制,给各要害部门委派了自己的亲信。这一次他连后宫也没放过,一直跟着他的宦官葛长生被放到内侍省做掌事,督察日常事宜。能够在天子交替之后还保有原来的官位,秦耕人对仇士良已感激涕零,所以对葛长生的到来他表示一百个欢迎。

“恭迎葛公公亲临指导。”

“指导谈不上。仇公公命在下专门督办几桩要案,还请总管全力配合。”

“一定一定,葛公公放心。也请回禀仇公公,让他老人家放心,在下定将全力以赴。”

葛长生说:“有总管这句话,在下代仇公公道一声谢谢。”

杭龙对秦耕人这个人看得很透彻,采取既信任又有所戒备的方略。所有进了内侍省的证人审讯,他一定邀秦耕人到场。而针对关键证人,他会直接带到大将军府。这一次清蔷的审讯至为关键,所以他绕开了内侍省。

密室面积不大,仅有一张长案,三张座椅。房间没有窗户,所有的光线都来自插在墙上的那一盏油灯。武宗端坐案前,杭龙立于旁侧。清蔷双膝落地,惊恐万状,一副失魂落魄的模样。

入宫之前，清蔷就曾拜见过先帝贤妃杨氏。当时清蔷只有十二岁，由养父孔非带到杨氏面前。杨氏夸她玲珑剔透，说孔非好福气，并向他保证这丫头必定前程远大。当时孔非让清蔷记住，杨娘娘就是她的再生父母。小清蔷说娘娘的话她是一定要听的。杨氏听了频频颔首，看上去对这个仅十二岁就会拍马屁的小清蔷相当满意。

杨氏担心清蔷通不过三日后的入宫遴考。孔非请她放心，说清蔷自幼聪慧过人，又兼他倾力培育，敢说学识功底深厚，通过考试当无问题。小清蔷也让娘娘尽可放心，她定会通过遴考。

杨氏最后给清蔷立下了一条规矩，进了宫一定要装作不认识她，也从来没见过她。小清蔷怔了一下，马上会意。

三日后，清蔷果然通过了尚容局的入宫遴考。此后她便入宫做了司容部女史，并得到司容范娉柳的关照。

清蔷在考试后悄悄见过杨氏。杨氏说她很得王氏赏识，令她务必抓住机会博得王氏的信任。而且给她又定下一个规矩，从今往后，三日之内必须到她宫里一次，并注意不要让人盯梢。若有特殊事件发生，可随时过来禀报。

那以后清蔷就成了杨宫的常客，她见杨氏是不需要通报的，这一点小萝卜和巧儿都很清楚。不过其他人并不知道她与杨氏的这层关系，还以为她是王氏的亲信。因为当时的王氏也确实赏识她，再加上范娉柳的保举，清蔷出入王氏宫也相当自由，几乎随时可以见到王氏。于是明里是王氏的人，暗地是杨氏的鬼。清蔷还如此小小年纪，真令人不可思议。

之后是南海石笋事件。

清蔷并不清楚投到王氏浴汤中的石笋有什么名堂，她只是依照杨氏的吩咐行事。胡蝶当时作为方汀的徒弟，负责伺候王氏洗浴。为了万无一失，清蔷头一天晚上专门给胡蝶下了巴豆，导致次日一整天她都在拉肚子。

当时方汀还没有来，趁胡蝶跑茅房的工夫，清蔷机警地溜进浴室，迅速将手里的丝卷展开，将南海石笋投入浴池。马上有许多细小的气泡，由池底升腾到水面。清蔷之后往门外窥望再三才出门，不料还是被王氏的贴身宫女欢喜撞上，让她着实吓得够呛。

欢喜是来为王氏试水温的，她伸进浴汤的手臂被灼伤。此事惊动了内侍省，被当成谋害王娘娘的重大事件来处理，胡蝶与方汀作为主要嫌疑人被收监受审，一时间尚容局乃至整个后宫都人心惶惶。事情最终的解决是因为巧儿的指证，她说亲眼看见方汀向池中投放了南海石笋，方汀由于巧儿的伪证被逐出宫，清蔷则因为巧儿的假供词大松一口气。那是她头一回干害人的勾当，而且害的是后宫之主，前前后后她还是相当紧张的。

之后是偏方事件。之后东窗事发，清蔷被王氏收押并伏罪。之后她当着文宗与杨氏的面反咬王氏，导致王氏当场被废，随后惨死木塔寺。杨氏带人去木塔寺戕害王氏那次，清蔷没有随行。不过这件事杨氏并未瞒她，清蔷知道木塔寺那场大火是杨氏和她侄儿杨简干的。

前任尚容安其凤也死于杨简之手。那帮黑衣人之所以能自由出入后宫，全因个个都持有令牌，而令牌正是由清蔷交给他们的。

再之后就是与李永相关的两件事了。一是李永被废太子，一是李永殒命。

清蔷交代至此，一直凝神静听的武宗不由得开口了："杨氏加害于王氏由来已久啊。"

清蔷抽泣道："皇上，小的当时年幼无知，受他人驱使，做下如此伤天害理的事。小的知罪，罪该万死。"

"你既知罪，朕要你将杨氏所有罪孽一一供出，将功折罪，朕可免你不死。"

清蔷再叩头道："谢皇上隆恩。小的知无不言，绝不做半点隐瞒。"

"先帝在世那会，杨氏太过嚣张了。"武宗转向杭龙。

杭龙说："我查案的两个重要证人，宦官小萝卜和那个东内苑的卫兵，说死就死了。摆明了是有人在背后捣鬼。”

“如此大胆诛杀证人，可见其何等张狂。今日朕要一查到底，绝不姑息。”

“臣明白。”杭龙转过头对清蔷说，“谋害先帝德妃和太子，你应该都是同谋。是否全力配合以将功折罪，你务必掂量清楚，不必我赘言了吧？”

“小的若有半句隐瞒，定遭五雷轰顶。”清蔷第三次叩头。

武宗说：“朕不明白，昨夜对玉央下手又是意欲何为？”

“先帝废妃之时，玉央刚好躲在德妃娘娘寝宫内，杨氏与小的加害于德妃娘娘的前前后后被玉央听得一清二楚。如今先帝和德妃娘娘连同宫女欢喜都已不在，玉央便是唯一的知情者。玉央一日不除，杨氏和小的便一日不得安生。”

杭龙说：“杨氏让你将玉央约出来灭口，可你万万没有想到，她要灭的不只玉央，还有你。对杨氏来说，你是更大的威胁，她的所有恶行你无所不知。”

清蔷异常惊恐：“小的方才明白，与其说杨氏怕玉央指证，她其实更怕小的。对杨氏而言，小的比玉央可怕又岂止十倍？”

武宗拉下脸说：“朕要知道陷害和谋杀李永的真相。”

清蔷娓娓道来——

小的自入宫到调往尚服局，一直在司容部任职。若非杨氏的关系，恐怕一生一世也无缘与太子殿下打上交道。直至一日，杨氏传小的去杨宫，小的还记得，那是封妃大典的当夜。杨氏说现下她与王氏平起平坐，到采取主动的时候了。小的问娘娘有什么想法？她反问小的知不知道王氏凭什么目中无人？说那是因为她有太子这张牌。她虽是皇上原配，但如果没有太子，根本不可能取得如今的地位。还说这么多年一直让她三分，就只因为这层关系。

说到此处杨氏忽然冷笑起来。小的便知道她一定已经想好了对策。她果然告诉小的，她得知了李永的一个大秘密。当时她没告诉小的到底是何秘密，只命小的接近李永博取他的信任，倘若李永请小的为他化妆，小的照办就是。

太子常来尚容局找玉央，小的与他有过几面之缘，但从未说上话。那天他又来了，跟玉央在院子里说悄悄话。小的听见玉央说什么不会再给你化妆了，既然你也知道害怕，就不应该再冒这个险。太子则一直在好言求她。最终玉央也不肯答应，太子便让她走了。当小的看到被玉央拒绝后，太子失望地站在院子里，便抓住机会上前向他请安。太子起先并没有搭理的意思，直到小的说他脸上发了几颗痘痘，小的有一套专门祛痘的护理品，太子一下子来了兴趣。小的问他要不要试试，他立刻约小的当晚去太子宫。

头几次去，太子并未要求小的帮他化妆，只做了些平常的皮肤护理。小的那时还并不清楚，太子究竟会有何种不寻常的要求，以为不过如此，于是安下心为他护理，还暗自庆幸杨氏的这个任务并不可怕。直到有一日，太子要求小的为他化女儿妆……

说心里话，这样的要求小的真是闻所未闻。但太子既说出口，又有杨氏的命令在先，小的只有硬下头皮照办。记得给太子做发型的时候小的几次走神，太子不高兴，还说了小的几句。全部弄好之后，太子看上去完全是一位美艳的女子。看得出太子很开心，他夸赞小的手艺好，还约小的下次再做另外的造型。临走的时候，他提醒小的这件事不可有第三者知道。

杭龙说：“虽然太子嘱你不可告知第三者，你也答应了，但回头便禀报了杨氏。”

清蔷点头，泣得越发厉害。

武宗说：“之后杨氏据此在先帝面前搬弄是非，令皇兄烦恼不堪。”

杭龙说：“杨氏责令你在先帝面前作证，你便添油加醋、为虎作伥。”

清蔷说："那是小的头一回面圣，紧张不已，脑子里一片空白，早就顾不上什么该说什么不该说，先帝问一句，我便据实回答一句。"

杭龙回忆道："记得那次我刚面圣出来，就看见你进去了。想来先帝那次询问我关于李永的事，的确像有隐情不便吐露似的。"

"莫不是……"清蔷欲言又止。

武宗说："有话直说，不必作吞吐之态。"

清蔷说："杨氏对小的提过，她曾暗示先帝太子平日过于喜欢和国舅爷腻在一起了……"

"什么?！"杭龙双目圆瞪。

清蔷作惊恐状，低头道："小的只是听杨氏偶然提起，其他内情一无所知。"

武宗说："杨氏如此血口喷人，可想而知她在先帝面前是如何中伤永儿。"

杭龙说："就因为这些中伤之辞，使得先帝对太子失望，最终导致废太子。"

武宗问："废太子的内情，你知道些什么？"

清蔷说："太子被先帝废黜那晚，小的不在场，之前也未听杨氏说过关于那晚的打算。"

杭龙说："你的意思，那晚的事并非杨氏一手策划好的？"

清蔷说："这个小的并不知情。通常情况，杨氏需要小的做什么，便会吩咐下来。然全局如何布置，则对小的只字不提。所以小的虽为她做了多次帮凶，事先却往往并不清楚知道自己在做什么。待事发之后，看到结果，悔之已晚。之前的南海石笋，之后为太子化女儿妆，都是如此。也包括将太子谋害于东内苑花园……"

杭龙再一次双目圆瞪："东内苑侍卫口中的那个女子，果然是你！"

2

这是清蔷第一次承认。先前由于有杨氏撑腰，有送金锭之后的改口，更有灭口，所以清蔷从未松过口。当初杭龙之所以没有在这一点上穷追猛打，一方面是由于先皇的指令让调查中断。另一方面也是由于缺乏证据支持，加上清蔷也无能力一人溺死李永的事实。当然杨氏贵为皇妃也让进一步的追查困难重重，无法深入，追查不到切实的证据就无法认定杨氏有罪。

现在清蔷自己开口了。她开口的动力来自于亲历了险些被灭口的厄运，她知道为之死守的杨氏要杀她了，她也再没有为杨氏死扛的理由了。

杭龙问："是你将李永溺毙在池中？"

"不是。小的哪有这个胆子？又如何有这般力气？"

"除了你，当晚进出东内苑的可疑者，再无第二人。"

清蔷说："还有一个。"

武宗问："谁？"

"杨简。"

杭龙说："杨简？怎么可能？他若进过东内苑，守门侍卫那里怎么会没有任何记录？"

清蔷带着哭腔说："小的句句属实，绝无虚言。杨简他有令牌，又有侍卫队长的行头，进出东内苑根本不会引人注意……"

武宗疑惑道："皇家侍卫队长？"

"他曾在东内苑任西门侍卫队长，前后一年有余。当时宫中无人知道他是杨氏的侄儿。"

"他在任职期间，用的是杨简这个名字吗？"

清蔷说："应该是的。"

"你接着说李永。"

清蔷继续回忆——

当晚杨氏令小的务必将太子约到花园湖边,还特别嘱小的不可被他人看到。因为化妆的这层关系,太子对小的没有戒心,小的一约,他便出来了。太子同小的在东内苑花园闲聊,他挺轻松的,反倒是小的心事重重。到湖边的时候他身后突然冒出一个黑衣人,就是杨简,小的当时就惊呆了。太子见到小的这副表情,大约也意识到他身后有人,便扭头想看清楚。几乎与此同时,他的脖子被杨简手肘紧紧锁住。小的吓死了,连忙伸手拽太子。杨简嫌小的碍事,打了小的一掌,打在小的后脖颈上。小的摔倒在地,之后杨简如何对太子下毒手,小的就没看见了。

后来杨简将小的摇醒。当时太子已经脸朝下漂在湖面上一动也不动,小的轻声喊皇子,没反应。小的想伸手去拉他,被杨简一把拽住。他在小的耳边说省省吧,已经死了!

清蔷掩面痛哭,肩膀剧烈抽搐。

杭龙一屁股坐下,问道:"你事先并不知道杨氏打算谋害李永,当时也没有帮手,之后还想过上前搭救。可我查案之时,你为何不据实上报,反而替杨氏隐瞒?"

"小的这辈子也没见过大活人当场死在眼前,何况是皇子,早就被吓糊涂了。之后杨氏一再威胁小的,小的一家都在她掌控之下,根本不敢开口。是小的无能,小的是非不分,小的罪该万死,请皇上治罪,请国舅爷治罪……"清蔷泪流满面,情绪激动到了极点,直至哽咽到说不出话。

武宗说:"就到这儿吧。"

"皇上!请皇上千万不要将小的关押在内侍省。"清蔷忽然叩头不已。

武宗断喝道:"抬头说话!"

清蔷抬头,泪流满面:"他们随时都会杀人灭口。"

杭龙说:"皇上,把她转移到刑部?"

清蔷摇头道:"不不!但凡大牢之内,莫不机关重重,绝无丝毫安全可言。小的恭请皇上和国舅爷网开一面,将小的单独关押,方可保得这条贱命。"

武宗略一思忖道:"就关到冰洁宫后的小房子里。"

杭龙说:"也好。她是此案关键证人,再不能出任何纰漏。"

清蔷说:"当年的王德妃也是把我关在那间屋子里。"

杭龙说:"这样不是正好吗,你可以旧地重游了。"

那间小房子看来是清蔷的命了,同一个人竟然两度被完全不同的人关押到同一间密室,如果不是命,用其他任何解释都万难说得通。它是她的最终之地吗?还是她的福地?她已经逃过了先前的一劫,有可能逃过这一劫吗?

密室分里外两层,内室关押人犯,外室只是一间狭窄的通道,内置桌椅,供守门侍卫休息。冰洁来到门前,问侍卫谁在里面。侍卫回说是皇上和国舅爷吩咐,将一个重要证人暂时关在里面。冰洁不懂什么人要关到她这里来。侍卫说是个很年轻的姑娘,听说还是个五品。

冰洁诧异了,让侍卫把内室门打开,门内外的两个人显出同样的意外。

"是孔尚服?"

"清蔷给娘娘请安。"清蔷回过神来。

"你怎么会在这?"冰洁踏入内室问道。

清蔷立其对面,腰微弯地回道:"小的眼下牵涉到一桩大案,是关键的证人。皇上和国舅爷为保小的安全,特赐小的暂居于此。"

"这屋子如何能住人?"冰洁四顾后转向清蔷问,"没说你要住到几时?"

“恐怕要到结案为止吧。”

“需要很久吗？”

清蔷说：“只能看结案是否顺利了。皇上也是从安全出发，不想小的被灭口。”

冰洁思忖道：“这样，你跟我出去，我这里多得是房间，不必非得窝在密室里。放心，无论是谁想杀你灭口，谅他们也没胆子把黑手伸到我这来。”

“万万不可。小的有重罪在身，不可再越雷池半步。”

“你不就是个证人吗？怎么又自称有重罪在身？”

清蔷说：“事关重大，小的不便细说。”

“其实是我不该问，国家大事本不是该我关心的。对了，我倒有件小事想问你讨教。”

“娘娘千万别说讨教，有什么吩咐尽管开口。”

冰洁说：“尚容局有个叫玉央的你熟吧？”

“再熟悉不过了。”

“皇上和先帝把她从扬州专门调过来，说是为我设计容妆。我不明白，有这个必要吗？这个玉央究竟有何本事，让皇上和先帝都如此器重她？”

清蔷说：“如今小的身陷囹圄，议论先前的同事似乎不妥。”

“一个小小的司容，何至于议论几句竟会有所忌惮？我就不信这个邪，我命你有一说一，不得作丝毫搪塞。”

“娘娘既如此说，小的只有从命了。玉央虽然官阶不高，连这个司容也是从扬州回宫后才提拔的，但她的能量绝对不可小觑。先帝的两位皇妃以及其他众妃嫔都被她玩于掌股之间，莫不以她为宝贝，连先帝和先前的皇太子也都宠她。包括娘娘您知道的，当今皇上同样对她另眼相待。”

冰洁说：“你把她说得太神了。”

“玉央的确神通广大。正如您所知，她被钦定为您设计妆容，可是您并不知情。没有通天的本事，如何能做到这一点？”

“为我设计妆容，最终还得我认可才行，这一点就是皇上的话也不作数。哼，我就不信，一条小泥鳅能够翻起多大浪花。”

清蔷说：“我劝娘娘谨慎为好。以小的多年经验，无论是谁，只要对她稍有白眼，日后必遭报复，可以说无一例外。”

冰洁眨了眨眼，明显颇不以为然。

清蔷说：“也许我说得多了，还请娘娘恕罪。”

“我喜欢你这个人。若你有什么事要我帮忙，就让侍卫通告一声。”

按说清蔷大难不死该谢玉央才是，盖因杭龙为了救玉央而同时救了她。但她的立场不会变，绝不放过玉央，哪怕自己死到临头。但凡有机会她的本性便会抬头，因为新的后宫之首王才人刚露出了不待见玉央的口气，清蔷就凭着敏锐的嗅觉嗅到了属于自己的机会。

收网

1

当葛长生表示与杨氏相关的收监、审判事宜该由内侍省接手的时候，杭龙感到意外。他知道葛长生是内侍省新任掌事，也清楚他是仇士良的宠臣。说内侍省要接手，无非是葛长生要接手，也就是仇士良要对此事进行干预了。杭龙虽不甘心，却也无可奈何。

与杭龙简单交接后，葛长生带着队伍气势汹汹来到杨宫。众侍卫自动分两路，将房子团团围住,喝令杨氏出门受绑。巧儿闻声从里面出来,说主子不在,并说她出门时没说要去哪里。葛长生下令搜宫,侍卫回报说杨氏确实不在里面。葛长生又令人封门。门口的两名侍卫分头拉两个门扇,大门关拢。手持封条的侍卫和另一名手提糨糊桶的侍卫上前,刷糨糊,贴封条。

没能在第一时间抓到杨氏立功,葛长生怒不可遏。他传下命令,几道宫门务必严加查问,今日务必抓到杨氏,活要见人,死要见尸,不得让她脱逃。

后宫在这一日被翻了个底朝天,所有与杨氏交好或曾经交好的人都未能幸免,她们被盘问并被告知,倘若知晓杨氏下落而隐匿不报者,作同谋同党论罪。这是一项巨大的工程,却能在短时间内迅速铺开,仇士良的能量可见一斑。

尚容局自然也不得安宁,玉央忙完一切回到房间的时候已是深夜了。她先点燃油灯,之后转身推窗。忽然,一个很低的女声请她别开窗。玉央吓了一跳,一松手,窗棂掉回来,发出"砰"的一声碰响。她循着人声望过去,不禁愣住了。杨氏从架子后闪出来,快步到窗前,推开条缝往外看了看,之后关严。她又窜到油灯前,将火苗调到最小。玉央此刻已镇定下来,静观杨氏的一举一动。

杨氏说:"我一直担心胡蝶先回来,我看得出你们两个住这个房间。"

"胡蝶完全可能先我一步回来,这会也随时可能进来。"

"我知道此刻不应该在这,也知道你的性格,你一定不会出卖我。"

玉央说:"您这么有把握?"

"我从未听说你在背后议论任何人的是非。据我所知,直到今日你也并未出卖死敌清蔷。可见,告密不在你的做人底线之上。"

"我没有把清蔷当作死敌。"

杨氏说:"可你一直是她的死敌,无论是在尚容局,还是在杭龙那。"

"我一直相信脚正不怕鞋歪,因此她怎么看怎么说,对我而言都没关系。"

"不会真的没关系吧?你我都知道,她对你做了那么多坏事,也让你吃了那么多苦头,我不信你会无动于衷。"

玉央说:"谁对我怎样,我心里自然清楚。"

"尽管如此,你没有以牙还牙。"

"没有必要。因为我对'多行不义必自毙'这句话深信不疑。"

杨氏说:"这句话你恐怕是说给我听的。"

玉央没有搭腔。

杨氏又说:"也许是我想多了,你并非落井下石之辈。"

"您太过敏感了。"

"你刚才那句话,脚正不怕鞋歪,说得真好。我做了亏心事,便总疑心别人的话另有所指,这不是歪脚穿不得正鞋吗?"杨氏竟自嘲地笑起来。

玉央说:"既然您用到'亏心'二字,想必您已经有了悔意。"

"悔?我为什么要悔?"

"是我领会错了。恕我直言,此刻您确实不应该在这……"

杨氏说:"可是我已经无路可走。我不可能去找皇上忏悔,去求他宽恕,这是不可能的。他不可能宽恕我。"

"可是您来找我,会给我造成难以想象的麻烦。"

杨氏忽然咬牙切齿,自顾自地说下去:"愿赌服输。我既敢作就敢为,就不怕事败服罪,就是砍头也不过碗口大的疤。我这辈子享尽荣华富贵,至此就是死了,也不枉此生。"

"您既说敢作敢为,又说死而无怨,为何还要东躲西藏?"

"我知道我栽在清蔷这个小妖孽手上。她会把自己变成个软弱可怜、无奈无辜的受害者,将所有罪责推到我一人身上。上一次，就是废德妃那次，她在先帝面前得逞了。这次她还会故伎重演，而且当今皇上也会被她骗过。”

玉央说：“您跟我说这些，有意义吗？”

“你说我跟谁说有意义？跟杭龙？跟仇士良？还是跟皇上？”

“您究竟打算怎么办？”

“不知道，但我眼下肯定不会自投罗网。”杨氏忽然抬头，“我想你帮我一个忙。”

“各宫门都已加派人手，严查每个进出者，您是逃不出去的。”

杨氏摇摇头道：“我没打算出宫，只是想在你这躲几天，我很需要这几天时间。”

“我这？”玉央瞪大眼睛。

“你什么都不用做，只闭住嘴巴就够了。”

“可……”

杨氏说：“玉央，你我打了近十年的交道，每次我嘱咐你，你都点头答应，并且一定遵守诺言。这次也一样，好吗？”

玉央相当为难。

“玉央，不对任何人提及我在你这，好吗？”杨氏再一次开口，而且语气中将姿态放得很低。

“好吧。”玉央只有点头。

“有一句话，我必须告诉你。”

“什么？”

杨氏说：“这次要除掉你，都是清蔷一个人的主意。是她告诉我，你在废黜德妃的现场。是她分析不除掉你，我和她都将面临危险。是她提出灭口，说可以一劳永逸解除后患。是她自告奋勇约你出来……”

“您跟我说这些，意欲何为呢？”

“让你擦亮眼睛。”

玉央说：“没有什么是我看不清楚的。您再怎么说，我仍不可能出面指证清蔷。”

“为什么不可能？”

“如果我能指证清蔷，我同样能指证您藏在这里。您看得很清楚，这是我做人的底线，我不能。但是我想提醒您，住这里的不是我一个，还有胡蝶。”

“是的，还有我。”

不知什么时候胡蝶已站在门外，这一刻她拉开门进来，回身将门关上。玉央脸色铁青，杨氏同样呆住了。

胡蝶说：“你们怎么都不说话了？”

玉央说：“胡蝶，你我朋友一场，我从来没求过你是不是？”

“想说什么你就直说好了。”

“听着，这会你压根就没进过这房子。你住到司容部里边的一间，原因是你和我吵架了。你的铺盖我过会给你送过去。”

胡蝶说：“你什么意思嘛？”

“没什么意思，这一次你必须听我的，马上出去！”

“你我还是不是朋友？别人不知道我，你也不知道我？你怕我出卖你？”

杨氏说：“你把事情想拧了，她是怕会连累了你。”

胡蝶说：“谁连累我？是你在连累我们！”

“你说得不错，或许我真的不该连累你们，我走就是了。”

玉央说：“不。胡蝶，听我一次。”

“是真朋友就要同甘苦共患难。”胡蝶不为所动。

玉央忽然变色道：“难道你要我求你不成？”

“玉央，你怎么了？”胡蝶给吓着了。

玉央一跺脚道：“快走！”

胡蝶蒙了，完全不知如何是好。

玉央说：“走啊！”

胡蝶狠狠瞪了杨氏一眼，一转身出去了。

“玉央……”杨氏百感交集。

“不要再说了。”玉央的泪水一下涌了出来。

长安永兴坊是典型的贵族居住区，街道相邻的两侧都是深宅大院，由高墙围合。天色尚早，几乎没有行人车马。杭龙一身百姓打扮，携同样打扮的一干人等如鬼魅般潜行于此。众人一声不响，仿佛轻车熟路一般，在紧闭的入坊通道大门前停下，以人梯方式鱼贯而入，仿佛是一出哑剧。

一行人蹑手蹑脚在坊内前行，杭龙以手势示意，众人随即拐入巷口继续深入。杭龙指定一户门扇，这是一户二进的大宅院。大家凑过来围定杭龙，他将九人一分为二，四人在前，五人在后，各负责一个院落。一点头，众人随即散开，尽展飞檐走壁绝技，九个人几乎同时蹿上墙头和屋檐。杭龙再一点头，众高手又都如猫鼬一般轻轻落到院内。

“简老大！仇家来了！”杭龙一声断喝，有如炸雷一般。

一名老年男仆穿过厅堂开门，眼前的情形令他呆立在门内。四个壮士以迅雷不及掩耳之势冲入，左右间各入二人。倏忽，四人从左右分别出来，几乎同时摇头。领头的一个一甩头，同时飞脚一个侧踹，后门板轰然倒塌。四个人一起冲进二进院落。

另外四个人在杭龙率领下已冲进主宅，里面打斗声接二连三。由一进院落过去的四位，马上两个守窗，另两个入门增援。东面窗扇突然被冲破，一个人影飞出来。守东窗的人立刻上前截斗，守西窗的人也过来形成围堵之势。一场恶斗，可谓天昏地暗。房里的七个也都冲了出来，九斗一，结果可想而知。

前宅和主宅拥出七八个粉嫩的女子，个个惊恐万状，只缩在门边发抖。眼见着九条大汉将脸上有紫瘀胎记的杨简一举擒获，杭龙命手下将他押去刑部大牢，他则另有地方要去。

这是戚锵家中，书斋宽敞明亮，书柜和书橱摆满医典医案药案和其他门类的书卷。书案廓大方正，显示出主人的身份与众不同。

“先生，国舅爷到了。”书童引杭龙进来介绍道。

“国舅爷……”戚锵坐在书案前，伸手抓椅旁的双拐。

杭龙说：“尚药切不要起身！我知道您双膝骨折，正在恢复阶段。”

“那就请国舅爷恕在下不敬了。您快请坐。”

“我专程过来给您通报一件事。”

戚锵说：“不敢劳国舅爷大驾，请讲。”

“先帝贤妃杨氏，因犯下谋害先帝德妃和太子之罪，皇上已亲自下令抓捕。”

“抓人了？”这个消息显然让戚锵无所适从。

“尚未抓到，但已将其住所查封，并在后宫全面搜捕。”

“让她逃了？”

杭龙说：“她逃不掉的。”

“她手里有一伙人，异常凶残。”

“我们早已掌握，并将其首领擒获。他叫杨简，是杨氏的侄儿。他受杨氏指使，对杀害尚容安其凤、先帝德妃王氏、宫女欢喜、太子的事供认不讳。”

戚锵说："在下一直不问政事，还请国舅爷见谅。"

"杨氏的罪行尚在采信之中，她对王氏的陷害起于一份私献的药方。据我了解，王氏曾将药方交付于您，尚药局也曾就此药方做出甄别，是吗？"

戚锵略显迟疑道："有这么回事。"

"杨氏毕竟乃先帝宠妃，对她的犯罪事实认定需慎之又慎，断不可出丝毫差错。皇上命我亲审此案，我便要将每一份证据逐一落实。尚药，关于此药方还请您将前情写成一份证词。您不必担心，证词不会扩散，一经结案马上销毁。"

"不，我不担心扩散，我也不在意是否销毁。杨氏作恶太甚，理当将其暴露于光天化日。职责所在，我会据实作证。"

杭龙说："尚药深明大义，令晚生钦佩。"

杭龙一举擒获杨简的消息，着实给葛长生带来了压力。当初是他自告奋勇将捉拿杨氏的任务揽下，图的无非是风险小功劳大。岂料姓杨的这个女流之辈居然在后宫中消失了，翻了两日还毫无头绪。葛长生知道再不出成绩，自己的脸面恐怕很难搁得住了。情急之下他想到那个叫清蔷的同案犯，当初审讯清蔷时他没有过问，是因为他深知其中的烦琐与枯燥，但眼下他不得不亲自出马了。

他命人将清蔷从密室里提出来，问她杨氏若出宫，一般往哪里去？清蔷说不知，说杨氏每回出宫办事，她都没有同行。葛长生又问在宫里杨氏常去什么地方？清蔷说除了拜访先帝德妃王氏或者先帝昭仪李氏，她几乎不往其他妃嫔的地方跑。这些讯息没丝毫用处，葛长生觉得来讯问清蔷是多此一举了。

这时，清蔷忽然主动开口道："大人，杨氏对尚容局非常熟悉，也许会躲在那的什么地方？"

葛长生点头道："尚容局。还有什么地方？我记得你是尚服局的吧？她有没有可能躲在那？"

"回大人的话，杨氏极少去尚服局，她对那边的情形并不了解，也没有什么心腹。"

葛长生眼睛一亮："你的意思，尚容局有可能还窝藏着杨氏的同党？"

"回大人的话，杨氏掌管后宫时，在尚容局花的心思最多，也许会有几个近人。"

"她有哪几个近人，你应该比谁都清楚啊。"

清蔷说："回大人的话，杨氏对小的绝非无话不说，她在尚容局还有什么人，小的确实不知。小的只是猜测，请大人千万不要见怪。"

"审你就是要你知无不言，提供蛛丝马迹当在其中，只要不是空穴来风，我不会怪罪于你。"

"谢大人恩典。"

"尚容局……倒也不大，不难翻个底朝天。"葛长生自言自语之后又对清蔷说，"行了，太阳也晒够了，回你的小屋去吧。"

清蔷叩头道："望大人马到成功，早日捕获杨氏。"

"你提供的情况若真的有用，我少不了在仇公公面前美言几句，为你将功折罪。"

"大人的恩典，小的没齿难忘。"清蔷又叩头。

在这里清蔷没有随口将玉央推出去，毕竟她很清楚玉央和杨氏少有往来，她若顺嘴胡说日后可能会为自己带来麻烦。当然她可以出卖谷绣春，但如今她自身难保，再轻易树敌显然不是明智之举。

2

早先在尚容谷绣春那里，冰洁第一次听到玉央的名字，说是先帝和皇上特召其回宫为她设计妆容。这件事冰洁一无所知，当下就生出了疑窦。之后她通过清蔷之口听到更多关于玉央的讯息，几乎每一条都在向她证明，玉央这个人同宫中的每个上层交情匪浅，是非常厉害的角色。冰洁一向不喜欢后宫，对皇族贵胄权臣这些很抵触。在她看来，上等人的钩心斗角和下等人的溜须奉迎是天底下最龌龊的事。玉央既在她心中已成了拍马屁的高人，自然就厌恶她。其实冰洁、玉央她二人是可以做朋友的，或许还是非常好的那种朋友。只可惜冰洁在熟悉玉央之前就早已对她生出了成见，而成见能蒙住一个人的眼睛，阻止她用心作出判断。

冰洁是心里憋不住事情的人，她终于不再从侧面打听玉央，而是将她召到面前。玉央恭恭敬敬叩头请安之后，冰洁眼皮也不抬就开始了讯问："听说你被钦定为我设计妆容，有这回事吗？"

"回娘娘，谷尚容曾经通知过我，并令我随时待命。"

"这么说，知道这事的人还真不少，我倒成了最后一个知情者。"

玉央听得出她话中的意味，只好垂首不语。

冰洁继续道："既然你负责我的妆容，为何一直不来见我？"

"回娘娘，娘娘未传召，玉央不敢贸然晋见。"

"身上背的什么？"

玉央说："回娘娘，是设计妆容的必备工具。"

"你知道我今日传你是为这个？"

"回娘娘，玉央只是做好各项准备，以免临时又需往返取用。"

"果然乖巧，怪不得先帝妃嫔都喜欢你，开始吧。"冰洁点头。

玉央将工具箱放到案上打开，取出宣纸、画笔、砚台和墨块，动手在砚台中点水、研墨。依照程序，她要先为冰洁描下脸型，以作设计发式用。冰洁不懂，问："既要作画，为何不请宫中画师。"

玉央说："设计发式的脸型图只需简单的线条勾勒，无须劳烦画师。"

冰洁问："你是不是对自己作画很有信心。"

玉央说："勾勒脸型只是尚容局里一项必须掌握的基本功，不敢用到作画二字。"

"年纪尚轻，倒也懂得谦逊。"冰洁遂给了她第二句评价。

玉央铺纸蘸墨，看了看冰洁，低头动笔。冰洁将话题扯向扬州，问玉央为什么去的扬州，又怎么回来的。玉央说去扬州是应谷尚容吩咐，整顿大和教坊的事务。回是奉先皇圣旨，由当今国舅爷和孔尚服亲往扬州接回的。

冰洁说："堂堂国舅和五品内官，亲自赶赴扬州接一个六品内官回宫，真是闻所未闻。"

"回宫前玉央还只是七品，国舅爷也只还是特使。但即使这样，如此厚待也令我不胜惶恐。"

"不仅如此，还有圣旨同往。你与先帝很熟？"

玉央说："玉央不敢。"

"熟就熟，不熟就不熟，有何不敢？"

"先帝曾为一桩小事情找过玉央，但恐怕先帝根本不记得玉央是何许人了，所以不能自说与先帝很熟。"

冰洁说："你的话却让人听不明白了。你说先帝或许不认识你，先帝又怎么会大动干戈下旨召你回宫呢？"

"玉央也不明就里。"

"对了，那段时间由当今皇上摄政，莫非召你回宫是皇上的主意？"

玉央说："玉央奉命回宫，之后得知被指定为您设计妆容，其他内情一无所知。"

"皇上认识你吗？"

"皇上从前审案时，曾问询过我。不过当时被传讯者众多，皇上恐怕不会记得我。"

冰洁问："李永的案子？为何审你？"

"例行盘查而已。"

"还是你与李永有交道？"

这时候冰洁的贴身宫女巧巧进门，报说内侍省葛公公求见。冰洁便暂且放下玉央，出门去会葛长生。玉央一直低着头，她的笔悬在还未完成的脸型图上。冰洁离开后很久，玉央才轻吁一口气，重重下笔，迅速将画完成。她搁笔坐在原地发呆，明显感觉素未谋面的才人娘娘不喜欢她，甚或是对她有很深的成见但她不懂为什么会如此。这个后宫真是不给她一点喘息的余地啊。

玉央想得有些出神了，以至于冰洁进来走到她身后却浑然不觉。冰洁审视玉央勾画的人像，说："确实画得不错，难怪成竹在胸。"

玉央忙回头说："娘娘过奖了。"

"适才听你提到孔尚服，你跟她很熟？"冰洁走回窗边坐下，不再追问玉央与李永的交道是深是浅，转而提起了清蔷。

"我与孔尚服同年入宫，都在司容部，所以算作旧相识。"

冰洁问："你觉得她人怎么样？"

"孔尚服少年有为，进取心强，手艺也好。"

"我问她为人怎么样？"

玉央说："玉央和孔尚服乃泛泛之交，私底下来往不多，孔尚服的为人，玉央不便妄加揣测。"

冰洁对玉央的回答显然不满意，她等于兜了个圈子什么也没说。画好脸型图，之后便是检查皮肤与发质。冰洁端坐铜镜前，将长发披散下来。玉央为其检查发际、发根。

冰洁说："我本以为无非就是化个妆，梳个发式，想不到仅事前准备就已如此繁复。"

"设计妆容既关乎全局，又得重视细节，发质如何，肤质如何，身段如何，脸型有何特色，五官有何特色，一点马虎不得。设计好之后，便作为最适合娘娘的一个模板，在尚容局备录。"

"不会吧？难道经你设计一次，我日后便永远是这副打扮？"

玉央笑了："当然不是。这种设计乃界定娘娘的类型，描出一个基本框架。日后若有新鲜发式或容妆，也可做些调整，左右不出这个框子，便自然好看。"

"听你说的，这个活挺见功底。"

"总归要有个三五年的磨炼，才敢动手为人设计。"

冰洁说："尚容局你这群小辈里面，谁给妃嫔们设计过？"

"有胡蝶，有我。"

"没了？"

玉央说："主要还是谷尚容、梅司形，还有以前的安尚容和范司容。"

"先帝那时的王德妃，是谁为她设计的？"

"是我。"

冰洁问："那个杨氏呢？"

玉央想了想说："是孔尚服。"

"孔尚服也给妃嫔们设计过？"

"嗯，她任司容之后，去尚服局之前，一直负责先帝贤妃的妆容。"

冰洁说："刚才你怎么没提她？故意的？"

"娘娘问的是尚容局小辈，孔尚服早已不在尚容局，又身居五品高位，所以玉央刚才没想到她。"

"你负责王氏，她负责杨氏。你觉得你们俩谁手艺更好？"

玉央说："那时我任掌容，孔尚服任典容，一直是我上司。她的手艺好是出了名的。"

冰洁有些不悦，语气忽然加重道："我觉得你太喜欢兜圈子了。"

"小的不敢。"玉央惶恐了。

“我问你清蔷为人如何，你答说乃泛泛之交不可妄加揣测。”

“确实如此啊。”

冰洁说：“清蔷可不是这么说的。”

玉央一怔，不禁停下手。

冰洁继续道：“她对你相当熟悉，你怎么可能对她的私底下一无所知？想必是初次见我，不敢说真心话吧。”

“没有啊。”

“或者你本来就是这样，不喜欢说真心话？”

玉央说：“玉央刚才的话，句句是真。”

“算了，这么说话真累，我还是喜欢直来直去的人。你也不必紧张，忙你的，我眯一会。”冰洁摆手说完，闭上了眼睛。玉央发了一会怔，继续动手为冰洁梳头。

虽然玉央明确说过，让胡蝶这几日不要回房间，但胡蝶还是偷空去房里找她。胡蝶放心不下，她想试着再劝劝玉央别蹚杨氏的浑水。当她发现房里既无玉央又不见杨氏的时候，直觉告诉她很可能出大事了。胡蝶的直觉一向非常准，她还来不及退出房间，就被谷绣春堵个正着，谷绣春的身后跟着葛长生。谷绣春问她哪去了？胡蝶不懂，说没哪去啊。

谷绣春说：“我问你为什么没住在房间？”

胡蝶说：“跟玉央吵了几句，搬到司容部去了。”

“去了多久？”

“两天。”

谷绣春又问：“你前天夜里就不在这？”

胡蝶点头。

葛长生突然问她认不认识先帝贤妃杨氏。胡蝶说认识的。葛长生又问她昨日见没见过杨氏。胡蝶摇头，脸色变了，问怎么了？谷绣春让她不要乱问，让她回去。葛长生却说告诉胡蝶也没有关系，于是，胡蝶听到了她最不愿意听到的话。

葛长生说：“杨氏犯下重罪，畏罪潜逃。尚容局玉央窝藏杨氏，是为同党。现在杨氏与其同党玉央均已被拿获。”

杨氏被捕获是大功一件，仇士良自然不会不给大功臣葛长生露脸的机会，他邀上国舅杭龙一同听取葛长生的报告：“……在下的人将后宫所有大小宫门尽皆封锁，杨氏纵然有三头六臂也难逃脱。在下有十足把握，杨氏必定还在后宫。经过再三排查，最后把目标锁定在杨氏最为熟悉信赖的尚容局。尚容局可谓是杨氏的老巢，现任尚容谷绣春，原任司容孔清蔷，现任司容玉央皆为杨氏亲信，由她一手提拔。有如此深厚之根基，杨氏在此危难之时必定会选择尚容局作为藏身之地。果然不出所料，在下的人将尚容局围了个水泄不通，结果如愿以偿，杨氏果然藏身于尚容局司容部司容玉央之卧房……”

“玉央？！怎么可能？”杭龙闻声变色。

葛长生得意扬扬地说：“正是玉央。在抓获杨氏同时，同案犯玉央也落入在下的天罗地网。”

仇士良拍案道：“好！”

杭龙结结巴巴道：“玉央不可能……”

仇士良说：“乱党奸佞扰乱朝纲，罪不可赦。念你一战告捷，论功而行赏，由内侍省赏黄金一百两。”

葛长生的脸笑成了一朵花，连声谢着。

仇士良说：“你必须再接再厉，揪出其同党，将其一举剿灭。”

“在下明白。”

一旁的杭龙竟完全插不上一句话。一个小宦官脚步匆匆进来，报说皇上驾到。杭龙忙起身迎驾，仇士良则慢吞吞让出他的座位，请武宗上座。

武宗问："人既已经抓了，证据方面有无纰漏？"

杭龙说："回禀皇上，杨氏谋害先帝德妃王氏连同先太子李永，证据确凿。证人有内侍省总管秦耕人，尚药局尚药戚锵，尚服局尚服孔清蔷，原尚容局司容范娉柳，原东内苑侍卫队长杨简，杨氏贴身宫女巧儿。所有证人均已在其证词上签字画押。"

"证据一经核实，交由刑部依法惩治。此案牵涉复杂，不宜过分渲染，以尽快处置为妥。"

仇士良上前一步道："禀皇上，杨氏一伙党同伐异，并非仅为私人恩怨，乃祸国殃民之大害。老臣以为切不可草率收场，必须将其同伙一并揪出，方可保江山社稷无忧。"

"以仇公公之见，该当如何呢？"

"绝不姑息养奸，要顺藤摸瓜，一网打尽。"

武宗说："杭龙，朕命你彻查杨氏及其同党，严惩不贷。"

仇士良又奏道："老臣恐辅国大将军办此类大案经验欠缺，因此想亲自过问此案，还请皇上恩准。"

杭龙的脸色相当难看，盯住武宗。

武宗略一思忖，批准了仇士良的请求。

仇士良说："禀皇上，老臣力荐葛长生辅助大将军将此案彻查到底。这位葛长生在抓捕杨氏过程中立了大功，请皇上恩准。"

这会杨氏端坐于刑部大牢的榻上，双眼闭合，两手虎口相向交叠在一起。与她一墙之隔便是玉央，她平躺于榻上，目光停在房顶，脸上露出少见的虚无。

第十五章 ◎
各自的命数

绝境中的玉央

1

一缕光束从小窗斜向投射到墙上，令牢房里的氛围阴森而奇特。杨氏依旧以打坐的方式置身榻上，双目闭合，一副五毒不侵的模样。脚步声、锁链声、门轴转动声接连响起，来人是仇士良。

仇士良说："这里只有你我，有些话可以直言不讳。"

"仇公公想和我谈什么？"杨氏终于睁开眼睛，昔日眼里的火焰终于停息了。

"想必你也明白，时至今日也没人救得了你。"仇士良也比平日温和了许多。

杨氏点头："我当然明白。"

"连杨简都出面指证你，看来这个劫你是躲不过了。"

"墙倒众人推，树倒猢狲散。古往今来莫不如是，我也就无话可说了。"

仇士良说："人生一世，草木一秋。事已至此，多说也是无益。你身后的事，有什么需要老夫帮忙吗？"

"杨家因我而起，我也算耀祖光宗了。如今又身陷渊薮，该当诛灭九族，无疑对祖宗犯下滔天大罪。连累了家人是我心中的最痛，仇公公若诚心帮我，唯有免我杨姓一族不死。九泉之下，我也会感念公公的大恩大德。"

"这个忙老夫当然可以帮……"仇士良微笑，那笑容却异常阴冷。

他的话明显说了半句，杨氏也只能接上话道："仇公公也一定有话要说，就不妨说出来听听。"

"果然不是寻常之人。你该明白，老夫对李溶、李成美之流厌恶透顶。可怜他李氏也会生出这种鼠辈来，心怀鬼胎，却又贼心不死。这两个东西令老夫如鲠在喉。"

"仇公公是不吐不快了？"杨氏同样报以冷冷的笑意。

"哼！以为倚仗头上的皇弟、皇侄之名，老夫奈何他们不得。我听说那个李成美对老夫恨之入骨，与李溶勾搭连环预谋作乱。"

"仇公公是要借我之手，借刀杀人啦？"

仇士良说："你虽做他李唐之媳，说到底也不过是个偏房，甚至未留一滴骨血。老夫以为，你未必一定为他李唐恪守忠孝，是吧？"

"明白了，要我指证李溶、李成美为同党，仇公公便可一石二鸟，连当今皇上也无话可说。"

"聪明。我答应你两件事，其一，诛灭九族可免。其二，厚葬。"

杨氏说："仇公公大人大量，一言九鼎。"

一墙之隔的玉央也有访客，是杭龙。

"我就不懂，你为什么要把自己搅到这场是非中来？如果你是杨氏的党羽便也罢了，问题在于你根本不是！"

玉央抬起头说："连我自己也觉得奇怪。这许多年，她就几乎从未主动找我，我应该从来不在她眼里。可是这一次她偏偏找上我……"

"你可以拒绝啊！"

玉央说:“放在你身上,你能拒绝吗?”

“我想得出你会非常为难,但你在宫中不是一年两年了,个中利害不可能不懂。你这么做,无异于把羊头伸进虎口!”

“也许正像你刚才所说的,是我命该如此。”

“你真是,真是糊涂透了!而且你根本就知道后果,不然你不会对胡蝶大发脾气,迫使她远离开这场是非。”杭龙喘粗气,气得不知说什么好。

玉央嗫嚅道:“胡蝶要是给牵扯进来,我心里就永远也不得安生了。”

“胡蝶对我说,你就从没对她发过那么大的脾气,不然她也不会负了气住到司容部去。她是后来才体会到你的良苦用心。”杭龙声音轻了下来。

“想一想真是后怕,她若也受了牵连,真是……太可怕了。”

“玉央,你也不要自责了。胡蝶躲过了这场大劫,也算是不幸中之大幸。”

“杭龙,求你一件事。”玉央再抬头的时候,两行泪挂在脸上。

“你说。”

“我娘还在太原府,等我……我的事了结之后,请你无论如何去见我娘一面!我怕她会……”玉央说不下去了,哽咽着,身子重重地抽了两下。

杭龙说:“别说得那么绝望,有道是天无绝人之路。”

玉央摇摇头说:“我知道你是好意。可是我也知道做了什么,我还不至于那么糊涂。”

“不!不到最后一步,永远也不可以放弃。后果是人定的,因而也绝非是不可改变的。事在人为,相信我。”

“你这么说,我除了感谢也再说不出别的了。”

杭龙说:“事情已经发生了,不可能从头再来一回。当下最重要的是信心,无论是对我还是对你自己,明白吗?”

玉央顿了一下,点点头。杭龙说了句等我的消息,转身要走,玉央却将他喊住。杭龙回过头,玉央的眼瞳晶莹闪亮。

“谢谢你。”

“你我之间,说谢就见外了。你在这里多有不便,看看有什么需要我关照一下的?”

玉央思忖道:“我在写一本集子,你可否让他们给我备一份纸笔墨砚?”

“没问题,我让他们送过来就是了。还有别的吗?”

玉央迟疑道:“算了……我本来还打算把我娘她们的两本笔记也麻烦你带过来,想想还是不带的好。我怕他们不容,再找什么麻烦。”

“乱七八糟的东西还是不带进大牢的好,免得节外生枝。”

玉央眼圈红红地说:“尽管你不让我说,我还是要再说一句,真的谢谢你。”

冰洁从圆形草靶上拔出箭镞,插入背后的箭囊之中。她退后大约三十步,操起秀巧的金弓空弹,弦声颤动,嗡嗡作响。她伸手从脖颈后抓一支箭镞,搭弓拉弦,瞄准,射!箭镞带着风声直中靶心。冰洁露出满意的笑容。

“娘娘。”清蔷随宫女巧巧从北面过来,叫道。

冰洁皱一下眉说:“这个称呼真不顺耳,你换个称呼好不好?”

清蔷说:“不好。娘娘贵为国母,胡乱称呼岂不乱了纲常?”

“听你们如此称呼,我觉得自己成了太婆了。”

巧巧对清蔷说:“娘娘让我叫她姐姐,我吓也吓死了。借个胆子给我,我也不敢啊。”

清蔷问:“娘娘有事找我?”

冰洁支开巧巧,说:“也没什么事,一个人闷得慌,想找人说说话。”

清蔷点头,显出十二分的善解人意。

冰洁问:“你在尚容局做了多久?尚容局里手艺最为出挑的是哪个?”

清蔷说:“单论手艺,不讲人品,那肯定是玉央了。娘娘怎么会问起这个?”

“这个玉央刚刚为我设计了妆容方案,就被仇士良的人抓了。”冰洁深深呼出了一口气。

清蔷惊讶道:“玉央被抓了?”

冰洁点头:“窝藏杨氏,罪不可赦。”

“窝藏?她把杨氏藏哪了?”清蔷的表情里透着掩藏不住的喜气。

“就在她自己的房间里,上次来的那个葛公公将她与杨氏一并抓获。”冰洁摇摇头接续说,“无论如何看不出,她竟会是杨氏的死党。看她一脸的稚拙之气,险些就被她骗过了,竟还以为这是个天真未凿的小姑娘呢。”

“这正是玉央的看家本领。不要说您了,连我们这些与她终日在一起的同伴也都很容易被她骗过。”

冰洁说:“也许她日后再没机会使用她的看家本领了。这一次,我看她很难逃过关。”

“也是她罪有应得吧。”清蔷双眼发亮。

“我奇怪,你既是学妆容出身,为何去尚服局任职呢?”

“娘娘有所不知,尚容局一直是杨氏的后院,当然一定由她的亲信掌管,怎么也轮不上我呀。”

“我倒是早就听说历任皇妃均看重尚容局。当年德妃在位时,安尚容是德妃的人。之前杨氏在位,谷尚容也是杨氏的人。”冰洁自顾自点头,“挺有意思的,有意思……”

“先帝妃嫔众多,尚容局是为妃嫔们扮美,所以谁主掌后宫谁便将尚容局抓在手里。现在情形有所不同,当今皇上……”

冰洁忽然打断她说:“你愿意回尚容局吗?”

“没想过,我听娘娘的。”清蔷有些意外。

“这后宫里的名堂真是多。听你们这许多人说玉央,也许她真就是个人物。小小年纪落得如此下场,不免令人叹息。”冰洁深深地吁出一口气。

清蔷也垂头作惋惜状,之后小心翼翼地开口了:“娘娘,杨氏和她的同党都抓到了,小的想见一下杨氏。”

“我猜她时日无多,要见就该抓紧了。我跟国舅打招呼,让他安排。”

“谢娘娘。娘娘不想知道小的为什么要最后见她一面么?”

冰洁说:“毕竟你与她主仆一场许多年,恩恩怨怨一定不少。我又何必去关心你们之间想说些什么呢?”

清蔷鞠了一大躬说:“娘娘慧眼。在您手下做事,小的们便不会瞻前顾后太过紧张了。”

“我最怕的便是身边人太过小心谨慎,他们若是这样,我也会觉着别扭。”

“能在您身边做事,便是小的们的福分。娘娘,在下告辞了。”

2

清晨的阳光透过气窗投射到石榻一角,杨氏终于没再端坐着,而是平身躺于榻上。她双眼闭合,神情安详,两手交叠放在小腹,姿态松弛舒展。

轻轻的脚步声停在牢门外,清蔷立于木栅门之后,脸在阴影里,身上背着小挎箱,说道:“我还是叫姐姐吧。”

杨氏的眉头颤抖似的微微皱了一下。

清蔷继续道:"平日这个时辰,姐姐早该起了。"

"你是搬来陪我坐牢呢,还是已经给放了?"杨氏依旧闭着眼。

"姐姐猜错了,是王才人娘娘特别恩准我来看望您。"

"这么快就攀上新主子,真不能小觑你。"杨氏慢慢睁开眼,盯住房顶。

"姐姐谬夸了。做奴才的若没这点本事,也不敢端这个饭碗。"

杨氏重又闭上眼睛,"你已经看过我了,回吧。我还想睡一会。"

"姐姐还有什么未了的心愿是我可以代劳的吗?"

"我这一辈子操够了心,甚至从不敢睡上个懒觉,眼下的心愿就是能美美地睡上几日。"

清蔷说:"您不久便会长眠不醒,眼前这最后的时日用来睡觉,不觉得太浪费吗?"

"依你的看法,我此刻应该做什么呢?"

"姐姐好些日子没梳洗过了,让我为您梳梳头吧。"

杨氏睁开眼,一只乌鸦落在气窗上,歇一会脚后又飞走了。牢房里闪过它的影子。清蔷将随身带来的小挎箱打开,倚着木栅放在地上。里面是一套精良的檀木梳头工具,长柄宽齿木梳,细齿短木梳,圆头按摩梳,发卡,发簪,发网,发油……箱角一碗清水,闪着点点的光。清蔷拣出宽齿梳,在清水里蘸了一下。杨氏坐到木栅门边,清蔷从门外伸手进去为她梳头。

清蔷说:"您封妃那天,没能亲手为您装扮,这成了我的心结。也是不想留遗憾吧,我特地选在您如此落寞之时,找这个机会给您梳最后的发式。"

"那一天,应该是我这一生最风光的时刻了。"杨氏眼里流溢出憧憬。

"可不是吗?您十年卧薪尝胆,终于到了扬眉吐气的一天。头顶凤冠,身披霞帔,高坐于台榭之上,整个后宫都在您脚下。连一直对您颐指气使的王德妃,也被您的光彩覆盖,从此一蹶不振,直至死亡。"

杨氏的目光变得迷离,似乎被清蔷的话带回了当日。

大清蔷话音一转道:"可是……"

杨氏的目光一下有了焦点。

清蔷哑着嗓子说:"那却是我苦难的开始。"

"那段时间发生了什么?我记不清了。"

清蔷换了把细齿木梳,不疾不缓地梳着杨氏的头发。

"您当然记不清,您心里怎么放得下孔清蔷的安危?我给您点提示,那张偏方,王德妃,还有小寇子。"

杨氏微微点头:"我想起来了。"

"为了那张小小的纸片,您先是杀了姜连圳,我的伯父,我仅存的骨血至亲……"

杨氏嘴角微微上挑,道:"人在声讨别人的时候,总爱把一分心酸刻画为十二分苦痛。"

"如果说失去伯父仅仅让我震惊,接下去的时日便是深不见底的恐惧。"

"那才是你的切肤之痛。"

清蔷用梳子挑出一块发油,仔细梳在杨氏头发里。

"我被小寇子盘问追查,惶惶不可终日。被内侍省关押提审,被王氏软禁,最终被推到先帝脚边,生还的希望在眼前一点点消失殆尽。我就要死了,我才十八岁。而这一切,都是因为你若无其事交给我的那张偏方。在我呈给王德妃的时候,你就已经知道后果了,那是我的后果,你给我的后果。一切都在你的掌控之中,不是吗?"

"你现在和我说这个,是在控诉我,还是要泄一己之愤?我看不出这有任何意义。"

清蔷说:"我倒很想听听您的解释。都说人之将死,其言也善。您此刻的话,我还是愿意听一听的。"

“我做了能做的一切,包括在那个关键时刻赶到现场。”

“您之所以急切,还是因为那个时刻关乎您自身的安危。”

杨氏说:“可以说那是我今生最为要紧的关头,而且毕竟你我那时还在一条船上。”

“若非如此,清蔷就是死一百回,您也未必眨一下眼。”

“你曾是一个好奴才,这么好的奴才不容易找。”

清蔷说:“抛开我不说。那天的情形,您与王氏都命悬一线,不是你死就是她亡。而这一最终决定权,竟鬼使神差般地落到我手里。”

“所谓天降大任于斯人也。”

“如此重大的抉择,留给我的时间却只有一瞬。现在想想也奇怪,我怎么就选择了您呢?本来我可以作相反的选择。”

杨氏说:“你不可以,你没有选择。”

“我有选择,我可以选择事实本身,我可以照实把一切坦陈给皇上,那样被废妃的就不是王氏而是您了。我不是您的救命恩人吗?您不会连知恩图报这么浅显的道理都不认同吧?”

杨氏微笑道:“你比任何人都更清楚,保存了我,就保存了你自己,才有日后的飞黄腾达,而且还会像煮熟的鸡蛋一样洁白无瑕。你若投靠姓王的,最好的下场也就是将功折罪而已!你已经脏了,已经与我一道害她,你以为她会放过你?你没那么傻吧?”

清蔷有一会儿没说话,似乎专注于为杨氏编头发。就那么静静地结好一整条发辫,她才又开了口:“我心里的算盘都是您教的,自然瞒不过您。”

“你这把算盘打得很精明。后来的日子,你要风得风要雨得雨,可以说全赖你那一刻的机灵。你能坐到今天的位置,也算是我回报了你的所谓忠心。”

“回报?谋杀李永,陷我于大罪。事发后,明里要我帮你杀玉央灭口,暗中让杨简连我一起烧成灰,这就是您对我的回报?我看得再清楚不过了,您一直以来纯粹利用我罢了。”

杨氏说:“彼此彼此。你又何尝不是利用我来发泄你对玉央的私怨。别忘了,灭玉央之口是你给我的点子,我只是借风借势用到你身上罢了。”

“既如此,您应该也不会怪罪我吧?若非您对我下了死手,我也不会弃多年主仆的情分于不顾。哀莫大于心死,看到房子起火的那一刻,我真的是彻底心寒了。”

“话不必说得这么漂亮。若真到了二者只能存其一的时候,你不会出卖我?”

“我会,因为给您卖命让我觉得不值。士为知己者死,您非但不是知己,还是我命中的煞星。十二岁见到您的那一刻,我的命运彻底改变,苦难从那时便已开始了。”说着,清蔷用发卡固定杨氏的头发,又用发网将杨氏的发髻拢住。

“你想说,是我毁了你的人生?”

“这么说未尝不可。万幸的是,您就要退出了,我的噩梦也快到头了。”

杨氏说:“噩梦是你自己造就的。千万别忘了,正是你眼里的那种欲望,才促使我选择了你。而我能给你的一切,也还是你最想要的,可以说认识我是你的命数。我同样可以说,这既是你的幸运,更是你的不幸。”

“也许吧。”清蔷走了一会神,手也停下了。须臾,她麻利地拢好杨氏的头发,将发簪插上定型。又弯腰收拾好工具,背上挎箱,直起身准备离去,“是您把我带上这条不归路,而您注定也只能陪我走到二十岁。您的路已经到头了,而我的路还长。”

“我从你的口气里听出了几分得意,你以为自己的路还会很长吗?”

“长短与否,可惜您是看不到了。”清蔷奇特地一笑,轻巧转身走了。

杨氏深吸一口气,又长长吐出。伸手将发簪拔下,拉掉发网,一个一个取出发卡,长发重又披散下来。

这里比杨氏的那一间暗了许多，所有的物像都是倒置的，近在咫尺的地面乍一看会误以为是屋顶。同样倒置的清蔷有如鬼魅一般飘然而至，她的诡异的笑容更增添了几分鬼气。原来玉央在徒手倒立，她的脸比平时显得红一些，嘴巴也紧紧抿着。看她的神情，似乎并未认出来人是清蔷。清蔷两手抓紧木栅，将她秀巧的小脸紧贴在两手中间。表情与平日大异，眼睛也比平日亮了许多，熠熠生辉的目光令她显出几分狰狞："跟我玩？玩死你！"

玉央全无反应，如雕像一般继续她的徒手倒立。

"乖乖写供词吧，把那些你做过的和你没做过的都写上，哈哈哈……"这时，清蔷发现了窗下地面的笔墨纸砚，说话的声音阴森可怖。像来时一样突然，她倏忽不见了，只留下排列于黑色空洞中的木栅在原处，刚才的一幕更像是一场梦。

玉央出了大事，胡蝶第一时间想到的就是李氏。她失魂落魄往李氏住处赶，见到人，话还没出口眼泪就扑簌簌掉下来了。李氏吃了一惊，问她怎么了。胡蝶大哭着说玉央犯了死罪，让他们抓起来锁进大牢了。李氏以为胡蝶又听信了什么传言，在这里胡说八道。

胡蝶边哭边说："是真的。她把姓杨的藏到房里，被仇士良他们抓住……他们说她窝藏朝廷重罪犯人，这回怕是死定了……"

"说玉央窝藏杨氏？说出花来我也不信。玉央怎么会窝藏她呢？一定是有人栽赃陷害。"

胡蝶摇头道："没人陷害她，是真的，我亲眼见的……还是她自己叫我搬出去，她怕连累我。"

李氏一跺脚道："这个丫头，怎么这么糊涂！"

"都怪那个姓杨的！朝廷抓她，她往哪躲不好，非要躲到玉央那去？她就知道玉央不会出卖别人，她就是利用玉央这一点。我恨死她了！"

"抓她们的是什么人？"

胡蝶说："是仇士良的人，一个叫葛公公的。我特别讨厌他说话，真难听。"

"仇士良的人……不是杭龙在负责这个案子吗？"李氏自言自语。

"这些我不懂，反正抓人的是那个葛公公。姐姐，怎么办啦？"

李氏思忖道："谁办案很关键。要救玉央出来，就必须找办案的人疏通。这样，你设法找到杭龙把情况问清楚，我这边再想想办法。"

胡蝶噙着泪点头。她一离开李氏就去找杭龙，求杭龙让她见玉央。经不住胡蝶再三哭着央求，杭龙最终答应让胡蝶进去。杭龙知道胡蝶是非见玉央不可，也知道玉央同样盼着胡蝶去看她。

这会玉央背对木栅，盘腿坐在在窗下，手眼的关注都在地上，她在写字。胡蝶轻手轻脚走到木栅之外，看了她一会儿，轻声问："你干吗呢？"

"胡蝶？"玉央一时间并未反应过来，还以为是自己的幻听。

"就是我呀。"

"胡蝶，你怎么来了？"玉央腾地站起来。

胡蝶站在木栅外反问："我怎么就不能来？"

"你可来了！"玉央奔到木栅前，两手抓牢木栅，情绪有些失控。

"你让我担心死了。"胡蝶并未迎上，呆立在原处，泪水也扑簌簌往下落。说完，她上前一步，两手抓住玉央的两手，"我找了杭龙三回，他才破例准我来探监。"

"还以为今生今世再也见不到你了。"玉央显得心力交瘁。

"别说得这么绝望，我害怕。我去找过李姐姐了，她说她会想尽一切办法帮你。"

玉央摇头道："没用的。杭龙乃当今国舅，尚且无能为力，别人也就可想而知了。"

胡蝶满脸是泪："当时你撵我走，我心里还怨你，还生你的气，以为你为了那个姓杨的连最好的朋友都不要了。"

“我当时心里怕死了。我知道,如果不和你翻脸,你绝不可能搬出去,那样的结果将不堪设想。”

“事后我才体会到你的用心。我当时怎么也拧不过那个劲,只是一味误解你,我真是傻透了!看我那么误解你,你一定伤心透了,是吧?”

玉央说:“现在是我所能想到的最好的结局了。真的把你牵连进来,我永生都不能够原谅自己。”

“玉央,真是奇怪,我今天看到清蔷被放出去了。姓杨的这桩案子牵涉到许多人,包括前太子李成美,包括皇弟李溶,都是抓的抓关的关,怎么唯独清蔷会被放出去呢?她的神通也实在是太大了。”

“清蔷还到这里来见过杨氏,还过来向我挑衅。就像当年王德妃案子结束一样,她比先前越发张狂了。清蔷有借风借力的本事,看来两个皇妃最终也不是她的对手。”

胡蝶说:“我担心的就是她,这个家伙太可怕了。她一出大牢,这边搭救你的全部努力就有可能前功尽弃。”

“胡蝶,说心里话,我知道这一次在劫难逃。我对你们做的一切都很感谢,但没存丝毫侥幸的念头。倘若最后的结局都是一样,我何必去怪罪清蔷或者别的什么人?此刻,我真的一点都不恨清蔷。杨氏在她最后的时间找上我,这就是我的命数,我相信连她也不是很清楚她为什么会找上我。最终是死是活,一切皆由天命。”

“我没你那么大度,我恨死清蔷了。若没有这个坏东西,一切都会不同。”

玉央说:“胡蝶,别再说她了。告诉我,你的汤立夏怎么样了?”

“我祖父在朝廷里为他谋了一个小小的位置,他近几日就快到长安了。”

玉央伸手抚摸胡蝶的头发说:“他这个人不错,我旁观者清,相信我的眼力。如果他那边没有问题,就早点出宫嫁给他。”

“你自己的命都快保不住了,还管我嫁人不嫁人干什么?”胡蝶涕泪滂沱。

“我当然要管,谁让你是我妹妹呢?你讨厌我管你了,是不?”

“不是,才不是呢,才不是呢……”胡蝶恸哭失声。

玉央终于没能忍住,也落泪了:“别忘了,帮我照顾我娘。别忘了……”

胡蝶大摇其头:“不会的,不会的……”

两个姑娘哭作一团。胡蝶带来的消息中有一点不够确实,那就是清蔷。清蔷被关在王才人那里是保护证人安全的举措,案件尚未最终处理,清蔷作为共案犯理当在被处理的名单之内。但因首犯杨氏的抓捕审讯以及相关的案情太过重大,吸引了包括皇上和仇士良在内所有人的眼球,所以清蔷被搁置在一边。杭龙顾不上问,葛长生也没想起清蔷这个人。而且由于清蔷很讨王才人的欢心,她竟自作主张让清蔷成了一个可以随意出入的自由人。

清蔷当然不会放弃这个千载难逢的机会,她四处走动故意留给大家留下了恢复自由的印象。清蔷以为造成这样的印象,会争取一个最好的结果。当然这只是她的一厢情愿。

各种关系的纠结

1

玉央在后宫中遭遇厄运的消息虽然传不到太原府,但母女的心是连在一起的。荣氏这几日连番做着噩梦,她对方汀说担心小丫出了什么事。方汀想起那两个苍蝇般轰不走灭不掉的差人,也觉得是宫里出了什么状况,才引得这边的情势越来越紧张,于是建议去一趟长安。

荣氏说："小丫不是不让吗？"

方汀说："您一番话把我的心也说慌了，万一真是宫里出了事，我们不能坐视不管。而且眼下我们的行踪可能已经暴露了，在不在长安反正都一样。与其在这悬着心，不如过去探个究竟。就算有危险，一家人在一起就不怕什么。"

荣氏点头："你说得有道理，就去长安。万一小丫那边真的有事，我们在跟前总归有个照应。"

"事不宜迟，我马上再跟西街交代一下，让叶店主安排人过来看店，我们明日动身。"

说走就走，次日一早，荣氏她们雇的单马厢车就已经行进在山峦谷地之中了。青冈马如踩着节奏一般碎步踏踏，马头一摇一摆煞是好看。车夫似乎不如他的马更有兴致，他坐在左边车沿，倚靠车厢，手上的短柄皮鞭斜搭在大腿上，马步的节奏令他昏昏欲睡。铁木轮辐周而复始地转动着向前，这时的颠簸也生出了莫名的美感。

车里的方汀显然被一层厢板之隔的车夫的瞌睡传染了，双眼微闭着打盹，头不时地点一下。荣氏却无一丝睡意，脸上透着明显的焦虑，她的心情与车外诗意的环境形成鲜明的反差。显然由于车轮轧上了一块石头，厢车剧烈颠动了一下。方汀醒了，摇摇脑袋，说肚子饿了。路前方不远处正好有一家小店，她们便停下吃饭。

这种山村路边的小店都是一个模样，门前摆两张旧方桌，四个条凳分置于方桌四边，高挂的布幌在风中轻轻飘荡，房子边上设有石马槽供往来旅人喂马。荣氏、方汀在一张方桌边坐定，店主过来为她俩斟茶，是个不到三十岁的勤勉男人。饭吃到一半，突然从屋里传出女人的呻吟声。店主说那是他怀了孕的老婆，这几日恐怕就要生了。

他撇下荣氏、方汀进屋。女人的呻吟低了下去，静上一小阵子又起来，又静，如此几个来回。突然，呻吟变成了尖叫，显然阵痛已经超出了产妇的承受能力。荣氏、方汀坐不住了，跟进去问要不要帮忙。

店主说："不好意思，我女人要生了。"

荣氏说："快去找接生婆呀。放心，这里有我们。"

店主连谢也顾不上说，拔脚出去。荣氏吩咐方汀去准备热水，然后抓住产妇的手问她疼了多久，又问她这是第几胎。

产妇说："疼死了，这辈子再不敢有第二回了。"

荣氏说："头一回生孩子都怕，都疼得受不了，都说再不要生第二个了。等孩子生下来，白白胖胖的那么招人喜欢，就把疼都忘到脑后去了。到时候啊，又想生第二个了。女人没记性的。"

"嫂子，听你说话让人心里舒坦，不那么疼了。"

方汀刚把热水烧好，店主就带着接生婆赶回来了。接下去是大家都能想象的情形，产妇在屋里声嘶力竭，男人在门外六神无主，接生婆指挥着荣氏、方汀忙这忙那，忽然响亮的哭声传出，男人眼睛一亮……

方汀满头大汗出来报喜："恭喜老板，是个男孩。"

"儿子！"店主双臂高扬。

荣氏可累坏了，她觉得自己生小丫那会似乎也没这么累。小丫出生那会，也像眼前的婴孩一般白白胖胖，荣氏把小丫捧在手心，像被一股巨大的暖流所裹挟。有小丫之前，她的日子不算平顺，也时常生出沮丧与心酸。但有了小丫的那一刻，她觉得今后无论会过上什么样的日子都不可怕了，她什么也不惧，成了全天下最有勇气的女人。那种感受很奇妙，即便过了快二十年，回想起来仍历历在目。荣氏可不是生来就是眼下的这个荣氏，荣氏创造了小丫，也就因为小丫而变成今日的荣氏。没有荣氏就没有小丫，没有小丫也同样没有这样的荣氏，这难道不奇妙吗？

心中有感触的不只是荣氏，方汀也想到了生儿育女，接着便脸红了，她还没嫁人呢。

温庭筠和玉央隔着木栅相对，玉央不说话。

温庭筠问:“你为什么不说话,甚至连老温都没叫一声,你不会没认出我是谁吧?”

玉央说:“我不希望谁来看我。我犯了死罪,而且罪不可赦,能来看我的除了亲人便是朋友,我一不想让他们受到牵连,二不希望他们看到我现在这副样子。”

温庭筠说:“现在这副样子怎么啦?是很丑,还是很沮丧?你想事情总是不上道,既然只有亲人和朋友来看你,谁会在意你什么样子?我们关心的是你这个人。”

玉央说:“温兄,别生我气。毕竟我是姑娘家,没有一个姑娘愿意把自己难看的样子给别人看。我心情很坏,你就担待一点吧。”

“怎么会生你的气?你想哪去了?你在这里有什么需要人帮助的,告诉我,我去想办法。”

“人在这种地方,心如止水。除了偶尔想想我娘,好像就没有别的事需要我去关心。”

温庭筠问:“你娘人在哪里?”

玉央说:“也许还在太原府。”

温庭筠说:“你就一点也不想问问李兄的近况么?”

玉央说:“我和李商隐情缘已尽,问与不问又有何意义呢?”

“李兄的夫人温婉贤淑,家境也富足,他应该有一份好日子过。你的事要我转告他吗?”

“无所谓。如果见到他,请带上我的祝愿。”

温庭筠从怀里掣出一卷诗稿说:“这是我的新作,带给你解闷,你若有心情就翻一翻。”

玉央说:“我当然有心情了。温兄,看你平日没一句正经话,真看不出你还是个有心人。谢谢你。”

“好话到了你嘴里也不中听。”

“我说什么不中听的话了?”

温庭筠说:“你说谢谢呀。”

“说谢谢很不中听吗?”

“一下子拒人千里之外。”

玉央说:“有这层意思吗?我怎么不觉得。”

“人一客气,自然就疏远了。”

“是我习惯了。我不习惯那种不拘礼的方式,连跟我娘也要说谢谢。”

温庭筠说:“念你尚在坐牢吃苦,就不追究你了。但还要告诉你,你这习惯,老温不怎么欣赏。”

“虽不欣赏,总不至于不能谅解吧。”玉央也显得轻松了。

“谅解当然是谅解了。玉央,现在这会就对了,别那么愁眉不展的。人生在世,活一天就要活得有生气,不能让任何人轻看了你。”

“温兄,我明白你的意思。”

“明白就好,响鼓不用重锤。”

温庭筠的看望在某种意义上舒缓了玉央的抑郁。玉央看上去达观,似乎对命运逆来顺受,其实她内心同常人一样觉到了不平衡。老温送来了他的诗,一种有着节奏和韵律,有着玩赏的情致和妙不可言的联想文字。而且这文字如同老温的姓氏一样是有温度的,有温暖的弥漫和延展,有着极舒服的心灵按摩效果。

有了自由的清蔷是不肯安安生生蜷缩在角落里的,她控制不住内心永不止息的蠢蠢欲动。有些时过境迁的事情她完全可以不再理睬,但是她不能不理睬。所谓江山易改禀性难移。时至今日对她而言,远在太原府的荣氏、方汀还有任何意义吗?那两个受她派遣的差人还有任何意义吗?她完全可以把这些人从她生命的册页中撕掉,让他(她)们随风而去,但是她没有。

她依旧男人装扮,面前是大盘酱牛肉和酒壶,单只酒盅摆在对面位上。差人匆匆赶过来,为迟到连声道歉。清蔷看上去心情不错,微笑问他是不是已经找过她好几次了。差人说他们哥俩在太原府找到荣氏和方汀后,便依照清蔷之前的吩咐,一个留下盯她们,一个快马加鞭回长安城报信。岂料再三都联络不到清蔷,所以他心里急。

清蔷对他俩的工作表示了肯定,并说差人在长安城里耽搁的时间,有每日一两银子的补贴。差人一听眼睛都直了,后悔没将耽搁的日子再多说上十天半月。他顺嘴问清蔷是不是惹上麻烦了。清蔷让他少打听,随后从怀中掏出两锭银,差人忙收入怀中。

清蔷说:“让你的兄弟回吧。”

“他可是一直盯着她们的,不需要再盯了吗?”

“再也不需要了,她们怎么样我也用不着关心了。”清蔷没有看他。

既然如此她又有什么必要非去见他们,只为多出两锭银子没法子处理吗?心腹大患已经无药可救,她许多年里最大的心事便告一段落,对她而言,这已经是最好的结果了,所有与玉央相关的人和事从此再无任何意义了。荣氏、方汀这些名字已经离清蔷太远太远了,比天的尽头还远。

温庭筠有他的方式,每个关心玉央的人都有自己的方式。先皇昭仪李氏的方式更实惠一点,她想到太皇太后也许能帮到玉央。但有一分可能,她无论怎样都要尝试一下。

老太太由两名宫女搀扶,赤脚走在鹅卵石路面。她膝盖微曲,双腿有些打战,身边的宫女小心翼翼。李氏匆匆进了拱门,过来施礼。

老太太说:“李丫头来得正好,你扶我走走。”李氏遂替下太皇太后右手边的宫女。

老太太的膝盖这次闹得特别凶。从前遇到变天的日子,她在这石头路上走个来回,就能轻快不少,但这次已经三天了,也不见好。

李氏问:“要不要请御医过来看看?”

老太太说:“没什么意思,他们不过是那几句老话,况且腿脚不适没什么大碍,只要头脑还清楚就好。”

李氏说:“整个大明宫属您最聪明。”

老太太却笑了,说:“都说聪明人心眼多,心眼多命不长。你赞我聪明,这个马屁拍得可不算好。”

李氏说:“天底下总有特例,您就是又聪明又长命。”

太皇太后说:“若是跟后宫里的妃嫔比,我的命确实算长的。眼看着几个孙子相继当了皇上,当年跟我一起入宫的姐妹们早就走的走散的散了。依我看,我活一百岁也不难。只要凡事都不上心,千万别沾上朝廷的事,不要给自己找麻烦。”

“就这些?”

“说出来简单,做起来难。你看这后宫里,有几个妃嫔真的做到了?一不留神就陷进麻烦里,到最后没有一个落得好下场。也有熬出头的,但心也熬干了,头也熬白了,早早地就闭了眼,何苦呢?我这一辈子就什么都不过问,外面的事交给皇上,里面的事交给姐妹交给儿媳再交给孙媳。我只求轻闲自在,谁给我找麻烦我都不乐意。如今年纪大了,更是什么都不想管了。”

太皇太后絮絮叨叨滔滔不绝,李氏却面露难色,有点走神了。太皇太后一脚没踩好,忽然朝右边歪了一下,李氏差点没扶住。被替换下去的宫女一直跟在身后,此时急忙上前帮手,好歹将老太太稳住。一场虚惊后,太皇太后说腿没力气,想回屋了。宫女忙过来为她穿上鞋袜,李氏扶她回宫里榻上歇下。

太皇太后嘟哝着说:“那个叫玉央的丫头好久没来了,她捏脚捏得舒坦。”

李氏终于有了开口的机会,说:“玉央惹上麻烦,不能过来伺候您了。”

太皇太后扬起脸问:“谁的麻烦?”

李氏反问她:“杨姐姐的事您没听说吗?”

太皇太后说:“怎么没听说,你以为我老糊涂了?那个人不是好东西,打从她进宫那天我就知道她不是好东西。那丫头惹上她的麻烦了?”

“是啊。玉央平日跟她走得很远,可不知为什么他们去抓她的时候,她偏偏躲到玉央的房里去。他们在玉央的房里把她抓了,就以为是玉央在窝藏她,把她也一块抓了。”

“真是乱弹琴!叫他们把那丫头放了。”

李氏说:“杨姐姐犯的可是大罪,不管是谁,沾上边就不得了,哪里是说放就能放的?除非皇上说话,或者是皇奶奶您说话,别人的话是不管用的。”

“他们没长眼睛吗,那丫头哪像跟那个坏东西是一路的?现在我说话了,叫他们放人。”

“皇奶奶,您跟我说没用的。”

太皇太后说:“那我跟谁说?”

“管这个事的一个叫仇士良……”

“仇士良我熟的,我找他。”

李氏说:“还有一个叫王杭龙,他是王才人的兄长。他们两个人都要找。”

“那个人让皇上找。”

“那也要您跟皇上说才作数。”

太皇太后抬眼看她,脸上露出狡黠:“李丫头,别以为我不知道你的那点小心眼。我知道那个小丫头跟你走得最近,你是专门为她来求情的,是吧?”

“什么也瞒不过皇奶奶。玉央真的是个好姑娘,就这么糊里糊涂地被卷进去,说不定小命也没了,我心里很不是滋味。”

太皇太后拍了拍李氏的手说:“李丫头别愁,有我呢。让皇上去找那个人,我找仇士良。”

老太太是那种想到了便说,说了就做的性格,马上着人去请仇公公说话。

仇士良倒也没有二话,说来就来了,而且进门扑身便拜:“老臣仇士良给太皇太后请安。”

太皇太后端坐于靠榻让他起来,又令宫女给仇公公看座。

“太皇太后,您身子可好?最近老臣事务繁忙,总也不能抽身过来看望,还请您不要责怪。”

“你以为你还是那个十来岁的毛头小伙子,成天闲着没事干,就知道给我跑腿?如今身居高位,朝中大事都在你肩上,忙就对了。”

仇士良说:“老臣倒是一直怀念在您身边的日子,一晃也有四十年了。”

“可不。那会宪宗还没继位,我也只不过是个太子妃而已。现如今不但当过皇后、太后,而且已有一个儿子三个孙子当了皇上。”

缅怀一番往事后该谈正事了。仇士良主动问老太太有什么吩咐,但凡能做到的老太太尽管说。老太太便说自己腿脚不好,人老了毛病就多了,就喜欢常捏捏脚。仇士良马上表示他府上有几个专事推拿的高手,说让他们过来伺候。老太太说她倒不喜欢那些江湖郎中,什么事一经他们手就搞得鸡飞狗跳。她就喜欢小姑娘帮我捏捏穴位,捋捋经脉。平日都是尚容局的一个女子过来,她最中意这个丫头。仇士良说那容易,让她过来专门伺候您,别回尚容局了。

太皇太后终于进入正题:“不行啊,她被你的人给抓了,所以我才找你。不然我不会劳你大驾。”

仇士良皱眉道:“老臣的人给抓了?”

“就是你的人,一个叫葛公公的后生。”

“哦,老臣知道了,您老人家说的一定是先帝贤妃杨氏的那个死党,这个女子可是犯了窝藏重罪的。”仇士良眉头舒展。

“别说得那么邪乎,一个小丫头懂什么?姓杨的那个坏东西真是死有余辜,不但害死我重孙永儿，还无端把那么乖巧的一个小丫头也连累了。”

“案子由葛长生经手查办，具体案情老臣不是很清楚。这样，老臣回去马上过问，让葛长生尽量从轻发落。”

太皇太后说：“你把话说得这么重，我倒是觉得冒昧了。”

“太皇太后如此说，真是折杀老臣了。”

“你知道我的，我这一辈子从没干预过朝政，不能够人老了反倒破这个例。该当如何处置就如何处置，万不可因为我而从轻发落。”

仇士良起身抱拳道：“您把心放宽，天下任何事都没有您的身子骨要紧。老臣那边还有事，就先告辞了。您多保重。”

太皇太后尽管年事已高，毕竟见识过天下各种各样的复杂场面。完成李丫头交给她的这点任务，当真是小菜一碟。找过仇士良之后，老太太又找到武宗。她的这个皇孙当然比仇士良更贴心了，马上传杭龙过来告诉他说：“皇奶奶来找过朕。老太太亲自跑到这来还是头一次，你猜她为什么来？”

杭龙说：“那一定是有事相求啦。”

武宗说：“她为了一个人，一个你熟悉的人。你想得出是谁吗？”

杭龙摇头，说：“臣与太皇太后仅一两面之缘，老人家也许并不记得我。”

武宗说：“老太太专为玉央而来。”

“为玉央？怎么可能呢？”

“她说腿脚不好，说玉央捏脚捏得好，说让朕无论如何放她一马，说她无论如何少不了玉央的伺候。”

杭龙说：“太皇太后不找皇上，臣也会为玉央的事来找皇上。”

“朕已经授命你全权处理此案，你做主就是了。”

“皇上知道，此案由仇士良亲自过问，而且他来势汹汹，声言同党一个也不放过。臣怕……”

武宗说：“仇士良想借题发挥，溶弟和李成美他们这回恐怕凶多吉少。”

“玉央窝藏杨氏，已是百口莫辩。臣怕仇士良不会放过她。”

“她一个小女官，应该不在仇士良眼里。你可以相机行事，在合适的时候试探一下仇士良的口风。”

杭龙点头，转换话题道：“皇上，既然杨氏已经咬定李溶、李成美二位王爷为同党，恐怕这一二日就要抓人了。”

2

无论从哪个意义上说，王才人放走清蔷的事情都欠妥当。她是妃嫔，有义务遵守国家的法度，因为那是在维护皇上的利益，皇上的利益也就是她的利益。另外历朝历代都禁止妃嫔干预朝政，清蔷乃重犯，在关押之际被妃嫔擅自放走，一定为天理和国法所不容。

事情最不可思议的部分在于，清蔷与王才人绝不沾亲带故，甚至连相熟也说不上。王才人居然冒天下之大不韪随便就把她放走了。

她的一次率性随意之举，完全想不到会给皇上带来多么严重的后患，给皇上的声誉带来多么恶劣的损害。傀儡皇帝最忌的便是授人以柄，王才人如此作为相当于着意要授人以柄，着意将皇上往万劫不复之地猛推一把。

当葛长生带着两名侍卫来提犯人孔清蔷时，守门侍卫说孔尚服已经回尚服局了。

葛长生大瞪双眼道：“走了？谁让她走的？”

守门侍卫说:“谁下的命令我不清楚,娘娘肯定知道此事。孔尚服临走之前曾向娘娘告辞。”

“这个王才人胆子也太大了一点吧,连朝廷钦犯也敢放?”

“大胆!娘娘乃一国之母,岂容你如此不敬?”

葛长生笑着说:“小家伙,你进宫才几天?你明白什么?一国之母这个话可不是随便说的。她今天不过是个才人,若想晋升皇后还有太长的路要走啊。她要先被封昭仪,再被封妃,然后才有机会封后,你明白啦?”

“明,明白了。”守门侍卫点头。

“那你还挡着我干吗?”

“您还有事吗?”

葛长生说:“让开路!我要去找王才人问个究竟。”

葛长生进门前的表现已经传进了冰洁的耳朵,她怒不可遏。葛长生也确实吃了豹子胆,见到冰洁满脸怒气端坐在上却并不下拜,只略微拱了拱手。冰洁没好气地让他有话快说。

葛长生说:“在下是来带重罪犯人孔清蔷的,请娘娘给予配合。”

“人是你们未经同意就安排到这儿的,她要走要留与我无涉。何来配合之说?”

“我听说娘娘已经把她放了,不知属实与否?”

“你放屁!给我滚出去!”冰洁突然发难了。

“在下不懂娘娘怒从何来?”

“你说我把人放了?”

葛长生说:“人在娘娘您手里,您不放她,难道是她做主放自己出去的?”

“来人!把这个混账撵出去!”

“葛公公请。”立即有四名侍卫过来,为首的侍卫手臂一挥。

“你们谁敢造次?看本公公不办你个妨碍公务罪!”葛长生当真昏了头了,竟又瞪起他的一双牛眼。

冰洁高喝:“太放肆了!给我拿下!”

四名侍卫马上将葛长生制伏在地,他双臂向后高扬,脸几乎贴到地面。

冰洁厉声说:“无法无天的东西,我先办你一个犯上之罪。你给我听着,孔清蔷该死该活那是你们的事,跟我没一点关系,但是你这个狗奴才到此地撒野我就不能不在意了。这是什么地方?除了皇上,未经我许可任何人都不可擅闯,你以为你是个什么东西?不但擅闯本宫,而且胆敢出言不逊!单凭这一点我就可以先斩后奏。你信不信?”

“奴才有眼不识泰山,是奴才该死,还请娘娘恕罪!”葛长生这下终于有一点清醒了。

冰洁不理会他,命侍卫把他押到后边去,让他的人带话回去,非国舅爷亲自来绝不放人。

葛长生连声恳求道:“娘娘开恩,放奴才一马,给奴才留些颜面。”

“是你不给自己留颜面,咎由自取。”冰洁说完起身进到里间。

三名侍卫押送葛长生往先前关押清蔷的房子那边去。另一名侍卫去到拱门,对跟随葛长生的两名侍卫抱拳道:“二位请回禀国舅爷,葛公公言词莽撞,令娘娘不悦,被娘娘扣押。娘娘有令,非国舅爷亲自来绝不放人。”

杭龙得到消息后,立刻赶来见冰洁,说尽给他添乱。

冰洁说:“你不知道那家伙多么可恶。”

杭龙说:“他天天跟我胡搅蛮缠,我怎么会不知道?”

冰洁说:“我帮你教训他,你不谢我,反说我添乱?”

“我没想到这一层。你把他关哪了?”杭龙笑了。

“就是后边关清蔷的那房子。”

“这小子骄横跋扈惯了，肯定从没受过这样的罪。”

冰洁问：“你猜那家伙对侍卫怎么说？”

“这还用猜吗，肯定是没把你这个才人放在眼里啦。”

“真把我气死了。”

杭龙说：“要不再关他一天？”

“关十天也行。”

“估计再关他一天，仇士良就要说话了。”

既然想好要杀一杀葛长生的气焰，杭龙便安排下去。侍卫给葛长生送饭的时候，他果然问到了杭龙的去向。侍卫说国舅爷人不在长安城。葛长生问他怎么不早说？侍卫说是您没有早问啊。葛长生说我不问你就不说吗？侍卫说您不问小的岂敢多嘴？

葛长生大怒道：“狗奴才，马上给我跑一趟仇公公府，把娘娘抓我的事情向仇公公禀报。”

“我这个狗奴才要听主子的，主子要我去我才可以去。”侍卫毫不退让。

“那你就先去找娘娘禀报，说我要见她。”

“万万使不得。娘娘吩咐了，无论您说什么话，我们就当自己是聋子，就当您什么也没说。”

葛长生软了下来：“兄弟，帮我一个忙，我出去了，定拿五十两白银谢你。”

“不可以啊，人各为其主。您刚才还骂我是狗奴才，我若帮您，岂不是坏了做奴才的规矩？再说了，谁知道您说话作数不作数？”

“天地良心，我若说话不作数，不得好死！”

“您不得好死您的，我还是不可以坏了规矩。”侍卫说完拔腿就走。

葛长生气急败坏道：“你，你……你他妈的……你等着瞧！”

需要等着的当然不是侍卫，而是葛长生自己。过了整整一天一夜，杭龙才跟在侍卫后面从外边进来。侍卫开锁，杭龙命他退下，独自进到里间。

“我的国舅爷，你可来啦！”葛长生腾地从榻上跳起来道。

“不好意思，委屈你了。我这两天人在骊山，忙皇上派的差事。回来听说葛公公捎话，马上就赶过来了。”

“你老人家再不来，我就该死在这黑屋子里了。”

“你顶撞谁不好，非要顶撞娘娘？她那个臭脾气，连皇上也要让她几分。”

“我哪里敢顶撞娘娘？娘娘的脾气也实在太大了。”

“还说没顶撞？我刚见过她，她的气还没消呢。说你出言不逊，根本没把她放在眼里。还说恨不得宰了你才解气，她是说得出做得到的。她的脾气我最了解了。”

葛长生说：“我的妈呀！差点捅了马蜂窝。”

“不是差一点，是已经捅了。”

“那我怎么办，过去给她赔罪？”

杭龙说：“赔罪就不必了。躲她远点，咱们马上回刑部。”

“那就请国舅爷代我向娘娘请罪了。”

拨云见日

1

玉央夹在两个狱卒中间，从通道走过。狱卒打开一扇木栅门，示意她进去。玉央进去后，他们将门上锁。玉央打量着牢房，忽然，一个低哑的声音响起：“是玉央吧？”

玉央惊诧,回头张望却不见人。

“是我,姓杨。”一墙之隔的杨氏紧贴着墙头。

“是您啊,在我隔壁吗?”

“在你隔壁。你里面一间,是我让他们把你转到这边来的。”

玉央说:“可是为什么呢?”

“这边的房子朝南,有阳光进来。”

“谢谢您关照。”

杨氏说:“还有,我想我的时间不多了,想利用最后这点时间跟你说说话。”

“有什么好说的?”玉央兴致不高。

“你不想说没关系。我这些日子闲来无事,把这一辈子的事情在心里走马灯似的过了一遍。一个人闷得慌,就想找个人把心里那些话说出来。你若没兴趣听,就把耳朵堵起来,当我是自言自语或者说梦话好了。”

“您想说,说就是了。”玉央无可无不可。

“先想跟你说抱歉。你我往日无冤近日无仇,这么糊里糊涂地把你拖下水,对你太不公平了。”

“也许都是命吧,我相信您也不是成心害我。”

杨氏说:“我这一辈子虽然坏事做了不少,但像这样事后觉得歉疚的时候着实不多。我做事鲜有后悔,可是把你扯进来让我后悔了。”

“怎么会呢?您不是这样的性格。”

“我的确很少在意这些小事情,包括像你这样的小东西,这也是我在无意之中伤及了一些下人的缘故。我不是在辩解,在这种时候,尤其是对你,辩解毫无意义。我的确是无意的。”

玉央说:“无论您有意还是无意,您一直在伤害别人,许多人因您而死。我知道的就有李永、安尚容、小萝卜,我不知道的肯定还有别人。”

“你说的没错。”

“既然如此,您又何必跟我说抱歉的话呢?”

杨氏说:“看来你对我一点不了解。”

“您和我是两个世界里的人。了解与否,其实没任何意义。”

“我听得出来,你对了解我没有丝毫兴趣。”

玉央说:“的确没有。如果我有机会选择,我会选择不认识您,可惜没有如果。”

“几日前,清蔷过来看我,我们聊过差不多同样的话。我对她说,认识我是你的幸运,更是你的不幸。”

“尽管我和清蔷是完全不同的两个人,在面对您的时候,她和我的感受却完全相同,是吧?”

杨氏说:“是啊。她说我是她命中的煞星。”

“您说这话的时候,心里连一点点愧疚也没有吗?”

“你说是对清蔷?”

玉央说:“无论对谁。”

“这不一样,太不一样了。对她没有一丝一毫,对你却刚好相反。也许你不信,以为我在说瞎话,那也没有关系。我告诉你,是真的。我这一生,唯一让我觉得愧疚的人就是你玉央。我还记得打从第一次,也就是进宫考试的那一次,你就给我留下很深的印象。”

“我可是一点都不记得了。”

杨氏说:“我知道你,天下没有一个人会有你那样惊人的记忆力,我倒真的是忘得一干二净。可不知为什么,这几日又慢慢想起来了,而且印象越来越清晰。你天赋异秉,我从未见过如此聪明绝顶的孩子。”

“只是喜欢卖弄聪明罢了。那时候还太小，争强好胜，最希望听到夸奖。”

“你那时候根本不懂得‘出头的椽子先烂’的道理。也就是因为你的锋芒盖过了清蔷，从最初那一刻你就成了她的眼中钉，你与她这八年的恩恩怨怨其实都源于那一刻。”

玉央说：“您不提，我早就想不起了。”

“我敢肯定清蔷没忘。你用她的四神汤让她最终颜面扫地，你就此成了她永远的敌人，这也是你所有噩梦的开始。”

玉央眯了眼，陷入回忆。她还记得当时安尚容宣布由第一名亲自将作品呈给两位娘娘。接着清蔷走上前，将四神汤分作两碗，走到王杨二人面前跪下呈上。二位娘娘微笑着各取一碗。玉央终于没忍住，壮着胆子说那汤出错了，不能喝的。当时杨氏问她为什么？她说应该在汤汁煮好之后，再将当归和白芷放入，而不能刚开始就一起煮。而清蔷正是犯了这个程序上的错误，所以她的药汤不可以入口。就这样清蔷的第一名被撤销，而成绩排第二的玉央成了第一。众人的目光一下子聚焦到玉央身上，她忽然有点察觉，自己一不小心扮演了个奇怪的角色。最后因为段蓉举报说，玉央在考前四处闲逛不守规矩，因此她也没拿到第一名。尽管如此，清蔷嫉恨的目光简直能杀死她。

玉央说：“我其实注意到了清蔷看我的那种眼神。虽然我没做错什么，但是她的眼神让我觉得我做错了事。”

“你知道吗，进宫之前，清蔷已经是我的人了，是我让她装得不认识我，是我让她去讨王昭仪的欢心。清蔷很快成了她的红人，大家都以为她就是王昭仪的人，没人知道清蔷是我安插在王昭仪身边的。会看别人脸色乃后宫立身之本，在这一点上她比你要强许多。”

“从小我就不懂这个，我娘不止一次说过我。不过好在我不习惯与别人比，所以在这方面也显得比别人木讷。清蔷能在我们这群姑娘中脱颖而出，还是因为她各方面都比较出挑，无论是手艺，还是心机，她都胜人一筹。”

“我得到确实消息，她已经给放了。她一定以为自己又逃过了这一劫。”

“胡蝶也说清蔷给放出来了。”

杨氏冷笑道：“她做梦！这一次绝对不会那么便宜她。玉央，我明确告诉你，第一，我要救你出去。第二，我一定置清蔷于死地。”

这边的玉央不知说什么才好。在此之前她的确没想过杨氏的事，杨氏最终的结局怎样与她无关。说无关是在此之前，因为此刻杨氏说了要救她出去。一个人在濒死之际，另一个人说救她出去，无论如何都不可以说这另一个人与那个濒死的人无关了。杨氏既如此说，她也一定有她的路数，她不会说说而已。倘若只是说说的话，她又何必想方设法把玉央调过来专门来说这件事呢？

青冈马拉着厢车停在长乐客栈门口。方汀、荣氏依次下车，各自提着包裹，车夫从后厢搬下两只木箱跟在她们后面进了店门。年轻的那个差人远远骑马跟在后面，他风尘仆仆，不时探头窥望。待车夫离开后，差人这才催马来到客栈门口，他没下马，就地朝门里张望。荣氏、方汀已经不在门厅，分明是进到里面去了。差人猛勒缰绳，马儿调头。他双脚一磕马肚，马儿一下蹿了出去。

荣氏、方汀已经将带来的箱子包裹安排停当。方汀想就去大明宫，荣氏让她晚上再去，说白天怕她们太忙。方汀说她先去打个招呼，托人带话进去，让玉央知道她们回来了，有空自然就会过来。荣氏想了一下，说也好，说不管小丫有事没事，总归让她知道我们就在身边，心里也会踏实一点。

这边清蔷脚步匆匆到了大明宫建福门，两个差人已候在门外。清蔷低声问谁让你们到这来找我？差人说事情紧急，我们怕您日后怪罪下来担待不起。清蔷让他们快说。差人说荣氏、方汀已到长安。清蔷有些惊讶,问她们人现下何处。差人报出了朱雀门大街长乐客栈。

清蔷眼睛忽然亮了,她透过他俩脑袋间的空隙,看到不远处刚从马车上下来的方汀。她赶紧打发走差人,转身进了建福门,且将身子隐在大门内侧。两差人回转身与方汀交臂而过,他俩显然都没注意到她。方汀却一下认出了他们,她偷偷回头,盯着他们的背影有好一会。而大门内的清蔷密切注视着方汀的一举一动。

见方汀上前与卫兵说话,清蔷干脆从墙垛后走出,主动上前与方汀打招呼。方汀愣了一下,马上恢复了镇定,说:"我正想请守门侍卫给玉央传个口信,那就请你代劳吧。"

清蔷说:"没问题,你这一向可好?"

方汀说:"很好。"

"你是不是一直都在长安,在做什么?"

方汀说:"做了点小生意,不值一提。"

清蔷说:"看你衣着打扮,是发了财吧,现在住哪里啊?"

方汀迟疑了一下,还是说了:"我住在长乐客栈,麻烦你转告玉央,让她到客栈找我。"

"我一定把话带到。"

回到长乐客栈客房,方汀做的第一件事是过去将油灯吹灭,然后到窗前将窗棂推开,朝外张望。荣氏不明白她这是干吗,方汀说看看有没有人盯梢。荣氏不懂,方汀解释说她刚到大明宫建福门,居然碰到了那两个盯梢的差人。更蹊跷的是她跟守门侍卫搭腔的时候,居然有一个人像从天上掉下来似的,突然出现在面前。

荣氏说:"不会是小丫吧?"

"当然不是……"

"那就一定是清蔷了。"

方汀惊讶道:"您怎么猜到的?"

"因为你说蹊跷啊。还有,盯梢的那两个坏蛋刚离开,他们一定是给清蔷报信来的。也就是说,我们到了长安,他们也一路跟我们到了长安。"

方汀点头:"这么说,我们一直以来都在清蔷的监视之下。这太可怕了!"

"清蔷和你说了什么?"

"她问我是否一直在长安?我说是。是否开了铺子发了财?我说没有。我真傻,原来我们的一举一动都在她眼皮底下。我当时脑子一点也没转一下,没想想她为什么问这些话。当她问我住哪的时候,我还犹豫了一下。"

荣氏问:"你没说我们住长乐客栈?"

"我说了。我当时考虑,既然让她给玉央带话,必须告诉我们人在哪里,也好让玉央找到我们。事后,我也有些后悔,怕她会搞什么鬼。再后来我想我们不会在客栈久留,所以告诉她也没什么大不了。"

"你想得太复杂了。既然她的人一直在盯我们的梢,我们住哪里她当然一清二楚。你告诉她与否,其实没有任何不同。"

方汀点头道:"想想也是的,看来我们真不是她对手。"

"你说,她会把口信带给小丫吗?"

"应该会吧。有一点她不会不明白,即使她不带口信,我们还是会和玉央联系上。而且她既然答应了,又何必食言?这对她没有任何实际意义啊。"

荣氏思忖道:"这么说,也许小丫一会就到家了。"

"荣师傅,我看您真是想女儿了。"

清蔷同方汀分开后回了尚服局,发现杭龙居然在那里等她。杭龙说案子还没结,她要回牢房去才是。还告诉她昨天葛公公到冰洁宫里提人,见她自行离开,大发雷霆。清蔷忙辩解说她以为抓到杨氏及其同党,就没她什么事了,才人娘娘也没说她不许走。杭龙说朝廷的事冰洁也不明白究竟,命清蔷立刻回原先的牢房等候结案。

清蔷进去的时候,两名侍卫正在打扫房间,他们说葛公公比狗都不如,就在这墙角撒尿,弄得屋子里臭气熏天。清蔷惊讶,她没想到葛长生也被关进来过。侍卫给她讲了葛长生得罪王才人的经过。清蔷想了想,拜托侍卫给才人捎个口信,就说若娘娘有空,她想求见娘娘。

2

清蔷既被关押,也就没可能去给玉央捎口信。过了一日,方汀觉得不能再等下去,便又去了大明宫建福门。这一次她使银子托换班的守卫去尚容局给玉央捎信,她没想到出来见她的却是胡蝶。胡蝶见到方汀也非常惊诧,说:“你们不是在太原府吗?玉央她娘呢?”

方汀说:“我们昨天就到长安城了,我昨天过来刚好碰到清蔷,便托她给玉央带了口信。”

胡蝶纳闷道:“托清蔷带口信?你不是活见鬼了吧?”

“你什么意思?”

“清蔷昨天又被抓起来了呀,你怎么可能见到她呢?”

方汀懵懂道:“我也不明白,但是我千真万确真的见到她了。我托她带口信给玉央,让玉央方便的时候过去找我。”

胡蝶思忖:“也许她是见过你之后再被抓进去的……清蔷没告诉你?”

“告诉我什么?”

“玉央被抓的事啊。”

“玉央被抓了?”方汀大惊。

“已经有些日子了。”胡蝶叹了口气,将玉央的遭遇原原本本给方汀讲了一遍。

方汀说:“怪不得荣师傅这些日子心神不宁的,玉央果然出事了。”

“我们能想的办法都想了,我去找过李昭仪,李昭仪又去找过太皇太后。太皇太后又去找过皇上,还去找过仇公公。”

“不是还有那个叫杭龙的国舅吗?”

胡蝶说:“就是杭龙和那个仇公公负责办案。杭龙一直喜欢玉央,也一直在为玉央的解脱想办法。”

“惊动了这么多人,连皇上也找了,怎么还不放玉央出来?”

胡蝶有些黯然:“我也搞不懂。该做的努力都做了,眼下除了等待,再也想不出更好的主意。”

“荣师傅知道,要担心死了。”

“那怎么办,先不告诉她?或者说玉央太忙,暂时不能出宫?”胡蝶也没了主意。

方汀思忖了一下,摇头道:“纸里包不住火。”

“若实话实说,玉央她娘受不了怎么办?”

“我跟荣师傅在一起很久了,我知道她能顶住。我不会说谎,一说谎准被她看出来。”

胡蝶叹了口气道:“那你只有实话实说了?”

这边荣氏在客栈门厅里居然碰上了温庭筠,所以用不着方汀为难,荣氏就从温庭筠口中听到了玉央出事的消息。温庭筠说他去大牢里探过监,玉央的心情不是太好。荣氏问小丫身体怎么样?温庭筠说应该还好吧。

荣氏马上想到找人疏通,也许有办法见上玉央一面。温庭筠说他找的是王才人帮忙,再找恐怕不方便了。方汀急匆匆进来,不期见到温庭筠,愣怔了一下。温庭筠同样觉到了意外,站起身,竟一反常态的拘谨。荣氏从方汀口中又听了一次玉央的坏消息,同时带来了去刑部打听的结果,说是今日正在密审杨氏、李溶、李成美一案。

荣氏说:"方汀,这是小丫的好朋友温庭筠,他也为小丫的事情着急呢。"

方汀有些腼腆道:"我们在太原见过面的。"

荣氏问:"案子审出结果了吗?"

方汀说:"他们说,涉案人数众多,估计今日无论如何也很难全部审完。或者有另外一种可能,就是连夜突审,何时审完,何时作罢。"

温庭筠说:"按照常情常理,连夜突审的可能性不大。都是公差,没有必要点灯熬油去赶时间。"

"他们说今天的情形不同往日。大权在握的仇士良也来了,审每一个人他都亲自到场。这仇士良在朝廷内外比阎王还让人害怕,审案子这种小事情他从不到场。既然他来了,必定要见到水落石出,他才会收兵。"

"我听人说起过仇士良这个人,说文宗的死与他有密切关系。此人绝非寻常之辈,而且他一露面,通常凶多吉少。"

荣氏脸色铁青。

方汀说:"我想起来了,胡蝶说过李昭仪为玉央找太皇太后求情,老太太亲自出马去找皇上,也找了这个仇士良。看在太皇太后的面上,也许仇士良这一次高抬贵手,放过玉央也说不定呢。"

"太皇太后的面子,恐怕无论谁都要给吧。有太皇太后发话,玉央一定会逢凶化吉、遇难呈祥。"温庭筠也觉到刚才自己的话太重,荣氏有些难以承受,便也改口。

杭龙找来葛长生询问李溶和李成美怎么安置的。葛长生说照仇公公的意思,都单独羁押在死牢,为防万一,不许任何人探监。杭龙说毕竟此二人都是金枝玉叶,做臣子的切不可慢待。葛长生让国舅爷尽可放心,说仇公公今日将问斩令交皇上批复,就让他俩最后享几天福吧。

杭龙略带疑问地问道:"皇上会批复吗?李溶是他胞弟,李成美是他亲侄儿……"

葛长生说:"皇上乃天下人的皇上。这两人谋反欺君乃国之大害,罪不可赦,皇上必定以江山社稷为重。"

"你我承办此案,可谓在刀刃上跳舞,唯小心再三别无他想,眼下只有等皇上批复了。"

"所有连带证人,该当并案合审,还请国舅爷尽早做安排。"

杭龙说:"已经安排妥当,就在今日未时。"

葛长生扳着手指细数道:"杨氏、玉央、杨简、包括需要询问的巧儿、秦耕人、戚锵和范娉柳,只是尚服局那个叫孔清蔷的,至今还没归案……"

"已经归案,葛公公放心。"

葛长生质疑道:"我刚从刑部大牢过来,没见她人,也不在花名册上。"

"孔清蔷原就关押在才人娘娘宫后小屋,现在依旧。"

"我去提审她。"

未时一到,审讯便正式开始了。主审人是仇士良和杭龙,葛长生负责提人犯并笔录口供。头一个受审的就是玉央。

杭龙说:"对于窝藏朝廷重犯杨氏,你有什么话要说?"

玉央说:"杨氏被抓时正在我房中,对此我无话可说。然说到窝藏,我以为并非事实。杨氏乃先帝贤妃,也曾是后宫之首。主到仆处,我除了伺候,没有别的选择。"

杭龙转向仇士良问:"仇公公还有什么问题?"

仇士良双眼微闭,摇摇头。玉央这就算是审过了,接着是杨简。

杭龙说:"你对杀害尚容局安其凤、宫女欢喜、皇子李永,纵火木塔寺烧死先帝德妃王氏等罪行有何话说？”

杨简说：“男子汉大丈夫敢作敢当，木塔寺大火是我所为。安尚容、欢喜她们也都死在我手上。唯有皇子李永，与我杨简全无干系。”

仇士良突然发话问：“你肯定知道与谁有干系。”

“这个秘密在我姑妈那里。”

“就是先帝贤妃杨氏？”

杨简说：“正是。”

之后便是杨氏过堂，她张嘴就说王氏恶贯满盈，不杀她天理不容，她也只是替天行道而已。

杭龙问：“木塔寺大火是否因你而起？”

杨氏答：“是我的指令，主意是尚服局孔清蔷所出。”

杭龙又问：“皇子李永溺毙也是你的指令？”

“非也，我只是知情而已。”

仇士良发话问道：“谋杀先帝德妃王氏一案已经水落石出，可以暂时告一段落。但皇子李永被害之内情又如何呢？”

杨氏说：“李永原为太子，因而被觊觎皇位的李溶和李成美嫉恨。李永被废太子之后，仍然是他们的心腹大患。李溶因我与王德妃的恩怨，数次找我商讨如何除掉李永。最后也是由孔清蔷出主意，并且由她将李永骗出，而后由李成美命人执行。”

“杀皇子者李成美，密谋者李溶。此由先帝贤妃杨氏当堂指认，铁证如山。大将军，”仇士良转向杭龙说，“定案当无疑问了，你看呢？”

杭龙问葛长生：“证词全部记录在案？”

葛长生说：“原口供一字不落，还请国舅爷过目。”

杭龙默读证词后说：“没有问题，可以结案了。”

仇士良与杨氏交换目光，二人之间显然已有了默契。仇士良请杨氏画押，杨氏却说她还有一事要说明。

“尚容局玉央被我连累，实属冤枉。当时我慌不择路，情急之下误撞入玉央房间，结果给她招致杀身大祸。”杨氏转向葛长生说，“你怎么不记？”

葛长生看了看仇士良问：“这也要记吗？”

杭龙说：“要记。”

仇士良说：“原证词一字不落。”

葛长生请杨氏重复一遍，杨氏一字一句又说了一遍。

杭龙问：“你对此作何理论？”

“切不可滥杀无辜。请国舅爷、仇公公还玉央清白之身。”

“朱砂印泥伺候。”仇士良面无表情地说。

一个宦官从外面进来，手持印泥瓷盒。杨氏缓缓抬起右手，食指伸向印泥盒内轻蘸三次，手指肚已经被浸成朱红。之后款步上前，在葛长生书案上的证词下方空白处将指印按下，清晰的红指印在白纸黑字之上格外醒目。

杨氏之后是范娉柳，范娉柳之后该是孔清蔷。

葛长生说：“孔清蔷我昨日单独审过，她人也在证词上画了押，您看是否还需要再审？”

仇士良说：“也一并审了吧。”

杭龙说：“二位先歇一会，我着人去提孔清蔷过来。”

“歇就不必了，抓紧吧。”

葛长生说：“禀仇公公，这孔清蔷未关在刑部大牢，她被单独押在王才人娘娘宫里，去提她至少需要半个时辰。”

仇士良皱眉道：“怎么关那么远？”

杭龙说：“当时因孔清蔷举证杨氏怕遭报复，便将她单独关押。先帝在时，我奉命调查过李永被害一案，就曾发生证人暴毙，致使案件被迫搁置。为防止万一，我便下令将孔清蔷特殊处理。”

仇士良打了个哈欠道：“那就以葛长生的审讯证词为准吧。”

杭龙说：“仇公公，您看明日我们几个人还要聚首再议吗？”

“我先去找皇上拿问斩令，你们就在刑部等我的消息好了。”

审讯告一段落，杨氏和玉央便又被关入大牢，仍旧是一面墙的两边。玉央呆坐在榻上，杨氏问她睡了没，又问还记不记得她说过的话。玉央此刻仿佛记不得任何事了，显出少有的麻木。

杨氏说：“我说过，第一，要救你出去。第二，要置清蔷于死地。”

玉央仍旧未作丝毫反应，似乎并未听到杨氏的话。杨氏又叫她名字，她才回过神应声。

杨氏说：“我与仇士良约定，将谋害李永的事情推给李溶和李成美。你知道吗，当时就是清蔷把李永骗出来的，骗到东内苑花园。这样，谋害李永就是清蔷、李溶、李成美三人所为，这也是我今天证词的主要内容。”

玉央说：“您为什么跟我说这个呢？”

“我知道，加害你的那次也是清蔷约你出来，而且也是她出的主意。她说你和李永关系密切，李永一定把秘密告诉给了你，说不除掉你将后患无穷。”

“您不说我也猜得出。如果不是有人挑唆，您不应该对我有任何成见。”玉央点头，但杨氏看不见。

“你终于开窍了。”

“我还是不明白您这话的意思。不过也没关系，也许我原本就没有必要去了解背后的秘密。”

杨氏说：“你一点也不好奇吗？”

“所有背后的秘密都很累人，知道了不如不知道。如果什么都不知晓，那些秘密对我而言也就不再是秘密了。您说呢？”

杨氏想了一下道：“有道理，可能这就是你与清蔷之间最大的不同了。你俩同样聪明绝顶，却走上截然相反的路。清蔷城府太深，心机太重，所以她把太多的秘密都放在心里。表面上看，她比你要风光，身居高位且顺风顺水。其实她的命运很惨，而且结局会更惨。”

“我的聪明其实是傻，打小我娘就很担心这个，怕我日后会吃大亏。我长大以后，我娘又说我这样也好，傻人有傻福。也许我娘的话不是没有道理。”

“太有道理了。虽然没见过你娘，我想得出，她是个很有见识的女人。玉央，你也许有机会逃过这一劫。”

玉央说：“看命吧。”

“我和仇士良有一个默契，只要他放你一条生路，我就帮他搞掉李溶和李成美。我已经帮他了，眼下只有等候他实现诺言了。”

“让您指证皇弟、皇侄，仇公公究竟是何居心？皇弟和皇侄又将怎样呢？”

杨氏说：“你连这个都不明白？”

“我怎么会明白这个？”

“李溶、李成美的下场只有一个字，就是死。”

玉央说：“您这么做不是在加害他们么？”

“大权都在仇士良手上，所以这两个人的死只是早晚的事，早一天死、晚一天死又有什么分别呢？”

“可是您加害他们与否，难道对您也没有分别吗？毕竟，您是他们的皇嫂、皇婶啊。”

杨氏说："这些事情你永远不会懂。再说了，如果我不帮仇士良，又怎么能和他达成交易呢？"

"您苦心孤诣做这一切，全都是为了救我？"

杨氏微笑道："你真是个榆木脑袋。"

"可是为什么呢？在您的眼里，我又算得了什么呢？"

"可能我的良知还没有彻底泯灭吧。"

玉央缄口了，显然杨氏的话令她震惊。她无论如何没想到，最终救她的那个人居然是杨氏。杨氏在她心里肯定是最大的那个恶人，她很奇怪自己在知晓了杨氏所有的恶行之后，对她却一直没有那个字，恨。现在居然是杨氏救了她，不是国舅爷杭龙，不是先帝昭仪李氏，而是几度加害于她的杨氏。

各色人等各归其位

1

胡蝶急匆匆过来，刚好李氏也从门里走出。胡蝶问她要去哪里，李氏说去看皇奶奶。

胡蝶说："刑部正在审杨氏的案子，听说仇公公亲自出马，也不知道玉央的运气如何。"

李氏说："皇奶奶去找过仇公公，他也答应了帮忙疏通。"

胡蝶满脸阴云，说："玉央的命运都在他的掌心里，求上天保佑仇公公今天好心情。"

"保佑仇公公？"李氏没懂。

"是呀。你想，仇公公心情好了，他也许就不为难玉央了，也许玉央就没事了。要是他心情不好，看什么都不顺眼，玉央可就惨了……"

"不许往下说，乌鸦嘴……"

胡蝶一吐舌头道："求你了老天，千万保佑仇公公今天好心情。"

同样心焦的还有荣氏，她在辅国大将军府找到了杭龙。杭龙见她两眼红肿，就知道她没休息好。荣氏向他打听案子的结果，杭龙说本来没玉央什么事，偏偏那个杨氏莫名其妙就撞到玉央住处，也怪玉央的运气差了一点。

荣氏说："既然你们也清楚没她的事，她完全是受别人连累，事情搞清楚了，玉央应该能被解脱出来吧？"

"我们也都在朝这个方向努力，因事关重大，牵涉的方方面面很复杂，眼下还不能马上就解脱出来。"

"该不会出什么意外吧？"

杭龙犹豫了一下说："应该不会，毕竟是我在具体负责这个案子。"

"那我就把孩子全部托付给你了。"

"荣师傅放心，我一定尽力而为。"

荣氏点头。然而明眼人一望便知，她不但没有放下心来，反而更加忧心如焚。她犹豫了一下，问是不是还有什么不能克服的问题。杭龙说因为有仇士良插手，这个人权势极大，连皇上也要让他几分。但杭龙再一次保证，他会往最好的方向努力。荣氏又一次点头，这一次比先前少了犹疑，显然是杭龙的话给了她信心。

这时候有侍从报说仇公公已到刑部议事厅，恭请国舅爷速去，仇公公有要事相商。杭龙请荣氏在长乐客栈等消息，说有了结果一定第一时间通知她。

送走荣氏，杭龙匆匆赶去议事厅，仇士良说他已拿到问斩令，时辰也已经确定，就在今日戌时。

杭龙瞪大眼睛道:"这么急?"

"事不宜迟,皇上也是这个意思,你马上准备吧。"

"可是问斩的名单还没有确定啊。"

仇士良说:"一个不留。"

"所有人都斩?"杭龙更加惊诧。

"谋杀太子的凶手斩立决。"

杭龙略微松了一口气:"是李溶、李成美,还有……"

"就是这两个人,一个不留。"

"是否考虑在宫内秘密执行?"

仇士良说:"不。谋杀太子乃通天大罪,既惩戒凶手,必须昭示天下。"

"其他人呢?"

"另案处理。当斩则斩,当坐牢则坐牢,当赦则赦。"

仇士良轻描淡写一句话拿到问斩令,让杭龙心惊肉跳。毕竟要斩的是皇弟和皇侄,是皇上的手足至亲。而问斩令是要皇上亲自签发的,与皇上极为相熟的杭龙想不出他怎么会签这个字。虽然斩立决的名单上没玉央让他松了一口气,但他仍然为皇上难过,毕竟他是皇上最知心的朋友。

武宗的感受果然被杭龙所猜中,一大早他就过来找冰洁,头一句话就是气死朕了。冰洁搀住他胳膊,问什么事那么生气?武宗说仇士良欺人太甚!冰洁问他又强迫您做什么事了?

武宗说:"他要除掉溶弟和成美,非逼着朕签问斩令,想把责任推到朕身上。"

"您若执意不签,他又敢怎么样?"

"朕就是没签。"

冰洁说:"您以为不该做的事,不做就是。不要让自己为难。"

"事情没那么简单。仇士良不会善罢甘休,许多事情他明知道即使擅作主张朕也拿他没有办法。他之所以还要朕来签署,仅是给朕留一丝颜面,也想让他的恶行更名正言顺。"

"皇上,臣妾觉得您登上皇位之后,一点也不开心。"

武宗说:"是啊,冰洁。最知道朕心思的,非你莫属。"

"容臣妾多一句嘴,既然如此不开心,不如索性退下去,把这个位置让给想坐它的人和能坐稳它的人。"

"朕又何尝不想如此呢?可皇位有如虎背,上来已属不易,想退下则千难万险,几乎没有任何可能。"

冰洁说:"皇上的话太过深奥。"

"实在是朕的处境太过微妙,非在其位绝难体会到其中的无奈。"

"皇上,不如我们今日去骊山吧,省得您在宫里烦心。"

"朕怕溶弟和成美侄儿很难挨过今日了。"武宗神情恍惚道。

冰洁不懂:"那问斩令您不是没签吗?"

"朕签虽没签,但仇士良强说朕已经签过了,又有谁敢向仇士良查验问斩令呢?"

"皇上是说,仇士良胆敢冒用您的指令,诛杀皇亲国戚?"

"这普天之下就没有他仇士良不敢做的事。朕看得出,他要杀这两个人已经急不可耐,恐怕等不到明日了。冰洁,骊山就改日吧。倘今天便是李溶李成美的忌日,朕却在游山玩水。你想想,朕心里日后会留下多少歉疚?那会是永生永世也挥不去的痛啊!"

武宗猜得没错,当日的朱雀门大街人群熙熙攘攘,嘈杂而混乱,一队游街示众的死囚车在人群的簇拥下前行。前面两辆囚车上各摆放一架巨大的铡刀,浑钢刀身上沉年铁锈混合着血渍,已经完全辨不出颜色。粗重结实的原木底座几乎与刀身浑然一体,透出森严的气息,让所有围观者不寒而栗。第三辆车上，李溶被小腿粗的木杆围囚成立姿。头在囚笼之上，脸庞已没有丝毫生气。背后头上则是一块墨写的木牌，上书“斩立决”三个字。第四辆车以同样方式囚着李成美。

路人表情各异，或疑问，或恐惧，或不屑。交头接耳，议论纷纷。围观的人群中有荣氏、方汀。张开血盆大口的铡刀像是示威一样，炫耀地与众人作对。

武宗在御书房往返踱步，杭龙垂首立于旁侧禀道：“仇士良一直盯在那里，臣完全脱不开身。所以尽管心里有疑问，也无法跑过来向皇上求证。”

武宗站下，双眼通红道：“仇士良故意盯在那，就是让你把生米煮成熟饭。他不能容忍这件事出现丝毫转机。”

“而他对天下公称，李永是李溶和李成美所杀，杀李溶和李成美则奉了皇上之命。”

武宗说：“此举可谓是阴毒至极。”

“皇上，虽然他仇士良自以为万无一失，但还是被我看出了破绽。”

“你说。”武宗眼神一亮。

“根据先前的调查臣可以肯定，李永是由杨氏指使孔清蔷诱出，杨简将其溺毙，而且杨氏与杨简对此供认不讳。但杨氏忽然改口，杨简也随之改口，谋杀太子的凶手于是变成李溶、李成美。事实非常明显，仇士良在其中做了手脚，与杨氏、杨简达成密谋。臣从密报中知道，他刚刚已经定下，今夜在宫中秘密处决杨氏和杨简。”

武宗说：“所有当事人都已经被杀，或即将被杀。人死再无对证，谁也奈何仇士良不得。”

“并非如此。即便杨氏与杨简不在了，还有一个人可以证明杀李永乃杨氏、杨简所为。只要这个人活着，日后仍然可以还历史一个真相。”

“你的话朕不明白。”

杭龙说：“就是那个引出李永的孔清蔷！她受谁的指使，她目击谁动手将李永溺毙，这才是案情关键之所在。只要将她的命保住，就总有一天可以恢复历史的真相。”

“仇士良不是白痴，他岂会放过这个孔清蔷呢？”

“谁也难免百密一疏。审案过程我已经发现，仇士良只关心对皇弟和皇侄的指证，其他方面他显得马马虎虎。他甚至没有亲自审过孔清蔷，可见对这个人并未给予足够的重视。”

武宗说：“但你若提出免孔清蔷不死，也许会引起仇士良的注意。”

“我的想法，在大的方向不与他发生正面冲突，让他想怎样就可以怎样。也让他觉得臣不是个一味坚持的人，对臣不加防范。这样臣就可以在一些小的方向上着力，达到所设定的目标。”

“你可是越来越成熟了。”

“没办法呀，还不是让他们给逼的。臣非常清楚，他着意除掉两位王爷，臣再怎么做也无济于事。包括杨氏和杨简的下场，都是没办法改变的。但臣可以力争把处死的人数降到最低，力争其他涉案的人保住性命。只要臣不针对某一个具体的人，估计不会引起仇士良的特别关注。皇上放心，臣会格外谨慎。”

杭龙自以为聪明，他的确看出了仇士良重视的和轻视的方向，并因势利导有针对性地设计出对策。但他的对策中有一个致命的漏洞，就是力保清蔷不死。他以为只要留下清蔷一个活口，终有一天可以还历史一个真相。

可不惩罚清蔷天理难容，而且是养虎遗患。他应该看得很清楚，清蔷坏到了骨子里，只要她活着一天就一定会再做坏事。杭龙之所以出此下策，必定有说不出口的理由，那便是清蔷对他的好，他下不了手。

杭龙的聪明还不足以改变历史，不足以拯救李唐王朝，所以大唐并未在武宗手上中兴。所以杭龙只是自以为聪明，天未降大任于斯人也。

2

北风凛冽,方汀、荣氏却依旧站在路边。方汀裹紧衣服下摆说回吧。荣氏目光黯淡,没有吭声,脚下却已经移动了。方汀跟在她后面进到客栈里,为荣氏倒了热茶。荣氏木然坐到床边,屋门忽然被拉开了,二人眼睛睁大。

方汀说:“胡蝶?”

荣氏问:“小丫有消息吗?”

胡蝶不说话,表情怪异。

“娘!”玉央忽然从她身后闪出。

杭龙没有食言,他说有了结果会第一时间让荣氏知道,他还说他会往最好的方向努力。玉央被无罪开释,并即刻出宫来见荣氏,这确实是最好的结果了。荣氏、方汀、胡蝶将玉央围在中间,玉央的话显得比平日多,而且语速也快。或许劫后余生的人与从前都会有些小小的不同。

玉央说:“我被抓进去之前,心里就有预感,就是第一眼见到杨氏那一刻,我知道大难临头了。”

方汀问:“姓杨的自己跑到你房里去的?”

玉央点头:“当时正在抓她,也不知道她怎么躲过沿路那么多侍卫,这么远跑进尚容局的。”

胡蝶说:“而且尚容局那么多人都认得她,她胆子真够大的。”

方汀又问:“她是故意找上你的?”

玉央说:“她说是。按道理她不应该知道我住哪间房,她要打听了之后才能找到我的房间。”

胡蝶说:“那样,随时可能被发现的。”

“当我看到她,我就知道那是我的劫数。我心里明白,她是因我而来。当时我最害怕的,就是胡蝶和我住在一起。被她找上算我倒霉,谁被她找上,谁都只有认倒霉。但是,她并没有去找胡蝶啊。胡蝶若也被牵连进来,实在太没道理也太冤了!”

“你跟我吵,我非但不理解,还真的气了个半死。不过话又说回来,我当时若是理解你了,也绝不会一个人走开,把你扔下不管。”

玉央说:“我就是太了解你了,才不给你机会让你去理解。”

“你们两个都是好孩子。”荣氏眼泛泪光。

方汀说:“被抓了以后,心里头挺堵的吧?心里明明白白是犯了死罪,甚至连一点活命的机会都没有。”

“就是那种感觉。心里没一点缝,没有一点希望。开始那几天,最怕想的是见到我娘,怕见到我娘不知道该怎么解释。”

荣氏笑了:“有什么好解释的?”

“后来又想,哪里有机会再见到娘啊?真有机会,就美死了。”玉央伸手抓住胡蝶的手说,“你来看我,以后温兄也来看我,还有杭龙,你们大家都说安慰我的话,可是我一点也听不进。我心里想的全都是我娘,我就一心想着,再也见不到娘了……”说着,玉央泪水扑簌簌往下落。

荣氏紧紧攥住玉央的手说:“你不说我倒忘了,温庭筠惦记着呢。得想法子马上通知他才是。”

“我一会去。”方汀应声,转向玉央问,“怎么突然就放人了?”

“我也纳闷。先是把杨氏提走了,我也没想过提她去哪里了。后来提我的时候,我问了一句去哪,他们说放我回家。我于是又问,杨氏也回家了?他们说她去的地方远了。我问,远了?他们就又说,上天算不算很远啊?”

方汀吃惊道:“姓杨的也被处死了!”

胡蝶说:“我以为她死有余辜。”

“当时我听见几个侍卫的脚步声,我看到他们从我门口经过,听到他们开锁开门的声音。然后我就看见他们押着杨氏往外走。路过我这儿的时候,她站住看着我,好像想说什么,我便也看着她等她开口。但她什么也没说,只对我微微点头,之后就随侍卫们离开了。”玉央尽管已经比平日说得多很多了,仍旧还是省略了更多更多的故事。

马球场上骑马打球的只有杭龙、冰洁,两人在练传切。由于平日运动不多,冰洁气喘吁吁,嚷嚷着累死了。两匹马并肩在球场上慢踱。

杭龙说:“跟你商量个事,你务必要配合我。”

“这叫什么商量?你就直接下命令得了。”

“娘娘言重了。普天之下除了皇上,谁敢给你下命令啊?”

冰洁说:“你给我记着,以后不准改口,见了我非称娘娘不可!”

杭龙恶作剧一口气叫了三声娘娘,冰洁也不客气,连应三声。玩笑归玩笑,杭龙说他要商量的事当不得儿戏。冰洁让他别卖关子。杭龙说要给她安排一个贴身宫女。冰洁说她身边正好少一个机灵人。杭龙说你就找不出比她更机灵的。冰洁奇怪,说不就是安排一个宫女吗?你又何必煞有介事,说什么事关重大,还说什么我务必配合?杭龙说这个宫女绝非寻常之辈。

冰洁说:“把一个绝非寻常的姑娘弄到我跟前做贴身宫女,我敢要她么?你什么意思嘛?”

“这是一个秘密。是我的点子,也是皇上的意思。这个人非常要紧,无论如何不能出一点差池。只有放在你身边,我才放心。”

冰洁思忖道:“也是皇上的意思……又是你的点子……又可以做宫女,这个姑娘不会是那个玉央吧?”

“到底是娘娘,果然不同凡响。”

“谢国舅夸奖!”冰洁颇有点自负。

“且慢。你怎么知道那是夸你的话?或许是嘲笑也说不定呢。”

“我不至于那么低能吧?”

杭龙说:“非常可惜,我妹妹就是那么低能,真让我沮丧。”

“不是玉央?我猜错啦?”冰洁不信。

“是清蔷啊!其实要说机灵,玉央比清蔷可差远了。”

“清蔷倒真是蛮机灵的,总是把话说得恰到好处。不过这女孩子看上去城府颇深,而且一个姑娘家太会看人眼色,小小年纪便爬到那么高的位置……她肯定不是寻常之辈了。”冰洁重新陷入思索。

“清蔷在杨氏的诸多阴谋中扮演了相当重要的角色,倘若我或仇士良往深里追究,她的小命未必能留得下来。可仇士良将她忽略了,我和皇上因为要留她活口,也不能立马就追究和处置她。你明白我的意思吗?”

“你的意思,无论仇士良追究还是你追究,清蔷都难逃一死。但她能提供你所需要的特别重大证词,所以必须留住她的性命。于是你把她放到我这里,要我也加入你们的阴谋,是吧?”

杭龙说:“娘娘聪明。我斗胆更正娘娘一句,不是你们的,而是我们的!是皇上的,当然也是你的,同时也是我的。是我们的阴谋。”

“你们把这么危险的一个人放到我身边,就不担心她会加害于我?”

“你总不至于怀疑我吧,难道我会害你不成?你说的这一点我已经想到了,清蔷之所以能够在王氏和杨氏之间的夹缝中生存,最突出的本领就是审时度势。你与任何人都没有利害冲突,她巴结你还来不及呢。她会把你当成最稳妥的靠山,绝不可能再去害你,因为那样就等于害她自己。”

冰洁说：“为了顾全大局，我就信你一次。再说了，既然已经对清蔷有所提防，我相信决不会被她所伤害。”

“谢娘娘全力配合。”杭龙抱拳道。

“也真是难为清蔷了，屈堂堂五品之尊，给我这样一个任性的女子做贴身丫头，也不知会做何感想？”

“她能留住性命，已经该感天谢地了。而且以她阿谀逢迎之功，让她贴身伺候娘娘，她又何愁东山再起呢？以我猜测，她对如此安排定求之不得。她在尚容局、尚服局都做过，对伺候主子心得颇深，在你身边定会如鱼得水。你信不信，也许不久之后，你会因为这个而谢我？”

“哼，我不骂你就是你的幸运了。”

既然冰洁答应了，清蔷也就即刻被降为宫女并过来见冰洁。冰洁吩咐她为自己做发型。

清蔷问：“娘娘今日有出门的计划吗？”

“这会还没有，怎么了？”

“出门见不同的人，装扮也许会有不同。”

冰洁说：“我可受不了那些繁文缛节。对我来说，见谁都是一样的。”

“做寻常女人应该没什么分别的。但如今毕竟您贵为娘娘，是为全天下女人的楷模，而且您的举手投足一举一动都还代表着皇上呢。”

“你的话里透着责备，我脑子再笨也还听得出……”

“小的不敢，小的罪该万死。”清蔷的脸色瞬时变得惨白。

“你也不必那么紧张，我话还没说完呢。”

“望娘娘教诲。”

冰洁说：“尽管你话里含着责备，我听着却没有丝毫抵触，而且还觉得很受用。”

清蔷松了一口气，但是没敢应声。

冰洁问：“怎么样？一下子从尚服做回宫女，心里头不太适应吧？”

“小的深知能保住性命全赖娘娘和国舅。小的是个平凡的女子，如此大恩恐终生也难回报，唯有感铭于心。现下娘娘给了这个机会，让小的有幸伺候左右，小的打心眼里珍惜。”

“你既如此说，我很高兴。我的脾气你也清楚，简简单单又直截了当。我不喜欢宫廷里的是是非非，你呢，也记取教训，再不要搅到那些乱七八糟的事情里去了。”

清蔷说：“小的铭记了。”

◎ 第十六章
恢复被尘封了的历史

逃出生天的努力

玉央重获自由，尚容局上下除胡蝶外，心情最为激动的非谷绣春莫属。她特意叫玉央去她房里说："我就知道你是冤枉的，我早就跟她们说过，玉央迟早会出来的。这下好了，那些坏人都得到应有的下场。"然后她又特意压低声音问，"杨氏和她那个恶贯满盈的侄子杨简，昨天夜里被赐毒药身亡了吗？"

玉央说："具体我不清楚，听说是死了。"

谷绣春大义凛然道："正所谓恶有恶报。还有，听说这次没杀清蔷，全靠了国舅爷把她保下来。"

"清蔷也回尚服局了？"

"她想得美！你是被冤枉的，她跟你一点都不一样。我听说，杨氏手上的几条人命，清蔷都参与其中，她的手上是沾了血的。"

玉央说："我听国舅爷说，除了杨氏、杨简，其他人都没有死罪。"

"没有死罪，并非就没有罪，肯定没你什么事了。但清蔷肯定有罪，而且责任重大。眼下她虽无生命之虞，也绝对不可能轻易从大牢里走出来。"

"我以为她也出来了呢。"

谷绣春说："我相信，不止一个人不肯放过她。我的话放在这，一定有人和她算账，你等着瞧吧。"

"尚容，我想跟您谈谈我的工作……"

"一切照旧，你还做你的司容。你别看你进了大牢，别人可能拿这个说事，我绝不允许任何人在尚容局说你一个字！我做一天尚容，就一天是你的后盾，除非娘娘哪天把我撤掉！"

"谢谢尚容，可是……"玉央面露尴尬。

"没有什么可是，你放心好了。你是我眼看着长大的，没有人比我更了解你，我对你绝对有信心。"

"尚容，我知道你对我好。但我要说的是，我想走了。"

"走？去哪？是不是娘娘或者国舅爷对你另有任用？"谷绣春十分惊诧。

玉央摇摇头说："您想到哪去了。我进宫已经八年，心也倦了，早就想出宫了。上次您给我机会，让我回扬州大和教坊，我当时真的不想再回来。若不是国舅爷带了圣旨去，恐怕您也不会再见到我了。"

谷绣春完全不能理解："可是你在这里有大好前程啊！你才二十岁，升任司容便已经身居六品，可以说一辈子不愁生计了，你还要怎样呢？"

"我的心早就不在这里，还请尚容成全。我也会向才人娘娘表明心迹。"

"你是不是……要结婚嫁人？"

"没有。"玉央摇头。

谷绣春推心置腹道："你知道我对你的关心，有什么事用不到瞒着我。"

"我不瞒您，真的没有。"

总之颇费了一番唇舌，玉央才让谷绣春相信她出宫并非有什么更高的去处。之后她又听谷绣春说了许多挽留的话,最终才从她嘴里得到一句,若娘娘准了,她绝没有二话。

玉央回到客栈时天已经黑了,这也是从死牢出来后的一个小变化,她尽量出宫陪娘住,而不愿再睡到宫里的榻上。熄灯后许久,荣氏翻了个身,她其实并未合眼。玉央背对着荣氏,其实也未合眼。荣氏轻声开口说:“丫头,娘看得出你有心事,有什么想不清楚的事吗?”

玉央说:“娘,还记得我说要写集子的事吗?您还把笔记都给我了。”

“你在大牢那些日子我又记了一些,我就想你出来也许还用得着。”

“我不想在后宫做了。”

荣氏说:“你先前不是说过很难出来吗?”

“再难也得出来,先前想走是厌倦了争斗,想从烂泥当中拔出脚来,现在不一样了……”

“你想把心里想的都说出来。”

玉央说:“在大牢里,每天什么事都不做,睁开眼睛就等着一日三餐,再以后就是睡觉。每天都是这样。娘知道,我长这么大,从没有过这样的日子。”

“娘想得出,那样的日子很难熬。”

“这样过了两天我就受不了啦。我忽然想到该把集子写出来,就找他们要了纸笔。每天除了吃饭就是写,连觉也睡得少了许多。”

“就是那包东西?”荣氏抬眼,目光停在案几上的包裹。

“是的。娘和安尚容的笔记我都没敢带到牢里,这些都是我这几年里接触到的。”

“你做这行也有八年了,而且是每天都在琢磨,应该有很多积累了。”

玉央说:“落笔的时候我才发现,尽管很多方子都在心里,但还是缺了太多的药理和来源方面的东西。写书真不是一件简单的事。”

“当然不简单。来源和出处经常对药理有决定意义,而药效正是通过药理发生作用的。对我们来说,通常只能看到药效,也只是通过药效达到目的,这也够了。但是写书不同,写书必须追根溯源。”

“是啊,这也是我的体会。娘,我说了您别笑我,我真的迷上这本集子了。我想把它写完,无论如何一定写完它。”

荣氏说:“娘怎么会笑你?你能这么想,娘打心眼里高兴。”

“我想出宫,全是为了这本集子。安尚容的笔记里记的,娘的笔记里记的,还有我自己这些年里接触到的,所有这些方子里涉及的,我都要找到它们的出处,从源头上琢磨药理的根本,找出药效的缘由。”

“丫头真的长大了。你有如此大志向,娘除了全力以赴支持你,还有别的选择吗?”

“我今天已正式向谷尚容请辞了,我想再去找娘娘。现今的娘娘与先前的几位很不一样,又是杭龙的妹妹。若杭龙肯从中帮忙,也许我的心愿就可以实现了。”玉央的眼里闪烁着憧憬。

荣氏说:“娘虽读书不多,有一点却看得清楚,你要做的是一桩了不起的事情。既然你决心已定,就一定完成它,不给自己一点退路。”

“一定!”玉央显得很激动。

既决意要走,在向王才人正式请辞之前同李氏说一说是万万少不了的。玉央深知对李氏而言,她与胡蝶是偌大后宫中仅有的贴心人。她要走,胡蝶也必定不会再留,李氏将同时失去她们俩。玉央想得出李氏的心情,因此去见李氏的时候她带着几分歉意:“姐姐,我去意已定,希望您能理解。”

李氏说:“你担心我会劝你留下来,是吧?”

玉央点头:“但我也知道,姐姐是这后宫之中最懂我的一个人。”

“我当然是,我又怎么可能会劝你留下来呢?若不是因为没有去处,我也早就离开了。”

“待我在外面落下脚了,姐姐也就不再没有去处,可以考虑离开了。”

“傻丫头,我与你不同。你们一旦被允许出了宫,仍然可以恢复自由身,妃嫔却不可以,后宫就是我们最后的归宿。不是我一个没有去处,所有的妃嫔都没有。”李氏话音越发低了。

玉央轻唤了她一声姐姐之后,却又不知说什么才好。

李氏说:“你只有二十岁,日后打算做什么想过没有?”

“我要写一本关于妆容的集子。古往今来所有的女人都企望年轻和美丽,无论宫廷还是民间都有数不清的方法,却从来没有一本集子将所有这些方法整理记录下来,我想做这件事。”

“好啊,作一部《容妆全书》,乃全天下所有女人的幸事,此举可谓功德无量啊。”

玉央说:“姐姐既如此说,我便一定完成这本集子。”

“这可不是一件容易的事,凭你一己之力恐非十年八载不能成就。”

“我有这个心理准备。十年不行就二十年,三十年……况且我手里还有安尚容集她数十年经验的笔记,有我娘的全力支持……”

李氏说:“玉央,也许此事可以借助朝廷的力量……这样,我去找皇上面陈,若能得到皇上首肯,你便可以充分利用宫中相关的典籍,这对你完成全书会有很大的推进。”

“这样当然最好,唯有请姐姐鼎力相助了。”

“就这么说定了。玉央,去看看太皇太后,向老人家当面道一声谢。”

太皇太后仿佛永远在躺椅上打着盹,身前身后的宫女也永远在为老太太捶腿捶背,李氏带玉央进门给老太太请安。

太皇太后说:“这是谁家的姑娘?好一张俊俏的小脸。”

李氏说:“皇奶奶,您不记得她了?”

老太太眯起眼,摇头道:“人老喽,什么也记不住了。”

“她就是您去找皇上和仇公公说情的玉央啊。”

“怪不得你拼了命也要保她,真是个讨人喜欢的丫头。”

玉央说:“谢太皇太后救命之恩!”

“小姑娘家,不说这些叫人牙根发酸的话。朝廷那些事情我不懂,也不想懂。要紧的是活着,好好活着。”

“玉央谨记了。”

李氏说:“皇奶奶,玉央要走了……”

“要走了?哪去?”

玉央说:“玉央要回家,跟我娘一道回家,我娘来长安城接我了。”

“回家好哇,天底下就没有什么地方比家更好。”

玉央施礼道:“太皇太后,玉央向您告辞了,祝您多福长寿。”

“回家好哇,要紧的是活着,好好活着。”太皇太后许是当真老朽了,方才睁开的眼皮又垂了下去,说出来的话竟有几分前言不搭后语。

玉央命运中最大的结还是她的性格。她长这么大几乎从不对人提要求,包括对她娘。而提要求是一种求变化的企图,不提要求也就意味着不求变化。试想一下,当年她娘找玉大人帮忙做进后宫的打算,她虽然年龄尚小,但她仍然可以说不,可以要求她娘打住。但是她没有,她也不懂为什么她娘的意志就决定了她日后的生活。这八年里的风风雨雨,她也并非没有别的机会和选择,包括去与不去大和教坊,包括回不回后宫,所有这些她都没去主动求变,最终只落了个被动承受他人安排的格局。不提要求就是她的性格,也就是她的命。

最后这个回合她有了改变。是大牢的经历发生了作用,还是性格本身有了改变,倘若玉央不说,别人还真的很难做出令人信服的判断。改变的结果对她个人而言意义极其重大,她就此向一种由于惯性延续了八年的生命格局说再见了。之后的生活会是怎样,她完全没有把握。完成那本书是她为自己设定的一个目标,以她的性格也许可以实现,也许她会在完成的过程中改变主意。但即使实现了,那就是她想要的生活吗?还有之后呢?

争相竞艳的百花

在自己不同时期伙伴的中间,玉央成了她们的参照系和主心骨。她们凡事都喜欢拿玉央来做比照,有了疑难也都愿意找玉央讨主意。这种情形很奇怪,因为纵观这个故事的十年,玉央既不是个很能拿主意的姑娘,也算不上人中翘楚,充其量只能算是个还聪明有坚持的女孩子罢了。但是她赢得了包括王德妃、杨贤妃、李昭仪、安尚容、谷尚容所有长辈和上司的心,也让莲莲、兰兰、阿朵、胡蝶这些小伙伴敬佩不已,玉央的确创造了人心中的丰碑。

尤其是胡蝶,为了她可以放弃宫中人人羡慕的职业,还是为了跟随她,将已经开始的爱情搁置在一边回到大明宫。胡蝶看似随性莽撞,实则心明眼亮又疾恶如仇。这样的好姑娘是这个世间的珍宝,她的一生也必定心想事成好运连连。她接到口信,说有人在建福门外找她。她一路小跑赶到大明宫建福门,气喘吁吁兼左右张望,可眼前却空无一人。

胡蝶大声嚷起来:“谁?谁找我?谁找尚容局的胡蝶?”

没人出现,但她分明听见大树后面传出窃笑声,胡蝶虎着脸道:“你们笑什么?有什么好笑的?”

忽然从树后闪出一个人,大声叫她名字。

“汤……立……夏!”现在轮到胡蝶发癫了。

汤立夏并未像大家预料的那样冲过来抱起胡蝶,他居然神秘一笑。正当胡蝶做出嗔怪表情的同时,从另一棵更大更粗的树后面一下子蹦出三个姑娘,竟然是莲莲、兰兰和阿朵!

胡蝶又一次大叫:“哇,你们也都来啦!”

三个姑娘和胡蝶同时冲向对方,她们尖叫,跳脚,拉手,搂抱,掀起的热浪引来守门侍卫的关注,原本该当是主角的汤立夏反而无人问津了。

玉央接到消息便马上赶到客栈。莲莲、阿朵、方汀再加上玉央,四个姑娘把屋子塞得满满的。温庭筠是唯一的异性,他今天鲜见的寡言少语,静静坐在方汀对面。阿朵问荣师傅哪去了。方汀说荣师傅肯定嫌我们太吵,出去躲清静了。莲莲说其实我们可以到我们房间去闹,让荣师傅好好休息。还是玉央说到了点子上,她说兰兰也不在啊,肯定我娘和她在一起。

荣氏与兰兰就在隔壁房间。兰兰手持琵琶在弹奏,乐音曼妙,犹如高山流水。荣氏盯住她的手指,全神贯注。乐曲弥漫在她们周围,带出某种迷幻的氛围,这或许就是她们师徒交谈的方式吧。

“你们玩吧,我有空再过来。”这边温庭筠站起身告辞。

玉央向他道歉说:“姐妹们好不容易凑到一起,光顾着说话,把你给冷落了。”

“哪里有冷落?难得有机会和这么多美女在一块,我得意还来不及呢。若不是那边酒肉朋友在等,你以为我会舍得离开?”温庭筠连声说着,抱拳向众美女告辞,“我这种酒色之徒,原本重色轻友,但有好酒之时便重酒轻色了。”

“小丫,是你的如意郎君吗?”温庭筠前脚出门,阿朵紧接着便问了。

玉央说:“不许胡说八道。”

方汀说:“玉央,我看温庭筠心思都在你身上,他这个人很不错的。”

玉央嗔怪道:“怎么你也跟着阿朵乱嚼舌头,你应该最清楚了,我和温兄只是朋友而已。”

阿朵说:“莲莲,你的事怎么还不和小丫说呢?”

“就你喜欢多嘴。”莲莲有些窘。

玉央说：“你们不说我也想到了，我正琢磨该怎么办呢。”

“什么怎么办？”方汀没懂。

“想办法帮莲莲、兰兰进尚乐局。是我约她们抽时间到长安来，看是不是有机会进宫。”

方汀说：“可是我们平日与尚乐局素无往来，连一个人也不认识呀。”

“想想办法吧，毕竟你我在后宫许多年，总还有些熟人。再说还有胡蝶呢，大家一起总会有办法。”

没人关心缺席的胡蝶在哪里，在干什么。因为她们都知道，有汤立夏在，胡蝶就不归她们操心了。此刻这对小情侣正在湖边起腻，汤立夏横抱着胡蝶，两人卿卿我我不亦乐乎。看样子胡蝶在汤立夏两条胳膊上待的时间已经不短了，但她仍在撒娇不下来。汤立夏说你想让我放下也不放下。胡蝶瞪起眼说你敢？汤立夏说我怕你，再不敢了。

“这还差不多。”胡蝶眯上眼说，“真想让你这么抱着，一直走到天亮……”

“那你明天就得嫁给我了。”

“凭什么？”

汤立夏说：“就凭你我在外面过夜呀。你背上这个黑锅，若不嫁给我，就再也洗不清了。”

“那就嫁给你好了。”

“真的？你答应我了？”汤立夏十分惊喜。

“当然是真的。”

“你决定出宫啦？”

胡蝶说：“玉央已经决定了，要出宫我们一起出。”

“玉央若改变主意呢？”

“那你就只好耐心地等啦。”

汤立夏说：“看来我非要好好拍玉央的马屁不可了。”

“算你聪明。”

次日一大早是泛舟时间，地点是大唐芙蓉园。阿朵摇动双桨，玉央、莲莲并肩坐在她对面，兰兰独自在阿朵身后。胡蝶和汤立夏则坐在另一条小船上，桨手自然是汤立夏。

莲莲对玉央低语道：“你真舍得出宫啊？”

玉央说：“虽然我娘也有许多时日在长安城，其实我们很少见面的。出了宫就好了，每天都可以在一起。可能你会笑我挺没出息的，是吧？”

“可是你已经做得那么好了，一下子全都放弃，就不觉得可惜吗？”

阿朵说：“小丫，我听说你的官比坊主还大呢，要不你回来做坊主吧。宫里管你们的人会不会答应？”

“谁答应谁啊？”玉央笑了。

“当然是他们答应你了。”

“答应我什么？”

阿朵说：“做坊主呀。”

“谁说我要做坊主呀？”

“我说的呀。”

玉央说：“那岂不是你要他们答应你吗？”

“我算什么呀？谁会理我？”

“问题就出在这，我没有要做坊主，所以也就没人答应我什么。是你要我做坊主，可是又没人理你。”

阿朵说:“你绕来绕去把我给绕糊涂了。”

“你呀！就是不明白,出了宫让我心里多舒坦轻松啊,干吗还要去自己找烦心？”

莲莲说:“我就不明白,宫里的日子真的那么不开心？”

“其实也不是啦,主要还是我不是那种很努力求上进的姑娘。我只能说宫里不适合我。”

“小丫,如果为难的话你就直说好了。”

玉央说:“你想哪去了？虽然我想离开,但或许你和兰兰更适合在宫里。你俩比我有上进心,而且你们打小在教坊里学艺,早就习惯了各种规矩,宫里的生活会比较适合你们。”

“还有就是,我对宫里的一切都很好奇。我经常在梦里梦到进宫,所有的东西都让我惊喜。”

“我已经想好了,在离开之前,务必想方设法找人帮你和兰兰实现这个心愿。”

莲莲说:“上次见过的那个清蕾,她也答应过帮忙的。你没和她商量商量吗？”

“我平日与她接触得很少。”玉央摇头。

“我觉得她人挺实在的,你看我要不要找她一下？”

玉央想了想说:“她人在宫里。后宫有半个长安城那么大,见一面很困难。莲莲,你别担心,我会尽全力的。”

玉央身子外倾,目光绕过阿朵与兰兰面对着问:“如果可能的话,你也愿意进尚乐局吗？”

兰兰用力点头。

玉央又问:“你都准备好了吗？”

兰兰再点头。

“你呢？”玉央的目光最后定在阿朵脸上。

“我什么？”阿朵懵懂。

“你也想留在宫里吗？”

“你都走了,我干吗要留在宫里？我才不稀罕呢。”

玉央说:“我说实话吧,就像宫里不适合我一样,也不适合你,所以我不会劝你也留下。我们一起回扬州吧。”

“我就是这么想的！”阿朵满脸灿烂。

玉央她们说话的声音,汤立夏在这边听得一清二楚。胡蝶说这下你把心放到肚子里啦,玉央是决计要出宫的。汤立夏说他非好好谢玉央不可。他又说玉央要出宫了,还能帮上莲莲、兰兰的忙吗？

胡蝶说:“如果玉央求国舅爷杭龙,我觉得会很有希望。他的妹妹是王才人,是皇上唯一的妃嫔,整个后宫的事情都是王才人说了算。”

“你不是说,玉央已经拒绝了杭龙吗？”

“拒绝了又怎么样？请他帮个忙,他就不肯帮了？我跟杭龙很熟的,我看他不会那么小气。再说了,我猜他对玉央根本就没死心。”

除了杭龙,谁也不能百分百肯定他对玉央还存不存幻想,其实杭龙也未必清楚这一点。湖畔暮色四合,两匹骏马并排慢踱。两个骑马人的剪影异常清晰,正是玉央和杭龙。

杭龙说:“说走就走啦？”

“我的心情你应该能够理解吧。”

“怎么可能不理解呢,但心里总有些舍不得。”

玉央说:“两座山碰不到一块,两个人总会再见面的。”

“是啊。”杭龙长吁一口气说,“回扬州吗？”

玉央点头:“扬州是我故乡啊。”

“我听说你儿时的伙伴都来接你了。”

"我正要跟你说说她们呢。"

杭龙问:"她们怎么了?"

"她们当中有一个叫莲莲,还有一个叫兰兰,你都见过的。莲莲是大和教坊最棒的舞娘,她打小的梦想就是进宫,做一个宫中的舞者,天下最美的舞者。可她运气不好,反被我捷足先登。这许多年,她的梦依然没醒。"

"她想到尚乐局吗?"

玉央点头:"另一个叫兰兰,是大和教坊最棒的琵琶师,也是我在这个世界上最要好的伙伴,还是我娘的徒弟。"

"为莲莲伴奏的那个就是她啦?"

"是她。你能想象吗,兰兰失聪了?"

杭龙惊讶道:"可我清楚地记得,她的琵琶曲震住了整个演场,印象非常深刻。"

"我不敢说对舞乐精通,却也略知一二。杭龙,相信我,以兰兰和莲莲的水准,在尚乐局也不会落在他人之下。"

"如果我没猜错,你希望我能帮她们,是这个意思吗?"

玉央说:"我知道这不是个小事情,但我还是想请你帮助。因为这个对她俩太要紧了,那是她们一生的梦想。"

"我会尽力而为,那应该也不是很大的事情。"

"这样麻烦你,我心里很不安。"

杭龙说:"我很高兴你心里装着我这个朋友,为了这个我想说一声谢谢。"

"该说谢谢的人是我。"

"玉央,往回走吧,你娘该等急了。"

玉央不再说什么,垂下头。两匹马调头,剪影依旧清晰,却莫名地带上了几分忧伤。

玉央托的事情杭龙从来不耽搁,他马上找冰洁将事情原委交代了一遍,冰洁答应帮他这个忙。杭龙来去匆匆,完全没留意那个垂头候在门内,看上去格外恭顺安恬的宫女,那便是清蔷。杭龙出门之后,清蔷才往大门方向转了一下。倘若不出意外,从今往后她必定再无资格与杭龙对视,她那一片深情能得到的全部回应,也只不过是杭龙漂亮的背影。

就连回味背影的时光也是短暂的,冰洁递给她一张有字的纸,吩咐她去尚乐局跑一趟。清蔷恭顺地接过,继续着她日复一日的后宫生活。

关于温庭筠的八卦

若大唐设有劳模奖,能获此殊荣的名单中绝少不了那两位差人,尤其是年长的那个。寒冬腊月里的深夜,连狗都知道在屋里的火炕边猫冬,长乐客栈外的街道上却还有人在劳作。年轻的差人脚步踉跄目光迷离,打着饱嗝往这边来。小巷里忽然闪出一个黑影,他急忙躲闪,酒也吓醒了大半。黑影将他一把抓住,随手将他拽进巷子。他这才发现是年长的伙伴。

年长的差人骂道:"你他妈的又贪酒!"

"你让我值夜,我若不喝二两,夜里那么冷,怎么挺得过去啊?"

"二两?我看二斤也不止。"

"天地良心,实打实的才一斤二两。"年轻的差人显得很委屈。

"喝那么多,你还怎么值夜?若把人跟丢了,看我怎么揍你。"

"哥哥哎,你把心放到肚子里。真把人跟丢了,你除了揍我,剩下的赏银我一分不要全归你。"

年长的差人说:"还有剩下的赏银?你做梦去吧!孔姑娘生气了,怕要连先前的赏银也让我们吐出来。”

“她敢！”

“你以为你是谁？人家势大财大，收拾你我还不跟捏死个蚂蚁似的。”

年轻的差人说：“咱把人给她盯住，她凭什么要收拾咱们？”

“所以啊，贪酒很容易误事的。”

“哥哥若实在信不过我，就留下跟兄弟我一道值夜，可确保万无一失。”

年长的差人说：“你想得美！我已经熬了前半夜，又冷又饿。你这会酒足饭饱了，这种话你也说得出口！”

“我不是怕哥哥你不放心嘛。”

“我一百个放心，只要你不把人跟丢了。”

年轻的差人说：“这不是废话嘛。你抓紧走吧，也找个地方酒足饭饱，然后找个女人抱着好好睡一觉。”

“这还差不多，像句人话。兄弟辛苦，我走啦。”

年长的差人刚要走，发现方汀脚步匆匆往长乐客栈来，便收住脚，同时不忘将醉醺醺的伙伴按到身后。方汀越走越近，忽然一个人影箭一般从两个差人身边射出，兀立在方汀眼前。方汀眼睛大睁，原来是疯婆子。疯婆子依旧满脸怪笑说：“怎么啦？不记得我啦？”

方汀说：“你不是来找我讨黑公鸡的吧？”

疯婆子还以诧异状：“什么黑公鸡？”

“你送我的斗鸡呀。”

“我什么时候送过你斗鸡？你脑子坏掉了？”

方汀说：“你不记得了？”

“你的相公怎么样了？”

“你别胡说八道，我哪里有什么相公？”

疯婆子双目圆瞪：“嘴硬的丫头！那个大胡子男人啊。你不想要他就算了，哼！”

像她们第一次见面一样，她伸手拨开方汀，力道仍然很大，自顾自跑掉了。就像重演当年的那幕，方汀的目光又一次随着疯婆子远去。

巷内的两个差人如同见了鬼一般打着寒战，疯婆子是从他俩的身后窜出去的，可他俩居然完全没察觉。年轻的差人彻底醒了酒，年长的那个差人也惊出了一身冷汗。人在怕鬼的时候最不愿意落单，年长的差人决定留下来，年轻的那个差人便没话找话说：“你说孔姑娘不会是故意躲着咱们吧？”

“她干吗要躲着咱们？”

“怕咱们问她要银子啊。”

“前面的银子都给咱们了，如果她不想再给了，就吩咐咱们别再跟了，何必要躲呢？”

“我觉得纳闷，她干吗让咱们跟这个荣氏？跟了这么久，花了这么多银子，孔姑娘什么也没做。你说，她这是吃饱了撑的，还是银子太多了心里嫌烦？”

“我看你才是吃饱了撑的！有银子赚，你心里烦了是不是？”

“还有就是这荣氏，先前对咱们还有几分提防。谁能想得到，开始两个人，忽然来了四个，接着宫里又出来两个！我看她们根本也不拿你我当回事了。”

“又没让你跟别人。只盯住荣氏一个，你就算完成任务。”

“谁的任务？”忽然有人接上话。

两人同时扭头，竟是方汀。

“问你话呢，谁的任务啊？”方汀微笑着问道。

“妹子多心了，我们兄弟俩自说自话呢。”年长的差人赔上笑脸。

方汀依旧微笑道：“不是吧？你刚说只盯住荣氏一个，怎么听也不像自说自话。”

年轻的差人说：“像怎么了？不像又怎么了？”

“你俩跟了我们那么久，从夏天跟到冬天。跟了那么远，从长安到扬州府，再到太原府，再回到长安，我自然很好奇了。这究竟是个什么样的任务，谁会花这么多银子指派你们？”

“你管得着吗？”

“当然管得着！”方汀身后的墙角突然闪出温庭筠，他一声炸喝。

两个差人见温庭筠人高马大声如洪钟，又兼满脸的大胡子，料想是碰上了恶汉，先就输了气势。温庭筠将戏演到最足，他圆瞪双眼，用右手食指重重地点在年轻差人的鼻尖上：“问你话呢……”声音陡然升高八度，“说！”

两个差人竟抖得格外厉害。先是疯婆子，再是恶汉，这巷子里究竟藏着多少鬼怪真说不准！年长的差人结结巴巴求饶命，年轻的差人反而更清醒，回答了温庭筠的问题：“是孔……孔姑娘。”

方汀说：“果然是她，现在呢？”

“现在还是孔姑娘啊。”

“你怎么跟她禀报？”

“我们找不到她，总是她找我们。”

方汀问：“她找你们了吗？”

“很久没见她人了。”

方汀冷笑道：“恐怕她再不会找你们了。”

“出什么事了？”年长的差人大惊。

年轻的差人问：“孔姑娘死了？”

方汀说：“差不多吧。”

闻言，年轻的差人抱怨道：“我怎么说的？我就知道姓孔的不地道，我们非被她骗了不可。你就是不信。”

年长的差人偷偷瞥了一眼温庭筠说：“少说一句，谁会把你当哑巴卖了？”

“滚！滚得远远的，别让我再看到你们！”温庭筠大手一挥，两个差人屁滚尿流很快走出他们的视线。

“这个清蔷啊！”方汀长叹一声。

温庭筠的突然出现其实一点也不突然。这几日他几乎天天往这边来，理由是找玉央谈谈诗。可惜玉央十之八九不在，他只好放下卷轴与方汀谈天说地。这次也一样，天刚亮他就过来找玉央，这才撞上了值夜班的差人。难道他不明白，玉央这会必定出不了宫吗？温庭筠一等就是大半日，终于等无可等，只有起身告辞了。

方汀说：“要不再等等？玉央差不多该回来了。”

“也不是非要等玉央回来。”

“那……温公子好走。”

温庭筠说：“老温不等玉央，方姑娘就不留我了？”

“什么意思？”

“呃……我想了又想，决定跟你们一同启程去扬州。”

方汀问：“温公子去扬州有事？”

“没什么特别要紧的事，可能是玩性起了，想去那里见识见识。”

“可你为什么跟我说这个？”

温庭筠说:“我想先征得方姑娘的首肯。”

“脚长在你身上,去哪随便你,我的首肯有什么要紧?”方汀不好意思了。

“老温既问方姑娘,自然很在意你是否首肯。若你难于开口,不说也罢。老温该当如何,全赖你一个表示。摇头不算点头算,如何?”

方汀红了脸,点点头。

“老温这下有福啦。”温庭筠大喜,大步走开去,留下方汀怔在原地。玉央从相反方向回来,方汀竟全无觉察。

“是温兄吧?”玉央轻推她的手肘。

“是他。”方汀转过脸,脸更红了。

“让我猜猜,他跟你说了什么……”

方汀接上话:“他说要与我们同行,说也要去扬州见识见识。”

玉央逗她:“没说别的?”

“没有。”方汀一脸正色。

“不会吧。”

“绝对没有!真的没有!”

“这个死温兄!这种时候还不开口,这可不像是他的风格了。”

方汀嗔怪道:“你说什么呢。”

“你答应他了?”

方汀重又拉下脸道:“我答应他什么?”

“答应他同行啊。”

“他要去哪那是他的事,跟我有什么关系?”

玉央说:“我就不信他没问你。你正面回答我,他问了没有?”

“没问怎么样?问了又怎么样?”

“你呀。”玉央诡秘地笑了,用手指点方汀脑门。

玉央带回来了她在宫中多年的杂物,荣氏和方汀帮着一起收拾。荣氏忽然说:“方汀,刚到太原那会,你说做我的干女儿,还记得吗?”

“怎么不记得?可是您不搭我的腔,我当时脸都红了呢。”

“那时候的情形不同,现在你还这么想吗?”

“当然啦!”方汀欣然道。

“那么从今往后你就是我女儿了,好么?”

方汀有好一会没开口,她后退两步,双膝跪倒,连叩三次:“干娘,女儿给您磕头了。”

“从今往后我们就是一家人,你就是我的亲姐姐。”玉央过去扶起她。

方汀激动地点头,三个人紧紧拥抱在一起。

作别大明宫

该收拾的收拾,该安排的安排,该话别的也都说过了,眼下只剩王才人点头了。在去往王才人宫的路上,玉央碰上了范娉柳。二人同路走一段,玉央将自己的打算告诉了她,说如果娘娘恩准,她真的感激不尽。范娉柳祝她成功,又叹了口气,说其实无论结果如何,能满心盼着出宫,就是福气。玉央问她为什么这么说。范娉柳说:“现在想想,我若趁年轻就请辞出宫,几个儿女也早该有了。如今却被困在深宫,剩下的日子只有等死二字。”

“您现在为什么不去请辞呢?”

范娉柳苦笑道:“现在?我这种身份哪有资格请辞?什么时候主子想起来了,打发我走。若想不起来……所以我刚才说,能盼着出宫,也是福气。”

“宫里像您这样的人有那么多,莫非她们都只能就这样熬下去?”

“你说她们还有别的出路吗?”范娉柳说完便拐上另一条通道,她还要去尚容局做她必须做的工作。

玉央看着范娉柳的背影,愣怔在原地。

王才人宫的侍卫说娘娘出去了,让她稍等,或者晚些时候再来。刚好此刻皇上的御辇过来,玉央忙让向一边。武宗下辇时顺便瞄了玉央一眼,竟马上认出她,还叫出她的名字。武宗说王才人约他过来午膳,想必很快就回来,让玉央随他进去等一等。玉央说不打扰皇上和娘娘进膳,她换个时辰再来。武宗却说他刚好想跟她聊聊。玉央无奈,只得随武宗进去。武宗让她不必太过拘束,说虽然只见她一面,却一下把她记住了。可能是她的名字很特别。

玉央说:“玉央只是个普通人家的孩子。”

“好像不那么普通吧。如果朕没记错,你与杭龙相熟,是吧?”

“是的,国舅认识玉央。”

武宗说:“先帝还为你和杭龙做过媒吧?”

“那是很久以前的事了。”玉央脸红了。

“先帝还为你下过一道圣旨,专程将你从扬州接回大明宫。”

“回皇上的话,连玉央也不明白,那究竟是怎么一回事。”

武宗说:“朕听说了,杨氏一案你也牵连其中。”

玉央不知说什么好,唯有点一下头。

武宗又说:“有趣的是,竟然有那么多人出面为你求情,有杭龙,朕能理解。让朕不明白的,连太皇太后也为你的事亲自找到朕,很有点意思。好像每个人都喜欢你。”

“玉央不敢。”

“有什么敢不敢的?事实如此啊。朕还听说另外一个姑娘,”武宗笑了,思忖道,“叫什么……对了,孔清蔷。她有一点和你一样,似乎每个人都会提到她,就像每个人都要提你。但是也不一样。提到她的时候好话不多,朕就没听说谁喜欢这个孔清蔷,真是很有意思。”

一个有趣的现象,但凡话题涉及清蔷,而谈话的对象又不是近人,玉央便会不自觉地回避。她见王才人迟迟未归,便提出先行告退,择时再过来。武宗却说他还想与她聊上几句。玉央说不知皇上想聊什么?武宗说也并非想聊什么,只是想听听她说话,随便说什么都行。玉央说不知皇上要听什么,所以不敢胡说。

武宗笑道:“朕不信你心里没有不平之事。依朕所知,几乎任何人都企望有机会面君,要朕为他主持公道,或者希望朕能解决他的难处。”

玉央思忖道:“皇上既如此说,玉央便斗胆请皇上赐令,将后宫偌大数目的白发宫女连同女官尽皆遣返还乡。”

“哦?你可否说得再明白一点。”武宗颇感意外。

“玉央入宫几近八年,亲眼看见诸多女官和宫女由于年龄缘故,不在原来的位置上做事。奈因知晓内宫的若干私密,便不被放行出宫。她们既不能结婚生子,又不能与家人团聚,生生被剥夺了天伦之乐。而且她们人数众多,只能在宫中各个角落做些杂役。玉央每每见到她们,心中颇多酸楚。想自己日后也必定是如此下场,不禁悲从中来。”

“从来就没有谁从后宫出去?”

玉央说:“能出去的人少之又少。其实她们在入宫之前都是千挑万选才被选中,都乃女中翘楚。谁会料到结局竟如此悲凉?连起码的人伦都被剥夺了。”

“这大明宫不是每年都有新人补充吗？居然从来只有进却没有出？”

“正是。今日若非皇上一定要玉央开口,恐怕玉央绝无机会将这些话对皇上和盘托出。以玉央浅见,恐怕也没有人将此内情向皇上禀报。而那些可怜的女人,只能永远幽闭在内宫无法自拔。”

“朕代那些白发宫女谢谢你,并马上责令内侍省调查此事,限时做出相应处理。”武宗动容了。

“谢皇上恩泽。”

“朕忘了问你,你刚说为自己的事,自己的什么事啊？”

玉央说:“玉央不敢以私事叨扰皇上。”

“但说无妨,是朕要你讲。”

“回皇上,玉央进宫已八年,打算向娘娘请辞回乡,我娘已经老远从扬州赶过来接我了。”

“要走？”武宗有些意外。

“玉央望能得到娘娘的恩准。”

“准了。”不知什么时候冰洁已经进来了,她接上话。

玉央一怔,随即施礼道:“给娘娘请安,谢娘娘恩典。”

玉央得偿所愿离开,武宗问冰洁为何看都没看,想也没想就准了？

冰洁说:“无论是谁,只要她想离开,我都准她。心里想走了,就是把身子留下,又有何益处呢？”

“你了解这个玉央吗？”

“听说过,是个很了得的角色。”

武宗说:“我听得出你对她印象不佳。”

“我对这些手眼通天的小女子素来没有好印象。”

“这话好像太武断了一点。”

冰洁说:“我也听得出,皇上对她印象颇佳。”

武宗颔首道:“印象还不错。”

“皇上,换个话题可以吗？”

“好啊。不过我敢肯定,有一件事你绝对不知道。”武宗欣然道。

“不知道什么？”

“你肯定不知道,若不是玉央拒绝,她差一点成了你的嫂子。”

“怎么可能呢？”冰洁十分惊诧。

“而且是先帝亲自赐婚。”

“就从没见你开过这样的玩笑。”

武宗说:“你说的不错,朕从不开这样的玩笑。”

“当真啦？那先帝为什么要杭龙娶玉央呢？”

“你说反了,是杭龙托先帝帮忙。当时先帝心情不错,便应承了。后来先帝真就找到玉央,如果玉央没有违逆皇上,你早该叫玉央嫂子了。”

冰洁说:“我还是不能相信,杭龙和先帝似乎没有许多接近的机会呀。”

“杭龙和永儿亲如手足,每天都在一起。永儿又是先帝唯一的子嗣,杭龙当然有机会。而且机会不在多,也许一次足够了。”

冰洁思忖道:“皇上的意思, 杭龙心仪这个玉央, 竟为此找先帝帮忙……这倒很像他的风格。”

“当然是他的风格,你以为我会胡编出这种故事？”

“这个家伙,如此下作的事情他也干得出来?”

武宗说:“朕就看不出何下作之有?他喜欢玉央,想娶他为妻,此乃天经地义。莫非朕当初喜欢你,也被你视为下作不成?”

“那不是一回事呀。皇上如此说,真要折杀冰洁了!”冰洁脸红了。

“根本就是一回事。不要以为朕与杭龙有何不同,面对这种事,他和朕都只是一个男人而已,都只面对让自己心仪的女人。只不过朕的那个女人是你,而杭龙心仪的女人是玉央而已。”

冰洁噤声,眼神怯怯地看着武宗,动作很小地点点头。

这一天的太阳刚刚升起,巨大的建福门被四个兵士缓缓推开。不计其数的白头宫女及女官从中走出,人群中可以辨认出范娉柳的身影。阳光照在脸上,她眼里满是泪花。所有人都挎着包袱,带着重生的欣喜。

公元841年,大唐会昌元年,武宗下令将大明宫中所有年过四十且愿意出宫的女官及宫女遣返。是时,共计两千四百余位女子走出大明宫,跨进新的人生。

同样是这一天,长安城郊驿站的一辆三马大驿车已经启动。车厢后帘被撩开,四张脸依次是坐着的荣氏、玉央和方汀、温庭筠,站在他们身后的是汤立夏、胡蝶还有阿朵。送行的人有杜牧、莲莲和兰兰。众人摆手,大驿车渐行渐远,终于隐没在尘土之中。

忽然马蹄踏踏,五匹骏马飞快地经过杜牧等人,向大驿车追去,为首的是匹白马。杜牧与莲莲、兰兰对视,充满了担忧。大驿车上的人也听到马蹄声渐进,面面相觑。有人急呼玉央,车中众人还来不及反应,就被大驿车的急停打乱了手脚。玉央掀开车帘探出头去,只见杭龙骑着白马,率四位骑士拦在玉央等人乘坐的大驿车正前方。

杭龙高声道:“玉央接旨!”

玉央一愣,随即走下驿车,其他人跟着她往下走。温庭筠对方汀使了个询问的眼色,方汀摇摇头。玉央走到白马前跪下,满脸忐忑,其他人在她身后跪下。杭龙打开圣旨宣读——

制曰:封扬州府玉央为钦点修书令,负责整理编写《容妆全书》,造福天下女子。各地官府书局并天下所有藏书楼务必鼎力配合。钦此!

玉央,连同荣氏、方汀、温庭筠、胡蝶、汤立夏、阿朵诸人满脸惊诧。